JUSTIN CRONIN

Die Zwölf

G GOLDMANN

Lesen erleben

JUSTIN CRONIN

Die Zwölf

ROMAN

AUS DEM AMERIKANISCHEN
VON RAINER SCHMIDT

GOLDMANN

Die Originalausgabe erschien 2012 unter dem Titel »The Twelve« bei
Ballantine Books, a division of Random House Inc., New York.

S. 177: Eliot, T.S.: Das öde Land. Englisch und deutsch. Übertragen und mit einem
Nachwort versehen von Norbert Hummelt, Frankfurt: Suhrkamp Verlag.
S. 311: Milton, John: Das verlorene Paradies. Übers. v. Adolf Böttger, Leipzig:
Verlag Philipp Reclam jun., [o.J.].
S. 443: Emily Dickinson: Gedichte. Englisch / Deutsch, ausgewählt und übertragen
von Gertrude Liepe, Stuttgart: Reclam 1970.
S. 621: Emily Dickinson: Gedichte. Englisch und deutsch – übersetzt von Gunhild
Kübler, herausgegeben von Gunhild Kübler, München: Hanser Verlag, 2006.

Dieses Buch ist auch als E-Book erhältlich.

MIX
Papier aus verantwortungsvollen Quellen
FSC® C014496

Verlagsgruppe Random House FSC® N001967

2. Auflage
Neuausgabe Mai 2018
Copyright © der Originalausgabe 2012 by Justin Cronin
Copyright © der deutschsprachigen Ausgabe 2012
by Wilhelm Goldmann Verlag, München,
in der Verlagsgruppe Random House GmbH,
Neumarkter Str. 28, 81673 München
Redaktion: Martina Klüver
Umschlaggestaltung: UNO Werbeagentur, München
Umschlagmotiv: Design © Orionbooks; Foto: blickwinkel/Alamy
TH · Herstellung: kw
Satz: Buch-Werkstatt GmbH, Bad Aibling
Druck und Bindung: GGP Media GmbH, Pößneck
Printed in Germany
ISBN: 978-3-442-48797-4
www.goldmann-verlag.de

Besuchen Sie den Goldmann Verlag im Netz

Inhalt

Für Leslie, ganz nah

Prolog

Aus den Schriften des Ersten Chronisten (»Das Buch der Zwölfe«)

Vorgelegt auf der Dritten Internationalen Tagung zur
Nordamerikanischen Quarantäne-Periode
Zentrum zur Erforschung menschlicher Kulturen und Konflikte
University of New South Wales, Indo-Australische Republik
16.–21. April 1003 n.V.

Erstes Kapitel

1. Denn es begab sich, dass die Welt im Argen lag und der Krieg Einzug gehalten hatte in die Herzen der Menschen. Sie schändeten alles, was lebte, sodass die Welt ward zu einem Traum des Todes.

2. Und Gott blickte auf Seine Schöpfung mit großem Kummer, denn Sein Geist wohnte nicht länger in den Menschen.

3. Und der HERR sprach: Wie zu Zeiten Noahs soll eine große Flut über die Erde kommen, und es soll eine Flut aus Blut sein. Die Ungeheuer in den Herzen der Menschen sollen Fleisch werden und alles verzehren auf ihrem Weg. Und man soll sie Virals heißen.

4. Die erste dieser Kreaturen soll unter euch wandeln in Gestalt eines tugendhaften Mannes und das Böse in sich verbergen, und es soll ihn befallen eine Krankheit, sodass er einem Dämon gleiche, furchtbar anzusehen. Er soll der Vater der Zerstörung sein und auf den Namen Zero hören.

5. Und die Menschen werden sagen: Wäre ein solches Wesen nicht der Mächtigste unter den Soldaten? Und würden die Heerscharen unserer Feinde nicht die Waffen niederlegen und ihre Augen bedecken vor seinem Anblick?

6. Und ein Erlass soll ergehen von höchster Stelle, dass man zwölf Verbrecher wähle, die das Blut des Zero teilen und gleichfalls Dämonen werden. Und ihre Namen sollen sein wie ein einziger: Babcock-Morrison-Chaves-Baffes-Turrell-Winston-Sosa-Echols-Lambright-Martínez-Reinhardt-Carter, genannt Die Zwölf.

7. Aber ich will auch eine unter euch erwählen mit reinem Herzen und lauterem Sinn, ein Kind, das bestehen kann gegen die listigen Anläufe des Bösen. Und ich werde ein Zeichen schicken, auf dass alle es wissen, und dieses Zeichen soll sein eine große Unruhe unter den Tieren.

8. Und dieses Kind war Amy, deren Name von Liebe kündet: Amy, die Hüterin der Seelen, das Mädchen von Nirgendwo.

9. Und das Zeichen erging am Orte Memphis, da die Tiere heulten und kreischten und trompeteten, und eine, die dies sah, war Lacey, eine Schwester in den Augen Gottes. Und der HERR sprach zu Lacey:

10. Auch du bist erwählt, denn eine Helferin sollst du sein für Amy und ihr den Weg weisen. Wo sie hingeht, da sollst auch du hingehen, und deine Reise soll beschwerlich sein und viele Generationen währen.

11. Du sollst sein wie eine Mutter für das Kind, das ich hervorgebracht habe, die zerbrochene Welt zu heilen. Denn in ihr will ich eine Arche bauen für die Seelen der Gerechten.

12. Und Lacey gehorchte und tat, was Gott ihr befohlen hatte.

Zweites Kapitel

1. Und es begab sich, dass Amy in das Land Colorado gebracht wurde als Gefangene ruchloser Menschen, denn dort weilten Zero und die Zwölf in Ketten. Die aber Amy gefangen hatten, trachteten danach, dass sie werde wie die Zwölf und sich zu ihnen geselle im Geiste.

2. Und dort bekam sie das Blut des Zero und versank in eine Ohnmacht, als wäre sie tot, doch starb sie nicht und nahm auch nicht an die Gestalt der Ungeheuer. Denn es war nicht Gottes Vorsehung, dass sich solches begeben sollte.

3. In dieser Ohnmacht lag Amy etliche Tage, bis ein großes Unheil geschah, auf dass es gebe eine Zeit Davor und eine Zeit Danach. Die Zwölf entkamen und auch der Zero, und sie brachten den Tod über die Erde.

4. Ein Mann aber ward Freund mit Amy und hatte Mitleid mit ihr, und er stahl sie fort von jenem Ort. Er hieß mit Namen Wolgast und war ein Gerechter und ein Geliebter des HERRN.

5. Und zusammen begaben Amy und Wolgast sich in das Land Oregon, das tief in den Bergen lag, und dort weilten sie in der Zeit, die da hieß das Jahr Null.

6. Denn in jener Zeit suchten die Zwölf das Angesicht der Welt heim mit ihrem großen Hunger und töteten alle Lebewesen. Die aber, an denen sie sich nicht sättigten, wurden befallen und gesellten sich zu ihnen. So mehrten die Zwölf sich millionenfach und bildeten die Zwölf Stämme der Virals, ein jeder mit seinen Vielen, die über die Erde streiften ohne Namen und ohne Gedächtnis und die alles verwüsteten, was da lebte.

7. So vergingen die Jahreszeiten, und Wolgast wurde einem Vater gleich für Amy, die keinen Vater hatte wie auch er kein eigenes Kind, und genau so liebte er sie und sie ihn.

8. Er aber sah, dass Amy nicht war wie er noch wie irgendein anderer Mensch auf Erden, denn sie alterte nicht, litt keinen Schmerz, brauchte weder Nahrung noch Schlaf. Und es graute ihm, was aus ihr werden würde, wenn er dahingegangen wäre.

9. Als ein Fremder zu ihnen kam aus dem Ort Seattle, tötete Wolgast ihn, auf dass der Mann nicht werde zum Dämon in ihrer Mitte. Denn die Welt war eine Heimstatt der Ungeheuer, wo niemand lebte außer ihnen.

10. Und so kam es, dass sie lebten wie Vater und Tochter und füreinander sorgten bis zu der Nacht, da ein gleißendes Licht den Himmel erfüllte, so hell, dass man es nicht anblicken konnte. Am Morgen danach war die Luft faul von Gestank, und Asche fiel auf alles.

11. Das Licht indes war das Licht des Todes, und es warf Wolgast nieder mit einer todbringenden Krankheit. Fortan streifte Amy allein durch das verwüstete Land, und niemand war ihr Gesellschaft als die Virals.

12. Und so vergingen vier Mal zwanzig und zwölf Jahre.

Drittes Kapitel

1. Als Amy aber im achtundneunzigsten Jahr ihres Lebens war, kam sie im Lande Kalifornien in eine Stadt, die da hieß die Erste Kolonie. In ihren Mauern weilten vier Mal zwanzig und zehn Seelen, die Nachkommen der Kinder, die hierher gefunden hatten aus der Stadt Philadelphia in der Zeit Davor.

2. Doch die Menschen fürchteten sich, als sie Amy erblickten, denn sie wussten nichts von der Welt, und manches böse Wort ward gegen die Fremde gesprochen, und sie sperrten sie ein. So erhob sich mancherlei Wirrnis, und Amy musste fliehen zusammen mit etlichen anderen.

3. Die da hießen Peter, Alicia, Sara, Michael, Hollis, Theo, Mausami und Hightop, acht an der Zahl, und jeder trug die gerechte Sache im Herzen und verlangte, die Welt zu sehen, die außerhalb der Stadt lag.

4. Und unter ihnen war Peter der Erste und Alicia die Zweite. Sara war die Dritte und Michael der Vierte. Und desgleichen waren die anderen gesegnet in den Augen des HERRN.

5. Gemeinsam verließen sie den Ort im Schutze der Dunkelheit und wollten das Geheimnis entdecken, das die Welt ins Verderben geführt hatte und verborgen war im Lande Colorado. Ein halbes Jahr zogen sie durch die Wildnis und erlitten mancherlei Drangsal, die größte von allen an einem Ort, welcher der »Hafen« geheißen wurde.

6. Denn in der Stadt Las Vegas waren sie in Gefangenschaft geraten und zu Babcock gebracht worden, dem Ersten der Zwölf, der im »Hafen« lebte mit seinen Vielen. Diese waren wie Sklaven und opferten ihm zu jedem neuen Mond zwei aus ihrer Zahl, auf dass die anderen am Leben blieben.

7. Amy und die anderen wurden dort auf die Opferstätte geworfen und kämpften gegen Babcock, der schrecklich anzuschauen war, und viele der Seinen fanden dabei den Tod. Amy und ihre Gefährten aber flüchteten von diesem Ort, weil sie nicht gleichfalls sterben wollten.

8. Nur einer von ihnen fiel, und das war der Junge, der Hightop hieß, und sie begruben ihn und setzten ein Mal auf die Stelle zu seinem Gedenken.

9. Und eine große Trauer lag auf ihnen, denn Hightop war allen der Liebste in ihrer Zahl, doch sie konnten nicht säumen, denn Babcock und seine Vielen verfolgten sie.

10. Als aber noch mehr Zeit vergangen war, kamen Amy und ihre Gefährten zu einem Haus, das die Zeit nicht angerührt hatte, denn Gott hatte es gesegnet und seinen Grund geheiligt. Es war eine Farm, und dort rasteten sie und waren in Sicherheit sieben Tage lang.

11. Zwei von ihnen beschlossen, an diesem Ort zu bleiben, denn die Frau war gesegneten Leibes. Das Kind ward geboren und bekam den Namen Caleb, und Gott liebte es.

12. So zogen die anderen weiter, die zwei aber blieben mit dem Kind zurück.

Viertes Kapitel

1. Und es begab sich, dass Amy und ihre Gefährten Tag und Nacht wanderten bis in das Land Colorado, wo sie Soldaten fanden, fünf Mal zwanzig an der Zahl. Sie hießen »Expeditionsbataillon« und kamen aus dem Land Texas.

2. Denn Texas war in jener Zeit ein Ort der Zuflucht auf der Erde, und die Soldaten waren ausgezogen, gegen die Virals zu kämpfen, und ein jeder hatte gelobt, zu sterben für seine Kameraden.

3. Und eine von ihnen beschloss, sich einzureihen in die Expedition und Soldat zu werden, und das war Alicia, genannt Blades, die mit den Messern. Einer der Soldaten beschloss wiederum, sich zu ihnen zu gesellen, und das war Lucius, der Treue.

4. Dort wären sie geblieben, doch der Winter nahte. Vier aus ihrer Zahl verlangte es, mit den Soldaten nach Texas zu ziehen, und Amy und Peter gingen sodann allein weiter.

5. Als die beiden den Ort erreichten, da Amy geschaffen ward, gewahrten sie dort auf dem höchsten Gipfel einen Engel des HERRN. Und der Engel sprach zu Amy:

6. Fürchte dich nicht, denn ich bin Lacey und ich habe viele, viele Jahre auf dich gewartet, um dir den Weg zu weisen und ihn auch Peter zu weisen. Denn er ist auserwählt, dir beizustehen.

7. Denn wie zur Zeit Noahs hat Gott in seiner Weisheit ein Schiff bereitgestellt, um die Wasser der Zerstörung zu überbrücken, und dieses Schiff ist Amy. Und Peter soll es sein, der seine Gefährten auf trockenes Land steuert.

8. Daher wird der HERR heil machen, was zerbrochen ist, und Trost bringen den Herzen der Gerechten. Und dieses soll heißen »der Übergang«.

9. Der Engel Lacey rief sodann Babcock, den Ersten der Zwölf, aus der Finsternis, und es begann ein großer Kampf. Lacey erschlug ihn mit einem hellen Blitz und begab sich in die Hand des HERRN.

10. Und so wurden Babcocks Viele von ihm befreit und erinnerten sich der Menschen, die sie einst gewesen waren, in der Zeit Davor: Mann und Frau, Gemahl und Gemahlin, Vater und Kind.

11. Amy aber wandelte unter ihnen und segnete jeden Einzelnen, denn das war Gottes Wille: dass sie das Gefäß sei, das die Seelen der Vielen durch die lange Nacht des Vergessens trug. Und ihre bösen Geister fuhren daraufhin von ihnen aus, und sie durften endlich sterben.

12. Und auf diese Weise erfuhren Amy und ihre Gefährten, was vor ihnen lag, denn der Weg, auf dem sie reisen sollten, war steil, und es war erst der Anfang.

I

Der Geist

Sommer 97 n. V.

Fünf Jahre nach dem Fall
der Ersten Kolonie

Gedenke mein, wenn ich gegangen bin,
Weit fort hinweg ins stille Land.

Christina Rossetti, »Remember«

1

Waisenhaus der Barmherzigen Schwestern, Kerrville, Texas

Später, nach Abendbrot und Gebet, nach dem Baden, wenn es Badeabend war, und nach den letzten Verhandlungen über den Abschluss des Tages (*Bitte, Schwester, können wir nicht noch ein bisschen länger aufbleiben? Bitte, nur noch eine Geschichte?*), wenn die Kinder endlich eingeschlafen waren und alles sehr still war, betrachtete Amy sie in ihren Betten. Das verstieß gegen keine Regel; die Schwestern waren an ihre nächtlichen Wanderungen gewöhnt. Wie ein Geist huschte sie von einem stillen Zimmer zum anderen und wehte zwischen den Reihen der Betten auf und ab, in denen die Kinder selig schliefen. Die Ältesten waren dreizehn, bereit zum Schritt ins Erwachsenenalter, die Jüngsten noch Babys. Jedes hatte seine Geschichte, und sie war immer traurig. Viele waren Drittlinge, vor dem Waisenhaus ausgesetzt von Eltern, die die Steuer nicht zahlen konnten. Andere Opfer noch grausamerer Umstände: die Mutter im Kindbett gestorben oder unverheiratet, eine Schmach, die viele nicht ertragen konnten; der Vater verschwunden in den dunklen Winkeln der Stadt oder gefallen vor der Mauer. Die Herkunft der Kinder war unterschiedlich, aber ihr Schicksal würde immer das gleiche sein. Die Mädchen würden in den Orden eintreten, wo sie ihre Tage mit Gebet und Kontemplation verbringen und für die Kinder sorgen würden, die sie selbst einmal gewesen waren, und die Jungen würden Soldaten werden, Angehörige der

Expeditionsstreitkräfte, und ihr Gelübde würde von anderer Art, doch nicht weniger bindend sein.

Aber in ihren Träumen waren sie Kinder – immer noch Kinder, dachte Amy. Ihre eigene Kindheit war die fernste von allen Erinnerungen in ihr; unendlich weit weg. Doch wenn sie diese schlafenden Kinder betrachtete und sah, wie deren geschlossene Augen im Traum flatterten, rückte sie wieder näher heran – die Erinnerung an eine Zeit, in der Amy selbst ein kleines Wesen in der Welt gewesen war und in ihrer Unschuld nichts geahnt hatte von dem, was vor ihr lag, von der allzu langen Reise ihres Lebens. Die Zeit war eine endlose Weite in ihr, zu viele Jahre waren seither vergangen, als dass sie das eine noch vom anderen hätte unterscheiden können. Vielleicht also wanderte sie deshalb zwischen ihnen umher: um sich zu erinnern.

Caleb war es, dessen Bett sie sich bis zuletzt aufhob, denn er würde auf sie warten. Baby Caleb – obwohl er kein Baby mehr war, sondern ein Junge von fünf Jahren, stramm und energisch wie alle Kinder, voller Überraschungen, Humor und verblüffender Offenheit. Von seiner Mutter hatte er die hohen, scharf gemeißelten Wangenknochen und die olivfarbene Haut ihres Klans. Von seinem Vater den unnachgiebigen Blick, das dunkle Staunen, das grobe schwarze Haar, kurzgeschoren wie eine Mütze, das früher, in der Kolonie, immer nur »Jaxon-Haar« geheißen hatte. Ein Amalgam physischer Elemente, ein Puzzle, zusammengesetzt aus Stücken seines Stammes. Sie sah sie in seinen Augen. Er war Mausami, er war Theo. Er war nur er selbst.

»Erzähl mir von ihnen.«

Immer, jeden Abend, das gleiche Ritual. Es war, als könne der Junge nicht einschlafen, ohne eine Vergangenheit zu besuchen, an die er sich nicht erinnern konnte. Amy nahm ihren gewohnten Platz auf der Kante seiner Pritsche ein. Unter den Decken waren die Umrisse seines schlanken Kinderkörpers kaum zu sehen. Um sie herum zwanzig schlafende Kinder, ein Chor der Stille.

»Ja«, begann sie leise, »mal sehen. Deine Mutter war sehr schön.«

»Eine Kriegerin.«

»Ja.« Sie lächelte. »Eine schöne Kriegerin. Mit langen schwarzen Haaren, die sie zu einem Kriegerinnenzopf flocht.«

»Damit sie mit ihrem Bogen schießen konnte.«

»Richtig. Aber vor allem war sie eigensinnig. Weißt du, was es bedeutet, wenn jemand eigensinnig ist? Ich hab's dir schon gesagt.«

»Störrisch?«

»Ja. Aber auf gute Art. Wenn ich dir sage, du sollst dir vor dem Essen die Hände waschen, und du weigerst dich, dann ist das nicht gut. Das ist die falsche Art von Eigensinn. Ich will damit sagen, dass deine Mutter immer getan hat, was sie für richtig hielt.«

»Darum hat sie mich bekommen.« Er konzentrierte sich auf diese Worte. »Weil es … weil es richtig war, ein Licht in die Welt zu bringen.«

»Gut. Du weißt es noch. Erinnere dich immer daran, dass du ein helles Licht bist, Caleb.«

Ein warmes, glückliches Leuchten trat auf Calebs Gesicht. »Jetzt erzähl mir von Theo. Von meinem Vater.«

»Von deinem Vater?«

»Biiitteeee.«

Sie lachte. »Also gut. Dein Vater. Zunächst einmal war er sehr tapfer. Ein tapferer Mann. Er hat deine Mutter sehr geliebt.«

»Und traurig.«

»Stimmt, traurig war er auch. Aber gerade das machte ihn so tapfer, weißt du. Denn er tat das Tapferste, was es gibt. Weißt du, was das ist?«

»Hoffnung zu haben.«

»Ja. Hoffnung zu haben, wenn es scheinbar keine mehr gibt. Auch daran musst du dich immer erinnern.« Sie beugte sich über ihn und küsste seine Stirn, die feucht war von kindlicher Wärme. »Jetzt ist es spät. Zeit zum Schlafen. Morgen ist auch noch ein Tag.«

»Haben sie … mich geliebt?«

Sie war verblüfft. Nicht über die Frage an sich – die hatte er schon viele Male gestellt –, sondern über seinen unsicheren Tonfall.

»Natürlich, Caleb. Das hab ich dir doch schon oft gesagt. Sie haben dich sehr geliebt. Sie lieben dich immer noch.«

»Weil sie im Himmel sind.«

»Richtig.«

»Wo wir alle zusammen sind, für immer. Da, wo die Seele hingeht.« Er zögerte und schaute weg. Dann flüsterte er: »Sie sagen, du bist sehr alt.«

»Wer sagt das, Caleb?«

»Weiß ich nicht.« Eingehüllt in seine Decken wie in einen Kokon zuckte er kaum merklich die Achseln. »Alle. Die anderen Schwestern. Ich hab gehört, wie sie reden.«

Darüber war noch nie gesprochen worden. Nach allem, was Amy wusste, kannte nur Schwester Peg die Geschichte.

»Na ja«, sagte sie und sammelte sich, »ich bin älter als du. Das weiß ich immerhin. Alt genug, um dir zu sagen, es ist Zeit zum Schlafen.«

»Ich sehe sie manchmal.«

Sie stutzte. »Caleb? Wie siehst du sie?«

Der Blick des Jungen war plötzlich nach innen gerichtet. »Nachts. Wenn ich schlafe.«

»Wenn du träumst, meinst du.«

Darauf hatte der Junge keine Antwort.

Sie berührte seinen Arm unter der Decke. »Ist schon gut, Caleb. Du kannst es mir sagen, wenn du so weit bist.«

»Es ist nicht dasselbe. Es ist nicht wie ein Traum.« Sein Blick kehrte zu ihrem Gesicht zurück. »Dich sehe ich auch, Amy.«

»Mich?«

»Aber du bist dann anders. Nicht, wie du jetzt bist.«

Sie wartete darauf, dass er noch mehr sagte. Doch es kam nichts mehr. Inwiefern anders?

»Sie fehlen mir«, sagte der Junge schließlich.

Sie nickte, und für den Augenblick ließ sie es durchgehen. »Ich weiß. Du wirst sie auch irgendwann wiedersehen. Aber vorläufig hast du mich. Du hast deinen Onkel Peter. Er wird bald nach Hause kommen, weißt du.«

»Mit den Expi-lions-Truppen.« Ein Ausdruck von Entschlossenheit trat in das Gesicht des Jungen. »Wenn ich groß bin, will ich Soldat werden wie Onkel Peter.«

Amy drückte ihm noch einen Kuss auf die Stirn und richtete sich auf. »Wenn du das werden willst, dann wirst du es auch werden. Und jetzt schlaf.«

»Amy?«

»Ja, Caleb?«

»Hat dich auch jemand so geliebt?«

Sie blieb am Bett des Jungen stehen, und die Erinnerungen brandeten über sie hinweg. Die Erinnerung an einen Frühlingsabend, an ein kreisendes Karussell und den Geschmack von Puderzucker. An einen See und an ein Haus im Wald und an das Gefühl einer großen Hand, die ihre eigene umschloss. Tränen stiegen ihr in die Kehle.

»Ich glaube, ja. Ich hoffe es zumindest.«

»Tut Onkel Peter es?«

Erschrocken runzelte sie die Stirn. »Wie kommst du darauf, Caleb?«

»Ich weiß nicht.« Der Junge zuckte ein bisschen verlegen die Achseln. »Die Art, wie er einen ansieht. Er lächelt immer.«

»Tja.« Sie tat ihr Bestes, sich nichts anmerken zu lassen. War da auch nichts? »Ich glaube, er lächelt, weil er sich freut, dich zu sehen. Jetzt wirst du schlafen. Versprochen?«

Sein Blick war ein Stöhnen. »Versprochen.«

Draußen strahlten die Scheinwerfer auf die Stadt herab. Die Helligkeit war nicht so total wie in der Kolonie; dazu war Kerrville viel zu groß. Es war eher eine Art Dämmerlicht, hell an den Rändern und mit einer Krone aus Sternen. Amy schlich sich aus dem

Hof und hielt sich im Schatten. Am Fuße der Mauer fand sie die Leiter. Sie versuchte nicht, ihren Aufstieg zu verheimlichen. Oben empfing sie der Posten, ein breitschultriger Mann mittleren Alters mit einem Gewehr quer vor der Brust.

»Was fällt dir ein?«

Aber mehr sagte er nicht. Als der Schlaf ihn überkam, ließ sie ihn auf den Laufgang sinken und lehnte ihn mit dem Gewehr auf dem Schoß an die Brüstung. Wenn er aufwachte, würde er sich nur bruchstückhaft und traumartig an sie erinnern. Ein Mädchen? Eine der Schwestern im groben grauen Gewand des Ordens? Vielleicht würde er nicht von selbst aufwachen, sondern von einem seiner Kameraden gefunden und weggeschleppt werden, weil er auf dem Posten geschlafen hatte. Das bedeutete ein paar Tage Haft, mehr aber auch nicht. Und glauben würde ihm sowieso niemand.

Sie lief auf dem Laufsteg entlang bis zur leeren Beobachtungsplattform. Die Streife kam alle zehn Minuten vorbei; mehr Zeit hatte sie also nicht. Die Scheinwerfer ließen ihr helles Licht wie eine leuchtende Flüssigkeit über die Felder dort unten fließen. Amy schloss die Augen, wartete, bis ihr Kopf leer war, und schickte dann ihre Gedanken nach draußen, hoch hinaus über das Feld.

– Kommt zu mir.

– Kommt zu mir kommt zu mir kommt zu mir.

Sie glitten aus der Dunkelheit heran. Erst einer, dann noch einer und noch einer, eine leuchtende Phalanx, wo sie am Rande der Schatten kauerten. Und im Geiste hörte sie die Stimmen. Die Stimmen und die Frage:

Wer bin ich?

Sie wartete.

Wer bin ich wer bin ich wer bin ich?

Wie sehr sie ihn vermisste. Wolgast, den, der sie geliebt hatte. Wo bist du?, dachte sie, und das Herz tat ihr weh vor Einsamkeit, denn Nacht für Nacht, seit dieses Neue in ihr erwacht war, spürte sie seine Abwesenheit schmerzlich. Warum hast du mich alleingelassen? Aber Wolgast war nirgendwo, nicht im Wind und nicht im

Himmel, nicht in dem Geräusch, mit dem die Erde sich langsam drehte. Der Mann, der er war, war fort.

Wer bin ich wer bin ich wer bin ich wer bin ich wer bin ich wer bin ich?

Sie wartete so lange wie möglich. Die Minuten tickten dahin. Dann näherten sich Schritte auf dem Laufsteg: der Posten.

– Ihr seid ich, sagte sie zu ihnen. Ihr seid ich. Jetzt geht.

Sie zerstoben in die Dunkelheit.

2

Alicia Donadio – Alicia Blades, das Neue Wesen, Tochter des großen Niles Coffee und Kundschafter-Scharfschütze des Zweiten
Expeditionsbataillons der Armee der Republik Texas – erwachte
an einem warmen Abend im September, viele Meilen und Wochen
von daheim entfernt, und schmeckte Blut im Wind.

Sie war siebenundzwanzig Jahre alt, knapp einen Meter siebzig groß und kräftig gebaut, und ihr rotes Haar war kurz geschoren. Ihre Augen, die einmal blau gewesen waren, hatten jetzt den
orangegelben Glanz von glühenden Kohlen. Sie hatte nur leichtes
Gepäck, kein Gramm war zu viel. Ihre Füße steckten in Sandalen, die aus Segeltuch geschnitten waren, mit Profilsohlen aus dem
vulkanisierten Gummi von Autoreifen. Ihre Jeans waren an den
Knien und am Hosenboden verschlissen. Die Ärmel ihres Baum-
wollpullovers waren abgeschnitten, damit sie sich schneller bewegen konnte. Sie hatte sich zwei lederne Gurte um die Brust geschnallt, in deren Scheiden sechs stählerne Messer steckten, ihr
Markenzeichen: die Blades. Auf dem Rücken, an einem Strick aus
kräftigem Hanf, hing ihre Armbrust. Eine halbautomatische .45er
Browning mit neunschüssigem Magazin, die Waffe für den äußers-
ten Notfall, saß in einem Holster an ihrem Oberschenkel.

Acht und eine, hieß es immer. Acht für die Virals, eine für dich.
Acht und eine und dann keine.

Die Stadt hieß Carlsbad. Die Zeit war nicht spurlos an ihr vorbeigegangen, hatte sie blankgefegt wie ein Riesenbesen. Ein paar Gebäude waren aber noch da, die leeren Hülsen von Häusern, rostige Schuppen, still gewordene Ruinen als Beweis für die Vergänglichkeit alles Irdischen. Sie hatte den Tag im Schatten einer Tankstelle verbracht, deren Blechdach aus irgendeinem Grund immer noch stand, und in der Abenddämmerung war sie aufgewacht, um zu jagen. Den Hasen hatte sie mit der Armbrust erwischt – ein Schuss durch die Kehle –, sie hatte ihn gehäutet und über einem Mesquiteholzfeuer gebraten, und sie hatte das faserige Fleisch von den Keulen gezupft, während die Flammen darunter knisterten.

Sie hatte es nicht eilig.

Sie war eine Frau mit Regeln, mit Ritualen. Sie tötete keine Virals, wenn sie schliefen. Sie benutzte kein Gewehr, wenn sie es vermeiden konnte. Gewehre waren laut und unsauber und der Aufgabe nicht würdig. Sie nahm sie mit dem Messer, schnell, oder mit der Armbrust, sauber und ohne Reue und immer mit einem barmherzigen Segen im Herzen. Sie sagte: »Ich sende euch heim, meine Brüder und Schwestern, ich befreie euch aus dem Gefängnis eures Daseins.« Und nach dem Töten, wenn sie die Klinge aus ihrem mörderischen Ziel gezogen hatte, legte sie den Griff erst an die Stirn, dann an die Brust, an Kopf und Herz und weihte die Erlösung der Kreatur so mit der Hoffnung, dass ihr Mut sie, wenn der Tag da wäre, nicht im Stich lassen und sie selbst befreit werden würde.

Sie wartete, bis es Nacht war, löschte das Feuer und brach auf.

Seit Tagen zog sie durch eine weite Buschlandtiefebene. Im Süden und im Westen ragten die Schattenumrisse von Bergen empor, die sich wie Schultern aus dem Talboden erhoben. Wenn Alicia in ihrem Leben schon einmal das Meer gesehen hätte, dann hätte sie vielleicht gedacht: Das ist es, das ist das Meer. Der Grund eines großen Binnenmeers, und die Berge sind Überreste eines riesigen Riffs aus einer Zeit, da unvorstellbare Ungeheuer über die Erde und die Meere streiften.

Wo seid ihr heute Nacht?, dachte sie. *Wo versteckt ihr euch,
meine Brüder und Schwestern im Blut?*

Sie war eine Frau mit drei Leben – zwei Vorher, ein Nachher.
Im ersten Vorher war sie nur ein kleines Mädchen gewesen. Die
Welt bestand aus schwankenden Gestalten und blitzenden Lichtern und sagte ihr nichts. Sie war wie der Wind, der durch ihre
Haare fuhr. Bis zu jener Nacht. Sie war acht Jahre gewesen, als
der Colonel sie vor die Mauern der Kolonie gebracht und dort
zurückgelassen hatte, ohne alles, nicht einmal mit einem Messer.
Sie hatte die ganze Nacht unter einem Baum gesessen und geweint, und als die Morgensonne sie fand, war sie verändert, verwandelt, und das Mädchen, das sie gewesen war, war fort. *Siehst
du?*, fragte der Colonel und kniete vor ihr im Staub, wo sie saß.
Er umarmte sie nicht tröstend, sondern schaute ihr geradewegs
ins Gesicht wie ein Soldat. *Verstehst du jetzt?* Und sie tat es, ja.
Sie verstand. Ihr Leben, der kümmerliche Zufall ihres Daseins,
bedeutete nichts. Sie hatte es aufgegeben. An diesem Tag hatte sie
den Eid abgelegt.

Das alles war lange her. Sie war ein Kind gewesen, dann eine
Frau, dann – was? Die dritte Alicia, das Neue Wesen, nicht Viral
und nicht Mensch, sondern irgendwie beides. Ein Amalgam. Ein
Kompositum, ein Wesen für sich. Sie war unter den Virals gereist
wie ein unsichtbares Phantom, ein Teil von ihnen, aber auch wieder nicht, ein Geist für die Geister, die sie waren. In ihren Adern
war das Virus, doch als Gegengewicht auch ein Zweites, das sie
von Amy bekommen hatte, dem Mädchen von Nirgendwo, aus einer der zwölf Ampullen aus dem Labor in Colorado. Die übrigen
hatte Amy selbst vernichtet, in die Flammen geworfen. Amys Blut
hatte ihr das Leben gerettet, aber dann wiederum auch nicht. Es
hatte sie, Lieutenant Alicia Donadio, Kundschafter-Scharfschütze
der Expeditionsstreitkräfte, zu einem Wesen gemacht, das einzigartig war. Unter den Lebenden gab es niemanden wie sie.

Es kam vor, oft, eigentlich immer, dass Alicia selbst nicht genau
hätte sagen können, was sie war.

Sie kam zu einem Schuppen. Ein pockennarbiges, durchlöchertes Gebäude, halb im Sand vergraben, mit einem schrägen Blechdach. Sie … *fühlte* etwas.

Seltsam. Das hatte sie noch nicht erlebt. Diese Fähigkeit hatte das Virus ihr nicht gegeben; die hatte nur Amy. Alicia war das Yin zu Amys Yang, ausgestattet mit der körperlichen Kraft und Schnelligkeit der Virals, aber ohne Kontakt zu dem unsichtbaren Netz, das sie miteinander verband, Gedanke an Gedanke.

Und doch – war es nicht so? Dass sie etwas fühlte? Dass sie *sie* fühlte? Ein Kribbeln an der Schädelbasis, ein leises Rascheln im Kopf, kaum hörbar als Worte:

Wer bin ich? Wer bin ich wer bin ich wer bin ich wer bin ich …?

Es waren drei. Sie alle waren Frauen gewesen früher. Und mehr noch: Alicia spürte – wie war das möglich? –, dass in jeder von ihnen ein einzelner Kern der Erinnerung lag. Eine Hand, die ein Fenster schloss, und das Rauschen von Regen. Ein bunter Vogel, der in einem Käfig sang. Der Blick durch eine Tür in ein dunkles Zimmer und auf zwei kleine Kinder, Junge und Mädchen, die in ihren Betten schliefen. Alicia empfing diese Visionen, als wären es ihre eigenen. Bilder und Geräusche und Gerüche und Gefühle – eine Melange aus intensiven Wahrnehmungen wie drei winzige Feuer, die in ihr loderten. Kurz war sie davon gefangen und stand in stummer Ehrfurcht vor diesen Erinnerungen an eine verlorene Welt. An die Welt der Zeit Davor.

Aber noch etwas. Jede dieser Erinnerungen war umhüllt von einem dunklen Leichentuch, endlos und unerbittlich, und es ließ Alicia bis ins Mark erschauern. Sie fragte sich, was es war, doch dann wusste sie es: der Traum dessen, der Martínez hieß. Julio Martínez aus El Paso, Texas, der Zehnte der Zwölf, zum Tode verurteilt wegen Mordes an einem Hilfspolizisten. Der, den Alicia suchte.

In seinem Traum vergewaltigte Martínez immer wieder eine Frau namens Louise – der Name stand in verschnörkelter Schrift auf der Brusttasche an der Bluse der Frau –, und dabei erwürgte er sie mit einem Stromkabel.

Die Tür des Schuppens hing schief an verrosteten Angeln. Drinnen war es eng: Alicia hätte gern mehr Platz gehabt, besonders bei dreien. Sie schlich vorwärts, folgte der Richtung des Bolzens auf der Armbrust und betrat den Schuppen.

Zwei der Virals hingen kopfüber an den Deckenbalken, der Dritte kauerte in einer Ecke und nagte mit schmatzenden Geräuschen an einem Stück Fleisch. Sie hatten eben eine Antilope ausgesaugt. Die Überreste lagen jetzt auseinandergerissen auf dem Boden, Fellklumpen und Knochen und Haut. Satt und benommen nahmen die Virals keine Notiz von ihr, als sie hereinkam.

»Guten Abend, Ladys.«

Den Ersten holte sie mit der Armbrust vom Deckenbalken. Ein dumpfer Schlag, ein jäh erstickter Schrei, und der Körper krachte auf den Boden. Die beiden anderen kamen jetzt zu sich. Der Zweite ließ den Balken los, zog die Knie an die Brust und drehte sich im Fall, um von ihr abgewandt auf den Klauenfüßen zu landen. Alicia ließ die Armbrust fallen, zog ein Messer und schleuderte es in einer einzigen fließenden Bewegung in den Dritten, der sich aufgerichtet hatte und sie ansah.

Zwei erledigt, einer blieb noch.

Es hätte einfach sein müssen. Plötzlich war es das nicht. Als Alicia das zweite Messer zog, fuhr der letzte Viral herum und schlug ihr mit solcher Kraft auf die Hand, dass die Waffe kreiselnd ins Dunkel flog. Bevor die Bestie noch einmal zuschlagen konnte, ließ Alicia sich zu Boden fallen und rollte zur Seite. Als sie mit dem nächsten Messer in der Hand hochkam, war der Viral weg.

Fuck.

Sie raffte die Armbrust vom Boden hoch, legte einen neuen Bolzen auf und stürzte hinaus. Wo zum Teufel war er? Zwei schnelle Schritte, und Alicia sprang auf das Dach des Schuppens, wo sie mit metallenem Dröhnen landete. Rasch sah sie sich um. Nichts, keine Spur.

Dann war der Viral hinter ihr. Eine Falle, begriff Alicia – er musste sich versteckt haben, flach hingestreckt am anderen Ende des Daches. Zwei Dinge geschahen gleichzeitig. Alicia fuhr auf den Absätzen herum und zielte auf ihn, und im selben Moment gab das Dach mit dem Lärm von splitterndem Holz und reißendem Blech unter ihr nach.

Sie landete mit dem Gesicht nach oben auf dem Boden des Schuppens, und der Viral krachte auf sie herunter. Die Armbrust war weg. Alicia wollte ein Messer ziehen, kam aber nicht heran. Sie brauchte beide Hände, um den Viral auf Armlänge von sich abzuhalten und seinen Zähnen auszuweichen. Nach links, nach rechts und wieder nach links zuckte das Gesicht der Bestie, und die Kiefer schnappten nach ihrer nach hinten gebogenen Kehle. Eine übermächtige Kraft im Kampf mit jemandem, der sich nicht rühren konnte: Wie lange konnte das gehen? Die Kinder in ihren Betten, dachte Alicia – das war dieser hier. Er war die Frau, die durch die Tür zu ihren schlafenden Kindern hineinschaute. Denk an die Kinder, dachte Alicia, und dann sagte sie es:

»*Denk an die Kinder.*«

Der Viral erstarrte. Ein wehmütiger Ausdruck trat in sein Gesicht. Für einen winzigen Augenblick – nicht mehr als eine halbe Sekunde lang – trafen sich ihre Blicke in der Dunkelheit. Mary, dachte Alicia. Dein Name war Mary. Ihre Hand tastete nach dem Messer. *Ich schicke dich heim, meine Schwester, Mary*, dachte Alicia. *Ich befreie dich aus dem Gefängnis deines Daseins.* Und mit einer Aufwärtsbewegung stieß sie die Klinge von der Spitze bis zum Heft in den Sweetspot.

Alicia rollte die Leiche zur Seite. Die anderen lagen da, wo sie hingefallen waren. Sie zog Messer und Bolzen aus den Kadavern und wischte sie ab, und dann kniete sie neben dem Dritten nieder. Wenn es vorbei war, empfand Alicia meist nichts außer einer unbestimmten Leere, und überrascht sah sie jetzt, dass ihre Hände zitterten. Woher hatte sie das gewusst? Denn das hatte sie, mit absoluter Klarheit, sie hatte gewusst, dass die Frau Mary geheißen hatte.

Sie zog das Messer heraus und berührte damit Kopf und Herz.

Danke, Mary, dass du mich nicht getötet hast, bevor meine Arbeit getan ist. Ich hoffe, du bist jetzt bei deinen Kleinen.

Marys Augen standen offen und starrten ins Leere. Alicia schloss sie mit den Fingerspitzen. Es kam nicht in Frage, sie zu lassen, wo sie war. Alicia nahm den Leichnam auf den Arm und trug ihn nach draußen. Eine Mondsichel war aufgegangen und übergoss die Landschaft mit ihrem Glanz. Aber Mondlicht war nicht das, was Mary brauchte. Hundert Jahre Nachthimmel waren genug, dachte Alicia und legte die Frau auf ein Stück offenes Land, wo die Sonne sie am Morgen finden und ihre Asche in den Wind verstreuen würde.

Der Weg führte jetzt bergauf.

Ein Tag und eine Nacht waren vergangen. Alicia war in den Bergen und folgte einem trockenen, schmalen Bachbett, höher und höher hinauf. Sie spürte die Virals jetzt stärker; sie ging auf etwas zu. Mary, dachte sie, was versuchst du mir zu sagen?

Der Morgen dämmerte schon, als sie auf dem Höhenkamm ankam und der Horizont zurückwich. Unter ihr in der windzerfurchten Dunkelheit entfaltete sich das Tal, und nur die Sterne leisteten ihm Gesellschaft. Alicia wusste, dass man ihre scheinbar beliebigen Konstellationen in einzelne Figuren zergliedern konnte, in die Umrisse von Menschen und Tieren, aber das hatte sie nie gelernt. In ihren Augen erschienen die Sterne planlos verstreut, als würden sie jede Nacht von Neuem über den Himmel gesät.

Dann sah sie es: einen klaffenden schwarzen Schlund in einer schüsselförmigen Senke. Die Öffnung war dreißig Meter hoch, vielleicht auch höher. Vor dem Eingang der Höhle waren geschwungene Bänke wie in einem Amphitheater aus der Felsflanke des Bergs gehauen. Fledermäuse schwirrten über den Himmel.

Es war ein Tor zur Hölle.

Du bist da unten, nicht wahr?, dachte Alicia lächelnd. *Du Scheißkerl, ich hab dich gefunden.*

II

Der Vertraute

Frühjahr

Im Jahr Null

Nun ist die wahre Spukezeit der Nacht,
Wo Grüfte gähnen und die Hölle
selbst Pest haucht in diese Welt.

Shakespeare, *Hamlet*

3

Denver Police Dept.
Fallakte 193874
Distrikt 6
Transkript der Befragung von Lila Beatrice Kyle
durch Detective Rita Chernow
3. Mai, 4.17 Uhr

RC: Ich gebe zu Protokoll, dass die zu Befragende umfassend
über ihre Rechte aufgeklärt wurde und bei dieser Befragung
auf die Anwesenheit eines Anwalts verzichtet hat. Befragung
durchgeführt durch Detective Rita Chernow, Denver PD,
Distrikt 6. Die Zeit ist 4.17 Uhr. Dr. Kyle, würden Sie bitte
Ihren vollen Namen angeben?

LK: Lila Beatrice Kyle.

RC: Und Sie sind Unfallchirurgin im Denver General Hospital,
ist das richtig?

LK: Ja.

RC: Und Sie wissen, warum Sie hier sind?

LK: Weil im Krankenhaus etwas passiert ist. Sie wollten mir ein
paar Fragen stellen. Wo sind wir hier?

RC: Wir sind auf dem Polizeirevier, Dr. Kyle.

LK: Bin ich in Schwierigkeiten?

RC: Wir haben darüber gesprochen, erinnern Sie sich? Wir versuchen herauszufinden, was heute Nacht in der Notaufnahme passiert ist. Ich weiß, Sie sind aufgeregt. Ich habe nur ein paar Fragen an Sie.

LK: Ich habe hier Blut. Warum ist da Blut an mir?

RC: Wissen Sie noch, was in der Notaufnahme passiert ist, Dr. Kyle?

LK: Ich bin müde. Warum bin ich so müde?

RC: Können wir Ihnen etwas bringen? Einen Kaffee vielleicht?

LK: Ich darf keinen Kaffee trinken. Ich bin schwanger.

RC: Aber Wasser? Möchten Sie ein Glas Wasser?

LK: Okay.

(Unterbrechung)

RC: Fangen wir ganz von vorne an. Sie haben heute Nacht in der Notaufnahme gearbeitet, ist das richtig?

LK: Nein, ich war oben.

RC: Aber Sie sind in die Notaufnahme heruntergekommen?

LK: Ja.

RC: Um welche Zeit?

LK: Ich weiß es nicht mehr genau. Gegen eins. Sie haben mich angepiepst.

RC: Warum hat man Sie angepiepst?

LK: Ich hatte orthopädischen Bereitschaftsdienst. Sie hatten einen Patienten mit einem gebrochenen Handgelenk.

RC: Und war dieser Patient Mr Letourneau?

LK: Ich glaube, ja.

RC: Was hat man Ihnen sonst noch über ihn gesagt?

LK: Bevor ich hinunterging, meinen Sie?

RC: Ja.

LK: Er sei von irgendeinem Tier gebissen worden.

RC: Von einem Hund zum Beispiel?

LK: Ich nehme es an. Sie haben es nicht gesagt.

RC: Sonst noch etwas?

LK: Es hieß, er hätte hohes Fieber. Und er hätte sich übergeben.

RC: Und mehr hat man Ihnen nicht gesagt?

LK: Nein.

RC: Und was haben Sie gesehen, als Sie in die Notaufnahme kamen?

LK: Er lag im dritten Bett. Da waren nur zwei andere Patienten. Sonntags ist es meistens ruhig.

RC: Und wann wäre das gewesen?

LK: Viertel nach eins, halb zwei.

RC: Und haben Sie Mr Letourneau untersucht?

LK: Nein.

RC: Ich stelle die Frage anders. Haben Sie den Patienten gesehen?

(Pause)

RC: Dr. Kyle?

LK: Entschuldigung, wie war die Frage?

RC: Haben Sie Mr Letourneau heute Nacht in der Notaufnahme gesehen?

LK: Ja. Mark war auch da.

RC: Meinen Sie Dr. Mark Shin?

LK: Er war der diensthabende Arzt. Haben Sie mit ihm gesprochen?

RC: Dr. Shin ist tot, Dr. Kyle. Er ist eins der Opfer.

LK: *(unverständlich)*

RC: Könnten Sie bitte lauter sprechen?

LK: Ich bin einfach … ich weiß es nicht. Entschuldigung, was wollten Sie wissen?

RC: Was können Sie mir über Mr Letourneau sagen? Wie wirkte er auf Sie?

LK: Wie er wirkte?

RC: Ja. War er wach?

LK: Ja, er war wach.

RC: Was haben Sie sonst noch beobachtet?

LK: Er war desorientiert. Erregt. Seine Gesichtsfarbe war merkwürdig.

RC: Wie meinen Sie das?

(Pause)

LK: Ich muss zur Toilette.

RC: Lassen Sie uns vorher ein paar Fragen klären. Ich weiß, Sie sind müde. Ich verspreche Ihnen, ich bringe Sie hier raus, so schnell ich kann.

LK: Haben Sie Kinder, Detective Chernow?

RC: Wie bitte?

LK: Ob Sie Kinder haben. Ich bin nur neugierig.

RC: Ja, ich habe zwei Söhne.

LK: Wie alt? Wenn ich fragen darf.

RC: Fünf und sieben. Ich habe nur noch wenige Fragen. Glauben Sie, das schaffen Sie?

LK: Ich wette, Sie wollen noch ein Mädchen, oder? Glauben Sie mir, nichts ist wie ein eigenes kleines Mädchen.

RC: Konzentrieren wir uns erst mal auf Mr Letourneau, wäre das okay? Sie haben gesagt, er war erregt. Könnten Sie darauf genauer eingehen?

LK: Genauer eingehen?

RC: Ja. Was hat er getan?

LK: Er hat komische Geräusche gemacht.

RC: Können Sie die beschreiben?

LK: Ein Klicken, in der Kehle. Und er hat gestöhnt. Er schien starke Schmerzen zu haben.

RC: Hatte er etwas gegen die Schmerzen bekommen?

LK: Sie hatten ihm Tramadol gegeben. Ich glaube, es war Tramadol.

RC: Wer war noch da außer Dr. Shin?

(Pause)

RC: Dr. Kyle? Wer war außerdem noch da, als Sie Mr Letourneau untersucht haben?

LK: Eine der Schwestern. Sie hat versucht, ihn zu beruhigen. Er war ganz außer sich.

RC: Sonst noch jemand?

LK: Ich weiß es nicht mehr. Ein Pfleger? Nein, zwei.

RC: Und wie ging es weiter?

LK: Er bekam Krämpfe.

RC: Der Patient bekam Krampfanfälle?

LK: Ja.

RC: Was haben Sie da unternommen?

LK: Wo ist mein Mann?

RC: Er ist draußen. Er ist mit Ihnen gekommen. Wissen Sie das nicht mehr?

LK: Brad ist hier?

RC: Verzeihung. Wer ist Brad?

LK: Mein Mann. Brad Wolgast. Er ist beim FBI. Vielleicht kennen Sie ihn?

RC: Dr. Kyle, jetzt bin ich verwirrt. Der Mann, der mit Ihnen gekommen ist, heißt David Centre. Ist er nicht Ihr Ehemann?

(Pause)

RC: Dr. Kyle? Verstehen Sie meine Frage?

LK: Natürlich ist David mein Ehemann. Was reden Sie für seltsame Sachen? Woher kommt das ganze Blut? Hatte ich einen Unfall?

RC: Nein, Dr. Kyle. Sie waren im Krankenhaus. Darüber reden wir. Vor drei Stunden wurden in der Notaufnahme neun Menschen getötet. Wir versuchen herauszufinden, wie das passiert ist.

(Pause)

LK: Es hat mich angesehen. Warum hat es mich nur angesehen?

RC: Was hat Sie angesehen, Dr. Kyle?

LK: Es war furchtbar.

RC: Was?

LK: Als Erstes hat es die Schwester getötet. Da war so viel Blut. Ein ganzes Meer.

RC: Sprechen Sie von Mr Letourneau? Er hat die Schwester getötet? Sie müssen sich klar ausdrücken.

LK: Ich habe Durst. Kann ich noch etwas Wasser bekommen?

RC: Gleich. Wie hat Mr Letourneau die Schwester getötet?

LK: Es ging so schnell. Wie kann jemand sich so schnell bewegen?

RC: Sie müssen sich konzentrieren, Dr. Kyle. Womit hat Mr Letourneau die Schwester getötet? Hatte er eine Waffe?

LK: Eine Waffe? Ich erinnere mich an keine Waffe.

RC: Wie hat er es dann getan?

(Pause)

RC: Dr. Kyle?

LK: Ich konnte mich nicht bewegen. Es hat mich nur ... angesehen.

RC: Etwas hat Sie angesehen? War da noch jemand im Raum?

LK: Er hat seinen Mund benutzt. Damit hat er es getan.

RC: Sie wollen sagen, Mr Letourneau hat die Schwester gebissen?

(Pause)

LK: Ich bin schwanger, wissen Sie. Ich bekomme ein Kind.

RC: Das sehe ich, Dr. Kyle. Ich weiß, das alles ist zu viel für Sie.

LK: Ich muss mich ausruhen. Ich will nach Hause.

RC: Wir versuchen, Sie von hier wegzubringen, so schnell wir können. Nur der Klarheit halber: Sie sagen aus Mr Letourneau habe die Schwester gebissen?

LK: Geht es ihr gut?

RC: Sie wurde enthauptet, Dr. Kyle. Sie hielten ihren Körper in den Armen, als wir Sie fanden. Wissen Sie das nicht mehr?

LK: *(unverständlich)*

RC: Können Sie bitte lauter sprechen?

LK: Ich verstehe nicht, was Sie von mir wollen. Warum stellen Sie mir diese Fragen?

RC: Weil Sie dabei waren. Sie sind unsere einzige Zeugin. Sie haben heute Nacht neun Menschen sterben sehen. Sie wurden in Stücke gerissen, Dr. Kyle.

LK: *(unverständlich)*

RC: Dr. Kyle?

LK: Diese Augen. Es war wie ein Blick in die Hölle. Als falle man endlos tief in die Dunkelheit. Glauben Sie an die Hölle, Detective?

RC: Wessen Augen?

LK: Das war kein Mensch. Das kann kein Mensch gewesen sein.

RC: Sprechen Sie immer noch von Mr Letourneau?

LK: Ich kann daran nicht denken. Ich muss an das Baby denken.

RC: Was haben Sie gesehen? Sagen Sie mir, was Sie gesehen haben.

LK: Ich will nach Hause. Ich will darüber nicht mehr reden. Zwingen Sie mich nicht.

RC: Was hat diese Menschen getötet, Dr. Kyle?

(Pause)

RC: Dr. Kyle, ist alles in Ordnung?

(Pause)

RC: Dr. Kyle?

(Pause)

RC: Dr. Kyle?

4

Bernard Kittridge, der Welt bekannt als »Last Stand in Denver«, begriff, dass es Zeit war zu verschwinden, als am Morgen der Strom ausfiel.

Er fragte sich, wieso es so lange gedauert hatte. Die Elektrizitätsversorgung einer Stadt konnte man nicht aufrechterhalten, wenn man kein Personal mehr hatte, und soweit Kittridge es aus dem neunzehnten Stock erkennen konnte, war in der ganzen Stadt Denver keine Menschenseele mehr am Leben.

Was nicht hieß, dass er jetzt allein war.

Die frühen Morgenstunden – ein strahlender, klarer Morgen in der ersten Juniwoche, Temperatur um die fünfundzwanzig Grad, gegen Abend zunehmendes Auftreten von blutsaugenden Monstern nicht ausgeschlossen – hatte er in der Sonne auf dem Balkon des Penthouse verbracht, das er in der zweiten Woche der Krise bezogen hatte. Es war eine riesige Wohnung, ein Palast in luftigen Höhen. Allein die Küche war so groß wie Kittridges ganzes Apartment. Der Geschmack des Eigentümers war eher streng: elegante lederne Sitzgruppen, die sich zum Anschauen besser eigneten als zum Sitzen, blanke Fußböden aus funkelndem Travertin, kleine, flauschige Teppiche, Glastische, die zu schweben schienen. Hier einzubrechen war überraschend einfach gewesen. Als Kittridge sich dazu entschlossen hatte, war die halbe Stadt tot, geflohen oder verschollen gewesen. Die Polizei war längst weg. Er hatte erst vorgehabt, sich in einem der großen Häuser oben in Cherry Creek zu verbarrikadieren, aber aufgrund dessen, was er gesehen hatte, wollte er lieber etwas Hochgelegenes. Der Eigentümer des Penthouse war ein Mann, den er flüchtig kannte, ein regelmäßiger Kunde aus dem Geschäft. Er hieß Warren Filo. Wie das Glück es wollte, war Warren, einen Tag bevor die ganze Geschichte losbrach, ins Geschäft gekommen, um sich für einen Jagdausflug nach Alaska auszurüsten. Er war jung, zu jung für so viel Geld – Wall-Street-Geld wahrscheinlich oder Geld aus einem dieser Hightech-Börsengänge. An jenem Tag hatte die Welt noch munter vor sich hin gebrummt wie immer, und Kittridge hatte Warren geholfen, seine Einkäufe zum Wagen zu bringen. War natürlich ein Ferrari. Als Kittridge danebenstand, dachte er: Wieso besorgst du dir nicht gleich auch ein persönliches Nummernschild: »WICHSER 1«? Die Frage stand ihm offenbar ins Gesicht geschrieben, denn kaum war sie ihm durch den Kopf gegangen, wurde Warren rot vor Verlegenheit. Er trug nicht seinen gewohnten Anzug, sondern Jeans und ein T-Shirt mit der Aufschrift SLOAN SCHOOL OF MANAGEMENT. Er hatte gewollt, dass Kittridge den Wagen sah, das war klar, aber jetzt sah er, wie blöd es war, mit einem solchen Auto vor einem Abteilungsleiter von Outdoor World anzugeben, der wahrscheinlich weniger als fünfzigtausend im Jahr verdiente. (Tatsächlich waren es sechsundvierzig.) Kittridge gestattete sich ein lautloses Lachen – mit dem, was dieser Bengel nicht wusste, konnte man ein Buch vollschreiben – und ließ den Augenblick in der Schwebe, damit kein Missverständnis aufkam. *Ich weiß, ich weiß,* bekannte Warren. *Es ist ein bisschen übertrieben. Ich hab mir selbst gesagt, ich werde nie eins von diesen Arschlöchern sein, die mit einem Ferrari herumfahren. Aber ich schwöre bei Gott – Sie sollten mal erleben, wie wunderbar der sich fährt.*

Kittridge hatte Warrens Adresse von der Rechnung abgeschrieben. Um in die Wohnung reinzukommen – Warren war inzwischen wahrscheinlich wohlbehalten in Alaska –, brauchte er im Büro der Hausverwaltung nur den richtigen Schlüssel zu finden, in das entsprechende Loch der Bedienungstafel im Aufzug zu schieben und die neunzehn Stockwerke hinauf ins Penthouse zu fahren. Dort packte er seine Sachen aus. Einen Rollkoffer mit Kleidern, drei Kisten mit Waffen, ein Kurbelradio, ein Nachtsichtfernglas, Signalraketen, einen Verbandskasten, ein Schweißgerät, um die Aufzugtür zu verschließen, seinen Laptop mit der transportablen Satellitenschüssel, eine Kiste Bücher und genug Wasser und Lebensmittel für einen Monat. Der Blick vom Balkon, der sich an der Westseite des Gebäudes entlangzog, reichte im weiten Bogen bis hinüber zum Interstate 25 und zum Mile High Stadium. An beiden Enden des Balkons hatte er Kameras mit Bewegungssensoren aufgestellt; die eine erfasste die Straße, die andere das Gebäude auf der anderen Straßenseite. So würde er wahrscheinlich jede Menge gutes Filmmaterial bekommen, aber was sich wirklich lohnen würde, wären richtige Abschüsse. Die Waffe, die er dazu ausgesucht hatte, war ein Remington 700P Bolt Action, Kaliber .318 – eine schöne Kombination aus Genauigkeit und Feuerkraft mit einer Reichweite von 300 Metern. Er hatte das Gewehr mit einem digitalen Infrarot-Videozielfernrohr ausgestattet. Mit dem Fernglas würde er sein Ziel isolieren, und das Gewehr, das auf einem Zweibein auf dem Rand des Balkons stand, würde den Rest erledigen.

In der ersten Nacht, windstill und von einem abnehmenden Mond erleuchtet, hatte Kittridge sieben Stück abgeschossen: fünf auf der Straße, einen auf dem Dach gegenüber und noch einen durch das Fenster einer Bank im Parterre. Der Letzte war es, der ihn berühmt gemacht hatte. Das Monster, der Vampir oder was immer es sonst sein mochte – die offizielle Bezeichnung lautete »infizierte Person« – hatte geradewegs ins Objektiv geschaut, als Kittridge ihm eine Kugel in den Sweetspot jagte. Er hatte die Aufnahme bei YouTube hochgeladen, und sie hatte sich innerhalb von Stunden um den Globus verbreitet. Am nächsten Morgen hatten alle großen Fernsehsender sie im Programm. Wer ist dieser Mann?, wollte alle Welt wissen. Wer ist dieser furchtlos-irre Selbstmörder,

der sich da in einem Hochhaus in Denver verbarrikadiert hat und auf verlorenem Posten sein letztes Gefecht führt?

Sein letztes Gefecht – so war der Name entstanden: »Last Stand in Denver«.

Von Anfang an hatte er angenommen, dass es nur eine Frage der Zeit sei, wann jemand ihn stilllegte – CIA, NSA, Heimatschutz. Er machte einen ziemlichen Wirbel. Der Vorteil war, dass dieser Jemand nach Denver kommen müsste, um ihm den Stecker herauszuziehen. Kittridges IP-Adresse war faktisch nicht aufzuspüren; sie war abgesichert durch eine Kette von Anonymisierungsservern, deren Reihenfolge sich jede Nacht änderte. Die meisten standen in Übersee: in Russland, China, Indonesien, Israel, Sudan – an lauter Orten, die für amerikanische Behörden nicht leicht zugänglich waren. Sein Videoblog – zwei Millionen Hits gleich am ersten Tag – war auf mehr als dreihundert Spiegelservern, und ständig kamen neue dazu. Es dauerte keine Woche, und die ganze Welt kannte ihn. Twitter, Facebook, Headshot, Sphere – die Bilder fanden ihren Weg in den Äther, ohne dass er einen Finger dafür rührte. Eine seiner Fanseiten allein hatte schon über vier Millionen Besucher, und auf eBay waren T-Shirts mit der Aufschrift »ICH BIN DER LAST STAND IN DENVER« der große Renner.

Sein Vater hatte immer gesagt: Sohn, das Wichtigste im Leben ist, dass man einen Beitrag leistet. Wer hätte gedacht, dass Kittridges Beitrag ein Videoblog vom Ground Zero der Apokalypse sein würde?

Und trotzdem drehte die Welt sich weiter. Die Sonne schien noch immer. Im Westen hoben die Berge ihre wuchtigen Felsenschultern, gleichgültig ob des Verschwindens der Menschen. Eine Zeitlang hatte es eine Menge Rauch gegeben – ganze Häuserblocks waren niedergebrannt –, aber der war inzwischen verweht, und der trostlose Anblick der Stadt zeigte sich einem dadurch mit gespenstischer Klarheit. Nachts versanken ganze Bezirke in schwarzer Finsternis, während anderswo immer noch ein paar Lichter im Dunkel funkelten – flackernde Straßenlaternen, Tankstellen und

Supermärkte mit ihrer auffälligen Neonbeleuchtung, Verandalampen, die auf die Rückkehr ihrer Eigentümer warteten. Während Kittridge auf dem Balkon Wache hielt, wechselte neunzehn Stockwerke tiefer immer noch eine Verkehrsampel pflichtbewusst von Grün über Gelb zu Rot und wieder zurück zu Grün.

Einsam war er nicht. Die Einsamkeit hatte ihn schon vor langer Zeit verlassen. Er war vierunddreißig Jahre alt. Ein bisschen schwerer, als ihm lieb war – mit dem Bein war es nicht einfach, schlank zu bleiben –, aber immer noch kräftig. Er war mal verheiratet gewesen, vor vielen Jahren. Er erinnerte sich an diesen Lebensabschnitt: achtzehn sexbesessene Monate ehelichen Glücks, gefolgt von ebenso vielen Monaten voller Geschrei und Gebrüll, Vorwürfen und Gegenvorwürfen, bis das ganze Ding untergegangen war wie ein Stein. Alles in allem war er froh, dass aus dieser Ehe keine Kinder hervorgegangen waren. Seine Beziehung zu Denver hatte weder sentimentale noch persönliche Gründe; er war einfach hier gelandet, als er aus dem Veteranenhilfsprogramm gekommen war. Alle hatten gemeint, ein dekorierter Kriegsveteran sollte wenig Mühe haben, Arbeit zu finden. Das stimmte vielleicht auch. Doch Kittridge hatte es nicht eilig gehabt. Er hatte das erste Jahr fast nur mit Lesen zugebracht – anfangs das übliche Zeug, Krimis und Thriller, dann hatte er den Weg zu gehaltvolleren Büchern gefunden: *Als ich im Sterben lag, Wem die Stunde schlägt, Huckleberry Finn, Der große Gatsby*. Einen ganzen Monat hatte er mit Melville verbracht und sich durch *Moby Dick* gewühlt. Größtenteils waren es Bücher, von denen er glaubte, er sollte sie lesen, weil er sie in der Schule irgendwie verpasst hatte, aber er stellte fest, dass ihm die meisten wirklich gefielen. Wenn er so in seiner stillen Einzimmerwohnung saß und seine Gedanken sich in anderen Lebensgeschichten und Zeiten verloren, war es, als trinke er in tiefen Zügen, nachdem er jahrelang Durst gehabt hatte. Er hatte sogar ein paar Kurse an der Volkshochschule belegt; tagsüber hatte er bei Outdoor World gejobbt und abends und in der Mittagspause seine Referate geschrieben. Etwas auf den Seiten dieser

Bücher bewirkte, dass es ihm besser ging. Es war wie ein Rettungsfloß, an dem er sich festhalten konnte, bevor die dunklen Fluten seiner Erinnerungen ihn wieder stromabwärts rissen, und an helleren Tagen konnte er sich sogar vorstellen, dass es eine Weile so weitergehen könnte. Ein unbedeutendes, aber passables Leben.

Doch dann war das Ende der Welt gekommen.

An dem Morgen, als der Strom ausfiel, hatte Kittridge gerade das Bildmaterial der vergangenen Nacht hochgeladen. Er saß auf der Terrasse und las die *Geschichte aus zwei Städten* – der englische Anwalt Sydney Carton hatte Lucie Manette, der Verlobten des unglücklichen Idealisten Charles Darnay, soeben seine unsterbliche Liebe erklärt –, als ihm der Gedanke kam, dass dieser Morgen eigentlich nur durch eine Portion Eis noch verbessert werden konnte. In Warrens riesiger Küche – man hätte ein Fünfsternerestaurant damit bekochen können – war erwartungsgemäß fast nichts zu essen gewesen. Die vergammelten Fertiggerichte, die als Einziges im Kühlschrank waren, hatte Kittridge längst weggeworfen. Aber der Typ hatte offensichtlich eine Schwäche für Ben und Jerry's Chocolate Fudge Brownie gehabt, denn der Gefrierschrank war voll von dem Zeug gewesen. Nicht Chunky Monkey oder Cherry Garcia, kein Phish Food und nicht mal ein schlichtes altes Vanilleeis – nur Chocolate Fudge Brownie. Kittridge hätte gern ein bisschen Abwechslung gehabt, wenn man bedachte, dass es jetzt eine Zeitlang kein Eis mehr geben würde, aber da außer Dosensuppen und Cracker nichts in den Schränken war, wollte er sich nicht beklagen. Er legte sein Buch auf die Armlehne des Sessels, stand auf und ging durch die Glasschiebetür ins Penthouse.

Bevor er in der Küche ankam, merkte er schon, dass etwas nicht stimmte, aber anfangs dachte er sich nichts dabei. Erst als er den Karton öffnete und den Löffel in einen schlabbrigen Brei aus geschmolzenem Chocolate Fudge Brownie stieß, ging ihm ein Licht auf.

Er drückte auf einen Lichtschalter. Nichts. Er ging durch das Apartment und prüfte Lampen und Schalter. Überall das Gleiche.

Mitten im Wohnzimmer blieb er stehen und atmete tief durch. Okay, dachte er. Okay. Das war zu erwarten gewesen. Eigentlich war es längst überfällig. Er sah auf die Uhr. Neun Uhr zweiunddreißig. Die Sonne ging kurz nach zwanzig Uhr unter. Elfeinhalb Stunden, um seinen Arsch von hier wegzubewegen.

Schnell packte er einen Rucksack: Proteinriegel, Wasserflaschen, saubere Socken und Unterwäsche, den Verbandskasten, eine warme Jacke, ein Fläschchen Zyrtec (seine Allergien hatten ihm den ganzen Frühling hindurch das Leben zur Hölle gemacht), Zahnbürste und Rasierapparat. Einen Moment lang überlegte er, ob er die *Geschichte aus zwei Städten* mitnehmen sollte, aber das wäre eher unpraktisch, und mit leisem Bedauern legte er das Buch zur Seite. Im Schlafzimmer zog er ein schweißabsorbierendes T-Shirt und eine Cargohose an, dazu eine Jagdweste und ein Paar leichte Wanderschuhe. Ein Zeitlang überlegte er, welche Waffen er mitnehmen sollte, und dann entschied er sich für ein Bowiemesser, zwei Glock 19 und das modernisierte polnische AK mit der klappbaren Schulterstütze – über jede Art von Distanz nutzlos, aber im Nahkampf zuverlässig, und das war es, womit er zu rechnen hatte. Die Glocks passten sauber in ein Doppelholster, eine unter jeden Arm. Die Taschen der Weste stopfte er mit Patronenmagazinen voll, das AK hakte er an den Schultergurt, den Rucksack warf er über die Schultern, und dann kehrte er auf die Terrasse zurück.

Er blickte nach unten auf die Verkehrsampel an der Straße. Grün, Gelb, Rot. Grün, Gelb, Rot. Es konnte ein Zufall sein, aber irgendwie bezweifelte er das.

Sie hatten ihn gefunden.

Das Seil war an einem Fallrohr auf dem Dach befestigt. Er stieg in seinen Canyoninggurt, hakte sich an und schwenkte erst das gute und dann das schlechte Bein über das Geländer. Mit Höhen hatte er keine Probleme, aber er schaute trotzdem nicht nach unten. Er stand auf der Kante des Balkons, den Penthouse-Fenstern zugewandt. Aus der Ferne hörte er das Geräusch eines näher kommenden Hubschraubers.

»Last Stand in Denver« meldete sich ab.

Er stieß sich ab und hing kurz in der Luft, dann schwang sein Körper abwärts. Ein Stockwerk, zwei, drei. Das Seil glitt leicht durch seine Hände. Er landete auf dem Balkon des Apartments vier Stockwerke tiefer. Ein vertrauter Stich zuckte schmerzhaft von seinem linken Knie nach oben. Er knirschte mit den Zähnen, um ihn niederzukämpfen. Der Hubschrauber war irgendwo ganz in der Nähe. Das Knattern der Rotorblätter prallte von den Gebäuden ab und hallte durch die leeren Straßen. Kittridge schälte den Gurt herunter, zog eine der Glocks aus dem Holster und zerschmetterte mit einem Schuss das Glas der Balkontür.

Die Luft in dem Apartment war abgestanden wie in einer Jagdhütte, die den Winter über verschlossen war. Wuchtige Möbel, vergoldete Spiegelrahmen, das Ölgemälde eines Pferdes über dem Kamin. Von irgendwoher wehte Verwesungsgestank heran. Ohne sich weiter umzusehen, durchquerte er rasch den stillen Raum. An der Wohnungstür blieb er stehen und befestigte einen Scheinwerfer an der Führungsschiene des AK, dann trat er in den Hausflur hinaus und ging zur Treppe.

In seiner Tasche war der Schlüssel des Ferraris, der unten in der Tiefgarage des Gebäudes parkte. Mit der Schulter drückte er die Tür zum Treppenhaus auf und schwenkte den Lichtstrahl von seinem AK in dem Schacht auf und ab. Alles okay. Er zog eine Signalfackel aus der Weste, schraubte mit den Zähnen die Plastikkappe ab und legte den Zündknopf frei. Mit einem zischenden Knall begann die Fackel ihre Funken zu sprühen. Kittridge hielt sie über das Treppengeländer, zielte kurz und ließ sie los. Wenn da unten etwas war, würde er es gleich wissen. Sein Blick folgte der Fackel auf ihrem Weg nach unten. Sie zog eine Rauchfahne wie einen Kondensstreifen hinter sich her, und irgendwo weit unten schlug sie gegen das Treppengeländer und landete irgendwo, wo er sie nicht mehr sehen konnte. Kittridge zählte bis zehn. Nichts, nichts rührte sich.

Er machte sich an den Abstieg. Drei Fackeln weiter war er unten angekommen. Durch eine Stahltür mit einem Querriegel und einem kleinen, viereckigen Fenster aus verstärktem Glas gelangte man in die Tiefgarage. Der Boden war übersät von Müll: Softdrinkdosen, Schokoriegelpapier, Lebensmittelkonserven. Ein zerknüllter Schlafsack und ein Haufen muffiger Kleider ließen keinen Zweifel, dass hier jemand geschlafen hatte – versteckt wie Kittridge.

Er hatte die Garage gleich am ersten Tag erkundet. Der Ferrari parkte in der hinteren Ecke, gute fünfzig Meter weiter. Er hätte ihn in der Zwischenzeit wahrscheinlich näher an die Tür heranfahren sollen, aber er hatte drei Tage gebraucht, um Warrens Schlüssel zu finden – wer verwahrte seinen Autoschlüssel in einer Badezimmerschublade? –, und da hatte er sich schon im Penthouse verbarrikadiert.

Der Funkschlüssel hatte drei Tasten: eine für die Türen, eine für die Alarmanlage und eine, die hoffentlich den Anlasser betätigte. Die Dritte drückte er zuerst.

Aus den Tiefen der Garage kam ein scharfer Piepton, gefolgt vom kehligen Dröhnen des Ferrari-Motors. Noch ein Fehler: Der Ferrari parkte mit der Nase zur Wand. Auch daran hätte er denken sollen. Das würde nicht nur seine Flucht verzögern – wenn der Wagen andersherum stände, hätte er im Scheinwerferlicht auch das Innere der Garage besser übersehen können. Jetzt sah er durch das winzige Fenster in der Tür nur einen kleinen Lichtkegel in der Ferne, dort, wo der Wagen auf ihn wartete wie eine schnurrende Katze in der Dunkelheit. Der ganze Rest der Tiefgarage lag unter dem Schleier der Dunkelheit. Die Infizierten hingen gern an der Decke – an Streben, Rohren, an allem, was irgendwie Halt bot. Eine winzige Ritze genügte. Wenn sie kamen, kamen sie von oben.

Der Augenblick der Entscheidung war da. Sollte er noch ein paar Signalfackeln werfen und sehen, was passierte? Oder sich leise durch die Dunkelheit schleichen und möglichst in Deckung bleiben? Oder die Tür aufstoßen und laufen, was die Beine hergaben?

Dann hörte er hoch über sich das Knarren einer Treppenhaustür. Er hielt den Atem an, lauschte und analysierte die Geräusche. Es waren zwei. Obwohl er wusste, dass er es nicht tun sollte, trat er von der Tür zurück, legte den Kopf in den Nacken und spähte durch das Treppenhaus nach oben. Zehn Stockwerke über ihm tanzten zwei rote Punkte über die Wände.

Er stieß die Tür auf und rannte los.

Er hatte die Hälfte des Wegs zum Ferrari geschafft, als der erste Viral hinter ihm herabfiel. Kittridge hatte keine Zeit, sich umzudrehen und zu feuern. Er lief einfach weiter. Der Schmerz in seinem Knie war wie ein brennender Docht, wie ein Eispickel, der im Knochen steckte. Von der Peripherie seiner Sinne kam die kribbelnde Wahrnehmung, dass die Tiefgarage zum Leben erwachte. Er riss die Tür des Ferraris auf, warf das AK und den Rucksack auf den Beifahrersitz, stieg ein und schlug die Tür zu. Der Wagen lag so tief, dass er das Gefühl hatte, auf dem Boden zu sitzen. Das Armaturenbrett, voll von geheimnisvollen Schaltern und Messanzeigen, leuchtete wie das Steuerpult in einem Raumschiff. Etwas fehlte hier. Wo war der Schalthebel?

Ein metallener, dumpfer Schlag, und im nächsten Augenblick füllte Kittridges Gesichtsfeld sich aus. Der Viral war auf die Haube gesprungen und sank geduckt wie ein Reptil zusammen. Kittridges Herz machte einen Satz. Einen reglosen Moment lang beäugte der Viral ihn kühl, ein Raubtier, das seine Beute betrachtete. Er war nackt bis auf eine Armbanduhr, eine Rolex, so dick wie ein Eiswürfel. *Warren?*, dachte Kittridge, denn der Mann hatte genau so eine Uhr getragen, als Kittridge ihn zu seinem Auto begleitet hatte. *Warren, alter Freund, sind Sie das? Denn wenn ja, hätte ich gern einen Hinweis, wie man diese Karre fährt.*

Dann entdeckten seine Fingerspitzen zwei Hebel rechts und links an der Unterseite des Lenkrads. Schaltpaddel. Auch daran hätte er denken sollen. Rechts hoch, links herunter. Wie bei einem Motorrad. Der Rückwärtsgang dürfte ein Knopf irgendwo am Armaturenbrett sein.

Der Knopf mit dem R, du Genie. Der da.

Er drückte auf den Knopf und gab Gas. Zu viel: Kreischendes Gummi qualmte, als der Ferrari einen Satz rückwärts machte und gegen einen Betonpfeiler prallte. Kittridge wurde auf seinem Sitz zurückgeschleudert und flog wieder nach vorn. Sein Schädel schlug hörbar gegen das schwere Glas des Seitenfensters. Sein Hirn vibrierte wie eine Stimmgabel, und vor seinen Augen tanzten silberne Lichtpartikel. Sie waren interessant, interessant und schön, aber eine innere Stimme sagte ihm, wenn er diese Vision noch länger betrachtete, würde er sterben. Der Viral war von der Haube geflogen. Er kam jetzt vom Boden hoch und setzte zum nächsten Sprung an. Zweifellos würde er geradewegs durch die Frontscheibe knallen.

Zwei rote Punkte erschienen auf seiner Brust.

Flink wie ein Vogel löste die Kreatur ihren Blick von Kittridge und schnellte sich den Soldaten entgegen, die durch die Tür aus dem Treppenhaus kamen. Kittridge riss das Lenkrad herum und legte den Vorwärtsgang ein, dann trat er aufs Gaspedal. Der Wagen schoss davon. Kittridge wurde in den Sitz gepresst und hörte einen MP-Feuerstoß hinter sich. Er dachte, er würde die Kontrolle über den Ferrari verlieren, hielt aber Kurs geradeaus. Die Wände der Tiefgarage flogen vorbei. Die Soldaten hatten ihm nur einen winzigen Vorsprung verschafft. Kittridge warf einen kurzen Blick in den Rückspiegel und sah im Licht seiner Heckleuchten etwas, das aussah wie ein explodierender menschlicher Körper, dessen Teile weithin verstreut wurden. Der zweite Soldat war nirgends zu sehen, doch wenn Kittridge wetten sollte, würde er sagen, dass der Mann ganz sicher schon tot und in blutige Fetzen zerrissen war.

Er sah sich nicht noch einmal um.

Die Rampe zur Straße lag zwei Etagen über dem hinteren Ende der Garage, die angelegt war wie ein Labyrinth: Einen direkten Weg gab es nicht. Als Kittridge herunterschaltete und mit brüllendem Motor und kreischenden Reifen die erste Ecke nahm, fielen zwei weitere Virals von der Decke auf seinen Weg. Der eine geriet mit feuchtem Knirschen unter die Räder, aber der Zweite sprang über das Dach des rasenden Ferraris hinweg wie ein Hürdenläufer. Kittridge empfand jähes Staunen, ja Bewunderung. In der Schule hatte er gelernt, dass man eine Fliege nicht mit der bloßen Hand fangen konnte, weil für die Fliege die Zeit anders verlief: Eine Sekunde dauerte im Gehirn der Fliege eine Stunde, und eine Stunde dauerte ein Jahr. So war es auch mit den Virals. Sie waren wie Wesen außerhalb der Zeit.

Jetzt kamen sie überall aus ihren Verstecken. Wie Selbstmörder warfen sie sich gegen den Wagen, getrieben von rasendem Hunger. Er drückte aufs Gas. Ihre Körper flogen durch die Luft, die monströsen, verzerrten Gesichter prallten gegen die Frontscheibe und wurden dann hoch und über den Wagen nach hinten weggeschleudert. Noch zweimal abbiegen, und er wäre in Freiheit, aber einer klammerte sich jetzt am Dach fest. Kittridge jagte bremsend um die Ecke und geriet auf dem glatten Zementboden ins Schleudern. Die Fliehkraft ließ den Viral auf die Motorhaube rollen. Eine Frau – anscheinend trug sie ein Hochzeitskleid. Ausgerechnet. Sie bohrte die Finger in den Zwischenraum zwischen Frontscheibe und Motorhaube und richtete sich auf alle viere auf. Ihr Mund, ein klaffendes Loch aus blutgeränderten Zähnen, war weit aufgerissen, und an ihrer Kehle baumelte ein winziges goldenes Kruzifix. *Tut mir leid wegen deiner Hochzeit,* dachte Kittridge und zog eine der Pistolen, legte sie oben auf das Lenkrad und schoss durch die Scheibe.

Er raste um die letzte Ecke. Vor ihm fiel ein goldener Strahl aus Tageslicht herab. Mit siebzig Meilen pro Stunde fuhr er auf die Rampe und beschleunigte weiter. Das Gitter war geschlossen, aber das scherte ihn nicht. Kittridge hielt darauf zu, trat das Gaspedal durch und duckte sich.

Ein wütendes Krachen, und volle zwei Sekunden lang – eine

kleine Ewigkeit, schien es ihm – flog der Ferrari durch die Luft. Wie eine Rakete schoss er hinauf in die Sonne und krachte dann mit einem markerschütternden Stoß auf den Asphalt. Das Fahrgestell sprühte Funken. Endlich war er in Freiheit, aber jetzt hatte er plötzlich ein neues Problem: Er würde geradewegs in das Bankgebäude auf der anderen Straßenseite rasen. Als er über den Mittelstreifen holperte, trat Kittridge das Bremspedal herunter, riss das Steuer nach links und machte sich schon auf den Aufprall gefasst. Aber das war nicht nötig. Das Gummi kreischte und qualmte, die Reifen fanden Halt, und ehe Kittridge sichs versah, sauste er die Hauptstraße hinunter in den Sommermorgen.

Er musste es zugeben. Wie hatte Warren sich ausgedrückt? *Sie sollten mal erleben, wie wunderbar der sich fährt.*

Es stimmte. So eine Kiste hatte Kittridge noch nie im Leben gefahren.

5

Eine Zeitlang, lange Zeit, die scheinbar ohne Anfang und Ende war, war der Mann, der unter dem Namen Lawrence Grey bekannt war – ehemaliger Insasse der Strafvollzugsanstalt für Männer in Beeville, öffentlich registrierter Sexualstraftäter, ziviler Angestellter des Projekts NOAH und der Army Division of Special Weapons; Grey der Quell, der Entfessler der Nacht, der Vertraute dessen, der Zero genannt wird –, eine Zeitlang war dieser Mann überhaupt nirgendwo. Er war nichts und nirgends, ein annulliertes Wesen, das weder Erinnerung noch Geschichte besaß. Sein Bewusstsein war zerstreut über ein uferloses, endlos weites Meer, ein dunkles Meer von Stimmen, die seinen Namen murmelten. *Grey, Grey.* Sie waren da und nicht da, in ihm und außerhalb von ihm, und sie riefen ihn, als er allein dort trieb, eins mit der Dunkelheit, einsam in einem Meer der Ewigkeit, darüber nur die Sterne.

Aber nicht nur die Sterne. Denn jetzt war noch ein anderes Licht hinzugekommen – ein sanftes goldenes Licht direkt über seinem Gesicht. Schatten glitten darüber hinweg, langsam kreisend wie die Rotorblätter eines Windrads, und ein Geräusch begleitete dieses Licht: aortengleich, herzähnlich, ein *wumm-wumm-wumm*, das im Rhythmus der Drehbewegung pulsierte. Grey beobachtete es, dieses wundervolle kreisende Licht, und ein Gedanke schlich sich in sein Bewusstsein: Was er da sah, war Gott. Das Licht war

Gott in Seinem Himmel da oben. Sein Geist schwebte auf dem Wasser und streifte den Erdboden wie der Saum eines Vorhangs, berührte Seine Schöpfung und segnete sie. Dieses Wissen erblühte in ihm wie ein süßer Rausch. So viel Freude! So viel Verständnis und Vergebung! Das Licht war Gott, und Gott war die Liebe. Grey musste nur hinein, musste in das Licht hinein, um diese Liebe in Ewigkeit zu fühlen. Und eine Stimme sagte:

Es ist Zeit, Grey.

Komm zu mir.

Er spürte, wie er in die Höhe stieg, hochgehoben wurde. Der Himmel breitete seine Flügel aus, nahm ihn auf und trug ihn ins Licht. Je höher er stieg, desto unerträglicher wurde es: eine Helligkeit, so grell und alles überlagernd wie der gellende Schrei, der aus seinem Mund gekommen war.

Grey, der emporstieg. Grey, der Wiedergeborene.

Öffne die Augen, Grey.

Er tat es; er öffnete die Augen. Langsam schärfte sich sein Blick. Etwas Dunkles kreiste unangenehm über seinem Gesicht.

Es war ein Deckenventilator.

Er zwinkerte die Tränen aus den Augen. Ein bitterer Geschmack wie von nasser Asche überzog die Innenseite seines Mundes. Das Zimmer, in dem er lag, sah aus und fühlte sich an wie ein Zimmer in einem Kettenmotel, ganz unverkennbar – die kratzige Bettdecke und das billige Schaumstoffkissen, die durchgelegene Matratze unter ihm und die billige Kunststoffverkleidung an der Decke über ihm, der Geruch von aufbereiteter, verbrauchter Luft in seiner Nase. Wie er in so ein Zimmer gekommen war, wusste er nicht. Sein Hirn war leer wie ein löchriger Eimer, sein Körper eine formlose Masse, konturlos wie Gelatine. Allein den Kopf zu bewegen erforderte einen Kraftaufwand, der seine Möglichkeiten überstieg. Der Raum war erfüllt von sattem gelblichem Tageslicht, das durch die Vorhänge sickerte. Der Ventilator über seinem Gesicht drehte und drehte sich und wackelte in seiner Halterung; die ausgeleierten Lager quietschten rhythmisch. Der Anblick war ein Angriff auf seine Sinne, ätzend wie Riechsalz, und trotzdem konnte er nicht wegschauen. (War da nicht auch ein vibrierendes Geräusch in dem Traum, den er gehabt hatte? Ein grelles Licht, das ihn emporhob? Aber er wusste es nicht mehr.)

»Gut, du bist wach.«

Auf der Kante des Nachbarbetts saß mit gesenktem Blick ein Mann. Ein kleiner, pummeliger Mann, der seinen Overall ausfüllte wie eine Wurst ihre Pelle. Einer der zivilen Mitarbeiter des Projekts NOAH, der Reinigungskräfte: Männer wie Grey, deren Aufgabe es war, Pisse und Scheiße wegzumachen, Festplatten zu sichern, stundenlang die Glühstäbe im Auge zu behalten und dabei langsam gaga zu werden. Allesamt Sexualstraftäter, verachtet und vergessen. Männer ohne eine Vergangenheit, an die sich jemand erinnern wollte, durch Hormone aufgedunsen, an Geist und Seele entmannt wie kastrierte Hunde.

»Ich dachte mir, dass der Ventilator hilft. Ehrlich gesagt, ich kann das Ding nicht mal ansehen.«

Grey wollte antworten, brachte aber kein Wort heraus. Seine Zunge fühlte sich an wie geröstet, als hätte er eine Milliarde Zigaretten geraucht. Vor seinen Augen zerfloss wieder alles, und sein verdammter Kopf drohte zu platzen. Es war Jahre her, dass er mehr als zwei Bier hintereinander getrunken hatte – die Medikamente machten einen zu schläfrig, und man verlor das Interesse an fast allem –, aber was ein Kater war, wusste Grey noch. So fühlte es sich jetzt an. Wie der schlimmste Kater der Welt.

»Was ist los, Grey? Hast du deine Zunge verschluckt?« Er gluckste über seinen eigenen Witz, dann wandte er Grey das Gesicht zu und zog die Brauen hoch. »Guck nicht so geschockt. Du wirst schon sehen, was ich meine. Dauert ein paar Tage, aber dann fängt's an zu wirken, und zwar heftig.«

Grey erinnerte sich an den Namen des Mannes: Ignacio. Obwohl der Ignacio, an den Grey sich erinnerte, älter und verschlissener aussah, mit wulstiger, faltiger Stirn und Poren, die groß genug waren, um ein Auto drin zu parken, und schlaffen Hängebacken wie ein Basset. Dieser Ignacio hier war rosig und gesund – wirklich *rosig,* als hätte er Rouge auf den Wangen. Seine Haut war glatt wie bei einem Baby, und seine Augen funkelten wie Zirkone. Sogar seine Haare sahen jünger aus. Aber es gab keinen Zweifel, dass er es war – wegen des Knasttattoos, verschwommen und bläulich: eine Kobra, die aus dem offenen Kragen seines Overalls an seinem Hals heraufkroch.

»Wo bin ich?«

»Du bist ein Vollidiot, weißt du das? Wir sind im ›Red-Roof‹-Motel.«

»Im was?«

Er schnaubte kurz. »*Fuck,* im ›Red Roof‹. Was dachtest du? Dass die uns ins Ritz schicken?«

Die?, dachte Grey. Wer waren *die?* Und was meinte Ignacio mit »schicken«? Wozu schicken? Und in diesem Moment bemerkte Grey, dass Ignacio etwas in der Hand hielt. Eine Pistole?

»Iggy? Was hast du mit dem Ding da vor?«

Ignacio hob träge die Waffe, eine langläufige .45er, und schaute sie stirnrunzelnd an, als wisse er nicht, was das war.

»Anscheinend nicht viel.« Er deutete mit dem Kopf zur Tür. »Diese anderen Typen waren eine Zeitlang auch hier.«

»Welche Typen?«

»Komm schon, Grey. Du weißt, welche Typen.« Er zuckte die Achseln. »Der Dürre, George. Eddie Soundso. Jude mit dem Pferdeschwanz.« Er schaute an Grey vorbei zu den Vorhängen. »Um ehrlich zu sein, ich konnte ihn nie leiden. Ich hab gehört, was er getan hat – nicht dass ich tratschen würde. Aber der Mann, der war einfach widerlich.«

Ignacio redete von den anderen Schrubberschwingern. Was machten die alle hier? Was machte *er* hier? Die Waffe ließ nichts Gutes ahnen, doch Grey hatte nicht die leiseste Erinnerung daran, wie er hergekommen war. Das Letzte, woran er sich erinnerte, war sein Abendessen in der Cafeteria des Versuchsgeländes: Beef Bourguignon in einer dicken Sauce mit Kartoffelgratin und

grünen Bohnen und eine Cherry-Cola, um das Ganze runterzu-
spülen. Es war sein Lieblingsessen; er freute sich immer auf Beef
Bourguignon – obwohl, wenn er jetzt daran dachte, an den fetti-
gen Geschmack, krampfte sein Magen sich vor Übelkeit zusammen, und ein Schwall Galle stieg ihm in die Kehle. Einen Moment
lang musste er gut durchatmen.

Ignacio schwenkte die Pistole halbherzig zur Tür. »Guck selber
nach, wenn du willst. Aber ich bin ziemlich sicher, sie sind weg.«

Grey schluckte. »Weg wohin?«

»Kommt drauf an. Wohin sie eben gehen sollen.«

Grey war komplett ratlos. Er wusste nicht mal, was für Fragen
er stellen sollte. Doch er war ziemlich sicher, dass ihm die Antworten nicht gefallen würden. Vielleicht war es am besten, einfach still
zu sein. Hoffentlich hatte er nicht etwas Schreckliches getan wie
in den alten Zeiten. In den Zeiten des alten Grey.

»Tja«, sagte Ignacio und räusperte sich, »wenn du schon mal
wach bist, sollte ich wohl machen, dass ich weiterkomme. Ich hab
noch einen langen Marsch vor mir.« Er stand auf und hielt Grey
die Waffe hin. »Hier.«

Grey zögerte. »Was soll ich mit einer Pistole?«

»Für den Fall, dass du Lust haben solltest, dich zu erschießen.«

Grey war so verdattert, dass er nicht antworten konnte. Das
Letzte, was er haben wollte, war eine Pistole. Wenn jemand eine
Waffe bei ihm fände, würden sie ihn ganz sicher wieder ins Gefängnis zurückschicken. Als er keine Anstalten machte, die Pistole
zu nehmen, legte Ignacio sie auf den Nachttisch.

»Na ja, überleg's dir. Trödel nur nicht herum, wie ich es getan
hab. Es wird immer schwerer, je länger du wartest. Sieh dir an, in
was für einer Scheiße ich sitze.«

Ignacio ging zur Tür, und dort drehte er sich noch einmal um
und ließ den Blick durch das Zimmer wandern.

»Wir haben's wirklich getan. Falls du dich, weißt du ... falls du
dich gefragt hast.« Er atmete betrübt ein, blies die Luft mit dicken
Backen aus und hob das Gesicht zur Decke. »Das Komische ist, ich

weiß wirklich nicht, womit ich das verdient hab. Ich war nicht so schlimm, eigentlich nicht. Die Hälfte von dem ganzen Zeug wollte ich gar nicht machen. Ich war halt so gepolt.« Er sah Grey wieder an, und seine Augen glänzten feucht. »Das hat der Psychiater immer gesagt. Ignacio, du bist halt so gepolt.«

Grey hatte keine Ahnung, was er sagen sollte. Manchmal gab es einfach nichts Passendes, und wahrscheinlich war das hier so ein Augenblick. Ignacios Gesichtsausdruck erinnerte ihn an ein paar der Insassen in Beeville: Männer, die so lange im Knast gewesen waren, dass sie aussahen wie Zombies in einem alten Film. Männer, die sich nur mit der Vergangenheit beschäftigen konnten und vor sich nur ein endloses Nichts hatten.

»Na, scheiß drauf.« Ignacio schniefte und wischte sich mit dem Handrücken über die Nase. »Hat wohl keinen Sinn mehr, sich noch drüber zu beklagen. Wie man sich bettet, so liegt man. Überleg dir, was ich gesagt habe, ja? Man sieht sich, Grey.« Licht flutete durch die offene Tür herein, und er war weg.

Was sollte er damit anfangen? Eine ganze Weile lag Grey still da, und seine Gedanken begannen, sich hektisch im Kreis zu drehen. Er konnte nicht mal mit Sicherheit sagen, ob er wach war oder noch schlief. Kurz betrachtete er die Fakten, damit sein Verstand etwas hatte, woran er sich festhalten konnte. Er lag auf einem Bett. Das Bett stand in einem Motel, einem »Red Roof«. Das Motel war wahrscheinlich irgendwo in Colorado, was hieß, dass er nicht weit gekommen war. Nach dem Licht in den Fenstern zu urteilen, war es Morgen, ein Morgen im Frühling oder im Frühsommer. Verletzt war er anscheinend nicht. Irgendwann in den letzten vierundzwanzig Stunden – vielleicht war es länger her, vielleicht nicht so lange, aber bestimmt nicht länger als einen Tag – hatte er das Bewusstsein verloren.

Das war nicht viel, aber immerhin etwas. Er musste sehen, wie es ihn weiterbrachte.

Er stemmte sich auf den Ellenbogen hoch. Im Zimmer roch es nach Schweiß und Rauch. Sein Overall war schmutzig und an den

Knien zerrissen, und seine Füße waren nackt. Er wackelte mit den Zehen, und die Gelenke knirschten und knackten. Alles schien zu funktionieren.

Wenn er es sich recht überlegte – fühlte er sich nicht plötzlich besser? Nein, nicht einfach besser – viel besser. Die Kopfschmerzen und der Schwindel waren weg. Er konnte wieder klar sehen. Arme und Beine fühlten sich fest und stark an, voller Kraft und Saft. Er hatte immer noch einen üblen Geschmack im Mund – Aufgabe eins bestand darin, eine Zahnbürste oder ein Päckchen Kaugummi aufzutreiben –, aber davon abgesehen fühlte Grey sich bestens.

Er schwenkte die Füße auf den Boden. Das Zimmer war klein. Es hatte gerade Platz genug für die beiden Betten mit ihren orange-braunen Tagesdecken und einen kleinen Tisch mit einem Fernsehapparat. Aber als er nach der Fernbedienung griff und den Fernseher einschaltete, kam nur ein leerer schwarzer Bildschirm und ein Geräusch wie der Wählton bei einem Telefon. Er zappte durch die Kanäle: die Lokalsender, CNN, War Channel, GOV TV – überall schwarze Bildschirme. Na, das passte ja. Er würde die Rezeption informieren müssen. Allerdings hatte er, soweit er sich erinnerte, nicht selbst eingecheckt, geschweige denn das Zimmer bezahlt. Seine Brieftasche war schon vor Monaten konfisziert worden, gleich nachdem er auf dem Gelände angekommen war.

Das Gelände, dachte Grey, und das Wort lag ihm plötzlich schwer wie ein Stein im Magen. Was immer passiert sein mochte, er saß tief in der Patsche. Man haute da nicht einfach ab. Er erinnerte sich an Jack und Sam, die beiden Putzer, die verschwunden waren, und daran, wie stinkig Richards anschließend gewesen war. Und der war keiner, den man gern stinkig machen wollte, um es zurückhaltend zu sagen. Ein bloßer Blick von dem Mann, und Greys Gedärm verwandelte sich in Wasser.

Vielleicht waren die Reinigungskräfte alle deshalb abgehauen. Vielleicht, weil sie Angst vor Richards hatten.

Jetzt überfiel ihn der Durst – ein rasender, irrer Durst, als hätte er seit Tagen nichts mehr getrunken. Im Bad klemmte er den Kopf unter den Wasserhahn, schluckte wie wild und ließ sich das Wasser über das Gesicht strömen. Langsam, Grey, dachte er, du musst kotzen, wenn du so viel auf einmal trinkst.

Zu spät – das Wasser rauschte in seinen Magen wie eine Brandungswelle, und ehe er sichs versah, lag er auf den Knien vor der Kloschüssel und umarmte sie, und das ganze Wasser kam wieder hoch.

Das war dämlich, und er war selbst schuld. Er blieb eine Weile auf den Knien und wartete, bis die Krämpfe vorbei waren. Er atmete den Gestank seines eigenen Erbrochenen ein – hauptsächlich Wasser, aber zum Schluss noch ein schleimiger, eigelbartiger Klumpen, zweifellos die unverdauten Reste des Beef Bourguignon. Offenbar hatte er sich auch etwas gezerrt, denn in seinen Ohren sirrte etwas: ein schwaches, fast unhörbares Pfeifen, als ob tief in seinem Schädel ein winziger Motor liefe.

Mühsam rappelte er sich hoch und spülte die Kotze weg. Auf dem Frisiertisch sah er ein Fläschchen Mundwasser auf dem Tablett mit Seifen und Lotions; alles war unberührt, und er nahm einen Mundvoll, um den Geschmack wegzuspülen, gurgelte lange und kräftig und spuckte das Mundwasser ins Waschbecken. Dann schaute er sich im Spiegel an.

Greys erster Gedanke war, jemand müsse ihm einen Streich gespielt haben: einen ausgeklügelten, gar nicht komischen, unwahrscheinlichen Streich, bei dem der Spiegel auf irgendeine Weise gegen ein Fenster ausgetauscht worden war, auf dessen anderer Seite ein Mann stand, ein viel jüngerer, besser aussehender Mann. Der Drang, die Hand auszustrecken und das Bild zu berühren, war so stark, dass er es wirklich tat, und der Mann im Spiegel ahmte seine Bewegungen haargenau nach. *Fuck, was ist mit mir los?*, dachte Grey, und dann sagte er es laut vor sich hin: »*Fuck,* was ist los?« Das Gesicht, das er sah, war schmal und attraktiv. Die Haut rein. Das dichte kastanienbraune Haar hing ihm über die Ohren. Und seine Augen funkelten regelrecht. Noch nie in seinem ganzen Leben hatte Grey so gut ausgesehen.

Etwas anderes zog seinen Blick auf sich. Eine Art Mal an seinem Hals. Er beugte sich vor und legte den Kopf in den Nacken. Zwei Reihen von symmetrischen, perlförmigen Eindrücken, grob halbkreisartig angeordnet. Der obere Halbkreis reichte bis an die Kante seines Kiefers, der untere berührte die Kurve des Schlüsselbeins. Eine rosarot gefärbte Wunde, die anscheinend erst vor Kurzem verheilt war. Wann zum Teufel war das passiert? Als Junge war er mal von einem Hund gebissen worden, und das hier sah genauso aus. Ein übellauniger alter Sumpfköter aus dem Tierheim, aber er hatte ihn trotzdem geliebt, denn er hatte ihm gehört – bis zu dem Tag, an dem er Grey in die Hand gebissen hatte, ganz ohne Grund, Grey hatte ihm nur einen Hundekuchen geben wollen. Sein Vater hatte den Hund in den Garten geschleift. Zwei Schüsse, daran erinnerte Grey sich ganz deutlich. Auf den ersten war ein schrilles Kläffen gefolgt, der zweite hatte den Hund für immer verstummen lassen. Buster hatte er geheißen. Grey hatte seit Jahren nicht mehr an ihn gedacht.

Aber das da an seinem Hals. Woher kam es? Es hatte etwas Vertrautes, eine Art Déjà-vu, als wäre die Erinnerung daran nur in einer falschen Schublade seines Kopfes verstaut.

Grey, weißt du es nicht mehr?

Die Stimme klang wie das Rascheln von altem, trockenem Laub. Grey fuhr herum.

»Iggy?«

Stille. Er kehrte ins Zimmer zurück. Öffnete den Schrank, ging in die Knie und spähte unter die Betten. Nichts.

Grey. Grey.

»Iggy, wo bist du? Hör auf mit dem Scheiß.«

Erinnerst du dich nicht, Grey?

Etwas war nicht in Ordnung mit ihm, absolut nicht in Ordnung. Das war nicht Iggys Stimme, was er da hörte. Die Stimme war in seinem *Kopf.* Die Angst in ihm schwoll an. Jede Fläche, auf die sein Blick traf, schien zu vibrieren. Er rieb sich die Augen, aber es wurde nur noch schlimmer. Es war, als sehe er nicht nur seltsame Dinge, sondern als fühle, rieche und schmecke er sie auch – als hätten die Drähte in seinem Gehirn sich kurzgeschlossen.

Erinnerst du dich nicht ans ... Sterben?

Und plötzlich tat er es. Grey erinnerte sich. Die Erinnerung traf ihn wie ein Pfeil in der Brust. Das helle Blau der Sicherheitszelle, die Tür, die sich langsam öffnete. Proband Zero, der über ihm aufragte und sich zu seiner vollen, furchtbaren Größe streckte, und Grey, wie er weinte und weinte. Zeros Kiefer an seinem zurückgebogenen Hals und der Biss der messerscharfen Zähne, Reihe um Reihe. Zero fort und Grey allein. Das Gellen des Alarms, der Lärm der Schüsse, die Schreie sterbender Männer. Grey, taumelnd im Flur, eine Vision der Hölle, Blut auf Wänden und Türen, und überall lagen menschliche Überreste verstreut, ein Schlachthaus voller Arme und Beine und Rümpfe, aus denen sich die Eingeweide schlängelten. Grey sah wieder vor sich, wie klebriges Arterienblut aus seiner Gurgel spritzte und er die Finger auf die Wunde presste. Wie die Luft rasselnd aus seiner Lunge entwich und er mühsam über den Boden rutschte, bis ihn irgendwann Dunkelheit umhüllte und die Welt vor seinen Augen verschwamm. Wie er losgelassen hatte.

O Gott.

Komm zu mir, Grey. Komm zu mir.

Er stürmte aus dem Zimmer, und das Tageslicht prallte ihm entgegen. Es war verrückt; *er* war verrückt. Er rannte über den Parkplatz wie ein großes, schwerfälliges Tier, blick- und ziellos, die Hände auf die Ohren gepresst. Ein paar Autos standen verstreut auf dem Platz, viele mit offenen Türen. Aber in seinem weißglühenden Zustand registrierte Greys Verstand diesen Umstand nicht, wie er auch andere beunruhigende Details nicht zur Kenntnis nahm: die zertrümmerte Fensterfront des Motels. Den Highway, auf dem anscheinend kein einziges Fahrzeug unterwegs war. Die leere Tankstelle auf der anderen Seite der Zufahrtsstraße, deren Fenster rot verschmiert waren, und die Leiche eines Mannes, der, wie zu einer spontanen Siesta an die Zapfsäule gelehnt, auf dem Boden saß. Das verwüstete, stille McDonald's, wo Stühle und Tische und Ketchupbeutel und »Happy-Meal«-Gimmicks und Gäste aller möglichen Hautfarben und Altersgruppen durch die Fenster herausgeschleudert worden waren. Den Chemikalienrauch von dem immer noch brennenden Wrack eines zwei Meilen weit entfernten Sattelschleppers. Und die Vögel – riesige kreisende Wolken von großen schwarzen Vögeln, Krähen, Raben und Bussarden und dazwischen die Aasfresser, die über alldem entspannt ihre Runden drehten. Alles war still wie auf einem Schlachtfeld nach einem furchtbaren Gefecht, überflutet von der gnadenlosen Sommersonne.

Siehst du, Grey?

»Hör auf! Sei still!«

Er stolperte über etwas Weiches, Fleischiges. Feucht und matschig glitschte es unter seinem Fuß, sodass er ausrutschte und krachend auf Hände und Knie fiel.

Sieh die Welt, die wir gemacht haben.

Er presste die Augen zu und versuchte sich mit der Kraft seines Willens zum Aufwachen zu zwingen. Er rang nach Atem. Ohne hinzusehen, wusste er, dass das Weiche, Glitschige eine Leiche war. *Bitte,* dachte er, ohne zu wissen, wen er damit meinte. Sich selbst. Die Stimme in seinem Kopf. Gott, an den er nie so recht geglaubt hatte, aber an den er jetzt bereitwillig glauben wollte. *Es tut mir leid, was immer ich getan habe. Es tut mir leid, es tut mir leid, es tut mir leid.*

Als er schließlich hinschaute, hatte er alle Hoffnung verloren. Die Tote war eine Frau. Die Haut ihres Gesichts spannte sich so straff über die Knochen, dass man schwer erkennen konnte, wie alt sie war. Sie trug eine Jogginghose und ein T-Shirt mit rundem Ausschnitt, der mit einer kleinen Rüsche aus rosa Spitze besetzt war. Grey nahm an, dass sie im Bett gelegen hatte und herausgekommen war, um nachzusehen, was hier passierte. Sie lag mit verdreht ausgestreckten Gliedern auf dem Asphalt, und Rücken und Schultern waren verrenkt. Fliegen summten über ihr und krochen in Mund und Augen. Der eine Arm lag mit aufwärts gewandter Handfläche auf dem Boden, der andere war über der Brust gekrümmt, und die Fingerspitzen berührten die Wunde an ihrem Hals. Kein Schnitt, kein Schlitz, nichts derart Ordentliches. Ihre Kehle war zerbissen, weggerissen bis auf die Knochen.

Sie war nicht die Einzige. Greys Gesichtsfeld verbreiterte sich, wie wenn eine Kamera sich über einen Schauplatz erhebt. Links von ihm, fünf Schritte entfernt, parkte ein riesiger Chevy Pick-up mit offener Fahrertür. Ein stämmiger Mann in einer Anzughose mit Hosenträgern war vom Sitz gezerrt worden und hing jetzt kopfüber über dem Trittbrett. Nur dass der Kopf nicht mehr da war. Der Kopf war irgendwo anders.

Vor dem Moteleingang lagen noch mehr Leichen. Streng genommen waren es keine Leichen, sondern Körperteile. Eine Polizistin war ausgeweidet worden, als sie aus ihrem Streifenwagen gestiegen war. Sie lehnte am Kotflügel und hielt die Pistole noch in der Hand. Ihre Brust war aufgeklappt wie die Aufschläge eines Trenchcoats. Ein Mann in einem violett glänzenden Trainingsanzug und mit so viel Gold um den Hals, dass man damit eine Piratenkiste hätte füllen können, war in die Höhe geschleudert worden. Sein Oberkörper hing wie ein Windvogel in den Ästen eines Ahorns, während die untere Hälfte auf der Motorhaube eines metallicschwarzen Mercedes gelandet war. Die Fußknöchel lagen kreuzweise übereinander, als hätte die untere Hälfte des Körpers noch gar nicht gemerkt, dass der Rest fehlte.

Grey wusste, dass er inzwischen in einem Zustand war, der einer Trance nahekam. Man konnte so etwas nur anschauen, wenn man jegliche Empfindungen ausschaltete.

Was ihm schließlich den Rest gab, war eine Leiche, die gar nicht da war. Zwei Fahrzeuge, ein Honda Accord und ein Chrysler Minivan, waren in der Nähe der Ausfahrt frontal zusammengestoßen. Die Motorhauben der beiden Wagen waren ineinandergeknautscht wie der Blasebalg eines Akkordeons. Der Fahrer des Honda war durch die Windschutzscheibe erschossen worden.

Ansonsten war der Wagen unberührt, aber der Minivan sah verwüstet aus. Die Schiebetür an der Seite war herausgerissen und wie ein Frisbee über den Parkplatz geschleudert worden. Auf dem Asphalt neben der Tür, inmitten von wild verstreuten Gegenständen – Koffern, Spielsachen, einer Großpackung Windeln –, lag die Leiche einer Frau. Dicht vor ihrer ausgestreckten Hand, auf die Seite gekippt, lag ein leerer Babysitz. *Wo ist das Baby?*, dachte Grey.

Und dann: *Oh.*

Grey entschied sich für den Pick-up. Er hätte nichts dagegen gehabt, mit dem Mercedes zu fahren, aber in Anbetracht dessen, was er gesehen hatte, war ein Truck vermutlich vernünftiger. Er hatte einen Chevy Halbtonner gehabt, damals, in einem Leben, das jetzt anscheinend nichts mehr bedeutete, und deshalb war der Pick-up etwas Vertrautes, woran er sich festhalten konnte. Er zog den enthaupteten Fahrer ganz heraus und legte ihn auf den Boden. Es war verstörend, dass er dem armen Kerl seinen Kopf nicht zurückgeben konnte; irgendwie war es nicht richtig, ihn so zurückzulassen. Aber der Kopf war auf den ersten Blick nirgends zu entdecken, und Grey wollte sich nicht länger damit abgeben. Er sah sich nach einem Paar Schuhe in seiner Größe um – Größe 46 extra breit; was immer Zero mit ihm gemacht hatte, seine Füße waren dabei nicht geschrumpft – und zog schließlich die Slipper von den Füßen des Mannes auf dem Mercedes. Italienisches Lammleder, butterweich und um die Zehen ein bisschen eng, aber solches Leder würde sich weiten. Er stieg in den Truck und startete den Motor. Der Tank war etwas mehr als drei viertel voll. Grey schätzte, damit würde er die halbe Strecke bis Denver schaffen.

Er wollte eben losfahren, als ihm noch etwas einfiel. Er schob den Schalthebel in Parkstellung und ging noch einmal in das Zimmer. Als er zum Truck zurückkam, hielt er die Pistole ein kleines Stück weit vom Körper weg, bevor er sie ins Handschuhfach legte. Die Waffe war sein einziger Begleiter, als er den Gang einlegte und losfuhr.

6

Momma war im Schlafzimmer. Momma war im Schlafzimmer und bewegte sich nicht. Momma war im Schlafzimmer, und er durfte nicht hinein. Momma war tot, genau gesagt.

Wenn ich nicht mehr da bin, denk daran, dass du isst. Das vergisst du nämlich manchmal. Bade jeden zweiten Tag. Milch ist im Kühlschrank, Lucky Charms stehen im Schrank, und in der Kühltruhe ist Hackfleischauflauf. Den kannst du aufwärmen. Eine Stunde bei hundertachtzig Grad, und vergiss nicht, den Backofen auszuschalten, wenn du fertig bist. Sei mein großer Junge, Danny. Ich liebe dich sehr. Ich kann nur nicht länger Angst haben. Deine Momma.

Sie hatte den Brief unter den Salz- und Pfefferstreuer auf dem Küchentisch gelegt. Danny mochte Salz, aber keinen Pfeffer, denn davon musste er niesen. Zehn Tage waren jetzt vergangen – das wusste Danny, weil er jeden Morgen ein Zeichen in den Kalender machte –, und der Brief lag immer noch da. Er wusste nicht, was er damit machen sollte. Überall roch es eklig; wie ein Waschbär oder ein Opossum roch, wenn es tagelang immer wieder überfahren worden war.

Die Milch war auch nicht mehr gut. Der Strom war weg, und sie war warm und sauer geworden und fühlte sich klebrig und unangenehm im Mund an. Er versuchte, seine Lucky Charms morgens mit Leitungswasser statt mit Milch zu essen, doch das war nicht das Gleiche, nichts war das Gleiche, alles war anders, weil Momma im Schlafzimmer war. Abends saß er im Dunkeln in seinem Zimmer und hatte die Tür geschlossen. Er wusste, wo Momma die Kerzen aufbewahrte; sie waren in dem Schrank über der Spüle, wo sie auch die Flasche Wodka hatte, den sie brauchte, wenn ihre Nerven nicht mehr mitspielten. Aber Streichhölzer waren nichts für ihn. Sie standen auf der Liste. Es war keine richtige Liste; es waren nur die Sachen, die er nicht tun oder anfassen durfte. Dazu gehörte der Toaster, weil er den Schalter immer wieder herunterdrückte und den Toast verbrannte. Die Pistole in Mommas Nachttisch, weil das kein Spielzeug war; man konnte sich damit umbringen. Die Mädchen in seinem Bus, denn denen würde nicht gefallen, was er am liebsten mit ihnen anstellen würde. Dann dürfte er allerdings auch nicht mehr den Bus Nummer zwölf fahren, und das wäre schlecht. Das wäre das Schlimmste auf der Welt für Danny Chayes.

Kein Strom bedeutete kein Fernsehen, und deshalb konnte er auch nicht »Thomas und seine Freunde« gucken. Thomas, die kleine Lokomotive, war etwas für kleine Jungs, das wusste Danny. Momma hatte es ihm schon tausend Mal gesagt, aber der Therapeut, Dr. Francis, meinte, es wäre okay, solange Danny sich auch mal was anderes anschaute. Sein Liebling war James. Danny mochte seine rote Farbe und den dazu passenden Kohlentender und auch den Klang seiner Stimme, wenn er so sprach, wie der Erzähler es tat: so beruhigend, dass es oben in der Kehle kribbelte. Mit Gesichtern hatte Danny seine Mühe, doch die Gesichter vorn auf den Lokomotiven bei »Thomas« waren immer leicht auseinanderzuhalten, und es war komisch, was sie so miteinander machten, die Streiche, die sie gern spielten. Sie stellten die Weiche um, sodass Percy gegen den Kohlenlader stieß. Oder sie gossen Kakao über Gordon, der den Express zog, weil er eine so hochnäsige Lokomotive war. Die Kinder in seinem Bus machten sich manchmal lustig über Danny. Sie nannten ihn Topham Hatt – so hieß der dicke Kontrolleur – und sangen das Lied mit einem Text, der nicht so nett war wie der richtige, aber meistens blendete Danny das einfach aus. Ein Junge war allerdings darunter, der hieß Billy Nice und der war kein bisschen nett. Er war in der sechsten Klasse, musste jedoch ein paarmal sitzengeblieben sein, denn er hatte einen Körper wie ein ausgewachsener Mann. Er stieg jeden Morgen ein und hatte nicht mal ein Schulbuch dabei; er grinste Danny höhnisch an, wenn er die Stufen heraufkam, klatschte die anderen Jungen rechts und links ab, als er durch den Gang nach hinten ging, und zog eine Wolke von Zigarettengeruch hinter sich her.

Hey, Topham Hatt, wie läuft's heute so auf der Insel Sodor? Stimmt es, dass Lady Hatt es sich gern von hinten besorgen lässt?

Har-har-har, lachte Billy dann. Har-har-har. Danny gab nie eine Antwort, denn davon würde alles nur noch schlimmer, und er erzählte auch Mr Purvis nichts davon, denn er wusste, was der Mann sagen würde. *Verdammt noch mal, Danny, wieso lässt du dir das von dem kleinen Scheißer gefallen? Der Himmel weiß, du bist ein schräger Vogel, aber du musst deinen Mann stehen. Du bist der Käpt'n auf dem Schiff. Wenn du eine Meuterei zulässt, geht alles den Bach runter, ehe du dichs versiehst.*

Danny mochte Mr Purvis, den Fahrdienstleiter. Mr Purvis war immer freundlich zu Danny gewesen und zu Momma auch. Momma war eine der Frauen in der Cafeteria, und daher kannten sie sich. Mr Purvis kam dauernd zu ihnen nach Hause und brachte Sachen in Ordnung, zum Beispiel den Müllschlucker oder ein loses Dielenbrett auf der Veranda, obwohl er selber eine Frau hatte, Mrs Purvis. Er war ein großer, glatzköpfiger Mann, der gern durch die Zähne pfiff und sich dauernd die Hose hochzog. Manchmal kam er sogar abends zu Besuch, wenn Danny im Bett war. Dann hörte Danny den Fernseher im Wohnzimmer, und die beiden lachten und plauderten. Danny hatte solche Abende gern; er fühlte sich glücklich und unbeschwert, bekam den Happy-Klick. Wenn jemand fragte, sagte Momma immer, Dannys Vater sei »von der Bildfläche verschwunden«, und das stimmte genau. Es gab Bilder von Momma im Haus und Bilder von Danny und Bilder, auf denen sie beide zusammen waren. Aber noch nie hatte er ein Bild mit seinem Vater gesehen. Danny wusste nicht mal, wie der Mann hieß.

Der Bus war Mr Purvis' Idee gewesen. Er brachte Danny auf dem Parkplatz am Depot das Fahren bei und ging mit und half ihm, den Antrag für den Busführerschein auszufüllen. Momma war anfangs nicht so sicher gewesen, denn sie brauchte Dannys Hilfe im Haus, wo er ja eine nützliche Lokomotive war, und die Sozialhilfe – so hieß das Geld von der Regierung – brauchte sie auch. Doch Danny wusste, dass der wahre Grund der war, dass er anders war. Bei einem Job, hatte Mommy mit ihrer besorgten Stimme erklärt, kam es darauf an, dass man »anpassungsfähig« war. Da passierten Dinge, ganz unterschiedliche Dinge. Zum Beispiel in der Cafeteria. An manchen Tagen servierten sie Hotdogs, an anderen Lasagne und dann wieder Hähnchenschnitzel. Auf der Speisekarte stand das eine, und dann stellte sich raus, es war was anderes. Man konnte nie wissen. Würde ihn das nicht aufregen?

Ein Bus war jedoch keine Cafeteria. Ein Bus war ein Bus, und der fuhr exakt nach Fahrplan. Wenn Danny sich ans Steuer setzte, war der Happy-Klick stärker als jemals sonst in seinem Leben. Einen Bus fahren! Einen großen gelben Bus, alle Sitze in geordneten Reihen hintereinander, der Schalthebel mit sechs Vorwärts- und einem Rückwärtsgang, alles hübsch ordentlich vor ihm. Es war kein Zug, aber es war nah daran, und wenn er morgens aus dem Depot fuhr, stellte er sich immer vor, er wäre eine von den Lokomotiven, Gordon oder Henry oder Percy oder sogar Thomas selbst.

Er war immer pünktlich. Zweiundvierzig Minuten vom Depot bis zur Endstation, 8,2 Meilen, neunzehn Haltestellen, neunundzwanzig Fahrgäste, exakt. *Robert-Shelly-Brittany-Maybeth-Joey-Darla/Denise(die Zwillinge)-Pedro-Damien-Jordan-Charlie-Oliver(O-Man)-Sasha-Billy-Molly-Lyle-Dick(Pisskopf)-Richard-Lisa-McKenna-Anna-Lily-Matthew-Charlie-Emily-JohnJohn-Kayla-Sean-Timothy.* Manchmal wartete ein Elternteil mit ihnen an der Ecke, eine Mutter im Morgenmantel oder ein Vater im Anzug mit

Schlips, einen Becher Kaffee in der Hand. *Wie geht's denn heute, Danny?*, fragten sie dann mit einem Guten-Morgen-Lächeln im Gesicht. *Weißt du, nach dir kann man wirklich die Uhr stellen.*

Sei meine nützliche Lokomotive, sagte Momma immer, und das war Danny auch.

Aber jetzt waren die Kinder weg. Nicht nur die Kinder: Alle. Momma und Mr Purvis und vielleicht alle Menschen auf der Welt. Die Nächte waren dunkel und still, und nirgends brannte Licht. Eine Zeitlang war es sehr laut gewesen. Leute hatten geschrien, Sirenen geheult, Militärlaster waren durch die Straße gedonnert. Er hatte Gewehre knallen gehört. *Peng!*, machten die Gewehre. *Peng-peng-peng-peng!* Worauf schießen die da?, hatte Danny wissen wollen, aber Momma hatte es nicht gesagt. Er sollte im Haus bleiben, sagte sie mit ihrer festen Stimme, nicht fernsehen und vom Fenster wegbleiben. Und was ist mit dem Bus?, fragte Danny, und Momma sagte bloß: Verdammt, Danny, mach dir jetzt keine Sorgen um den Bus. Heute ist keine Schule. Und morgen?, fragte Danny. Morgen auch nicht, sagte Momma.

Ohne den Bus wusste er nicht, was er mit sich anfangen sollte. Sein Gehirn kam nicht zur Ruhe. Seine Gedanken hüpften umher wie Popcorn in einer heißen Pfanne. Er wünschte, Mr Purvis würde vorbeikommen und sich mit Momma vor den Fernseher setzen, denn ihr ging es dann immer besser mit allem, aber der Mann kam nicht. Die Welt war gespenstisch still. Da draußen waren Monster. Das hatte Danny rausgekriegt. Die Frau zum Beispiel auf der anderen Straßenseite, Mrs Kim. Sie gab Geigenunterricht; Kinder kamen deshalb zu ihr ins Haus, und wenn im Sommer die Fenster offen waren, konnte Danny sie spielen hören, »Twinkle Twinkle« und »Mary Had a Little Lamb« und andere Lieder, deren Titel er nicht kannte. Aber jetzt spielte niemand mehr Geige, Mrs Kim hing über dem Verandageländer, und niemand schaffte sie von da weg.

Und eines Abends hörte Danny dann Momma im Schlafzimmer weinen. Ab und zu weinte sie so, ganz allein; das war normal und natürlich und kein Grund für Danny, sich Sorgen zu machen, doch diesmal fühlte es sich anders an. Lange lag er in seinem Bett und lauschte und fragte sich, wie traurig man sein musste, um weinen zu können, aber sosehr er sich auch bemühte, diese Vorstellung war wie ein Gegenstand auf einem Regal, das er nicht erreichen konnte. Einige Zeit später wachte er im Dunkeln auf, weil jemand sein Haar berührte, und als er die Augen öffnete, saß sie da. Danny hatte es nicht gern, wenn man ihn berührte; dieses unruhige Gefühl wurde davon ziemlich furchtbar, aber es war meistens okay, wenn Momma es tat, denn daran war er gewöhnt. Was ist denn, Momma?, fragte Danny. Stimmt was nicht? Aber sie sagte nur: Sschh, Danny, und sie benutzte ihre leise Stimme. Etwas lag auf ihrem Schoß, in ein Handtuch gewickelt. Ich hab dich lieb, Danny. Weißt du, wie lieb ich dich habe? Ich hab dich auch lieb, Momma, sagte er, denn das war die richtige Antwort, wenn jemand Ich-hab-dich-lieb sagte, und unter ihrer liebkosenden Hand schlief er ein, und am Morgen war ihre Schlafzimmertür geschlossen und ging nicht mehr auf, und Danny wusste Bescheid. Er brauchte gar nicht nachzusehen.

Er beschloss, trotzdem den Bus zu fahren.

Weil er ja vielleicht doch nicht der Einzige war, der noch lebte. Weil es den Happy-Klick gab, wenn er den Bus fuhr. Weil er nicht wusste, was er jetzt sonst mit sich anfangen sollte, wo Mommy im Schlafzimmer und die Milch sauer war und so viele Tage vergangen waren.

Am Abend vorher hatte er seine Sachen herausgelegt, wie Momma es immer machte, eine Khakihose und ein weißes Hemd und braune Schnürschuhe, und er hatte sich ein Lunchpaket gemacht. Viel zu essen war nicht mehr da, nur noch Erdnussbutter und ein paar Graham-Cracker und eine Tüte mit eingetrockneten Marshmallows, aber er hatte noch eine Flasche »Mountain-Dew«-Wasser aufgehoben, und jetzt packte er alles in seinen Rucksack, zusammen mit dem Taschenmesser und seinem Glückspenny, und dann nahm er seine Mütze aus dem Schrank, die blau gestreifte Lokomotivführermütze, die Momma ihm in Traintown gekauft hatte. Traintown war ein Freizeitpark, wo Kinder mit den Zügen fahren konnten, mit Loks wie Thomas. Schon als kleiner Junge war Danny dort gewesen. Es war ihm der liebste Ort auf der ganzen Welt, doch die Wagen waren mittlerweile zu klein für ihn. Danny mit seinen dicken Beinen und langen Armen passte nicht mehr hinein. Er schaute immer noch gern zu, wie die Züge im Kreis fuhren und kleine Dampfwolken aus den Schloten kamen. Außer bei ihren Ausflügen nach Traintown erlaubte Momma ihm nicht, die Mütze draußen zu tragen, weil sie meinte, die Leute würden ihn auslachen, aber Danny dachte sich, es wäre schon okay, sie jetzt aufzusetzen.

Bei Tagesanbruch ging er los. Die Busschlüssel waren in seiner Manteltasche, lagen flach an seinen Schenkel gedrückt. Das Depot war exakt 3,2 Meilen weit weg, in der Manheim Avenue. Er war noch keinen Block gegangen, als er die ersten Leichen sah. Manche saßen im Auto, andere lagen in ihrem Vorgarten oder auf den Mülltonnen, und ein paar hingen sogar in den Bäumen. Ihre Haut war blaugrau wie bei Mrs Kim, und ihre Kleider spannten überall, weil die Arme und Beine der Leichen in der Sommerhitze angeschwollen waren wie Hotdogs, die man in der Verpackung heiß gemacht hatte. Es sah schlimm aus, schlimm, aber auch seltsam und interessant; wenn er mehr Zeit gehabt hätte, wäre er stehen geblieben, um es sich genauer anzusehen. Überall lag Müll herum, Papierfetzen, Plastikbecher und flatternde Einkaufstüten, und das gefiel Danny nicht. Man warf keinen Müll auf die Straße.

Als er am Depot ankam, schien die Sonne ihm warm auf die Schultern. Die meisten Busse waren da, aber nicht alle. Die Reihen, in denen sie parkten, hatten Lücken wie ein Mund mit fehlenden Zähnen. Dannys Bus, die Nummer zwölf, wartete jedoch auf seinem gewohnten Platz. Es gab viele verschiedene Arten von Bussen, Shuttle-Busse, Charterbusse, Linienbusse und Reisebusse, und Danny wusste über alle Bescheid. So etwas tat er gern: Alles lernen, was man über eine Sache wissen konnte. Sein Bus war ein Redbird 450, Modell Foresight. Alles war auf dem neuesten

Stand der Technik: Er hatte fest installierte Einbauten, eine Easy-Hood(TM)-Hauben-Öffnungshilfe, ein hochentwickeltes Fahrer-Informationsdisplay, das eine Fülle von Systemdaten sowohl für den Fahrzeugführer als auch für die Servicetechniker bereithielt, sowie ein spezialgefertigtes Redbird-Comfortride(TM)-Fahrgestell. In puncto Sicherheit, Qualität und Langlebigkeit war der 450 das Beste, was es auf dem Markt gab.

Danny kletterte an Bord und schob den Schlüssel ins Zündschloss. Der große Caterpillar-Dieselmotor erwachte donnernd zum Leben, und eine warme Welle breitete sich in Dannys Bauch aus und spülte alle seine Zweifel weg. Er sah auf die Uhr: 6 Uhr 52. Als der große Zeiger auf der Zwölf stand, legte er den Gang ein und fuhr los.

Anfangs kam es ihm merkwürdig vor, durch die leeren Straßen zu fahren und niemanden zu sehen, aber als Danny sich der ersten Haltestelle näherte – bei den Mayfields, Robert und Shelly –, hatte er den alten Rhythmus wiedergefunden, und es war leicht, sich vorzustellen, heute sei ein ganz gewöhnlicher Tag. Er brachte den Bus zum Stehen. Tja, Robert und Shelly verspäteten sich manchmal. Dann hupte er, und sie kamen aus dem Haus gerannt, und ihre Mutter rief ihnen nach: Seid brav und viel Spaß, und dann winkte sie noch. Das Haus war ein Bungalow, nicht viel größer als der, in dem Danny mit Momma wohnte, aber hübscher – gelb wie ein Kürbis angestrichen und mit einer breiten Veranda, auf der eine Schaukel hing. Im Frühling blühten immer Blumen in den Körben am Geländer. Die Körbe waren noch da, doch die Blumen waren alle verwelkt, und der Rasen musste auch gemäht werden. Danny reckte den Hals, um durch die Frontscheibe nach oben zu schauen. Ein Fenster sah aus, als wäre es aus dem Rahmen gerissen worden. Der dazugehörige Blendladen baumelte herunter wie eine Zunge. Danny hupte und wartete eine Minute. Aber es kam immer noch niemand.

7 Uhr 08. Er musste noch weitere Haltestellen anfahren. Er fuhr weiter und lenkte den Bus um einen Toyota Prius herum, der auf

der Seite lag. Auf der Straße stieß er noch auf andere Dinge: Da war ein umgekippter, plattgedrückter Polizeiwagen. Ein Krankenwagen. Eine tote Katze. Bei vielen Häusern waren »X«-Zeichen mit Farbe an die Tür gesprüht worden und Buchstaben und Zahlen dazwischen. Als er seine zweite Station erreichte, einen Townhouse-Komplex namens Castle Oaks, hatte er bereits zwölf Minuten Verspätung. *Britanny-Maybeth-Joey-Darla-Denise.* Er drückte einmal lange auf die Hupe, dann noch einmal. Aber er versprach sich nichts davon. Danny tat es nur der Form halber. Castle Oaks bestand aus rauchenden Ruinen. Der gesamte Komplex war niedergebrannt.

Die nächsten Stationen – und überall das Gleiche. Er lenkte den Bus auf der Western nach Cherry Creek. Die Häuser hier waren größer, und weite, sanft ansteigende Rasenflächen trennten sie von der Straße. Große, dicht belaubte Bäume spannten ihren getüpfelten Schatten über die Straße. Alles wirkte friedlich. Die Häuser sahen aus wie immer, und Danny konnte keine Toten entdecken. Aber Kinder waren trotzdem keine da.

Inzwischen hätte er fünfundzwanzig Kids im Bus haben müssen. Die Stille war beunruhigend. Der Lärm im Bus schwoll auf der Strecke sonst immer an; mit jeder Haltestelle wurde es lauter, je mehr Kinder einstiegen. So wie in einem Film, wenn die Musik zur Schlussszene hin immer lauter wurde. Bei ihm war die Schlussszene der »Buckel« – eine Bremsschwelle auf der Lindler Avenue. *Nimm den Buckel, Danny!,* schrien sie alle. *Nimm den Buckel!* Und obwohl er das nicht durfte, gab er dann ein bisschen mehr Gas und ließ sie alle von ihren Sitzen hopsen, und in diesem kurzen Moment war es, als gehörte er zu ihnen. Er war nie ein Kind wie sie gewesen, ein normaler Junge auf dem Weg in die Schule. Aber wenn der Bus über den Buckel fuhr, dann war er es.

Daran dachte Danny, und er vermisste die Kinder, sogar Billy Nice mit seinen blöden Witzen und seinem Har-har-har, als er vor sich plötzlich einen Jungen sah. Es war Timothy Reese. Er wartete mit seiner älteren Schwester am Ende ihrer Zufahrt. Danny hätte den Jungen überall erkannt wegen der Wirbel an seinem Hinterkopf: zwei Stachel aus Haaren, die hochstanden wie die Fühler eines Insekts. Timothy war einer der Jüngsten; er ging in die zweite, vielleicht in die dritte Klasse, und er war klein. Manchmal wartete die Haushälterin mit ihm, eine rundliche Frau mit brauner Haut, die einen Kittel trug, aber meistens war es die ältere Schwester. Danny vermutete, dass sie auf die Highschool ging. Sie sah komisch aus – nicht komisch zum Lachen, sondern komisch wie merkwürdig; ihre Haare waren rosa wie das Pepto, das Momma ihm gab, wenn sein Magen nervös wurde, weil er zu schnell gegessen hatte, und mit ihrem dicken schwarzen Eyeliner sah sie aus wie eins von diesen Gemälden in einem Gruselfilm, bei denen sich die Augen bewegten. Sie hatte ungefähr zehn Stecker in jedem Ohr, und an den meisten Tagen trug sie ein Hundehalsband. Ein Hundehalsband! Als ob sie ein Hund wäre! Das Komische war aber, dass Danny sie irgendwie hübsch fand, wenn nur das ganze verrückte Zeug nicht gewesen wäre. Er kannte keine Mädchen in ihrem Alter und eigentlich auch in keinem anderen Alter, und es gefiel ihm, wie sie mit ihrem Bruder wartete. Sie hielt seine Hand und ließ sie los, wenn der Bus kam, damit die anderen Kinder es nicht sahen. Mit Danny hatte sie nie ein Wort gesprochen; er wusste nicht mal, wie sie hieß.

Er hielt vor der Einfahrt und zog den Hebel für die Tür. »Hey«, sagte er, denn etwas anderes fiel ihm nicht ein. »Hey, guten Morgen.«

Er fand, jetzt waren sie an der Reihe, etwas zu sagen, aber sie taten es nicht. Danny ließ den Blick kurz über ihre Gesichter wandern, konnte sie jedoch nicht deuten. Keiner der Eisenbahnzüge bei Thomas sah je so aus. Die Züge bei Thomas machten fröhliche oder traurige oder wütende Gesichter, aber das hier war etwas anderes. Es war wie der leere Bildschirm des Fernsehers, wenn der Kabelanschluss nicht funktionierte. Die Augen des Mädchens waren geschwollen und rot, und ihr Haar sah irgendwie zerdrückt aus. Timothys Nase lief, und er wischte sie immer wieder mit dem Handrücken ab. Die Sachen, die sie anhatten, waren zerknautscht und schmutzig.

»Wir haben dich hupen gehört«, sagte das Mädchen. Ihre Stimme klang heiser und zittrig, als hätte sie seit einer Weile nicht gesprochen. »Wir hatten uns im Keller versteckt. Wir haben seit zwei Tagen nichts mehr zu essen.«

Danny zuckte die Achseln. »Ich hatte noch Lucky Charms. Aber nur mit Wasser. So schmecken sie aber nicht so gut.«

»Ist sonst noch jemand da?«, fragte das Mädchen.

»Wie, da?«

»Am Leben.«

Danny wusste nicht, was er darauf antworten sollte. Die Frage war zu groß. Vielleicht war niemand mehr da. Er hatte viele Tote gesehen. Allerdings wollte er nicht Nein sagen – nicht wenn Timothy dabei war.

Er warf einen Blick auf den Jungen, der bis jetzt noch nicht den Mund aufgemacht hatte, sondern sich immer nur nervös mit dem Handrücken die Nase wischte. »Hey, Timbo. Hast du Heuschnupfen? Krieg ich manchmal auch.«

»Unsere Eltern sind in Telluride«, stellte der Junge fest und schaute auf seine Turnschuhe. »Consuela war anfangs bei uns. Aber jetzt sind wir ganz allein.«

Danny wusste nicht, wer Consuela war. Es war schwer, wenn Leute deine Frage nicht beantworteten und stattdessen von etwas ganz anderem zu reden anfingen. Etwas, woran du gar nicht gedacht hattest.

»Okay«, sagte Danny.

»Sie ist im Garten.«

»Wie könnt ihr allein sein, wenn sie im Garten ist?«

Der Junge machte große Augen. »Weil sie *tot* ist.«

Zwei Sekunden lang sagte niemand etwas. Danny fragte sich, warum sie noch nicht eingestiegen waren. Ob er sie vielleicht fragen musste.

»Alle sollen nach Mile High, ins Stadion«, sagte das Mädchen. »Das haben wir im Radio gehört.«

»Was ist in Mile High?«

»Die Army. Sie haben gesagt, da ist es sicher.«

Nach dem, was Danny gesehen hatte, war von der Army nicht viel übrig geblieben. Aber das Mile High Stadium wäre zumindest ein Ziel, das er anfahren konnte. Daran hatte er nämlich noch gar nicht gedacht. Wo wollte er eigentlich hin?

»Ich heiße April«, sagte das Mädchen.

Der Name passte zu ihr. Es war komisch. Bei manchen Menschen war das einfach so.

»Ich bin Danny«, sagte er.

»Ich weiß«, sagte April. »Bitte, Danny? Bring uns in Dreiteufelsnamen weg von hier.«

7

Die Farbe war nicht gut, entschied Lila. Nein, sie war überhaupt nicht gut.

Der Ton hieß »Buttercreme«. Die Probe aus dem Geschäft hatte einen ganz zarten, hellen Gelbton gehabt wie altes Leinen. Aber als Lila jetzt zurücktrat, um mit der tropfenden Farbrolle in der Hand ihr Werk zu begutachten – wirklich, sie machte eine unglaubliche Sauerei; wieso konnte David so etwas nicht übernehmen? –, sah es eher aus wie ... tja, wie was? Wie eine Zitrone. Ein *leuchtendes* Zitronengelb war das. Für eine Küche wäre es vielleicht okay gewesen, für eine helle, sonnige Küche mit einem Fenster zum Garten. Aber nicht für ein Kinderzimmer. Mein Gott, dachte sie, bei so einer Farbe kann das Baby ja überhaupt nicht einschlafen.

Wie deprimierend. Die ganze harte Arbeit umsonst. Die Leiter aus dem Keller die Treppe heraufgeschleppt, die Abdeckplane ausgebreitet, auf Händen und Knien die Fußleisten abgeklebt – nur um jetzt festzustellen, dass sie wieder in den Laden zurückgehen und noch einmal von vorn anfangen musste. Sie hatte mit dem Zimmer bis zum Mittagessen fertig sein wollen, damit die Farbe trocknen könnte, bevor sie die Tapetenbordüre klebte, die mit Szenen aus den »Peter-Hase«-Büchern von Beatrix Potter verziert war. David hatte die Bordüre albern gefunden – »sentimental« war der Ausdruck, den er benutzt hatte –, aber das war Lila egal.

Als Kind hatte sie die Geschichten von Peter, dem Hasen, geliebt. Sie war auf den Schoß ihres Vaters gekrochen oder hatte sich ins Bett gekuschelt, um zum hundertsten Mal zu hören, wie Peter aus Mr McGregors Garten entkam. Der Garten zu Hause in Wellesley war von einer Hecke umgeben gewesen, und jahrelang – noch lange nachdem sie aufgehört hatte, an solche Dinge zu glauben – hatte sie dort geduldig nach einem Hasen in einer kleinen blauen Jacke gesucht.

Doch jetzt würde Peter Hase noch warten müssen. Die Erschöpfung übermannte sie. Sie musste sich hinlegen. Die Dämpfe kamen dazu. Sie machten sie schwindlig. Irgendetwas schien mit der Klimaanlage nicht zu stimmen, obwohl sie sich, seit sie schwanger war, immer ein bisschen überhitzt fühlte. Hoffentlich würde David bald nach Hause kommen. In der Klinik ging es zu wie im Irrenhaus. Er hatte sie einmal angerufen, um zu sagen, dass er später kommen würde, und seitdem hatte sie nichts mehr von ihm gehört.

Sie ging hinunter in die Küche. Sie war in heilloser Unordnung. Berge von Geschirr stapelten sich in der Spüle, die Arbeitsplatte war schmutzig, der Boden unter ihren bloßen Füßen ganz klebrig. Lila blieb verwirrt in der Tür stehen. Ihr war nicht klar gewesen, wie sehr sie alles vernachlässigt hatte. Und was war aus Yolanda geworden? Wann war sie zuletzt hier gewesen? Die Haushaltshilfe kam regelmäßig dienstags und freitags. Welcher Tag war heute? Wenn man die Küche sah, dachte Lila, konnte man denken, Yolanda sei schon wochenlang nicht mehr im Haus gewesen. Okay, die Frau sprach nicht gerade perfekt Englisch, und manchmal machte sie komische Sachen, verwechselte zum Beispiel Tee- und Esslöffel – worüber David immer meckerte –, oder sie deponierte Rechnungen ungelesen in der Mülltonne. So etwas war ärgerlich. Aber es war nicht Yolandas Art, auch nur einen einzigen Tag zu fehlen. Einmal, im Winter, war sie morgens mit einem so schrecklichen Husten erschienen, dass Lila sie im oberen Stockwerk gehört hatte. Sie hatte der Frau den Mopp praktisch aus den Händen winden müssen: *Por favor,* Yolanda, ich will Ihnen helfen, ich bin Ärztin. (Natürlich war es eine Bronchitis gewesen. Lila hatte in der Küche ihre Brust abgehört und ihr selbst ein Rezept für Amoxicillin ausgestellt, denn sie wusste sehr wohl, dass Yolanda wahrscheinlich gar keinen Arzt *hatte,* von einer Versicherung ganz zu schweigen.) Also, okay, manchmal warf sie Post weg und brachte das Besteck durcheinander und legte Socken in die Schublade für Unterwäsche, doch sie arbeitete fleißig, ja unermüdlich, und auf ihre fröhliche, pünktliche Anwesenheit konnten sie sich verlassen, zumal angesichts ihrer eigenen verrückten Dienstzeiten. Und jetzt hatte sie nicht mal angerufen.

Das war übrigens noch so eine Sache. Das Telefon funktionierte anscheinend nicht, und Post war auch keine gekommen. Und keine Zeitung. Aber David hatte ihr eingeschärft, sie solle unter keinen Umständen aus dem Haus gehen, und deshalb hatte Lila nicht nachgesehen. Vielleicht lag die Zeitung in der Einfahrt.

Sie nahm ein Glas aus dem Schrank und drehte den Wasserhahn auf. Ein Stöhnen von den Rohren unten, ein Rülpser und dann … nichts. Das Wasser auch! Dann fiel es ihr wieder ein: Das Wasser lief schon seit einer Weile nicht mehr. Jetzt musste sie zu allem Überfluss auch noch den Klempner rufen. Das heißt, sobald das Telefon wieder funktionierte. War es nicht typisch für David, dass er nicht da war, während hier alles den Bach hinunterging? Das war ein Lieblingsausdruck von Lilas Vater gewesen: Etwas ging den Bach hinunter. Eine merkwürdige Wendung, wenn Lila darüber nachdachte. Es gab viele solche Ausdrücke oder auch nur einfache Wörter, die einem plötzlich ganz fremdartig vorkamen, als hätte man sie noch nie benutzt. Windel. Irrtum. Klempner. Heirat. War es wirklich ihre Idee gewesen, David zu heiraten? Sie konnte sich nämlich nicht erinnern, dass sie gedacht hatte: *Ich will David heiraten.* Was man ja wohl denken *sollte,* bevor man losging und es tat. Eine komische Sache, das Leben: Gerade war es noch so, und im nächsten Augenblick war es ganz anders, und man konnte sich nicht erinnern, wie es eigentlich dazu gekommen war. Sie hätte nicht gerade behauptet, dass sie David liebte. Sie *mochte* ihn. Sie *bewunderte* ihn. (Und wer hätte David Centre nicht bewundert? Den Chef der Kardiologie im Denver General Hospital, den Gründer des Colorado Institute of Electrophysiology, einen Mann, der Marathon lief, in Vorständen saß, Dauerkarten für die Nuggets *und* für die Oper hatte und der seine Patienten jeden Tag den Klauen des Todes entriss?) Aber ergaben diese Gefühle zusammengenommen Liebe? Und wenn nicht, sollte man einen solchen Mann dann heiraten, weil man ein Kind von ihm bekam – nicht geplant, es war einfach passiert – und weil er in einem Augenblick von David-typischer Noblesse verkündet hatte, er gedenke »das Richtige« zu tun? Was *war* denn eigentlich richtig? Und warum erschien ihr David manchmal nicht wie er selbst, sondern wie jemand, der David *ähnelte,* der auf David *basierte* – wie ein menschengroßes David-ähnliches Etwas? Als Lila ihrem Vater die Neuigkeit von ihrer Verlobung eröffnet hatte, hatte sie es ihm im Gesicht angesehen: Er wusste es. Er hatte an seinem Schreibtisch in seinem Arbeitszimmer gesessen, umgeben von den Büchern, die er liebte, und Klebstoff an den Bugspriet eines Schiffsmodells gestrichen. In dem kaum merklichen Heben seiner dichten Brauen verriet sich die Wahrheit. »Tja«, sagte er und räusperte sich. Dann schwieg er, während er das Klebstoffflläschchen zuschraubte. »Ich kann mir schon vorstellen, dass du es in Anbetracht der Umstände vielleicht möchtest. Er ist ein guter Mann. Ihr könnt hier heiraten, wenn ihr wollt.«

Er war in der Tat ein guter Mann, und sie wollten bei ihr zu Hause heiraten, und so waren sie dicht vor der Front eines Frühjahrsschneesturms nach Boston geflogen. Alles war hastig zusammengeschustert worden, und nur eine Handvoll Verwandte und Freunde hatte es in letzter Minute geschafft, verlegen im Wohnzimmer zusammenzustehen, als das Gelübde abgelegt wurde (was alles in allem vielleicht zwei Minuten gedauert hatte), und dann hatten sie sich auch gleich wieder entschuldigt. Sogar der Caterer hatte sich frühzeitig verdrückt. Es war nicht Lilas

Schwangerschaft, was für diese verlegene Stimmung sorgte. Sie wusste, es war der Umstand, dass jemand fehlte.

Jemand würde immer fehlen.

Aber egal. David war egal und ebenso ihre grausige Hochzeit (die sich eigentlich eher wie eine Totenfeier angefühlt hatte) mit den Bergen von übrig gebliebenem Lachs und dem Schneesturm und allem anderen. Wichtig war das Baby und dass sie auf sich achtete. Die Welt konnte den Bach hinuntergehen, wenn sie wollte. Wichtig war das Baby. Es würde ein Mädchen werden. Lila hatte es auf dem Ultraschallbild gesehen. Ein kleines Mädchen. Mit winzigen Händen, winzigen Füßen, einem winziges Herzen, einer winzigen Lunge schwebte es in der warmen Suppe ihres Körpers. Das Baby hatte öfters einen Schluckauf. *Hicks!,* machte es. *Hicks! Hicks!* Schluckauf war ein merkwürdiges Wort. Das Baby atmete das Fruchtwasser ein und auf diese Weise wieder aus. Das Zwerchfell kontrahierte, wodurch die Epiglottis sich schloss: ein rhythmisches Zwerchfellflattern, lateinisch *Singultus,* »das einmalige, ruckartige Einatmen beim Schluchzen«. Als Lila das im Medizinstudium erfahren hatte, hatte sie gedacht: Wow. Einfach nur: Wow. Und natürlich hatte sie sofort einen Schluckauf gekriegt, genau wie die Hälfte der übrigen Studenten. Lila wusste von einem Mann in Australien, der seit siebzehn Jahren einen ununterbrochenen Schluckauf hatte. Sie hatte ihn im Fernsehen gesehen, bei der *Today Show.*

Today. Heute. Welcher Tag war heute? Sie war in den Eingangsflur gegangen, und ohne sich recht bewusst zu machen, was sie da tat, hatte sie den Vorhang zur Seite gezogen, um einen Blick hinauszuwerfen. Nein – keine Zeitung. Keine *Denver Post* und keine *New York Times* und auch nicht das schundige Nachbarschaftsblättchen, das immer geradewegs in die Tonne wanderte. Durch die Scheibe hörte sie das hohe Summen der Sommerinsekten in den Bäumen. Normalerweise fuhren hier vereinzelte Autos vorbei, der Postbote pfiff auf dem Weg zum nächsten Briefkasten, ein Kindermädchen schob einen Wagen vor sich her, aber nicht heute. *Ich komme zurück, sobald ich mehr weiß. Bleib im Haus, schließ die Tür ab. Geh unter keinen Umständen nach draußen.* Lila erinnerte sich, wie David das alles zu ihr gesagt hatte; sie erinnerte sich, wie sie am Fenster gestanden und zugesehen hatte, wie sein Auto – einer von diesen neuen wasserstoffgetriebenen Toyotas – lautlos durch die Einfahrt geglitten war. Lieber Gott, sogar sein Auto war tugendhaft. Wahrscheinlich fuhr der Papst auch so eins.

Aber war das da drüben nicht ein Hund? Lila drückte das Gesicht an die Scheibe. Der Hund der Johnsons tappte mitten auf der Straße entlang. Die Johnsons wohnten zwei Häuser weiter, ein Elternpaar in einem leeren Nest – die Tochter hatte irgendwohin geheiratet, der Sohn war auf dem College. MIT? Caltech? Eins von denen. Mrs Johnson (»Nennen Sie mich einfach Sandy!«) war die erste Nachbarin gewesen, die am Tag ihres Einzugs mit Napfkuchen und lautem Hallo vor der Tür gestanden hatte. Lila sah sie an jedem dienstfreien Abend, wie sie, manchmal von ihrem Mann Geoff begleitet, Roscoe ausführte, einen großen, grinsenden Golden Retriever, der so unterwürfig war, dass er sich immer auf den Boden warf und den Bauch gekrault haben wollte, wenn jemand herankam. (»Entschuldigen Sie diese tuntenhafte Töle«, sagte Geoff immer.) Das da draußen war Roscoe, doch irgendetwas stimmte nicht mit ihm. Er sah nicht aus wie sonst. Seine Rippen standen heraus wie die Klangstäbe eines Xylophons, und er lief ziellos herum und hielt etwas in der Schnauze. Irgendetwas … Schlaffes, Baumelndes. Wussten die Johnsons, dass er frei herumlief? Sollte sie sie anrufen? Aber das Telefon war tot, und sie hatte David versprochen, im Haus zu bleiben. Sicher würde noch jemand anders ihn sehen und sagen, hey, das ist doch Roscoe, er muss weggelaufen sein.

Zum Teufel mit David, dachte sie. Er konnte so egozentrisch sein, so gedankenlos: Gott weiß, wo er sich herumtrieb, während sie hier hockte, ohne Wasser, ohne Telefon und ohne Strom und mit einer völlig verkehrten Farbe im Kinderzimmer, die nicht mal annähernd passte! Sie war erst im sechsten Monat, aber sie wusste, wie rasend schnell die Zeit verging. Gerade hatte man noch Monate vor sich, und ehe man sichs versah, wurde man mit seinem Köfferchen zur Tür hinausgeschoben und holterdipolter in die Klinik gefahren, und dann lag man dort unter den Neonlampen auf dem Rücken und schnaufte und keuchte, und die Wehen wüteten und übernahmen das Kommando, bis man endlich das Kind geboren hatte. Und durch den Nebel des Schmerzes spürte sie eine Hand in ihrer eigenen, und sie schlug die Augen auf und sah Brad neben sich mit einem Gesichtsausdruck, den sie unmöglich mit Worten beschreiben konnte – einem wunderschönen, angstvollen, hilflosen Blick –, und sie hörte seine Stimme: *Pressen, Lila, du hast es fast geschafft, noch einmal pressen, dann ist es vorbei,* und sie tat es: Sie sammelte tief in sich die Kraft für dieses eine, letzte Mal und presste das Baby hinaus. Und in der Stille, die darauf folgte, reichte er ihr das eingewickelte Kind wie ein Zaubergeschenk. Tränen des Glücks liefen über seine Wangen, und sie spürte in dem Moment, wie das Leben mit ihm tief und dauerhaft richtig war. Sie wusste, dass sie diesen Mann gewählt hatte, weil es einfach so sein sollte, und dass ihr Kind Eva, dieses warme, neue Geschöpf, das sie beide geschaffen hatten, genau dies war: sie beide, eins geworden.

Brad? Wieso dachte sie an Brad? *David.* David war ihr Mann, nicht Brad. Papst David und sein Papamobil. Hatte es einen Papst David gegeben? Wahrscheinlich. Lila war Methodistin. Sie durfte man da nicht fragen.

Na, dachte sie, nachdem Roscoe außer Sicht war, genug war genug. Sie hatte keine Lust mehr, in einem dreckigen Haus eingesperrt zu sein. David mochte tun, was David wollte, aber sie sah keinen Grund, an diesem makellos schönen Junitag hier herumzusitzen – nicht wenn sie so viel zu tun hatte. Ihr treuer alter Volvo wartete in der Einfahrt. Wo war ihre Handtasche? Ihr Portemonnaie? Ihr Schlüssel? Da lag doch alles, auf dem kleinen Tisch neben der Haustür! Genau da, wo sie es vor einiger Zeit gelassen hatte.

Oben ging sie ins Bad – mein Gott, die Toilette war in einem

Zustand, an den sie nicht mal *denken* wollte – und betrachtete ihr Gesicht im Spiegel. Na, was ihr da entgegenblickte, war nicht so toll. Man hätte sie für das Opfer einer Schiffskatastrophe halten können; ihr Haar sah aus wie ein Rattennest, und ihre trüben Augen lagen tief in den Höhlen. Ihre Haut war fahl, als hätte sie seit Wochen keine Sonne mehr gesehen. Sie gehörte nicht zu den Frauen, die sich eine Stunde lang aufbrezeln mussten, bevor sie das Haus verlassen konnten, aber trotzdem … Sie hätte zu gern geduscht, aber das war natürlich nicht möglich. Also begnügte sie sich damit, sich das Gesicht mit Wasser aus einem der Krüge auf dem Waschbecken zu waschen. Mit einem Waschlappen rubbelte sie ihre Haut, bis sie rosa war. Sie zog eine Bürste durch ihr Haar und band es mit einem Gummi im Nacken zusammen. Dann legte sie Rouge auf die Wangen, strich Mascara auf die Wimpern und ein bisschen Lippenstift auf den Mund. Bei dieser Hitze trug sie nur T-Shirt und Unterwäsche. Sie zog sich ins Schlafzimmer zurück, zu den abgebrannten Kerzen und Bergen von Schmutzwäsche und dem muffigen Geruch von ungewaschenem Bettzeug, und nahm eins von Davids langschößigen Hemden aus dem Schrank. Was sie darunter anziehen sollte, war ein Problem; nichts passte ihr mehr richtig. Sie entschied sich für eine Schlabberjeans, in die sie sich hineinzwängen konnte, wenn sie den obersten Knopf offen ließ, und dazu ein Paar Sandalen.

Noch einmal zum Spiegel. Nicht schlecht, befand Lila. Entschieden besser. Schließlich hatte sie ja nichts Besonderes vor. Obwohl – es wäre nett, irgendwo zu Mittag zu essen, wenn sie ihre Besorgungen erledigt hätte. Das hatte sie sich nach all der Zeit, die sie im Haus eingesperrt gewesen war, jedenfalls verdient. Irgendein hübsches Lokal, wo man draußen essen konnte. Es gab kaum etwas Netteres als ein Glas Wein und einen Salat im Freien an einem Sommernachmittag. Café des Amis – das wäre genau das Richtige. Dort hatten sie eine wunderbare, mit duftenden Blumen umrankte Terrasse und einen fabelhaften Koch – er hatte sie mal am Tisch begrüßt –, der im Cordon Bleu gelernt hatte. Pierre?

François? Der Mann konnte die erstaunlichsten Dinge mit Saucen anstellen und entlockte den einfachsten Gerichten die feinsten Aromen; sein Coq au vin war der absolute Traum. Aber bekannt war das Des Amis für seine Desserts, vor allem für die Mousse au Chocolat. Etwas so Himmlisches hatte Lila anderswo nie im Leben gegessen. Sie und Brad hatten sich nach dem Essen immer eine geteilt und einander damit gefüttert wie zwei Teenager, die so verliebt waren, dass die Welt um sie herum kaum existierte. Selige Tage – wenn man verliebt war und die Verheißungen des Lebens sich vor einem auftaten wie die Seiten eines Buches. Wie hatten sie gelacht, als sie beinahe den Verlobungsring verschluckt hatte, den er zwischen der luftigen Schokoladenmasse versteckt hatte. Oder damals, als Lila ihn abends noch in den strömenden Regen hinausgeschickt hatte – alles wäre ihr recht, irgendein Schokoriegel, ein Kit-Kat oder ein Almond Joy oder ein blödes altes Milky Way – und er eine Stunde später nass bis auf die Knochen in der Schlafzimmertür gestanden hatte, mit dem breitesten Lächeln der Welt auf dem Gesicht und einer riesigen Tupperdose mit François' – Pierres? – berühmter Mousse au Chocolat in der Hand, genug für eine ganze Armee. So war Brad gewesen. Er war zur Hintertür gegangen, wo noch Licht brannte, und hatte an die Tür gehämmert, bis jemand gekommen war und ihm den vom Regen durchweichten Fünfzigdollarschein abgenommen hatte. Es war so unglaublich lieb. *Mein Gott, Lila,* hatte Brad gesagt, als sie den vollen Löffel zum Mund führte, *wenn du so weitermachst, wird dieses Baby halb aus Schokolade bestehen.*

Jetzt passierte es ihr schon wieder. *David.* David Centre war jetzt ihr Mann. Lila musste sich wirklich zusammenreißen. Nicht dass sie und David je eine Mousse au Chocolat geteilt hätten oder im Café des Amis gewesen wären oder sonst etwas annähernd Ähnliches getan hätten. Der Mann hatte nicht den geringsten Sinn für Romantik. Wie hatte sie sich von solch einem Typen überreden lassen können, seine Frau zu werden? Als wäre sie nichts weiter als ein Punkt auf seiner anspruchsvollen To-do-Liste? Berühmter Arzt werden – abgehakt. Lila Kyle schwängern – abgehakt. Ehrenhaft handeln – abgehakt. Er wusste anscheinend kaum, wer sie war.

Sie ging die Treppe hinunter. Draußen flutete die Sommersonne vom Himmel und füllte den Hausflur wie ein goldenes Gas. Als sie an der Tür war, durchströmte sie pure Erregung. Was für eine Befreiung! Herrlich! Sich endlich hinauszuwagen, nachdem sie so lange eingesperrt gewesen war! Sie konnte sich vorstellen, was David sagen würde, wenn er es erfuhr. *Mein Gott, Lila, ich hab doch gesagt, es ist gefährlich. Du musst an das Kind denken.* Aber sie dachte ja an das Kind; das Kind war der Grund. Das war es, was David nicht verstand. David, der so viel damit zu tun hatte, die Welt zu retten, dass er ihr im Kinderzimmer nicht helfen konnte. Der einen Wagen fuhr, der mit Spargel angetrieben wurde oder mit Feenstaub oder was es sonst war. Der sie hier allein gelassen hatte. Allein! Und was noch schlimmer war – eigentlich das Schlimmste überhaupt: Anscheinend *mochte* er Peter Hase nicht mal. Wie war es möglich, dass sie ein Kind von einem Mann bekam, der Peter Hase nicht mochte? Was sagte das über ihn aus? Was für ein Vater würde er sein? Nein, es ging David nichts an, was sie tat, entschied Lila. Sie nahm ihre Handtasche und den Schlüsselbund vom Dielentisch und entriegelte die Tür. Es ging ihn nichts an, ob sie aus dem Haus ging oder ob sie das Kinderzimmer in Chartreuse oder Zinnober oder Magenta anstrich. David konnte ihr den Buckel herunterrutschen. Ja, das konnte er.

Lila Kyle würde die Farbe allein kaufen.

8

Es war kein guter Tag im Büro des stellvertretenden Direktors. Heute, am 31. Mai – Memorial Day (nicht dass es darauf angekommen wäre) –, schien das Ende der Welt tatsächlich nah.

Colorado war praktisch von der Landkarte gewischt worden. Alles in Colorado war kaputt. Denver, Springs, Ft. Collins, Boulder, Grand Junction, Durango und die tausend Kleinstädte dazwischen. Die letzten Luftüberwachungsaufnahmen erinnerten an ein Kriegsgebiet: Autowracks auf den Highways, brennende Gebäude, Leichen überall. Tagsüber schien sich nichts zu bewegen außer den Vögeln, die in riesigen Schwärmen über allem kreisten, als hätte das Geier-Zentralkommando eine entsprechende Anweisung erlassen.

Könnte ihm bitte jemand erklären, wessen Idee es gewesen war, den gesamten Staat Colorado auszulöschen?

Und das Virus griff immer weiter um sich. Es verbreitete sich in alle Himmelsrichtungen. Bis der Heimatschutz die größeren Interstate-Verbindungen abgeriegelt hatte – diese zögerlichen Arschlöcher schafften es nicht, rechtzeitig aus einem brennenden Haus zu fliehen –, war das Kind längst mit lautem Klatschen in den Brunnen gefallen. Nach dem Stand von heute Morgen gab es mit Bestätigung des CDC, des Zentrums für Seuchenkontrolle, Fälle in Kearney, Nebraska, Farmington, New Mexico, Sturgis, South

Dakota und Laramie, Wyoming. Und das waren nur die, von denen sie wussten. In Utah und Kansas war noch nichts bekannt, aber das war nur eine Frage der Zeit, vielleicht nur von Stunden. Im nördlichen Virginia war es 17 Uhr 30, noch drei Stunden bis Sonnenuntergang, noch fünf im Westen.

Sie bewegten sich nur nachts.

Das Briefing mit den Vereinigten Stabschefs war nicht gut verlaufen, aber das hatte er auch nicht erwartet. Da war zunächst mal das ganze Problem mit Special Weapons. Den hohen Militärs war mit der Army Division of Special Weapons nie ganz wohl gewesen, und sie hatten sich auch nie besonders klar darüber geäußert, was die DSW eigentlich tat oder weshalb sie außerhalb der militärischen Kommandostrukturen existierte und ihren Etat ausgerechnet vom Landwirtschaftsministerium bezog. (Antwort: Weil niemand sich einen Scheißdreck für Landwirtschaft interessierte.) Beim Militär ging es nur um Hierarchien, um die Frage, wer am höchsten gegen den Hydranten pinkeln durfte. Soweit die Kommandeure es übersehen konnten, war Special Weapons niemandem unterstellt, und ein Dutzend anderer Behörden und Privatunternehmen redeten mit hinein. Am ehesten konnte man es mit einem Hütchenspiel vergleichen, wo die Kugel ständig in Bewegung und nie unter dem Becher war, unter dem man sie vermutete. Und was die DSW tatsächlich tat – tja, Guilder hatte die Spitznamen gehört: »Desinformation Statt Wahrheit«, »Department der Satanistischen Witzbolde«, »Durchgeknallter Super-Wahnsinn«. Am besten gefiel ihm »Discount-Schuh-Warenhaus«. (Er hatte sogar angefangen, vom »Warenhaus« zu reden.)

So kam es, dass der stellvertretende Direktor Horace Guilder (gab es überhaupt noch richtige Direktoren?) unversehens vor den Vereinigten Stabschefs gesessen hatte (da waren so viele Sterne und Streifen am Tisch gewesen, dass es für ein ganzes Pfadfinderinnen-Fähnlein gereicht hätte), um ihnen seine offizielle Einschätzung der Lage in Colorado zu geben. (Sorry, wir haben Vampire herangezüchtet. Sah kurzfristig aus wie eine gute Idee.) Das darauf folgende verdatterte Schweigen hatte volle dreißig Sekunden gedauert; alle hatten abgewartet, wer wohl als Nächster etwas sagen würde.

Mal sehen, ob ich Sie richtig verstanden habe, begann der Vorsitzende. Er schob die verschränkten Hände über den Tisch und beugte sich vor. Guilder spürte, wie ein Schweißtropfen sich aus seiner Achsel löste und über seine Rippen nach unten lief. *Sie haben beschlossen, ein uraltes Virus zu manipulieren, mit dem sich ein Dutzend Todeskandidaten in unzerstörbare Monster verwandeln ließen, die sich von Blut ernähren. Und Sie sind nicht auf die Idee gekommen, jemandem davon zu erzählen?*

Na ja, beschlossen nicht gerade. Guilder war nicht von Anfang an bei der DSW gewesen. Er war dazugekommen, als die Administration gewechselt hatte, und da war schon so viel Geld zum Fenster rausgeschmissen worden, dass er die Bremse nicht mehr hätte anziehen können, selbst wenn er es gewollt hätte. Das Projekt NOAH unterstand einer so obskuren Kommandohierarchie, dass nicht einmal Guilder wusste, wo es seinen Ursprung hatte – wahrscheinlich bei der National Security Agency, obwohl er das Gefühl nicht loswurde, dass es noch höher reichte, vielleicht sogar bis ins Weiße Haus. Aber als er hier vor den Vereinigten Stabschefs saß, schien es auf solche Feinheiten nicht mehr anzukommen. Guilder hatte dreißig Jahre lang in Behörden gearbeitet, in denen so vieles geheim war, dass im Grunde niemand mehr für irgendetwas verantwortlich war. Ideen schienen von allein zu erblühen. *Was haben wir getan? Nein, haben wir nicht.* Ab in den Reißwolf damit. Genau das würde mit Special Weapons passieren, wahrscheinlich sogar mit Guilder selbst.

Einstweilen jedoch gab es Schuld zu verteilen. Das Meeting hatte sich schnell zu einem Brüllwettbewerb entwickelt, und Guilder hatte einen verbalen Tiefschlag nach dem anderen kassiert. Er war erleichtert, als sie ihn aus dem Zimmer schickten, denn er wusste, dass die Situation ihm damit aus den Händen genommen war. Von jetzt an würde das Militär sich mit dem Problem befassen, wie es sich mit allem befasste: indem es auf alles schoss, was ihm über den Weg lief.

Rückblickend hatte Guilder den Eindruck, er hätte die Lage diplomatischer präsentieren können. Aber die Projektionen des Zentrums für Seuchenkontrolle sprachen für sich. Drei Wochen, maximal vier, und das Virus würde Chicago dezimieren, St. Louis, Salt Lake City. Sechs Wochen, und es ginge um die Küsten.

Vampire, Herrgott. Was hatte er sich bloß dabei gedacht?

Was hatten *alle* sich dabei gedacht?

Und doch, es gab keinen Zweifel, dass Lear da einer sagenhaften Sache auf der Spur gewesen war. Der große Jonas Lear – sogar Guilder fühlte sich von diesem Mann eingeschüchtert, einem Biochemiker aus Harvard mit einem unglaublich hohen IQ, der das Gebiet der Paläovirologie so gut wie erfunden und uralte Organismen isoliert und für moderne Zwecke wiederbelebt hatte. In Fachkreisen galt Lear allgemein als sicherer Kandidat für einen Nobelpreis. Okay, vielleicht war die Verwendung von Straftätern aus der Todeszelle nicht die allergescheiteste Idee gewesen. Da hatten sie sich übernommen. Und gegen Ende hatte Lear sicher nicht mehr sämtliche Tassen im Schrank gehabt. Aber man musste zugeben, dass die Idee mehr als reizvoll war. Nicht zu sterben, beispielsweise. Nie. Eine Sache, an der Guilder, wie er in letzter Zeit festgestellt hatte, ein nicht unbeträchtliches persönliches Interesse hatte.

Seine einzige Hoffnung war das Mädchen.

Amy – Nachname unbekannt. Probandin Nummer dreizehn, entführt aus einem Kloster in Memphis, Tennessee, wo ihre Mutter sie zurückgelassen hatte. Guilder war nicht ganz wohl dabei gewesen, als er seine Unterschrift gegeben hatte. Ein Kind, um Himmels willen! Jemand musste etwas merken, und so war es auch gekommen. Alle durchkämmten das Land nach dem entführten Mädchen, von der Oklahoma Highway Patrol bis zu den U.S. Marshals, und Richards, dieser Irre, hatte eine Spur von Leichen hinterlassen, die eine Meile breit war. Die Nonnen in dem Kloster, im Schlaf erschossen. Zwei Kleinstadt-Cops. Sechs Leute in einem Coffeeshop, die nur einen einzigen Fehler begangen hatten: Sie hatten zur gleichen Zeit frühstücken wollen wie Wolgast und das Mädchen.

Lear persönlich hatte das Mädchen angefordert, und so etwas abzulehnen brachte Guilder nicht über sich. Jeder der Sträflinge war mit einer leicht veränderten Variante des Virus infiziert worden, auch wenn die Wirkung immer die gleiche gewesen war. Erkrankung, Koma, Verwandlung, und ehe man sichs versah, hingen sie kopfüber an der Decke und weideten ein Kaninchen aus. Aber die Amy-Variante war anders. Sie stammte nicht von Fanning, dem Biochemiker von der Columbia University, der sich auf Lears fehlgeschlagener Exkursion nach Bolivien infiziert hatte; sie kam von der Touristengruppe, die das Ganze ausgelöst hatte – unheilbar kranke Krebspatienten, die mit einer Ökoreisegruppe namens »Der letzte Wunsch« einen Ausflug in den Urwald gemacht hatten. Sie alle waren zwar binnen eines Monats gestorben: Schlaganfall, Herzinfarkt, Aneurysma – irgendetwas war in ihnen zerplatzt. Aber vorher hatte sich ihr Zustand in bemerkenswerter Weise gebessert – einem glatzköpfigen Mann waren sogar wieder Haare gewachsen –, und alle waren frei von Krebs gewesen, als sie starben. Guilder war inzwischen davon überzeugt, dass diese zweite Variante die Antwort auf alle ihre Fragen enthielt. Es kam darauf an, das erste Testobjekt möglichst lange am Leben zu erhalten. Dazu hatte er Amy ausgesucht, ein junges, gesundes Mädchen.

Und es hatte geklappt. Guilder wusste, dass es geklappt hatte. Denn Amy war noch am Leben.

Aus Guilders Büro im zweiten Stock eines nicht weiter auffälligen, niedrigen Gebäudes der Bundesregierung blickte man auf den Highway 66. Die DSW teilte sich die Räumlichkeiten unter anderem mit dem Büro für Technikfolgenabschätzung, der Special Energy Task Force des Heimatschutzministeriums, der Wetter- und Ozeanografie-Behörde und außerdem mit einem Kindergarten. Auf dem Highway war an einem Feiertag wie heute fast kein Verkehr. Viele Leute hatten die Stadt bereits verlassen.

Vermutlich, dachte Guilder, wurden gerade eine Menge Einladungen beim Wort genommen. Eine Schwiegermutter in Upstate New York. Ein Freund mit einer Hütte in den Bergen. Aber da der Flugverkehr eingestellt war, kam niemand besonders weit, und am Ende würde es kaum einen Unterschied ausmachen. Vor der Natur konnte man sich nicht ewig verstecken. Das hatte Horace Guilder jedenfalls so gelernt.

Das Mädchen hatte es irgendwie geschafft, aus Colorado zu verschwinden. Sie hatten ihren Sender in den ersten paar Stunden irgendwo im Süden Wyomings aufgefangen. Das bedeutete, sie war in einem Auto, und sie war nicht allein – jemand musste fahren. Danach war sie verschwunden. Der Transmitter in ihrem Biomonitor reichte nur über eine kurze Distanz und war zu schwach für die Satelliten. Sie musste auf ein paar Kilometer an einen Mobilfunk-Sendemast herankommen, und zwar nicht an eine Funkzelle irgendwo auf dem Land, sondern an einen Mast, der mit dem Peilnetz der Bundesbehörden verbunden war. Und so einer ließ sich in Südwyoming leicht vermeiden, wenn man sich von den Hauptstraßen fernhielt. Inzwischen konnte sie überall sein. Wer immer bei ihr war, war clever.

Ein Klopfen an der Tür riss ihn aus seinen Gedanken. Guilder drehte sich vom Fenster weg und sah Nelson, den Cheftechniker des Departments, in der Tür. Herrgott, was war jetzt schon wieder?

»Ich habe eine gute und eine schlechte Nachricht«, verkündete Nelson.

Nelson trug wie immer ein schwarzes T-Shirt und Jeans, und seine schmutzigen Füße steckten in Flip-Flops. Der flinkzüngige Rhodes-Stipendiat besaß nicht einen, sondern zwei Doktorgrade vom MIT – in Biochemie und in Fortgeschrittener Informatik –, und er war mit Abstand der gescheiteste Typ im ganzen Gebäude, was er nur zu genau wusste. Er hatte immer noch die jugendliche Neigung, die Welt als eine Serie von irgendwie lästigen Problemen zu betrachten, die von Leuten geschaffen wurden, die weniger cool und clever waren als er. Sie hatten zwar ein herzliches Verhältnis zueinander, doch Nelson hatte die Gewohnheit, Guilder wie einen leicht vertrottelten alten Vater zu behandeln – wie eine Respektsperson zwar, aber nicht wie einen wirklich ebenbürtigen Partner. Bei einem Typen, der sich anscheinend nur zweimal die Woche die Haare kämmte, war das ärgerlich. Guilder musste allerdings zugeben, dass er sich mit seinen siebenundfünfzig Jahren neben dem achtundzwanzigjährigen Burschen selbst alt vorkam.

»Irgendeine Spur von ihr?«

»*Nada.*« Nelson kratzte sich den zerzausten Bart. »Wir kriegen keinen von ihnen.«

Guilder rieb sich die Augen; sie brannten vor Müdigkeit. Er musste nach Hause, musste duschen und sich frische Sachen anziehen. Er hatte das Büro seit zwei Tagen nicht mehr verlassen, nur ab und zu ein Nickerchen auf der Couch eingelegt und sich von dem Junk aus den Automaten ernährt. Und mit seinen Fingern stimmte etwas nicht. Er hatte ein kribbelndes Taubheitsgefühl darin.

»Sie haben was von einer guten Nachricht gesagt?«

»Wie man's nimmt. Vom Standpunkt der Redefreiheit aus ist es wahrscheinlich nicht die allerbeste, aber wie es aussieht, hat jemand dem Irren in Denver endlich das Maul gestopft. Ich vermute, es war die NSA – oder eins von Lears kleinen Schätzchen hat ihn schließlich erwischt. So oder so, der Typ ist endgültig offline.«

»Last Stand in Denver«: Guilder hatte seine Videos gesehen wie alle anderen auch. Mut hatte der Kerl, das musste man ihm lassen. Theorien über seine Identität gab es im Überfluss, aber man war sich weitgehend darüber einig, dass er ein ehemaliger Soldat sein musste, wahrscheinlich Special Forces oder SEALS.

»Und was ist die schlechte Nachricht?«

»Von der Seuchenkontrolle sind neue Zahlen gekommen. Der ursprüngliche Algorithmus hat anscheinend nicht angemessen berücksichtigt, wie viel diese Dinger fressen. Ich hätt's ihnen sagen können, wenn sie mich gefragt hätten. Entweder das, oder ein Praktikant hat eine Dezimalstelle verschoben, als er davon träumte, wie er seine Freundin das letzte Mal genagelt hat.«

Wenn man mit Nelson redete, hatte man manchmal das Gefühl, man versuchte, einen Fünfjährigen zu bändigen. Einen genialen Fünfjährigen, aber trotzdem ... »Bitte spucken Sie es einfach aus.«

Nelson zuckte die Achseln. »Wie die Dinge jetzt liegen und auf der Grundlage der neuesten Projektionen, sieht es so aus, als hätten wir es mit einer knapperen Deadline zu tun. Etwa im Bereich von neununddreißig Tagen.«

»Für die Küsten, meinen Sie?«

»Äh, nicht ganz.«

»Sondern?«

»Für den gesamten nordamerikanischen Kontinent.«

Ein grauer Schatten zog durch Guilders Gesichtsfeld, und er musste sich hinsetzen.

»Die Seuchenkontrolle hat bereits eine Gegenmaßnahme in Arbeit«, fuhr Nelson fort. »Ich nehme an, sie werden versuchen, das Virus auszubrennen. Zuerst die großen Bevölkerungszentren, dann alles, was danach noch übrig ist.«

»Allmächtiger.«

Nelson runzelte kaltblütig die Stirn. »Ein geringer Preis, alles in allem gesehen. Ich weiß, was ich tun würde, wenn ich beispielsweise der russische Präsident wäre. Nie im Leben würde ich zulassen, dass es über den großen Teich springt.«

Der Mann hatte recht, und Guilder wusste es. Er merkte, dass seine rechte Hand angefangen hatte zu zittern; er hielt sie mit der linken fest, um die Zuckungen unter Kontrolle zu bringen, und bemühte sich gleichzeitig, diese Geste natürlich aussehen zu lassen.

»Alles okay mit Ihnen, Boss?«

Sein rechter Fuß zitterte jetzt auch. Er verspürte einen unerklärlichen Drang zum Lachen. Wahrscheinlich war es der Stress. Er schluckte angestrengt und schmeckte Galle in der Kehle.

»Finden Sie das Mädchen.«

Als Nelson gegangen war, blieb Guilder ein paar Minuten sitzen und versuchte, sich zu sammeln. Das Zittern war vorbei, aber der Drang zum Lachen nicht – das Symptom war bekannt unter der euphemistischen Bezeichnung »emotionale Inkontinenz«. Schließlich gab er einfach nach und stieß ein einzelnes, befreiendes Kläffen aus. Gott, er klang wie ein Besessener. Hoffentlich hatte ihn draußen niemand gehört.

Er verließ das Gebäude, holte seinen Wagen – einen beigefarbenen Toyota Camry – aus der Parkgarage und fuhr zu seinem Townhouse in Arlington. Er hatte sich frischmachen wollen, plötzlich war ihm das jedoch zu viel Aufwand. Er nahm sich einen Scotch und schaltete den Fernseher ein. Die Networks bis hin zum Weather Channel hatten nicht lange gebraucht, um die Katastrophe mit einem eingängigen Slogan zu behängen (»Nation in der Krise« usw.), und alle Moderatoren sahen gehetzt und übernächtigt aus, vor allem diejenigen, die vom Rand irgendeines Highways aus berichteten – ein Maisfeld im Hintergrund, lange Autoschlangen im Kriechtempo, sinnloses Gehupe. Das ganze Land fraß sich fest wie ein kaputtes Getriebe. Er sah auf die Uhr: 20.05 Uhr. In weniger als einer Stunde würde es in der Mitte des Landes dunkel werden.

Er stemmte seinen widerwilligen Körper vom Sofa und stieg die Treppe hinauf. Treppensteigen – das war ein Punkt, um den er sich für die Zukunft Sorgen machte. Was würde er tun, wenn er irgendwann einmal die Treppe nicht mehr hochkam? Im großen Badezimmer drehte er die Dusche auf und zog sich bis auf die Unterhose aus. Während das Wasser warm wurde, betrachtete er sich im Spiegel. Das Komische war, er sah nicht besonders krank aus. Ein bisschen dünner vielleicht. Es hatte eine Zeit gegeben, da hatte er sich als Sportler betrachtet – auf dem College war er Cross Country gelaufen –, aber das war lange her. Seine Arbeit und die damit verbundenen Geheimhaltungsanforderungen waren mit einer Ehe schwer vereinbar gewesen, aber selbst als Mittvierziger hatte Guilder es immer noch geschafft, Frauen aufzugabeln, auch wenn sie sich nicht gerade auf der Straße nach ihm umdrehten. Eine Reihe von diskreten Affären, wobei keiner der Beteiligten sich irgendwelche Illusionen machte. Er war immer stolz auf das geschmeidige Management dieser Affären gewesen, eines Tages aber hatte das alles einfach aufgehört. Blicke, die sonst vielleicht erwidert worden waren, glitten an ihm vorbei. Unterhaltungen, die bis dahin nur als einleitende Präambeln gedient hatten, führten nirgends mehr hin. Vermutlich unausweichlich, dachte Guilder, wenngleich kein Grund zum Jubeln. Er schaute in den Spiegel und machte eine Bestandsaufnahme. Ein kantiges Gesicht, das einmal markant ausgesehen hatte, dessen Wangen aber längst erschlafft waren. Schütteres, nach hinten gekämmtes Haar. Tränensäcke unter den Augen, ein gummiartiger Wulst über den Hüften, dünne, kraftlos aussehende Beine. Kein hübscher Anblick, aber nichts, was er nicht als Teil des unvermeidlichen Alterungsprozesses akzeptiert hätte.

Wenn man ihn ansah, käme man nicht auf die Idee, dass er starb.

Er duschte und zog einen sauberen Anzug an. Sein Schrank enthielt fast nichts anderes. Ohne Anzug kam er sich nackt vor. Meistens trug er einen dunkelblauen Einreiher, manchmal auch einen anthrazitfarbenen mit Nadelstreifen und im Sommer gelegentlich einen khakifarbenen aus Popeline – immer mit einem taubenblauen oder weiß gestärkten Hemd und einer Krawatte, so neutral wie die Schweiz. Er achtete auf sein Gleichgewicht, als er die Treppe ins Wohnzimmer hinunterstieg, wo der Fernseher pflichtbewusst die Parade der schlechten Nachrichten heraustrompetete. Er hatte keinen Appetit, stellte aber trotzdem eine tiefgefrorene Lasagne in die Mikrowelle und blieb davor stehen, während die Sekunden dahintickten. Dann setzte er sich an den Tisch und versuchte nach besten Kräften zu essen, aber das Diazepam bewirkte, dass alles nach nichts und leicht metallisch schmeckte. Seine Kehle war immer noch wie zugeschnürt, als trüge er einen um zwei Nummern zu kleinen Kragen. Sein Arzt hatte ihm vorgeschlagen, es mit Milkshakes zu versuchen oder mit etwas Weichem wie Makkaroni, doch die Rückkehr zur Kindernahrung ertrug er nicht. Von da an würde alles nur noch bergab gehen.

Er kippte die ungegessene Lasagne in den Müllschlucker und sah wieder auf die Uhr. Kurz nach neun. Na, was immer in der Mitte des Landes passierte, passierte jetzt. Nelson würde anrufen, wenn er ihn brauchte.

Er verließ das Townhouse und fuhr nach McLean. Was vor ihm lag, war eine unangenehme Pflicht, aber Guilder war der Einzige, der sie erfüllen konnte. Die Anlage lag ein Stück abseits der Straße, hinter einer weiten grünen Rasenfläche. Auf einem diskreten Schild an der Einfahrt stand »Shadowdale-Pflegeheim«. Guilder legte der Krankenschwester an der Anmeldung seinen Führerschein vor und ging dann weiter durch den nach Medizin riechenden Korridor mit den in Massen produzierten Drucken von grünen Feldern und Sommersonnenuntergängen an den Wänden. Selbst für diese Uhrzeit war es extrem ruhig hier; meistens waren noch ein paar Pfleger unterwegs, und im Aufenthaltsraum saßen diejenigen Patienten, die mit menschlicher Gesellschaft noch etwas anfangen konnten. Heute Abend war allerdings alles wie ausgestorben.

Am Zimmer seines Vaters klopfte er behutsam an die Tür und öffnete sie dann, ohne auf Antwort zu warten.

»Pop, ich bin's.«

Sein Vater saß aufrecht in seinem Rollstuhl am Fenster. Sein Unterkiefer hing herunter, und die Muskeln seines Gesichts waren schlaff wie Pfannkuchenteig. Ein Speichelfaden baumelte von seinem Mund zu dem Papierlätzchen vor seiner Brust. Jemand hatte ihm einen fleckigen Trainingsanzug und orthopädische Schuhe mit Klettverschlüssen angezogen. Er zeigte nicht, dass er Guilder erkannte.

»Wie geht's, Pop?«

Die Luft, die seinen Vater umgab, roch scharf nach Urin. Sein Alzheimer hatte ein Stadium erreicht, in dem er niemanden mehr erkannte, aber man musste trotzdem so tun als ob. Wie furcht-erregend, dachte Guilder, war diese Einsamkeit des Geistes. Das Schweigen seines Vaters, das Gefühl der Abwesenheit, war indes nichts Neues. Er war im Leben – wie jetzt im Sterben – ein Mann von nahezu reptilischer Kälte gewesen. Guilder wusste, dass sein Vater einfach so erzogen worden war – seine Familie waren ein-fache Milchbauern gewesen, die dreimal wöchentlich in die Kir-che gingen und ihre Schweine selbst schlachteten –, und trotzdem plagte ihn gegen seinen Willen immer noch der Groll wegen einer Kindheit, die er in der Hoffnung verbracht hatte, die Aufmerk-samkeit eines Mannes zu erringen, der dazu einfach nicht fähig war. Es war eine Kleinigkeit gewesen, eine ganz natürliche Sache, die er da von seinem Vater verlangt hatte, indem er auf die Welt gekommen war: dass er ihn wie einen Sohn behandelte. Fangen spielen an einem Nachmittag im Herbst, ein lobendes Wort vom Spielfeldrand, ein Zeichen des Interesses an seinem Leben. Guil-der hatte alles richtig gemacht. Gute Noten, pflichtbewusste Auf-tritte in der Aula und auf dem Sportplatz, ein Vollstipendium fürs College und ein guter Job. Aber zu alldem hatte sein Vater buch-stäblich nichts zu sagen gehabt. Tatsächlich konnte Guilder sich nicht erinnern, dass sein Vater ihm auch nur ein einziges Mal ge-sagt hätte, er liebe ihn, oder dass er ihn zärtlich berührt hätte. Es interessierte den Mann einfach nicht.

Am meisten hatte Guilders Mutter darunter gelitten, eine von Natur aus gesellige Frau, deren Einsamkeit sie in den Alkoholis-mus getrieben hatte, an dem sie schließlich gestorben war. Spä-ter im Leben kam Guilder zu der Überzeugung, dass seine Mutter anderswo Trost gesucht, dass sie Affären gehabt hatte, wahr-scheinlich mehr als eine. Nachdem sein Vater nach »Shadowdale« gebracht worden war, hatte Guilder das Haus in Albany ausge-räumt – ein totales Chaos, jede Schublade, jeder Schrank vollge-stopft mit Plunder – und in der Frisierkommode seiner Mutter ein samtenes Tiffany-Etui gefunden. Darin hatte ein Armband ge-legen – ein *Diamanten*armband. Wahrscheinlich hatte es so viel gekostet, wie sein Vater als Bauingenieur im Jahr verdient hatte. Er hätte es sich jedenfalls nicht leisten können, und der Fundort – versteckt im hinteren Teil einer Schublade unter einen Stapel von stockfleckigen Tüchern und Handschuhen – verriet Guilder, was er da vor sich sah: das Geschenk eines Liebhabers. Wer war das gewesen? Seine Mutter war Kanzleisekretärin gewesen. Einer der Anwälte in der Firma? Jemand, den sie zufällig kennengelernt hatte? Eine neu entfachte Romanze aus ihrer Jugend? Es freute ihn, dass seine Mutter ein bisschen Glück gefunden hatte, das ihr einsames Dasein erhellt hatte, aber gleichzeitig stürzte ihn diese Entdeckung in Depressionen, die wochenlang unvermindert angehalten hatten. Die Erinnerung an seine Mutter war seine einzige angenehme Kindheitserinnerung. Ihr Leben, ihr wahres Leben, war ihm jedoch verborgen geblieben.

Die Besuche bei seinem Vater ließen diese Erinnerungen immer wieder an die Oberfläche steigen; wenn er dann ging, konnte er vor lauter Niedergeschlagenheit oder unterdrückter Wut oft kaum noch klar denken. Siebenundfünfzig Jahre alt, und noch immer sehnte er sich nach einem Fünkchen Anerkennung.

Er stellte den einzigen Stuhl im Zimmer vor seinem Vater auf. Der Schädel des Alten, kahl wie ein Babykopf, war schief zur Schulter geneigt. Guilder nahm einen Lappen vom Nachttisch und wischte ihm den Speichel vom Kinn. Ein geöffneter Becher mit Vanillepudding stand auf einem Tablett neben dem Rollstuhl, daneben lag ein kümmerlicher Blechlöffel.

»Und wie fühlst du dich, Pop? Behandeln sie dich einigermaßen?«

Schweigen. Und doch hörte Guilder, wie die Stimme seines Vaters die Hohlräume in seinem Kopf ausfüllte.

Soll das ein Witz sein? Sieh mich doch an, Herrgott. Ich kann nicht mal anständig kacken. Und alle reden mit mir wie mit 'nem Kind. Was glaubst du, wie ich mich fühle, Sohnemann?

»Ich sehe, du hast deinen Nachtisch nicht gegessen. Möchtest du Pudding? Wie wär's damit?«

Scheißpudding! Was anderes geben sie mir hier nicht. Pudding zum Frühstück, Pudding zum Mittagessen, Pudding zum Abendbrot. Das Zeug schmeckt wie Rotze.

Guilder schob seinem Vater einen Löffel voll zwischen die Zähne. Reflexartig schluckte der alte Mann das Zeug hinunter.

Sieh mich an. Glaubst du, das gefällt mir? Mich zu besabbern und in meiner eigenen Pisse zu sitzen?

»Ich weiß nicht, ob du in letzter Zeit die Nachrichten verfolgt hast.« Guilder schob seinem Vater den nächsten Löffel in den Mund. »Da gibt's was, das du wissen solltest, dachte ich mir.«

Und? Was denn? Sag dein Sprüchlein auf und lass mich in Ruhe.

Aber was wollte Guilder sagen? Ich sterbe? Alle hier sterben, auch wenn sie es noch nicht wissen? Welchen Sinn hätte eine solche Information? Beim nächsten Gedanken lief es ihm eiskalt über den Rücken. Was würde aus seinem Vater werden, wenn alle verschwunden wären, die Ärzte, die Schwestern, die Pfleger? Bei allem, was in den letzten paar Wochen passiert war, hatte Guilder zu viel um die Ohren gehabt, um sich über diese Möglichkeit Gedanken zu machen. Die Stadt wurde immer leerer: Bald, in ein paar Wochen oder sogar Tagen, würden alle um ihr Leben rennen. Guilder erinnerte sich, was in New Orleans passiert war, in den Nachwehen der Hurrikans, erst Katrina, dann Vanessa – an die Geschichten von alten Patienten, die in ihren eigenen Ausscheidungen gelegen hatten und an Hunger und Flüssigkeitsmangel langsam zugrunde gegangen waren.

Hörst du mir zu, Sohnemann? Hockst da und guckst blöde. Was ist so verflucht wichtig, dass du es mir erzählen müsstest?

Guilder schüttelte den Kopf. »Ist nichts weiter, Pop. Nichts Wichtiges.« Er fütterte seinen Vater mit dem Rest des Puddings und wischte ihm mit dem Lappen über den Mund. »Ruh dich ein bisschen aus, okay?«, sagte er. »Ich komme in ein paar Tagen wieder.«

Deine Mutter war eine Hure, weißt du. Eine Hure eine Hure eine Hure …

Guilder ging hinaus. Im leeren Flur blieb er stehen und atmete durch. Die Stimme war seine eigene; das war ihm durchaus klar. Aber es kam ihm immer noch manchmal so vor, als sei es mehr – als habe der Geist seines Vaters seine leibliche Gestalt verlassen und sich in seinem Sohn niedergelassen.

Er kehrte zur Anmeldung zurück. Die Schwester, die dort saß, eine junge Latina, arbeitete mit Bleistift an einem Kreuzworträtsel.

»Mein Vater braucht eine frische Windel.«

Sie blickte nicht auf. »Die brauchen alle eine frische Windel.« Als Guilder sich nicht von der Stelle rührte, schnellte ihr Blick von dem Rätsel hoch. Ihre Augen waren dunkel und dick umrandet. »Ich rufe jemanden.«

»Bitte tun Sie das.«

An der Tür blieb er stehen. Die Schwester war schon wieder mit ihrem Kreuzworträtsel beschäftigt.

»Jetzt *rufen* Sie endlich jemanden, verdammt noch mal.«

»Ich sage doch, ich mach's.«

Ein wütender Beschützerdrang überkam ihn, und am liebsten hätte er ihr den Bleistift in die Kehle gerammt. »Nehmen Sie den beschissenen Hörer in die Hand, wenn Sie die Windel schon nicht selbst wechseln wollen.«

Mit eingeschnapptem Schnaufen griff sie zum Telefon und wählte. »Mona hier, von der Anmeldung. Guilder in 126 braucht frische Windeln. Ja, sein Sohn ist hier. Okay, ich sag's ihm.« Sie legte auf. »Glücklich?«

Die Frage war so absurd, dass er nicht wusste, wo er anfangen sollte.

Guilder würde nicht sterben wie sein Vater – im Gegenteil. ALS: Amyotrophe Lateralsklerose, besser bekannt als Lou-Gehrig-Syndrom. Die größeren motorischen Funktionen würden als Erste versagen, die Muskeln würden zuckend zur Nutzlosigkeit erschlaffen, und als Nächstes verschwände die Fähigkeit, zu sprechen und zu schlucken. Das spontane Lachen und Weinen war ein Rätsel –

niemand wusste genau, wie es dazu kam. Am Ende würde er an einem Beatmungsgerät sterben, körperlich absolut reglos, unfähig, sich zu bewegen oder zu sprechen. Aber das Schlimmste war, dass die Fähigkeit, vernünftig zu denken, unvermindert erhalten bleiben würde. Anders als sein Vater, den als Erstes der Verstand verließ, würde Guilder jeden Augenblick seines Verfalls in vollem Bewusstsein erleben. Ein lebender Toter, dem nur eine mürrische Schwester Gesellschaft leistete.

Ihm war klar, dass er nach der Diagnose für eine Weile in einen abgrundtiefen Schock verfallen war. Damit erklärte er sich die Dummheit, die er mit Shawna begangen hatte – aber das war natürlich nicht mal ihr richtiger Name. Zwei Jahre lang hatte Guilder sie am zweiten Dienstag jedes Monats besucht, immer in dem Apartment, das ihre Arbeitgeber ihr stellten. Sie war dunkelhäutig und schlank, hatte leicht asiatisch anmutende Augen und war jung genug, um seine Tochter zu sein, auch wenn es nicht das war, was er anziehend fand; lieber wäre es ihm gewesen, wenn sie älter gewesen wäre. Gefunden hatte er sie durch einen Escortservice, aber nach einer gewissen Bewährungsphase hatte er sie direkt anrufen dürfen. Beim ersten Mal war er so nervös wie ein College-Student gewesen. Es war eine Weile her gewesen, dass er mit einer Frau zusammen gewesen war, und unversehens befürchtete er, den Ansprüchen nicht zu genügen – eine lächerliche Sorge, wie sich im Rückblick zeigte. Das Mädchen hatte ihn schnell beruhigt und die Situation in die Hand genommen. Das Ritual war immer gleich. Guilder drückte draußen auf den Klingelknopf, der Türöffner summte, und er stieg die Treppe zum Apartment hinauf, wo sie ihn einladend lächelnd in der offenen Tür erwartete. Sie trug ein schwarzes Cocktailkleid, unter dem sich eine erotische Kostbarkeit aus Spitze und Seide verbarg. Auf ein paar freundliche Worte, wie sie zwei gewöhnliche Verliebte wechseln konnten, die sich nachmittags trafen, folgte das wortlose Deponieren eines Bargeldumschlags auf der Kommode, und dann kam die Sache selbst. Guilder zog sich immer als Erster aus und sah dann zu, wie sie es tat; sie ließ das Cocktailkleid auf den Boden fallen wie einen Vorhang, bevor sie würdevoll zur Seite trat. Die Hingabe, die sie zeigte, wenn sie mit ihm schlief, wirkte weder gekünstelt noch übermäßig professionell, und in diesen knappen Minuten fand Guilder im Geiste eine heitere Gelassenheit, der nichts sonst in seinem Leben annähernd gleichkam. Im Augenblick seines Höhepunkts sagte Shawna immer wieder seinen Namen, und ihre Stimme verlor sich in einem absolut überzeugenden Faksimile weiblicher Befriedigung, und Guilder trieb auf diesen Geräuschen und Empfindungen dahin und ließ sich von ihnen wie ein Surfer an einen ruhigen Strand tragen.

Warum sehe ich dich nicht öfter?, fragte sie ihn nachher. Bist du glücklich mit dem, was ich tue? Es gibt doch nicht noch eine andere, oder? Ich will die Einzige für dich sein, Guilder. Sehr glücklich, sagte er dann und streichelte ihr samtweiches Haar. Ich könnte nicht glücklicher sein, als ich es mit dir bin.

Er wusste nichts über sie – zumindest nichts über ihr eigentliches Leben. Aber in den Wochen nach seiner Diagnose lag die einzige Zuflucht, die seine Gedanken finden konnten, in der absurden Idee, er sei in sie verliebt. Die Erinnerung daran machte ihn verlegen, und der psychologische Subtext war offenkundig – er wollte nicht allein sein, wenn er starb –, doch in jener Zeit war er restlos davon überzeugt gewesen. Er war rasend und hoffnungslos verliebt – und war es denn nicht möglich, ja sogar wahrscheinlich, dass Shawna seine Gefühle erwiderte? War es das, was sie meinte, wenn sie sagte, sie wolle die Einzige für ihn sein? Denn was sie miteinander taten und einander sagten, *konnte* nicht unecht sein; es geschah auf einer Ebene, die nur zwei wirklich miteinander verbundene Menschen teilen konnten.

Und so weiter und so fort – bis er sich so weit hineingesteigert hatte, dass er nur noch an Shawna denken konnte. Er beschloss, ihr etwas zu schenken: ein Zeichen seiner Liebe. Etwas Teures, das seiner Gefühle würdig wäre. Schmuck. Es musste Schmuck sein. Und nicht etwas Neues aus dem Geschäft, sondern etwas

Persönlicheres: das Diamantenarmband seiner Mutter. Dieser Entschluss gab ihm neue Energie. Er wickelte das Tiffany-Etui in Silberpapier und fuhr zu Shawnas Apartment. Es war kein Dienstag, aber das war egal. Was er fühlte, passte in keinen Terminkalender. Er läutete und wartete. Minuten vergingen, und das war merkwürdig. Shawna öffnete immer prompt. Er läutete noch einmal. Jetzt kam ein kurzes Rauschen aus der Sprechanlage, und er hörte ihre Stimme. »Hallo?«

»Hier ist Horace.«

Es war kurz still. »Ich habe nicht mit dir gerechnet. Oder? Vielleicht ist es meine Schuld. Hast du angerufen?«

»Ich habe etwas für dich.«

Es klang, als sei die Sprechanlage plötzlich tot. Dann sagte sie: »Warte einen Moment.«

Ein paar Minuten vergingen. Dann hörte Guilder Schritte auf der Treppe. Vielleicht funktionierte der Türöffner nicht, und Shawna kam herunter, um ihm aufzumachen. Aber die Gestalt, die um die Ecke bog, war nicht Shawna, sondern ein Mann. Er war schätzungsweise sechzig, kahlköpfig und gedrungen und hatte das Schweinsgesicht eines russischen Gangsters. Er trug einen zerknautschten Nadelstreifenanzug, und die Krawatte hing ihm lose um den Hals. Was das bedeutete, lag auf der Hand, doch in seinem erregten Zustand weigerte Guilders Verstand sich, es zu sehen. Der Mann kam durch die Tür und warf Guilder im Vorbeigehen einen flüchtigen Blick zu.

»Glückspilz«, sagte er augenzwinkernd.

Guilder lief die Treppe hinauf. Er klopfte dreimal und wartete mit überschwänglicher Bangigkeit, und endlich ging die Tür auf. Shawna trug nicht das Kleid, sondern einen Seidenmantel mit einem Gürtel um die Taille. Ihr Haar war zerzaust, ihr Make-up verschmiert. Vielleicht hatte er sie geweckt.

»Horace, was willst du hier?«

»Entschuldige«, sagte er, plötzlich atemlos. »Ich weiß, ich hätte anrufen sollen.«

»Um ehrlich zu sein, es ist gerade nicht besonders günstig.«

»Es dauert nur eine Minute. Bitte, darf ich reinkommen?«

Sie musterte ihn skeptisch, und dann ließ sie sich erweichen. »Na schön. Es muss aber schnell gehen.«

Sie trat zur Seite, um ihn vorbeizulassen. Etwas an der Wohnung erschien verändert, aber Guilder hätte nicht genau sagen können, was es war. Sie wirkte schmutzig, und die Luft war unangenehm dick.

»Was sehe ich denn da?« Sie beäugte das silberne Päckchen. »Horace, das war doch nicht nötig.«

Guilder hielt es ihr entgegen. »Das ist für dich.«

Ein warmes Licht tanzte in ihren Augen. Sie packte das Etui aus und nahm das Armband heraus.

»Wie aufmerksam. Das ist aber hübsch.«

»Es ist ein Erbstück. Hat meiner Mutter gehört.«

»Dann ist es erst recht etwas Besonderes.« Sie küsste ihn flüchtig auf die Wange. »Gib mir einen Augenblick Zeit, damit ich mich frischmachen kann. Ich bin gleich bei dir, Baby.«

Eine titanische Woge der Liebe brach über ihn hinweg. Nur mit Mühe brachte er es fertig, ihr nicht um den Hals zu fallen und seinen Mund auf ihren zu pressen. »Ich will dich lieben. Richtig lieben.«

Sie sah auf die Uhr. »Ja, klar. Wenn du willst. Ich habe aber nicht die volle Stunde Zeit.«

Guilder war schon dabei, sich auszuziehen. Wie verrückt nestelte er an seiner Gürtelschnalle und streifte die Schuhe von den Füßen. Aber irgendetwas stimmte nicht. Er spürte, dass sie zögerte.

»Hast du da nicht was vergessen?«, fragte sie.

Das Geld. Das war es, was sie haben wollte. Wie konnte sie in einem solchen Augenblick an Geld denken? Er wollte ihr sagen, dass das, was zwischen ihnen sei, nicht nach Dollar und Cent berechnet werden könne, oder etwas in dieser Richtung, aber was er hervorbrachte, war nur: »Ich hab's nicht bei mir.«

Sie zog die Stirn kraus. »Honey, so läuft das aber nicht. Das weißt du.«

Inzwischen war Guilder jedoch so sehr von Sinnen, dass er kaum noch etwas von alldem verarbeiten konnte. Außerdem stand er in Boxershorts und Unterhemd vor ihr.

»Ist alles in Ordnung? Du siehst nicht gut aus.«

»Ich liebe dich«, sagte er.

Sie lächelte blasiert. »Das ist lieb.«

»Ich habe gesagt, ich liebe dich.«

»Okay, das kann ich für dich machen. Kein Problem. Leg das Geld auf die Kommode, und ich sage alles, was du willst.«

»Verdammt, ich habe kein Geld. Ich hab dir das Armband geschenkt.«

Plötzlich war keine Spur von Wärme oder Freundschaft mehr in ihrem Blick. »Horace, hier wird in bar bezahlt, und das weißt du. Es gefällt mir nicht, wie du redest.«

»Bitte lass mich dich lieben.« Guilders Pulsschlag dröhnte in seinen Ohren. »Du kannst das Armband verkaufen, wenn du willst. Es ist eine Menge Geld wert.«

»Baby, das glaube ich nicht.« Sie hielt ihm das Armband mit unverhohlener Verachtung entgegen. »Ich sag's dir ungern, aber das ist Glas. Keine Ahnung, wer es dir verkauft hat, du solltest dir dein Geld lieber wiedergeben lassen. Und jetzt sei lieb und beeil dich.«

Er musste ihr klarmachen, was er fühlte. In seiner Verzweiflung wollte er nach ihr greifen, aber seine Füße waren noch in die Hose verheddert. Shawna stieß einen Schrei aus, und ehe Guilder sichs versah, lag er, alle viere von sich gestreckt, auf dem Boden. Als er aufschaute, sah er, dass eine Pistole auf seinen Kopf zielte.

»Mach bloß, dass du rauskommst, verdammt.«

»Bitte«, stöhnte er mit tränenerstickter Stimme. »Du hast doch gesagt, du willst die Einzige für mich sein.«

»Ich hab 'ne Menge gesagt. Jetzt mach, dass du rauskommst mit deinem Scheißarmband, verdammt.«

Schwerfällig kam er auf die Beine. Noch nie hatte er eine solche Demütigung erlebt. Und doch – was er hauptsächlich empfand, war Liebe. Eine hilflose, melancholische Liebe, die ihn zu verschlingen drohte.

»Ich muss sterben.«

»Wir müssen alle sterben, Baby.« Sie wedelte mit der Pistole in Richtung Tür. »Tu, was ich sage, bevor ich dir die Eier wegschieße.«

Er wusste, er würde ihr nie wieder entgegentreten können. Wie hatte er so dumm sein können? Er kehrte zu seinem Townhouse zurück, fuhr in die Garage, stellte den Motor ab und schloss das Tor mit der Fernbedienung. Volle dreißig Minuten blieb er im Wagen sitzen und brachte nicht die Energie auf, sich zu bewegen. Er starb. Er hatte sich lächerlich gemacht. Er würde Shawna nie wiedersehen, denn er bedeutete ihr nichts.

Jetzt begriff er, warum er immer noch in seinem Camry saß. Er brauchte ja nur den Motor wieder zu starten. Es wäre wie Einschlafen. Er würde nie wieder an Shawna oder an das Projekt NOAH denken, nicht länger im Gefängnis seines verfallenden Körpers leben oder seinen Vater im Pflegeheim besuchen müssen. Nichts mehr. Alle seine Sorgen wären vorbei, einfach so. Einem Impuls folgend, den er nicht erklären konnte, nahm er die Uhr ab, zog sein Portemonnaie aus der Gesäßtasche und legte beides auf die Ablage, als wolle er zu Bett gehen. Wahrscheinlich war es üblich, einen Brief zu schreiben, aber was sollte er sagen? Für wen sollte der Brief sein?

Drei Mal versuchte er, sich dazu zu bringen, den Schlüssel umzudrehen. Drei Mal ließ ihn seine Entschlossenheit im Stich. Inzwischen kam er sich albern vor, wie er so in der Garage in seinem Auto saß – eine weitere Demütigung. Dann blieb ihm nichts weiter übrig, als die Uhr wieder anzulegen, das Portemonnaie wieder einzustecken und ins Haus zu gehen.

Als Guilder vom Pflegeheim nach Hause fuhr, summte sein Smartphone. Nelson.

»Sie rücken vor.«

»Wo?«

»Überall. Utah, Wyoming, Nebraska. In Westkansas sammeln sich besonders viele.« Er schwieg kurz. »Aber darum rufe ich nicht an.«

Guilder fuhr geradewegs ins Büro. Nelson erwartete ihn auf dem Flur. »Wir haben das Signal kurz vor Sonnenuntergang aufgefangen. Von einem Mast westlich von Denver, in einem Ort namens Silver Plume. War nicht ganz einfach, aber der Heimatschutz war mir noch ein paar Gefälligkeiten schuldig. Die haben eine Drohne umgeleitet, um zu sehen, ob wir nicht ein Bild bekommen können.«

An seinem Terminal zeigte er Guilder das Foto, ein körniges Schwarz-Weiß-Bild. Es war nicht das Mädchen, sondern ein Mann. Er stand neben einem Pick-up am Rand des Highways, und es sah aus, als ob er pinkelte.

»Wer zum Teufel ist das? Einer der Docs?«

»Einer von Richards' Typen.«

Guilder war perplex. »Was reden Sie da?«

Einen Moment lang wirkte Nelson ein bisschen verlegen. »Sorry, ich dachte, Sie wären da informiert. Das sind Sexualstraftäter auf Bewährung. Eins von Richards' kleinen Projekten. Aus Sicherheitsgründen wurde das gesamte zivile Personal der sechsten Ebene aus Pädophilen rekrutiert, die zum Tode verurteilt waren.«

»Sie verarschen mich.«

»Ich verarsche Sie nicht.« Nelson tippte auf die Gestalt auf dem Foto. »Der Typ da? Unser einsamer Überlebender aus dem Projekt NOAH? Das ist so ein verschissener Pädophiler.«

9

Greys Pick-up verreckte am späten Vormittag des zweiten Tages unterwegs.

Es war kurz vor Mittag, und die Sonne stand hoch am Himmel. Nach einer unruhigen Nacht in einem Motel 6 in der Nähe von Leadville war Grey in der Nähe von Vail auf die I-70 gestoßen und in Richtung Denver hinuntergefahren. Ostwärts bis zur Stadt Golden war der Überlandkorridor weitgehend frei gewesen, aber als er den äußeren Vorortring der Stadt mit seinen sportplatzgroßen Shoppingcentern erreichte, änderte sich die Lage. Der Highway war teilweise durch verlassene Fahrzeuge blockiert, sodass er gezwungen war, auf den Randstreifen auszuweichen. Die riesigen Parkplätze am Rande des Highways boten ein Bild des erstarrten Chaos. Schaufenster waren eingeschlagen, Waren auf dem Asphalt verstreut. Auch die Stille war hier anders – nicht die schlichte Abwesenheit von Geräuschen, sondern etwas Tieferes, Bedrohlicheres. Viele der Leichen, die er hier sah, waren kopflos wie der Hosenträgermann vor dem »Red Roof«. Vermutlich, dachte Grey, rissen Zero und die anderen ihnen gern die Köpfe ab.

Er hielt den Blick nach Möglichkeit auf die Straße gerichtet und drängte Blut und Zerstörung an den Rand seines Gesichtsfelds. Die unheimliche summende Energie, die er im »Red Roof« verspürt hatte, war nicht verflogen. Sein Gehirn vibrierte wie eine angeschlagene Saite. Er hatte seit anderthalb Tagen nicht geschlafen, aber er war nicht müde. Auch nicht hungrig – und das passte überhaupt nicht zu ihm. Grey fraß sonst wie ein Scheunendrescher, doch aus irgendeinem Grund mochte er nicht einmal an Essen denken. In Leadville hatte er sich einen Erdnuss-Schokoriegel aus dem Automaten in der Lobby des Motel 6 gezogen, weil er meinte, sich irgendetwas einverleiben zu müssen, aber er hatte das verdammte Ding nicht mal in den Mund bekommen. Bei dem bloßen Geruch verknoteten sich seine Eingeweide. Er konnte die Konservierungsstoffe praktisch riechen, einen ekligen Chemiegestank wie von einem scharfen Putzmittel.

Als das Zentrum der Stadt in Sicht kam, wusste Grey, dass er den Interstate Highway verlassen musste. Er kam einfach nicht mehr um die Autos herum, und die Situation würde nur schlimmer werden, je weiter er käme. Er steuerte den Truck auf den Parkplatz vor einem 7-Eleven und sah auf die Uhr. Am besten fuhr er Richtung Süden und damit um die Stadtmitte herum, entschied er, obwohl das nur eine Vermutung war; er kannte Denver überhaupt nicht.

Er schwenkte nach Süden und dann wieder nach Osten. Überall war es das Gleiche; keine Menschenseele war zu sehen. Er wünschte, wenigstens das Radio könnte ihm Gesellschaft leisten, doch als er die Skala absuchte, hörte er immer nur das leere Rauschen, das er schon seit anderthalb Tagen hörte. Eine Zeitlang drückte er immer wieder auf die Hupe, um jeden, der vielleicht noch am Leben war, auf seine Anwesenheit aufmerksam zu machen, aber irgendwann gab er es auf. Hier war niemand mehr, der es hörte. Denver war eine Gruft.

Als schließlich der Motor krepierte, war Grey derart am Rande der Verzweiflung, dass er es erst gar nicht merkte. So verstörend war die Stille der Umgebung, dass die Möglichkeit, er könnte nie wieder einen lebenden Menschen zu sehen bekommen, immer greifbarer wurde: Vielleicht war die Menschheit auf der ganzen Welt und nicht bloß in Denver hinweggefegt worden. Ein paar

Sekunden lang rollte der Pick-up noch ohne Antrieb weiter, aber auch die Lenkung war ausgefallen, und Grey konnte nur dasitzen und warten, bis der Wagen zum Stehen kam.

Gott, dachte er, das hatte ihm gerade noch gefehlt. Er schob Iggys Pistole in die Tasche seines Overalls, stieg aus und klappte die Haube hoch. Er hatte im Laufe seines Lebens genug Schrottautos besessen, um einen gerissenen Keilriemen zu erkennen, wenn er einen sah. Der logische nächste Schritt wäre es, den Truck stehen zu lassen und sich einfach einen neuen Wagen zu suchen, bei dem der Schlüssel steckte. Er war auf einer breiten Straße, die von großen Einzelhandelsmärkten gesäumt war: Best Buy, Target, Home Depot. Die Sonne brannte vom Himmel. Auf jedem Parkplatz standen Autos herum, auch ein paar Pick-ups. Aber er hatte keine Lust hineinzuschauen, denn er wusste, was er finden würde. Er hatte schon jede Menge Keilriemen ausgewechselt; er brauchte dazu nur den Riemen und ein paar einfache Werkzeuge, einen Schraubenzieher und einen oder zwei Schlüssel, um die Spannvorrichtung zu justieren. Vielleicht gab es bei Home Depot Autoersatzteile. Es konnte nicht schaden, kurz nachzusehen.

Er überquerte den Highway und ging auf die offen stehende Tür zu. Die Gitterbox mit den Propangasflaschen neben dem Eingang war aufgebrochen worden, und alle Gasflaschen waren weg, doch ansonsten sah die Frontseite des Baumarkts unbeschädigt aus. Eine Phalanx von aneinandergeketteten Rasenmähern stand unberührt neben dem Eingang ebenso wie eine Ansammlung von Terrassenmöbeln, die mit gelbem Blütenstaub überzogen waren. Den einzigen Hinweis darauf, dass etwas nicht in Ordnung war, gab eine große, viereckige Sperrholztafel, die an der Wand lehnte und auf der mit Sprühfarbe geschrieben war: GENERATOREN AUSVERKAUFT.

Grey zog die Pistole aus der Tasche und ging hinein. Der Strom war ausgefallen, aber soweit er es von der Tür aus sehen konnte, machte alles einen relativ ordentlichen Eindruck. Viele Regale waren zwar leer geräumt, doch so gut wie nichts lag auf dem

Boden herum. Er hielt die Waffe ausgestreckt vor sich, ging vorsichtig durch den vorderen Teil des Baumarktes und suchte die Schilder über den einzelnen Gängen nach einem ab, auf dem »Autoteile« stand.

Er hatte die Hälfte der Regalreihen hinter sich, als er etwas hörte. Starr blieb er stehen. Einen Moment lang war es still, dann kam das Geräusch noch einmal, links vor ihm: ein leises Rascheln, gefolgt von einem kaum hörbaren Murmeln. Grey ging zwei Schritte weiter und spähte um die Ecke.

Es war eine Frau. Sie stand vor einem Display mit Farbproben, gekleidet in Jeans und einem Männeroberhemd. Ihr Haar war von sanftem Braun mit helleren Strähnen, und sie hatte es hinter die Ohren gestrichen; eine Sonnenbrille saß oben auf ihrem Kopf und hielt es zusammen. Schwanger war sie außerdem – nicht so, als müsse das Baby jeden Moment zur Welt kommen, aber doch schwanger genug. Grey beobachtete, wie sie ein kleines Farbquadrat aus einem der Fächer nahm – ein paar hielt sie schon in der Hand – und mit nachdenklichem Stirnrunzeln hin- und herdrehte, bevor sie es ins Fach zurückschob.

Die Frau war so unerwartet aufgetaucht, dass Grey sie eine Zeitlang nur mit sprachloser Verblüffung anstarren konnte. Was tat sie da? Ganze dreißig Sekunden vergingen. Die Frau nahm nicht die geringste Notiz von seiner Anwesenheit, so sehr war sie von ihrem geheimnisvollen Anliegen in Anspruch genommen. Grey wollte sie nicht erschrecken. Behutsam legte er die Pistole in ein offenes Regal und ging einen Schritt weiter. Was sollte er sagen? Auf Menschen zuzugehen war noch nie sein Ding gewesen. Auch nicht, sich mit ihnen zu unterhalten. Er entschied sich für ein schlichtes Räuspern.

Die Frau warf ihm einen kurzen Blick über die Schulter zu. »Na, das wurde auch Zeit«, sagte sie. »Ich stehe hier seit zwanzig Minuten herum.«

»Lady, was machen Sie da?«

Sie wandte sich von dem Display ab und sah ihn an. »Ist das

hier die Farbenabteilung oder nicht?« Sie hielt ihm ein paar Farbmuster entgegen, aufgefächert wie ein Kartenspiel. »Der Ton ›Gartentor‹ könnte passen. Aber ich hab Angst, er könnte zu dunkel sein.«

Grey war völlig verdattert. Er sollte ihr helfen, eine Farbe auszusuchen?

»Ich weiß schon, wahrscheinlich fragt nie jemand nach Ihrer Meinung«, fuhr sie munter fort – ein bisschen zu munter, fand Grey. »Machen Sie mir einfach einen Eimer davon fertig und nehmen Sie mein Geld – das sagen bestimmt alle. Aber mir liegt etwas am Urteil eines Fachmanns. Also, was meinen Sie? Als Farbenexperte.«

Grey stand jetzt dicht vor ihr. Sie hatte ein fein geschnittenes, blasses Gesicht mit zarten Krähenfüßen an den Augenwinkeln. »Ich glaube, Sie bringen da was durcheinander. Ich arbeite nicht hier.«

Sie schaute ihn an, und ihre Augen wurden schmal. »Nicht?«

»Lady, hier arbeitet niemand.«

Verwirrung trat in ihr Gesicht, verschwand aber gleich wieder, und jetzt sah sie verärgert aus. »Oh, das brauchen Sie mir kaum zu sagen.« Sie wischte seine Worte beiseite. »In diesem Laden ein bisschen Hilfe zu bekommen ist wahrlich schwer. Wie gesagt«, fuhr sie gleich fort, »ich möchte eigentlich nur wissen, welche von denen hier am besten für ein Kinderzimmer geeignet ist.« Sie lächelte verschämt. »Wahrscheinlich lässt es sich nicht mehr verhehlen, dass ich schwanger bin.«

Grey hatte im Laufe der Zeit ein paar abgedrehte Leute kennengelernt, aber diese Frau schoss den Vogel ab. »Lady, ich finde, Sie sollten nicht hier sein. Es ist nicht sicher hier.«

Wieder verstrich ein Augenblick, bevor sie antwortete; es war, als verarbeite sie seine Worte und verdrehe im nächsten Moment ihren Sinn.

»Also wirklich! Sie klingen genau wie David. Und wenn ich ehrlich sein soll, habe ich langsam genug von diesen Sprüchen.«

Sie seufzte tief. »Dann nehme ich eben ›Gartentor‹. Zehn Liter, in Seidenmatt, bitte. Und wenn es Ihnen nichts ausmacht, ich hab's ein bisschen eilig.«

Grey war völlig durcheinander. »Ich soll Ihnen Farbe verkaufen?«

»Na, sind Sie hier der Geschäftsführer, oder sind Sie es nicht?«

Geschäftsführer? Seit wann? Allmählich dämmerte ihm, dass die Frau ihm nichts vorspielte.

»Lady, wissen Sie denn nicht, was hier los ist?«

Sie hatte zwei Eimer aus dem Regal genommen und hielt sie hoch. »Ich sag Ihnen, was hier los ist: Ich kaufe Wandfarbe, und Sie werden sie für mich mischen, Mr ... ich glaube, ich hab Ihren Namen nicht mitbekommen.«

Grey schluckte. Irgendetwas an dieser Frau machte ihn absolut hilflos; es war, als werde er von einem durchgehenden Pferd mitgeschleift. »Grey«, sagte er. »Lawrence Grey.«

Sie streckte ihm die Eimer entgegen und zwang ihn, sie zu nehmen. Gott, sie ließ sich nicht davon abbringen. Wenn das noch viel länger dauerte, würde er seinen Keilriemen nie bekommen. »Also, Mr Grey. Ich hätte gern zehn Liter ›Gartentor‹, bitte.«

»Äh, ich weiß nicht, wie das geht.«

»Aber natürlich.« Sie deutete zur Theke. »Schütten Sie es einfach in den Dingsda.«

»Lady, das kann ich nicht.«

»Wie, das können Sie nicht?«

»Na, zunächst mal ist der Strom ausgefallen.«

Dieser Hinweis schien hilfreich zu sein. Die Frau wandte das Gesicht zur Decke.

»Also, ich glaube, das ist mir schon aufgefallen«, sagte sie unbekümmert. »Es ist wirklich ein bisschen dunkel hier drin.«

»Das versuche ich Ihnen zu sagen.«

»Na, warum sagen Sie es dann nicht einfach?« Sie schnaubte empört. »Also kein ›Gartentor‹. Überhaupt keine Wandfarbe, wenn ich Sie recht verstehe. Ich muss sagen, das ist einigermaßen enttäuschend. Ich hatte wirklich gehofft, ich kriege das Kinderzimmer heute noch fertig.«

»Lady, ich glaube nicht …«

»Tatsache ist, dass eigentlich David dafür zuständig wäre, aber nein, er muss losziehen und die Welt retten und sperrt mich zu Hause ein wie eine Gefangene. Und wo zum Teufel steckt Yolanda? Verzeihen Sie, wenn ich fluche, aber wissen Sie, nach allem, was ich für sie getan habe, kann ich doch ein wenig Rücksicht erwarten. Wenigstens einen Anruf.«

David. Yolanda. Wer waren diese Leute? Das alles war komplett rätselhaft und ziemlich verrückt, doch eins war klar: Diese arme Frau, wer immer sie sein mochte, war mutterseelenallein. Wenn Grey nicht eine Möglichkeit fände, sie von hier wegzubringen, würde sie nicht lange durchhalten.

»Vielleicht könnten Sie es einfach weiß streichen«, schlug er vor. »Davon gibt's hier doch sicher jede Menge.«

Sie sah ihn skeptisch an. »Warum sollte ich es weiß streichen?«

»Es heißt doch immer, Weiß passt zu allem, oder?« Himmelherrgott, hör dir das an! Er klang wie eine von diesen Tunten im Fernsehen. Aber etwas anderes fiel ihm nicht ein. »Sie können ja mit einer anderen Farbe noch einen Akzent setzen. Bei den Vorhängen und so.«

Sie überlegte kurz. »Ich weiß nicht recht. Es kommt mir ein bisschen langweilig vor. Andererseits wollte ich mit dem Streichen heute fertig werden.«

»Genau.« Grey bemühte sich zu lächeln, so gut er konnte. »Das meine ich ja. Sie streichen es weiß an, und dann überlegen Sie sich den Rest, wenn Sie sehen, wie es aussieht. Das würde ich Ihnen empfehlen.«

»Und Weiß passt zu allem. Da haben Sie recht.«

»Sie sagten, es geht um ein Kinderzimmer, ja? Da können Sie später noch eine Bordüre anbringen, um es ein bisschen aufzupeppen. Wissen Sie, Häschen oder so was.«

»Häschen, sagen Sie?«

Grey schluckte. Wie war er darauf gekommen? Häschen waren die allerliebste Lieblingsspeise der Glühstäbe gewesen. Er hatte gesehen, wie Zero ganze Wagenladungen davon verschlang.

»Ja«, brachte er hervor. »Häschen mag jeder.«

Er sah, dass die Idee ihr gefiel. Damit stellte sich die nächste Frage. Angenommen, die Frau wäre bereit zu gehen – was dann? Er konnte sie ja kaum sich selbst überlassen. Außerdem fragte er sich, wie weit ihre Schwangerschaft war. Fünf Monate? Sechs? Er konnte so etwas nicht beurteilen.

»Ja, ich glaube, an dem, was Sie sagen, ist etwas dran«, sagte die Frau, und ihr feinknochiges Kinn bewegte sich auf und ab, als sie nickte. »Anscheinend sind wir wirklich auf derselben Wellenlänge, Mr Grey.«

»Lawrence«, sagte er.

Lächelnd streckte sie die Hand aus. »Nennen Sie mich Lila.«

Erst als er im Volvo der Frau saß – Lila hatte tatsächlich ein Bündel Geldscheine an der Kasse hinterlegt und einen Zettel hinterlassen, auf dem sie versprach zurückzukommen –, wurde Grey klar, dass sie ihn erfolgreich dazu überredet hatte, ihr das Kinderzimmer anzustreichen. Er konnte sich nicht erinnern, tatsächlich zugestimmt zu haben; es war einfach irgendwie passiert, während er ihr die Farbeimer zum Wagen trug, und ehe er sichs versah, fuhren sie los. Die Frau steuerte den Wagen durch die verlassene Stadt, vorbei an Autowracks und aufgedunsenen Leichen, umgekippten Militärlastern und dem noch qualmenden Schutt vor ausgebrannten Wohnblocks. »Wirklich«, bemerkte sie und lenkte den Volvo um die rußschwarze Hülle eines Fed-Ex-Lieferwagens herum, ohne hinzusehen, »man sollte doch meinen, die Leute hätten Verstand genug, ein Abschleppunternehmen anzurufen, statt ihre Autos einfach auf der Straße stehen zu lassen.« Dann schwatzte sie weiter von ihrem Kinderzimmer – mit den Häschen hatte er ins Schwarze getroffen – und schob immer wieder eine giftige Zwischenbemerkung über David ein. Grey nahm an, er war ihr

Ehemann. Vermutlich war er irgendwo hingegangen und hatte sie allein zu Hause gelassen. Nach allem, was Grey gesehen hatte, war er wahrscheinlich zu Tode gekommen. Vielleicht war die Frau schon vorher verrückt gewesen, aber das glaubte er nicht. Sie hatte etwas Schlimmes erlebt, etwas richtig Schlimmes. Es gab einen Namen dafür; das wusste er. Posttraumatisches Soundso. Einfach gesagt, die Frau wusste es, aber in seinem Schockzustand beschützte ihr Gehirn sie vor der Wahrheit – vor einer Wahrheit, die Grey ihr früher oder später würde erzählen müssen.

Sie erreichten ihr Haus, eine große, aus Backstein gemauerte Tudor-Villa, die die Straße überragte. Schon an der Art, wie sie ihn angesprochen hatte, war zu erkennen gewesen, dass sie wohlhabend war, doch das hier war noch mal etwas anderes. Grey holte ihre Einkäufe aus dem Kofferraum des Volvo – neben der Farbe hatte sie noch ein Paket Walzen, eine Farbwanne und ein Sortiment Pinsel mitgenommen – und trug sie die Treppe hinauf. An der Haustür fummelte Lila mit ihrem Schlüsselbund herum.

»Sie klemmt immer ein bisschen.«

Sie stemmte die Tür mit der Schulter auf, und ein Schwall abgestandene Luft wehte heraus. Grey folgte ihr in die Diele. Er hatte erwartet, dass es drinnen aussehen würde wie in einem Schloss, mit schweren Vorhängen und Polstermöbeln und tropfenden Kronleuchtern, aber das Gegenteil war der Fall: Es erinnerte ihn eher an ein Büro, nicht an ein Haus, in dem wirklich jemand wohnte. Links kam man durch einen breiten Bogen in ein Esszimmer mit einem langen Glastisch und ein paar unbequem aussehenden Stühlen. Rechts war das Wohnzimmer, dessen trostlose Weite nur von einer niedrigen Couch und einem schwarzen Flügel unterbrochen wurde. Einen Moment lang stand Grey einfach stumm da; er hielt seine Farbeimer vor sich und versuchte, seine Gedanken zu ordnen. Er roch etwas – ein saurer Hauch von altem Müll wehte aus den Tiefen des Hauses heran.

Das Schweigen wurde drückend, und Grey überlegte sich hastig, was er sagen könnte. »Spielen Sie?«, fragte er.

Lila legte eben Handtasche und Schlüsselbund auf das Tischchen neben der Tür. »Spiele ich was?«

Grey deutete auf den Flügel. Sie drehte den Kopf und schaute das Instrument an. Sie sah irgendwie aufgeschreckt aus.

»Nein«, antwortete sie dann stirnrunzelnd. »Das war Davids Idee. Ein bisschen prätentiös, wenn Sie mich fragen.«

Sie führte ihn die Treppe hinauf, und die Luft wurde dicker und heißer, je höher sie kamen. Grey folgte ihr auf dem Teppichläufer bis zum Ende eines Korridors.

»Da wären wir«, verkündete sie.

Das Zimmer wirkte unverhältnismäßig kuschelig, wenn man die Ausmaße des Hauses bedachte. In einer Ecke stand eine Leiter, und der Boden war mit einer Abdeckplane bedeckt, die mit Klebstreifen an den Fußleisten befestigt war. Eine Walze lag in der Farbwanne und wurde in der Hitze langsam hart. Grey ging ein paar Schritte weiter ins Zimmer hinein. Anscheinend waren die Wände ursprünglich in einem neutralen Cremeton gestrichen gewesen, aber irgendjemand – vermutlich Lila – hatte planlos breite gelbe Streifen kreuz und quer darübergezogen, ohne dass ein bestimmtes Muster erkennbar gewesen wäre. Er würde drei Schichten anbringen müssen, um das zu verdecken.

Lila stand in der Tür, die Hände in die Hüften gestemmt. »Wahrscheinlich ist es ziemlich offensichtlich«, sagte sie und zog den Kopf zwischen die Schultern. »Ich bin nicht besonders gut im Streichen. Jedenfalls kein Profi wie Sie.«

Das schon wieder, dachte Grey. Aber nachdem er jetzt beschlossen hatte mitzuspielen, gab es keinen Grund, ihr auszureden, dass er wusste, was er tat.

»Brauchen Sie noch etwas, bevor Sie anfangen?«

»Ich glaube nicht«, brachte Grey hervor.

Sie gähnte hinter vorgehaltener Hand. Anscheinend überkam sie plötzliche Müdigkeit – als wäre sie ein Ballon, aus dem langsam die Luft entwich. »Ich glaube, dann lasse ich Sie jetzt allein. Ich werde kurz die Füße hochlegen.«

Damit war sie verschwunden, und Grey hörte, wie weiter hinten im Flur eine Tür geschlossen wurde. Na, das war vielleicht ein Ding, dachte er. Dass er heute noch das Babyzimmer im Haus einer reichen Lady anstreichen würde, hätte er sich nicht träumen lassen, als er im »Red Roof« aufgewacht war. Er lauschte nach weiteren Geräuschen, hörte jedoch nichts mehr. Vielleicht das Komischste an der ganzen Sache war, dass er nichts dagegen hatte. Wirklich nicht. Die Frau hatte nicht mehr alle Tassen im Schrank, und sie kommandierte ihn ganz schön herum. Aber es war ja nicht so, dass er ihr was vorgemacht hätte; sie hatte nicht mal gefragt, wer er war. Es tat gut zu spüren, dass ihm jemand vertraute, auch wenn er es nicht verdiente.

Er holte das Material aus der Diele herauf und machte sich an die Arbeit. Anstreichen gehörte nicht zu den Dingen, die er schon oft getan hatte, aber ein Atomphysiker brauchte man dazu nicht zu sein. Bald hatte er seinen Rhythmus gefunden, und sein Kopf wurde angenehm leer. Fast gelang es ihm zu vergessen, wie er im »Red Roof« aufgewacht war. Er verdrängte Zero, Richards, das Chalet und alles andere. Eine Stunde verging, dann noch eine. Er war gerade dabei, die Ecken unter der Decke nachzuziehen, als Lila in der Tür erschien. Sie hatte ein Tablett mit einem Sandwich und einem Glas Wasser mitgebracht, und sie trug jetzt ein Umstandskleid aus Jeansstoff mit hoch angesetzter Taille. Trotz des großzügigen Schnitts sah sie darin noch schwangerer aus.

»Ich hoffe, Sie mögen Thunfisch.«

Er stieg von der Leiter und nahm ihr das Tablett ab. Das Brot war pelzig von grünem Schimmel, und es roch nach ranziger Mayonnaise. Grey drehte sich der Magen um.

»Später vielleicht«, stammelte er. »Erst will ich alles noch einmal überstreichen.«

Lila sagte nichts weiter dazu, sondern trat zurück und sah sich im Zimmer um. »Ich muss sagen, das sieht wirklich besser aus. *So* viel besser. Ich weiß nicht, warum ich nicht gleich an Weiß gedacht habe.« Sie sah wieder Grey an. »Sie finden mich hoffentlich nicht allzu direkt, Lawrence, und ich möchte mir da auch nichts herausnehmen. Aber Sie brauchen nicht zufällig eine Bleibe für die Nacht?«

Grey fühlte sich überrumpelt. So weit voraus hatte er nicht gedacht. Er hatte sich überhaupt keine Gedanken gemacht, wie es weitergehen könnte – als wäre der Wahnzustand dieser Frau ansteckend. Aber natürlich würde sie wollen, dass er blieb. Nachdem sie so viele Tage allein gewesen war, kam es überhaupt nicht in Frage, dass sie ihn wieder laufen ließ. Es ging überhaupt nur darum, ihn hierzubehalten. Außerdem – wo sollte er sonst hin?

»Gut. Das wäre geklärt.« Sie lachte nervös. »Ich muss sagen, ich bin sehr erleichtert. Ich habe ein so schlechtes Gewissen, weil ich Sie hierher geschleift habe, ohne auch nur zu fragen, ob Sie vielleicht woanders sein sollten. Sie haben mir wirklich sehr geholfen.«

»Ist schon okay«, sagte Grey. »Ich meine, ich bleibe gern.«

»Sehr schön.« Anscheinend war die Unterhaltung zu Ende, aber in der Tür drehte Lila sich noch einmal um und rümpfte voller Abscheu die Nase. »Tut mir leid wegen des Sandwichs. Ich weiß, es ist wahrscheinlich nicht besonders appetitlich. Ich will schon die ganze Zeit einkaufen gehen. Ich mache Ihnen dafür ein schönes Abendessen.«

Grey arbeitete den ganzen Nachmittag hindurch und war mit dem dritten Anstrich fertig, als die untergehende Sonne durch die Fenster schien. Das Zimmer sah gar nicht übel aus, das musste man sagen. Er legte Pinsel und Walzen in die Farbwanne, ging die Treppe hinunter und durch den zentralen Flur nach hinten in die Küche. Wie der Rest des Hauses wirkte sie spartanisch und modern – weiße Schränke, Arbeitsflächen aus schwarzem Granit, chromglänzende Geräte –, und die Gesamtwirkung wurde lediglich beeinträchtigt durch die Abfälle, die haufenweise überall herumlagen und nach verfaultem Essen stanken. Lila stand am Herd – Gas hatte sie anscheinend noch – und rührte bei Kerzenlicht in einem

Stieltopf. Der Tisch war gedeckt: Porzellan, Servietten, Silberbesteck, sogar ein Tischtuch.

»Ich hoffe, Sie mögen Tomaten«, sagte sie und lächelte ihn an.

Sie führte ihn in eine Kammer mit einem Spülbecken hinter der Küche. Es gab kein Wasser, um die Pinsel auszuwaschen; also ließ Grey sie im Becken liegen. Der Gedanke an Tomatensuppe war widerlich, aber er würde sich überzeugend bemühen müssen, sie zu essen. Das war einfach unvermeidlich. Als er zurückkam, schöpfte Lila die dampfende Suppe in zwei Schalen und trug sie zusammen mit einem Teller Ritz-Cracker zum Tisch.

»*Bon appétit.*«

Beim ersten Löffel musste er beinahe würgen. Es kam ihm nicht einmal vor, als wäre es überhaupt essbar. Es gelang ihm, mit Müh und Not zu schlucken. Lila, die ihm gegenübersaß, schien seine Qual nicht zu bemerken. Sie bröckelte die Cracker in ihre Suppe und löffelte sie. Unter Aufbietung seiner ganzen Willenskraft nahm Grey noch einen Löffel voll und dann einen dritten. Er fühlte, wie die Suppe sich auf dem Grund seiner Eingeweide als zähe Masse niederließ. Als er den Löffel zum vierten Mal zum Mund hob, krampfte sich in seinem Inneren etwas zusammen wie eine Schraubzwinge.

»Entschuldigen Sie mich kurz.«

Er bemühte sich, nicht zu rennen. Er lief in den Wirtschaftsraum und erreichte das Spülbecken gerade noch rechtzeitig. Normalerweise machte es Lärm, wenn er kotzte, aber diesmal nicht: Anscheinend floss die Suppe geschmeidig aus seinem Körper. Gott, was war nur los mit ihm? Er spülte sich den Mund aus, sammelte sich einen Moment lang und kehrte zum Tisch zurück. Lila sah ihn besorgt an.

»Ist die Suppe in Ordnung?«, fragte sie zaghaft.

Er konnte das Zeug nicht mal ansehen. Ob sie die Kotze in seinem Atem riechen konnte? »Sie ist gut«, stotterte er. »Ich hab nur … keinen großen Hunger, glaub ich.«

Die Antwort schien sie zufriedenzustellen. Sie betrachtete ihn eine ganze Weile, bevor sie wieder sprach. »Ich hoffe, die Frage stört Sie nicht, Lawrence, aber – suchen Sie Arbeit?«

»Als Anstreicher, meinen Sie?«

»Ja, klar. Aber es gibt auch noch andere Möglichkeiten. Denn ich habe den Eindruck – und verzeihen Sie, wenn ich voreilige Schlüsse ziehe –, Sie haben möglicherweise ... nichts Rechtes zu tun. Was ja in Ordnung ist. Verstehen Sie mich nicht falsch. So etwas passiert manchmal.« Sie spähte mit schmalen Augen über den Tisch. »Aber Sie arbeiten nicht wirklich bei Home Depot, oder?«

Grey schüttelte den Kopf.

»Das dachte ich mir doch! Eine Zeitlang haben Sie mich wirklich an der Nase herumgeführt. Aber sei's drum, Sie haben wunderbar gearbeitet. Wirklich *wunderbar*. Was mich nur bestätigt. Wenn Sie verstehen, was ich meine. Denn ich möchte Ihnen gern helfen, wieder auf die Beine zu kommen. Sie waren so hilfsbereit, dass ich Ihnen auch gern einen Gefallen tun möchte. Gott weiß, dass hier jede Menge getan werden muss, nachdem David verschwunden ist. Wer weiß, wo er sich herumtreibt. Da muss die Bordüre geklebt werden. Dann das Problem mit der Klimaanlage, und der Garten, na, den Garten haben Sie ja gesehen ...«

Grey wusste, wenn er sie jetzt nicht bremste, würde er hier nie wieder rauskommen. »Lady ...«

»Bitte.« Sie hob die Hand und lächelte warmherzig. »Lila.«

»Lila, okay.« Grey holte Luft. »Ist Ihnen nichts ... Merkwürdiges aufgefallen?«

Sie runzelte verwirrt die Stirn. »Ich weiß nicht, was Sie meinen.«

Am besten versuchte er es Schritt für Schritt, dachte Grey. »Das mit dem Strom zum Beispiel.«

»Ach das.« Sie winkte ab. »Das haben Sie schon im Baumarkt erwähnt.«

»Aber finden Sie es nicht komisch, dass er immer noch weg ist? Meinen Sie nicht, das sollte inzwischen längst behoben sein?«

Ein Ausdruck leiser Besorgnis huschte über ihr Gesicht. »Ich hab nicht die leiseste Ahnung. Ehrlich, ich weiß nicht, worauf Sie hinauswollen.«

»Und David – Sie sagen, er hat sich nicht gemeldet. Seit wann?«

»Na, er hat viel zu tun. Sehr viel sogar.«

»Ich glaube nicht, dass er sich deshalb nicht meldet.«

Ihre Stimme klang völlig ausdruckslos. »Das glauben Sie nicht.«

»Nein.«

Ihre Augen wurden argwöhnisch schmal. »Lawrence, wissen Sie da etwas, das Sie mir nicht sagen? Denn wenn Sie ein Freund von David sind, dann haben Sie hoffentlich so viel Anstand, es mir zu sagen.«

Grey hätte ebenso gut versuchen können, eine Fliege aus der Luft zu fangen. »Nein, er ist kein Freund von mir. Ich will nur sagen ...« Es blieb ihm nichts anderes übrig; er musste es aussprechen. »Ist Ihnen aufgefallen, dass keine Menschen mehr da sind?«

Lila starrte ihn durchdringend an und verschränkte die Arme über dem Babybauch. In ihrem Blick lag eine kaum gebändigte Wut. Unvermittelt stand sie auf, nahm ihre leere Suppenschale vom Tisch und brachte sie zur Spüle.

»Lila ...«

Sie schüttelte nachdrücklich den Kopf, ohne ihn anzusehen. »Ich erlaube nicht, dass Sie so reden.«

»Wir müssen weg von hier.«

Sie warf die Schale klappernd in die Spüle und drehte den Wasserhahn auf. Erbost drehte sie ihn hin und her, aber ohne Erfolg. »Verdammt noch mal, da ist kein Wasser! Warum geht das *verfluchte* Wasser nicht?«

Grey stand auf. Sie fuhr zu ihm herum und ballte wütend die Fäuste.

»Verstehen Sie denn nicht? Ich kann sie nicht wieder verlieren! Ich kann nicht!«

Diese Worte ergaben keinen Sinn. Redete sie von ihrem Baby? Und was meinte sie mit »wieder«?

»Wir können nicht hierbleiben.« Vorsichtig machte er einen Schritt auf sie zu, als sei sie ein verschrecktes Tier. »Wir sind hier nicht sicher.«

Tränen der Wut liefen ihr über die Wangen. »Warum müssen Sie das tun? Warum?«

Sie fing an, mit den Fäusten auf seine Brust zu trommeln. Grey zog sie an sich wie ein Boxer beim Clinch und schlang die Arme um sie. Es war ein Reflex; er wusste nicht, was er sonst tun sollte.

»Sagen Sie das nicht«, keuchte sie und wand sich in seiner Umarmung, »sagen Sie das nicht.« Dann entwich alle Luft aus ihr, und sie sackte an ihm zusammen.

Eine Zeitlang blieben sie in dieser unbeholfenen Umarmung stehen. Wie lange war es her, dass Grey von einem anderen Menschen berührt worden war? Er wusste es nicht. Er spürte das Baby zwischen ihnen, seine beharrliche Anwesenheit. Ein Kind, dachte er. Diese arme Frau bekommt ein Kind.

Schließlich ließ er sie los und wich zurück. Die forsche, aufdringliche Person, die er im Home Depot kennengelernt hatte, war verschwunden. An ihrer Stelle stand ein zerbrechliches, verwundetes Geschöpf, ein Kind fast.

»Darf ich Sie etwas fragen, Lawrence?« Ihre Stimme klang sehr dünn.

Grey nickte.

»Was haben Sie vorher gemacht?«

Er brauchte eine Sekunde, um zu begreifen, dass sie seinen Job meinte. »Ich hab sauber gemacht.« Seine Worte hatten den Unterton eines Geständnisses. »Ich war Hausmeister.«

Lila dachte einen Moment lang darüber nach, und ihr Blick war auf den schmutzigen Boden gesenkt. »Tja, ich glaube, jetzt haben Sie mich erwischt«, sagte sie und rieb sich die Tränen aus den Augen. »Ich glaube, ich war offen gestanden überhaupt nichts.«

Wieder wurde es still, und Grey fragte sich, was sie als Nächstes sagen würde. Wahrscheinlich hatte ihm in seinem ganzen Leben noch nie jemand so leidgetan.

»Eins habe ich schon verloren, wissen Sie«, sagte Lila. »Ein kleines Mädchen.«

Grey wartete.

»Niemand war schuld. So etwas passiert einfach manchmal.«

Es war merkwürdig: Als er so in der stillen Küche stand, hatte Grey das Gefühl, er habe es bereits von ihr gewusst. Wenn ihm nicht die Sache selbst bekannt gewesen war, dann doch ihre Natur. Alles an ihr ergab plötzlich Sinn, wie bei einem Bild, auf dem man aus der Nähe nichts erkannte: Man trat zwei Schritte zurück, und plötzlich wurde alles klar.

»Tja«, sagte Lila und atmete tief aus, »ich glaube, ich gehe dann besser schlafen. Ich nehme an, Sie werden gleich morgen früh aufbrechen wollen, wenn ich Sie recht verstehe.«

»Ich glaube, das ist das Beste.«

Lila sah sich wehmütig um. »Es ist wirklich zu schade. Ich wollte doch das Kinderzimmer noch fertig bekommen.« Wieder schaute sie ihn an. »Nur eins noch: Sie dürfen mich nicht zwingen, daran zu denken.«

Grey nickte.

»Wir machen einfach … einen Ausflug aufs Land. Ist das klar?«

»Okay.«

Grey wartete, aber da kam nichts mehr. So rasch, wie sie das Thema angesprochen hatte, schob sie es wieder beiseite.

Dann schien sich ihre Stimmung unverhofft zu bessern. Sie riss die Augen auf, und es sah aus, als wollte sie lachen.

»Du meine Güte, wie hab ich mich denn aufgeführt? Es ist nicht zu fassen!« Ihre Hände huschten über ihr Gesicht und durch ihr Haar. »Ich muss ja furchtbar aussehen. Sehe ich furchtbar aus?«

»Ich finde, Sie sehen gut aus«, stammelte Grey.

»Sie sind zu Gast in meinem Haus, und ich drücke auf die Tränendrüse. So etwas treibt Brad in den Wahnsinn. Lila, sagt er immer, Herrgott noch mal, sei doch nicht dauernd so emotional.«

Wieder ein neuer Name, dachte Grey. »Wer ist Brad?«

Lila runzelte verwirrt die Stirn. »Mein Mann selbstverständlich.«

»Ich dachte, David ist Ihr Mann.«

»Ja, das ist er auch. David, meine ich.«

»Aber Sie haben gesagt …«

»Ich sage vieles, Lawrence. Das ist etwas, das Sie bei mir lernen müssen. Wahrscheinlich denken Sie, ich bin verrückt.«

»Das tue ich überhaupt nicht«, log Grey.

Sie lächelte ironisch. »Wir wissen beide, dass Sie das nur sagen, weil Sie nett sein wollen. Aber ich weiß die Geste zu schätzen.« Sie sah sich noch einmal um und seufzte tief. »Es war ein langer Tag, finden Sie nicht? Leider haben wir kein richtiges Gästezimmer, ich habe Ihnen deshalb die Couch zurechtgemacht. Wenn Sie nichts dagegen haben, lasse ich das Geschirr einfach bis morgen stehen und sage jetzt gute Nacht.«

Grey hatte keine Ahnung, was er von alldem halten sollte. Es war, als sei sie kurz aus ihrer Trance aufgewacht, nur um gleich wieder darin zu versinken. In der Tür drehte sie sich um und sah ihn noch einmal an.

»Eva«, sagte sie.

Grey starrte sie an.

»Meine Tochter, die gestorben ist«, erklärte Lila. »Sie hieß Eva.«

Dann war sie weg. Grey hörte, wie sie langsam durch die Diele und dann die Treppe hinaufschlurfte. Er räumte den Tisch ab. Gern hätte er das Geschirr abgewaschen, damit sie morgen früh in eine saubere Küche herunterkäme, aber das ging nicht. Er musste es zu allem anderen in die Spüle stellen.

Dann nahm er eine der Kerzen vom Tisch und ging ins Wohnzimmer. Aber kaum hatte er sich auf das Sofa gelegt, wusste er, dass an Schlaf nicht zu denken war. Sein Hirn hüpfte hellwach in seinem Schädel herum, und ihm war immer noch ein bisschen übel von der Suppe. Seine Gedanken kehrten zurück zu der Szene in der Küche und zu dem Augenblick, als er die Arme um sie gelegt hatte. Eigentlich war es keine richtige Umarmung gewesen; er hatte Lila nur festhalten wollen, damit sie ihn nicht mehr schlagen konnte. Doch irgendwann war es so etwas *wie* eine Umarmung geworden. Es hatte sich gut angefühlt – mehr als gut sogar. Es war nichts Sexuelles gewesen – nicht so, wie Grey es in Erinnerung hatte. Es war Jahre her, dass Grey etwas erlebt hatte, das auch nur annähernd Ähnlichkeit mit einem sexuellen Gedanken hatte – dafür sorgten die Antiandrogene –, und außerdem war die Frau doch schwanger, Himmel noch mal. Wenn man es sich überlegte, war es vielleicht gerade das, was an der ganzen Geschichte so nett war. Schwangere Frauen liefen nicht einfach rum und umarmten grundlos wildfremde Leute. Als er Lila im Arm gehalten hatte, meinte er, in einen Kreis zu treten, und in diesem Kreis waren nicht nur zwei Menschen, sondern drei: Das Baby war auch da. Vielleicht war Lila verrückt, vielleicht auch nicht. Er war kaum der Richtige, um das zu beurteilen. Aber er sah nicht, was daran wichtig sein sollte. Sie hatte ihn auserwählt, damit er ihr half, und genau das würde er tun.

Grey hatte sich fast in den Schlaf geredet, als das schrille Jaulen eines Tieres die Stille zerriss. Ruckartig richtete er sich auf der Couch auf und schüttelte seine Verwirrtheit ab: Das Geräusch war von draußen gekommen. Er lief zum Fenster.

In diesem Augenblick fiel ihm Iggys Pistole ein. Er war so abgelenkt gewesen, dass er sie im Home Depot zurückgelassen hatte. Wie hatte er so dämlich sein können?

Er drückte das Gesicht an die Fensterscheibe. Ein dunkler Klumpen lag mitten auf der Straße, ungefähr so groß wie ein Labrador Retriever. Es sah aus, als bewege er sich nicht. Grey wartete einen Augenblick lang mit angehaltenem Atem. Eine helle Gestalt sprang durch die Baumwipfel, verblasste und verschwand

Grey wusste, dass er die ganze Nacht kein Auge zutun würde. Doch das war nicht wichtig. Das Gefühl überkam ihn wie ein Schwall kaltes Wasser. Oben schlief Lila und träumte von einer Welt, die es nicht mehr gab, während draußen vor den Mauern dieses Hauses ein monströses Unheil lauerte – und Grey war Teil dieses Unheils. Seine Gedanken kehrten zu der Szene in der Küche zurück, und er sah Lila an der Spüle stehen. Tränen der Verzweiflung liefen ihr über die Wangen, und ihre Fäuste waren wütend geballt. *Ich kann sie nicht wieder verlieren! Ich kann nicht!*

Er würde bis zum Morgen am Fenster Wache stehen, und sobald die Sonne aufging, würde er sie schleunigst von hier wegbringen.

Lila Kyle brütete in der Dunkelheit.

Sie hatte das Jaulen von draußen gehört. Ein Hund, das wusste sie: Einem Hund war etwas passiert. Ein rücksichtsloser Autofahrer, der zu schnell durch die Straße gerast war? Sicher war es das. Die Leute sollten besser auf ihre Haustiere aufpassen.

Nicht denken, befahl sie sich. Nicht denken nicht denken nicht denken.

Lila fragte sich, wie es wohl wäre, ein Hund zu sein. In mancher Hinsicht konnte es von Vorteil sein, nahm sie an: Man genoss ein absolut unbekümmertes Dasein, wollte nur den Kopf getätschelt bekommen oder Gassi gehen. Wahrscheinlich hatte Roscoe (denn es *war* Roscoe gewesen, den sie da gehört hatte, der arme Roscoe) gar nicht mitbekommen, was da mit ihm passierte. Vielleicht ein kleines bisschen, ganz zum Schluss. Gerade war er noch schnüffelnd über die Straße gestreunt und hatte etwas zu fressen gesucht – Lila erinnerte sich an das schlaffe Ding, das sie am Morgen in seiner Schnauze gesehen hatte, und schob diese unangenehme Erinnerung sofort beiseite –, und im nächsten Moment … Tja, aber einen nächsten Moment hatte es nicht gegeben. Roscoe war tot.

Und jetzt war da dieser Mann. Dieser Lawrence Grey. Über den sie, wie ihr klar wurde, buchstäblich nichts wusste. Hausmeister war er. Sauber gemacht hatte er. Was hatte er sauber gemacht? David würde wahrscheinlich ausrasten, wenn er wüsste, dass sie einen Wildfremden ins Haus gelassen hatte. Sein Gesicht würde sie gern sehen. Vermutlich war es möglich, dass sie diesen Mann, diesen Lawrence Grey, falsch beurteilt hatte, aber das glaubte sie nicht. Sie war immer eine gute Menschenkennerin gewesen. Zugegeben, Lawrence hatte in der Küche ein paar beunruhigende Dinge gesagt – ein paar *sehr* beunruhigende Dinge. Dass der Strom weg war und die Menschen und der ganze Rest. (Tot, tot, alle waren tot.) Er hatte sie aufgeregt, ja. Aber der Fairness halber musste man sagen, er hatte im Kinderzimmer wunderbare Arbeit geleistet, und sie brauchte ihn nur anzusehen, um zu wissen, dass er das Herz am rechten Fleck hatte. Auch ein Lieblingsausdruck ihres Vaters. Was genau bedeutete es? Konnte das Herz denn auch anderswo sein? Daddy, ich bin Ärztin, hatte sie einmal lachend zu ihm gesagt. Ich kann dir zuverlässig versichern, das Herz ist da, wo es ist.

Wie anstrengend es war, einfach nur Ordnung im Kopf zu halten. Denn das musste man. Man musste die Dinge in einem bestimmten Licht betrachten und in keinem anderen. Was auch passieren mochte, man durfte den Blick nicht abwenden. Sonst konnte die Welt einen überrollen, sie konnte einen ertränken wie eine Brandungswelle, und wo wäre man dann? Das Haus an sich war nichts, was sie vermissen würde; insgeheim hasste sie es, seit sie das erste Mal einen Fuß hineingesetzt hatte: seine angeberischen Dimensionen, die zu vielen Zimmer, das gelbdunstige Licht. Es war kein bisschen so wie das, in dem Brad und sie in der Maribel Street gewohnt hatten – gemütlich, heimelig, voll von Dingen, die sie liebten. Aber wie hätte es das auch sein sollen? Was war ein Haus anderes als das Leben, das es enthielt? Diese pompöse Monstrosität, dieses Museum des Nichts. Natürlich war es Davids Idee gewesen. Das Haus Davids – war das nicht etwas aus der Bibel? Die Bibel war voll von Häusern: das Haus des Soundso, das Haus des Dies-und-das. Lila erinnerte sich, wie sie als kleines Mädchen auf dem Sofa zusammengekuschelt »Fröhliche Weihnachten, Charlie Brown« gesehen hatte – Snoopy liebte sie fast so sehr wie Peter Hase – und wie Linus, der Gescheite, Charlie Brown erklärte, was Weihnachten bedeutete. *Und es waren Hirten in derselben Gegend auf dem Felde, die hüteten des Nachts ihre Herde. Und siehe, des Herrn Engel trat zu ihnen,*

*und die Klarheit des Herrn leuchtete um sie; und sie fürchteten sich
sehr. Und der Engel sprach zu ihnen: Fürchtet euch nicht! Siehe, ich
verkündige euch große Freude, die allem Volk widerfahren wird;
denn euch ist heute der Heiland geboren, welcher ist Christus, der
Herr, in der Stadt Davids.*

Die Stadt Davids. Das Haus Davids. David, David, David.

Aber das Baby, dachte Lila. Sie hatte an das Baby zu denken.
Nicht an das Haus, nicht an Geräusche von draußen (da waren
Monster), nicht an David, der nicht nach Hause kam (der tote David), und nicht an den ganzen Rest. Wissenschaftliche Studien bewiesen, dass negative Emotionen sich auf den Fötus auswirkten.
Das Baby dachte, wie man selbst dachte; es fühlte, was man fühlte,
und wenn man die ganze Zeit Angst hatte, was dann? Diese beunruhigenden Dinge, die Lawrence in der Küche gesagt hatte – der
Mann meinte es gut, und er wollte ihr und Eva (Eva?) nur helfen –,
aber musste das, was er sagte, denn wirklich wahr sein? Es waren
Theorien. Es war seine *Meinung.* Das sollte nicht heißen, sie sei
anderer Meinung. Wahrscheinlich war es Zeit fortzugehen. Es war
schrecklich still in der Gegend geworden. (Armer Roscoe.) Wenn
Brad hier wäre, würde er das Gleiche sagen. Lila, geh!

Denn manchmal, oft, immer, fühlte es sich an, als sei das Baby in
ihrem Bauch nicht jemand Neues, kein völlig neuer Mensch. Seit
dem Tag, als sie mit dem kleinen Stäbchen zwischen den Schen-
keln über der Toilette gehockt hatte, war dieser Gedanke in ihr
gewachsen. Das Kind war keine neue Eva, keine andere Eva, keine
Ersatz-Eva. Es *war* Eva, ihr eigenes kleines Mädchen, das wieder
nach Hause gekommen war. Es war, als habe die Welt wieder ins
rechte Gleis zurückgefunden und den schrecklichen kosmischen
Fehler ihres Todes ungeschehen gemacht.

Sie wollte Brad davon erzählen. Mehr als das: Schon sein Name
weckte eine so machtvolle Sehnsucht, dass ihr die Tränen in die
Augen stiegen. Sie hatte nicht vorgehabt, David zu heiraten! Warum hatte Lila David geheiratet – den selbstgerechten, erdrücken-
den, ewigen Gutmenschen David –, wenn sie doch schon mit Brad

verheiratet war? Zumal jetzt, da Eva unterwegs war, um wieder eine Familie aus ihnen zu machen?

Denn Lila liebte ihn noch immer; das war der springende Punkt. Das war das traurige und leidvolle Geheimnis. Sie hatte nie aufgehört, Brad zu lieben, und er umgekehrt auch nicht, nicht eine Sekunde lang, nicht einmal, als ihre Liebe durch den Verlust ihres kleinen Mädchens so schmerzhaft geworden war, dass keiner von ihnen sie mehr ertragen konnte. Sie hatten sich getrennt, um zu vergessen, denn zusammen mit dem anderen hatte es keiner von beiden gekonnt: ein trauriges, unausweichliches Auseinandergehen wie das urzeitliche Zerbrechen der Kontinente. Bis zum bitteren Ende hatten sie sich dagegen gewehrt. In der Nacht vor seinem Auszug – die Koffer standen im Hausflur in der Maribel Street, die Anwälte waren eingeschaltet, und so viele Tränen waren mittlerweile geflossen, dass keiner von ihnen mehr wusste, warum sie überhaupt weinten, denn dieser Zustand war so selbstverständlich geworden wie das Wetter, eine Welt aus ewigen Tränen –, in der Nacht vor seinem Auszug also war er in das Schlafzimmer gekommen, das er längst geräumt hatte, und zu ihr unter die Decke gekrochen, und für eine einzige Stunde waren sie wieder ein Paar gewesen, das sich wortlos im Gleichtakt bewegte, und noch immer wollten ihre Körper, was ihre Herzen nicht länger ertrugen. Kein Wort hatten sie gesprochen, und am Morgen war Lila allein aufgewacht.

Aber jetzt war alles anders. Eva kam! Eva war praktisch schon da! (Tot, tot, alle waren tot.) Sie würde Brad einen Brief schreiben. Ja, das würde sie tun. Sicher würde er sie suchen kommen. Er war ein so liebevoller Mann, auf Brad konnte man sich immer verlassen, selbst wenn die ganze Welt zur Hölle fuhr. Was würde er denken, wenn er feststellte, dass sie nicht hier war? Fest entschlossen schlich Lila sich an den kleinen Schreibtisch vor dem Fenster und wühlte einen Bleistift und ein Notizblatt aus der Schublade. So, wie sollte sie es in Worte fassen? *Ich gehe fort. Ich weiß nicht genau, wohin. Warte auf mich, mein Schatz. Ich liebe dich.*

Eva wird bald hier sein. Schlicht und klar, elegant das Wesentliche umfassend. Zufrieden faltete sie das Blatt auf ein Drittel zusammen, schob es in einen Umschlag, schrieb »Brad« darauf und stellte ihn aufrecht auf den Schreibtisch, wo er ihn am nächsten Morgen sehen würde.

Dann legte sie sich wieder hin. Quer durch das Zimmer beobachtete der Brief sie, ein leuchtend weißes Rechteck. Lila schloss die Augen und ließ die Hände zu der harten Wölbung ihres Bauches wandern. Ein Gefühl des Vollseins und dann, von innen, ein gasförmiges Zucken, dann noch eins und noch eins. Das Baby hatte einen Schluckauf. *Hicks!,* machte das winzige Baby. Lila schloss die Augen und ließ das Gefühl über sich hinwegfluten. In ihr, in dem Raum unter ihrem Herzen, wartete ein kleines Leben darauf, geboren zu werden, aber mehr noch: Sie, Eva, kam nach Hause. Der lange Tag holte sie ein, das wusste Lila. Ihre Gedanken ritten auf den Wellen des Schlafs wie ein Surfer, der auf dem gewölbten Kamm einer Welle paddelt. Noch einen Augenblick, und die Welle würde über sie hinwegbrechen und sie begraben. Unter ihren Fingerspitzen war Eva ruhig geworden. Ich liebe dich, Eva, dachte Lila Kyle. Und damit schlief sie ein.

10

Es war fast zehn, als sie am Mile High Stadium ankamen. Auf der Fahrt in die Innenstadt geriet Danny in ein Labyrinth aus Barrikaden: Humvees, von Sandsäcken umgebene Maschinengewehrstellungen, sogar ein paar Panzer. Ein Dutzend Mal war er gezwungen, zurückzufahren und einen anderen Weg zu suchen, der dann auch versperrt war. Endlich, als die letzten Reste des Morgennebels verdunstet waren, fand er eine freie Durchfahrt unter dem Freeway und fuhr dann die Zufahrt zum Stadion hinauf.

Der Parkplatz war von einem Raster aus olivgrünen Zelten überzogen, die gespenstisch still in der Sonne standen. Sie waren von einem Ring von Fahrzeugen umgeben, Personenwagen, Krankenwagen, Streifenwagen, und viele sahen halb zerschmettert aus: Die Fenster waren eingeschlagen, die Kotflügel von der Karosserie gerissen, die Türen aus den Angeln gebrochen. Danny brachte den Bus zum Stehen.

Sie stiegen aus, und der Verwesungsgestank war so stark, dass Danny würgen musste. Schlimmer als Momma, schlimmer als die ganzen Toten, die er am Morgen auf dem Weg zum Depot gesehen hatte. So ein Geruch konnte sich in dich hineinschlängeln, durch Nase und Mund, und dann blieb er tagelang in dir.

»Hallo?«, rief April. Ihre Stimme hallte über den Platz. »Ist jemand hier? Hallo!«

Danny hatte ein übles Gefühl in der Magengrube. Zum Teil lag es an dem Geruch, zum Teil aber auch nicht. Das unruhige Klingeln erfüllte ihn von oben bis unten.

»Hallo!«, rief April noch einmal und legte die gewölbten Hände um den Mund. »Ist da jemand?«

»Vielleicht sollten wir abhauen«, schlug Danny vor.

»Die Army soll doch hier sein.«

»Vielleicht ist sie ja schon wieder weg.«

April streifte den Rucksack ab, öffnete den Reißverschluss und nahm einen Hammer heraus. Sie schwang ihn hin und her, als wolle sie sein Gewicht prüfen.

»Tim, du bleibst bei mir, verstanden? Nicht wegspazieren.«

Der Junge stand unten an der Bustreppe und hielt sich die Nase zu. »Aber es stinkt eklig«, sagte er näselnd.

April schob die Arme durch die Rucksackgurte. »In der ganzen *Stadt* stinkt es eklig. Da musst du einfach durch. Jetzt komm.«

Danny wollte auch nicht mitkommen, aber das Mädchen war wild entschlossen. Er folgte den beiden, als sie in das Gewirr der Autos vordrangen. Schritt für Schritt begann er zu begreifen, was er sah. Die Autos waren als Verteidigungsanlage um die Zelte herum aufgestellt worden. Wie die Siedler in den Zeiten der Pioniere ihre Planwagen im Kreis aufgestellt hatten, wenn die Indianer angriffen. Doch hier waren keine Indianer gewesen, das wusste Danny, und was immer passiert sein mochte, es sah aus, als wäre es längst vorbei. Irgendwo waren Leichen – der Geruch schien immer durchdringender zu werden, je weiter sie kamen –, aber bis jetzt hatten sie noch keine Spur von ihnen gesehen. Es war, als wären sie alle verschwunden.

Sie kamen zum ersten der Zelte. April schlug die Klappe zur Seite und ging hinein. Den Hammer hielt sie schlagbereit über den Kopf gestreckt. Im Zelt herrschte ein heilloses Durcheinander. Tragen und Infusionsständer waren umgekippt, und überall lag Müll herum – Verbände, Edelstahlschalen, Spritzen. Aber noch immer waren keine Leichen zu sehen.

Sie schauten in das nächste Zelt und in ein drittes. Überall war es das Gleiche. »Wo zum Teufel sind sie alle?«, fragte April.

Der einzige Ort, wo sie noch suchen konnten, war das Stadion. Danny wollte da nicht hinein, doch April akzeptierte kein Nein. Wenn die Army gesagt hatte, man sollte hierherkommen, beharrte sie, dann musste es einen Grund geben. Zusammen gingen sie den Weg zum Eingang hinauf. April hatte die Führung übernommen; sie hielt Tim mit einer Hand fest und den Hammer mit der anderen. Zum ersten Mal bemerkte Danny die Vögel. Wie eine große schwarze Wolke kreisten sie über dem Stadion, und ihre schrillen Rufe durchbrachen die Stille und schienen sie zugleich zu vertiefen.

Dann hörten sie hinter sich eine Männerstimme.

»Ich würde da an eurer Stelle nicht reingehen.«

Der Ferrari hatte den Geist aufgegeben, als Kittridge auf den Parkplatz des Stadions gebogen war. Da bockte der Wagen schon wie ein halb zugerittenes Pferd, und Wolken von öligem Rauch wehten unter der Haube und dem Fahrgestell hervor. Es war klar, was passiert war: Kittridges Raketenstart über die Ausfahrtrampe der Tiefgarage – dieser Sprung in die Höhe und der harte Aufprall auf dem Asphalt – hatte die Ölwanne aufgerissen. Das Öl war ausgelaufen, der Motor hatte sich immer weiter überhitzt, das Metall sich ausgedehnt, bis die Kolben sich schließlich in den Zylindern festfraßen.

Tut mir leid um deinen Wagen, Warren. Er war jedenfalls gut, solange er lief.

Nach dem, was er im Stadion gesehen hatte, brauchte Kittridge ein Weilchen, um sich wieder zu fassen. Himmel, was für ein Anblick. Nicht dass es ihn groß überrascht hätte, aber es mit eigenen Augen zu sehen war noch mal was anderes. Ihm war speiübel. Seine Hände zitterten regelrecht, und er war nah daran zu kotzen. Kittridge hatte in seinem Leben schon einiges gesehen, auch ein paar schreckliche Dinge. Leichen in Massengräbern, aufgereiht wie gefällte Baumstämme. Ganze Dörfer, die vergast worden waren, mit Familien, die da lagen, wo sie zusammengebrochen waren, die Hände vergebens nach einer letzten Berührung ihrer Lieben ausgestreckt. Die unkenntlichen Überreste von Männern und Frauen und Kindern, auf einem Marktplatz in Fetzen gerissen von einem Irren, der sich eine Bombe vor die Brust geschnallt hatte. Aber noch nie etwas, das wenigstens annähernd dieses Ausmaß gehabt hätte.

Er hatte auf der Motorhaube des Ferraris gesessen und überlegt, was er als Nächstes tun sollte – einen Wagen mit Schlüssel zu finden wäre der naheliegende nächste Schritt –, als er in der Ferne ein Fahrzeug kommen hörte. Kittridges Nerven waren plötzlich zum Zerreißen gespannt. Ein großer Diesel, wie es sich anhörte: ein Schützenpanzer? Aber was dann schwerfällig die Zufahrt heraufrumpelte, war die surreale Vision eines gelben Schulbusses.

Was sagt man dazu?, dachte Kittridge. Heilige Scheiße. Ein gottverdammter Schulbus. Ein Klassenausflug ans Ende der Welt.

Kittridge sah zu, wie der Bus anhielt. Drei Leute stiegen aus: ein Mädchen mit einer pinkfarbenen Strähne im Haar, ein kleiner Junge in T-Shirt und Shorts und ein Mann mit einer komischen Mütze, vermutlich der Fahrer. Hallo!, rief das Mädchen, hallo, ist da jemand? Sie berieten sich kurz, und dann schlängelten sie sich durch das Gewirr der Autos, das Mädchen vorneweg.

Wahrscheinlich war es an der Zeit, einen Ton von sich zu geben, dachte Kittridge. Doch wenn er sie auf seine Anwesenheit aufmerksam machte, konnte das einen ganzen Haufen von Verpflichtungen mit sich bringen. Etwas, das er von Anfang an hatte vermeiden wollen. Andere Leute waren nicht Bestandteil des Plans; sein Plan war es zu verschwinden. Mit leichtem Gepäck reisen, so lange wie möglich am Leben bleiben und so viele Virals mitnehmen, wie er konnte, wenn das Ende käme – und es würde zweifellos kommen. »Last Stand in Denver« würde wie ein strahlender Meteor im Nichts verglühen.

Dann begriff Kittridge plötzlich, was die drei vorhatten. Sie waren auf dem Weg ins Stadion. Natürlich wollten sie da hin.

Kittridge war ja auch drin gewesen. Aber das waren *Kinder*, Himmel noch mal. Plan hin, Plan her, er durfte sie unter keinen Umständen da hineingehen lassen.

Kittridge schnappte sein Gewehr und rannte los, um ihnen den Weg abzuschneiden.

Auf den Klang seiner Stimme reagierte der Busfahrer so heftig, dass Kittridge einen Moment lang wie gelähmt dastand. Der Mann stieß einen schrillen Schrei aus, taumelte vorwärts und stolperte über seine eigenen Füße. Gleichzeitig verbarg er das Gesicht in der Armbeuge. Die beiden anderen wieselten davon. Das Mädchen riss den kleinen Jungen schützend an ihre Hüfte, wirbelte dann herum und streckte Kittridge den Hammer entgegen.

»Hey, immer mit der Ruhe«, sagte Kittridge. Er richtete das Gewehr zum Himmel und hob die Hände. »Ich bin einer von den Guten.«

Er sah, dass das Mädchen älter war, als er zuerst angenommen hatte – siebzehn ungefähr. Die pinkfarbene Haarsträhne sah lächerlich aus, und sie hatte so viele Stecker in beiden Ohren, dass sie aussahen wie angenietet. Aber die Art, wie sie ihn musterte, kühl und ohne eine Spur von Panik, verriet ihm, dass mehr in ihr steckte, als man auf den ersten Blick vermutete. Er hatte keinen Zweifel, dass sie den Hammer gegen ihn benutzen oder es wenigstens versuchen würde, wenn er noch einen einzigen Schritt weiterginge. Sie trug ein enges schwarzes T-Shirt, eine an den Knien zerrissene Jeans, ein Paar Chuck Taylors und Armbänder aus Leder und Silber an beiden Armen. Ein Rucksack, gelb wie eine Tatortabsperrung, hing an ihren Schultern. Der Junge war offensichtlich ihr Bruder. Die Verwandtschaft war nicht nur in ihren Gesichtern unverkennbar – die etwas zu kleine Nase mit der knopfrunden Spitze, die hohen Wangenknochen, die wasserblauen Augen –, sondern auch in ihrer Reaktion: Sie hatte den Jungen mit einem wilden Beschützerdrang an sich gezogen, der in Kittridges Augen etwas entschieden Mütterliches hatte.

Das dritte Mitglied der Gruppe, der Busfahrer, war schwerer einzuschätzen. Der Typ hatte eindeutig etwas Schräges an sich.

Er trug eine Khakihose und ein weißes, bis obenhin zugeknöpftes Oberhemd. Sein Haar, ein rötlich blonder Mopp, stand seitlich unter seiner komischen Mütze hervor und sah aus, als seien die Enden mit einer Zickzackschere abgeschnitten worden. Aber der entscheidende Unterschied lag woanders, nämlich in seiner Haltung.

Der Junge sprach als Erster. Er hatte den wildesten Haarwirbel, den Kittridge je gesehen hatte. »Ist das ein echtes AK?«, fragte er und zeigte auf das Gewehr.

»Still, Tim.« Das Mädchen zog ihn fester an sich und hob schlagbereit den Hammer. »Wer zum Teufel sind Sie?«

Kittridge hatte die Hände immer noch erhoben. Vorläufig war er bereit, mitzuspielen und so zu tun, als stelle der Hammer eine echte Bedrohung dar. »Ich heiße Kittridge. Und jawohl«, sagte er zu dem Jungen, »das ist ein echtes AK. Aber glaub ja nicht, du darfst es anfassen, junger Mann.«

Der Junge strahlte vor Begeisterung. »Das ist *cool*.«

Kittridge deutete mit dem Kinn auf den Busfahrer, der jetzt konzentriert auf seine Schuhe starrte. »Ist alles okay mit ihm?«

»Er mag nicht, wenn man ihn anfasst, das ist alles.« Das Mädchen beobachtete Kittridge wachsam. »Die Army hat gesagt, man soll hierherkommen. Wir haben's im Radio gehört.«

»Das haben sie wohl gesagt. Aber wie es aussieht, haben sie sich verzogen. Ich glaube, ich hab eure Namen gerade nicht mitgekriegt.«

Das Mädchen zögerte. »Ich bin April, und das ist mein Bruder Tim. Der andere heißt Danny.«

»Freut mich, April.« Er schenkte ihr sein schönstes Beruhigungslächeln. »Und meinst du, ich könnte die Hände jetzt vielleicht wieder herunternehmen? Nachdem wir uns ordentlich miteinander bekannt gemacht haben?«

»Woher haben Sie diese Waffen?«

»Outdoor World. Ich bin Verkäufer.«

»Sie verkaufen Waffen?«

»Und Camping- und Angelausrüstungen«, sagte Kittridge. »Aber man kriegt da einen netten Rabatt. Und – was meinst du? Wir sind doch alle ein Team, April.«

»Und was für ein Team ist das?«

Er zuckte die Achseln. »Das Team der Menschen, würde ich sagen.«

Das Mädchen maß ihn mit Blicken. Sie ist vorsichtig, diese April. Kittridge rief sich in Erinnerung, dass sie nicht nur ein Mädchen war; sie war eine Überlebende – und sie verdiente, dass er sie ernst nahm. Ein paar Sekunden vergingen, dann ließ sie den Hammer sinken.

»Was ist da im Stadion?«, fragte Tim.

»Glaub mir, da ist nichts, was du sehen möchtest.« Kittridge schaute das Mädchen wieder an. Sie sah aus wie eine April, entschied er. Komisch, wie gut manche Namen zu einem Menschen passten. »Wo seid ihr bislang gewesen?«

»Wir haben uns im Weinkeller versteckt.«

»Und eure Eltern?«

»Das wissen wir nicht. Sie waren in Telluride.«

O Gott, dachte Kittridge. Telluride war Ground Zero. Dort hatte alles angefangen.

»Na, das war clever. In den Bus zu steigen.« Er zeigte wieder auf Danny, der mit den Händen in den Taschen drei Schritte weit abseits stand und zu Boden starrte. »Was ist mit eurem Freund?«

»Danny hat uns gefunden. Wir haben ihn hupen gehört.«

»Gut gemacht, Danny. Ich würde sagen, damit bist du der Held des Tages.«

Der Mann sah Kittridge kurz aus den Augenwinkeln an. Sein Gesicht war völlig ausdruckslos. »Okay.«

»Warum darf ich nicht sehen, was im Stadion ist?«, schaltete Tim sich ein.

April und Kittridge wechselten einen Blick. *Keine gute Idee.*

»Vergiss das Stadion«, sagte April und wandte sich wieder Kittridge zu. »Haben Sie sonst noch jemanden gesehen?«

»Seit 'ner Weile nicht mehr. Das heißt aber nicht, dass es niemanden gibt.«

»Aber Sie glauben es nicht.«

»Wir sollten wahrscheinlich davon ausgehen, dass wir allein sind.«

Kittridge sah, worauf die Sache hinauslief. Vor einer Stunde hatte er sich an einer Hausfassade abgeseilt, um sein Leben zu retten. Jetzt musste er sich plötzlich um zwei Kids und einen Mann kümmern, der ihm nicht mal in die Augen sehen konnte. Aber daran ließ sich nichts ändern.

»Ist das dein Bus, Danny?«

Der Mann nickte. »Ich fahre die blaue Strecke. Nummer zwölf.«

Ein kleineres Fahrzeug wäre vernünftiger gewesen, doch Kittridge hatte das Gefühl, der Mann würde seinen Bus nicht zurücklassen. »Hast du vielleicht Lust, uns von hier wegzubringen?«

Der Gesichtsausdruck des Mädchens verhärtete sich. »Wie kommen Sie auf die Idee, dass Sie mit uns fahren?«

Kittridge war verblüfft; auf die Idee, dass die drei seine Hilfe nicht haben wollten, war er nicht gekommen.

»Keine Ahnung. Ihr müsst mich wohl erst einladen.«

»Wieso darf ich es nicht *sehen?*«, winselte Timmy.

April verdrehte die Augen. »*Fuck*, Tim, jetzt hör schon auf mit dem Stadion, ja?«

»Du hast das F-Wort benutzt! Das sag ich!«

»Und wem willst du es sagen?«

Der Junge war plötzlich den Tränen nahe. »Rede nicht so!«

»Hört zu«, unterbrach Kittridge die beiden, »das ist wirklich nicht der passende Moment. Nach meiner Rechnung haben wir noch zehn Stunden Tageslicht. Ich glaube, wenn es dunkel wird, möchten wir nicht hier in der Nähe sein.«

Im selben Moment sah der Junge seine Chance. Er drehte sich auf dem Absatz um und rannte den Aufgang hinauf.

»Scheiße«, sagte Kittridge. »Ihr beide bleibt hier.«

Humpelnd rannte er los, aber er war mit seinem humpelnden

Bein nicht schnell genug. Als er den Jungen eingeholt hatte, stand er in einem der offenen Zugänge und starrte stumm auf das Spielfeld. Nur ein paar Sekunden, aber das war genug. Kittridge packte ihn von hinten und hob ihn an seine Brust. Der Junge leistete keinen Widerstand; er sank einfach gegen ihn und gab keinen Laut von sich. Herrgott, dachte Kittridge. Wieso hatte er den Bengel abhauen lassen?

Als sie unten beim Bus angekommen waren, fing Tim an, ein Geräusch zu machen, das halb wie ein Schluckauf, halb wie ein Wimmern klang. Kittridge ließ ihn vor April auf den Boden gleiten.

»Was fällt dir ein?«, fragte sie mit tränenerstickter Stimme.

»Ich … es tut mir leid«, stammelte der Junge.

»Du darfst nicht einfach so wegrennen. Das *darfst* du nicht.« Sie packte ihn bei den Oberarmen und schüttelte ihn, und dann zog sie ihn fest an sich. »Ich hab dir tausend Mal gesagt, du sollst bei mir bleiben.«

Kittridge war zu Danny hinübergegangen, der immer noch mit den Händen in den Hosentaschen dastand und auf den Boden starrte.

»Waren die beiden wirklich ganz allein?«, fragte er leise.

»Consuela war bei ihnen«, sagte Danny. »Aber sie ist weggegangen.«

»Wer ist Consuela?«

Danny hob die schlaffen Schultern. »Sie wartet manchmal mit Tim an der Bushaltestelle.«

Viel mehr gab es zu dem Thema nicht zu sagen. Vielleicht hatte Danny sie nicht alle, doch er hatte zwei hilflose Kinder gerettet, deren Eltern fast hundertprozentig sicher tot waren. Das war mehr, als Kittridge getan hatte.

»Na, wie wär's, mein Freund?«, sagte Kittridge. »Lust, deinen Bus da zu starten?«

»Wo fahren wir hin?«

»Ich hab an Nebraska gedacht.«

11

Sie brachen eine Stunde nach Tagesanbruch auf. Grey nahm alles mit, was er in der Küche fand, solange es noch essbar aussah – ein paar Dosen Suppe, altbackene Cracker und eine Schachtel Wheaties –, und packte es in den Volvo. Er selbst hatte nicht mal eine eigene Zahnbürste, aber dann erschien Lila mit zwei Rollkoffern in der Diele.

»Ich habe mir erlaubt, Ihnen ein paar Sachen einzupacken.«

Lila war gekleidet, als wolle sie in Urlaub fahren: dunkle Leggings und ein frisch gestärktes, langschößiges Hemd. Auf ihren Schultern lag ein buntes Seidentuch. Sie hatte sich das Gesicht gewaschen und das Haar gebürstet, und sie trug sogar Ohrringe und ein bisschen Make-up. Als er sie sah, wurde Grey bewusst, wie schmutzig er war. Er hatte sich seit Tagen nicht mehr gewaschen, und wahrscheinlich roch er nicht besonders gut. Und seine Finger waren immer noch von Farbe verkrustet.

»Vielleicht sollte ich mich ein bisschen frischmachen.«

Lila beobachtete ihn aufmerksam und wartete darauf, dass er noch mehr sagte.

»Wo wir doch, wissen Sie, einen Ausflug aufs Land machen.«

Ihr Gesicht entspannte sich. »Ja, natürlich.«

Lila schickte ihn in das Badezimmer oben an der Treppe, wo sie schon frische Kleider für ihn säuberlich zusammengefaltet auf den

Klodeckel gelegt hatte. Eine nagelneue, noch eingepackte Zahnbürste und eine Tube Colgate lagen auf dem Waschtisch neben einem Krug Wasser. Grey schälte seinen Overall herunter, wusch sich Gesicht und Achseln, und dann putzte er sich vor dem breiten Spiegel die Zähne. Seit dem »Red Roof« hatte er sich nicht mehr im Spiegel gesehen, und er konnte immer noch nicht recht glauben, wie jung er aussah. Seine Haut war klar und straff, dichtes Haar wuchs auf seinem Kopf, und in seinen Augen funkelte ein juwelenartiger Glanz. Er schien auch stark abgenommen zu haben – was wenig verwunderlich war, weil er seit mindestens zwei Tagen nichts mehr gegessen hatte, doch das Ausmaß und die Art des Gewichtsverlusts waren in der Tat verblüffend. Er war nicht nur dünner; sein ganzer Körper schien sich neu geordnet zu haben. Er drehte sich zur Seite, behielt sein Spiegelbild im Blick und strich sich prüfend mit der Hand über den Bauch. Er war immer ein bisschen pummelig gewesen, aber jetzt erkannte er straffe Muskelkonturen. Der nächste Schritt lag nah: Er krümmte und streckte die Arme wie ein kleiner Junge, der sich im Spiegel bewunderte. Na, sieh mal an, dachte er. Ein richtiger Bizeps. Verdammt.

Er zog die Sachen an, die Lila ihm hingelegt hatte – weiße Boxershorts, eine Jeans und ein kariertes Hemd –, und stellte zu seinem unaufhörlichen Erstaunen fest, dass alles ziemlich gut passte. Er warf einen letzten beifälligen Blick in den Spiegel und ging die Treppe hinunter ins Wohnzimmer, wo Lila auf dem Sofa saß und in einem *People*-Heft blätterte.

»Da sind Sie ja.« Sie betrachtete ihn von Kopf bis Fuß. »Nett sehen Sie aus.«

Er rollte die Koffer zum Volvo. Die Morgenluft war schwer von Tau, und in den Bäumen sangen die Vögel. Ein Ausflug aufs Land, dachte Grey und schüttelte den Kopf. Sie spielten Familie. Aber als er in den Kleidern eines anderen Mannes in der Einfahrt stand, kam es ihm beinahe echt vor. Es war, als sei er in ein anderes Leben getreten – vielleicht in das Leben des Mannes, dessen Jeans und kariertes Hemd seinen unversehens schlanken und muskulösen

Körper zierten. Er sog die Luft tief in die Nase und weitete die Brust. Die Luft strömte frisch und sauber in seine Lunge, und sie duftete nach Gras und frischem grünem Laub und feuchter Erde. Sie enthielt keine Spur des Grauens der vergangenen Nacht – als habe das Licht des neuen Tages die Welt gereinigt.

Er schloss den Kofferraum, und als er aufblickte, stand Lila in der Haustür. Sie drehte den Schlüssel im Schloss, und dann nahm sie etwas aus der Handtasche: einen Umschlag. Sie wühlte eine Rolle Malerkrepp aus der Tasche, klebte den Umschlag an die Tür und trat zurück, um ihn zu betrachten. Ein Brief?, dachte Grey. Für wen sollte der sein? Für David? Für Brad? Wahrscheinlich für einen von beiden, aber Grey hatte immer noch keine Ahnung, wer wer war. Für Lila waren sie anscheinend buchstäblich austauschbar.

»So«, verkündete sie. »Alles erledigt.« Sie kam zum Volvo und gab ihm den Schlüssel. »Wäre es Ihnen recht, wenn Sie fahren?«

Und auch das gefiel Grey.

Am besten hielten sie sich von den Hauptstraßen fern, entschied Grey, zumindest bis sie die Stadt hinter sich hatten. Es blieb unausgesprochen, aber offenbar war es Teil seiner Vereinbarung mit Lila, dass er es vermied, an Dingen vorbeizufahren, die sie aufregen konnten. Unwichtig, wie sich zeigte: Die Frau blickte kaum von ihrer Zeitschrift auf. Er schlängelte sich durch die Vororte, und als der Vormittag halb vorüber war, setzten sie ihre Fahrt auf einer Landstraße in Richtung Osten fort. Der Boden war ausgetrocknet und wellig, mit leeren Feldern, braun und schwarz wie verbrannter Toast. Die Stadt war längst hinter ihnen verschwunden, und auch die blauen Massen der Rockies lösten sich im Dunst auf. Die Landschaft erschien öde und trostlos; da war nichts als eine Spitzenborte aus Federwolken hoch oben am Himmel, die trockenen Felder und der Highway, der unter den Rädern des Volvo dahinrollte. Irgendwann gab Lila ihre Lektüre auf und schlief ein.

Es war eine unbestreitbar eigenartige Situation, aber als die

Meilen und die Stunden vorüberzogen, war Greys Brust erfüllt von dem zunehmenden Gefühl, dass alles richtig war. Noch nie in seinem Leben war er irgendjemandem wirklich wichtig gewesen. Er durchsuchte seinen Kopf nach etwas, womit er dieses Gefühl vergleichen konnte. Das Einzige, was ihm einfiel, war die Geschichte von Maria und Josef und ihrer Flucht nach Ägypten – eine Kindheitserinnerung, denn Grey war seit Jahren nicht mehr in der Kirche gewesen. Josef war ihm immer als komischer Vogel erschienen; er kümmerte sich um eine Frau, die ein Kind von jemand anderem bekam. Aber jetzt fing er an zu begreifen, wie jemand sich binden ließ, nur weil er sich erwünscht fühlte.

Und der springende Punkt war: Grey mochte Frauen. Immer schon. Das andere, das mit den Jungen, war eine andere Sache. Da ging es nicht um das, was er mochte oder nicht mochte, sondern um etwas, das er tun *musste,* wegen seiner Vergangenheit und der Dinge, die man mit ihm getan hatte. So hatte Wilder, der Gefängnispsychiater, es ihm erklärt. Das mit den Jungen war zwanghaft, hatte Wilder gesagt. Grey kehrte zu dem Augenblick zurück, als er selbst missbraucht worden war. Er inszenierte den Übergriff von Neuem und versuchte so, ihn zu verstehen. Wenn Grey die Jungen befummelte, tat er das ganz unwillkürlich; so wie er sich kratzte, wenn etwas juckte. Vieles von dem, was Wilder sagte, war in Greys Ohren Bullshit gewesen, aber dieser Teil nicht, und er fühlte sich ein bisschen besser, weil er wusste, dass es nicht ganz allein seine Schuld war. Nicht dass er damit aus dem Schneider gewesen wäre. Grey hatte sich reichlich Vorwürfe gemacht, und er war tatsächlich erleichtert gewesen, als man ihn ins Gefängnis schickte. Der alte Grey – der unversehens am Rand eines Spielplatzes herumlungerte oder um drei Uhr nachmittags im Schritttempo an der Junior Highschool vorbeifuhr und an Sommernachmittagen bei den Umkleidekabinen im Schwimmbad trödelte –, *dieser* Grey war jemand, den er nie wieder kennen wollte.

Seine Gedanken kehrten zu der Umarmung in der Küche zurück. Das war keine Boy-Girl-Angelegenheit gewesen, das wusste Grey.

Doch völlig bedeutungslos war es auch nicht. Grey musste an Nora Chung denken, das einzige Mädchen, mit dem er auf der Highschool gegangen war. Das heißt, seine Freundin war sie genau genommen nicht gewesen; sie hatten nie miteinander rumgemacht. Die beiden waren in der Schulkapelle gewesen – Grey hatte sich für kurze Zeit in den Kopf gesetzt, Trompete zu spielen –, und manchmal brachte er sie nach der Probe nach Hause, ohne dass sie einander auch nur berührten. Trotzdem gab ihm etwas an diesen Spaziergängen zum ersten Mal im Leben das Gefühl, nicht allein auf der Welt zu sein. Er hätte sie gern geküsst, brachte allerdings nie den Mut dazu auf, und irgendwann war sie aus seiner Umgebung verschwunden. Komisch, dass er sich jetzt an sie erinnerte. Seit zwanzig Jahren hatte er nicht mal an ihren Namen gedacht.

Gegen Mittag erreichten sie die Grenze von Kansas. Lila schlief noch. Grey war selbst in einen halb traumartigen Zustand verfallen und achtete kaum noch auf die Straße. Es war ihm gelungen, die etwas größeren Städte zu umfahren, aber das konnte auf die Dauer nicht so weitergehen. Sie würden bald tanken müssen. Er sah einen Wasserturm, der vor ihnen aus der Ebene ragte.

Die Stadt hieß Kingwood – eine kurze, staubige Hauptstraße, die Hälfte der Schaufenster mit Papier verklebt, ein paar Nebenstraßen mit tristen Häusern zu beiden Seiten. Die Verlassenheit sah harmlos aus; der einzige Hinweis darauf, dass hier etwas passiert war, war der Krankenwagen, der mit offener Heckklappe vor der Feuerwache stand. Trotzdem spürte Grey etwas, ein Kribbeln in den Extremitäten, als würden sie im Vorüberfahren aus den Schatten beobachtet. Er fuhr der Länge nach durch die ganze Stadt und kam am östlichen Rand schließlich zu einer Tankstelle, einer freien Zapfstation namens »Frankie's«.

Lila rührte sich, als Grey den Motor abstellte. »Wo sind wir?«

»In Kansas.«

Gähnend schaute sie durch die Scheibe in die trostlose Stadt hinaus. »Warum halten wir an?«

»Wir müssen tanken. Ich bin gleich wieder da.«

Grey versuchte es an der Zapfsäule, aber da rührte sich nichts. Es gab keinen Strom mehr. Er musste das Benzin irgendwie absaugen, dazu brauchte er allerdings ein Stück Schlauch und ein Gefäß. Er ging in den Kassenraum. Ein verschrammter Stahltisch, mit Papierstapeln bedeckt, stand vorn am Fenster, und dahinter wartete ein alter Bürostuhl, dessen Lehne nach hinten gekippt war, als sei er eben erst verlassen worden. Grey trat durch die Tür in die Werkstatt, einen kühlen, dunklen Raum, in dem es nach Öl roch. Ein Cadillac Seville, ein Oldtimer aus den späten neunziger Jahren, stand oben auf einer der Hebebühnen; den zweiten Platz besetzte ein neuer Chevy 4x4, höhergelegt und mit breiten, schlammverkrusteten Reifen. Auf dem Boden stand ein Zwanzig-Liter-Benzinkanister, und auf einer Werkbank fand Grey einen Schlauch. Er schnitt ein zwei Meter langes Stück davon ab, schob das eine Ende in den Einfüllstutzen des 4x4, sog einen Schluck Benzin an und spuckte ihn aus, und dann ließ er den Sprit in den Kanister laufen.

Der Kanister war fast voll, als er über seinem Kopf etwas scharren hörte. Sämtliche Nerven in seinem Körper funkten gleichzeitig, und er blieb starr stehen.

Langsam schaute er hoch.

Die Kreatur hing mit dem Kopf nach unten an einem der Dachträger. Sie hatte die Kniekehlen um den Träger gehakt wie ein Kind an einem Kletterturm. Sie war kleiner als Zero und sah menschlicher aus. Grey hatte den absurden Einfall, es könnte Frankie sein. Ihre Blicke trafen sich, und Greys Herz setzte einmal aus. Tief aus der Kehle der Kreatur kam ein trillerndes Geräusch.

Du brauchst keine Angst zu haben, Grey.

Fuck, was war das?

Er stolperte über die eigenen Füße, als er rückwärtstaumelte, und flog der Länge nach auf den harten Zementboden. Schnell raffte er sich auf und packte den Kanister. Das Benzin gluckerte immer noch aus dem Schlauch, als er aus der Werkstatt ins Büro und weiter zur Tür hinausrannte. Lila stand draußen an den Wagen gelehnt.

»Steigen Sie ein«, sagte er atemlos.

»Sie haben nicht gesehen, ob da drin ein Automat steht? Ich hätte gern einen Schokoriegel oder so etwas.«

»Verdammt, Lila, steigen Sie ins Auto.« Grey riss die Kofferraumklappe des Volvo auf, warf den Kanister hinein und schlug sie wieder zu. »Wir müssen weg, *sofort*.«

Die Frau seufzte. »Na schön, wie Sie wollen. Ich weiß aber nicht, weshalb Sie so grob sein müssen.«

Sie rasten los, und erst als die Stadt eine Meile weit hinter ihnen lag, wurde Greys Puls wieder langsamer. Er ließ den Volvo am Straßenrand ausrollen, stieß die Tür auf und stolperte aus dem Wagen. Dann stützte er die Hände auf die Knie und zog die Luft in mächtigen Zügen in die Lunge. O Gott, es hatte sich angefühlt, als hätte das Ding mit ihm *gesprochen*. Als wäre dieses Klicken eine Fremdsprache, die er verstand. Es kannte sogar seinen Namen. Woher kannte es seinen Namen?

Er fühlte Lilas Hand auf seiner Schulter. »Lawrence, Sie bluten.«

Sein Ellenbogen war aufgerissen, und ein Hautfetzen baumelte herab. Das musste passiert sein, als er in der Werkstatt hingefallen war, auch wenn er nichts gespürt hatte.

»Lassen Sie mal sehen.«

Mit hochkonzentriertem Gesicht betastete Lila die Wundränder sanft mit den Fingerspitzen. »Wie ist das passiert?«

»Ich glaube, ich bin gestolpert.«

»Sie hätten etwas sagen sollen. Können Sie den Arm bewegen?«

»Ich denke schon, ja.«

»Warten Sie hier«, befahl Lila. »Und fassen Sie es nicht an.«

Sie öffnete den Kofferraum und wühlte in ihrem Koffer herum, nahm eine Blechdose und eine Flasche Wasser heraus und schloss die Klappe.

»Setzen Sie sich mal hin.«

Grey hockte sich auf den Kofferraum und ließ die Füße baumeln. Lila öffnete die Blechdose. Es war ein Verbandskasten. Sie verrieb ein paar Spritzer Desinfektionsmittel auf ihren Händen, zog ein Paar Latexhandschuhe an und wandte sich wieder seinem Arm zu.

»Haben Sie schon mal starke Blutungen gehabt?«, fragte sie.

»Ich glaube nicht.«

»Hepatitis, HIV, andere Infektionen?«

Grey schüttelte den Kopf.

»Wann haben Sie die letzte Tetanusimpfung bekommen? Wissen Sie das noch?«

Es war, als sei sie plötzlich ein ganz anderer Mensch geworden, dachte er. »Zuletzt als Kind.«

Lila untersuchte die Wunde noch einen Moment lang und ließ dann seinen Arm los. »Tja, das ist ein hässlicher Riss. Da werden ein paar Stiche nötig sein.«

»Sie meinen, Sie wollen das ... nähen?«

Ein paar schweißfeuchte Haarsträhnen klebten an ihrer Stirn. »Glauben Sie mir, das hab ich schon tausend Mal getan.«

Sie betupfte die Wunde mit Alkohol und nahm eine Einmalspritze aus dem Kasten. Sie zog etwas aus einer winzigen Ampulle auf und klopfte mit dem Nagel des Zeigefingers an die Nadel.

»Nur eine leichte Betäubung. Sie werden überhaupt nichts spüren, das verspreche ich Ihnen.«

Ein kurzer Nadelstich, und wenige Sekunden später war der Schmerz verschwunden. Lila faltete ein Tuch auseinander, breitete es auf dem Kofferraum aus und legte eine Zange, eine Rolle dunkles Garn und eine kleine Schere darauf.

»Sie können zuschauen, wenn Sie möchten, aber die meisten Leute gucken lieber weg.«

Er spürte ein mehrmaliges leises Zupfen, das war alles.

»So, schon fertig«, sagte Lila.

Wo der Riss und der Hautlappen gewesen waren, sah man nur noch einen straffen schwarzen Strich. Lila trug ein wenig Salbe auf und klebte ein Pflaster darauf.

»Der Faden sollte sich in zwei, drei Tagen auflösen«, sagte sie und zog die Handschuhe klatschend von den Fingern. »Vielleicht juckt's dann ein bisschen. Sie dürfen aber auf keinen Fall kratzen. Lassen Sie es einfach in Ruhe.«

»Wie haben Sie das gemacht?«, fragte Grey. »Sind Sie Krankenschwester oder so was?«

Die Frage schien sie aus dem Konzept zu bringen. Ihr Gesicht veränderte sich, und ein Ausdruck tiefer Verunsicherung zog darüber hinweg. Ihr Mund öffnete sich, als wollte sie etwas sagen, aber dann schloss sie ihn wieder.

»Lila? Alles okay?«

Sie verschloss den Verbandskasten, legte alles in den Volvo zurück und klappte den Kofferraum zu.

»Wir sollten weiterfahren, meinen Sie nicht?«

Im Handumdrehen war die Frau, die seinen Arm genäht hatte, wieder verschwunden, als wäre sie nie da gewesen. Grey hätte gern noch ein paar Fragen gestellt, wusste jedoch, was passieren würde, wenn er es täte. Die Abmachung, die sie beide getroffen hatten, war klar: Nur ganz bestimmte Dinge durften gesagt werden.

»Möchten Sie, dass ich fahre?«, fragte Lila. »Eigentlich wäre ich an der Reihe.«

Die Frage war eigentlich keine Frage; das begriff Grey. Es war einfach normal, sie zu stellen, und es war seine Aufgabe, das Angebot abzulehnen. »Nein, das schaffe ich schon.«

Sie stiegen wieder ein, und als Grey den Gang einlegte, hob Lila ihre Zeitschrift vom Boden auf.

»Ich glaube, wenn es Ihnen nichts ausmacht, werde ich ein bisschen lesen.«

Einhundertzwölf Meilen weiter nördlich fuhr Kittridge auf der Interstate 76 in östlicher Richtung, und auch er machte sich allmählich Sorgen um den Treibstoff. Sie waren mit vollem Tank losgefahren, aber jetzt war er nur noch zu einem Viertel voll.

Von ein paar geringfügigen Umwegen abgesehen hatten sie seit

Fort Morgan auf dem Highway bleiben können. Vom Schaukeln des Busses eingelullt waren April und ihr Bruder eingeschlafen. Was Danny anging, hatte Kittridge recht gehabt: Das Busfahren machte ihn glücklich. Er pfiff dabei durch die Zähne – das Lied kannte Kittridge nicht –, kurbelte munter am Lenkrad und bediente Bremse und Gas. Er hatte sich die Mütze in die Stirn gezogen, und Gesicht und Haltung waren die eines aufrechten Kapitäns im Angesicht eines Sturms.

Du lieber Himmel, dachte Kittridge. Wie zum Teufel war er in einem Schulbus gelandet?

»Oh-oh«, sagte Danny.

Kittridge richtete sich auf. Eine lange Schlange von verlassenen Fahrzeugen, die bis zum Horizont reichte, versperrte ihnen den Weg. Nicht einfach Fahrzeuge, sondern Wracks. Einige Autos lagen auf dem Dach oder auf der Seite. Und überall verstreut waren Leichen.

Danny hielt an. April und Tim waren jetzt auch wach und starrten durch die Frontscheibe.

»April, bring ihn hier weg«, befahl Kittridge. »Beide nach hinten, sofort.«

»Und was soll ich machen?«, fragte Danny.

»Warte hier.«

Kittridge stieg aus. Fliegen summten in dicken schwarzen Schwärmen umher, und der Gestank von verwesendem Fleisch war überwältigend. Es war völlig windstill, als bringe die Luft es nicht über sich, sich zu bewegen. Das einzig Lebende waren die Vögel, Geier und Krähen, die am Himmel kreisten. Kittridge atmete durch den Mund, als er an der Reihe der Autos entlangging. Das waren Virals gewesen, ohne Zweifel. Es mussten Hunderte gewesen sein, vielleicht tausend. Was hatte das zu bedeuten? Und warum standen die Autos alle hintereinander, als wären sie zum Anhalten gezwungen worden?

Plötzlich war Danny an seiner Seite.

»Ich dachte, ich hätte gesagt, du sollst bei den anderen warten.«

Der Mann blinzelte in der Sonne. »Warten Sie.« Er hob die Hand. »Ich höre was.«

Kittridge lauschte. Da war nichts, nur das Zirpen der Grillen auf den leeren Feldern. Aber dann: ein gedämpftes Hämmern wie von Fäusten auf Metall.

Danny streckte den Zeigefinger aus. »Es kommt von da drüben.«

Das Geräusch war immer deutlicher zu hören, je weiter sie kamen. Jemand da draußen war noch am Leben, eingesperrt in einem der Wracks. Nach und nach löste sich der Lärm in unterschiedliche Klopfgeräusche auf, untermalt vom erstickten Echo menschlicher Stimmen. *Lasst uns raus! Ist da draußen jemand? Bitte!*

»Hallo?«, rief Kittridge. »Könnt ihr mich hören?«

Wer ist da draußen? Helft uns, bitte! Beeilt euch, wir verschmoren hier!

Die Geräusche kamen aus einem Sattelschlepper mit den leuchtend gelben Insignien der Katastrophenbehörde FEMA auf den Seitenwänden. Das Hämmern klang jetzt panisch, und die Stimmen schwollen zu einem schrillen Chor von unverständlichen Wörtern an.

»Moment noch!«, rief Kittridge.

Die Tür des Trailers war schief in den Rahmen gedrückt worden. Kittridge sah sich nach etwas um, das er als Hebel benutzen könnte, und fand ein Reifenmontiereisen. Er rammte es mit der Spitze unter die Tür.

»Danny, hilf mir.«

Die Tür widerstand ihnen zunächst, aber dann bewegte sie sich fast unmerklich. Als die Lücke größer wurde, erschien eine Reihe Finger unter dem Rand, die versuchten, sie hochzudrücken.

»Alle zugleich, eins, zwei, drei!«, befahl Kittridge.

Metall kreischte, und die Tür rutschte hoch.

Sie waren aus Fort Collins: ein Paar in den Dreißigern, Joe und Linda Robinson, beide noch in Bürokleidung und mit einem Baby, das sie Boy jr. nannten; ein untersetzter Schwarzer namens Wood in der Uniform eines Wachmanns und seine Freundin Delores, eine Kinderschwester mit starkem westindischem Akzent; eine ältere Frau namens Mrs Bellamy – Kittridge würde nie erfahren, wie sie mit Vornamen hieß – mit einem Heiligenschein aus blau gefärbten Haaren und einer riesigen weißen Handtasche, die sie unter den Arm geklemmt trug; ein junger, vielleicht fünfundzwanzigjähriger Mann namens Jamal mit seitlich kahlrasiertem Schädel und bunten Tattoos, die sich über seine bloßen Arme schlängelten. Der Letzte war ein Mann in den Fünfzigern mit dem grauen Bürstenhaar und der breiten Brust eines alternden Athleten, der sich als Pastor Don vorstellte. Er sei aber kein richtiger Pastor, erklärte er; von Beruf sei er Buchprüfer, und der Spitzname stamme aus seiner Zeit als Coach im Jugend-Football.

»Ich hab immer gesagt, sie sollten beten, dass man uns den Arsch nicht aufreißt«, erzählte er Kittridge.

Kittridge hatte anfangs angenommen, sie seien alle zusammen unterwegs gewesen, aber sie waren nur zufällig zusammengewürfelt worden. Alle erzählten Versionen derselben Geschichte. Sie waren aus der Stadt geflohen, nur um an der Grenze nach Nebraska in einen langen Verkehrsstau zu geraten. Von Auto zu Auto war die Nachricht nach hinten gewandert, die Army habe die Straße gesperrt und lasse niemanden durch, solange der Befehl nicht da sei, die Straße wieder freizugeben. Einen ganzen Tag hatten sie so dagestanden. Als das Tageslicht nachließ, waren die Leute in Panik geraten. Alle behaupteten, die Virals kämen und man lasse sie hier sterben.

Und mehr oder weniger genau das war passiert.

Die Ersten kamen gleich nach Sonnenuntergang, erzählte Pastor Don. Irgendwo weiter vorn Schreie, Schüsse und reißendes Metall – und dann waren Leute an ihm vorbeigerannt. Aber sie konnten nirgends hinrennen. Innerhalb von wenigen Sekunden fielen die Virals über sie her; zu Hunderten kamen sie über die Felder gejagt und stürzten sich auf die Menge.

»Ich bin gerannt wie der Teufel, genau wie alle anderen«, sagte Pastor Don.

Er und Kittridge waren etwas zur Seite getreten, um sich zu beraten; die anderen saßen neben dem Bus auf dem Boden. April reichte Wasserflaschen herum. Pastor Don zog eine Schachtel Marlboro Rot aus der Hemdtasche und schüttelte zwei Zigaretten heraus. Kittridge hatte nicht mehr geraucht, seit er Anfang zwanzig war, aber was sollte es jetzt noch schaden? Er ließ sich Feuer geben und nahm einen vorsichtigen Zug. Das Nikotin strömte sofort durch seine Adern.

»Ich kann's gar nicht beschreiben«, sagte Don und blies eine Rauchwolke von sich. »Die verdammten Biester waren überall. Ich hab den Laster gesehen und mir gedacht, besser als nichts. Die anderen waren schon drin.«

»Wieso hat die Army Sie nicht durchgelassen?«

Don zuckte gleichmütig die Achseln. »Sie wissen doch, wie so was läuft. Wahrscheinlich hat jemand vergessen, das richtige Formular einzureichen.« Er musterte Kittridge blinzelnd durch den Rauch seiner Zigarette. »Waren Sie dabei?«

»Eine Zeitlang, ja.«

»Ich war bei der Reserve damals. Hauptsächlich hab ich dem Quartiermeister die Bücher geführt.« Er schwieg kurz. »Und Sie, haben Sie jemanden?«

Er wollte wissen, ob Kittridge eine Familie hatte, jemanden, den er verloren hatte oder suchte. Kittridge schüttelte den Kopf.

»Mein Sohn ist in Seattle. Plastischer Chirurg. Das volle Programm. Hat seine College-Liebe geheiratet. Zwei Kinder, ein Junge, ein Mädchen. Großes Haus am Wasser. Sie haben gerade die Küche renoviert.« Wehmütig schüttelte er den Kopf. »Als wir das letzte Mal miteinander gesprochen haben, ging es darum. Eine Scheißküche.«

Pastor Don hatte ein .30-06er Gewehr und noch drei Patronen. Wood trug eine leere .38er bei sich, und Robinson hatte eine .22er Pistole mit vier Patronen – gut, um ein Eichhörnchen zu schießen, mehr aber auch nicht.

Don warf einen Blick zum Bus. »Und der Fahrer? Was ist das für einer?«

»Ein bisschen abgedreht vielleicht. Ich würde nicht versuchen, ihn anzufassen; er kriegt sonst einen Anfall. Aber davon abgesehen ist er okay. Er fährt seinen Bus, als wär's die Queen Mary.«

»Und die beiden anderen?«

»Hatten sich im Keller ihrer Eltern versteckt. Ich hab sie alle gefunden, als sie auf dem Parkplatz vor dem Mile High Stadium rumliefen.«

Don nahm einen letzten, gierigen Zug und zertrat den Stummel. »Mile High«, wiederholte er. »Ich vermute, das war nicht so schön.«

Es führte kein Weg um die Wracks herum. Sie würden zurückfahren und eine andere Strecke suchen müssen. Sie sammelten ein, was sie an Brauchbarem finden konnten – Wasserflaschen, zwei funktionierende Taschenlampen und eine Propanlampe, diverse Werkzeuge und ein Seil, für das es keine erkennbare Verwendung gab, was sich aber irgendwann ändern konnte –, und dann stiegen sie in den Bus.

Als Kittridge auf die unterste Stufe stieg, berührte Pastor Don ihn am Ellenbogen. »Vielleicht sollten Sie was sagen.«

Kittridge sah ihn an.

»Jemand muss das Kommando haben. Und es ist Ihr Bus.«

»Eigentlich gehört er Danny.«

Don sah ihm in die Augen. »Das meine ich nicht. Diese Leute sind erschöpft und verängstigt. Sie brauchen jemanden wie Sie.«

»Sie kennen mich doch gar nicht.«

»Oh, ich kenne Sie besser, als Sie glauben. Man lernt die Zeichen zu erkennen. Ex-Special-Forces, vermute ich. Rangers vielleicht?«

Kittridge antwortete nicht.

»Na, das ist Ihre Sache. Aber Sie wissen offensichtlich viel besser als alle anderen hier, was Sie tun, verdammt, und das ist niemandem entgangen. Das hier ist Ihre Show, mein Freund, ob es Ihnen gefällt oder nicht.«

Er hatte recht, und Kittridge wusste es. Er blieb im Gang stehen und ließ den Blick über die Gruppe wandern. Die Robinsons saßen vorn, und Linda hielt Boy jr. auf dem Schoß. Unmittelbar hinter ihnen saß Jamal allein, und dann kamen Wood und Delores. Don nahm die Bank auf der anderen Seite des Ganges, und Mrs Bellamy saß hinten und hielt ihre große weiße Handtasche mit beiden Händen fest wie eine Rentnerin auf Kasinotour. April saß mit ihrem Bruder hinter Danny auf der Fahrerseite. Sie machte große Augen, als Kittridge sie ansah. *Was jetzt?*, sagte ihr Blick.

Kittridge räusperte sich. »Okay, Leute. Ich weiß, ihr habt Angst. Ich habe auch Angst. Aber wir werden euch hier rausbringen. Ich weiß noch nicht, wo wir hingehen. Wenn wir jedoch immer weiter nach Osten fahren, werden wir über kurz oder lang in Sicherheit sein.«

»Was ist mit der Army?«, fragte Jamal. »Die Arschlöcher haben uns hier hängen lassen.«

»Wir wissen nicht, was passiert ist. Sicherheitshalber werden wir nach Möglichkeit auf Nebenstraßen bleiben.«

»Meine Mutter wohnt in Kearney.« Das war Linda Robinson. »Da wollten wir hin.«

»Nach Kearney?«, wiederholte Jamal spöttisch. »In Kearney ist es genauso wie in Fort Collins. Ich hab's im Radio gehört.«

Einer von dieser Sorte war in jeder Gruppe, dachte Kittridge. Das hatte er gerade noch gebraucht.

Lindas Ehemann Joe drehte sich auf dem Sitz herum. »Jetzt halt mal die Klappe, ja?«

»Ich sag's euch ja ungern, aber ihre Mutter hängt wahrscheinlich in diesem Moment unter der Decke und frisst den Hund.«

Plötzlich redeten alle durcheinander. Zwei Tage in diesem Truck, dachte Kittridge. Natürlich gingen sie einander da an die Gurgel.

»Bitte, Leute ...«

»Und wer hat Ihnen das Kommando gegeben?« Jamal stieß mit dem Zeigefinger nach Kittridge. »Bloß wegen der Gurte und dem ganzen Scheiß?«

»Ganz meine Meinung«, sagte Wood. Es war das erste Mal,

dass Kittridge seine Stimme hörte. »Ich finde, wir sollten abstimmen.«

»Worüber abstimmen?«

Wood starrte ihn mit harten Augen an. »Zunächst mal, ob wir dich aus dem Bus werfen oder nicht.«

»*Fuck you,* Mietbulle.«

Blitzartig war Wood auf den Beinen, und bevor Kittridge reagieren konnte, hatte der Mann Jamal in den Schwitzkasten genommen. Mit rudernden Armen und Beinen kippten beide über die Bank. Alle schrien durcheinander. Linda hielt das Baby umklammert und wollte sich in Sicherheit bringen. Joe Robinson hatte sich ins Handgemenge gestürzt und versuchte, Jamals Beine zu umklammern.

Ein Schuss zerriss die Luft, und alles erstarrte. Alle Blicke schwenkten durch den Bus nach hinten, wo Mrs Bellamy mit einem riesigen Revolver zur Decke zielte.

»Mann, Lady«, spuckte Jamal, »*fuck,* was soll das?«

»Junger Mann, ich glaube, ich spreche für alle, wenn ich sage, ich habe genug von Ihrem Quatsch. Sie haben genauso viel Angst wie wir alle. Sie schulden diesen Leuten eine Entschuldigung.«

Es war absolut surreal, dachte Kittridge. Halb war er entsetzt, aber zugleich hätte er am liebsten gelacht.

»Okay, okay«, prustete Jamal. »Aber stecken Sie diese Kanone ein.«

»Ich glaube, das geht noch besser.«

»Es tut mir leid, okay? Hören Sie auf, mit dem Ding herumzufuchteln.«

Sie überlegte kurz und ließ die Waffe dann sinken. »Ich nehme an, das muss genügen. Aber mir gefällt die Idee mit der Abstimmung. Der nette Mann da vorn – tut mir leid, ich höre nicht mehr so gut: Wie, sagten Sie, war Ihr Name?«

»Kittridge.«

»Mr Kittridge. Er kommt mir sehr tüchtig vor. Wer dafür ist, dass er zu bestimmen hat, hebt die Hand.«

Alle hoben die Hand, nur Jamal nicht.

»Es wäre schön, wenn wir uns einstimmig entscheiden könnten, junger Mann.«

Die Demütigung ließ sein Gesicht glühen. »Herrgott, du alte Schachtel. Was willst du denn sonst noch von mir?«

»In vierzig Jahren als Lehrerin in einer staatlichen Schule bin ich mit Jungen wie dir oft genug fertiggeworden, glaub mir. Also los. Stell dich nicht so an.«

Resigniert hob Jamal die Hand.

»Prima.« Sie sah Kittridge wieder an. »Dann können wir jetzt losfahren, Mr Kittridge.«

Kittridge warf einen Blick hinüber zu Pastor Don, der Mühe hatte, ernst zu bleiben.

»Okay, Danny«, sagte Kittridge. »Dann lass uns dieses Ding wenden und sehen, dass wir von hier wegkommen.«

12

Sie hatten ihn verloren. Wie um Himmels willen hatten sie ihn verlieren können?

Nach ihren letzten Informationen war Grey nach Denver hineingefahren. Dann war er vom Radar verschwunden – das Netz in Denver war in einem katastrophalen Zustand –, und seine Signatur war erst wieder einen Tag später von einem Verizon-Sendemast östlich der Stadt aufgefangen worden. Guilder hatte noch eine Drohne angefordert, um die Gegend abzusuchen, aber sie hatten nichts gefunden. Wenn Grey die großen Highways verlassen hatte und in die dünn bevölkerte Osthälfte des Staates weitergefahren war, dann konnte er jetzt meilenweit reisen, ohne ein Signal von sich zu geben.

Und überhaupt keine Spur von dem Mädchen. Wie man es auch drehte, es sah aus, als habe der Kontinent sie verschluckt.

Guilder konnte kaum etwas anderes tun, als auf Neuigkeiten von Nelson zu warten, und so hatte er reichlich Zeit, Greys Akte einschließlich des psychiatrischen Befunds der Strafvollzugsbehörde Texas zu studieren. Was mochte Richards sich dabei gedacht haben, als er solche Männer rekrutiert hatte? Menschliche Wegwerfartikel – obwohl gerade das, dachte Guilder, vermutlich der springende Punkt war. Wie die ursprünglichen zwölf Probanden, Babcock und Sosa und Morrison und der ganze unheimliche Rest, waren die Reinigungskräfte keine Leute, die irgendjemand vermissen würde.

Zum Beispiel: Lawrence Alden Grey, geboren 1970, McAllen, Texas. Mutter Hausfrau, Vater Schlosser, beide verstorben. Der Vater hatte als Sanitäter drei Einsätze in Vietnam absolviert. Ehrenvoll entlassen, mit Bronze Star und Purple Heart – aber der Kerl war trotzdem erledigt gewesen. Er hatte sich in der Fahrerkabine seines Pick-ups erschossen, und Grey, der gerade sechs Jahre alt war, hatte ihn gefunden. Dann war eine Reihe von inoffiziellen Stiefvätern gekommen, ein Säufer nach dem anderen, wie es aussah. Wiederholter Missbrauch etc., und mit achtzehn war Grey allein und arbeitete als Bohrturmarbeiter auf den Ölfeldern bei Odessa und dann auf Plattformen im Golf. Er hatte nie geheiratet, aber das war nicht weiter verwunderlich: Sein psychiatrisches Profil verzeichnete haufenweise Probleme – von Zwangsneurosen über Depressionen bis hin zur traumatischen Dissoziation. Nach Ansicht des Psychiaters war der Kerl im Prinzip heterosexuell, doch bei so vielen Macken kam es darauf überhaupt nicht an. Die Jungen hatten Grey dazu gedient, seine kindlichen Missbrauchserfahrungen nachzuspielen, die er bis dahin verdrängt hatte. Er war zweimal verhaftet worden, einmal wegen Exhibitionismus – er plädierte erfolgreich auf Erregung öffentlichen Ärgernisses –, beim zweiten Mal wegen schwerer sexueller Nötigung. Im Grunde ging es darum, dass er einen Jungen angefasst hatte; dafür wurde niemand gehängt, aber schön war es auch nicht. Angesichts der ersten Verurteilung hatte der Richter ihm diesmal das Maximum aufgebrummt, achtzehn bis vierundzwanzig Jahre Haft. Die volle Strafe saß heutzutage jedoch kein Mensch mehr ab, und nach siebenundneunzig Monaten war er auf Bewährung entlassen worden.

Danach kam nicht mehr viel. Er war nach Dallas zurückgegangen, hatte kleine Jobs übernommen, aber keine feste Anstellung gefunden, war alle zwei Wochen mit seinem Bewährungshelfer zusammengetroffen, um in einen Becher zu pinkeln und Stein und Bein zu schwören, dass er nicht näher als hundert Meter an einen

Spielplatz oder Schulhof herangekommen war. Die vom Gericht verfügte Einnahme der Antiandrogene war ebenso üblich wie eine neue psychiatrische Evaluation alle sechs Monate. Lawrence Grey war in jeder Hinsicht ein vorbildlicher Bürger, zumindest nach den Maßstäben für chemisch kastrierte Kinderschänder.

Nichts von alldem verriet Guilder, wie der Mann überlebt hatte. Irgendwie war er aus dem Chalet entkommen, und irgendwie hatte er seitdem vermeiden können, sich umbringen zu lassen. Das ergab einfach keinen Sinn.

Nelsons neuer Plan war es, sämtliche Mobilfunkmasten in Kansas und Nebraska für zwei Stunden aus dem Netz zu nehmen, um das Signal von Greys Chip zu isolieren. Unter gewöhnlichen Umständen hätte das einen bundesrichterlichen Beschluss, einen zehn Meilen hohen Papierstapel und einen Monat Vorlaufzeit erfordert, aber Nelson hatte auf inoffiziellem Wege das Heimatschutzministerium kontaktiert, und dies hatte eine spezielle Verfügung nach Artikel 67 des Gesetzes zur Inneren Sicherheit erlassen – in Geheimdienstkreisen besser bekannt als »Freifahrschein für alles«. Der Chip in Greys Nacken war ein Schwachstromsender mit 1432 Megahertz; angenommen, Grey käme im Umkreis von wenigen Meilen an einem Sendeturm vorbei, dann könnten sie seine Position triangulieren und die Peilung eines Satelliten neu ausrichten, um ein Bild zu bekommen.

Die Abschaltung war für acht Uhr früh angesetzt. Guilder war um sechs gekommen und hatte Nelson tippend an seinem Terminal vorgefunden. Die Musik, die aus seinen Ohrstöpseln drang, klang wie eine winzige Kreissäge.

»Lassen Sie Mozart arbeiten«, sagte er und wedelte Guilder weg.

Guilder lief nur noch auf Kaffee und Adrenalin; also ging er in den Pausenraum hinunter, um sich etwas zu essen zu holen. Es gab dort nur Automaten, und er hatte seine drei Dollar für ein Snickers schon bezahlt, bevor ihm klar wurde, dass es zu anstrengend wäre, das Ding runterzuschlucken. Er warf den Riegel in den Papierkorb und zog sich ein Reese's mit Schokolade und Erdnussbutter, aber selbst das bereitete ihm Mühe wegen der zähen Erdnussbutter. Er schaltete den Fernseher ein und wechselte zu CNN. Plötzlich tauchten überall neue Fälle auf – in Amarillo, Baton Rouge, Phoenix. Die Vereinten Nationen räumten ihr Hauptquartier in New York und zogen nach Den Haag, und wenn das Kriegsrecht ausgerufen wäre, würde das Militär aus Übersee zurückgerufen werden. Was für ein Fiasko das wäre! Daneben sähe die Büchse der Pandora aus wie ein Picknickkorb.

Nelson erschien in der Tür. »Verbeugen Sie sich«, erklärte er grinsend. »Houston, wir haben einen Sexualstraftäter.«

Nelson hatte dem Satelliten das Ziel bereits einprogrammiert, und als sie am Terminal ankamen, war das Bild schon da.

»Wo zum Teufel ist das?«

Nelson bearbeitete die Tastatur und stellte das Bild scharf. »Westkansas.«

Ein Schachbrett aus Maisfeldern erschien auf dem Satellitenbild, und in der Mitte sah man ein langgestrecktes, flaches Gebäude mit gitterförmig aufgemalten Parkplätzen auf dem Asphalt davor. Ein einzelnes Fahrzeug stand auf dem Platz; für Guilder sah es aus wie ein kleiner Allradwagen. Eine Gestalt kam aus dem Gebäude und zog einen Koffer hinter sich her.

»Ist er das?«, fragte Nelson.

»Ich bin nicht sicher. Holen Sie ihn näher ran.«

Das Bild schwand und wurde dann wieder klar. Die Höhendistanz betrug jetzt ungefähr fünfundzwanzig Meter. Jetzt war Guilder sicher, dass es Lawrence Grey war, den er da sah. Der Mann hatte sich umgezogen, aber er war es. Er ging wieder in das Gebäude und kam einen Augenblick später mit einem zweiten Koffer zurück, den er in den Kofferraum des Wagens legte. Einen Moment lang blieb er wie gedankenverloren stehen. Dann kam eine zweite Gestalt aus dem Gebäude, eine Frau, leicht füllig und mit dunklem Haar. Sie trug eine lange Hose und eine helle Bluse.

Was zum Teufel hatte das zu bedeuten?

Sie hatten jetzt weniger als dreißig Sekunden Zeit. Schon fing das Bild an, in den Konturen zu verschwimmen. Grey öffnete die Beifahrertür, und die Frau ließ sich auf den Sitz sinken. Grey sah sich noch einmal auf dem Parkplatz um – als wisse er, dass er beobachtet wurde, dachte Guilder. Er stieg ein und fuhr davon, und im selben Moment löste sich das Bild in funkelndes Rauschen auf.

Nelson blickte von seinem Terminal hoch. »Wie es aussieht, hat unsere Zielperson eine Freundin gefunden. Nach dem Psychogutachten, muss ich sagen, bin ich ein bisschen überrascht.«

»Rufen Sie das letzte Bild mit der Frau noch mal auf. Vielleicht können wir die Qualität verbessern.«

Nelson versuchte es, aber das Resultat war bescheiden.

»Können wir rausfinden, was für ein Gebäude das ist?«

Nelson war mit seinem Stuhl zum Nachbarterminal gerollt. »3812 Main Street, Ledeau, Kansas. Ein Motel namens ›Angie's Resort‹.«

Wer war sie? Was machte Lawrence Grey mit einer Frau? War sie aus dem Chalet?

»In welche Richtung ist er gefahren?«

»Geradewegs nach Osten, wie es aussieht. Er fährt mitten ins dickste Getümmel hinein. Wenn Sie ihn schnappen wollen, sollten wir uns beeilen.«

»Lokalisieren Sie unseren nächsten Stützpunkt. Irgendetwas außerhalb des Quarantänegebiets.«

Nelson klapperte auf der Tastatur und sagte dann: »Der nächste für solche Fälle wäre das alte ABC-Labor in Fort Powell. Die Army hat es vor drei Jahren geschlossen, als sie alles nach White Sands verlegt haben, aber es dürfte kein Problem sein, das Licht dort wieder einzuschalten.«

»Was ist sonst noch in der Gegend?«

»Nicht viel. Das Midwest State College, ungefähr drei Meilen weiter östlich. Im Prinzip eine Football-Fabrik mit ein paar angehängten Seminarräumen. Sonst gibt's da noch eine Kaserne der

National Guard, ein paar Schweine- und Rinderfarmen, ein bisschen Leichtindustrie. Da steht noch ein kleines Wasserkraftwerk, aber das wurde eingemottet, als flussabwärts ein größeres gebaut wurde. Praktisch der einzige Grund, weshalb der Ort überhaupt noch existiert, ist das College.«

Guilder überlegte kurz. Sie waren die Einzigen, die von Grey wussten, zumindest bis jetzt. Wahrscheinlich war es Zeit, das Center for Disease Control und das USAMRIID, das United States Army Medical Research Institute for Infectious Diseases, hinzuzuziehen.

Aber er zögerte noch. Teils, weil er nach dem Meeting mit den Vereinigten Stabschefs immer noch einen schlechten Geschmack im Mund hatte. Wie würde es bei den Generälen ankommen, wenn sie hörten, dass man Lears Monstrositätenkabinett von einer Bande auf Bewährung freigelassener Sexualstraftäter hatte beaufsichtigen lassen? Was würde er sich da anhören müssen?

Aber das war nicht der eigentliche Grund.

Ein Heilmittel für alles. Waren das nicht Lears Worte gewesen? War das nicht der Grund gewesen, sich auf die ganze abscheuliche Sache einzulassen? Und wenn Grey infiziert und aus irgendeinem Grund nicht gekippt war, konnte es dann sein, dass dieses Virus sich in seinem Blut irgendwie verändert hatte, sodass das Resultat zustande gekommen war, auf das Lear gehofft hatte? Dass er in jeder Hinsicht genauso wertvoll war wie das Mädchen? Und traf es nicht auch zu, dass der Tod – zumal jetzt – zwar jedermanns Problem war, er in Guilders Fall aber quasi schon vor der Tür stand? Umso mehr, da das Schicksal, das ihn erwartete, nichts mehr dem Zufall überließ? Hatte er nicht ein gewisses Recht dazu, alle verfügbaren Mittel aufzuwenden, um sein eigenes Überleben sicherzustellen? Würde das nicht jeder tun?

Wir müssen alle sterben, Baby. Schön. Aber das gilt für ein paar von uns mehr als für andere.

Vielleicht war Grey die Antwort für ihn, vielleicht auch nicht. Vielleicht war er nur ein Arsch mit Glück, dem es gelungen war, sich aus einem brennenden Gebäude zu befreien und den Glühstäben lange genug aus dem Weg zu gehen, um bis Kansas zu kommen. Doch je länger Guilder darüber nachdachte, desto weniger plausibel fand er diese Version. Sie war einfach zu unwahrscheinlich. Und wenn er den Mann an das Militär übergeben hätte, würde er wahrscheinlich nie wieder etwas von ihm oder dieser mysteriösen Frau hören.

Und das kam nicht in Frage. Horace Guilder, der stellvertretende Direktor des Departments of Special Weapons, würde Lawrence Grey für sich behalten.

»Und? Was soll ich jetzt tun?«

Nelson starrte ihn an. Guilder überlegte, wie er es anstellen könnte. Wen brauchte er noch? Nelson war nicht jemand, den er als loyal bezeichnet hätte, aber vorläufig ließ sich an das nackte Eigeninteresse des Mannes appellieren, und er war der Beste für diesen Job, eine Einmannkapelle, die das ganze biochemische Know-how draufhatte. Früher oder später würde er Wind bekommen und ahnen, was Guilder vorhatte, und dann müsste eine Entscheidung getroffen werden, aber darüber würde er sich den Kopf zerbrechen, wenn es so weit wäre. Was den Zugriff anging: Für solche Aufgaben gab es immer jemanden, der auf keiner Personalliste stand. Ein Anruf genügte, um alles in Gang zu setzen.

»Packen Sie Ihre Sachen«, sagte er. »Wir fahren nach Iowa.«

13

Sonnenaufgang, zweiter Tag: Sie waren jetzt irgendwo mitten in Nebraska. Danny saß über das Steuer gebeugt. Seine Augen brannten vor Schlafmangel, denn er war die ganze Nacht durchgefahren. Alle außer Kittridge waren eingeschlafen, sogar der unausstehliche Jamal.

Es tat gut, wieder Leute im Bus zu haben. Nützlich zu sein, eine nützliche Lokomotive.

Auf einem kleinen Flugplatz in McCook hatten sie noch Diesel gefunden. Die paar Städte, durch die sie gekommen waren, waren leer und verlassen gewesen wie in einem alten Western. Okay, vielleicht hatten sie sich verfahren, ein bisschen. Aber Kittridge und der andere Mann, Pastor Don, meinten, das wäre nicht so wichtig, solange sie nur immer nach Osten fuhren. Mehr brauchst du nicht zu tun, Danny, sagte Kittridge. Sieh zu, dass du uns nach Osten fährst.

Er dachte an das, was er auf dem Highway gesehen hatte. Das war schon was gewesen. Er hatte in den letzten zwei Tagen viele Tote gesehen, doch so schlimm war es noch nie gewesen. Kittridge hatte er gern; er erinnerte ihn irgendwie an Mr Purvis. Nicht dass er *ausgesehen* hätte wie Mr Purvis – das tat er überhaupt nicht. Es war die Art und Weise, wie er mit Danny redete: als ob er wichtig wäre.

Er fuhr und dachte an Momma und Mr Purvis und Thomas und Percy und James und daran, wie nützlich er war. Wie stolz Momma und Mr Purvis jetzt auf ihn wären.

Die Sonne guckte über den Horizont, und sie war so hell, dass Danny blinzeln musste. Bald würden alle wach werden. Kittridge beugte sich über seine Schulter.

»Wie steht's mit Sprit?«

Danny sah nach. Der Tank war noch zu einem Viertel voll.

»Lass uns anhalten und aus den Kanistern nachtanken«, sagte Kittridge. »Dann können die Leute sich ein bisschen die Beine vertreten.«

Sie fuhren von der Straße herunter auf einen Rastplatz. Kittridge und Pastor Don warfen einen Blick in die Toilettenhäuschen und stellten fest, dass die Luft rein war.

»Dreißig Minuten Pause, Leute«, sagte Kittridge.

Sie hatten inzwischen noch mehr Vorräte aufgetrieben – Kisten mit Crackern und Erdnussbutter und Äpfeln und Energy-Riegeln, Limo- und Saftflaschen, selbst Windeln und Babynahrung für Boy jr.; Kittridge hatte sogar eine Schachtel Lucky Charms entdeckt, Dannys Lieblingsfrühstücksflocken. Aber die Milch im Kühlregal des Supermarkts war schlecht gewesen, und er würde die Lucky Charms trocken essen müssen. Danny, Kittridge und Pastor Don wuchteten die Kanister hinten aus dem Bus und fingen an, den Diesel in den Tank zu gießen. Danny hatte ihnen erzählt, dass der Bus einen Tank hatte, in den exakt zweihundert Liter passten. Jede Tankfüllung würde sie dreihundert Meilen weit bringen.

»Du bist ziemlich exakt in allem«, stellte Kittridge fest.

Als sie mit dem Tanken fertig waren, nahm Danny die Schachtel Lucky Charms und eine lauwarme Dose Dr.-Pepper-Limonade und setzte sich damit unter einen Baum. Die anderen saßen um einen runden Picknicktisch herum, auch Jamal. Der sagte nicht viel, aber anscheinend hatten die anderen beschlossen, nicht nachtragend zu sein. Linda Robinson zog Boy jr. eine frische Windel an;

sie gurrte und brachte ihn dazu, mit Armen und Beinen zu zappeln. Danny hatte nie viel mit Babys zu tun gehabt. Nach allem, was er darüber wusste, weinten sie viel, doch Boy jr. war bis jetzt mucksmäuschenstill gewesen. Es gab süße Babys, und es gab schreckliche Babys, hatte Momma gesagt, und Boy jr. war eins von den süßen. Danny versuchte, sich daran zu erinnern, wie er selbst ein Baby gewesen war, nur um zu sehen, ob er das konnte, aber seine Gedanken wollten nicht so weit zurückgehen. Komisch, dass es da einen ganzen Teil des Lebens gab, an den man sich nicht erinnern konnte, außer in kleinen Bildern: Sonne, die auf der Fensterscheibe blitzte, ein toter Frosch in der Einfahrt, von einem Autoreifen zerquetscht, eine Apfelscheibe auf einem Teller. Ob er auch ein süßes Baby gewesen war wie Boy jr.?

Danny beobachtete die Gruppe, stopfte sich Lucky Charms in den Mund und spülte sie mit dem Dr. Pepper herunter. Tim stand vom Tisch auf und kam zu ihm herüber.

»Hey, Timbo. Wie läuft's?«

Die Haare des Jungen standen wirr vom Kopf ab, nachdem er im Bus geschlafen hatte. »Ganz okay, schätze ich.« Er hob locker die Schultern. »Kann ich bei dir sitzen?«

Danny rutschte zur Seite.

»Tut mir leid, dass die anderen Kinder sich manchmal über dich lustig machen«, sagte Tim nach einer Weile.

»Das ist okay«, sagte Danny. »Es macht mir nichts.«

»Billy Nice ist ein echter Pisskopf.«

»Ärgert er dich auch?«

»Manchmal.« Der Junge nickte unbestimmt. »Er ärgert jeden mal.«

»Achte einfach nicht auf ihn«, sagte Danny. »Mach ich auch nicht.«

Einen Augenblick später sagte Tim: »Du hast Thomas echt gern, was?«

»Ja, klar.«

»Ich hab das auch immer geguckt. Ich hatte echt eine

Riesenanlage mit Thomas-Zügen im Keller. Den Kohlenlader, die Lokwäsche, ich hatte alles.«

»Würde ich gern mal sehen«, sagte Danny. »Ich wette, das war toll.«

Sie schwiegen kurz. Die Sonne schien Danny warm ins Gesicht.

»Soll ich dir erzählen, was ich im Stadion gesehen hab?«

»Wenn du willst.«

»Ungefähr tausend Millionen Tote. Sie haben sie mit Bulldozern auf einen Haufen geschoben.«

Danny wusste nicht, was er sagen sollte. Er nahm an, Tim musste es jemandem erzählen. So was sollte man nicht in sich hineinfressen.

»Da war so ein Bulldozer. Und seine Schaufel war voll von Toten. Die hingen da einfach raus. Wie große Puppen.«

»Das ist schlimm«, sagte Danny, denn das waren die Worte, die seine Mutter immer benutzte, wenn sie etwas Trauriges hörte. »Hast du es April erzählt?«

Tim schüttelte den Kopf.

»Soll es ein Geheimnis bleiben?«

»Wäre das okay?«

»Na klar«, sagte Danny. »Ich kann ein Geheimnis bewahren.«

Tim hatte ein bisschen Sand vom Fuße des Baumes aufgehoben und sah zu, wie er ihm durch die Finger rieselte. »Du hast nicht oft Angst, was, Danny?«

»Manchmal schon.«

»Aber jetzt nicht«, stellte der Junge fest.

Darüber musste Danny nachdenken. Vermutlich sollte er Angst haben, doch er hatte einfach keine. Was er empfand, war eher *Interesse*. Was würde als Nächstes passieren? Wo würden sie hinfahren? Er war überrascht, wie anpassungsfähig er war. Dr. Francis wäre stolz auf ihn.

»Nein. Jetzt wohl nicht.«

Auf dem schattigen Picknickplatz packten sie die Sachen zusammen. Danny wünschte, er wüsste die richtigen Worte, um den

Jungen zu trösten und die Erinnerung an das, was er im Stadion gesehen hatte, aus seinem Kopf zu löschen.

Sie waren auf dem Rückweg zum Bus, als ihm eine Idee kam. »Hey, ich hab was für dich.« Er wühlte seinen Glückspenny aus dem Rucksack und zeigte ihn dem Jungen. »Wenn du den immer bei dir behältst, dann kann dir nichts Schlimmes passieren, das verspreche ich dir.«

Tim nahm den Penny und legte ihn auf die flache Hand. »Wieso ist das ein Glückspenny?«

»Weiß ich nicht. Ich hab ihn einfach schon immer gehabt.«

»Bist du sicher, dass du ihn mir schenken willst?«

»Na, sicher bin ich sicher. Los doch, du kannst ihn behalten.«

Der Junge steckte den Penny ein. Viel war es nicht, das wusste Danny. Aber immerhin etwas. Sie blieben vor dem Bus stehen, und das Gesicht des Jungen leuchtete auf.

»Danke«, sagte er und lächelte.

Omaha brannte.

Erst sahen sie es als einen pulsierenden Schein über dem Horizont. Es war die Stunde, in der das Licht flacher wurde. Sie näherten sich der Stadt von Südwesten her auf der Route 80. Kein einziges Auto fuhr auf dem Highway, und alle Gebäude waren dunkel. Die Verlassenheit war tiefer und durchdringender als überall sonst, wo sie bisher gewesen waren: Dies war eine Stadt mit fast einer halben Million Einwohner. Oder sollte es sein. Ein starker Rauchgeruch drang durch die Lüftung in den Bus. Kittridge befahl Danny anzuhalten.

»Wir müssen irgendwie über den Fluss«, sagte Pastor Don. »Fahren wir nach Norden oder nach Süden und suchen wir einen Weg hinüber.«

Kittridge blickte von der Karte auf. »Danny, wie sieht's mit Sprit aus?«

Der Tank war nur noch ein Achtel voll, und die Kanister waren leer. Noch fünfzig Meilen, höchstens. Sie hatten gehofft, in Omaha Treibstoff zu finden.

»Eins ist sicher«, sagte Kittridge. »Hier können wir nicht bleiben.«

Sie bogen nach Norden. Der nächste Flussübergang war in der Stadt Adair, aber die Brücke war weg, gesprengt, und nichts davon stand mehr. Da war nur der Missouri, breit und dunkel und unaufhörlich fließend. Die nächste Gelegenheit wäre Decatur, dreißig Meilen weiter nördlich.

»Wir sind vor einer Meile an einer Grundschule vorbeigekommen«, sagte Pastor Don. »Das ist besser als nichts. Sprit können wir morgen suchen.«

Es wurde still im Bus. Alle warteten auf Kittridges Antwort.

»Okay, dann machen wir's so.«

Sie fuhren zurück ins Zentrum des Städtchens. Alle Lichter waren aus, die Straßen leer. Sie kamen zu der Schule, einem modern aussehenden Bau abseits der Straße am Rande der Felder. Auf einem transparentartigen Schild am Rand des Parkplatzes stand in fetten Lettern: »Hurra, Lions! Schöne Sommerferien!«

»Wartet alle hier«, sagte Kittridge.

Er verschwand im Schulgebäude. Nach ein paar Minuten kam er wieder heraus und wechselte einen kurzen Blick mit Pastor Don. Die beiden Männer nickten.

»Wir kriechen hier für die Nacht unter«, verkündete Kittridge. »Bleibt zusammen, niemand spaziert davon. Strom gibt es nicht, aber fließendes Wasser, und in der Cafeteria ist noch Essbares. Wenn ihr zur Toilette müsst, geht zu zweit.«

Im Eingangsflur wehten ihnen die verräterischen Gerüche einer Grundschule entgegen – von Schweiß und schmutzigen Socken, von Malsachen und gebohnertem Linoleum. Eine Trophäenvitrine stand neben einer Tür, die vermutlich zum Verwaltungsbüro führte. An den weiß gestrichenen Hohlblockwänden hingen Collagen – Bilder von Menschen und Tieren, die aus Zeitungen und Illustrierten ausgeschnitten waren. Neben den Arbeiten hingen gedruckte Etiketten mit den Namen und Klassen der Schöpfer: Wendy Mueller, 2. Klasse. Gavin Jackson, 5. Klasse. Florence Ratcliffe, Vorschulkindergarten.

»April, geh mit Wood und Don ein paar Matten suchen, auf denen wir schlafen können. In den Kindergartenräumen sollten welche liegen.«

Im Vorratsraum hinter der Cafeteria fanden sie Konserven mit Bohnen und Obstcocktail sowie Brot und Marmelade für Sandwiches. Es gab kein Gas zum Kochen; deshalb aßen sie die Bohnen kalt und servierten alles auf den Blechtabletts der Cafeteria. Inzwischen war es draußen dunkel, und Kittridge verteilte Taschenlampen. Sie sprachen nur flüsternd miteinander, denn sie befürchteten alle, die Virals könnten sie hören.

Um neun hatten sich alle hingelegt. Kittridge überließ Don die Wache im Erdgeschoss und stieg mit einer Laterne die Treppe hinauf. Im ersten Stock waren viele Türen abgeschlossen, aber nicht alle. Kittridge entschied sich für das Physiklabor, einen großen, offenen Raum mit Arbeitstheken und Glasschränken, in denen Messbecher und andere Gerätschaften standen. Ein schwacher Butangeruch hing in der Luft. Auf der weißen Tafel an der vorderen Wand standen die Worte: »Kap. 8–12 durchlesen. Abgabetermin Laborprotokolle Mittwoch«.

Kittridge zog sein Hemd aus, wusch sich am Waschbecken in der Ecke, dann setzte er sich auf einen Stuhl und streifte die Stiefel ab. Die Prothese, die gleich unter dem linken Knie begann, bestand aus einem mit Silikon überzogenen Gerüst aus einer Titanlegierung. Ein mikroprozessorgesteuerter hydraulischer Zylinder sorgte für die Imitation eines natürlichen Gangs. Er wurde angetrieben von einer winzigen Wasserstoffzelle und fünfzig Mal pro Sekunde justiert, um die korrekte Winkelgeschwindigkeit des Knöchelgelenks zu berechnen. Das Ding war der allerletzte Schrei auf dem Gebiet des Gliedmaßenersatzes, und Kittridge hatte keinen Zweifel daran, dass es die Army ein Vermögen gekostet hatte. Er rollte das Hosenbein hoch, schälte die Stumpfsocke herunter und wusch sich den Stumpf mit Seife aus dem Spender neben dem Waschbecken. Trotz der dicken Schwielen fühlte die Haut an der Kontaktstelle sich nach zwei

173

Tagen ohne Pflege wund und empfindlich an. Er trocknete den Stumpf gründlich ab und ließ ihn noch ein paar Minuten an der frischen Luft, bevor er die Prothese wieder anlegte und das Hosenbein herunterrollte.

Hinter ihm bewegte sich etwas, und das Geräusch schreckte ihn auf. Er drehte sich um. April stand in der offenen Tür.

»Entschuldigung, ich wollte nicht ...«

Hastig zog er sein Hemd an und stand auf. Wie viel hatte sie gesehen? Aber das Licht war schlecht, und einer der Arbeitstische hatte ihn halb verdeckt.

»Kein Problem. Hab mich nur ein bisschen gewaschen.«

»Ich konnte nicht schlafen.«

»Das macht nichts«, sagte er. »Du kannst hereinkommen, wenn du willst.«

Unsicher kam sie näher. Kittridge ging mit dem AK zum Fenster und ließ den Blick kurz über die Straße vor dem Gebäude wandern.

»Wie sieht's draußen aus?« Sie blieb neben ihm stehen.

»Bis jetzt ruhig. Was macht Tim?«

»Schläft wie ein Stein. Er ist zäher, als er aussieht. Zäher als ich jedenfalls.«

Dieses Geständnis überraschte ihn. »Das bezweifle ich.«

April runzelte die Stirn. »Sollten Sie aber nicht. Ich habe ehrlich gesagt solche Angst, dass ich eigentlich überhaupt nichts mehr fühle.«

Ein breites Bord führte unter den Fenstern an der ganzen Wand entlang. April stemmte sich hoch, lehnte sich an den Fensterrahmen und zog die Knie an die Brust. Kittridge tat das Gleiche. Sie saßen einander gegenüber, und eine erwartungsvolle, aber nicht unbehagliche Stille senkte sich zwischen ihnen herab. Sie war jung, aber er spürte etwas Unverwüstliches in ihrem Innern. So etwas hatte man, oder man hatte es nicht.

»Und – hast du einen Freund?«

»Möchten Sie sich auf die Stelle bewerben?«

Kittridge lachte, und sein Gesicht fühlte sich plötzlich warm an. »Ich plaudere nur, glaub ich. Bist du zu allen so?«

»Nur zu Leuten, die ich mag.«

Es war einen Augenblick lang still.

»Und wie kommst du an den Namen April?« Etwas anderes fiel ihm nicht ein. »Bist du in dem Monat geboren?«

Sie schüttelte den Kopf. »Es ist aus ›Das öde Land‹.« Als Kittridge nichts sagte, zog sie zweifelnd die Brauen hoch und sah ihn an. »Ein Gedicht? Von T.S. Eliot?«

Kittridge hatte den Namen schon gehört, aber das war alles. »Sagt mir nichts. Wie geht es denn?«

Sie ließ den Blick an ihm vorbeiwandern. Als sie zu sprechen anfing, lag in ihrer Stimme ein Reichtum von Empfindungen, die Kittridge nicht genau bezeichnen konnte. »April ist der übelste Monat von allen, treibt Flieder aus der toten Erde, mischt Erinnerung mit Lust, schreckt spröde Wurzeln auf mit Frühlingsregen …

Der Winter hat uns warm gehalten, hüllte
Das Land in vergesslichen Schnee, fütterte
Ein wenig Leben durch mit eingeschrumpelten Knollen.
Der Sommer kam als Überraschung, über den Starnberger See
Mit Regenschauer.«

»Wow«, sagte Kittridge. »Das ist wirklich toll.«

April zuckte die Achseln. »Da kommt es her. Im Grunde war der Typ total depressiv.« Sie zupfte an einer ausgefransten Stelle am Knie ihrer Jeans. »Der Name war eine Idee meiner Mutter. Sie war Professorin für Englisch, bevor sie meinen Stiefvater kennenlernte und wir alle irgendwie reich wurden und so.«

»Eure Eltern sind geschieden?«

»Mein Vater ist gestorben, als ich sechs war.«

»Das tut mir leid, ich hätte nicht …«

»Nicht nötig. Er war nicht das, was man bewundernswert nennen würde. Ein Überbleibsel aus der Zeit, in der meine Mutter sich mit bösen Jungs herumgetrieben hat. Er ist sturzbesoffen mit seinem Wagen gegen einen Brückenpfeiler gerauscht. Und das, sagte Pu, war das.«

Sie konstatierte diese Tatsachen in einem völlig gleichmütigen Ton, als teile sie ihm mit, wie das Wetter sei. Die Sommernacht draußen war schwarz verhüllt. Kittridge hatte sie offensichtlich falsch eingeschätzt, aber er hatte gelernt, dass ihm dies bei den meisten Leuten passierte. Die Geschichte war nie so, wie sie aussah, und man war überrascht, wie viel Ballast ein jeder mit sich herumschleppte.

»Ich hab Sie gesehen, wissen Sie«, sagte April. »Ihr Bein. Die Narben auf dem Rücken. Sie waren im Krieg, nicht?«

»Wie kommst du darauf?«

Sie zog ein ungläubiges Gesicht. »Ich weiß nicht, einfach wegen allem? Weil Sie der Einzige sind, der anscheinend weiß, was getan werden muss? Weil Sie irgendwie superkompetent mit Gewehren und dem ganzen Scheiß sind?«

»Ich hab's dir doch gesagt. Ich bin Verkäufer. Campingausrüstungen.«

»Das glaube ich nicht eine Sekunde.«

Ihre Direktheit war so entwaffnend, dass er einen Moment lang gar nichts sagte. »Bist du sicher, dass du es hören willst? Es ist nämlich nicht sehr hübsch.«

»Wenn Sie es mir erzählen wollen.«

Er schaute aus dem Fenster. »Ja, du hast recht, ich war im Krieg. Hab mich gleich nach der Schule einziehen lassen. Nicht zur Army, zu den Marines. Das war kurz nach 9/11, als das halbe Land sich freiwillig melden wollte. Ich wurde Staff Sergeant bei der MP. Du weißt, was das ist?«

»Sie waren Bulle?«

»Sozusagen. Hauptsächlich waren wir für die Sicherheit amerikanischer Einrichtungen zuständig, Luftwaffenstützpunkte, sicherheitsempfindliche Infrastruktur, solche Sachen. Wir wurden oft verlegt. Iran, Irak, Saudi-Arabien, eine Zeitlang Tschetschenien.

Mein letzter Einsatz war auf dem Luftwaffenstützpunkt Bagram in Afghanistan. Das meiste war Routine: Frachtlisten überprüfen, ausländisches Personal beim Rein- und Rausgehen kontrollieren. Aber ab und zu passierte was. Das war vor dem Staatsstreich, es war amerikanisch kontrolliertes Territorium, trotzdem wimmelte es überall von Taliban plus El Kaida, und ungefähr zwanzig verschiedene regionale Warlords lagen im Streit miteinander.«

Er schwieg kurz. Was jetzt kam, war am schwierigsten. »Und eines Tages sehen wir da so ein Auto die Straße heraufkommen, die übliche vergammelte Schrottkiste. Die Checkpoints sind alle gut gekennzeichnet, und jeder weiß, dass er da anhalten muss, aber der Typ tut's nicht. Er brettert geradewegs auf uns zu. Wir können sehen, dass zwei Leute im Wagen sitzen, ein Mann und eine Frau. Alle eröffnen das Feuer. Der Wagen schleudert zur Seite, überschlägt sich zweimal und landet auf den Rädern. Jetzt fliegt er sicher in die Luft, denken wir, aber das tut er nicht. Ich bin der ranghöchste Unteroffizier; also bin ich derjenige, der nachsehen geht. Die Frau ist tot, der Mann lebt jedoch noch, er hängt über dem Lenkrad, und überall ist Blut. Auf dem Rücksitz ist ein Kind, ein Junge. Sicher nicht älter als vier. Sie haben ihn auf einen Sitz geschnallt, der mit Sprengstoff vollgepackt ist. Ich sehe die Drähte, die im Wagen nach vorn führen, wo der Dad den Zünder in der Hand hält. Er murmelt vor sich hin. *Anta al-mas'ul,* sagt er. *Anta al-mas'ul.* Der Kleine heult und streckt die Hand nach mir aus. Diese kleine Hand. Ich werde sie nie vergessen. Er ist erst vier, aber es ist, als wüsste er, was passieren wird.«

»O Gott.« April machte ein entsetztes Gesicht. »Was haben Sie getan?«

»Das Einzige, was mir einfiel. Ich hab gemacht, dass ich wegkam. An die Explosion kann ich mich eigentlich nicht erinnern. Ich bin in einem Krankenhaus in Saudi-Arabien aufgewacht. Zwei Mann aus meiner Einheit wurden getötet, einer kriegte einen Splitter in die Wirbelsäule.« April starrte ihn an. »Ich sagte ja, es ist nicht sehr hübsch.«

»Er sprengt sein eigenes *Kind* in die Luft?«

»Das trifft's ungefähr, ja.«

»Aber was für ein Mensch tut so was?«

»Das darfst du mich nicht fragen. Ich hab's nie rauskriegen können.«

April schwieg. Kittridge fragte sich, ob er ihr zu viel erzählt hatte. Doch es hatte ihm gutgetan, sich das Ganze von der Seele zu reden, und wenn April damit nicht klarkam, merkte man es ihr nicht an. Er wusste, dass seine Geschichte im Grunde belanglos war. Es gab Hunderte, ja sogar Tausende davon. Sinnlose Grausamkeiten würden immer wieder begangen werden. Aber es war ein himmelweiter Unterschied, ob man sich auch damit abfinden wollte.

»Und wie ging es weiter?«, fragte April nach einer Weile.

Kittridge zuckte die Achseln. »Gar nicht. Die Geschichte ist zu Ende. Ab ins Paradies, wo tausend Jungfrauen auf den Märtyrer warten.«

»Ich meinte, wie es mit Ihnen weiterging.« Sie sah ihm ins Gesicht. »Ich weiß nicht, wie es bei Ihnen war, aber ich wäre ziemlich im Eimer nach so was.«

Dies war etwas Neues, dachte er. Danach fragte sonst niemand. Wenn alles Wichtige gesagt war, konnten seine Zuhörer in der Regel nicht schnell genug das Thema wechseln. Doch dieses Mädchen war anders, diese April.

»Tja, ich war es nicht. Zumindest dachte ich das. Ich verbrachte ungefähr ein halbes Jahr im Veteranenhilfsprogramm und lernte, zu gehen, mich allein anzuziehen und zu essen, und dann ließen sie mich laufen. Der Krieg ist vorbei, mein Freund, zumindest für dich. Ich war nicht verbittert wie so viele. Ich bin nicht unters Bett gehechtet, wenn ein Auto draußen eine Fehlzündung hatte oder so was. Was passiert ist, ist passiert, dachte ich mir. Dann, ungefähr sechs Monate nachdem ich mich niedergelassen hatte, bin ich nach Hause gefahren, nach Wyoming. Meine Eltern waren nicht mehr da, und meine Schwester war mit ihrem Mann rauf nach British Columbia gezogen und praktisch von der Landkarte verschwunden, aber ich kannte da immer noch ein paar Leute, Kinder, mit denen ich zur Schule gegangen war, auch wenn die alle keine Kinder mehr waren. Einer von denen will eine Party für mich geben, eine große Willkommen-zu-Hause-Sause. Sie hatten inzwischen alle selbst Familien – Kinder, Frauen, Jobs –, aber die Jungs konnten ganz schön was schlucken, und die ganze Sache war nur ein Vorwand, sich volllaufen zu lassen. Ich fand nichts dabei. Na klar, sagte ich, sauft nur, und das taten sie dann auch. Ungefähr fünfzig Leute waren da, in der Kleinstadt war das ungefähr die Hälfte meines Highschool-Jahrgangs. Ein Riesentransparent mit meinem Namen hing über der Veranda, und sie hatten sogar eine Band organisiert. Das Ganze haute mich um. Ich bin im Garten und höre mir die Musik an, und da sagt dieser Freund, da sind ein paar Frauen, die dich kennenlernen wollen. Steh hier nicht rum wie ein Vollidiot. Er geht mit mir ins Haus, und da sind die drei. Alle ganz nett. Eine kenne ich ein bisschen von früher. Sie unterhalten sich, irgendeine Fernsehsendung, Tratsch, das Übliche. Normaler Alltagskram. Ich nuckle an einem Bier und höre zu, und ganz plötzlich wird mir klar, ich habe keine Ahnung, wovon sie da reden. Ich meine nicht die Wörter an sich, ich meine das, was sie *bedeuten*. Nichts davon schien mit irgendetwas anderem zusammenzuhängen, als wären da zwei Welten, eine Innenwelt und eine Außenwelt, die beide nichts miteinander zu tun hatten. Ein Psychiater hätte bestimmt einen Namen dafür. Ich weiß nur, dass ich auf dem Boden lag, als ich wieder aufwachte, und alle um mich rumstanden. Danach hab ich vier Monate im Wald gebraucht, um wieder in menschlicher Gesellschaft sein zu können.« Er schwieg und war ein bisschen überrascht von sich selbst. »Um ehrlich zu sein, von diesem Teil hab ich noch niemandem erzählt. Du dürftest die Erste sein.«

»Es klingt nach einem Tag auf der Highschool.«

Kittridge musste lachen. »Touché.«

Ihre Blicke trafen sich. Wie seltsam das war, dachte er. Gerade warst du noch ganz allein mit deinen Gedanken, und dann kam jemand, der dein tiefstes Inneres zu kennen schien und dem du dich öffnen konntest wie ein Buch. Er wusste nicht, wie lange sie einander anschauten. Es schien eine Ewigkeit zu dauern, und keiner von beiden hatte den Willen oder den Mut oder auch das Verlangen wegzusehen. Wie alt war sie? Siebzehn? Aber sie erschien ihm nicht wie siebzehn. Sie schien überhaupt kein Alter zu haben. Lebensklug: Kittridge hatte diesen Ausdruck schon gehört und nie genau verstanden, was damit gemeint war. Aber das war es, was April war: lebensklug.

Um den Deal zwischen ihnen zu besiegeln, zog Kittridge eine der Glocks aus dem Schulterholster und hielt sie ihr hin. »Kannst du damit umgehen?«

April sah sie unsicher an. »Lassen Sie mich raten. Es ist nicht wie im Fernsehen.«

Kittridge ließ das Magazin herausfallen und zog den Verschluss zurück, um die Patrone aus der Kammer auszuwerfen. Er legte sie ihr in die Hand und schloss ihre Finger mit seinen.

»Du darfst nicht mit dem Fingergelenk abdrücken, sonst schießt du zu tief. Du musst das oberste Fingerglied benutzen – so.« Er ließ ihre Hand los und klopfte auf sein Brustbein. »Ein Schuss, hier hinein. Mehr ist nicht nötig, aber du darfst nicht danebenschießen. Nichts überstürzen: zielen und feuern.« Er deutete mit dem Kopf auf die Pistole. »Na los, du kannst sie haben. Und pass auf, dass sie immer durchgeladen ist, wie ich es dir gezeigt habe.«

Sie lächelte schief. »Oh, danke. Ich hab leider überhaupt nichts für Sie.«

»Vielleicht beim nächsten Mal.«

Ein Augenblick verging. April drehte die Waffe in der Hand und betrachtete sie, als wäre sie ein rätselhaftes Artefakt. »Was der Vater da gesagt hat ... *Anta* ...«

»*Anta al-mas'ul.*«

»Haben Sie je rausgefunden, was das heißt?«

Kittridge nickte. »*Du hast es vollbracht.*«

Wieder wurde es still. Doch diese Stille war anders als bisher. Es gab keinen Graben zwischen ihnen, vielmehr verband sie die

Einsicht in das Leben des anderen. So als seien um sie herum plötzlich Wände hochgezogen worden, als befänden sie sich in einem Raum, in dem es nur sie beide gab. Wie seltsam, dachte Kittridge, diese Worte zu wiederholen. *Anta al-mas'ul. Anta al-mas'ul.*

»Sie haben es richtig gemacht, wissen Sie«, sagte sie. »Sie wären sonst auch tot.«

»Man hat immer eine Wahl«, sagte Kittridge.

»Was hätten Sie sonst tun können?«

Es war eine rhetorische Frage, das wusste er. Sie erwartete keine Antwort. *Was hätten Sie sonst tun können?* Kittridge kannte die Antwort. Er hatte sie schon immer gekannt.

»Ich hätte die Hand des Jungen halten können.«

Er hielt die ganze Nacht hindurch am Fenster Wache. Auf Schlaf zu verzichten war kein Problem für ihn; er hatte gelernt, mit wenig auszukommen. April hatte sich auf dem Boden vor dem Fenster zusammengerollt, und Kittridge hatte die Jacke ausgezogen und sie damit zugedeckt. Nirgendwo war Licht zu sehen. Durch das Fenster schaute man auf eine friedliche Welt, und am Himmel leuchteten die Sterne. Als der erste Schimmer des Tageslichts über dem Horizont heraufkam, ließ er seine Augen zufallen.

Das Geräusch näher kommender Motoren schreckte ihn aus dem Schlaf. Ein Militärkonvoi kam die Straße entlang, zwanzig Fahrzeuge insgesamt. Hastig zog er seine Pistole aus dem Holster und gab sie April, die jetzt auch aufrecht dasaß und sich die Augen rieb.

»Halt sie fest.«

Kittridge lief die Treppe hinunter. Als er zur Tür hinausstürzte, war der Konvoi keine dreißig Meter mehr entfernt. Er lief auf die Straße hinaus und schwenkte die Arme.

»Halt!«

Der Humvee an der Spitze hielt ein paar Schritte vor ihm ruckartig an, und der Soldat auf dem Dach richtete den Lauf seines .50er Maschinengewehrs auf ihn. Die untere Hälfte seines Gesichts war unter einer weißen Atemschutzmaske verborgen. »Bleiben Sie da stehen!«

Kittridge hielt die Arme hoch. »Ich bin unbewaffnet.«

Der Soldat zog den Verschluss seiner Waffe zurück. »Sie sollen Abstand halten, habe ich gesagt.«

Angespannte fünf Sekunden folgten; es erschien möglich, dass er erschossen werden würde. Dann schwang die Beifahrertür des Humvee auf. Eine robust aussehende Frau stieg aus und kam auf ihn zu. Aus der Nähe sah ihr Gesicht erschöpft und faltig aus; es war von einer Staubschicht bedeckt. Sie war Offizier, aber keiner, der am Schreibtisch hockte.

»Major Porcheki, Neuntes Kampfunterstützungsbataillon, Iowa National Guard. Wer zum Teufel sind Sie?«

Es gab nur eine Karte, die er spielen konnte. »Staff Sergeant Bernard Kittridge. Charlie Company, Erstes MP-Bataillon, USMC.«

Sie schaute ihm mit schmalen Augen ins Gesicht. »Sie sind ein Marine?«

»Aus medizinischen Gründen entlassen, Ma'am.«

Major Porcheki blickte an ihm vorbei zum Schulgebäude. Kittridge brauchte sich nicht umzudrehen, um zu wissen, dass die anderen an den Fenstern standen und zusahen.

»Wie viele Zivilisten haben Sie da drin?«

»Elf. Und der Bus hat fast keinen Sprit mehr.«

»Kranke oder Verwundete?«

»Alle sind erschöpft und haben Angst, aber das ist alles.«

Ihr Gesichtsausdruck blieb neutral, als sie darüber nachdachte. Dann rief sie: »Caldwell! Valdez!«

Zwei Unteroffiziere kamen angetrabt. Auch sie trugen Schutzmasken. Alle trugen sie, nur Porcheki nicht.

»Schaffen wir den Tanklastwagen her, damit er den Bus auftankt.«

»Wir nehmen Zivilisten mit? Dürfen wir das jetzt?«

»Habe ich Sie nach Ihrer Meinung gefragt, Corporal? Und schicken Sie einen Sanitäter nach vorn.«

»Jawohl, Ma'am. Verzeihung, Ma'am.«

Die beiden trabten davon.

»Danke, Major. Es wäre sonst ein langer Fußmarsch geworden.«

Porcheki hakte eine Feldflasche von ihrem Gürtel und trank. »Sie haben wirklich Glück, dass Sie uns noch gefunden haben. Der Sprit wird ziemlich knapp. Wir sind auf dem Rückweg zur Kaserne der National Guard in Fort Powell, und bis dahin können wir Sie mitnehmen. Die FEMA hat dort ein Flüchtlingskoordinierungszentrum eingerichtet. Man wird Sie wahrscheinlich von dort nach Chicago oder St. Louis evakuieren.«

»Haben Sie irgendwelche Neuigkeiten, wenn ich fragen darf?«

»Sie dürfen fragen, aber ich weiß nicht genau, was ich Ihnen erzählen soll. Gerade sind diese gottverdammten Dinger noch überall, und im nächsten Moment kann sie niemand mehr finden. Sie mögen Bäume, doch ihnen ist jede Art von Deckung recht. Das Zentralkommando teilt mit, dass sich ein großer Schwarm an der Grenze zwischen Kansas und Nebraska sammelt.«

»Was meinen Sie mit Schwarm?«

Sie trank noch einen Schluck aus ihrer Flasche. »So nennt man sie, wenn sie in Gruppen auftreten. Schwärme.«

Der Sanitäter erschien, und alle kamen im Gänsemarsch aus der Schule. Kittridge erklärte ihnen, was passierte, während die Soldaten mit ihren Fahrzeugen einen Schutzring bildeten. Der Sanitäter untersuchte alle; er maß ihre Temperatur und schaute ihnen in den Mund. Als alle abmarschbereit waren, kam Porcheki zu Kittridge an die Treppe in den Bus.

»Eins noch. Vielleicht möchten Sie die Tatsache, dass Sie aus Denver kommen, lieber für sich behalten. Sagen Sie, Sie sind aus Iowa, wenn jemand Sie fragt.«

Er dachte an den Highway und an die zerfetzten Autos. »Tun wir.«

Kittridge stieg ein. Er setzte sich auf den Platz direkt hinter Danny und balancierte das Gewehr auf den Knien.

»Ich fasse es nicht!«, sagte Jamal und grinste von einem Ohr zum anderen. »Ein Army-Konvoi. Ich nehme alles zurück, was ich über Sie gesagt hab, Kittridge.« Er deutete mit dem Daumen zu Mrs Bellamy hinüber, die sich mit einem Taschentuch aus ihrem Ärmel die Stirn betupfte. »Verdammt, es stört mich nicht mal mehr, dass der alte Drache auf mich geschossen hat.«

»Schwatz du nur, junger Mann.«

Er drehte sich zu ihr um. »Das wollte ich Sie noch fragen«, sagte er über den Gang hinweg. »Was ist das bloß bei alten Ladys für eine Nummer mit der Rotzfahne im Ärmel? Ist das nicht ein bisschen unhygienisch?«

»Das sagt ein junger Mann, der so viel Tinte in den Armen hat, dass man damit einen Matrizendrucker füllen könnte.«

»Einen Matrizendrucker. Aus welchem Jahrhundert kommen Sie denn?«

»Wenn ich dich ansehe, fällt mir nur ein Wort ein. Das Wort heißt Hepatitis.«

»Herrgott, ihr zwei«, stöhnte Wood. »Euch darf man echt nicht aufeinander loslassen.«

Der Konvoi setzte sich in Bewegung.

14

Alles war startklar. Das Team war zusammengestellt, der Jet würde sie im Morgengrauen erwarten. Guilder hatte sich mit seinem Kontaktmann bei Blackbird in Verbindung gesetzt, und alles war vorbereitet. Sämtliche Server und Festplatten waren gelöscht. Geht nach Hause, hatte er zu den Angestellten gesagt. Geht nach Hause zu euren Familien.

Es war nach Mitternacht, als er durch die stillen, regennassen Straßen zu seinem Townhouse fuhr. Aus dem Radio kam ein unaufhörlicher Strom von schlechten Nachrichten: Chaos auf den Highways, die Army formierte sich neu, das Ausland rumorte. Aus dem Weißen Haus kamen beruhigende Worte: Man habe die Krise im Griff, die besten Köpfe seien im Einsatz. Aber niemand konnte niemandem etwas vormachen. Ganz sicher würde innerhalb weniger Stunden das Kriegsrecht ausgerufen werden. CNN berichtete, dass Kriegsschiffe der NATO mit Volldampf auf die Küsten der USA zuhielten. Die Türen zum nordamerikanischen Kontinent würden zugeschlagen werden. Mag sein, dass die Welt uns verachtet, dachte Guilder, aber was wird sie tun, wenn wir nicht mehr da sind?

Beim Fahren behielt er den Rückspiegel wachsam im Blick. Er war nicht paranoid, doch er wusste, wie es in der Regel ablief: kreischende Reifen, ein Van, der ihm den Weg abschnitt, Männer in dunklen Anzügen, die heraussprangen. *Horace Guilder? Kommen Sie mit.* Erstaunlich, dachte er, dass es nicht schon passiert war.

Er fuhr in die Garage und schloss die Tür hinter sich. In seinem Schlafzimmer packte er eine kleine Tasche mit den nötigsten Sachen – Kleidung für zwei Tage, Toilettenartikel, seine Medikamente – und trug sie nach unten. Er holte seinen Laptop aus dem Arbeitszimmer und stellte ihn in die Mikrowelle, wo die Schaltkreise funkensprühend verbrutzelten. Sein Smartphone war schon weg. Er hatte es aus dem Fenster des Camry geworfen.

Er löschte das Licht im Wohnzimmer und zog die Vorhänge zurück. Auf der anderen Straßenseite war ein Nachbar dabei, Koffer in die offene Heckluke seines SUV zu schieben. Seine Frau stand in der Haustür und hielt ein schlafendes Kleinkind auf dem Arm. Wie hießen die Leute? Guilder wusste es nicht, oder er hatte es vergessen. Er hatte die Frau gelegentlich gesehen, wie sie das kleine Mädchen in einem bunten Plastikauto in der Einfahrt hin und her geschoben hatte. Als er die drei so sah, musste er an Shawna denken – nicht an die letzte, schreckliche Begegnung, sondern daran, wie sie beide immer noch eine Weile im Bett gelegen hatten, nachdem sie miteinander geschlafen hatten, und wie ihre leise, flüsternde Stimme dabei seine Brust gekitzelt hatte. *Macht es dich glücklich, was ich tue? Ich will die Einzige für dich sein.* Worte, die nicht mehr waren als Schauspielerei, ein bisschen billiges Theater zur Krönung einer Stunde der Pflichterfüllung. Wie dumm er doch gewesen war.

Der Mann nahm seiner Frau die Tochter aus den Armen und ließ sie sanft auf den Rücksitz sinken. Die beiden stiegen ein. Guilder malte sich aus, was sie zueinander sagten. *Es wird schon alles gut gehen. Sie haben Leute, die das Problem ganz sicher in den Griff bekommen werden. Wir bleiben nur ein, zwei Wochen bei deiner Mutter, bis die ganze Aufregung sich gelegt hat.* Er hörte, wie der Motor ansprang; sie fuhren rückwärts aus der Einfahrt. Guilder sah ihren Heckleuchten nach, als sie die Straße hinunterglitten und verschwanden. Viel Glück, dachte er. Er wartete noch fünf Minuten. Die Straßen waren still, die Häuser allesamt dunkel. Als er sicher war, dass ihn niemand beobachtete, trug er seine Tasche zum Camry.

Es war nach zwei Uhr früh, als er in »Shadowdale« ankam. Der Parkplatz war leer, und am Eingang brannte eine einzige Lampe. Als er eintrat, stellte er fest, dass der Empfang nicht besetzt war. Ein leerer Rollstuhl stand daneben, ein zweiter im Flur. Nirgends war ein Geräusch zu hören. Wahrscheinlich beobachteten ihn Überwachungskameras, aber wer würde sich die Aufzeichnungen ansehen?

Sein Vater lag im Dunkeln in seinem Bett. Es roch scheußlich im Zimmer. Seit Stunden, vielleicht schon den ganzen Tag war niemand mehr hier gewesen. Auf dem Tablett neben dem Bett seines Vaters hatte jemand ein Dutzend Gläser Gerber's Babynahrung und eine Karaffe mit Wasser hinterlassen. Ein umgestoßener Becher verriet ihm, dass sein Vater versucht hatte, von dem Wasser zu trinken, das Essen hatte er jedoch nicht angerührt. Selbst wenn er es versucht hätte, wäre sein Vater nicht fähig gewesen, die Gläser zu öffnen.

Guilder hatte nicht viel Zeit, aber dies konnte er nicht hastig erledigen. Die Augen seines Vaters waren geschlossen, die Stimme – die Tyrannenstimme – war stumm. So war es auch besser, dachte er. Die Zeit zum Reden war vorbei. Er durchstöberte seine Erinnerung nach etwas, das in Zusammenhang mit seinem Vater erfreulich gewesen war, so dürftig es auch sein mochte. Das Beste, was ihm einfiel, war ein Tag, an dem sein Vater mit ihm in einen Park gegangen war, als Guilder noch klein war. Die Erinnerung war verschwommen – womöglich war es nie passiert –, aber etwas anderes hatte er nicht. Ein Wintertag, Guilders Atem wölkte vor seinem Gesicht. Kahle Bäume, die auf- und abwippten, als sein Vater ihn auf der Schaukel anstieß. Die große Hand des Mannes in seinem Kreuz, wie sie ihn auffing und in den Himmel hinaufbeförderte. Mehr wusste Guilder von diesem Tag nicht mehr. Er war vielleicht fünf gewesen.

Als er das Kissen unter dem Kopf seines Vaters hervorzog, flatterten die Lider des Alten, doch die Augen öffneten sich nicht. Dies war der Abgrund, dachte Guilder, der Augenblick des Sterbens, die Tat, die, einmal getan, nicht ungeschehen gemacht werden konnte. Er dachte an das Wort Patrizid, vom lateinischen *pater*, der Vater, und *caedere*, töten. Er hatte nicht den Mut gehabt, sich selbst zu töten, aber als er das Kissen auf das Gesicht seines Vaters drückte, verspürte er kein Zögern. Er hielt das Kissen bei den Rändern fest und drückte immer kräftiger, bis er sicher war, dass keine Luft an die Nase oder den Mund seines Vaters dringen konnte. Eine Minute verstrich. Guilder zählte lautlos die Sekunden. Die Hand seines Vaters auf der Bettdecke zuckte unruhig. Wie lange würde es dauern? Woran würde er erkennen, dass es vorbei war? Wenn es mit dem Kissen nicht klappte, was dann? Er beobachtete die Hand seines Vaters, sie bewegte sich nicht mehr. Nach und nach begriff er, dass die Reglosigkeit des Körpers unter seinen Händen nur eins bedeuten konnte: Sein Vater atmete nicht mehr.

Er nahm das Kissen weg. Das Gesicht seines Vaters war unverändert, als bedeute der Übergang in den Tod nur eine kaum merkliche Veränderung seines Zustands. Guilder schob seinem Vater sanft eine Hand unter den Kopf und legte das Kissen wieder an seinen Platz. Er versuchte nicht, sein Verbrechen zu verbergen – er bezweifelte, dass noch jemand kommen und den Tod des alten Mannes untersuchen würde –, aber sein Vater sollte auf einem Kissen liegen, zumal es wahrscheinlich noch sehr lange dauern würde, bis jemand ihn fand. Guilder hatte erwartet, dass in diesem Moment eine Woge der Gefühle über ihn hinwegrauschen würde, dass all der Schmerz und Groll in ihm entfesselt werden würden. Seine furchtbare Kindheit. Das einsame Leben seiner Mutter. Sein eigenes ödes und liebloses Dasein, in dem nur eine gemietete Frau ihm Gesellschaft geleistet hatte. Aber er empfand nichts als Erleichterung. Die ernsthafteste Prüfung seines Lebens, und er hatte sie bestanden.

Draußen auf dem Flur war alles still und unverändert. Wer konnte sagen, welche Schmach sich hinter den anderen Türen verbarg, wie viele Familien vor der gleichen grausamen Entscheidung standen? Guilder sah auf die Uhr; zehn Minuten waren vergangen, seit er das Gebäude betreten hatte. Nur zehn Minuten, trotzdem war jetzt alles anders. Er war anders, die Welt war anders. Sein Vater war nicht mehr dabei. Erst jetzt, wo es vorbei war, traten ihm die Tränen in die Augen.

Mit schnellen Schritten ging er den Flur hinunter, vorbei am leeren Aufenthaltsraum und am leeren Schwesternzimmer und immer weiter, hinaus in den frühen Morgen.

15

Es war spät am zweiten Tag, und sie näherten sich der Grenze nach Missouri, als Grey vor ihnen ein Hindernis sah. Sie waren mitten im Nirgendwo, meilenweit entfernt von der nächsten Stadt. Grey hielt an.

Lila blickte von der Elternzeitschrift auf, in der sie gelesen hatte: *Today's Parenting*. Grey hatte sie und einen Stapel andere in einem Mini-Mart in Ledeau für sie geholt: *Family Life, Baby and Child, Modern Toddler*. Im Laufe dieses Tages hatte ihr Benehmen ihm gegenüber sich ein wenig geändert. Vielleicht war es auf Dauer einfach zu anstrengend, bei der Fiktion zu bleiben, dass ihre Reise nur ein kleiner harmloser Ausflug sei. Lila war zunehmend ungeduldig und redete mit ihm wie mit einem schwerfälligen Ehemann.

»Jetzt sehen Sie sich das an.« Sie ließ die Zeitschrift auf den Schoß fallen. Auf dem Titelblatt war ein rotwangiges kleines Mädchen in einem rosa Trägerkleidchen abgebildet. *Wenn's beim Spielen Streit gibt,* stand daneben. »Was *ist* denn das da vorn?«

»Ich glaube, es ist ein Panzer.«

»Was macht er da?«

»Vielleicht ist er verloren gegangen oder so.«

»Ich glaube nicht, dass man einen Panzer *verlieren* kann, Lawrence. *Verzeihen Sie, haben Sie vielleicht meinen Panzer gesehen? Ich weiß genau, er war hier irgendwo.*« Sie tat einen tiefen Seufzer.

»Wer parkt denn einen Panzer mitten auf der Straße? Die werden ihn wegfahren müssen.«

»Sie wollen sagen, ich soll sie darum bitten«, stellte Grey fest.

»Ja, Lawrence. Genau das will ich sagen.«

Er wollte nicht, aber ein Nein kam anscheinend nicht in Frage. Also stieg er aus, hinaus in die Abenddämmerung. »Hallo?«, rief er. Und noch einmal: »Hallo?« Er sah sich nach Lila um, die den Kopf schräg durch das offene Beifahrerfenster streckte und ihn beobachtete. »Ich glaube, er ist leer.«

»Vielleicht kann man Sie nur nicht hören.«

»Lassen Sie uns zurückfahren. Wir suchen uns eine andere Straße.«

»Es geht ums Prinzip. Die dürfen nicht einfach die Durchfahrt blockieren. Versuchen Sie es doch bei der Luke. Ich bin sicher, da ist jemand drin.«

Das bezweifelte Grey – der Panzer sah verlassen aus –, aber er wollte keinen Streit anfangen. Er kletterte auf die freiliegende Laufkette und stemmte sich oben auf den Turm. Er beugte sich über die Luke, doch drinnen war es so dunkel, dass er nichts sehen konnte. Jetzt stand Lila unten am Panzer. Sie hatte eine Taschenlampe in der Hand.

»Ich weiß nicht, ob das eine so gute Idee ist«, sagte Grey.

»Das ist doch nur ein Panzer, Lawrence. Ehrlich. Manchmal seid ihr Männer wirklich alle gleich, wissen Sie das?«

Sie reichte ihm die Taschenlampe hinauf. Jetzt blieb ihm nichts anderes übrig. Er richtete den Lichtstrahl in die Luke und schaute hinein.

Jesus *fuck*.

»Und? Was ist da unten?«

Grey schätzte, dass es zwei Männer gewesen waren; leicht zu erkennen war es aber nicht. Es sah aus, als habe jemand eine Handgranate hineingeworfen, so stark zerfetzt waren die Leichen der beiden Soldaten. Es war aber keine Granate gewesen.

Siehst du, Grey?

Er schrak hoch, als habe er einen Stromschlag bekommen. Die Stimme. Nicht wie die in der Garage. Die Stimme war in seinem Kopf. Zeros Stimme. Lila starrte ihn von unten herauf an. Er wollte etwas sagen, wollte sie warnen, aber kein Wort kam aus seinem Mund.

Bist du … hungrig, Grey?

Ja, das war er. Nicht bloß hungrig: verschmachtet. Das Gefühl schien ihn vollständig zu erfassen, jede Zelle, jedes Molekül, die winzigen Atome, die in ihm umeinanderschwirrten. Noch nie in seinem Leben hatte er einen so übermächtigen Hunger verspürt.

Das ist mein Geschenk an dich. Das Geschenk des Blutes.

Er schluckte. »Ich bin … gleich wieder da.«

Er stürzte sich in die Luke. Die Lampe hatte er fallen gelassen, aber das machte nichts. Das dunkle Innere des Panzers war hell für seine Augen, und jede Fläche leuchtete, überzogen mit einer wunderbaren Schicht Blut. Ein titanisches Verlangen packte ihn, und er drückte sein Gesicht an den kalten Stahl, um mit der Zunge darüber hinwegzustreichen.

»Lawrence! Was machen Sie denn da?«

Jetzt war er auf Händen und Knien dabei, den Boden abzulecken und die sirupartigen Überreste aufzuschlürfen. So wunderbar! Als habe er seit einem Jahr nichts gegessen, seit zehn, seit hundert Jahren, nur um jetzt das üppigste Bankett in der Geschichte der Welt serviert zu bekommen! Sämtliche Freuden des Leibes verschmolzen zu einer einzigen, eine Trance der reinen Lust!

Ein donnerndes Dröhnen brach den Bann. Seine Finger steckten in seinem Mund, und sein Gesicht war blutverschmiert. Was zum Teufel tat er hier? Und was war das für ein Lärm, dieses Krachen?

»Lawrence! Kommen Sie, schnell!«

Wieder ein Donner, lauter als beim ersten Mal. Hastig kletterte er wieder die Leiter hinauf. Irgendetwas stimmte mit dem Himmel nicht. Alles leuchtete in einem feurigen Glanz. Lila stand immer noch unten vor dem Panzer.

Sie sah sein Gesicht und fing an zu schreien.

Zwei Düsenjäger donnerten im Tiefflug vorbei und zerrissen die Luft mit ihrer Geschwindigkeit. Ein wütender weißer Schein überstrahlte den Himmel, und eine Wand aus heißer Luft prallte gegen Grey und schleuderte ihn von dem Panzer herunter. Er landete mit dem Gesicht zuerst, und der Aufschlag nahm ihm den Atem. Noch mehr Flugzeuge schossen vorbei, der Himmel im Osten blitzte hell.

Lila wich vor ihm zurück und hatte die Hände schützend vor das Gesicht gerissen. »Gehen Sie weg von mir!«

Für Erklärungen war keine Zeit, und was hätte er auch sagen sollen? Es war klar, was hier passierte: Sie waren in den Krieg hineingegondelt. Grey packte sie beim Arm und wollte sie zum Wagen ziehen. Sie trat kreischend um sich und wand sich in seinem Griff. Irgendwie gelang es ihm, die Beifahrertür aufzureißen und sie hineinzuschieben, aber sofort erkannte er seinen Fehler: Kaum hatte er die Tür zugeschlagen, drückte Lila auf die Verriegelung.

Er hämmerte an die Scheibe. »Lila, lassen Sie mich rein!«

»Gehen Sie weg, gehen Sie weg!«

Er brauchte etwas Schweres. Sein Blick suchte den Boden ab, aber da war nichts. Gleich würde Lila begreifen, was sie tun musste: Sie würde ans Steuer hinüberrutschen und wegfahren.

Das durfte er nicht zulassen.

Grey stellte sich vor das Fahrerfenster, bog sich zurück, ballte die Hand zur Faust und stieß sie durch die Scheibe. Er hatte erwartet, auf eine Wand aus Schmerz zu treffen, die sämtliche Knochen in seiner Hand zerschmetterte, aber das geschah nicht; seine Hand fuhr durch das Glas, als wäre es nicht da, und das Fenster explodierte in einer Kaskade aus funkelnden Glassplittern. Bevor Lila reagieren konnte, öffnete er die Tür, schob sich auf den Fahrersitz und stieß den Schalthebel in den Rückwärtsgang. Er riss den Wagen um 180 Grad herum und trat das Gaspedal durch. Doch für eine Flucht war es zu spät; plötzlich waren sie mitten im Geschehen. Immer neue Flugzeuge rasten vorüber, eine Feuerwand loderte vor ihnen auf. Grey riss das Lenkrad nach rechts, und im nächsten Augenblick rumpelten sie schon durch die Furchen eines Maisfelds. Die Räder mahlten wild in der weichen Erde, und schwere grüne Blätter klatschten gegen die Windschutzscheibe. Sie schossen aus dem Feld hervor, doch Grey sah den Graben zu spät. Der Volvo flog wie eine Rakete hinunter und wieder hinauf, die Räder verließen den Boden und krachten dann wieder herunter. Lila schrie, schrie-schrie-schrie, und dann hatte Grey sie gefunden – eine Straße. Er zog das Lenkrad herum und trat das Gaspedal durch. Sie jagten parallel zu dem Graben die Straße entlang. Die Sonne war hinter dem Horizont verschwunden, und tintenschwarze Dunkelheit legte sich über die Felder, während der Himmel im Feuer explodierte.

Aber nicht nur Feuer: Plötzlich flutete gleißendes Scheinwerferlicht über den Wagen.

»Halten Sie sofort an.«

Die Frontscheibe füllte sich mit einer riesigen dunklen Form. Ein ungeheurer schwarzer Vogel schien vor ihnen zu landen. Grey trat auf die Bremse, und beide wurden nach vorn geschleudert. Als der Hubschrauber auf der Straße aufsetzte, hörte Grey das Klirren von Glas, und etwas fiel ihm auf den Schoß: ein Kanister, so groß und so schwer wie eine Suppenkonserve, der ein zischendes Geräusch von sich gab.

»Lila, laufen Sie weg!«

Er stieß die Tür auf, aber das Neurotoxin war schon in ihm, in seinem Kopf, seinem Herzen, seiner Lunge, und er schaffte nur drei Schritte, bevor er zusammenbrach. Der Boden stieg ihm entgegen wie eine anschwellende Brandungswelle. Die Zeit geriet aus den Fugen, die Welt war wässrig und weit entfernt. Ein mächtiger Wind wehte über sein Gesicht. Am Rande seines Blickfelds sah er Männer in Raumanzügen, die schwerfällig auf ihn zukamen. Zwei schleppten Lila zum Hubschrauber. Sie hing mit dem Gesicht nach unten schlaff zwischen ihnen, und ihre Füße schleiften über den Boden. »Tut ihr nichts!«, sagte Grey. »Bitte tut dem Baby nichts!« Doch sie hörten nicht auf ihn. Die

Gestalten waren jetzt über ihm. Ihre Gesichter waren verdeckt und schwebten körperlos über der Erde wie Geister. Die Sterne kamen heraus.

Geister, dachte Grey. *Diesmal muss ich wohl wirklich tot sein.* Und er fühlte ihre Hände an sich.

16

Sie fuhren den ganzen Tag hindurch, und als der Konvoi anhielt, war es spät am Nachmittag. Porcheki kam aus dem vorderen Humvee nach hinten zum Bus.

»Hier lassen wir Sie zurück. Die Posten am Tor werden Ihnen sagen, was Sie tun sollen.«

Sie waren in einer Art Aufmarschgebiet: Nachschublaster, Toilettenkabinen, Tanklastzüge, sogar Artillerie. Kittridge schätzte, dass sie es hier mit mindestens zwei Bataillonen zu tun hatten. Am Rand war ein Gelände mit Segeltuchzelten, umgeben von einem mit Stacheldraht gekrönten Zaun.

»Wo fahren Sie hin?«, fragte Kittridge. Er wollte wissen, wo jetzt gekämpft wurde.

Porcheki zuckte die Achseln. *Wo sie mich hinschicken.* »Viel Glück, Sergeant. Vergessen Sie nicht, was ich Ihnen gesagt habe.«

Der Konvoi setzte sich wieder in Bewegung.

»Los, Danny«, sagte Kittridge. »Fahr dort rüber.«

Zwei maskierte Soldaten mit M-16-Sturmgewehren standen am Tor. Am Drahtzaun hing ein großes Schild mit der Aufschrift: FEDERAL EMERGENCY MANAGEMENT AGENCY FLÜCHTLINGSKOORDINATIONSCENTER. MEHRFACHER ZUTRITT NICHT GESTATTET. WAFFEN AUF DEM GELÄNDE VERBOTEN.

Als sie fünf Meter vor dem Tor waren, gaben die Soldaten ihnen das Signal zum Anhalten. Einer von ihnen trat ans Fahrerfenster, ein Junge, keinen Tag älter als zwanzig Jahre, mit einem Gesicht voller Akne.

»Wie viele?«

»Zwölf«, antwortete Kittridge.

»Aus welcher Stadt?«

Die Schilder am Bus hatten sie längst entfernt. »Des Moines.«

Der Soldat trat zurück und murmelte etwas in das Funkgerät an seiner Schulter. Der zweite stand immer noch am verschlossenen Tor, und der Lauf seiner Waffe war zum Himmel gerichtet.

»Okay, stellen Sie den Motor ab und warten Sie hier.«

Ein paar Augenblicke später war der Soldat wieder da. Er hatte eine Segeltuchtasche mitgebracht und hielt sie ans Fenster. »Packen Sie Waffen und Handys hier hinein und reichen Sie sie nach vorn.«

Das Waffenverbot leuchtete Kittridge ein, aber Handys? Seit Tagen hatte keiner von ihnen mehr Netzkontakt gehabt.

»Bei so vielen Leuten würde das lokale Netz zusammenbrechen. Sorry, aber das ist Vorschrift.«

Kittridge fand diese Erklärung dürftig, doch er konnte nichts tun. Er nahm die Tasche in Empfang und ging durch den Mittelgang nach hinten. Als er bei Mrs Bellamy ankam, riss die Frau ihre Handtasche schützend an sich.

»Junger Mann, ich gehe ohne das Ding nicht mal zum Friseur.«

Kittridge lächelte, so gut er konnte. »Und da haben Sie auch recht. Aber hier sind wir sicher. Ich gebe Ihnen mein Wort.«

Mit sichtbarem Zögern nahm sie den riesigen Revolver aus der Handtasche und legte ihn zu den anderen Waffen. Kittridge schleppte die Tasche nach vorn und stellte sie auf die unterste Stufe der Tür. Der erste Soldat langte herein und nahm sie weg. Man befahl ihnen, mit ihrem übrigen Gepäck auszusteigen und sich vom Bus zu entfernen. Ein Sanitäter mit Atemschutzmaske untersuchte sie, während einer der Soldaten ihr Gepäck in Augenschein nahm. Jenseits des Tors sah Kittridge einen großen, offenen Schuppen, in dem Leute versammelt waren. Soldaten gingen am Zaun auf und ab.

»Okay«, sagte der Posten, als die Untersuchungen abgeschlossen waren, »Sie können rein. Melden Sie sich bei der Abfertigung. Dort wird man Sie einquartieren.«

»Und was ist mit dem Bus?«, fragte Kittridge.

»Treibstoff und Fahrzeuge sind durch das Militär der Vereinigten Staaten zu beschlagnahmen. Wenn Sie hier drin sind, sind Sie drin.«

Kittridge sah Dannys Bestürzung. Einer der Soldaten stieg in den Bus, um ihn wegzufahren.

»Was ist denn mit dem los?«, fragte der Posten.

Kittridge sah Danny an. »Alles in Ordnung. Sie werden gut auf ihn achtgeben.«

Er sah den inneren Kampf in seinen Augen, aber dann nickte Danny.

»Okay«, sagte er.

Der Schuppen war voll von Leuten, die an einem langen Tisch Schlange standen: Familien mit Kindern, alte Leute, Ehepaare, sogar ein blinder Mann mit einem Hund. Eine junge Frau in einem Rotkreuz-T-Shirt und mit kastanienbraunem, zurückgebundenem Haar ging mit einem Palmtop an den Reihen entlang.

»Irgendwelche Minderjährigen ohne Begleitung?«, rief sie. Wie Porcheki hatte auch sie die Atemschutzmaske aufgegeben. Ihr Blick war gehetzt, die Augen trüb von zu wenig Schlaf. Sie sah April und Tim an. »Was ist mit euch beiden?«

»Er ist mein Bruder«, sagte April. »Ich bin achtzehn.«

Die Frau machte ein zweifelndes Gesicht, sagte jedoch nichts.

»Wir möchten gern alle zusammenbleiben«, sagte Kittridge.

Die Frau notierte etwas auf ihren Palmtop. »Das darf ich nicht.«

»Wie heißen Sie?«, fragte Kittridge. Es war immer gut, einen Namen zu kennen.

»Vera.«

»Die Streife, die uns hergebracht hat, meinte, man würde uns nach Chicago oder St. Louis evakuieren.«

Ein Papierstreifen glitt aus dem Schlitz des Palmtops. »Wir warten noch auf Busse. Dürfte aber nicht mehr lange dauern. Zeigen Sie das dem Mitarbeiter am Tisch.«

Man wies ihnen ein Zelt zu und gab ihnen Plastikscheiben, die als Lebensmittelmarken dienten. Draußen umgaben sie die Geräusche und Gerüche des Lagers: Holzrauch, Chemietoiletten, die Ausdünstungen einer großen Menschenmenge. Der schlammige Boden war übersät von Abfall. Leute kochten auf Campingkochern, hängten Wäsche an die Zeltleinen, warteten an einer Pumpe, um ihre Eimer zu füllen, oder lagen benommen vor Erschöpfung in Liegestühlen. Sämtliche Mülltonnen flossen über, und Wolken von Fliegen summten darüber. Eine grausame Sommersonne brannte vom Himmel. Von den Militärlastern abgesehen konnte Kittridge keine Fahrzeuge entdecken. Anscheinend waren alle Flüchtlinge zu Fuß gekommen und hatten ihre Autos mit leerem Tank zurückgelassen.

Zwei Leute waren bereits in ihrem Zelt einquartiert worden, ein älteres Ehepaar, Fred und Rita Wilkes. Sie waren aus Kalifornien, aber sie hatten Verwandte in Iowa, die sie wegen einer Hochzeit besucht hatten, als die Epidemie zugeschlagen hatte. Sie waren seit sechs Tagen in dem Camp.

»Gibt's was Neues zu den Bussen?«, fragte Kittridge. Joe Robinson war losgezogen, um sich zu erkundigen, wie mit den Essensrationen verfahren wurde. Wood und Delores kümmerten sich um Wasser. April hatte ihren Bruder mit ein paar Kindern aus dem Nachbarzelt loslaufen lassen und ihm eingeschärft, ja nicht zu weit wegzugehen. Danny hatte ihn begleitet. »Was sagen die Leute?«

»Es heißt immer: morgen.« Fred Wilkes war ein drahtiger Mann von mindestens siebzig Jahren mit leuchtend blauen Augen. Wegen der Hitze hatte er sein Hemd ausgezogen und einen Daunenfächer aus weißen Brusthaaren entblößt. Er und seine Frau, die ebenso üppig proportioniert war wie er schmal, spielten Rommé. Sie saßen einander gegenüber auf ihren Pritschen und benutzten einen Pappkarton als Tisch. »Wenn es nicht bald passiert, werden die Leute die Geduld verlieren. Und was dann?«

Kittridge trat hinaus ins Freie. Sie waren umgeben von Soldaten und vorläufig in Sicherheit. Aber es fühlte sich an, als habe alles nur innegehalten und warte darauf, dass etwas passierte. Am Zaun waren in Abständen von hundert Metern Infanterieposten stationiert. Alle trugen OP-Masken vor dem Gesicht. Der einzige Weg hinein und hinaus schien durch das Haupttor zu führen. Im Norden grenzte ein flaches, fensterloses Gebäude ohne erkennbare Markierungen oder Beschilderungen an das Camp. Betonbarrikaden flankierten den Eingang. Kittridge sah, wie zwei schnittige schwarze Apache-Hubschrauber von Osten herankamen, eine weite Schleife drehten und dann auf dem Dach landeten. Vier Gestalten sprangen aus der ersten Maschine, Männer mit dunklen Sonnenbrillen, Baseballmützen und Kevlar-Westen. Sie trugen automatische Gewehre. Soldaten waren das nicht, dachte Kittridge. Eher Leute von einer dieser Sicherheitsfirmen – Blackbird vielleicht oder Riverstone. Die vier Männer gingen an den Ecken des Daches in Stellung.

Die Luke des zweiten Helikopters öffnete sich. Kittridge beschirmte die Augen mit einer Hand, um besser sehen zu können. Einen Moment lang passierte gar nichts; dann sprang eine Gestalt in einem orangegelben Bio-Schutzanzug heraus. Fünf weitere folgten. Die Rotoren der Hubschrauber drehten sich immer noch. Nach einem kurzen Wortwechsel hoben die Leute in den Schutzanzügen zwei lange Stahlkisten aus dem Cargoabteil ihres Hubschraubers. Sie hatten ungefähr die Abmessungen eines Sarges, und Radgestelle klappten unter dem Boden herunter. Sie schoben die beiden Kisten in einen kleinen, hüttenähnlichen Aufbau auf dem Dach. Kittridge vermutete, dass es ein Lastenaufzug war. Ein paar Minuten vergingen, und dann kamen die sechs wieder zum Vorschein und bestiegen den zweiten Hubschrauber.

Nacheinander hoben die Maschinen ab und flogen knatternd davon.

April erschien hinter ihm. »Das hab ich auch gesehen«, sagte sie. »Haben Sie 'ne Ahnung, was das war?«

»Vielleicht nichts weiter.« Kittridge ließ die Hand sinken. »Wo ist Tim?«

»Er hat schon Freunde gefunden. Sie spielen irgendwo Fußball.«

Sie sahen den Hubschraubern nach, bis sie verschwunden waren. Was immer es gewesen war, dachte Kittridge – nichts war es ganz sicher nicht.

»Glauben Sie, wir sind hier gut aufgehoben?«, fragte April.

»Warum nicht?«

»Ich weiß nicht.« Aber ihr Gesicht verriet, dass sie es doch wusste; sie dachte das Gleiche wie er. »Gestern Nacht, im Physiklabor ... Ich will sagen, ich bin manchmal so. Aber ich wollte nicht aufdringlich sein.«

»Ich hätte dir nichts erzählt, wenn ich nicht gewollt hätte.«

Irgendwie schaute sie ihn an und gleichzeitig an ihm vorbei. In solchen Momenten sah sie manchmal älter aus, als sie war. Nein, sie sah nicht so aus, dachte Kittridge – sie *war* es.

»Bist du wirklich achtzehn?«

Das schien sie zu amüsieren. »Warum? Seh ich nicht so aus?«

Kittridge zuckte die Achseln, um seine Verlegenheit zu verbergen. Die Frage war ihm so herausgerutscht. »Nein. Ich meine, doch, schon. Ich wollte nur ... ich weiß es auch nicht.«

April machte die Situation offensichtlich Spaß. »Ein Mädchen soll darüber nicht reden. Aber damit Sie beruhigt sind: Ja, ich bin achtzehn. Achtzehn Jahre, zwei Monate, siebzehn Tage. Nicht dass ich mitzähle, wissen Sie.«

Ihre Blicke trafen sich und hielten sich gegenseitig fest, wie sie es anscheinend sollten. Was war das nur mit diesem Mädchen?, dachte Kittridge. Mit dieser April?

»Ich bin Ihnen noch was schuldig für die Pistole«, sagte sie,

»auch wenn man sie mir wieder weggenommen hat. Ehrlich gesagt, ich glaube, das war vielleicht das schönste Geschenk, das mir je einer gemacht hat.«

»Mir hat das Gedicht gefallen. Wir sind quitt, könnte man sagen. Wie hieß der Typ noch mal?«

»T. S. Eliot.«

»Hat er noch mehr geschrieben?«

»Nicht viel Sinnvolles. Man könnte sagen, er war so was wie ein One-Hit-Wonder.«

Sie hatten keine Waffen und keine Verbindung zur Außenwelt. Nicht zum ersten Mal fragte Kittridge sich, ob sie nicht einfach hätten weiterfahren sollen.

»Na, wenn wir hier rauskommen, muss ich sehen, dass ich was von ihm lese.«

17

Grey.

Überall Weiß und das Gefühl zu schweben. Grey wurde bewusst, dass er in einem Auto war. Das war seltsam, denn das Auto war auch ein Motelzimmer mit Betten und Kommoden und einem Fernseher. Seit wann wurden solche Autos gebaut? Er saß auf dem Fußende des einen Bettes und fuhr das Zimmer – die Lenksäule kam schräg aus dem Boden, und der Fernseher war die Windschutzscheibe –, und auf dem Bett daneben saß Lila und drückte ein rosa Bündel an die Brust. »Sind wir schon da, Lawrence?«, fragte sie ihn. »Das Baby braucht frische Windeln.« Das Baby?, dachte Grey. Wann war denn das passiert? Hatte sie nicht noch ein paar Monate Zeit? »Sie ist so schön«, sagte Lila und gurrte leise. »Wir haben eine so schöne Tochter. Zu schade, dass wir sie erschießen müssen.« »Warum müssen wir sie erschießen?«, fragte Grey. »Sei nicht albern«, sagte Lila. »Wir erschießen jetzt alle Babys. So werden sie nicht gefressen.«

Lawrence Grey.

Der Traum veränderte sich – halb wusste er, dass er träumte, aber die andere Hälfte wusste es nicht –, und Grey war jetzt in dem Panzer. Etwas kam, um ihn zu holen, doch er konnte sich nicht rühren. Er kauerte auf Händen und Knien und schlürfte das Blut. Seine Aufgabe war es, das Blut zu trinken, alles, aber das war unmöglich; es fing an, durch die Luke zu fluten und die Kabine zu füllen. Ein Meer von Blut. Das Blut stieg über sein Kinn hinauf, füllte Mund und Nase, er erstickte, ertrank ...

Lawrence Grey. Wachen Sie auf.

Er öffnete die Augen, und grelles Licht blendete ihn. Es fühlte sich an, als stecke etwas in seiner Kehle. Er fing an zu husten. War es ums Ertrinken gegangen? Aber der Traum brach schon auseinander, seine Bilder atomisierten sich, und was blieb, war ein Sediment aus Angst.

Wo war er?

Eine Art Krankenhaus. Er trug ein Hemd, sonst nichts; er spürte die Kühle der Nacktheit darunter. Seine Hand- und Fußgelenke waren mit dicken Gurten an das Gitter am Bett gefesselt, und er war reglos wie eine Mumie im Sarg. Kabel schlängelten sich unter seinem Hemd hervor zu einem Wagen mit medizinischen Apparaten, und eine Infusionskanüle steckte in seinem rechten Arm.

Jemand war im Zimmer.

Zwei Personen, genau gesagt; sie warteten am Fußende seines Bettes in ihren unförmigen Bioschutzanzügen, und sie trugen durchsichtige Plastikmasken. Hinter ihnen sah er eine schwere Stahltür, und oben an der Wand in der Ecke hing eine Überwachungskamera, die die Szenerie mit starrem Blick beobachtete.

»Mr Grey, ich bin Horace Guilder«, sagte der Linke. Sein Ton klang seltsam vergnügt, fand Grey. »Das ist mein Kollege Dr. Nelson. Wie fühlen Sie sich?«

Grey bemühte sich nach besten Kräften, den Blick auf ihre Gesichter hinter den Sichtfenstern zu richten. Sie kamen ihm beide nicht bekannt vor. Der, der gesprochen hatte, war ein unauffälliger Mann im mittleren Alter mit großem Kopf, kantigem Kiefer und teigiger Haut. Der Zweite war erheblich jünger; er hatte schmale dunkle Augen und einen schütteren kleinen Van-Dyke-Bart. Er sah nicht aus wie die Ärzte, denen Grey bisher begegnet war.

Er fuhr sich mit der Zunge über die Lippen und schluckte. »Wo bin ich hier? Warum bin ich festgeschnallt?«

Der namens Guilder antwortete in beruhigendem Ton. »Das ist nur zu Ihrem eigenen Schutz, Mr Grey. Bis wir herausgefunden haben, was Ihnen fehlt. Und wo Sie hier sind, das kann ich Ihnen leider noch nicht verraten. Es muss genügen, wenn ich sage, Sie sind hier unter Freunden.«

Grey erkannte, dass sie ihn sediert haben mussten; er konnte kaum einen Muskel rühren, und das lag nicht nur an den Gurten. Seine Glieder waren schwer wie Eisen, und seine Gedanken trieben mit einer trägen Ziellosigkeit durch sein Gehirn wie Guppys in einem Aquarium. Guilder hielt ihm einen Becher Wasser an die Lippen.

»Na los, trinken Sie.«

Grey drehte sich der Magen um. Schon der Geruch war widerlich wie der von einem übermäßig gechlorten Schwimmbecken. Gedanken kehrten zu ihm zurück, dunkle Gedanken: das Blut im Panzer, in das er gierig das Gesicht tauchte. War das wirklich passiert? Hatte er es geträumt? Aber kaum hatten diese Fragen in seinem Kopf Gestalt angenommen, erfüllte ein Tosen seinen Schädel, und ein gewaltiger Hunger überkam ihn, so mächtig, dass sein ganzer Körper sich gegen die Gurte stemmte.

»Hey«, sagte Guilder, »immer mit der Ruhe.«

Noch mehr Bilder stiegen durch den Nebel zu ihm herauf. Der Panzer auf der Straße, die toten Soldaten und die Explosionen ringsherum; seine Hand, die durch das Fenster des Volvo krachte, und die Felder, die im Feuer zerbarsten; der Wagen, der durch den Mais segelte, das helle Licht des Hubschraubers und die Männer in ihren Raumanzügen, die Lila wegschleppten.

»Wo ist sie? Was haben Sie mit ihr gemacht?«

Guilder warf Nelson einen Blick zu, und der runzelte die Stirn. *Interessant,* sagte sein Gesichtsausdruck.

»Sie brauchen sich keine Sorgen um sie zu machen, Mr Grey. Wir kümmern uns um sie. Sie ist auch hier. Auf der anderen Seite des Korridors.«

»Tun Sie ihr ja nichts.« Mit geballten Fäusten zerrte er an den Gurten. »Wenn Sie ihr ein Haar krümmen, werde ich ...«

»Was werden Sie dann tun, Mr Grey?«

Er konnte nichts tun; die Gurte hielten ihn fest. Was immer sie ihm gegeben hatten, nahm ihm die Kräfte.

»Versuchen Sie, sich nicht aufzuregen, Mr Grey. Ihrer Freundin geht es ausgezeichnet. Dem Baby ebenfalls. Uns ist nur nicht ganz klar, wie Sie beide zusammengefunden haben. Ich hatte gehofft, dass Sie uns da helfen können.«

»Was wollen Sie wissen?«

Hinter dem Sichtfenster hob sich ungläubig eine Augenbraue. »Zunächst mal sieht es so aus, als wären Sie beide die letzten Menschen, die lebend aus Colorado herausgekommen sind. Glauben Sie mir, wenn ich sage, dass dieser Umstand für uns nicht ganz uninteressant ist. War sie im Chalet? Haben Sie sie da kennengelernt?«

Bei dem bloßen Wort krampfte sich in Greys Kopf alles panisch zusammen. »Im Chalet?«

»Ja, Mr Grey. Im Chalet.«

Er schüttelte den Kopf. »Nein.«

»Wo dann?«

Er schluckte. »Im Baumarkt. Bei Home Depot.«

Einen kurzen Moment lang sagte Guilder gar nichts. »Wo war das?«, fragte er dann.

Grey versuchte seine Gedanken zu ordnen, aber sein Gehirn war wie vernebelt. »In Denver irgendwo. Ich weiß es nicht genau. Sie wollte, dass ich ihr das Kinderzimmer anstreiche.«

Guilder drehte sich rasch zu Nelson herum, und der zuckte die Achseln. »Liegt vielleicht am Fentanyl«, meinte er. »Vielleicht braucht er noch ein Weilchen, um sich zu sortieren.«

Aber Guilder ließ sich nicht abhalten. Der Blick des Mannes war jetzt ein bisschen eindringlicher geworden. Er schien sich in ihn hineinzubohren. »Wir müssen wissen, was im Chalet passiert ist. Wie sind Sie von da entkommen?«

»Ich kann mich nicht erinnern.«

»War da ein Mädchen? Haben Sie sie gesehen?«

Da war ein Mädchen? Was redete er da?

»Ich hab niemanden gesehen. Ich … ich weiß es einfach nicht. Es war alles völlig durcheinander. Als ich aufgewacht bin, war ich im ›Red Roof‹.«

»Im ›Red Roof‹? Was ist das?«

»Ein Motel, draußen am Highway.«

Guilder zog verwirrt die Stirn kraus. »Wann war das?«

Grey versuchte zu zählen. »Vor drei Tagen? Nein, vor vier.« Er nickte mit dem Kopf auf dem Kissen. »Vor vier Tagen.«

Die beiden Männer sahen einander an. »Das ergibt keinen Sinn«, sagte Nelson. »Das Chalet wurde vor zweiundzwanzig Tagen zerstört. Er ist nicht Rip van Winkle.«

»Wo waren Sie in diesen drei Wochen?«, drängte Guilder.

Diese Frage ergab ebenfalls keinen Sinn. Drei Wochen?

»Ich weiß es nicht«, sagte Grey.

»Ich frage Sie noch einmal, Mr Grey. War Lila im Chalet? Haben Sie sie dort kennengelernt?«

»Ich hab's Ihnen doch gesagt.« Er klang jetzt flehentlich; sein Widerstand war gebrochen. »Sie war bei Home Depot.«

Seine Gedanken kreiselten umeinander wie Wasser, das in einen Abfluss lief. Was immer sie ihm gegeben hatten, es hatte ihn gründlich erledigt. Es war wie ein Schlag in die Magengrube, als ihm klar wurde, was die Gurte zu bedeuten hatten. Sie würden ihn studieren. Wie die Glühstäbe. Wie Zero. Und wenn sie mit ihm fertig wären, würde Richards oder jemand wie er das rote Licht auf ihn richten, und das wäre sein Ende.

»Bitte, ich bin's doch, den Sie haben wollen. Es tut mir leid, dass ich abgehauen bin. Tun Sie Lila nichts.«

Einen Moment lang sagten die beiden Männer nichts, sondern starrten ihn nur durch ihre Sichtscheiben an. Dann drehte Guilder sich zu Nelson um und nickte.

»Legen Sie ihn wieder schlafen.«

Nelson nahm eine Injektionsspritze und eine Ampulle mit einer klaren Flüssigkeit vom Wagen. Grey sah hilflos zu, wie er die

Nadel in den Infusionsschlauch bohrte und den Kolben herunterdrückte.

»Ich mache nur sauber«, sagte Grey matt. »Ich bin Hausmeister.«

»Oh, ich glaube, Sie sind sehr viel mehr als das, Mr Grey.«

Und mit diesen Worten im Ohr schlief Grey wieder ein.

Guilder und Nelson traten durch die Luftschleuse in die Dekontaminationskammer. Erst duschten sie in ihren Bioanzügen, dann zogen sie sich aus und schrubbten sich mit einer scharfen, chemisch riechenden Seife von Kopf bis Fuß ab. Sie räusperten sich, spuckten in ein Waschbecken und gurgelten eine Minute lang mit einem starken Desinfektionsmittel. Ein umständliches Ritual, aber solange sie nicht mehr über Greys Zustand wussten, war es klug, sich daran zu halten.

Im Gebäude war nur eine Rumpfmannschaft anwesend: drei Labortechniker – Guilder nannte sie insgeheim nur Tick, Trick und Track –, ein Arzt und ein vierköpfiges Securityteam von Blackbird. Das Gebäude war gegen Ende der achtziger Jahre gebaut worden, um Soldaten zu behandeln, die nuklearen, biologischen oder chemischen Wirkstoffen ausgesetzt gewesen waren, und die Systeme hier waren fehlerhaft an allen Ecken und Enden – die überirdische Heizungs-, Lüftungs- und Klimaanlage war kaputt, ebenso die Videoüberwachung für die komplette Anlage –, und der ganze Laden fühlte sich beunruhigend verlassen an. Aber hier würde man sie zuallerletzt suchen.

Nelson und Guilder betraten das Labor, einen weitläufigen Raum mit Tischen und Gerätschaften, unter anderem den starken Mikroskopen und Blutzentrifugen, die sie brauchten, um das Virus zu isolieren. Während Grey und Lila bewusstlos waren, hatte man sie einem CT unterzogen und ihnen Blut abgenommen. Die Untersuchungsergebnisse waren uneindeutig, aber auf dem CT zeigte sich bei Grey eine radikal vergrößerte Thymusdrüse, die typisch für die Infektion war. Soweit sie es erkennen konnten, zeigte er jedoch bisher keine anderen Symptome. In jeder anderen Hinsicht schien er bei allerbester Gesundheit zu sein. Mehr noch: Der Mann sah aus, als sei er fit genug für einen Marathonlauf.

»Ich will Ihnen was zeigen«, sagte Nelson.

Er führte Guilder zu dem Terminal in einem benachbarten Büro, wo er sich eingerichtet hatte, öffnete eine Datei und klickte eine Grafik an. Auf dem Bildschirm erschien ein Foto von Lawrence Grey. Besser gesagt, das Bild eines Mannes, der *entfernte Ähnlichkeit* mit Grey hatte. Das Gesicht auf dem Foto wirkte erheblich älter. Schlaffe Haut, Haar, das dünn auf dem Schädel lag, tiefliegende Augen, die dumpf, beinahe kuhhaft in die Kamera schauten.

»Wann wurde das aufgenommen?«, fragte Guilder.

»Vor siebzehn Monaten. Das hier sind Richards' Akten.«

Verdammt, dachte Guilder. Es war genau so, wie Lear gesagt hatte.

»Wenn er das Virus hat, ist die Frage, warum es in seinem Körper anders wirkt. Es könnte eine Variante sein, die wir noch nicht gesehen haben, eine, die den Thymus aktiviert wie die anderen und dann irgendwie inaktiv wird. Es könnte auch etwas anderes sein, das speziell mit ihm zu tun hat.«

Guilder runzelte die Stirn. »Zum Beispiel?«

»Was weiß ich? Es liegt nahe, die Sache auf eine natürliche Immunität zurückzuführen, aber das kann man nie genau wissen. Es könnte etwas mit den Antiandrogenen zu tun haben, die er genommen hat. Die Reinigungskräfte haben alle ziemlich hohe Dosen bekommen. Depo-Provera, Spironolakton, Prednison.«

»Sie glauben, die Steroide haben das bewirkt?«

Nelson zuckte zweifelnd die Achseln. »Sie könnten ein Faktor sein. Wir wissen, dass das Virus mit dem endokrinen System interagiert, genauso wie die Antiandrogene.« Er schloss die Datei und drehte sich auf seinem Stuhl herum. »Hier ist noch was anderes. Ich hab ein paar Nachforschungen über die Frau angestellt. Viel ist da nicht zu finden, aber das Wenige ist mächtig interessant. Ich hab's für Sie ausgedruckt.«

Nelson überreichte ihm eine dicke Akte. Guilder schlug die erste Seite auf.

»Sie ist Ärztin?«

»Unfallchirurgin. Lesen Sie weiter.«

Guilder las. Lila Beatrice Kyle, geboren am 29. September 1982 in Boston, Massachusetts. Beide Eltern Akademiker, der Vater Professor für Englisch an der Boston University, die Mutter Historikerin am Simmons College. Schulbesuch in Andover, dann Wellesley, gefolgt von vier Jahren Medizinstudium am Dartmouth Hitchcock Medical Center. Facharztausbildung und Unfallchirurgin am Denver General Hospital. Alles sehr eindrucksvoll, aber es sagte ihm nichts. Guilder blätterte weiter. Was war das? Die erste Seite eines Steuerformulars, vier Jahre alt.

Lila Kyle war mit Brad Wolgast verheiratet.

»Sie machen Witze.«

Nelson grinste triumphierend. »Ich sagte doch, das wird Ihnen gefallen. *Der* Agent Wolgast. Sie hatten ein Kind, eine Tochter, die verstorben ist. Irgendein angeborener Herzfehler. Scheidung drei Jahre später. Vor vier Monaten hat sie wieder geheiratet, einen Arzt, der in derselben Klinik arbeitet, einen großen Kardiologen. Über den gibt's auch ein paar Seiten, aber die sind nicht sonderlich ergiebig.«

»Okay, sie ist also Ärztin. Gibt es Belege dafür, dass sie im Chalet war? Ist es möglich, dass sie zum Personal gehörte?«

Nelson schüttelte den Kopf. »Nichts. Und ich bezweifle ernsthaft, dass Richards so etwas übersehen hätte. Meiner Ansicht nach gibt es keinen Grund, dem Kerl nicht zu glauben. Vermutlich hat Grey die Frau genau so kennengelernt, wie er behauptet.«

»Sie kann in dem Pick-up gewesen sein, auf der ersten Luftaufnahme, die wir bekommen haben. Dann hätten wir sie nicht gesehen.«

»Stimmt. Aber ich glaube nicht, dass Grey lügt. Seine Geschichte ist einfach zu schräg, um erfunden zu sein. Und ich hab's gecheckt: Ihre Adresse in Denver ist nur zwei Meilen vom Home

Depot entfernt. Und die Route, auf der Grey unterwegs war, führt geradewegs an dem Baumarkt vorbei. Sie haben mit ihr gesprochen. Sie hält Grey anscheinend für eine Art Faktotum. Ich glaube, sie hat keine Ahnung, was hier im Gange ist. Die Frau ist komplett gaga.«

»Ist das Ihre *offizielle* Diagnose?«

Nelson zuckte die Achseln. »Laienhaft ausgedrückt. Ein Fachausdruck wäre ›traumatische Dissoziation‹. In den Akten findet sich kein Hinweis auf frühere psychische Erkrankungen, aber betrachten Sie doch ihre Situation. Sie ist schwanger, versteckt sich, flüchtet. Leute werden in Fetzen gerissen. Irgendwie schafft sie es, am Leben zu bleiben, wird allein zurückgelassen. Wie würden Sie sich dabei fühlen? Das Gehirn ist ein ziemlich wendiges Organ. Im Moment ist es dabei, die Realität für sie neu zu schreiben, und dabei leistet es verdammt gute Arbeit. Auf der Grundlage von Greys Akte würde ich sagen, sie hat tatsächlich eine Menge gemeinsam mit dem Kerl.«

Guilder überlegte kurz und legte die Akte dann auf den Schreibtisch. »Nein, ich glaub's nicht. Wie groß ist die Wahrscheinlichkeit, dass die beiden sich einfach so über den Weg laufen? Der Zufall ist mir zu groß.«

»Kann sein«, sagte Nelson. »So oder so verrät es uns nicht viel. Und die Frau könnte infiziert sein, ohne dass wir es sehen. Vielleicht verdeckt die Schwangerschaft es irgendwie.«

»Wie weit ist sie?«

»Ich bin kein Fachmann, aber nach der Größe des Kindes zu urteilen, würde ich sagen, mindestens in der dreißigsten Woche. Erkundigen Sie sich bei Suresh.«

Suresh war der Arzt, den Guilder von USAMRIID, dem militärischen Institut für die Erforschung biologischer Waffen und ihrer Gegenmittel, hinzugezogen hatte. Suresh war Spezialist für Infektionskrankheiten und erst seit sechs Monaten bei Special Weapons. Guilder hatte ihm wenig gesagt – nur dass Grey und die Frau »Personen von dienstlichem Interesse« seien.

»Wie schnell können wir eine brauchbare Kultur von ihm anlegen?«

»Kommt drauf an. Vorausgesetzt, wir können das Virus überhaupt isolieren, dauert das zwischen achtundvierzig und zweiundsiebzig Stunden. Wenn Sie wirklich meine Meinung wissen wollen: Das Klügste wäre es, ihn nach Atlanta zu expedieren. Dort sind sie für solche Aktionen am besten ausgerüstet. Und wenn Grey immun ist, wüsste ich nicht, warum sie die Vergangenheit auf sich beruhen lassen sollten. Nicht wenn so viel auf dem Spiel steht.«

Guilder schüttelte den Kopf. »Warten wir ab, bis wir etwas Handfestes haben.«

»Ich würde nicht lange warten. Nicht so, wie die Dinge laufen.«

»Müssen wir ja nicht. Aber Sie haben den Mann gehört. Er glaubt, er hat in einem Motel geschlafen. Ich bezweifle, dass irgendjemand uns ernst nehmen wird, wenn das alles ist, was wir haben. Sie sperren uns beide ein und werfen den Schlüssel weg – wenn wir *Glück* haben.«

Nelson runzelte die Stirn. »Ich verstehe, was Sie meinen.«

»Ich sage nicht, dass wir es ihnen nicht melden. Aber lassen Sie uns vorsichtig sein. Zweiundsiebzig Stunden, ja? Dann rufe ich an. Ich gebe Ihnen mein Wort.«

Ob er es schluckte? Nelson nickte.

»Graben Sie nur weiter.« Guilder schlug ihm auf die Schulter. »Und sagen Sie Suresh, er soll die beiden vorläufig weiter sedieren. Falls einer von ihnen ausrastet, will ich nichts riskieren.«

»Glauben Sie, die Gurte halten?«

Es war eine rhetorische Frage. Beide Männer kannten die Antwort.

Guilder ließ Nelson im Labor zurück und fuhr mit dem Aufzug zum Dach hinauf. Sein linkes Bein schleifte wieder nach wie ein Schluckauf beim Gehen. Draußen begrüßte ihn Masterson, der Kerl, der für die Securityleute zuständig war, mit knappem Kopfnicken, ließ ihn aber in Ruhe. Er war der klassische Blackbird-Typ:

eine Figur wie ein Müllauto, Arme wie Hydranten und ein Gesicht, das in der selbstzufriedenen Häme eines altgewordenen Verbindungsstudenten erstarrt war. Mit seiner Wraparound-Sonnenbrille, der Baseballkappe und der Panzerweste sah er nicht aus wie ein Mensch, sondern eher wie eine Actionfigur. Wo kriegten sie diese Typen bloß her? Züchtete man sie auf einer Art Farm? Oder wurden sie in einer Petrischale kultiviert? Sie waren Gorillas, schlicht und einfach, und Guilder hatte nie gern mit ihnen zu tun gehabt – Richards war ein Musterexemplar gewesen –, aber andererseits waren sie mit ihrem beinahe roboterhaften Gehorsam für gewisse Aufgaben ideal geeignet. Wenn sie nicht existiert hätten, hätte man sie erfinden müssen.

Er trat an den Rand des Daches. Es war kurz nach Mittag. Die Luft hing erstarrt unter einer formlosen weißen Sonne, und die Landschaft war flach und konturlos wie ein Billardtisch. Die einzigen Unterbrechungen am schnurgeraden Horizont waren eine schimmernde Gebäudekuppel, wahrscheinlich ein Teil des Colleges, und dort im Süden die schalenförmigen Umrisse eines Football-Stadions. Eine dieser ganz speziellen Universitäten, dachte Guilder – ein als College getarntes Trainingslager, wo kräftige Schlägertypen irgendwelche Pseudoseminare absaßen und an den Herbstnachmittagen ihre Gegenspieler zu Klump hauten.

Er ließ den Blick über das FEMA-Camp unter ihm wandern. Die Flüchtlinge waren ein Problem, mit dem er nicht gerechnet hatte, und anfangs hatte es ihn beunruhigt. Aber bei genauerem Hinsehen war eigentlich nicht zu erkennen, was sich dadurch an seinem Plan ändern sollte. Von der Army war zu hören, dass sie in ein, zwei Tagen sowieso alle weg sein würden. Ein paar Jungen spielten vor dem Drahtzaun und kickten einen halb erschlafften Fußball im Staub herum. Guilder sah ihnen einen Augenblick lang zu. Die Welt mochte auseinanderfallen, aber Kinder blieben Kinder; im Handumdrehen konnten sie alle ihre Sorgen beiseiteschieben und sich im Spiel verlieren. Vielleicht war es das, was er bei Shawna empfunden hatte: ein paar Minuten, in denen er der

Junge sein konnte, der er nie gewesen war. Vielleicht war das alles, was er sich gewünscht hatte – was alle Welt sich wünschte.

Aber Lawrence Grey: Etwas an dem Mann ließ ihm keine Ruhe, und es war nicht nur seine unglaubliche Geschichte oder der unwahrscheinliche Zufall, dass die Frau bei ihm die Ehefrau von Special Agent Wolgast sein sollte. Es war die Art, wie Grey von ihr geredet hatte. *Bitte tun Sie ihr nichts. Ich bin's doch, den Sie haben wollen. Tun Sie Lila nichts.* Guilder hätte nie vermutet, dass Grey sich so um einen anderen Menschen sorgen würde, schon gar nicht um eine Frau. Alles in seiner Akte hatte bei Guilder den Eindruck hinterlassen, der Mann sei bestenfalls ein Einzelgänger und im schlimmsten Fall ein Soziopath. Doch Greys Flehen, Lila nichts anzutun, kam offensichtlich von Herzen. Etwas war zwischen den beiden geschehen, das sie miteinander verband.

Er schaute hoch, und sein Blick erfasste das ganze Camp. All diese Leute – sie saßen in der Falle, und nicht nur wegen des Drahtzauns, der sie umgab. Physische Barrikaden waren nichts im Vergleich mit den Drähten des Geistes. Was sie wirklich einsperrte, waren sie selbst. Männer und Frauen, Eltern und Kinder, Freunde und Freundinnen: Was ihnen ihrer Meinung nach bislang Kraft im Leben gegeben hatte, war nun ihr wunder Punkt. Guilder dachte an das Ehepaar, das bei seinem Townhouse auf der anderen Straßenseite gewohnt hatte – wie sie ihre schlafende Tochter gemeinsam zum Auto getragen hatten. Wie schwer ihnen diese Bürde gewesen sein musste. Und wenn das Ende auf sie alle herabkäme, würden sie die Welt in einer Woge des Leidens verlassen, und der Verlust des Kindes würde ihre Qualen millionenfach verstärken. Würden sie zusehen müssen, wie sie starb? Würden sie als Erste umkommen und dabei wissen, was aus ihr werden würde, wenn sie nicht mehr da wären? Was war besser? Aber die Antwort war: Keins von beidem. Die Liebe hatte ihren Untergang besiegelt. Das war es, was die Liebe tat. Guilders Vater hatte ihm diese Lektion erfolgreich erteilt.

Er würde bald sterben. Das war unbestreitbar, unabänderlich. Ebenso wie die Tatsache, dass Lawrence Grey – dieser entbehrliche Nobody, dieser verdammte Hausmeister, ein Mann, der in seinem erbärmlichen Leben nichts als Elend in die Welt gebracht hatte – *nicht* sterben musste. Irgendwo in Lawrence Greys Körper lag der geheime Schlüssel zur ultimativen Freiheit, und Horace Guilder würde ihn finden und für sich behalten.

18

Die Tage schlichen vorbei. Und noch immer hörte man nichts von den Bussen.

Alle waren unruhig. Draußen vor dem Zaun kamen und gingen Soldaten, und es wurden weniger. Jeden Morgen ging Kittridge zur Baracke, um sich nach der Lage zu erkundigen, und jeden Morgen kam er mit der gleichen Antwort zurück: Die Busse sind unterwegs, haben Sie Geduld.

Einen ganzen Tag lang regnete es, und das Camp verwandelte sich in ein riesiges Schlammbad. Dann war die Sonne wieder da und überzog jede Fläche mit einer Kruste aus trockener Erde. Jeden Nachmittag kamen neue Essensrationen, die von der Ladefläche eines Fünftonners der Army geworfen wurden, aber nie gab es Neuigkeiten. Die Chemietoiletten verfaulten, und die Mülltonnen flossen über. Stundenlang behielt Kittridge das Tor im Auge, doch es kamen keine Flüchtlinge mehr. Mit jedem Tag, der verging, erschien ihm das Camp mehr und mehr wie eine Insel in einem feindseligen Ozean.

Vera, die Rotkreuzhelferin, die bei der Anmeldung als Erste mit ihnen gesprochen hatte, hatte er sich zu seiner Verbündeten gemacht. Sie war jünger, als er zunächst gedacht hatte, eine Krankenpflegeschülerin vom Midwest State College. Wie alle zivilen Mitarbeiter sah sie restlos erschöpft aus. Die tagelange Anspannung lag schwer auf ihrem Gesicht. Sie konnte verstehen, dass er frustriert war; das waren alle. Auch sie hatte auf die Busse gehofft; sie war gestrandet wie alle anderen. Einmal hieß es, sie kämen aus Chicago, am nächsten Tag aus Kansas City, und dann wieder hieß es, aus Joliet. Die FEMA hatte irgendetwas vermasselt. Eine Batterie von Satellitentelefonen sollten sie auch bekommen, damit die Leute ihre Verwandten anrufen und ihnen sagen könnten, dass alles in Ordnung war. Wo die blieben, wusste Vera auch nicht. Sogar das lokale Mobilfunknetz war tot.

Kittridge fing an, Gesichter wiederzuerkennen: eine elegant gekleidete Frau, die eine Katze an der Leine führte, eine Gruppe von jungen Schwarzen, die alle die weißen Hemden und schwarzen Krawatten der Zeugen Jehovas trugen, ein Mädchen in einem Cheerleader-Outfit. Eine teilnahmslose Stimmung hatte sich im Camp breitgemacht; das aufgeschobene Drama der Nichtabreise versetzte alle in einen passiven Zustand. Es gab Gerüchte, die Wasserversorgung sei kontaminiert, und jetzt war das Lazarettzelt voll von Leuten, die über Magenkrämpfe, Muskelschmerzen und Fieber klagten. Ein paar hatten Radios, die noch funktionierten, aber sie hörten nur ein klingendes Geräusch, gefolgt von der inzwischen vertrauten Durchsage des Katastrophenrundfunks: *Bleiben Sie in Ihren Häusern. Suchen Sie Deckung an Ort und Stelle. Befolgen Sie die Anordnungen des Militärs und der Polizei.* Dann ging eine Minute lang eine Sirene, und die Durchsage wurde wiederholt.

Spätnachmittag, am vierten Tag: Kittridge saß zum x-ten Mal mit April, Pastor Don und Mrs Bellamy beim Kartenspiel. Sie hatten sich von Bridge auf Poker verlegt und spielten um irrwitzige Fantasiesummen. April behauptete, noch nie gespielt zu haben, aber sie hatte Kittridge bereits um knapp fünftausend Dollar erleichtert. Die Wilkes waren verschwunden; seit Mittwoch hatte sie niemand mehr gesehen. Wohin sie auch gegangen sein mochten, sie hatten ihr Gepäck mitgenommen.

»Himmel, das ist ja ein Backofen hier«, sagte Joe Robinson. Er hatte sein Feldbett den ganzen Tag kaum verlassen.

»Spielen Sie eine Runde mit«, schlug Kittridge vor. »Das lenkt ab.«

»O Gott«, stöhnte der Mann. Er war schweißgebadet. »Ich kann mich ja kaum bewegen.«

Kittridge, der nur ein Paar Sechsen hatte, warf seine Karten auf den Tisch. Mit einem vollendeten Pokerface harkte April den nächsten Pot zu sich heran.

»Mir ist langweilig«, gab Tim bekannt.

April sortierte die Papierstreifen, die sie als Chips benutzten, zu säuberlichen Stapeln. »Du kannst mit mir spielen. Ich zeige dir, wie man setzt.«

»Ich möchte Mau-Mau spielen.«

»Glaub mir«, beruhigte sie ihren Bruder. »Das hier ist viel besser.«

Pastor Don teilte die Karten aus, als Vera im Zelteingang erschien. Sie sah Kittridge an. »Können wir uns draußen unterhalten?«

Er stand von der Pritsche auf und trat hinaus in die Hitze des späten Nachmittags. »Da ist was im Gange«, sagte Vera. »Die FEMA ist soeben darüber informiert worden, dass sämtliche Ziviltransporte östlich des Mississippi vorübergehend ausgesetzt worden sind.«

»Sind Sie sicher?«

»Ich habe gehört, wie sie im Büro des Campleiters darüber gesprochen haben. Die Hälfte der FEMA-Leute ist schon verduftet.«

»Wer weiß sonst noch davon?«

»Soll das ein Witz sein? Ich erzähl's nicht mal Ihnen.«

Also war es so weit: Man gab sie auf. »Wer ist der kommandierende Offizier?«

»Major Sowieso. Ich glaube, sie heißt Porcheki.«

Ein Glücksfall. »Wo ist sie jetzt?«

»Sie dürfte in der Baracke sein. Da war noch irgendein Colonel, aber der ist weg. Viele von denen sind inzwischen weg.«

»Ich rede mit ihr.«

Vera runzelte zweifelnd die Stirn. »Was können Sie denn tun?«

»Vielleicht gar nichts. Aber einen Versuch ist es wenigstens wert.«

Sie ging eilig davon, und Kittridge kehrte ins Zelt zurück. »Wo ist Delores?«

Wood blickte von seinen Karten auf. »Ich glaube, sie arbeitet in einem der Lazarettzelte. Das Rote Kreuz hat freiwillige Helfer gesucht.«

»Jemand soll sie holen.«

Als alle da waren, schilderte Kittridge ihnen die Lage. Wenn Porcheki ihnen Treibstoff für den Bus gäbe – und das war ein großes Wenn –, würden sie mit der Abfahrt mindestens bis zum nächsten Morgen warten müssen.

»Glauben Sie denn wirklich, sie wird uns helfen?«, fragte Pastor Don.

»Ich gebe zu, die Aussichten sind vage.«

»Ich finde, wir sollten den Sprit klauen und machen, dass wir wegkommen«, sagte Jamal. »Statt zu warten.«

»Kann sein, dass es nötig wird, aber ich bin aus zwei Gründen anderer Meinung. Erstens, wir haben es hier mit der Army zu tun. Da ist Klauen immer eine gute Methode, erschossen zu werden. Und zweitens, wir haben höchstens noch zwei Stunden Tageslicht. Es ist ein weiter Weg bis Chicago, und ich möchte nicht im Dunkeln fahren. Leuchtet das ein?«

Jamal nickte.

»Wichtig ist, dass wir mit niemandem darüber reden und zusammenbleiben. Wenn es sich herumspricht, wird hier der Teufel los sein. Alle bleiben nah beim Zelt. Du auch, Tim. Kein Herumlaufen mehr.«

Als Kittridge hinausging, kam Delores ihm nach. »Dieses Fieber macht mir Sorgen«, sagte sie hastig. »Die Lazarettzelte sind völlig überlaufen. Sämtliche Vorräte sind aufgebraucht, es gibt keine Antibiotika mehr, gar nichts. Die Sache gerät außer Kontrolle.«

»Was glauben Sie, was es ist?«

»Naheliegend wäre Typhus. Das Gleiche ist nach dem Hurrikan Vanessa in New Orleans passiert. Bei den vielen Leuten, die hier zusammengepfercht sind, war das nur eine Frage der Zeit. Wenn Sie mich fragen, wir können gar nicht schnell genug von hier verschwinden.«

Eine Sorge mehr, dachte Kittridge. Er ging schneller und nahm Kurs auf die Baracke, vorbei an überquellenden Müllcontainern, wo die Krähen im Abfall wühlten. Die Vögel waren am Abend zuvor aufgetaucht, zweifellos angelockt vom Gestank der anwachsenden Müllberge. Jetzt war das Lager voll von ihnen, und sie waren so frech, dass sie einem praktisch aus den Fingern rissen, was essbar war. Es war nie ein gutes Zeichen, dachte er, wenn die Krähen kamen.

Kittridge tat nichts, um seine Anwesenheit anzukündigen, sondern marschierte schnurstracks in das Kommandanturzelt hinein. Porcheki saß hinter ihrem Schreibtisch und sprach in ein Satellitentelefon. Drei Unteroffiziere waren da; sie saßen in einem dichten Verhau aus elektronischen Geräten. Einer von ihnen riss sich den Kopfhörer herunter und sprang auf.

»Was suchen Sie hier drin? Dieser Bereich ist für Zivilisten gesperrt.«

Der Soldat kam auf ihn zu, aber Porcheki hielt ihn auf.

»Das ist in Ordnung, Corporal.« Ihr Gesicht war eine starre Maske der Müdigkeit. Sie legte den Hörer auf. »Sergeant Kittridge. Was kann ich für Sie tun?«

»Sie ziehen ab, nicht wahr?« Der Gedanke nahm in seinem Kopf Gestalt an, während er ihn aussprach.

Porcheki musterte ihn. Dann wandte sie sich an die Soldaten. »Lassen Sie uns allein.«

»Major ...«

»Das ist alles, Corporal.«

Mit sichtbarem Widerstreben verließen die drei das Zelt.

»Ja«, sagte Porcheki dann. »Wir haben Befehl, uns an die Grenze nach Illinois zurückzuziehen. Der gesamte Staat steht morgen ab achtzehn Uhr unter Quarantäne.«

»Sie können diese Leute nicht einfach zurücklassen. Sie sind absolut wehrlos.«

»Das weiß ich selbst.« Sie betrachtete ihn eingehend und schien etwas bekannt geben zu wollen. Dann sagte sie: »Sie waren in Bagram, nicht wahr?«

»Ma'am?«

»Ich dachte doch, ich kenne Sie. Ich war auch da, mit der Zweiundsiebzigsten Expeditionsgruppe. Sanitätsdienst. Sie werden mich kaum erkennen, nehme ich an.« Ihr Blick wanderte nach unten. »Was macht das Bein?«

Kittridge war so verdattert, dass er fast nicht antworten konnte. »Ich komme zurecht.«

Sie nickte kaum merklich, und es sah aus, als huschte ein Lächeln über ihr müdes Gesicht. »Freut mich zu sehen, dass Sie es geschafft haben, Sergeant. Ich habe gehört, was passiert ist. Eine schreckliche Sache, das mit dem Jungen.« Sie wurde wieder dienstlich. »Was das andere angeht: Ich habe vierundzwanzig Busse, die aus dem Depot in Rock Island unterwegs sind, plus zwei Tanklaster. Mit Ihrem Bus macht das fünfundzwanzig. Das ist natürlich nicht genug, aber mehr konnte ich nicht zusammenbekommen. Wohlgemerkt, diese Information ist nicht für die Allgemeinheit bestimmt. Wir wollen keine Panik auslösen. Ich würde lügen, wenn ich sagen wollte, dass ich mich hier nicht weit aus dem Fenster lehne. Haben wir uns verstanden?«

Kittridge nickte.

»Wenn die Busse anrollen, sollten Sie bereit sein. Sie wissen, wie so etwas läuft. Früher oder später werden die Leute eins und eins zusammenzählen, und Sie können darauf wetten, dass niemand zurückgelassen werden will. Wir sollten Zeit für vier Touren haben, bevor die Grenze geschlossen wird. Haben Sie einen Fahrer für Ihren Bus?«

Kittridge nickte wieder. »Danny.«

»Ist das der mit der Mütze? Verzeihung, Sergeant, ich meine es nicht respektlos gegen den Mann, aber ich muss sicher sein, dass er es auch schafft.«

»Einen Besseren als ihn werden Sie nicht finden. Darauf gebe ich Ihnen mein Wort.«

Nach kurzem Zögern nickte sie. »Er soll sich um drei Uhr hier melden. Die erste Tour geht um vier Uhr dreißig. Denken Sie an das, was ich Ihnen gesagt habe. Wenn Sie Ihre Leute hier herausbringen wollen, setzen Sie sie in die Busse.«

Was Porcheki als Nächstes tat, war die größte Überraschung für Kittridge. Sie beugte sich zur Seite, öffnete die unterste Schreibtischschublade und nahm zwei Pistolen heraus. Es waren Kittridges Glocks, die immer noch in ihren Holstern steckten.

»Aber lassen Sie sie nicht sehen. Melden Sie sich draußen bei Corporal Danes, und er wird Sie zum Waffenlager bringen. Nehmen Sie so viel Munition mit, wie Sie brauchen.«

Kittridge schob die Arme durch die Holsterriemen. Was die Frau mit alledem sagen wollte, war klar. Sie waren hinter den Linien; die Front war an ihnen vorbeigezogen.

»Wie nah sind sie?«, fragte er.

Porchekis Gesicht wurde finster. »Sie sind schon hier.«

Lawrence Grey war noch nie so hungrig gewesen.

Wie lange war er jetzt hier? Drei Tage? Vier? Die Zeit hatte jede Bedeutung verloren; nur die Besuche der Männer in den Raumanzügen unterbrachen den Lauf der Stunden. Sie kamen ohne Vorwarnung, Geistererscheinungen, die aus dem Narkosenebel auftauchten. Die Luftschleuse zischte, und dann waren sie da. Ein Nadelstich, und der Plastikbeutel füllte sich langsam mit der dunkelroten Kostbarkeit. Etwas war in seinem Blut, etwas, das sie haben wollten. Aber anscheinend waren sie nie zufrieden; sie molken ihn wie eine Kuh. Was wollen Sie denn?, fragte er flehentlich. Warum tun Sie das mit mir? Wo ist Lila?

Er war ausgehungert. Er war ein Wesen von purer Bedürftigkeit, ein mannsgroßes Loch im Raum, das gefüllt werden musste. Davon konnte ein Mensch verrückt werden. Vorausgesetzt, er *war* noch ein Mensch. Zero hatte ihn verwandelt, ihn zu einem der Seinen gemacht. In Greys Kopf waren Stimmen, murmelnde Stimmen wie von einer fernen Menge. Stunde um Stunde wurden sie lauter: Die Menge kam näher. Er zappelte unter den Gurten wie ein Fisch im Netz. Mit jedem gestohlenen Beutel Blut ließen seine Kräfte nach. Er fühlte, wie er von innen heraus alterte, ein steiler körperlicher Verfall in den Tiefen seiner Zellen. Bald würde er ganz verschwinden, sich im Nichts zerstreuen.

Sie beobachteten ihn, der namens Guilder und der namens Nelson: Grey spürte, wie sie hinter der Linse der Überwachungskamera lauerten, fühlte die sondierenden Strahlen ihrer Blicke. Sie brauchten ihn, und sie hatten Angst vor ihm. Er war wie ein Geschenkpaket, aus dem vielleicht Schlangen herausstoßen würden, wenn man es öffnete. Er hatte keine Antworten für sie, und sie hatten es aufgegeben, ihm Fragen zu stellen. Im Schweigen lag die einzige Macht, die er noch hatte.

Er dachte an Lila. Passierte mit ihr das Gleiche? Ging es dem Kind gut? Er hatte sie nur beschützen, hatte einmal in seinem ganzen elenden Leben etwas Gutes tun wollen. Es war eine Art Liebe. Wie bei Nora Chung, nur tausend Mal tiefer, eine Kraft, die nichts haben wollte, nichts nahm, die nur zu geben hatte. Es stimmte, sie war aus einem Grund in sein Leben gekommen: um ihm eine letzte Chance zu geben. Und er hatte sie im Stich gelassen.

Er hörte das Zischen der Luftschleuse. Eine Gestalt kam herein. Einer der Männer im Schutzanzug stapfte schwerfällig auf ihn zu wie ein großer orangegelber Schneemann.

»Mr Grey, ich bin Dr. Suresh.«

Grey schloss die Augen und wartete auf den Nadelstich. Na los, dachte er, nimm doch alles. Aber es passierte nichts. Grey schaute hin und sah, dass der Arzt eine Nadel aus dem Infusionsport zog. Mit sorgfältigen Bewegungen setzte er eine Schutzkappe auf die Nadel und warf sie klappernd in den Mülleimer. Sofort spürte Grey, wie der Nebel in seinem Kopf sich verzog.

»Jetzt können wir reden. Wie fühlen Sie sich?«

Was glauben Sie, wie ich mich fühle, wollte er sagen. Oder auch nur: *Fuck you.* »Wo ist Lila?«

Der Arzt nahm eine kleine Stiftlampe aus einer Tasche an seinem Schutzanzug und beugte sich über Greys Gesicht. Durch die Sichtscheibe seines Helms kamen seine verschwommenen Gesichtszüge heran. Tiefbraune Haut, dunkel mit gelblichem Schimmer, kleine weiße Zähne. Er schwenkte den Lichtstrahl über Greys Augen hin und her.

»Ist Ihnen das unangenehm? Das Licht?«

Grey schüttelte den Kopf. Ein neues Geräusch drang in sein Bewusstsein – ein rhythmisches Pochen. Er hörte den Herzschlag des Mannes, das pulsierende Wispern des Blutes in seinen Adern. Ein Schwall von Speichel durchflutete seinen Mund.

»Sie haben keinen Stuhlgang gehabt, nein?«

Grey schluckte und schüttelte wieder den Kopf. Der Arzt trat ans Fußende des Bettes und holte eine kleine silberglänzende Sonde heraus, mit der er schnell über Greys bloße Fußsohlen strich.

»Sehr gut.«

Die Untersuchung ging weiter. Herz, Lunge, Puls. Jede einzelne Information wurde auf dem Display eines Palmtops notiert. Suresh schob Greys Krankenkittel über die Beine nach oben und nahm seine Hoden in die Hand.

»Husten Sie bitte.«

Grey brachte ein mattes Hüsteln zustande. Das Gesicht des Arztes hinter der Scheibe verriet nichts. Das Pochen erfüllte Greys Gehirn bis obenhin und überlagerte jeden anderen Laut.

»Ich werde jetzt Ihre Drüsen untersuchen.«

Der Arzt griff mit seinen behandschuhten Händen an Greys Hals. Als seine Fingerspitzen ihn berührten, schoss Greys Kopf nach vorn. Es war eine automatische Bewegung; Grey hätte sie nicht verhindern können, selbst wenn er es versucht hätte. Seine

Zähne bohrten sich in das weiche Fleisch von Sureshs Handfläche und hielten sie fest wie eine Schraubzwinge. Der chemische Geschmack von Latex war zutiefst widerwärtig, aber dann erfüllte ein süßer Schwall seinen Mund. Suresh kreischte und versuchte, sich loszureißen. Die freie Hand drückte er auf Greys Stirn, um sich dagegenzustemmen, er bog sich nach hinten und schlug Grey mit der Faust ins Gesicht. Es war nicht schmerzhaft, eher verblüffend, und Grey lockerte seinen Biss. Suresh taumelte zurück und umklammerte seine blutende Hand am Gelenk. Daumen und Zeigefinger umschlossen sie wie eine Aderpresse. Grey rechnete mit einem Riesenaufruhr – gellender Alarm, hereinstürmende Männer –, doch nichts dergleichen geschah: Der Augenblick war wie erstarrt in der Zeit, niemand hatte etwas bemerkt. Suresh wich zurück und starrte Grey mit panisch aufgerissenen Augen an. Er riss den blutigen Handschuh herunter und stürzte zum Waschbecken, drehte den Hahn auf und schrubbte wie wild seine Hand.

»O Gott o Gott o Gott«, murmelte er immer wieder.

Dann war er draußen. Grey lag einen Moment lang still da. Bei dem Handgemenge war der Infusionsschlauch abgerissen. Er hatte Blut auf dem Gesicht, auf den Lippen. Langsam und voller Behagen leckte er es ab. Nur eine winzige Kostprobe, aber es genügte. Kraft durchströmte ihn, so langsam und mächtig wie die Flut, die über den Strand rollt. Er stemmte sich gegen die Gurte und fühlte, wie die Nieten abplatzten. Die Luftschleuse war eine andere Sache, aber früher oder später würde sie sich öffnen, und dann würde Grey bereit sein. Er würde auf sie hinabsegeln wie ein Engel des Todes.

Lila, ich komme.

19

3 Uhr 30. Die Gruppe stand mit ihrem Gepäck neben dem Zelt und wartete auf die Morgendämmerung. Kittridge hatte gesagt, sie sollten schlafen, um für die bevorstehende Reise ausgeruht zu sein. Kurz nach Mitternacht waren die versprochenen Busse draußen vor dem Zaun erschienen, eine lange graue Kolonne. Von der Army kam keine Ansage, aber ihre Ankunft war niemandem entgangen. Überall im Camp redete man von der Abreise. Wer würde als Erster fahren dürfen? Kamen noch mehr Busse? Was war mit den Kranken? Würden sie zuerst evakuiert werden?

Kittridge war mit Danny zum Kommandanturzelt gegangen, um bei Porchekis Lagebesprechung dabei zu sein. Das Zivilpersonal, das noch da war – FEMA- und Rotkreuzmitarbeiter –, würde das eigentliche Einsteigen beaufsichtigen, während Porchekis Rest, drei Züge insgesamt, die Menge in Schach halten sollte. Ein Dutzend Humvees und zwei Schützenpanzer würden draußen vor dem Zaun warten, um den Konvoi zu eskortieren. Die Fahrt nach Rock Island würde knapp zwei Stunden dauern. Vorausgesetzt, dass alles nach Plan verlief, würde das letzte der vier Kontingente Rock Island gegen 17 Uhr 30 erreichen, also knapp vor Ablauf der Frist.

Nach dem Meeting nahm Kittridge Danny beiseite. »Wenn etwas passiert, warte nicht lange. Nimm mit, was du unterbringen kannst, und fahr los. Bleib weg von den Hauptstraßen. Wenn die

Brücke bei Rock Island gesperrt ist, fahr nach Norden, wie wir es beim letzten Mal getan haben. Fahr am Fluss entlang, bis du eine offene Brücke findest. Verstanden?«

»Ich soll nicht lange warten. Von den Hauptstraßen wegbleiben. Nach Norden fahren.«

»Genau.«

Die anderen Fahrer waren schon unterwegs zu den Bussen. Kittridge hatte nur noch einen Augenblick Zeit für den Rest. »Was jetzt auch passieren mag, Danny, wir wären ohne dich nie so weit gekommen. Das weißt du bestimmt, aber ich wollte es doch sagen.«

Der Mann nickte angespannt und schaute schräg zur Seite. »Okay.«

»Ich möchte dir die Hand schütteln. Glaubst du, das wäre okay?«

Ein beinahe qualvoller Ausdruck legte Dannys Stirn in Falten. Kittridge befürchtete schon, er habe eine Grenze überschritten, als Danny mit einer beinahe verstohlenen Schnelligkeit die Hand ausstreckte und ihre beiden Handflächen einander berührten. Dannys Griff war zwar unschlüssig, aber nicht ohne Kraft. Eine energische Pumpbewegung, eine Sekunde lang schaute Danny ihm in die Augen, und dann war es vorbei.

»Viel Glück«, sagte Kittridge.

Er ging zum Zelt zurück. Jetzt konnte er nur noch warten. Er setzte sich auf den Boden und lehnte sich an eine Holzkiste. Ein paar Minuten vergingen, und dann öffnete sich die Zeltklappe. April ließ sich neben ihm zu Boden sinken und zog die Knie an die Brust. »Was dagegen?«

Kittridge schüttelte den Kopf. Sie schauten zur Einfahrt des Geländes hinüber, die ungefähr hundert Meter vor ihnen lag. Im grellen Flutlicht der Scheinwerfer strahlte der Bereich wie eine hell erleuchtete Bühne.

»Ich wollte Ihnen nur danken«, sagte April. »Für alles, was Sie getan haben.«

»Das hätte jeder getan.«

»Nein, eben nicht. Das möchten Sie gern glauben, aber es stimmt nicht.«

Kittridge fragte sich, ob sie recht hatte. Vermutlich war es egal. Das Schicksal hatte sie zusammengeführt, und jetzt waren sie hier. Dann fielen ihm die Pistolen ein.

»Ich hab etwas, das dir gehört.«

Er schob die Hand unter die Jacke und zog eine der Glocks heraus. Er zog den Verschluss zurück, um sie durchzuladen, drehte sie in der Hand herum und hielt sie ihr entgegen.

»Vergiss nicht, was ich dir gesagt hab. Eine Kugel mitten in die Brust. Wenn du es richtig machst, kippen sie um wie ein Kartenhaus.«

»Wie haben Sie die zurückgekriegt?«

Er lächelte. »Hab sie beim Pokern gewonnen.« Er schob die Waffe näher an sie heran. »Na los, nimm sie schon.«

Er wollte, dass sie die Pistole hatte. April nahm sie in die Hand, beugte sich nach vorn und schob den Lauf im Kreuz unter den Bund ihrer Jeans.

»Danke«, sagte sie lächelnd. »Ich werde gut drauf aufpassen.«

Eine ganze Minute lang sprachen sie beide nicht.

»Es ist ziemlich klar, wie das alles enden wird, oder?«, sagte April dann. »Früher oder später, meine ich.«

Kittridge drehte sich zu ihr um. Sie hatte den Blick abgewandt, und das Licht der Scheinwerfer glänzte auf ihren Zügen. »Es gibt immer eine Chance.«

»Nett, dass Sie das sagen. Aber es ändert nichts. Vielleicht müssen die anderen so was hören, ich nicht.«

Es war kalt geworden. April lehnte sich an ihn. Es war eine instinktive Bewegung, aber sie bedeutete etwas. Kittridge legte den Arm um sie und zog sie an sich, um sie zu wärmen.

»Sie denken daran, nicht wahr?«, fragte sie. Ihr Kopf lag an seiner Brust. »An den Jungen im Auto.«

»Ja.«

»Erzählen Sie mir davon.«

Kittridge holte tief Luft. »Ich denke dauernd an ihn.«

Im Camp um sie herum war es still geworden wie in den Zimmern eines Hauses, wenn alle zu Bett gegangen sind.

»Sie müssen mir einen Gefallen tun«, sagte April.

»Okay.«

Kittridge spürte, wie ihr Körper sich anspannte. »Hab ich schon erwähnt, dass ich Jungfrau bin?«

»Nein. Ich glaube, an so etwas würde ich mich erinnern.«

»Ich würde nicht sagen, dass es in meinem Leben viele Männer gegeben hat.« Als Kittridge nicht antwortete, fuhr sie fort: »Ich hab nicht gelogen, als ich gesagt hab, ich bin achtzehn. Nicht dass es wichtig wäre. Ich glaube nicht, dass solche Dinge jetzt noch wichtig sind.«

»Nein, vermutlich nicht.«

»Ich will damit sagen, es braucht keine große Sache zu sein.«

»Das ist es aber.«

April nahm seine Hand, umschloss sie mit ihren Fingern und strich mit dem Daumen langsam über seine Knöchel. »Es ist komisch. Schon bevor ich deine Narben gesehen hab, wusste ich, was du bist. Nicht das mit der Army, das war allen klar. Aber dass dir etwas passiert ist im Krieg.« Sie schwieg kurz. »Ich kenne nicht mal deinen Vornamen.«

»Bernard.«

Sie hob den Kopf und sah ihn an. Ihre Augen glänzten feucht. »Bitte, Bernard. Mach einfach … bitte, okay?«

Es war kein Wunsch, den man verweigern konnte, und er wollte es auch gar nicht. Sie benutzten eins der Nachbarzelte, dessen Bewohner verschwunden waren – niemand wusste, wohin. Kittridge war aus der Übung, aber er tat sein Bestes, um sanft zu sein und nichts zu überstürzen, und er beobachtete Aprils Gesicht aufmerksam im matten Licht. Sie gab ein paar Geräusche von sich, jedoch nicht viele, und als es vorbei war, küsste sie ihn lange und zärtlich, schmiegte sich an seine Brust und war bald fest eingeschlafen.

Kittridge lag im Dunkeln, lauschte ihrem Atem und fühlte ihre Wärme, wo ihre Körper einander berührten. Er hatte geglaubt, es würde merkwürdig werden, aber es war überhaupt nicht merkwürdig, es war einfach geschehen. Seine Gedanken drifteten umher und landeten hier und dort. Die besseren Erinnerungen, die Erinnerungen an Liebe. Viele davon hatte er nicht. Jetzt hatte er eine neue. Wie töricht er gewesen war, dass er sein Leben hatte weggeben wollen.

Er hatte gerade die Augen geschlossen, als vor dem Tor Motoren dröhnten und Scheinwerfer aufstrahlten. April regte sich neben ihm. Rasch zog er sich an und schlug die Zeltklappe zur Seite, als er im Westen Donnergrollen hörte. Na klar. Sie würden im Regen losfahren.

»Sind sie da?« Pastor Don kam aus dem Zelt und rieb sich die Augen. Wood war dicht hinter ihm.

Kittridge nickte. »Holt euer Gepäck, Leute. Es ist so weit.«

Wo zum Teufel war Suresh?

Seit Stunden hatte niemand den Mann mehr gesehen. Er hatte Grey untersuchen sollen, und im nächsten Augenblick hatte er sich in Luft aufgelöst. Guilder hatte Masterson und sein Securityteam auf die Suche geschickt. Nach zwanzig Minuten war er mit leeren Händen zurückgekommen. Suresh sei nicht im Gebäude, sagte er.

Der erste Deserteur, dachte Guilder. Ein Riss, der größer werden würde. Welche Hoffnung hatte der Mann, irgendwo hinzukommen? Sie waren hier mitten in den Maisfeldern, und es wurde rasch dunkel. Der Tag war erfolglos vergangen. Es war ihnen immer noch nicht gelungen, das Virus aus den Zellen zu locken und zu isolieren. Es gab keinen Zweifel daran, dass Grey infiziert war; die vergrößerte Thymusdrüse bewies es. Aber das Virus schien sich zu verstecken. Es versteckte sich! Das waren Nelsons Worte. Wie konnte ein Virus sich verstecken? *Verdammt noch mal*, finden Sie es einfach!, hatte Guilder gesagt. Uns läuft die Zeit davon.

Guilder verzog sich immer länger aufs Dach. Das Gefühl der Weite zog ihn an. Schon wieder war Mitternacht vorbei, und er war hier oben. Schlaf war nur noch eine Erinnerung. Kaum war er eingedämmert, schrak er auch schon wieder hoch, und seine Kehle zog sich zusammen. Die Zweiundsiebzig-Stunden-Frist war abgelaufen, und Nelson zog fragend die Brauen hoch: *Und?* Guilders Luftröhre war so eng, dass er kaum noch schlucken konnte, seine linke Hand flatterte wie ein Vogel. Er schleifte die eine Hälfte seines Körpers mit, als hinge ein Zehn-Pfund-Eisen an seinem Fuß. Viel länger würde er seinen Zustand vor Nelson kaum verbergen können. Wahrscheinlich wusste der Mann schon Bescheid.

Vom Dach aus hatte Guilder gesehen, wie die Reihen der Soldaten sich im Laufe der letzten Tage gelichtet hatten. Wie weit waren die Virals noch weg? Wie viel Zeit blieb ihnen?

Der Palmtop an seiner Taille summte. Nelson.

»Kommen Sie, das sollten Sie sich ansehen.«

Nelson erwartete ihn an der Aufzugtür. Er trug einen schmutzigen Laborkittel, und sein Haar war zerzaust. Er reichte Guilder einen Stapel Papier.

»Was ist das?«

Nelson machte ein grimmiges Gesicht. »Lesen Sie es einfach.«

DEPARTMENT OF THE ARMY

U.S. CENTRAL COMMAND

7115 SOUTH BOUNDARY BOULEVARD

MAC DILL AFB, FL 33621-5101

0010500JUN16

USCENTCOM EINSATZBEFEHL – IMMACULATA

BETR.: Verfügung 929621, 1. JHL Aufkl. Brig. Einsätze 18–26, Kartenbl. V107

EINSATZORGANISATION: Gemeinsame Einsatzgruppe (GEG) BRANDFACKEL bestehend aus folgenden Einheiten: 388. Jagdgeschwader (388 JGS), 23. Jagdgruppe (23 JG), 62. Heimatluftschutzgruppe (62 HLSG), Colorado Army National Guard (CO ANG), Kansas Army National Guard (KS ANG), Nebraska Army National Guard (NE ANG) und Iowa Army National Guard (IO ANG)

1. SITUATION
   a. Feindstärke: Unbekannt, +/- 800 000
   b. Gelände: Mischung aus Hochebene/Grasland/Stadt
   c. Wetter: Bedingungen unterschiedlich, Tagessicht mäßig, Nachtsicht eingeschränkt, wenig bis kein Mondlicht.
   d. Feindsituation: zum Zeitpunkt 10500JUN16 Beobachtung von 763 Gruppen von infizierten Personen (»Schwärme«), die sich in den ausgewiesenen Gebieten 1–26 zusammenziehen. Feindbewegung unmittelbar nach Sonnenuntergang (2100) erwartet.

2. MISSION
   a. GEG BRANDFACKEL führt von 012100JUN16 bis 052400JUN17 innerhalb der ausgewiesenen Quarantänezone Kampfeinsätze mit dem Ziel der Vernichtung aller infizierten Personen durch.

3. DURCHFÜHRUNG
   a. GEG BRANDFACKEL wird Luft- und Bodeneinsätze innerhalb der Quarantänezone starten. Priorität für GEG hat die Vernichtung sämtlicher infizierter Personen. Hinweis: *Sämtliche Personen innerhalb der Quarantänezone, Zivilisten eingeschlossen, sind als infiziert zu betrachten und werden zur Eliminierung freigegeben gemäß Verfügung 929621. Ziel ist Eliminierung sämtlicher infizierten Personen innerhalb der Quarantänezone.*

Konzept der Operation: Zwei Phasen

PHASE 1: GEG entsendet taktische Luftkampfeinheiten der 388 JGS, 23 JG und 62 HLSG spätestens 012100JUN16 zur massiven Bombardierung des ausgewiesenen Gebietes 1–26. PHASE 1 endet mit 100%iger Bombensättigung der Quarantänezone. PHASE 2 beginnt unmittelbar im Anschluss an PHASE 1.

PHASE 2: GEG entsendet 6 motorisierte Infanteriedivisionen der taktischen Bodenstreitkräfte der CO ANG, KS ANG, NE ANG, IO ANG zu uneingeschränkten Feuerangriffen gegen verbliebene Feindeinheiten innerhalb des ausgewiesenen Gebietes 1–26. PHASE 2 ist bei 100%iger Vernichtung sämtlicher infizierten Personen innerhalb der Quarantänezone beendet.

Es ging noch weiter: Logistik, Taktik, Kommando- und Signalstrukturen. Der Amtsschimmel des Krieges. Das Fazit war klar: Jeder innerhalb der ausgewiesenen Grenzen des Quarantänegebiets war dem Untergang geweiht und galt als infiziert.

»Mein Gott.«

»Ich hab's Ihnen gesagt«, meinte Nelson. »Früher oder später musste es dazu kommen. Bis zum Morgengrauen sind es weniger als zwei Stunden. Diese Nacht sind wir wahrscheinlich noch sicher, aber ich glaube, wir sollten nicht mehr warten.«

Auf einmal stand die Uhr auf null, einfach so. Nach allem, was er getan hatte, musste er sich jetzt geschlagen geben!

»Was soll ich tun?«, fragte Nelson.

Guilder atmete tief durch, um sich zu fassen. »Evakuieren Sie die Techniker mit den Fahrzeugen, aber behalten Sie Masterson hier. Grey und die Frau können wir selbst zum Transport verpacken und uns dann abholen lassen.«

»Soll ich Atlanta in Kenntnis setzen? Sie wissen schon – damit sie wenigstens über die Situation im Bilde sind.«

Man musste Nelson zugutehalten, dachte er, dass er sich nicht

mit einem weiteren Ich-hab's-ja-gesagt aufhielt. »Nein, das über-
nehme ich.«

Im Büro des Kommandanten gab es eine abhörsichere Festnetz-
leitung. Guilder schleppte sich nach oben und durch den leeren
Korridor. Sein linkes Bein schleifte kläglich hinterher. Sämtliche
Büros waren ausgeräumt worden; nur ein Stuhl, ein billiger Stahlschreibtisch und das Telefon standen noch im Zimmer. Er ließ sich
auf den Stuhl sinken und starrte das Telefon eine Zeitlang an. Erst
nach einer Weile merkte er, dass seine Wangen nass waren; er hatte angefangen zu weinen. Dieses seltsame, emotionslose Weinen
erschien ihm inzwischen wie ein Bote des Schicksals, wie das un-
erbetene Eingeständnis seines Körpers, dass sein Leben klein und
elend war. Als wollte sein Körper ihm sagen: Wart's nur ab. Warte
ab, bis du siehst, was ich noch für dich bereithalte. Einen langsamen Tod, Sohnemann.

Aber dazu würde es niemals kommen. Sowie er den Hörer ab-
nähme, wäre alles vorüber. Es war ein kleiner Trost zu wissen, dass
er nicht lange genug leben würde, um die ganze Wucht seines Verfalls zu erleben. Was er an jenem Tag in der Garage nicht zuwege
gebracht hatte, würde man ihm jetzt abnehmen.

Mr Guilder? Kommen Sie bitte mit. Eine Hand auf seiner Schulter und dann der schwere Gang durch den Korridor.

Nein.

20

Als sie bei den Bussen ankamen, hatten die Soldaten einen Sicherheitskordon gebildet. In der Dunkelheit strömten die Menschen zusammen. Dannys Bus stand auf Platz drei. Kittridge sah ihn durch die Frontscheibe, die Mütze auf dem Kopf, die Hände auf dem Lenkrad. Vera stand mit einem Clipboard vor den Eingangsstufen.

Gott schütze dich, Danny Chayes, dachte Kittridge. Das wird die Fahrt deines Lebens werden.

»Bitte Ruhe bewahren alle miteinander!« Porcheki marschierte hinter der Soldatenkette an der Reihe der Busse auf und ab und brüllte durch ein Megafon. »Stellen Sie sich in geordneter Reihe auf, und steigen Sie hinten ein! Wenn Sie keinen Platz mehr bekommen, warten Sie auf die zweite Fuhre!«

Die Soldaten hatten Sperren aufgestellt, die als eine Art Tor dienten. Die Menge drängte dahinter heran und schob sich durch die Lücke wie durch einen Trichter. Wo fuhren sie hin?, fragten die Leute. Immer noch nach Chicago? Oder gab es ein neues Ziel? Unmittelbar vor ihnen in der Schlange war eine Familie mit zwei Kindern, einem Jungen und einem Mädchen, in schmutzigen Schlafanzügen. Ihre Füße waren dreckig, die Haare zerzaust; sie konnten nicht älter als fünf sein. Das Mädchen hielt eine nackte Barbie umklammert. Wieder grollte im Westen der Donner, begleitet von

Blitzen über dem Horizont. Kittridge und April hielten Tim zwischen sich bei den Händen, damit er im Gedränge nicht verloren ging.

Als sie an den Sperren vorbei waren, gingen sie mit schnellen Schritten auf Dannys Bus zu. Die Robinsons und Boy jr. stiegen als Erste ein, dann Wood und Delores, Jamal und Mrs Bellamy. Pastor Don bildete die Nachhut hinter Kittridge, Tim und April.

Ein geisterhaft weißer Blitz entzündete die Luft und ließ die Szenerie vor Kittridges Augen wie ein Stroboskop gefrieren. Eine halbe Sekunde später rollte ein langgezogener Donner über sie hinweg. Kittridge spürte das Dröhnen durch die Fußsohlen.

Das war kein Donner. Das war Artillerie.

Drei Düsenjäger schossen über sie hinweg, dann noch zwei. Plötzlich schrien alle durcheinander; das hohe, schrille Geräusch ungehemmter Panik baute sich von hinten auf und brandete über die Menge hinweg wie eine Welle. Kittridge drehte den Kopf nach Westen.

Noch nie hatte er so viele Virals auf einmal gesehen. Von seinem Hochhaus aus hatte er manchmal drei Stück gesichtet – nie mehr, nie weniger –, und natürlich waren da die auf der Rampe in der Tiefgarage gewesen, vielleicht zwanzig, alles in allem. Aber das war nichts im Vergleich mit dem hier. Der Anblick ließ an eine Herde von Laufvögeln denken: Hunderte, die in gleichmäßiger Anordnung auf den Drahtzahn zugeschwärmt kamen. *Schwarm*, erinnerte Kittridge sich. *Man hatte sie immer als Schwarm bezeichnet*. Eine Sekunde lang empfand er so etwas wie Ehrfurcht: reines, atemberaubendes Staunen angesichts dieser Majestät.

Sie würden über die Busse hinwegfegen wie ein Tsunami.

Humvees rasten auf den Zaun im Westen zu. Staubwolken wirbelten wie Hahnenschwänze an ihren Hinterrädern auf. Plötzlich waren die Busse unbewacht, und die Menge stürmte auf sie los. Mit großer Wucht schoben sich die Menschen von hinten heran und umschlossen sie. In dem Moment hörte er April schreien.

»Tim!«

Er warf sich in die Richtung, aus der ihre Stimme kam, kämpfte sich durch die Meute wie ein Schwimmer, der mit der Strömung kämpfte, und stieß die Leute zur Seite. Eine ganze Traube von Flüchtlingen versuchte, sich schiebend und stoßend in Dannys Bus zu drängen. Kittridge sah, wie der Mann, der vor ihnen in der Reihe gestanden hatte, seine Tochter in die Höhe hielt und schrie: »Bitte nehmt sie doch, irgendjemand! Jemand muss meine Tochter nehmen!«

Dann entdeckte er April in dem Strudel. Er wedelte mit den Händen über dem Kopf. »Steig in den Bus!«

»Ich kann ihn nicht finden! Ich kann Tim nicht finden!«

Kittridge hörte Motorengedröhn. Die Busse rollten an. Rasend vor Zorn drängte er sich zu ihr hindurch, packte sie bei den Hüften und stürzte zu Dannys Bus. Sie wehrte sich und wollte sich losreißen.

»Ich kann nicht ohne ihn wegfahren! Lass mich los!«

Vor sich bei den Eingangsstufen sah er Pastor Don. Er stieß April auf ihn zu. »Don, helfen Sie mir! Schieben Sie sie in den Bus!«

»Ich kann nicht weg! Ich kann nicht weg!«

»Ich suche ihn, April! Don, nehmen Sie sie!«

Ein letzter Stoß durch das Gemenge, Don beugte sich herüber, packte ihre Hand und zog sie zur Tür, und dann war sie verschwunden. Der Bus war erst halb voll, aber sie durften nicht länger warten. Das Letzte, was er von April sah, war ihr Gesicht, das sich an die Fensterscheibe presste, als sie seinen Namen rief.

»Danny, bring sie weg von hier!«

Die Türen schlossen sich, und der Bus fuhr los.

Lila Kyle schlief in ihrer Zelle im Keller der ABC-Anlage. Die letzten vier Tage hatte sie in einem narkotisierten Schwebezustand verbracht, in dem sie ihre Umgebung wahrnahm wie einen von mehreren Filmen, die sie gleichzeitig sah. Sie schlief, und sie träumte: einen einfachen, glücklichen Traum, in dem sie nachts in einem Auto saß und in die Klinik gefahren wurde, um ihr Baby zur Welt zu bringen. Wer den Wagen fuhr, konnte Lila nicht sehen; die Ränder ihres Gesichtsfelds waren schwarz verschleiert. Brad?, fragte sie. Bist du da? Die schwarzen Schleier hoben sich wie ein Bühnenvorhang, und Lila sah, dass es wirklich Brad war. Eine golden schimmernde Glückseligkeit, schwerelos wie die Junisonne, ließ ihren ganzen Körper vibrieren. Gleich sind wir da, mein Schatz, sagte Brad. Jeden Augenblick sind wir da. Halte nur durch. Das Kind kommt. Das Kind ist praktisch schon hier.

Das waren die Worte, die Lila zu sich selbst sagte – das Kind kommt, das Kind kommt –, als eine heftige Explosion den Raum erschütterte. Glas klirrte, Gegenstände fielen herunter, der Boden unter ihr bäumte sich auf wie ein kleines Boot auf dem Meer, und sie fing an zu schreien.

21

Der Viral-Schwarm, der in den frühen Morgenstunden des 9. Juni von Osten her über das Flüchtlingskoordinationscenter Iowa hereinbrach, war Teil einer größeren Masse, die sich von Nebraska her sammelte. Spätere Schätzungen der Gemeinsamen Einsatzgruppe mit dem Codenamen BRANDFACKEL bezifferten seine Größe unterschiedlich; manche sprachen von fünfzigtausend Exemplaren, andere von sehr viel mehr. In den folgenden Tagen verschmolz der Schwarm mit einem zweiten, größeren, der sich von Missouri nordwärts bewegte, und einem dritten, noch größeren, der von Minnesota nach Süden zog. Die Zahl schwoll die ganze Zeit an. Als sie Chicago erreichten, waren sie eine halbe Million; sie durchbrachen den Verteidigungsring am 17. Juli und hatten die Stadt innerhalb von vierundzwanzig Stunden überwältigt.

Die ersten Virals kamen um 04 Uhr 58 Central Daylight Time (CDT) durch den Zaun des Flüchtlingskoordinationscenters in Iowa. Um diese Zeit waren in den zentralen und östlichen Regionen des Staates seit achtundvierzig Stunden ausgedehnte Luftwaffeneinsätze im Gange, und bis auf die in Dubuque waren alle Brücken über den Mississippi bereits zerstört. Die Einsatzgruppe hatte den Zeitpunkt des Quarantänebeginns absichtlich falsch angegeben. Man hoffte nämlich, die Menschenansammlung in der Quarantänezone werde den Virals als Köder dienen und sie veranlassen, sich in bestimmten Bereichen zusammenzuziehen, sodass eine Bombardierung aus der Luft weit wirkungsvoller vorgenommen werden könnte. Die treffendste Analogie stammte von einem Mitglied der Einsatzgruppe: Man benutzte eine Salzlecke, um Rotwild zu schießen. Die Flüchtlinge dranzugeben war der Preis, der in einem beispiellosen Krieg bezahlt werden musste. Und diese Leute hatten so und so nichts anderes zu erwarten als den sicheren Tod.

Major Verlinda Porcheki von der Iowa National Guard – im Zivilleben Gebietsleiterin einer Firma für Damensportbekleidung – wusste nichts von der Mission der GEG BRANDFACKEL, aber sie war nicht dumm. Sie war ein erstklassig ausgebildeter Offizier mit Tapferkeitsauszeichnungen aus drei verschiedenen Konflikten und außerdem eine fromme Katholikin, die in ihrem Glauben Trost und Anleitung fand. Die Entscheidung, die ihrem Schutz anvertrauten Flüchtlinge nicht zu verlassen, wie man es ihr befohlen hatte, folgte unmittelbar aus dieser tieferen Überzeugung, genau wie der Entschluss, die letzten Energien ihres Lebens und die der Soldaten, die sich noch unter ihrem Kommando befanden – hundertfünfundsechzig Männer und Frauen, die praktisch ohne Ausnahme am Zaun auf der Westseite in Stellung gingen –, darauf zu verwenden, den Fluchtbussen Deckung zu geben. Inzwischen rannten die Zivilisten, die zurückgelassen worden waren, hinter den Fahrzeugen her und schrien, sie sollten anhalten, aber da war nichts zu machen. Tja, dachte Porcheki, das war's. Ich hätte mehr gerettet, wenn ich gekonnt hätte. Ein blassgrünes Licht war im Westen aufgetaucht, eine Wand, die vibrierend strahlte wie eine leuchtende Hecke. Kampfjets rasten darüber hinweg und entließen ihre wütende Last ins Herz des Schwarms: Leuchtspurgeschosse, Flammenstöße. Donner spaltete die Luft. Aus den Schneisen der Zerstörung kam der Schwarm wieder hervor und näherte sich weiter. Porcheki sprang aus ihrem Humvee, bevor er zum Stehen gekommen war, und schrie ihre Befehle – »Feuer einstellen! Wartet, bis sie am Zaun sind!« Dann sank sie in Schussposition – sie hatte keine Befehle mehr zu geben und würde sich dem Feind unter denselben Bedingungen stellen wie ihre Leute – und fing an zu beten.

Die Zeit selbst geriet in Unordnung. Mitten im Chaos überlagerten sich einzelne Leben auf unvorhergesehene Art. Im Kellergeschoss der ABC-Anlage kam es zu einem erbitterten Kampf. Horace Guilder hatte sich im Büro vor Nelson versteckt, als der Angriff losging. Der Entschluss, seine Kontaktleute beim Zentrum für Seuchenkontrolle *nicht* anzurufen, hatte eine Bürde von seinen Schultern genommen, nur um sofort eine andere zu schaffen (er hatte keine Ahnung, was er als Nächstes anfangen sollte). Als der Blackbird-Hubschrauber auf dem Dach landete, war er unter beträchtlichen Mühen die Treppe ins Untergeschoss hinuntergestiegen, wo Nelson und Masterson in panischer Hast dabei waren, Blutproben in eine mit Trockeneis gefüllte Kühlbox zu packen. »Wo haben Sie gesteckt?«, schrien die beiden. »Wir müssen raus hier! Die Hütte bricht über uns zusammen!« Aber diese Ansichten, so vernünftig sie auch waren, berührten Guilder nur am Rande. Das Einzige, worauf es jetzt noch ankam, war Lawrence Grey. Und plötzlich, als habe er einen Schlag ins Gesicht bekommen, wusste Guilder, was er zu tun hatte.

Es gab nur eine Möglichkeit. Warum hatte er das nicht sofort begriffen?

Sein ganzer Körper war am Rande eines lähmenden Krampfanfalls. Durch seine immer enger werdende Kehle bekam er kaum noch Luft. Trotzdem brachte er den Willen auf – den Willen eines Sterbenden –, die Hand nach Mastersons Pistole auszustrecken und sie aus dem Holster zu reißen.

Verblüfft über sich selbst erschoss Guilder den Mann.

Kittridge wurde niedergetrampelt.

Als die Busse abfuhren, geriet er ins Gedränge und wurde zu Boden gestoßen. Er wollte aufstehen, aber ein Fuß traf ihn seitlich im Gesicht, und sein Eigentümer kippte grunzend auf ihn. Immer wieder wurde er getreten und gequetscht, und er konnte nur noch eine schützende Haltung einnehmen, sich an den Boden drücken und beide Hände auf den Kopf legen. Schließlich gelang es ihm, sich aufzurappeln.

»Tim! Wo bist du?«

Dann sah er ihn. Er war ebenfalls zurückgelassen worden und saß keine zehn Meter weiter im Dreck. Kittridge humpelte zu ihm und rutschte durch den Staub.

»Alles okay? Kannst du rennen?«

Der Junge hielt sich den Schädel. Sein Blick ging verschwommen ins Leere. Er schluchzte, und der Rotz lief ihm aus der Nase.

Kittridge zog ihn auf die Beine. »Komm.«

Er hatte keinen Plan; er wusste nur, dass sie wegmussten. Die Busse waren fort, waren nur noch Geister aus Staub und Dieselqualm. Kittridge umschlang Tims Taille, schwang ihn auf seinen Rücken und befahl ihm, sich festzuhalten. Nach drei Schritten war der Schmerz da und ließ sein Knie zittern. Er stolperte, fing sich und schaffte es irgendwie, aufrecht zu bleiben. Aber eins stand fest: Mit seinem Bein und mit dem zusätzlichen Gewicht des Jungen würde er zu Fuß nicht weit kommen. Über ihnen rasten Flugzeuge hinweg, und die Luft stand in Flammen.

Dann fiel ihm das Waffendepot ein. Er hatte einen Humvee mit offener Ladefläche gesehen, der darin parkte. Die Motorhaube war offen gewesen, und einer der Soldaten hatte daran gearbeitet. Ob er noch da war? Und ob er lief?

Als die Soldaten am Westzaun das Feuer eröffneten, biss Kittridge die Zähne zusammen und rannte los.

Sein Bein tat höllisch weh, als er den Wagen erreichte. Wie er die zweihundert Meter geschafft hatte, wusste er nicht. Aber er hatte Glück. Der Humvee parkte da, wo er ihn gesehen hatte, zwischen den jetzt leeren Regalen. Die Haube war geschlossen – ein gutes Zeichen, aber würde er laufen? Er setzte Tim auf den Beifahrersitz, schob sich hinter das Steuer und drückte auf den Starterknopf.

Nichts. Er holte tief Luft, um sich zu sammeln. Nachdenken, Kittridge, nachdenken. Unter dem Armaturenbrett hing ein Nest aus unzusammenhängenden Drähten. Jemand hatte an der Zündung gearbeitet. Er zog die Drähte weiter heraus, suchte zwei aus und hielt die Enden aneinander. Wieder nichts. Er hatte auch keine Ahnung, was er da tat. Wie kam er auf die Idee, dass es funktionieren könnte? Er wählte willkürlich zwei andere Drähte, einen roten und einen grünen.

Ein Funke knisterte, und der Motor erwachte dröhnend zum Leben. Krachend legte er den Gang ein, starrte das Tor an und trat das Gaspedal hinunter.

Sie brachen durch die Torflügel. Aber gleich tat sich ein neues Problem auf: Wie sollten sie hier durchkommen? Ein paar tausend Leute wollten das Gleiche; eine wogende Menschenmasse versuchte, sich durch den schmalen Ausgang zu zwängen. Ohne den Fuß vom Gas zu nehmen, drückte Kittridge auf die Hupe und begriff zu spät, was für eine schlechte Idee das gewesen war. Die Leute hatten nichts zu verlieren.

Sie drehten sich um. Sahen ihn. Griffen an.

Kittridge bremste und riss das Steuer herum, doch es war zu spät: Die Horden verschlangen den Humvee wie eine Brandungswelle. Seine Tür wurde aufgerissen, Hände zerrten an ihm, versuchten seine Finger vom Lenkrad zu biegen. Er hörte Tim schreien und hatte Mühe, nicht die Kontrolle über den Wagen zu verlieren. Leute stürmten aus allen Richtungen auf das Fahrzeug ein, umzingelten es. Ein Gesicht prallte gegen die Frontscheibe und war gleich wieder verschwunden. Hände griffen von hinten über seinen Kopf herein, krallten sich in sein Gesicht, rissen an seinen Armen. »Loslassen!«, schrie er und versuchte, sie wegzuschlagen, aber es war zwecklos. Es waren einfach zu viele, und als immer weitere Körper über die Frontscheibe und unter die Räder rollten und der Humvee sich neigte und zu kippen begann, zog er Tim an sich und machte sich auf den Crash gefasst, und das war das Ende.

Unterdessen donnerte die Kolonne der Busse in Richtung Osten. Drei Meilen hatten sie schon zurückgelegt – mit insgesamt zweitausenddreiundvierzig Zivilisten, sechsunddreißig FEMA- und Rotkreuzmitarbeitern und siebenundzwanzig Soldaten an Bord. Viele schluchzten, andere waren ins Gebet vertieft. Diejenigen, die Kinder hatten, hielten sie fest umklammert. Ein paar schrien immer noch, obwohl die Mitreisenden sie ernsthaft anflehten, endlich die Klappe zu halten. Eine Handvoll plagte sich bereits mit herzzerreißenden Selbstvorwürfen, weil sie so viele zurückgelassen hatten – im Jargon der Psychologen spricht man vom Überlebenden-Syndrom –, aber die überwiegende Mehrheit empfand keine derartigen Bedenken. Sie hatten Glück gehabt, sie waren davongekommen.

Am Steuer seines Redbird verspürte Danny Chayes zum ersten Mal in seinem Leben etwas, das sich nur als eine herrliche Ganzheit des Selbst beschreiben ließ. Es war, als habe er seine gesamten sechsundzwanzig Jahre innerhalb einer künstlich schmal gehaltenen Bandbreite seiner potenziellen Persönlichkeit verbracht und als sei es ihm unvermittelt wie Schuppen von den Augen gefallen. Wie der Bus, dessen Weg er lenkte, war Danny vorwärtsgeschossen und in einen neuen Seinszustand geschleudert worden, wo eine Vielfalt von widersprüchlichen Empfindungen gleichzeitig in seinem Kopf existierten. Er hatte Angst, ehrlich und aus tiefstem Herzen, doch aus dieser Angst erwuchs keine Lähmung, sondern Macht; sie war ein reicher Quell des Mutes, der in ihm sprudelte und überfließen wollte. *Du bist der Captain auf diesem Schiff*, hatte Mr Purvis gesagt, und so war es auch. Hinter seiner linken Schulter redeten Pastor Don und Vera in ernstem Ton über dies und jenes, und hinter ihnen saßen die anderen paarweise zusammen auf ihren Bänken: die Robinsons mit ihrem Baby, das leise quäkte. Wood und Delores hielten einander bei der Hand und beteten. Jamal und Mrs Bellamy umarmten sich tatsächlich, und April, die in ihrem Elend allein dasaß, war zu erschüttert, um noch zu weinen. Sie alle zu retten war der einzige Zweck, den Dannys

Leben hatte, der Fixpunkt seines privaten Kosmos, um den sich alles andere drehte, und doch war ihre Anwesenheit eine reine Abstraktion in der Aufregung des Augenblicks, da Danny die erstaunliche Tatsache seiner eigenen Lebendigkeit entdeckte. Am Steuer seines Redbird 450 war Danny Chayes eins mit sich und dem Universum, und als er – wie sicher auch die Fahrer der anderen Busse – den zweiten, größeren Schwarm von Virals entdeckte, der im Süden aus der frühmorgendlichen Dunkelheit auftauchte, und dann auch den dritten, der von Norden herunterkam, und mittels einer kurzen dreidimensionalen Berechnung vor seinem geistigen Auge sehen konnte, dass diese beiden Schwärme sich zu einer einzelnen, alles umzingelnden Masse vereinigen würden, die über die Busse herfallen würde wie Hornissen, die ihr Nest verlassen hatten, da wusste er, was er zu tun hatte. Er zog das Lenkrad nach links, löste sich aus dem Konvoi und trat das Gaspedal bis auf den Boden. Er rauschte an den anderen Bussen in der Kolonne vorbei, mit siebzig, fünfundsiebzig, achtzig Meilen pro Stunde, und mit jeder Faser seiner Willenskraft trieb er den Bus dazu, noch schneller zu fahren. Was machst du denn?, rief Pastor Don. Um des lieben Himmels willen, was machst du, Danny? Aber Danny wusste genau, was er machte. Sein Ziel war nicht die Flucht, denn es gab kein Entkommen. Sein Ziel war es, Erster zu sein. Mit so rasendem Tempo auf den Schwarm zu treffen, dass er sich geradewegs hindurchpflügen und eine Schneise der Vernichtung hinter sich lassen würde. Hinter ihm war ein Chor von Schreien ausgebrochen, und vor seiner Windschutzscheibe verschmolzen die Schwärme miteinander zu einer anschwellenden Legion aus Licht. Seine Fingerknöchel schimmerten weiß am Lenkrad.

»Runter, Leute!«, schrie er. »Alles auf den Boden!«

»*Fuck,* was soll das?«

Nelson wich zurück und hielt sich die Hände schützend vor das Gesicht. Der Mann rechnete damit, dass er ihn ebenfalls erschießen würde, sah Guilder. Nicht dass er grundsätzlich etwas dagegen gehabt hätte, aber im Augenblick hatte er andere Präferenzen.

»Holen Sie die Frau«, sagte er und wedelte mit der Pistole.

»Wir haben keine Zeit mehr! Herrgott, Sie brauchten ihn doch nicht zu erschießen!«

Von oben kamen weitere Erschütterungen. Staub wirbelte in der Luft. »Lassen Sie mich das beurteilen. Bewegung!«

Später würde Guilder Grund zu der Frage finden, wie er darauf gekommen war, die Frau zuerst zu holen – eine der schicksalhaften Entscheidungen seines Lebens. Er hätte sie auch zurücklassen können, und das Ergebnis wäre ein völlig anderes gewesen. Intuition vielleicht? Eine sentimentale Reaktion auf die Bindung, die er zwischen den beiden gespürt hatte – eine Bindung, die er sein Leben lang nicht gefunden hatte? Er stieß Nelson mit der Pistolenmündung vor sich her und ging durch das Labor zu Lilas Zellentür.

»Aufmachen.«

Lila Kyle war von den Explosionen geweckt worden und in sinnloses, panisches Schreien verfallen. Sie hatte keine Ahnung, wo sie war oder was da passierte. Sie war auf einem Bett festgeschnallt. Das Bett stand in einem Zimmer. Das Zimmer und alles, was darin war, bewegte sich. Es war, als sei sie aus einem Traum aufgewacht und habe sich in einem anderen verloren, der genauso unwirklich war; nur halb bewusst nahm sie Nelson und Guilder wahr, als die beiden hereinkamen. Die Männer hatten Streit. Sie hörte das Wort »Hubschrauber« und das Wort »Flucht«. Der Kleinere der beiden stieß ihr eine Nadel in den Arm. Lila konnte sich nicht wehren, doch als die Nadel ihre Haut durchbohrte, fuhr etwas wie ein Stromstoß durch ihr Herz, als sei sie an eine gigantische Batterie angeschlossen worden. Adrenalin, dachte sie. Sie haben mich sediert, und jetzt injizieren sie mir Adrenalin, um mich zu wecken. Der kleinere Mann zog sie auf die Beine. Unter ihrem Hemd kribbelte die Kälte auf ihrer nackten Haut. Konnte sie stehen? Konnte sie gehen? Nur raus hier mit ihr, sagte der zweite Mann.

Mit einer ungeheuren Dringlichkeit, die sie nicht nachempfinden konnte, beförderte er sie halb schleifend, halb schleppend durch den großen Raum, eine Art Labor. Das Licht war aus; nur Notlampen leuchteten in den Ecken. In der Ferne hörte sie mehrmals hintereinander ein lautes Brüllen, gefolgt von einem langgezogenen Zittern wie bei einem Erdbeben. Glasgefäße gerieten in Bewegung und stießen klingelnd zusammen. Sie kamen zu einer schweren, von einem Stahlring umgebenen Tür, die aussah wie eine Luke in einem U-Boot. Der kleinere Mann schwenkte sie auf und trat hindurch. Der größere hielt sie jetzt fest, und er hatte eine Pistole in der Hand. Er hielt sie von hinten gepackt; mit einem Arm umschlang er ihre Taille, und mit der anderen Hand drückte er die Pistole auf ihren Bauch. Sie konnte allmählich wieder klarer denken. Was war hinter dieser Tür? Sie roch den Atem des Mannes dicht an ihrem Gesicht, warm und faulig, und sie spürte die Angst in seinem Griff, seinen Händen, seinem ganzen zitternden Körper. »Ich bin schwanger«, sagte Lila – oder sie wollte es sagen, weil sie dachte, dass sie dadurch etwas ändern könnte. Aber sie kam nicht dazu, denn hinter der Tür erhob sich ein weiblich klingendes Kreischen.

Die Lufteinsätze über Iowa in der Nacht des 9. Juni waren nicht ohne Risiken. Das größte bestand darin, dass die Piloten sich weigern könnten, ihre Befehle auszuführen, und tatsächlich taten es auch einige: Sieben Crews lehnten es ab, ihre Bombenladung über zivilen Zielen abzuwerfen, und drei weitere schützten einen technischen Defekt vor, der sie daran gehindert habe. Das war eine Ausfallquote von sechs Prozent. (Drei der zehn Flugzeugbesatzungen kamen vor ein Kriegsgericht und wurden erschossen, fünf wurden gemaßregelt und durften weiter Dienst tun, und zwei verschwanden und wurden nicht mehr gesehen.) In den folgenden Wochen, als die Einsätze der GEG BRANDFACKEL ausgeweitet wurden, erinnerten sich Mitglieder der Einsatzgruppe beinahe wehmütig an diese Statistiken. Zu Anfang August saßen so viele

Flieger entweder als Kriegsdienstverweigerer im Gefängnis oder waren mitsamt ihren Maschinen im Himmel über dem sterbenden Kontinent verschwunden, dass es immer schwieriger wurde, eine zusammenhängende Luftoffensive auf die Beine zu bringen, was den Sinn der ganzen Mission BRANDFACKEL in Frage stellte. Verschärft wurden diese Probleme durch Abspaltungsbewegungen in Texas und Kalifornien; beide Staaten riefen ihre Unabhängigkeit aus und beschlagnahmten das gesamte militärische Material des Bundes innerhalb ihrer Grenzen, sodass Washington sich faktisch herausgefordert sah, sie gewaltsam zur Räson zu bringen – sowohl politisch wie auch militärisch gesehen ein bemerkenswert raffinierter Schachzug der beiden jungen Republiken, denn inzwischen herrschte nur noch Chaos. Auf beiden Seiten kam es zu lautem Säbelrasseln, das seinen Höhepunkt in der Schlacht von Wichita Falls und der Schlacht von Fresno fand, bei denen zahllose Mitglieder der US-Streitkräfte zu Lande und in der Luft das Handtuch warfen, die Waffen niederlegten und um Asyl baten. Mitte Oktober des Jahres, das folgende Generationen als das Jahr Null bezeichneten, konnte man sagen, dass die Vereinigten Staaten von Amerika als Land nicht mehr existierten.

Aber in den frühen Morgenstunden des 9. Juni, unter dem mondlosen Himmel von Iowa, war GEG BRANDFACKEL noch immer schlagkräftig und genoss die volle – oder nahezu volle – Unterstützung sämtlicher beteiligter Einheiten. Die Voraussagen der Verantwortlichen bestätigten sich; große Massen von infizierten Personen hatten sich an klar umrissenen Brennpunkten in diesem Staat versammelt: in Mason City, Des Moines und Marshalltown und im FEMA-Flüchtlingscamp in Fort Powell. Um 02 Uhr 00 waren die ersten drei Zentren ausgeschaltet, und Fort Powell war das letzte Ziel. Eine Kombination von Bombern des Typs A-6 »Warthog« und F-13-Kampfbombern startete den Angriff von der Edwards Air Force Base aus. Gleichzeitig befand sich eine C-130-Transportmaschine aus Pensacola im Anflug, mit einem Sprengkörper namens GBU/43-B Massive Ordnance Air

Blast, kurz MOAB, im Laderaum. Mit ihren 8500 Kilo hochexplosivem H6-Sprengstoff war die MOAB die größte nichtnukleare Bombe im Waffenarsenal der Vereinigten Staaten. Sie hinterließ einen Sprengkrater von 150 Metern Durchmesser, ihre Druckwelle konnte einen Bereich von neun Häuserblocks dem Erdboden gleichmachen, und es würde dort tagelang brennen.

Als Nelson sich herunterbeugte, um Greys Gurte zu lösen – Gurte, die nirgends mehr befestigt waren –, warf Grey sich nach vorn, packte ihn beim Bizeps und schlug die Zähne in seinen Hals. Der Biss ging tief: Er fühlte, wie seine Kiefer Nelsons Luftröhre zermalmten. Die beiden kippten rückwärts auf das Bett, Grey schüttelte den Mann, wie ein Wolf ein Kaninchen schüttelt, das er zwischen den Zähnen hält, und heißes Blut schoss ihm in den Mund. Jetzt lagen sie auf dem Boden, Nelson mit aufwärts gewandtem Gesicht, Grey über ihm. Nelsons Hände und Füße zuckten im Todeskampf, dann war es vorbei. Grey vergrub seine Zähne tiefer im weichen Fleisch.

Er trank.

War es für Zero so leicht gewesen, fragte er sich, so lustvoll? Pure Lebenskraft durchströmte ihn, ein mächtiges, durchdringendes Gefühl. Es war, als sei eine starke Maschine in ihm dröhnend zum Leben erwacht. Grey nahm einen letzten, in tiefster Seele befriedigenden Schluck Blut und hob das Gesicht. Er gestattete sich, den Leichnam auf dem Boden zwei Sekunden lang zu betrachten. Die Haut von Nelsons Gesicht spannte sich wie Klarsichtfolie um die Knochen – so wie bei der Frau auf dem Parkplatz des »Red Roof« –, und seine Augen quollen wie bei einem Reptil aus ihren Höhlen und starrten ins Herz der Ewigkeit. Grey suchte im Geiste nach einer Empfindung, die mit dem, was er hier tat, korrespondierte – nach Schuldgefühlen, Mitleid oder sogar Abscheu. Er war ein Mörder, ein Mann, der getötet hatte. Er hatte einen anderen Menschen umgebracht. Aber er fühlte nichts von alldem. Er hatte getan, was er tun musste.

Die Tür seines Zimmers stand offen. Lila, dachte er, ich komme, um dich zu retten. Das ist bestimmt durch alles, was geschehen ist.

Er ging hinaus.

Was da aus der Tür kam, war ein Mann. Die Gestalt war von hinten beleuchtet, in Schatten gehüllt. Als er näher kam, fiel das Licht der Notbeleuchtung auf sein Gesicht. Sein Hemd war blutdurchnässt.

Lawrence?

»Nicht.« Der Mann mit der Pistole schleifte Lila rückwärts mit sich und bohrte den Lauf tief zwischen ihre Rippen. Seine Schritte waren unsicher, stockend, und er zitterte wie Espenlaub. Es sah aus, als würde er jeden Augenblick hinfallen. »Halten Sie Abstand.«

Grey streckte klagend die blutigen Hände aus. »Lila, ich bin's.«

Grauen, Ekel, eine schützende geistige Taubheit angesichts des Grauens, das sich hier abspielte – das alles verband sich in Lilas Kopf und ließ sie in blicklosem Entsetzen erstarren. Körper und Geist waren nur noch peripher miteinander verbunden. Wie durch einen Nebel erkannte sie, was die Schreie aus dem Zimmer bedeutet hatten. Wenn der Zustand seines Hemdes irgendwelche Schlüsse zuließ, dann hatte Lawrence den kleineren Mann nicht nur umgebracht, sondern in Stücke gerissen. Was irgendwie einleuchtete; Lila hätte es kommen sehen müssen. Sie erinnerte sich an den Panzer. Sie erinnerte sich an Lawrences Gesicht, eine Maske aus Blut, eine Art Halloween-Horror, mit der er aus der Luke heraufgekommen war, und sie erinnerte sich, wie das Glas der Seitenscheibe am Volvo unter seiner Faust zersplittert war. Lawrence hatte sich in ein Monster verwandelt. Er war eins von diesen ... Wesen geworden. (Armer Roscoe.) Und doch, da war etwas in seinen Augen, das ihr sagte, sie solle keine Angst haben. Sie konnte den Blick nicht abwenden. Es war, als bohrten seine Augen sich in sie hinein und leuchteten mit einem beinahe heiligen Licht.

»Wissen Sie nicht, was hier los ist?«, sagte der Mann. »Wir müssen hier raus.«

»Lassen Sie sie los.«

Noch eine Explosion kam von oben, und eine schwere Druckwelle zog durch den Boden. Glas fiel herab, alles schien in sich zusammenzustürzen. Der Lauf der Pistole presste sich an ihre Rippen wie ein eisiger Finger, der auf ihr Herz gerichtet war. Der Mann deutete mit dem Kopf zu einer Ecke des Raumes.

»Die Treppe hinauf. Da wartet ein Hubschrauber.«

»Legen Sie die Pistole weg, und ich komme mit.«

»Verdammt, wir haben keine Zeit für so was!«

Irgendetwas passierte mit ihr. Es war eine Art Erwachen, und es lag nicht nur an der Pistole. Es war, als käme sie nach jahrelangem Schlaf wieder zu Bewusstsein. Wie dumm sie gewesen war! Das Kinderzimmer anstreichen, was für eine Idee! So tun, als machten sie einen Ausflug aufs Land, als könnte das irgendetwas ändern! Denn David war tot, und Eva war tot wie Brad, dem sie das Herz gebrochen hatte. Sie hatte sich eingeredet, die Welt gehe nicht unter, weil sie es schon getan hatte. Und hier war dieser Mann, dieser Lawrence Grey, der zu ihr gekommen war wie ein Erlöser, wie ein Engel, der sie in Sicherheit bringen würde, als wäre das Kind in ihrem Leib das Seine, und sie wusste, was sie sagen musste.

»Bitte, Lawrence. Tu, was er verlangt. Denk an unser Baby.«

Ein bedeutungsschwerer Augenblick folgte, und alles hielt inne, als sei es plötzlich außerhalb des Stroms der Zeit. Lila sah die Frage in Lawrences Gesicht. Konnte er an die Pistole kommen, bevor der Mann schoss? Und wenn ja, was dann?

»Okay«, sagte er. »Zeigen Sie uns den Weg nach draußen.«

Als sie auf dem Dach ankamen, kreisten die Rotorblätter des Hubschraubers und ließen einen Wirbelwind über das Dach wehen. Der Himmel glühte von einem gespenstischen smaragdgrünen Licht wie im Inneren eines Treibhauses. Es sah aus, als wollte der Hubschrauber ohne sie starten – eine letzte Ironie des Schicksals –, aber dann sah Lila, dass der Pilot im Cockpit ihnen drängend zuwinkte. Sie kletterten an Bord, und Guilder schlug die Luke hinter ihnen zu.

Sie hoben ab.

Kittridge wurde klar, dass er mit dem Gesicht im Dreck lag. In seinem Mund war der Geschmack von Blut. Er versuchte, auf die Beine zu kommen, und merkte, er hatte nur eins: Seine Prothese war weg. Er hob das Gesicht und sah den Humvee hundert Meter weiter auf der Seite liegen wie ein gestrandetes Seetier. Die Frontscheibe war zertrümmert, und Dampf stieg unter der Haube und am Fahrgestell auf. Die Meute war darüber hergefallen wie ein Rudel wilder Tiere; ein paar Leute versuchten, ihn wippend wieder auf die Räder zu kippen, aber sie taten es unorganisiert und von allen Seiten. Andere standen oben auf dem Fahrzeug. Sie stießen und traten einander weg und verteidigten ihre Plätze, als biete der bloße Besitz eines solchen Wagens ihnen Schutz.

Kittridge kroch hinüber zu Tim, der am Boden lag. Der Junge war bewusstlos, aber er atmete – ein kleiner Segen. Seine Glieder waren in schmerzhaften Winkeln abgespreizt, sein Haar war blutverklebt, und Blut floss auch aus Mund und Nase. Kittridge erkannte, dass das Schießen aufgehört hatte. Soldaten rannten vorbei, aber es gab nichts, wohin sie rennen konnten. Ein Haufen Virals lag am Zaun, niedergestreckt von den Kugeln der Soldaten, doch als Kittridge den Blick über den Schauplatz wandern ließ, begriff er, dass der Angriff nur ein Test gewesen war, eine Vorhut, die ihre Verteidigung aufreiben sollte. Jetzt sammelte sich ein zweiter, unendlich viel größerer Schwarm. Als er tosend auf sie zukam, dehnte sich das Bild, floss wie eine schimmernde grüne Flüssigkeit um das Camp. Der letzte Ansturm würde aus allen Richtungen kommen.

Er nahm Tim von der Schulter und drückte seine Brust an sich. Sie waren mitten im Chaos, umgeben von rennenden Leuten, schreienden Stimmen, fallenden Bomben, aber als sie da im Staub kauerten, umgab sie eine lautlose Reglosigkeit wie eine Blase und beschützte sie vor aller Verwüstung. Kittridge wandte das Gesicht nach Osten. Einen kurzen Moment lang war ihm, als könne er Dannys Bus in der Dunkelheit davonrasen sehen; er wusste jedoch, dass er sich das nur einbildete. Sie waren inzwischen weg, weit außerhalb seines Gesichtsfeldes. *Gute Reise, Danny Chayes.* Eine tiefe Stille umschloss sein ganzes Wesen und mit ihr ein Gefühl aus der Vergangenheit, ein Déjà-vu: Er war, wo er war, und er war es doch nicht, er war hier und auch dort, er war ein spielender Junge und ein Mann im Krieg und das Dritte, das aus ihm werden würde. Bilder zuckten durch sein Bewusstsein: der Viral im Brautkleid auf der Haube des Ferraris. Funkelndes Sonnenlicht auf einem Fluss, in dem er jahrelang geangelt hatte. April in der Nacht, als sie beide in der Schule am Fenster gesessen und die Sterne angeschaut hatten. Der stille Frieden in ihrem Gesicht, als sie miteinander geschlafen hatten. Der Junge in dem Auto, dessen Augen von einem schrecklichen Wissen erfüllt waren, und die Hand, die kleine Jungenhand, die er verzweifelt nach ihm ausstreckte. All das und mehr: Seine Mutter, die ihm etwas vorsang. Ihr warmer Atem auf seinem Gesicht, das Gefühl, sehr klein zu sein, ein neues Geschöpf auf der Welt. *Die Welt ist nicht mein Zuhause,* sang sie mit ihrer seidigen Stimme, *ich reise hier nur durch. Die Schätze warten anderswo, dort in der blauen Burg. Die Engel stehn am Himmelstor und winken mich hinein. Ich spüre schon, in dieser Welt kann ich nicht länger sein.*

Tim hatte angefangen, erstickte Geräusche von sich zu geben. Seine Lider flackerten, wollten sich öffnen, bewegten sich dann nicht mehr. Die Virals hatten die Umzingelung vollendet und wogten auf den Drahtzaun zu. Kittridge merkte, dass der Lärm ringsum aufgehört hatte. Die Schlacht war zu Ende, die Flugzeuge hatten abgedreht. Dann hörte er durch die Stille und aus großer Höhe das Dröhnen eines schweren Flugzeugs. Er drehte den Kopf schräg zum Himmel. Eine C-130-Transportmaschine kam von Süden heran. Als sie über ihn hinwegzog, löste sich ein Objekt aus ihrem Bauch, und sein Fall wurde jäh durch einen aufblühenden Fallschirm gebremst. Das Flugzeug schwenkte weg und stieg höher.

Kittridge schloss die Augen. Das Ende also. Es würde binnen eines Augenblicks kommen, ein schmerzloser Abschied, schneller als ein Gedanke. Ein letztes Mal spürte er seinen Körper, die Luft in seiner Lunge, das rauschende Blut in seinen Adern, das Trommeln seines Herzschlags. Die Bombe sank ihnen entgegen.

»Ich bin bei dir«, sagte er und drückte Tim wild an sich, und er sagte es wieder und wieder, damit der Junge seine Worte hören konnte. »Ich bin bei dir, ich bin bei dir, ich bin bei dir, ich bin bei dir.«

Die Druckwelle der MOAB traf den Hubschrauber mit Grey und Lila von der Seite: ein gleißendes Licht, gefolgt von einem trommelfellzerreißenden Schlag aus Hitze und Donner. Wie von einer Brandungswelle getragen schoss der Hubschrauber nach vorn, richtete die Nase in einem 45-Grad-Winkel nach unten und wurde gleich wieder aufwärtskatapultiert. Er begann sich zu drehen und kreiselte immer schneller wie ein Schlittschuhläufer auf einer Eisbahn. Als er sich um seine Achse drehte, kippte der Pilot zur Seite. Der Aufprall der Druckwelle gegen die Frontscheibe hatte ihm das Genick gebrochen. Die Kräfte, die sie in der Luft hielten, waren nun fort, und nichts würde mehr passieren, bis sie auf dem Boden aufschlugen.

Lawrence Grey erlebte den Crash als einen Schnitt in der Zeit: Gerade noch fühlte er sich in einer Todesspirale an die Innenwand des Helikopters gepresst, und im nächsten Moment lag er in einem Wrack. Er spürte den Aufschlag, ohne dass er sich nachher nennenswert daran erinnern konnte; nur das vibrierende Gefühl in seinem Körper war noch da, als wäre er eine Glocke, die gerade geschlagen hatte. Es roch nach Treibstoff und heißem Isoliermaterial, und man hörte ein elektrisches Knattern. Etwas Schweres, unbeweglich Weiches lag auf ihm. Es war Guilder. Der Mann atmete, war aber besinnungslos. Der Hubschrauber oder das, was davon noch übrig war, lag auf der Seite. Wo das Dach hätte sein sollen, war jetzt die Luke.

»Lawrence, hilf mir!«

Die Stimme war hinter ihm. Er schob Guilder von seiner Brust herunter und tastete sich wie ein großes, blindes Tier ins Heck des Helikopters. Eine der Bänke hatte sich losgerissen; sie lag quer über Lilas Hüften und klemmte sie ein. Ihre nackten Beine und der dünne Stoff ihres Hemdes – alles glänzte von dickem, dunklem Blut.

»Hilf mir«, brachte sie erstickt hervor. Ihre Augen waren geschlossen, und Tränen quollen aus den Augenwinkeln. »Bitte, lieber Gott, hilf mir. Ich blute, ich blute.«

Er versuchte, sie an den Füßen herauszuziehen, aber Lila fing vor Schmerzen an zu schreien. Es ging nicht anders, er musste die Bank wegschieben. Er packte das Gestell und fing an zu drehen. Ein Stöhnen, ein Knacken, und die Bank riss aus der Befestigung.

Lila schluchzte und stöhnte vor Schmerzen. Grey wusste, dass er sie besser nicht bewegte, aber es blieb ihm nichts anderes übrig. Er wuchtete die Bank unter die offene Luke, nahm Lila auf die Schulter, stieg hinauf und schob sie hinaus. Dann folgte er ihr auf der anderen Seite. Er rutschte außen am Rumpf hinunter, ging um das Wrack herum, langte hinauf, um sie zu fassen, und ließ sie an der Seite heruntergleiten.

»O Gott. Bitte mach, dass ich sie nicht verliere. Dass ich das Baby nicht verliere.«

Er legte Lila behutsam auf den Boden, der von Trümmern des zerstörten Labors übersät war. Verbogene Stahlträger, Brocken von gesprengtem Beton, Glasscherben. Er weinte jetzt auch. Es war zu spät, das wusste er; das Baby war weg. Schwarz verklumptes Blut quoll stoßweise zwischen Lilas Beinen hervor, unaufhaltsam. Gleich würde sie ihrem Baby in die Dunkelheit folgen. Ein Gebet aus der Kindheit fand den Weg auf Greys Lippen, und er fing an zu murmeln, immer wieder: »Heilige Maria, Mutter Gottes, bitte für uns Sünder, jetzt und in der Stunde unseres Todes, Amen. Heilige Maria, Mutter Gottes, bitte für uns Sünder, jetzt und in der Stunde unseres Todes, Amen …«

Rette sie, Grey.
Du weißt, was du tun musst.

Ja. Er wusste es. Die Antwort war die ganze Zeit in ihm gewesen. Seit dem »Red Roof« und Ignacio und dem Home Depot und Projekt NOAH und lange vorher.

Siehst du, Grey?

Er hob den Kopf und sah sie. Die Virals. Sie waren überall und ringsherum, kamen aus der Dunkelheit und dem Feuer: Fleisch von seinem Fleisch, unheilig und vom Blut getrieben, umkreisten sie ihn wie ein dämonischer Chor. Er kniete vor ihnen, und sein Gesicht war tränennass. Er verspürte keine Angst, sondern nur Staunen.

Sie sind dein, Grey. Es sind die, die ich dir gebe.

– Ja. Sie sind mein.

Rette sie. Tu es.

Er brauchte etwas Scharfes. Blindlings tastete seine Hand über den Boden, fand einen Splitter aus Metall, eine zerbrochene Scherbe aus einer Welt von zerbrochenen Teilen. Zwanzig Zentimeter lang, die Ränder gezackt wie bei einer Säge. Er legte sie der Länge nach auf sein Handgelenk, schloss die Augen und riss einen tiefen Schnitt in seine Haut. Das Blut spritzte hervor, ein breiter, dunkler Fluss, der seine Handfläche füllte. Das Blut Greys, des Entfesslers der Nacht, des Vertrauten dessen, der Zero genannt wurde. Lila stöhnte. Sie würde sterben; jeder Atemzug konnte der letzte sein. Ein kurzes Zögern noch, und dann legte Grey das Handgelenk auf ihre Lippen, zärtlich wie eine Mutter, die ihre Brust in den Mund des neugeborenen Babys schiebt.

»Trink«, sagte er.

Grey sah ihn nicht einmal: den Betonbrocken, vierunddreißig Pfund massives Gestein, den Guilder mit aller Kraft, die er noch aufbringen konnte, über Greys Kopf in die Höhe hob und auf ihn niederfahren ließ.

22

Sie kamen nach Chicago, als die Sonne unterging und den Himmel mit goldenem Licht erfüllte. Erst war da der äußere Ring der Vororte, leer und still, und dann die Silhouette der Stadt, die vor ihnen aufragte wie eine Verheißung. Die einsamen Überlebenden, miteinander vereint durch das geheimnisvolle Band ihrer Rettung – sie reisten schweigend, Träumer in einem vergessenen Land, und nur das Dröhnen des Motors und das hypnotisierende Rauschen der Räder auf dem Asphalt unter dem Bus ließen sie spüren, dass sie vorankamen. Geister saßen neben ihnen, die Menschen, die sie verloren hatten.

Als die Stadt sichtbar wurde, beugte Pastor Don sich auf seinem Sitz hinter Danny nach vorn. Hubschrauber schwebten über der Stadt, schwirrten um die Hochhäuser wie Bienen um ihren Stock. Hoch über ihnen zogen sich die Kondensstreifen vorüberfliegender Flugzeuge wie bunte Bänder durch das dunkler werdende Blau. Eine Sicherheitszone, wie es schien, aber das konnte nicht von Dauer sein. Im Grunde ihres Herzens wussten alle, dass es Sicherheit nicht mehr gab.

»Lass uns kurz anhalten.«

Danny steuerte den Bus an den Straßenrand. Pastor Don erhob sich und wandte sich an die Gruppe. Die Entscheidung liege bei ihnen. Sollten sie haltmachen oder weiterfahren? Sie hatten den

Bus, sie hatten Wasser, Proviant, Diesel. Niemand wusste, was sie erwartete. Nehmt euch einen Augenblick Zeit, sagte Pastor Don.

Murmelnd gaben sie ihr Einverständnis, und dann stimmten sie ab. Die Entscheidung war einstimmig.

»Okay, Danny.«

Sie fuhren südlich um die Stadt herum und weiter auf einer Landstraße nach Osten. Die Nacht senkte sich herab wie eine Kuppel, die sich über die Erde stülpte. Bei Tagesanbruch waren sie irgendwo in Ohio. Die Landschaft war nichtssagend – sie hätten überall sein können. Die Zeit verging nur noch schleichend. Felder, Bäume, Häuser, Postkästen zogen vorbei, und der Horizont entrollte sich vor ihnen, stets unerreichbar. In den Kleinstädten gab es noch einen Anschein von Leben; die Leute hatten keine Ahnung, wo sie hingehen und was sie tun sollten. Die Highways, hieß es überall, waren verstopft. In einem Mini-Mart, wo sie ihre Vorräte auffüllen wollten, schaute die Kassiererin durch das Fenster hinaus zum Bus und fragte: Kann ich mitfahren? Ein Fernseher an der Wand hinter ihrem Kopf zeigte eine brennende Stadt. Sie sprach mit gedämpfter Stimme, damit man sie nicht hörte, und sie wollte nicht wissen, wohin sie fuhren. Nur weg, das war die Hauptsache. Ein kurzes Telefonat, und wenige Minuten später standen ihr Mann und ihre beiden Söhne mit Koffern am Bus.

Andere kamen dazu. Ein Mann im Overall wanderte mit einem Gewehr über der Schulter allein die Landstraße entlang. Ein älteres Ehepaar, gekleidet wie für die Kirche, hatte am Straßenrand anhalten müssen, weil der Wagen nicht weiterfuhr. Die Haube stand offen, und Dampf strömte aus dem gerissenen Kühler. Zwei Radfahrer, Franzosen, waren auf einer Tour quer durch das Land gewesen, als das Unheil losgebrochen war. Ganze Familien drängten sich an Bord. Wie Fische, die sich einem Schwarm anschließen, mischten sie sich unter sie. Großstädte umfuhren sie weiträumig: Columbus, Acron, Youngstown, Pittsburgh. Sogar die Namen klangen schon historisch, als wären es Städte eines untergegangenen Imperiums: Gizeh. Karthago. Pompeji. Manche

Fragen wurden gestellt, andere nicht. Habt ihr von Salt Lake gehört, von Tulsa, von St. Louis? Weiß man schon, was es ist? Hat man eine Lösung gefunden? Nur in der Bewegung lag Sicherheit, jeder Stopp erschien bedrohlich. Eine Zeitlang sangen sie. *The Ants Came Marching, On Top of Spaghetti, A Hundred Bottles of Beer on the Wall.*

Die Landschaft hob und senkte sich und umschloss sie mit einer grünen Umarmung: Pennsylvania, die Endless Mountains. Spuren von menschlichen Ansiedlungen waren rar und weit verstreut, Überreste einer längst vergangenen Ära. Die verschlissenen Zechenstädte, die vergessenen Dörfer, deren einzige Fabrik schon vor Jahren stillgelegt und verrammelt worden war; aus roten Ziegeln gemauerte Schlote, die verloren in den blauen Sommerhimmel stachen. Die Luft roch stark nach Kiefernnadeln. Inzwischen waren sie mehr als siebzig Personen. Die Leute drängten sich im Gang, hielten Kinder auf dem Schoß, pressten die Gesichter an die Scheiben. Treibstoff war ein ständiger Grund zur Besorgnis, doch irgendwie gelang es ihnen immer, im letzten Moment noch welchen zu finden, als schütze eine unsichtbare Hand den Bus auf seiner Reise.

Am Nachmittag des dritten Tages näherten sie sich Philadelphia. Sie hatten einen halben Kontinent durchquert. Vor ihnen lag die Ostküste hinter einer Barrikade aus Großstädten, die sich wie ein menschlicher Wall ans Meer drängten. Ein Gefühl des Ausgeliefertseins machte sich breit. Es gab nichts mehr, wohin sie fliehen konnten. Sie fuhren am Schuylkill River entlang auf die Stadt zu; sein Wasser war dunkel und undurchdringlich wie Granit. Die Kleinstädte der Umgebung wirkten, als habe sich hier alles versteckt. Die Häuser waren mit Brettern vernagelt, und kein Auto war auf den Straßen unterwegs. Der Zeiger der Treibstoffanzeige pendelte gegen null. Der Fluss verbreiterte sich zu einem Becken. Dichte Bäume, durch die das Sonnenlicht funkelte, säumten die Straße wie ein Vorhang. Auf einem Schild stand: CHECKPOINT 2 MEILEN. Nach einer kurzen Beratung waren sich alle einig:

Sie hatten ihr Ziel erreicht. Hier würden sie sich ihrem Schicksal überlassen.

Soldaten gaben ihnen Anweisungen. Bis zur Sperrstunde waren es noch zwei Stunden, aber schon jetzt war es still auf den Straßen, und es rührte sich buchstäblich nichts außer Militärfahrzeugen und ein paar Polizeiautos. Schmale sonnendurchflutete Gassen, verwahrloste Brownstone-Häuser, die berüchtigten Straßenecken, an denen früher Banden von jungen Männern gelungert hatten – und dann, plötzlich, erschien der Park, eine grüne Oase im Herzen der Stadt.

Sie folgten den Schildern durch die Absperrungen; maskierte Soldaten winkten sie durch. Im Park wimmelte es von Menschen wie bei einem Konzert. Zelte, Wohnwagen, Gestalten, die sich zwischen ihren Koffern auf dem Boden zusammengerollt hatten, als hätte eine Flutwelle sie dort angeschwemmt. Als das Gedränge zu dicht wurde, waren sie gezwungen, den Bus am Straßenrand stehen zu lassen und zu Fuß weiterzugehen. Sie bewegten sich im Gleichtakt; noch waren sie außerstande, einander gehen zu lassen, im gesichtslosen Kollektiv zu verschwinden. Eine lange Kolonne hatte sich gebildet, und die Luft war schwer wie Milch. Über ihnen summten unsichtbare Armeen von Insekten in den dunkler werdenden Bäumen.

»Ich kann das nicht«, sagte Pastor Don. Er war auf dem Weg stehen geblieben und machte plötzlich ein entsetztes Gesicht.

Wood ging auch nicht weiter. Zwanzig Meter vor ihnen sahen sie eine Reihe von Durchgangsschleusen im grellen Licht von Flutlichtscheinwerfern. Leute wurden dort abgetastet und mussten ihren Namen nennen. »Ich weiß, was Sie meinen.«

»Ich meine, Himmel noch mal. Es ist, als hätten wir das gerade hinter uns.«

Die Menge strömte an ihnen vorbei. Die beiden Franzosen warfen ihnen kaum einen Blick zu. Sie trugen ihre kümmerlichen Habseligkeiten unter dem Arm. Alle fühlten es: Hier ging etwas verloren. Sie traten beiseite.

»Glauben Sie, wir können Sprit auftreiben?«, fragte Jamal.

»Ich weiß nur, dass ich da nicht reingehe«, sagte Pastor Don.

Sie kehrten zum Bus zurück. Schon war ein Mann dabei, an der Zündung herumzufummeln. Er war dürr, und sein Gesicht war schwarz vor Dreck. Seine Augen kreisten in den Höhlen, als stehe er unter Drogen. Wood packte ihn im Nacken und stieß ihn die Treppe hinunter. Verpiss dich, sagte er.

Sie stiegen ein. Danny drehte den Schlüssel im Schloss, und der Motor dröhnte unter ihnen. Langsam setzten sie zurück, und die Menge teilte sich wie die Wellen um ein Schiff. Die Luft trank das letzte Tageslicht. Sie wendeten in weitem Bogen auf der Wiese und fuhren davon.

»Wohin?«, fragte Danny.

Niemand wusste eine Antwort. »Ich glaube, das ist egal«, sagte Pastor Don.

Es war egal. Sie verbrachten die Nacht im Valley Forge Park, schliefen neben dem Bus auf dem Boden und gingen dann auf Südkurs. Von den Highways hielten sie sich fern. Maryland, Virginia, North Carolina – sie fuhren immer weiter. Die Reise hatte ihren eigenen Sinn bekommen, unabhängig von einem Bestimmungsort. Das Ziel war, sich zu bewegen und in Bewegung zu bleiben. Sie waren zusammen, alles andere war nicht wichtig. Der Bus schaukelte unter ihnen auf müden Stoßdämpfern. Die Städte fielen eine nach der anderen, die Lichter gingen aus. Die Welt löste sich auf und nahm ihre Geschichten mit. Bald wäre sie verschwunden.

Ihr Name war April Donadio. Das Kind, das jetzt in ihr seine Wurzeln geschlagen hatte, würde ein Junge werden: Bernard. April würde ihm ihren Nachnamen geben, Donadio, und so würde er in seinem Namen ein Stück von beiden in sich tragen. Im Laufe der Jahre würde sie ihm oft von seinem Vater erzählen: was für ein Mann er gewesen war, tapfer und gut und auch ein bisschen traurig, und dass er ihr, obwohl sie nur wenig Zeit miteinander verbracht hatten, das größte Geschenk gemacht hatte, das es gab, nämlich den Mut weiterzumachen. Das ist Liebe, sagte sie dann zu dem Jungen. Ich hoffe, eines Tages wirst du jemanden lieben, wie ich ihn geliebt habe.

Aber das käme später. Dieser Bus mit seinen Überlebenden, zehn von zwölfen: Sie hätten ewig so weiterfahren können. Und in gewissem Sinne taten sie es auch. Die grünen Felder des Sommers, die verlassenen Städte, in denen die Zeit stillstand, die schattendunklen Wälder – und endlos rollte der Bus. Sie waren wie eine Vision, waren in die Ewigkeit hinübergeglitten, in eine Welt jenseits aller Zeit. Da und doch nicht da, ungesehen, aber spürbar anwesend wie die Sterne am Tageshimmel.

III

—

Das Feld

**North Agricultural Complex
Zone Orange, »ex muros«
Kerrville, Texas**

Juli, 79 n. V.

*Denn welcher heut sein Blut mit mir vergießt,
Der wird mein Bruder.*

Shakespeare, *Heinrich der Fünfte*

********** **WARNUNG** **********

Sie betreten Zone Orange.

Behalten Sie die Uhrzeit im Auge.
Merken Sie sich den Standort der nächsten Hardbox.

Betreten Sie keine ungeklärten Bereiche.

Wenn Sie den letzten Transport verpassen, rechnen Sie
nicht damit, dass Ihnen jemand zu Hilfe kommt.
Suchen Sie Schutz an Ort und Stelle.

Befolgen Sie alle Anweisungen der Innenbehörde.

Zuwiderhandlungen werden mit Geld- und/oder
Haftstrafen belegt

gemäß Artikel 694 Absatz 12 des
Modifizierten Kriegsrechts der Republik Texas.

Suchen Sie im Zweifel sofort Zuflucht.

23

Es war Dee Vorhees, die sagte, sie wolle die Kinder mitnehmen.

Aber sie war nicht die Einzige. Sämtliche Frauen, wie Vorhees bald herausfinden sollte, waren in den Plan eingeweiht. Dees Cousine Sally und Mace Francis und Shar Withers und Cece Cauley und Ali Dodd und sogar Matty Wright –, die immer nervöse, zwitschernde Matty Wright – sie alle sagten ihren Männern das Gleiche. Ein regelrechter Überfall. Die Frauen flankierten ihre Männer von links und von rechts mit einer Beharrlichkeit, gegen die man nicht ankam: *Ein paar Stunden in der Sonne,* sagten sie alle, wenn sie im Bett lagen oder das Geschirr abwuschen oder die Kinder für die Schule bereit machten. *Was soll daran verkehrt sein? Lass uns die Kinder diesmal mitnehmen.*

Und es war ja nicht so, als hätten sie die Mädchen nicht schon früher »ex muros« mitgenommen, erinnerte Dee ihn, als sie zusammen einen ruhigen Augenblick in der Küche genossen, nachdem sie die Mädchen zu Bett gebracht hatten. Einmal zum Beispiel – wie lange war das her? –, da waren sie an Nitias Geburtstag nach Green Field gegangen. Die kleine Siri hatte gerade laufen können, und Nitia hatte auf Schritt und Tritt diese schmutzige Decke mitgeschleift. Die friedlichen Stunden unter dem Wasserüberlauf und die Schmetterlinge – erinnerte er sich nicht? Wie sie auf einem fliegenden Fluss zu schwimmen schienen, wie sie sanken und mit bunten Flügeln pumpend wieder aufstiegen und wie einer sie alle überrascht hatte und auf Nitias Nase gelandet war. Hast du in diesem Anblick nicht Gottes Anwesenheit gespürt?, fragte Dee. In diesem wunderbaren Gefühl von Freiheit, wo die kleinen Mädchen lachten und lachten und die Warnsirenen noch stundenlang stumm bleiben würden, bis in eine ferne Zukunft hinein, und wo der blaue Himmel sich wie das himmlische Königreich selbst über ihre Köpfe wölbte, als sie zu viert »*ex muros*« waren. In der Grünen Zone, freilich, das bestritt sie ja nicht, aber von dort aus konnte man die Umgrenzung *sehen,* die Wachttürme, die Posten, die Zäune mit dem rasiermesserscharfen Stacheldraht, und wer entschied so etwas überhaupt? Wer entschied, wo eine Zone aufhörte und die nächste anfing? Weshalb war ein Ausflug in den North Agricultural Complex eigentlich anders, gefährlicher? Cruk würde dort sein und Tifty auch (der Name war aus ihrem Mund gekommen, bevor sie es hatte verhindern können). Es gab die Hardboxen für den Fall, dass etwas passierte – aber warum sollte etwas passieren? Mitten an einem Sommertag? Die Fallen waren seit Monaten leer. Ein paar Stunden in der Sonne, weg vom grauen Dreck der Stadt. Ein Sommerpicknick auf der Wiese. Mehr wollte sie nicht.

Würde er es tun, dieses eine Mal? Für die Mädchen? Aber warum sollte sie es nicht offen aussprechen? Würde er es für sie tun, für seine Frau, die ihn liebte?

So kam es, dass Curtis Vorhees, zweiunddreißig, Vormann des North Agricultural Complex, an einem schwülen Julimorgen, als das Thermometer die achtundzwanzig Grad bereits überschritten hatte und auf fünfunddreißig losmarschierte, sich mit dem alten .38er seines Vaters im Hosenbund und drei Patronen in der Trommel (die anderen drei hatte sein Vater verschossen) in einem Bus voll mit ganzen Familien wiederfand – und haufenweise Kindern. Da waren erst einmal Nitia und Siri und ihr Cousin Carson, der gerade zwölf geworden, aber immer noch so schmächtig war, dass seine Füße eine Handbreit über dem Boden baumelten. Dann Bab und Dunk Withers, die Zwillinge. Die Francis-Mädchen, Rena und Jules, saßen hinten, wo sie sich nicht um die Jungs kümmern mussten. Die kleine Jenny Apgar saß bei ihrem älteren Bruder Gunnar auf dem Schoß. Dean und Amelia White, schon etwas älter als der Rest, taten gelangweilt und genervt. Dann waren da noch Merry Dodd und ihr kleiner Bruder Satch sowie, in einem Korb, der kleine Louis Cauley. Und schließlich Reese Cuomo und Dash Martínez und Cindy-Sue Bodine. Siebzehn insgesamt, eine geballte Ladung kindlicher Wärme und Geräusche, die für Vorhees' Wahrnehmung so differenziert waren wie das Summen eines Bienenschwarms. Es war üblich, dass die Frauen ihre Männer zum Pflanzen begleiteten und natürlich auch bei der Ernte, wo es für jedes Paar Hände Arbeit gab, aber das hier war etwas Neues. Curtis Vorhees spürte es, als der Bus zum Tor hinausfuhr. Der alte Dieselmotor dröhnte und knatterte, und das müde Chassis schaukelte unter ihnen. Ein öder Job in der Hitze war plötzlich ein Ereignis geworden, und der Tag war erfüllt vom hoffnungsvollen Geist einer Tradition, die hier geboren wurde. Warum hatten sie nie daran gedacht, dass es diesen Tag zu etwas Besonderem machen würde, wenn sie die Kinder mitnähmen?

So fuhren sie vorbei am Damm und am Treibstoffdepot und an den Posten am Zaun, die sie durchwinkten, und weiter hinunter ins Tal und ins goldene Licht eines Julimorgens. Die Frauen saßen hinten mit Körben und Proviant und tratschten und lachten miteinander. Nachdem eine der Mütter – natürlich war es Ali Dodd gewesen – den fruchtlosen Versuch unternommen hatte, die Kinder die texanische Hymne singen zu lassen, das einzige Lied, das sie alle kannten (*Texas, our Texas! All hail the mighty State! Texas, our Texas, so wonderful, so great!*), hatten diese sich zu verschiedenen Grüppchen geordnet; die größeren Mädchen tuschelten und kicherten und ignorierten die Jungen geflissentlich, und die Jungen taten geflissentlich so, als sei ihnen das egal. Die Kleinen hüpften auf den Bänken herum, flitzten im Gang auf und ab und verübten ihre diversen Überfälle, und die Männer saßen vorn und schwiegen, wachsam wie gewohnt. Sie kommunizierten nur durch gelegentlich gewechselte sarkastische Blicke oder mit einem kurzen Hochziehen einer Augenbraue: *Worauf haben wir uns da eingelassen?* Sie waren Männer der Felder. Ihre Hände waren schwielig, ihr Haar war kurz geschoren, sie hatten schwarze Halbmonde unter den Nägeln und trugen keine Bärte. Vorhees zog die alte Uhr seines Vaters aus der Tasche und warf einen Blick auf das Zifferblatt: 7 Uhr 05. Elf Stunden bis zur Sirene, zwölf bis zum letzten Transport, dreizehn, bis es dunkel wäre. *Behalten Sie die Uhrzeit im Auge. Merken Sie sich den Standort der nächsten Hardbox. Suchen Sie im Zweifel sofort Zuflucht.* Worte, die sich in sein Bewusstsein eingegraben hatten, so unauslöschlich wie ein Kindervers oder wie ein Gebet der Schwestern. Vorhees drehte sich auf seinem Sitz nach hinten und zog Dees Blick auf sich. Sie balancierte Siri auf dem Schoß; das kleine Mädchen drückte die Nase ans Fenster und schaute in die vorüberziehende Welt hinaus. Dee schenkte ihm ein müdes Lächeln, das aus Worten bestand: *Danke.* Siri fing an zu hüpfen und wippte entzückt mit den Knien. Das kleine Mädchen zeigte mit einem stumpfen Finger aus dem Fenster und quietschte vor Vergnügen. *Danke für das alles.*

Und ehe sie sichs versahen, waren sie da. Durch die Frontscheibe des Busses kamen die Felder des North Agricultural Complex in Sicht, und ein riesiges Muster breitete sich vor ihnen aus wie die Vierecke eines bunten Flickenteppichs: Mais und Weizen, Baumwolle und Bohnen, Reis und Gerste und Hafer. Sechstausend Hektar, zusammengehalten von einem Netz aus staubigen Straßen und mit Windschutzhecken aus Pappel- und Eichengehölz an den Rändern. Und überall die Wachttürme und Pumpstationen mit ihren Auffangbecken und Nestern aus Rohrleitungen. Die Schutzräume waren in regelmäßigen Abständen über das riesige Areal verstreut, markiert durch hohe Masten mit orangegelben Fahnen, die schlaff in der heißen Luft hingen. Vorhees wusste auswendig, wo sie waren, aber wenn der Mais hoch stand, konnte man sie ohne die Fahnen nicht immer schnell finden.

Er stand auf und ging nach vorn, wo Dees Bruder Nathan – alle nannten ihn Cruk – hinter dem Fahrer stand. Vorhees war Vormann, aber eigentlich hatte Cruk als leitender Domestic-Security-Officer hier das Sagen.

»Anscheinend haben wir einen guten Tag erwischt«, sagte Vorhees.

Cruk zuckte nur die Achseln. Wie die Feldarbeiter trug er, was er hatte – geflickte Jeans, ein an Kragen und Manschetten ausgefranstes Khakihemd und darüber eine leuchtend orangegelbe Plastikweste mit der Aufschrift TEXAS DEPARTMENT OF TRANSPORTATION auf dem Rücken. Sein Gewehr, ein langläufiges .30-06 mit Scharfschützen-Zielfernrohr, hielt er quer vor der Brust, und eine überarbeitete .45er halbautomatische Pistole steckte in einem Holster an seinem Oberschenkel. Das Gewehr war eine Standardwaffe, aber die .45er war etwas Besonderes, eine alte Militär-, vielleicht auch eine Polizeipistole mit ölglänzender schwarzer Oberfläche und einem polierten Holzgriff. Sie hatte sogar einen Namen; er nannte sie »Abigail«. Man musste jemanden kennen, um an eine solche Waffe heranzukommen, und Vorhees brauchte nicht allzu angestrengt nachzudenken, um zu wissen, wer dafür in Frage kam; es war allgemein bekannt, dass Tifty entsprechende Kontakte zum Gewerbe hatte. Vorhees' .38er mit seinen kläglichen drei Patronen erschien vergleichsweise dürftig, aber nie im Leben hätte er sich eine solche Waffe leisten können.

»Du kannst immer behaupten, es war Dees Idee«, sagte Cruk.

»Du hältst es also nicht für klug.«

Sein Schwager unterdrückte ein Lachen. In solchen Augenblicken war Cruks Ähnlichkeit mit seiner Schwester am auffälligsten, auch wenn die beiden sich sonst wenig ähnlich sahen.

»Es kommt nicht darauf an, was ich davon halte. Das weißt du genauso gut wie ich. Wenn Dee sich etwas in den Kopf gesetzt hat, kannst du deine Eier aufhängen und Feierabend machen.«

Der Bus machte einen Satz, der sämtliche Knochen durcheinanderschüttelte. Vorhees hatte Mühe, aufrecht stehen zu bleiben. Die Kinder hinter ihm kreischten vor Vergnügen.

»Hey, Dar«, sagte Cruk, »meinst du, du kannst auch mal um so ein Ding rumfahren?«

Die alte Frau am Steuer reagierte mit einem feuchten *harrumpf*. Dar zu sagen, was sie mit ihrem Bus tun sollte, kam einer Kriegshandlung gleich. Alle Busfahrer waren ältere Frauen, meistens Witwen. Das war keine Vorschrift; es wurde einfach so gehalten. Mit ihrem zu einem permanenten Stirnrunzeln verknöcherten Gesicht war Dar eine Gestalt von legendärer Streitsucht und die nüchternste Frau, die je auf Erden gewandelt war. Sie behielt die Zeit mittels einer Stoppuhr im Auge, die sie um den Hals trug, und würde jeden in einer Staubwolke stehen lassen, der auch nur eine Minute zu spät zum letzten Transport käme. Mehr als ein Feldarbeiter hatte die Nacht in einer Hardbox verbracht, vor Angst wie von Sinnen, und die Sekunden bis zum Morgengrauen gezählt.

»Eine Busladung Kinder, Himmel noch mal. Bei dem Krach kann ich keinen klaren Gedanken fassen.« Dar hob den Blick zu dem fleckigen Spiegel über der Frontscheibe. »Geht's vielleicht ein bisschen leiser dahinten? Duncan Withers, sofort runter von der Bank! Und glaub ja nicht, dass ich dich nicht sehen kann, Jules Francis! Ganz recht«, warnte sie mit eisigem Blick, »dich meine ich, junge Dame. Du kannst gleich wieder aufhören zu grinsen.«

Alle verstummten abrupt, sogar die Ehefrauen. Aber als Dar wieder nach vorn auf die Straße schaute, erkannte Vorhees, dass ihr Zorn nur gespielt war; die Frau hatte Mühe, nicht laut loszulachen.

Cruk legte ihm eine große Hand auf die Schulter. »Entspann dich, Vor. Lass sie den Tag genießen.«

»Hab ich gesagt, ich mache mir Sorgen?«

Cruks Gesicht nahm einen nüchternen Ausdruck an. »Hör zu, ich weiß, dir wäre es lieber, wenn Tifty nicht mitgekommen wäre. Okay? Das weiß ich schon. Aber er ist der beste Schütze, den ich habe. Sag, was du willst, der Kerl kann einen Hänger auf dreihundert Meter ausknipsen.«

Vorhees war nicht bewusst gewesen, dass er überhaupt an Tifty gedacht hatte. Jetzt allerdings, da Cruk das Thema angesprochen hatte, fragte er sich, ob er es vielleicht doch getan hatte.

»Du glaubst also, wir werden ihn brauchen.«

»Das habe ich nicht gesagt. An einem Sommertag wie heute werden wir keine Probleme bekommen. Ich bin nur vorsichtig, weiter nichts. Das sind auch meine Mädels, weißt du.« Er vertrieb die dunkle Stimmung mit einem Grinsen. »Hauptsache, Dee macht keine Gewohnheit daraus. Ich musste ungefähr fünfzig Gefälligkeiten einfordern, um diesen kleinen Ausflug hinzukriegen, und das kannst du ihr ruhig sagen.«

Der Bus rollte auf den Sammelplatz. Die letzten Aufklärer kamen aus dem Mais, mit ihren klobigen Schutzpolstern, den schweren Handschuhen und vergitterten Helmen, die ihre Gesichter verdeckten. Verschiedene Waffen hingen an ihren Körpern: Schrotflinten, Gewehre, Pistolen, sogar ein paar Macheten. Cruk befahl den Kindern zu bleiben, wo sie waren; erst wenn das Frei-Signal gegeben worden war, durften sie den Bus verlassen. Als die Erwachsenen anfingen, die Vorräte hinauszuschaffen, kam Tifty von seiner Plattform auf dem Dach des Busses herunter und traf sich mit Cruk am Heck, um mit dem Kollegen zu sprechen, der für das Räumkommando zuständig war, einem Mann namens Dillon. Dillons DS-Team, acht Männer und vier Frauen, waren zu dem Trog am Pumpenhaus gegangen, um Wasser zu holen.

Cruk kam zu Vorhees zurück, der bei den übrigen Männern wartete. Schon brannte die Sonne vom Himmel. Die Feuchte des Morgens war verdampft.

»Blitzsauber alles, auch die Windschutzhecken.« Er zwinkerte Vorhees zu. »Das wird Dee eine Kleinigkeit extra kosten.«

Bevor Cruk seine Ansage beenden konnte, waren die Kinder von ihren Sitzen aufgesprungen und strömten aus dem Bus. Sie machten Platz für die Räumer, die jetzt in die Stadt zurückfahren würden. Als Vorhees sah, wie die Kinder, strahlend vor Aufregung, auf dem Gelände ausschwärmten, war er für einen Augenblick wie gebannt, und ein Strom von Erinnerungen nahm seine Gedanken gefangen. Für viele, speziell für die Jüngsten, war dieser Ausflug das erste Mal, dass sie sich außerhalb der Mauern aufhielten; das hatte er vorher gewusst. Aber den Augenblick mitzuerleben war etwas anderes. Fühlte sich die Luft in ihrer Lunge anders an, fragte er sich, die Sonne auf ihrem Gesicht, der Boden unter ihren Füßen? Hatten diese Dinge sich für ihn anders angefühlt, als er vor all den Jahren hier aus dem Bus gestiegen war? Aber natürlich: »*Ex muros*« zu gehen, das bedeutete, eine Welt von grenzenlosen Dimensionen zu entdecken, eine Welt, von deren Existenz man wusste, ohne je zu glauben, dass man selbst dazugehörte. Er erinnerte sich an eine Art schwerelose, körperliche Freude, die zugleich beängstigend war – wie ein Traum, in dem er fliegen, aber nicht landen konnte.

Am Wachtturm waren Fort und Chess dabei, Stangen in den Boden zu rammen, um einen Sonnenschutz aufzustellen, und die Frauen trugen Tische, Stühle und Proviantkörbe herüber. Ali Dodd, deren Gesicht im Schatten ihres breitkrempigen Strohhuts lag, versuchte bereits, mit ein paar Kindern ein Spiel zu organisieren. Alles ganz so, wie Dee es vorausgesehen hatte, als sie vorgeschlagen hatte, die Kinder mitzunehmen.

»Das ist toll, was?«

Vorhees' Cousin Ty stand neben ihm und hielt einen Korb vor der Brust. Er war über eins achtzig groß, und mit seinem langen, betrübten Gesicht erinnerte er Vorhees immer an einen traurigen Hund. Hinter ihm drückte Dar dreimal auf die Hupe, und der Bus rülpste eine ölige Qualmwolke hervor und fuhr ab.

»Hab ich dir je erzählt, wie ich das erste Mal draußen war?«

»Ich glaube nicht.«

»Glaub mir.« Tys Kopfschütteln verriet Vorhees, dass der Mann nicht die Absicht hatte, genauer darauf einzugehen. »Das ist 'ne Geschichte.«

Als alles ausgepackt war, rief Cruk die Kinder unter dem Sonnensegel zusammen, um die Regeln noch einmal durchzusprechen. Die kannte zwar jeder, doch es schadete nie, sie noch einmal zu wiederholen. Zuallererst, begann Cruk, brauchte jeder einen Partner. Egal wen – der eigene Bruder, die Schwester, ein Freund, Hauptsache jemanden, und man musste immer mit ihm zusammenbleiben. Das war das Wichtigste. Das offene Gelände am Fuße des Wachtturms war sicher, aber niemand durfte sich in den Mais wagen, unter gar keinen Umständen. Und das Betreten der Baumgruppe am südlichen Ende war ebenfalls verboten.

»So, und seht ihr diese Fahnen?«, fragte Cruk und deutete über das Feld. Die orangegelben Fahnen, die so herunterhingen? »Wer kann mir sagen, was sie bedeuten?«

Ein halbes Dutzend Hände hob sich. Cruk ließ die Augen über die Gruppe schweifen und blieb an Dash Martínez hängen. Er war sieben Jahre alt und bestand nur aus Knien, Ellenbogen und einem dunklen Wuschelkopf. Cruks messerscharfer Blick erfasste ihn wie ein Scheinwerfer, und er erstarrte. Er saß zwischen Merry Dodd und Reese Cuomo, und die beiden drückten die Hände auf den Mund, um nicht zu lachen.

»Da sind die Hardboxen?«, vermutete der Junge.

»Ganz recht«, Cruk nickte. »Da sind die Hardboxen, die Schutzräume. Und jetzt sagt mir«, fuhr er fort und wandte sich wieder an alle, »wenn die Sirene losgeht, was tut ihr dann?«

Rennen!, sagte jemand und dann noch jemand und noch jemand. *Rennen!*

»Wohin rennen?«, fragte Cruk.

Jetzt antwortete ein ganzer Chor. *Zu den Hardboxen!*

Er entspannte sich und lächelte. »Gut. Und jetzt viel Spaß.«

Sie flitzten davon, alle bis auf die Teenager, die noch ein Weilchen unter dem Sonnensegel herumtrödelten und sich von den kleinen Kindern absetzen wollten. Aber Vorhees wusste, auch sie würden den Weg in die Sonne finden. Spielkarten kamen zum Vorschein und Wollknäuel zum Stricken. Nicht lange, und die Frauen waren alle beschäftigt. Sie behielten die Kinder vom Schatten aus im Auge und fächelten sich in der Hitze die Gesichter. Vorhees rief die Männer zusammen und ließ Salztabletten verteilen; auch wenn man ständig trank, konnte der Körper bei der Hitze und Anstrengung in lebensbedrohlichem Maße dehydrieren. Sie füllten ihre Flaschen an der Pumpe. Ihnen ihre Aufgabe zu erklären war nicht nötig; das Entfahnen der Maispflanzen war eine mühsame, wenngleich einfache Arbeit, die sie alle schon oft getan hatten. Auf jeweils drei Reihen Mais kam eine vierte, die mit einer anderen Sorte bepflanzt war. Diese Reihe würde von den männlichen Rispen befreit werden, um Selbstbestäubung zu verhindern. Bei der nächsten Ernte würde sie eine neue, kräftigere Kreuzung hervorbringen, die im folgenden Jahr als Saatgut benutzt werden könnte. Als Vorhees' Vater ihm diesen Prozess vor Jahren erklärt hatte, war er ihm erregend, ja irgendwie sogar erotisch vorgekommen. Was sie da taten, war schließlich ein Bestandteil der Fortpflanzung, auch wenn es nur um Mais ging. Aber die körperliche Beschwerlichkeit dieser Arbeit hatte ihm solche Gedanken rasch ausgetrieben – man stand stundenlang in der glühenden Sonne, unaufhörlich rieselten Pollen auf Hände und Gesicht, und Insekten summten einem um den Kopf und suchten den Weg in Ohren, Nase und Mund. Gleich in Vorhees' erster Woche auf dem Feld war ein Mann mit einem Hitzschlag zusammengebrochen. Er wusste nicht mehr, wer es gewesen oder was aus ihm geworden war; sie hatten ihn in den nächsten Transport gepackt und weitergearbeitet. Es war durchaus möglich, dass der Mann gestorben war.

Schwere Segeltuchhandschuhe, breitkrempige Hüte und langärmelige Hemden mit zugeknöpften Manschetten – als die Männer bereit waren loszugehen, waren sie schon nass geschwitzt. Vorhees spähte zum Wachtturm hinauf, wo Tifty in Stellung gegangen war und die Baumkulisse mit seinem Zielfernrohr absuchte. Cruk hatte recht; Tifty war der richtige Mann dort oben. Was immer man sonst über Tifty Lamont sagen konnte, seine Fähigkeiten als Scharfschütze waren unbestreitbar. Aber noch nach so vielen Jahren brauchte er nur den Namen des Mannes zu hören, um wieder wütend zu werden. Die Zeit hatte seinen Zorn allenfalls noch schlimmer gemacht; jedes Jahr, das verging, war ein Jahr, das Boz nicht erleben durfte. Warum hatte Tifty zum Mann heranwachsen dürfen und Boz nicht? In etwas nachdenklicheren Augenblicken war Vorhees klar, dass solche Empfindungen irrational waren. Tifty mochte an jenem schicksalhaften Abend der Anstifter gewesen sein, aber jeder von ihnen hätte Nein sagen können, und Boz wäre noch am Leben. Trotzdem konnten sie alle reden, was sie wollten: Es würde nichts an seiner Überzeugung ändern, dass Tifty die Hauptschuld am Tod seines Bruders trug.

Er teilte die Arbeiter in drei Teams auf; jedes war für vier Reihen verantwortlich. Sie gingen hinüber zum Sonnensegel, um sich zu verabschieden. Auf dem Rasen war ein Ballspiel im Gange, und auf der anderen Seite hörte man das Klingen vom Hufeisenwerfen. Dee ruhte sich mit Sally und Lucy Martínez im Schatten aus; sie spielten eine Partie Hearts. Ihre Spiele hatten epische Ausmaße und konnten manchmal tagelang dauern. Der Tisch war schon zum Lunch gedeckt: Porzellanteller mit spinnwebförmigen Rissen, Steinguttassen und sogar ein Tischtuch.

»Wie es aussieht, sind wir abmarschbereit.«

Sie legte die Karten hin und hob den Kopf. »Na, dann komm her.«

Er nahm den Hut ab und beugte sich hinunter, um einen Kuss von ihr in Empfang zu nehmen.

»Gott, du stinkst jetzt schon!« Sie lachte und zog die Nase kraus. »Das war dein Letzter für heute, fürchte ich.« Dann fügte sie hinzu: »Sollte ich dir sagen, du sollst vorsichtig sein?«

Das sagten sie immer. »Wenn du willst.«

»Na gut. Sei vorsichtig.«

Nit und Siri waren unter das Zeltdach spaziert. Gras hing in ihren Haaren und in der Wolle ihrer Pullover wie bei kleinen Hunden, die sich am Boden gewälzt hatten.

»Umarmt euren Vater, Mädels.«

Vorhees sank auf die Knie und nahm die beiden wie ein warmes Bündel in die Arme. »Seid brav bei Mommy, ja? Ich bin zum Lunch wieder da.«

»Wir sind Partner«, verkündete Siri.

Er strich ihnen das Gras aus den schweißfeuchten Haaren. Manchmal durchströmte ihn schon beim Anblick der beiden eine Woge der Liebe, die ihm tatsächlich die Tränen in die Augen trieb. »Natürlich seid ihr das. Vergesst nur nicht, was euer Onkel Cruk euch gesagt hat. Bleibt da, wo Mommy euch sehen kann.«

»Carson sagt, da sind Monster im Feld«, sagte Siri. »Monster, die Blut trinken.«

Vorhees schaute kurz zu Dee hinüber, und sie zuckte die Achseln. Es war nicht das erste Mal, dass dieses Thema angesprochen wurde.

»Na, das stimmt aber nicht«, sagte er. »Er will euch Angst einjagen und macht sich einen Spaß mit euch.«

»Warum dürfen wir dann nicht ins Feld hineingehen?«

»Weil das die Regel ist.«

»Ehrlich?«

Er lächelte, so gut er konnte. Vorhees und Dee hatten sich darauf geeinigt, die Sache im Unbestimmten zu halten, solange es ging, aber beiden war klar, dass sie irgendwann einmal die Katze aus dem Sack lassen mussten.

»Ehrlich.«

Er umarmte sie noch einmal, erst einzeln und dann zusammen, und ging dann zu seinem Team am Rand des Feldes. Eine grüne Wand, fast zwei Meter hoch: Die Reihen der Maispflanzen, eine Serie von langen Korridoren, erstreckten sich bis zur Windschutzhecke. Die Sonne hatte die unsichtbare Grenze zum Mittag überschritten. Niemand sprach. Vorhees sah ein letztes Mal auf die Uhr. *Behalten Sie die Uhrzeit im Auge. Merken Sie sich den Standort der nächsten Hardbox. Suchen Sie im Zweifel sofort Zuflucht.*

»Okay, Leute«, sagte er und zog seine Handschuhe an, »packen wir's an.«

Und damit rückten sie zusammen ins Feld ein.

In gewissem Sinne waren sie alle wegen einer einzelnen Nacht geworden, was sie waren. Es war die letzte Nacht ihrer Kindheit gewesen. Cruk, Vorhees, Boz, Dee – sie liefen stets im Rudel zusammen herum, in ihren täglichen Runden nur begrenzt von den Mauern der Stadt und den wachsamen Augen der Schwestern, die die Schule, und der Sicherheitsleute, die alles andere leiteten. Eine Zeit des Tratsches, der Gerüchte, der Geschichten, ausgetauscht im Staub. Mit schmutzigen Gesichtern und schmutzigen Händen trödelten die vier auf dem Heimweg von der Schule in dem Hof hinter ihrem Quartier herum. Wie sah die Welt außerhalb der Mauern aus? Wo war sie, und wann würden sie sie zu sehen bekommen? Wohin gingen ihre Väter – und manchmal auch ihre Mütter –, wenn sie von der Arbeit zurückkamen und nach Pflicht und geheimnisvollen Sorgen rochen? Nach draußen, ja, aber inwiefern war es da anders als in der Stadt? Wie fühlte es sich an, wie schmeckte, wie klang es? Warum kam es von Zeit zu Zeit vor, dass ein Vater oder eine Mutter hinausfuhr und nie mehr zurückkam, als hätte das unsichtbare Reich jenseits der Mauern die Macht, sie mit Haut und Haaren zu verschlingen? Dopeys, Dracs, Vampire, Jumps: Sie kannten die Namen, fühlten aber ihre Bedeutung nicht mit ihrem ganzen Gewicht. Da waren die Dracs, und das waren die Bösartigsten, und sie waren das Gleiche wie die Jumps oder die Vampire (ein Wort, das nur noch die alten Leute benutzten). Und dann gab es die Dopeys, die so ähnlich waren, aber nicht genauso. Gefährlich, ja, aber nicht so sehr – eher lästig wie Skorpione oder Schlangen. Manche meinten, die Dopeys seien Dracs, die zu lange gelebt hätten, und andere sagten, sie seien Biester von einer ganz anderen Sorte, und sie seien überhaupt nie menschlich gewesen.

Und da war noch etwas. Wenn die Virals einmal Menschen wie

sie gewesen waren, wie waren sie dann geworden, was sie jetzt waren?

Aber die größte Geschichte von allen war die Geschichte von dem großen Niles Coffee, dem Gründer der Expeditionstruppe aus furchtlosen Männern, die quer durch die Welt zogen, um zu kämpfen und zu sterben. Coffees Herkunft war wie alles andere an ihm von Mythen verschleiert. Er war ein Drittling, großgezogen von den Schwestern. Er war ein Waise des Ostereinfalls 38, bei dem er seine Eltern hatte sterben sehen. Ein Einzelgänger, der eines Tages vor dem Tor gestanden hatte, ein Knabenkrieger, in Häute gekleidet und mit einem abgetrennten Viral-Kopf auf einem Spieß. Er hatte hundert Virals mit eigener Hand erledigt, tausend, zehntausend – die Zahl wuchs stetig. Er setzte nie einen Fuß in die Stadt. Er ging unter ihnen umher, gekleidet wie ein gewöhnlicher Mann, ein Feldarbeiter, und verhüllte seine Identität. Er existierte überhaupt nicht. Es hieß, seine Leute legten einen Schwur ab – einen Blutschwur –, und den schworen sie nicht Gott, sondern einander, und sie rasierten sich den Schädel als Zeichen dieses Versprechens, des Versprechens zu sterben. Weit über die Mauern hinaus reisten sie und nicht nur durch Texas. Nach Oklahoma City. Nach Wichita in Kansas. Nach Roswell in New Mexico. An der Wand über seiner Koje hatte Boz eine Landkarte der alten Vereinigten Staaten, Blöcke aus verblichenen Farben, zusammengefügt wie die Teile eines Puzzles. Jeden neuen Ort markierte er mit einer Nadel von ihrer Mutter, und die Nadeln verband er mit Fäden, um die Wege zu zeigen, die Coffee zurückgelegt hatte. In der Schule fragten sie Schwester Peg, deren Bruder an der Oil Road arbeitete: Was hatte sie gehört, und was wusste sie? Stimmte es, dass die Expeditionstruppe andere Überlebende da draußen gefunden hatte, ganze Städte, ja Großstädte voller Menschen? Die Schwester gab ihnen darauf keine Antwort, aber wenn ihre Augen beim Klang seines Namens aufblitzten, erkannten sie darin das Licht der Hoffnung. Das war Coffee: Wo immer er herkam und wie er es auch machte, Coffee war ein Grund zur Hoffnung.

Viele Jahre später, als Boz schon lange nicht mehr da war und ihre Mutter auch nicht, sollte Vorhees sich fragen, warum er und sein Bruder über diese Dinge nie mit ihren Eltern gesprochen hatten. Es wäre doch naheliegend gewesen, aber sosehr er sein Gedächtnis durchforschte, er konnte sich an keine einzige Gelegenheit erinnern, wie er sich auch nicht daran erinnern konnte, dass sein Vater oder seine Mutter je ein Wort über Boz' Landkarte verloren hatte. Warum war das so? Und was war aus der Karte selbst geworden? In Vorhees' Erinnerung hing sie da, und am nächsten Tag war sie weg. Es war, als hätten die Geschichten über Coffee und die Expeditionstruppe zu einer Geheimwelt gehört, zu einer Jungenwelt, die versank und dann versunken blieb. Ein paar Wochen lang hatten diese Fragen ihn so stark beschäftigt, dass er eines Morgens beim Frühstück seinen ganzen Mut zusammennahm und seinen Vater danach fragte. Doch der lachte nur. *Machst du Witze?* Thad Vorhees war kein alter Mann, sah allerdings so aus: Er hatte seine Haare und die Hälfte seiner Zähne eingebüßt, seine Haut war permanent von einer säuerlichen Feuchtigkeit glasig überzogen, und seine Hände lagen auf dem Küchentisch wie Nester aus Knochen. *Oder fragst du im Ernst? Also du, du warst ja nicht so schlimm, aber Boz – der Bengel konnte einfach nicht aufhören damit. Coffee, Coffee, Coffee, von morgens bis abends. Erinnerst du dich nicht?* Trauer verschleierte plötzlich seinen Blick. *Diese blöde Landkarte. Um ehrlich zu sein, ich hab's nicht übers Herz gebracht, sie herunterzureißen, aber es hat mich überrascht, dass du es getan hast. Hab dich in deinem ganzen Leben nie so weinen sehen. Wahrscheinlich hattest du kapiert, dass das alles Bullshit war. Coffee und die anderen. Dass dabei nichts rauskommen würde.*

Aber es war nicht Nichts, das war es nie gewesen und würde es auch nie sein. Wie konnte es Nichts sein, wenn sie Boz doch so geliebt hatten?

Es war natürlich Tifty – Tifty, der Lügner, Tifty, der Geschichtenerzähler, Tifty, der sich so verzweifelt danach sehnte, von jemandem gebraucht zu werden, dass es keine Dummheit gab, die er nicht über die Lippen gebracht hätte. Tifty behauptete, er habe Coffee mit seinen eigenen zwei Augen gesehen. *Tifty,* hatten sie alle gelacht, *Tifty, du spinnst. Du hast weder Coffee noch sonst jemanden von seiner Truppe je gesehen.* Aber allem Hohn zum Trotz setzte die Idee sich fest. Von Anfang an hatte der Junge das Talent, einem etwas vorzumachen. So verstohlen hatte er sich in ihren Zirkel gemischt, dass niemand sagen konnte, wie es eigentlich dazu gekommen war: Gerade noch gab es keinen Tifty, und am nächsten Tag war er mit von der Partie. An einem Tag, der anfing wie jeder andere – mit Andacht, Schule und dem quälend langsamen Heranrücken des Glockenschlags um drei Uhr, wenn die Schule zu Ende war. Zweihundert Kinder strömten durch die Gänge und die Treppe hinunter, hinaus in den Nachmittag. Auf dem Weg von der Schule zu ihrem Quartier wurden die Gesichter weniger, als die Wege der Klassenkameraden sich trennten, bis sie nur noch zu viert waren.

Aber das stimmte nicht ganz. Als sie in den schmalen Hof mit dem Durcheinander aus alten Einkaufswagen, feuchten Matratzen und kaputten Stühlen gelangten – immer warfen die Leute ihren Müll dahinten hin, ganz gleich was der Quartiermeister sagte –, da merkten sie, dass ihnen jemand folgte. Ein Junge, spindeldürr, mit hagerem Gesicht und rotblondem Haar, das aussah wie eine Mütze, die ihm aus großer Höhe auf den Kopf gefallen war. Obwohl die Luft im Januar schneidend kalt war, trug er keine Jacke, sondern nur ein T-Shirt, Jeans und Flip-Flops aus Plastik. Er kam von der Schule her, aber sie wussten, dass sie ihn dort noch nie gesehen hatten. Der Abstand, in dem er mit den Händen in den Taschen hinter ihnen hertrottete, war klein genug, um ihre Neugier zu wecken, ohne dass er aufdringlich erschienen wäre. Es war ein Abstand auf Probe, als wollte er sagen: Ich bin vielleicht interessant. Könnte sein, dass ihr mir eine Chance geben möchtet.

»Was will *der* denn?«, fragte Cruk.

Sie hatten das Ende des Hinterhofs erreicht, wo sie aus Holzresten eine kleine Bude gebaut hatten. Eine muffige Matratze, aus der die Sprungfedern herausstachen, diente als Unterlage. Der Junge blieb zehn Schritte davor stehen und scharrte mit den Füßen im Staub. Etwas an seiner Haltung erweckte den Eindruck, seine einzelnen Körperteile hätten nur wenig miteinander zu tun, als sei er aus ungefähr vier verschiedenen Jungen zusammengesetzt worden.

»Läufst du uns nach?«, rief Cruk.

Der Junge antwortete nicht. Er schaute zu Boden und zur Seite wie ein Hund, der jedem Blickkontakt ausweicht. Aus dieser Perspektive konnten sie alle das Mal auf seiner linken Wange sehen.

»Bist du taub? Ich hab dich was gefragt.«

»Ich laufe euch nicht nach.«

Cruk drehte sich zu den anderen um. Er war um ein Jahr älter als sie und der inoffizielle Anführer. »Kennt den einer?«

Niemand antwortete. Cruk sah wieder den Jungen an. »Du. Hast du auch einen Namen?«

»Tifty.«

»Tifty? Was für ein Name ist das denn, Tifty?«

Der Junge sah hinunter auf seine Füße. »Ein Name halt.«

»Nennt deine Mutter dich so?«, fragte Cruk.

»Hab keine.«

»Ist sie tot, oder hat sie dich verlassen?«

Der Junge fummelte mit etwas in seiner Tasche herum. »Beides, schätze ich. Wenn du so fragst.« Er blinzelte sie an. »Seid ihr so was wie ein Club?«

»Wie kommst du darauf?«

Der Junge hob die knochigen Schultern. »Ich hab euch gesehen, das ist alles.«

Cruk warf den anderen einen Blick zu und schaute dann wieder den Jungen an. Er holte tief Luft und tat einen müden Seufzer.

»Na, es hat ja keinen Sinn, da rumzustehen wie ein Blödmann. Komm her, damit man dich ansehen kann.«

Der Junge kam auf sie zu. Etwas an ihm kam Vorhees bekannt vor, sein Hundeblick vielleicht. Aber vielleicht war es nur die

Tatsache, dass jeder von ihnen hätte allein sein können wie er. Das Mal in seinem Gesicht, sahen sie, war ein großer violetter Bluterguss.

»Hey, ich kenne den Jungen«, sagte Dee. »Du wohnst in der Betreuten, nicht? Ich hab gesehen, wie du mit deinem Daddy da eingezogen bist.«

Die betreute Wohneinrichtung Hill Country: ein Gewirr von Apartments, vollgestopft mit Familien. Alle nannten es nur »die Betreute«.

»Stimmt das?«, fragte Cruk. »Du bist neu zugezogen?«

Der Junge nickte. »Aus H-Town drüben.«

»Und du wohnst bei deinem Daddy?«

»Ich hab noch 'ne Tante. Rose. Sie kümmert sich hauptsächlich um mich.«

»Was hast du da in der Tasche? Ich sehe doch, du fummelst da rum.«

Der Junge zog die Hand aus der Tasche und zeigte es ihnen: ein Schweizer Messer mit allerlei Schnickschnack. Cruk nahm es, und die anderen drei steckten die Köpfe mit ihm zusammen. Es hatte die üblichen Klingen, aber dazu eine Säge, einen Schraubenzieher, eine Schere, einen Korkenzieher und sogar eine Lupe, deren Linse vom Alter trüb war.

»Wo hast du das her?«, fragte Cruk.

»Von meinem Daddy.«

Cruk runzelte die Stirn. »Gehört er zum Gewerbe?«

Der Junge schüttelte den Kopf. »Nein. Er ist ein Hydro. Arbeitet am Damm.« Er deutete auf das Messer. »Du kannst es haben, wenn du willst.«

»Wieso soll ich dein Messer haben wollen?«

»Hey, wenn er es nicht will, behalte ich es«, sagte Boz. »Gib her.«

»Klappe, Boz.« Cruk musterte den Jungen langsam. »Was ist mit deinem Gesicht?«

»Bin hingefallen, weiter nichts.«

Es klang nicht so, als mache er sich viel daraus; ebenso gut hätte er ihnen sagen können, welcher Wochentag heute war. Trotzdem spürten alle, wie hohl die Lüge war.

»Wahrscheinlich eher in eine Faust gefallen. War das dein Daddy oder jemand anders?«

Der Junge antwortete nicht. Vorhees sah, dass sein Kiefermuskel leise zuckte.

»Cruk, lass ihn in Ruhe«, sagte Dee.

Aber Cruk ließ den Jungen nicht aus den Augen. »Ich hab dich was gefragt.«

»Manchmal tut er das. Wenn er zu viel Alk hatte. Rose sagt, er meint's nicht so. Es ist wegen meiner Mama.«

»Weil sie euch verlassen hat?«

»Weil sie gestorben ist, als sie mich gekriegt hat.«

Es war, als blieben die Worte des Jungen in der Luft hängen. Es mochte wahr sein oder nicht wahr sein – ganz gleich, jetzt konnten sie ihn nicht mehr abweisen.

Cruk hielt ihm das Messer hin. »Na los, nimm es schon. Ich will das Messer von deinem Daddy nicht.«

Der Junge steckte es wieder in die Tasche.

»Ich bin Cruk. Dee ist meine Schwester. Die anderen beiden sind Boz und Vor.«

»Ich weiß, wer ihr seid.« Er blinzelte sie unsicher an. »Dann bin ich jetzt in eurem Club?«

»Wie oft muss ich es dir noch sagen?«, fragte Cruk. »Wir sind kein Club.«

Und so war es plötzlich beschlossen: Tifty gehörte zu ihnen. Beizeiten lernten sie alle Bray Lamont kennen, einen wütenden, ja furchterregenden Mann, dessen Augen ständig von dem illegalen Whiskey glühten, den alle Welt nur Alk nannte. Jeden Abend zur Sirene brüllte seine vom Alkohol schwere Stimme Tiftys Namen aus dem Fenster: *Tifty, verdammt! Tifty, komm her, bevor ich dich suchen muss!* Mehr als einmal erschien der Junge mit einem frischen Veilchen in ihrem Hinterhof, mit blauen Flecken, einmal sogar mit einem Arm in der Schlinge. In einem benebelten Wutanfall hatte sein Vater ihn quer durch das Zimmer geschleudert und ihm dabei die Schulter ausgerenkt. Sollten sie es den Domestics erzählen? Oder ihren Eltern? Was war mit Tante Rose? Konnte sie helfen? Doch Tifty schüttelte zu allem den Kopf. Anscheinend empfand er keinen Zorn über seine Verletzungen, nur einen schmallippigen Fatalismus, den sie wider Willen bewunderten, weil er ihnen wie eine Art von Kraft erschien. Erzählt es niemandem, sagte der Junge. Er ist einfach so. Daran kann man nichts ändern.

Es gab noch andere Geschichten. Tiftys Urgroßvater, das behauptete er jedenfalls, war einer der Originalunterzeichner der Texanischen Unabhängigkeitserklärung gewesen und hatte den Bau der Oil Road beaufsichtigt. Sein Großvater war ein Held des Ostereinfalls 38; er war bei der ersten Welle von einem Viral gebissen worden und hatte die Attacke noch weitergeführt, ehe er sich mit seiner eigenen Klinge das Leben nahm. Ein Cousin, dessen Namen Tifty nicht nennen wollte (»alle nennen ihn bloß Cousin«), war ein gesuchter Gangster und betrieb die größte Destille in H-Town. Seine Mutter, eine große Schönheit, hatte neun verschiedene Heiratsanträge bekommen, bevor sie sechzehn war, darunter einen von einem Mann, der später zum Stab des Präsidenten gehören sollte. Helden, Würdenträger, Verbrecher – eine endlose und farbenprächtige Prozession diverser hochgestellter Persönlichkeiten sowohl in der Welt, die sie kannten, als auch in der, die darunter lauerte, in der Welt des Gewerbes. Tifty kannte Leute, die Leute kannten. Für Tifty Lamont standen die Türen offen. Da machte es nichts, dass Tifty der Sohn eines betrunkenen Hydro aus H-Town war, einer von zahllosen dürren Bengeln mit blauen Flecken im Gesicht und schlecht sitzenden Kleidern, die er niemals wusch. Ein Junge, der von einer altjüngferlichen Tante versorgt wurde und in der Betreuten wohnte genau wie sie. Tiftys Geschichten waren zu gut, zu interessant, um sie *nicht* zu glauben.

Aber dass er Coffee gesehen hatte – das war einfach zu viel. Das konnte nicht stimmen. Coffee lief man nicht mal so über den Weg. Coffee war wie die Virals ein Geschöpf der Schatten. Und doch hatte Tiftys Geschichte den Klang der Wahrheit. Er war mit seinem Vater nach H-Town gegangen, in die gesetzlosen Barackenstraßen dort, um seinen Gangstercousin zu treffen. Im Hinterzimmer des Maschinenschuppens, in dem sich die Destille befand – ein kolossales Ding, ein lebendiger Drache aus Drähten und Röhren und fauchenden Kesseln –, trieben sich Männer herum mit bedrohlichen Augen, schmierigem Lächeln, schwarzen Zähnen und mit Pistolen im Gürtel. Geld ging von Hand zu Hand, der Krug mit dem Alk wurde gebracht.

Diese Ausflüge machte er regelmäßig. Tifty hatte schon oft davon erzählt, aber bei dieser Gelegenheit war etwas anders. Diesmal war da ein Mann dabei, der sich von den anderen unterschied. Er gehörte nicht zum Gewerbe, das sah Tifty sofort. Groß, mit der aufrechten Haltung eines Soldaten. Er stand abseits im Schatten, das Gesicht nicht zu erkennen, und trug einen dunklen Mantel mit Gürtel. Tifty sah, dass sein Kopf kahl geschoren war. Offenbar war dieser Mann, wer immer er sein mochte, in dringenden Angelegenheiten da. Normalerweise trödelte Tiftys Vater noch eine Weile herum, trank und tauschte Geschichten aus den Tagen in H-Town aus, aber nicht an diesem Abend. Cousin, dessen große, runde Gestalt hinter seinem Schreibtisch klemmte, nahm die Scheine, die Tiftys Vater ihm in die Hand drückte, kommentarlos entgegen, und im Nu schob man sie wieder zur Tür hinaus. Erst als sie den Schuppen weit hinter sich gelassen hatten, sagte sein Vater: *Weißt du, wen du da gesehen hast, Junge? Hä? Weißt du das? Ich sag dir, wer das war. Das war Niles Coffee höchstpersönlich.*

»Ich erzähle euch noch was.« Die fünf drängten sich zusammen in ihrer Bude im Hinterhof. Beim Reden kratzte Tifty mit dem Taschenmesser im Staub herum. »Mein Alter sagt, der Colonel hat ganz in der Nähe sein Lager aufgeschlagen, unterhalb des

Damms. Einfach draußen im Freien, als wäre das gar nichts. Sie lassen die Dracs rankommen und killen sie dann in den Fallen.«

»Ich hab's gewusst!«, platzte Boz heraus. Sein Gesicht glühte vor Aufregung. Er drehte sich auf den Knien zu seinem älteren Bruder um. »Was hab ich gesagt, Vor?«

»Nie im Leben«, sagte Cruk. Seine Rolle in der Gruppe war die des Skeptikers, und er spielte sie pflichtbewusst.

»Ich sage euch, er war es. Man konnte es einfach *fühlen*. Alle haben es gespürt.«

»Und was sollte Coffee von den Typen vom Gewerbe wollen? Sag mir das mal.«

»Woher soll ich das wissen? Vielleicht kauft er Alk für seine Leute.« Dann hatte er eine neue Idee. Man sah es seinem Gesicht an. Er beugte sich vor und senkte die Stimme. »Oder Waffen.«

Cruk lachte sarkastisch. »Hört euch diesen Bengel an.«

»Du kannst ruhig lachen. Ich hab sie gesehen. Und ich rede von echten Army-Waffen aus der Zeit Davor. M-16, automatische Pistolen, sogar Granatwerfer.«

»Wow«, sagte Boz.

»Woher sollte Cousin solche Waffen haben?«, fragte Vorhees.

Tifty richtete sich auf den Knien auf und sah sich um, als müsse er sich vergewissern, dass niemand ihn hörte. »Ich weiß nicht, ob ich euch das erzählen sollte.« Seine Stimme war kaum mehr als ein Flüstern. »Da gibt's einen Bunker, einen alten Army-Stützpunkt in der Nähe von San Antonio. Cousin hat da oben Patrouillen unterwegs.«

»Das kann ich mir nicht eine Sekunde länger anhören«, sagte Cruk. »Du hast weder Coffee noch sonst jemanden gesehen.«

»Soll das heißen, du glaubst nicht, dass es ihn gibt?«

Dieser Gedanke war ein Sakrileg. »Das hab ich nicht gesagt. Du hast ihn bloß nicht gesehen, das ist alles.«

»Und was meinst du, Vor?«

Er fühlte sich in die Enge getrieben. Die Hälfte von dem, was Tifty erzählte, war purer Bullshit. Vielleicht mehr als die Hälfte. Andererseits, der Drang, es zu glauben, war stark.

»Ich weiß es nicht«, brachte er hervor. »Ich schätze … ich weiß es nicht.«

»Na, *ich* glaube ihm«, verkündete Dee.

Tifty machte große Augen. »Seht ihr?«

Cruk winkte ab. »Sie ist ein Mädchen. Sie glaubt alles.«

»Hey!«

»Na, ist doch so.«

Tifty schaute den älteren Jungen an. »Was ist, wenn ich sage, du könntest Coffee selber sehen?«

»Und wie sollte das gehen?«

»Kein Problem. Wir können durch eine der Wasserröhren gehen. Ich war schon oft da unten. Um diese Jahreszeit lassen sie es erst frühmorgens ablaufen. Die Rohre enden direkt unten am Damm, und von da aus sollte man das Camp sehen können.«

Die Herausforderung war ausgesprochen. Ein Nein kam nicht in Frage.

»Es gibt kein gottverdammtes Camp, Tifty.«

Sie brauchten drei Tage, um den nötigen Mut aufzubringen, und selbst dann verbot Cruk seiner Schwester mitzukommen. Ihr Plan war es, sich hinauszuschleichen, wenn ihre Eltern schliefen, und sich dann an der Bude zu treffen. Tifty hatte einen Weg zum Damm ausbaldowert, auf dem die Streife sie nicht sehen würde.

Es war nach Mitternacht, als Tifty aufkreuzte. Die anderen warteten schon. Tifty erschien am Ende des Durchgangs und kam schnell auf sie zu. Er hatte die Kapuze über den Kopf gezogen und die Hände in die Taschen geschoben. Als er bei der Bude ankam, zog er eine Plastikflasche hervor.

»Flüssiger Mut.« Er schraubte die Flasche auf und reichte Vorhees die Flasche.

Es war Alk. Vorhees' und Boz' Eltern, fromme Leute, die jeden Sonntag bei den Schwestern in die Kirche gingen, hatten niemals welchen im Haus. Vorhees hielt sich die offene Flasche unter die Nase. Die klare Flüssigkeit roch scharf nach Chemikalien wie Seifenlauge.

»Gib schon her«, befahl Cruk. Er riss die Flasche an sich, trank einen Schluck und gab sie Vorhees zurück.

»Hast du noch nie Alk getrunken?«, fragte Tifty.

Vorhees zog ein gekränktes Gesicht. »Doch, klar. Schon oft.«

»Wann hast du denn Alk getrunken?«, spottete Boz.

»Es gibt eine Menge Dinge, von denen du nichts weißt, Bruder.« Vorhees wünschte, er könnte sich die Nase zuhalten. Er nippte vorsichtig und schluckte schnell, um nichts zu schmecken. Ein Schwall von sengender Hitze erfüllte seine Nase, und ein Flammenstrom floss durch seine Kehle. Gott, war das furchtbar! Er keuchte, Tränen traten ihm in die Augen, und alle lachten.

Boz trank als Nächster. Vorhees sah verlegen, dass sein kleiner Bruder einen respektablen Schluck hinunterbrachte, ohne eine Miene zu verziehen. Noch dreimal machte die Flasche die Runde, und als sie das vierte Mal vorbeikam, hatte sogar Vorhees den Bogen heraus und schaffte einen guten Schluck, ohne zu husten. Er fragte sich, warum er nichts spürte, aber als er aufstand, merkte er, dass es doch gewirkt hatte: Der Boden schwankte unter seinen Füßen, und er musste eine Hand ausstrecken, um das Gleichgewicht zu behalten.

»Gehen wir«, sagte Tifty.

Als sie den Damm erreichten, kicherten sie alle wie die Verrückten. Der Lauf der Zeit war irgendwie verändert. Es war, als hätten sie lange gebraucht, um hier anzukommen, und zugleich war nicht mal eine Sekunde verstrichen. Vorhees erinnerte sich bruchstückhaft daran, dass sie sich unter einem Lastwagen vor der Streife versteckt hatten, aber der genauen Umstände konnte er sich nicht entsinnen, und er wusste auch nicht, wieso sie nicht erwischt worden waren. Er wusste, er war betrunken, sein Verstand konnte diese Tatsache jedoch nicht erfassen. Sie blieben im Schatten stehen und warteten, während einer – Boz, erkannte Vorhees, denn er war betrunkener als alle anderen – sich im Gebüsch übergab. Und Dee – was machte sie eigentlich hier? War sie ihnen gefolgt? Cruk schnauzte sie an, sie solle nach Hause gehen, doch Dee war

Dee, und wenn sie sich einmal etwas in den Kopf gesetzt hatte, war es, als wollte man einem Hund einen Knochen entreißen. Tatsache war, dass Vorhees sie liebte. Immer schon. Plötzlich war sie überwältigend, diese Liebe: ein anschwellender Ballon von Empfindungen in seiner Brust, und er war dabei, seinen Mut zusammenzunehmen, um es ihr zu gestehen, als Tifty zurückkam – wo immer er gewesen sein mochte – und ihnen sagte, sie sollten mitkommen.

Er führte sie zu einem kleinen Betongebäude, in dem eine Stahltreppe nach unten führte. Unten war ein Wartungstunnel, klamm und düster. Die Wände tropften von Feuchtigkeit. Sie waren im Innern des Dammes, irgendwo oberhalb der Ablaufrohre. Glühbirnen in Metallkäfigen warfen lange Schatten über die Wände. Ein zunehmender Adrenalinrausch ließ Vorhees' Sinne wieder klar werden. Sie kamen zu einer Luke in der Wand, die mit einem verrosteten Eisenrad verschlossen war. Cruk und Tifty stellten sich einander gegenüber auf, packten das Rad und zerrten daran mit aller Kraft, aber es gab nicht nach.

»Wir brauchen einen Hebel«, sagte Tifty.

Er ging zurück in den Tunnel und kam kurz darauf mit einem Rohr zurück, das er durch die Speichen des Rades schob. Er stemmte sich dagegen, mit einem Quietschen drehte sich das Rad, und die Luke schwang auf.

Dahinter war ein senkrechter Schacht mit einer Leiter, die hinunterführte. Tifty förderte eine Signalfackel zutage, riss den Zündkopf an und warf sie in das Loch. Dann stieg er als Erster hinunter, gefolgt von Vor, Dee und Boz. Cruk bildete die Nachhut.

Sie gelangten in eine weite Röhre. Ein Ablaufrohr, eines von sechsen. Durch diese Rohre wurde einmal täglich Wasser aus dem Staubecken abgelassen und auf die Felder geleitet. Hinter ihnen lagen viele Millionen Liter Wasser, die vom Damm gehalten wurden. Die Luft war kalt und roch nach Stein. Ein Wasserrinnsal rieselte über den Boden zur Öffnung hin, die als Himmelsscheibe im fahlen Mondlicht sichtbar war. Sie schlichen sich darauf zu, weg vom Licht der Signalfackel, die Tifty hier heruntergeworfen hatte.

Vorhees' Herz klopfte in der Brust. Die Welt der Nacht, draußen vor der Mauer: Das war unvorstellbar. Drei Schritte vor der Öffnung sank Tifty in die Hocke, und die anderen taten es ihm nach. Ein schweres Stahlgitter verschloss den Auslass.

»Ich gehe als Erster«, flüsterte Tifty.

Auf Händen und Knien kroch er zum Ende des Tunnels. Alle anderen verhielten sich mucksmäuschenstill. Coffees Camp zu sehen war in Vorhees' betrunkenem Kopf zur Nebensache geworden. Das hier war eine reine Mutprobe, deren Gegenstand ganz ohne Belang war. Das Gitter war stark genug, um einen Viral am Eindringen zu hindern. Trotzdem rechnete Vorhees halb damit, dass gleich eine Klauenhand hereinlangen und ihren Freund packen und in Stücke reißen würde. Durch die Reste des Alkdunstes kam ihm der Gedanke, Dee müsse ebenfalls Angst haben, und er könne sie vielleicht irgendwie beruhigen, aber er wusste nicht, was er sagen sollte, und so ließ er es sein.

Tifty richtete sich an der Tunnelmündung auf den Knien auf, umfasste die Gitterstäbe und spähte hinaus.

»Was siehst du?«, flüsterte Cruk.

Nach einer kurzen Pause antwortete ihr Freund mit zwei Worten. »Heilige … Scheiße.«

Mit dem Tonfall stimmte etwas nicht, bemerkte Vorhees. Das war kein Ausruf angesichts einer Entdeckung. Das klang nach plötzlicher Angst.

»Was ist denn?«, zischte Cruk ein bisschen rauer. »Ist Coffee da?«

»Ich will auch rausgucken!«, rief Boz.

»Leise!«, fauchte Cruk. »Tifty, verdammt, was ist los?«

Vorhees spürte es in den Knien. Ein Rumpeln wie von Donner, gefolgt vom Kreischen eines Metallgetriebes, das ineinandergriff. Das Geräusch kam von hinten.

Tifty sprang auf. »Raus hier!«

Es war Wasser. Das Geräusch, das Vorhees hörte, war Wasser, das aus dem Staubecken abgelassen wurde. Erst durch ein Rohr, dann durch das nächste und das übernächste, eins nach dem andern. Und das war es, was Tifty gesehen hatte.

Sie würden hier zerschmettert werden.

Vorhees richtete sich auf und packte Boz beim Arm, um ihn fortzureißen, aber der Junge zappelte und riss sich los.

»Ich will ihn sehen!«

»Da draußen ist nichts!«

Die Stimme des Kleinen klang brüchig, als ihm die Tränen kamen. »Doch, da ist was, da ist was!«

Boz rannte zur Öffnung. Tifty und die anderen stürzten bereits zur Leiter. Das Donnergrollen war näher gekommen; die benachbarte Röhre war geöffnet worden, und ihre würde die nächste sein. Noch ein paar Sekunden, und eine Wand aus Wasser würde gegen sie prallen. An der Tunnelmündung packte Vorhees seinen Bruder um die Taille, doch der Junge klammerte sich am Gitter fest.

»Ich sehe ihn! Das ist Coffee!«

Vorhees zog mit aller Kraft, und beide landeten auf dem Boden. *Kommt schon! Kommt!*, schrien die anderen. Vorhees nahm seinen Bruder bei der Hand und rannte los. Cruk hing unten an der Leiter und winkte ihnen zu. Vorhees fühlte, wie der Druck seine Trommelfelle knacken ließ, und ein eiskalter Wind schlug ihm ins Gesicht. Cruk verschwand auf der Leiter nach oben, und Vorhees fing an zu klettern. Sein Bruder war dicht hinter ihm.

Dann war das Wasser da.

Es traf ihn wie eine Faust, wie hundert Fäuste, wie tausend. Unter ihm schrie Boz vor Entsetzen. Es gelang ihm, sich an der Leiter festzuhalten, aber mehr konnte er nicht tun; wenn er auch nur mit einer Hand losließe, würde er davongerissen werden. Das Wasser drang ihm in Nase und Mund. Er wollte seinen Bruder rufen, doch kein Laut kam über seine Lippen. Das ist also das Ende, dachte er. Ein Fehler, und alles war vorbei. Es war so einfach. Warum starben Leute nicht öfter so? Aber sie taten es, erkannte er, als sein Griff an der Leitersprosse sich zu lockern begann.

Es war Cruk, der ihn hochzog. Cruk, der für immer sein Freund sein würde. Der eines Tages neben ihm stehen würde, wenn er Dee heiratete, und der seine Kinder bewachen würde, als alle ihre Kinder zu einem Sommerpicknick auf das Feld hinausbrachten. Der mit ihm in die letzten Schlachten ihres Lebens ziehen würde, viele Meilen weit entfernt, viele Jahre in der Zukunft. Als Vorhees' Hände sich lösten, langte Cruk herunter, bekam sein Handgelenk zu fassen und riss ihn hoch. Ehe Vorhees sichs versah, kletterten sie im Schacht hinauf und in Sicherheit.

Nur Boz nicht. Der Leichnam des Jungen würde am nächsten Morgen geborgen werden, zerquetscht am Gitter. Vielleicht hatte er Coffee gesehen, vielleicht auch nicht. Tifty sagte es ihnen nie. Mit der Zeit kam Vorhees zu dem Schluss, dass es auch nicht darauf ankam. Selbst wenn er ihn gesehen hatte, war das kein Trost.

Als Vorhees gegen Mittag eine Pause ausrief, hatte die Entfahnungsmannschaft sechseinhalb Hektar abgearbeitet. Die Sonne brannte vom wolkenlosen Himmel. Sogar die Kinder hatten sich unter das Sonnensegel zurückgezogen, nachdem sie den Vormittag über gespielt und gelacht hatten. An der Pumpe nahm Vorhees den Hut ab, ließ einen Becher volllaufen und trank ihn leer. Dann füllte er ihn noch einmal und goss sich das Wasser über das Gesicht. Er zog das schweißnasse Hemd aus und wischte sich damit ab. Allmächtiger, was für eine Hitze.

Die Frauen und die Kinder hatten schon gegessen. Die Arbeiter versammelten sich an dem Tisch unter dem Sonnendach zum Lunch: Brot und Butter, hartgekochte Eier, Pökelfleisch, Brocken von Käse und Krüge mit Wasser und Limonade. Cruk kam vom Turm herunter und lud seinen Teller voll. Tifty war nirgends zu sehen. Na und? Tifty konnte tun, was er wollte. Sie langten herzhaft zu, ohne zu reden. Bald würden sie alle im Schatten dösen.

»Eine Stunde«, sagte Vorhees und stand auf. »Macht es euch nicht zu gemütlich.«

Er stieg die Treppe zum Turm hinauf. Cruk war schon wieder

oben und suchte die ferne Baumkulisse mit dem Fernglas ab. Sein Gewehr lehnte am Geländer.

»Was Interessantes da draußen?«

Cruk antwortete nicht sofort. Er reichte Vorhees das Fernglas. »Auf sechs Uhr, zwischen den Bäumen. Sag mir, was das ist.«

Vorhees schaute hinüber. Da war nichts, er sah nur Bäume und dahinter die trockenen braunen Hügel.

»Was glaubst du denn, was du da gesehen hast?«

»Ich weiß es nicht. Was Glänzendes.«

»Was Glänzendes? Wie Metall?«

»Ja.«

Nach einer Weile ließ Vorhees das Fernglas sinken. »Na, jetzt ist es nicht mehr da. Vielleicht war es nur ein Reflex von der Sonne im Objektiv. Das Licht hier draußen ist ziemlich grell.«

»Das wird's gewesen sein.« Cruk nahm einen Schluck Wasser aus seiner Flasche. »Wie läuft's da unten?«

»Sie werden bald alle schlafen. Von den Kindern liegen schon viele flach. Ich glaube, niemand hat damit gerechnet, dass es so heiß werden würde.«

»Juli in Texas, Bruder.«

»Gunnar wollte wissen, ob er helfen kann. Der Junge hat ein großes Herz und einen kleinen Verstand.«

Cruk nahm sein Gewehr in die Hand. »Was hast du ihm gesagt?«

»Lass gut sein, hab ich gesagt. Eines Tages wirst du begreifen, wie verrückt das ist.«

Cruk lachte. »Aber wir waren genauso. Konnten es nicht erwarten, in die Welt hinauszukommen.«

»Du vielleicht nicht.«

Cruk schwieg einen Moment lang und schaute über das Geländer. Vorhees spürte, dass seinen Freund etwas beunruhigte, und es war nicht nur das glänzende Etwas zwischen den Bäumen.

»Hör zu«, fing Cruk an, »ich habe eine Entscheidung getroffen, und ich wollte, dass du es von mir erfährst. Du weißt, es wird davon geredet, die Expeditionstruppe wieder zusammenzustellen.«

Vorhees hatte diese Gerüchte auch gehört. Das war nichts Neues; solche Gerüchte gab es immer. Seit Coffee und seine Leute – vor wie vielen Jahren? – verschwunden waren, war das Thema nie ganz untergegangen.

»Davon reden sie immer.«

»Aber diesmal ist es nicht nur Gerede. Das Militär nimmt Freiwillige von der DS, und sie haben vor, eine Einheit von zweihundert Mann aufzubauen.«

Vorhees schaute seinem Freund forschend ins Gesicht. Was wollte er ihm sagen? »Cruk, das kann doch nicht dein Ernst sein. Das war Kinderkram.«

»Das war es vielleicht damals. Und du weißt, wie ich dazu stehe – nach dem, was mit Boz passiert ist. Aber sieh dir mein Leben an, Vor. Ich habe nie geheiratet. Ich habe keine Familie. Worauf soll ich noch warten?«

Plötzlich ging ihm ein Licht auf. »O Gott. Du hast schon unterschrieben, nicht wahr?«

Cruk nickte. »Ich habe gestern meinen Abschied bei der DS eingereicht. Offiziell ist es aber erst, wenn ich den Eid abgelegt habe.«

Vorhees war wie vom Donner gerührt.

»Hör zu, sag Dee nichts«, drängte Cruk. »Das will ich selbst tun.«

»Sie wird es nicht gut aufnehmen.«

»Ich weiß. Darum sage ich es dir zuerst.«

Ein Pick-up kam auf der Wirtschaftsstraße herangefahren und unterbrach ihr Gespräch. Der Wagen fuhr auf den Sammelplatz und hielt vor dem Sonnendach. Tifty stieg aus, ging nach hinten und ließ die Heckklappe herunter.

»Was hat er da?«

Es waren Wassermelonen. Alles drängte sich um den Wagen, und Tifty fing an, sie aufzuschneiden und dicke, tropfende Scheiben an die Kinder zu verteilen. Wassermelonen! Was für eine Köstlichkeit an einem Tag wie diesem!

»Himmel noch mal«, stöhnte Vorhees, als er die Aufführung sah. »Wo hat er die bloß wieder her, verdammt?«

»Wo hat Tifty all den Kram her? Aber eins muss man dem Kerl lassen: Ohne Freunde wird er nicht sterben.«

»Hab ich das gesagt?«

Cruk sah ihn an. »Du brauchst ihn nicht zu mögen, Vor. Das habe ich nicht zu bestimmen. Aber er gibt sich Mühe. Das muss man ihm lassen.«

Die Tür an der Treppe öffnete sich, und Dee kam zu ihnen und brachte zwei Teller mit. Auf jedem lag eine rosarote Melonenscheibe.

»Tifty hat ...«

»Danke. Haben wir gesehen.«

Sie machte ein langes Gesicht, und Vorhees kannte diesen Ausdruck nur zu gut. *Lasst es gut sein. Bitte, wenigstens heute. Es sind doch nur Wassermelonen.*

Cruk nahm ihr die Teller ab. »Danke, Dee. Das tut wirklich gut. Sag Tifty vielen Dank.«

Sie warf Vorhees einen Blick zu und schaute dann wieder ihren Bruder an. »Mach ich.«

Vorhees wusste, er sah aus wie ein schmollender Idiot, und er wusste auch, wenn er jetzt nicht etwas sagte und das Thema wechselte, würde er dieses ärgerliche Gefühl für den Rest des Tages nicht mehr loswerden.

»Was machen die Kinder?«

Dee zuckte die Achseln. »Siri schläft wie ein Stein. Nit ist mit Ali und ein paar anderen losgezogen. Sie wollen Blumen pflücken.« Sie wischte sich mit dem Handrücken über die Stirn. »Wollt ihr wirklich noch mal da hinaus? Ich weiß nicht, wie ihr das aushaltet. Vielleicht solltet ihr warten, bis die Sonne ein bisschen tiefer steht.«

»Dazu ist zu viel zu tun. Mach dir um mich keine Sorgen.«

Sie betrachtete ihn noch einmal kurz. »Na ja, wie gesagt. Kann ich dir noch was bringen, Cruk?«

»Nichts, danke.«

»Dann lasse ich euch allein.«

Als Dee gegangen war, hielt Cruk ihm einen der beiden Teller entgegen. Aber Vorhees schüttelte den Kopf.

»Ich passe. Danke.«

Der große Mann zuckte die Achseln. Er schlang seine Scheibe herunter, und der Saft floss in Strömen an seinem Kinn herunter. Als nur noch die Schale übrig war, zeigte er auf den zweiten Teller, der auf der Brüstung stand. »Was dagegen?«

Vorhees hob nur stumm die Schultern. Cruk verspeiste auch das zweite Stück, wischte sich mit dem Ärmel das Gesicht ab und warf die Schalen über das Geländer.

»Du solltest es Dee bald sagen«, meinte Vorhees.

Drei Uhr, langsam schwand der Tag dahin. Am späten Vormittag war ein leichter Wind aufgekommen, jetzt war die Luft allerdings wieder still. Unter dem Sonnensegel spielte Dee halbherzig eine Partie Karten mit Cece Cauley. Der kleine Louis lag in seinem Korb zu ihren Füßen. Er war ein molliges, gutmütiges Baby mit dicken Fingern, dicken Zehen und einem weichen Schnullermund. Trotz der Hitze war er den ganzen Tag über kaum unruhig gewesen, und jetzt schlief er tief und fest.

Dee erinnerte sich an diese Zeit, an die Baby-Zeit. Daran, wie sie sich anfühlten, so unverwechselbar, an die Geräusche und Gerüche und an das Gefühl einer tiefen körperlichen Bindung, als wäre man eins mit dem Baby. Viele Frauen beklagten sich darüber – *ich habe nicht einen Augenblick für mich, ich kann's nicht erwarten, dass sie endlich laufen kann!* –, aber Dee hatte es nie so empfunden. Gern hätte sie noch eins bekommen, vielleicht sogar zwei. Ein Sohn wäre schön, dachte sie. Aber die Regel war eindeutig: Zwei und keins mehr, so hieß es. Die Lebensmittel und der Brennstoff und der Platz reichten sonst nicht aus. Im Büro des Gouverneurs diskutierte man über eine Erweiterung der Mauern, dann würde das Verbot vielleicht aufgehoben werden. Für sie wäre das jedoch wahrscheinlich zu spät.

Und Vor – tja, was konnte sie da machen? Boz' Tod war eine unüberwindliche Barriere im Kopf dieses Mannes, und die Wahrheit war im Laufe der Jahre verzerrt und aufgebauscht worden, bis sie zur großen Verwundung seines Lebens geworden war. Tifty war Tifty, und das würde immer so sein. An einem Tag steckte man ihn ins Gefängnis, weil er in einer Kneipenschlägerei einen Mann mit dem Kopf voran durch das Fenster geworfen hatte, und am nächsten erschien er in der glühenden Nachmittagssonne mit einem Laster voll Wassermelonen, die er mit irgendeinem Tifty-Zaubertrick auf dem Schwarzmarkt besorgt hatte. Wahrscheinlich war es nur eine Frage der Zeit, wann er endgültig im Gefängnis landete. Aber es führte kein Weg daran vorbei: Tifty würde immer zu ihnen gehören. Zu Dee vor allem. Manchmal schaute Dee ihre ältere Tochter an und wusste wirklich nicht, was die Wahrheit war. Das eine war möglich, das andere auch. In einem bestimmten Licht sah Nitia ganz wie Vor aus, doch dann lächelte das kleine Mädchen auf eine bestimmte Weise oder kniff die Augen zu diesem speziellen Blinzeln zusammen, und da war Tifty Lamont.

Eine einzige Nacht, noch nicht einmal. Die ganze Sache, ihre komplette Affäre, hatte von Anfang bis Ende eher neunzig Minuten gedauert. Wie konnten neunzig Minuten in einem Leben so viel bedeuten? Dee und Tifty waren sich danach einig gewesen, dass es ein schrecklicher Fehler gewesen war – unausweichlich vielleicht, angetrieben von einer Kraft, die all die Jahre da gewesen war und gegen die sie beide nichts ausrichten konnten. Aber es war nichts, das wiederholt werden würde. Sie beide liebten Vor oder etwa nicht? Sie machten einen Riesenwitz daraus, besiegelten den Deal sogar mit einem Händedruck wie zwei alte Freunde, die sie ja waren. Doch es war kein Witz gewesen, nicht damals und nicht neun Monate später, und es war auch jetzt kein Witz.

Ich werde nie zulassen, dass dir etwas passiert, sagte Tifty zu ihr, nicht nur an diesem Abend, sondern oft, an vielen Abenden. *Nicht dir, nicht den Mädchen, nicht Vor. Das ist ein feierliches Versprechen, ein Gelübde vor Gott. Ich werde der Boden unter deinen Füßen sein. Du sollst immer wissen, dass ich da bin.* Und so war es auch. Dee wusste es. Wenn sie ganz ehrlich zu sich selbst war, dann war die Idee, heute ein Sommerpicknick zu veranstalten, nur Wirklichkeit geworden, weil Tifty versprochen hatte mitzukommen.

Liebte sie ihn? Und wenn ja, welche Art von Liebe war es? Ihre Gefühle für Tifty waren anders als die für Vor. Ihr Mann war beständig und zuverlässig. Ein Geschöpf der Pflicht und der Ausdauer und ein guter Vater für die Mädchen. Solide, wo Tifty windig war. Irgendwelche Gerüchte kursierten immer über ihn. Es stand außer Frage, dass sie und Vor zueinander gehörten; das war nie ein Thema gewesen. Wenn sie ganz für sich allein im Dunkeln waren, sprach er ihren Namen mit so viel Sehnsucht aus, dass es schmerzhaft klang, als seien seine Gefühle für sie beinahe unerträglich. So sehr liebte Vor sie. Er gab ihr das Gefühl ... ja, welches? Ganz im Leben zu stehen. Als ob sie, Dee Vorhees – Ehefrau und Mutter, Tochter von Sis und Jedediah Crukshank, jetzt bei Gott, Bürgerin von Kerrville, Texas, der letzten Oase des Lichts und der Sicherheit in einer Welt, die beides nicht mehr kannte –, als ob sie tatsächlich existierte.

Warum also dachte sie jetzt wieder an Tifty Lamont?

Aber zurück zu den Karten und diesem heißen-heißen-heißen Julinachmittag, an dem sie die Kinder auf das Feld hinausgebracht hatten. Dees Gedanken waren so weit abgeschweift, dass sie nicht bemerkt hatte, was Cece machte. Ehe sie sichs versah, hatte die Frau sie mit triumphierendem Grinsen erfolgreich dazu verleitet, die Dame zu nehmen. Zwei Stiche, drei, und dann war es vorbei. Cece notierte genüsslich die Punkte auf dem Papier.

»Noch mal?«

Normalerweise hätte Dee Ja gesagt, und sei es nur, um sich die Zeit zu vertreiben, doch in dieser Hitze kam das Spiel ihr vor wie Arbeit.

»Vielleicht hat Ali Lust zum Spielen.«

Die Frau, die unter das Zeltdach gekommen war, um Wasser zu

trinken, winkte ab und hob die Kelle an die Lippen. »Auf keinen Fall.«

»Na los, nur ein, zwei Runden«, sagte Cece. »Ich hab 'ne Glückssträhne.«

Dee stand vom Tisch auf. »Ich sollte mal schauen, was die Mädchen treiben.«

Sie trat aus dem Schatten hinaus. In der Ferne sah sie das Zittern der Maispflanzen, wo die Männer arbeiteten. Sie hob das Gesicht zum Turm und beschirmte die Augen mit der Hand vor der grellen Sonne. Ein geisterhafter Mond, weiß wie der Tag, schwebte neben der Sonne. Das war merkwürdig. Sie hatte so etwas noch nie gesehen. Cruk und Tifty waren beide auf dem Posten, Cruk mit seinem Fernglas und Tifty mit dem Gewehr. Er sah sie und winkte kurz, und das brachte sie durcheinander; es war fast, als wisse er, dass sie an ihn gedacht hatte. Schuldbewusst winkte sie zurück.

Ein Dutzend Kinder spielte Kickball. Dash Martínez wartete am Abschlag. Werfer war Gunnar, der im Laufe des Nachmittags zum inoffiziellen Babysitter geworden war.

»Hey, Gunnar.«

Der Junge – mit seinen sechzehn Jahren eigentlich ein Mann – schaute zu ihr herüber. »Hey, Dee. Spielst du mit?«

»Ist mir zu heiß, danke. Hast du die Mädchen irgendwo gesehen?«

Gunnar sah sich um. »Die waren eben noch hier. Soll ich sie suchen?«

Dee war plötzlich müde. Wo konnten sie hingelaufen sein? Vermutlich könnte sie auf den Turm klettern und Cruk bitten, mit dem Fernglas nach ihnen zu suchen. Aber als sie daran dachte, die Treppe hinaufzusteigen, kam ihr das alles zu anstrengend vor. Alles in allem wäre es einfacher, die Mädchen selbst suchen zu gehen.

»Nein danke. Wenn sie zurückkommen, sag ihnen, ich möchte, dass sie für eine Weile aus der Sonne gehen.«

»Gunnar, jetzt wirf schon!«, rief Dash.

»Moment noch!« Gunnar sah Dee an. »Sie sind bestimmt in der Nähe. Vor ungefähr zwei Sekunden waren sie noch da.«

»Schon gut. Ich suche sie selbst.«

Die Blumenwiese, dachte sie – wahrscheinlich waren sie dort. Sie war eher gereizt als besorgt. Die Kinder sollten nicht weggehen, ohne es jemandem zu sagen. Wahrscheinlich war es Nits Idee gewesen. Das Mädchen hatte ständig Unsinn im Kopf.

Sie hatten noch fünf Minuten.

Tifty sah von oben zu, wie Dee davonging.

»Cruk, gib mir das Fernglas.«

Cruk reichte das Glas herüber. Die Blumenwiese lag an der Nordseite der Stadt und grenzte an den Mais. Anscheinend wollte sie dort hin. Wahrscheinlich wollte sie nur mal für ein Weilchen verschwinden, dachte Tifty, ohne die Kinder und die anderen Frauen.

Er reichte Cruk wieder das Fernglas, schwenkte das Gewehr über das Feld und richtete das Zielfernrohr dann auf die Baumkulisse.

»Das glänzende Ding ist wieder da.«

»Wo?«

»Gerade vor uns, zehn Grad rechts.«

Tifty spähte angestrengt durch das Zielfernrohr: ein rechteckiges Objekt in der Ferne, blitzend blank, zwischen den Bäumen.

»Was zum Teufel ist das?«, fragte Cruk. »Ein Fahrzeug?«

»Könnte sein. Da ist eine Wirtschaftsstraße auf der anderen Seite.«

»Da draußen dürfte jetzt aber nichts sein.« Cruk ließ das Fernglas sinken und schwieg einen Moment lang. »Hör doch.«

Tifty konzentrierte sich. Das Zirpen der Grillen. Das Wispern des Windes an seinem Ohr. Das Plätschern der Bewässerungsanlage. Dann hörte er es.

»Ein Motor?«

»Genau das höre ich auch«, sagte Cruk. »Bleib hier.«

Er stieg die Treppe hinunter. Tifty presste das Auge an das Zielfernrohr. Jetzt sah er es klar und deutlich: einen Sattelschlepper mit einem Frachtcontainer, der mit irgendeinem galvanisierten Metall überzogen war.

Er griff zu seinem Walkie-Talkie. »Cruk, das ist ein Truck. Auf der anderen Seite der Bäume. Sieht nicht nach DS aus.«

Das Funkgerät knisterte. »Ich weiß. Schnell.«

Er sah, wie Cruk unten aus dem Turm kam und auf das Sonnendach zulief, während er Gunnar zuwinkte und ihm signalisierte, er solle die Kinder herüberbringen. Tifty schwenkte das Zielfernrohr über das Feld: die arbeitenden Männer, die Maispflanzenreihen, die Markierungsfahnen für die Hardboxen, die schlaff in der nachmittäglichen Stille hingen. Alles, wie es sein sollte.

Aber nicht ganz. Etwas war anders. Lag es an seinen Augen? Er hob den Kopf. Ein Schattenstreifen zog über das Feld.

Dann hörte er die Sirene.

Er drehte sich zur Sonne um und wusste sofort Bescheid. Es war viele Jahre her, dass er Angst gehabt hatte – nicht mehr seit jener Nacht im Damm. Doch jetzt hatte Tifty wieder Angst.

Noch eine Minute.

Vorhees nahm die Lichtveränderung zuerst als plötzliche Eintrübung wahr, als sei die Dämmerung früher als sonst hereingebrochen. Einzelne Details waren nicht mehr klar zu erkennen. Aber weil er zum Schutz vor dem Pollenregen und der grellen Nachmittagssonne eine dunkle Brille trug, registrierte sein Hirn diese Veränderung nicht gleich als etwas Bemerkenswertes. Erst als er die Schreie hörte, nahm er die Brille ab.

Eine große, runde Scheibe, umhüllt von einer dunklen Penumbra, schob sich vor die Sonne.

Eine Sonnenfinsternis.

Als die Sirenen losgingen, rannte er die Reihe hinunter. Alle anderen rannten auch und schrien: *Eine Sonnenfinsternis! Eine Sonnenfinsternis! Die Hardboxen, alles zu den Hardboxen!* Er brach aus dem Mais hervor und rannte praktisch geradewegs gegen Cruk und Dee.

»Wo sind die Mädchen?«

Dee war außer sich. »Ich kann sie nicht finden!«

Die Dunkelheit breitete sich aus wie Tinte. Bald würde sie das ganze Feld bedecken.

»Cruk, schaff die Leute in die Boxen. Dee, du gehst mit ihm.«

»Ich kann nicht! Wo sind sie?«

»Ich werde sie finden.« Er zog den Revolver aus dem Hosenbund. »Cruk, bring sie weg!«

Vorhees stürmte zurück auf das Feld.

Tiftys Herz hämmerte wie rasend, als er vom Turm über das Feld spähte. Noch nichts zu sehen, aber das war nur eine Frage der Zeit. Und der Truck – was sollte das? Er stand immer noch auf der anderen Seite des Windschutzes. Tifty versuchte, Cruk auf dem Walkie-Talkie zu erreichen, doch der meldete sich nicht. In diesem Chaos konnte er ihn wahrscheinlich gar nicht hören. Tifty könnte hinunterlaufen, um ihm Bescheid zu sagen, aber schießen konnte er am besten von hier oben.

Er drückte den Kolben fester an die Schulter. Aus welcher Richtung würden sie kommen? Von den Bäumen? Einem Nachbarfeld? Dillons Team hatte alles durchkämmt, und Tifty hatte den ganzen Tag über nichts gesehen. Doch das bedeutete nicht, dass die Virals nicht da waren, sondern nur, dass er sie nicht sehen konnte.

Aber dann: Am Rande seines Gesichtsfeldes, eine leichte Bewegung der Maispflanzen, nicht mehr als ein Rascheln in der Nähe der Flaggen am Rande des Feldes. Er schwenkte das Gewehr herum und drückte das Auge fest an das Zielfernrohr. Die Luke der Hardbox stand offen.

Der einzige Ort, an dem sie nicht nachgeschaut hatten. Die Hardboxen kontrollierten sie nie.

Alle rannten, rissen ihre Kinder an sich, stürmten durch das Feld, auf die Fahnen zu. Tifty kam in vollem Lauf aus dem Turm.

»Nein!«

Cruk hatte zwei Kinder unter die Arme geklemmt, Dash Martínez und Reese Cuomo. Dee rannte neben ihm her, und Cece und Ali waren nur ein paar Schritte hinter ihnen. Cece presste den kleinen Louis an die Brust, und Ali hatte Merry und Satch dabei.

»Die Hardboxen!«, schrie Cruk. »Lauft zu den Hardboxen!«

»Sie sind *in* den Hardboxen!«

Gewehrfeuer explodierte auf dem Feld. Dee sah, wie Tifty auf die Knie fiel und schnell hintereinander drei Schüsse abgab. Sie fuhr herum, als der erste der Virals aus dem Mais sprang.

Er landete genau auf Ali Dodd.

Dee empfand Brechreiz. Plötzlich wollten ihre Beine sich nicht mehr bewegen. Der Viral war fertig mit Ali und schlug seine Zähne in Ceces Hals. Die Frau zuckte, kreischte und ruderte mit Armen und Beinen wie ein Insekt, das auf dem Rücken lag. Der Anblick brannte sich in Dees Netzhaut wie ein Lichtblitz, und sie konnte nur in hilflosem Entsetzen zuschauen.

Cruk sprang heran, drückte die Mündung seines Gewehrs an den Kopf der Bestie und schoss.

Wo war Satch? Aber der Junge war plötzlich nirgendwo mehr. Merry stand schreiend auf dem Boden. Dee hob das kleine Mädchen auf ihre Hüfte und rannte los.

Die Virals waren jetzt überall. In blinder Panik flüchteten die Leute zum Zeltdach – ein sinnloses Unternehmen, denn dort gab es keine Sicherheit. Die Virals schwärmten über das Sonnensegel hinweg und rissen es in Fetzen, und die Luft füllte sich mit Schreien. »Zum Turm!«, brüllte Tifty. »Alles zum Turm!« Aber es war zu spät; niemand hörte mehr zu. Dee dachte an ihre Töchter und daran, wie sie sich verabschiedet hatten. Alles, was man seinen Kindern wünschte, gipfelte plötzlich in der verzweifelten Hoffnung, der Tod möge sie schnell holen. Sie betete, dass sie nicht leiden mussten. Oder, schlimmer noch, befallen würden. Das war das Schlimmste: befallen zu werden.

Etwas prallte mit ungeheurer Wucht von hinten gegen sie. Dee fiel zu Boden, und die kleine Merry wurde aus ihren Armen geschleudert. Dee war mit dem Gesicht im Dreck gelandet, und als sie den Kopf hob, sah sie, dass ihr Bruder fünf Schritte entfernt mit dem Gewehr auf sie zielte. Erschieß mich, dachte sie. Was immer hier passiert, ich will es nicht mit ansehen müssen. Ein Gebet aus Kindertagen fand den Weg auf ihre Lippen, und sie schloss die Augen und murmelte es in den Staub.

Ein Schuss. Hinter ihr fiel etwas mit animalischem Grunzen zu Boden. Bevor ihr Verstand alles verarbeiten konnte, hatte Cruk sie auf die Beine gerissen. Seine Lippen bewegten sich und formten Worte, die sie nicht verstand. Sein Gewehr war weg; er hatte nur noch die Pistole, Abigail. Wieso nannte ein Mann seine Pistole Abigail? Wieso gab er ihr überhaupt einen Namen? Irgendetwas musste mit ihrem Kopf passiert sein, begriff sie, denn sie machte sich hier Gedanken um Cruks Pistole, während ringsherum alle starben. Anderes kam ihr in den Sinn, seltsame, schreckliche Dinge. Wie es sich anfühlen würde, entzweigerissen zu werden wie Ali Dodd. Sie dachte an ihre Töchter auf dem Feld und was jetzt mit ihnen passierte. Wie furchtbar, dachte Dee, auch nur eine Sekunde länger zu leben als die eigenen Kinder. In einer Welt voll schrecklicher Dinge war das sicher das schrecklichste. Cruk schleifte sie auf die Tür zu. Er glaubte, sie wollte, dass er es tat, aber sie wollte es nicht, überhaupt nicht – im Gegenteil, sie konnte nicht schnell genug sterben –, und mit einem kraftvollen Ruck riss Dee sich von ihm los, rannte auf das Feld hinaus und rief nach ihren Kindern.

Vorhees hörte seine Töchter auf dem Feld lachen. Er wusste, sie waren zu jung, um Angst zu haben. Sie hatten sich hinausgeschlichen, um genau das zu tun, was man ihnen verboten hatte, und für sie war das alles ein Spiel, auch die komische Sache mit dem Licht. Vorhees rannte durch die Pflanzreihen, rief ihre Namen, keuchend vor Panik, und versuchte, sie durch den Klang ihrer Stimmen zu orten. Aber die Stimmen waren hinter ihm, vor ihm, rechts und links. Sie schienen überall zu sein, sogar in seinem Kopf.

»Nit! Siri! Wo seid ihr?«

Dann war da eine Frau. Sie stand mitten in der Reihe, in einen dunklen Mantel gehüllt wie eine Frau im Märchen. Sie sah aus wie eine Waldbewohnerin. Ihr Kopf war durch eine Kapuze verdeckt, ihre Augen durch eine dunkle Brille, die ihre obere Gesichtshälfte verbarg. Vorhees war so verwirrt, dass er einen Moment lang glaubte, er fantasiere.

»Sind sie deine Töchter?«

Wer war sie, diese Frau im Mais? »Wo sind sie?«, keuchte er. »Weißt du, wo sie sind?«

Mit träger Gebärde nahm sie die Sonnenbrille ab und enthüllte ein Gesicht von sinnlicher Glätte und jugendlicher Schönheit. Ihre Augen glänzten wie Diamanten. Übelkeit stieg plötzlich in ihm auf.

»Du bist müde«, sagte sie.

Und plötzlich war er es auch. Noch nie in seinem ganzen Leben war Curtis Vorhees so müde gewesen. Sein Kopf fühlte sich an wie ein Amboss und wog tausend Pfund. Es erforderte seine ganze Willenskraft, stehen zu bleiben.

»Ich habe eine Tochter. Eine so schöne Tochter.«

Hinter sich hörte er die letzten Schüsse, in zielloser Panik abgefeuert. Feld und Himmel waren in unirdische Dunkelheit getaucht. Er verspürte den Drang zu weinen, aber selbst das schien über seine Kräfte zu gehen. Er war auf die Knie gesunken, und gleich würde er vollends zusammenbrechen.

»Bitte«, würgte er hervor.

»Kommt zu mir, meine schönen Kinder. Kommt zu mir in der Dunkelheit.«

Eine titanische Kraft riss ihn auf die Beine: Tifty. Sein Gesicht war ganz nah. Vorhees erkannte ihn kaum. Tifty zerrte an seinem Arm.

»Vor, komm!«

»Die Frau …« Vorhees' Zunge lag schwer in seinem Mund.

»Wovon redest du?«

»Sie war …«

»Hier ist niemand!«, schrie Tifty. »Wir müssen zum Turm!«

Vorhees wollte nichts davon wissen. Mit letzter Kraft riss er sich los.

»Ich muss sie finden!«

Tiftys Gewehrkolben beendete alles. Ein einzelner harter Schlag an den Schädel, geschickt gezielt – und Vorhees sah Sterne. Die Welt stand kopf, als Tifty ihm den Arm um die Taille schlang, ihn über seine Schulter warf und loslief. Die breiten Blätter flogen vorbei und klatschten ihm ins Gesicht. »Nit! Siri!«, rief Vorhees. »Kommt zurück!« Aber er hatte nicht die Kraft, sich zu sträuben. Seine Familie war tot, das wusste er. Tifty hätte ihn nicht gesucht, wenn sie noch lebten. Wieder fielen Schüsse, und ringsumher schrien die Sterbenden. Die Hardboxen, sagte eine Stimme. Sie sind aus den Hardboxen gekommen. Wer würde diesen Tag überleben? Und Vorhees wusste zu seiner endlosen Trauer, dass wieder einmal er der Glückliche sein würde.

Sie brachen aus dem Maisfeld hervor in offenes Gelände. Das Zeltdach war zerstört, das Sonnensegel fortgerissen, alles lag verstreut. Überall waren Tote, aber er sah keine Kinder. Die Kleinen waren verschwunden. *Kommt zu mir, meine schönen Kinder. Kommt zu mir in der Dunkelheit.* Und als die Tür zum Turm hinter ihm zufiel und er zu Boden kippte und endlich in einer barmherzigen Bewusstlosigkeit versank, war sein letzter Gedanke:

Warum musste es Tifty sein?

IV

Die Höhle

Herbst 97 n. V.

Kein Licht; nur sichtbar finstre Nacht
Enthüllt ihm hier die Gruppen tiefen Weh's

Milton, *Das verlorene Paradies*

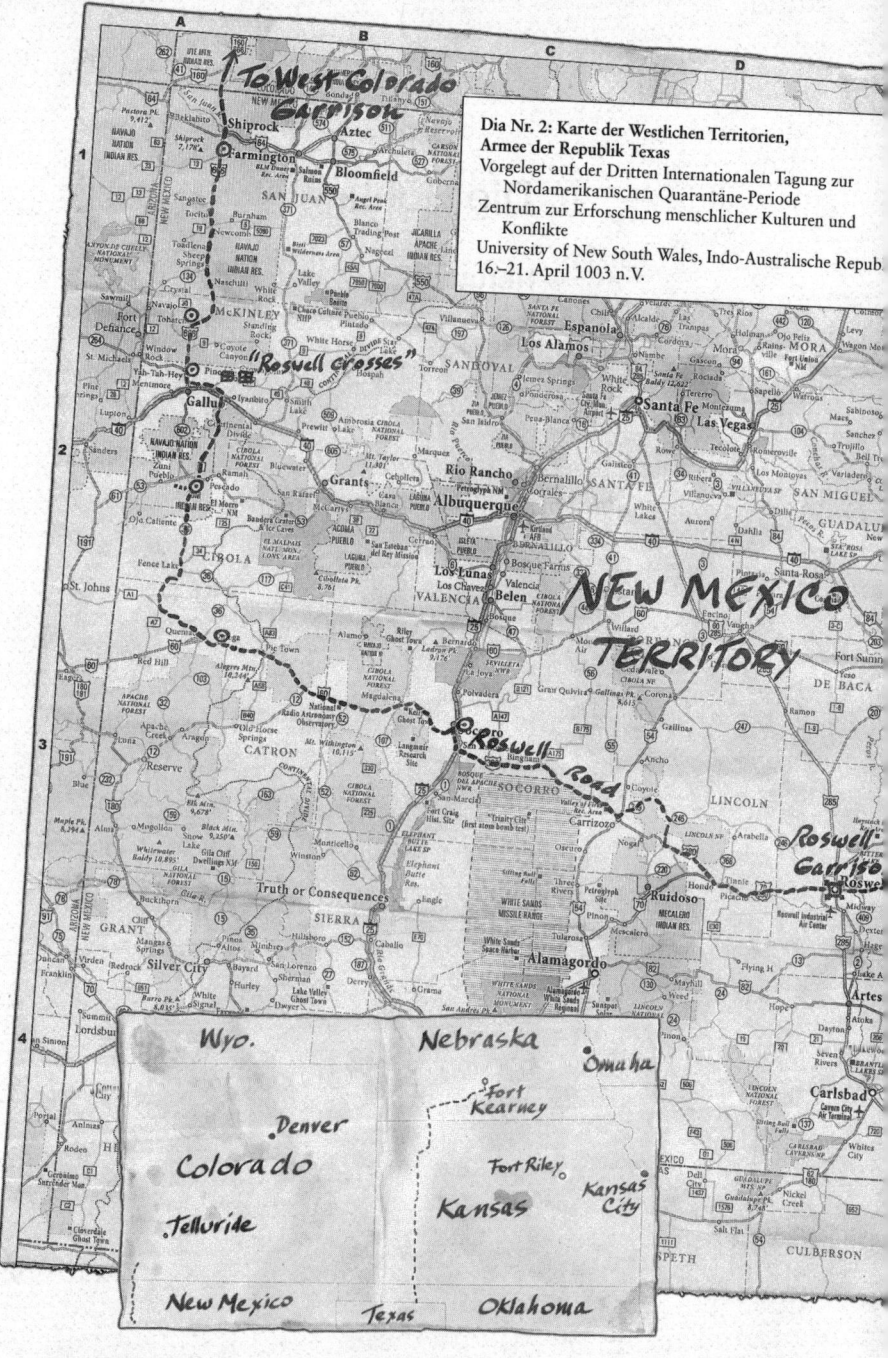

Dia Nr. 2: Karte der Westlichen Territorien, Armee der Republik Texas
Vorgelegt auf der Dritten Internationalen Tagung zur Nordamerikanischen Quarantäne-Periode
Zentrum zur Erforschung menschlicher Kulturen und Konflikte
University of New South Wales, Indo-Australische Repub[
16.–21. April 1003 n.V.

To West Colorado Garrison

"Roswell crosses"

Roswell Road

Roswell Garrison

NEW MEXICO TERRITORY

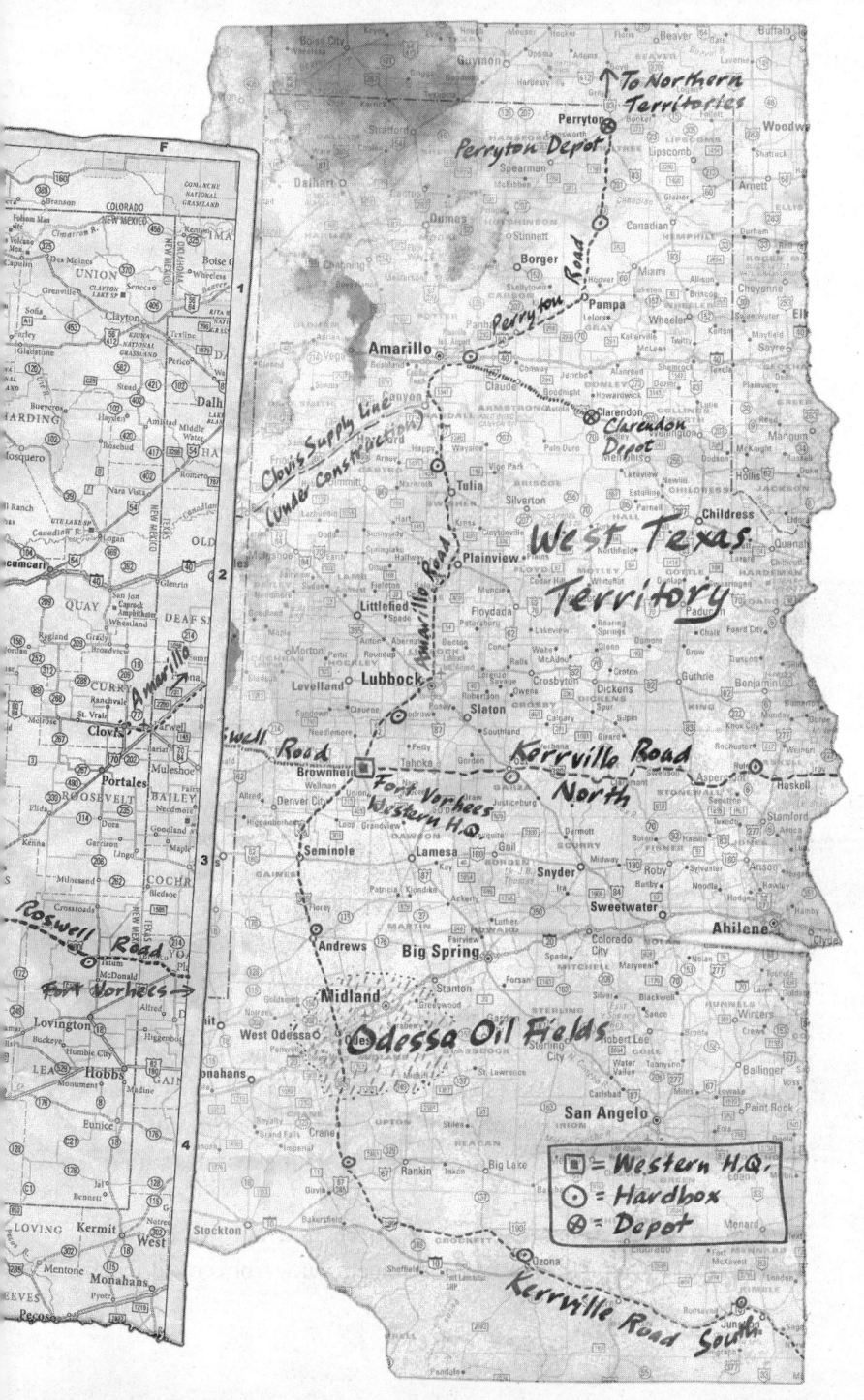

24

Er war endlich zu Amy gekommen. In ihren Träumen war er zu ihr gekommen.

Die Träume spielten manchmal hier, manchmal dort. Sie waren Geschichten von Dingen, die passiert waren. Ereignisse und Gefühle aus der Vergangenheit, die sie wieder und wieder durchlebte, ein Gewirr, ein Flickenteppich aus Bildern, die sich überlappten und in dieser neuen Anordnung ganz verändert erschienen. Sie waren ihr Leben; ihre Vergangenheit und ihre Gegenwart mischten sich darin, und sie waren derart intensiv, dass sie beim Aufwachen verblüfft entdeckte, in einer simplen Gegenwart mit festen Gegenständen und einer geordneten Zeit zu leben. Es war, als hätten die Welt des Wachens und die Welt des Schlafens ihre Position gewechselt und als besitze Letztere eine übermächtige Lebendigkeit, die auch dann nicht nachließ, wenn sie sich wieder an ihr Tagewerk machte. Vielleicht goss sie gerade Wasser aus einer Kanne, oder sie saß mit den Kindern im Kreis und las ihnen vor, oder sie fegte das Laub im Hof zusammen, und ohne Vorwarnungen überfluteten Empfindungen ihren Geist, als sei sie unter die Oberfläche der sichtbaren Welt in die Strömungen eines unterirdischen Flusses gesunken.

Ein Karussell mit kreisenden Lichtern und Musik. Der Geschmack von kalter Milch und staubigem Puderzucker auf ihren

Lippen. Ein Zimmer mit blauem Licht, ihr Kopf, der im Fieber schwamm. Der Klang einer Stimme – Wolgasts Stimme –, die sie behutsam aus der Dunkelheit hinausführte.

Komm zurück zu mir, Amy, komm zurück.

Am mächtigsten von allen war der Traum von dem Zimmer – schmutzig und ungelüftet, Kleidung überall verstreut, alte Verpackungen von Fertiggerichten auf jeder Fläche, ein Fernseher, der sinnlos grausam in der Ecke plärrte, und die Frau, die offenbar ihre Mutter war – Amy überkam hoffnungslose Sehnsucht, als sie das begriff. Panisch lief die Frau in diesem engen Raum hin und her, hob Sachen vom Boden auf und warf sie in Säcke. *Amy, Schatz, wach auf. Amy, wir müssen los.* Sie gingen fort, ihre Mutter ging fort, die Welt war entzweigespalten worden, Amy war auf der einen Seite der Kluft, ihre Mutter auf der anderen, und der Augenblick des Abschieds zog sich unnatürlich in die Länge, als sehe sie ihre Mutter vom Heck eines Bootes aus, das sich vom Kai entfernte. Sie wusste, dass es hier war, in diesem Zimmer, wo ihr eigentliches Leben begann. Dass sie so etwas wie eine Geburt miterlebte.

Aber es waren nicht nur sie beide. Wolgast war auch da. Das ergab keinen Sinn. Wolgast war erst später in ihr Leben getreten. Anfangs war es nicht so, als stünde er wirklich neben ihr; sie nahm ihn anders wahr – als leuchtenden Dunst von Emotionen, der über der Szene schwebte. Je mehr sie spürte, dass ihre Mutter sich von ihr entfernte und einer persönlichen Not folgte, die Amy weder verstand noch teilte – etwas Schreckliches war passiert –, desto intensiver fühlte sie ihn. Eine tiefe Ruhe durchdrang sie; unbeteiligt beobachtete sie alles, denn sie wusste, dass dies alles tatsächlich vor sehr langer Zeit geschehen war. So erlebte sie die Szene zum ersten Mal und erinnerte sich zugleich an sie – war handelnde Person und Beobachterin. Wolgast benahm sich seltsam. Jetzt saß er auf ihrer Bettkante, und ihre Mutter war nirgends zu sehen. Er trug einen dunklen Anzug mit Krawatte und keine Schuhe, und er starrte versunken auf seine Hände, die er vor sich hielt, die Fingerspitzen aneinandergelegt. *Hier ist die Kirche,* intonierte er und verschränkte alle bis auf die beiden Zeigefinger, *und hier ist der Kirchturm. Öffne die Tür* – seine Daumen teilten sich und eröffneten den Blick auf seine wackelnden Finger – *und sieh all die Leute. Amy, hallo.*

– Hallo, sagte sie.

Es tut mir leid, dass ich weg war. Du hast mir gefehlt.

– Du hast mir auch gefehlt.

Der Raum um sie herum hatte sich verändert, sich in einer Dunkelheit aufgelöst, in der nur sie beide existierten wie zwei Schauspieler im Scheinwerferlicht auf einer Bühne.

Etwas verändert sich.

– Ja. Das glaube ich auch.

Du wirst zu ihm gehen müssen, Amy.

– Zu wem? Zu wem soll ich gehen?

Er ist anders als die anderen. Das habe ich gesehen, als ich ihn das erste Mal zu Gesicht bekam. Ein Glas Eistee. Das war alles, was er wollte, um sich in der Hitze abzukühlen. Er hat diese Frau von ganzem Herzen geliebt, aber das weißt du, nicht wahr, Amy?

– Ja.

Unendlich viel Zeit, habe ich zu ihm gesagt. Zeit kann ich dir geben, Anthony, alle Zeit der Welt. Plötzlich war sein Gesicht bitter. *Ich habe Texas immer gehasst, weißt du.*

Er hatte sie noch nicht angesehen. Amy spürte, dass es nicht nötig, ja nicht einmal richtig war.

Ich musste gerade an das Camp denken. Wie wir beide dort zusammen gelesen und Monopoly gespielt haben. Park Place, Boardwalk, Marvin Gardens. Kennst du die Straßen noch? Du hast mich immer geschlagen.

– Ich glaube, du hast mich gewinnen lassen.

Er lachte leise. *Nein, das hast du immer allein geschafft. Ganz fair. Und Jacob Marley.* »Ein Weihnachtsmärchen«, *das war dein Lieblingsbuch. Ich glaube, du konntest es von vorn bis hinten auswendig. Erinnerst du dich noch?*

– Ich erinnere mich an alles. An den Tag, als es geschneit hat. Als wir Schnee-Engel gemacht haben.

Er trug die Ketten, die er im Leben geschmiedet hatte. Wolgast runzelte in plötzlicher Ratlosigkeit die Stirn. *Es war eine so traurige Geschichte.*

Hier war der Fluss, dachte Amy. Der mächtig strömende Fluss der Vergangenheit.

Ich hätte immer so weitermachen können. Wolgast richtete den Blick nach oben und sprach in die Dunkelheit. *Siehst du das nicht, Lila? Das war es, was ich wollte. Es war alles, was ich jemals wollte.* Und dann: *Weißt du ... wo du hier bist, Amy?*

– Ich glaube nicht, dass ich irgendwo bin. Ich glaube, ich schlafe.

Er dachte über ihre Worte nach und nickte leise. *Ja. Stimmt. Jetzt, wo du es sagst, leuchtet es mir ein.* Er atmete tief ein und ließ die Luft langsam wieder entweichen. *Es ist seltsam. Es gibt so vieles, an das ich mich nicht erinnern kann. So ist das, weißt du. Als gäbe es da nur ein kleines Stück deiner selbst, das du behalten darfst. Aber allmählich wird alles klarer.*

– Du fehlst mir, Daddy.

Das weiß ich. Du fehlst mir auch, mein Herz – mehr, als du je ahnen wirst. Ich glaube nicht, dass ich jemals glücklicher war als mit dir. Ich wünschte, ich hätte dich retten können, Amy.

– Aber das hast du getan. Du hast mich gerettet.

Du warst nur ein kleines Mädchen, ganz allein auf der Welt. Ich hätte niemals zulassen dürfen, dass sie dich holten. Ich habe mich bemüht, aber nicht genug. Das ist die eigentliche Prüfung, weißt du. Das ist der wahre Maßstab für das Leben eines Mannes. Ich hatte immer zu viel Angst. Ich hoffe, du kannst mir verzeihen.

Eine Welle der Trauer brach sich in ihr. Wie sehnte sie sich danach, ihn zu trösten, ihn in die Arme zu schließen. Doch sie wusste, wenn sie das versuchte, wenn sie auch nur einen Schritt näher heranrückte, würde der Traum sich auflösen, und sie wäre wieder allein.

– Natürlich verzeihe ich dir. Obwohl es gar nichts zu verzeihen gibt.

Es gibt so vieles, was ich dir nicht erzählt habe. Er starrte eindringlich auf seine Hände. *Über Lila und über Eva. Unser eigenes kleines Mädchen. Du warst ihr so ähnlich.*

– Das brauchtest du nicht, Daddy. Ich wusste es, ich wusste es. Ich habe es immer gewusst.

Du hast mein Herz erfüllt, Amy. Das hast du für mich getan. Du hast den Platz ausgefüllt, den Eva bis dahin besetzt hatte. Aber ich konnte dich genauso wenig retten wie sie.

Als hätten seine Worte magische Kraft, begann das Bild des Zimmers zurückzuweichen, und der Raum zwischen ihnen dehnte sich lang wie ein Korridor. Jähe Verzweiflung erfasste sie.

Es tut gut, mich mit dir an diese Dinge zu erinnern, Amy. Ich glaube, wenn es dir recht ist, bleibe ich noch eine Weile hier.

Er verließ sie, wich immer weiter zurück.

– Daddy, bitte. Lass mich nicht allein. Ich weiß nicht, was ich tun soll.

Endlich wandte er ihr das Gesicht zu, und seine Augen fanden sie. Hell glänzend durchdrangen sie ihr Herz.

Oh, ich glaube nicht, dass ich dich je allein lassen werde, Amy.

25

Obwohl Lieutenant Peter Jaxon ein dekorierter Offizier und Veteran aus drei verschiedenen Feldzügen war, ein Mann, über den man sich Geschichten erzählte, hatte er manchmal das Gefühl, sein Leben habe aufgehört.

Er wartete auf Befehle. Er wartete auf das Essenfassen. Er wartete vor der Latrine. Er wartete auf besseres Wetter, und wenn es nicht kam, wartete er noch ein bisschen. Werkzeug, Waffen, Proviant, Neuigkeiten – lauter Dinge, auf die er wartete. Tage-, wochen-, manchmal monatelang wartete er, als sei seine Zeit auf Erden dem Warten geweiht. Als sei er eine mannshohe Wartemaschine.

Jetzt wartete er auch.

Etwas Wichtiges war im Kommandozelt im Gange, daran hatte er keinen Zweifel. Den ganzen Morgen waren Apgar und die anderen dort drinnen verschwunden gewesen. Allmählich befürchtete Peter das Schlimmste. Seit Monaten hörten sie die Gerüchte wie einen grollenden Donner in den Bergen dort oben: Wenn die Einsatztruppe nicht bald einen erlegte, würde man die Jagd abblasen.

Fünf Jahre seit seinem Ritt auf den Berg mit Amy. Fünf Jahre seit der Jagd auf die Zwölf. Fünf Jahre ohne Erfolg.

Houston, die Heimatstadt Anthony Carters, des Probanden Nr. 12, wäre der naheliegende Ausgangspunkt gewesen, wenn der Ort kein undurchdringlicher Sumpf gewesen wäre. Das galt auch für New Orleans, Heimatstadt des Probanden Nr. 5, Thaddeus Turrell. Tulsa, Oklahoma, woher Rupert Sosa stammte, war eine reine Katastrophe gewesen; die Stadt war eine riesige Ruinenlandschaft, überall waren Dracs, und sie hatten sechzehn Mann verloren, bevor sie sich zurückgezogen hatten.

Es gab noch andere. Jefferson City, Missouri. Oglala, South Dakota. Everett, Washington. Bloomington, Minnesota. Orlando, Florida. Black Creek, Kentucky. Niagara Falls, New York. Weit weg und unerreichbar allesamt, viele Meilen und zu Fuß Jahre weit entfernt. Innen am Deckel seiner Kiste hatte Peter eine Landkarte, und jede dieser Städte war mit einem Tintenkreis markiert. Die Orte, wo die Zwölf herkamen. Tötete man einen von ihnen, tötete man seine Abkömmlinge, und man befreite ihren Geist für die Reise in den Tod. Das hatte Lacey ihm erklärt, als sie die Bombe zündete, die Babcock getötet hatte, den Probanden Nummer 1. Amy hatte ihm erklärt, wer diese Kreaturen einst waren. Sie war mit ihm aus Laceys Hütte auf das verschneite Feld hinausgetreten, wo die Vielen in der Sonne lagen und starben.

Du bist Smith, du bist Tate, du bist Dupree, du bist Erie Ramos Ward Cho Singh Atkinson Johnson Montefusco Cohen Murrey Ngyuen Elberson Lazaro Torres ...

Damals waren sie zehn Leute gewesen. Jetzt waren sie sechs. Peters Bruder war nicht mehr dabei, und Maus und Sara auch nicht. Von den fünfen, die sich auf den Weg zur Garnison Roswell gemacht hatten, hatten nur Hollis und Caleb überlebt – »Baby Caleb«, obwohl er eigentlich kein Baby mehr war. Jetzt war er im Waisenhaus in Kerrville, wo die Schwestern ihn großzogen. Als die Virals die Sicherungsanlagen von Kerrville durchbrochen hatten, war Hollis mit Caleb in eine der Hardboxen gerannt. Theo und Maus waren schon tot. Niemand wusste, was aus Sara geworden war; sie war im Getümmel verschwunden. Als alles vorbei war, hatte Hollis nach ihrer Leiche gesucht, jedoch nichts gefunden. Die einzige Erklärung war, dass sie befallen worden war.

Die Jahre hatten die anderen zerstreut wie der Wind. Michael arbeitete in der Raffinerie in Freeport als Ölhand erster Klasse. Greer, der in Colorado zu ihnen gestoßen war, saß im Gefängnis. Er war wegen Verlassens seines Kommandopostens zu sechs Jahren Haft verurteilt worden. Niemand wusste, wo Hollis war. Der Mann, den sie gekannt und geliebt hatten wie einen Bruder, war unter der Last von Saras Tod zerbrochen, und sein Schmerz hatte ihn in den dunklen Bauch der Stadt getrieben, in die Welt des Gewerbes. Peter hatte gehört, er sei dort aus dem Fußvolk zu einem von Tiftys Stellvertretern aufgestiegen. Von der ursprünglichen Gruppe waren nur noch Peter und Alicia bei der Jagd dabei.

Und Amy. Was war mit Amy?

Peter dachte oft an sie. Sie sah mehr oder weniger aus wie immer – wie ein Mädchen von vierzehn Jahren, nicht wie die Hundertdreijährige, die sie tatsächlich war –, aber seit ihrer ersten Begegnung hatte sich vieles verändert. Das Mädchen von Nirgendwo, das nur in Rätseln sprach, wenn es überhaupt etwas sagte, gab es nicht mehr. Die Person an ihrer Stelle war viel präsenter, viel *menschlicher*. Sie sprach oft von ihrer Vergangenheit, nicht nur von ihren einsamen Wanderjahren, sondern auch von ihren frühesten Erinnerungen an die Zeit Davor: an ihre Mutter und an Lacey, an ein Sommercamp in den Bergen und an den Mann, der sie gerettet hatte. Brad Wolgast. Nicht ihr richtiger Vater, sagte Amy; wer das war, hatte sie nie erfahren. Aber trotzdem so etwas wie ein Vater. Wenn sie von ihm sprach, trat Trauer in ihren Blick. Peter brauchte nicht erst danach zu fragen; ihm war auch so klar, dass der Mann gestorben war, um sie zu beschützen, und dass dies eine Schuld war, die sie nie zurückzahlen konnte, selbst wenn sie ihr ganzes Leben – diese endlose, unabsehbare Spanne – darauf verwandte, es zu versuchen.

Sie war jetzt mit Caleb bei den Schwestern, nachdem sie die graue Kutte des Ordens angelegt hatte. Peter glaubte nicht, dass Amy ihren Glauben angenommen hatte; die Schwestern waren eine düstere Bande und bekannten sich zu einer philosophischen und körperlichen Keuschheit, in der sich ihre Überzeugung widerspiegelte, dass dies die letzten Tage der Menschheit seien. Für Amy war es eine mehr als praktische Tarnung, und es fiel ihr nicht schwer, sich als eine der Schwestern auszugeben. Aufgrund dessen, was in der Kolonie passiert war, waren sie alle übereingekommen, dass Amys wahre Identität und die Macht, die sie in sich trug, niemandem unterhalb der Führungsebene bekannt sein sollte.

Peter ging in die Messe und verbrachte dort eine inhaltsleere Stunde. Sein Zug, vierundzwanzig Mann, war eben von einer Erkundungsmission nach Lubbock zurückgekehrt, wo sie nach Brauchbarem gestöbert hatten. Das Glück war auf ihrer Seite gewesen, und sie hatten den Einsatz ohne Zwischenfälle beendet. Die kostbarste Entdeckung war ein Schrottplatz mit alten Autoreifen gewesen. In ein, zwei Tagen würden sie mit einem Lastwagen hinauffahren und möglichst viele davon nach Kerrville schaffen.

Die Führungsoffiziere waren jetzt seit Stunden in dem Zelt. Worüber konnten sie nur reden?

Seine Gedanken wanderten zurück zur Kolonie. Seltsam, manchmal dachte er wochen- oder sogar monatelang überhaupt nicht daran, und dann rauschten die Erinnerungen ganz unverhofft in seinen Kopf. Was damals dort passiert war, kam ihm jetzt vor, als habe es jemand anders erlebt – nicht Lieutenant Peter Jaxon, Expeditionsbataillon, und auch nicht Peter Jaxon, Vollwache, sondern eine Art Mann-Junge, dessen Vorstellungskraft sich auf das winzige Areal beschränkte, auf dem er sein ganzes Leben verbracht hatte. Wie viel Energie hatte er darauf verwandt, seine eigenen Minderwertigkeitsgefühle zu hegen, die sich in der kleinkarierten Rivalität zu seinem Bruder Theo manifestierten? Mit wehmütigem Stolz dachte er an das, was sein Vater, der Große Demetrius Jaxon, Oberhaupt des Haushalts und Captain der Langen Ritte, heute zu ihm sagen würde. *Du hast deine Sache gut gemacht. Du hast den Kampf angenommen. Ich bin stolz, dich meinen Sohn nennen zu können.* Aber Peter hätte gerne auf all das verzichtet, wenn er dafür wieder eine Stunde mit Theo hätte zusammen sein können.

Und immer wenn er Caleb anschaute, sah er seinen Bruder.

Satch Dodd kam zu ihm an den Tisch. Satch, ein Unteroffizier wie Peter, war ein Säugling gewesen, der jüngste Überlebende, als seine Familie im Massaker auf dem Feld gestorben war. Soweit Peter wusste, erwähnte Satch es nie, aber die Geschichte war wohlbekannt.

»Irgendeine Ahnung, um was es da geht?«, fragte Satch. Sein rundes Jungengesicht sah immer sehr ernsthaft aus.

Peter schüttelte den Kopf.

»Guter Fang, da oben in Lubbock.«

»Sind nur Reifen.«

Beide waren mit ihren Gedanken woanders; sie redeten nur, damit etwas gesagt war. »Reifen sind Reifen. Ohne kommen wir nicht weit.«

Satch und sein Trupp würden am nächsten Morgen auf einen Säuberungseinsatz gehen, hundert Meilen weit in Richtung Midland. Eine üble Mission: Die Gegend war ein Morast von Öl aus alten Quellen, die nie verschlossen worden waren.

»Ich sag dir, was ich gehört habe«, sagte Satch. »Die Zivilbehörde prüft, ob ein paar von diesen alten Quellen noch genutzt werden können – für den Fall, dass der Brennstoff knapp wird. Könnte sein, dass wir in nicht allzu ferner Zukunft plötzlich da unten stationiert sind.«

Peter war verblüfft. An diese Möglichkeit hatte er nie gedacht. »Ich dachte, in Freeport ist genug Öl für die Ewigkeit.«

»Es gibt solche und solche Ewigkeiten. Theoretisch, ja, theoretisch ist dort reichlich Ölschlick. Aber früher oder später geht alles mal zu Ende.« Satch sah ihn an. »Hast du nicht einen Freund, der Ölhand ist? Einer aus deiner Truppe aus Kalifornien, oder?«

»Michael.«

Satch schüttelte nachdenklich den Kopf. »Zu Fuß den ganzen Weg aus Kalifornien hierher. Das ist immer noch die verrückteste Geschichte, die ich je gehört habe.« Er legte die flachen Hände auf den Tisch und stand auf. »Wenn du was von oben hörst, sag mir Bescheid. Wenn ich wetten soll: Nicht mehr lange, und die schicken uns alle runter nach Midland und lassen uns da im Ölschlick waten.«

Er ließ Peter allein zurück. Seine Worte hatten nicht dazu beigetragen, Peter aufzumuntern – im Gegenteil. Ein halbes Dutzend Freiwilliger kam polternd in die Messe; sie redeten mit der raubauzigen Vertraulichkeit hungriger Männer miteinander. Peter hätte nichts gegen ein bisschen Gesellschaft gehabt, um sich von seinen Sorgen abzulenken, aber als sie sich von der Essensausgabe abwandten und auf die Suche nach einem Tisch machten, warf keiner einen Blick in seine Richtung. Der schwarz angelaufene Silberstreifen an seinem Kragen und die schlechte Laune, die er ausstrahlte, genügten anscheinend, um sie von ihm fernzuhalten.

Was mochten die Führungsoffiziere wohl bereden?

Die Jagd aufzugeben – das konnte Peter sich nicht vorstellen. Fünf Jahre lang hatte er kaum an etwas anderes gedacht. Gleich nach Roswell hatte er sich zu den Expeditionsstreitkräften gemeldet. Viele hatten das getan. Für jeden, der in dieser Nacht gestorben war, gab es einen Freund, einen Bruder, einen Sohn, der seinen Platz eingenommen hatte. Diejenigen, deren einziges Motiv die Rachsucht gewesen war, verloren bald ihren Schwung oder kamen ums Leben. Man brauchte bessere Gründe, und Peter machte sich keine Illusionen über sich selbst: Vergeltung spielte eine Rolle, aber die Wurzeln seiner Sehnsucht reichten tiefer. Sein Leben lang, seit den Tagen der Langen Ritte, sehnte er sich danach, zu etwas zu gehören, zu einer Sache, die wichtiger war als er. Das hatte er in dem Augenblick gespürt, als er den Eid ablegte, der ihn an seine Kameraden band: seine Sache, sein Schicksal, seine Person – alles war jetzt mit ihnen verbunden. Er hatte sich gefragt, ob er irgendwie weniger er selbst sein, ob seine Identität im Kollektiv aufgehen würde, doch wie sich zeigte, war das Gegenteil der Fall. Er mochte es nur ungern zugeben – nicht, nachdem Theo und die anderen tot waren –, aber der Eintritt in die Expeditionsstreitkräfte hatte ihm anfangs ein nie gekanntes Gefühl der Lebendigkeit gegeben. Er sah zu, wie die Soldaten aßen – sie lachten und scherzten und schaufelten sich die Bohnen in den Mund, als wäre es die letzte Mahlzeit ihres Lebens –, und erinnerte sich neidvoll an diese frühen Tage.

Denn irgendwann auf seinem Weg hatte ihn dieses Gefühl verlassen. Feldzüge waren geführt worden, Menschen waren gestorben, Gebiete erobert worden und verloren gegangen, ohne dass es irgendwohin führte, und so war ihm das Gefühl langsam abhandengekommen. Das Band zwischen ihm und den Männern blieb bestehen, beharrlich wie die Schwerkraft. Er hätte sich für jeden von ihnen ohne Zögern geopfert, und er glaubte, dass sie es für ihn auch tun würden. Aber etwas fehlte, auch wenn er nicht genau wusste, was. Er wusste, was Alicia ihm gesagt hätte. *Du bist nur müde. Es ist eine endlose Schinderei. So geht es jedem. Du musst Geduld haben.* Das war nicht falsch, doch es war längst nicht die ganze Geschichte.

Schließlich hielt Peter es nicht länger aus. Er verließ das Messezelt und marschierte quer über das Gelände. Er brauchte nur irgendeinen Vorwand zum Anklopfen. Mit etwas Glück würden sie ihn hineinlassen, und er könnte vielleicht herausfinden, was sie da vorhatten.

Er hätte sich die Mühe sparen können. Als er kurz vor dem Zelt war, schwang die Tür auf: Major Henneman, der Adjutant des Colonels. Schlank, mit blondem Bürstenhaarschnitt und leicht schiefen Zähnen, die er nur zeigte, wenn er lächelte, was er nie tat.

»Jaxon. Ich wollte Sie suchen. Kommen Sie herein.«

Peter betrat das dunkle Zelt und blieb in der Tür stehen, damit seine Augen sich an das schwache Licht gewöhnen konnten. Rund um den breiten Tisch saß der ganze Führungsstab: Major Lewis und Major Hooper, die Captains Rich, Perez und Childs sowie Colonel Apgar, der Kommandant der Einsatztruppe – und noch jemand.

»Hi, Peter.«

Alicia.

»Es gibt zwei Eingänge, die ich finden konnte, hier und hier.«

Alicia lenkte die Aufmerksamkeit der Versammelten auf eine Landkarte, die auf dem Tisch ausgebreitet lag: GEOLOGISCHER DIENST DER USA, SÜDLICHES NEW MEXICO. Daneben lag eine zweite Karte, kleiner und vom Alter verblichen: NATIONAL PARK SERVICE, CARLSBAD-HÖHLEN.

»Die Hauptöffnung der Höhle ist ungefähr dreihundert Meter breit. Auch mit unseren größten Sprengmitteln könnten wir sie nicht verschließen, und das Gelände ist zu unwegsam, um einen Hochdruckspüler da hinaufzuschaffen.«

»Was schlagen Sie also vor?«, fragte Apgar.

»Wir kesseln ihn ein.« Sie deutete wieder auf die Karte. »Ich habe einen zweiten Eingang ausfindig gemacht, ungefähr eine Viertelmeile weiter. Es ist ein alter Aufzugsschacht. Martínez muss irgendwo zwischen diesen beiden Eingängen sein. Wir gehen zum Haupteingang und zünden eine Ladung H2. Das dürfte ihn in den Aufzugsschacht treiben, und dort stellen wir einen einzelnen Mann auf, der ihn auf dem Weg nach draußen empfängt.«

»Einen einzelnen Mann«, wiederholte Apgar. »Das heißt, Sie.«

Alicia nickte.

Der Colonel lehnte sich auf seinem Stuhl zurück. Alle warteten.

»Verstehen Sie mich nicht falsch, Lieutenant. Ich weiß, wozu Sie fähig sind. Das wissen wir alle. Aber wenn dieses Biest nur annähernd so ist wie das, das Sie in Nevada gesehen haben, dann klingt das alles nach einem Himmelfahrtskommando.«

»Jeder weitere Mann wird mich nur bremsen.«

Der Colonel runzelte skeptisch die Stirn. »Und Sie sind sicher, dass Martínez in der Höhle ist.«

»Es ergibt Sinn, Sir. Babcock hat auch eine Höhle benutzt. Und El Paso ist nur hundert Meilen von Carlsbad entfernt. Das ist heimischer Boden für ihn.«

Apgar überlegte. »Ich stimme Ihnen zu. Das Muster passt. Aber wie können Sie so sicher sein?«

Alicia zögerte. »Das kann ich nicht richtig erklären, Colonel. Ich weiß es einfach.«

Peter saß am anderen Ende des Tisches. »Bitte etwas sagen zu dürfen, Sir.«

Apgars Blick war ein Stöhnen. »Na schön, Jaxon, wir wissen, was Sie sagen werden, also machen Sie schon und sagen Sie es.«

»Ich bin der Einzige andere hier, der eins von den Biestern gesehen hat. Ich vertraue Lieutenant Donadio. Wenn sie sagt, Martínez ist da unten, dann ist er da unten.«

»Ihre Vergangenheit ist uns allen bekannt, Lieutenant. Das ändert nichts an der Tatsache, dass wir es hier mit Vermutungen zu tun haben. Ich werde keinen Mann riskieren, solange wir nicht sicher sind.«

»Es gibt vielleicht noch eine andere Möglichkeit. Allen ursprünglichen Probanden wurde ein Chip eingesetzt, genau wie Amy. Wir können ihn mit Hilfe des Funksignals orten.«

»Daran habe ich schon gedacht. Da ist nur ein Problem. Radiowellen gehen nicht durch den Fels. Wie wollen Sie ein Signal aus dreihundert Metern Tiefe empfangen?«

»Nicht an der Oberfläche. In der Höhle.«

Peter lenkte ihre Aufmerksamkeit wieder auf den Plan. »Wir machen's, wie Alicia gesagt hat, und bringen eine Ladung H2 in den Tunnel, der zum Schacht führt. Der Sprengstoff hängt an einem Kabel, das zum Haupteingang zurückführt und mit einem Funkzünder verbunden ist, sodass wir die Ladung aus sicherer Entfernung hochgehen lassen können. Sagen wir, das macht Team Blau.«

Apgar nickte. »Bisher kann ich Ihnen folgen.«

»Okay, aber wir schicken nicht einen einzelnen Mann durch den Aufzugsschacht hinunter, der Martínez auf dem Weg nach draußen entgegengeht. Wir schicken zwei mit einem Radiokompass. Sagen wir, Team Rot. Als Erstes bringt Team Rot eine zweite Ladung H2 am Boden des Schachtes an, mit einem Kurzzeitzünder – sagen wir, fünfzehn Sekunden. Mann eins geht weiter in die Höhle und benutzt den Radiokompass, um Martínez zu orten, aber Mann zwei bleibt in Position beim Aufzug. Der Trick besteht darin, die Sichtlinie zu halten, sodass der Funkkontakt zur Oberfläche bestehen bleibt, und das ist die Aufgabe des zweiten Mannes. Er ist quasi der Vermittler. Es funktioniert wie beim Staffellauf. Mann eins ist per Funk mit Mann zwei verbunden, und der wiederum hat Kontakt zu dem, der oben am Schacht positioniert ist – nennen Sie ihn Mann drei –, und der steht in Verbindung mit Team Blau. So können wir sämtliche Elemente der Operation koordinieren und wissen, was Sache ist.«

»Schön und gut, aber ich sehe jetzt schon die Probleme, Lieutenant. Das ist ein Labyrinth da unten. Was ist, wenn Mann eins und zwei den Kontakt zueinander verlieren? Dann bricht das Ganze zusammen.«

»Das ist ein Risiko, aber das ist nicht zu befürchten, solange der erste Mann sich nicht über diese drei Punkte hinaus entfernt.« Peter legte den Zeigefinger auf die Karte. »Wir werden nicht die ganze Höhle im Blick haben. Den größten Teil sollten wir allerdings übersehen können.«

»Fahren Sie fort.«

»Also. Wir platzieren die beiden Ladungen, Mann eins macht sich auf die Suche nach Martínez, Mann zwei hält die Ohren offen und wartet. Von da an ist es nur noch eine Frage des Timings. Sobald es Mann eins gelungen ist, Martínez zu orten, meldet er es per Funk an Mann zwei, und der gibt es nach oben weiter. Team Blau sprengt das Loch. Martínez ist stinkig. Mann eins rennt zurück zum Schacht und lockt ihn zum Aufzug. Mann zwei stellt den Timer ein. Die beiden fahren mit der Aufzugkabine nach oben, die zweite Ladung geht hoch, Martínez ist Geschichte.« Er klatschte in die Hände. »Ganz einfach.«

Apgar dachte darüber nach. »Da ist nicht viel Spielraum für Irrtümer. Ich weiß, Donadio ist schnell, aber fünfzehn Sekunden sind nicht viel, um genug Abstand zur Explosion zu bekommen. Ich glaube nicht, dass wir mit der Winde jemanden so schnell hochziehen können.«

»Das brauchen wir auch nicht. Der Schacht selbst bietet genug Schutz. Fünfzehn Meter dürften reichen.«

»Damit kein Missverständnis aufkommt: Sie reden davon, einen Mann als Lockvogel zu benutzen.«

»Ganz recht, Sir.«

»Das klingt, als hätten Sie es schon mal getan.«

»Nicht ich. Schwester Lacey.«

»Ihre mystische Nonne.«

»Lacey war sehr viel mehr als das, Colonel.«

Apgar legte die Fingerspitzen zusammen, schaute auf die Karte und sah dann Peter an. »Mann eins ist natürlich Donadio. Haben Sie eine Vorstellung, wer der zweite selbstmörderische Typ sein könnte?«

»Ja, Sir. Ich möchte mich freiwillig melden.«

»Und warum bin ich nicht überrascht?« Apgar wandte sich an die Runde. »Möchte sonst noch jemand was sagen? Hooper? Lewis?«

Beide Männer nickten. Sie waren einverstanden.

»Donadio?«

Sie warf Peter einen Blick zu – *bist du sicher?* – und nickte dann knapp. »Ich bin dabei, Colonel.«

Nach kurzem Zögern kapitulierte er mit einem Seufzer. »Okay, Lieutenants, es ist Ihre Show. Henneman, glauben Sie, zwei Teams reichen?«

»Ich denke ja, Colonel.«

»Informieren Sie Lieutenant Dodd und stellen Sie eine Einheit zusammen, die die Mobilunterkünfte ausrüstet. Und schaffen Sie einen Radiokompass herbei. Ich würde gern innerhalb von achtundvierzig Stunden abmarschbereit sein.« Apgar sah Peter an. »Letzte Gelegenheit für einen Rückzieher, Lieutenant.«

»Nein, Sir.«

Es sah aus, als gestatte Apgar sich für einen Augenblick den Luxus eines Lächelns. »Dachte ich mir.« Er schaute in die Runde. »Okay, Leute. Zeigen wir dem Zentralkommando, was wir können, und bringen wir diesen Scheißkerl um.«

Zwei Nächte später campierten sie am Fuße eines Berges. Zwei mobile Unterkünfte, in denen vierundzwanzig Mann in Etagenkojen schliefen. Im Morgengrauen wachten sie auf und bereiteten sich auf den Aufstieg vor. Der Boden um die Container herum war übersät von den Spuren der nächtlichen Besucher, angelockt von der Witterung vierundzwanzig schlafender Männer – ein Festmahl, das ihnen durch die Stahlwände verwehrt geblieben war. Der Berg war zu steil für die Fahrzeuge, lediglich ein gewundener Pfad führte hinauf. Alles, was sie mitnahmen, würden sie auf dem Rücken schleppen müssen. Ohne den Schutz der Wohncontainer auf dem Gipfel würden sie keine Nacht überleben. Im hellen Licht des Morgens war allen Beteiligten klar, worauf sie sich eingelassen hatten: Findet Martínez und bringt ihn um, oder sterbt im Dunkeln.

Henneman war der leitende Offizier. Das war ungewöhnlich. Er war nur noch selten außerhalb der Mauern der Garnison. Aber um an diesen ruhigen Posten zu kommen, hatte er sich im Laufe der Jahre oft in Gefahr begeben müssen: Tulsa, New Orleans, Kearney, Roswell – Henneman war auf einer Leiter aus Kämpfen und Blut aufgestiegen. Niemand zweifelte an seinen Fähigkeiten, und dass er den Einsatz leitete, bedeutete etwas. Peter würde ein Team führen, Dodd das andere. Alicia war Alicia: Kundschafter und Scharfschütze, eine Einzelkämpferin, die nirgendwo ganz hineinpasste und anscheinend niemandem unterstellt war. Jeder wusste, wozu sie fähig war, aber die Tatsache, dass sie anders als die anderen war, weckte trotzdem Beklommenheit bei den Männern. Soweit Peter wusste, sagte niemand je etwas dazu – zumindest nicht vor ihm –, allerdings erkannte man ihr Unbehagen daran, wie sie Abstand hielten, und an den vorsichtigen Blicken, die sie ihr zuwarfen, als brächten sie es nicht über sich, ihr in die Augen zu schauen. Sie war eine Brücke zwischen Mensch und Viral, irgendwo zwischen beiden: Wozu gehörte sie wirklich?

Sie brachen auf, als es anfing, hell zu werden. Jetzt war es ein Wettlauf gegen die Zeit. Vor Sonnenuntergang mussten sie die

Sprengsätze platzieren und in Stellung gehen. Nach der kühlen Wüstennacht schien jetzt eine sengende Sonne, deren harte Strahlen auf ihren Rücken, dann auf ihre Schultern und schließlich auf ihren Scheiteln brannten. Zeit zum Rasten hatten sie nicht, Essensrationen wurden während des Aufstiegs in der Kolonne nach hinten gereicht. Alicia ging an der Spitze, aber gelegentlich lief sie zurück, um etwas mit Henneman und den anderen zu besprechen. Als sie den Höhleneingang erreicht hatten, war es spät am Nachmittag.

»O Mann, Sie haben keine Witze gemacht«, stellte Henneman fest.

Sie standen vor der Höhle. Die Sonne schien von Westen her hinein, aber ihre Strahlen reichten nicht weit, und dahinter gähnte ein schwarzer Schlund. Das Amphitheater mit den im Halbkreis geschwungenen Steinbänken, zwischen denen trockenes Laub und anderer Abfall lag, war unerklärlich: Wenn hier ein Publikum saß, was schaute es sich an? Ein Geländer aus Metall säumte einen geschwungenen Pfad, der in Serpentinen in die Höhle hinunterführte. Sie hatten noch drei Stunden Tageslicht, die sie nutzen konnten.

Ein letztes Mal besprachen sie den Plan. Dodds Team würde die Sprengladungen auf dem Grund der Höhle anbringen. Nach Alicias Karte endete der Serpentinenweg nach sechzig Metern unter der Erde, wo ein schmaler Tunnel noch einmal hundert Meter weiter hinunter zur ersten von mehreren großen Höhlen führte. Die Ladungen würden in diesem Tunnel platziert und mit einem Funkzünder verbunden werden, der auf einer Sichtlinie zum Höhleneingang lag. Die Explosion würde eine Kompressionswelle durch den Tunnel senden, deren Zerstörungskraft auf dem Weg durch die enge Röhre exponentiell verstärkt werden würde und theoretisch alles, was da unten war, zum Aufzugsschacht treiben würde. Wenn die Sprengsätze an ihrem Platz und Dodds Männer wieder an die Oberfläche zurückgekehrt wären, würden Peter und Alicia mit dem Abstieg beginnen. Die Aufzugkabine lag unten auf dem Grund, mehr als hundert Meter unter der Oberfläche und dort fixiert durch die Gegengewichte, die oben arretiert waren. Eine mechanische Winde würde Peter und Alicia an einem Seil zum Grund des Schachtes hinunterlassen und sie wieder hochziehen, wenn sie die Flucht angetreten hätten.

Dodd und sein Team brachen auf. Nach fünfzehn Minuten meldete er sich per Funk von unten. Sie waren am Tunneleingang.

»Verdammt unheimlich hier unten«, sagte Dodd. »Das muss man selbst gesehen haben.«

Sie würden es bald genug sehen. Dodds Team hatte hundert Meter Draht, um den Zünder mit dem Sprengsatz zu verbinden. Fünf Minuten lang blieb es still, dann war Dodds Stimme wieder zu hören. Sprengsatz und Draht waren verlegt, und sein Team hatte den Aufstieg angetreten. Peter und Alicia warteten oben am Aufzugsschacht, eine Viertelmeile weit entfernt in einem Gebäude, in dem sich die Verwaltung des Nationalparks befunden hatte. Die Winde war einsatzbereit. Es war siebzehn Uhr; die Zeit wurde knapp.

Dodds Stimme kam über das Funkgerät. »Team Blau ist so weit.«

Alicia und Peter hakten ihre Klettergeschirre ein, und Henneman wünschte ihnen viel Glück. Sie balancierten auf der Kante des Schachts, stießen sich ab und fielen ins Schwarze wie Münzen, die man in einen Brunnen geworfen hat. Tragbare Leuchtstofflampen an ihren Westen überzogen die Wände mit gelblichem Licht. Peters Kopf war klar, seine Sinne waren hellwach. Es gab eine Art Angst, die das Bewusstsein erweiterte und den Geist schärfte, und diese Art Angst hatte er. Die Temperatur sank schnell, und die Haare auf seinen Armen sträubten sich. Dreißig, fünfzig, hundert Meter – schnell ging es abwärts, und das Klettergeschirr trug ihr Gewicht, als würden sie von gewölbten Händen in die Tiefe getragen. Die Aufzugkabel – ein dickes, gedrehtes Stahlseil und zwei dünnere, plastikumhüllte Drähte – schwirrten vorbei. Unter ihnen erschienen dunkle Umrisse: das Dach des Aufzugs. Die Kabel waren mit einer Platte verschraubt. Alicia und Peter landeten mit einem sanften Aufprall.

»Team Rot ist unten.«

Alicia stemmte die Luke im Kabinendach auf, und sie ließen sich hinunterfallen. Die Aufzugtür stand offen. Dahinter spürte man einen unermesslichen Raum; es war, als ständen sie im Eingang zu einer Kathedrale. Die Luft war feucht und kalt und hatte einen starken, leicht harnsauren Erdgeruch. Sie schwenkten die Scheinwerfer auf ihren Gewehren von einer Seite zur anderen, und die Lichtstrahlen bohrten sich ins endlose Schwarz. Ringsumher sahen sie seltsame, organisch anmutende Steinformationen, als wären die Wände aus zerdrücktem Fleisch.

»Verdammt, sieh dir das an«, sagte Alicia.

Sie hatte ihre Brille abgenommen; sie war jetzt in ihrem Element, in einer Zone permanenter Dunkelheit. Im Schein der Leuchtstofflampen kniete sie nieder und nahm zwei Gegenstände aus ihrem Rucksack. Der Erste war der Sprengsatz – acht Stangen hochexplosiver Plastiksprengstoff mit einem mechanischen Timer. Vorsichtig legte sie ihn auf den Boden. Der Zweite war der Radiokompass, ein kleines, kastenförmiges Ding mit einer Richtantenne und einer Skala, die ein ankommendes Signal von 1432 Megahertz anzeigen konnte. Sie schaltete es ein, trat aus dem Aufzug und schwenkte den Radiokompass vor sich. Er begann einen leisen, aber regelmäßigen Piepton von sich zu geben. Es klang wie ein Pulsschlag, und die Anzeige erwachte zuckend zum Leben.

»Hab ich dich.«

Peter funkte nach oben: Das Zielobjekt war anwesend. Er hatte keinen Anlass gehabt, an Alicias Behauptung zu zweifeln. Irgendwo in diesen unermesslichen Höhlen lauerte Julio Martínez, der Zehnte der Zwölf.

»Dodd soll sich bereithalten und auf mein Signal warten«, gab Peter an Henneman durch.

»Verstanden. Augen überall, Lieutenant.«

Es war so weit. Ein letzter, bedeutungsschwerer Blick ging zwischen Peter und Alicia hin und her. Hier waren sie wieder, sie beide, am Rande des Abgrunds. Es in Worte zu fassen war überflüssig;

alles war gesagt. Keiner der beiden konnte ohne den anderen existieren, aber die Distanz zwischen ihnen war unüberbrückbar. Sie
waren, was sie waren: Soldaten im Krieg. Dieses Band war stärker
als jedes andere bis auf eines, bis auf das eine, das sie nicht haben
konnten. Alicia trug wie immer die gekreuzten Patronengurte, die
ihr Markenzeichen waren, die Armbrust hatte sie allerdings gegen
ein M-4-Gewehr eingetauscht, und unter dem Lauf saß die dicke
Röhre eines Granatwerfers. Martínez hatte keine Gnade von ihr
zu erwarten, keinen letzten Segen.

»Bis gleich.«

Sie verschwand in der Dunkelheit.

Vor der Höhle hatten Satch Dodd und sein Team in der untersten
Reihe der Tribüne eine Feuerlinie gebildet. Der Himmel über ihnen
war merklich dunkler geworden, und seine Farben wurden satter,
als der Tag in die Nacht hinüberfloss. Dodd hielt den Zünder in
der Hand. Sein Signal würde an den Empfänger auf dem Grund
der Höhle geleitet und dort einen simplen elektrischen Schaltkreis
schließen, sodass ein Stromstoß durch den Draht zur Bombe fahren würde.

Selbst in dieser Entfernung würde es verdammt laut krachen.

Er konnte es seinen Männern nicht zeigen, aber der Ausflug auf
den Grund der Höhle hatte ihn aus der Fassung gebracht. Einen
solchen Ort hatte Dodd im ganzen Leben noch nicht gesehen –
eine unirdische Welt aus fremdartigen Formen, seltsamen Farben
und verzerrten Dimensionen, dunkle Ecken, wohin er auch schaute, die sich spiralförmig ins Nichts versenkten. Der Weg durch
den Tunnel war ihm vorgekommen, als krieche er in sein eigenes
Grab. Im Waisenhaus hatte Dodd von der Hölle gehört, einem
Reich der ewigen Finsternis, in dem die Seelen der Verdammten
sich für alle Zeit in Qualen wanden. Diese Vorstellung hatte ihn
zwar anfangs erschreckt, doch schon da war sie ihm zugleich irgendwie unglaubhaft erschienen. Obwohl er noch ein Junge war,
hatte er gespürt, dass die Hölle eine Geschichte war, die sich die

Schwestern ausgedacht hatten, um die Kinder zu disziplinieren, ganz wie die Fabeln, die sie den Kindern vorlasen, um ihnen einfache moralische Lehren zu erteilen. Dodds Status als jüngster Überlebender des Massakers auf dem Feld hatte ihm einen etwas höheren Rang unter den Kindern verschafft, als habe dieses Erlebnis ihn irgendwie weise gemacht. Natürlich war dies völlig unangebracht – er konnte sich weder an seine Eltern noch an jenen Tag erinnern und empfand auch keinerlei Trauer –, aber im Bann der Bewunderung, die seine Spielkameraden ihm für sein Schicksal zollten, hatte Dodd sich selbst für einen Jungen mit besonderen Wahrnehmungsfähigkeiten gehalten, zumal wenn es um die mystischen Offenbarungen der Schwestern ging. Gott – okay, mit ihm hatte Dodd keine Probleme, er leuchtete irgendwie ein. Auch die Sache mit dem Himmel, schließlich kostete es ihn nichts, daran zu glauben. Aber weiter ging er nicht: Die Hölle war blanker Unsinn.

Als er jetzt jedoch mit dem Zünder in der Hand am Höhleneingang stand, war er nicht mehr so sicher.

Das Warten war niemals leicht. Wenn das Schießen anfing, setzte immer ein Gefühl der Klarheit ein. Man würde sterben oder nicht, man würde töten oder getötet werden – es war das eine oder das andere und nichts dazwischen. Man wusste, wo man stand, und in solchen gewalttätigen, das Herz zum Rasen bringenden Augenblicken fühlte Dodd sich von einer Adrenalinwoge getragen, die buchstäblich alles auslöschte, was auch nur halbwegs zu seiner Persönlichkeit gehörte. Man konnte sagen, dass der als Satch Dodd bekannte Mann sogar für sich selbst aufhörte zu existieren, und wenn der Staub sich gelegt hatte und er immer noch stand, erlebte er seine rohe Existenz wie einen Rausch, als sei er von einer Kanone in die Welt zurückgeschossen worden.

Aber beim Warten erlebte man zu viel von sich selbst. Erinnerungen, Zweifel, Reue, Ängste, das ganze Spektrum an Möglichkeiten, das die Zukunft enthielt – das alles brodelte im Kopf wie eine Suppe. Zur Hälfte konzentrierten sich seine Gedanken auf die Situation, in der er sich befand – auf den Zünder in seiner Hand, die Männer um ihn herum, das Walkie-Talkie an seiner Schulter, durch das Hennemans Befehl zum Sprengen der Höhle kommen würde –, aber die andere Hälfte schwirrte durch die Kammern seines privaten Ichs und schien den Mann, der er war, zugleich aus einigem Abstand zu beobachten. Erst wenn Hennemans Befehl zum Detonieren der Bombe käme, würde dieses Gefühl, eine Art psychische Übelkeit, die den ganzen Körper erfasste, wieder nachlassen und seine Handlungsfähigkeit zurückkehren.

Die Stimme des Majors kam knisternd aus dem Radio: »Team Blau, Augen überall. Donadio geht jetzt rein.«

Etwas straffte sich in ihm, und er spürte, wie er wieder ganz bei der Sache war. »Verstanden.«

Es konnte nicht schnell genug passieren.

Zweihundert Meter unter ihnen, in den lichtlosen Höhlen, die zurückgeblieben waren, als sulfidreiches Wasser durch die porösen Kalksteinablagerungen eines uralten Riffs nach oben gedrungen war, bewegte Alicia Donadio sich auf das Signal zu. Dass dieses Signal von dem Chip kam, den man Julio Martínez in den Nacken eingepflanzt hatte, daran hatte sie keinen Zweifel. Der Mann war einer von zwölf Todeszelleninsassen gewesen, die mit dem von Projekt NOAH geschaffenen CV-Virus infiziert worden waren.

Louise, dachte sie, *Louise.*

Als sie unten in der Höhle angekommen waren, hatte dieser Name von ihren Gedanken Besitz ergriffen. Sie zweifelte nicht daran, wer diese Person war. Den Unterlagen zufolge, die sie auf dem NOAH-Gelände geborgen hatten, war Martínez wegen Mordes an einem Polizisten zum Tode verurteilt worden, von Vergewaltigung und Ermordung einer Frau war nirgendwo die Rede gewesen. Doch vielleicht war ihr Tod nicht aktenkundig, oder man hatte Martínez nie damit in Zusammenhang gebracht. Der Mord an dem Polizisten war auch da – aufblitzende Gewalt, ein weißglühender Funke –, aber in jedem der Zwölf lag eine einzigartige Geschichte, und diese Geschichte war das wahre Wesen, der

Kern dessen, wer sie waren. Bei Martínez hieß diese Geschichte Louise.

Auf der Karte hatte sie gesehen, dass zwei Tunnel vom Aufzug zu verschiedenen Höhlen führten, deren Namen ihre Pracht ahnen ließen. Königspalast. Halle der Riesen. Gemach der Königin. Und ganz schlicht: der Große Saal. Um auf einer Sichtlinie mit Peter zu bleiben und damit den Funkkontakt zur Oberfläche zu erhalten, konnte Alicia nicht weiter als bis zu den Abzweigen am Ende jedes Ganges gehen. Dahinter wäre sie auf sich allein gestellt.

Königspalast, dachte sie. Irgendwie klang das nach ihm.

»Ich gehe nach links.«

Als sie weiter den Gang hinunterging, machte die Nadel auf dem Radiokompass einen Satz, und der Piepton wurde schneller. Sie hatte richtig vermutet. Die Wände ringsum rückten zusammen. Scherben irgendeiner glänzenden Substanz steckten in ihrer Oberfläche und funkelten im tastenden Lichtstrahl ihres Gewehrs. Hier waren Virals, eine große Horde, ein vergrabener Schatz, und Martínez hatte den Vorsitz. Alicia konnte ihn jetzt ganz deutlich fühlen; mit jedem Schritt vertiefte sich das Bild in ihrem Kopf. Louise – die Schnur spannte sich immer straffer um ihren Hals, und ihre Augen waren vor Entsetzen weit aufgerissen, aber etwas hatte sich verändert. Alicia erlebte die Geschichte jetzt zweifach: Sie sah Louise an und schaute gleichzeitig aus ihr hervor. Wie war das möglich? Wann hatte sie diese Empfindsamkeit für die unsichtbare Welt erworben? Durch Louises Augen sah sie Martínez' Gesicht. Ein gepflegter Mann mit präzisen Gesichtszügen. Silbernes Haar, aus der Stirn zurückgekämmt, Geheimratsecken. Ein menschliches Gesicht, aber nicht ganz: In seinen Augen war nichts, was man als menschlich hätte bezeichnen können, sondern nur eine seelenlose Leere. Die Lust, die er empfand, war die eines Tieres. Louise bedeutete ihm nichts. Sie war eine Anordnung warmer Flächen, geschaffen nur, um sein Verlangen zu stillen und dann beseitigt zu werden. Ihr Name stand deutlich lesbar auf ihrer Bluse, und doch konnte sein Verstand diesen Namen nicht mit der Person verbinden, die er hier mitten in der Vergewaltigung erwürgte, denn für ihn war nichts real außer ihm selbst. Alicia fühlte Louises Entsetzen und ihren Schmerz und dann den dunklen Augenblick, als die Frau begriff, dass der Tod bevorstand, dass ihr Leben zu Ende war. Sie würde sterben, ohne dass das Universum bestätigte, dass sie überhaupt jemals gelebt hatte, und das Letzte, was sie spüren würde, wenn sie die Welt verließe, wäre Martínez, der sie vergewaltigte.

Aber da war noch etwas, ein drittes Gefühl, das an Alicias Bewusstsein rührte, eine Art Hintergrundsummen. Ein Gefühl von Einsamkeit und Trostlosigkeit, von Verlassensein. Was erlebte sie hier? Sie hatte die Einmündung erreicht, einen Raum namens Gebeinhaus. Ein starker Uringeruch brannte in ihrer Nase. In der feuchten Luft wehte ihr Atem vor ihr wie eine eisige Wolke. Das Piepen des Radiokompasses war immer schneller geworden und hatte sich jetzt in einen ununterbrochenen Ton verwandelt.

Und da wusste sie, was sie vorhatte. Sie hatte es die ganze Zeit vorgehabt. Der Plan war nur Tarnung gewesen, eine raffinierte List zur Tarnung ihrer wahren Absicht.

Sie wollte Martínez selbst töten. Sie wollte fühlen, wie er starb.

Dass etwas nicht stimmte, wusste Peter am Aufzug ein paar Sekunden, bevor Alicia aus seiner Sichtlinie verschwand. Es gab keine rationale Erklärung für dieses Wissen; es kam einfach aus der Stille zu ihm, ein seismisches Gefühl tief in seinen Knochen.

»Lish, melde dich.«

Keine Antwort.

»Lish, kannst du mich hören?«

Statisches Rauschen. Dann sagte sie: »Bleib da.«

In ihrem Ton lag etwas Beunruhigendes. Eine Art Resignation, als habe sie ein Seil durchtrennt, an dem sie über einem Abgrund hing. Bevor er antworten konnte, hörte er ihre Stimme noch einmal. »Ich mein's ernst, Peter.«

Dann war sie weg.

Er funkte nach oben. »Etwas stimmt nicht. Ich hab sie verloren.«

»Bleiben Sie auf Ihrer Position, Jaxon.«

Hatte sie gesagt, linker Tunnel? Ja, der linke.

»Ich gehe ihr nach«, teilte er Henneman mit.

»Negativ. Bleiben Sie, wo ...«

Aber den Rest von Hennemans Nachricht hörte Peter nicht mehr. Er war schon weg.

Zur selben Zeit sprintete Lieutenant Dodd Hals über Kopf auf dem Serpentinenweg hinunter in die Höhle. Ihm war nicht bekannt, dass die Kette der Funkverbindungen unterbrochen worden war und dass weder Peter noch Alicia wussten, dass die Bombe auf dem Grund des Haupteingangs sich selbst entschärft hatte – das erste Missgeschick in einer Kaskade von Ereignissen, die sich niemals zur Zufriedenheit des Zentralkommandos vollständig würden rekonstruieren lassen. Irgendwie – durch einen Kurzschluss im Stromkabel, einen mechanischen Defekt, eine Laune des Schicksals – hatte der Empfänger auf dem Grund der Höhle den Kontakt zur Oberfläche verloren. Ein Schlamassel erster Klasse, wenn es je einen gegeben hatte, und jetzt war Dodd im Galopp unterwegs in den Schlund der Hölle.

Sein erster Abstieg hatte fünfzehn Minuten gedauert. Jetzt legte Dodd einen Sprint hin, der als mörderisch gelten konnte, und schaffte es durch die tückischen Haarnadelkurven des Weges in weniger als fünf Minuten bis zum Grund. Am Rande seines Gesichtsfeldes nahm er eine rasche Bewegung über sich wahr, begleitet von einem schrillen Kreischen, aber in seiner Eile registrierte er es nicht weiter; wenn der Befehl käme, den Sprengsatz zu zünden, bevor er wieder draußen wäre, würde sein Team es tun und ihn damit umbringen. Sein einziger Gedanke war es, unten anzukommen, den Zünder zu reparieren und wieder nach oben zu verschwinden.

Da war er. Der Empfänger. Dodd hatte ihn auf einem glatten,

tischähnlichen Felsblock an der Mündung des Tunnels zurückgelassen. Jetzt lag er auf dem Boden, auf der Seite. Welche Kraft hatte ihn heruntergestoßen? Dodd ließ sich auf die Knie fallen. Seine Brust rang nach Atem. Der Schweiß lief ihm in Strömen über das Gesicht. Ein grässlicher Gestank hing in der Luft. Behutsam nahm er das Gerät in die Hand. Es hatte zwei Schalter; der eine stellte den Zünder scharf, der andere schloss den Stromkreis und zündete die Bombe. Warum funktionierte das Ding nicht? Aber dann begriff er, dass die Antenne sich gelöst hatte; beim Herunterfallen war sie zur Seite gebogen worden. Er nahm einen Schraubenzieher aus seiner Tasche.

Die Decke hatte angefangen, sich zu bewegen.

Alicia bemerkte zuerst die Knochen. Die Knochen und den Geruch, einen überwältigenden Gestank – ekelhaft, biologisch, wie die aufgestauten Gase in einem Grab. Alicia tat einen Schritt nach vorn. Als ihr Stiefel den Boden berührte, fühlte – und hörte – sie das Knirschen von Knochen. Das Skelett von irgendetwas Kleinem. Die Winzigkeit des Schädels, die spöttisch grinsenden Zähne: eine Art Ratte? Ihr Gesichtsfeld erweiterte sich. Der Boden war bedeckt mit den spröden Knochenresten, am manchen Stellen knie- oder sogar hüfthoch.

Wo bist du?, dachte sie. *Zeig dich, du Schwein. Ich habe eine Nachricht von Louise.*

Martínez war nah, sehr nah. Sie konnte ihn praktisch greifen. Zum ersten Mal seit vielen Jahren erlebte Alicia den Geschmack der Angst, doch es war mehr als das: Sie empfand Hass. Seine reine Kraft durchströmte sie bis in die Fingerspitzen und fesselte sie. Es war, als habe ihr ganzes Leben auf diesen Augenblick gezielt. Martinez war das große Elend der Welt. Sie suchte keinen Ruhm oder auch nur Gerechtigkeit. Sie wollte Rache, und es ging ihr nicht um seinen Tod, sondern um den Akt des Tötens. Sie wollte sagen: *Das ist von Louise.* Sie wollte fühlen, wie das Leben unter ihren Händen aus ihm wich.

Komm zu mir. Komm zu mir.

Aus der Dunkelheit löste sich eine Gestalt. Weiße Haut schimmerte im Strahl ihres Scheinwerfers. Alicia erstarrte. Was zum Teufel …? Sie ging einen Schritt weiter und noch einen.

Es war ein Mann.

Eine Ruine von einem Menschen, älter als alt, ausgemergelt, eine Knochenfigur, die Haut farblos ausgebleicht, beinahe durchscheinend. Nackt kauerte er auf dem Boden der Höhle. Als das Licht ihres Gewehrscheinwerfers über sein Gesicht strich, zuckte er nicht; seine Augen waren wie Steine, blind und unbeweglich. Eine Fledermaus zappelte in seinen Händen. Ihre langen, windvogelartigen Flügel, feine Membranen, die sich über die zarten, fächerförmig gespreizten Knochenfinger spannten, flatterten hilflos. Der Mann hob die Fledermaus an sein Gesicht, und mit schockierender Kraft umschloss er den zierlichen Kopf mit seinen Lippen. Ein letztes, gedämpftes Quieken, ein Zittern des Flügels, dann ein Knacken. Der Mann zog den Körper mit einer Drehbewegung zur Seite und spuckte den Kopf aus. Er drückte den Körper an die Lippen und begann kräftig zu saugen. Er wiegte sich dazu, und ein leises, beinahe kindliches Gurren kam aus seiner Kehle.

Alicias Stimme klang schwerfällig und laut in der weiten Höhle, als wäre es ein Frevel, ein Schweigen zu brechen, das hier seit Jahrzehnten herrschte.

»Wer zum Teufel bist du?«

Der Mann richtete sein blindes, starres Gesicht dahin, wo die Stimme herkam. Blut glänzte an seinem Mund und seinem Kinn. Jetzt sah Alicia eine bläuliche Zeichnung, die seitlich an seinem Hals heraufkroch. Es war das Bild einer Schlange.

»Antworte!«

Ein leises Pusten, mehr Luft als Stimme. »Ig… Ig…«

»Ig? Ist das dein Name? Ig?«

»…nacio.« Seine Stirn legte sich in Falten. »Ignacio.«

Hinter ihr knirschten Schritte auf den Knochen. Alicia fuhr herum, und der Lichtstrahl von Peters Gewehr glitt über ihr Gesicht.

»Ich habe gesagt, du sollst warten.«

Peters Gesicht war ausdruckslos, wie gebannt vom Anblick des Mannes, der da auf dem Boden kauerte.

Alicia drückte dem Mann die Gewehrmündung an die Stirn. »Wo ist er? Wo ist Martínez?«

Tränen quollen aus den blicklosen Augen. »Er hat uns verlassen.« Seine Stimme war ein schmerzliches Stöhnen. »Warum hat er uns verlassen?«

»Was soll das heißen, er hat euch verlassen?«

Mit einer suchenden Gebärde hob der Mann die Hand zu Alicias Gewehrlauf, umschlang ihn mit der Faust und drückte die Mündung an seinen Kopf.

»Bitte«, sagte er. »Töte mich.«

Es waren Fledermäuse. Hunderte von Fledermäusen, Tausende, Millionen. Sie kamen explosionsartig von der Tunneldecke und von allen Seiten, eine feste, fliegende Masse, die Dodds Sinne mit ihrer Wärme, ihrem Gewicht, ihrem Geräusch, ihrem Geruch überflutete. Wie eine Woge brandeten sie gegen ihn und sogen ihn in einen Strudel reiner, animalischer Raserei. Wie von Sinnen schwenkte er die Arme, um sie von seinem Gesicht und seinen Augen abzulenken. Er fühlte die Stiche ihrer Zähne, als sie seine Haut durchbohrten wie eine Reihe von Nadeln. Sie werden dich in Stücke reißen, sagte sein Verstand ihm; so wird es zu Ende gehen. Dein furchtbares Schicksal ist es, in dieser Höhle zu sterben, in Fetzen gerissen von Fledermäusen. Dodd schrie, und als er schrie, erreichte der Schmerz seinen Höhepunkt. Geist und Körper verfielen in Agonie. Er kippte vorwärts, auf den Zünder mit seinen blinkenden Lampen und Schaltern zu – wie ein langsam fallender Hammer –, und sein einziger Gedanke war *o Scheiße*. Es war auch sein letzter.

Die Druckwelle des vorzeitig gezündeten Sprengsatzes schoss mit der Kraft einer durchgehenden Lokomotive aus dem Tunnel in den

Komplex von Hallen und Hohlräumen und erreichte den Königspalast als furchtbarer Knall, überlagert von einem Hochdruckkra-
chen und einem tiefen unterirdischen Beben. Dann taumelte der
Boden zum zweiten Mal wie das Deck eines Bootes, das von einer riesigen Welle geschüttelt wird. Das Ereignis war zu gleichen
Teilen atmosphärisch, akustisch, kalorisch und seismisch, und es
war stark genug, um den Kern der Erde in Aufruhr zu bringen.

Man kannte sie als Hänger: schlafende Virals, die mit stark ver-
langsamtem Stoffwechsel wie in einem ausgedehnten Winterschlaf
existierten. In diesem Zustand konnten sie Jahre oder sogar Jahrzehnte überdauern, und aus unbekannten Gründen – vielleicht
war es ein Ausdruck ihrer biologischen Nähe zu Fledermäusen –
bevorzugten sie es, kopfüber an irgendeiner Halt bietenden Oberfläche zu hängen, die Arme seltsam säuberlich verschränkt wie
Mumien in ihrem Sarkophag. In den verschiedenen Räumen der
Carlsberg-Höhle (nur nicht im Königspalast, denn der gehörte
Ignacio allein) warteten sie, ein Riesenheer vor sich hin dämmern-
der lebender Stalaktiten, eine schlafende Armee aus leuchtenden
Eiszapfen, die durch die Detonation der Bombe jäh aufgeschreckt
wurde. Wie jedes Lebewesen nahmen sie eine derartige Veränderung der Umgebung als lebensbedrohlich wahr, und wie Virals
brachte die Witterung von menschlichem Blut sie sofort zu sich.

Peter und Alicia rannten.

Wenn Alicia allein gewesen wäre, hätte sie vielleicht Widerstand
geleistet. Die Horde hätte sie verschlungen, aber es lag so tief ver-
wurzelt in ihrer Natur, sich umzudrehen und zu kämpfen, dass
dieses unmögliche Unternehmen ihr eine seltsame Befriedigung
verschafft hätte: Das Schicksal wollte es so, es wäre ein ehrbarer
Abgang aus der Welt. Aber Peter war bei ihr, und es war sein Blut,
nicht ihres, das die Virals wollten. In einem Strom kamen die Kreaturen auf sie zu und füllten die unterirdischen Kanäle der Höhle
wie das Wasser einer Überschwemmung. Die Entfernung bis zum
Aufzug – grob geschätzt einhundert Meter – schien mehrere Meilen zu betragen. Die Virals waren ihnen fauchend auf den Fersen.

Im vollen Lauf erreichten sie den Aufzug. Für die Sprengladung war keine Zeit; die geplante Strategie war jetzt gegenstandslos. Alicia raffte das Paket vom Boden des Aufzugs auf, packte Peter beim Handgelenk, schob ihn mit dem Knie durch die Deckenluke und stemmte sich hinter ihm hinauf. Mit metallischem Dröhnen landete sie oben auf dem Dach.

»Schnapp dir ein Kabel!«, schrie sie.

Er starrte sie verständnislos an.

»Mach schon, und halt dich fest!«

Begriff er, was sie vorhatte? Unwichtig: Peter gehorchte. Alicia ließ das Sprengstoffpaket auf das Dach fallen, zielte mit dem Gewehr auf die Kabelbefestigung und drückte ab.

Von der Masse der Aufzugkabine befreit sausten die Gegengewichte abwärts. Ein harter Ruck, und schon schossen sie raketenartig nach oben. Peter erlebte die Aufwärtsfahrt nur verschwommen. Er konzentrierte sich auf seine Hände, denn sie waren das Einzige, was ihn noch mit dem Leben verband. Er hätte den Halt verloren, wenn Alicia, die mit unauflöslichem Griff unter ihm hing, nicht als Stopper gewirkt und ihn daran gehindert hätte, am Kabel hinunterzurutschen und in den Abgrund zu stürzen. Arme und Beine verdreht kreiselten sie wild um sich selbst. Peter bekam nur noch am Rande mit, wie die Virals unter ihnen durch den Schacht heraufsprangen. Sie schnellten sich von einer Wand zur anderen, kamen mit jedem Mal höher herauf und verringerten den Abstand immer weiter.

Aber Alicia registrierte alles ganz genau. Anders als Peter, der nur menschliche Sinne besaß, verfügten ihre über die gleichen inneren Gyroskope wie ihre Verfolger; sie war fähig, Zeit, Raum und Bewegung ständig neu zu berechnen. Deshalb konnte sie sich gleichzeitig weiter festhalten und mit dem Gewehr nach unten zielen. Sie würde den Granatwerfer abfeuern, und ihr Ziel war das Paket auf dem Dach der Aufzugkabine.

Sie feuerte.

26

Bundesgefängnis, Kerrville, Texas

Exmajor Lucius Greer vom Zweiten Expeditionsbataillon, jetzt nur noch bekannt als Gefangener Nr. 62 im Bundesgefängnis der Republik Texas – Lucius der Getreue, der, der den Glauben nicht verlor –, wartete darauf, dass jemand kam.

Die Zelle, die er bewohnte, maß dreieinhalb Meter im Quadrat und enthielt eine Pritsche, eine Toilette, ein Waschbecken, einen Tisch und einen Stuhl. Das einzige Licht kam durch ein winziges Fenster aus verstärktem Glas hoch oben in der Wand. In diesem Raum hatte Lucius die letzten vier Jahre, neun Monate und elf Tage seines Lebens verbracht. Die Anklage hatte auf Desertion gelautet – nicht ganz fair, wie Lucius fand. Man konnte auch sagen, indem er seinen Kommandoposten verlassen hatte, um Amy auf den Berg zu folgen und Babcock zu stellen, hatte er lediglich einen Befehl von anderer, tiefgründigerer Art befolgt. Aber Lucius war Soldat und hatte das Pflichtgefühl eines Soldaten; er hatte das Urteil akzeptiert, ohne es zu hinterfragen.

Er verbrachte seine Tage, in Betrachtungen versunken – was notwendig war, auch wenn es, wie Lucius wusste, Männer gab, die es niemals schafften, sich abzulenken. Nachts hörte er sie vor Einsamkeit heulen. Das Gefängnis hatte einen kleinen Hof. Einmal in der Woche durften die Gefangenen hinaus, aber nur einzeln und jeder nur für eine Stunde. In den ersten sechs Monaten seiner Haft war Lucius sicher gewesen, dass er verrückt werden würde. Die Zahl der Liegestütze, die man machen konnte, war begrenzt; man konnte nicht endlos schlafen, und Lucius war noch keinen Monat im Gefängnis gewesen, als er angefangen hatte, Selbstgespräche zu führen, weitschweifige Monologe über alles und nichts – über das Wetter und das Essen, seine Gedanken und Erinnerungen, über die Welt hinter den Mauern des Gefängnisses und das, was da draußen gerade passierte. War jetzt Sommer? Hatte es geregnet? Würde es heute Abend zum Essen Brötchen geben? Im Laufe der Monate hatten diese Selbstgespräche sich zunehmend um die Wärter gedreht. Er war sicher, dass sie ihn bespitzelten, und als seine Paranoia sich vertiefte, glaubte er auch, sie wollten ihn umbringen. Er schlief nicht mehr, und dann aß er nicht mehr; er weigerte sich zu trainieren und verließ seine Zelle bald gar nicht mehr. Die ganze Nacht hockte er auf der Kante seiner Pritsche und starrte die Tür an, durch die seine Mörder hereinkommen würden.

Nachdem er einige Zeit in diesem qualvollen Zustand verbracht hatte, entschied Lucius, dass er es nicht länger ertragen könne. Nur ein spärlicher Rest seines rationalen Ichs war noch übrig, und bald würde auch der vollständig verschwunden sein. Zu sterben ohne Verstand, ohne Erinnerung und Persönlichkeit, das war eine unerträgliche Aussicht. Es war nicht einfach, sich in der Zelle umzubringen, aber es war möglich. Ein entschlossener Selbstmörder konnte sich auf den Tisch stellen, das Kinn an die Brust drücken, vornüberkippen und sich bei dem Sturz das Genick brechen.

Dreimal versuchte Lucius es so, und dreimal scheiterte er. Er begann zu beten, ein schlichtes Gebet aus drei Wörtern, mit dem er Gott um Hilfe bat: *Hilf mir sterben.* Sein Schädel dröhnte vom wiederholten Aufschlagen auf dem Zementboden, und er hatte sich einen Zahn abgebrochen. Noch einmal kletterte er auf den Tisch, kalkulierte seinen Fallwinkel und warf sich in die Arme der Schwerkraft.

Er wusste nicht, wie viel Zeit vergangen war, als er wieder zu sich kam. Er lag auf dem Rücken auf dem kalten Zement. Wieder hatte das Universum ihn abgewiesen. Der Tod war eine Tür, die er nicht öffnen konnte. Hilflose Verzweiflung packte ihn, und die Tränen stiegen ihm in die Augen.

Lucius, warum hast du mich verlassen?

Es waren keine Worte, was er da hörte. Nichts so Einfaches, so Alltägliches. Es war das *Gefühl* einer Stimme, eine sanfte, lenkende Wesenheit, die unter der Oberfläche der Welt lebte.

Weißt du denn nicht, dass nur ich es dir nehmen kann? Dass den Tod nur ich allein geben kann?

Es war, als habe sein Geist sich geöffnet wie ein Buch und ihn einen Blick auf eine verborgene Realität werfen lassen. Er lag auf dem Boden, und sein Körper füllte einen festen Punkt in Raum und Zeit aus, und zugleich spürte er, wie sein Bewusstsein sich ausdehnte und mit einer Weite verband, für die er keinen Ausdruck hatte. Es war überall und nirgendwo; es existierte auf einer unsichtbaren Ebene des Daseins, die der Geist erkennen konnte, aber das Auge nicht, weil es durch gewöhnliche Dinge abgelenkt wurde – von dieser Pritsche, diesem Klo, dieser Wand. Er versank in einer Friedlichkeit, die in leuchtenden Wellen durch seinen Körper floss.

Die Arbeit deines Lebens ist noch nicht getan, Lucius.

Und seine Kerkerhaft war zu Ende, einfach so. Die Wände seiner Zelle waren hauchzarte Schleier, mehr Schein als Sein. Tag für Tag vertieften sich seine Betrachtungen, und sein Geist verschmolz mit der Kraft des Friedens, der Vergebung und der Weisheit, die er entdeckt hatte. Natürlich war es Gott, oder man konnte es zumindest Gott nennen. Aber selbst dieses Wort erschien zu klein, ein Wort, von Menschen gemacht für das, wofür sie keinen Namen hatten. Die Welt war nicht die Welt, sie war der Ausdruck einer tieferen Realität, wie die Farbe auf der Leinwand Ausdruck der Gedanken eines Malers war. Und mit diesem Bewusstsein kam das Wissen, dass die Reise seines Lebens noch nicht vollendet war, dass sein wahrer Zweck noch offenbart werden musste.

Und noch etwas: Gott war anscheinend eine Frau.

Er war im Waisenhaus aufgewachsen, bei den Schwestern; er hatte keine Erinnerung an seine Eltern oder an ein anderes Leben. Mit sechzehn hatte er sich zur DS gemeldet, wie es damals fast alle Jungen im Waisenhaus getan hatten, und als der Ruf nach Freiwilligen für das Zweite Expeditionsbataillon ergangen war, hatte Lucius zu den Ersten gehört. Das war gleich nach dem Überfall gewesen, der als »Massaker auf dem Feld« bekannt war – elf Familien waren bei einem Picknick überfallen worden: achtundzwanzig Leute getötet oder befallen, darunter zwölf Kinder. Viele der Männer, die diesen Tag überlebt hatten, waren ebenfalls bei den Freiwilligen gewesen. Aber Lucius' Motive waren weniger eindeutig. Schon als Junge hatte er sich von den Geschichten über den großen Colonel Coffee nie beeindrucken lassen, denn dessen Heldentaten waren schlicht unmöglich. Welcher Mann, der bei Sinnen war, käme auf die Idee, die Dracs zu *jagen*? Doch Lucius war jung und rastlos wie alle jungen Männer, und er hatte genug von seinen Pflichten: auf den Mauern der Stadt Wache zu stehen, die Felder zu durchkämmen, Halbwüchsige einzufangen, die sich nicht an die Sperrstunde hielten. Natürlich gab es immer wieder Dopeys zu erlegen (sie von den Beobachtungsplattformen aus abzuschießen wurde zwar als Munitionsverschwendung missbilligt, aber es war allgemein erlaubt, wenn man es nicht übertrieb), und ab und zu konnte man eine Barprügelei in H-Town beenden. Aber so unterhaltsam so etwas auch war, ein Ausgleich für die Last der Langeweile war es nicht. Wenn die einzige andere Möglichkeit für Lucius Greer darin bestand, dass er sich freiwillig zu einem Haufen in den Tod verliebter Wahnsinniger meldete, dann sollte es eben so sein.

Beim Expeditionsbataillon fand Lucius indes genau das, was er brauchte und was in seinem Leben gefehlt hatte: eine Familie. Bei seinem ersten Einsatz war er zur Roswell Road entsandt worden; er hatte Konvois von Männern und Nachschub auf der Straße zur Garnison eskortiert, die damals noch ein kümmerlicher Vorposten gewesen war. Zu seiner Einheit gehörten zwei frische Rekruten, Nathan Crukshank und Curtis Vorhees. Wie Lucius hatte Cruk sich unmittelbar nach seinem Dienst bei der DS zum Bataillon gemeldet, aber Vorhees war Farmer, oder er war einer gewesen; nach allem, was Lucius wusste, hatte der Mann noch nie auch nur ein Gewehr abgefeuert. Er hatte bei dem Massaker seine Frau und zwei kleine Töchter verloren, und unter diesen Umständen hätte niemand ihn abgelehnt. Die Trucks fuhren immer die ganze Nacht hindurch, und auf der Rückfahrt nach Kerrville war der Konvoi in einen Hinterhalt geraten. Der Angriff kam knapp eine Stunde vor Tagesanbruch. Lucius fuhr mit Cruk und Vor in einem Humvee hinter dem ersten Tanklaster. Als die Virals über sie herfielen, dachte Lucius: Das war's, wir sind erledigt. Hier komme ich niemals lebend raus. Aber Crukshank, der am Steuer saß, war entweder anderer Ansicht, oder es war ihm egal. Er gab Vollgas, während Vorhees sie mit dem Maschinengewehr nacheinander abschoss. Sie wussten alle drei nicht, dass der Fahrer des Tanklasters durch die Windschutzscheibe erwischt worden und schon tot war. Als sie neben ihm herfuhren, schwenkte der Truck nach links und streifte die Nase des Humvee. Lucius musste das Bewusstsein verloren haben, denn das Nächste, was er mitbekam, war, dass Cruk ihn aus dem Wrack zerrte. Der Tanklaster stand in Flammen. Der Rest des Konvois war auf der Straße nach Roswell verschwunden.

Man hatte sie zurückgelassen.

Die Stunde, die jetzt folgte, war die kürzeste und zugleich die längste in Lucius' Leben. Immer wieder kamen die Virals heran. Immer wieder gelang es den drei Männern, sie zurückzutreiben; sie hoben ihre Kugeln bis zum letzten Augenblick auf und schossen oft erst, wenn die Bestien nur noch ein paar Schritte weit entfernt waren. Weglaufen konnten sie nicht, denn der umgekippte Humvee war der beste Schutz, den sie hatten, und außerdem hatte Lucius sich den Knöchel gebrochen.

Als die Patrouille sie schließlich fand, saßen sie mitten auf der Straße neben dem umgestürzten Humvee und lachten, dass ihnen die Tränen über das Gesicht liefen. Lucius wusste, dass er sich niemandem jemals näher fühlen würde als diesen beiden Männern, die mit ihm durch den dunklen Korridor dieser Nacht gegangen waren.

Roswell, Laredo, Texarkana. Lubbock, Shreveport, Kearney, Colorado. Ganze Jahre vergingen, ohne dass Lucius in Sichtweite an Kerrville herankam, an den sicheren Hafen mit seinen Mauern und Lichtern. Sein Zuhause war jetzt anderswo. Sein Zuhause war das Expeditionsbataillon.

Bis er Amy begegnet war, dem Mädchen von Nirgendwo. Da hatte sich alles geändert.

Er sollte dreimal Besuch bekommen.

Der erste kam eines frühen Morgens im September. Greer hatte seinen wässrigen Porridge zum Frühstück schon aufgegessen und sein morgendliches Krafttraining beendet – fünfhundert Liegestütze und Sit-ups, gefolgt von der entsprechenden Zahl Kniebeugen und Stützstrecken. An dem Rohr, das unter der Decke entlangführte, machte er fünfzig Klimmzüge in Sets zu jeweils zehn, mit Rist- und Kammgriff, wie Gott es befohlen hatte. Als er damit fertig war, hatte er sich auf die Kante seiner Pritsche gesetzt und seine Gedanken zur Ruhe gebracht, um seine unsichtbare Reise anzutreten.

Er begann jedes Mal mit einem Gebet, das er bei den Schwestern auswendig gelernt hatte. Es kam weniger auf die Worte an, eher auf ihren Rhythmus; sie entsprachen dem Stretching vor einer Trainingsübung und bereiteten den Geist auf den Sprung vor, den er gleich machen sollte.

Er hatte eben angefangen, als seine Gedanken durch das stumpf metallische Geräusch des Schlosses unterbrochen wurden. Die Zellentür ging auf.

»Besuch für dich, Zweiundsechzig.«

Lucius erhob sich, als eine Frau hereinkam – zierlich, mit schwarzem, von grauen Fäden durchzogenem Haar und kleinen dunklen Augen, die eine unabweisbare Autorität ausstrahlten. Eine Frau, der man sich unwillkürlich offenbaren musste und vor der sämtliche Geheimnisse wie ein offenes Buch ausgebreitet lagen. Sie trug eine kleine Dokumentenmappe unter dem Arm.

»Major Greer.«

»Madam President.«

Sie drehte sich zu dem Wärter um, einem gedrungenen Mann um die fünfzig. »Danke, Sergeant. Sie können uns allein lassen.«

Der Wärter hieß Coolidge. Im Knast lernte man sich kennen, und er und Lucius waren gut vertraut miteinander, auch wenn Coolidge anscheinend keine Ahnung hatte, was er mit Lucius' Andachtsübungen anfangen sollte. Er war ein praktisch denkender, einfacher Mann mit einem ernsthaften, aber langsamen Verstand und zwei erwachsenen Söhnen, die beide bei der DS arbeiteten wie er selbst.

»Sind Sie sicher?«

»Ja. Danke, Sergeant, das ist alles.«

Der Mann zog sich zurück und schloss die Tür. Die Präsidentin kam einen Schritt weiter und sah sich in dem kastenförmigen Raum um.

»Außergewöhnlich.« Sie schaute Lucius an. »Die Leute sagen, Sie kommen niemals heraus.«

»Ich sehe keinen Grund dazu.«

»Aber was kann man denn hier den ganzen Tag tun?«

Lucius schenkte ihr ein Lächeln. »Was ich getan habe, als Sie kamen. Denken.«

»Denken«, wiederholte die Präsidentin. »Woran?«

»Einfach denken. Meine Gedanken schweifen lassen.«

Die Präsidentin verkniff sich jede Reaktion und setzte sich auf den Stuhl. Lucius tat es ihr nach und setzte sich auf die Kante seiner Pritsche, sodass sie einander zugewandt waren.

»Als Erstes muss ich Ihnen sagen, ich bin *offiziell* gar nicht hier. Inoffiziell sage ich Ihnen, ich bin hier, weil ich Ihre Hilfe in einer äußerst wichtigen Angelegenheit brauche. Ich verlasse mich auf Ihre Diskretion. Niemand darf von unserem Gespräch erfahren. Ist das klar?«

»In Ordnung.«

Sie öffnete ihre Mappe, nahm ein vergilbtes Blatt Papier heraus und reichte es Lucius.

»Erkennen Sie das?«

Eine Karte, mit Holzkohle gezeichnet. Der Lauf eines Flusses, eine hastig skizzierte Straße und gepunktete Linien, die den Rand eines umfriedeten Geländes darstellten. »Gelände« war zu wenig; es war eine ganze Stadt.

»Wo haben Sie das gefunden?«, fragte Lucius.

»Das ist unwichtig. Kennen Sie es?«

»Das sollte ich wohl.«

»Warum?«

»Ich habe es gezeichnet.«

Diese Antwort hatte sie erwartet. Lucius sah es ihr am Gesicht an.

»Um Ihre Frage zu beantworten: Es war in General Vorhees' persönlicher Akte bei der Division. Man musste ein bisschen graben, um herauszufinden, wer sonst noch bei ihm gewesen war. Sie, Crukshank und ein junger Rekrut namens Tifty Lamont.«

Tifty. Wie viele Jahre war es her, dass Lucius diesen Namen ausgesprochen gehört hatte? Obwohl natürlich jeder in Kerrville schon von Tifty Lamont gehört hatte. Und von Crukshank: Die Trauer war wie ein Stich, als Lucius an seinen verlorenen Freund dachte. Vor fünf Jahren war er gestorben, als die Garnison Roswell überrannt worden war.

»Den Ort auf dieser Karte, glauben Sie, den könnten Sie wiederfinden?«

»Ich weiß es nicht. Das ist lange her.«

»Haben Sie jemals jemandem davon erzählt?«

»Als wir der Division Bericht erstatteten, wurden wir unmissverständlich angewiesen, nicht darüber zu sprechen.«

»Wissen Sie noch, woher diese Anweisung kam?«

Lucius schüttelte den Kopf. »Das habe ich nie gewusst. Crukshank hatte das Kommando bei dem Einsatz, Vorhees war sein Stellvertreter. Tifty war der Aufklärer.«

»Warum Tifty?«

»Nach meiner Erfahrung konnte niemand Spuren lesen wie Tifty Lamont.«

Die Präsidentin runzelte wieder die Stirn bei der Erwähnung dieses Namens: der große Gangster Tifty Lamont, Boss des Gewerbes, der meistgesuchte Verbrecher der Stadt.

»Wie viele Leute, glauben Sie, waren da?«

»Schwer zu sagen. Viele. Der Ort war mindestens doppelt so groß wie Kerrville. Nach allem, was wir sehen konnten, waren sie auch gut bewaffnet.«

»Hatten sie Strom?«

»Ja, aber ich glaube nicht, dass die Versorgung auf Öl basierte. Eher auf Wasserkraft, und für die Fahrzeuge hatten sie Biodiesel. Die landwirtschaftlichen und industriellen Komplexe waren riesig. Barackenunterkünfte. Drei große Gebäude, eins in der Mitte, eine Art Kuppel, eins im Süden, das aussah wie ein altes Football-Stadion, und das dritte auf der Westseite des Flusses. Wir konnten nicht genau erkennen, was es war. Sah aus, als sei es noch im Bau. Sie arbeiteten Tag und Nacht an dem Ding.«

»Und Sie haben keinen Kontakt aufgenommen?«

»Nein.«

Die Präsidentin lenkte seine Aufmerksamkeit auf die markierte Umfriedung. »Das hier ...«

»Befestigungen. Umzäunungsanlagen. Nicht unbeträchtlich, aber auch nicht massiv genug, um die Dracs draußen zu halten.«

»Wozu, glauben Sie, waren sie dann gedacht?«

»Kann ich nicht sagen. Crukshank hatte da allerdings eine Theorie.«

»Nämlich?«

»Um die Leute drinnen zu halten.«

Die Präsidentin warf einen Blick auf die Karte und sah dann Lucius an. »Und Sie haben nie darüber gesprochen? Mit niemandem?«

»Nein, Ma'am. Bis jetzt nicht.«

Sie schwiegen. Lucius hatte den Eindruck, dass keine weiteren Fragen zu erwarten waren. Die Präsidentin hatte gehört, was sie hatte hören wollen. Sie schob die Zeichnung wieder in ihre Mappe. Als sie aufstand, sagte Lucius:

»Wenn Sie gestatten, Madam President – warum fragen Sie mich jetzt danach? Nach all den Jahren?«

Die Präsidentin ging zur Tür und klopfte zweimal. Der Schlüssel drehte sich, und sie wandte sich noch einmal um.

»Ich höre, Sie sind jetzt ein Mann des Gebets.«

Lucius nickte.

»Dann sollten Sie vielleicht darum beten, dass ich mich irre.«

27

Peter war zehn Tage im Lazarett. Drei gebrochene Rippen, eine ausgerenkte Schulter, Brandverletzungen an Beinen und Füßen, die Hände wundgescheuert wie rohes Fleisch, Blutergüsse, Platzwunden und Schnitte am ganzen Körper, zu viele, um sie zu zählen. Er hatte den Kopf angeschlagen, aber es war ihm all seinen Bemühungen zum Trotz nicht gelungen, sich den Schädel zu zerschmettern. Alles tat ihm weh, sogar das Atmen.

»Nach dem, was ich höre, haben Sie verdammtes Glück, dass Sie noch leben«, sagte der Arzt, ein Mann von ungefähr sechzig Jahren mit einer Knollennase, die nach Jahren des Alk-Trinkens von feinen Äderchen überzogen war. Die Stimme des Mannes war so rau, dass sie wie zerfetzt klang. Seinen Patienten gegenüber schlug er mehr oder weniger den gleichen Ton an, mit dem man einen ungehorsamen Hund zurechtwies. »Bleiben Sie im Bett, Lieutenant. Und zwar so lange, bis ich etwas anderes sage.«

Henneman hatte die Nachbesprechung mit ihm gemacht, als das Team in die Garnison zurückgekommen war. Peter war bis in die Haarspitzen vollgepumpt mit Schmerzmitteln und noch nicht ganz bei sich gewesen, und so glitten die Fragen des Majors an ihm vorbei mit den zusammenhanglosen Konturen eines Gesprächs, das im Nachbarzimmer und unter Leuten stattfand, die er nur flüchtig kannte. Ein Mann, ein sehr alter Mann mit dem Bild einer Schlange am Hals. Jawohl, bestätigte Peter und nickte dabei schwer auf dem Kissen, das war es, was sie gesehen hatten. Hatte er gesagt, wer er war? Ignacio, antwortete Peter. Er hat uns gesagt, sein Name sei Ignacio. Der Major hatte offensichtlich keine Ahnung, was er mit diesen Antworten anfangen sollte, und Peter wusste es auch nicht. Henneman schien ihm die gleichen Fragen in nur leicht veränderter Form immer und immer wieder zu stellen, und irgendwann döste Peter ein. Als er die Augen öffnete – er sollte bald erfahren, dass ein Tag und eine Nacht vergangen waren –, war er allein.

Außer dem Arzt sah er niemanden bis zum Nachmittag des vierten Tages, als Alicia an seinem Bett erschien. Inzwischen saß Peter aufrecht und mit dem linken Arm in einer Schlinge, die sein Schlüsselbein an Ort und Stelle festhalten sollte. Am Nachmittag war er zum ersten Mal allein zur Latrine gegangen – ein Meilenstein, obwohl er nach den paar schlurfenden Schritten entkräftet gewesen war. Jetzt stand er vor dem Problem, allein zu essen, obwohl seine Hände in fausthandschuhdicken Verbänden steckten.

»Verdammt, du siehst beschissen aus, Lieutenant.«

Das Licht im Zelt war matt genug für sie, um die Brille abzunehmen. An die orangegelbe Farbe ihrer Augen war Peter gewöhnt, aber vor anderen zeigte sie sie nur selten. Sie ließ sich auf den Stuhl neben dem Bett sinken und deutete auf die Schale Maismehlbrei, den Peter sich ohne großen Erfolg in den Mund zu löffeln versuchte.

»Brauchst du da ein bisschen Hilfe?«

»Das hättest du wohl gern.«

Sie ließ ein Lächeln aufblitzen. »Na, es ist jedenfalls schön zu sehen, dass du deinen Stolz noch hast. Hat Henneman dich gelöchert?«

»Ich kann mich kaum erinnern. Ich glaube jedenfalls nicht, dass ihm meine Antworten besonders gut gefallen haben.« Der Löffel rutschte ihm aus der Hand, und ein Klecks von der klebrigen Paste landete auf seinem Hemd. »Scheiße.«

»Komm, lass mich das machen.«

Jetzt versuchte er, den Löffel zwischen Daumen und Schüsselrand zu klemmen, um ihn so wieder in die Handfläche zu schieben. »Ich sage doch, ich kann das.«

»Hörst du nicht? Lass es einfach.«

Peter ließ den Löffel auf das Tablett fallen. Alicia tauchte ihn in die Schale und zielte dann damit auf seinen Mund. »Ein Löffelchen für Mama.«

»Weißt du, wie der mütterliche Typ bist du mir eigentlich nie vorgekommen.«

»In deinem Fall will ich gern eine Ausnahme machen. Iss einfach.«

Löffel für Löffel leerte sich die Schale. Als sie ihn gefüttert hatte, nahm Alicia einen Lappen und wischte ihm das Kinn ab.

»Das kann ich nun wirklich selbst, weißt du.«

»Nei-hein. Gehört alles zum Service.« Sie hatte sich über ihn gebeugt und wich jetzt wieder zurück. »Da – so gut wie neu.« Sie legte den Lappen zur Seite. »Wir haben heute Morgen die Andacht für Satch gehalten. War nett. Henneman und Apgar haben beide gesprochen.«

Obwohl man davon ausging, dass Satch bei der Explosion ums Leben gekommen war, hatte Henneman einen Trupp zurück auf den Berg geführt, um ihn zu suchen. Es war eine symbolische Geste, aber sie war unumgänglich. So oder so, sie hatten nichts gefunden. Was auf dem Grund der Höhle passiert war, würde man nie erfahren.

»Das war's dann, nehme ich an.«

»Satch war ein guter Kerl. Alle haben ihn gemocht.«

»Das sagen wir immer.«

Alicia zuckte die Achseln. »Deshalb ist es nicht weniger wahr.«

Peter wusste, dass sie beide das Gleiche dachten: Es war ihr Plan gewesen, und jetzt war Satch tot.

»Da du jetzt abgefüttert bist, sollte ich verschwinden. Apgar schickt mich nach Süden. Ich soll ein paar von den Ölreserven erkunden.«

»Lish, woher wusstest du, dass da unten etwas war?«

Die Frage schien sie zu überraschen. »Keine Ahnung, Peter. Es war einfach … so ein Gefühl.«

»Ein Gefühl.«

Sie starrte an ihm vorbei. »Ich weiß wirklich nicht, wie ich es in Worte fassen soll.«

»Ich dachte, so etwas kann nur Amy.«

Mit einem Achselzucken schob Alicia das Thema beiseite: *Bedränge mich nicht.* »Ich schätze, ich bin dir was schuldig dafür, dass du dich für mich so weit aus dem Fenster gelehnt hast. Wenn man schon in Verschiss ist, ist es ja schön, da wenigstens ein bisschen Gesellschaft zu haben.«

»Diese ganze Operation ist damit erledigt, nicht wahr?«, sagte er düster.

»Apgar wird tun, was er tun wird. Ich bin keine Gedankenleserin.«

»Meinst du, er glaubt uns?«

»Warum sollte er uns nicht glauben?«

»Du musst zugeben, es ist ziemlich weit hergeholt.«

Alicia sagte nichts. Ihr Blick ging wieder in die Ferne. Schließlich fragte sie mit nachdenklichem Gesicht:

»Peter, erinnerst du dich an diesen Film, ›Dracula‹?«

Die Erinnerung trug ihn fünf Jahre zurück in die Vergangenheit. Peter hatte den Film mit Vorhees' Leuten in der Garnison in Colorado angesehen, und zwar an dem Abend, als Alicia von dem Einsatz zurückgekommen war, bei dem sie in einem alten Kupferbergwerk ein Nest von Virals gefunden hatten. In dieser Nacht war Corporal Muncey, der dabei infiziert worden war, von Alicias Hand auf die letzte Reise geschickt worden, und da hatte Peter ein für alle Mal gewusst, dass sie eine Expeditionärin war durch und durch. Obwohl es ihm in der Situation nicht klar gewesen war, hatte er in dieser Nacht auch gewusst, dass er ihr folgen würde.

»Ich wusste nicht, dass du ihn gesehen hast.«

»Gesehen? Verflucht, ich hab ihn *studiert*. Das Ding ist ein

Benutzerhandbuch für Virals. Vergiss das Cape und das Schloss und den ganzen Unfug. Der ganze Rest ist es, der passt. Ein Mensch, dessen Leben ›unnatürlich verlängert‹ worden ist. Dem man einen Pfahl ins Herz rammen muss, um ihn zu töten. Der in seiner heimischen Erde schlafen muss. Die ganze Sache mit den Spiegeln …«

»Wie die Pfanne in Las Vegas«, unterbrach Peter. »Das habe ich auch gedacht.«

»Als ob ihr Spiegelbild – ich weiß nicht, sie irgendwie aus dem Gleis wirft. Der ganze Film ist so.«

»Lish, worauf willst du hinaus?«

Sie zögerte. »Etwas hat mir niemals Ruhe gelassen. Ein Puzzlestein, den ich nicht unterbringen konnte. Dracula hat so was wie einen Adjutanten. Jemanden, der noch aussieht wie ein Mensch.«

Peter überlegte kurz. »Der Irre, der die Spinnen frisst.«

»Genau. Renfield. Dracula infiziert ihn, aber er kippt nicht, jedenfalls nicht komplett. Er ist eher wie einer, der in einem frühen Stadium der Infektion stecken geblieben ist. Ich habe mich gefragt, was wäre, wenn sie alle so jemanden haben?« Jetzt schaute sie ihn durchdringend an. »Weißt du noch, was Olson über Jude gesagt hat?«

Olson war der Führer der Gemeinde gewesen, die sie in Utah gefunden hatten, im »Hafen« – einer ganzen Stadt von Leuten, die Babcock, dem Ersten der Zwölf, regelmäßig einen der Ihren geopfert hatten. Formal hatte Olson das Kommando gehabt, aber wie sich herausgestellt hatte, war es Jude gewesen, der in Wahrheit sämtliche Fäden in der Hand hatte. Er hatte irgendeine spezielle Beziehung zu Babcock gehabt, auch wenn nie klar geworden war, was für eine.

»›Er war ein … Vertrauter‹«, zitierte Peter. »Ich habe nie verstanden, was Olson damit gemeint hat. Es ergab eigentlich keinen Sinn. Und du *hast* mit der Waffe auf seinen Kopf gezielt.«

»Das stimmt. Und glaub mir, an manchen Tagen wünsche ich mir, ich hätte einfach abgedrückt. Aber ich glaube nicht, dass Olson einfach nur wirr dahergeredet hat. Ich bin in Kerrville in die

Bibliothek gegangen und habe Bücher gewälzt. Da stand, es sei ein archaischer Begriff, und auch das musste ich nachschlagen: Es bedeutet im Grunde nur ›alt‹. In alten Zeiten waren diese Vertrauten so was wie Hilfsdämonen. Wie die Katze einer Hexe. Assistenten, sozusagen. Vielleicht war es das, wovon Olson geredet hat.«

Peter nahm sich ein paar Sekunden Zeit, um das alles zu verarbeiten. »Du willst also sagen, Ignacio war Martínez' … Vertrauter.«

Alicia zuckte die Achseln. »Okay, es ist eine Vermutung. Ich schustere das alles irgendwie zusammen. Aber noch etwas muss man berücksichtigen, nämlich das Signal. Ignacio hatte einen Chip im Nacken, genau wie Amy und die Zwölf. Das heißt, er hat etwas mit Projekt NOAH zu tun. Er war am Anfang dabei, auf diesem Berg vor siebenundneunzig Jahren.«

»Hast du Apgar irgendetwas davon erzählt?«

Sie schüttelte den Kopf. »Bist du verrückt? Ich hab so schon genug Ärger.«

Daran hatte Peter keinen Zweifel, und er bezweifelte ebenso wenig, dass jeder Vorwurf, den man ihr wegen des gescheiterten Stoßtruppunternehmens in der Höhle gemacht hatte, auch auf ihn zukam.

Alicia stand auf. »Wie auch immer – wenn ich aus Odessa zurückkomme, wissen wir mehr. Im Moment ist es sinnlos, sich den Kopf zu zerbrechen. Ich weiß, du hältst dich für unentbehrlich, aber ein paar Tage kommen wir auch ohne dich zurecht.«

»Ich fühle mich nicht besser, wenn du so etwas sagst.«

Sie lächelte. »Erwarte nur nicht, dass ich noch mal wiederkomme, um dich zu füttern, Lieutenant. Das gibt's nur einmal.«

Als sie zur Tür ging, sagte Peter: »Lish, warte einen Moment.« Sie drehte sich um und sah ihn an.

»Was Ignacio da gesagt hat. ›Er hat uns verlassen.‹« Alicia wartete. »Was glaubst du, was soll das bedeuten?«

»Darauf weiß ich keine Antwort. Ich weiß nur, er hätte da sein müssen.«

»Was glaubst du, wo er hingegangen ist?«

Sie antwortete nicht sofort. Etwas wie ein Schatten glitt über ihr Gesicht, etwas Dunkleres, das von innen kam. Peter hatte es noch nie gesehen. Selbst in höchster Gefahr war sie immer völlig gefasst. Sie war eine Frau, die sich hundertprozentig konzentrieren konnte und der vorliegenden Aufgabe immer ihre ganze Aufmerksamkeit widmete. Das hier war etwas Ähnliches, aber die Energie war eine andere. Sie schien aus größerer Tiefe zu kommen.

»Ich wünschte, ich wüsste es«, sagte sie und schob sich die Brille wieder auf die Nase. »Glaub mir.«

Dann war sie weg, und die Zeltklappe wehte im Luftzug. Peter spürte sofort, wie sie ihm fehlte. Das ging ihm immer so. Es stimmte: Immer verließen sie einander.

Peter sah sie nicht noch einmal. Sechs Tage später wurde er entlassen. Bis die gebrochenen Rippen geheilt wären, würde noch einige Zeit vergehen, und er würde sich ein paar Wochen zurückhalten müssen, aber zumindest war er nicht mehr ans Bett gefesselt. Als er die Garnison durchquerte, um sich zum Dienst zu melden, wurde sein Schritt beschwingt. Das Gefühl erinnerte ihn daran, wie er als Junge vor vielen Jahren einmal hohes Fieber gehabt hatte und wie, als das Fieber vorbei war, selbst die gewöhnlichsten Dinge von einer frischen Lebendigkeit erfüllt gewesen waren, nur weil er wieder auf den Beinen und unterwegs sein durfte.

Doch noch etwas war verändert; das spürte Peter. Alles erschien normal – die Soldaten auf den Befestigungen, das Dröhnen der Generatoren, die geordneten militärischen Aktivitäten ringsumher –, und zugleich hatte sich etwas verschoben. Die Intensität des Ganzen hatte merklich nachgelassen.

Als er das Kommandozelt betrat, stand Apgar hinter seinem verschrammten Stahlschreibtisch und betrachtete stirnrunzelnd einen Stapel Papier.

»Jaxon. Ich habe Sie erst in ungefähr zwei Tagen erwartet. Wie geht es Ihnen?«

Die Frage war ungewöhnlich persönlich, fand Peter. »Gut, Sir. Danke, dass Sie nachfragen.«

»Setzen Sie sich, ja?«

Eine Zeitlang fuhr Apgar fort, seine Papiere zu sortieren. Der Colonel war nicht groß – Peter überragte ihn um mindestens zwei Handbreit –, aber er besaß eine kraftvolle körperliche Präsenz. Seine Bewegungen waren präzise und sparsam. Nach einer Weile, es waren vielleicht zwei volle Minuten, hatte er seine Unterlagen in eine zufriedenstellende Ordnung gebracht. Er ließ sich auf seinen Stuhl sinken und schaute Peter über den Schreibtisch hinweg an.

»Ich habe neue Befehle für Sie. Sie sind heute Morgen per Kurier aus Kerrville gekommen. Bevor Sie etwas sagen, sollen Sie wissen, dass es nichts mit dem zu tun hat, was in Carlsbad passiert ist. Tatsächlich habe ich schon seit einer Weile damit gerechnet.«

Peter spürte, wie die letzten Reste seiner Hoffnung in den Wogen versanken. »Wir werden die Jagd aufgeben, nicht wahr?«

»›Aufgeben‹ wäre ein zu starkes Wort. Einer Revision unterziehen. Das Zentralkommando vertritt die Ansicht, wir sollten einen Teil unserer Kräfte verlegen. Einstweilen werden Sie zur Oil Road versetzt.«

Das war schlimmer, als Peter erwartet hatte. »Das ist ein Job für die Domestic Security.«

»Im Allgemeinen, ja. Aber es ist nicht ohne Beispiel, außerdem hat die Präsidentin es angeordnet. Anscheinend ist sie der Meinung, dass die Sicherheitsmaßnahmen bei den Öltransporten zu lax sind, und sie will, dass die Army dabei eine Rolle übernimmt. Am Wochenende geht ein Transport nach Kerrville ab, und ich möchte, dass Sie dabei sind. Danach melden Sie sich bei der DS in Freeport.«

Obwohl Apgar es bestritten hatte, wusste Peter, dass diese Entscheidung sehr wohl etwas mit Carlsbad zu tun hatte. Apgar hätte jeden anderen losschicken können. Er wurde degradiert – wenn schon nicht im Dienstgrad, so doch in seiner Verantwortung.

»Das können Sie nicht machen, Sir.«

Eine Braue hob sich, mehr nicht. »Ich glaube, jetzt habe ich mich verhört, Lieutenant. Ich könnte schwören, Sie hätten mir gerade gesagt, was ich kann und was nicht.«

Peters Gesicht wurde heiß. »Verzeihung, Colonel. So habe ich es nicht gemeint.«

Apgar musterte ihn kurz. »Hören Sie, ich hab's schon verstanden, Jaxon. Sagen Sie, wie lange sind Sie schon hier draußen?«

Natürlich kannte der Colonel die Antwort, aber er wollte auf etwas hinaus. »Sechzehn Monate.«

»Eine lange Zeit im Busch. Sie hätten schon vor einer Weile versetzt werden müssen. Das ist nur deshalb nicht passiert, weil Sie immer den Antrag gestellt haben, noch bleiben zu dürfen. Ich hab's durchgehen lassen, weil ich wusste, wie viel die Jagd Ihnen bedeutet. In gewisser Weise sind Sie der Grund dafür, dass wir alle hier sind.«

»Ich möchte nirgendwo anders sein, Sir.«

»Das haben Sie überreichlich klargemacht, Lieutenant. Aber Sie sind auch nur ein Mensch. Offen gesagt, Sie brauchen eine Pause. Wenn wir hier alles abgewickelt haben, gehe ich zurück nach Kerrville, und sobald ich kann, stelle ich bei der Division das Ersuchen, Sie wieder zu der Truppe draußen zu versetzen. Es ist nicht meine Gewohnheit, Deals anzubieten. Ich schlage deshalb vor, Sie nehmen diesen hier an.«

Ihm blieb nichts anderes übrig, als zuzustimmen. »Wenn ich fragen darf, Colonel – was ist mit Lieutenant Donadio?«

»Sie hat ebenfalls neue Befehle. Es geht hier nicht nur um Sie, Lieutenant. Sobald sie von den Ölfeldern zurückkommt, geht sie in den Norden, nach Kearney.«

Fort Kearney war der nördlichste Vorposten der Expeditionsstreitkräfte. Weil der gesamte Nachschub dorthin den weiten Weg von Abilene hinauftransportiert werden musste, wurde er normalerweise vor dem ersten Schneefall geschlossen.

»Warum dahin? In zwei Monaten fängt der Winter an.«

»Das Zentralkommando erzählt mir nicht alles, aber nach dem, was ich höre, ist es da oben ziemlich lebhaft geworden. Angesichts ihrer Talente nehme ich an, sie brauchen einen neuen Aufklärungs-offizier, der ihnen dabei hilft, die Gegend zu säubern, bevor sie abziehen.«

Die Erklärung war dürftig, aber Peter war klug genug, nicht weiterzubohren.

»Tut mir leid wegen Satch«, sagte Apgar. »Er war ein guter Offizier. Ich weiß, Sie waren befreundet.«

»Danke, Sir.«

»Wegtreten, Lieutenant.«

Peter verbrachte den Rest der Woche in einem Schwebezustand. Da er nichts zu tun hatte, verbrachte er die meiste Zeit in seiner Unterkunft. Die Karte innen am Deckel seiner Kiste, ehemals Ausweis seiner Pläne, kam ihm jetzt vor wie ein schlechter Witz. Vielleicht war an Alicias Theorie etwas dran, vielleicht auch nicht. Wahrscheinlich würden sie es nie erfahren. Er dachte an die Zeit, bevor er in die Expeditionsstreitkräfte eingetreten war, und fragte sich, ob er da vielleicht einen Fehler begangen hatte. Der Kampf, den er damals allein geführt hatte, war in einem großen Unternehmen aufgegangen, in dem es Vorschriften und Protokolle und Befehlshierarchien gab, in denen er, wenn überhaupt etwas, nur wenig zu sagen hatte. Er hatte seine Freiheit aufgegeben und war einer von vielen geworden. Später würde es einmal heißen: »Er war ein guter Kerl.«

Dann kam der Morgen seines Abmarschs. Peter karrte seine Kiste zum Sammelplatz, wo der Transport wartete, ein Sattelschlepper, der mit den Reifen beladen war, die Peters Trupp aus Lubbock heruntergebracht hatte. Er wuchtete sein Gepäck in den Laderaum des Begleitfahrzeugs und kletterte auf den Beifahrersitz.

»Sind Sie froh, nach Hause zu kommen, Sir?«

Peter antwortete nicht, sondern nickte nur. Alles, was er hätte sagen können, hätte mürrisch geklungen, und der Fahrer, ein Corporal aus Satchs Einheit, hatte nicht verdient, dass er seine schlechte Laune an ihm ausließ.

»Ich sag Ihnen, was ich mache, wenn ich meinen Sold habe«, verkündete der Corporal und konnte seinen Überschwang kaum bremsen. »Ich gehe schnurstracks nach H-Town und gebe die eine Hälfte für Alk und die andere im Puff aus.« Dann war er plötzlich verlegen und sah Peter mit verwirrtem Gesicht an. »Äh … sorry, Sir.«

»Schon gut, Corporal.«

»Wartet zu Hause jemand auf Sie, Lieutenant? Wenn ich fragen darf.«

Die Antwort war so kompliziert, dass er nicht einmal anfangen konnte. »Gewissermaßen.«

Der Corporal lächelte wissend. »Na, wer immer sie sein mag, sie wird sicher froh sein, Sie zu sehen, Lieutenant.«

Der Befehl zum Abmarsch wurde gegeben, und mit lautem Dröhnen und in einer Dieselwolke setzte der Konvoi sich in Bewegung. Peter fing schon an, sich in die Trance zu versetzen, die er hoffentlich in den nächsten drei Tagen würde aufrechterhalten können, aber da drang eine Stimme durch das Motorengebrüll.

»Am Tor anhalten!«

Alicia kam im Laufschritt auf den Humvee zu. Peter drehte das Fenster herunter.

»Ich bin erst vor einer Stunde zurückgekommen«, rief sie. »Was fällt dir ein, hier abzuhauen, ohne dich zu verabschieden?«

Ihr Gesicht war ölverschmiert, und sie roch leicht nach Petroleum. Aber was ihm ins Auge fiel, war das glänzende Metall an ihrem Kragen: zwei Captainsstreifen.

»Na, sieh dir das an«, sagte er mit einem schiefen Grinsen, das seinen Neid hoffentlich verbarg. »Wahrscheinlich muss ich dich jetzt mit ›Sir‹ anreden.«

»Schlecht klingt das nicht. Höchste Zeit, dass du das tust, wenn du mich fragst.«

»Apgar hat mich ausgemustert.«

»Ich weiß. Zur Oil Road.« Es gab keinen Grund, weiter darauf einzugehen. »Das ist ein leichter Dienst, Peter. Du hast es verdient.«

»Das hat man mir schon gesagt.«

»Grüß Akku von mir. Und Greer, wenn du ihn siehst.«

Peter nickte. In Anwesenheit des Fahrers gab es Grenzen für das, was er sagen konnte. »Wann gehst du nach Kearney?«

»In zwei Tagen.«

»Augen überall da oben, rate ich dir. Apgar sagt, es ist ziemlich lebhaft geworden.«

»Du musst aber auch aufpassen.« Sie warf einen Blick zum Fahrer hinüber, der mit konzentriertem Blick sein Lenkrad studierte, und sah dann wieder Peter an. »Keine Sorge. Worüber wir neulich gesprochen haben. Es ist noch nicht vorbei, okay?«

In ihren Worten spürte er den Druck von etwas Unausgesprochenem. Hinter ihnen brüllten Motoren ungeduldig auf. Alles wartete.

»Sir, wir müssen wirklich fahren«, sagte der Fahrer.

»Ist okay, wir sind hier fertig.« Alicia schaute Peter ein letztes Mal an. »Ich mein's ernst, Peter. Es wird schon gut gehen. Fahr du nur zu deinem Jungen.«

28

Der Schmerz kam zum ersten Mal wie ein verspäteter Zug, der in den Bahnhof donnert. Es war an einem Nachmittag gegen Ende September, mit warmem texanischem Sonnenschein und einem hohen blauen Himmel. Amy war im Hof und sah den Kindern beim Spielen zu. In ein paar Minuten würde die Glocke läuten und sie zum Rest des Unterrichts hineinrufen, und Amy würde in die Küche zurückkehren, um beim Vorbereiten des Abendessens zu helfen. Sie genoss eine kleine Verschnaufpause inmitten des endlosen Rhythmus erledigter und gleich wieder unerledigter Aufgaben des Tages. Immer wenn das Mittagessen vorbei und das Geschirr abgeräumt war und die Kinder in den Hof gelassen wurden, um ihre im Laufe des Vormittags aufgestaute Rastlosigkeit auszutoben, folgte Amy ihnen nach draußen und ließ sich am Rande des Spielplatzes an einer Stelle nieder, die nah genug am Geschehen war, sodass sie die unbändige Energie des Trubels genießen konnte, und gleichzeitig weit genug weg, um von den Kindern nicht hineingezogen zu werden. Diese halbe Stunde war ihr die liebste Zeit des Tages. Amy hatte gerade die Augen geschlossen und das Gesicht zum Himmel gewandt, um die warmen Strahlen der frühherbstlichen texanischen Sonne aufzufangen, als der Schmerz zuschlug: Ein machtvoller Krampf in der Körpermitte ließ sie jäh in der Hüfte einknicken. Sie taumelte vorwärts und atmete einen leisen Schreckensschrei aus, der selbst in dem fröhlichen Getriebe im Hof nicht unbemerkt bleiben konnte.

»Amy? Ist alles in Ordnung?«

Schwester Catherines Gesicht – blass, lang und schmal, mit kornblumenblauen Augen – nahm langsam Gestalt an. Amy lief der Schweiß in Strömen herunter, und ihre Hände und Füße hatten sich in kalten Pudding verwandelt. Alles unterhalb ihrer Taille schien seine entscheidende Dichte verloren zu haben; noch ein paar Augenblicke, und Amy würde buchstäblich mit dem Boden verschmelzen. Am liebsten hätte sie sich übergeben, dann wieder auch nicht, und dieses innere Patt bewirkte, dass sie kein Wort herausbrachte.

»Du solltest dich lieber hinsetzen. Du bist weiß wie die Wand.«

Schwester Catherine bugsierte sie zu einer Bank an der Mauer des Waisenhauses, und die fünf Schritte kamen ihr vor wie eine Meile. Als Amy endlich dort ankam, hätte sie keinen Schritt mehr tun können, ohne zusammenzubrechen. Mit fürsorglicher Geschäftigkeit ließ die Schwester sie sitzen und kam mit einem Becher Wasser zurück, den sie Amy in die Hand drückte. Das Treiben auf dem Spielplatz schien ohne Unterbrechung weitergegangen zu sein, aber Amy spürte, dass ein paar der Kinder sie beobachteten. Der Schmerz war in einer allgemeinen Übelkeit aufgegangen, das Schwächegefühl immer noch da. Ihr war gleichzeitig heiß und kalt. Andere Schwestern hatten sich herangedrängt, und alle sprachen mit gedämpfter, ernster Stimme und fragten Schwester Catherine, was denn passiert sei. Amy wollte das Wasser nicht – sie befürchtete, es könnte ihr einfach wieder hochkommen –, aber alle bestanden darauf, dass sie es trank. Sie nahm einen winzigen Schluck.

»Es tut mir leid«, brachte sie hervor. »Eben ging es mir noch gut ...«

»Hier drüben, Schwester«, rief Catherine und winkte zur Tür des Waisenhauses hinüber. »Komm schnell.«

Die kleine Zuschauermenge teilte sich, als Schwester Peg herankam. Die alte Frau betrachtete Amy mit einem verkniffenen

Gesicht, das irgendwie besorgt und gleichzeitig gereizt aussehen konnte. Schließlich wandte sie sich den anderen zu. »Nun? Wird jemand mir erzählen, was passiert ist, oder muss ich raten?«

»Ich weiß es nicht«, sagte Schwester Catherine. »Sie ist einfach … zusammengebrochen.«

Auf dem Spielplatz war es still geworden. Jetzt starrten alle Kinder sie an. Amy sah sich nach Caleb um, aber Schwester Peg versperrte ihr die Sicht. Amy konnte sich nicht erinnern, dass sie sich je krank gefühlt hatte, jedenfalls bis jetzt nicht. Fast schlimmer als der Schmerz war die Demütigung, die es mit sich brachte, wenn der eigene Körper sich gegen einen wandte. Sie wollte etwas sagen, irgendetwas, damit sie alle aufhörten, sie anzustarren.

»Amy? War es so?«

»Mir war nur schwindlig. Und mein Bauch tat weh. Ich weiß nicht, was es war.«

Die alte Frau legte ihr die flache Hand an die Stirn. »Tja, ich glaube, Fieber hast du nicht.«

»Wahrscheinlich habe ich etwas Falsches gegessen. Wenn ich noch ein Weilchen hier sitzen bleibe, ist bestimmt wieder alles gut.«

»Sie sieht nicht gut aus«, warf Schwester Catherine ein, und die anderen nickten. »Ehrlich, Amy. Ich dachte, du wirst ohnmächtig.«

Alles murmelte durcheinander. Nein, sie sah nicht gut aus, überhaupt nicht. Konnte es die Grippe sein? Oder etwas Schlimmeres? Wenn sie etwas Falsches gegessen hatte, würden sie dann alle krank werden? Inzwischen nahm Amy an, dass sie stehen könnte, wenn sie es versuchte, aber im Angesicht der Flut dieser allgemeinen Besorgnis war sie dazu nicht in der Lage. Es erschien ihr illoyal.

Schwester Peg ließ der Gruppe einen Augenblick Zeit für ihre Schlussfolgerungen und brachte sie dann mit erhobener Hand zum Schweigen. »Ich sehe keinen Grund, ein Risiko einzugehen. Ab ins Bett mit dir, Amy.«

»Aber mir geht es wirklich schon viel besser. Gleich ist sicher alles wieder gut.«

»Das werde ich selbst beurteilen, vielen Dank. Schwester Catherine, bringst du sie bitte in den Schlafsaal?«

Catherine half ihr auf die Beine. Sie fühlte sich ein bisschen wacklig und warm, und ihr Bauch war immer noch nicht ganz so, wie er sein sollte. Aber das Schlimmste war vorbei. Catherine führte sie ins Haus und die Treppe hinauf in den Raum, in dem alle Schwestern schliefen, nur Schwester Peg nicht, die als Leiterin ein eigenes Zimmer hatte. Amy zog sich aus und legte sich ins Bett.

»Kann ich noch etwas tun?« Schwester Catherine zog die Vorhänge zu.

»Mir geht's gut.« Amy lächelte, so gut sie konnte. »Ich glaube, ich muss mich nur ein bisschen ausruhen.«

Catherine blieb am Fußende der Pritsche stehen und betrachtete sie einen Moment lang. »Du weißt, was das sein könnte, oder? Ein Mädchen in deinem Alter.«

In deinem Alter. Wenn die Schwester nur wüsste, dachte Amy. Aber sie verstand auch, was die Frau da andeuten wollte, und der Gedanke überraschte sie.

Schwester Catherine lächelte mitfühlend. »Na, wenn es das ist, wirst du es bald genug wissen. Glaub mir, wir haben es alle schon durchgemacht.«

Nachdem Amy ihr versprochen hatte, sie zu rufen, wenn sie irgendetwas brauchte, ging die Schwester hinaus. Amy ließ sich auf der Pritsche zurücksinken und schloss die Augen. Die Nachmittagsglocke hatte geläutet; unten würden die Kinder jetzt im Gänsemarsch zum Unterricht hereinkommen. Sie würden nach Sonne, Schweiß und frischer Nachmittagsluft riechen, und ein paar würden sich vielleicht fragen, was der Zwischenfall auf dem Spielplatz zu bedeuten hatte. Caleb machte sich bestimmt Sorgen um sie; sie hätte Schwester Catherine auftragen sollen, dem Jungen etwas zu sagen. *Sie ist nur müde, und sie hat sich nicht wohlgefühlt. Aber sie ist bald wieder fit, du wirst schon sehen.*

Andererseits: *ein Mädchen in deinem Alter.* War das möglich? Alle Schwestern beschwerten sich über die »Plage«, wie sie es nannten. Es war ein verbreiteter Witz im Waisenhaus, dass durch das Zusammenleben auf so engem Raum alle gleichzeitig menstruierten, sodass eine von vier Wochen zu einem Alptraum aus blutigen Tüchern und schlechter Laune wurde. Seit hundert Jahren lebte Amy in unschuldiger Ahnungslosigkeit, was diese fundamentalen Fakten anging; noch jetzt hätte sie nicht behaupten können, dass sie das Phänomen vollständig begriff, doch das Wesentliche hatte sie verstanden. Man blutete – nicht viel, aber doch ein bisschen, und das war unangenehm und dauerte ein paar Tage. Eine Zeitlang hatte Amy sich davor gegraut, nach und nach war daraus jedoch ein wildes, beinahe biologisches Verlangen geworden, und dazu kam die Angst, dass sie all das niemals erleben, dass sie in Ewigkeit im Körper eines Kindes leben würde.

Sie sah nach: Nein, sie blutete nicht. War das gut oder schlecht? Wenn Schwester Catherine recht hatte, wie lange würde es dann noch dauern, bevor es anfing? Sie wünschte, sie hätte die Gelegenheit ergriffen, die Schwester noch ein wenig auszufragen. Wie viel blutete man, wie sehr tat es weh, und inwiefern würde sie sich anders fühlen? Obwohl, überlegte Amy, in ihrem Fall nichts so sein würde wie bei allen. Vielleicht würde es schlimmer werden, vielleicht besser, und vielleicht würde es überhaupt nie passieren.

Sie wäre gern eine Frau, sähe es gern in den Augen anderer reflektiert. Es wäre schön, wenn ihr Körper wüsste, was ihr Herz längst schon fühlte.

Ein raues Miauen riss sie aus ihren Gedanken. Natürlich musste Mouser kommen und nach ihr sehen. Der alte graue Kater kam zu ihrem Bett spaziert. Er bot einen mitleiderregenden Anblick – die Augen trüb vom grauen Star, das Fell verfilzt und schmutzig, der Schwanz schlaff vom Alter. »Kommst du mich besuchen? Ja, alter Junge? Na, komm her.« Amy hob ihn vom Boden auf, ließ sich zurücksinken und setzte ihn auf ihre Brust. Sie strich mit den Händen über sein Fell, und er antwortete auf die gleiche Weise und drückte den Kopf an ihren Hals. *Geht's dir gut? Die Sonne scheint. Warum bist du im Bett?* Dreimal drehte er sich um sich selbst, bevor er sich laut schnurrend auf ihrer Brust niederließ. *Alles gut. Schlaf du. Ich bin hier.*

Amy schloss die Augen.

Dann war es Nacht, und Amy war draußen.

Wie war sie hinausgekommen?

Sie trug ihr Nachthemd, und ihre nackten Füße waren nass vom Tau. Träumte sie? Aber wenn sie noch schlief, warum fühlte sich dann alles so real an? Sie betrachtete ihre Umgebung. Sie war in der Nähe des Damms an der flussaufwärts gelegenen Seite. Die Luft war kühl und feucht. Sie verspürte einen Rest von Dringlichkeit, als wäre sie aus einem Traum aufgewacht, in dem sie gejagt worden war. Warum war sie hier? Schlafwandelte sie?

Etwas streifte ihr Bein, und sie erschrak. Als sie hinunterschaute, sah sie Mouser, der sie mit seinen milchigen Augen anstarrte. Er fing an, laut zu miauen. Dann trabte er auf den Damm zu, und nach ein paar Schritten blieb er stehen und sah sich nach ihr um.

Was er wollte, war klar. Amy folgte ihm. Der alte Kater führte sie zu einem kleinen Betonbau am Fuße des Dammes. Die Tür mit dem schweren Riegel war geschlossen; sie war alt und verrostet und sah aus, als sei sie seit Jahren nicht geöffnet worden. War es eine technische Anlage? Mouser stand vor der Tür und miaute.

Sie öffnete die Tür und trat ein. Die Dunkelheit war undurchdringlich. Wie sollte sie hier den Weg finden? Sie tastete an der Wand entlang nach einem Schalter. Da. Eine Reihe von Lichtern erwachte flackernd zum Leben. In der Mitte des kleinen Raums war der kreisrunde Einstieg zu einer Wendeltreppe mit einem Eisengeländer. Mouser stand auf der obersten Stufe. Er schaute zu ihr zurück, miaute noch einmal hartnäckig und lief hinunter.

Die Treppe verschwand spiralförmig nach unten im Dunkeln. Unten stand Amy wieder in tiefschwarzer Nacht. Noch einmal tastete sie nach einem Lichtschalter, und dann sah sie, wo sie war. Eine weite Röhre führte nur in eine Richtung, nämlich vorwärts. Mouser war ihr schon ein gutes Stück voraus, und sein langgestreckter Schatten glitt über die Wände. Seine Eile war ansteckend und zog sie tiefer hinein in diese unterirdische Welt. Sie kamen zu einer Luke, die mit einem radförmigen Schloss verriegelt war. Auf dem Boden daneben lag ein Stück Rohr. Amy schob es zwischen die Speichen des Rades und drehte es; die Luke schwang auf, und sie sah eine Leiter, die weiter nach unten führte. Sie sah Mouser an, und der blickte skeptisch zurück.

Ohne mich, fürchte ich. Von jetzt an bist du allein.

Sie stieg hinunter. Etwas erwartete sie am Fuße der Leiter. Sie spürte seine Anwesenheit tief in ihren Knochen. Etwas Schreckliches, Trauriges, Sehnsuchtsvolles. Ihr Fuß berührte den Boden. Hier war wieder eine Tunnelröhre, weiter noch als die erste. Fern am Ende sah sie einen kreisrunden Lichtfleck, und jetzt wusste sie, wo sie war: in einem der Ablaufrohre. Was sie dort hinten sah, war das Mondlicht. Sie ging auf den matten Schimmer zu, als ein Schatten darüber hinweghuschte. Kein Schatten – eine Gestalt.

Und sie wusste es.

Amy, Amy, Tochter meines Herzens.

– Vater.

Amy, ich bin hier.

Er griff durch das Gitter mit langer Hand, die Finger mit den gebogenen Krallen ausgestreckt. Sie trat näher und hob selbst die Hand, und sie berührten einander. Seine Finger schoben sich zwischen ihren hindurch und umschlossen sie. Ihre Augen schwammen in Tränen.

Amy, ich erinnere mich. Ich erinnere mich an alles.

– Vater, was passiert hier? Bitte sag es mir.

Meine tapfere Amy. Die einzige Amy auf der ganzen Welt. Alle deine Fragen werden beantwortet werden. Er wartet auf dich, auf dem Schiff. Ich werde dir den Weg zeigen, wenn es so weit ist.

– Wann? Wann ist es so weit?

Bald, sagte Wolgast. *Sehr, sehr bald.*

V

—

Die Oil Road

Kann ich sehen fremde Pein
und nicht selbst voll Kummer sein?
Kann ich sehen fremden Schmerz,
dass nicht Mitleid fühlt mein Herz?

William Blake,
»On Another's Sorrow«

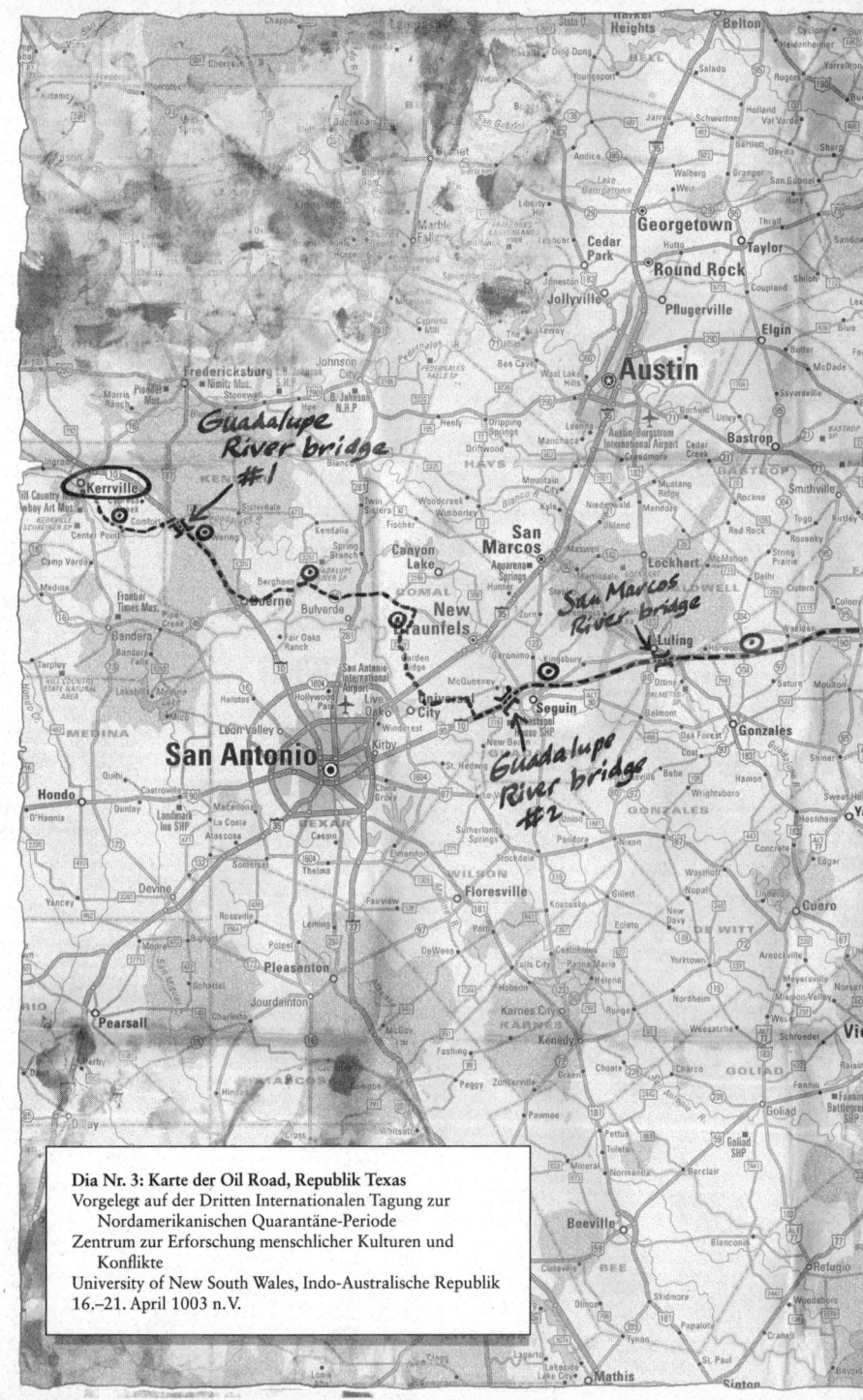

Guadalupe River bridge #1

Guadalupe River bridge #2

San Marcos River bridge

Dia Nr. 3: Karte der Oil Road, Republik Texas
Vorgelegt auf der Dritten Internationalen Tagung zur
Nordamerikanischen Quarantäne-Periode
Zentrum zur Erforschung menschlicher Kulturen und
Konflikte
University of New South Wales, Indo-Australische Republik
16.–21. April 1003 n.V.

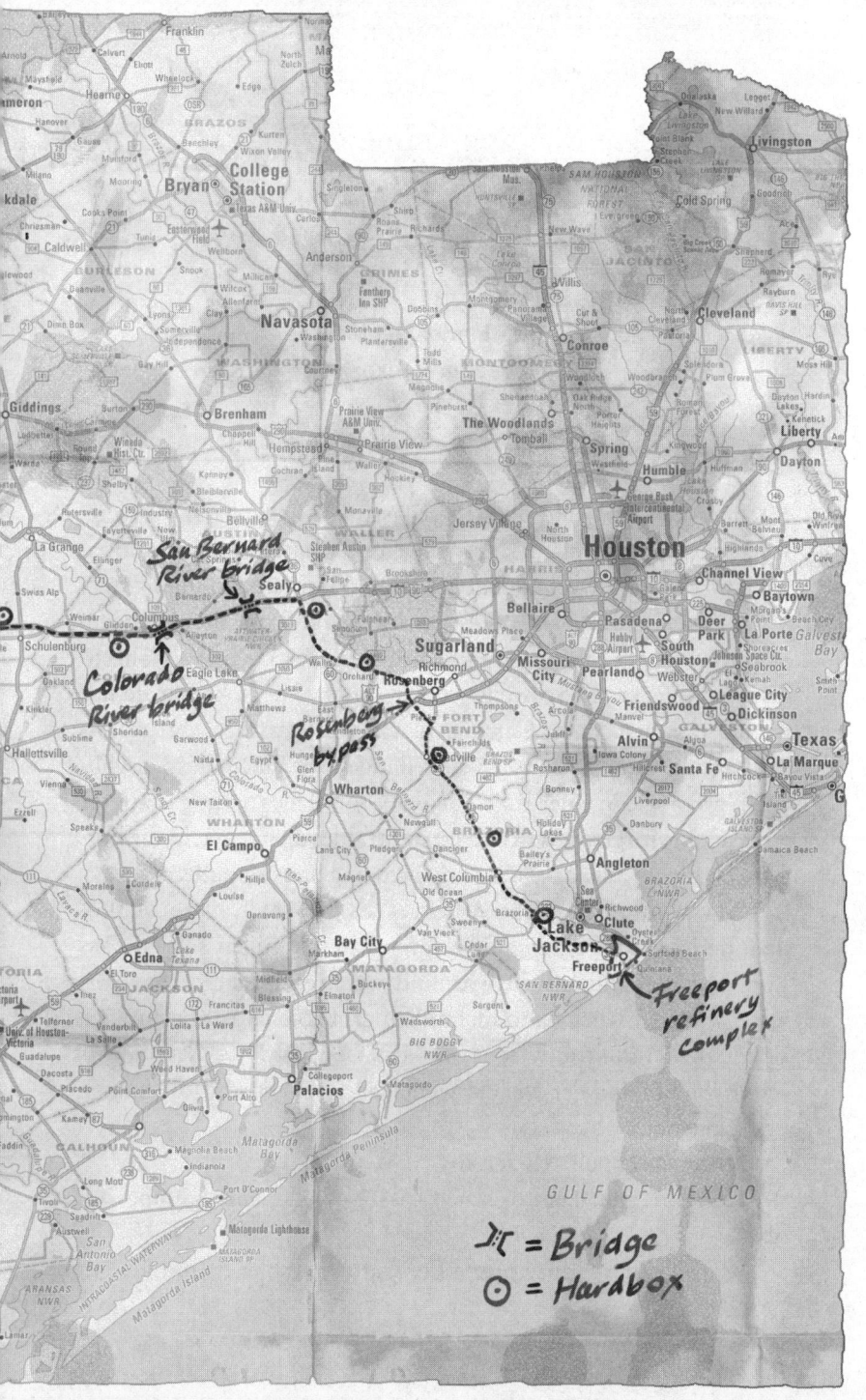

San Bernard
River bridge

Colorado
River bridge

Rosenberg
bypass

Freeport
refinery
complex

)‾(= Bridge
⊙ = Hardbox

29

Raffineriekomplex
Freeport, Texas

Michael Fisher, Ölhand erster Klasse – Michael der Clevere, Überbrücker der Welten –, erwachte aus einem tiefen, traumlosen Schlaf mit dem unverkennbaren Gefühl, dass jemand ihn fickte.

Er öffnete die Augen. Lore saß rittlings und mit durchgebogenem Rückgrat auf ihm, und ihre Stirn war überzogen von glänzendem, sexbefeuertem Schweiß. Verdammt, dachte er, hatten sie das nicht gerade erst getan? Genau gesagt, fast die ganze Nacht? Kolossal, begeistert und in sämtlichen Stellungen, die ihnen die menschliche Physiologie in einer Koje von der Größe eines Sargs gestattete?

»Guten Morgen«, verkündete sie strahlend. »Es macht dir hoffentlich nichts aus, dass ich ohne dich angefangen habe.«

Na, von mir aus, dachte Michael. Es gab schlechtere Methoden, den Tag zu beginnen. An ihren roten Wangen sah er, dass Lore schon ziemlich weit war, und wenn er es sich recht überlegte, war sein Rückstand nicht allzu groß. Sie hatte angefangen, sich in den Hüften zu wiegen, und das Gewicht ihres Geschlechts schob ihn hin und her wie die Wellen an einem Strand, die kamen und gingen.

»Nicht so schnell, Mister.«

»Herrgott, geht's ein bisschen leiser?«, bellte eine Stimme von oben.

»Klappe, Ceps«, antwortete Lore. »Ich hab hier zu tun.«

»Ich kriege hier einen Ständer! Ist ja widerlich!«

Für Michael fand dieses Gespräch auf einem fernen Planeten statt. Wo alle zusammen schliefen und nur Vorhänge für etwas Privatsphäre sorgten, lernte man, das meiste auszublenden. Aber dieses Gefühl war mehr als das. Während seine Sinne in reiner Körperlichkeit davonflogen, hatte der Sex mit seinem hypnotischen Rhythmus etwas an sich, das ihn zu einer Art Dissoziation trieb. Es war, als trödle sein Geist dem Körper um drei Schritte hinterher und beschäftige sich mit anderen Dingen – unterschiedlichen Sorgen und emotional neutralen Bildern, die vor ihm aufstiegen wie die Blasen von expandierendem Gas in einem Kessel. Eine verrottete Dichtung, die ersetzt werden musste. Der Lieferplan für frisches Rohöl aus dem Depot. Erinnerungen an die Kolonie, an die er sonst nie dachte. Über ihm setzte Lore ihre Reise fort. Michael driftete weiter in dieser Strömung geistiger Untreue, bemühte sich aber, seine Aufmerksamkeit gezielt mit der ihren in Einklang zu bringen. Das war das Mindeste, was er tun konnte.

Und schließlich war es so weit. Lores beschleunigte Leidenschaft siegte. Als sie den Vorhang zur Seite zogen, war Ceps nicht mehr da. Die Uhr über der Luke stand auf 06.30.

»Scheiße.«

Michael schwang die Füße auf den Boden und sprang in seinen Overall. Lore schlang ihm von hinten die Arme um die Brust.

»Bleib noch. Ich sorge dafür, dass es sich lohnt.«

»Ich bin in der ersten Schicht. Wenn ich zu spät komme, reißt Karlovic mir den Arsch auf.« Er schob die Füße in die Stiefel und drehte den Kopf nach hinten, um sie zu küssen, und er schmeckte Salz und Sex und etwas, das nur sie selbst war. Michael hätte nicht gerade behauptet, dass es Liebe war, was sie verband. Sex war ein Zeitvertreib, aber im Laufe der Monate hatte ihre Beziehung sich nach und nach weiterentwickelt und war inzwischen mehr als nur Gewohnheit.

»Du hast wieder nachgedacht, nicht wahr?«

»Wer, ich?«

»Lüg nicht.« Ihr Ton war nicht bitter. Sie korrigierte ihn nur. »Weißt du, eines Tages werde ich dir sämtliche Sorgen aus dem Leib vögeln.« Seufzend ließ sie ihn los. »Ist okay. Geh.«

Er stand von der Koje auf und nahm Helm und Handschuhe vom Pfosten. »Sehe ich dich später?«

Sie hatte sich schon wieder hingelegt. »Darauf kannst du dich verlassen.«

Als Michael die Baracke verließ, stieg die Sonne eben über dem Golf herauf und ließ das Wasser schimmern wie ein gehämmertes Blech. Sie hatten zwar schon Anfang Oktober, aber es würde wieder ein heißer Tag werden, und die Meeresluft war beißend wie immer vom Salz und von dem Schwefelgestank des brennenden Butans. Mit knurrendem Magen – das Frühstück musste warten – marschierte er zügig über das Gelände, vorbei am Marketender und an der Hantelstation und der DS-Baracke zu der Nissenhütte, wo die Morgenschicht sich versammelt hatte. Karlovic, der Chefingenieur, las mit lauter Stimme die Tagesaufgaben von seinem Einsatzplan ab. Er warf Michael einen eisigen Blick zu.

»Haben wir Sie bei Ihrem Schönheitsschlaf gestört, Fisher? Unverzeihlich.«

»Okay.« Michael zog den Reißverschluss an seinem Overall hoch. »Tut mir leid.«

»Wird Ihnen gleich noch mehr leidtun. Sie werden die Bombe anheizen. Ceps ist Ihr Partner. Sehen Sie zu, dass Sie Ihre Crew nicht in die Luft jagen.«

Destillationskolonne Nr. 1, bekannt als »die Bombe«, war der älteste der Türme. Sein massiger Rumpf wurde von einer Kombination aus Schweißnähten, Drähten und Gebeten zusammengehalten. Alle sagten, es sei nur eine Frage der Zeit, wann sie stillgelegt werden oder eine Crew halb bis zum Mars schießen würde.

»Danke, Boss. Wirklich sehr nett.«

»Nicht der Rede wert.« Karlovic ließ seinen Blick über die Gruppe wandern. »Okay, Leute. Sieben Tage bis zum Abtransport.

Ich will die Tanklaster voll sehen, Männer. Und Sie, Fisher – warten Sie noch einen Moment. Ich will mit Ihnen reden.«

Die Crews machten sich auf den Weg zu ihren Kolonnen, und Michael folgte Karlovic. Herrgott, was war jetzt schon wieder? Er war höchstens zwei Minuten zu spät gekommen, und dafür lohnte sich doch wohl keine Standpauke.

»Hören Sie, Dan, es tut mir leid wegen der …«

Karlovic ließ ihn nicht ausreden. »Vergessen Sie das, darüber will ich nicht reden.« Er zog seine Hose hoch und ließ seine Körpermassen auf den Stuhl hinter seinem Schreibtisch sinken. Karlovic war schwer im reinen Sinne des Wortes, nicht fett, sondern in jeder Hinsicht groß, ein Mann von Kraft und Gewicht. An der Wand über seinem Kopf hingen Dutzende von Blättern: Dienstpläne, Ablaufdiagramme, Liefertermine. »Sie sollten sowieso in die Bombe. Sie und Ceps sind die Besten, die ich für Heißjobs habe. Nehmen Sie es als Kompliment, dass ich Sie beide in das fiese alte Biest schicke. Wenn es nach mir ginge, wäre das Ding längst schon auf dem Schrotthaufen.«

Michael zweifelte nicht daran, dass dem so war; andererseits wusste er, was ein strategisch platziertes Lob war, wenn er eins hörte. »Also?«

»Also das hier.«

Karlovic schob ein Blatt Papier über den Tisch. Michaels Blick fiel sofort auf die verschnörkelte Unterschrift am unteren Rand: Victoria Sanchez, Präsidentin der Republik Texas. Rasch überflog er die drei kurzen Absätze des Schreibens. *Da soll mich doch …,* dachte er.

»Irgendeine Ahnung, was dahintersteckt?«

»Wie kommen Sie darauf, dass ich was weiß?«

»Sie waren der letzte Crew-Chef beim Abladen. Vielleicht haben Sie was mitgekriegt, als Sie da oben waren. Gerede im Depot, zusätzliches Militär, das sich da herumtrieb, irgendetwas.«

»Nichts, was mir aufgefallen wäre.« Er zuckte die Achseln. »Haben Sie mit Stark gesprochen? Vielleicht weiß er es.«

Stark war der leitende Sicherheitsoffizier der Raffinerie. Er war ein ziemliches Großmaul und trank zu viel Alk, aber er wurde allgemein respektiert, sowohl bei den Ölhänden als auch bei der DS, und sei es nur, weil er am Pokertisch alle besiegte. Sein undurchsichtiges Spiel hatte Michael schon ein Vermögen gekostet. Nicht dass es besonders schade um die Kohle war; innerhalb der Umzäunung der Raffinerie konnte man sie sowieso kaum ausgeben.

»Noch nicht. Aber es wird ihm nicht passen.« Er musterte Michael kurz. »Sind Sie beide nicht befreundet? Diese ganze kalifornische Geschichte?«

»Ich kenne ihn, ja.«

»Vielleicht können Sie das Getriebe dann ein bisschen schmieren. Sozusagen – was weiß ich? – als inoffizieller Verbindungsmann zwischen DS und Militär.«

Michael nahm sich einen Moment Zeit, um sich über seine Gefühle klar zu werden. Er freute sich, jemanden aus den alten Zeiten wiederzusehen, aber andererseits spürte er eine innere Beunruhigung, eine Art Ausgeliefertsein. Das selbstgenügsame Leben einer Ölhand hatte ihn in vieler Hinsicht vor dem Schmerz über den Verlust seiner Schwester gerettet. Und es hatte die Leere in seinem Kopf ausgefüllt, die sie hinterlassen hatte. Einerseits wusste er, dass er sich hier versteckte, andererseits war es ihm egal.

»Das dürfte kein Problem sein.«

»Gut. Ich betrachte das als Gefälligkeit. Ich überlasse es Ihnen, wie Sie das angehen.« Karlovic deutete mit dem Kopf zur Tür. »Jetzt machen Sie, dass Sie hier rauskommen. An die Arbeit. Und ich mein's ernst: Passen Sie auf mit diesem Ding.«

Als Michael bei der Destillationskolonne ankam, stand seine Crew, ein Dutzend harte Ölhände, mit ratlosen Gesichtern herum. Der Laster, der eine Ladung frischen Ölschlamm aus dem Fördergebiet herangekarrt hatte, stand herum, und Ceps war nirgends zu sehen.

»Okay, warum ladet ihr dieses Ding nicht voll?«

Ceps kam unter dem Heizelement am Fuße des Turms hervorgekrochen. Seine Hände und die bloßen Arme waren von schwarzer Schmiere überzogen. »Wir müssen die Anlage erst ausspülen. Da unten sind mindestens zwei Meter Bodensatz drin.«

Michael brauste auf. »Verdammt, das dauert den ganzen Vormittag! Wer war der letzte Crew-Chef?«

»Dieses Ding ist seit Monaten nicht mehr angeheizt worden. Da musst du Karlovic fragen.«

»Wie viel Rohöl müssen wir rausholen?«

»Zweihundert Barrels auf jeden Fall.«

Achtzigtausend Gallonen halbraffiniertes Petroleum, die wer weiß wie lange hier gelegen hatten: Sie würden einen großen Tanklaster brauchen, um das Zeug abzutransportieren, vielleicht zwei, und dann einen Pumpwagen und Hochdruck-Dampfschläuche, um den Turm zu spülen. Das wären mindestens zwölf Stunden – sechzehn, um ihn wieder aufzufüllen und das Heizelement zu starten. Vierundzwanzig, bis der erste Tropfen aus dem Rohr käme. Karlovic würde einen Schlaganfall kriegen.

»Na, dann sollten wir mal anfangen. Ich fordere die Fahrzeuge an, ihr macht die Schläuche bereit.« Michael schüttelte den Kopf. »Wenn ich rauskriege, wer das hinterlassen hat, trete ich ihm in den jämmerlichen Arsch.«

Das Absaugen dauerte den ganzen Vormittag. Michael erklärte das Restöl für unbrauchbar und schickte den Laster zu den Abfallbecken zur Verbrennung. Das Ablassen des Bodensatzes war der leichte Teil; das Ausspülen des Tanks war die Arbeit, vor der allen graute. Wasser, das oben in den Turm eingelassen wurde, würde den größten Teil des Residuums – der klebrigen, toxischen Überreste, die beim Raffinationsprozess zurückblieben – hinauswaschen, allerdings nicht alles. Drei Mann würden in Schutzanzügen hineingehen, Boden und Wände schrubben und den Asphaltabfluss durchspülen müssen. Der einzige Zugang war eine Röhre von einem Meter Durchmesser, in der sie sich auf Händen und Knien bewegen mussten. Das nannte man »in den After kriechen«, und Michael fand diese Beschreibung nicht unzutreffend. Er würde einer von den dreien sein; das war keine Vorschrift, sondern seine Auffassung von Arbeitsmoral. Die beiden anderen hatten Pech beim Strohhalmeziehen gehabt.

Der Erste, der den Kürzeren zog, war Ed Pope – der älteste Mann der Crew. Ed war Michaels Ausbilder gewesen; er hatte ihm gezeigt, wo es langging. Drei Jahrzehnte an den Kochern hatten ihren Tribut gefordert: Der Körper des Mannes sah aus wie ein Logbuch der Katastrophen. Drei Finger abgetrennt, als das gebrochene Sägeblatt eines Armierungsschneiders durch die Luft flog. Kopf und Hals auf der einen Seite zu einem rosa Fladen verbrannt bei einer Propanexplosion, bei der neun Männer ums Leben kamen. Er war auf einem Ohr taub, und seine Knie waren so kaputt, dass Michael schmerzlich das Gesicht verzog, wenn er sah, wie er sie krümmte. Michael überlegte, ob er ihn aus dem Spiel lassen sollte, aber er wusste, dass Ed zu stolz war, um so etwas zu akzeptieren, und so sah er zu, wie der Mann zur Baracke ging, um den Schutzanzug zu holen.

Den zweiten kurzen Strohhalm zog Ceps. »Vergiss es, ich brauche dich hier an den Pumpen«, sagte Michael.

Ceps schüttelte den Kopf. Sie waren inzwischen alle ungeduldig und erschöpft. »Zum Teufel damit. Lass es uns einfach hinter uns bringen.«

Sie wanden sich in die Schutzanzüge, schnallten die Atemgeräte um und sammelten ihre Ausrüstung ein: schwere Bürsten an Stangen, Eimer mit Lösungsmittel, lanzenartige Hochdrucksprühgeräte, die mit einem Kompressor verbunden waren. Michael zog die Maske über das Gesicht, verschloss den Bund seiner Handschuhe und überprüfte seinen Sauerstoff. Sie hatten den Turm zwar gelüftet, aber die Luft im Innern war immer noch tödlich giftig – eine Suppe aus Petroleumdämpfen und Sulfiden, die einem die Lunge zu Dörrfleisch verätzen konnte. Michael spürte das deutliche Knacken der Druckveränderung in seiner Maske, schaltete seine Stirnlampe ein und ließ sich auf die Knie nieder, um die Zugangsluke zu öffnen.

»Also los, *hombres*.«

Er schob sich hinein, ließ sich fallen und landete in eine Handbreit tiefem Schlamm. Ed und Ceps kamen ihm nachgekrochen.

»So eine Sauerei.«

Michael tauchte die Hand in den Brei und öffnete den Asphaltabfluss. Zu dritt fingen sie an, den Bodensatz zusammenzukehren. Die Temperatur im Turm betrug mindestens vierzig Grad. Sie waren schweißgebadet, und die aufgestaute Feuchtigkeit ihres Atems ließ ihre Sichtfenster beschlagen. Als sie das Schlimmste beseitigt hatten, kippten sie das Lösungsmittel aus, schalteten ihre Hochdrucksprüher ein und fingen an, Wände und Boden abzuwaschen.

In ihren Anzügen und durch den Lärm der Kompressoren war es praktisch unmöglich, miteinander zu reden. Sie hatten nur einen Gedanken: Sie wollten fertig werden und hinauskommen. Nach gerade zwei Minuten spürte Michael, dass jemand ihm auf die Schulter tippte. Er drehte sich um und sah, dass Ceps auf Ed deutete. Der Mann stand einfach wie eine Statue mit dem Gesicht zur Wand, und der Hochdrucksprüher baumelte locker an seiner Seite. Michael sah, wie er ihm aus der Hand rutschte, aber Ed schien es gar nicht zu bemerken.

»Da stimmt was nicht mit ihm!«, schrie Ceps durch den Lärm.

Michael ging zu Ed, packte ihn bei den Schultern und drehte ihn zu sich um. Der Mann starrte ihn ausdruckslos an.

»Ed, alles okay?«

Eds Gesicht erwachte erschrocken zum Leben. »Oh, hey, Michael«, sagte er, doch es klang zu munter. »Hey hey, hey hey. Wuuu wuuu.«

»Was sagt er?«, rief Ceps.

Michael strich mit dem Zeigefinger quer über seine Kehle und signalisierte Ceps, er solle den Kompressor ausschalten. Dann schaute er Ed ins Gesicht. »Rede mit mir, Mann.«

Ein mädchenhaftes Kichern kam über Eds Lippen. Er rang nach Atem und hob eine Hand an seine Sichtscheibe. »Ashblass. Minfuth. Minfuth!«

Michael sah, was gleich passieren würde. Als Ed nach seiner Sauerstoffmaske griff, packte er ihn bei den Armen. Der Mann war kein Jüngling mehr, aber ein Schwächling war er auch nicht. Er wand sich wütend in Michaels Griff und versuchte, sich zu befreien. Sein Gesicht war vor lauter Panik blau angelaufen. Nein, keine Panik, begriff Michael: Das war Sauerstoffmangel. Er zuckte krampfhaft am ganzen Körper, seine Knie knickten ein, und er fiel Michael mit seinem ganzen Gewicht krachend in die Arme.

»Ceps, hilf mir, ihn rauszuschaffen!«

Ceps packte den Mann bei den Füßen. Ed war völlig schlaff. Zusammen schleppten sie ihn zur Luke.

»Holt ihn hier raus, los!«, schrie Michael.

Draußen erschienen Hände und zogen, und Michael und Ceps schoben die Gestalt hinaus. Michael stürzte durch die Luke, riss sich Maske und Handschuhe herunter, sowie er an der frischen Luft war. Ed lag auf dem Rücken auf der harten Erde; jemand hatte ihm Maske und Atemgerät abgenommen. Michael fiel neben ihm auf die Knie. Die Stille ließ nichts Gutes ahnen: Der Mann atmete nicht. Michael drückte den Handballen der rechten Hand mitten auf seine Brust, legte die linke Hand darauf, verschränkte die Finger und drückte zu. Nichts. Er drückte noch einmal und noch einmal und zählte bis dreißig, wie er es gelernt hatte. Dann schob er Ed eine Hand in den Nacken und hob ihn an, um die Atemwege freizumachen, und mit der anderen Hand hielt er ihm die Nase zu und drückte den Mund auf die blauen Lippen. Er blies einen Atemzug hinein, zwei, drei. Alle seine Gedanken richteten sich auf ein einziges Ziel. Alles schien verloren, als er eine scharfe Kontraktion des Zwerchfells fühlte. Eds Brust weitete sich und sog einen voluminösen Atemzug ein. Er drehte den Kopf zur Seite und keuchte und hustete.

Michael wippte auf den Fersen zurück und landete mit dem Hintern im Staub. Sein Puls raste. Jemand reichte Ed eine Wasserflasche: Ceps.

»Alles okay, Kumpel?«

Ed begriff die Frage nicht. Er nahm einen großen Schluck Wasser, spülte sich den Mund aus und spuckte es weg. »Ja.«

Irgendwann half ihm jemand beim Aufstehen. Michael und Ceps führten ihn in die Baracke und setzten ihn auf eine der Bänke.

»Wie fühlst du dich?«, fragte Michael.

Ein bisschen Farbe war in seine Wangen zurückgekehrt, aber seine Haut sah immer noch feucht und kalt aus. Kläglich schüttelte er den Kopf. »Ich weiß nicht, was da passiert ist. Ich könnte schwören, ich habe meinen Sauerstoff gecheckt.«

Michael hatte schon nachgesehen. Die Flaschen waren leer. »Vielleicht ist es Zeit, Ed.«

»Meine Güte, Michael, willst du mich rausschmeißen?«

»Nein. Das ist deine eigene Entscheidung. Ich finde nur, es ist keine Schande, wenn man sagt, jetzt ist Feierabend.« Als Ed nicht antwortete, stand Michael auf. »Überleg's dir. Ich stehe hinter dir, egal wie du dich entscheidest. Willst du mitfahren in die Unterkunft?«

Ed starrte trostlos ins Leere, und Michael las die Wahrheit in seinem Gesicht: Der Mann hatte nichts anderes.

»Ich glaube, ich bleibe ein Weilchen hier sitzen. Bis ich wieder zu Kräften komme.«

Als Michael aus der Baracke kam, lungerte der Rest der Crew vor der Tür herum. »Wieso zum Teufel steht ihr hier rum?«

»Die Schicht ist vorbei, Boss.«

Michael sah auf die Uhr. Tatsächlich.

»Aber nicht für uns. Die Show ist zu Ende, Leute. Schleppt eure faulen Ärsche zurück an die Arbeit.«

Es war nach Mitternacht, als Lore zu ihm sagte: »Ein Glück, die Sache mit Ed.«

Sie lagen ineinandergerollt in Michaels Koje. Lore hatte sich nach Kräften bemüht, aber sie hatte seine Gedanken nicht von den Ereignissen des Tages ablenken können. Wenn er die Augen schloss, sah er immer nur Eds Gesicht in der Baracke: das Gesicht eines Mannes, der zum Galgen geführt wurde.

»Was meinst du mit Glück?«

»Dass du da warst, meine ich. Das, was du getan hast.«

»Das war nichts weiter.«

»Doch. Der Mann hätte sterben können. Woher wusstest du, was man da tut?«

Die Vergangenheit wurde wieder wach, eine Welle des Schmerzes stieg in ihm auf.

»Meine Schwester hat es mir beigebracht«, sagte er. »Sie war Krankenschwester.«

30

Die Stadt
Kerrville, Texas

Sie kamen nach dem Regen. Erst sahen sie die Felder; sie waren nass und morastig, und die Luft war schwer vom Duft der Erde. Dann, als sie aus dem Tal herauffuhren, ragten die Mauern der Stadt vor ihnen auf, acht Stockwerke hoch vor den braunen texanischen Hügeln. Vor dem Tor gerieten sie in einen langen Verkehrsstau – Transporte, schwere Arbeitsmaschinen, DS-Pick-ups, auf deren Ladefläche sich Männer in ihren dick wattierten Anzügen drängten. Peter stieg aus, bat den Fahrer, seine Kiste in der Unterkunft abzustellen, und zeigte dem Wachmann am Fußgängertunnel seine Papiere. Der Mann winkte ihn durch.

»Willkommen zu Hause, Sir.«

Nach siebzehn Monaten in den Außenterritorien war die gewaltige, überwältigende Menschenfülle ein Angriff auf alle seine Sinne. Er hatte wenig Zeit in der Stadt verbracht, nicht genug, um sich an die beklemmende Dichte von Geräuschen und Gerüchen und Gesichtern anzupassen. In der Kolonie hatte es nie mehr als hundert Seelen gegeben, und hier lebten mehr als vierzigtausend.

Peter machte sich auf den Weg zum Quartiermeister, um seinen Sold abzuholen. An den Begriff des Geldes hatte er sich auch nie recht gewöhnen können; der gerechte »Anteil«, die maßgebliche ökonomische Einheit in der Kolonie, hatte ihm eher eingeleuchtet. Man hatte seinen Anteil, und den verwandte man, wie man wollte, aber es war für alle der gleiche, niemals mehr und niemals weniger. Wie konnten diese bedruckten Zettel – »Austins« nannte man sie, nach dem Mann, dessen Bildnis mit der hohen, kuppelförmigen Stirn, der Hakennase und der verwirrenden Kleidung jeden Geldschein zierte –, wie konnten sie irgendeine Beziehung zum Wert der Arbeit eines Menschen haben?

Der Mann am Schalter, ein Zivilist, nahm die Scheine aus dem Panzerschrank, klatschte sie nacheinander auf die Theke und schob ihm ein Clipboard durch das Gitter herüber – alles, ohne ihm in die Augen zu sehen.

»Hier unterschreiben.«

Das Geld, ein dicker Packen, fühlte sich seltsam in seiner Tasche an. Als er in den aufklarenden Nachmittag hinaustrat, überlegte er schon, wie er es loswerden könnte. Bis zur Sperrstunde blieben ihm noch sechs Stunden – gerade genug Zeit für einen Besuch im Waisenhaus und im Gefängnis, bevor er sich in der Unterkunft melden musste. Er hatte nur diesen Nachmittag; der Transport zur Raffinerie ging um 06.00 ab.

Greer würde er zuerst besuchen. So würde er Caleb nicht enttäuschen, weil er schon vor der Sirene ging. Der Knast befand sich im alten Gefängnisgebäude am Westrand der Innenstadt. Am Eingang leistete er seine Unterschrift – auch so eine Absonderlichkeit: In Kerrville musste man dauernd etwas unterschreiben –, legte Messer und Pistole ab und wollte gerade weitergehen, als der Posten ihn aufhielt.

»Ich muss Sie abtasten, Lieutenant.«

Als Angehöriger des Expeditionsbataillons war Peter daran gewöhnt, dass ihm automatisch ein gewisser Respekt entgegengebracht wurde – ganz sicher von einem untergeordneten DS-Mann, der höchstens zwanzig Jahre alt war. »Ist das wirklich nötig?«

»Tut mir leid. Ich habe die Vorschriften nicht gemacht, Sir.«

Das war ärgerlich, aber Peter hatte keine Zeit für Diskussionen. »Dann machen Sie schnell.«

Der Posten strich mit den Händen an Peters Armen und Beinen

auf und ab, holte dann einen dicken Schlüsselbund unter dem Schreibtisch hervor und führte ihn nach hinten in den Zellentrakt, einen langen Flur mit schweren Stahltüren, in die kleine Fenster aus verstärktem Glas eingelassen waren. Es war stickig und roch nach Männern. Sie kamen zu der Zelle mit der Nummer 62.

»Komisch«, bemerkte der Wachmann und durchsuchte seinen Schlüsselbund, »Greer hat seit fast drei Jahren niemanden mehr gesehen, und jetzt kriegt er innerhalb eines Monats zum zweiten Mal Besuch.«

»Wer war denn noch hier?«

»Ich hatte keinen Dienst. Da müssen Sie ihn selbst fragen.«

Der Wärter hatte den richtigen Schlüssel gefunden und schob ihn ins Schloss. Die Tür öffnete sich mit ächzenden Angeln. Greer saß auf der Kante seiner Pritsche. Er war barfuß und trug nur eine grobe Leinenhose, die um die Taille zusammengeschnürt war. Seine breite Brust glänzte von Schweiß, und seine gefalteten Hände lagen entspannt auf dem Schoß. Sein silbrig weißes Haar war über der Stirn zurückgekämmt und breitete sich fächerförmig auf seinen massigen Schultern aus, und ein mächtiger, zerzauster Bart – der Bart eines Propheten, eines Wanderers in der Wildnis – wucherte halb über seine Wangen zu den Augen hinauf. Eine tiefe Stille ging von ihm aus, und er vermittelte den Eindruck von Gefasstheit, als habe er Körper und Geist auf das Wesentliche reduziert. Einen verstörenden Augenblick lang ließ er nicht erkennen, dass er die beiden Gestalten bemerkt hatte, die in der Tür standen, und Peter fragte sich schon, ob die Isolation ihm den Verstand geraubt hatte. Aber dann hob er den Blick, und sein Gesicht leuchtete auf.

»Peter. Da sind Sie.«

»Major Greer. Schön, Sie zu sehen.«

Greer lachte ironisch, und seine Stimme klang unbenutzt und spröde. »So hat mich seit einer Weile niemand mehr genannt. Nur noch Lucius. Oder Zweiundsechzig. Den meisten Leuten ist Letzteres anscheinend lieber.« Greer wandte sich an den Wärter. »Lassen Sie uns ein paar Minuten allein, ja, Sanders?«

»Ich darf niemanden mit einem Gefangenen allein lassen.«

»Ich glaube, ich kann auf mich aufpassen«, sagte Peter.

Der Wärter zögerte kurz und gab dann nach. »Na ja, weil Sie es sind, Sir, sind zehn Minuten wahrscheinlich okay. Aber dann ist meine Schicht zu Ende. Ich möchte keinen Ärger bekommen.«

Peter runzelte die Stirn. »Kennen wir uns?«

»Ich habe Ihre Unterschrift gesehen. Jeder weiß, wer Sie sind. Sie sind der Typ aus Kalifornien. Das ist so was wie eine Legende.« Jeder Anschein von Autorität war verschwunden; er war plötzlich nur noch ein begeisterter Junge, und sein Gesicht strahlte vor Bewunderung. »Wie war das? Ich meine, von so weit herzukommen?«

Peter wusste nicht genau, was er antworten sollte. »Es war ein langer Marsch.«

Sanders schüttelte staunend den Kopf. »Ich weiß nicht, wie Sie das geschafft haben. Ich hätte eine Scheißangst gehabt.«

»Glauben Sie mir«, beruhigte Peter ihn, »das hatte ich auch.«

Sanders ließ sie allein. Peter setzte sich Greer gegenüber rittlings auf den einzigen Stuhl in der Zelle.

»Anscheinend haben Sie ordentlich Eindruck auf unseren Jungen hier gemacht«, stellte Greer fest. »Ich habe Ihnen ja gesagt, es dürfte schwer werden, die Geschichte geheim zu halten.«

»Es ist trotzdem seltsam, darauf angesprochen zu werden«, sagte Peter. »Wie geht's Ihnen?«

Greer zuckte die Achseln. »Oh, ich komme zurecht. Und Sie? Sie sehen gut aus, Peter. Die Uniform passt zu Ihnen.«

»Lish lässt Sie grüßen. Sie ist soeben zum Captain befördert worden.«

Greer nickte gleichmütig. »Ein bemerkenswertes Mädel, unsere Lish. Sie ist zu Großem bestimmt, würde ich sagen. Und wie läuft der Kampf? Muss ich überhaupt fragen?«

»Nicht so gut. Wir stehen jetzt null zu drei. Die ganze Martínez-Geschichte war eine Katastrophe. Und jetzt sieht es so aus, als bekämen sie beim Zentralkommando Bedenken.«

»Das war immer schon so. Aber keine Sorge, der Wind wird sich auch wieder drehen. Wenn Sie hier drin etwas lernen, dann ist es Geduld.«

»Ohne Sie ist es nicht dasselbe. Ich denke immer, es wäre anders, wenn Sie dabei wären.«

»Oh, das bezweifle ich sehr. Es war immer Ihre Show. Das wusste ich gleich bei unserer ersten Begegnung. Da haben Sie kopfüber in einem Netz gehangen, oder?«

Peter lachte, als er sich daran erinnerte. »Michael hat uns von oben bis unten vollgekotzt.«

»Genau, jetzt erinnere ich mich. Wie geht's ihm? Ich könnte mir denken, er ist auch nicht mehr der Junge, den ich damals kannte. Auf alles hatte er eine Antwort.«

»Ich glaube nicht, dass er sich sehr verändert hat. So oder so, morgen werde ich es erfahren. Sie versetzen mich runter in die Raffinerie.«

Greer runzelte die Stirn. »Warum dahin?«

»Eine neue Initiative zur Sicherung der Oil Road.«

»DS wird begeistert sein. Ich würde sagen, mit denen werden Sie alle Hände voll zu tun kriegen.« Er klatschte auf die Knie, um einen Themawechsel zu signalisieren. »Und Hollis? Was hören Sie von dem?«

»Nichts Gutes. Saras Tod hat ihn schwer getroffen. Es heißt, er ist beim Gewerbe.«

Greer dachte einen Moment lang über diese Neuigkeit nach. »Alles in allem kann ich es ihm nicht verdenken. Das mag merkwürdig klingen, wenn man Hollis kennt, aber mehr als einer ist unter solchen Umständen diesen Weg gegangen. Ich könnte mir vorstellen, dass er früher oder später wieder zur Besinnung kommt. Er ist ein vernünftiger Mann.«

»Und Sie? Sie kommen bald raus. Wenn Sie wollen, kann ich beim Zentralkommando ein gutes Wort für Sie einlegen. Vielleicht nimmt man Sie wieder in den Reihen auf.«

Aber Greer schüttelte den Kopf. »Ich fürchte, die Zeit dafür liegt hinter mir, Peter. Vergessen Sie nicht, ich bin ein Deserteur. Selbst wenn sie mich nähmen – wenn man diese Grenze überschritten hat, gibt es kein Zurück mehr.«

»Was werden Sie dann anfangen?«

Greer lächelte geheimnisvoll. »Ich denke, da wird sich schon was ergeben. Irgendwas ergibt sich immer.«

Eine Zeitlang redeten sie über die anderen, über Neuigkeiten und Geschichten aus der Vergangenheit. Wenn Peter mit Greer zusammen war, erfüllte ihn ein Gefühl der Zufriedenheit. Der Major war genau in dem Augenblick in sein Leben getreten, als Peter ihn brauchte, und Greers standhafte Gegenwart hatte ihm den Willen geschenkt weiterzumachen, als seine Entschlossenheit ins Wanken gekommen war. Das war eine Schuld, die Peter niemals vollständig begleichen konnte: die Schuld des geborgten Mutes. Als er den alten Mann jetzt sah, spürte Peter, dass die Haft ihn verändert hatte – etwas in ihm strömte in einer neuen Tiefe, ein Fluss der inneren Ruhe. Anscheinend schöpfte er Kraft aus seiner Isolation.

Am Ende seines Besuchs erzählte Peter dem Major von der Höhle, von dem seltsamen Mann namens Ignacio und von Alicias Theorie zu dem, was er war. Während er sprach, hörte er, wie weit hergeholt das alles immer noch klang, und trotzdem spürte er, dass es stimmte. Allenfalls war seine Überzeugung, dass diese Information wichtig sei, im Laufe der letzten Tage noch gewachsen.

Greer stimmte ihm zu. »Vielleicht ist da was dran. ›Er hat uns verlassen‹, hat er gesagt?«

»Das waren seine Worte.«

Greer schwieg eine Weile und strich sich über den langen Bart. »Die Frage ist natürlich, wo ist Martínez hin. Hatte Alicia irgendeine Idee?«

»Nichts, was sie mir gesagt hätte.«

»Und was glauben Sie?«

»Ich glaube, sie zu finden ist komplizierter, als wir dachten.«

Er beobachtete Greers Gesicht und wartete. Als der Major

nicht antwortete, sagte er: »Mein Angebot steht. Wir könnten Sie wirklich gebrauchen.«

»Sie überschätzen mich, Peter. Ich war immer nur am Rande dabei.«

»Nicht für mich. Und Alicia würde das Gleiche sagen. Wir alle.«

»Ich danke für das Kompliment. Aber es ändert nichts. Was passiert ist, ist passiert.«

»Ich finde es trotzdem nicht richtig, dass Sie hier drin sind.«

Greer zuckte gleichmütig die Achseln. »Vielleicht ist es richtig, vielleicht nicht. Glauben Sie mir, ich habe über dieser Frage lange gebrütet. Das Expeditionsbataillon war mein Leben, und es fehlt mir. Aber ich habe getan, was ich in dem Augenblick für richtig hielt. Am Ende hat man nur das als Maßstab für sein Leben, und es ist eine ganze Menge.« Mit schmalen Augen sah er Peter an. »Aber das muss ich Ihnen nicht sagen, oder?«

Der Major hatte ihn richtig eingeschätzt. »Vermutlich nicht.«

»Sie sind ein guter Soldat, Peter. Das waren Sie immer schon, und was ich über die Uniform gesagt habe, war nicht gelogen. Sie passt zu Ihnen. Die Frage ist, passen Sie auch zu ihr?«

Die Frage klang nicht vorwurfsvoll – im Gegenteil. »An manchen Tagen frage ich mich das tatsächlich«, gestand Peter.

»Das geht jedem so. Das Militär ist, was es ist. Man kann kaum zur Latrine gehen, ohne ein Formular auszufüllen, in dreifacher Ausführung. Aber in Ihrem Fall, würde ich sagen, reicht die Frage tiefer. Der Mann, den ich da kopfüber im Netz gefunden habe – der befolgte niemandes Befehle außer seinen eigenen. Ich glaube, er hätte nicht mal gewusst, wie man das macht. Jetzt sind Sie hier, fünf Jahre später, und erzählen mir, das Zentralkommando will, dass Sie die Jagd aufgeben. Sagen Sie mir: Hat das Zentralkommando recht?«

»Natürlich nicht.«

»Und können Sie das denen begreiflich machen? Sie dazu bringen, es sich anders zu überlegen?«

»Ich bin ein untergeordneter Offizier. Die werden nicht auf mich hören.«

Greer nickte. »Denke ich auch. Da wären wir also.«

Sie schwiegen beide. Schließlich sagte Greer: »Vielleicht hilft das: Wissen Sie noch, was ich in der Nacht in Utah zu Ihnen gesagt habe?«

»Es gab viele Nächte, Lucius. Und vieles wurde gesagt.«

»Das stimmt. Aber in dieser speziellen Nacht – ich weiß nicht mehr genau, wo wir waren. Zwei Tage, nachdem wir die Farm verlassen hatten, jedenfalls. Wir hatten uns unter einer Brücke verkrochen. Überall waren Felsen, die ganz verrückt aussahen. Das weiß ich noch, weil sie bei Sonnenaufgang aussahen, als wären sie von innen beleuchtet. Sie hatten die erste Wache, ich wollte Sie ablösen, und wir beide sind ins Gespräch gekommen. Es war die Nacht, in der ich Sie gefragt habe, was Sie mit den Ampullen vorhätten, die Lacey Ihnen gegeben hatte.«

Plötzlich war alles wieder da. Die roten Felsen, die tiefe Stille der Landschaft, die entspannte Unterhaltung, als sie beide am Feuer saßen. Es war, als sei die Erinnerung fünf Jahre lang in Peters Kopf herumgeschwommen, ohne je an die Oberfläche zu kommen – bis jetzt. »Ich erinnere mich.«

Greer nickte. »Dachte ich mir. Und ich will nur sagen: Als Sie anboten, sich das Virus injizieren zu lassen, war das – ganz ehrlich – das Mutigste, was ich je erlebt hatte. Und ich hatte schon ein paar recht mutige Sachen erlebt. Ich selbst hätte das niemals fertiggebracht. Schon vorher hatte ich eine Menge Respekt vor Ihnen, aber danach ...« Er schwieg kurz. »In dieser Nacht in Utah habe ich etwas zu Ihnen gesagt. ›Alles, was passiert ist, ist mehr als nur Zufall.‹ Ich habe in dem Augenblick eigentlich eher mit mir selbst gesprochen und versucht, etwas in Worte zu fassen, das ich noch nicht ganz begreifen konnte, aber ich habe viel darüber nachgedacht. Dass Sie Amy gefunden haben, dass ich Sie gefunden habe, Lacey, Babcock, alles, was da auf dem Berg passiert ist. Die Ereignisse können einem beliebig erscheinen, während man sie erlebt, doch wenn man zurückschaut, was sieht man dann? Eine Kette von Zufällen? Schlichtes Glück? Oder mehr als das? Ich sage

Ihnen, was ich sehe, Peter: einen klaren Weg. Mehr als das: einen *wahren* Weg. Wie groß ist die Chance, dass diese Dinge von sich aus passiert sind? Dass jedes Mosaiksteinchen sich genau da an seinen Platz gelegt hat, als wir es brauchten? Hier ist eine Macht am Werk, mein Freund, etwas, das Ihr Verständnis übersteigt. Sie können es nennen, wie Sie wollen. Es braucht keinen Namen, denn es kennt den Ihren, mein Freund. Sie fragen sich, was ich den ganzen Tag hier drin mache, und die Antwort ist sehr einfach: Ich warte ab, was als Nächstes passiert. Und vertraue auf Gottes Plan.«

Er schenkte Peter ein rätselhaftes Lächeln. Auf seinem Gesicht und seiner nackten, muskulösen Brust lag eine Schweißschicht, deren Geruch scharf in der Luft hing.

»Hört es sich sonderbar an, wenn ich das sage? Wahrscheinlich denken Sie: *Der arme Kerl, so allein in dieser kleinen Schachtel, er muss den Verstand verloren haben.* Sie wären nicht der Erste.«

Peter brauchte einen Moment für seine Antwort. »Ehrlich gesagt, nein. Ich habe nur daran gedacht, wie sehr Sie mich an jemanden erinnern.«

»An wen?«

»Sie hieß Auntie.«

Jetzt erinnerte Greer sich. »Natürlich.« Er nickte gleichmütig. »Die Frau, die wir begraben haben, als wir in die Kolonie zurückgekehrt waren. Sie haben mir nie von ihr erzählt, und ich habe mich gewundert. Aber ich wollte nicht neugierig sein.«

»Sie hätten ruhig fragen können. Man könnte sagen, wir standen einander nah, obwohl man das bei Auntie nie genau wissen konnte. Ich glaube, die halbe Zeit hielt sie mich für jemand anderen. Und sie redete auch gern von Gott.«

»Ach ja?« Das schien Greer zu freuen. »Und was hat sie gesagt?«

Wie seltsam, dachte Peter, nach all den Jahren plötzlich wieder an Auntie zu denken. Wie die Nacht in Utah, von der Greer gesprochen hatte, tauchte jetzt auch die Erinnerung an die alte Frau und an die Zeit, die sie miteinander verbracht hatten, in seinem

Kopf auf, als wäre das alles gestern gewesen. Ihre überheizte Küche und der scheußliche Tee, die präzise, ja ehrfürchtige Anordnung der Dinge in ihrem kleinen Haus, der Möbel, Bücher, Bilder und Erinnerungsstücke. Ihre knotigen alten Füße, die nie in Schuhen steckten, ihr runzliger, zahnloser Mund und das feine Gewirr ihrer weißen Haare, die über ihrem Kopf in der Luft zu schweben schienen, ohne irgendwo mit ihr verbunden zu sein – wie Auntie selbst mit niemandem verbunden war: Sie lebte allein in ihrer Hütte am Rande der Lichtung, scheinbar in einem Reich ganz für sich, in einer Nische voll menschlicher Erinnerungen, außerhalb der Zeit. Jetzt, da Peter darüber nachdachte, war es wahrscheinlich das gewesen, was ihn zu ihr hingezogen hatte. Wenn er mit Auntie zusammen gewesen war, war ihm der tägliche Lebenskampf immer leichter vorgekommen.

»Gesagt hat sie mehr oder weniger das Gleiche. Es war nicht so leicht, sie zu verstehen.« Eine Erinnerung trieb herauf wie eine Luftblase. »Aber da war etwas. In derselben Nacht, in der Amy vor unserem Tor erschien.«

»Ja?«

»Sie sagte: ›Der Gott, den ich kenne, der kennt ein Erbarmen.‹«

Greer beobachtete ihn eindringlich. »Das hat sie zu Ihnen gesagt?«

Peter nickte. Er war immer noch ein bisschen überrascht, wie klar er sich daran erinnerte. »Damals dachte ich nur, so ist eben Auntie.«

Greer vertrieb die Schwermut mit einem plötzlich aufstrahlenden Lächeln. »Ja«, sagte er, »für mich hört es sich an, als hätte die Frau das eine oder andere gewusst. Schade, dass ich sie nie kennengelernt habe. Ich wette, wir beide hätten uns prima verstanden.«

Peter lachte. »Wissen Sie was? Ich glaube, das stimmt.«

Ein paar Sekunden vergingen, und Greer ließ Peters Gesicht nicht aus den Augen. »Also ist es vielleicht an der Zeit, dass Sie ein bisschen mehr Vertrauen haben, Peter. Mehr will ich eigentlich gar nicht sagen. Lassen Sie die Dinge auf sich zukommen.«

»Martínez zum Beispiel, meinen Sie.«

»Vielleicht, vielleicht nicht. Das weiß man erst, wenn man es weiß. Ich habe Sie nie gefragt, woran Sie glauben, Peter, und ich werde es auch jetzt nicht tun. Das kann jeder für sich selbst entscheiden. Und verstehen Sie mich nicht falsch. Ich bin auch Soldat, zumindest war ich einer. Die Welt braucht ihre Krieger, und der Tag wird kommen, da kaum etwas anderes zählt. Sie werden da sein, wenn gekämpft wird, mein Freund, daran habe ich keinen Zweifel. Aber hinter dieser Welt steckt mehr, als man auf den ersten Blick sieht. Ich habe nicht auf alles eine Antwort, aber so viel weiß ich.«

»Ich wünschte, ich hätte Ihre Zuversicht.«

Der Major tat diese Worte mit einem Achselzucken ab. »Ach, Sie versuchen doch nur, den Dingen auf den Grund zu gehen wie wir alle. Als ich im Waisenhaus aufwuchs, brachten die Schwestern uns bei, ein gläubiger Mensch sei von etwas überzeugt, das er letztlich nicht beweisen kann. Ich widerspreche nicht, aber es ist nur die halbe Wahrheit. Es geht um den Zweck, nicht um die Mittel. Vor hundert Jahren hat die Menschheit sich praktisch selbst vernichtet. Es wäre zu einfach zu glauben, dass Gott uns nicht besonders gern mag. Oder dass es keinen Gott *gibt,* dass alles ohne Sinn und Verstand ist und dass wir genauso gut die Flinte ins Korn werfen und uns verabschieden können: Vielen Dank, Planet Erde, war nett, dich kennenzulernen. Aber so sind Sie nicht, Peter. Für Sie geht es bei der Jagd auf die Zwölf um mehr. Um Fragen wie: Ist da draußen irgendjemand, der sich für uns interessiert? Sind wir es wert, gerettet zu werden? Was würde Gott von mir wollen, wenn es einen Gott gäbe? Der größte Glaube zeigt sich in der Bereitschaft, überhaupt zu fragen. Ein Glaube nicht nur an Gott, sondern an uns alle. Sie befinden sich in keiner leichten Lage, und ich schätze, Sie werden noch lange damit zu kämpfen haben. Aber es ist der richtige Weg, auf dem Sie gehen.«

In diesem Augenblick verstand Peter, was er sah. Greer war frei – ein freier Mann. Die Wände seines Käfigs bedeuteten nichts für ihn; sein Leben, sein Wesen, war ganz woanders, frei von den Fesseln der physischen Dinge. Es war äußerst überraschend, einen Mann zu beneiden, dessen ganzes Leben auf eine Knastzelle beschränkt war, die kaum größer war als eine anständige Latrine.

Der Schlüssel drehte sich im Schloss; ihre Zeit war zu Ende. Sanders kam herein, und die beiden Männer standen auf.

»Also«, sagte Greer und klatschte abschließend in die Hände. »Eine kleine Auszeit in Freeport, mit besten Empfehlungen vom Zentralkommando. Riecht nicht eben gut da, aber die Aussicht aufs Meer ist nett. Ein guter Ort, um ein bisschen nachzudenken. Sie haben es sich jedenfalls verdient.«

»Das hat Colonel Apgar auch gesagt.«

»Ein gescheiter Bursche, dieser Apgar.« Greer streckte die Hand aus. »Es war schön, Sie zu sehen, mein Freund.«

Peter nahm die Hand. »Passen Sie auf sich auf, ja?«

Greer grinste durch seinen dicken Bart. »Sie wissen doch, was man so sagt: ›Drei warme Mahlzeiten und ein Dach über dem Kopf.‹ Kein so schlechtes Leben, genau betrachtet. Und was den Rest angeht – ich kenne Sie, Peter. Sie werden den Dingen zur rechten Zeit auf den Grund kommen. Das ist übrigens etwas, das Sie mir beigebracht haben.«

Sanders begleitete ihn hinaus in den Korridor. Erst draußen fiel Peter ein, dass er vergessen hatte, Greer nach seinem zweiten Besucher zu fragen. Und noch etwas: Der Major hatte mit keinem Wort nach Amy gefragt.

»Hören Sie«, sagte Sanders, als sie durch die zweite Tür gingen, »es stört Sie hoffentlich nicht, wenn ich danach frage, aber … könnte ich eine Unterschrift von Ihnen haben?«

Der Wärter hielt ihm einen Zettel und einen Bleistiftstummel entgegen.

»Für meine Frau«, erklärte er. »Zum Beweis dafür, dass ich Sie gesehen habe.«

Verlegen nahm Peter den Zettel, kritzelte seinen Namen darauf und gab ihn zurück. Einen Moment lang starrte Sanders die Unterschrift nur an.

»Wow«, sagte er schließlich.

»Onkel Peter!«

Caleb löste sich von den anderen Kindern und kam über den Spielplatz gerannt. Im letzten Moment machte er drei hüpfende Schritte und katapultierte sich in Peters Arme. Fast warf er ihn dabei über den Haufen.

»Hey, immer langsam.«

Der Junge strahlte vor Freude. »Amy hat gesagt, du kommst!«

Peter fragte sich, woher sie das gewusst hatte. Aber sofort besann er sich. Amy wusste so etwas einfach, als sei ihr Geist im Einklang mit dem verborgenen Rhythmus der Welt. Als er Caleb in den Armen hielt, wurden seine Sinne geradezu überschwemmt: Er spürte das Gewicht des Jungen und seine Wärme, seinen heißen Atem und roch den Milchgeruch seiner Haare und seiner vom Spielen schweißfeuchten Haut, der sich mit dem chemischen Dufthauch der scharfen Seifenlauge mischte, die bei den Schwestern benutzt wurde. Andere Kinder schauten über den Spielplatz herüber. Peter sah aus den Augenwinkeln, dass Schwester Peg von ihrem Platz neben dem Kletterturm kühl herüberschaute. Sein unangemeldetes Erscheinen war eine Unterbrechung ihrer geliebten Routine.

»Lass dich mal richtig ansehen.«

Er ließ Caleb auf den Boden herunter. Wie immer fiel ihm die unheimliche Ähnlichkeit des Jungen mit seinem Bruder auf. Er verspürte schmerzliche Reue bei dem Gedanken an die Zeit, die er so achtlos hatte verstreichen lassen.

»Du wirst so groß, ich kann es kaum glauben.«

»Wo bist du gewesen?«, fragte der Junge sichtbar stolz. »Was hast du gesehen?«

»Eine ganze Menge. Ich war in New Mexico.«

»In New Mexico!«, wiederholte er mit grenzenlosem Staunen im Blick. Genauso gut hätte Peter ihm erzählen können, er sei auf dem Mond gewesen. In Kerrville war es weitgehend üblich, die Kinder nicht vor dem Wissen über die Virals zu beschützen, wie man es in der Kolonie getan hatte, aber Calebs kindlicher Geist hatte dieses Wissen noch nicht in all seinen Verästelungen verarbeitet. Für den Jungen war die Expedition ein großes Abenteuer, so wie in den Geschichten von Piraten oder Rittern, die ihnen die Schwestern aus den Büchern vorlasen. »Wie lange kannst du hierbleiben?«, fragte der Junge flehentlich.

»Nicht lange, fürchte ich. Aber wir haben noch den Rest des Nachmittags. Und dann komme ich bald wieder, wahrscheinlich schon in einer Woche oder so. Was möchtest du gern machen?«

Calebs Antwort kam wie aus der Pistole geschossen. »Zum Damm gehen.«

»Warum dahin?«

»Da kann man alles sehen!«

Peter merkte, dass er lächelte. In solchen Augenblicken spürte er etwas von sich selbst in seinem Neffen, die gleiche unabweisbare Macht der Neugier, die sein Leben beherrschte. »Also zum Damm.«

Schwester Peg kam hinter dem Jungen heran. Zierlich wie ein Vogel war die Schwester nichtsdestoweniger eine imposante Gestalt, und mit einem einzigen tadelnden Blick ihrer dunklen Augen konnte sie einem die Eingeweide im Leib zusammenschrumpfen lassen. Diejenigen unter Peters Kameraden, die im Waisenhaus aufgewachsen waren – Männer, die schreckliche Strapazen und endlose Gefahren überstanden hatten –, sprachen von ihr mit einer Ehrfurcht, die an Entsetzen grenzte. *Mein Gott,* sagten sie alle, *diese Frau hat uns eine Scheißangst eingejagt.*

»Hallo, Schwester.«

Ihr Gesicht, eine verwitterte Topografie aus tiefen Furchen und trockenen Ebenen, war unbewegt in der vorläufigen Zurückhaltung eines Urteils. Sie wahrte einen Abstand, der geringfügig größer war als der, den man in einem normalen Gespräch hielt – eine kleine, aber bedeutsame Variation, die ihre gebieterische Präsenz noch verstärkte. Ihre Zähne waren gelblich braun verfärbt, weil sie Maisgrannen rauchte – eine unverständliche Angewohnheit, die in der Stadt weit verbreitet war und die Peter mit einer Mischung aus Staunen und Ekel betrachtete.

»Lieutenant Jaxon, ich hatte Sie nicht erwartet.«

»Sorry, es kam alles ziemlich plötzlich. Haben Sie was dagegen, wenn ich ihn für den Rest des Tages mitnehme?«

»Es wäre besser, wenn Sie uns eine Nachricht geschickt hätten. Wir halten uns hier an eine gewisse Ordnung.«

Caleb vibrierte am ganzen Leibe vor Energie. »Bitte, Schwester!«

Ihr herrischer Blick senkte sich kurz und prüfend auf den Jungen hinunter. Deltaförmige Fächer aus feinen Falten an ihren Mundwinkeln vertieften sich, als sie die Wangen einsog. »Ich denke, angesichts der Umstände ist es wohl in Ordnung. Wohlgemerkt, es ist eine Ausnahme, und achten Sie auf die Sirene, Lieutenant. Ich weiß, ihr Expeditionäre bildet euch ein, ihr wärt über die Vorschriften erhaben, aber das lasse ich nicht zu.«

Peter ließ die Spitze hingehen. Es war schließlich etwas Wahres daran. »Um sechs liefere ich ihn wieder ab.« Unter ihrem vernichtenden Blick bemühte er sich bei der nächsten Frage unversehens, merkwürdig beiläufig zu klingen. »Ist Amy hier? Ich würde gern kurz bei ihr Hallo sagen, bevor wir gehen.«

»Sie ist leider auf den Markt gegangen. Sie haben sie knapp verpasst.« Auf diese Bekanntmachung folgte ein ungeduldiger Seufzer. »Ich nehme an, Sie werden zum Abendessen bleiben wollen.«

»Danke, Schwester. Das ist sehr nett von Ihnen.«

Die Förmlichkeiten langweilten Caleb. Er zog an Peters Hand. »Bitte, Onkel Peter, ich möchte jetzt gehen.«

Für einen Augenblick, nicht mehr als eine halbe Sekunde lang, bekam die strenge Miene der Frau feine Risse, und eine beinahe mütterliche Zärtlichkeit schimmerte in ihren Augen auf. Aber ebenso schnell war es wieder vorbei, und Peter fragte sich, ob er es sich nur eingebildet hatte.

»Achten Sie auf die Uhr, Lieutenant. Ich warte auf Sie.«

Der Damm war in vieler Hinsicht das Herz der Stadt. Mit dem Öl, das die Generatoren antrieb, hatte Kerrville den Guadalupe River in Dienst genommen, der sowohl Wasser für die Felder lieferte als auch teilweise als Barriere nach Süden und Westen fungierte – noch niemand hatte je gesehen, dass ein Viral auch nur *versucht* hätte zu schwimmen. Man nahm allgemein an, dass sie entweder wasserscheu waren oder einfach nicht schwimmen *konnten*, und dies erklärte, warum die Stadt so lange überdauert hatte. Der Fluss selbst hatte in der Anfangszeit nur spärliche Ausmaße besessen, ein schmaler und unbedeutender Wasserlauf, der im Sommer zu einem Rinnsal verkümmert war. Aber ein verheerendes Hochwasser im Frühjahr 22, Vorbote einer Klimaveränderung, die den Pegel des Flusses dauerhaft um ungefähr drei Meter anheben sollte, hatte seine Zähmung notwendig gemacht. Es war ein in jeder Hinsicht gigantisches Projekt gewesen, das die vorübergehende Umleitung des Flusslaufs und die Bewegung gewaltiger Erd- und Kalksteinmassen erfordert hatte, um die schüsselförmige Mulde auszuheben, die als Staubecken dienen würde. Hinzu kam die Errichtung des Dammes selbst, eine Ingenieursleistung in einem Maßstab, den Peter immer mit der Zeit Davor assoziiert hatte, nicht mit der Welt, die er kannte. Der Tag, an dem das Wasser zum ersten Mal freigegeben wurde, galt als zentrales Ereignis in der Geschichte der Republik; mehr als alles andere in Kerrville machte ihm die Bändigung der Naturgewalten durch den Damm deutlich, wie zerbrechlich die Kolonie im Vergleich dazu gewesen war. Sie konnten von Glück sagen, dass sie so lange durchgehalten hatten.

Eine Stahlgittertreppe führte nach oben. Caleb stürmte im Laufschritt hinauf, ohne auf Peter zu hören, der ihn laut zur Vorsicht ermahnte. Als Peter die letzte Kehre nahm, war Caleb schob oben und spähte über das Wasser hinweg zur gezackten Silhouette der Berge am Horizont. Zehn Meter tief unter ihnen dehnte sich der Wasserspiegel des Stausees mit atemberaubender Klarheit. Peter sah sogar Fische da unten, weiße Umrisse, die träge durch das gläserne Wasser zogen.

»Was ist da draußen?«, fragte der Junge.

»Na ja, hauptsächlich noch mehr Texas. Die Berge, die du da siehst, sind nur ein paar Meilen weit weg.«

»Wo ist New Mexico?«

Peter zeigte nach Westen. »Aber das ist wirklich richtig weit weg. Drei Tage mit einem Transport und ohne anzuhalten.«

Der Junge nagte an der Unterlippe. »Ich möchte es sehen.«

»Eines Tages siehst du es vielleicht.«

Sie gingen auf der geschwungenen Krone des Damms bis zum westlichen Überlauf. Durch eine Reihe von Ventilen wurde das Wasser dort in regelmäßigen Abständen in ein breites Becken abgelassen und mit Hilfe von Gravitationspumpen zum landwirtschaftlichen Komplex weitergeleitet. In der Ferne markierten Türme in regelmäßigen Abständen den Beginn der Zone Orange. Wieder blieben die beiden stehen und betrachteten die Aussicht. Wieder sah Peter bewundernd, wie ausgeklügelt das alles war. Es war, als fließe die menschliche Geschichte an diesem einen Ort immer noch in einem ungebrochenen Kontinuum, unbeeinflusst von der harten Trennung der Zeitalter, die der Rest der Welt durch die Virals erlitten hatte.

»Du siehst aus wie er.«

Peter drehte sich um und sah, dass Caleb ihn mit nachdenklich schmalen Augen anschaute. »Wen meinst du?«

»Theo. Meinen Vater.«

Peter war verblüfft: Woher konnte der Junge wissen, wie Theo ausgesehen hatte? Das konnte er natürlich nicht, aber darum ging es auch nicht. Calebs Feststellung war so etwas wie ein Wunsch, sah er. So konnte der Junge seinen Vater lebendig erhalten.

»Das haben alle gesagt. Ich sehe viel von ihm in dir, weißt du.«

»Fehlt er dir?«

»Jeden Tag.« Sie schwiegen ernst, und dann fuhr Peter fort: »Aber ich sag dir was. Solange wir uns an einen Menschen erinnern, ist er nicht wirklich fort. Seine Gedanken, seine Gefühle, seine Erinnerungen werden ein Teil von uns. Und auch wenn du glaubst, du erinnerst dich nicht an deine Eltern, tust du es doch. Sie sind in dir, wie sie auch in mir sind.«

»Aber ich war noch ein Baby.«

»Das gilt vor allem für Babys.« Peter hatte einen Einfall. »Weißt du, was die Farm ist?«

»Wo ich geboren wurde?«

Peter nickte. »Genau. Sie hatte etwas Besonderes. Es war, als würden wir dort für alle Zeit in Sicherheit sein, als wäre da etwas, das auf uns aufpasste.« Er sah den Jungen an. »Dein Vater meinte, es sei ein Geist, weißt du.«

Der Junge machte große Augen. »Und du?«

»Ich weiß es nicht. Ich habe im Laufe der Jahre viel darüber nachgedacht. Vielleicht war es einer. Zumindest eine Art Geist. Vielleicht haben Orte auch Erinnerungen.« Er legte dem Jungen eine Hand auf die Schulter. »Ich weiß nur, die Welt wollte, dass du geboren wirst, Caleb.«

Der Junge schwieg kurz. Dann erblühte auf seinem Gesicht ein mutwilliges Grinsen, und er offenbarte seinen Plan. »Weißt du, was ich jetzt machen möchte?«

»Sag's mir.«

»Ich möchte schwimmen gehen.«

Es war kurz nach vier, als sie unten am Überlauf ankamen. Sie blieben am Rand des Beckens stehen und zogen sich bis auf die Unterhosen aus. Als Peter auf die Felsen hinaustrat und sich umdrehte, sah er, dass Caleb wie erstarrt am Rand stehen geblieben war.

»Was ist los?«

»Ich kann nicht schwimmen.«

Irgendwie hatte er das nicht vorausgesehen. Er streckte dem Jungen die Hand entgegen. »Komm, ich bring's dir bei.«

Das Wasser war schrecklich kalt und schmeckte stark mineralisch. Caleb war erst ängstlich, aber nachdem er eine halbe Stunde herumgeplantscht hatte, wuchs sein Selbstvertrauen. Noch einmal zehn Minuten, und er paddelte wie ein Hund allein im Wasser herum.

»Sieh her! Sieh doch!«

Peter hatte den Jungen noch nie so vergnügt gesehen. »Halte dich an meinem Rücken fest«, sagte er.

Der Junge kletterte auf seinen Rücken und klammerte sich an seine Schultern. »Was machen wir jetzt?«

»Atme tief ein und halte die Luft an.«

Zusammen tauchten sie hinunter. Peter ließ Luft aus der Lunge, streckte die Arme aus und stieß die Beine seitwärts wie ein Frosch. So glitten sie über dem steinigen Grund dahin; der Junge klammerte sich fest an ihn und wehte wie ein Cape auf seinem Rücken. Das Wasser war kristallklar. Erinnerungen an die Grotte, in der er als Kind herumgeplantscht hatte, kamen ihm in den Sinn. Genau das Gleiche hatte er mit seinem Vater getan.

Noch drei Beinstöße, und sie stiegen wieder hinauf und brachen durch die Oberfläche ins Licht. »Wie war das?«, fragte Peter.

»Ich hab Fische gesehen!«

»Hab ich doch gesagt.«

Wieder und wieder tauchten sie so, und für den Jungen nahm der Spaß kein Ende. Es war nach halb sechs, und die Schatten wurden länger, als Peter erklärte, nun sei Schluss. Vorsichtig stiegen sie auf die Felsen hinauf und zogen sich an.

»Ich kann's nicht erwarten, den Schwestern zu erzählen, dass wir draußen waren«, sagte Caleb strahlend.

»Wahrscheinlich ist es besser, wenn du das nicht tust. Es bleibt unter uns, okay?«

»Ein Geheimnis?« Der Junge sprach das Wort mit der Lust am Verbotenen aus. Jetzt waren sie zwei Verschwörer.

»Genau.«

Der Junge schob seine kleine, feuchte Hand in Peters, als sie zum Tor des Wasserwerks gingen. In ein paar Minuten würde die Sirene ertönen. Ein liebevolles Gefühl überkam ihn: *Deshalb bin ich hier.*

Er fand sie in der Küche. Sie stand vor einem wuchtigen Herd mit kochenden Töpfen. Es war laut und heiß hier drin. Geschirr klapperte, die Schwestern liefen hin und her, und im Speisesaal schwoll der Lärm aufgeregter Stimmen an, als die Kinder sich draußen versammelten. Amy hatte ihm den Rücken zugewandt. Ihr schwarz schimmerndes Haar reichte in einem dicken Zopf bis zur Taille. Zögernd blieb er in der Tür stehen und beobachtete sie. Sie war anscheinend völlig in ihre Arbeit vertieft; mit einem langen Holzlöffel rührte sie in einem Topf, kostete und gab ein bisschen Salz hinein, und dann lief sie leichtfüßig hinüber zu einem der Ziegelöfen und zog mit einem langen Paddel ein halbes Dutzend frisch gebackene Brote heraus.

»Amy.«

Sie drehte sich um. Sie trafen sich in der Mitte der betriebsamen Küche, und nach einem Augenblick der Unsicherheit umarmten sie einander.

»Die Schwester hat mir gesagt, dass du hier bist.«

Er trat einen Schritt zurück. In ihrer Berührung hatte er es gespürt: Da war etwas Neues in ihr. Längst verschwunden war das stimmlose, traumatisierte, heimatlose Kind mit den verfilzten Haaren und den zusammengesuchten Kleidern. Der Lauf ihres Alterns schien schubweise vonstattenzugehen und war weniger eine Sache körperlichen Wachstums als vielmehr einer immer tiefer reichenden Selbstgewissheit, als nehme sie nach und nach ihr Leben in Besitz. Und immer dieser Widerspruch: Die Person, die da vor ihm stand, allem Anschein nach ein junger Teenager, war in Wirklichkeit der älteste Mensch auf der Erde. Peters lange Abwesenheit, eine Ewigkeit für Caleb, war für Amy nicht mehr als ein Augenblick gewesen.

»Wie lange kannst du bleiben?« Sie ließ sein Gesicht nicht aus den Augen.

»Nur heute Nacht. Ich muss morgen wieder abrücken.«

»Amy«, rief eine der Schwestern vom Herd herüber, »ist diese Suppe fertig? Da draußen wird es laut.«

Amy rief knapp über die Schulter. »Moment.« Dann sagte sie zu Peter: »Wie sich zeigt, bin ich keine so schlechte Köchin. Halte mir einen Platz frei.« Rasch drückte sie seine Hand. »Es tut wirklich gut, dich zu sehen.«

Peter ging hinaus in den Speisesaal, wo die Kinder sich, nach Alter geordnet, an langen Tischen niedergelassen hatten. Ein ohrenbetäubender Lärm herrschte hier, ein Dröhnen wie von einer gewaltigen Maschine. Er setzte sich neben Caleb ans Ende einer Bank, als Schwester Peg vorn erschien und in die Hände klatschte.

Es war, als habe der Blitz eingeschlagen. Angespannte Stille erfüllte den Saal. Rings um jeden Tisch herum reichten die Kinder einander die Hände und senkten die Köpfe. Peter wurde in den Kreis aufgenommen, von Caleb auf der einen Seite und einem kleinen Mädchen mit braunem Haar, das ihm gegenübersaß.

»Himmlischer Vater«, begann die Frau und schloss die Augen, »wir danken dir für dieses Mahl, für unsere Gemeinschaft und für den Segen deiner Liebe und Fürsorge, den du uns in deiner Barmherzigkeit schenkst. Wir danken dir für den Reichtum der Erde und des Himmels über uns und auch für den Schutz, den du uns gibst, bis unser kommendes Leben beginnt. Und schließlich danken wir dir für die Anwesenheit eines besonderen Gastes, eines unserer tapferen Soldaten, der nach einer gefährlichen Reise heute Abend bei uns sein kann. Wir bitten dich, behüte ihn und alle seine Kameraden auf all ihren Wegen. Amen.«

Ein Chor von lauten Stimmen antwortete: »AMEN.«

Also hatte Schwester Peg anscheinend doch nicht allzu viel dagegen, dass er hier war. Er war ehrlich gerührt. Das Essen wurde aufgetragen: Kessel mit Suppe, Brot in dicken, dampfenden Scheiben, Krüge mit Wasser und Milch. Am Kopfende eines jeden Tisches löffelte eine Schwester die Suppe in die Schalen und reichte sie am Tisch hinunter, und die Krüge machten die Runde. Amy schob sich neben Peter auf die Bank.

»Sag mir, wie du die Suppe findest«, forderte sie ihn auf.

Sie war köstlich – das Beste, was er seit Monaten gegessen hatte.

Das Brot war so weich und warm in seinem Mund, dass er am liebsten gestöhnt hätte. Er widerstand dem Drang, um Nachschlag zu bitten, weil er dachte, das sei unhöflich, aber kaum war seine Schale leer, kam eine Schwester und brachte ihm eine neue.

»Wir haben nicht oft Besuch«, sagte sie, und ihr Gesicht war rosig vor Verlegenheit. Rasch huschte sie wieder davon.

Sie sprachen über das Waisenhaus und über Amys Aufgaben – sie arbeitete in der Küche, brachte den kleinsten Kindern das Lesen bei und tat, wie sie selbst sagte, »alles, was sonst getan werden muss«. Peter berichtete ihr von den anderen, allerdings nur ganz flüchtig: Erst wenn die Kinder zu Bett gegangen wären, würden sie ernsthaft miteinander reden können. Caleb an seiner Seite war in eine lebhafte Unterhaltung mit einem anderen Jungen vertieft. Peter konnte nur oberflächlich folgen, aber es ging um Springer und Damen und Bauern. Als der andere Junge den Tisch verlassen hatte, fragte er Caleb, worüber sie gesprochen hätten.

»Über Schach.«

»Schacht?«

Caleb verdrehte die Augen. »Nein, *Schach*. Das ist ein Spiel. Ich kann es dir beibringen, wenn du willst.«

Peter sah Amy an, und sie lachte. »Du wirst verlieren.«

Nach dem Essen und dem Abwaschen gingen sie zu dritt in den Gemeinschaftsraum. Caleb holte das Brett und erklärte die Namen der einzelnen Figuren und die Züge, die man damit machen konnte. Als er bei den Springern angekommen war, schwirrte Peter der Kopf.

»Das kannst du wirklich alles im Kopf behalten? Wie lange hast du gebraucht, um das Spiel zu lernen?«

Caleb zückte unschuldsvoll die Schultern. »Nicht lange. Es ist ziemlich einfach.«

»Es klingt aber nicht einfach.« Er drehte sich zu Amy um, die zurückhaltend lächelte.

»Sieh mich nicht an«, protestierte sie. »Da musst du allein durch.«

Caleb wedelte mit der Hand über dem Brett. »Du kannst anfangen.«

Die Schlacht begann. Peter hatte vorgehabt, den Jungen zu schonen – es war schließlich ein Kinderspiel, und zweifellos würde er den Bogen schnell heraushaben –, aber sofort wurde ihm klar, wie sehr er seinen jungen Gegner unterschätzt hatte. Caleb schien seine Taktik vorauszusehen. Er reagierte, ohne zu zögern, und setzte seine Figuren schnell und sicher. In seiner wachsenden Verzweiflung entschied Peter sich anzugreifen und schlug mit seinem Springer einen von Calebs Läufern.

»Bist du sicher, dass du das tun willst?«, fragte der Junge.

»Äh ... nein.«

Caleb studierte das Brett und stützte das Kinn auf beide Handballen. Peter spürte den komplexen Gang seiner Gedanken: Der Junge entwickelte eine Strategie und sah eine Serie von Zügen und Gegenzügen im Geiste vor sich. Mit fünf Jahren, dachte Peter. Erstaunlich.

Caleb rückte mit seinem Turm um drei Felder vor und nahm ihm den zweiten Springer, den Peter versehentlich ungedeckt gelassen hatte. »Jetzt pass auf«, sagte er.

Ein kurzer Zugwechsel, und Peters König war umzingelt. »Schachmatt«, verkündete der Junge.

Peter starrte verzweifelt auf das Brett. »Wie hast du das so schnell geschafft?«

Amy lachte neben ihm. Es klang warm und ansteckend. »Ich hab's dir gesagt.«

Caleb grinste breit. Peter begriff, was passiert war: Erst das Schwimmen, jetzt das hier. Sein Neffe hatte den Spieß mühelos umgedreht und ihm gezeigt, was er konnte.

»Man muss nur vorausdenken«, erklärte Caleb. »Versuchen, es wie eine Geschichte zu sehen.«

»Sag mir die Wahrheit. Wie gut kannst du es?«

Caleb zuckte bescheiden die Achseln. »Früher konnten ein paar größere Kinder mich schlagen. Aber jetzt nicht mehr.«

Peter war stolz. Noch nie im Leben hatte er so gern verloren. »Ist das wahr? Na, dann stell die Figuren wieder auf, Freundchen. Ich will Revanche.«

Caleb hatte seinen dritten Sieg hintereinander errungen – und jeder war unbarmherziger und entschiedener –, als die Glocke ihn in den Schlafsaal rief. Die Zeit war allzu schnell vergangen. Amy ging in den Schlafsaal der Mädchen und überließ es Peter, den Jungen zu Bett zu bringen. Im Schlafsaal zog Caleb sein Nachthemd an und kniete neben seiner Pritsche auf dem Steinboden nieder. Rasch faltete er die Hände und begann eine lange Litanei von »Gott segne«, die mit »meine Eltern im Himmel« begann und mit Peter endete.

»Du kommst immer als Letzter«, sagte der Junge und kletterte in sein Bett. »Du sollst auch beschützt werden.«

»Und wer ist Mouser?«

Mouser war der Kater. Peter hatte das arme Tier im Gemeinschaftsraum auf einem Fenstersims liegen sehen, ein klägliches Lumpending, dessen Haut über den spröden alten Knochen hing wie Wäsche an der Leine. Peter zog Caleb die Decke bis unters Kinn, beugte sich über ihn und drückte ihm einen Kuss auf die Stirn. Schwestern gingen zwischen den Reihen der Betten hin und her und brachten die anderen Kinder zur Ruhe. Das Licht war schon gelöscht worden.

»Wann kommst du wieder, Onkel Peter?«

»Ich weiß es nicht genau. Bald, hoffe ich.«

»Können wir dann wieder schwimmen gehen?«

Ein warmes Gefühl breitete sich in seinem Körper aus. »Nur wenn du mir versprichst, dass wir auch wieder Schach spielen. Ich glaube, ich hab's noch nicht ganz begriffen. Ich könnte ein paar Tipps gebrauchen.«

Der Junge strahlte. »Versprochen.«

Amy erwartete ihn im leeren Gemeinschaftsraum. Der Kater strich um ihre Füße herum. Peter musste sich um 21.00 Uhr in der Kaserne zurückmelden. Sie hatten also nur ein paar Minuten Zeit füreinander.

»Das arme Ding«, sagte Peter. »Warum schläfert ihn niemand ein? Es kommt mir grausam vor.«

Amy strich dem Kater über die Wirbelsäule. Ein leises Schnurren kam aus dem bebenden Körper, als er ihr den Rücken entgegenkrümmte. »Seine Zeit ist vorüber, schätze ich. Aber die Kinder lieben ihn über alles, und die Schwestern halten nichts davon: Nur Gott darf ein Leben nehmen.«

»Sie waren offensichtlich noch nie in New Mexico.«

Das war scherzhaft gemeint – aber nicht nur. Sie saßen einander gegenüber an einem kleinen Tisch, und Amy betrachtete ihn teilnahmsvoll. »Du siehst besorgt aus, Peter.«

»Es läuft nicht so gut da draußen. Willst du es genauer wissen?«

»Vielleicht ein andermal.« Sie schaute ihm forschend ins Gesicht. »Er liebt dich, weißt du. Er redet dauernd von dir.«

»Wenn du so etwas sagst, bekomme ich ein schlechtes Gewissen. Aber wahrscheinlich habe ich es verdient.«

Sie hob Mouser auf ihren Schoß. »Er versteht es ja. Ich sag's dir nur, damit du weißt, wie wichtig du ihm bist.«

»Und du? Geht es dir hier gut?«

Sie nickte. »Im Großen und Ganzen schon. Ich mag die Leute hier – die Kinder, die Schwestern. Und da ist natürlich Caleb. Vielleicht zum ersten Mal im Leben fühle ich mich ... ich weiß es nicht. Nützlich. Es ist schön, einfach ein gewöhnlicher Mensch zu sein.«

Peter staunte über die entspannte Offenheit dieses Gesprächs. Irgendeine Schranke zwischen ihnen war gefallen. »Wissen die anderen Schwestern Bescheid? Abgesehen von Schwester Peg, meine ich.«

»Ein paar. Vielleicht vermuten sie auch nur etwas. Ich bin seit fünf Jahren hier, und sie müssen merken, dass ich nicht älter werde. Ich glaube, für Schwester Peg bin ich ein kleines Problem – etwas, das eigentlich nicht zu ihrer Sicht der Dinge passt. Aber sie spricht darüber nicht mit mir.« Amy lächelte. »Immerhin mache ich ja eine kolossale Gerstensuppe.«

Allzu schnell war der Augenblick seines Abschieds da. Amy brachte ihn zur Tür, und er zog das Bündel Geldscheine aus der Tasche.

»Gib das Schwester Peg, okay?«

Amy nickte wortlos und stopfte das Geld in die Rocktasche. Noch einmal zog sie ihn an sich, und diesmal umarmte sie ihn noch heftiger. »Du hast mir wirklich gefehlt.« Ihre Stimme klang gedämpft an seiner Brust. »Sieh dich vor, ja? Versprich es mir.«

Ihre Beharrlichkeit hatte etwas Bedeutungsschwangeres. Ein Gefühl von Endgültigkeit lag darin wie bei einem ernsten Abschied. Sie sprach etwas nicht aus – aber was? Und noch etwas: Ihr Körper strahlte eine fieberhafte Hitze aus. Er spürte, wie sie durch das schwere Tuch seiner Uniform pulsierte.

»Du brauchst dir keine Sorgen um mich zu machen. Ich komme schon klar.«

»Ich mein's ernst, Peter. Wenn irgendetwas passieren sollte, könnte ich es nicht ...« Ihre Stimme verklang, als verwehte sie in einem unhörbaren Wind. »Ich könnte es einfach nicht.«

Jetzt war er sicher. Es gab etwas, das sie ihm nicht sagte. Er schaute ihr forschend ins Gesicht. Schweiß glänzte matt auf ihrer Stirn.

»Fühlst du dich gut?«

Sie nahm seine Hand, hob sie hoch und drückte die Handfläche an seine, sodass ihre Fingerspitzen einander leicht berührten. Es war gleichermaßen eine Geste des Zusammenseins und des Abschieds, der Verbindung und der Trennung.

»Weißt du noch, wie ich dich geküsst habe?«

Sie hatten nie darüber gesprochen – von diesem kurzen, vogelhaften Kuss in der Mall, den sie ihm gegeben hatte, als die Virals auf sie zuströmten. Seitdem war viel passiert, aber Peter hatte es nicht vergessen. Wie sollte er auch?

»Ich habe oft darüber nachgedacht«, gestand er.

Ihre erhobenen Hände schwebten in der Dunkelheit zwischen ihnen. Es war, als versuchte sie eine Bedeutung zu erahnen, die sie selbst in den Raum gestellt hatte. »Ich war so lange allein gewesen.

Ich kann es nicht einmal beschreiben. Und plötzlich warst du da. Ich konnte es nicht glauben.« Sie fuhr hoch wie aus einer Trance, riss die Hand weg und sah plötzlich verwirrt aus. »Das ist alles. Jetzt geh lieber, sonst kommst du zu spät.«

Er wollte nicht gehen. Wie der Kuss, so schien auch das Gefühl ihrer Hand an seiner die einzigartige Macht zu haben, in seinen Sinnen nachzuklingen; so als sei es dauerhaft in seine Fingerspitzen eingedrungen. Er wollte noch mehr sagen, aber er fand die Worte nicht, und der Augenblick verstrich.

»Es geht dir wirklich gut? Ich mache mir Sorgen um dich.«

Ihr Gesicht formte sich zu einem Lächeln. »Es ging mir nie besser.«

Sie sah wirklich krank aus, dachte er. »Na, in zehn Tagen bin ich wieder da.«

Amy antwortete nicht.

»Dann sehe ich dich wieder, ja?« Er wusste nicht, warum er diese Frage stellte.

»Natürlich, Peter. Wo sollte ich denn hingehen?«

Als Peter fort war, machte Amy sich auf den Weg ins Schwesternquartier, eine kleinere Version des Schlafsaals der Kinder. Die anderen Schwestern schliefen schon, und ein paar der älteren schnarchten leise. Sie zog ihren Kittel aus, legte sich ins Bett und wartete auf den Frieden des Schlafs.

Einige Zeit später schrak sie hoch. Kalter Schweiß drang in ihr Nachthemd. Die Turbulenzen unbehaglicher Träume wogten immer noch in ihr.

Amy, hilf ihm.

Sie erstarrte.

Er wartet auf dich, Amy. Auf dem Schiff.

– Vater?

Geh zu ihm geh zu ihm geh zu ihm geh zu ihm ...

Sie stand auf, erfasst von einer plötzlichen Zielstrebigkeit. Der Augenblick war da.

Eine Pflicht blieb ihr noch, eine letzte Aufgabe in diesen letzten Tagen eines Lebens, das sie – wenn auch nur kurz – geliebt hatte: diese Tage in stiller Nützlichkeit mit Caleb und den Schwestern und den Kindern, eingetaucht in einen Alltag, in dem sie nicht anders war als alle anderen. Durch stille Korridore tappte sie in den Gemeinschaftsraum. Den Kater fand sie da, wo sie ihn zurückgelassen hatte: auf dem Fenstersims. Erschöpfung lag in seinem Blick, seine Glieder waren schlaff, und er konnte kaum den Kopf heben.

Bitte, sagten seine Augen. *Ich habe Schmerzen. Es geht alles schon viel zu lange.*

Sanft hob sie ihn an die Brust, strich ihm mit der Hand über den Rücken und drehte sich um, sodass er das Fenster und die Sternennacht dahinter sehen konnte.

»Siehst du die hübsche Welt, Mouser?«, murmelte sie ihm ins Ohr. »Siehst du die hübschen Sterne?«

Das ist … schön.

Mit einem Knacken brach sein Genick, und er erschlaffte in ihren Armen. Amy blieb eine Weile so stehen, während sein Leben verwehte wie Sand; sie streichelte sein Fell und küsste seinen Kopf und sein Gesicht. *Leb wohl, Mouser. Gott sei mit dir. Die Kinder haben dich geliebt, und du wirst sie wiedersehen.* Sie ging mit ihm hinaus zum Gartenschuppen, um eine Schaufel zu suchen.

31

»Na, das nenne ich eine Überraschung!«

Ein ölverschmierter Mann hatte Peter den Weg zum Marketender gezeigt, und dort fand er Michael zusammen mit einem Dutzend Männern und Frauen, die mit schmutzigen Händen am Tisch saßen und sich Bohnen in den Mund schaufelten. Michael sprang auf und schlug ihm auf die Schulter.

»Peter Jaxon, so wahr ich hier stehe!«

»Verdammt, Michael. Du bist ein Riese geworden.«

Die Brust seines Freundes schien ihren Umfang verdoppelt zu haben. Der Overall spannte sich darüber, und seine Arme waren muskelbepackt. Seine Wangen waren rau von kräftigen blonden Stoppeln.

»Um die Wahrheit zu sagen, hier kann man wenig tun außer Öl gewinnen und Gewichte stemmen. Und ganz unter uns: Niemand hier sagt ›verdammt‹. Es heißt immer nur ›*fuck* dies‹ und ›*fuck* das‹.« Er deutete zum Tisch. »Das ist meine Crew. Sagt Hallo zu Peter, *hombres*.«

Alle stellten sich vor, und Peter tat sein Bestes, um sich die Namen einzuprägen, aber er wusste, dass er sie in wenigen Minuten wieder vergessen haben würde.

»Hunger?«, fragte Michael. »Der Fraß ist nicht übel, wenn man durch den Mund atmet.«

»Ich sollte mich zuerst beim Chef der DS melden.«

»Der kann warten. Da es bereits nach ein Uhr mittags ist, stehen die Chancen nicht schlecht, dass der gute Stark schon voll ist. Eigentlich musst du zu Karlovic, aber der ist oben in der Reserve. Komm, ich hol dir einen Teller.«

Beim Essen tauschten sie ihre Neuigkeiten aus. Dann brachten sie ihre Tabletts in die Küche und gingen hinaus.

»Riecht es hier immer so übel?«, fragte Peter.

»Oh, heute ist ein guter Tag. Wenn der Wind dreht, kommen dir die Tränen. Weht den ganzen Scheiß vom Kanal herunter. Komm, ich zeige dir alles.«

Ihre erste Station war die Unterkunft, ein Hohlblockkasten mit einem rostigen Blechdach. Schlafkojen mit Vorhängen säumten die Wände. Ein massiger Mann mit schmalem Gesicht saß an einem Tisch in der Mitte des Raumes und schob einen Satz Spielkarten hin und her.

»Das ist Juan Sweeting, mein zweiter Mann«, sagte Michael. »Man nennt ihn Ceps.«

Sie gaben einander die Hand, und der Mann begrüßte ihn mit einem Grunzen.

»Woher kommt der Name Ceps?«, fragte Peter. »Den hab ich noch nie gehört.«

Der Mann winkelte die erhobenen Arme an und ließ die Bizepsmuskeln zur Größe von Grapefruits anschwellen.

»Ah«, sagte Peter, »verstehe.«

»Keine Sorge«, sagte Michael, »seine Manieren sind nicht die besten, und beim Lesen bewegt er die Lippen, aber er benimmt sich ganz gut, solange man nicht vergisst, ihn zu füttern.«

Eine Frau kam aus einer der Kojen; sie trug nur Unterwäsche und gähnte in die Faust. »Mein Gott, Michael, ich hab versucht, ein bisschen zu schlafen.« Peter staunte, als sie Michael die Arme um den Hals schlang und ein gieriges Lächeln auf ihrem Gesicht erstrahlte. »Es sei denn natürlich …«

»Nicht jetzt, *mi amiga*.« Michael befreite sich sanft aus ihrer

Umarmung. »Falls du es nicht bemerkt hast, wir haben Besuch. Lore, das ist Peter. Peter – Lore.«

Sie hatte eine schlanke, kräftige Figur und sonnengebleichtes, kurz geschnittenes Haar. Sie war attraktiv auf eine unkonventionelle, irgendwie männliche Art und strahlte eine unverhohlene, beinahe raubtierhafte Sinnlichkeit aus.

»Du bist das?«

»Ja.«

Sie lachte wissend. »Na, dann viel Glück, mein Freund.«

»Lore ist eine Ölhand in vierter Generation«, erklärte Michael. »Sie trinkt das Zeug praktisch.«

»Man schlägt sich so durch«, sagte Lore und wandte sich an Peter. »Dann kennt ihr beide euch wohl schon ein Weilchen. Mädchen sind neugierig. Wie war er denn so?«

»Ungefähr der gescheiteste Typ weit und breit. Alle nannten ihn ›Akku‹. Das war sozusagen sein Spitzname.«

»Und ein ziemlich blöder. Herzlichen Dank auch, Peter.«

»Akku«, wiederholte Lore, als schmecke sie den Namen auf der Zunge. »Weißt du, ich glaube, das gefällt mir irgendwie.«

Ceps, der am Tisch sitzen geblieben war und noch nichts gesagt hatte, stöhnte im Falsett. »*O Akku, o Akku, bei dir bin ich ganz Frau ...*«

»Haltet die Klappe, alle beide.« Michaels rotes Gesicht passte nicht zu seiner neugefundenen Männlichkeit, doch Peter sah ihm an, dass er diese Art Aufmerksamkeit auch genoss. »Wie alt seid ihr? Dreizehn? Komm, Peter.« Er schob ihn zur Tür. »Wir lassen diese Kinder in Ruhe.«

»Bis später, Lieutenant«, rief Lore vergnügt, als sie hinausgingen. »Ich will *Geschichten* hören.«

In der zunehmenden Nachmittagshitze ging Michael mit Peter umher und zeigte ihm die Umgebung. Er führte ihn auch zu einem der Türme und erklärte ihm das Raffinationsverfahren.

»Das klingt ziemlich gefährlich«, sagte Peter.

»Manchmal passiert was, ja.«

»Und wo ist die Reserve?« Das Öl, wusste Peter, kam aus einem Lager tief unter der Erde.

»Ungefähr fünf Meilen weiter nördlich von hier. Genau gesagt ist es ein natürlicher Salzstock, der zu den alten Strategischen Ölreserven gehört. Öl schwimmt; also pumpen wir Seewasser hinein, und schon kommt es raus.«

Sein Freund hatte sich einen leichten texanischen Tonfall angewöhnt, bemerkte Peter.

»Wie viel ist denn noch da unten?«

»Noch 'ne ganze Masse. Nach unseren Schätzungen genug, um uns noch die nächsten fünfzig Jahre hier beschäftigt zu halten.«

»Und wenn es weg ist?«

»Dann suchen wir neues, schätze ich. Am Houston-Schiffskanal entlang gibt es jede Menge Lagertanks. Die Gegend da oben ist total vergiftet, und es wimmelt von Dopeys, aber wir könnten uns da eine Zeitlang über Wasser halten. Das zweitnächste Lager ist Port Arthur. Es wäre nicht leicht, den Betrieb dahin zu verlegen. Wenn wir allerdings genug Zeit hätten, wäre es zu schaffen.« Er hob fatalistisch die Schultern. »So oder so, ich glaube nicht, dass ich noch lange genug da bin, um mir darüber den Kopf zu zerbrechen.«

Er habe noch eine Überraschung für ihn, verkündete Michael dann und führte Peter in die Waffenkammer, wo er ein Schrotgewehr holte, und weiter zum Fuhrpark, wo er einen Pick-up auswählte. Er klemmte das Schrotgewehr in eine Halterung am Boden der Kabine und forderte Peter auf einzusteigen.

»Wo fahren wir hin?«

Michael lächelte. »Das wirst du schon sehen.«

Sie fuhren zum Tor hinaus und auf einer rissigen Asphaltstraße, die am Wasser entlangführte, nach Süden. Ein salziger Wind wehte in Böen durch die offenen Fenster des Pick-ups herein und nahm der Hitze ihre Glut. Peter hatte den Golf von Mexiko nur ein oder zwei Mal gesehen, und seine zeitlose Weite, so riesig, dass sein Geist sie nicht fassen konnte, raubte ihm jedes Mal den Atem. Am meisten faszinierten ihn die Wellen, endlose Röhren, die an Größe und Schwung immer weiter zunahmen, als sie heranrollten, und am Rand des Wassers zu einem Schnörkel aus braunem Schaum zusammenfielen. Er konnte den Blick nicht davon abwenden. Stundenlang, das wusste er, könnte er dort im Sand sitzen und nur den Wellen zuschauen.

Der Strand war streckenweise wie saubergefegt, aber auf anderen Abschnitten sah man noch die Spuren einer Katastrophe riesigen Ausmaßes: Berge von rostigem Metall, zu unfassbaren Formen verdreht, gestrandete Schiffe jeglicher Größe, die Rümpfe ausgebleicht und durchlöchert oder bis auf die Spanten demontiert, schräg auf dem Sand liegend wie nackte Gerippe. Wälle aus Abfall und Trümmern, von der Flut auf dem Strand hinterlassen.

»Du würdest dich wundern, wie viel Zeug hier immer noch angeschwemmt wird.« Michael deutete aus dem Fenster. »Vieles kommt den Mississippi herunter und treibt dann im Bogen um die Küste herum. Die schweren Sachen sind großenteils weg, aber alles, was aus Plastik ist, scheint unzerstörbar zu sein.«

Michael hatte die Straße verlassen und fuhr jetzt nah am Wasser entlang. Peter schaute aus dem Fenster. »Sieht man schon mal was Größeres?«

»Ab und zu. Letztes Jahr ist ein Frachter mit großen Containern gestrandet. Das verdammte Ding war hundert Jahre lang auf dem Meer herumgetrieben. Wir waren alle ziemlich aufgeregt.«

»Und was war in den Containern?«

»Menschliche Skelette.«

Sie kamen zu einer kleinen Flussmündung, bogen nach Westen ab und fuhren am Rand der stillen Bucht entlang. Vor ihnen stand ein kleiner Betonschuppen dicht am Rand des Wassers. Michael hielt an, und Peter sah, dass es nur noch eine leere Hülse war, aber auf einem Schild in einem Fenster stand in verblichenen Buchstaben immer noch »Art's Crab Shack«.

»Okay, jetzt bin ich neugierig«, sagte Peter. »Wo ist die Überraschung?«

Sein Freund lächelte boshaft. »Lass deine Spielzeugkanone hier«, sagte er und deutete auf den Browning, den Peter am Oberschenkel trug. »Du wirst sie nicht brauchen.«

Peter fragte sich, was sein Freund vorhaben mochte. Er legte die Pistole ins Handschuhfach und folgte Michael um die Hütte herum nach hinten. Ein kleiner Anleger auf Betonpfeilern ragte vielleicht zehn Meter weit über das Wasser hinaus. »Was sehe ich da?«

»Ein Boot, würde ich sagen.«

Ein kleines Segelboot war am Ende des Stegs festgemacht und dümpelte sanft auf den Wellen.

»Wo hast du das her?«

Michael strahlte vor Stolz. »Kommt drauf an. Den Rumpf haben wir in einer Garage gefunden, ungefähr zehn Meilen weit landeinwärts. Den Rest haben wir zusammengesucht oder selbst gemacht.«

»Wir?«

»Lore und ich.« Er räusperte sich und sah plötzlich verlegen aus. »Ich nehme an, es ist ziemlich offensichtlich …«

»Du bist mir keine Erklärungen schuldig, Michael.«

»Ich wollte nur sagen, es ist nicht ganz so, wie es aussieht. Na ja, vielleicht doch. Aber ich würde nicht sagen, dass wir richtig zusammen sind. Lore ist einfach … na ja, sie ist einfach so.«

Peter merkte, dass er ein perverses Vergnügen an der Verlegenheit seines Freundes hatte. »Sie scheint doch sehr nett zu sein. Und offensichtlich mag sie *dich*.«

»Ja, okay.« Michael zuckte die Achseln. »›Nett‹ wäre nicht unbedingt das Erste, was mir einfiele, wenn du verstehst, was ich meine. Um die Wahrheit zu sagen, ich kann bei ihr nur mühsam mithalten.«

Michael kletterte an Bord, und Peter wurde plötzlich bewusst, wie kümmerlich das Boot aussah.

»Gibt's ein Problem?«, fragte Michael.

»Wollen wir mit dem Ding wirklich losfahren?«

Michael war damit beschäftigt, Leinen aufzuschießen und sie

im Boot auf den Boden zu legen. »Was glaubst du, warum ich dich hier herausgefahren habe? Hör auf, dir Sorgen zu machen, und steig ein.«

Peter ließ sich vorsichtig in das Boot hinunter. Es bewegte sich seltsam unter ihm und reagierte mit träger Verzögerung auf sein Gewicht. Er klammerte sich am Rand fest und versuchte, das Boot mit seiner Willenskraft zur Ruhe zu bringen. »Und du weißt wirklich, wie das geht?«

Michael lachte leise. »Sei kein Baby. Hilf mir, das Segel zu hissen.«

Rasch ging er die Grundlagen durch: Segel, Ruder, Pinne, Großschot. Er machte die Leine los, kraxelte nach hinten zur Ruderpinne, tat irgendetwas, wodurch das Segel sich plötzlich blähte, und plötzlich waren sie unterwegs und rauschten mit erstaunlicher Geschwindigkeit vom Anleger weg.

»Wie findest du es?«

Peter beäugte nervös das zurückweichende Ufer. »Ich gewöhne mich daran.«

»Überleg doch«, schlug Michael vor, »zum ersten Mal in deinem Leben bist du an einem Ort, wo kein Viral dir etwas anhaben kann.«

Peter brauchte einen Augenblick, um diese Vorstellung zu verdauen. »Daran hatte ich noch nicht gedacht.«

»Für die nächsten zwei Stunden, mein Freund, bist du arbeitslos.«

Sie kreuzten durch die Bucht. Als das Wasser tiefer wurde, wurde seine moosgrüne Farbe zu einem satten Blauschwarz, und die Sonnenstrahlen blitzten kreuz und quer auf der unregelmäßigen Oberfläche. Unter dem straffen Segel fühlte das Boot sich solider an, und allmählich entspannte Peter sich, wenn auch nicht restlos. Anscheinend wusste Michael, was er tat, aber das Meer war immer noch das Meer.

»Wie weit bist du mit diesem Ding schon draußen gewesen?«, fragte er.

Michael spähte nach vorn und blinzelte im Sonnenlicht. »Schwer zu sagen. Fünf Meilen auf jeden Fall.«

»Was ist mit dem Sperrgürtel?«

Man nahm allgemein an, dass die Staaten der Welt sich in den ersten Tagen der Epidemie zusammengerottet und den nordamerikanischen Kontinent unter Quarantäne gestellt, die Küsten vermint und jedes Schiff bombardiert hatten, das von dort aus in See stechen wollte.

»Wenn es ihn da draußen gibt, habe ich ihn noch nicht gefunden.« Michael zuckte die Achseln. »Ich glaube fast, es ist Bullshit, wenn du die Wahrheit wissen willst.«

Peter beäugte seinen Freund vorsichtig. »Du suchst doch nicht etwa danach, oder?«

Michael antwortete nicht, aber seinem Gesicht war anzusehen, dass Peter ins Schwarze getroffen hatte.

»Das ist Wahnsinn.«

»Genau wie das, was du tust. Und selbst wenn der Sperrgürtel existierte, wie viele Minen könnten da draußen noch herumschwimmen? In hundert Jahren zerfrisst das Meerwasser so gut wie alles. Und das Treibgut hätte sie hochgehen lassen.«

»Trotzdem ist es tollkühn. Du könntest dich in die Luft sprengen.«

»Kann sein. Kann auch sein, dass mich einer von diesen Öltürmen morgen ins Weltall schießt. Sicherheit am Arbeitsplatz wird hier nicht besonders großgeschrieben.« Er hob die Schultern. »Aber darum geht's nicht. Ich glaube nicht, dass das verdammte Ding je existiert hat. Die ganze Küste? Wenn du Mexiko und Kanada dazunimmst, sind das fast 250 000 Meilen. Das ist unmöglich.«

»Und wenn du dich irrst?«

»Dann könnte es sein, dass ich mich eines Tages, wie du sagst, in die Luft sprenge.«

Peter ließ die Sache auf sich beruhen. Vieles hatte sich geändert, aber Michael war immer noch Michael, ein Mann von unersättlicher Neugier. Sie verließen die Bucht und kamen in offenes Gewässer. Der Wind nahm zu, und die Wellen, funkelnd wie Edelsteine, krachten über den Bug. Peters Magen zog sich zusammen – nicht nur weil das Boot so stark schaukelte. Hier war so viel Wasser überall.

»Vielleicht könntest du ausnahmsweise dicht am Land bleiben.«

Michael korrigierte das Segel, und seine Hand umspannte die Pinne fester. »Ich sage dir, hier draußen, das ist eine völlig andere Nummer. Ich kann es nicht mal erklären. Es ist, als ob alles Schlechte hinter dir zurückbliebe. Du musst es wirklich selbst erleben.«

»Ich muss allmählich zurück. Ein andermal, ja?«

Michael warf ihm einen Blick zu und lachte. »Na klar«, sagte er. »Ein andermal.«

32

Alicia fuhr in Richtung Norden in die weit offene Landschaft hinaus. Der Texas Panhandle: eine endlose Ebene, flach wie ein ruhiger Ozean. Wind wehte über die Spitzen des Präriegrases, der Himmel wölbte sich gewaltig in herbstlichem Blau, und der Horizont ringsum war nur gelegentlich unterbrochen von den Pappeln am Ufer eines Baches, von Pekanbäumen oder langarmigen Weiden, die ihre melancholischen Wedel unterwürfig senkten, wenn sie vorbeifuhr. Tagsüber war es warm, aber nachts ging die Temperatur steil nach unten, und das Gras wurde schwer vom Tau. Mit dem Sprit aus den Vorratslagern am Straßenrand würde sie für die Reise vier Tage brauchen.

Am Morgen des 6. November traf sie in der Garnison Kearney ein. Es war, wie das Zentralkommando befürchtet hatte, als der Nachschubkonvoi nicht zurückgekommen war: Keine Menschenseele war mehr da, um sie zu begrüßen. Die Garnison war ein offenes Grab. Es war, als hänge das Echo der Schreie, mit denen die Soldaten gestorben waren, noch in der winddurchwehten Stille. Alicia verbrachte zwei Tage damit, die ausgetrockneten Überreste ihrer Kameraden auf einen Laster zu legen und sie zu der Stelle zu fahren, die sie ausgewählt hatte, zu einer Lichtung am Ufer des Platte River. Dort legte sie sie in einer langen Reihe nebeneinander, damit sie zusammen sein konnten, übergoss sie mit Treibstoff und zündete sie an.

Am nächsten Morgen sah sie das Pferd.

Es stand gleich hinter der Barrikade, ein Blauschimmelhengst, schwarz mit asymmetrischen weißen Flecken. Der lange, maskuline Hals war gebeugt, und er weidete im dichten Gras am Rande des Exerzierplatzes. Seine Anwesenheit war so unerklärlich wie die eines einzelnen Hauses, das ein Tornado unberührt zurückgelassen hat. Vorsichtig und mit aufwärts gewandten Handflächen ging Alicia auf ihn zu. Einen Augenblick lang sah das Tier aus, als wolle es die Flucht ergreifen: Es blähte die Nüstern, legte die Ohren an und rollte die großen Augen. Wer ist dieses seltsame neue Wesen, schien es zu denken. Was hat sie vor? Alicia machte noch einen Schritt, und noch immer rührte er sich nicht. Aber sie spürte die Wildheit in seinem Blut, seine explosive animalische Kraft.

»Braver Junge«, murmelte sie, »guter Junge. Siehst du? Ich bin nicht so schlimm. Lass uns Freunde sein, uns beide. Was meinst du?«

Als sie auf Armlänge an ihn herangekommen war, schob sie ihm die flache Hand unter die Nase. Er stülpte die Lippen zurück und entblößte die gelbe Wand seiner Zähne. Sein Auge war eine große schwarze Kugel, in der ihr Bild schwamm. Ein Augenblick der Abwägung, er blieb angespannt und wachsam – doch dann senkte er den Kopf und füllte ihre offene Hand mit der feuchten Wärme seines Atems.

»Ich glaube, ich habe mein Reitpferd gefunden.« Das Tier schnupperte jetzt an ihrer Hand und nickte mit dem Kopf auf und ab. Schaumflöckchen traten an den Rändern seines Mauls hervor. Sie streichelte ihm den Hals, das glänzende, schweißfeuchte Fell. Sein Körper sah aus wie gemeißelt, hart und rein, aber das ganze Ausmaß seiner Kraft leuchtete in seinen Augen. »Du brauchst einen Namen«, sagte Alicia. »Wie soll ich dich nennen?«

Sie nannte ihn Soldier. Von dem Augenblick an, als sie sich auf seinen Rücken schwang, gehörten sie einander. Es war, als wären sie zwei alte Freunde, die lange getrennt gewesen waren und sich jetzt wiedergefunden hatten. Lebenslange Gefährten, die einander alles erzählten, die aber auch, wenn sie wollten, einfach schweigen konnten. Sie blieb noch zwei Tage in der leeren Garnison, machte eine Bestandsaufnahme und plante die Reise, die vor ihr lag. Sie schliff ihre Messer mit größter Sorgfalt. Ihre Befehle hatte sie in ihrer Tasche. An: Alicia Donadio, Captain der Expeditionsstreitkräfte. Unterzeichnet: Victoria Sanchez, Präsidentin der Republik Texas.

Am Morgen des 12. ritten sie in Richtung Osten davon.

Eine Brücke über den Missouri stand noch, vierzig Meilen weit nördlich von Omaha in dem Städtchen Decatur. Sie erreichten sie am sechsten Tag. Die Morgenstunden waren von Reif überzogen, und Winter lag in der Luft. Die Bäume hatten ihre Schamhaftigkeit aufgegeben und zeigten sich nackt. Alicia spürte ein leises Zögern in Soldiers Gang, als sie näher kamen. War das schon der Fluss? Im Ernst ...? Von der Uferhöhe aus schauten sie auf den breiten, brodelnden Wasserlauf hinunter. Strudel wirbelten auf der Oberfläche, die dunkel glänzte wie Stein. Eine Viertelmeile weiter nördlich spannte sich die Brücke auf ihren massiven Betonpfeilern hinüber, als stehe sie mit gespreizten Riesenbeinen über dem Fluss. Ja, sagte Alicia. Im Ernst.

In manchen Augenblicken sah es aus, als sei es eine übereilte Entscheidung gewesen. Hier und da war der Beton eingebrochen, und man schaute auf das schäumende Wasser hinunter. Sie stieg ab und führte Soldier am Zügel. Sorgfältig, denn bei jedem Schritt könnte die Brücke unter ihnen einstürzen, schlängelten sie sich hinüber. Wessen blöde Idee war das?, schien Soldier zu fragen. Ach so, deine.

Auf der anderen Seite machten sie halt. Es wurde Abend; die Sonne sank hinter die Uferböschung. Alicias Rhythmus hatte sich umgekehrt. Zu Fuß hätte sie tagsüber schlafen und nachts marschieren können, wie es ihre Gewohnheit war. Zu Pferde ging das nicht. Sie zündete am Flussufer ein Feuer an, füllte ihren Topf mit Wasser und brachte es zum Kochen. Dann nahm sie den Rest ihres Proviants aus der Satteltasche: eine Handvoll getrocknete Bohnen, eine Dose Tomatenmark, ein Stück Zwieback, hart wie Stein. Sie hatte Lust zu jagen, wollte Soldier jedoch nicht allein lassen. Sie aß ihr kärgliches Abendessen, spülte den Topf im Fluss aus, legte sich auf ihre Decke und schaute zum Himmel hinauf. Wenn sie nur lange genug hinschaute, würde sie bestimmt eine Sternschnuppe sehen. Wie zur Antwort auf ihre Gedanken zog ein heller Streifen über den Himmel, dann folgten schnell hintereinander noch zwei. Michael hatte ihr vor vielen Jahren einmal erzählt, das seien übrig gebliebene Werke der Menschheit aus der Zeit Davor, sogenannte Satelliten. Er hatte versucht, ihr ihre Funktion zu erklären – es hatte etwas mit dem Wetter zu tun –, aber entweder hatte Alicia vergessen, was er gesagt hatte, oder sie hatte den neunmalklugen Michael ausgeblendet, als er wieder einmal demonstrieren musste, wie gescheit er war. Im Gedächtnis geblieben war ihr ein abstraktes Empfinden für diese Vermählung von Licht und Kraft: unerklärliche Objekte mit einem unergründlichen Zweck, die sich um die Erde schwangen wie Steine in einer Schleuder, bis sie irgendwann einmal in prachtvollem Lodern zur Erde stürzten. Weitere Sternschnuppen fielen über den Himmel. Alicia begann zu zählen; je länger sie hinaufschaute, desto mehr wurden es. Zehn, fünfzehn, zwanzig. Sie zählte immer noch, als sie einschlief.

Der Tag brach an, frisch und klar. Alicia setzte die Brille auf und streckte sich. Die wohlige Energie der Nachtruhe floss durch ihre Glieder. In der Morgenluft klang das Rauschen des Flusses irgendwie lauter. Sie hatte sich den Zwieback zum Frühstück aufgehoben. Eine Hälfte vertilgte sie selbst, die andere verfütterte sie an Soldier, bevor sie losritt.

Jetzt waren sie in Iowa. Die Reise war halb vorüber. Die Landschaft veränderte sich, und es ging auf und ab. Zwischen lehmigen, zusammengesunken wirkenden Hügeln erstreckten sich flache Täler mit fetter schwarzer Erde. Tiefhängende Wolken waren von Westen heraufgezogen und ließen das Licht flacher werden. Spät am Nachmittag entdeckte Alicia eine Bewegung auf dem

Höhenkamm und hielt an. Tiergeruch lag im Wind. Soldier witterte es auch. Alicia zwang sich, still zu halten, und wartete, bis der Verursacher sich zeigte.

Da. Eine Familie von Rehen erschien als Silhouette oben auf dem Kamm, zwanzig Stück alles in allem, und dabei war ein einzelner, großer Bock. Sein Gehörn war kolossal wie ein winterkahler Baum. Sie würde sich von der windabwärts gelegenen Seite nähern müssen; es war ein Wunder, dass die Rehe sie nicht schon bemerkt hatten. Sie schob ihr Gewehr in die Hülle, nahm ihre Armbrust und ein Bündel Bolzen und stieg ab. Soldier beäugte sie argwöhnisch.

»Jetzt sieh mich nicht so an. Ein Mädel braucht auch was zu essen.« Sie tätschelte ihm beruhigend den Hals. »Nicht weglaufen, okay?«

Sie ging in südlicher Richtung um den Kamm herum. Die Rehe hatten von ihrer Anwesenheit immer noch nichts gemerkt. Auf Knien und Ellenbogen schob sie sich den Hang hinauf. Sie war schnell, aber die Rehe waren schneller: Ein Schuss mit der Armbrust, vielleicht zwei – mehr hätte sie nicht. Nach langen Minuten geduldigen Kletterns kam sie oben an. Die Rehe waren V-förmig auf dem Kamm auseinandergegangen. Der Bock stand vielleicht zwölf Meter weit vor ihr. Alicia drückte sich an den Boden· und legte einen Bolzen auf die Armbrust.

Ein Windhauch vielleicht. Ein Augenblick empfindsamer Wahrnehmung: Explosionsartig gerieten die Rehe in Bewegung. Als Alicia stand, stürmten sie schon den Hang hinunter und davon.

»Scheiße.«

Sie warf die Armbrust zu Boden, zog ein Messer und rannte hinterher. Nichts würde sie davon abbringen, die Rehe zu jagen. Fünfzehn Meter weiter unten ging es plötzlich steil bergab, und Alicia sah ihre Chance, eine Konvergenz der einzelnen Linien, die ihr Hirn mit absoluter Präzision wahrnahm. Als der Bock unterhalb des Steilhangs vorbeijagte, riss sie das Messer hoch und sprang.

Sie fiel auf ihn herab wie ein Habicht, schwang die Klinge mit lang ausgestrecktem Arm nach vorn und stieß sie in seine Kehle. Ein Blutschwall, und seine Vorderbeine gaben unter ihm nach. Zu spät begriff Alicia, was passieren würde. Sie flog über seinen Kopf, die Schwerkraft packte sie, und ehe sie sichs versah, kullerte sie Hals über Kopf den Hang hinunter.

Sie landete am Fuße des Höhenkamms. Irgendwo hatte sie ihre Brille verloren. Rasch rollte sie sich auf den Bauch und vergrub das Gesicht in der Armbeuge. *Fuck!* Sollte sie jetzt völlig hilflos hier liegen bleiben, bis es dunkel wäre? Sie streckte einen Arm aus und tastete den Boden um sie herum ab. Nichts.

Jetzt blieb nur noch eins: die Augen öffnen und nachsehen. Sie schmiegte das Gesicht weiter in die Armbeuge und erhob sich auf die Knie. Ihr Herz hämmerte gegen die Rippen. Tja, dachte sie, das wird wohl nichts.

Zuerst sah sie nur Weiß – ein alles überlagerndes Weiß, als schaute sie direkt ins Herz der Sonne. Der Schock traf sie wie ein Nadelstich in den Schädel. Aber ganz unerwartet schnell begann sich etwas zu verändern. Ihr Sehvermögen kehrte zurück. Farben und Formen stiegen herauf wie Gestalten aus dem Nebel. Ihre Augen waren haarfeine Schlitze, und sie gestattete sich, sie ein winziges bisschen weiter zu öffnen. Nach und nach dämpfte sich das grelle Licht und enthüllte ihre Umgebung Stück für Stück.

Nach fünf langen Jahren im Schatten sah Alicia Donadio, Captain des Expeditionsbataillons, das Tageslicht.

Erst jetzt erkannte sie, wo sie war.

Sie nannte es das Feld der Knochen. Obwohl es im strengen Sinne kein Feld war, und eigentlich waren es auch keine Knochen, sondern die zerbröckelnden, von der Sonne verbrannten Überreste einer Heerschar von Virals. Wie aufgewehter Schnee bedeckten sie das Flachland bis zum fernen Horizont. Wie viele waren es, die sie da sah? Hunderttausend? Eine Million? Mehr? Alicia trat vor und nahm ihren Platz unter ihnen ein. Jeder Schritt wirbelte eine Aschewolke auf. Der Geschmack drang in Nase und Kehle und kleidete die Mundhöhle aus wie eine Paste. Unerklärliche Tränen stiegen ihr in die Augen. Tränen der Trauer? Der Erleichterung? Des schlichten Staunens angesichts dieses unfassbaren Anblicks? Es war nicht ihre Schuld, dass sie waren, was sie waren. Es war nie ihre Schuld gewesen. Sie ließ sich auf ein Knie sinken, zog ein Messer aus ihrem Patronengurt und drückte die Klinge ehrfürchtig an Stirn und Herz. Dann schloss sie die Augen, senkte den Kopf und sandte ihre Gedanken im Gebet hinaus. *Ich sende euch heim, meine Brüder und Schwestern, ich befreie euch aus dem Gefängnis eures Daseins. Ihr habt die Erde verlassen, um die Wahrheit dessen zu entschlüsseln, was jenseits dieses Lebens liegt. Möge eure Kraft auf mich übergehen, damit ich den Tagen, die vor mir liegen, ins Auge sehen kann. Gott begleite euch.*

Soldier war da, wo sie ihn zurückgelassen hatte. Seine Augen blitzten verärgert, als sie herankam. Ich dachte, wir hätten eine Abmachung, sagten sie. Wo zum Teufel hast du gesteckt? Aber als sie sich näherte, vertiefte sein Blick sich verständnisvoll. Alicia streichelte seinen Rücken und drückte einen Kuss auf das lange, kluge Gesicht. Seine muskulöse Zunge leckte die Tränen von ihren bloßen Augen. Du bist mein guter Junge, sagte sie. Mein guter, guter Junge.

Sie hatte es eilig weiterzukommen, zuvor aber wollte sie ihre Beute genießen. Sie breitete ihre Plane zwischen den Bäumen aus, setzte sich auf den Boden und nahm den Rucksack ab. Darin, in Öltuch gewickelt, lag ein bebender, blutiger Klumpen: die Leber des Bocks. Sie hielt sie unter die Nase und atmete tief ein, sog den köstlichen, erdhaften Blutgeruch in die Lunge. Heute Abend würde sie kein Feuer zum Kochen brauchen. Alles war perfekt so, wie es war.

Etwas veränderte sich; die Welt veränderte sich. Alicia spürte es tief in den Knochen. Eine tiefgreifende Verschiebung – seismisch, jahreszeitlich, als neige sich die Achse der Erde. Aber sie hätte später noch Zeit, sich darüber den Kopf zu zerbrechen.

Jetzt, heute Abend, würde sie essen.

33

Peter sah in den nächsten drei Tagen wenig von Michael. Der Termin der Abfahrt rückte bedrohlich näher. Sämtliche Ölkocher-Crews arbeiteten in Doppelschichten. Ohne Geld zum Kartenspielen konnte Peter nur schlafen, rastlos auf dem Gelände herumspazieren oder sich beim Marketender herumtreiben. Karlovic mochte er, aber mit Stark war es eine andere Sache. Peters Ankunft hatte die ganze Abneigung geweckt, die Greer vorausgesehen hatte. Der Mann sprach kaum ein Wort mit ihm. Schön, dachte Peter, dann soll er eben schmoren. Ist ja nicht so, als ob ich mir diesen Job ausgesucht hätte.

Am interessantesten war die Zeit, die er mit Lore verbrachte. Ihre Gier nach Informationen über die Kolonie und speziell über Michael war so maßlos wie alles andere an ihr. Zwischen ihren Schichten kam sie zum Marketender und suchte ihn dort, und sie setzte sich mit ihm an einen freien Tisch, wo sie unbelauscht von anderen miteinander reden konnten. Ganz gleich was Michael ihm erzählt hatte, es war offensichtlich, dass sie eine ernsthafte Zuneigung zu ihm verspürte. Ihre Fragen waren fast bohrend, als wäre Michael ein Schloss, das sie nicht öffnen konnte. Wie war er damals gewesen? Clever, ja, das war offensichtlich für jeden, der ihn kannte, aber wie noch? Was konnte Peter ihr über Sara erzählen? Und über die Eltern, was war deren Geschichte? Über ihre

Reise aus Kalifornien kannte sie nur die offizielle Version: Als die Stromversorgung der Kolonie zu versagen drohte, hatten sie sich auf der Suche nach anderen Überlebenden auf den Weg nach Osten gemacht und waren ganz zufällig über die Garnison in Colorado gestolpert. Von Amy und von dem, was auf dem Berg in Telluride passiert war, wusste sie nichts, und Peter ließ es auch dabei.

Eine besonders überraschende Wendung nahm ihr Gespräch, als Lore ihn plötzlich auf Alicia ansprach. Offenbar hatte Michael viel von ihr erzählt. Lores Fragen enthielten einen Unterton von Rivalität, ja Eifersucht, und rückblickend hatte Peter den Eindruck, dass es von Anfang an darum gegangen war, ihn über Alicia auszufragen. Er versicherte ihr, sie habe keinen Grund zur Besorgnis. Michael und Alicia seien wie Öl und Wasser. Zwei unterschiedlichere Menschen werde sie in ihrem ganzen Leben nicht finden. Lore antwortete mit einem selbstbewussten Lachen. Wie er auf den Gedanken komme, sie sei besorgt? Irgendeine verrückte Frau in der Exped, irgendwo weit weg? Glaub mir, sagte sie und wedelte diese Vorstellung beiseite, das ist wirklich meine allerletzte Sorge.

Peter verbrachte seinen letzten Tag in Besprechungen mit Karlovic und Stark. Es ging um die Einzelheiten der Fahrt. Zehn Tanklaster mit Treibstoff – jeweils zur Hälfte Diesel und hochoktaniges Benzin – standen schon am Tor, und vor morgen früh würden noch zwei dazukommen. Der Konvoi würde von sechs Sicherheitsfahrzeugen begleitet werden, von Humvees und Offroadern mit .50er Maschinengewehren auf den Ladeflächen. Die Entfernung betrug dreihundert Meilen: von Freeport aus Richtung Norden auf der Route 36, westwärts auf dem Highway 10 nach Sealy, geradewegs durch die Vororte von San Antonio, wo sie die Stadt auf mehreren Landstraßen umgehen würden, und wieder zurück auf die I-10, wo sie die letzten fünfzig Meilen zurücklegen würden. Hardboxen standen in regelmäßigen Abständen an der Strecke, aber üblicherweise fuhr man durch, ohne anzuhalten. Bei einer Durchschnittsgeschwindigkeit von zwanzig Meilen pro Stunde würden sie kurz nach Mitternacht in Kerrville eintreffen.

Peters Aufmerksamkeit wurde auf die drei Engpässe an der Strecke gelenkt: eine Brücke über den Brazos River, südlich von Brookshire, eine zweite in Luling, wo sie den San Marcos überqueren würden, und eine dritte am Westrand von Seguin, die sich über den Unterlauf des Guadalupe spannte. Die ersten beiden waren wenig besorgniserregend – der Konvoi würde sie am helllichten Tag überqueren –, aber Seguin würden sie erst nach Sonnenuntergang erreichen. Man wusste, dass Virals dort am Fluss entlangjagten, und es war bekannt, dass das Geräusch von Dieselmotoren sie anzog. Noch schlimmer wurde alles durch den schlechten Zustand der Brücke, der nicht zuließ, dass mehr als ein Truck auf einmal hinüberfuhr. Fackeln zur Beleuchtung der Umgebung würden ein gewisses Maß an Schutz bieten, doch der Konvoi würde eine Zeitlang in zwei Teile zerbrochen sein.

In der Dunkelheit vor dem Morgengrauen versammelten sich alle bei den Tanklastern. Die Luft war feucht und kalt. Für fast alle war dieser Trip ein alter Hut. Sie waren daran gewöhnt, vielleicht sogar ein bisschen gelangweilt. Becher mit Zichorienkaffee wurden herumgereicht. Als leitende Ölhand würde Michael zusammen mit Peter im vorderen Humvee fahren. Ceps steuerte den ersten LKW, Lore den zweiten. Peter hatte Stark an der Spitze fahren lassen wollen, und sei es nur als Geste des guten Willens, aber zu seiner Erleichterung hatte der Mann abgelehnt und war stattdessen lieber mit dem Rest der DS-Abteilung in der Raffinerie zurückgeblieben.

Beim ersten Sonnenstrahl wurde das Tor geöffnet. Ein Dutzend große Diesel erwachte zum Leben, und dicker schwarzer Qualm quoll aus ihren Auspuffrohren. Michael ging von hinten an der Kolonne entlang und sprach ein letztes Mal mit jedem der Fahrer. Dann setzte er sich ans Steuer seines Humvee und rief die Fahrer nacheinander per Funk.

»Truck eins.«

»Abfahrbereit.«

»Truck zwei.«

»Abfahrbereit.«

»Truck drei ...« Und so weiter. Michael reichte Peter das Funkgerät und legte den Gang ein.

»Du wirst sehen«, sagte er, »das wird ein großes Gähnen werden. Einmal habe ich fast den ganzen Weg geschlafen.«

Sie fuhren hinaus in den anbrechenden Tag.

Gegen Mittag hatten sie den Brazos überquert und fuhren schräg nach Westen auf die I-10 zu. Die State Highways waren Schlaglochpisten, auf denen die Laster nur im Kriechtempo fahren konnten, aber wenn sie erst auf der Interstate wären, würde es schneller vorangehen.

Ceps Stimme kam aus dem Funkgerät. »Michael, ich habe ein Problem hier hinten.«

Peter drehte sich auf seinem Sitz um. Der Konvoi hinter ihnen war stehen geblieben. Michael bremste und setzte den Humvee zurück. Ceps war aus der Fahrerkabine seines Trucks ausgestiegen, stand vor der Stoßstange und hebelte die Motorhaube auf.

»Was ist los?«, rief Michael nach hinten.

Ceps schlug mit einem Lappen auf den Motor und wedelte den Dampf beiseite. »Ich glaube, es ist die Wasserpumpe. Könnte eine Weile dauern, das zu reparieren. Zwei Stunden auf jeden Fall.«

Zwei Möglichkeiten: Sie konnten die Reparatur abwarten oder den Tanklaster zurücklassen. Komplizierter wurde die Situation durch das undurchdringliche Dickicht zu beiden Seiten der Straße. Die nächste Ausfahrt lag sechs Meilen hinter ihnen. Sie würden den Konvoi den ganzen Weg bis Wallis zurücksetzen müssen, und das bedeutete, sie mussten die riesigen Trucks rückwärts über die Brazos-Brücke fahren.

»Kann er das?«, fragte Peter.

»Die Ersatzteile haben wir. Ich wüsste nicht, wieso es nicht gehen sollte.«

Peter gab sein Okay. Michael griff wieder zum Walkie-Talkie. »Motoren abstellen, Leute.«

»Ist das dein Ernst?«, antwortete Lore. »Sag Ceps, er soll seine Schrottmühle an den Rand fahren.«

»Es ist mein Ernst. Stellt die Motoren ab.«

Peter postierte zu beiden Seiten des Konvois Sicherheitsteams, die ihre Gewehre auf die Bäume und Büsche richteten. Es war höchst unwahrscheinlich, dass mitten am Tag etwas passieren würde, aber ein solches Gestrüpp war die perfekte Deckung für Virals. Ceps und Lore machten sich an die Arbeit am Motor. Die meisten anderen Fahrer kletterten aus ihren Kabinen. Spielkarten kamen zum Vorschein, die Minuten tickten dahin.

Als Ceps seinen Motor für repariert erklärte, war es nach drei Uhr. Die Reparatur hatte fast vier Stunden gedauert. Bis Kerrville waren es noch zwölf Stunden – eher mehr, denn sie würden im Dunkeln fahren müssen.

»Es ist noch nicht zu spät, um zurückzufahren«, sagte Michael. »Wir können an der Ausfahrt Columbus an der Interstate wenden. Die Abfahrtsrampen da sind in guter Verfassung.«

»Was meinst du?«, fragte Peter.

Sie standen abseits der anderen bei ihrem Humvee. »Wenn du mich fragst, ich finde, wir sollten weiterfahren. Ein paar Stunden mehr im Dunkeln, was macht das schon? Ist ja nicht so, als ob das noch nie vorgekommen wäre. Diese alten Karren gehen dauernd kaputt. Und auf dem ganzen Weg bis Seguin haben wir breite Straßen.« Michael zuckte die Achseln. »Aber es ist wirklich deine Entscheidung.«

Peter überlegte kurz. Es war riskant, aber riskant war alles. Und was Michael sagte, klang logisch.

Er nickte. »Wir fahren weiter.«

»Das ist die richtige Einstellung. Augen überall, Kumpel.«

Die Ausfahrtschilder, durchlöchert und verrostet, standen schief wie Betrunkene. Bei manchen der Restaurants, Tankstellen und Motels in den Kraterlandschaften am Straßenrand hatten die Schilder dem Wind bis jetzt widerstanden, und sie trugen unverständliche

Namen. McDonald's. Exxon. Whataburger. Holiday Inn Express. Peter sah zu, wie die Landschaft vorbeizog. Sie kamen jetzt besser voran, aber nicht mehr lange. Es würde bald dunkel werden.

In Flatonia schwand das letzte Licht. Sie waren zwanzig Meilen weit östlich der letzten Brücke und fuhren mit gleichmäßigen fünfundzwanzig Meilen pro Stunde. Das Funkgerät, das den ganzen Tag über von dem Geflachse zwischen den Fahrzeugen geknistert hatte, war verstummt. Als sie sich dem Ort Luling näherten, erschien vor dem Humvee im Lichtkegel der Scheinwerfer ein Ausfahrtschild, das mit einem roten X markiert war. Eine Hardbox. Die nächste stand fünfzig Meilen weiter, im Norden von San Antonio. Peter warf einen Blick zu Michael hinüber, um zu sehen, ob sein Gesichtsausdruck sich verändert hatte, doch er konnte nichts entdecken. Sie fuhren weiter.

Sie näherten sich der Brücke, als Michael sich plötzlich auf seinem Sitz vorbeugte und angestrengt über das Lenkrad hinweg nach vorn spähte.

»Was zum Teufel …?«

Peter stemmte sich gegen das Armaturenbrett, als Michael auf die Bremse trat. Die Kabine füllte sich mit Licht, als der zweite Humvee hinter ihnen gefährlich nahe kam. Rutschend kamen sie zum Stehen.

Michael starrte durch die Frontscheibe. »Sehe ich Gespenster?«

Lores Stimme kam knisternd durch das Funkgerät. »Was ist los? Warum halten wir an?«

Peter riss das Funkgerät vom Armaturenbrett. »DS drei und vier, sofort nach vorn. Eins und zwei, Position halten. Alle anderen bleiben in ihren Fahrzeugen.«

Eine Gestalt stand bewegungslos am Straßenrand. Kein Viral – ein Mensch. Es sah aus wie eine Frau mit gesenktem Kopf, die eine Art Umhang trug.

»Was macht sie da?«, fragte Michael. »Sie steht einfach da.«

»Warte hier.«

Peter stieg aus. Die Frau hatte sich weder bewegt noch ihre

Anwesenheit auf andere Weise zur Kenntnis genommen. Die beiden Offroader der DS, die zur Sicherung neben dem Konvoi herfuhren, waren vorn neben den beiden Humvees in Stellung gegangen. Peter zog seine Pistole und ging vorsichtig weiter.

»Sag, wer du bist.«

Die Frau stand am Anfang der Brücke, deren eiserne Streben dunkle Linien in den Himmel schnitten. Peter hob die Waffe und näherte sich ihr langsam. Sie hielt etwas in der Hand. »Hey«, sagte er. »Ich rede mit dir.«

Die Frau hob den Kopf. Das Scheinwerferlicht der Trucks beleuchtete ihr Gesicht. Peter konnte nicht erkennen, was er da vor sich sah – eine Frau? Ein Mädchen? Ein altes Weib? Das Bild ihres Gesichts flatterte in seinem Kopf und wechselte wieder und wieder die Form, als sehe er es durch schnell fließendes Wasser. Übelkeit stieg in ihm auf.

»Wir wissen, wer ihr seid.« Ihre Stimme klang ätherisch zart wie ein Spinnennetz. »Es ist nur eine Frage der Zeit.«

Peter spannte den Hahn und zielte auf ihren Kopf. »Antworte mir.«

Ihre Augen leuchteten in einem intensiven, funkelnden Blau. Als sie ihn anschauten, erkannte Peter, was er hier vor sich sah: eine schöne Frau, vielleicht die schönste Frau, die ihm je begegnet war. Volle, weiche Lippen. Eine zierliche Stupsnase. Ihre Gesichtszüge waren ebenmäßig, ihre Wangen rosig. Als er sie ansah, erfasste ihn ein Strom von beinahe unerträglicher Sinnlichkeit, und sein Mund war plötzlich trocken.

»Du bist müde«, sagte sie.

Diese völlig verblüffende Feststellung riss ihn aus seiner Benommenheit. Er war was?

»Ich habe gesagt, du bist müde«, wiederholte die Frau.

»Ich weiß nicht, wovon du redest.«

Sie machte ein verwirrtes Gesicht. Dann fiel ihr Blick auf den Gegenstand, den sie in der Hand hielt. Es war ein Metallkasten. Mit der freien Hand zog sie einen langen Metallstab heraus.

Peter wusste, was das war.

Er stürzte sich auf sie, als ihr Finger den Schalter fand. Ein Lichtblitz und ein lauter Knall, als habe jemand eine riesige Tür zugeschlagen. Eine Wand aus sengender Hitze schleuderte ihn zurück. Die Brücke, dachte er. Wer immer sie sein mag, sie hat die Brücke gesprengt.

Peter landete auf dem Rücken und blinzelte in den Himmel. Die Zeit hatte sich für einen Moment aus der Verankerung gerissen. Etwas Großes, Brennendes kam im weiten Bogen vom Himmel auf ihn herab.

Der brennende Balken krachte ein paar Schritte neben seinem Kopf auf den Boden. Peter rollte sich zur Seite und spürte fremde Hände an sich, und plötzlich war er wieder auf den Beinen: Michael zerrte ihn zum Humvee.

»Zurück!« Michael hatte einen Arm um Peters Taille geschlungen und schrie in sein Walkie-Talkie: »Alles zurück, sofort!«

Lichter strahlten aus allen Richtungen auf. Bevor Peter irgendetwas begreifen konnte, kam ein Pick-up aus dem Gestrüpp geschossen, und die großen, lehmverkrusteten Reifen sprangen holpernd über den Straßengraben. Er schleuderte vor ihnen herum und kam schräg zum Stehen. Vier Gestalten erhoben sich wie dunkle Erscheinungen auf der Ladefläche und hoben gleichzeitig lange, röhrenförmige Objekte auf ihre Schultern.

»O Scheiße«, sagte Michael.

Sie warfen sich auf den Boden, als die Raketen mit einem weißen Feuerstrahl aus den Röhren kamen. Das Gewehrfeuer hinter ihnen wurde von der Explosion der DS-Fahrzeuge verschluckt. Lodernde Trümmer schwirrten über ihren Köpfen dahin.

»Ceps«, kläffte Michael in sein Walkie-Talkie, »mach, dass du wegkommst!«

Die Gestalten auf dem Truck waren dabei nachzuladen. Ceps' Tanklaster käme als Nächstes an die Reihe. Peter suchte seine Pistole, aber sie war weg. Er hatte sie bei der ersten Explosion verloren. Vom Ende des Konvois kam ein weiterer ohrenbetäubender

Knall. Die Ölhände sprangen von ihren Trucks und rannten schreiend davon. Der Angriff richtete sich auf beide Enden des Konvois, und sie waren gefangen zwischen dem Fluss und dem, was immer da von hinten anrückte – vermutlich weitere Pick-ups mit Raketenwerfern. Ihre Treibstoffladung war verloren; sie konnten nur noch weglaufen. Peter und Michael stürmten auf den vordersten Tanklaster zu, als Ceps aus der Kabine sprang und Peter ein Gewehr zuwarf. Peter fing es aus der Luft, fuhr herum, zielte auf einen der Pick-ups und gab eine Salve auf den Wagen ab. Die Gestalten hechteten in Deckung. Er hatte einen Moment Zeit gewonnen, doch das war alles. Michael packte Lore beim Handgelenk, als sie aus ihrer Kabine kam, und schleuderte sie zu Boden. Er schrie und winkte nach hinten. »Weg von den Trucks.«

Die gespenstischen Gestalten erhoben sich wieder. Ein sauberer Schuss auf den ersten Tanklaster, und alles wäre vorbei. Dreitausend Gallonen pro Truck, sechsunddreißigtausend Gallonen alles in allem. Der gesamte Konvoi würde in die Luft fliegen, würde Wagen um Wagen detonieren wie eine Kette von Dynamitstangen. Peter erkannte, dass eine der Gestalten die Frau im Umhang war. Er hob sein Gewehr und drückte ab, aber es klickte nur.

Die Frau hob die Arme und spreizte sie weit auseinander.

Am hinteren Ende war ein Fahrzeug ganz anderer Art aufgetaucht. Es kam in hohem Tempo herangerast, mit brüllendem Motor und Natriumdampflampen, die vom Dach der Kabine herunterstrahlten. Ein dreiachsiger Sattelschlepper – und dahinter hingen zwei große Frachtboxen aus einem galvanisierten Metall, das spiegelblank poliert war. In den kommenden Wochen sollten sie begreifen, was es mit diesen merkwürdigen Dingern – es sah aus, als rollten zwei Spiegelkästen über den Highway – auf sich hatte, ein Hinweis in einer Kette von Hinweisen. Aber als der Lastwagen mit zischenden Luftdruckbremsen zum Stehen kam, achtete darauf niemand besonders aufmerksam. Ein paar der flüchtenden Ölhände, denen die Panik jeden Rest von Logik aus dem Gehirn geflutet hatte und die nicht bemerkt hatten, dass die kleineren Fahrzeuge mittlerweile wieder im Dickicht verschwunden waren, hofften irrsinnigerweise noch auf Rettung. Dann kam der Angriff, gnadenlos und verwirrend, wie aus dem Nichts.

Die Kästen mit ihren verstärkten Kanten und den glänzenden Wänden sahen aus wie Frachtcontainer und waren auch welche. Aber sie enthielten eine Fracht von ganz besonderer Art. Einer, der das sofort erkannte, war Juan Sweeting, Ölhand erster Klasse. Seinem schroffen Benehmen und seinen einschüchternden Muskelmassen zum Trotz war Ceps ein Mann mit der Seele eines Poeten. Wenn er am Ende eines Tages allein in seiner Koje lag, griff er zu Papier und Bleistift und fasste seine tiefgründigsten Gedanken in Zeilen von ungewöhnlicher Empfindsamkeit und Musikalität. Trotz der vielfältigen Prüfungen in seinem Leben glaubte er standhaft daran, dass die Welt ein schöner, von Gott berührter Ort sei, würdig des menschlichen Hoffens, und er schrieb auch viel über das Meer, dessen Gesellschaft ihm kostbar war. Diese Gedichte hatte er nie jemandem gezeigt, sie wohnten vielmehr in seinem Herzen wie eine heimliche Geliebte. Manchmal, wenn er den Ölschmier aus einem Turm kratzte oder in der Hantelstation einen Klotz Eisen über den Kopf stemmte, war Ceps so entflammt von dem Verlangen, ein Gedicht zu schreiben, dass er sich nur mit Mühe davon abhalten konnte, seine Arbeit im Stich zu lassen und zurück zu seiner Koje zu rennen, um dort die Pracht des schöpferischen Akts zu feiern.

Die Ankunft des blank verspiegelten Sattelschleppers traf mit einem aufkeimenden Verdacht überein, den er mit Peter teilte: dass nämlich nicht alles so war, wie es aussah. Tatsächlich ergab nichts an diesem Überfall einen Sinn. Warum sollten Menschen in dieser Weise aufeinander Jagd machen? Hatten sie nicht einen gemeinsamen Feind? Der Gedanke, der da in seinem Kopf Gestalt annahm, war der richtige: dass die Angreifer nämlich nicht im Bunde mit ihresgleichen standen. Als der Erste der beiden glänzenden Container seine Ladung entließ, wurde sein Verdacht zur Gewissheit, aber da war es zu spät. Es war von Anfang an zu spät gewesen.

Ein Schwarm von Virals fiel über den Konvoi her. Es waren Hunderte. Doch sie brachten nicht jeden um, erkannte Ceps. Über einige fielen sie mit gnadenloser, blutspritzender Schnelligkeit her, aber andere wurden nur gepackt und schlugen schreiend um sich, als die Virals sie umschlangen und mit ihnen davonsprangen.

Ein viel schlimmeres Schicksal, von ihnen geholt zu werden. Befallen zu werden.

Er traf eine schnelle Entscheidung.

Der Sattelschlepper war keine zwanzig Meter hinter dem letzten Tanklaster in der Kolonne zum Stehen gekommen. Ceps hatte schon einmal mit eigenen Augen gesehen, wie ein Truck in die Luft flog. Er flog mit einem Schlag auseinander, ein mächtiger Feuerball, aber in der vorausgehenden Zehntelsekunde passierte etwas Interessantes. Der Treibstoff dehnte sich aus, und auf der Suche nach der schwächsten Stelle drückte er die Endplatten nach außen, sodass sie horizontal davonflogen wie Korken aus einer Flasche. Im Grunde war ein explodierender Tanklaster eine Kanone, bevor er zur Bombe wurde. Ceps hatte den letzten Dieseltruck jetzt erreicht. Der silberne Lastwagen stand in gerader Linie zwanzig Meter weit hinter ihm. Mit seinen massigen Armen schraubte Ceps den Verschluss vom Ablaufstutzen herunter und öffnete das Ventil. Das Benzin strömte in glitzerndem Schwall aus dem Stutzen. Er stellte sich in den Strahl und ließ seine Kleider durchtränken, er füllte die hohlen Hände damit und übergoss damit seine Haare. Diese hinreißende Welt, dachte er, als seine Sinne sich mit dem Geruch füllten, mit dem Geruch von konserviertem Feuer. Diese schmerzhaft bittersüße, hinreißende Welt. Vielleicht würde jemand das Bündel mit seinen Gedichten unter seiner Matratze finden und auf seinen Seiten die verborgenen Wahrheiten seines Lebens lesen. Ein Gedicht, das er liebte, kam ihm in den Sinn. Emily Dickinson: Mit acht Jahren hatte er ein Buch mit ihren Gedichten in der Bibliothek von Kerrville gefunden, in einem Raum, den niemand je betrat. Anscheinend hatte niemand Verwendung dafür, und erfasst von einem seltsamen Mitgefühl für das einsame Buch im Regal hatte Ceps es unter seine Jacke geschoben und mitgenommen, und dann hatte er im Durchgang zwischen zwei Häusern auf einer Mülltonne gehockt und eine Stimme entdeckt, die längst von der Erde verschwunden war, eine Stimme aus dem Himmel, die sein geheimstes Inneres anzusprechen schien. Als er jetzt im harten Strahl des Benzins aus dem Tanker stand, schloss er die Augen und ließ die Worte, die sich in sein Gedächtnis eingegraben hatten, noch einmal im Geiste ertönen:

Schönheit bedrängt mich bis ich sterbe
Schönheit sei gnädig mit mir
Doch wenn ich heute scheide
Sei es im Anblick von dir –

Er zog sein Feuerzeug aus der Tasche, klappte es auf und legte den Daumen auf das Zündrädchen.

Hundert Meter weiter vorn, in der Kabine des dritten Tanklasters, versuchte Peter, einen Gang einzulegen. Der Schalthebel, dessen Markierungen vor Ewigkeiten abgewetzt worden waren, verriet ihm nichts; jeder Versuch rief nur ein knirschendes Krachen hervor.

»Rutsch rüber.«

Die Tür flog auf, und Michael kletterte herein, gefolgt von Lore. Peter rutschte auf der Bank zur Seite und überließ ihm das Steuer.

»Wie ist der Plan?«, fragte Michael.

»Wir haben keinen.«

Michael warf einen Blick in den Seitenspiegel und riss die Augen auf. »Jetzt doch.«

Mit einem Ruck legte er den ersten Gang ein, riss das Lenkrad ganz nach links und streifte den zweiten Truck. Hinter ihnen dröhnte ein ohrenbetäubender Donner, dann noch einer.

Statt zurückzusetzen, trat Michael das Gaspedal herunter. Metall kreischte, und plötzlich waren sie frei: Ein fünfundzwanzig Tonnen schweres Geschoss auf Rädern raste ins Dickicht.

Hinter ihnen explodierte die Welt.

Der Laster schoss vorwärts wie eine Rakete. Peter wurde gegen die Sitzlehne geschleudert. Das Heck des Tankwagens geriet kurz ins Schleudern, fand dann aber wieder Bodenhaftung. Die Kabine wurde so hart durchgerüttelt, dass sie sicher gleich entzweibrechen würde. Michael bearbeitete das Schaltgetriebe und beschleunigte immer noch. Buschwerk strich über die Frontscheibe; blind wie Fledermäuse flogen sie durch das Gestrüpp. Wieder zog er das Lenkrad nach links und steuerte sie im weiten Bogen durch das Buschland, und mit einem zweiten Sprung waren sie wieder auf dem Highway und rasten in Richtung Osten.

Ihre Flucht war nicht unbemerkt geblieben. Im Außenspiegel sah Peter, wie sich hinter ihnen eine blassgrün leuchtende Front formierte.

»Wir können sie mit diesem Wagen nicht abhängen«, sagte Michael. »Unsere einzige Chance ist die Hardbox.«

Peter rammte ein Magazin in sein Gewehr. »Was hast du?«, fragte er Lore, und sie zeigte ihm eine Pistole.

»Das ist nicht unser einziges Problem«, fuhr Michael fort. »Unsere Bremskupplung ist ausgefallen.«

»Heißt?«

»Das heißt, ich kann nicht bremsen, ohne dass uns der Hänger ins Genick rauscht. Wir werden abspringen müssen.«

Die Virals kamen näher. Peter schätzte den Abstand auf zweihundert Meter, vielleicht weniger.

»Können wir die Ausfahrtrampe hinauffahren?«

»Bei dem Tempo kriege ich oben die Kurve zur Überführung niemals. Das ist ein Winkel von neunzig Grad.«

»Wie weit ist die Hardbox vom oberen Ende der Ausfahrt entfernt?«

»Hundert Meter, geradewegs nach Süden.«

Sie würden es niemals schaffen, wenn sie unten an der Ausfahrt absprängen. Hundert Meter würden sie mit Mühe und Not bewältigen – immer vorausgesetzt, dass sie sich beim Landen nicht verletzten.

Die Markierung für die Hardbox erschien im Licht von Michaels Scheinwerfern. Lore kletterte über den Sitz zur Tür. Michael schaltete herunter und reduzierte die Geschwindigkeit auf dreißig, um dann nach rechts abzuschwenken, die Ausfahrtrampe hinauf. Sie rissen beide Türen weit auf, und ein Wirbelsturm fuhr durch die Kabine.

»Los!«

Am oberen Ende der Ausfahrt sprangen Michael und Lore aus der Kabine, und Peter folgte dicht hinter ihnen. Er landete auf den Füßen, die Knie eingeknickt, um den Aufprall abzufedern, und rollte dann über den Asphalt. Die Luft entwich keuchend aus seiner Brust. Er bekam gerade noch mit, wie die Heckleuchten des Tanklasters über die Leitplanke schossen. Einen winzigen Augenblick lang sah es aus, als wollte sich das ganze fünfundzwanzig Tonnen schwere Fahrzeug in die Luft erheben, aber dann krachte es nach unten, und gleich darauf folgte die nächste titanische Explosion dieses Abends, eine wallende Wolke mit einer weißglühenden Mitte, die die Umgebung wie eine riesige Signalfackel erleuchtete.

Von links hörte er Lores Stimme. »Peter, hilf mir!«

Michael war bewusstlos. Sein Haar glänzte von Blut, und sein Arm war verdreht und sah aus, als sei er gebrochen. Die ersten Virals auf dem Highway hatten die Ausfahrt erreicht. Peter wuchtete Michael über seine Schulter. O Gott, dachte er, als seine Knie unter der Last nachgaben, vor ein paar Jahren wäre das leichter gewesen. Die Fahne vor der Hardbox stand als dunkle Silhouette vor dem Sternenhimmel.

Sie rannten los.

34

Sie stand in der Tür, als Lucius seine Abendandacht beendete. An ihrer Hand baumelte ein klingelnder Schlüsselbund. Mit ihrem schlichten grauen Kittel und der ruhigen Haltung vermittelte sie nicht den Eindruck, gerade an einem Gefängnisausbruch beteiligt zu sein, aber Lucius sah, dass trotz der abendlichen Kälte Schweiß auf ihrem Gesicht glänzte.

»Major. Schön, dich zu sehen.«

Tief in sich spürte er, dass etwas in Bewegung gekommen war: Kreise schlossen sich, eine Bestimmung wurde offenbar. Sein Leben lang, so schien es ihm, hatte er auf diesen Moment gewartet.

»Es ist etwas im Gange, nicht wahr?«

Amy nickte gleichmütig. »Ich glaube, ja.«

»Ich habe dafür gebetet, dass es so kommt. Dass *du* kommst.«

Amy nickte. »Wir müssen uns beeilen.«

Sie gingen den dunklen Korridor hinunter. Sanders schlief an seinem Tisch im Vorzimmer. Sein Kopf ruhte auf den verschränkten Armen. Der zweite Wärter lag schnarchend auf dem Boden.

»Sie werden vorerst nicht aufwachen«, sagte Amy, »und wenn sie es tun, werden sie sich an nichts erinnern. Du wirst einfach verschwunden sein.«

Lucius beugte sich hinunter und zog Sanders' Pistole aus seinem Holster. Als er aufblickte, sah er, dass Amy ihn warnend anschaute.

»Vergiss nicht«, ermahnte sie ihn, »Carter ist einer von uns.«

Lucius lud die Pistole durch, sicherte sie und schob sie in den Hosenbund. »Verstanden.«

Draußen gingen sie in gemessenem Tempo auf den Fußgängertunnel zu und hielten sich nach Möglichkeit im Dunkeln. Am Eingang standen drei DS-Leute müßig um eine brennende Aschentonne herum und wärmten sich die Hände.

»Guten Abend, Gentlemen«, sagte Amy.

Milde Überraschung war auf ihre Gesichter geschrieben, als sie auf die Knie sanken. Lucius und Amy umfassten sie und ließen sie langsam zu Boden gleiten.

Am anderen Ende des Tunnels warteten zwei gesattelte Pferde. Lucius half Amy beim Aufsteigen, setzte sich dann auf das zweite Pferd und nahm den Zügel locker in die Hand.

»Eins muss ich dich fragen«, sagte er. »Warum ich?«

Amy überlegte kurz. »Jeder von uns hat einen Menschen, dem er sich besonders verbunden fühlt, Lucius.«

»Und Carter? Wen hat er?«

Ihr Blick wurde unergründlich, als hätten ihre Gedanken sie weit weggetragen. »Er ist anders als der Rest. Er trägt seine Vertraute in sich.«

»Die Frau im Wasser.«

Amy nickte. »Er hat sie mehr geliebt als sein Leben, aber er konnte sie nicht retten. Sie ist sein Ein und Alles.«

»Und die Dopeys?«

»Das sind seine Vielen, seine Viral-Linie. Sie töten nur, weil sie es müssen. Es fällt ihnen schwer. Sie denken, was er denkt. Träumen, was er träumt. Sie träumen von ihr.«

Die Pferde scharrten im Staub. Es war kurz nach Mitternacht, und nur der mondlose Himmel war Zeuge ihres Abschieds.

»Wie ich von dir«, sagte Lucius Greer. »Wie ich von dir.«

Und sie ritten in die Dunkelheit.

35

Brüder, Brüder.

Und auf, hinaus in die Nacht. Julio Martínez, der Zehnte der Zwölf, dessen Legionen überall zerstreut waren, überließ sich dem Wind. Julio Martínez folgte dem Ruf Zeros.

Es ist so weit. Der Augenblick des Wiederaufbaus ist gekommen. Ihr werdet die Welt neu erschaffen. Ihr werdet die wahren Herren der Erde werden, Herren nicht nur über den Tod, sondern über das Leben. Ihr seid die Jahreszeiten. Ihr seid die Erde, die sich dreht. Ihr seid der Kreis im Kreis im Kreis. Ihr seid die Zeit selbst, meine Brüder im Blute.

Im Leben war er Rechtsanwalt gewesen, ein Mann des Gesetzes. Vor Richtern hatte er gestanden und die Angeklagten vor den Jurys ihrer Standesgenossen verteidigt. Fälle für die Todeszelle waren sein Spezialgebiet. Er hatte sich eine besondere Sorte von Ruhm erworben. Die Anrufe kamen von überall her: Könnten Seine Gnaden, der große Julio Martínez, wohl dem und dem zu Hilfe kommen? Könnte er sich wohl überreden lassen, schleunigst einzuschreiten? Der Rockstar, der seiner Freundin mit einer Tischlampe den Schädel eingeschlagen hatte. Der Senator mit dem Blut einer toten Hure an den Händen. Die Mutter aus der Vorortsiedlung, die ihre neugeborenen Drillinge in der Badewanne ertränkt hatte. Martínez übernahm sie alle. Sie waren verrückt, oder sie waren es nicht. Sie bekannten sich schuldig, oder sie taten es nicht. Sie bekamen die Spritze oder die winzige Zelle oder den Freispruch. Für Julio Martínez war das Ergebnis ohne Bedeutung; was er liebte, war die Dramatik. Zu wissen, dass jemand sterben würde, und trotzdem gegen das Unausweichliche zu kämpfen, das war das Faszinierende. Einmal, als Junge, hatte er auf dem Feld hinter seinem Haus ein Kaninchen in einer Falle gefunden, in einer Falle von der Sorte mit Stahlfeder und Zähnen. Die eisernen Kiefer hatten die Hinterbeine des Tieres gepackt und die Haut bis auf den Knochen abgerissen. Die kleinen dunklen Augen, blank wie zwei Öltropfen, waren erfüllt von der Weisheit des Todes. Das Leben verebbte in einer Folge von zappelnden Krämpfen. Der junge Martínez hätte stundenlang zuschauen können, und er tat es auch. Als das Kaninchen am Abend immer noch nicht verendet war, trug er es in die Scheune, ging ins Haus, aß zu Abend und ging in seinem Zimmer voller Spielsachen und Trophäen ins Bett, und er wartete auf den nächsten Morgen, wenn er dem Kaninchen noch ein bisschen beim Sterben zusehen könnte.

Es hatte drei Tage gedauert. Drei herrliche Tage.

Und so kam es, dass er fortan weitere dunkle Erkundungen machte. Martínez hatte seine Gründe. Und seine Rechtfertigungen. Und er hatte eine ganz spezielle Methode – den Lappen mit Äther, die Schnur, das unendlich schmiegsame Isolierband und die feuchtkalten, unsichtbaren Kammern zur späteren Beseitigung. Er nahm Frauen aus der Unterschicht, Frauen, die weder Bildung noch Kultur besaßen, nicht weil er sie verachtete oder insgeheim begehrte, sondern weil sie leicht zu umgarnen waren. Sie waren seinen schönen Anzügen, seiner Filmstarfrisur, seiner seidigen Anwaltsstimme nicht gewachsen. Sie waren Körper ohne Namen, ohne Vergangenheit, ohne Persönlichkeit, und im Augenblick der Entrückung kam von ihnen keine Ablenkung. Das Timing war entscheidend, die sorgsam organisierte, gleichzeitige Befreiung. Der alte Chor von Sex und dem Gesang des Todes.

Ein gewisses Maß an Übung war erforderlich gewesen. Es hatte

Fehlzündungen gegeben. Es hatte, das musste er zwangsläufig zugeben, ein wenig zufällige Komik gegeben. Die Erste war gut, aber zu schnell gestorben, die Zweite hatte ein solches Getöse veranstaltet, dass die ganze Sache zur Farce verkommen war, und die Dritte hatte so mitleiderregend geweint, dass er sich kaum hatte konzentrieren können. Aber dann: Louise. Louise mit ihrer abgeschmackten Kellnerinnenuniform, ihren vernünftigen Kellnerinnenschuhen und ihrer abtörnenden Kellnerinnenstützstrumpfhose. Wie schön sie ihr Leben verlassen hatte! Wie köstlich die Verzückung, als er sie nahm! Sie war eine Tür zum weiten unergründlichen Jenseits, die sich öffnete. Er tauchte ein in die grenzenlose Dunkelheit des Nichtseins. War plötzlich ein vollkommen anderer Mensch, sein altes Ich löste sich auf; die Winde der Ewigkeit waren durch ihn hindurchgefahren und hatten ihn blankgescheuert. Es war alles das gewesen, was er sich ausgemalt hatte, und noch einiges mehr.

Danach, offen gestanden, danach hatte er nicht mehr genug davon bekommen können.

Was den Highway-Polizisten anging – die Welt war nicht frei von Ironie. Sie gab und nahm. Beispiel: Der Jaguar mit dem defekten Schlusslicht und der Sack mit der Leiche der Frau im Kofferraum. Der Cop, der auf den Wagen zuschlenderte, die eine Hand mannhaft auf dem Kolben der Pistole und das heruntergleitende Fenster auf der Fahrerseite. Das Gesicht des Streifenpolizisten, ganz nah, höhnisch verzogen in gelangweilter Selbstgerechtigkeit. Die Lippen, die die üblichen Worte formten – *Sir, dürfte ich bitte …?* – und den Satz nicht mehr zu Ende brachten. Bis dahin war es Martínez immer gelungen, die Leichen seiner Opfer unbemerkt zu beseitigen, sodass seine nächtlichen Praktiken nie mit ihm in Verbindung gekommen waren. Aber ein toter Polizist am Rande des Highways und die Aufzeichnungen der Videokamera im Streifenwagen – tja. Am Ende, wie man so sagt, gab es für den großen Julio Martínez, den Retter der Unrettbaren, den Verteidiger der abscheulich Wehrlosen, nichts weiter zu tun, als sich ein Glas dreißig Jahre alten Single Malt einzuschenken und ihn über die Zunge rollen zu lassen, während in den Fenstern seines Hauses die rot-blauen Lichter der Gerechtigkeit wirbelten, und dann mit pflichtbewusst erhobenen Händen herauszukommen.

Was in Anbetracht der weiteren Entwicklungen letzten Endes eigentlich gar keine so unglückliche Wendung gewesen war.

Martínez konnte nicht behaupten, dass er für die anderen aus dem Kreis der Zwölf viel übrighatte. Von Carter einmal abgesehen, den er nur erbärmlich fand – der Kerl schien nicht mal zu wissen, was er war oder was er getan hatte –, waren sie nichts als ordinäre Kriminelle, und was sie getan hatten, war beliebig und banal. Verkehrsunfall mit Todesfolge. Bewaffneter Raubüberfall mit unglücklichem Ausgang. Eine Leiche auf dem Boden nach einer Kneipenschlägerei. Hundertjähriges Marinieren in ihrem eigenen Psychomüll hatte alles nur noch schlimmer gemacht. Sein jetziges Dasein hatte freilich auch lästige Seiten. Dieses Niemals-ganz-allein-Sein. Der endlose Hunger, der dauernd gestillt werden musste. Das unaufhörliche Quak-quak-quak in seinem Kopf – nicht nur von seinen Brüdern, sondern auch von Zero. Und Ignacio: Der nervte besonders. Der Mann war eine einzige Litanei von selbstmitleidigen Ausreden. *Ich hab's doch die meiste Zeit gar nicht gewollt. Ich bin einfach so gepolt.* Hundert Jahre lang hatte Martínez sich das Gewinsel des Mannes angehört, und er würde es kein bisschen vermissen.

Babcock indes hatte etwas Berserkerhaftes an sich gehabt, das ihm sofort gefallen hatte. Seiner Mutter mit einem Küchenmesser den Kehlkopf herauszuschneiden – in einem anderen Leben wäre er sicher ein Dichter geworden. Im Laufe der Jahrzehnte hatte Martínez aber bestimmt hunderttausend Mal in dieser stinkenden Küche gesessen, und es stimmte: Die Frau konnte die Klappe *nicht halten*. Für eine bestimmte Art von Leuten auf dieser Welt musste man alles buchstabieren. Babcocks Mutter war so jemand gewesen.

Und eines Tages war Babcock einfach weg gewesen, sein Signal war verstummt wie bei einem Fernsehsender, der abgeschaltet wurde. Die Ecke in Martínez' Kopf, die Babcock bis dahin für sich beansprucht hatte, war leer. Sie alle wussten, was passiert war. Einer ihrer Brüder war gefallen.

Gott segne und behüte dich, Giles Babcock. Mögest du im Tod den Frieden finden, der dir im Leben und in dem, was danach kam, unerreichbar blieb.

Und so waren aus den Zwölfen Elf geworden. Ein Verlust, ein Spalt in der Rüstung, aber letzten Endes nur ein geringfügiger Anlass zur Sorge. Es war alles in allem ein gutes Jahrhundert für Julio Martínez gewesen. Mit schmerzhafter Zärtlichkeit erinnerte er sich an die frühen Tage. Tage voller Blut und Chaos, als er und seinesgleichen machtvoll auf die Erde losgelassen worden waren. Zu töten war eine Sache, eine prachtvolle Sache, aber eine Seele zu holen war noch etwas anderes. Bei jedem hatte Martínez einen wohlschmeckenden Bissen von der Seele genommen, hatte ihn in den Schoß der Herde geholt, hatte seine Herrschaft über Körper und Geist erweitert. Seine Vielen waren nicht nur ein *Teil* von ihm, eine *Verlängerung* seiner selbst, sondern sie *waren* er. So wie er, Julio Martínez, einer der Zwölf und auch wie Zero war. Sie waren eins miteinander und deckungsgleich, vereint mit der Dunkelheit, in der sie für alle Zeit hausten.

Brüder, Brüder, es ist Zeit. Brüder, Brüder, die Stunde ist nah.

Denn es war unausweichlich. Sie hatten ein Volk der reinen Raubgier begründet. Ihre Vielen, geschaffen zu ihrem Schutz, hatten die Erde kahlgefressen wie Heuschrecken und auf ihrem Weg nichts zurückgelassen. Auf den Festschmaus war der Hunger gefolgt, auf die Fülle des Sommers die Kargheit des Winters; sie würden jetzt eine Heimat brauchen, ein Schutzgebiet, eine Ruhezone. Um ihre Träume zu träumen. Um von Louise zu träumen.

Meine Brüder, eure neue Heimat wartet. Sie werden sich vor euch verneigen, und ihr werdet dort leben als Könige.

Martínez hörte es gern.

Er warf sie weg, ganz ohne feierliche Umstände. Seine Vielen, die Millionen. Er rief sie zusammen aus ihren Verstecken überall und sagte zu ihnen: *Sterbt.* Die Morgenröte griff mit Rosenfingern über den Horizont. Blind richteten sie ihre Gesichter auf sie. Sie zögerten nicht; was er befahl, taten sie. Die Sonne kam auf sie zu wie eine Klinge aus Licht, die sich über die Erde schob. *Legt euch nieder, meine Söhne und Töchter. Legt euch in die Sonne und sterbt.*

Es ging nicht ohne Schreie ab.

Nacht für Nacht zog er ostwärts über das erschöpfte Land. Seine Instinkte waren geschärft. Die Welt war voller Sinnlichkeit, sie liebkoste ihn mit Geräuschen und Gerüchen. Das Gras. Der Wind. Die zartesten Bewegungen der Bäume. Er ließ sich Zeit und kostete von allem. Er war zu lange fort gewesen. Er rief seine Gefährten, und in ihren Stimmen lag etwas Düsteres, als sie aus allen Ecken der Erde zum Ort ihrer Erneuerung kamen.

– Wir sind Morrison-Chávez-Baffes-Turrell-Winston-Sosa-Echols-Lambright-Martínez-Reinhardt-Carter. Elf der Zwölf, einen Bruder hatten sie verloren.

Und Zero antwortete auf die gleiche Weise.

O meine Brüder, mein Schmerz ist so groß wie der eure. Aber ihr werdet wieder Zwölf sein. Denn ich habe noch eine geschaffen, eine, die wacht und euch am Ort eurer Ruhe behütet.

– Wer ist das?, fragten sie, jeder für sich und dann alle zusammen. – Wer ist es, die du geschaffen hast?

Und Zero antwortete aus der Dunkelheit:

Unsere Schwester.

VI

—

Die Rebellin

Fort Powell, Iowa
69 172 Einwohner

97 n. V.

Hesperos, du bringst heim,
was die leuchtende Eos zerstreut hat,
du bringst das Schaf, bringst die Ziege,
bringst der Mutter die Tochter.

Sappho, ca. 612 v. Chr.,
Fragment 120

ACHTUNG
Eine Mitteilung des Direktors

Bürger des Homelands! Verräter sind unter uns!

Die schändlichen Methoden der sogenannten »Rebellion« haben einen neuen Tiefpunkt erreicht. Dutzende unserer Mitbürger, unter ihnen unschuldige Frauen und Kinder, sind von diesen feigen Verschwörern kaltblütig ermordet worden.

Wir müssen uns verteidigen!
Steht zu eurem Führer!
Beendet die Seuche der Gewalt!

Wir rufen alle Bürger auf mitzuhelfen, diese verachtungswürdigen Verräter zur Rechenschaft zu ziehen. Die Sicherheit des Homelands steht auf dem Spiel.

Jeder muss seinen Beitrag leisten!

* Seid wachsam. Jeder, der neben einem steht, könnte in diesem Moment den Tod Hunderter planen.

* Meldet jede verdächtige Aktivität einem Mitarbeiter der Human-Resources-Verwaltung.

* Achtet in eurer Unterkunft und an eurem Arbeitsplatz auf Disziplin.

* Seid allzeit bereit. Jeder kann zur Verteidigung des Homelands eingezogen werden.

* Wer der Rebellion Unterstützung leistet oder die Home-land-Behörden an der Ausübung ihrer Pflichten hindert, wird als **Staatsfeind** betrachtet werden.

Augen auf! Ohren auf! Wachsam sein!
Gemeinsam schaffen wir wieder Frieden und Sicherheit für unser geliebtes Homeland!

36

Überall tuschelten die Leute. Auf dem Markt war wieder eine Bombe explodiert.

Der Novembermorgen dämmerte kalt und grau herauf und schmeckte nach dem bevorstehenden Winter. Sara erwachte vom Gellen der Sirene. Ein vielfaches Husten und Räuspern begann, und Gelenke erwachten unschlüssig knackend zum Leben. Ihre Augen und ihr Mund waren trocken wie Papier. Es roch im Raum nach ungewaschener Haut, schalem Atem und Entlausungspuder, der biologische Dunst des menschlichen Verfalls, auch wenn Sara es kaum bemerkte. Ein Teil dieses Geruchs, das wusste sie, kam von ihr selbst.

Wieder ein mitleidloser Sonnenaufgang, dachte sie. Wieder ein Morgen als Bürgerin des Homelands.

Sie hatte gelernt, nicht lange liegen zu bleiben. Eine Minute zu spät in der Essensschlange, und man riskierte, sich ohne einen Bissen im Magen durch den Tag zu schleppen. Eine Schale Maisbrei war noch immer besser als ein paar kurze Minuten in unruhigem Halbschlaf. Mit knurrendem Magen wickelte sie sich aus der fadenscheinigen Decke, setzte sich auf die Pritsche und zog den Kopf ein, um die Füße in den Turnschuhen auf den Dielenboden zu stellen. Sie behielt ihre Turnschuhe – oder was sie so nannte: ein verschlissenes Paar Reeboks, die sie von einer verstorbenen Kojengenossin geerbt hatte – beim Schlafen immer an, weil sie sonst gestohlen würden. *Wer hat meine Schuhe genommen?*, schrie eine Stimme dann, und wer immer das Opfer war, er oder sie rannte durch die Baracke, flehend und drohend, und brach schließlich verzweifelt schluchzend zusammen. *Ich sterbe ohne sie! Helft mir doch, irgendjemand!* Es stimmte: Ohne Schuhe starb man. Sara arbeitete zwar in der Biodiesel-Fabrik, aber es hatte sich im Flachland herumgesprochen, dass sie Krankenschwester gewesen war. Sie hatte die erfrorenen Zehen gesehen, die aussahen wie schwarze Nüsse, und die Krusten von Würmern, die sich eingegraben hatten. Sie hatte das Ohr auf die eingefallenen Brustkörbe gelegt und dem pneumonischen Rasseln langsam ertrinkender Lungenflügel gelauscht. Unter den Fingerspitzen hatte sie die Bäuche gefühlt, hart wie ein straffes Trommelfell von einer septischen Blinddarmentzündung, von einem bösartigen Tumor, von simpler Unterernährung. Sie hatte die flache Hand auf fieberglühende Stirnen gelegt und suppende Wunden verpflastert, die den Körper mit ihrer Fäulnis verzehren würden. Zu jedem sagte sie (und schmeckte dabei die Lüge im Mund): Das wird schon wieder. Keine Sorge. In ein paar Tagen bist du wieder kerngesund, das verspreche ich dir. Was sie ihnen gab, war keine medizinische Versorgung; es war eine Art Segen: Du wirst sterben, und es wird wehtun, aber du wirst hier sein, unter deinesgleichen, und die letzte Berührung, die du fühlen wirst, wird sanft und freundlich sein, denn sie wird von mir kommen.

Die Kols durften nämlich nicht wissen, dass man krank war, und die Rotaugen schon gar nicht. Niemand sprach es laut aus, aber die Leute im Flachland machten sich kaum Illusionen darüber, wozu das Krankenhaus in Wirklichkeit diente. Ob Mann oder Frau, Alt oder Jung – wer durch diese Türen verschwand, wurde nie wiedergesehen. Ab ging's zum Fressplatz.

Jeweils vier Kojen übereinander, jede Reihe zwanzig Kojen lang, zehn Reihen: achthundert Seelen, in eine Baracke von der Größe einer Futterscheune gezwängt. Die Leute standen auf, stülpten ihren Kindern Mützen über die Köpfe und murmelten vor sich hin, und mit der schwerfälligen Friedfertigkeit von Rindern schoben sie sich schlurfend zum Ausgang. Sara schaute sich hastig um und vergewisserte sich, dass niemand sie beobachtete; sie kniete an ihrer Koje nieder, hob die Matratze mit einer Hand hoch und schob die andere darunter. Schnell nahm sie das sorgfältig zusammengefaltete Stück Papier aus seinem Versteck und schob es in die Tasche ihres Kittels. Dann richtete sie sich auf.

»Jackie«, sagte sie leise, »wach auf.«

Die alte Frau lag zusammengekrümmt wie ein Embryo unter ihrer Decke. Ihre feuchten Augen starrten stumpf in das graue Licht, das durch die Oberlichter in die Baracke fiel. Sara hatte sie die ganze Nacht husten gehört.

»Das Licht«, sagte Jackie. »Es sieht aus wie Winter.«

Sara befühlte ihre Stirn. Keine Spur von Fieber. Im Gegenteil, die Frau fühlte sich kalt an. Es war schwer zu sagen, wie alt Jackie war. Sie war im Flachland geboren, aber ihre Eltern waren von woanders gekommen. Es war nicht Jackies Art, von früher zu reden, doch Sara wusste, dass sie drei Kinder und einen Mann überlebt hatte; Letzterer war zum Fressplatz geschickt worden, weil er das Verbrechen begangen hatte, einem Freund zu Hilfe zu kommen, der von einem Kol verprügelt wurde.

Der Raum leerte sich schnell. »Jackie, bitte.« Sara rüttelte an ihrer Schulter. »Ich weiß, du bist müde, aber wir müssen wirklich los.«

Die Augen der Frau konzentrierten sich auf Sara. Ein trockener Husten schüttelte sie.

»Entschuldige, Schatz«, sagte sie, als der Anfall vorbei war, »ich will nicht bockig sein.«

»Ich möchte nur das Frühstück nicht verpassen. Du musst was essen.«

»Du sorgst für mich wie immer. Hilf einer alten Frau herunter, ja?«

Sara hielt Jackie die Schulter hin, damit sie sich aufstützen konnte, und ließ sie langsam auf den Boden herunter. Der Körper der alten Frau war praktisch gewichtslos, eine Gestalt aus Strichen und Luft. Wieder rasselte der Husten in ihrer Brust; es hörte sich an, als schüttelte man einen Sack Kieselsteine. Langsam richtete sie sich auf.

»So.« Jackie brauchte einen Augenblick, um zu schlucken. Ihr Gesicht war rot, und Schweißperlen standen auf ihrer Stirn. »Schon besser.«

Sara zog die Decke aus ihrer Koje und legte sie ihr um die Schultern. »Es wird kalt heute. Bleib bei mir, okay?«

Lippen dehnten sich zu einem zahnlosen Lächeln. »Wo sollte ich denn hingehen, Schatz?«

Sara hatte nur flüchtige Erinnerungen an ihre Gefangennahme. Das Gefühl des sicheren Todes, alles aus und vorbei, und dann hatte eine gewaltige Kraft von gnadenloser Energie sie gepackt. Ein kurzer Blick auf den Boden, der unter ihr zurückwich, als der Viral sie in die Höhe schleuderte – warum hatte er sie nicht einfach umgebracht? –, und ein heftiger Ruck, als sie wieder gepackt wurde, aus der Luft gefangen von dem zweiten Viral und dann vom dritten und so weiter. Und jeder Salto, den sie schlug, katapultierte sie weiter weg von den Mauern und Lichtern der Garnison in die alles umhüllende Dunkelheit. Sie flog von einer Hand zur anderen wie ein Ball in einem Kinderspiel, weit außerhalb der Grenzen ihres Fassungsvermögens, und mit einem letzten, hirnerschütternden Aufprall landete sie in dem Lastwagen. Dann das grauenvolle Erwachen, als steige sie auf einer Leiter aus der Hölle in die Hölle. Tage ohne Wasser, ohne Essen. Endlose Stunden lang durchgerüttelt bis auf die Knochen. Geflüsterte Fragen ohne Antworten. Wohin fuhren sie? Was passierte mit ihnen? Fast alle Gefangenen waren Frauen, die zu dem in Roswell stationierten Zivilcorps gehörten, aber eine Handvoll Soldaten war auch unter ihnen. Die Schreie der Verletzten und Verängstigten. Die alles erstickende Dunkelheit.

Sara war erst bei der Ankunft wieder ganz bei Bewusstsein

gewesen. Es war, als habe sich die Zeit während der Fahrt ausgedehnt, nur um wieder in ihre normale Form zurückzuschnellen, als die Tür sich öffnete. Verwirrendes Tageslicht flutete herein und beleuchtete … was? Mehr als die Hälfte der menschlichen Ladung im Lastwagen war verendet. Ein paar waren schon gleich am Anfang tot gewesen und füllten die Kammer mit Verwesungsgestank; andere waren an den Verletzungen gestorben, die sie bei der Gefangennahme erlitten hatten, und die Übrigen waren einer Kombination aus Hunger, Durst und erstickender Hoffnungslosigkeit erlegen.

Sara lag auf dem Boden wie alle anderen, die Lebenden und die Toten, mit unbeweglichen Gliedern und geschwollener Zunge. Ihr Rücken drückte sich an die glänzende Wand des Containers, und sie blinzelte im ungewohnt grellen Licht wie ein Baby, das plötzlich aus dem Mutterleib gekommen ist. Es war, als hätten ihre körperlichen Proportionen sich umgekehrt, sodass der Kopf jetzt den größten Teil ihrer Masse besaß. Sie hatte schon viele Leute sterben sehen, aber zwischen den Toten zu liegen war etwas Neues. Die Grenze, die sie von ihnen trennte, erschien ihr wie eine durchlässige Membran. Ihre Augen waren brennende Schlitze, als sie zusah, wie ein halbes Dutzend Männer mit ausdruckslosen Gesichtern und in zerlumpten Khakihosen und dröhnenden Stiefeln in den Container stieg und routiniert anfing, die Toten herauszuholen. Sie sah ihnen an, dass das Gewicht eines leblosen Körpers etwas war, woran diese Männer gewöhnt waren, dass es nicht mehr Rücksicht erforderte als jeder andere unhandliche Gegenstand, den man gelegentlich tragen musste. Leiche um Leiche wurde so weggeschafft, umstandslos. Als sie zu ihr kamen, hob Sara protestierend die Hand, und vielleicht sagte sie etwas wie »Bitte« oder »Wartet« oder »Das dürft ihr nicht«. Aber diese kläglichen Versuche wurden im Keim erstickt durch einen brennenden Schlag mit der flachen Hand ins Gesicht, sicherheitshalber gefolgt von einem Stiefeltritt, der sie in den Bauch getroffen hätte, wenn sie sich nicht schützend zusammengekrümmt hätte.

»Halt. Die. Schnauze.«

Das tat sie dann. Sie hielt die Schnauze. Der Mann, der sie

geschlagen hatte, war ein Kol, den Sara als Sod kennenlernen sollte. Bei den Bürgern des Flachlands hatte jeder Kol einen Spitznamen. Sod hieß Sod, weil er gern Leute vergewaltigte – auf sodomitische Art. Viele von ihnen taten so etwas gern. Es war ein Spiel für sie, aber Sod zeichnete sich durch das breite Spektrum seines Appetits aus. Frauen, Männer, Kinder, Vieh – Sod hätte den Wind vergewaltigt, wenn der ein Loch gehabt hätte.

Auch Sara würde im Schuppen an die Reihe kommen: kurz, brutal, fertig. Kurzfristig hatte der Schmerz, den seine Schläge ihr zufügten, den widersinnigen Effekt, dass er sie zur Besinnung brachte. Strategien nahmen Gestalt an, Prioritäten ordneten sich. Unter dem Strich erschien es ihr erstrebenswert, am Leben zu bleiben, und Schnauzehalten war offenbar die beste Methode dazu. Sei still, ermahnte sie sich. Passe dich an. Sieh, was du sehen kannst, ohne dass man es dir anmerkt. Wenn sie dich umbringen wollen, werden sie es sowieso tun.

Sag nichts von dem Baby.

Die Knüppel kamen ans Licht, stießen und knufften sie vorwärts in die Sonne. Die Umgebung war grün. Ihre Üppigkeit verspottete sie wie ein grausamer Witz. Der Lastwagen stand auf einer Art Sammelplatz, einem mit Draht umzäunten Gelände, auf dem stumpfe Betonbaracken mit glänzenden Blechdächern standen. Daneben, ein paar hundert Meter weit entfernt, erhob sich ein mächtiges Gebäude, wie sie es noch nie gesehen hatte. Es sah aus wie eine gigantische Badewanne. Hohe Scheinwerferbatterien ragten vom Rund der Mauern ein paar hundert Fuß hoch in die Luft. Sara sah, wie ein glänzender Lastwagen wie der, aus dem sie gerade gekommen waren, auf den Riesenbau zufuhr. Männer mit Gewehren trabten neben ihm her. Sie trugen klobig wattierte Kleidung und hatten Gittermasken vor den Gesichtern. Als der Truck vor dem Gebäude ankam, sah es aus, als versinke er im Boden. Da war eine Rampe, erkannte Sara, auf der er unter die Erde fuhr. Ein Tor öffnete sich, und er war verschwunden.

»Blick nach unten. Nicht reden. Zwei Reihen, Frauen links, Männer rechts.«

In einer der Baracken befahl man ihnen, sich auszuziehen und ihre Kleider auf einen Haufen zu werfen. Jetzt standen sie nackt da, dreiundzwanzig Frauen in reflexhaft identischer Schutzhaltung: Der eine Arm bedeckte waagerecht die Brüste, der andere war nach unten gestreckt, und die Hand lag auf dem Geschlecht. Drei uniformierte Männer schauten auf den Fersen wippend zu, abwechselnd unverhohlen geil und mit angewidertem Lachen. Im Boden waren Gitter eingelassen – Abflüsse. Durch eine Reihe von langen, vergitterten Fenstern unter der Decke fielen schräge Lichtstrahlen herein. Dreiundzwanzig nackte Frauen, die wortlos zu Boden starrten, die meisten in Tränen aufgelöst: Jedes laute Wort wäre ein Verstoß gegen eine unausgesprochene Vereinbarung zum Weiterleben. Und was immer auf sie zukam, schien sich Zeit zu lassen.

Dann der Schlauch.

Das Wasser prasselte mit eiskaltem Strahl auf sie ein. Wasser als Waffe, Wasser als prügelnde Faust. Alles schrie, Frauen taumelten, rutschten zu Boden. Der mit dem Schlauch hatte einen Riesenspaß; er jauchzte wie ein Reiter auf einem galoppierenden Pferd. Erst stieß er eine zu Boden, dann eine andere. Er strich über eine ganze Reihe hinweg, ließ den schmetternden Strahl im Zickzack von ihren Gesichtern zu ihren Brüsten und weiter nach unten wandern. Das Wasser traf, wanderte weiter und kehrte zurück. Sie konnten nicht fliehen, sich nicht verstecken, sie mussten es ertragen.

Es hörte auf.

»Alles aufstehen.«

Nackt und frierend wurden sie wieder hinausgeführt. Das Wasser lief ihnen über die Gesichter, tropfte aus den Haaren, und ihre Haut kräuselte sich, als es an der Luft langsam trocknete. Ein einzelner Holzstuhl stand mitten auf dem Platz. Ein Wärter, untersetzt und mit einer Schweinsnase, stand daneben und strich träge mit einem Rasiermesser an einem Lederriemen auf und ab. Vier weitere kamen dazu, jeder mit einem großen Plastikbottich.

»Anziehen.«

Man warf ihnen Kleidungsstücke zu – weite Hosen mit

Durchziehbund, langärmelige Kittel, die weit über die Hüften hingen, alles aus rauer Wolle mit einem scharfen chemischen Geruch –, und dann kamen bunt zusammengewürfelte Schuhe: Turnschuhe, Plastiksandalen, Stiefel mit klaffenden Sohlen. Saras Füße ertranken in einem Paar ledernen Schnürschuhen.

»Du da, vortreten.«

Der Mann mit dem Rasiermesser zeigte auf Sara. Die anderen Frauen um sie herum wichen zurück. Es hatte etwas Illoyales, aber Sara konnte es ihnen kaum verdenken. Sie hätte sich vielleicht genauso verhalten. Von unheilvollen Ahnungen erfüllt ging sie zu dem Stuhl und setzte sich. Sie saß den anderen Frauen gegenüber, und was immer passieren würde, sie würde es zuerst in ihren Augen sehen. Der Mann schlang ihr Haar um seine Faust und zog es straff. Ein einziger Schnitt, und es war fort. Er fing an, planlos an den Resten herumzuschneiden, und säbelte sie dicht über der Kopfhaut ab, ohne sich an ein Muster zu halten. Es war, als hacke er sich einen Weg durch einen Wald frei. Saras Haare wehten wie goldene Fäden zu ihren Füßen auf den Boden.

»Stell dich wieder zu den anderen.«

Sie kehrte zu der Gruppe zurück. Als sie ihren Kopf berührte, waren ihre Finger klebrig von Blut. Sie betrachtete es und befühlte seine Beschaffenheit mit den Fingerspitzen, denn es schien etwas zu bedeuten. *Das ist mein Blut*, dachte Sara. *Weil es mein Blut ist, bedeutet es, dass ich lebe.*

Auf dem Stuhl saß jetzt die zweite Frau. Sie hieß Caroline, konnte Sara sich entfernt erinnern. Sie war ihr kurz auf der Krankenstation in der Garnison Roswell begegnet, und wie Sara war sie Krankenschwester, ein großes, stämmiges Mädchen, das Gesundheit, gute Laune und Kompetenz ausstrahlte. Sie weinte in ihre Hände, als der Friseur anfing zu säbeln.

Eine nach der anderen wurden sie geschoren. Haar bedeutete so viel, erkannte Sara. Halb kahl und entstellt, wie sie waren, hatte man ihnen etwas Privates gestohlen und sie zu einem ununterscheidbaren Kollektiv verschmolzen wie Tiere in einer Herde.

Vor Hunger war ihr so schwindelig, dass sie wahrscheinlich nicht mehr lange würde stehen können. Keine von ihnen hatte einen Bissen zu essen bekommen. Zweifellos wollte man sie auf diese Weise fügsam machen, und wenn man ihnen schließlich etwas gäbe, würden sie ihren Wärtern fast dankbar sein.

Nach dem Haareschneiden befahl man ihnen, über den Sammelplatz in eine andere Baracke zu gehen und sich dort, wie man es nannte, »registrieren« zu lassen. Man dirigierte sie in einer Schlange zu einem langen Tisch. Einer der Bewacher, der den Eindruck machte, er sei hier der Verantwortliche, saß mit gereizter Miene dahinter. Immer wenn die Nächste aufgerufen wurde, schob er ein neues Blatt in sein Clipboard.

»Name?«

»Sara Fisher.«

»Alter?«

»Einundzwanzig.«

Er musterte sie von oben bis unten. »Kannst du lesen?«

»Ich kann lesen. Ja.«

»Besondere Fähigkeiten?«

Sie zögerte. »Ich kann reiten.«

»Reiten?«

»Pferde.«

Er verdrehte die Augen. »Irgendwas Nützliches?«

»Ich weiß nicht.« Sie überlegte, was ungefährlich wäre. »Nähen?«

Er gähnte. Seine Zähne waren so schlecht, dass es aussah, als wackelten sie im Mund. Er kritzelte etwas auf sein Clipboard und riss die untere Hälfte des Blattes ab. Aus einer Kiste unter dem Tisch nahm er eine schäbige Wolldecke, einen Blechteller, einen verbeulten Becher und einen Löffel. Er legte das Blatt auf die Sachen und reichte sie ihr herüber. Sara warf rasch einen Blick auf den Zettel: ihr Name und eine fünfstellige Zahl, »Baracke 216« und schließlich »Biodiesel 3«. Die Handschrift war klobig wie die eines Kindes.

»Nächste!«

Ein Wachmann nahm sie beim Arm und führte sie durch einen Gang mit verschlossenen Türen zu einer Kammer, winzig wie eine Schachtel. Darin stand ein Stuhl, aber er war anders als alle Stühle, die sie je gesehen hatte: Es war eine bedrohlich aussehende Konstruktion aus rissigem rotem Leder und Stahl mit einer um fünfundvierzig Grad nach hinten geneigten Rückenlehne und Anschnallgurten für Brust, Hand- und Fußgelenke. Darüber hing lauernd eine Armatur mit blanken Metallinstrumenten wie eine langbeinige Spinne, die sich am seidenen Faden herunterließ. Der Wärter schob sie darauf zu.

»Setzen.«

Er schnallte sie fest und verschwand. Von draußen kam plötzlich ein ominös schrill klingendes Geräusch. Schrie da jemand? Sara spürte eine aufsteigende Übelkeit, und sie hätte sich übergeben, wenn sie etwas im Magen gehabt hätte. Ihre letzten Schutzmauern brachen zusammen. Sie würde betteln. Sie würde flehen. Sie hatte keine Kraft mehr, Widerstand zu leisten.

Die Tür hinter ihr öffnete sich. Ein Mann trat in ihr Blickfeld; er trug einen grauen Kittel. Er hatte ein rundes Bäuchlein, auf seiner Nasenspitze saß eine getönte Brille, und seine buschigen Augenbrauen waren wie Flügel aufwärts geschwungen. Sein Gesicht hatte etwas Gütiges, beinahe Großväterliches. Wie der Wachmann am Tisch schaute er auf ein Clipboard. Schließlich hob er den Blick und lächelte.

»Sara, ja?«

Sie nickte. In ihrem Mund war der Geschmack von Galle.

»Ich bin Doktor Verlyn.« Er warf einen Blick auf die Gurte und schüttelte stirnrunzelnd den Kopf. »Diese Leute sind Idioten. Ordinäre Rowdys, wenn Sie mich fragen. Ich wette, Sie sind völlig verhungert. Mal sehen, ob wir Sie hier fix herausbekommen können.«

Einen Moment lang hatte sie einen Funken Hoffnung – vielleicht hatte er ja vor, sie freizulassen –, aber als er sich einen Stuhl heranzog und ein Paar Gummihandschuhe anzog, begriff sie, dass er etwas anderes meinte. Er umfasste ihr Kinn und drückte den Unterkiefer herunter, spähte in ihren Mund und hielt dann vor ihrem Gesicht zwei Finger hoch.

»Mit den Augen folgen, bitte.«

Sara folgte seinen Fingern, als sie eine Acht beschrieben und dann zurückwichen. Er fühlte ihren Puls, zog ein Stethoskop aus seiner Kitteltasche und hörte ihren Herzschlag ab. Dann setzte er sich kerzengerade auf, richtete seine Aufmerksamkeit wieder auf sein Clipboard und blinzelte durch die Brille.

»Irgendwelche Gesundheitsprobleme, die Ihnen bekannt sind? Parasiten, Infektionen, Nachtschweiß, Schwierigkeiten beim Wasserlassen?«

Sara schüttelte den Kopf.

»Wie steht's mit der Menstruation?« Er machte Häkchen auf seinem Clipboard. »Gibt es da irgendwelche Probleme? Übermäßige Blutungen zum Beispiel?«

»Nein.«

»Hier steht, Sie sind …« Er blätterte in seinen Unterlagen. »Einundzwanzig. Ist das richtig?«

»Ja.«

»Schon mal schwanger gewesen?«

Etwas krampfte sich in ihr zusammen.

»Das ist eine einfache Frage.«

Sie schüttelte den Kopf. »Nein.«

Wenn er ihre Lüge durchschaute, ließ er es sich nicht anmerken. Das Clipboard fiel auf seinen Schoß. »Tja, anscheinend sind Sie kerngesund. Wunderbare Zähne, wenn ich das sagen darf. Da müssen wir gar nichts tun.«

Sollte sie sich dafür bedanken? Über ihrem Gesicht hing immer noch drohend die Spinne und glänzte unheilvoll.

»Na, dann wollen wir sehen, dass wir es schnell hinter uns bringen, damit es mit Ihnen weitergehen kann.«

Plötzlich hatte sich etwas verändert. Sara spürte es, als seine Gesichtszüge sich plötzlich verhärteten, aber es war nicht nur das.

Es war, als habe die Luft im Raum eine subtile Wandlung erfahren. Der Doktor fing an, energisch pumpend auf ein Pedal unter ihrem Stuhl zu treten, was ein sirrendes Geräusch hervorrief. Er langte über ihrem Gesicht nach oben und zog eins der Spinnenbeine herunter, an dessen Spitze im Tempo seiner Fußbewegungen ein Bohrer schwirrte.

»Es wird leichter gehen, wenn Sie sich nicht bewegen.«

Ein paar Minuten später stand Sara draußen in der Frühlingssonne und drückte ihre armselige Habe an die Brust. Als sie angefangen hatte zu schreien, hatte der Doktor ihr einen Lederriemen gegeben, auf den sie beißen konnte. In der blassen, verätzten Haut an der Innenseite ihres Unterarms saß ein glänzendes Metallschild, in das die Ziffernfolge graviert war, die sie schon auf dem Papier gesehen hatte: 94801. Das sind Sie jetzt, hatte der Doktor erklärt und ihr den Riemen mit ihren Zahnabdrücken aus dem Mund genommen. Er hatte die Handschuhe ausgezogen und war zum Waschbecken gegangen, um sich die Hände zu waschen. Die, für die Sie sich gehalten haben, sind Sie nicht mehr. Sie sind Flachländer Nr. 94801.

Der Sattelschlepper war verschwunden. An seiner Stelle stand ein Fünftonner mit offener Ladefläche. Sara sah die Worte »Iowa National Guard« in einem kreisrunden Siegel auf der Fahrertür – der erste Hinweis darauf, wo sie sich befand. Ein Wärter winkte ihr aufzusteigen; ein zweiter stand vor der Ladefläche, an die Kabine gelehnt, und wirbelte seinen Schlagstock gelangweilt am Lederriemen herum. Mehrere Frauen waren schon da und auch ein paar der Männer. Sie hockten zusammengesunken auf den Bänken, und ihr Blick war benommen nach allem, was passiert war.

Sie setzte sich neben einen der Männer, einen jungen Offizier, den sie als Lieutenant Eustace kannte. Er war der Späher gewesen, der sie nach Roswell gebracht hatte. Als sie sich auf die Bank sinken ließ, neigte er seinen kahlgeschorenen Kopf zu ihr herüber.

»Wo zum Teufel sind wir hier?«, flüsterte er.

Bevor Sara antworten konnte, wurde der Wärter aufmerksam. »Du da«, kläffte er und deutete mit seinem Schlagstock auf Eustace. »Nicht reden.«

»Wer seid ihr? Warum sagt ihr uns nichts?«

»Still sein, habe ich gesagt.«

Sara wusste, was jetzt passieren würde. Es war unausweichlich, der implizite Höhepunkt im Plan dieses Tages, die letzte Demonstration der Machtlosigkeit, die sie noch zu liefern hatten.

»Ach ja?« Eustaces Gesicht leuchtete trotzig auf, und die letzten Reste seiner Kraft sprühten über seine Lippen. Er wusste, was er herausforderte, aber es war ihm egal. »Fahrt zur Hölle alle miteinander.«

Der Wachmann machte einen großen Schritt vorwärts, und mit unendlich gelangweilter Miene ließ er seinen Schlagstock auf Eustaces Knie niederkrachen. Eustace krümmte sich vornüber und biss die Zähne unter kaum noch beherrschbaren Qualen zusammen. Niemand rührte einen Muskel. Alle starrten konzentriert zu Boden.

»Mother...*fucker*«, keuchte Eustace.

Der Wärter wirbelte den Schlagstock herum und schmetterte das schwere Ende in einer Rückhandbewegung auf Eustaces Nase. Das feuchte, chitinöse Knirschen klang, als zertrete man ein Insekt, und eine Blutfontäne sprühte dunkelrot im Bogen durch die Luft und spritzte in Saras Gesicht. Eustaces Kopf flog in den Nacken, und seine Augen zitterten in den Höhlen. Er strich mit der Zunge innen unter der Oberlippe entlang und spuckte einen Zahnsplitter aus.

»Ich sagte ... *fuck* ... *you.*«

Schlag um Schlag hämmerte auf ihn ein und traf sein Gesicht, seinen Kopf, die knotigen Gelenke seiner Hände. Als Eustace von der Bank kippte, die Augen ins Weiße verdreht, das Gesicht zu Brei zerschlagen, war sein Blut auf sie alle herabgeregnet.

»Gewöhnt euch dran.« Der Wachmann wischte seinen Stock am Hosenbein ab und ließ den Blick träge über die Gruppe wandern. »So ungefähr machen wir es hier.«

Als der Lastwagen abfuhr, zog Sara Eustace zu sich heran und legte seinen zerschlagenen Kopf auf ihren Schoß. Der Mann war kaum noch bei Bewusstsein, und sein Atem rasselte in der Kehle. Vielleicht würde er sterben. Es sah ganz danach aus. Trotzdem lag in dem, was er getan hatte, so etwas wie ein Triumph. Sie senkte den Kopf und flüsterte ihm ins Ohr:

»Danke.«

Und so, blutgebadet, fing es an.

»Ein Volk! Ein Führer! Ein Homeland!«

Wie oft war Sara gezwungen gewesen, diese Worte zu rufen? Nach dem Morgenappell und dem Absingen der Hymne verteilten sich alle auf ihre jeweiligen Transporter. Sara half Jackie hinauf und kletterte selbst hinterher. Sie sah ein neues Gesicht, eins, das sie erkannte: Constance Chou, Old Chous Frau. Sie grüßten einander mit einem knappen Kopfnicken, das war auch schon alles. Was in der Kolonie geschehen war, hatte Sara im Laufe der Jahre stückweise erfahren. Die Geschichte war nicht anders als andere, die sie gehört hatte, und von den Ereignissen in Roswell unterschied sie sich nur graduell. In vieler Hinsicht war es ein größerer Schock, dass es überhaupt so viele andere Inseln der Menschheit gegeben hatte. Als Sara hier ankam, waren die Überlebenden der Kolonie bereits überall im Flachland verstreut. Die Zahl, die Sara hörte, war fünfundsechzig. Wie leicht gingen fünfundsechzig Leute in der Masse auf. Mit den geschorenen Köpfen und identischen Kitteln sahen ja alle gleich aus. Aber ab und zu stach doch ein bekanntes Gesicht hervor. Sie hatte eine Frau gesehen, die Penny Darrell gewesen sein konnte, und bei einer anderen hätte sie Stein und Bein geschworen, es sei Belle Ramirez, Reys Frau, obwohl sie nicht antwortete, als Sara ihren Namen rief. Eines Morgens in der Essensschlange war ihre Schale von einem Mann gefüllt worden, den sie schon oft gesehen hatte, ohne ihn als Russell Curtis zu erkennen, ihren eigenen Cousin. Er sah so viel älter aus als der Mann, den Sara in Erinnerung hatte, dass sie einen Augenblick brauchte, um ihn unterzubringen, als ihre Blicke sich trafen. Fast ein Jahr lang war sie in derselben Baracke untergebracht gewesen wie Karen Molyneau, Jimmys Witwe, und ihre beiden Töchter Alice und Avery. Von Karen erfuhr Sara das meiste, unter anderem die Namen der Toten. Ian Patal, der bei der Verteidigung des Kraftwerks getötet worden war. Hollis' Schwester Leigh und ihre kleine Dora, die ihr Leben auf der Reise ins Homeland verloren hatten. Die »Andere Sandy«, die kurz nach der Ankunft gestorben war; Karen wusste nicht genau, wie. Gloria und Sanjay Patal. So finster diese Neuigkeiten auch waren, Sara betrachtete das Jahr mit Karen und ihren Mädchen doch als kurze Ruhepause, eine Zeit, in der sie sich mit der Vergangenheit verbunden gefühlt hatte. Aber ständig herrschte Bewegung zwischen den Baracken, und eines Tages waren die drei verschwunden, und Fremde schliefen in den Kojen, in denen sie ein Jahr lang gelegen hatten. Sara hatte sie seitdem nicht wieder gesehen.

Die Fahrt zur Biodiesel-Anlage führte am Fluss entlang und durch ein Labyrinth aus verwahrlosten Hütten in das Industriegebiet am Nordrand des Flachlands. Der Tag versprach keine Besserung; ein bitterkalter Wind blies ihnen harte Regentropfen ins Gesicht. Die Luft war dick vom Gestank des Flachlands – Jauchegruben und die komprimierten Ausdünstungen schmutziger Menschen und dahinter wie ein Geruchsvorhang die dunkle Erdigkeit des Flusses. Sie passierten eine Unmenge von Checkpoints, Zäune, die sich öffneten und schlossen, Kols mit Clipboards und Stiften und einem unersättlichen Appetit auf Papierkram. Diverse Befehlsebenen, die sie durchwinkten. Auf der anderen Seite des Flusses lag eine weite Schwemmlandebene, kahl und farblos und vor dem Winter längst abgeerntet. Im Osten erhoben sich stufenweise die makellos gepflegten Kalksteinhäuser und renovierten Apartmentkomplexe der unter dem Namen Hilltop bekannten Gegend, wo die Rotaugen wohnten. Auf dem Gipfel prangte der Capital Dome, gekrönt von seiner goldenen Kuppel. Es hieß, dieses Bauwerk und die Gebäude ringsum seien früher eine Universität gewesen, eine Art Schule, aber Sara kannte zum Vergleich nur die Zuflucht, und deshalb fiel es ihr schwer, diese Tatsache richtig zu verstehen. Sie war noch nie auf dem Hügel gewesen und schon gar nicht im Dome. Manche Arbeiter durften dort hinein, Gärtner und Klempner und Küchenhilfen und natürlich die Dienstmädchen: Frauen, die dazu auserwählt waren, dem Direktor des Homelands und seinem Stab von Rotaugen zu dienen. Alle sagten, die Dienstmädchen hätten das meiste Glück, denn sie lebten im Luxus mit gutem Essen, heißem Wasser und weichen Betten, aber das wusste man alles nur aus zweiter Hand. Kein Dienstmädchen war je ins Flachland zurückgekehrt. Wenn sie einmal im Dome verschwanden, verbrachten sie dort ihr Leben.

»Sieh dir das an«, murmelte Jackie.

Saras Gedanken waren, betäubt von der Kälte, abgeschweift. Die Zufahrtsstraße führte vom Fluss weg; im Norden, jenseits der Homeland-Grenzen, erkannte Sara die Umrisse der Kräne, die wie zwei riesige Vogelskelette aus den Bäumen heraufragten. Das »Projekt« nannte man dieses jahrzehntealte Unternehmen zur Errichtung eines riesigen Stahl- und Betongebäudes mit unbekanntem Zweck. Die Flachländer, die dort arbeiteten, fast ausnahmslos Männer, wurden jeden Tag durchsucht, wenn sie kamen und gingen, und schon das Reden über das, was sie dort taten, galt als Verrat und konnte einen auf den Fressplatz bringen. Aber Gerüchte gab es im Überfluss. Eine Zeitlang herrschte eine bestimmte Theorie vor, und dann wich sie einer anderen und einer dritten, bevor sie wieder nach vorn rückte und der Kreislauf von Neuem begann. Aber selbst die Männer, die dort arbeiteten, schienen, wenn sie sich überhaupt zum Sprechen überreden ließen, nicht zu wissen, was sie da bauten. Man munkelte von labyrinthischen Korridoren, riesigen Räumen, halbmeterdicken Türen aus massivem Stahl. Manche behaupteten, es sei ein Denkmal für den Direktor, andere meinten, es sei eine Fabrik. Ein paar behaupteten, es sei überhaupt nichts und die Rotaugen hätten es sich nur ausgedacht, um die Flachländer zu beschäftigen. Nach einer vierten

Hypothese, die in den letzten Monaten aufgekommen war, handelte es sich bei dem »Projekt« um einen Bunker für den Notfall. Sollte die geheimnisvolle Macht des Direktors, mit der er die Virals im Zaum hielt, irgendwann versagen, würde das Bauwerk der Bevölkerung Schutz bieten. Was immer es war, es schien vor der Vollendung zu stehen. Jeden Morgen bestiegen weniger Männer die Transporter; alle waren nicht mehr die Jüngsten, und die meisten arbeiteten schon seit Jahren dort.

Aber nicht die Kräne hatten Jackies Aufmerksamkeit erregt. Als der Fünftonner sich dem letzten Wachtposten näherte, sah Sara die beiden Wörter auf der Umfassungsmauer, die dort mit breiten, tropfenden Pinselstrichen in weißer Farbe geschrieben standen.

BELLO LEBT!

Zwei Flachländer tauchten langstielige Bürsten in Eimer mit Seifenlauge, um die Schrift abzuwaschen. Ein Kol stand neben ihnen mit einem Gewehr quer vor der Brust, was ungewöhnlich war, denn die Kols trugen meistens nur Schlagstöcke. Er machte ein finsteres Gesicht, als der Transporter vorbeifuhr, und für einen eisigen Moment trafen sich seine und Saras Blicke. Sie schaute weg.

»Fisher, siehst du da irgendwas Interessantes?«

Die Stimme gehörte einem der beiden Kols, die hinten auf dem Laster mitfuhren, einem schlanken Mann von vielleicht fünfundzwanzig Jahren namens Vale.

»Nein, Sir.«

Während der letzten fünf Minuten der Fahrt hielt sie den Blick fest auf den Boden gerichtet. Bello, dachte Sara. Wer war Bello? Der Name, öffentlich selten ausgesprochen, besaß eine beinahe beschwörende Kraft: Bello, der Anführer der Rebellion, der auf Märkten und in Polizeiwachen und Wachtposten Bomben explodieren ließ und der mit seinen unsichtbaren Kameraden geisterhaft durch das Homeland schwebte und zerstörerische Waffen zündete. Sara begriff, dass die Worte auf der Mauer so etwas wie eine Verhöhnung waren. *Wir waren hier,* sagten sie, *wir haben gestanden,*

wo ihr jetzt steht, und wir sind überall unter euch. Bellos Methoden waren durch eine beinahe unfassbare Grausamkeit gekennzeichnet. Seine Ziele waren überall da, wo die Kols sich versammelten, sein Programm war Mord und Verwirrung, und wenn man
zur falschen Zeit am falschen Ort war, hatte man einfach Pech.
Irgendein Mann, eine Frau oder, wie es mehr als einmal berichtet
worden war, ein Kind von nicht einmal zehn Jahren schlug seine
Jacke auseinander und offenbarte Reihen von Dynamitstangen,
auf die Brust gebunden, und das war das Ende. Und im letzten
Augenblick, wenn ihr Daumen den Zünder betätigte und sie selbst
und jeden anderen im Radius der Sprengung ins Jenseits beförderte, sprachen sie zwei Wörter: Bello lebt.

Vor der Produktionsanlage hielten sie an und stiegen aus. Ein
Geruch wie von Hefe hing in der Luft. Vier weitere Laster mit
Arbeitern rollten hinter ihnen an. Sara und Jackie waren bei den
Mühlen eingeteilt wie die meisten anderen Frauen auch. Warum
das so war, hatte Sara nie verstanden; die Arbeit war nicht mehr
und nicht weniger mühsam als alles andere, aber so hielt man es
eben. Mais wurde zerrieben und dann mit Pilzenzymen gekocht
und fermentiert, um daraus Treibstoff zu machen. Der Geruch
war so intensiv, dass er in Saras Haut eingedrungen war, doch sie
musste zugeben, dass es schlimmere Jobs gab: die Versorgung der
Schweine oder die Arbeit in der Müllverarbeitung oder in den Jauchegruben. Sie stellten sich in einer Reihe auf, um sich beim Vormann zu melden, banden sich ihre Tücher vor das Gesicht und
gingen durch die weite Halle zu ihren Arbeitsplätzen. Der Mais
lagerte in großen Bottichen mit Schüttstutzen am unteren Rand;
an diesen Stutzen füllten sie jeweils einen Scheffel und schütteten
ihn in die Mühlen, wo die Körner unter kreisenden Mühlrädern zu
Mehl vermahlen wurden. Die dabei freigesetzte Feuchtigkeit aus
dem Mais bildete eine leimige Paste, die sich an den Innenwänden
des Mahlwerks festsetzte, und die Aufgabe der Maschinenarbeite-
rin bestand darin, sie wieder abzulösen, was große Geschicklich-
keit und Flinkheit erforderte, denn die Mühlräder hörten ja nicht

auf, sich zu bewegen. Die Kälte trug das Ihre dazu bei; sie machte selbst die einfachsten Bewegungen schwerfällig und unpräzise.

Sara ging an die Arbeit. Der Tag, der sich vor ihr auftürmte, würde in einer Art Trance vergehen. Dieses Talent hatte sie im Laufe der Monate und dann der Jahre erworben; sie nutzte den hypnotischen Rhythmus der Arbeit, um ihren Kopf von allen Gedanken zu befreien. Nichts zu denken, das war das Ziel. Einen Zustand einzunehmen, in dem ihre Sinne nur die unmittelbarsten äußeren Eindrücke aufnahmen: das Kreisen der Mühlräder, den Gestank der fermentierenden Maiskörner, den Kloß der kalten Leere in ihrem Bauch, wo die kümmerliche Schale Wassergrütze, die hier als Frühstück bezeichnet wurde, längst verdaut war. In diesen zwölf Stunden war sie Flachländer Nr. 94801, nicht mehr und nicht weniger. Die wirkliche Sara, die dachte und fühlte und sich erinnerte – Sara Fisher, Erste Krankenschwester, Bürgerin der Kolonie, Tochter von Joe und Kate Fisher und Michaels Schwester, Geliebte des Hollis, Freundin für viele, Mutter für eins –, die war versteckt auf einem zusammengefalteten Zettel, der wie ein Talisman in ihrer Tasche versteckt war.

Sie tat ihr Bestes, um Jackie im Auge zu behalten. Die Frau machte ihr Sorgen. Ein Husten wie ihrer bedeutete nichts Gutes. Im Flachland hatte man eigentlich keine Freunde, jedenfalls nicht so, wie Sara Freundschaft erlebt hatte. Es gab Gesichter, die man kannte, und Leute, denen man mehr vertraute als anderen, aber weiter ging es nicht. Man sprach nicht über sich selbst, denn eigentlich war man niemand, und man redete nicht von seinen Hoffnungen, denn man hatte keine. Bei Jackie hatte sie jedoch ihre Deckung sinken lassen. Sie hatten einen Pakt geschlossen, ein unausgesprochenes Versprechen gegeben, aufeinander zu achten.

Am Mittag hatten sie fünfzehn Minuten Pause, gerade genug Zeit, um zur Latrine zu rennen – einer Holzplanke über einem Graben, die Löcher hatte, über denen man hockte – und noch eine Schale Grütze herunterzuschlingen. Es gab keinen Platz zum Sitzen; also aß man im Stehen oder auf dem Boden, und als Löffel benutzte man die Finger. Um Wasser zu bekommen, musste man sich wieder anstellen, und zum Trinken gab es nur eine einzige Kelle für alle Frauen. Die ganze Zeit wurden sie von den Kols beobachtet, die am Rande standen und ihre Stöcke im Kreis herumwirbelten. Ihre offizielle Bezeichnung war Human Resources Officers, aber im Flachland nannte sie niemand so. »Kol« war die Abkürzung für Kollaborateure. Fast alle waren Männer, es waren allerdings auch ein paar Frauen dabei, und die waren oft grausamer als alle anderen. Eine von ihnen nannten sie Whistler, die »Pfeiferin«, weil sie eine tiefe Scharte an der Oberlippe hatte, eine angeborene Missbildung, die ihrer Stimme einen unverwechselbaren flötenartigen Klang gab. Diese Frau war dafür bekannt, dass sie ein ganz besonderes Vergnügen daran hatte, sich neue und subtile Methoden auszudenken, um ihnen das Leben schwer zu machen. Sie hatte die Angewohnheit, sich jemanden – meistens eine Frau – auszusuchen, als ginge es um ein Experiment. Whistler nahm dich aufs Korn, und ehe du dichs versahst, holte sie dich aus der Schlange vor der Latrine, wenn du gerade an der Reihe warst, nur um dich zu filzen, oder sie gab dir einen unmöglichen und völlig sinnlosen Auftrag, oder sie versetzte dich unmittelbar vor deiner Pause in ein anderes Team. Das alles konnte man nur zähneknirschend hinnehmen. Man ertrug das Elend einer brennenden Blase oder eines knurrenden Magens oder schmerzender Gliedmaßen, weil man wusste, dass Whistler ihre Aufmerksamkeit bald auf jemand anders richten würde, und das machte alles nur schlimmer und schien der ganze Sinn der Übung zu sein. Denn unversehens *wünschte* man sich, das Leiden möge jemand anderen heimsuchen: So wurde man zur Komplizin, zu einem Teil des Systems, einem Rädchen im Getriebe der Folter, das niemals aufhörte, sich zu drehen.

In der Pause hielt Sara Ausschau nach Jackie, aber die Frau war nirgends zu sehen. Eilig lief sie an den Mahlstationen entlang und suchte ihre Freundin. Jeden Augenblick würde die Trillerpfeife des Vormanns schrillen und sie wieder an die Arbeit schicken. Sie war kurz davor aufzugeben, als sie um eine Ecke bog und Jackie auf dem Boden sitzen sah. Ihr Gesicht war nass von Schweiß, und sie drückte sich ihr zusammengeknülltes Tuch an den Mund.

»Entschuldige«, brachte sie hervor. »Ich konnte einfach nicht aufhören zu husten.«

Das Tuch war blutig. Sara wusste, was das war. Sie hatte es schon früher gesehen: die Folge einer jahrelangen Staubbelastung der Lunge. Gerade ging es einer betroffenen Person noch gut, und im nächsten Augenblick bekam sie fast keine Luft mehr.

»Wir müssen dich hier rausbringen.«

Sie zog die Frau auf die Beine, als die Trillerpfeife ertönte. Sara schlang Jackie einen Arm um die Taille und bugsierte sie zum Ausgang. Sie wollte hinauskommen, bevor jemand sie bemerkte; wie es dann weitergehen sollte, wusste sie nicht. Vale war der leitende Kol. Nicht der Beste, aber auch nicht der Schlimmste. Mehr als einmal hatte Sara ihn dabei ertappt, dass er sie beobachtete, als habe er etwas mit ihr im Sinn, etwas Persönliches, doch getan hatte er noch nichts. Vielleicht wäre jetzt der richtige Augenblick. Bei dem Gedanken daran stieg Übelkeit in ihr hoch, aber sie wusste, sie wäre dazu imstande. Sie würde tun, was nötig wäre.

Kurz vor dem Ausgang trat ihnen jemand in den Weg. »Was glaubt ihr, wo ihr hingeht?«

Nicht Vale. Sod. Von hinten beleuchtet stand er in der offenen Tür und ragte vor ihnen auf. Saras Magen krampfte sich zusammen.

»Sie braucht ein bisschen frische Luft. Der Staub …«

»Ist das wahr, alte Frau? Stört dich der Staub?« Er klopfte der Frau mit dem Griff seines Schlagstocks an die Brust und löste damit einen würgenden Hustenanfall aus. »Geh zurück an deine Arbeit.«

»Ist schon gut, Sara«, keuchte Jackie und befreite sich von Saras Arm. »Ich komme zurecht.«

»Jackie …«

»Ehrlich.« Sie sah Sara an, und ihr Blick sagte: *Nicht.* »Sie mischt sich immer nur ein. Glaubt, sie weiß, was das Beste für mich ist.«

Sods Blick huschte an Saras Körper herunter. »Ja, das hab ich schon von dir gehört. Hältst dich für einen Doktor oder so was, nicht wahr?«

»Das habe ich nie gesagt.«

»Natürlich nicht.« Mit seiner freien Hand griff Sod sich in den Schritt und wiegte das Becken vor und zurück. »Hey, Doktor, ich hab hier so Schmerzen. Können Sie sich das nicht mal genauer ansehen?«

Es war, als käme die Zeit ins Stocken, als hielte sie für einen Augenblick an. Sara dachte an Eustace auf dem Lastwagen, an das Blut in seinem Gesicht, seine zerschmetterten Hände und Zähne. An sein gebrochenes Triumphlächeln. So stand sie vor Sod und versuchte, sich zu zwingen, die Worte auszusprechen, den Fluch, der den Zorn des Mannes entfesseln würde, sodass er sich auf sie stürzte. Es war alles so einfach, so klar. Die Szene entfaltete sich vor ihrem geistigen Auge. Nur zwei Wörter, die auflodernde Wut in Sods Augen und dann der harte Schlagstock. Das waren die Bedingungen ihres Lebens: tausend Demütigungen, die sich tagtäglich wiederholten. Sie hatten ihr alles genommen. Das Schlimmste zu akzeptieren – nein, es zu begrüßen –, das war die einzige Form des Widerstands.

»Sara, *bitte*.« Jackie starrte sie flehentlich an. *Nicht so. Nicht für mich.*

Sara schluckte. Alle schauten sie an.

»Okay«, sagte sie.

Sie drehte sich um und ging davon. In der Fabrikhalle war es seltsam still geworden. Sie hörte nur ihren eigenen Herzschlag.

»Keine Sorge, Fisher«, rief Sod ihr nach und lachte anzüglich. »Ich weiß, wo ich dich finde. Es wird genauso gut wie beim letzten Mal, das verspreche ich dir.«

Erst später, als sie in ihrer Koje lag, gestattete Sara sich, diese Ereignisse in ihrem ganzen Ausmaß zu bedenken. Etwas in ihr hatte sich verändert. Sie stand am Rand, eine Gestalt am Abgrund, die darauf wartete zu springen. Fünf lange Jahre: Ebenso gut hätten es tausend sein können. Die Vergangenheit verschwand in ihr, weggespült vom Strom der Zeit, von der bitteren Kälte in ihrem Herzen, der Gleichförmigkeit der Tage. Sie hatte sich zu lange in sich selbst versenkt. Der Winter kam. Das Licht des Winters.

Irgendwie hatte sie Jackie durch den Tag gebracht. Jetzt schlief die alte Frau über ihr. Die Gurte ihrer Koje ächzten unter ihrem rastlosen Hin und Her. Jackies Tod, wenn es so weit wäre, würde schlimm werden: lange, qualvolle Stunden, ein Ersticken von innen, bevor sie endlich still würde. Würde Sara das gleiche Schicksal erleiden? Blindlings durch die Jahre stolpern, ein Wesen ohne Sinn und menschliche Bindung, eine hohle Hülse des Nichts?

Sara hatte den Umschlag nicht wieder in sein Versteck unter der Matratze geschoben. Von plötzlicher Einsamkeit gepackt zog sie ihn unter dem Lumpenbündel hervor, der ihr als Kopfkissen diente. Sie hatte ihn von der Assistentin der Hebamme auf der Wöchnerinnenstation bekommen – von derselben Frau, die ihr auch gesagt hatte, dass das Baby, das in einem Blutschwall zu früh zur Welt gekommen war, nicht überlebt hatte. Es war ein Mädchen, hatte die Frau gesagt. Es tut mir leid. Dann hatte sie Sara den Umschlag in die Hand geschoben und war verschwunden. Im Dunst von Schmerz und Trauer hatte Sara sich danach gesehnt, ihre Tochter in den Armen zu halten, doch dazu war es nicht gekommen. Man hatte das Kind weggebracht. Die Frau hatte sie nie wieder gesehen.

Sorgsam faltete sie das spröde Papier mit spitzen Fingern auseinander. Darin lag eine Haarlocke – eine Locke von einem Baby. Der Raum lag im Dunkeln, aber sie hatte die blassgoldene Farbe lebhaft vor Augen. Sie hob sie ans Gesicht, atmete tief ein, versuchte, ihren Duft einzufangen. Nie wieder würde sie eins bekommen. Kate war ihr Einziges. So hatte sie das kleine Mädchen getauft: Kate. Wie sehr wünschte sie sich, sie hätte es Hollis gesagt. Sie hatte sich diese Neuigkeit aufheben wollen, hatte auf den perfekten

Augenblick gewartet, um ihm das Geschenk ihrer Vereinigung zu machen. Wie töricht sie gewesen war. Ich weiß, dachte sie, du hast es jetzt besser, mein Liebling. Wo immer du jetzt bist, ich hoffe, es ist ein Ort des Lichts, des Himmels und der Liebe. Wenn ich dich nur einmal im Arm hätte halten können, nur ein einziges Mal, um dir zu sagen, wie sehr ich dich liebe.

37

Die Sache mit diesem Bello: Das ging jetzt einfach schon zu lange.

Nicht dass es nicht schon früher Aufstände gegeben hätte. Im Jahr 31, nicht wahr? Und dann wieder 68? Gar nicht zu reden von den kleinen Buschfeuern der Aufsässigkeit, die im Laufe der Jahre gelöscht worden waren. Und traf es nicht auch zu, dass stets ein einzelnes Individuum der Auslöser für alles war, ein einsamer Renegat, der einfach nicht *kapieren* wollte? Und dass die Flammen des Widerstands, des lebenswichtigen Sauerstoffs beraubt, von allein erloschen, wenn man sich um diesen Mann (es war immer ein Mann) gekümmert hatte?

Aber dieser Bello: Er war aus einem anderen Holz geschnitzt als die anderen. Direktor Horace Guilder stand am Fenster unter der Kuppel, ließ den Blick über den schmutzigen Fleck des Flachlands und die farblosen Winterfelder jenseits davon wandern und machte eine Bestandsaufnahme. Zunächst einmal waren die Methoden des Mannes andere, nicht nur in der Vielfältigkeit, sondern auch, was ihre Gnadenlosigkeit anging. Da sprengten sich Leute in die Luft! Schnallten sich Dynamitstangen oder Rohrbomben, vollgestopft mit Glasscherben und zerbrochenen Schrauben, um die Brust und brachten tatsächlich die Willenskraft auf, sich selbst und alle um sie herum in einem blutigen Dunst zu verspritzen! Das war mehr als verrückt; es war eine ausgewachsene Psychose, was nur bedeuten konnte, dass dieser Bello, wer immer er war, die Psyche seiner Anhänger noch fester im Griff hatte als jeder vor ihm. Die Flachländer lebten in Sicherheit, sie hatten Essen, das ihnen die Bäuche wärmte, und sie schliefen nachts in ihren Betten, ohne Angst vor den Virals zu haben. Mit anderen Worten, sie durften ihr Leben leben – und das war der Dank, den er dafür bekam? Sahen sie denn nicht, dass er alles, was er getan hatte, für sie getan hatte? Dass er der Menschheit eine Heimat errichtet hatte, damit sie gegen den herrschenden Wind der Geschichte weiter existieren konnte?

Schön, manches war ... ein bisschen unfair. Es gab eine ungleichmäßige Verteilung der Ressourcen, eine Abgrenzung zwischen Management und Arbeit, zwischen Besitzenden und Habenichtsen, zwischen uns und ihnen. Man verließ sich darauf, dass sich jeder im Zweifelsfall der Nächste war, und setzte auf die altbewährten Werkzeuge, die Massen fügsam zu machen – eiskalte Duschen, das Anstehen in endlosen Schlangen, die exzessive Verwendung bestimmter Schlagwörter, Lautsprecher, aus denen ein beständiger Strom des Schwachsinns hervorplärrte. »Ein Volk! Ein Führer! Ein Homeland!« Bei diesen Worten zog er, schmerzlich berührt, den Kopf zwischen die Schultern, aber ein gewisses Maß an theatralisch inszenierter Demagogie gehörte einfach dazu. Nichts wirklich Neues und unter diesen Bedingungen vollkommen gerechtfertigt. Manchmal jedoch, wie jetzt an diesem eiskalten Morgen in Iowa, als die erste arktische Front dieser Jahreszeit heranraste wie ein führerloser Güterzug voll arschmäßiger Kälte, hatte Guilder große Mühe, sich seinen Enthusiasmus zu bewahren.

Seine weitläufige Bürosuite, die auch als sein Wohnquartier fungierte, hatte zu unterschiedlichen Zeiten in ihrer zweihundertjährigen Geschichte als Büro des Territorialgouverneurs von Iowa und des Präsidenten des Staatlichen Historischen Museums sowie als Lager gedient. Ihr letzter Bewohner in der alten Welt war der Verwaltungsleiter der Midwest State University gewesen, ein Mann namens August Frye (so stand es auf seinem Briefpapier), der zweifellos viele glückliche Stunden an den großzügigen Fenstern gestanden und den herzerwärmenden Anblick fröhlicher, maisgemästeter Studenten aufgesogen hatte, die wie verrückt miteinander flirteten, während sie über den gepflegten Rasen von Iowa zur Vorlesung schlenderten. Bei seinem Einzug hatte Guilder überrascht festgestellt, dass Verwaltungsdirektor August Frye die Räumlichkeiten mit nautischen Elementen dekoriert hatte: Man sah Flaschenschiffe, Karten mit gezeichneten Schlangen, überladene Ölgemälde mit Leuchttürmen und Meereslandschaften, einen Anker. Eine erstaunlich unpassende Auswahl, wenn man bedachte, dass das Midwestern State College (»Go, Bearcats!«) auf festem Boden im meeresfernsten Binnenland der Welt stand. Was hätte Guilder nach fast hundert Jahren nicht für einen winzig kleinen malerischen Ausblick gegeben.

Das war ein großes Problem bei der Unsterblichkeit, abgesehen von der eigentümlichen Ernährung: Alles wurde irgendwann langweilig.

In solchen Augenblicken heiterte ihn nur eines auf, nämlich die Bestandsaufnahme dessen, was er erreicht hatte. Das war nicht unbeträchtlich: Sie hatten buchstäblich aus dem Nichts eine Stadt erbaut. Welche Begeisterung er in den ersten Tagen empfunden hatte! Das unaufhörliche Klingen der Hämmer. Die Lastwagen, die von ihren Reisen quer durch den unbewohnten Kontinent zurückkehrten, randvoll mit den herrenlosen Schätzen der alten Welt. Die taktischen Entscheidungen, die täglich hundertfach getroffen werden mussten, die vibrierende Energie seines handverlesenen Stabes – Männer, die unter den Überlebenden wegen ihrer Fachkenntnisse ausgewählt worden waren. Er und sein Stab hatten aus den menschlichen Überresten der Katastrophe einen veritablen Brain Trust geschaffen. Chemiker. Ingenieure. Stadtplaner. Agrarwissenschaftler. Sogar ein Astronom war dabei (der sich als überraschend nützlich erwiesen hatte), und ein Kunsthistoriker hatte Guilder (der, um ehrlich zu sein, Monets Wasserlilien nicht von pokerspielenden Hunden unterscheiden konnte) bei der richtigen Konservierung und Ausstellung einer größeren Ladung erbeuteter Kunstwerke aus dem Art Institute of Chicago beraten: Jetzt zierten die Bilder die Wände des Dome und auch Guilders Büro. Wie viel Spaß das gemacht hatte! Zugegeben, wie sie sich dabei aufgeführt hatten, hatte an die Atmosphäre in einem Studentenwohnheim erinnert – natürlich abzüglich der sexuellen Faxen. (Diesen Teil des Gehirns trocknete das Virus aus wie einen Stockfisch; die meisten Mitarbeiter brachten es kaum noch über sich, eine Frau anzusehen, ohne das Gesicht zu verziehen.)

All die glücklichen Erinnerungen. Und jetzt: War da Bello. Jetzt: Waren da die Rohrbomben. Jetzt: Lag über allem ein blutiger Schleier.

Ein Klopfen an der Tür riss Guilder aus seinen Gedanken. Er seufzte tief. Wieder ein Tag, an dem Formulare auszufüllen, Pflichten zu verteilen, Erlasse von ganz oben zu verfassen waren. Er setzte sich hinter seinen Schreibtisch, eine polierte Mahagonifläche aus dem 18. Jahrhundert mit den Ausmaßen einer Pingpongplatte, wie es seiner Stellung als geliebter Direktor des Homelands zukam, und machte sich auf einen weiteren Vormittag mit einem unersättlichen Appetit auf seine Ansichten gefasst – ein Gedanke, der beinahe augenblicklich die ersten Regungen eines Appetits von eher physischer, drängender Natur freisetzte. Das Gurgeln einer ätzend sauren Leere stieg aus seinen Eingeweiden herauf. So bald schon? War der Monat bereits so weit fortgeschritten? Das Einzige, was noch schlimmer war als dieses Rülpsen, waren die Fürze, die nachher kamen – raumfüllende Ladungen von zwiebelartigen Gasen, an denen sogar der Furzende selbst keine Freude haben konnte.

»Herein.«

Als die Tür sich öffnete, zog Guilder seine Krawatte hoch und beeilte sich, einen beschäftigten Eindruck zu machen. Mit künstlicher Konzentration schob er ein paar Unterlagen auf seinem Schreibtisch hin und her. Willkürlich wählte er ein Dokument aus; es erwies sich als Bericht über die Reparaturarbeiten an der Abwasseraufbereitungsanlage – ein Aufsatz, der buchstäblich von Scheiße handelte. Volle dreißig Sekunden lang tat er so, als ob er ihn studierte, bevor er den Blick zu der Gestalt im dunklen Anzug hob, die in der Tür stand und ein Clipboard mit einem dicken Stapel Papier in der Hand hielt.

»Haben Sie eine Sekunde Zeit?«

Guilders Stabschef, ein Mann namens Fred Wilkes, kam herein. Wie alle Bewohner von Hilltop hatte er die blutunterlaufenen Augen eines chronischen Marihuana-Rauchers. Zudem hatte er das glänzend geschmeidige Äußere eines Fünfundzwanzigjährigen – weit entfernt von dem drahtigen Siebzigjährigen, den Guilder damals kennengelernt hatte. Wilkes war als Erster an Bord gekommen. Guilder hatte ihn in einem der Wohnheime des Colleges entdeckt, wo er sich in den ersten Tagen nach dem Angriff versteckt hatte. Er hielt den Leichnam seiner verstorbenen Frau in den Armen – umarmte sie regelrecht –, und deren ohnehin schon kräftige Proportionen waren nach drei Tagen gasbildender Verwesung in der Hitze von Iowa nicht kleiner geworden. Wie Wilkes berichtete, war das Paar zu Fuß aus dem Flüchtlingskoordinationscenter geflohen, weil die Busse nicht gekommen waren; schwitzend waren sie ganze drei Meilen weit gekommen, als seine Frau sich an die Brust gegriffen und die Augen himmelwärts verdreht hatte, bevor sie umgefallen und an einem Herzinfarkt verstorben war. Wilkes hatte es nicht übers Herz gebracht, sie einfach so liegen zu lassen. Also hatte er irgendwo eine Schubkarre aufgetrieben und die kolossale Gestalt zum College gekarrt, wo er mit nichts als der Leiche und seinen Erinnerungen an ein gemeinsames Leben Zuflucht gefunden hatte. Trotz des entsetzlichen Gestanks, den Wilkes entweder nicht bemerkte oder nicht so schlimm fand, boten die beiden einen wahrhaft herzzerreißenden Anblick, der Guilder zu Tränen gerührt hätte, wenn er eine bestimmte Sorte Mann gewesen wäre, was er aber nicht mehr war.

»Hören Sie zu«, hatte Guilder gesagt und sich tröstend vor ihn gekniet, »ich mache Ihnen einen Vorschlag.«

Und so hatte es begonnen. Genau an dem Tag, ja exakt zu der Stunde, als er zusah, wie Wilkes angewidert den ersten kleinen Schluck nahm, hatte Guilder die Stimme gehört. Soweit er es feststellen konnte, war der Mann immer noch der Einzige; bei keinem der anderen Stabsmitarbeiter war zu erkennen gewesen, dass Zeros Geist in ihnen lebendig war, und was die Frau anging – wer konnte schon wissen, was in deren Kopf vorging? Sie war lediglich ein Werkzeug für ihn.

Jetzt, anderthalb Menschenleben später, kam sein großartiger Plan zur Vollendung, und die letzten Reste der Menschheit waren zu seinen Füßen versammelt (die Sache mit Kerrville war genau wie die Sache mit Bello ein kleiner, aber bedeutsamer Störfaktor, eine Erbse unter der Matratze des Plans), und hier stand Wilkes mit seinem allgegenwärtigen Clipboard. Sein Gesicht verriet, dass er keine guten Nachrichten brachte.

»Ich dachte mir, Sie sollten wissen, dass die Sammlereinheit zurück ist. Das heißt, äh, was davon übrig ist.«

Nach dieser beunruhigenden Einleitung nahm Wilkes das oberste Blatt von seinem Clipboard, legte es auf Guilders Schreibtisch und wich zurück, als wäre er froh, das Ding los zu sein.

Guilder überflog es schnell. »Verdammt, Fred, was soll das heißen?«

»Ich schätze, man könnte sagen, die Sache ist nicht so gelaufen, wie es geplant war.«

»*Niemand?* Nicht einer von ihnen? Was *stimmt* denn da nicht mit diesen Leuten?«

Wilkes deutete auf das Blatt. »Der Ölnachschub ist zumindest vorübergehend gestört, das ist ein Plus. Es öffnet eine Menge Türen.«

Aber damit war Guilder nicht mehr zu trösten. Erst Kearney, jetzt das. Es hatte eine Zeit gegeben, als das Einsammeln von Überlebenden ein relativ klar umrissenes Unternehmen war. Die Frau erschien – die Tore öffneten sich, das Rad am Tresor begann sich zu drehen, die Zugbrücke senkte sich herab. Die Frau absolvierte ihre Nummer wie eine Löwenbändigerin im Zirkus, und ehe man sichs versah, polterten die Lastwagen zurück nach Iowa, vollgestopft mit ihrer menschlichen Ladung. Die Höhlen in Kentucky.

Diese Insel im Lake Michigan. Die verlassenen Raketensilos in North Dakota. Der Überfall in Kalifornien in jüngerer Zeit war eine regelrechte Goldmine gewesen; sechsundfünfzig Überlebende waren gefasst worden, und die meisten waren wie Lämmer in den Container spaziert, als der Strom abgeschaltet und die Bedingungen klar waren. (Steigt ein, oder ihr seid tot.) Die übliche Verlustrate – ein paar waren unterwegs gestorben, andere hatten sich an die neuen Bedingungen nicht anpassen können –, doch es war letztlich ein guter Fischzug gewesen.

Seitdem hatte es ein außer Kontrolle geratenes Blutbad nach dem anderen gegeben, angefangen mit Roswell.

»Anscheinend ging es gleich zur Sache. Der Konvoi war ziemlich schwer bewaffnet.«

»Von mir aus können sie eine Atomrakete gehabt haben. Das wussten wir vorher. Das sind *Texaner*.«

»Da ist was Wahres dran.«

»Wir brauchen Körper, Fred. Lebende, atmende Körper. Hat sie die Dinge nicht mehr unter Kontrolle?«

»Wir könnten da auf die altmodische Art reingehen. Das habe ich von Anfang an gesagt. Wir würden Verluste hinnehmen müssen, aber wenn wir immer wieder ihre Ölversorgung treffen, wird ihre Gegenwehr über kurz oder lang nachlassen.«

»Wir *sammeln* Leute, Fred. Wir *verlieren* sie nicht. Habe ich mich nicht klar ausgedrückt? Beherrschen Sie die Grundrechenarten nicht? Leute sind der *entscheidende Punkt*.«

Wilkes zuckte betreten die Achseln. »Wollen Sie mit ihr sprechen?«

Guilder rieb sich die Augen. Wahrscheinlich würde er diese Geste machen müssen, aber mit Lila zu reden, das war, als spiele man Handball mit sich selbst: Der Ball kam zurück, ganz gleich wie entschlossen man ihn wegwarf. Eine der entscheidenden Erschwernisse seines Jobs bestand im Umgang mit den eigentümlichen Fantasien dieser Frau, einer Wand aus Wahnvorstellungen, die Guilder nur unter Aufbietung gröbster Beharrlichkeit durchdringen konnte. So viele Fachleute hatte er im Laufe der Jahre in sein Team aufgenommen – wieso war er nie auf den Gedanken gekommen, sich einen Psychiater zu beschaffen? Solange sie sich einbildete, schwanger zu sein, war sie ruhig zu halten. Das spezielle Talent dieser Frau war ein unentbehrliches Gut, das sorgsam behandelt werden musste. Aber im Banne der Mutterschaft war sie buchstäblich unerreichbar, und Guilder befürchtete, dieser Kinderwahn würde ihre fragile Psyche weiter beschädigen.

Denn Lila war anders: Unter allen, die von dem Blut gekostet hatten, besaß nur sie die Fähigkeit, die Virals zu beherrschen.

Mehr als das: In Lilas Anwesenheit wurden sie zu Schoßtieren – zahm, ja zärtlich. Das Gefühl beruhte auf Gegenseitigkeit: Kam die Frau bis auf zweihundert Meter an den Fressplatz heran, verwandelte sie sich in eine schnurrende Katze mit einem Wurf kleiner Kätzchen. Eine vergleichbare Wirkung hatte Guilder selbst nie erzielen können, obwohl der Himmel wusste, dass er es versucht hatte. In den ersten Tagen war er regelrecht besessen gewesen. Immer wieder hatte er den wattierten Schutzanzug angezogen und sich in den umzäunten Bereich begeben. Er hatte geglaubt, wenn er nur den richtigen Trick fände, würden sie ihm zu Füßen liegen, wie sie es bei ihr taten, und wie Hunde darauf warten, dass man ihnen die Ohren kraulte. Aber es passierte nie. Sie tolerierten seine Anwesenheit grandiose drei Sekunden lang, bevor sie ihn in die Luft warfen, denn sie sahen in ihm keine Nahrung, sondern eher ein mannsgroßes Spielzeug. Und ehe er sichs versah, flog er hin und her, bis jemand die Scheinwerfer einschaltete, um ihn herauszuholen.

Natürlich hatte er diese Versuche längst aufgegeben. Dass Horace Guilder, der Direktor des Homelands, wie ein Strandball hin und her geworfen wurde, war ein Anblick, der nicht das vertrauenerweckende Bild vermittelte, das er abgeben wollte. Niemand vom medizinischen Personal konnte zufriedenstellend erklären, was genau dazu führte, dass Lila anders war. Ihre Thymusdrüse arbeitete schneller; sie brauchte das Blut alle sieben Tage, und ihre Augen sahen anders aus und wiesen keine der Netzhautflecken auf wie bei den übrigen leitenden Stabsmitarbeitern. Aber ihre Licht-empfindlichkeit war ebenso ausgeprägt, und soweit Suresh es fest-stellen konnte, war das Virus in ihrem Blut das gleiche. Schließlich zuckte der Mann die Achseln und schrieb ihre Fähigkeiten der we-niger subtilen Tatsache zu, dass Lila eine Frau war – die einzige Frau in der Gruppe. So wollte Guilder es haben.

Vielleicht steckt nichts weiter dahinter, meinte Suresh. *Vielleicht halten sie sie einfach für ihre Mutter.*

Guilder merkte, dass Wilkes ihn ansah. Worüber hatten sie ge-rade geredet? Lila? Nein, Texas. Aber Wilkes hatte gesagt, da sei noch etwas.

»Das bringt mich, äh, zum zweiten Punkt.« Und dann erzählte Wilkes ihm von der Bombenexplosion auf dem Markt.

Fuck! Fuck, fuck, fuck!

»Ich weiß, ich weiß«, sagte Wilkes und schüttelte den Kopf auf seine ganz besondere Art. »Nicht gerade die beste Wendung.«

»Das ist das Werk eines Mannes! *Eines Einzigen!*«

Guilders Gesicht, ja sein ganzer Körper kribbelte von recht-schaffenem Zorn. Wieder stieg eine Salve von Rülpsern in ihm auf. Er wollte Rache. Er wollte, dass die Lage sich beruhigte. Er wollte diesen Bello, wer immer er war, und er wollte seinen Kopf auf einer gottverdammten *Stange!*

»Wir haben unsere Leute darauf angesetzt. Sie befragen die Flachländer, und wir haben doppelte Rationen für jeden brauch-baren Hinweis versprochen. Nicht jeder da unten ist so entzückt.«

»Und kann mir bitte jemand sagen, wie er sich durch das Flach-land bewegt, als wäre das ein gottverdammter Expressway? Ha-ben wir keine Patrouillen? Haben wir keine Checkpoints? Kann jemand vielleicht ein bisschen Licht auf dieses winzige Detail wer-fen?«

»Dazu haben wir eine Theorie. Die Indizien weisen auf eine Or-ganisation hin, die eine klassische Zellenstruktur besitzt. Klein-gruppen mit nur wenigen Individuen operieren in einem losen or-ganisatorischen Zusammenhang.«

»Mir ist durchaus klar, was eine terroristische Zelle ist, Fred.«

Sein Stabschef wedelte aufgeregt mit der Hand. »Ich will nur sagen, dass die Suche nach einem einzelnen Mann vielleicht nicht die Antwort ist. Dass es die *Idee* Bello ist, nicht Bello selbst, womit wir es zu tun haben. Wenn Sie verstehen, was ich meine.«

Guilder verstand, und es war kein aufmunternder Gedanke. Er hatte so etwas schon erlebt, zuerst im Irak und in Afghanistan, dann in Saudi-Arabien nach dem Putsch. Man schlug den Kopf ab, aber der Körper starb nicht, er ließ sich einfach einen neuen Kopf wachsen. Die einzige sinnvolle Strategie war der psychologische Ansatz. Den Körper zu töten reichte nicht; man musste den Geist töten.

»Wie viele haben wir in Gewahrsam?«

Gleich kam noch mehr Papier. Guilder las den ganzen Bericht. Nach Augenzeugenberichten war die Bombenattentäterin auf dem Markt eine Landwirtschaftsarbeiterin um die dreißig gewesen: Es hatte nie Probleme mit ihr gegeben. Allen Berichten zufolge war sie lammfromm gewesen, eine Eigenschaft, die in beunruhigendem Maße zu den Profilen anderer Selbstmordattentäter passte. Sie hatte keine lebenden Verwandten bis auf eine Schwester. Ehemann und Sohn waren vor sechs Jahren bei einer Salmonellenepidemie gestorben. Anscheinend war sie in einer Kol-Uniform an den Checkpoints vorbeigekommen; die ursprüngliche Trägerin der Uniform hatte man mit durchschnittener Kehle in einem Müllcontainer gefunden, und mysteriöserweise war ein Arm über dem Ellenbogen abgetrennt gewesen. Woher sie den Sprengstoff hatte, war unbekannt. Die Waffenkammer und das Baudepot meldeten keine fehlenden Bestände, aber eine komplette Inventur war noch nicht vorgenommen worden. Neun Bewohner ihrer Baracke und die Familie ihrer Schwester, darunter zwei kleine Kinder, waren zur Vernehmung inhaftiert worden.

»Anscheinend weiß niemand etwas«, sagte Wilkes mit einer wegwerfenden Handbewegung. Er hatte vor dem Schreibtisch Platz genommen, während Guilder las. »Von der Schwester abgesehen scheint niemand sie richtig zu kennen. Wir könnten ein bisschen mehr Druck machen, aber ich glaube nicht, dass dabei brauchbare Erkenntnisse herauskommen. Diese Leute wären auch so schon eingeknickt.«

Guilder legte die Akte zu den vielen anderen. Das Rülpsen, das unvermindert weitergegangen war, hatte seinen Mund mit dem fauligen Geschmack von tierischem Aas erfüllt, nicht unähnlich dem Gestank der verwesenden Mrs Wilkes. Wenn der kaum verhüllte Ausdruck von olfaktorischem Abscheu auf dem glatten, jugendlichen Gesicht seines Stabschefs nicht täuschte, war dem Mann dieser Umstand nicht entgangen.

»Nicht nötig«, sagte Guilder.

Wilkes runzelte zweifelnd die Stirn. »Sollen wir sie wieder freilassen? Ich glaube nicht, dass das klug wäre. Lassen wir sie wenigstens noch zwei Tage in der Haft schmoren. Mit den Ketten rasseln und sehen, was es uns einbringt.«

»Sie haben doch selbst gesagt, wenn sie was wüssten, hätten sie schon geredet.«

Guilder schwieg. Ihm war bewusst, dass er im Begriff stand, eine Grenze zu überschreiten. Die dreizehn Flachländer, die da in Gewahrsam waren, hatten sich wahrscheinlich in keiner Weise etwas zu Schulden kommen lassen. Wichtiger noch, sie waren Aktivposten in einer Mangelökonomie. Aber angesichts der frustrierenden Widerspenstigkeit, die dieser Bello an den Tag legte, des Debakels in Texas und der Dringlichkeit, seine großen Pläne endlich zum Abschluss zu bringen, dachte er nicht allzu lange nach. Er näherte sich der Grenzlinie, warf einen kurzen Blick darauf und trat darüber hinweg.

»Mir scheint«, sagte Direktor Horace Guilder, »der Augenblick ist gekommen, dieses Ding zu verkaufen.«

Guilder wartete ein paar Minuten, nachdem Wilkes gegangen war, um seine Abreise zu inszenieren. Wie er sich viele Male selbst eingeschärft hatte, beruhte seine Autorität zu einem großen Teil auf der Würde und Zielstrebigkeit, die seine öffentlichen Auftritte vermittelten. Daher war es besser, wenn die Leute ihn nicht in einem so erregten Zustand erlebten. Er nahm den Schlüsselbund von seinem Schreibtisch und ging hinaus. Seltsam, wie schnell der Hunger ihn überkommen hatte. Normalerweise schlich er sich im Laufe von Tagen heran, nicht innerhalb weniger Minuten. Vom Sockel der Kuppel führte eine gewundene Treppe ins Erdgeschoss hinunter, flankiert von den Ölporträts diverser Herzöge, Generäle, Barone und Fürsten des Reiches, einer Parade von missbilligend blickenden Gesichtern mit markanten Kiefern in historischen Kostümen. (Wenigstens hatte er noch nicht zu dem Mittel gegriffen, sich malen zu lassen. Obwohl, wenn er es sich überlegte – warum eigentlich nicht?) Er spähte über das Geländer. Fünfzehn Meter tief unter ihm huschten die winzigen Gestalten der uniformierten Sicherheitsleute und die Mitglieder der Führungsebene hin und her mit ihren wichtigtuerischen Aktenkoffern und Clipboards, und sogar zwei Dienstmädchen schwebten in ihren nonnenhaften Kostümen über den blanken Boden wie zwei Papierschiffchen. Aber er suchte Wilkes, und da war er auch. Am wuchtigen Eingangsportal mit seinen Intarsien und Schnitzereien, die diverse Motive aus dem Prärie-Kitsch-Fundus darstellten (eine Faust mit einer Weizengarbe, eine Pflugschar, die sich fröhlich in den Mutterboden von Iowa grub), stand sein loyaler Stabschef im Gespräch mit zwei Männern aus der Führung, den Ministern Hoppel und Chee. Guilder nahm an, dass Wilkes schon dabei war, die Tagesbefehle zu verteilen und die Leute auf Trab zu bringen, doch diese Annahme erwies sich als falsch, denn Hoppel warf den Kopf in den Nacken, klatschte in die Hände und stieß ein kläffendes Gelächter aus, das in der marmorverkleideten Halle hin und her schwirrte wie eine Gewehrkugel in einem U-Boot. Guilder fragte sich, was da so verdammt komisch war.

Er wandte sich vom Geländer ab und begab sich zu der zweiten Treppe, die vor allen Blicken geschützt war und die er allein benutzte. Das Grollen in seinen Eingeweiden war inzwischen zu einem Brüllen geworden. Er hatte große Mühe, nicht drei Stufen auf einmal zu nehmen. In seinem derzeitigen Zustand wäre das Resultat wahrscheinlich ein Sturz gewesen, bei dem er sich mehrere Knochen gebrochen hätte, was natürlich innerhalb von wenigen Stunden verheilen, aber trotzdem höllisch wehtun würde. In der Haltung eines Kristallkelchs, der seinen Inhalt jeden Augenblick auf den Boden vergießen konnte, nahm Guilder vorsichtig eine Stufe nach der anderen. Der Speichelfluss hatte eingesetzt, ein regelrechter Wasserfall, den er immer wieder zwischen den Zähnen einsaugen musste. Lätzchen für Vampire, dachte er sarkastisch – damit ließe sich Geld machen!

Endlich erreichte er den Keller mit der schweren, tresorartigen Tür. Guilder nahm die Schlüssel aus seiner Jacketttasche. Seine Hände zitterten erwartungsvoll, als er den Schlüssel ins Schloss schob, das schwere Rad drehte und die Tür mit der Schulter aufdrückte.

Als er den Korridor halb hinter sich hatte, war er schon nackt bis zur Taille und streifte die Schuhe von den Füßen. Er war jetzt in voller Fahrt, ein Surfer, der auf einer Welle entlanggischtet. Tür um Tür rauschte vorbei. Guilder hörte die gedämpften Schreie der Verdammten dahinter, ein Geräusch, das längst aufgehört hatte, auch nur eine Spur von Mitleid in ihm zu wecken, falls es das jemals getan hatte. Er flog an den Warntafeln vorbei – ÄTHER IM EINSATZ! KEIN OFFENES FEUER! –, erreichte die Gefrierkammer in vollem Lauf, bog um die letzte Ecke und vermied mit knapper Not einen Zusammenstoß mit einem Techniker im Laborkittel. »Direktor Guilder!«, japste der Mann. »Wir wussten nicht ...« Aber die Worte blieben ihm im Hals stecken, als Guilder ihm gewalttätiger als nötig den linken Unterarm mit voller Kraft an den Kopf schlug, sodass er krachend gegen die Wand flog.

Er brauchte Blut, und zwar nicht irgendein Blut. Es gab Blut, und es gab *Blut*.

Vor der letzten Tür kam er schlitternd zum Stehen. Mit fummelnden Fingern öffnete er seine Hose und warf sie zur Seite. Dann schob er den Schlüssel ins Schloss und öffnete die Tür.

»Hallo, Lawrence.«

38

Am nächsten Morgen war Jackie nicht mehr da.

Als Sara aufwachte, war die Koje der Frau leer. In heller Panik rannte sie durch die Baracke und verfluchte sich dafür, dass sie so tief geschlafen hatte. Die alte Frau aus der zweiten Reihe? Hatte jemand sie gesehen? Aber niemand wusste etwas, das behaupteten sie wenigstens. Beim Morgenappell bemerkte Sara nur ein sehr kurzes Stocken an der Stelle, wo Jackies Nummer hätte aufgerufen werden müssen. Alle schauten zu Boden. Es war, als habe sie überhaupt nie existiert.

Sie bewegte sich den ganzen Tag hindurch wie im Nebel, und ihr Verstand balancierte auf einer rasiermesserscharfen Schneide zwischen verzweifelter Hoffnung und nackter Verzweiflung. Wahrscheinlich konnte man nichts tun. Leute verschwanden; das war nun einmal so. Trotzdem redete Sara sich ein, dass es vielleicht noch eine Chance gab, wenn die Frau noch im Krankenhaus war. Vielleicht hatte man sie ja noch nicht zum Fressplatz gebracht. Aber wie hatten sie Jackie unter ihrer Nase entführen können? Hätte sie nicht etwas hören müssen? Hätte die Frau nicht protestiert? Das ergab einfach keinen Sinn.

Und dann ging Sara ein Licht auf. Sie hatte nichts gehört, weil es nichts zu hören gegeben hatte. *Nicht so. Nicht für mich.* Jackie hatte die Baracke aus freien Stücken verlassen.

Um Sara zu schützen.

Als es Nachmittag wurde, wusste sie, dass sie etwas unternehmen musste. Ihre Schuldgefühle waren quälend. Sie hätte nie versuchen dürfen, Jackie aus der Fabrik ins Freie zu bringen, und nie hätte sie Sod herausfordern dürfen, wie sie es getan hatte. Ebenso gut hätte sie der Frau eine Zielscheibe auf den Rücken malen können. Die Minuten tickten dahin. Die Virals auf dem Fressplatz fraßen nach Einbruch der Dämmerung. Sara hatte die Trucks gesehen: Viehtransporter, vollgestopft mit muhenden Kühen, aber auch die fensterlosen Kastentransporter, mit denen die Gefangenen aus der Haftanstalt transportiert wurden. Einer davon parkte immer hinter dem Krankenhaus – warum, das war für jeden offensichtlich, der Lust hatte, darüber nachzudenken.

Die Kols, die die Mahlteams beaufsichtigten, waren Vale und Whistler. Vale, dachte sie, hätte sie überreden können, aber wenn Whistler zuschaute, wusste sie nicht, wie. Ihr fiel nur eine Lösung ein. Sie füllte ihren Korb, hob ihn vom Boden auf, machte drei Schritte auf das Mahlwerk zu und blieb stehen.

»Oh«, rief sie, ließ den Korb fallen und griff sich an den Bauch. »Oh. Oh.«

Stöhnend sank sie auf die Knie. Einen Moment lang sah es so aus, als sei ihr Auftritt im Lärm der Mühlen unbemerkt geblieben. Sie verstärkte ihre Schreie, krümmte sich vornüber und umschlang ihren Leib.

»Sara, was ist los?« Eine der anderen Frauen – Constance Chou – beugte sich über sie.

»Es tut fürchterlich weh!«

»Steh auf, bevor sie dich sehen!«

Eine zweite Stimme kam dazu: Vale. »Was ist hier los?«

Constance wich zurück. »Ich weiß es nicht, Sir. Sie ist einfach ... zusammengebrochen.«

»Fisher? Was ist los mit dir?«

Sara antwortete nicht, sondern stöhnte nur immer weiter,

wiegte sich vor und zurück und zuckte sicherheitshalber noch ein bisschen mit den Beinen. Um sie herum hatte sich ein Kreis von Zuschauern gebildet. »Blinddarm«, sagte sie.

»Was hast du gesagt?«

Sie verzerrte das Gesicht in gespieltem Schmerz. »Ich glaube … es ist mein … Blinddarm.«

Whistler stürmte durch den Kreis und stieß die Zuschauer mit ihrem Stock zur Seite. »Was hat sie?«

Vale kratzte sich am Kopf. »Sie sagt was von Linda.«

»Was glotzt ihr hier?«, bellte Whistler. »Geht an eure Arbeit.« Sie wandte sich an Vale. »Was hast du mit ihr vor?«

»Fisher, kannst du gehen?«

»Bitte«, keuchte sie, »ich brauche einen Arzt.«

»Sie sagt, sie braucht einen Arzt«, berichtete Vale.

»Ja, das habe ich gehört, Vale.« Die Frau seufzte übertrieben. »Okay, bringen wir sie hier raus.«

Sie führten sie zu einem Pick-up, der hinter der Fabrikhalle parkte, und legten sie auf die Ladefläche. Sara hörte nicht auf, sich stöhnend zu wiegen. Eine kurze Verhandlung folgte: Sollte einer von ihnen sie wegbringen, oder sollten sie einen Fahrer anfordern?

»Scheiß drauf, ich fahre sie«, sagte Whistler. »Wie ich dich kenne, trödelst du nur den ganzen Tag herum.«

Die Fahrt zum Krankenhaus dauerte zehn Minuten, und Sara nutzte sie, um einen Plan zu schmieden. Sie hatte nur daran gedacht, ins Krankenhaus zu kommen und Jackie zu finden, bevor der Kastentransporter sie wegbrächte: Über den nächsten Schritt hatte sie sich noch keine Gedanken gemacht. Jetzt hatte sie den Eindruck, dass sie nur zwei gute Karten in der Hand hatte. Erstens, sie war nicht wirklich krank: Wenn sie auf wunderbare Weise wieder gesund würde, würden sie eine hundertprozentig einsatzfähige Frau wohl kaum zum Fressplatz bringen. Zweitens, sie war Krankenschwester. Sara wusste noch nicht, wie sie diesen Umstand nutzen sollte – sie würde improvisieren müssen –, aber sie könnte ihre medizinischen Kenntnisse dazu verwenden, die verantwortliche

Person davon zu überzeugen, dass Jackie nicht so krank war, wie es aussehen mochte.

Vielleicht wäre es auch ganz gleichgültig, was sie tat. Wenn sie einmal durch die Tür des Krankenhauses gegangen wäre, würde sie vielleicht nie wieder herauskommen. Wenn sie diese Aussicht genau betrachtete, war sie gar nicht so übel, und damit hatte sie eine dritte Trumpfkarte: Es war ihr egal, ob sie weiterlebte oder starb.

Whistler hielt vor dem Krankenhauseingang, kam nach hinten und ließ die Heckklappe herunter.

»Runter mit dir. Gehen wir.«

»Ich glaube nicht, dass ich gehen kann.«

»Na, du wirst es versuchen müssen, denn tragen werde ich dich nicht.«

Sara stemmte sich auf den Ellenbogen hoch. Die Sonne war hinter den Wolken hervorgekommen und schärfte alle Konturen mit ihrer kalten Helligkeit. Das Krankenhaus war ein dreigeschossiger Ziegelbau, Teil einer Anhäufung von flachen Gebäuden am südlichen Rand des Flachlands. Zwanzig Meter weit entfernt stand eins der drei großen HR-Unterreviere. Der Eingang war von Betonbarrikaden flankiert, und ein Dutzend Kols hielten davor Wache.

»Führe ich hier vielleicht Selbstgespräche?«

Ja. Sara hörte kaum zu. Sie beobachtete den Wagen, ein kleines Personenfahrzeug, wie die Kols sie benutzten, um zwischen den Baracken hin und her zu fahren. Er kam in hohem Tempo auf sie zu und zog eine Staubfahne hinter sich her. Sara kletterte von der Ladefläche herunter. Im selben Moment spürte sie, dass jemand von hinten auf sie zustürzte. Das Auto raste mit unverminderter Geschwindigkeit heran. Es wirkte merkwürdig, nicht nur wegen des rasenden Tempos, in dem es näher kam. Die Fenster waren geschwärzt und verbargen den Fahrer, und etwas war mit weißer Farbe auf die Motorhaube gepinselt.

BELLO LEBT.

Als der Wagen geradewegs auf die Barrikaden zuhielt, riss sie jemand nach unten und drückte sie flach auf den Boden. Das Auto explodierte mit einem ohrenbetäubenden Krachen und einer superheißen Druckwelle, wie sie beides nie für möglich gehalten hätte. Die Luft wurde aus ihrer Lunge gesogen. Gegenstände fielen herab. Gegenstände segelten durch die Luft und schlugen wie Meteore um sie herum auf, lodernd und schwer. Metall kreischte, und Glas regnete klingend zu Boden. Die Welt bestand aus Lärm und Hitze und dem Gewicht eines Körpers auf ihr. Dann war es plötzlich still, warmer Atem wehte an ihr Ohr, und eine Stimme sagte:

»Komm jetzt mit. Tu genau, was ich sage.«

Sara war auf den Beinen. Eine Frau, die sie nicht kannte, packte sie bei der Hand und riss sie aus der Starre des Staunens. Anscheinend war sie taub, was die Szene um sie herum in eine milchige Unwirklichkeit tauchte. Das Unterrevier war ein rauchender Krater. Der Pick-up war nicht mehr neben ihr; er lag auf der Seite vor dem Krankenhauseingang – oder da, wo der Eingang gewesen war. Etwas Nasses klebte auf Saras Händen und ihrem Gesicht. Blut. Sie war damit bedeckt. Und mit irgendeinem klebrigen Zeug, das von einem Menschen oder Tier stammte. Außerdem war da noch feiner Juwelenstaub, der aus winzigen Glassplittern bestand, wie sie jetzt sah. Erstaunlich, dachte sie, wie überaus erstaunlich das alles war, vor allem das, was mit Whistler passiert war. Faszinierend, wie ein Körper aussah, wenn er nicht mehr in einem Stück vorhanden war, sondern in erkennbar menschlichen Einzelteilen auf einer großen Fläche verstreut lag. Wer hätte gedacht, dass einem Menschen, wenn er zerfetzt wurde, wie es hier offensichtlich passiert war, tatsächlich genau das widerfuhr: Er wurde in Stücke gerissen.

Sie riss sich los, erst den Blick, dann entfernte sie sich von der ganzen Szene. Die Frau rannte, und sie rannte mit, sie rannte und wurde gleichzeitig gezogen, und die Energie ihrer Retterin – denn Sara begriff, dass diese Frau sie vor der Explosion beschützt hatte – strömte durch die Hände in ihren Körper. Die Stille hinter ihnen war mittlerweile einem Chor von Schreien und Rufen gewichen, einem gespenstisch musikalischen Klang. Hinter einem Gebäude, das noch dastand (waren nicht eben sämtliche Gebäude der Welt in die Luft geflogen?), kam die Frau rutschend zum Stehen und ließ sich zu Boden fallen. In der Hand hatte sie eine Art Haken, und mit diesem Haken hob sie einen Kanaldeckel und zog ihn zur Seite.

»Einsteigen.«

Sara gehorchte. Sie stieg in das Loch hinunter, wo eine Leiter wartete. Es stank widerlich. Nach Scheiße, denn da war Scheiße. Als Saras Füße den Boden berührten und ihre Turnschuhe sich mit dem widerwärtigen Wasser füllten, langte die Frau über ihren Kopf nach oben, verschloss das Einstiegsloch mit metallischem Dröhnen und stürzte Sara damit in absolute Dunkelheit. Erst jetzt wurde Sara in vollem Umfang klar, dass sie bei einer Explosion mit vielen Toten und von großer Zerstörungskraft dabei gewesen war. Und dass sie sich unmittelbar danach, wahrscheinlich innerhalb von weniger als einer Minute, in die Hände einer Frau begeben hatte, die sie nicht kannte und die sie im Handumdrehen in eine Art Nichtexistenz entführt hatte: Man konnte sagen, Sara war verschwunden.

»Warte.«

Ein bläuliches Flämmchen flackerte auf: Die Frau hielt ein Feuerzeug an eine Fackel. Feuer loderte hoch und beleuchtete ihr Gesicht. Sie war irgendwo zwischen zwanzig und dreißig, hatte einen langen Hals und kleine dunkle Augen mit intensivem Blick. Irgendwie kam sie Sara bekannt vor, doch sie konnte nicht genau sagen, weshalb.

»Nicht mehr reden. Kannst du rennen?«

Sara nickte.

»Dann komm.«

Die Frau lief im Laufschritt durch die Abwasserröhre, und Sara folgte ihr. Das ging eine Weile so. Bei jedem der zahlreichen Abzweige wählte die Frau mit sicherem Gespür eine neue Richtung. Sara hatte unterdessen angefangen, ihren Körper einer

Bestandsaufnahme zu unterziehen. Die Explosion war nicht folgenlos verlaufen. Sie hatte vielfältige Schmerzen; manche waren stechend, andere eher wie ein ausgebreitetes Pochen, aber keiner war so schlimm, dass er sie daran gehindert hätte, mit der Frau Schritt zu halten. Noch mehr Zeit verging, und irgendwann wurde Sara klar, dass die Strecke, die sie zurückgelegt hatten, inzwischen so groß war, dass sie sich außerhalb der umzäunten Peripherie des Homelands befinden mussten. Sie waren geflohen! Sie waren frei! Ein kreisrunder Lichtfleck erschien vor ihnen: ein Ausgang. Dahinter lag die Welt – eine gefährliche Welt, eine tödliche Welt, in der Virals ungehindert herumstreiften, aber trotzdem schimmerte sie vor ihr wie eine goldene Verheißung, und sie trat hinaus ins Licht.

»Entschuldige.«

Die Frau war hinter ihr. Sie hatte eine Hand um Saras Taille gelegt und zog sie fest an sich, und die andere Hand hob ein Tuch an ihr Gesicht. Was zum Teufel …? Aber bevor Sara einen einzigen Protestlaut von sich geben konnte, bedeckte das Tuch ihren Mund und ihre Nase und überflutete ihre Sinne mit einem scheußlichen, erstickenden chemischen Geruch. Millionen winzige Sterne explodierten in ihrem Kopf, und das war das Ende.

39

Lila Kyle. Sie hieß Lila Kyle.

Sie wusste natürlich, dass das Gesicht im Spiegel noch andere Namen trug. Queen Gaga. Ihre irre Majestät. Königlich ausgerastete Hoheit. O ja, Lila hatte sie alle schon gehört. Man musste schon früh aufstehen, wenn man Lila Kyle eins auswischen wollte. Aber was sie wirklich ärgerte, war das Geflüster. Dauernd flüsterten die Leute! Als wären sie die Erwachsenen und Lila das Kind. Als wäre sie eine Bombe, die jeden Augenblick explodieren konnte! Wie absonderlich! Absonderlich und ziemlich respektlos, denn zunächst einmal war sie nicht verrückt, da waren sie hundertprozentig im Irrtum. Und selbst wenn sie Lust hätte, sich bei Vollmond splitternackt auszuziehen und wie ein Hund (armer Roscoe) zu heulen, ginge das die anderen doch einen feuchten Dreck an, oder? Was scherte es sie überhaupt, ob sie verrückt war oder nicht! (Obwohl sie zugeben musste, dass es Tage gab, gewisse schwierige Tage, an denen ihre Gedanken ihr nicht gehorchen wollten, ganz wie ein Armvoll Herbstlaub, das sie in einen Sack stopfen wollte.) Es war nicht *nett*. Es war *inakzeptabel*. Hinterrücks über jemanden zu reden, solche bösartigen Andeutungen zu machen – das war jenseits der Grenzen des allgemeinen Anstands. Womit hatte sie eine solche Behandlung verdient? Sie blieb für sich, bat nie um etwas, war immer mäuschenstill; sie war ganz zufrieden damit, sich die Zeit in ihrem Zimmer zu vertreiben, mit ihren Fläschchen und Kämmen und Bürsten und der Frisierkommode, an der sie jetzt saß – anscheinend saß sie hier schon eine ganze Weile –, und sich das Haar zu bürsten.

Ihr Haar. Sie richtete den Blick auf das Gesicht im Spiegel, und das Wiedererkennen durchflutete sie wie eine warme Welle. Der Anblick überraschte sie anscheinend immer noch jedes Mal: die rosige, porenlose Haut, die taufeucht glitzernden Augen, die saftig gerundeten Wangen, die feinen Proportionen ihrer Züge. Sie sah … wunderbar aus! Und das Wunderbarste von allem war ihr Haar. Wie es glänzte, wie überreich es sich anfühlte, wie üppig in seiner melassegleichen Dichte. Nein, nicht Melasse: Schokolade. Wie eine ausgezeichnete dunkle Schokolade aus einer wundervollen, besonderen Gegend der Welt. Aus der Schweiz vielleicht oder aus einem dieser anderen Länder. Schokolade wie die, die ihr Vater immer in seinem Schreibtisch verwahrt hatte; wenn sie brav gewesen war, *sehr* brav, oder manchmal auch ohne einen speziellen Grund, nur weil er sie liebte und es ihr zeigen wollte, rief er sie in das Heiligtum seines männlich duftenden Arbeitszimmers, wo er seine wichtigen Aufsätze schrieb und seine unergründlichen Bücher las und seinen allgemein geheimnisvollen Vatergeschäften nachging, und dann überreichte er ihr feierlich das Zeichen seiner Liebe. *Aber nur eine Praline,* sagte er dann, und das Singuläre verstärkte die Besonderheit, denn es implizierte eine Zukunft, in der es zu weiteren Besuchen in seinem Arbeitszimmer kommen würde. Die goldene Schachtel, der hochgeklappte Deckel, der Augenblick der Spannung: Ihre kleine Hand schwebte über der reichen Fülle des Inhalts wie ein Kunstspringer am Rand des Beckens, der den richtigen Winkel seines Sprungs kalkulierte. Da waren die aus reiner Schokolade, dann die mit Nüssen und die mit Kirschsirup (die Einzigen, die sie nicht mochte: Sie spuckte sie in ein Papiertaschentuch). Am besten waren die ohne alles, die puren Schokoladen-Nuggets. Auf die war sie versessen, auf diese einzigartige Kostbarkeit von milchig schmelzender Süße, die sie zwischen all den anderen zu erahnen suchte. War es diese Praline? Oder diese?

»Yolanda!«

Schweigen.

»*Yolanda!*«

In einem Wirbel von Röcken und Schleiern und wehenden Tüchern kam die Frau hereingelaufen. Also wirklich, dachte Lila, was für eine *lächerliche* Aufmachung. Wie oft hatte sie ihr schon gesagt, sie solle sich praktischer kleiden?

»Yolanda, wo haben Sie gesteckt? Ich rufe und rufe.«

Sie starrte Lila an, als habe die den Verstand verloren. Hatten sie sie jetzt auch auf ihre Seite gezogen? »Yolanda, Ma'am?«

»Wen sollte ich wohl sonst rufen?« Lila seufzte dramatisch. Die Frau konnte so begriffsstutzig sein. Und ihr Englisch war nicht das beste. »Ich möchte gern ... etwas. Wenn es recht ist. *Por favor.*«

»Ja, Ma'am. Natürlich. Soll ich Ihnen etwas vorlesen?«

»Vorlesen? Nein.« Obwohl der Gedanke plötzlich ganz ansprechend war. Ein bisschen Beatrix Potter wäre vielleicht genau das Richtige für ihre strapazierten Nerven. Peter Hase in seiner kleinen blauen Jacke. Eichhörnchen Nusper und sein Bruder Blinzlberry – die beiden machten immer so viel Unsinn! Aber dann fiel es ihr wieder ein.

»Schokolade. Haben wir Schokolade?«

Die Frau schien immer noch nichts zu kapieren. Vielleicht hatte sie auch angefangen, Schnaps zu trinken. »Schokolade, Ma'am?«

»Ist vielleicht von Halloween noch etwas übrig? Bestimmt haben wir irgendwo etwas. Hershey's Kisses. Almond Joy. Ein Kit-Kat. Ganz gleich was.«

»Ähm ...«

»*Sí?* Ein bisschen cho-co-LA-te? Sehen Sie doch im Schrank über der Spüle nach.«

»Verzeihung, ich weiß nicht, was Sie meinen.«

Das war jetzt wirklich ärgerlich. Die Frau tat, als wüsste sie nicht, was Schokolade war!

»Ich begreife nicht, wo das Problem liegt, Yolanda. Ich muss sagen, ich finde Ihr Verhalten allmählich sehr seltsam. Äußerst seltsam sogar.«

»Bitte seien Sie nicht böse. Wenn ich wüsste, was es ist, würde ich es Ihnen mit Freuden holen. Vielleicht weiß Jenny es.«

»Das ist ja der springende Punkt, wissen Sie. Genau das meine ich.« Lila seufzte tief. Es war schade, aber ihr blieb wirklich nichts weiter übrig. Es war besser, ein Pflaster mit einem Ruck abzureißen, statt die Sache in die Länge zu ziehen.

»Ich fürchte, Yolanda, ich muss Sie entlassen.«

»Entlassen?«

»Entlassen, ja. *No más.* Wir können Ihre Dienste nicht länger gebrauchen, fürchte ich.«

Die Augen der Frau quollen praktisch aus den Höhlen. »Das können Sie nicht machen!«

»Es tut mir wirklich leid. Ich wünschte, es hätte geklappt. Aber unter diesen Umständen lassen Sie mir wirklich keine Wahl.«

Die Frau warf sich Lila zu Füßen. »Bitte! Ich tue alles!«

»Yolanda, reißen Sie sich zusammen.«

»Ich flehe Sie an«, heulte die Frau in ihre Röcke. »Sie wissen doch, was sie mit mir machen werden. Ich werde mich mehr anstrengen, das schwöre ich Ihnen!«

Lila hatte damit gerechnet, dass sie es nicht gut aufnehmen würde, aber diese würdelose Aufführung kam völlig unerwartet. Es war regelrecht peinlich. Der Drang, ihr eine tröstende Berührung zukommen zu lassen, war stark, doch Lila widerstand ihm, um das alles nicht unnötig in die Länge zu ziehen. Ihre Hände schwebten unschlüssig in der Luft. Vielleicht hätte sie warten sollen, bis David nach Hause kam. Er verstand sich besser auf diese Dinge.

»Wir werden Ihnen natürlich ein Zeugnis schreiben, meine Liebe. Und Sie bekommen zwei Wochenlöhne. Sie sollten es wirklich nicht so schwernehmen.«

»Das ist ein Todesurteil!« Sie umklammerte Lilas Knie, als wären sie ein Rettungsfloß. »Die schicken mich in den Keller!«

»Ich glaube kaum, dass man hier von einem Todesurteil sprechen kann. Das ist absolut übertrieben.«

Aber die Frau war vernünftigen Argumenten nicht mehr zugänglich. Im Sturm ihres hemmungslosen Schluchzens konnte sie keine Worte mehr artikulieren. Sie hatte ihr Flehen aufgegeben und durchtränkte Lilas Rock mit Schleim und Tränen. Lila wollte nur noch eins: Die Sache so schnell wie möglich hinter sich bringen. Sie hasste solche Dinge. Sie *hasste* sie.

»Was ist denn hier los?«

Lila sah die Gestalt in der Tür und seufzte erleichtert. »David. Gott sei Dank. Anscheinend haben wir hier ein Problem. Yolanda – na ja, sie ist ein bisschen aufgebracht. Ich habe beschlossen, sie zu entlassen, und sie hat es nicht gut aufgenommen.«

»Mein Gott, schon wieder eine? Was ist denn los mit dir?«

Das war jetzt wieder typisch. Typisch David. »Du hast gut reden. Bist den ganzen Tag weg, lässt mich zu Hause sitzen. Ich dachte, du würdest mich unterstützen.«

»Bitte tun Sie das nicht!«, heulte Yolanda.

Lila machte eine Handbewegung, die sagte: *Schaff mir diese Frau vom Leib.* »Könntest du mir vielleicht ein bisschen helfen?«

Doch wie sich zeigte, war das schwieriger, als man hätte denken sollen. Als David (nicht David) sich bückte, um die schluchzende Yolanda (nicht Yolanda) von Lilas Knien loszuwinden, verdoppelte die Frau ihre Anstrengungen; sie hielt sich fest und fing – unglaublich – an zu schreien. Was machte sie denn für eine Szene? Du liebe Güte, so wie die sich aufführte, konnte man ja meinen, es käme einem Todesurteil gleich, seinen Job als Dienstmädchen zu verlieren. Mit einem heftigen Ruck an der Taille riss David sie von Lila los. Die Frau trat und strampelte in seinen Armen und schlug um sich wie eine Verrückte. Nur durch seine überlegene Körperkraft gelang es ihm, sie festzuhalten. Das musste man David lassen, er hielt sich in Form.

»Es tut mir leid, Yolanda!«, rief Lila hinterher, als er sie hinausbrachte. »Ich schicke Ihnen einen Scheck!«

Die Tür fiel hinter den beiden ins Schloss. Lila atmete tief aus und erkannte, dass sie die Luft angehalten hatte. Na, was sagte man dazu? War das nicht die unangenehmste Geschichte, die sie jemals hatte ertragen müssen? Sie war völlig durch den Wind und hatte außerdem ordentliche Gewissensbisse. Yolanda war jahrelang bei ihnen gewesen, und jetzt endete das alles so schrecklich. Lila hatte einen sauren Geschmack im Mund. Aber man musste doch zugeben, dass Yolanda nie die beste Haushälterin gewesen war, und in letzter Zeit hatte sie sich wirklich gehen lassen. Wahrscheinlich irgendwelche privaten Schwierigkeiten. Lila war allerdings nie bei der Frau zu Hause gewesen; sie wusste nichts über ihr Leben. War das nicht sonderbar? All die Jahre war Yolanda gekommen und gegangen, und es war, als hätte Lila sie gar nicht gekannt.

»Na, sie ist weg. Gratuliere.«

Lila bürstete jetzt weiter ihr Haar, und sie musterte David kühl im Spiegel, als er in der Tür seine Krawatte gerade rückte.

»Und inwiefern genau ist das meine Schuld? Du hast sie doch gesehen. Sie hat restlos die Beherrschung verloren.«

»Das war die Sechste in diesem Jahr. Gute Dienstmädchen wachsen nicht auf den Bäumen.«

Noch einmal zog sie wohlig die Bürste durch ihr Haar. »Dann ruf den Service an. Das ist eigentlich keine so große Sache, weißt du.«

David sagte nichts weiter. Anscheinend war es ihm recht, das Thema auf sich beruhen zu lassen. Er ging zum Sofa und zupfte die Hosenbeine an den Knien hoch, bevor er sich hinsetzte.

»Wir müssen miteinander reden.«

»Siehst du nicht, dass ich zu tun habe? Brauchen sie dich nicht in der Klinik oder so?«

»Ich arbeite in keiner Klinik. Das haben wir schon hundert Mal besprochen.«

Wirklich? Manchmal waren ihre Gedanken wie Herbstlaub, manchmal summten sie wie kleine Bienen in einem Einmachglas herum.

»Was ist in Texas passiert, Lila?«

»In Texas?«

Er seufzte übellaunig. »Mit dem Konvoi. Auf der Oil Road. Ich dachte, meine Anweisungen wären klar.«

»Ich habe nicht die leiseste Ahnung, wovon du redest. Ich bin in meinem ganzen Leben noch nicht in Texas gewesen.« Sie hörte auf mit dem Bürsten und schaute David im Spiegel in die Augen. »Brad hat Texas immer gehasst. Aber wahrscheinlich möchtest du darüber nichts hören.«

Sie sah, dass ihre Worte ins Schwarze getroffen hatten. Das Thema Brad war ihre Geheimwaffe. Sie wusste, dass es sich nicht gehörte, doch es machte ihr eine perverse Freude, Davids Gesichtsausdruck zu sehen, wenn sie den Namen aussprach – die ernüchterte Leere im Blick eines Mannes, der wusste, dass er nicht mithalten konnte.

»Ich verlange nicht viel von dir. Ich frage mich allmählich nur, ob du diese Dinge vielleicht nicht mehr im Griff hast.«

»Ja, schön.« Summ summ.

»Hörst du mir überhaupt zu? Wir können uns eine solche Katastrophe nicht noch einmal leisten. Nicht wenn wir so dicht davorstehen.«

»Ich weiß nicht, worüber du dich so aufregst. Und ehrlich gesagt, mir gefällt dein Ton nicht.«

»Verdammt noch mal, leg diese Scheißbürste aus der Hand!«

Aber bevor sie es tun konnte, riss er ihr die Bürste aus den Fingern und warf sie quer durch das Zimmer. Dann packte er sie bei den Haaren, riss ihren Kopf in den Nacken und schob sein Gesicht so nah heran, dass es kein Gesicht mehr war, sondern ein *Ding*, ein monströs verzerrtes, schneckenartiges Ding, aus dem ihr ein fauliger Bakterienatem entgegenwehte.

»Ich habe genug von deinem Blödsinn.« Speichel spritzte auf ihre Wangen und in ihre Augen und sprühte ekelerregend aus seinem Mund in ihren. An den Rändern seiner Zähne klebte eine dunkle Substanz und ließ sie erschreckend grell aussehen. Blut.

Seine Zähne waren blutverkrustet. »Von deiner *Nummer.* Von deinem idiotischen Spiel.«

»Bitte«, keuchte sie. »Du tust mir weh.«

»Wirklich?« Er riss wütend an ihrem Haar. Ein tausendfacher nadelspitzer Schmerz durchfuhr ihre Kopfhaut.

»David«, flehte sie, und ihre Augen schwammen in Tränen. »Ich bitte dich. Überleg doch, was du tust.«

Das Schneckengesicht brüllte vor Wut. »Ich bin nicht David! Ich bin Horace! Mein Name ist Horace Guilder!« Wieder ging ein Ruck durch ihr Haar. »Sag es!«

»Ich weiß es nicht, ich weiß es nicht! Du bringst mich durcheinander!«

»Sag es! Sag, wie ich heiße!«

Der Schmerz tat seine Wirkung. Als wäre ein Wirbelsturm durch sie hindurchgefegt, war plötzlich alles wieder klar.

»Du bist Horace! Bitte hör auf!«

»Noch einmal! Alles!«

»Horace Guilder! Du bist Horace Guilder, Oberster Führer des Homelands!«

Guilder ließ sie los und trat einen Schritt zurück.

Sie lag über den Frisiertisch gebeugt, von Schluchzern geschüttelt. Wenn sie doch nur zurückgehen könnte. *Geh zurück,* dachte sie und presste die Augen fest zusammen, um diesen grauenvollen Mann, diesen Horace Guilder, nicht mehr sehen zu müssen. *Lila, geh zurück. Schick dich wieder fort.* Ein Ekel, der aus namenlosen Tiefen heraufstieg, ließ sie zittern, eine Übelkeit, die nicht den Körper, sondern die Seele befiel, den metaphysischen Kern ihres zersplitterten Ichs. Im nächsten Moment lag sie auf den Knien und übergab sich, und keuchend und würgend spuckte sie das abscheuliche Blut aus, das sie selbst noch an diesem Morgen getrunken hatte.

»Okay«, sagte Guilder und wischte sich die Hände an seinem Anzug ab. »Nur damit das klar ist.«

Lila sagte nichts. So mächtig war ihr Verlangen danach, sich wegzuwünschen, dass sie kein Wort hervorgebracht hätte, selbst wenn sie gewollt hätte.

»Große Tage liegen vor uns, Lila. Ich muss wissen, dass du mit an Bord bist. Schluss mit deinem Unfug. Das ist ein Befehl von ganz oben.«

Lila brachte ein Kopfnicken zustande.

»Und bitte versuche, keine Dienstmädchen mehr zu feuern. Diese Mädels wachsen nicht auf den Bäumen.«

Mit dem Handrücken wischte sie sich den ranzigen Speichel vom Kinn. »Das hast du schon gesagt.«

»Wie bitte?«

»Ich sagte, das hast du schon gesagt.« Ihre Stimme klang nicht, als wäre es ihre eigene. »Dass Dienstmädchen nicht auf den Bäumen wachsen.«

»Habe ich das?« Er lachte leise. »Ja, stimmt. Komisch, wenn man darüber nachdenkt. Etwas in dieser Richtung wäre wirklich praktisch, wenn man bedenkt, wie die Nahrungskette hier funktioniert. Dein Kumpel Lawrence hätte sicher seine Freude daran. Ich sage dir, dieser Mann kann *fressen*.« Er schwieg einen Moment lang und erfreute sich an diesem Gedanken, bevor sein Blick wieder hart wurde. »Jetzt sieh zu, dass du sauber wirst. Nimm es mir nicht übel, Lila, aber du hast Kotze im Haar.«

40

»Sara? Kannst du mich hören?«

Eine Stimme schwebte um sie herum. Eine Stimme und ein Gesicht, eins, das sie kannte, aber nicht unterbringen konnte. Ein Gesicht in einem Traum, denn sie träumte ganz sicher: einen beunruhigenden Traum, in dem sie rannte, und um sie herum waren Leichen und Körperteile, und alles stand in Flammen.

»Sie ist immer noch völlig weg.« Die Stimme drang aus unvorstellbarer Ferne an ihr Ohr. Über einen Kontinent hinweg. Einen Ozean. Von den Sternen? »Wie viel hast du genommen?«

»Drei Tropfen. Na ja, vielleicht vier.«

»*Vier?* Wolltest du sie umbringen?«

»Es musste schnell gehen, okay? Du hast gesagt, ich sollte sie rausholen. Schön, jetzt ist sie draußen.«

»Wenn wir sie einschleusen wollen, muss sie um Punkt 18 Uhr zurück sein.« Ein tiefer Seufzer. »Bring mir einen Eimer.«

Einen Eimer, dachte Sara. Was wollten die Stimmen mit einem Eimer? Was hatte ein Eimer mit alldem zu tun? Aber kaum hatte sie diesen Gedanken zu Ende gedacht, brandete es kalt und nass in ihr Gesicht und riss sie jäh ins Bewusstsein. Sie würgte, bekam keine Luft mehr und fuchtelte panisch mit den Armen. Nase und Kehle füllten sich mit eiskaltem Wasser.

»Ganz ruhig, Sara.«

Sie richtete sich auf, allerdings zu schnell: Ihr Gehirn schwappte in seinem Behälter herum, und vor ihren Augen drehte sich alles. »Uuuu«, stöhnte sie. »Uuuu.«

»Die Kopfschmerzen sind schlimm, aber sie dauern nicht lange. Atme einfach ruhig durch.«

Sie blinzelte das Wasser aus ihren Augen. Eustace?

Er war es. Seine oberen Schneidezähne waren fort, an der Wurzel abgebrochen, und sein rechtes Auge war milchig blind. Mit einer knotig verkrümmten Hand hielt er ihr einen Blechbecher entgegen.

»Schön, dich wiederzusehen, Sara. Nina kennst du ja schon. Sag hallo, Nina.«

Hinter ihm stand die Frau aus der Röhre. Sie trug ein Gewehr am Riemen quer vor der Brust und hatte die Arme lässig davor verschränkt. »Hallo, Sara.«

»Keine Sorge«, sagte Eustace. »Ich weiß, du hast eine Menge Fragen, und wir kommen noch dazu. Trink erst mal.«

Sara nahm ihm den Becher aus der Hand und stürzte das Wasser herunter. Es war erstaunlich kalt und schmeckte leicht metallisch, als lecke sie an einer Eisenstange.

»Ich dachte, du wärst ...«

»Tot?« Eustace grinste und zeigte seine ruinierten Zähne. »Tatsächlich sind alle hier tot. Nina, erzähl's mir noch mal genau – wie bist du gestorben?«

»Ich glaube, an Lungenentzündung, Sir. Entweder das, oder etwas Schweres ist auf mich gefallen. Ich vergesse immer, was wir in die Unterlagen geschrieben haben.«

Die Explosion, der Hetzlauf durch die Abwasserröhre – das alles fiel ihr jetzt wieder ein. Sie trank den Becher aus und nahm sich einen Augenblick Zeit, um ihre Umgebung in Augenschein zu nehmen. Es sah aus, als wäre sie in einer Art Bunker. Es gab keine Fenster, und sie spürte, dass sie sich unter der Erde befanden. Das einzige Licht kam von ein paar flackernden Fackeln. Der Tisch, an dem sie jetzt saß, stand in der Mitte des großen Raums, was vermuten ließ, dass dieser Raum keinem anderen Zweck diente. Plötzlich wusste Sara, wer diese Leute waren; es konnte keine andere Erklärung geben.

»Wo sind wir?«

»Wo die Rotaugen uns nicht finden können.« Die Art, wie er sie ansah – er legte den Kopf schräg, um sein gesundes Auge auf sie zu richten –, verstärkte irgendwie den durchdringenden Ernst seines Blicks. »Mehr kann ich dir nicht sagen. Das Entscheidende ist, dass du hier in Sicherheit bist.«

»Bist du ... Bello?«

Wieder lächelte er zahnlos. »Es schmeichelt mir, dass du das annimmst. Aber nein. Es gibt keinen Bello. Nicht so, wie du es meinst.«

»Ich dachte ...«

»Das solltest du auch. Der Name ist die Abkürzung von ›Rebellion‹. Nina, wenn ich mich nicht irre, war das deine Idee, nicht wahr?«

»Ich glaube, ja.«

»Die Leute brauchen einen Namen. Etwas, worauf sie schauen, ein Gesicht, das sie mit einer Idee verbinden können. Und das ist unser Gesicht. Bello.«

Sie sah die Frau an, die sie kühl musterte, und drehte sich dann wieder zu Eustace um.

»Die Explosion. Das wart ihr, ja?«

Eustace nickte. »Nach den ersten Berichten sind siebzehn Kols tot, darunter auch deine Freundin Whistler, und zwei Stabsmitarbeiter, die auf Inspektionsbesuch waren. Kein schlechtes Resultat für einen Tag, würde ich sagen. Aber das ist nicht der Hauptgewinn.«

»Nicht?«

»Nein. Der Hauptgewinn bist du, Sara.«

Eustace sah sie jetzt eindringlich an. Nina ebenfalls. Sara fröstelte. Etwas hatte sich verändert; die Energie des Gesprächs floss in eine andere Richtung. Er versuchte sie auszuhorchen. Konnten sie ihr vertrauen? Für Sara stellte sich eher die Frage: Konnte sie *ihnen* vertrauen?

»An dieser Stelle musst du mich fragen, warum.«

Sara wollte keine allzu großen Zugeständnisse machen. »Okay.«

»Von heute Morgen an gibt es keine Sara Fisher mehr. Sara Fisher, Flachländerin Nummer 94801, wurde durch den Bombenanschlag eines Selbstmordattentäters getötet, dem neunzehn treue Sicherheitsmitarbeiter unseres geliebten Homelands zum Opfer fielen. Bei dem einzigen erkennbaren Teil Sara Fishers, der nicht verbrannt ist, handelt es sich praktischerweise um einen Arm mit deiner Marke. Der Arm wurde einer Kol abgenommen, die ihn noch keine vierundzwanzig Stunden zuvor benutzt hatte, um Frauen und Kinder in der Molkerei zu schlagen. Wir fanden angesichts der Umstände, dass es eine bessere Verwendungsmöglichkeit dafür gebe, auch wenn sie das anscheinend anders sah. Hat ziemlich heftigen Widerstand geleistet, nicht wahr, Nina?«

»Die Frau war eine Kämpferin. Das muss man ihr lassen.«

Er wandte sich wieder an Sara. »Ich sehe dir am Gesicht an, dass dich unsere Methoden schockieren. Sollten sie aber nicht.«

Das alles kam viel zu schnell. »Ihr bringt Leute um. Nicht nur die Kols. Unschuldige, die zufällig in der Nähe sind.«

Eustace nickte gleichmütig. Sein Gesicht war undurchdringlich, beinahe regungslos. »Weniger, als unser glorreicher Homeland-Direktor euch glauben machen möchte, aber so etwas hat immer seinen Preis.«

Sara war entsetzt von seinem gelassenen Ton. »Das ist keine Rechtfertigung.«

»Oh, ich glaube doch. Ich will dich etwas fragen. Was, glaubst du, werden die Rotaugen nach dem heutigen Angriff tun?«

Sara antwortete nicht.

»Ich sage es dir. Es wird Vergeltungsmaßnahmen geben. Sie werden hart durchgreifen. Das wird nicht schön sein.«

Sie sah erst Eustace, dann Nina, dann wieder Eustace an. »Warum macht ihr es dann?«

Eustace holte tief Luft. »Ich will es so einfach formulieren, wie ich kann. Das hier ist ein Krieg, Sara. Nicht mehr und nicht weniger. Und in diesem Krieg sind wir klar in der Minderzahl. Wir haben ihren Betrieb zwar auf fast jeder Ebene infiltrieren können, aber zahlenmäßig sind sie uns immer noch klar überlegen. Wir könnten sie in einem direkten Angriff niemals besiegen. Unser Gefechtsfeld ist die Psychologie. Wir müssen die Führung verunsichern. Sie aus der Deckung locken. Jeder Inhaftierte ist jemandes Vater, jemandes Ehefrau, Sohn, Tochter. Für jeden, den die Rotaugen auf den Fressplatz schicken, kommen zwei andere zu uns. Das mag sich brutal anhören. Aber es ist so.« Er schwieg und ließ seine Worte wirken. »Vielleicht ergibt das alles noch keinen Sinn für dich. Das wird sich jedoch schon bald ändern, wenn ich dich richtig einschätze. Wie auch immer – das Ergebnis des Angriffs ist, dass du nicht mehr existierst. Und das macht dich äußerst wertvoll für uns.«

»Soll das heißen, ihr habt es so geplant?«

Er hob die Schultern auf eine Weise, die andeutete, dass diese Frage komplexer war, als sie es beabsichtigt hatte. »Es gibt Pläne, und es gibt Pläne. Bei vielem von dem, was wir tun, kommt es auf Timing und Glück an. Aber in deinem Fall haben wir ausführlich darüber nachgedacht, wie wir dich herausholen. Wir beobachten dich schon eine ganze Weile und haben nur auf den richtigen Moment gewartet. Es war Jackie, die alle Informationen zusammengefügt und das Startsignal gegeben hat. Die Episode in der Bioanlage war inszeniert und ihr plötzliches Verschwinden aus der Baracke letzte Nacht ebenfalls. Sie wusste, dass du ins Krankenhaus kommen würdest, um sie zu suchen. Offen gestanden, ich fand die ganze Operation ein bisschen zu sehr ausgetüftelt, und ich hatte meine Zweifel, aber Jackie hat sich zum Glück durchgesetzt. Und ich bin im Nachhinein froh, dass ich sagen kann, sie hatte recht.«

Sara war völlig fassungslos. »Jackie ... gehört zu euch?«

Eustace nickte. »Die Frau war von Anfang an bei uns, eine

führende Agentin. Ich kann dir nicht sagen, wie viele Angriffe sie organisiert hat. Ihre letzte Mission war es, dich zu uns zu holen.«

Sara suchte nach Worten und fand keine. Sie brachte die Frau, von der Eustace da redete, einfach nicht mit der in Einklang, die sie kannte. Jackie? Ein Mitglied der Rebellion? Mehr als ein Jahr lang hatte Sara sie praktisch immer vor Augen gehabt. Sie hatten einen Meter weit voneinander entfernt geschlafen, sie hatten Seite an Seite gearbeitet und jede Mahlzeit zusammen eingenommen. Alles hatten sie einander erzählt. Das ergab keinen Sinn; es war nicht möglich. Aber dann:

»Wieso ihre ›letzte‹?«

Etwas in der Atmosphäre veränderte sich. Eustace warf Nina einen Blick zu und sah dann wieder Sara an. »Es tut mir leid«, sagte er. »Jackie ist tot.«

Das war ein harter Schlag. »Unmöglich!«

»Ich fürchte, es ist wahr. Ich weiß, sie hat dir viel bedeutet.«

»Sie bringen niemanden vor Einbruch der Dunkelheit aus dem Krankenhaus! Ich habe den Kastentransporter gesehen! Wir müssen sie holen!«

»Sara, hör mir zu …«

»Wir haben noch Zeit! Wir müssen etwas unternehmen! Warum unternehmt ihr nichts?«

»Weil es zu spät ist.« Eustace schwieg, und sein gesundes Auge war fest auf ihr Gesicht gerichtet. »Jackie war nie im Hospital. Das versuche ich doch zu sagen. Jackie hat das Auto gefahren.«

Es fühlte sich an, als zerbreche etwas. Genau so fühlte es sich an: Etwas in ihr zerbrach. Ein letzter Schnitt: Der letzte Faden, der sie mit dem Leben verband, das sie kannte, wurde durchtrennt. Sie schwamm, schwamm davon.

»Sie wusste, wie krank sie war. Im besten Fall hätte sie noch ein paar Monate durchgehalten, bevor sie sie auf den Fressplatz geschickt hätten.« Eustace beugte sich vor. »Sie wollte es so. Es war der krönende Moment einer glorreichen Karriere. Anders hätte es nicht sein dürfen.«

»Sie ist tot«, sagte Sara vor sich hin.

»Sie hat getan, was sie tun musste. Jackie war die Heldin unserer Rebellion. Und jetzt bist du hier, bereit, da weiterzumachen, wo sie aufgehört hat.«

Anscheinend brachte sie es nicht über sich zu weinen. Sie überlegte, warum das so war, und dann wusste sie es: Die letzten Tränen ihres Lebens waren schon geflossen, und sie hatte keine mehr in sich. Wie seltsam, nicht weinen zu können. Jemanden zu lieben, wie sie Jackie geliebt hatte, und keine Trauer im Herzen zu finden.

»Warum ich?«

»Weil du sie hasst, Sara. Weil du keine Angst vor ihnen hast. Das habe ich dir angesehen, an dem Tag auf dem Lastwagen, weißt du noch?«

Sara nickte.

»Es gibt zwei Sorten von Hass. Die eine gibt dir Kraft, die andere nimmt sie dir. Deiner ist von der ersten Sorte. Das habe ich immer gewusst. Und Jackie wusste es auch.«

Es stimmte, sie hasste sie. Sie hasste sie wegen ihrer lüsternen Blicke, wegen ihrer hämischen Grausamkeit. Sie hasste sie wegen ihrer Wassergrütze und ihrer eiskalten Duschen, sie hasste die Lügen, die sie zum Schreien brachten, sie hasste ihre Schlagstöcke und das selbstgefällige Grinsen auf ihren Gesichtern. Sie hasste sie mit jeder Faser, mit ihren Knochen und ihrem Blut, mit allen Zellen ihres Körpers. Ihre Nerven sprühten Funken vor Hass, ihre Lunge atmete Hass ein und aus, und ihr Herz pumpte ein Elixier aus purem Hass durch ihre Adern. Sie war lebendig, weil sie sie hasste, und sie hasste sie vor allem, weil sie ihr ihre Tochter weggenommen hatten.

Sie merkte, dass Eustace und Nina darauf warteten, dass sie etwas sagte, und sie begriff, dass alles, was sie gesagt und getan hatten, nur diesem einzigen Ziel gedient hatte. Sorgfältig, Schritt für Schritt, hatten sie sie an den Rand eines Abgrunds geführt. Wenn sie jetzt weiterginge, wäre sie nicht mehr sie selbst.

»Was soll ich tun?«

VII

—

Der Outlaw

Was Fliegen sind den müß'gen Knaben, das sind wir den Göttern;
Sie töten uns zum Spaß.

Shakespeare, *König Lear*

41

Die drei waren am Morgen von einer DS-Streife gerettet worden, die mit der Suche nach den vermissten Tanklastern beauftragt gewesen war. Inzwischen hatten Peter, Michael und Lore die Hardbox verlassen und waren zum Schauplatz des Überfalls zurückgekehrt. Die Explosion hatte einen tiefen Krater von mindestens fünfzig Metern Durchmesser hinterlassen. Verbogene Trümmerteile lagen haufenweise verstreut in der Landschaft ringsum. Öliger Rauch stieg von den immer noch brennenden Ölpfützen auf und verschmierte einen Himmel, in dem bereits Wolken von fliegenden Aasfressern kreisten. Zu schwarzen Krusten verkohlte Kadaver lagen zwischen den zerfetzten Metallteilen. Was von diesen grausigen Überresten zu ihren Angreifern gehörte, war nicht mehr zu erkennen. Alles, was von dem geheimnisvoll glänzenden Sattelschlepper übrig war, waren ein paar hochglanzverzinkte Blechplatten, die nichts bewiesen.

Michael war ein Wrack. Seine Verletzungen – eine ausgekugelte Schulter, die er gegen die Wand der Hardbox gerammt und so wieder eingerenkt hatte, ein verstauchter Knöchel und eine Platzwunde über dem rechten Ohr, die genäht werden musste – waren noch das geringste Problem. Dreiundzwanzig Ölhände und acht Domestics, Männer und Frauen, mit denen er gelebt und gearbeitet hatte. Michael hatte das Kommando gehabt, und sie hatten ihm vertraut. Jetzt waren sie nicht mehr da.

»Warum, glaubst du, hat er das getan?«, fragte Peter. Er sprach von Ceps. In der langen Nacht in der Hardbox hatte Michael ihm erzählt, was er im Rückspiegel gesehen hatte. Jetzt saßen die beiden auf dem Boden am Flussufer. Lore war flussaufwärts gewandert. Peter sah, wie sie am Wasser kauerte und wie ihre Schultern zuckten, als sie die Tränen vergoss, die sie nicht sehen sollten.

»Ich schätze, er nahm an, dass es keinen anderen Ausweg mehr gab.« Michael spähte mit schmalen Augen zum Himmel und zu den kreisenden Vögeln hinauf, ohne irgendetwas davon richtig wahrzunehmen. »Du hast ihn nicht gekannt, wie ich ihn kannte. In dem Kerl steckte eine Menge. Nie im Leben hätte er zugelassen, dass jemand befallen wurde. Ich wünschte nur, ich hätte den Mut gehabt, es selbst zu tun.«

Peter sah den Schmerz und die Zweifel im Gesicht seines Freundes, die Schmach des Überlebenden. Dieses Gefühl hatte er schon selbst erlebt. So etwas ging nie wieder weg. »Es war nicht deine Schuld, Michael. Wenn überhaupt jemand daran schuld war, dann ich.«

Wenn das ein Trost war, konnte Peter es nicht erkennen. »Was glaubst du, wer diese Leute waren?«, fragte Michael.

»Ich wünschte, das wüsste ich.«

»Was zum Teufel ist das gewesen, Peter? Eine Lastwagenladung Virals? Als ob sie Haustiere wären oder so was? Und diese Frau?«

»Ich kapier's auch nicht.«

»Wenn sie das Öl wollten, hätten sie es doch einfach nehmen können.«

»Ich glaube nicht, dass sie es darauf abgesehen hatten.«

»Na schön. Ich auch nicht.« Wut rieselte durch seinen Körper. Er spannte sich innerlich an. »Aber eins weiß ich. Wenn ich diese Leute jemals finde, werde ich dafür sorgen, dass es wehtut.«

Sie verbrachten die Nacht zusammen mit dem Suchtrupp in einer Hardbox östlich von San Antonio und kehrten am nächsten Morgen zurück nach Kerrville. In der Stadt verteilten sie sich auf verschiedene Kommandobereiche: Peter ging zum Divisionshauptquartier, und Michael und Lore meldeten sich bei der Behörde, die für die »Ex-muros«-Liegenschaften zuständig war, also auch für den Ölkomplex in Freeport. Peter bekam vor dem Meeting Gelegenheit, sich zu waschen. Es war Mittag, und die Unterkünfte waren großenteils leer. Lange stand er unter der Dusche und sah zu, wie der ölige Ruß zu seinen Füßen strudelte. Er kannte sich gut genug, um zu wissen, dass die ganze emotionale Wucht der Ereignisse noch nicht bei ihm angekommen war. Er konnte nie entscheiden, ob das eine Schwäche oder eine Stärke war, aber er war nun einmal so. Er wusste, dass er großen Ärger hatte, aber sich darüber Sorgen zu machen kam ihm kleinlich vor. Vor allem taten ihm Michael und Lore leid.

Er zog seine saubersten Arbeitssachen an und begab sich zum Zentralkommando, einem ehemaligen Bürokomplex neben der City Hall. Als er den Konferenzraum betrat, sah er verblüfft ein Gesicht, das er kannte: Gunnar Apgar. Falls er jedoch ein beruhigendes Wort von dem Mann erwartet hatte, sah er sich rasch enttäuscht. Als Peter strammstand, warf der Colonel ihm einen eisigen Blick zu und wandte sich dann wieder den Papieren zu, die vor ihm auf dem langen Tisch lagen. Zweifellos war es der Bericht der DS-Patrouille.

Aber es war der zweite der drei Anwesenden, der Peter am meisten erstaunte. Die imposante Gestalt rechts neben Apgar war Abram Fleet, General der Army. Peter hatte den Mann nur ein einziges Mal in seinem Leben gesehen: Es war Tradition, dass der GA den Expeditionssoldaten den Diensteid abnahm. Rein äußerlich war der General keine weiter bemerkenswerte Gestalt – alles an ihm war eher unauffällig –, aber trotzdem konnte der Mann durch seine bloße Gegenwart einen Raum verändern, als lasse er die Moleküle der Luft in einer neuen Frequenz vibrieren. Den dritten Mann am Tisch kannte Peter nicht. Er war Zivilist mit schmalem Gesicht, einem adretten grauen Bart und Haaren, die aussahen wie gebürsteter Weizen.

»Nehmen Sie Platz, Lieutenant«, sagte der General. »Kommen wir gleich zur Sache. Sie kennen Colonel Apgar. Mr Chase hier vertritt den Stab der Präsidentin. Er repräsentiert ihre Augen und Ohren in dieser« – er suchte nach der treffenden Formulierung –, »in dieser unglückseligen Situation.«

Mehr als zwei Stunden lang bombardierten sie Peter mit ihren Fragen. Meistens redete der General, dann kam gleich Chase. Apgar schwieg fast die ganze Zeit; nur gelegentlich machte er sich Notizen oder bat um eine genauere Erklärung. Der Tenor des Ganzen war beunruhigend herrisch, als ob sie versuchten, Peter in Widersprüche zu verstricken. Unterschwellig klang die Vermutung durch, mit seiner Geschichte versuche er, eine hausgemachte Katastrophe zu vertuschen, an der Peter die Schuld trug. Aber je länger das Verhör dauerte, desto deutlicher spürte er, dass dieser Verdacht nur ein Vorwand war, eine Fassade für eine sehr viel tiefer gehende Sorge. Immer wieder kehrten sie zu der Frau zurück. Wie war sie gekleidet gewesen, was hatte sie gesagt, wie hatte sie ausgesehen? War irgendetwas an ihrer Erscheinung merkwürdig gewesen? Auf dieses wiederholte Bohren reagierte Peter, indem er die Abfolge der Ereignisse möglichst präzise wiedergab. Sie hatte einen Mantel getragen. Sie war wunderschön gewesen. *Du bist müde*, hatte sie gesagt. *Wir wissen, wo ihr seid*, hatte sie gesagt. Wir?, wiederholte der General. Wer ist wir? *Das weiß ich nicht.* Sie wissen es nicht, weil Sie sich nicht erinnern? *Nein, ich bin ganz sicher. Sie hat sonst nichts gesagt.* Immer wieder im Kreis herum, bis selbst Peter anfing, an seinem eigenen Bericht zu zweifeln. Als es vorbei war – die Befragung endete mit einer Schroffheit, die zu ihrem einschüchternden Tonfall passte –, war er nicht nur emotional, sondern auch körperlich erschöpft.

»Ein Wort der Warnung, Lieutenant«, sagte der General zum Schluss. »Sie reden mit niemandem über das, was auf der Oil Road passiert ist, oder über den Inhalt dieses Meetings. Mit niemandem, auch nicht mit den überlebenden Mitgliedern des Konvois oder des Suchtrupps, der Sie zurückgebracht hat. Dieses

Gremium kommt zu dem Schluss, dass einer der Tanklaster aus unbekannten Gründen explodiert ist und nicht nur den Konvoi, sondern auch die Brücke über den San Marcos zerstört hat. Ist das klar?«

Das also war die Wahrheit. Was auf der Oil Road passiert war, war nicht die ganze Geschichte. Es war ein Teil in einem größeren Puzzle, und diese drei Männer versuchten herauszufinden, wohin es gehörte. Peter warf einen verstohlenen Blick zu Apgar hinüber; dessen Gesicht strahlte die künstliche Neutralität eines Mannes aus, der den Befehlen seines Vorgesetzten gehorchte.

»Jawohl, General.«

Fleet schwieg kurz und fuhr dann in mahnendem Ton fort: »Ein Letztes noch, Jaxon, und auch dies ist mit äußerster Vertraulichkeit zu behandeln. Anscheinend ist Ihr Freund Lucius Greer aus der Haft entflohen.«

Einen Moment lang bezweifelte Peter, dass er den General richtig verstanden hatte. »Sir?« Sein Blick huschte zu den beiden anderen. »Wie konnte er …?«

»Das ist zum jetzigen Zeitpunkt noch nicht bekannt. Aber es sieht ganz so aus, als hätte er Hilfe gehabt. In der Nacht seines Verschwindens hat eine Schwester das Waisenhaus verlassen und ist nicht zurückgekommen. Die DS am westlichen Grenzzaun hat kurz nach drei Uhr nachts zwei Personen zu Pferde gesehen, die sich entfernten. Einen Mann – offensichtlich Greer – und ein heranwachsendes Mädchen in der Kutte des Ordens.«

Peter brauchte einen Augenblick, um das zu verarbeiten.

»Reden Sie von Amy?«

»Es sieht so aus.« Fleet beugte sich über den Tisch. »Greer ist nicht meine Hauptsorge. Er ist ein entlaufener Häftling, und man wird sich um ihn kümmern. Aber Amy ist ein ganz anderer Fall. Ich habe Ihre Behauptungen, was sie betrifft, immer mit beträchtlicher Skepsis behandelt, aber sie ist militärisch gleichwohl von großem Wert.« Fleet betrachtete ihn noch einmal eindringlich. »Wir wissen, dass Sie beide besucht haben, bevor Sie zur Raffinerie abgereist sind. Wenn Sie dazu etwas zu sagen haben, schlage ich vor, Sie sagen es jetzt.«

Er begriff erst einen Moment später, was diese Frage bedeutete. »Sie glauben, ich weiß etwas darüber?«

»Wissen Sie etwas, Lieutenant?«

Peters Verstand hatte mit drei Gedanken gleichzeitig zu kämpfen: Amy hatte Lucius aus dem Gefängnis befreit. Die beiden waren mit unbekanntem Ziel aus der Stadt geflohen. Der General hatte ihn im Verdacht, dabei ihr Komplize gewesen zu sein. Jeder einzelne dieser drei Gedanken hätte genügt, um ihn umzuwerfen. Zusammen hatten sie nur eine Wirkung: Sie zwangen ihn, sich auf das unmittelbare Problem seiner eigenen Verteidigung zu konzentrieren. Und in seinem Hinterkopf erhob sich die Frage: Was hatte Amys Verschwinden mit der Frau auf der Oil Road zu tun? Zweifellos fragten sich die drei Männer vor ihm genau das Gleiche.

»Absolut nicht, General. Sie haben mir nichts gesagt.«

»Da sind Sie sicher? Ich darf Sie daran erinnern, dass dies als Ihre offizielle Aussage zu Protokoll genommen werden wird.«

»Ja, ich bin sicher. Ich bin genauso erstaunt wie Sie.«

»Und Sie haben keine Ahnung, wohin die beiden gegangen sein könnten?«

»Ich wünschte, ich wüsste es.«

Fleet betrachtete Peter noch einen Moment lang mit versteinerter Miene. Dann sah er Chase an, und der nickte.

»Also gut, Jaxon. Ich nehme Sie beim Wort. Colonel Apgar hat übermittelt, dass Sie den Wunsch haben, so bald wie möglich ins westliche Territorium zurückzukehren. Ich neige dazu, Ihnen diesen Wunsch zu erfüllen. Melden Sie sich beim diensthabenden Offizier im Fuhrpark, und er wird Ihnen einen Platz auf dem nächsten Transport nach Fort Vorhees zuweisen.«

Plötzlich war dies das Letzte, was Peter wollte. Die Absicht des Generals war klar: Peter sollte in die Verbannung geschickt werden, um sein Schweigen sicherzustellen.

»Wenn es Ihnen recht ist, Sir, möchte ich lieber in die Raffinerie zurückkehren.«

»Das kommt nicht in Frage, Lieutenant. Sie haben Ihre Befehle.«

Plötzlich kam ihm ein Gedanke. »Bitte um Erlaubnis, offen zu sprechen, Sir.«

Fleet seufzte tief. »Ich bin davon ausgegangen, dass Sie genau das hier tun, Lieutenant. Bringen Sie es hinter sich.«

»Was ist mit Martínez?«

»Was soll mit ihm sein?«

Apgar schaute Peter in die Augen. *Sei vorsichtig.*

»Der Mann in der Höhle. ›Er hat uns verlassen‹ – das waren seine Worte.«

»Das ist mir bekannt, Jaxon. Ich habe den Bericht gelesen. Worauf wollen Sie hinaus?«

»Er war auch nicht da, wo er hätte sein sollen. Vielleicht haben Greer und Amy sich auf die Suche nach ihm gemacht.« Er sah die drei Männer nacheinander an und sagte dann zu allen gleichzeitig: »Vielleicht wissen sie, wo er ist.«

Einen Moment lang herrschte eisige Stille. Dann sagte Fleet: »Eine interessante Idee, Lieutenant. Gibt es sonst noch was?«

Er wischte Peters Vermutung einfach so vom Tisch. Vielleicht aber auch nicht. So oder so, Peter spürte, dass er ins Schwarze getroffen hatte.

»Nein, Sir.«

Die Augen des Generals verdunkelten sich warnend. »Wie gesagt, Sie dürfen über diese Angelegenheiten mit niemandem sprechen. Ich brauche Ihnen, glaube ich, nicht zu sagen, dass Indiskretion nicht toleriert wird. Wegtreten, Lieutenant.«

»Tut mir leid, Schwester Peg ist heute nicht mehr da.«

Schwester Peg war niemals »heute nicht mehr da«. Die Körpersprache der Frau in der Tür ließ keinen Zweifel: Peter würde an ihr nicht vorbeikommen.

»Können Sie wenigstens Caleb sagen, dass ich hier war?«

»Selbstverständlich, Lieutenant.« Ihr Blick huschte an ihm vorbei wie bei jemandem, der weiß, dass er beobachtet wird. »Wenn Sie mich jetzt bitte entschuldigen ...?«

Peter kehrte in die Unterkunft zurück und verbrachte einen rastlosen Tag in seiner Koje, wo er nur an die Decke starrte. Sein Transport würde am nächsten Morgen um Punkt sechs abfahren, und er hatte keinen Zweifel daran, dass hinter dieser schnellen Abreise eine Absicht steckte. Männer kamen und gingen; sie polterten mit schweren Stiefeln durch den Schlafsaal, aber ihre Anwesenheit drang ihm kaum ins Bewusstsein. Amy und Greer – wo mochten sie sein? Und warum waren sie zusammen unterwegs? Wie hatte sie den alten Mann aus dem Gefängnis herausholen können, und wie waren sie an der Torwache vorbeigekommen? Er durchforschte sein Gedächtnis nach etwas, das einer von beiden gesagt oder getan hatte; etwas, das darauf hingedeutet hätte, dass sie eine derartige Flucht planten. Das Einzige, was ihm einfiel, war die seltsam heitere Gelassenheit, die der Major ausgestrahlt hatte – als seien die Mauern um ihn herum unbedeutend, eine bloße Illusion. Wie konnte das sein?

Es war ein Rätsel wie alles andere in den letzten dreißig Tagen. Die ganze Sache kam ihm vor, als bewegten sich da Gestalten hinter einer Wand aus dichtem Nebel, sichtbar und doch unsichtbar.

Die Stunden verstrichen, und Peters Gedanken kehrten zu dem Abend zurück, den er bei den Schwestern verbracht hatte: zu Caleb, zu dessen jugendfrischer Energie und Cleverness und zu der Freude in Amys Gesicht, als sie sich vor dem Herd umgedreht und ihn gesehen hatte. Zu dem stillen Augenblick seines Abschieds, den sie gemeinsam erlebt hatten, als ihre Hände sich berührt hatten. Die Geste war ihm völlig natürlich erschienen wie ein unwillkürlicher Reflex ohne Zögern oder Widerstreben. Es war, als sei sie aus seinem tiefsten Innern und zugleich aus weiter Ferne gekommen wie die Kräfte hinter den Wellen, die er so gern sah, wenn sie über den Strand rollten. Von allen Ereignissen der letzten paar

Tage hatte er den Augenblick in der Tür besonders lebhaft in Erinnerung, und er schloss die Augen, um ihn noch einmal zu erleben. Ihre warme Wange an seiner Brust, die erfrischende Kraft ihrer Umarmung und die Art, wie Amy ihre ineinandergefügten Hände angeschaut hatte. *Weißt du noch, wie ich dich damals geküsst habe?* Er hörte ihre Stimme im Geiste, als er einschlief.

Als er aufwachte, war es dunkel, und er hatte den Geschmack von Trockenheit und Staub im Mund. Er war überrascht, dass er so lange geschlafen hatte – ja, dass er überhaupt geschlafen hatte. Er streckte die Hand aus, um seine Wasserflasche vom Boden aufzuheben, als er sah, dass auf der Nachbarpritsche jemand saß.

»Colonel?«

Apgar war ihm zugewandt; seine Füße standen auf dem Boden, und er hatte die Hände auf die Knie gestützt. Er atmete tief durch, bevor er sprach, und Peter begriff, dass seine Anwesenheit ihn geweckt hatte.

»Hören Sie zu, Jaxon, es kam mir nicht richtig vor, was da heute gelaufen ist. Aber was ich Ihnen jetzt erzähle, bleibt unter uns, verstanden?«

Peter nickte.

»Die Frau, die Sie beschreiben, wurde schon einmal gesehen, vor Jahren. Ich habe sie nicht selbst gesehen, andere aber wohl. Sie wissen von dem Massaker auf dem Feld?«

Peter war verdutzt. »Waren Sie dabei?«

»Ich war noch ein Junge, gerade sechzehn. Ich rede nicht darüber. Keiner von uns tut das. Ich habe meine Eltern und meine kleine Schwester verloren. Meine Mutter und mein Vater wurden sofort umgebracht, aber was aus der Kleinen geworden ist, habe ich nie erfahren. Ich nehme an, sie wurde befallen. Bis heute habe ich Alpträume davon. Sie war vier Jahre alt.«

Apgar hatte Peter noch nie etwas so Privates erzählt; er sprach überhaupt nie über private Angelegenheiten.

»Das tut mir leid, Colonel.«

Der Schmerz, den diese Erinnerung weckte, und die Anstrengung, die nötig war, um darüber zu sprechen – beides stand dem Mann ins Gesicht geschrieben. »Na ja«, sagte er nach einer Weile, »das ist lange her. Danke für die Anteilnahme, deshalb bin ich jedoch nicht hier, und ich lehne mich weit aus dem Fenster, wenn ich mit Ihnen darüber rede. Wenn Fleet es erfährt, degradiert er mich. Oder er steckt mich ins Gefängnis.«

»Ich gebe Ihnen mein Wort, Sir.«

Apgar schwieg kurz. »Dreiundzwanzig Seelen haben wir an diesem Tag verloren«, sagte er dann. »Sechzehn sind verschollen wie meine Schwester. Jeder weiß von der Sonnenfinsternis. Was die Leute nicht wissen, ist, dass die Virals sich in den Hardboxen versteckt hatten, als hätten sie im Voraus gewusst, dass die Sonnenfinsternis kommen würde. Kurz vor dem Überfall meldete ein junger DS-Officer auf dem Turm, er habe einen großen Lastwagen versteckt hinter den Bäumen gesehen. So einen, wie Sie beschrieben haben. Sie verstehen, worauf ich hinauswill?«

»Sie wollen sagen, das Ganze war geplant.«

Apgar nickte. »Von wem, weiß ich nicht. Aber die Frau gehörte dazu. Zwei Männer haben sie gesehen. Der erste war der DS-Officer, den ich erwähnt habe. Der zweite war ein Feldarbeiter, der Vormann des North Agricultural Complex. Seine Frau und seine Töchter waren unter denen, die wir an dem Tag verloren haben. Sein Name war Curtis Vorhees.«

Noch eine Überraschung. »*General* Vorhees?«

»Ich habe mir gedacht, dass Sie das interessant finden würden, zumal angesichts seiner Freundschaft mit Greer. Die halbe Führungsebene des Zweiten Expeditionsbataillons geht auf diesen Tag zurück. Nate Crukshank war der andere DS auf dem Turm. Den Namen kennen Sie bestimmt. Wussten Sie, dass er Vorhees' Schwager war?«

Crukshank hatte das Kommando in Roswell gehabt. Es war, als füge sich ein Puzzle ineinander. Peter dachte an die Zeit mit Greer und Vorhees in der Garnison in Colorado – an die warmherzige, entspannte Freundschaft zwischen den beiden Männern und an den Stapel Kohlezeichnungen, den Greer ihm gezeigt hatte, als der General gestorben war. Vorhees hatte immer wieder das gleiche Bild gezeichnet: eine Frau mit zwei kleinen Mädchen.

»Und der andere DS-Officer? Wer war das?«

»Tja, seinen Namen kennt jeder hier. Tifty Lamont.«

Das ergab keinen Sinn. »Tifty Lamont war bei der DS?«

»Oh, Tifty war alles Mögliche. Ich verdanke dem Mann mein Leben, und da bin ich nicht der Einzige. Nach dem Massaker ging er ebenfalls zur Exped, als Späher und Scharfschütze, vielleicht der beste, den es je gab. Brachte es zum Captain, bevor er ausstieg. Vorhees, Crukshank und Tifty kannten sich schon sehr lange. Ich kenne ihre Geschichte nicht, aber es gab eine.«

Tifty Lamont als Expeditionär, sogar als Offizier. Das passte kein bisschen zu allem anderen, was Peter über den Mann gehört hatte. »Was ist mit ihm passiert?«

»Mit Tifty?«

»Der Mann ist ein Outlaw.«

Ein neuer Ausdruck trat in Apgars Gesicht. »Das weiß ich nicht, Lieutenant. Da müssen Sie ihn selbst fragen. Das heißt, wenn Sie ihn finden können. Sagen wir, wenn Sie jemanden kennen, der jemanden kennt.«

Das Schweigen hielt an. Apgar schaute ihm erwartungsvoll ins Gesicht. Schließlich fragte er:

»Wie viele Leute, sagten Sie, waren da in Ihrer Kolonie in Kalifornien?«

»Zweiundneunzig.«

»Zweiundneunzig Seelen, spurlos verschwunden. Ziemlich rätselhaft, wenn Sie mich fragen. Passt eigentlich nicht ins typische Muster eines Viral-Überfalls. Geben Sie noch die siebenundsechzig von Roswell dazu, und Sie haben fast zweihundert Seelen, die sich buchstäblich in Luft aufgelöst haben. Und jetzt verschwindet Amy, genau in dem Augenblick, als diese Frau wiederauftaucht und unsere Ölversorgung unterbricht. Ich kann verstehen, dass die Führung sich da Sorgen macht. Umso mehr, wenn man bedenkt, dass die einzige andere lebende Seele, die diese Frau gesehen hat, ein ... wie war der Ausdruck, den Sie benutzt haben?«

»Outlaw.«

»Genau. ... ein Outlaw war. Eine *Persona non grata*. Eine politisch heikle Situation, um es zurückhaltend auszudrücken. Auf der einen Seite haben Sie das Militär, das mit dem Mann nichts zu tun haben will, und auf der anderen die Zivilbehörden, die mit ihm nichts zu tun haben *dürfen*, zumindest nicht offiziell. Können Sie mir folgen, Lieutenant?«

»Ich verstehe nicht viel von Politik, Sir.«

»Da wären wir schon zwei. Ein Haufen Leute, die ihren Arsch absichern, das ist alles. Deshalb befinden wir uns jetzt da, wo wir sind. Genau die Art von Situation, in der eine dritte Partei von Nutzen sein könnte. Jemand, der in der Vergangenheit schon, sagen wir, persönliche Initiative gezeigt hat und der in der Lage ist, um die Ecke zu denken. Und ich stehe mit dieser Ansicht nicht allein. Gewisse vertrauliche Diskussionen haben auch höheren Orts schon stattgefunden. Unter Zivilisten, nicht unter Militärs. Dass ich Ihr Vorgesetzter bin, macht mich anscheinend zum Fachmann für Ihren Charakter. Ihren und Donadios.«

Peter runzelte die Stirn. »Was hat Alicia damit zu tun?«

»Das weiß ich nicht. Aber ich kann Ihnen zwei Dinge verraten, und eins und eins zusammenzählen müssen Sie dann selbst. Erstens, seit drei Monaten hat niemand mehr etwas aus Fort Kearney gehört. Zweitens, Donadio hatte zweierlei Befehle. Mir war nur der erste bekannt; er kam von der Division, und was darin stand, habe ich Ihnen gesagt. Der zweite kam in einer versiegelten Tasche aus Sanchez' Büro. Streng geheim.«

»Warum wollte man nicht, dass Sie ihre Befehle kannten?«

»Eine ausgezeichnete Frage. Wer da eigentlich worüber informiert ist, das scheint mir die Crux des Ganzen zu sein. Anscheinend sollen gewisse Dinge vertraulich behandelt werden, und das betrifft nicht nur Sie. Fleet will Sie aus dem Weg haben; da erzähle ich Ihnen nichts, was Sie nicht schon wissen. Aber ganz unter uns, Fleet und Sanchez sind nicht immer einer Meinung, und die Befehlskette ist nicht so klar definiert, wie Sie vielleicht denken. Die Unabhängigkeitserklärung lässt viel Raum für Interpretationen, und die Dinge können ziemlich vertrackt werden. In der Sache mit der Frau auf der Oil Road besteht, sagen wir mal, kein allgemeiner Konsens zwischen Militär und Zivilbehörden. Das gilt auch für Martínez, der, wie Sie es so prägnant ausgedrückt haben, nicht da war, wo er hätte sein sollen, und zwar zum selben Zeitpunkt, als Amy es irgendwie schafft, Greer aus dem Gefängnis zu holen und mit ihm abzuhauen. Alles sehr interessant.«

»Sie glauben also, auch das hängt damit zusammen.«

Apgar zuckte die Achseln. »Ich bin nur der Überbringer der Botschaft. Aber Fleet ist nie von der Existenz der Virals ganz überzeugt gewesen. Was ihn angeht, ist Amy ein verstörtes Wesen, und die Zwölf sind ein Mythos. Donadio kann er nicht wegdiskutieren; sie ist offenkundig anders, allerdings beweist das für ihn noch gar nichts. Die Jagd hat er nur hingenommen, weil Sanchez deshalb so viel Aufhebens gemacht hat, dass es sich nicht lohnte, sich darum zu streiten, aber was in Carlsbad passiert ist, gibt ihm Gelegenheit, endgültig damit Schluss zu machen. Manche Leute sehen das anders.«

Peter brauchte einen Augenblick, um das alles zu verdauen. »Sanchez handelt also hinter Fleets Rücken.«

Apgar runzelte ironisch die Stirn. »Ich kann mich nicht erinnern, dass ich so etwas gesagt hätte. Derartige Reden stehen meinem Rang nicht zu. Wie dem auch sei, ich würde es als persönliche Gefälligkeit betrachten, wenn Sie mir helfen könnten, ein hinreichend einfallsreiches Individuum ausfindig zu machen, das ein paar dieser Punkte miteinander verbinden kann. Kennen Sie jemanden, der sich dafür eignet, Lieutenant?«

Die Botschaft war klar. »Ich glaube schon, Colonel.«

»Ausgezeichnet.« Apgar schwieg einen Moment, bevor er fortfuhr: »Komische Sache mit diesem Transport. Ein verdammt seltsamer Zufall, wenn man es sich überlegt. Anscheinend sind die Unterlagen verlegt worden. Sie wissen, wie so was ist. Dürfte achtundvierzig Stunden dauern, bis das alles geklärt ist. Zweiundsiebzig maximal.«

»Gut zu wissen, Sir.«

»Ich dachte mir, dass Sie das vielleicht auch so sehen.« Der Colonel klatschte sich mit beiden Händen auf die Knie. »Tja, ich glaube, ich werde anderswo gebraucht. Man hat mich einer Taskforce zugewiesen, die der Präsidentin untersteht und sich mit diesen … unglückseligen Entwicklungen befassen soll. Keine Ahnung, wie viel ich dazu beitragen kann, aber ich mache, was man mir sagt.« Er erhob sich von der Pritsche. »Schön, dass Sie sich ausruhen konnten. In den nächsten Tagen gibt es viel zu tun.«

»Danke, Colonel.«

»Reden wir nicht davon. Und das meine ich wörtlich.« Er sah Peter an. »Seien Sie nur vorsichtig mit ihm, Jaxon. Lamont ist keiner, dem Sie in die Quere kommen wollen.«

Sie ritten die Nacht hindurch und bis in die nächste hinein. Jetzt waren sie östlich von Luling. Eine Landkarte hatten sie nicht, aber sie brauchten auch keine; der Interstate Highway 10 würde sie geradewegs nach Houston bringen, mitten in das dschungelhafte Herz der Stadt. Greer war schon da gewesen – nur in den Vororten, aber da hatte er genug gesehen. Die Stadt war ein undurchdringlicher Sumpf; ein Pesthauch durchwehte das verfilzte Baumdickicht, das im Schlamm wucherte, und die tropfenden Ruinen, in denen es von Dopeys wimmelte. Wenn die einen nicht erwischten, schnappten einen die Alligatoren, die im fauligen Wasser kreuzten wie halb gesunkene Boote. Viele waren zu gigantischer Größe gewachsen, und ihre starken Kiefer waren ständig auf der Suche. Die Luft war erfüllt von dichten Wolken von Moskitos. Nase, Mund, Augen – überall suchten sie nach einem Eingang in den Körper, und sie bevorzugten die weichen Stellen. Houston oder das, was davon übrig war, war kein Ort für Menschen. Greer fragte sich, wieso man diese Stadt überhaupt jemals für bewohnbar hatte halten können.

Aber damit würden sie sich noch früh genug abgeben müssen. Jetzt waren sie in einer Prärielandschaft mit Buschwerk und hohem Gras, die Meile um Meile bis zum Meer reichte. So weit im Osten war der Highway nicht geräumt worden; er war mehr Andeutung als Straße, und die Oberfläche war rissig und streckenweise von schwerem Lehmboden überspült. Uralte Autofriedhöfe versperrten ihnen immer wieder den Weg. Seit sie aufgebrochen waren, hatten sie kaum ein Wort miteinander gesprochen. Worte waren einfach nicht nötig. Im Laufe des Tages hatte Greer bei Amy jedoch eine Veränderung gespürt, die ihn beunruhigte: als fühle sie sich nicht wohl. Sie schwitzte stark, und ab und zu sah er, wie sie das Gesicht verzog, als habe sie Schmerzen. Als er seine Sorge äußerte, hatte das Mädchen entschieden abgewinkt. *Mir geht's gut,* hatte sie behauptet. Es ist nichts. Es klang beinahe wütend, und ihr Ton befahl ihm, nicht weiterzubohren.

Als es dunkel wurde, schlugen sie auf einer Lichtung in Sichtweite eines verfallenen Motels ihr Lager auf. Der Himmel war klar, die Temperatur sank und zog den Tau aus der Luft. Ohne dass man es ihm sagte, wusste Greer, dass sie hier sicher übernachten konnten. In Amys Anwesenheit befand er sich in einer Schutzzone. Sie rollten ihre Decken auseinander und schliefen.

Einige Zeit später schrak er aus dem Schlaf. Irgendetwas stimmte nicht. Er drehte sich auf die Seite und sah, dass Amy nicht da war.

Er kämpfte die Panik nieder. Ein Dreiviertelmond war aufgegangen, als sie schliefen, und zerteilte die Dunkelheit in Räume aus Licht und Schatten, formte eine Landschaft aus bedrohlich verlängerten Umrissen und schwarzen Mulden. Die Pferde weideten ahnungslos im Unkraut. Greer stand auf, zog den Browning aus seiner Packtasche und schlich vorsichtig in die Dunkelheit hinaus. Er zwang seine Augen, die verschiedenen Umrisse voneinander zu unterscheiden. Wo war sie hin? Sollte er sie rufen? Aber die Stille der Landschaft mit ihren verborgenen Gefahren erlaubte es nicht.

Dann sah er sie. Sie stand hundert Meter weit von ihrem

Lagerplatz entfernt und wandte ihm den Rücken zu. Der Rhythmus eines Gesprächs drang an sein Ohr. Redete sie mit jemandem? Es hörte sich so an, doch da war niemand.

Er trat von hinten an sie heran. »Amy?«

Keine Antwort. Sie hatte aufgehört zu murmeln und stand absolut still da.

»Amy, was ist los?«

Jetzt drehte sie sich um und sah ihn an. Ihr Gesicht zeigte leise Überraschung. »Oh. Ich verstehe.«

»Mit wem hast du gesprochen?«

Aber darauf antwortete sie nicht. Sie schien nicht richtig wach zu sein. Schlafwandelte sie etwa?

»Ich glaube, wir sollten zurückgehen«, sagte sie schließlich.

»Du darfst mir keine solche Angst einjagen.«

»Das tut mir leid. Das wollte ich nicht.« Ihr Blick ging zu der Pistole, die er in der Hand hielt. »Was haben Sie damit vor?«

»Ich wusste nicht, wo du warst. Ich habe mir Sorgen gemacht.«

»Ich dachte, ich hätte mich klar ausgedrückt, Major. Stecken Sie sie jetzt ein.«

Sie ging an ihm vorbei und zurück zum Lagerplatz.

42

Unaufhörliche Zeit, Zeit ohne Ende. Sein Dasein war ein Alptraum, aus dem er nicht erwachen konnte. Gedanken schwebten vorbei wie schimmernde Stäubchen und huschten davon, wenn er hinschaute. Sie kamen jeden Tag. Die Männer mit den glühenden blutroten Augen. Sie nahmen die geschwollenen Beutel vom Haken, hängten frische an die Ständer und fuhren die vollen mit ihrem ratternden Wagen davon. Und unentwegt diese Beutel: Sie füllten sich immer wieder mit dem *drip-drip-drip* von Grey.

Den Männern machte ihre Arbeit Spaß. Sie erzählten sich kleine Witze und amüsierten sich. Sie vergnügten sich auf seine Kosten, wie Kinder ein Tier im Zoo reizten. Hier, hier, gurrten sie und bogen den duftenden Tropfer zu seinem Mund. Braucht Baby sein Fläschchen? Hat Baby Hunger?

Er bemühte sich, ihnen zu widerstehen. Er straffte sich unter den Ketten und drehte das Gesicht zur Seite. Er wandte seinen ganzen Willen auf, um ihnen zu trotzen, aber er gab immer wieder nach. Der Hunger schwang sich in ihm herauf wie ein großer schwarzer Vogel.

– Sag es für Mama. Sag, ich bin ein Baby, das sein Fläschchen braucht, und ich will auch immer brav sein. Sei ein braves Baby, Grey.

Die Spitze der Pipette schwang verlockend an seiner Nase

vorbei, und der Duft des Blutes explodierte wie eine Bombe in seinem Hirn. Millionen Neuronen feuerten in einem elektrischen Sturm des reinsten Verlangens.

– Das hier wird dir gefallen. Ein ausgezeichneter Jahrgang. Du magst doch die Jungen, nicht wahr, Grey?

Tränen pressten sich aus seinen Augen. Tränen des Verlangens und des Abscheus. Tränen über ein viel zu langes Leben, ein ganzes Jahrhundert, das er nackt in Ketten verbracht hatte. Tränen, weil er dieses Dasein fristen musste.

– Bitte.

– Sag es. Ich mag die Jungen.

– Ich bitte dich. Zwing mich nicht.

– Die Worte, Grey. – *Ein Schwall von saurem Atem dicht an seinem Ohr.* – Ich will … es … noch einmal … hören.

– Ja! Ja, ich mag die Jungen! Bitte! Nur einen Schluck! Ein bisschen!

Und dann endlich kam die Pipette. Ein köstlicher, erdig-fetter Spritzer auf seiner Zunge. Er schmatzte mit den Lippen. Er rollte den dicken Muskel seiner Zunge in der Mundhöhle hin und her, saugte wie das Baby, als das sie ihn verspotteten, und wünschte, er könnte ewig davon trinken. Aber das konnte er nie: Sein Kehlkopf hüpfte unwillkürlich, und es war weg.

– Mehr, mehr.

– Aber Grey. Du weißt, dass es mehr nicht gibt. Am Tag ein Pipettchen, und du bleibst im Bettchen. Gerade nur so viel, dass du immer weiter liefern kannst den guten Viral-Stoff.

– Nur noch einmal kosten, mehr nicht. Ich verspreche, ich verrate es niemandem.

Ein dunkles Kichern. – Und wenn ich es täte? Angenommen ich gäbe dir noch ein Pipettchen? Was würdest du dann tun?

– Gar nichts, ich schwöre. Ich will nur …

– Ich sage dir, was du willst. Du, mein Freund, willst diese Ketten aus dem Boden reißen. Ich muss gestehen, ziemlich genau das würde ich in deiner Lage auch wollen. Genau daran würde ich denken, die ganze Zeit. Ich würde sie umbringen wollen, die Männer, die mich hierher gebracht haben ... – *Nach einer kurzen Pause kam die Stimme näher.* – Ist es das, was du willst, Grey? Uns alle umbringen?

Ja, das wollte er. Er wollte sie zerreißen, Glied für Glied. Er wollte ihr Blut fließen lassen wie Wasser, und er lechzte danach, ihre Todesschreie zu hören. Das wünschte er sich mehr als seinen eigenen Tod, ein bisschen mehr jedenfalls. Lila, dachte er, Lila, ich kann dich fühlen, ich weiß, du bist in der Nähe. Lila, ich würde dich retten, wenn ich könnte.

– Bis morgen, Grey.

Und so weiter und so weiter. Die Beutel kamen leer herein und wurden voll wieder abgeholt. Es war sein Blut, das sie ernährte, die Männer mit den glühenden Augen. Sie nährten sich von Greys Blut und lebten ewig, wie er ewig lebte, der ewige Grey, in Ketten.

Manchmal fragte er sich, woher das Blut kam, das sie ihm gaben. Aber nicht oft. Über so etwas wollte er nicht gern nachdenken.

Gelegentlich hörte er immer noch Zero, aber es hörte sich nicht so an, als ob Zero noch mit ihm redete. Dieser Teil der Abmachung schien schon vor langer Zeit ausgelaufen zu sein. Die Stimme klang gedämpft und weit entfernt, als belausche Grey ein Gespräch, das auf der anderen Seite einer Wand stattfand. Alles in allem betrachtet war es ein kleines Glück, für sich allein zu sein und nur die eigenen Gedanken als Gesellschaft zu haben, ohne dass Zero ihm den Kopf zudröhnte mit seinem ewigen Quakquak-quak.

Guilder war der Einzige, der sein Blut direkt von der Quelle bezog. So nannten sie Grey. Die Quelle, als wäre er keine Person, sondern ein Ding, und vermutlich war er das ja auch. Nicht immer, aber manchmal, wenn er besonders hungrig war oder aus Gründen, die Grey sich nicht vorstellen konnte, erschien Guilder in Unterwäsche in seiner Tür, damit er kein Blut auf seinen Anzug bekam.

Dann löste er den Beutel vom Schlauch, und die sämige Flüssigkeit bespritzte ihn, wenn er den Schlauch in den Mund steckte und Greys Blut saugte, wie ein Kind seine Limonade durch einen Strohhalm trank. *Lawrence, sagte er dann gern, du siehst nicht so toll aus. Geben sie dir auch genug zu essen? Ich mache mir Sorgen um dich, so ganz allein hier unten.* Einmal, das war lange her, Jahre oder vielleicht Jahrzehnte, hatte Guilder einen Spiegel mitgebracht, in einer Dose, in der die Ladys früher ihren Puder gehabt hatten. Guilder hatte den Deckel aufgeklappt und schräg vor Greys Gesicht gehalten. *Willst du nicht mal schauen?* Das Gesicht eines alten Mannes hatte ihn angestarrt, runzlig wie eine Dörrpflaume – das Gesicht eines Mannes, der auf dem Zaun des Todes saß.

Er lag permanent im Sterben.

Und dann, eines Tages, wachte er auf und sah Guilder, der rittlings auf einem Stuhl saß und ihn anschaute. Seine Krawatte hing lose um den Hals, die Haare standen ihm zu Berge, und sein Anzug war zerknautscht und fleckig. Grey sah, dass er kurz vor dem Ende seines Zyklus war. Er roch die Fäulnis, die der Mann ausdünstete – ein leichenhafter, leicht fruchtiger Mülltonnengestank –, aber Guilder machte keine Anstalten, sich Greys Blut einzuverleiben. Grey hatte das Gefühl, dass der Mann schon eine ganze Weile da saß.

»Ich möchte dich etwas fragen, Lawrence.«

Er würde seine Frage so oder so stellen. »Okay.«

»Hast du je ... ja, wie soll ich sagen?« Guilder zuckte unbestimmt die Achseln. »Warst du je verliebt?«

Aus dem Mund dieses Mannes klang das Wort völlig fremdartig. Liebe gehörte zu einem anderen Zeitalter; sie war komplett prähistorisch.

»Ich weiß nicht, was Sie da wissen wollen.«

Ein Stirnrunzeln zerfurchte Guilders Gesicht. »Also wirklich, ich finde, das ist eine absolut simple Frage. Engelschöre, die im Himmel singen, deine Füße eine Handbreit über dem Erdboden. Du weißt schon. Verliebt.«

»Ich glaube nicht.«

»Da gibt es nur ja oder nein, Lawrence. Entweder das eine oder das andere.«

Er dachte an Lila. Liebe war das, was er für sie empfand, aber nicht so, wie Guilder es meinte. »Nein. Ich war nie verliebt.«

Guilder schaute jetzt an ihm vorbei. »Tja, ich war es mal. Einmal. Sie hieß Shawna. Aber das war natürlich nicht ihr richtiger Name. Sie hatte eine Haut wie Butter, Lawrence. Das meine ich völlig ernst. So schmeckte sie. Ihre Augen hatten etwas leicht Asiatisches – du kennst diesen Blick? Und ihr Körper ... na ja.« Er rieb sich das Gesicht und tat einen melancholischen Seufzer. »Den Teil spüre ich nicht mehr. Den Teil mit dem Sex. Den legt das Virus weitgehend still. Nelson meinte, das könnte etwas mit den Steroiden zu tun haben, die du bekommen hast. Vielleicht waren sie der Grund, weshalb das Virus bei dir anders gewirkt hat. Könnte was Wahres dran sein. Aber wie man sich bettet, so liegt man.« Er gluckste ironisch. »Sich betten. Komisch. Zum Brüllen.«

Grey sagte nichts. Die Stimmung, in der Guilder da war, schien mit ihm nichts zu tun zu haben.

»Ich nehme an, im Großen und Ganzen ist es nicht so schlimm. Ich kann wirklich nicht behaupten, dass der Sex mir je etwas gebracht hat. Aber nach all den Jahren denke ich trotzdem immer noch an sie. Kleinigkeiten. Was sie gesagt hat. Wie es aussah, wenn die Sonne auf ihr Bett schien. Irgendwie vermisse ich die Sonne.« Er schwieg. »Ich weiß, sie hat mich nicht geliebt. War alles nur ein großes Theater, mehr nicht. Das wusste ich von Anfang an, auch wenn ich es mir nicht eingestehen wollte. Aber so ist es nun mal.«

Grey war völlig verwirrt. »Warum erzählen Sie mir das?«

»Warum?« Guilder sah ihm mit schmalen Augen ins Gesicht. »Das sollte doch auf der Hand liegen. Du kannst ziemlich vernagelt sein, wenn ich das sagen darf. Weil wir *Freunde* sind, Lawrence. Ich weiß schon, du findest wahrscheinlich, ich bin das Schlimmste, was dir je passiert ist. Es sieht sicher so aus. Und man kann es dir im Grunde nicht verdenken. Aber du hast mir wirklich keine Wahl gelassen. Soll ich ehrlich sein, Lawrence? So seltsam es klingt: Du bist der älteste Freund, den ich habe.«

Wieder hielt Grey den Mund. Der Mann war völlig wahnsinnig. Er merkte, dass er sich unwillkürlich gegen seine Ketten stemmte. Das größte Glück seines Lebens – vom Sterben abgesehen – wäre es, Guilder den Kopf glatt von den Schultern zu reißen.

»Was ist denn mit Lila? Ich möchte nicht neugierig sein, aber ich habe immer gedacht, da ist was zwischen euch beiden. Was ziemlich überraschend ist, angesichts deiner Vergangenheit.«

Etwas ballte sich in ihm zusammen. Er wollte darüber nicht reden, nicht jetzt, niemals. »Lassen Sie mich in Ruhe.«

»Sei nicht so. Ich frage doch nur.«

»Warum lecken Sie mich nicht am Arsch?«

Guilder schob das Gesicht ein Stückchen näher heran und senkte vertraulich die Stimme. »Verrate mir etwas. Hörst du ihn noch, Lawrence? Sag mir jetzt die Wahrheit.«

»Ich weiß nicht, von wem Sie reden.«

Guilder runzelte tadelnd die Stirn. »Bitte, können wir nicht offen reden? Ob er real ist, frage ich dich. Nicht irgendein Quatsch in meinem Kopf.« Er starrte Grey eindringlich an. »Du weißt, was er von mir verlangt, nicht wahr?«

Anscheinend hatte es keinen Sinn, es abzustreiten. Grey nickte.

»Und alles in allem, wenn man alles berücksichtigt – hältst du es für eine gute Idee? Ich brauche hier deinen Input.«

»Wieso ist es wichtig, was ich davon halte?«

»Stell dein Licht nicht unter den Scheffel. Er ist immer noch deine Nummer eins, Lawrence, da gibt es keinen Zweifel. Oh, natürlich, mag sein, dass ich das Kommando habe. Ich bin der Kapitän auf diesem Schiff. Trotzdem ist er mächtiger.«

»Nein.«

»Was – nein?«

»Nein, es ist keine gute Idee. Es ist eine schreckliche Idee. Es ist die schlechteste Idee überhaupt.«

Guilders Augenbrauen wölbten sich hoch wie zwei Fallschirme in der Luft.

»Sieh dich doch an.« Zum ersten Mal seit einer Ewigkeit lachte Grey. »Glaubst du, er ist dein *Freund*? Glaubst du, irgendeiner von denen ist euer *Freund*? Du bist sein Luder, Guilder. Ich *weiß*, wie die sind. Ich weiß, wie Zero ist. Ich war damals *da*. Auf dem Gelände.«

Offensichtlich hatte er einen wunden Punkt berührt. Guilder ballte und lockerte die Fäuste, und Grey fragte sich auf träge Weise, ob der Mann ihn schlagen würde. Es machte ihm keine Angst; es wäre lediglich eine Unterbrechung der Monotonie. Etwas anderes, eine neue Art von Schmerz.

»Ich muss sagen, deine Reaktion ist ziemlich enttäuschend, Lawrence. Ich hatte gehofft, ich könnte hier auf ein bisschen Unterstützung zählen. Doch ich werde mich nicht auf dein Niveau herablassen. Ich weiß, es würde dir gefallen, aber ich bin der Größere von uns beiden. Und nur zu deiner Information: Das ›Projekt‹ wurde heute vollendet. Und offiziell eingeweiht. Ich hatte das als kleine Überraschung aufgehoben, weißt du. Ich dachte, es würde dich freuen, davon zu hören. Du könntest mitfeiern, wenn du wolltest. Aber anscheinend habe ich dich falsch eingeschätzt.« Er stand auf und wandte sich zur Tür.

»Was wollen Sie, Guilder?«

Der Mann drehte sich um und richtete seine blutroten Augen auf ihn.

»Was ist dabei für Sie drin? Das habe ich nie kapiert.«

Es war lange still. Dann fragte Guilder: »Weißt du, was sie sind, Grey?«

»Natürlich weiß ich das.«

»Nein, du weißt es nicht. Wenn du es wüsstest, bräuchtest du diese Frage nicht zu stellen. Aber ich werde es dir sagen. Sie sind die freiesten Lebewesen auf der Erde. Sie kennen keine Reue. Kein Mitleid. Keine Liebe. Nichts kann sie berühren, sie verletzen. Stell dir vor, wie das wäre, Lawrence. Diese absolute Freiheit. Stell dir vor, wie wunderbar das wäre.«

Grey antwortete nicht. Es gab nichts darauf zu sagen.

»Du fragst, was ich will, mein Freund, und ich gebe dir die Antwort. Ich will, was sie haben. Ich will, dass diese kleine Nutte aus meinem Kopf verschwindet. Ich will … *nichts* mehr fühlen.«

Der Briefbeschwerer prallte gegen die Wand und ließ das Glas mit einem zufriedenstellenden Knall zersplittern. Diese Autobombe brachte das Fass zum Überlaufen. Es musste aufhören, und zwar *jetzt*.

Guilder rief Wilkes zu sich in sein Büro. Als sein Stabschef hereinkam, hatte Guilder sich wieder ein wenig beruhigen können.

»Nehmen Sie noch zehn mehr pro Tag fest.«

Wilkes machte ein verdutztes Gesicht. »Äh, denken Sie an jemanden Spezielles?«

»Das ist doch egal!« Herrgott, manchmal konnte der Mann dumm wie Bohnenstroh sein. »Begreifen Sie denn nicht? Das war *immer* egal. Verhaften Sie sie einfach beim Morgenappell.«

Wilkes zögerte. »Sie wollen also sagen, wir sollten quasi willkürlich Leute festnehmen. Nicht unbedingt solche, die im Verdacht stehen, Verbindung zur Rebellion zu haben.«

»Bravo, Fred. Genau das will ich sagen.«

Einen Augenblick lang stand Wilkes einfach da und starrte Guilder verblüfft an. Nicht verblüfft – verstört.

»Und? Führe ich hier Selbstgespräche?«

»Wenn Sie es sagen. Ich kann eine Liste aufstellen und sie nach unten zu Human Resources schicken.«

»Es interessiert mich nicht, wie Sie es machen. Machen Sie es einfach.« Guilder wedelte mit der Hand in Richtung Tür. »Jetzt raus mit Ihnen. Und schicken Sie mir ein Dienstmädchen, das diese Scherben zusammenfegt.«

43

Zu Hollis zu kommen war umständlicher, als Peter es gedacht hatte. Zuerst hatte der Weg sie zu einem Freund Lores geführt, der jemanden kannte, der jemand anderen kannte. Immer sah es so aus, als wären sie nur noch einen Schritt weit entfernt, nur um festzustellen, dass ihr Ziel sich wieder bewegt hatte.

Der letzte Hinweis führte sie zu einer Nissenhütte, wo, wie man ihnen sagte, ein illegaler Glücksspielbetrieb unterhalten wurde. Es war nach Mitternacht, als sie durch eine dunkle, von Müll übersäte Gasse in H-Town spazierten. Die Sperrstunde war längst vorbei, aber überall ringsumher hörte man vereinzelte Geräusche – bellende Stimmen, klirrendes Glas, ein klimperndes Klavier.

»Was für eine Gegend«, sagte Peter.

»Du warst noch nicht oft hier, was?«, fragte Michael.

»Eigentlich nicht. Ehrlich gesagt überhaupt noch nie.«

Eine Schattengestalt kam aus einer Tür und trat ihnen in den Weg. Eine Frau.

»*Oye, mi soldadito. ¿Tienes planes esta noche?*«

Sie löste sich aus dem Schatten. Sie war weder jung noch alt und so dünn, dass sie beinahe knabenhaft aussah, aber das sinnliche Selbstbewusstsein ihrer Stimme und die Art, wie sie dastand – sie trat von einem Fuß auf den anderen und schob das Becken unter dem knappen Rock nach vorn –, verliehen ihr eine unabweisbare sexuelle Kraft. Ihr Blick unter den schweren Lidern war schwer, und sie musterte Peter von oben bis unten.

»¿Cómo te puede ayudar, Teniente?«

Peter schluckte, und Röte stieg ihm ins Gesicht. »Wir suchen Cousins Haus.«

Die Frau lächelte und entblößte eine Reihe maisgrannenfleckiger Zähne. »Jeder ist irgendjemandes Cousin. Ich kann deine Cousine sein, wenn du willst.« Ihr Blick wanderte zu Lore, dann zu Michael. »Und was ist mit dir, Süßer? Ich kann eine Freundin kommen lassen. Und deine Freundin kann auch mitkommen, wenn sie will. Vielleicht möchte sie gern zuschauen.«

Lore nahm seinen Arm. »Er ist nicht interessiert.«

»Wir sind wirklich nur auf der Suche nach jemandem«, sagte Peter. »Entschuldigen Sie, wenn wir Sie gestört haben.«

Die Frau lachte dunkel. »Oh, ihr habt mich nicht gestört. Wenn du es dir anders überlegst, weißt du, wo du mich findest, Teniente.«

Sie gingen weiter. »Nettes Kerlchen«, sagte Michael, als sie außer Hörweite waren.

Peter schaute durch die Gasse zurück. Die Frau oder das, was er für eine Frau gehalten hatte, war wieder in der Tür verschwunden.

»Verdammt. Bist du sicher?«

Michael lachte wehmütig und schüttelte den Kopf. »Du musst wirklich öfter ausgehen, hombre.«

Vor sich sahen sie die Nissenhütte. Klingen aus Licht bohrten sich durch den Türspalt nach draußen. Zwei bullige Männer standen dort Wache. Im Schatten eines überquellenden Müllcontainers blieben die drei stehen.

»Am besten lasst ihr mich reden«, sagte Lore.

Peter schüttelte den Kopf. »Das war meine Idee. Ich sollte hingehen.«

»In dieser Uniform? Sei nicht albern. Bleib bei Michael. Und lasst euch nicht von irgendwelchen Transen abschleppen.«

Sie sahen ihr nach, als sie zur Tür marschierte. »Ist das eine so gute Idee?«, fragte Peter leise.

Michael hob die Hand. »Wart's nur ab.«

Als Lore näher kam, strafften sich die beiden Männer und rückten zusammen, um ihr den Eingang zu versperren. Sie wechselte ein paar Worte mit ihnen, die Peter nicht verstehen konnte, und kam dann zurück.

»Okay, wir sind drin.«

»Was hast du ihnen gesagt?«

»Dass ihr beide gerade euren Sold gekriegt habt. *Und* dass ihr betrunken seid. Also versucht, euch so zu benehmen.«

In der Blechbaracke war es voll und laut, und der enge Raum war in große, sechseckige Tische unterteilt, an denen Karten gespielt wurde. Schwaden von Maisgrannenrauch hingen in der stickigen Luft und mischten sich mit dem süßsauren Duft von Maische; nebenan war eine Destille. Halb bekleidete Frauen – zumindest hielt Peter sie für Frauen – saßen mit dick geschminkten Gesichtern etwas abseits auf Hockern. Die Jüngste konnte nicht einen Tag älter als sechzehn sein, und die Älteste war fast fünfzig und sah hexenhaft aus mit ihrem Clowns-Make-up. Andere gingen hinten durch einen Vorhang hin und her, meistens Arm in Arm mit einem Mann, der sichtlich betrunken war. Wenn Peter es richtig verstanden hatte, bestand der ganze Sinn von H-Town darin, über ein gewisses Maß an illegalem Laster hinwegzusehen, es aber auf einen fest umgrenzten Bereich zu beschränken. Er sah die Logik darin – vieles war nur allzu menschlich –, aber das alles mit eigenen Augen zu sehen war eine andere Sache. Er fragte sich, ob Michael recht hatte, was ihn betraf. Wie war er nur so prüde geworden?

»Ist aber kein Mau-Mau, was die da spielen, oder?«, fragte er Michael.

»Texas Hold'em, mit zwanzig Dollar Einsatz, würde ich sagen. Ein bisschen viel für meinen Geschmack.« Genau wie Peter ließ er seinen Blick durch den Raum wandern und suchte nach Hollis. »Wir sollten versuchen, uns unter die Leute zu mischen. Wie viel Geld hast du?«

»Gar keins.«

»*Gar keins?*«

»Ich habe alles Schwester Peg gegeben.«

Michael seufzte und schüttelte den Kopf. »Wie kann es auch anders sein! Auf dich ist Verlass, das muss man wirklich sagen.«

»Hey, ihr beide«, sagte Lore. »Was für Memmen. Schaut zu, hier könnt ihr was lernen, meine Freunde.«

Sie marschierte zum nächsten Tisch und setzte sich auf einen Stuhl. Aus der Tasche ihrer Jeans zog sie ein Bündel Scheine, schälte zwei herunter und warf sie in den Pott. Für einen dritten bekam sie ein Schnapsglas, dessen Inhalt sie mit zurückgelegtem Kopf in einem Zug hinunterstürzte. Der Kartengeber verteilte zwei Karten an jeden Spieler, und dann wurden die Einsätze gemacht. In den ersten vier Runden schien Lore sich kaum für ihre Karten zu interessieren. Sie schwatzte mit den anderen Spielern, stieg schnell aus und verdrehte die Augen. Aber in der fünften Runde begann sie, ohne dass ihre Haltung sich sichtbar änderte, die Einsätze in die Höhe zu treiben. Der Stapel auf dem Tisch wuchs zusehends. Peter schätzte, dass da mindestens dreihundert lagen und auf den Gewinner warteten. Einer nach dem anderen stieg aus, bis nur noch ein Spieler übrig war, ein dürrer Mann mit pockennarbigen Wangen, der den Overall eines Hydros trug. Die letzte Karte wurde gegeben, und mit versteinertem Gesicht warf Lore noch fünf Scheine auf den Tisch. Der Mann zögerte, schüttelte den Kopf und schob seine Karten zusammen.

»Okay, ich bin beeindruckt«, sagte Peter, als Lore den Pott zu sich heranharkte. Sie standen ein kleines Stück weit abseits, nah genug, um zuzusehen, ohne dass man es ihnen ansah. »Wie hat sie das gemacht?«

»Sie mogelt.«

»Wirklich? Ich hab nichts gesehen.«

»Es ist eigentlich ziemlich einfach. Die Karten sind alle gezinkt. Unauffällig, aber man kann drauf kommen. Ein Spieler am Tisch spielt in Wirklichkeit für das Haus, sodass es immer seinen Schnitt macht. In den ersten paar Runden findet sie heraus, wer das ist und wie die Karten markiert sind. Dabei schadet es nicht, dass sie eine Frau ist. Hier drin nimmt niemand sie ernst. Alle gehen davon aus, sie macht ihren Einsatz, wenn sie ein gutes Blatt hat, und steigt aus, wenn nicht. Aber drei Viertel der Zeit blufft sie.«

»Und was passiert, wenn sie merken, was sie tut?«

»Sie merken's nicht, jedenfalls nicht gleich. Sie wird noch ein, zwei Runden spielen.«

»Und dann?«

»Dann ist es Zeit zum Gehen.«

Ein plötzlicher Aufruhr lenkte ihre Aufmerksamkeit zum hinteren Teil der Baracke. Eine dunkelhaarige Frau mit zerrissenem Kleid, die Arme vor den entblößten Brüsten gekreuzt, war durch den Vorhang gestürzt und schrie unzusammenhängend. Eine Sekunde später kam eine zweite Gestalt heraus, ein Mann, der mit seiner um die Knöchel zusammengeballten Hose einen komischen Anblick bot. Er schien drei Handbreit über dem Boden zu schweben. Peter sah, dass er an der Faust eines Mannes baumelte, der ihn von hinten gepackt hielt. Als er durch die Luft flog, erkannte Peter ihn; es war der junge Corporal aus Satchs Einheit, der den Transport von Camp Vorhees gefahren hatte. Der andere war ein Berg von einem Mann, und die untere Hälfte seines Gesichts war von einem grau melierten Bart bedeckt. Es war Hollis.

»Aha«, sagte Michael.

Mit beeindruckender Lässigkeit zog Hollis den Mann am Kragen auf die Füße. Die Frau schimpfte kreischend und stieß mit dem Finger nach den beiden, als Hollis den Corporal halb stoßend, halb werfend zum Ausgang trieb. *Bring die Sau um! Diese Scheiße muss ich mir nicht gefallen lassen! Hast du gehört? Fuck, du bist tot, du Arschloch!*

»Das ist unser Stichwort«, sagte Peter.

Mit schnellen Schritten gingen sie zur Tür, und Lore folgte ihnen nach draußen. Der Corporal bat mit lauter Stimme verzweifelt um Entschuldigung und versuchte, gleichzeitig seine Hose hochzuziehen und wegzurennen. Wenn Hollis sich durch sein Flehen rühren ließ, war es ihm nicht anzumerken. Die beiden Wachen schauten brüllend vor Lachen zu, wie Hollis den Jungen am Hosenbund packte und die Gasse hinunterstieß. Als er ihn nochmals hochriss, rief Peter seinen Namen.

»Hollis!«

Einen Moment lang war er perplex und schien sie nicht zu erkennen. Dann gab er einen leisen Laut der Überraschung von sich. »Peter. *Hola.*«

Der Corporal zappelte hilflos in seinem Griff. »Lieutenant, um Gottes willen, tun Sie was! Dieses Ungeheuer will mich umbringen!«

Peter sah seinen Freund an. »Stimmt das?«

Der große Mann zuckte komisch die Achseln. »Ich schätze, wenn er einer von euch ist, könnte ich ihn ausnahmsweise laufen lassen.«

»Genau! Sie könnten mich laufen lassen, und ich komme nie wieder her! Ich schwöre!«

Peter wandte sich dem verängstigten Soldaten zu. Der Mann hieß Udall, erinnerte er sich. »Corporal. Wo gehören Sie hin? Und erzählen Sie mir keinen Scheiß!«

»Westkaserne, Sir.«

»Dann machen Sie, dass Sie da hinkommen, Soldat!«

»Danke, Sir! Das werden Sie nicht bereuen!«

»Das bereue ich jetzt schon. Verschwinde.«

Udall raffte seine Hose zusammen und wieselte davon.

»Ich wollte ihm gar nichts tun«, sagte Hollis. »Wollte ihm nur ein bisschen Angst einjagen.«

»Was hat er getan?«

»Er hat versucht, sie zu küssen. Das ist nicht erlaubt.«

Das klang nach einem geringfügigen Verstoß. Nach allem, was Peter hier gesehen hatte, klang es überhaupt nicht wie ein Verstoß. »Wirklich?«

»Das sind die Regeln. Hier geht so ziemlich alles, aber nicht das.

Hängt hauptsächlich von den Frauen ab.« Er schaute über Peters Schulter hinweg. »Michael, schön, dich zu sehen. Ist 'ne Weile her. Du siehst gut aus.«

»Gleichfalls. Das ist Lore.«

»Oh, ich weiß, wer du bist. Aber es ist schön, endlich mal ordentlich vorgestellt zu werden. Wie lief es am Kartentisch heute Abend?«

»Nicht übel«, sagte Lore. »Der Strohmann an Tisch drei ist eine echte Pfeife. Eigentlich habe ich gerade erst angefangen.«

Hollis' Blick wurde sichtbar härter. »Verurteile mich nicht dafür, Peter. Mehr verlange ich nicht. So ist das eben hier.«

»Ich gebe dir mein Wort. Wir wissen ja alle ...« Er suchte nach den richtigen Worten. »Na ja. Was du durchgemacht hast.«

Ein Augenblick verstrich. Dann räusperte Hollis sich. »Ich glaube, das hier ist keine Höflichkeitsvisite.«

Peter sah sich nach den beiden Türstehern um, die sich keine Mühe gaben, ihr Lauschen zu verheimlichen.

»Können wir uns irgendwo unterhalten?«

Hollis erwartete sie zwei Stunden später in seinem Haus, einer Teerpappenhütte am Westrand von H-Town. Von außen anonym verwahrlost war sie innen überraschend behaglich, mit Vorhängen an den Fenstern und getrockneten Kräuterbüscheln, die an den Deckenbalken hingen. Hollis machte Feuer im Herd und setzte einen Topf Teewasser auf, während die drei sich an den Tisch setzten und warteten.

»Ich mache ihn mit Zitronenmelisse«, erklärte Hollis und stellte vier dampfende Becher auf den Tisch. »Die ziehe ich hinten in einem kleinen Garten.«

Peter berichtete ihm, was auf der Oil Road passiert war und was Apgar ihm erzählt hatte. Hollis hörte nachdenklich zu. Er strich sich über den Bart und trank zwischendurch von seinem Tee.

»Kannst du uns zu ihm bringen?«, fragte Peter schließlich.

»Das ist nicht das Problem. Tifty ist nicht der Mann, mit dem du dich anlegen möchtest, da hat dein Offizier recht. Ich kann für euch bürgen, aber diesen Typen kann man nichts vormachen. Mein Wort reicht nicht unbegrenzt weit. Das Militär ist da nicht gerade willkommen.«

»Ich sehe keine andere Möglichkeit. Wenn mich mein Gefühl nicht täuscht, kann er uns vielleicht sagen, wo Amy und Greer hinwollen. Das alles hängt irgendwie miteinander zusammen. Das hat Apgar mir jedenfalls durch die Blume sagen wollen.«

»Klingt ein bisschen weit hergeholt.«

»Kann sein. Aber wenn Apgar recht hat, ist das Gleiche in Kearney passiert. Und in Roswell auch.« Ein schmerzlicher Ausdruck zog über Hollis' Gesicht. Peter bohrte ungern weiter, doch die Frage musste gestellt werden. »Woran kannst du dich erinnern?«

»Peter, hör zu. Es hat keinen Sinn, okay? Ich habe nichts gesehen. Ich habe Caleb geschnappt und bin gerannt. Vielleicht hätte ich etwas anderes tun sollen. Glaub mir, ich habe oft darüber nachgedacht. Aber mit dem Baby ...«

»Niemand sagt was anderes.«

»Dann lass es gut sein. Bitte. Ich weiß nur, als die Tore erst offen waren, strömten sie einfach herein.«

Peter warf Michael einen Blick zu. Das war etwas, das sie noch nicht gewusst hatten, ein neues Puzzlesteinchen.

»Wieso waren die Tore offen?«

»Ich glaube, das hat nie jemand rausgefunden«, sagte Hollis. »Wer den Befehl dazu gegeben hat, muss bei dem Angriff gestorben sein. Und ich habe nie etwas von einer Frau gehört. Wenn sie da war, habe ich sie nicht gesehen. Und eure Sattelschlepper auch nicht.« Er seufzte schwer. »Tatsache ist, Sara ist tot. Wenn ich mir auch nur eine Sekunde lang erlauben wollte, etwas anderes zu denken, würde ich verrückt werden. Es tut mir leid, das zu sagen, glaubt mir. Ich behaupte nicht, dass ich meinen Frieden damit gemacht habe. Ihr wisst, was ich für sie empfunden habe. Aber es ist besser, die Tatsachen zu akzeptieren. Auch für dich, Michael.«

»Sie war meine Schwester.«

»Und sie sollte meine Frau werden.« Hollis sah Michaels erschrockenes Gesicht. »Das hast du nicht gewusst, was?«

»Nein. Mein Gott, Hollis.«

»Wir wollten es dir sagen, wenn du nach Kerrville gekommen wärst. Sie wollte auf dich warten. Es tut mir leid, Akku.«

Anscheinend wusste niemand, was er als Nächstes sagen sollte. Das Schweigen zog sich in die Länge. Peter sah sich im Zimmer um, und erst jetzt begriff er, was er hier sah. Dieses kleine Haus, dachte er, mit seinem Herd und seinen Kräutern und der heimeligen Atmosphäre – Hollis hatte sich so eingerichtet, als würden er und Sara darin wohnen. Der Gedanke machte ihn auf eine Weise traurig, die er noch nicht kannte.

»Mehr habe ich nicht zu bieten«, sagte Hollis. »Damit müsst ihr euch zufriedengeben.«

Peter schüttelte den Kopf. »Das kann ich nicht akzeptieren. Sieh dir dieses Haus an: Als ob du darauf wartetest, dass sie nach Hause kommt.«

Hollis' Faust spannte sich sichtbar um seinen Becher. »Lass es gut sein, Cousin.«

»Vielleicht hast du recht. Vielleicht ist Sara tot. Aber was ist, wenn sie noch da draußen irgendwo ist?«

»Dann ist sie befallen. Ich bitte dich höflich. Wenn unsere Freundschaft dir etwas bedeutet, zwinge mich nicht, darüber nachzudenken.«

»Tut mir leid, das muss ich. Wir alle haben sie auch geliebt, Hollis. Wir waren eine Familie, *ihre* Familie. Du kannst sie nicht einfach so gehen lassen.«

Sie warteten darauf, dass Hollis etwas sagte, aber er tat es nicht. Er stand auf und stellte seinen Becher ins Spülbecken.

»Bring uns nur zu Tifty. Mehr will ich nicht.«

Hollis stand mit dem Rücken zu ihnen, als er antwortete. »Er ist nicht das, was ihr glaubt. Ich bin diesem Mann etwas schuldig.«

»Wofür? Für einen Job im Bordell?«

Hollis senkte den Kopf, und seine Hände umklammerten den Rand des Spülbeckens. »Mein Gott, Peter. Du gehst mir wirklich auf die Eier, weißt du das?«

»Du hast nichts falsch gemacht. Du hast getan, was du tun musstest. Und du hast Caleb rausgebracht.«

»Caleb.« Hollis seufzte langgezogen und tief. »Wie geht's ihm? Ich will ihn immer besuchen.«

»Du solltest es tun. Er verdankt dir sein Leben, und es ist ein gutes Leben.«

Hollis drehte sich zu ihnen um. Das Blatt hatte sich gewendet. Peter sah es ihm an. Ein kleines Flämmchen der Hoffnung war angezündet worden.

»Was sagst du, Michael? Was Peter denkt, weiß ich.«

»Meine Freunde sind getötet worden. Wenn es dafür Vergeltung geben kann, will ich sie haben. Und wenn die Chance besteht, dass meine Schwester noch lebt, habe ich nicht vor, nichts zu unternehmen.«

»Der Kontinent ist groß.«

»Das war er immer schon. Hat mir noch nie was ausgemacht.«

Er sah Lore an. »Und du?«

Die Frau schrak auf. »Was fragst du mich? Ich bin nur mitgekommen.«

»Du verstehst doch so viel von den Karten. Sag mir, wie die Chancen stehen.«

Lores Blick wanderte zu Michael und kehrte zurück zu Hollis. »Ich weiß es nicht«, sagte sie. »Aber ich sage dir, was ich weiß. Unter allen Männern der Welt hat diese Frau dich ausgesucht. Und wenn sie noch da draußen ist, dann wartet sie auf dich. Sie bleibt am Leben, bis du sie findest.«

Hollis' Gesicht veränderte sich. »Sara würde das tun, ja?«

»Ja«, sagte Lore. »Das würde sie.«

Hollis schwieg wieder. Alle warteten.

Schließlich sagte er: »Ich muss ein paar Sachen packen.«

44

Der erste Schnee fiel in der dritten Nacht, in der Alicia die Außenbezirke der Stadt erkundete. Dicke Flocken fielen in Spiralen aus dem tintenschwarzen Himmel. Eine saubere Winterkälte hatte sich auf die Erde gelegt. Die Luft war schneidend kalt und rein. Wie leises Rufen zog sie durch ihren Körper und blies eisige Klarheit in ihre Lunge. Sie hätte gern ein Feuer angezündet, aber das könnte man sehen. Also wärmte sie sich die Hände mit ihrem Atem und stampfte mit den Füßen auf den gefrorenen Boden, wenn sie merkte, dass jegliches Gefühl aus ihnen wich. Dieser Kälteschock hatte etwas Passendes: Der Geschmack der Schlacht lag darin.

Soldier war nicht mehr bei ihr. Wo Alicia hinging, konnte er nicht folgen. Er hatte immer etwas Himmlisches an sich gehabt, als sei er aus der Geisterwelt zu ihr geschickt worden. Und er hatte gesehen, was mit ihr geschah – ihre finstere Verwandlung. Der wilde Geschmack, der sich in ihr entfaltete seit dem Tag, an dem sie auf dem Berggrat ihre Klinge in den Bock geschlagen und ihm das lebende Herz aus dem Leib gerissen hatte. Eine beschwingende Kraft lag darin, eine fließende Energie, aber das hatte seinen Preis. Sie fragte sich, wie viel Zeit ihr noch blieb, bevor es sie überwältigte. Bevor die menschliche Oberfläche von ihr abfiel und sie nur noch eins war. Alicia Donadio, Späher und Scharfschütze des Expeditionsbataillons, gäbe es dann nicht mehr.

Geh jetzt, hatte sie zu Soldier gesagt. *Du bist nicht sicher bei mir.* Tränen zitterten auf der Oberfläche ihrer Augäpfel. *Mein großer, schöner Junge. Ich werde dich nie vergessen.*

Die letzten Meilen hatte sie zu Fuß zurückgelegt, immer am Fluss entlang. Sein Wasser floss noch ungehindert, doch das würde nicht so bleiben; an den Rändern hatten sich schon Eiskrusten gebildet. Die Landschaft war baumlos und kahl. Das Bild der Stadt starrte über den Horizont, als der Abend dämmerte. Sie roch sie schon seit Stunden, und ihre Größe verblüffte sie. Sie zog die alte handgezeichnete Karte aus ihrem Rucksack und orientierte sich. Die Kuppel, die sich auf der Höhe erhob, das schüsselförmige Stadion, der Fluss quer durch die Mitte mit seinem Wasserkraft-Damm, das wuchtige Betongebäude mit den Kränen, die mit einem Drahtzaun umgebenen Reihen von Baracken – alles sah so aus, wie Greer es fünfzehn Jahre zuvor aufgezeichnet hatte. Sie holte den Radiokompass heraus, drehte den Verstärkerknopf mit Fingern, die vor Kälte taub waren, und schwenkte ihn hin und her. Statisches Rauschen, und dann zuckte die Nadel um den Bruchteil eines Zolls. Der Empfänger zeigte auf die Kuppel.

Da war jemand zu Hause.

Sie brauchte ihre Brille nur noch während der hellsten Stunden des Tages. Wie war das gekommen? Was war mit ihren Augen passiert? Sie hatte ihr Gesicht im Spiegel des Flusses betrachtet, und das orangegelbe Leuchten war weiter verblasst. Was hatte das zu bedeuten? Wenn man dieses Gesicht sah, konnte man denken, sie wäre eine gewöhnliche Frau.

Die ersten beiden Tage verbrachte sie damit, außen herumzugehen, um sich ein Bild von den Sicherheitsvorkehrungen zu machen. Und sie machte eine Bestandsaufnahme: Fahrzeuge, Truppenstärke, Bewaffnung. Den regulären Patrouillen auszuweichen, die aus dem Haupttor kamen, war leicht; sie gaben sich keine Mühe, als fühlten sie sich im Grunde nicht bedroht. Im Morgengrauen verließen Trucks die Kaserne und fuhren kreuz und quer durch die Stadt. Sie transportierten Arbeiter zu Fabriken, Scheunen und

Feldern und brachten sie abends wieder zurück. Im Laufe ihrer Beobachtungen begriff Alicia, dass das, was sie da sah, eine Art Gefängnis war, ein Stadtstaat mit Sklaven und Sklavenhaltern, aber die Sicherheitsstrukturen erschienen kümmerlich. Die Zäune waren nur spärlich bewacht, und viele der Wachen schienen nicht einmal bewaffnet zu sein. Die Macht, die diese Bevölkerung in Schach hielt, wirkte von innen.

Bald konzentrierte sie sich vor allem auf zwei Gebäude. Das eine war der große Bau mit den Kränen. Er hatte das klobige Aussehen einer Festung. Durch das Fernglas sah Alicia nur einen einzigen Eingang, ein breites Portal mit schweren Metalltüren. Die Kräne waren nicht in Betrieb; anscheinend war der Bau vollendet, wurde aber nicht benutzt. Welchem Zweck sollte er dienen? Als Zuflucht vor den Virals, als Schutzbunker in letzter Not? Möglich war es, auch wenn nichts in der Stadt ein Gefühl der Bedrohtheit vermittelte.

Das andere Gebäude war das Stadion vor der Südgrenze der Stadt. Es war umzäunt, und anders als der Bunker war das Stadion täglich Schauplatz eines regen Treibens. Fahrzeuge kamen und gingen – Kastentransporter, aber auch größere Trucks, die immer in der Abenddämmerung oder kurz danach erschienen und eine steile Rampe hinunterfuhren, die vermutlich in ein Kellergeschoss führte. Was sie enthielten, war ein Rätsel, bis am vierten Tag ein Viehtransporter mit Rindern die Rampe hinunterrollte.

Irgendetwas bekam dort unten zu fressen.

Kurz nach Mittag am vierten Tag lag Alicia in dem Abflussrohr, in dem sie ihr Lager aufgeschlagen hatte, und ruhte sich aus, als sie den Donner einer fernen Explosion hörte. Eine schwarze Rauchwolke stieg vom Fuße des Hügels in den Himmel. Mindestens ein Gebäude stand in Flammen. Sie sah, wie Männer und Fahrzeuge zum Schauplatz rasten. Ein Pumpenwagen kam dazu, um die Flammen zu löschen. Inzwischen hatte sie gelernt, die Gefangenen von den Wärtern zu unterscheiden, aber jetzt erschien plötzlich eine dritte Klasse von Personen. Es waren drei, und sie kamen zum Ort der Katastrophe in einem eleganten schwarzen Wagen, der ganz anders aussah als die zusammengeflickten Schrottkarren, die Alicia bisher gesehen hatte. Sie rückten ihre Krawatten zurecht und strichen die Falten in ihren Anzügen glatt, als sie in die Wintersonne hinaustraten. Was waren denn das für seltsame Kostüme? Ihre Augen waren hinter schweren dunklen Brillen verborgen. Nur wegen des Lichts oder noch aus einem anderen Grund? Ihre Anwesenheit wirkte auf der Stelle – wie ein Stein, der ins Wasser fällt und kreisförmige Wellen auf der Oberfläche verursacht. Alle anderen Anwesenden strahlten eine bange Geschäftigkeit aus. Einer der Anzugmänner schien Notizen auf einem Clipboard zu machen, während die beiden anderen wild gestikulierend Befehle brüllten. Was war das? Eine Führerkaste, das war klar; alles an dieser Stadt deutete darauf hin, dass es eine gab. Aber was war das für eine Explosion gewesen? Ein Unfall, oder war sie absichtlich ausgelöst worden? Eine offene Stelle in der Rüstung womöglich?

Ihre Befehle waren eindeutig. Erkunde die Stadt, schätze die Bedrohung ein, erstatte nach sechzig Tagen in Kerrville Bericht. Unter keinen Umständen durfte sie mit den Bewohnern in Kontakt treten.

Doch nirgends stand, dass sie außerhalb der Umzäunung bleiben musste.

Der Augenblick war gekommen, sich die Sache genauer anzusehen.

Sie entschied sich für das Stadion.

Noch zwei Tage lang beobachtete sie, flach auf den kalten Boden gedrückt, das Kommen und Gehen der Trucks. Die Zäune waren kein Problem; in das Kellergeschoss zu kommen wäre knifflig. Das Tor sah undurchdringlich aus wie das Portal des Bunkers. Nur wenn ein Truck oben auf die Rampe rollte, fuhr es hoch und schloss sich sofort wieder, wenn der Wagen durchgefahren war – alles in einem perfekten Zeittakt.

In der Abenddämmerung des dritten Tages legte Alicia hinter

einem Gebüsch alle ihre Waffen ab – bis auf den Browning, der in seinem Holster steckte, und ein einzelnes Messer in einer Scheide an ihrer Wirbelsäule. Sie hatte eine Stelle im Drahtzaun gefunden, wo eins von mehreren scheinbar ungenutzten Gebäuden sie beim Hinüberklettern verdecken würde. Zwischen diesen Gebäuden und der Rampe lagen ungefähr hundert Meter offenes Gelände. Wenn der Wagen um die Ecke käme, hätte Alicia sechs Sekunden Zeit, dieses Gelände zu überqueren. Easy, sagte sie sich. Nichts dabei.

Ihr Fuß suchte nur ein einziges Mal Halt im Zaun, dann hatte sie ihn überwunden. Sie drückte sich an die Rückwand des Gebäudes und spähte um die Ecke. Da war er. Pünktlich wie immer rumpelte er auf das Stadion zu. Der Kastentransporter. Der Fahrer schaltete herunter, bevor er um die Ecke fuhr.

Los.

Als der Wagen die Rampe erreichte, war Alicia nur fünf Schritte hinter ihm. Das Tor, das mit rasselnden Ketten hochgezogen wurde, hatte fast seinen höchsten Punkt erreicht. Mit einem Riesensatz katapultierte sie sich durch die Luft, landete auf dem Dach des Wagens und ließ sich flach auf den Bauch fallen. Eine halbe Sekunde später glitt der Wagen unter der Einfahrt hindurch.

Sie gestattete sich einen kurzen Augenblick, in dem sie sich beglückwünschte. Verflixt, sie war *gut!*

Aber nur einen Augenblick. Denn schon fühlte sie es, sie fühlte *sie*. Das allzu vertraute Prickeln auf ihrer Haut und tief in ihrem Schädel ein plätscherndes Murmeln wie von liebkosenden Wellen auf einem fernen Strand. Der Transporter hatte sein Tempo verlangsamt und fuhr durch einen Tunnel. Vor sich sah sie ein zweites Tor. Als sie näher kamen, drückte der Fahrer auf die Hupe, und die Fanfare hallte ohrenbetäubend von den Wänden wider. Das Tor hob sich, um sie durchzulassen, und drei Sekunden später hielt der Wagen an.

Sie waren in einem weiten, leeren Raum, fünfzehn Meter im Quadrat. Unter der Decke hing ein Labyrinth von Rohrleitungen. Alicia spähte nach vorn und zählte sieben Männer. Fünf waren mit Gewehren bewaffnet, die beiden anderen trugen schwere Kanister mit langen stählernen Lanzen auf dem Rücken. Am anderen Ende des Raumes war wieder eine Tür, aber sie war anders als die vorigen: eine schwere Stahlkonstruktion mit dicken Querstäben in einem Rahmen.

Einer der Männer kam mit einem Clipboard auf den Transporter zugeschlendert. Alicia drückte sich so flach auf das Dach, wie sie nur konnte.

»Wo hast du gesteckt?«

»Was redest du? Ich bin doch pünktlich.«

»Nein, bist du nicht. Wie viele hast du?«

»Wie immer.«

»Sollen wir sie als Gruppe behandeln?«

»Was weiß ich? Was steht in der Order?«

Papier raschelte. »Gar nichts«, sagte der zweite Mann nach ein paar Augenblicken. »Als Gruppe, nehme ich an. Sie brauchen Bewegung.«

»Werden noch Wetten angenommen?«

»Wenn du willst.«

»Dann nehm ich sieben Sekunden.«

»Sieben hat Sod schon. Du musst dir was anderes aussuchen.«

»Na, dann sechs.« Die Fahrertür öffnete sich quietschend, und Alicia hörte, wie Sohlen auf dem Zementboden landeten. »Kühe finde ich besser. Dauert länger.«

»Du bist ein krankes Arschloch, weißt du das?« Es war einen Moment lang still. »Aber du hast schon recht. Es ist ziemlich cool.« Er lenkte seine Stimme in eine andere Richtung. »Okay, Leute. Showtime! Licht aus!«

Mit einem dumpfen Laut erlosch das Licht, und stattdessen kam ein zwielichtblaues Leuchten aus vergitterten Glühlampen unter der Decke. Die Männer wichen vor der Tür am anderen Ende zurück. Es war keine Frage mehr, was sich dahinter befand. Alicia spürte es in den Knochen. Irgendetwas im Getriebe knirschte, als ein Stahltor von der Decke heruntersank. Die Männer mit den Rucksackkanistern gingen vor dem Tor in Position. An den Spitzen ihrer Lanzen tanzten Zündflammen. Der Fahrer ging zum Heck seines Wagens und öffnete die Tür.

»Los, raus mit euch.«

»Bitte«, flehte eine Männerstimme. »Ihr müsst das doch nicht tun! Ihr seid nicht wie sie!«

»Ist schon okay, es ist nicht das, was ihr denkt. Jetzt sei ein braver Junge.«

»Wir haben nichts getan!« Das war eine Frau. »Ich bin erst achtunddreißig!«

»Wirklich? Ich hätte geschworen, du bist älter.« Es klickte, als ein Revolver gespannt wurde. »Ihr alle, bewegt euch.«

Nacheinander wurden sie aus dem Wagen gezogen, sechs Männer und vier Frauen mit Ketten an Hand- und Fußgelenken. Sie schluchzten und bettelten um ihr Leben. Ein paar konnten kaum stehen. Zwei Männer hielten ihre Gewehre auf sie gerichtet, und der Fahrer ging mit einem Schlüsselbund zwischen ihnen umher und schloss die Ketten auf.

»Wieso schließt du sie los?«, fragte einer der Wachen.

»Bitte tut das nicht!«, weinte eine Frau. »Ich flehe euch an! Ich habe Kinder!«

Der Fahrer schlug dem Mann, der gesprochen hatte, mit dem Handrücken ins Gesicht und stieß ihn damit auf die Knie. »Hab ich nicht gesagt, ihr sollt die Klappe halten?« Er hielt ein Paar Handschellen hoch. »Willst du die Dinger nachher sauber machen? Ich bestimmt nicht.«

»Ich verstehe.«

Keinen Kontakt mit den Bewohnern, ermahnte Alicia sich. *Keinen Kontakt mit den Bewohnern. Keinen Kontakt mit den Bewohnern.*

»Sod?«, rief der Fahrer. »Sind wir so weit da drüben?«

Ein Mann mit einem Schweinsgesicht stand abseits vor einem Steuerpult. Er legte einen Hebel um, und ein leichter Ruck ging durch das Tor. »Moment, da klemmt was.«

Keinen Kontakt, keinen Kontakt, keinen Kontakt.

»So, jetzt läuft's.«

Zum Teufel damit.

Alicia rollte sich vom Dach herunter und stand plötzlich vor dem Fahrer. »Hi.«

»Was ... verdammt?«

Sie zog das Messer und schob ihm die Klinge unter die Rippen. Scharf ausatmend taumelte er rückwärts.

»Ihr alle!«, schrie Alicia. »Auf den Boden!«

Sie riss den Browning aus dem Holster und bewegte sich vorwärts in den Raum hinein. Sie wölbte beide Hände um die Waffe und feuerte methodisch. Die Wachen waren so verdattert, dass sie gar nicht reagierten. Sie schaltete sie nacheinander aus. Rostrot sprühte das Blut. In den Kopf. Ins Herz. Noch einmal in den Kopf. Die Gefangenen hinter ihr waren in wildes Geschrei ausgebrochen. Sie war hochkonzentriert, ihr Kopf klar wie Glas. Die Luft war durchtränkt vom süß berauschenden Blutgeruch. Sie riss die Wächter von den Beinen, sie ließ sie aufstrahlen wie Blitze. Neun Patronen im Magazin. Wenn sie mit ihnen fertig wäre, hätte sie noch eine übrig.

Es war einer der Männer mit den Flammenwerfern, der sie erwischte. Auch wenn er es keineswegs vorhatte. Als Alicia abdrückte, versuchte er nur, sich zu schützen. Mit einer instinktiven Bewegung zog er den Kopf ein und drehte ihr den Rücken zu.

45

»Papiere.«

Sara zwang ihre Finger, nicht mehr zu zittern, und reichte der Wache den gefälschten Pass. Ihr Herz hämmerte gegen ihre Rippen; es war ein Wunder, dass die Frau es nicht hörte. Sie riss Sara das Papier aus der Hand und überflog es kurz. Ihr Blick huschte herauf zu Saras Gesicht, betrachtete den Pass ein letztes Mal und gab ihn dann mit ausdrucksloser Miene zurück.

»Nächste!«

Sara schob sich durch die Drahtgitterdrehtür. Jetzt gab es kein Zurück mehr: Auf der anderen Seite war sie auf sich allein gestellt. Drüben begann ein eingezäunter Laufgang, der aussah wie in einem Schlachthaus. Eine Kolonne von Tagesarbeitern schlurfte dort hindurch – Hausmeistergehilfen, Küchenarbeiterinnen, Techniker. Zu beiden Seiten dieses Laufgangs standen weitere Kols. Sie hielten zähnefletschende Hunde an Ketten zurück und lachten zusammen, wenn einer der Flachländer zusammenzuckte. Taschen wurden durchsucht, und alle wurden abgetastet. Sara zog sich das Tuch fester um den Kopf und schaute niemanden an. Die eigentliche Gefahr bestand darin, dass jemand sie sehen könnte, der sie kannte – Flachländer, Kol, egal. Erst in der Uniform eines Dienstmädchens wäre sie anonym und sicher.

Wie Eustace es geschafft hatte, sie in die Kuppel zu bringen, wusste Sara nicht. *Wir sind überall* – mehr hatte er nicht gesagt. Wenn sie drin wäre, würde ihr neuer Sachbearbeiter Kontakt mit ihr aufnehmen. Sie würde nicht im Voraus wissen, wer es war. Der Austausch von Codewörtern, alltäglichen Bemerkungen mit einer geheimen Bedeutung, würde ihre Identität offenbaren. So ging sie den Berg hinauf und versuchte, sich unsichtbar zu machen, indem sie den Blick auf den Boden gerichtet hielt – obwohl, wenn sie es sich recht überlegte: warum eigentlich? Wirkte es nicht natürlicher, wenn sie sich umschaute? Sogar die Luft kam ihr hier oben anders vor: sauberer, aber auch irgendwie aufgeladen, bedrohlich vibrierend. An der Peripherie ihres gesenkten Blicks nahm sie eine massive Präsenz von Human-Resources-Personal in Zweier- und Dreiergruppen wahr. Wahrscheinlich hatten sie wegen der Autobombe die Sicherheitsmaßnahmen verschärft. Wer weiß, vielleicht war es hier auch immer so.

Rings um die Kuppel waren Betonbarrikaden errichtet worden. Sie zeigte dem Wachtposten ihren Pass und stieg dann die breite Treppe hinauf, die zum Eingang führte, einer massiven Flügeltür in einem bronzenen Rahmen. Auf der Schwelle sog sie die Luft tief in die Brust. Auf geht's, dachte sie.

Die Türflügel flogen auf und zwangen sie, seitwärts auszuweichen. Zwei Rotaugen rauschten an ihr vorbei. Sie hatten den Kragen an ihren Jacketts zum Schutz vor der Kälte hochgeschlagen, lederne Aktentaschen baumelten an ihren Händen. Sie dachte schon, sie wäre unbemerkt geblieben, als der Linke an der obersten Stufe stehen blieb und sich zu ihr umdrehte. »Pass auf, wo du hinläufst, Flachländerin.«

Sie starrte zu Boden und gab sich alle Mühe, ihren Blicken auszuweichen. Selbst hinter den dunklen Brillengläsern hatten ihre Augen die Macht, ihr die Gedärme zu verknoten. »Verzeihung, Sir. Mein Fehler.«

»Sieh mich an, wenn ich mit dir rede.«

Sie saß in der Falle. »Ich hab's nicht böse gemeint«, murmelte sie. »Ich habe einen Pass.« Sie hielt ihn hoch.

»Ich habe gesagt, du sollst mich *ansehen.*«

Gegen jeden Selbsterhaltungsinstinkt hob Sara langsam das Gesicht. Einen nervenaufreibenden Moment lang betrachtete das Rotauge sie durch den undurchdringlichen Schild seiner schwarzen Brille und traf keine Anstalten, den Pass entgegenzunehmen. Der zweite Mann schien mit anderen Dingen beschäftigt zu sein und sah es seinem Begleiter nach, dass er sich diese Unterbrechung im Tagesablauf leistete. Die beiden hatten etwas ausgeprägt Kindliches, fand Sara. Mit ihren weichen, makellosen Gesichtern und ihren jungenhaft schlaksigen Gliedern sahen sie aus wie zu große Kinder, die sich verkleidet hatten. Alles war ein Spiel für sie.

»Wenn einer von uns dir sagt, du sollst etwas tun, dann tust du es.«

Der andere blies jetzt ungeduldig die Wangen auf. »Was ist denn heute los mit dir? Die juckt uns doch nicht. Können wir bitte einfach weitergehen?«

»Erst wenn ich hier fertig bin.« Er wandte sich wieder Sara zu. »Habe ich mich klar ausgedrückt?«

Ihr Blut floss wie Eiswasser durch ihre Adern. Sie musste ihre ganze Willenskraft aufwenden, um nicht wegzuschauen. Diese dämonischen Augen. Diese hämisch gekräuselten Lippen eines Schulhoftyrannen. »Ja, Sir«, stammelte sie. »Absolut.«

»Sag mir. Was tust du?«

»Was ich tue?«

Ein aufflackerndes Lächeln wie bei einer Katze, die eine Maus in den Pfoten hält. »Ja. Was du tust. Was dein Job ist.«

Sie hob unterwürfig die Schultern. »Ich mache nur sauber, Sir.« Als er nicht antwortete, fügte sie hinzu: »Ich werde hier Dienstmädchen.«

Das Rotauge musterte sie noch einen Moment lang, als müsse es entscheiden, ob diese Antwort zufriedenstellend war oder nicht. »Na, ich will dir einen Rat geben, Flachländerin. Wenn du durch diese Tür gehst, solltest du dich vorsehen. Ruck, zuck – und es ist vorbei.«

»Das werde ich tun, Sir. Danke, Sir.«

»Und jetzt geh an deine verdammte Arbeit.«

Sara wartete, bis die beiden die Treppe ganz hinuntergegangen waren, bevor sie ihren angespannten Körper wieder lockerte. *Verflixt*, dachte sie. *Um Himmels willen, jetzt nimm dich zusammen. Du betrittst hier ein Gebäude, das voll von denen ist.*

Sie nahm ihren ganzen Mut zusammen und öffnete die Tür.

Sofort war sie überwältigt von einem Gefühl der Weite, und die senkrechte Endlosigkeit des Raumes verzerrte ihren Sinn für Dimensionen. Noch nie hatte sie einen solchen Ort gesehen: den blanken Marmorboden, die Galerien, die wuchtige, weit geschwungene Treppe. Hoch oben schwebte die Decke. Gedämpfte Sonnenstrahlen fielen durch die Vorhänge der oberen Fenster und erfüllten den Raum mit ihrem Dämmerlicht. Alles war laut und leise zugleich; die winzigsten Geräusche hallten lange nach, bevor die Weite sie verschluckte. Ringsum an den Rändern waren Kols postiert, und sie standen auch in regelmäßigen Abständen auf der Treppe. Arbeiter unterschiedlicher Art schlurften durch die Halle und warteten in Zehnerreihen vor einem Abfertigungstisch in der Mitte. Sie stellte sich hinter einem Mann auf, der einen Sack Werkzeug auf dem Rücken trug. Der Drang, an ihm vorbeizuspähen, um zu sehen, was sie erwartete, war stark, aber sie durfte ihm nicht nachgeben. Pass für Pass wurde abgestempelt, und langsam rückte die Schlange vor. Sara war die Fünfte, dann die Dritte, dann Nummer zwei. Der Mann mit dem Werkzeugbeutel ging zur Seite und gab den Blick frei.

Hinter dem Tisch saß Vale.

Adrenalin schoss ihr ins Herz. Sie konnte sich nicht bewegen, konnte nicht atmen. Alles war aus, bevor es angefangen hatte. Ihre Befehle waren klar: Sie durfte nicht lebend gefasst werden. Nina hatte kein Detail ausgelassen, als sie ihr geschildert hatte, was die Rotaugen mit ihr anstellen würden. *Es wird anders sein als alles, was du je erlebt hast. Du wirst sie anflehen, dich zu töten. Du darfst nicht zögern.* Was konnte sie jetzt tun? Sollte sie einfach losrennen und hoffen, dass sie sie erschossen?

»Ist alles in Ordnung, Miss?«

Vale schaute sie erwartungsvoll an und streckte die Hand nach ihrem Pass aus.

»Wie bitte?«

»Ob ... alles ... in Ordnung ist.«

Sie fühlte sich, als habe man sie vom Rand eines Abgrunds zurückgerissen, und verwirrt suchte sie nach der richtigen Antwort. »Ich bin nur ein bisschen nervös.«

Wenn Vale überrascht war, sie zu sehen, ließ er es sich nicht anmerken. Er war einfach ein besserer Schauspieler als sie. Sara kannte ihn seit Jahren, und sie hatte nie etwas gemerkt.

»Die Kuppel kann ziemlich überwältigend wirken, wenn man sie das erste Mal sieht. Sie müssen das neue Mädchen sein, Dani. Ist das korrekt?«

Sie nickte. Dani, so hieß sie jetzt. Nicht Sara.

»Zeigen Sie mir Ihre Marke, bitte.«

Sie schob den Ärmel hoch und streckte den Arm aus. Mit Hilfe eines Insiders in der Registratur hatte Eustace dafür gesorgt, dass Saras Nummer ihrer neuen, fiktiven Identität zugeordnet wurde. Vale verglich sie umständlich mit seinen Unterlagen.

»Anscheinend sollen Sie sich beim Stellvertretenden Direktor Wilkes melden.« Er winkte einen anderen Kol heran, damit der seinen Platz am Tisch einnahm. »Kommen Sie mit.«

Sara kannte den Namen nicht, aber ein Stellvertretender Direktor – das musste jemand von ganz oben sein, ein Mitglied der Führungsebene. Vale eskortierte sie durch einen kurzen Korridor zu einem Aufzug mit spiegelnden Metalltüren. Schweigend und den Blick nach vorn gerichtet standen sie nebeneinander und warteten, bis die Kabine sich öffnete.

»Steigen Sie bitte ein.«

Vale folgte ihr und drückte auf den Knopf für den fünften Stock. Der Aufzug setzte sich in Bewegung. Vale sah sie immer noch nicht an, und sie fragte sich, ob er etwas sagen würde. Als sie am dritten Stock vorbei waren, hob er die Hand zur

Bedienungstafel und legte einen Schalter um. Der Aufzug blieb ruckartig stehen.

»Wir haben nur eine Sekunde Zeit«, sagte er schnell. »Du bist der Frau zugewiesen. Lila. Das ist besser als alles, was wir uns erhofft hatten.«

»Wer ist Lila?«

»Sie ist diejenige, die die Virals unter Kontrolle hält. Ein hochrangiges Ziel. Sie steht unter schwerer Bewachung und verlässt ihre Räume so gut wie nie.«

Saras Verstand arbeitete auf Hochtouren, um alles zu speichern, was er da sagte. »Und was soll ich tun?«

»Vorläufig sollst du sie nur beobachten. Ihr Vertrauen gewinnen. Du und ich, wir werden keinen direkten Kontakt mehr haben. Sämtliche Mitteilungen laufen über das Serviermädchen, das dir dein Essen bringt. Wenn der Löffel auf deinem Tablett mit der Wölbung nach oben liegt, ist ein Zettel unter dem Teller. Antworte auf demselben Weg, aber nur im Notfall. Verstanden?«

Sara nickte.

»Ich habe dich immer gemocht, Sara, und ich bilde mir ein, ich habe getan, was ich konnte, um dich zu beschützen. Aber darauf kommt es jetzt nicht mehr an. Wenn die Rotaugen rauskriegen, wer du bist, werde ich dir nicht helfen können.« Er schob die Finger unter seinen Hosenbund und fischte ein kleines viereckiges Stück Metallfolie heraus, das er ihr in die Hand drückte. »Behalte es immer bei dir. Darin ist ein Stückchen Löschpapier, das mit demselben Mittel getränkt ist, mit dem Nina dich betäubt hat, nur in einer viel höheren Konzentration. Das schiebst du dir unter die Zunge. Es dauert nicht mehr als zwei Sekunden. Glaub mir, es ist besser als die Fahrt in den Keller.«

Sara schob den Folienumschlag in ihre Hosentasche. Jetzt trug sie den Tod bei sich. Hoffentlich würde sie den nötigen Mut aufbringen.

Vales Hand lag auf dem Schalter. »Fertig?«

Mit einem Ruck setzte der Lift sich wieder in Bewegung und wurde langsamer, als sie sich dem Ziel näherten. Vale schlüpfte wieder in seine Rolle. Er schob die Hand unter ihren Arm und umfasste ihn dicht über dem Ellenbogen. Die Tür glitt auf, und draußen stand ein Kol, gedrungen und mit schwarzen Zähnen. Er hatte die Hände in die Hüften gestemmt und funkelte ihnen entgegen.

»Was zum Teufel ist mit diesem Aufzug los?«, fragte er. Dann fiel sein Blick auf Sara. »Was macht die hier oben?«

»Neues Dienstmädchen. Ich bringe sie zu Wilkes.«

Der Kol musterte sie von Kopf bis Fuß und wackelte anzüglich mit den Augenbrauen. »Schade. Sieht gut aus.«

Vale führte sie durch einen von schweren Holztüren gesäumten Gang. In Augenhöhe neben jeder Tür befand sich ein Messingschild mit einem Namen und einem Titel; ein paar davon kannte Sara von den Flugblättern, die im Flachland verteilt wurden. »Aidan Hoppel, Propagandaminister«, »Clay Anderson, Minister für Öffentliche Bauten«, »Daryl Chee, Minister für Materialressourcen-Rückgewinnung«, »Vikram Suresh, Minister für Öffentliche Gesundheit«. An der letzten Tür stand »Frederick Wilkes, Stabschef und Stellvertretender Direktor des Homelands«.

»Herein.«

Der Inhaber des Büros saß über einen Stapel Papier gebeugt an seinem Schreibtisch und schrieb etwas mit einem Füllfederhalter. Mattes Winterlicht sickerte durch die Vorhänge an den Fenstern hinter ihm. Nach einer Weile hob er den Kopf. »Dani, ja?«

Sara nickte.

Das Rotauge richtete seinen Blick auf Vale. »Warten Sie draußen, bitte.«

Die Tür fiel klickend ins Schloss. Wilkes wiegte sich in seinem Stuhl nach hinten. Er strahlte Müdigkeit aus. Er nahm ein Blatt von seinem Stapel und überflog es.

»Die Molkerei. Da hast du gearbeitet?«

»Jawohl, Stellvertretender Direktor.«

»Und du hast keine unmittelbaren Verwandten.«

»Nein, Stellvertretender Direktor.«

Wilkes schaute weiter auf das Blatt auf seinem Schreibtisch.

»Tja, anscheinend ist heute dein Glückstag, junge Dame. Du wirst Lilas Gesellschafterin sein. Sagt dir der Name etwas?«

Sara schüttelte kleinlaut den Kopf.

»Hast du vielleicht Gerüchte gehört? Wir machen uns keine Illusionen. Die Security ist nicht immer so, wie wir uns das wünschen. Du kannst es mir ruhig sagen, wenn du etwas gehört hast.«

Es kostete sie monumentale Anstrengung, ihm in die Augen zu sehen. »Nein, ich habe nichts gehört.«

Wilkes ließ einen Augenblick verstreichen, ehe er fortfuhr: »Na schön. Es mag genügen, wenn ich sage, Lila ist auf ihre Weise einzigartig. Dein Job ist ziemlich einfach. Im Grunde musst du nur tun, was sie verlangt. Du wirst feststellen, dass sie – wie soll ich sagen …? Sie kann unberechenbar sein. Manchmal wird dir das, was sie will, sonderbar vorkommen. Glaubst du, damit kommst du zurecht?«

Sie antwortete mit einem knappen Kopfnicken. »Ja, Sir.«

»Vor allem musst du dafür sorgen, dass sie isst. Das erfordert ein bisschen Überredung. Sie kann überaus stur sein.«

»Sie können sich auf mich verlassen, Stellvertretender Direktor.«

Er lehnte sich wieder zurück und verschränkte die Hände auf dem Schoß. »Du wirst feststellen, dass das Leben in der Kuppel sehr viel komfortabler ist als im Flachland. Drei volle Mahlzeiten am Tag. Heißes Wasser zum Waschen. Abgesehen von den Pflichten, die ich dir beschrieben habe, wird man sehr wenig von dir verlangen. Wenn du deine Arbeit gut machst, gibt es keinen Grund, weshalb du unsere Großzügigkeit nicht noch jahrelang genießen solltest. Eins noch. Wie verstehst du dich mit Kindern?«

Sie war verblüfft. »Mit Kindern?«

»Ja. Magst du sie? Kommst du mit ihnen zurecht? Ich persönlich finde sie ziemlich anstrengend.«

Sara verspürte einen vertrauten Stich. »Ja, Sir. Ich mag sie ganz gern.«

Sie wartete auf weitere Erklärungen, aber Wilkes hatte offenbar nicht vor, welche abzugeben. Er musterte sie einen Moment lang über seinen Schreibtisch hinweg und griff dann zum Telefon.

»Sagen Sie ihnen, wir sind unterwegs.«

Ungefähr eine Stunde später stand Sara im Gewand eines Dienstmädchens auf der Schwelle eines Zimmers, das so luxuriös eingerichtet war, dass die Vielfalt der Details nicht leicht zu erfassen war. Schwere Vorhänge verhüllten die Fenster. Licht kam nur von mehreren großen Kerzenleuchtern aus Silber, die verteilt im Zimmer standen. Nach und nach erst gewöhnte man sich an das Halbdunkel. Mit den Unmengen von Möbeln und Zierrat sah es nicht aus wie eine Wohnung, sondern eher wie ein Gemischtwarenlager. Auf der einen Seite standen ein voluminöses Sofa mit dicken, fransengeschmückten Kissen und zwei ebenso umfangreich gepolsterte Sessel. Gruppiert waren sie um einen flachen, viereckigen Tisch, auf dessen polierter Platte sich Bücher stapelten. Weitere Kissen in verschiedenen Farben lagen auf dem Boden verstreut, der von einem verschnörkelt gemusterten Teppich bedeckt war. An den Wänden hingen lauter Ölgemälde in schweren vergoldeten Rahmen – Landschaften, Bilder von Pferden und Hunden und viele Porträts von Frauen mit ihren Kindern in eigenartigen Kostümen. Vor allem eins erregte Saras Aufmerksamkeit: Eine Frau in einem blauen Kleid und mit einem orangefarbenen Hut saß in einem Garten und hielt ein kleines Mädchen bei der Hand. Sie trat näher heran, um es genauer zu betrachten. Auf einer kleinen Plakette unten am Rahmen stand: *Pierre Auguste Renoir, »Auf der Terrasse«, 1881*.

»Da sind Sie ja. Es wurde auch Zeit, dass sie jemanden schicken.«

Sara fuhr herum. Eine Frau stand mit verschränkten Armen in der Schlafzimmertür. Sie war mehr und zugleich weniger als das, was Sara sich nach dem, was Vale und Wilkes gesagt hatten, vorgestellt hatte. Sie hatte eine beeindruckende Erscheinung erwartet, aber die Gestalt, die vor ihr stand, war eher zierlich. Sie war vielleicht sechzig Jahre alt und hatte tiefe Falten im Gesicht. Halb-mondförmige, schlaffe Hautsäcke hingen wie Hängematten unter den wässrigen Augen. Ihre Lippen waren so bleich, dass sie prak-tisch gar nicht existierten: Geisterlippen. Sie trug ein schimmern-des Gewand aus einem dünnen, glänzenden Stoff, und ein dickes Handtuch war wie ein Turban um ihren Kopf geschlungen.

»¿Hablas inglés?«

Sara starrte sie stumm an und wusste auf diese unverständliche Frage nichts zu antworten.

»Sprechen … Sie … Englisch?«

»Ja«, sagte Sara. »Ich spreche Englisch.«

Die Frau erschrak ein wenig. »Oh. Tatsächlich. Ich muss sagen, das ist etwas Neues. Wie oft habe ich den Service gebeten, mir je-manden zu schicken, der wenigstens ein kleines bisschen Englisch spricht?« Sie wedelte abwesend mit den Händen. »Verzeihung, wie war Ihr Name noch mal?«

Sara hatte ihn noch gar nicht genannt. »Dani.«

»Dani«, wiederholte die Frau. »Und woher genau kommen Sie?«

Eine allgemeine Antwort schien am klügsten zu sein. »Von hier.«

»Natürlich kommen Sie von *hier*. Ich meine, *ursprünglich*. Ihr Stamm. Ihr Volk. Ihre Sippe.« Wieder flatterten ihre Hände unge-halten. »Sie wissen schon. Ihre *familia*.«

Mit jedem Satz hatte Sara das Gefühl, tiefer in den Treibsand der Wunderlichkeit zu geraten, mit der diese Frau sich umgab. Dennoch hatte sie etwas an sich, das beinahe liebenswert war. Sie wirkte so hilflos wie ein zwitschernder Vogel in einem Käfig.

»Ich stamme aus Kalifornien.«

»Ah. Jetzt kommen wir weiter.« Nach einer kurzen Pause schien ihr ein Licht aufzugehen. »Oh, ich *verstehe*. Sie finanzieren sich so Ihr Studium. Warum sagen Sie das nicht?«

»Ma'am?«

»Bitte«, zirpte die Frau. »Nennen Sie mich Lila. Und seien Sie nicht so bescheiden. Es ist bewundernswert, was Sie da tun. Spricht sehr für Ihren Charakter. Das soll natürlich nicht heißen, dass ich Ihnen mehr bezahlen werde als den anderen Mädchen. Das habe ich dem Service klar und deutlich gesagt. Vierzehn die Stunde und damit basta.«

Vierzehn was?, dachte Sara. »Vierzehn sind in Ordnung.«

»Und natürlich die Sozialversicherung, die bezahlen wir auch. Und wir melden es ordnungsgemäß beim Finanzamt. David ist sehr genau in diesen Dingen. Er hält sich immer an die Regeln. Ein großer alter Spielverderber. Die Krankenversicherung übernehmen wir leider nicht, aber die haben Sie als Studentin sicher auch so.« Sie strahlte ermutigend. »Also, sind wir uns einig?«

Sara nickte völlig verdattert.

»Ausgezeichnet. Ich muss sagen, Dani«, sagte die Frau und kam schwerelos herbeigeschwebt, »Sie kommen wirklich gerade noch rechtzeitig. Keinen Augenblick zu früh, würde ich sagen.« Sie hatte eine Streichholzschachtel aus einer Tasche geholt und zündete die Kerzen auf einem großen Kandelaber neben ihrer Frisierkommode an. »Wollen Sie das nicht da drüben hinstellen?«

Sie meinte das Tablett, das Wilkes ihr gegeben hatte. Darauf standen eine Karaffe aus Metall und ein Becher. Sara stellte es auf den Tisch, auf den die Frau gezeigt hatte, neben einem mit Tüchern verhängten, mit Schnitzereien verzierten Kleiderschrank. Lila hatte sich vor einem Standspiegel aufgestellt, drehte die Schultern hin und her und betrachtete sich.

»Und, was meinen Sie?«

»Wie bitte?«

Lila legte eine Hand auf ihren Bauch und drückte ihn flach, während sie die Brust aufblies. »Diese schreckliche Diät. Ich glaube, ich bin in meinem ganzen Leben nicht so ausgehungert gewesen. Aber es scheint tatsächlich zu wirken. Was würden Sie sagen, Dani? Noch fünf Pfund? Sie können ruhig ehrlich sein.«

Im Profil betrachtet bestand die Frau nur aus Haut und Knochen. »Ich finde, Sie sehen gut aus«, sagte Sara behutsam. »Ich würde nicht noch mehr abnehmen.«

»Wirklich nicht? Weil – wenn ich in den Spiegel schaue, denke ich immer, wer ist denn diese fette Kuh? Dieser aufgeblasene Ballon? Das denke ich dann immer.«

Sara dachte an Wilkes' Anordnung. »Ehrlich gesagt, ich glaube, Sie müssen essen.«

»Das ist nichts Neues. Glauben Sie mir, ich höre es *nicht* zum ersten Mal.« Sie stemmte die Hände in die Hüften, legte das Gesicht in Falten und senkte die Stimme um eine Oktave. »Lila, du bist zu dünn. Lila, du musst ein bisschen was auf die Rippen bekommen. Lila hier, Lila da, bla bla bla.« Plötzlich weiteten sich ihre Augen voller Panik. »Ach du meine Güte, wie spät ist es?«

»Ich schätze ... so gegen Mittag?«

»Ach du meine Güte.« Die Frau fing an, im Zimmer umherzuwieseln, diverse Habseligkeiten an sich zu raffen und anscheinend willkürlich woanders wieder hinzulegen. »Stehen Sie nicht herum«, sagte sie beschwörend, nahm einen Stapel Bücher und schob sie in ein Regal.

»Was soll ich denn tun?«

»Ich weiß nicht ... einfach – *irgendetwas.* Hier ...« Sie drückte Sara ein paar Kissen in die Hand. »Legen Sie die da drüben hin. Auf das Dingeldumda.«

»Äh, Sie meinen das Sofa?«

»Natürlich meine ich das Sofa!«

Und dann plötzlich leuchtete ein Licht in ihrem Gesicht auf. Ein wunderbares, glückliches, strahlendes Licht. Sie starrte über Saras Schulter hinweg zur Tür.

»Mein Schatz!«

Sie sank in die Hocke, und ein kleines Mädchen in einem schlichten weißen Kleid und mit hüpfenden blonden Ringellocken lief an Sara vorbei in ihre ausgebreiteten Arme.

»Mein Engel! Mein süßes kleines Mädchen!«

Das Kind hielt ein bunt bemaltes Blatt Papier in der Hand und zeigte auf Lilas Turban. »Hast du gebadet, Mummy?«

»Aber ja! Du weißt doch, wie gern Mummy badet. Was für ein

kluges Kind du bist! Aber sag doch«, fuhr sie fort, »wie war der Unterricht? Hat Jenny dir vorgelesen?«

»Wir haben ›Peter Hase‹ gelesen.«

»Wie wundervoll!« Die Frau strahlte. »War es lustig? Hat es dir gefallen? Ich habe dir bestimmt schon erzählt, wie vernarrt ich in ihn war, als ich in deinem Alter war.« Sie sah das Blatt Papier an. »Und was haben wir da?«

Das kleine Mädchen hielt das Blatt hoch. »Ein Bild.«

Lila betrachtete es einen Moment lang. »Bin ich das? Ist das ein Bild von uns beiden?«

»Das sind Vögel. Der eine heißt Martha, der andere Bill. Sie bauen gerade ein Nest.«

Leise Enttäuschung flackerte in ihrem Blick, dann lächelte sie wieder. »Ja, natürlich, stimmt. Das sieht doch jeder. So offensichtlich wie das Näschen in deinem hübschen kleinen Gesicht.«

Und so ging es immer weiter. Sara nahm kaum etwas davon auf. Ein intensives neues Gefühl war über sie gekommen, eine Art biologischer Alarm, tiefgründig und urzeitlich, einer Flut ähnlich in Gewicht und Umfang, begleitet von einer tunnelartigen Verengung ihrer Wahrnehmung, die sich auf den Blondkopf des kleinen Mädchens beschränkte. Diese Locken. Diese Gestalt. Schon wusste sie es, ohne es zu wissen, und auch das wusste sie.

»Aber wie grässlich von mir«, sagte die Frau, Lila, jetzt, und ihre Stimme war unfassbar weit entfernt von der Wirklichkeit, als käme sie von einem anderen Planeten. »Ich habe meine Manieren völlig vergessen. Eva, ich muss dich mit jemandem bekannt machen. Das hier ist unsere neue Freundin …« Ratlos stockte sie.

»Dani«, brachte Sara hervor.

»Unsere wunderbare neue Freundin Dani. Eva, sag guten Tag.«

Das Mädchen drehte sich um. Die Zeit stand für einen Moment still, als Sara ihr Gesicht sah: eine einzigartige Zusammensetzung von Formen und Zügen, die es im ganzen Universum kein zweites Mal gab. Sara hatte nicht den geringsten Zweifel.

Das Kind schenkte ihr ein strahlendes Lächeln mit geschlossenem Mund. »Guten Tag, Dani.«

Sara schaute ihre Tochter an.

Aber in der nächsten Sekunde veränderte sich etwas. Ein Schatten fiel herein, eine dunkle Erscheinung senkte sich herab und riss Sara in die Welt zurück.

»Lila.«

Sara drehte sich um. Er stand hinter ihr. Sein Gesicht war das eines Mannes, alltäglich, unauffällig wie eins von tausend, aber es strahlte eine unsichtbare, drohende Kraft aus, unwiderlegbar wie die Schwerkraft.

Er schaute Sara verachtungsvoll in die Augen, und sein Blick durchbohrte sie restlos. »Weißt du, wer ich bin?«

Sara schluckte. Ihre Kehle war eng wie ein Schilfrohr. Zum ersten Mal durchzuckte sie der Gedanke an das Folienpäckchen, das tief in den Falten ihres Gewandes versteckt war. Es sollte nicht das letzte Mal sein.

»Jawohl, Sir. Sie sind Direktor Guilder.«

Seine Mundwinkel krümmten sich angeekelt herunter. »Lass deinen Schleier herunter, Herrgott. Mir wird schlecht, wenn ich dich nur ansehen muss.«

Mit zitternden Fingern tat sie, was er verlangte. Der Schatten verwandelte sich in einen echten Schatten; seine Züge verschwammen barmherzig hinter dem zarten Schleiergewebe wie in einem Nebel. Guilder ging an ihr vorbei zu Lila, die immer noch vor Saras Tochter kniete. Wenn seine Anwesenheit dem kleinen Mädchen etwas bedeutete, war es ihr nicht anzusehen, aber bei Lila war es anders. Jede Faser ihres Körpers spannte sich spürbar an. Sie hielt das Kind vor sich umklammert wie einen Schild und stand auf.

»David …«

»Hör einfach auf damit.« Sein Blick huschte verärgert über sie hinweg. »Du siehst grässlich aus, weißt du das?« Er drehte sich zu Sara um. »Wo ist es?«

Er meinte das Tablett, begriff sie.

»Bring es her.«

Ihre Hände schafften es irgendwie.

»Sie sollen verschwinden«, sagte Guilder zu Lila.

»Eva, Schätzchen, warum gehst du nicht mit Dani nach draußen?« Sie warf Sara einen beschwörenden Blick zu. »Es ist so schön heute. Ein bisschen frische Luft – was meinst du?«

»Ich will, dass *du* mitgehst«, protestierte das Mädchen. »Du gehst *nie* nach draußen.«

Lilas Stimme klang, als zwinge man sie, ein Lied zu singen. »Ich weiß, mein Schatz, aber du weißt doch, wie empfindlich Mummy gegen die Sonne ist. Und Mummy muss jetzt ihre Medizin nehmen. Du weißt, wie Mummy wird, wenn sie ihre Medizin nimmt.«

Widerstrebend gehorchte die Kleine. Sie löste sich von Lila und kam zu Sara, die an der Tür stand.

Es war qualvoll und wunderbar, als sie Saras Hand nahm. Haut berührte Haut. So unerträglich klein war die Geste, aber von eigenständiger Kraft und von Erinnerungen durchdrungen. Saras Sinne konzentrierten sich ganz auf die winzige Hand ihres Kindes in ihrer eigenen. Es war das erste Mal, dass sie einander berührten, seit die eine in der anderen gewesen war, aber jetzt war es umgekehrt: Jetzt war Sara innen.

»Lauft schon, ihr beide«, krächzte Lila. Sie bot ein Bild des absoluten Jammers, als sie zur Tür winkte. »Amüsiert euch.«

Ohne ein weiteres Wort führte Kate – Eva – Sara hinaus. Sara schwebte, und zugleich war sie tonnenschwer. Eva, dachte sie. Ich muss daran denken, sie Eva zu nennen. Ein kurzer Flur, dann eine Treppe, und unten ging es durch eine Flügeltür hinaus in einen kleinen, umzäunten Hof mit einer Wippe und einer verrosteten Schaukel. Der Himmel schaute mit ernstem, schneeverheißendem Licht herunter.

»Komm«, sagte das Kind und riss sich los.

Sie kletterte auf die Schaukel. Sara stellte sich hinter sie.

»Stoß mich an.«

Sara packte die beiden Ketten und zog sie zurück. Plötzlich war sie nervös. Wie weit war es ungefährlich? Dieses kostbare, geliebte Wesen. Dieser heilige, wunderbare Mensch. Ein Meter war sicher mehr als genug. Sie ließ die Ketten los, und das Mädchen schwang im Bogen nach vorn und schwenkte energisch die Beine.

»Höher!«, befahl sie.

»Bist du sicher?«

»Höher, höher!«

Jedes Gefühl durchbohrte sie, jedes brannte sich schmerzlos in ihr Herz. Sara legte ihrer Tochter eine Hand ins Kreuz und gab ihr einen Stoß. Hoch hinauf stieg sie in die Dezemberluft. Mit jedem Bogen schwang ihr Haar zurück und füllte die Luft hinter ihr mit dem süßen Duft ihrer Person. Die Kleine schaukelte stumm; glücklich und zufrieden mit dem, was sie da tat. Ein Mädchen auf der Schaukel im Winter.

Mein Liebling Kate, dachte Sara. *Mein Kind, mein einziges.* Immer wieder stieß sie es an, und das Mädchen flog davon und kehrte jedes Mal zu ihrer Hand zurück. *Ich wusste es, ich wusste es, ich wusste es immer. Du bist die Glut des Lebens, in die ich geblasen habe, in tausend Nächten. Nie konnte ich dich sterben lassen.*

46

Houston.

Die verflüssigte Stadt, ertränkt vom Meer. Ein großstädtischer Morast. Nichts stand hier mehr außer den Wolkenkratzern im Zentrum. Wirbelstürme, sintflutartige tropische Regenfälle, die ungebändigten Wasserfluten eines ganzen Kontinents, die endlich den Weg in den Golf gefunden hatten: Hundert Jahre lang war das Hochwasser gekommen und gegangen. Es hatte das Tiefland überschwemmt, hier ein schmutziges Bayou, dort ein kontaminiertes Delta geschaffen und alles andere ausgetilgt.

Sie waren zehn Meilen davor. Die letzten Tage hatten sie im Zickzack zurückgelegt, hatten trockene Regionen und gangbare Straßenabschnitte gesucht und sich den Weg durch insektenverseuchtes Dornendickicht freigehackt. In diesen Gegenden zeigte die Natur ihre wahren, bösartigen Absichten: Alles hier wollte stechen, schwirren, beißen. Die Luft ächzte schwer, gesättigt von fauligem Gifthauch. Die Bäume, knorrig wie Klauenhände, schienen aus einem anderen Zeitalter zu stammen. Sie sahen regelrecht künstlich aus. Wer dachte sich solche Bäume aus?

Die Dunkelheit kam mit chemikaliengelber Trübnis. Sie bewegten sich nur noch im Kriechtempo voran, und sogar Amy zeigte sich allmählich genervt. Die Krankheitssymptome hatten nicht nachgelassen, im Gegenteil: Wenn sie glaubte, Greer schaue nicht her, presste sie die Hände auf den Leib und atmete langsam und mit schmerzverzerrtem Gesicht aus. Sie übernachteten im oberen Stock eines Hauses, das in seinem verfallenen Reichtum unerhört erschien: tropfende Kronleuchter, Räume, so groß wie Hörsäle, und alles fleckig von schwarz stinkendem Schimmel. Eine braune Linie, einen Meter hoch über dem Marmorboden, zog sich unten um die Wände herum, wo eine Überschwemmung sie hinterlassen hatte. In dem kolossalen Schlafzimmer, in dem sie ihr Nachtquartier bezogen, öffnete Greer die Fenster, um den Ammoniakgeruch abziehen zu lassen. Unter ihm, in dem von Ranken überwucherten Garten, lag ein Swimmingpool voll Schleim.

Die ganze Nacht hindurch hörte Greer die Dopeys, die draußen in den Bäumen unterwegs waren. Sie schwangen sich von Ast zu Ast wie große Affen. Er lauschte ihrem Geraschel im Laub, gefolgt von den schrillen tierischen Schreien der Ratten und Eichhörnchen und anderen Kleinlebewesen, die ihr Schicksal ereilte. Amys Ermahnung zum Trotz schlief er unruhig mit seiner Pistole in der Hand. *Denken Sie nur immer daran. Carter ist einer von uns.* Hoffentlich stimmte das.

Am Morgen ging es Amy nicht besser.

»Wir sollten warten«, sagte er.

Schon das Stehen schien ihre ganze Kraft zu erfordern. Sie gab sich keine Mühe, ihr Unwohlsein zu verbergen. Mit beiden Händen griff sie sich an den flachen Bauch und senkte vor Schmerzen den Kopf. Er sah das Beben in ihrem Leib, wenn die Krämpfe hindurchgingen.

»Wir ziehen weiter«, sagte sie mit zusammengebissenen Zähnen.

Sie ritten weiter nach Osten. Die Wolkenkratzer der Innenstadt ragten jetzt vor ihnen auf, jedes Gebäude klar erkennbar. Manche waren eingestürzt. Andere lehnten sich stützend aneinander wie Betrunkene, die aus einer Bar torkeln. Amy und Greer folgten einem schmalen Sandstreifen zwischen zwei grün überwucherten, sumpfigen Wasserläufen. Die Sonne stand hoch und hell am

Himmel. Vom Meer angeschwemmte Trümmer fanden sich jetzt auch – Boote und Teile von Booten lagen im Flachwasser, als wären sie erschöpft dort hingesunken. Dort, wo das Land zu Ende war, stieg Greer ab, nahm das Fernglas aus seiner Satteltasche und richtete es über das schmutzige Wasser. Geradeaus vor ihnen, an einem Wolkenkratzer verkeilt, lag ein riesiges Schiff auf Grund. Das Heck ragte unglaublich hoch in die Luft, und die riesigen Propeller waren über der Wasserlinie zu sehen. Auf dem Heck stand, triefend von Rost, der Name des Schiffes: *Chevron Mariner.*

»Da werden wir ihn finden«, sagte Amy.

Trockenen Fußes würden sie nicht hinkommen können; sie mussten sich ein Boot suchen. Dabei hatten sie Glück. Nachdem sie nur eine Viertelmeile weit zurückgeritten waren, fanden sie ein Aluminium-Ruderboot, das kieloben im Dickicht lag. Der Boden schien in Ordnung zu sein, und alle Nieten waren fest. Greer schleifte es an den Rand der Lagune und schob es ins Wasser. Als es nicht unterging, half er Amy aus dem Sattel.

»Was ist mit den Pferden?«, fragte er sie.

Ihr Gesicht war eine Maske von mühsam unterdrücktem Schmerz. »Wir dürften zurück sein, bevor es dunkel wird, denke ich.«

Er hielt das Boot still, damit Amy hineinsteigen konnte, und kletterte dann auf die mittlere Bank. Ein flaches Brett diente als Paddel. Amy saß im Heck, plötzlich nur noch ein Stück Ladung. Sie hatte die Augen geschlossen und die Arme um den Leib geschlungen, und der Schweiß tropfte von ihrer Stirn. Sie gab keinen Laut von sich, aber Greer hatte den Verdacht, dass sie nur seinetwegen so still war. Sie näherten sich dem Schiff, das schwindelerregende Ausmaße besaß. Die verrostete Flanke ragte ein paar hundert Fuß hoch über die Lagune. Es lag schräg auf der Seite, und das Wasser ringsum war dick von Öl. Greer paddelte das Boot ins Foyer des benachbarten Gebäudes und legte bei den Rolltreppen an.

»Lucius, ich glaube, ich brauche deine Hilfe.«

Er legte ihr einen Arm um die Taille und half ihr aus dem Boot.

Sie stiegen die Rolltreppe hinauf und gelangten in ein Atrium mit weiteren Rolltreppen und Wänden aus getöntem Glas. »One Allen Center« stand auf einer Tafel über einem Verzeichnis von Büros. Sie hatten einen schweren Aufstieg vor sich; zehn Stockwerke würden sie mindestens hinaufklettern müssen.

»Schaffst du das?«, fragte Greer.

Amy biss sich auf die Lippe und nickte.

Sie folgten dem Wegweiser zur Treppe. Greer nahm einen Glühstab aus seiner Tasche und knickte ihn übers Knie. Dann umschlang er wieder ihre Taille, und sie machten sich an den Aufstieg. Die stehende Luft im Treppenhaus war giftig von Schimmel. Alle paar Stockwerke mussten sie hinaustreten, um die Lunge freizubekommen. Im elften Stock machten sie halt.

»Ich glaube, wir sind hoch genug«, meinte Greer.

Durch das verschlossene Fenster eines Büros voller Bücher schauten sie hinunter auf das Deck des Tankers, das drei Meter unter ihnen hart an das Gebäude stieß. Kein Problem, da hinunterzuspringen. Greer packte einen Schreibtischsessel, hob ihn über den Kopf und schleuderte ihn gegen das Fenster. Es zerbrach in einer schrillen Explosion von klirrendem Glas.

Er drehte sich um und sah Amy an.

Sie betrachtete ihre Hand, die sie gewölbt vor sich hielt wie einen Becher. Eine hellrote Flüssigkeit schwamm in ihrer Handfläche. Erst jetzt sah Greer den Fleck in ihrem Kittel. Blut rieselte auch an ihren Beinen herunter.

»Amy …«

Sie sah ihm in die Augen. »Du bist müde«, sagte sie.

Es war, als werde er in etwas unendlich Weiches gehüllt. Schlaf umfing seinen ganzen Körper wie eine warme Decke.

»O verdammt«, sagte er, aber er war schon nicht mehr da und sank zu Boden.

47

Peter und die anderen fuhren auf dem Highway 90 nach San Antonio hinein. Es war früh am Morgen. Die erste Nacht hatten sie in einer Hardbox im äußeren Vorortring der Stadt verbracht, einem weitläufigen Gebiet mit verfallenen, verwitterten Häusern, viele davon bis an die Decke mit Sand gefüllt. Der Raum lag unter einem Polizeirevier und hatte eine befestigte Zufahrtsrampe an der Rückseite. Keine DS-Hardbox, erklärte Hollis, sondern eine von denen, die Tifty gehörten. Sie war größer als die Schutzräume, die Peter kannte, aber genauso einfach ausgestattet: ein stickiger Raum mit Feldbetten und einem Stellplatz, auf dem ein Pick-up mit dicken Reifen wartete. Benzinkanister standen auf der Ladefläche. Kisten und Spinde zogen sich an den Wänden entlang. Was da wohl drin ist?, fragte Michael, und Hollis zog eine Braue hoch und meinte nur: Ich weiß es nicht, Michael. Was glaubst du?

Unter einem bleischweren Himmel fuhren sie im Morgengrauen los. Hollis saß am Steuer neben Peter, Michael und Lore waren auf die Ladefläche geklettert. Ein großer Teil der Stadt war in den Tagen der Epidemie niedergebrannt. Ob es im Krieg passiert war, als Vergeltung dafür, dass Texas sich für unabhängig erklärt hatte, oder ob man die Virals schlicht ausräuchern wollte, wusste Peter nicht. Vom Stadtkern war kaum etwas übrig außer einer Handvoll Hochhäuser, die sich einsam und verlassen vor den ausgebleichten

Hügeln abhoben. Versengte Fassaden verrieten, dass in den rußge-schwärzten, halb eingestürzten Innenräumen jetzt eine Armee von Dopeys den Tag verdämmerte. »Nur Dopeys«, sagten die Leute immer, aber die Wahrheit war: Virals waren Virals.

Peter wartete darauf, dass Hollis abbog – nach Norden oder Süden –, aber stattdessen fuhr er ins Herz der Stadt hinein und vom Highway herunter auf schmale Straßen. Die Strecke war ge-räumt worden. Autos und Lastwagen lagen am Straßenrand. Als die Schatten der Gebäude sich über den Truck legten, schob Hol-lis das Heckfenster auf. »Nehmt lieber eure Waffen in die Hand«, warnte er Michael und Lore. »Wenn wir hier durchfahren, solltet ihr euch vorsehen.«

»Augen überall, *hombre*«, war die Antwort.

Peter betrachtete die Verwüstung. Es waren die großen Städte, die seine Gedanken immer auf die Welt lenkten, wie sie einmal ge-wesen war. Gebäude und Häuser, Autos und Straßen, alles hatte gewimmelt von Menschen, die ihr Leben gelebt hatten, ohne etwas von der Zukunft zu wissen, ohne zu ahnen, dass die Geschichte eines Tages zu Ende sein würde.

Sie kamen ohne Zwischenfälle durch. Die Vegetation drängte sich dichter an die Straße heran, und die Lücken zwischen einzel-nen Gebäuden wurden breiter.

»Wie weit noch?«, fragte Peter.

»Keine Sorge. Nicht mehr sehr weit«, sagte Hollis.

Zehn Minuten später fuhren sie an einem Zaun entlang. Hollis stoppte an einem Tor, nahm einen Schlüssel aus dem Handschuh-fach und stieg aus. Peter fühlte sich in die Vergangenheit zurück-versetzt: Hollis erinnerte ihn an seinen Bruder Theo, wie er damals das Tor zum Kraftwerk aufgeschlossen hatte, vor all den Jahren.

»Wo sind wir?«, fragte er, als Hollis zum Wagen zurückkam.

»Fort Sam Houston.«

»Ein Militärstützpunkt?«

»Eher ein Armeelazarett«, erklärte Hollis. »War es jedenfalls früher. Heute wird hier nicht mehr viel herumgedoktert.«

Sie fuhren weiter. Gebäude tauchten auf. Peter hatte das Gefühl, durch ein kleines Dorf zu fahren. Ein hoher Uhrturm stand an einem viereckigen Platz, der früher einmal das Zentrum gewesen sein mochte. Abgesehen von ein paar Zeremonienkanonen sah er nichts Militärisches – keine Transporter, keine Panzer, keine Geschützstellungen, keine Befestigungen irgendwelcher Art. Hollis brachte den Pick-up vor einem langen, flachen Gebäude zum Stehen. Auf einem Schild über dem Eingang stand WASSERSPORT-CENTER.

»Wassersport«, sagte Lore, als sie alle ausgestiegen waren. Zweifelnd blinzelte sie zu dem Schild hinauf und hielt das Gewehr einsatzbereit quer vor der Brust. »So was wie … schwimmen?«

Hollis deutete auf das Gewehr. »Das lass lieber hier. Wollen ja keinen schlechten Eindruck machen.« Er wandte sich an Peter. »Letzte Chance. Rückgängig machen kannst du es nicht.«

»Ich bin sicher.«

Sie betraten das Foyer. Im Vergleich zum Rest der Stadt war das Gebäude in guter Verfassung: Die Decken waren dicht, die Fenster geschlossen, und nirgends lag der übliche Müll.

»Fühlt ihr das?«, fragte Michael.

Ein unterschwelliges Vibrieren wie von einer gigantischen Saite ging durch den Boden. Irgendwo im Gebäude lief ein Generator.

»Irgendwie hätte ich mit Wachen gerechnet«, sagte Peter zu Hollis.

»Manchmal sind auch welche da. Wenn Tifty eine Show abziehen will. Aber eigentlich brauchen wir sie nicht.«

Hollis führte sie zu einer Flügeltür und stieß sie auf. Dahinter lag ein großer, gekachelter Raum mit hoher Decke und einem riesigen, leeren Schwimmbecken in der Mitte. Hollis brachte sie durch eine zweite Schwingtür zu einer von summenden Leuchtstoffröhren beleuchteten Treppe, die nach unten führte. Peter wollte ihn fragen, woher Tifty den Sprit für seinen Generator hatte, aber dann beantwortete er sich die Frage selbst. Tifty bekam ihn so, wie er alles bekam: Er klaute ihn.

Die Treppe endete in einem Raum voller Rohre und großer Stahlkisten. Sie waren jetzt unter dem Schwimmbecken und mussten sich zur nächsten Tür durchschlängeln. Sie sah anders aus als die vorigen und war aus massivem Stahl, nicht markiert. Wie man sie öffnete, war nicht zu erkennen; kein sichtbarer Mechanismus war auf der glatten Oberfläche zu entdecken. Aber an der Wand daneben befand sich ein Tastenfeld. Hollis gab in schneller Folge eine Reihe von Ziffern ein, und mit einem leisen Klicken entriegelte sich die Tür und gab den Blick in einen dunklen Korridor frei.

»Ist schon okay«, sagte Hollis und deutete mit dem Kopf auf die Öffnung. »Das Licht geht automatisch an.«

Als der große Mann durch die Tür trat, flackerte eine Reihe Leuchtstoffröhren auf. Das Flirren des Lichts wurde durch die klinikweißen Wände des Korridors noch verstärkt. Peters Vorstellung von Tifty veränderte sich radikal. Was hatte er erwartet? Ein verdrecktes Camp, bevölkert von riesigen, affenartigen Männern, bis an die Zähne bewaffnet? Nichts von dem, was er bisher gesehen hatte, entsprach auch nur im Entferntesten diesen Erwartungen. Im Gegenteil, alles ließ auf ein technisches Niveau schließen, das weit über dem lag, was Kerrville zu bieten hatte. Und er war nicht der Einzige, der seine Meinung revidierte: Michael glotzte ganz unverhohlen. *Toller Laden,* sagte sein Gesicht.

Der Korridor endete an einem Aufzug. Über der Tür war eine Kamera angebracht. Wer immer am anderen Ende saß, wusste, dass sie kamen. Sie waren beobachtet worden, seit sie den Gang betreten hatten.

Hollis hob das Gesicht zum Objektiv und drückte dann auf einen Knopf an der Wand neben einem kleinen Lautsprecher. »Alles in Ordnung«, sagte er, »die gehören zu mir.«

Ein statisches Knistern ertönte. Dann die Frage: »Hollis, was soll der Scheiß?«

»Sie sind alle unbewaffnet. Freunde von mir. Ich bürge für sie.«

»Was wollen sie?«

»Wir müssen mit Tifty sprechen.«

Eine Pause folgte, als ob die Stimme am anderen Ende sich mit jemandem beraten müsste. »Du kannst sie doch nicht einfach so herbringen. Hast du den Verstand verloren?«

»Ich würde es nicht tun, wenn es nicht wichtig wäre. Mach einfach die Tür auf, Dunk.«

Ein Augenblick der Leere, und dann glitt die Tür auf.

»Es ist dein Arsch«, sagte die Stimme.

Sie betraten den Aufzug, und die Kabine glitt langsam abwärts. »Okay, ich gebe mich geschlagen«, sagte Michael. »Was ist das hier?«

»Ein alter USAMRIID-Posten. Eine Nebenstelle der Zentrale in Maryland, die während der Epidemie in Betrieb genommen wurde.«

»Was ist USAMRIID?«, fragte Lore.

Michael beantwortete ihre Frage. »Das ist die Abkürzung von ›United States Army Research Institute for Infectious Diseases‹. Eine Einrichtung des Militärs zur Erforschung von Infektionskrankheiten.« Stirnrunzelnd sah er Hollis an. »Ich komme nicht ganz mit. Was macht Tifty hier?«

Die Tür öffnete sich, sie hörten das Klicken von Waffen, die gespannt wurden, und jeder von ihnen starrte in einen Revolverlauf.

»Auf die Knie, alle Mann.«

Es waren sechs. Der Jüngste schien nicht älter als zwanzig zu sein, der Älteste war irgendwo zwischen vierzig und fünfzig. Struppige Bärte, fettige Haare, schmierige Zähne – das entsprach schon eher den Erwartungen. Einer von ihnen, ein Riese mit einem mächtigen kahlen Schädel und weichen, im Nacken gefalteten Speckrollen, hatte bläuliche Tätowierungen im Gesicht und auf den Armen. Offenbar war das Dunk.

»Ich sage doch, das sind Freunde von mir.« Hollis kniete wie alle anderen auf dem Boden und hatte die Hände auf den Kopf gelegt.

»Sei still.« Die Stimme des Mannes kam aus einer Brust vom Format einer Regentonne, aber sie klang überraschend sanft, ja beinahe feminin. Seine fadenscheinige Kleidung war aus verschiedenen Uniformteilen von Militär und DS zusammengewürfelt. Er schob seinen Revolver in den Holster, ging vor Peter in die Hocke und musterte ihn mit durchdringendem Blick. Aus der Nähe gesehen waren die Bilder auf seinen Armen und in seinem Gesicht besser zu erkennen. Virals. Viral-Hände, Viral-Gesichter, Viral-Zähne. Peter hatte keinen Zweifel daran, dass der Körper des Mannes unter seiner Kleidung davon bedeckt war.

»Ein Expeditionär«, näselte Dunk und nickte ernst. »Das wird Tifty gefallen. Wie heißt du, Lieutenant?«

»Jaxon.«

»Peter Jaxon?«

»Ganz recht.«

Ohne sich aus der Hocke zu erheben, drehte Dunk sich auf den Stiefelabsätzen zu seinen Kollegen um. »Was sagt ihr dazu, Gentlemen? So vornehmen Besuch kriegen wir nicht jeden Tag.« Er wandte sich wieder Peter zu. »Eigentlich kriegen wir überhaupt keinen Besuch. Und das ist ein kleines Problem. Das hier ist nicht das, was man als Ausflugsziel für Touristen bezeichnen würde.«

»Ich muss zu Tifty.«

»Das habe ich gehört. Aber Tifty passt es im Moment gerade nicht. Ein sehr zurückgezogener Bursche, unser Tifty.«

»Hör auf mit dem Gequatsche«, sagte Hollis. »Ich habe gesagt, ich bürge für sie. Tifty muss hören, was sie zu sagen haben.«

»Das ist dein Schlamassel, mein Freund. Ich finde, du bist nicht gerade in der Position, hier Forderungen zu stellen. Und was ist mit euch beiden?« Er sah Lore und Michael an. »Was habt ihr zu sagen?«

»Wir sind Ölhände«, sagte Michael.

»Interessant. Habt ihr uns Öl mitgebracht?« Seine Augen wurden schmal, als er Lore anschaute, und ein bedrohlich funkelndes Lächeln huschte über sein Gesicht. »Dich kenne ich. Poker, nicht wahr? Oder Würfel. Wahrscheinlich erinnerst du dich gar nicht mehr.«

»Natürlich erinnere ich mich an eine Fresse wie deine.«

Dunk stand grinsend auf und rieb sich die klobigen Hände. »Na, es war jedenfalls nett, euch alle mal kennenzulernen. Ein echtes Vergnügen. Bevor wir euch umbringen, will einer noch was sagen? Auf Wiedersehen, zum Beispiel?«

»Richte Tifty aus, es geht um das Feld. Was damals dort passiert ist«, sagte Hollis.

Etwas veränderte sich, das spürte Peter sofort. Hollis' Worte legten sich wie ein Schatten auf Dunks Gesicht.

»Mach schon«, sagte Hollis.

Der Mann antwortete nicht gleich. Dann zog er seinen Revolver.

»Gehen wir.«

Dunk und seine Männer führten sie durch einen langen Korridor. Peter betrachtete seine Umgebung, aber viel zu sehen gab es nicht, nur immer neue Gänge und geschlossene Türen. Neben vielen der Türen waren Tastenfelder wie das unter dem Schwimmbecken. Vor einer dieser Türen blieb Dunk stehen und klopfte dreimal hart.

»Herein.«

Der große Gangster, Tifty Lamont. Wieder sah Peter seine Erwartungen über den Haufen geworfen. Er war ein körperlich kompakter Mann mit einer Brille auf der Spitze der langen, gebogenen Nase. Sein helles Haar floss lang über den Nacken. Oben auf dem Schädel war es dünn, und die Kopfhaut schimmerte rosarot durch. Er saß hinter einem großen Stahlschreibtisch und beschäftigte sich mit der unmöglichen Aufgabe, aus lauter hölzernen Zungenspateln einen Turm zu bauen.

»Ja, Dunk?«, fragte er, ohne aufzublicken. »Was gibt's?«

»Wir haben drei Unbefugte gefasst, Sir. Hollis hat sie hergebracht.«

»Ich verstehe.« Er stapelte weiter geduldig seine Spatel. »Und du hast sie nicht umgebracht, weil …«

Dunk räusperte sich. »Es geht um das, was auf dem Feld damals passiert ist, Sir. Sie sagen, sie wüssten da was.«

Tiftys Hände schwebten über seinem Bauwerk. Nach mehreren Sekunden hob er den Kopf und blinzelte sie über seine Brillengläser hinweg an. Die Augen zwischen den schlaffen Hautsäcken leuchteten in einem intensiven, jugendlichen Blau.

»Wer sagt das?«

Peter trat vor. »Ich.«

Tifty betrachtete ihn kurz. »Und die anderen? Was wissen die?«

»Sie waren dabei, als ich sie gesehen habe.«

»Wen genau?«

»Die Frau.«

Tifty sagte nichts. Sein Gesicht war starr wie das eines Blinden. »Alles raus hier«, befahl er schließlich. »Alle bis auf den ...« Er richtete einen wackelnden Finger auf Peter. »Wie heißen Sie?«

»Peter Jaxon.«

»Alle bis auf Mr Jaxon.«

»Was soll ich mit den anderen machen?«, fragte Dunk.

»Denk dir was aus. Sie sehen hungrig aus. Warum gibst du ihnen nicht einfach was zu essen?«

Der Mann hob kurz die massigen Schultern. »Was ist mit Hollis?«

»Entschuldige, hab ich mich denn verhört? Hast du nicht gesagt, er hat sie hergebracht?«

»Das ist es ja. Er hat ihnen gezeigt, wo wir sind und so weiter.«

Tifty seufzte tief. »Tja, das ist ein Problem. Hollis, was soll ich bloß mit dir machen? Es gibt Regeln. Gesetze. Ganovenehre. Wie oft muss ich das sagen?«

»Es tut mir leid, Tifty. Ich dachte, du solltest hören, was er zu sagen hat.«

»Tja, ›tut mir leid‹ reicht nicht. Du bringst mich da in eine sehr unangenehme Lage.« Sein Blick wanderte müde durch den Raum, als sei da irgendwo zwischen Regalen und Akten der nächste Satz zu finden. »Na schön. Wo stehst du auf dem Plan?«

»Platz vier.«

»Nicht mehr. Du bist vom Käfig suspendiert, bis ich etwas anderes sage. Ich weiß, wie sehr es dir gefällt. Aber diese Strafe ist noch großzügig von mir.«

Hollis zuckte nicht mit der Wimper. Was für ein Käfig?, dachte Peter.

»Danke, Tifty«, sagte Hollis.

»Und jetzt macht alle, dass ihr rauskommt.«

Die Tür schloss sich fest, als sie draußen waren. Peter wartete, dass Tifty als Erster sprach. Der Mann stand von seinem Schreibtisch auf und ging zu einem kleinen Tisch mit einem Krug Wasser. Er goss sich ein Glas ein und trank es leer. Als das Schweigen angespannt wurde, redete er Peter an, ohne sich zu ihm umzudrehen.

»Was hatte sie an?«

»Einen dunklen Mantel und eine dunkle Brille.«

»Was haben Sie sonst noch gesehen? War da ein Lastwagen?«

Peter berichtete ihm von dem Zwischenfall auf der Oil Road. Tifty ließ ihn reden. Als Peter fertig war, setzte der Mann sich wieder hinter seinen Schreibtisch.

»Ich zeige Ihnen etwas.«

Er öffnete die oberste Schublade, nahm ein Blatt heraus und schob es über den Tisch. Das Papier war steif und ein wenig vergilbt, und die Kohlezeichnung darauf zeigte eine Frau und zwei kleine Mädchen.

»So was haben Sie schon gesehen, nicht wahr? Ich sehe es Ihnen an.«

Peter nickte nur. Es fiel ihm nicht leicht, den Blick von dieser Zeichnung zu wenden. Sie war von einer überwältigenden Spukhaftigkeit, als schauten die Frau und ihre Kinder auf dem Blatt von irgendeinem Ort herüber, der sich außerhalb der normalen Parameter von Raum und Zeit befand. Als sehe er ein Gespenst. Drei Gespenster.

»Ja, in Colorado. Greer hat es mir gezeigt, nachdem Vorhees gestorben war. Einen ganzen Stapel.« Er blickte auf und sah, dass

Tifty ihn aufmerksam wie ein Lehrer in einer Prüfung beobachtete. »Warum haben Sie eine Kopie davon?«

»Weil ich sie geliebt habe«, sagte Tifty. »Vorhees und ich hatten unsere Probleme, aber er wusste immer, was ich für sie empfand. Sie waren auch meine Familie. Darum hat er es mir gegeben.«

»Sie sind bei dem Massaker auf dem Feld gestorben.«

»Dee, ja, und die Kleine, Siri. Beide wurden sofort getötet. Das ältere Mädchen, Nitia, wurde nie gefunden.« Er runzelte die Stirn. »Das alles überrascht Sie? Ist nicht ganz das, was Sie erwartet haben?«

Peter wusste nicht, wo er anfangen sollte.

»Ich erzähle es Ihnen, damit Sie wissen, wer und was wir sind. Alle diese Männer haben jemanden verloren. Ich gebe diesen Leuten ein Dach über dem Kopf. Ein Ventil für ihren Zorn. Dunk zum Beispiel. Er mag ganz bedrohlich wirken, aber wenn ich ihn anschaue, wissen Sie, was ich dann sehe? Einen elfjährigen Jungen. Er war auch auf dem Feld. Vater, Mutter, Schwester, alle weg.«

Peter dachte kurz darüber nach. »Ich verstehe nicht, was das Gewerbe damit zu tun hat.«

»Weil es nur ein Teil von dem ist, was wir tun. Eine Möglichkeit, uns über Wasser zu halten, wenn Sie so wollen. Die Zivilbehörde toleriert uns, weil sie muss. In gewisser Weise braucht sie uns genauso wie wir sie. Und wenn wir es nicht täten, täte es jemand anders. Der Unterschied zwischen uns und Ihrem Expeditionsbataillon ist nicht sehr groß. Es sind zwei Seiten ein und derselben Medaille.«

Tiftys Logik klang wie eine allzu handliche Rechtfertigung seiner Verbrechen. Andererseits konnte Peter nicht bestreiten, dass der Mann irgendwie recht hatte.

»Colonel Apgar sagt, Sie waren Offizier. Späher und Scharfschütze.«

Ein kurzes Lächeln leuchtete auf Tiftys Gesicht. Hier gab es eine Geschichte. »Ich hätte mir denken können, dass Gunnar etwas damit zu tun hat. Was hat er Ihnen erzählt?«

»Nur dass Sie es bis zum Captain gebracht haben, bevor Sie ausgestiegen sind. Und er sagt, Sie waren der beste Unteroffizier, den es je gab.«

»Sagt er das? Na ja, er schmeichelt mir. Aber nur ein bisschen.«

»Warum haben Sie den Dienst quittiert?«

Tifty zuckte unbekümmert die Achseln. »Aus vielen Gründen. Man könnte sagen, das militärische Leben hat mir insgesamt nicht gepasst. Und Ihre Anwesenheit hier lässt mich vermuten, dass es Ihnen vielleicht auch nicht besonders gut passt. Ich vermute, Sie haben sich unerlaubt von der Truppe entfernt, Lieutenant. Wie lange schon?«

Peter fühlte sich ertappt. »Nur zwei Tage.«

»Unerlaubt ist unerlaubt. Glauben Sie mir, ich weiß Bescheid. Aber um Ihre Frage zu beantworten: Ich habe das Expeditionsbataillon wegen der Frau auf dem Feld verlassen. Genauer gesagt, weil ich dem Zentralkommando gesagt habe, woher sie kam, und weil die sich geweigert haben, daraufhin etwas zu unternehmen.«

Peter war wie vom Donner gerührt. »Sie *wissen,* woher sie kommt?«

»Natürlich weiß ich das. Das Zentralkommando weiß es auch. Warum, glauben Sie, hat Gunnar Sie zu mir geschickt? Vor fünfzehn Jahren gehörte ich zu einem Drei-Mann-Kommando, das in den Norden geschickt wurde, um die Herkunft eines Funksignals zu lokalisieren, das irgendwo in Iowa ausgesendet wurde. Sehr schwach, nur ein leises Knistern, aber genug, um von einem Radiokompass aufgefangen zu werden. Wir wussten nicht, warum. Die Exped pflegte nicht jedem x-beliebigen Pfeifton nachzugehen. Das ganze Unternehmen war sehr diskret, sehr geheim. Wir hatten den Befehl, die Herkunft des Signals zu ermitteln und uns wieder zurückzumelden, mehr nicht. Was wir fanden, war eine Stadt, die mindestens doppelt, vielleicht dreimal so groß wie Kerrville war. Aber sie hatte keine Mauern, keine Scheinwerfer. Nach menschlichem Ermessen hätte sie gar nicht existieren dürfen. Und wissen

Sie, was wir da sahen? Die gleichen Sattelschlepper, die ich vor dem Überfall auf dem Feld gesehen hatte. Und die gleichen, die Sie vor drei Tagen gesehen haben.«

Peter brauchte einen Augenblick, um das zu verdauen. »Und was hat das Zentralkommando gesagt?«

»Sie haben gesagt, wir dürften niemandem etwas davon erzählen.«

»Warum denn das?« Aber natürlich hatte er die gleiche Anweisung auch bekommen.

»Wer weiß? Ich vermute, der Befehl kam von der Zivilbehörde, nicht vom Militär. Sie hatten Angst. Wer immer diese Leute sein mochten, sie hatten eine Waffe, der wir nicht gewachsen waren.«

»Die Virals.«

Tifty nickte gleichmütig. »Augen und Ohren zuhalten und hoffen, dass sie nicht wiederkommen. Ist vielleicht nicht falsch, ich konnte mich damit allerdings nicht abfinden. An dem Tag habe ich meinen Dienst quittiert.«

»Sind Sie noch mal da gewesen?«

»In Iowa? Was soll ich da?«

Peter verspürte einen wachsenden Druck. »Vorhees' Tochter könnte da sein und Sara. Sie haben die Wagen gesehen.«

»Entschuldigung – Sara. Kenne ich sie vielleicht?«

»Sie ist Hollis' Frau. Oder sie wäre es heute. Sie ist in Roswell verschollen.«

Ein Ausdruck des Bedauerns schob sich über Tiftys Gesicht. »Natürlich. Mein Fehler. Ich glaube, das habe ich gewusst, auch wenn er ihren Namen wohl nie erwähnt hat. Aber das ändert nichts, Lieutenant.«

»Sie könnten noch leben.«

»Das halte ich für unwahrscheinlich. Seitdem ist viel Zeit vergangen. So oder so, es gab nichts, was ich hätte tun können, weder damals noch heute. Wir hätten eine Armee gebraucht, und die hatten wir nicht. Und zur Verteidigung unserer Führung muss man sagen, dass diese seltsamen Leute, wer immer sie waren, nie zurückgekommen sind. Zumindest nicht bis heute – wenn das, was Sie da sagen, zutrifft.«

Irgendetwas fehlte hier noch, dachte Peter, irgendein Detail. »Wer war sonst noch dabei?«

»Bei dem Spähtrupp? Der Offizier war Nate Crukshank. Und der dritte Mann war ein junger Lieutenant namens Lucius Greer.«

Diese Information durchfuhr Peter wie ein Stromstoß.

»Bringen Sie mich hin. Zeigen Sie mir, wo es ist.«

»Und was würden Sie tun, wenn wir da wären?«

»Unsere Leute suchen. Sie irgendwie herausholen.«

»Haben Sie mir nicht zugehört, Lieutenant? Das sind keine einfachen Überlebenden. Die haben sich mit den Virals verbündet. Mehr als das: Die Frau hat Macht über die Biester. Das haben wir beide gesehen.«

»Es interessiert mich nicht.«

»Das sollte es aber. Sie werden da nichts weiter zuwege bringen, als sich umbringen zu lassen. Oder befallen zu werden. Und ich vermute, das wäre noch viel schlimmer.«

»Sagen Sie mir einfach, wie ich hinfinde. Ich gehe auch allein.«

Tifty stand wieder auf, ging zu dem Tisch in der Ecke und goss sich noch ein Glas Wasser ein. Er trank es langsam, Schluck für Schluck. Das Schweigen zog sich in die Länge, und Peter hatte den Eindruck, der Mann sei in Gedanken jetzt ganz woanders. War die Besprechung vielleicht zu Ende?

»Erzählen Sie mir etwas, Mr Jaxon. Haben Sie Kinder?«

Peter drehte sich auf seinem Stuhl herum. »Was hat das damit zu tun?

»Seien Sie so nett.«

Peter schüttelte den Kopf. »Nein.«

»Überhaupt keine Familie?«

»Ich habe einen Neffen.«

»Und wo ist der jetzt?«

Die Fragen waren unbehaglich bohrend, doch Tifty stellte sie in einem so entwaffnenden Ton, dass die Antworten von allein zu kommen schienen. »Er ist bei den Schwestern. Seine Eltern sind in Roswell gestorben.«

»Aha. Stehen Sie einander nahe? Sind Sie ihm wichtig?«

»Worauf wollen Sie hinaus?«

Tifty ignorierte die Frage. Er stellte das leere Glas hin und ging zu seinem Schreibtisch zurück.

»Ich vermute, er bewundert Sie sehr. Den großen Peter Jaxon. Seien Sie nicht so bescheiden. Ich weiß, wer Sie sind, und ich weiß mehr als die offizielle Version. Ihr Mädchen da, diese Amy, und die Sache mit den Zwölfen. Und machen Sie Hollis keine Vorwürfe. Vom ihm weiß ich es nicht.«

»Von wem dann?«

Tifty grinste. »Ein andermal vielleicht. Im Augenblick sprechen wir von Ihrem Neffen. Wie heißt er, sagten Sie?«

»Ich habe es nicht gesagt. Er heißt Caleb.«

»Sind Sie so was wie ein Vater für Caleb? Das ist meine Frage. Obwohl Sie in den Territorien herumgondeln und versuchen, die Welt von der Bedrohung durch die Virals zu befreien – würden Sie sagen, das stimmt?«

Plötzlich hatte Peter das Gefühl, raffiniert manipuliert worden zu sein. Er musste daran denken, wie er mit dem Jungen Schach gespielt hatte: Gerade war er noch im Strom des Spiels mitgeschwommen, und im nächsten Moment schon saß er in der Klemme und hatte keine Chance mehr.

»Das ist doch eine einfache Frage, Lieutenant.«

»Ich weiß es nicht.«

Tifty betrachtete ihn noch einen Augenblick lang und sagte dann: »Danke für Ihre Ehrlichkeit. Ich rate Ihnen: Vergessen Sie das alles, gehen Sie heim und ziehen Sie Ihren Jungen groß. Um seinet- wie auch um Ihretwillen bin ich bereit, Ihnen einen Pass auszustellen und Sie und Ihre Freunde gehen zu lassen. Ich muss Sie aber warnen: Wenn Sie über unseren Aufenthaltsort sprechen sollten, würde Ihnen das – wie soll ich sagen? – kein Glück bringen.«

Schachmatt. »Das war's? Sie werden nichts tun?«

»Betrachten Sie es als den größten Gefallen, der Ihnen jemals getan worden ist. Gehen Sie nach Hause, Mr Jaxon. Leben Sie Ihr Leben. Danken können Sie mir später.«

Peter überlegte panisch, was er noch sagen könnte, um den Mann umzustimmen. Er zeigte auf die Zeichnung auf dem Schreibtisch. »Die Mädchen da. Sie haben gesagt, Sie hätten sie geliebt.«

»Das habe ich auch getan. Das tue ich immer noch. Darum werde ich Ihnen nicht helfen. Nennen Sie mich sentimental, aber ich möchte Ihren Tod nicht auf meinem Gewissen haben.«

»Auf Ihrem *Gewissen*?«

»Ich habe eins, ja.«

»Sie überraschen mich, wissen Sie das?«, sagte Peter.

»Wirklich? Inwiefern überrasche ich Sie?«

»Ich hätte nie gedacht, dass Tifty Lamont ein Feigling ist.«

Wenn Peter erwartet hatte, dass der Mann jetzt in Erregung geriet, hatte er sich geirrt. Tifty lehnte sich auf seinem Stuhl zurück, legte die Fingerspitzen aneinander und sah ihn über seine Brille hinweg kühl an. »Und vielleicht dachten Sie, wenn Sie mich beleidigen, sage ich Ihnen vielleicht, was Sie wissen wollen?«

»So ähnlich, ja.«

»Dann verwechseln Sie mich mit jemandem, den es kümmert, was andere denken. Als Versuch nicht schlecht, Lieutenant.«

»Sie haben gesagt, eine von ihnen wurde nie gefunden. Ich begreife nicht, wie Sie hier herumsitzen können, wenn sie noch leben könnte.«

Tifty seufzte nachsichtig. »Vielleicht haben Sie die letzten Neuigkeiten noch nicht mitbekommen, aber ›was wäre, wenn‹ bringt uns nicht weiter, Mr Jaxon. Zu viel ›was wäre, wenn‹ hält einen nur nachts wach, dabei kriegt man so schon nicht genug Schlaf. Verstehen Sie mich nicht falsch. Ich bewundere Ihren Optimismus. Na ja, ›bewundern‹ ist vielleicht zu viel gesagt. Aber ich verstehe Sie. Es gab eine Zeit, da war ich nicht viel anders. Doch diese Zeit ist vorbei. Was ich habe, ist dieses Bild. Ich sehe es mir jeden Tag an. Einstweilen muss ich mich damit zufriedengeben.«

Peter nahm die Zeichnung wieder in die Hand. Das strahlende Lächeln der Frau, ihr Haar, das sich in einem unsichtbaren Windhauch bewegte, die kleinen Mädchen mit den großen Augen, die hoffnungsvoll wie alle Kinder darauf warteten, dass ihr Leben sich entfaltete. Er hatte keinen Zweifel daran, dass dieses Bild im Mittelpunkt von Tiftys Leben stand. Als Peter es anschaute, spürte er die Anwesenheit einer komplexen Schuld: Treuepflichten, Versprechungen. Dieses Bild: Es war nicht nur ein Erinnerungsstück, es war das, womit dieser Mann sich bestrafte. Tifty wünschte, er wäre mit ihnen gestorben, auf dem Feld. Wie seltsam, unversehens Mitleid zu haben mit Tifty Lamont.

»Sie haben gesagt, das Gewerbe ist nur ein Teil von dem, was Sie tun«, sagte Peter und legte das Blatt wieder auf seinen Platz auf dem Tisch. »Aber Sie haben nicht gesagt, was sonst noch.«

»Nein, nicht wahr?« Tifty nahm seine Brille ab und stand auf. »Kommen Sie mit.«

Tifty gab eine Zahl auf einem Tastenfeld ein, und die schwere Tür schwang auf und gab den Blick in einen weiten Raum frei, an dessen Wänden sich große Stahlkäfige stapelten. Die Luft war erfüllt von dem ausgeprägt tierischen Gestank von Blut und Fleisch und dem durchdringenden Geruch von Alkohol. Das Licht leuchtete in einem kühlen, unterirdischen Blau – »Viral-Blau«, erläuterte Tifty: eine Wellenlänge von vierhundert Nanometern, dicht an der Grenze des sichtbaren Spektrums, gerade genug, erklärte er Peter, um sie ruhig zu halten. Die Erbauer dieser Einrichtung hatten ihre Versuchsobjekte gut gekannt.

Michael und Lore waren dazugekommen. Sie gingen durch den Raum mit den Käfigen und stiegen eine kurze Treppe hinauf. Was sie erwartete, war offenkundig; die Frage war nur, wie es sich offenbaren würde.

»Und dies«, sagte Tifty und öffnete ein Schiebefenster, hinter dem sich zwei Knöpfe befanden, ein grüner und ein roter, »ist das Beobachtungsdeck.«

Sie standen auf einem langgezogenen Balkon mit einer Reihe von Laufstegen, die über einen stählernen Boden hinausragten. Tifty drückte auf den grünen Knopf. Getriebe und Ketten rasselten, und der Boden zog sich in die hintere Wand zurück. Unter ihnen war eine Trennscheibe aus gehärtetem Glas.

»Na los«, drängte Tifty sie. »Seht selbst.«

Peter und die anderen traten vor. Sofort schnellte einer der Virals sich nach oben gegen die Glasdecke, prallte mit dumpfem Laut dagegen und rollte zurück in die Ecke seiner Zelle.

»*Leck* ... mich ...«, ächzte Lore.

Tifty trat zu ihnen auf den Laufsteg. »Diese Anlage wurde nur zu einem Zweck gebaut, nämlich um die Virals zu studieren. Genauer gesagt, um herauszufinden, wie man sie tötet.«

Die drei starrten hinunter auf die Plexiglascontainer unter ihnen. Peter zählte neunzehn der Kreaturen; der zwanzigste Container war leer. Die meisten waren anscheinend Dopeys. Sie reagierten kaum auf ihre Anwesenheit, aber der, der zu ihnen heraufgesprungen war, war ein ausgewachsener Drac. Er beäugte sie hungrig, als sie auf den Laufstegen entlanggingen. Sein Körper war angespannt, und seine Klauenhände krümmten und streckten sich.

»Wie bekommen Sie sie?«, fragte Michael.

»Wir fangen sie.«

»Womit? Mit Netzen?«

»Netze sind für Amateure. Taugen eigentlich nicht, es sei denn, man will sie an Ort und Stelle frittieren. Um sie lebend zu fangen, benutzen wir die gleichen Köderfallen, die die Erbauer dieser Einrichtung benutzt haben. Aus einer Wolframlegierung, unglaublich stark.«

Peter riss seinen Blick von dem Drac los. »Und was haben Sie herausgefunden?«

»Nicht so viel, wie ich gern möchte. Die Brust, der Gaumen. Es gibt noch einen dritten Softspot, hinten an der Schädelbasis, aber der ist sehr klein. Sie verbluten, wenn man ihnen die Gliedmaßen abtrennt, aber es ist nicht leicht, die Haut zu durchbohren. Wir haben es mit verschiedenen Giften probiert, doch die Viecher sind zu schlau. Ihr Geruchssinn ist unglaublich scharf, und sie fressen nichts, was wir präpariert haben, egal wie hungrig sie sind. Eins wissen wir: Sie können ertrinken. Ihre Körpermasse ist zu dicht zum Schwimmen, und sie können nicht lange den Atem anhalten. Die längste Zeit, die einer durchgehalten hat, betrug sechsundsiebzig Sekunden.«

»Und wenn Sie sie aushungern?«, fragte Michael.

»Das haben wir versucht. Es macht sie langsamer, und sie verfallen in eine Art Schlafzustand.«

»Und dann?«

»Nach allem, was wir festgestellt haben, können sie ewig so bleiben. Irgendwann haben wir die Versuche eingestellt.«

Peter begriff nur langsam die volle Bedeutung dessen, was er da sah. Das Gewerbe war in Wirklichkeit nur eine Tarnung, mehr oder weniger so, wie Tifty es schon angedeutet hatte. Das wahre Interesse des Mannes war hier, in diesem Raum. Tifty hatte immer schon vorgehabt, sich Iowa noch einmal vorzunehmen. Er wusste nur noch nicht, wie.

»Ich glaube, Sie gefallen ihr, Lieutenant.«

Tifty war neben ihm stehen geblieben. Fünf Meter unter ihm hatte der Drac eine hockende Position eingenommen. Sein Kopf war zurückgelegt und drehte sich träge hin und her.

»Unsere neueste Erwerbung. Wir sind alle sehr stolz auf sie. Wochenlang waren wir ihr auf der Fährte. Passiert nicht mehr oft, dass wir einen ausgewachsenen Drac bekommen. Wir nennen sie Sheila.«

Peter sah, wie der Kiefer herunterklappte, als ob sie gähnte, und sie zog die Lippen zurück und entblößte ihre blitzenden Zähne. *Die sind für dich.*

»Was haben Sie mit ihr vor?«

»Das haben wir noch nicht entschieden. Mehr oder weniger das Übliche, nehme ich an. Ein bisschen von diesem, ein bisschen von jenem. Aber für den Käfig ist sie zu bösartig.«

Peter dachte an die Strafe, die Hollis erhalten hatte. »Was ist der Käfig?«

Tifty lächelte geheimnisvoll. »Aah«, sagte er.

Mitternacht. Die vergangenen Stunden hatten sie in einem kleinen, unbenutzten Raum verbringen müssen, und einer von Tiftys Leuten hatte vor der Tür Wache gehalten. Als Peter endlich eingeschlafen war, ertönte ein Summer, und die Tür öffnete sich.

»Kommen Sie mit«, sagte Tifty.

»Wo gehen wir hin?«, fragte Lore.

»Nach draußen natürlich.«

Wieso *natürlich*? Aber so war Tifty anscheinend. Er hatte einen Sinn für Dramatik. »Wo ist Hollis?«, fragte Peter.

»Keine Sorge, er wird uns begleiten.«

Die Nacht war bewölkt und sternenlos. Vor der Treppe wartete ein Pick-up auf sie. Sie kletterten auf die Ladefläche, und Tifty stieg zum Fahrer in die Kabine. Wo wollten sie hin, unbewaffnet und im Dunkeln?

Nach ein paar Minuten hielt der Truck vor einem riesigen quaderförmigen Gebäude, das aussah wie ein Flugzeughangar. Ein paar Fahrzeuge standen hier, darunter ein großer Tieflader. Im Fackelschein wimmelten Männer umher, auffallend bewaffnet mit Pistolen und Gewehren. Ein paar rauchten Maisgrannen. Aus dem Gebäude drang leises Stimmengewirr.

»Jetzt werden Sie sehen, was wir in Wirklichkeit tun«, sagte Tifty.

Das Innere des Gebäudes war eine Riesenhalle, von Fackeln beleuchtet. Eine große Flagge – eine amerikanische Flagge, alt und verschlissen – hing an den Dachträgern. In der Mitte stand der Käfig, eine kuppelförmige Konstruktion von etwa fünfzehn Metern Durchmesser, von deren Scheitelpunkt eine Kette mit einem Haken zum Boden herabhing. Ringsherum standen Tribünen, auf denen sich Männer drängten. Sie redeten laut und winkten mit texanischen Fahnen einer Gestalt zu, die zwischen den Reihen auf und ab ging. Als Tifty hereinkam, erhob sich lauter Jubel, begleitet vom Donner trampelnder Füße. Er reagierte nicht darauf, sondern führte die drei zu einem freien Bereich in den unteren Rängen der Tribüne, nur ein paar Schritte von den kreuz und quer verlaufenden Gitterstäben des Käfigs entfernt.

»Noch fünf Minuten bis Wettschluss!«, rief eine hallende Stimme. »Fünf Minuten!«

Hollis nahm neben ihnen Platz. »Ist es das, was ich vermute?«, fragte Peter.

Er nickte knapp. »So ziemlich.«

»Die wetten tatsächlich auf das Ergebnis?«

»Manche. Bei Dopeys geht es hauptsächlich darum, wie lange es dauert. Wie viele Minuten.«

»Und du hast das tatsächlich schon getan?«

Hollis warf ihm einen seltsamen Blick zu. »Warum nicht?«

Ihr Gespräch wurde unterbrochen, als ein zweiter, noch lauterer Jubel losbrach. Peter blickte auf und sah, wie ein Gabelstapler eine Stahlkiste in die Halle fuhr. Von der anderen Seite kam mit mannhaft breitbeinigem Gang eine Gestalt herein: Dunk. Er trug schwere Schutzpolster und hatte einen Spieß in der Hand. Die Maske der Säuberungstrupps saß oben auf seinem Kopf über dem tätowierten Gesicht. Er stieß die rechte Faust in einer pumpenden Bewegung in die Luft, was auf den Tribünen ein rasendes Getrampel hervorrief. Eine Tür am Käfig hatte sich geöffnet, um den Gabelstapler einfahren zu lassen. Der Fahrer senkte die Kiste in der Mitte auf den Boden und setzte zurück, und ein zweiter Mann hakte die Kette an die Verriegelung. Als er hinausgegangen war, ging Dunk hinein und zog sich die Schutzmaske vor das Gesicht. Die Tür wurde hinter ihm verschlossen.

Es wurde still. Tifty, der neben Peter saß, stand auf. Er hielt ein Megafon in der Hand. Er räusperte sich und wandte sich an die Menge. »Erhebt euch für die Nationalhymne!«

Alles rappelte sich hoch. Sie legten die Hände auf ihr Herz und fingen an zu singen.

Oh say can you see, by the dawn's early light
What so proudly we hailed, by the twilight's last gleaming?
Whose broad stripes and bright stars, through the perilous
fight,
O'er the ramparts we watched were so gallantly streaming?

Auch Peter war aufgestanden, aber er hatte Mühe, sich an den Text zu erinnern. Es war ein Lied aus alten Zeiten – aus der Zeit Davor. Die Lehrerin hatte es ihnen in der Zuflucht beigebracht. Die Melodie war schwierig, sein kindliches Ich hatte den Sinn der Worte nicht ergründen können, und so hatte er es nie richtig gelernt. Er warf einen Blick zu Michael hinüber, der die Brauen hochzog, genauso überrascht wie er.

Der letzte schrille Ton verklang in einer Explosion von Jubelrufen. Aus dem akustischen Chaos löste sich ein Refrain im Takt des dröhnenden Getrampels: *Dunk, Dunk, Dunk, Dunk ...* Tifty ließ es eine Weile hingehen, dann hob er die Hand und befahl Ruhe. Er wandte sich dem Käfig zu.

»Dunk Withers, bist du bereit?«

»Ich bin bereit, Tifty!«

»Dann ... startet die Uhr!«

Ein Pandämonium brach los. Eine Sirene ertönte, und die Kette wurde hochgezogen. Einen Moment lang passierte gar nichts. Dann sprang ein Dopey aus der Kiste und wieselte mit schnellen, insektenhaften Bewegungen am Gitter des Käfigs hoch wie eine Kakerlake, die an der Wand hinaufläuft. Vielleicht suchte er einen Ausweg, vielleicht auch einen guten Punkt zum Angreifen. Peter konnte es nicht erkennen. Die Zuschauer hielten nichts von diesem Manöver. Der Jubel verwandelte sich sofort in Buhrufe und Pfiffe. Oben angekommen hakte der Dopey die Füße um einen der Gitterstäbe, entrollte seinen Körper, sodass der Kopf nach unten deutete, und breitete die Arme aus. Dunk stand unter ihm, schwenkte mit unverständlichem Hohngeschrei den Spieß und forderte die Kreatur heraus, sich fallen zu lassen.

Fleisch!, sangen die Zuschauer und klatschten im Takt. *Fleisch! Fleisch! Fleisch!*

Der Dopey wirkte desorientiert, fast benommen. Sein ausdrucksloses Gesicht schaute planlos in der Halle umher, als habe der lärmende Aufruhr einen Kurzschluss in seinen Instinkten verursacht. Seine Gesichtszüge sahen zerlaufen aus, als habe eine starke Säure die menschlichen Eigenheiten aufgelöst. Er blieb so hängen, fünf Sekunden lang, dann zehn.

Fleisch! Fleisch! Fleisch! Fleisch!

»Schon gut«, knurrte Tifty. Er stand auf und griff zum Megafon. »Werft das Fleisch hinein!«

Dicke, blutgetränkte Klumpen wurden von außen in den Käfig geworfen und landeten mit schmierigem Klatschen auf dem Boden. Mehr war nicht nötig. Der Viral ließ los und stürzte sich auf den nächstbesten Brocken. Es war der obere Teil eines Rinderbeins: Der Dopey raffte ihn vom Boden auf, brach den Knochen entzwei und drückte die Schnauze in die schleimigen Falten. Es sah aus, als atme er die Flüssigkeiten darin ein, statt sie zu trinken. Nach zwei Sekunden war er fertig und schleuderte das ausgesaugte Fleisch von sich.

Dann drehte er sich zu Dunk um. Jetzt erst nahm er den Mann richtig wahr. Er ließ sich in die Hocke sinken und balancierte auf den Greifzehen und den großen gespreizten Klauen. Das vielsagende Schräglegen des Kopfes, der Augenblick des Taxierens.

Dann griff er an.

Mit ausgestreckten Armen schoss der Viral auf ihn zu, die Klauenhände zielten auf seine Kehle. Dunk ließ sich zu Boden fallen und kam gleich wieder hoch. Er schwang den Spieß, und das Publikum geriet in Raserei. Auch Peter spürte die rohe Erregung des Kampfes in seinen Adern. Der Dopey kletterte von Neuem am Käfiggitter hinauf, doch diesmal war es kein benommener Rückzug. Seine Absichten waren klar. Wenn sie kamen, kamen sie von oben. In fünf Metern Höhe schnellte der Dopey sich rückwärts vom Gitter, krümmte sich zu einem Salto und landete nach einer

Korkenzieherdrehung mit blitzartiger Schnelligkeit drei Meter vor Dunk. Das gleiche Manöver vollzog sich jetzt umgekehrt: Dunk griff an, der Dopey wich aus, und der Spieß zuckte ins Leere. Dunk fiel, von seinem eigenen Schwung vorwärtsgetragen, vornüber, der Dopey schoss aus der Hockstellung hoch und rammte ihm den Kopf in den gepolsterten Leib, sodass er quer durch den Käfig geschleudert wurde.

Sichtlich durchgeschüttelt lehnte Dunk mit dem Rücken am Gitter. Der Spieß lag links neben ihm auf dem Boden, und die Maske war heruntergerissen. Peter sah, wie er nach der Waffe greifen wollte, aber die Bewegung war kraftlos, und seine Hand tastete benommen und ungenau umher. Sein Brustkorb arbeitete wie ein Blasebalg, und Blut rann aus seiner Nase über die Oberlippe. Warum hatte der Dopey ihn noch nicht gepackt?

Weil es eine Falle war. Der Dopey schien es zu ahnen; als er den gefallenen Kämpfer betrachtete, spürte Peter den Widerstreit seiner Regungen: Der Drang zum Töten stand im Gegensatz zu dem unausgegorenen taktischen Verdacht, dass hier nicht alles so war, wie es aussah – vielleicht ein Überrest menschlicher Logik. Welche Seite würde gewinnen? Das Publikum skandierte Dunks Namen und versuchte, ihn aus seiner Benommenheit zu reißen – oder den Dopey zum Angriff zu reizen. Hauptsache, jemand starb, denn indem er in den Käfig gegangen war, hatte Dunk den wichtigsten Sieg bereits errungen, nämlich ein Mensch zu sein. Er hatte die Herrschaft des Virals über sich, über seine Mitmenschen, über die Welt zurückgewiesen. Alles andere würde kommen, wie es wollte.

Das Blut siegte.

Der Viral erhob sich in die Luft, und im selben Moment fand die tastende Hand den Spieß und packte ihn. Als die Bestie herunterkam, hob Dunk den Spieß in einem Fünfundvierzig-Grad-Winkel und richtete ihn auf die Brust seines Angreifers. Das andere Ende stemmte er zwischen seinen Knien auf den Boden.

Wusste der Dopey, was jetzt passieren würde? Spürte er in dieser winzigen Zeitspanne, dass sich der Kampf entschied? Wusste er, dass es bald um ihn geschehen sein würde? War er glücklich? War er traurig? Dann fand die Spitze des Spießes ihr Ziel und durchbohrte die Kreatur so vollständig, dass das Leben in einem einzigen, großen, augenblicklichen Ausatmen des Todes zu Ende war.

Dunk schob den Kadaver von sich herunter. Peter war mit allen anderen aufgesprungen. Seine Energie war Teil der ihren, floss mit im kollektiven Strom. Seine Stimme sang mit den anderen:

Dunk, Dunk, Dunk, Dunk ...!
Dunk, Dunk, Dunk, Dunk ...!

Warum war das hier anders?, fragte Peter sich, während ein anderer Teil seines Hirns sich weigerte, sich für diese Frage zu interessieren, und lieber in diesen unerwarteten Höhen mitschwebte. Er hatte den Virals auf der Mauer gegenübergestanden, in Städten und Wüsten, in Wäldern und Feldern. Er hatte sich zweihundert Meter tief in eine Höhle abgeseilt, in der es von ihnen wimmelte. Er hatte sich tausend Mal dem wahrscheinlichen Tod überlassen, aber Dunks Mut war mehr, er war reiner und lohnender. Peter sah seine Freunde an, Michael, Hollis, Lore. Es war unverkennbar: Sie empfanden es genauso wie er.

Nur bei Tifty war es anders. Er war aufgestanden wie alle anderen, sein Gesicht zeigte jedoch keine Regung. Was sah er vor seinem geistigen Auge? Wo war er? Er war auf dem Feld. Nicht einmal der Käfig konnte ihm seine Bürde leichter machen. Das war Peters Gelegenheit. Er wartete, bis das Singen und Johlen vorbei war. An den Tribünen wurden die Wetten berechnet und ausgezahlt.

»Lassen Sie mich da hinein.«

Tifty musterte ihn mit hochgezogener Braue. »Lieutenant, was verlangen Sie da?«

»Eine Wette. Mein Leben gegen Ihr Versprechen, mich nach Iowa zu bringen. Sie werden mir nicht nur sagen, wo diese Stadt ist. Sie werden mit mir hingehen.«

»Peter, das ist keine gute Idee«, warnte Hollis. »Ich weiß, was mit dir los ist. Wir nennen es Käfigfieber.«

»Das ist es nicht.«

Tifty verschränkte die Arme vor der Brust. »Mr Jaxon, sehe ich so dumm aus? Ihr Ruf eilt Ihnen voraus. Ich bezweifle nicht, dass Sie mit einem Dopey fertigwerden.«

»Nicht mit einem Dopey«, sagte Peter. »Mit Sheila.«

Tifty betrachtete ihn abwägend. Michael und Lore standen hinter ihm und sagten kein Wort. Vielleicht verstanden sie, was er hier tat, vielleicht auch nicht. Vielleicht dachten sie, dass er komplett den Verstand verloren hatte, und waren so entsetzt darüber, dass sie zu keiner Reaktion fähig waren. Es war unwichtig.

»Na schön, Lieutenant. Sie müssen selbst wissen, wie Sie sich umbringen. Aber zum Begraben wird nicht viel übrig sein.«

Tifty und zwei seiner Männer brachten Peter in einen kleinen Raum an der Rückseite der Halle. Michael und Hollis kamen mit, Lore blieb auf der Tribüne. Der Raum war leer bis auf einen langen Tisch, auf dem ein Sortiment von Schutzpanzern und Waffen lag. Peter zog sich an. Er hatte anfangs befürchtet, die Schutzpolster könnten ihn langsam machen, aber sie waren überraschend leicht und flexibel. Mit der Maske war es anders. Peter sah nicht, wozu sie gut sein sollte, und sie engte sein Gesichtsfeld ein. Er legte sie zur Seite.

Jetzt die Waffen. Zwei waren erlaubt. Keine Schusswaffen, nur Messer, Armbrüste, Spieße, Schwerter und Äxte von unterschiedlicher Länge und Gewicht. Die Armbrust war verlockend, doch in der Enge des Käfigs dauerte es zu lange, sie nachzuladen. Peter wählte einen anderthalb Meter langen Spieß mit einem Widerhaken an der stählernen Spitze.

Jetzt die Zweite. Peter sah sich nach etwas Brauchbarem um. In der Ecke stand eine verzinkte Mülltonne. Er hob den mit einem Griff versehenen Deckel ab und betrachtete ihn. Alle schauten ihn in stummer Verblüffung an.

»Ich brauche einen Lappen.«

Jemand brachte einen. Peter spuckte darauf und rieb über die Innenseite des Deckels. Langsam trat sein Spiegelbild zutage –

nicht sehr deutlich, eher allgemein und verschwommen, aber das würde genügen müssen.

»Den will ich.«

Tiftys Männer fingen an zu lachen. *Ein Mülltonnendeckel! Ein lächerlicher kleiner Schild gegen einen ausgewachsenen Drac! Wollte er Selbstmord begehen?*

»Ihr Wahnwitz ist eine Sache, Lieutenant«, sagte Tifty. »Aber das – das kann ich nicht zulassen.«

Michael schaute ihn mit schmalen Augen an. »Wie in ... Las Vegas?«

Peter nickte kaum merklich und sah wieder Tifty an. »Sie haben gesagt, alles hier in diesem Raum.«

»Das habe ich gesagt.«

»Dann bin ich so weit.«

Man führte ihn in die Halle. Die Zuschauer fingen an zu brüllen und zu trampeln, aber es klang anders als bei Dunk. Ihre Loyalität hatte sich gedreht. Peter war keiner von ihnen; sie waren scharf darauf, ihn sterben zu sehen, diesen arroganten Soldaten der Expeditionstruppe, der sich einzubilden wagte, er könnte sich mit einem Drac anlegen. Die Box stand bereits in der Mitte des Rings. Als Peter herankam, war ihm, als bewegte sie sich. Von der Tribüne hörte er den Ruf: »Die letzten Wetten!«

»Es ist noch nicht zu spät für einen Rückzug«, sagte Hollis dicht an seinem Ohr. »Wir könnten versuchen abzuhauen.«

»Welche Quote geben sie mir?«

»Zehn zu eins, dass du dreißig Sekunden überlebst. Hundert zu eins, dass du eine Minute schaffst.«

»Hast du auch gewettet?«

»Auf deinen Sieg in fünfundvierzig Sekunden. Wenn du es schaffst, hab ich für mein Leben ausgesorgt.«

»Die übliche Vereinbarung, okay?« Peter brauchte es nicht zu buchstabieren: *Wenn ich gebissen werde, aber am Leben bleibe, mach Schluss. Und tu es schnell.*

»Keine Sorge.«

»Michael? Pass auf, dass er sich daran hält.«

Michael sah verzweifelt aus. »Herrgott, Peter. Das hast du *ein Mal* gemacht. Und vielleicht war es da etwas anderes, was sie gestoppt hat. Hast du dir das überlegt?«

Peter betrachtete die Kiste in der Mitte des Rings. Sie bebte. »Danke, ich überlege es mir gerade.«

Sie schüttelten einander die Hände, ein ernster Augenblick, aber nicht der erste für sie. Peter betrat den Käfig, und einer von Tiftys Leuten schloss die Tür hinter ihm. Hollis und Michael setzten sich zu Lore auf die Tribüne. Tifty erhob sich mit seinem Megafon.

»Lieutenant Jaxon vom Expeditionsbataillon, sind Sie bereit?«

Lautes Buhgeschrei erhob sich. Peter tat sein Bestes, um es auszublenden. Er war hundertprozentig überzeugt gewesen, doch jetzt, da der Augenblick gekommen war, begann sein Körper, an seinem Verstand zu zweifeln. Sein Herz raste, und seine Handflächen waren feucht. Der Spieß war absurd schwer in seiner Hand. Er atmete tief ein. »Ich bin bereit!«

»Dann ... startet die Uhr!«

Nachher sollte Peter erfahren, dass der Kampf im Ganzen achtundzwanzig Sekunden gedauert hatte. Das war lang und kurz zugleich. Es war in Zeitlupe und binnen eines Lidschlags passiert, ein Strudel von Ereignissen, der mit dem gewöhnlichen Lauf der Zeit nicht zusammenhing.

Woran er sich erinnerte:

Der explosive Ausbruch des Dracs aus der Box – wie ein Wasserstrahl, der aus dem Schlauch schießt. Der majestätische Luftsprung, geradewegs zum höchsten Punkt des Käfigs, und dann drei blitzartige Sprünge von einer Seite zur anderen, zu schnell für Peters Augen. Die Wucht des Aufpralls, als ihre Körper zusammenstießen, der eine fest am Boden, der andere kopfüber im Flug. Der Drac, der ihn schlitternd quer durch den Käfig schießen ließ, und sein Körper – atemlos, zerschlagen –, wie er rollte und rollte und rollte.

Er lag auf dem Bauch. Der Mülltonnendeckel und der Spieß waren weg. Er warf sich auf den Rücken und fand das, was von dem Spieß übrig war. Der Schaft war einen halben Meter unter der Stahlspitze abgebrochen. Er packte ihn mit der Faust und sprang auf. Er würde kämpfend untergehen, und zumindest würde er aufrecht sterben. Auf einem fernen Planeten johlte die Menge. Die Bestie kam auf eine Weise auf ihn zu, die er als gelassen, beinahe schlendernd beschrieben hätte. Sie legte den Kopf schräg, riss die Schnauze auf und gestattete ihm einen langen und ausführlichen Blick auf ihre Zähne.

Ihre Blicke trafen sich.

Sie *begegneten* sich, schauten einander aufrichtig und seelenerforschend in die Augen. Etwas rastete ein, und in diesem Moment fühlte Peter, wie sein Geist sich mit dem der Kreatur verband – mit den Empfindungen und Erinnerungen, Gedanken und Sehnsüchten jener Frau, die der Drac einmal gewesen war. Ihre Miene wurde sanfter, ihre Haltung entspannte sich spürbar. Die Ausdruckslosigkeit ihres Gesichts hatte sich in etwas anderes verwandelt, in eine tiefe Melancholie. Noch immer war ein menschliches Wesen in ihr, ein winziges Flämmchen in der Finsternis. *Schau nicht weg,* befahl Peter sich. *Was immer du tust, behalte diesen Blickkontakt.* Er hielt den Spieß in der Hand.

Er machte einen Schritt auf sie zu und noch einen. Noch immer rührte sie sich nicht. Er fühlte einen leisen Schauder in sich, nicht Angst, sondern Sehnsucht: Dies war es, was sie wollte. Das Publikum war verstummt. Es war, als wären sie beide allein in einem endlosen, stillen Raum. In einer leeren Kirche. Einem verlassenen Theater. Einer Höhle. Mit der einen Hand zog er den Spieß zurück, und die andere legte er sich auf die Schulter, um das Gleichgewicht zu halten. *Bitte,* sagten ihre Augen.

Dann war es vorbei.

Die Männer waren totenstill. Peter merkte, dass er zitterte. Etwas Unwiderrufliches war passiert, jenseits dessen, was man wissen konnte. Er schaute auf den Leichnam hinunter. Er hatte gespürt, wie die Seele sie verließ. Sie hatte ihn gestreift wie ein Windhauch, nur dass der Windhauch in seinem Innern war und aus Worten bestand. *Danke, danke. Ich bin frei.*

Tifty erwartete ihn, als er aus dem Käfig kam.

»Sie hieß nicht Sheila«, sagte Peter. »Sie hieß Emily.«

Tifty sagte nichts. Er war ratlos.

»Sie war siebzehn, als sie befallen wurde. Ihre letzte Erinnerung war die, dass sie einen Jungen küsste.«

»Das verstehe ich nicht.«

Hollis, Michael und Lore kamen die Tribüne herunter. Peter ging auf sie zu, blieb dann stehen und drehte sich zu Tifty um.

»Wollen Sie wissen, wie man sie töten kann?«

Tifty nickte mit offenem Mund.

»Man muss ihnen in die Augen schauen.«

48

Amys Geist war erfüllt von ihm. Von Carter und der Frau, die Rachel hieß. Rachel Wood.

Amy fühlte es, fühlte alles. Sie fühlte, sah, wusste es. Die Arme der Frau, die ihn umschlangen und immer tiefer hinunterzogen. Der Geschmack des Poolwassers, wie der Atem eines Dämonen. Der weiche Aufprall, als sie den Grund erreichten, ineinander verflochten wie zwei Liebende.

Wie sehr Carter sie geliebt hatte. Das fühlte Amy am schmerzlichsten: seine Liebe. Das Leben des Mannes hatte genau dort aufgehört, auf dem Grund des Pools, und seine Seele war für immer gefangen in einer Endlosschleife der Trauer. *O bitte lass mich,* dachte Anthony Carter. *Ich sterbe, wenn du willst, ich würde für dich sterben, wenn du es möchtest, lass mich stattdessen sterben.* Und wie dann die Luftblasen aufstiegen, als die Frau den ersten Atemzug tat und ihre Lunge sich mit dem furchtbaren Wasser füllte. Die tiefen Zuckungen des Todes in ihrem Körper und dann das Loslassen.

Seine Trauer reichte ganz tief. Und die *Chevron Mariner:* Sie war sein Platz. Sie war das pochende Herz der Trauer.

Blut tropfte an ihr herunter, als sie über das zur Seite geneigte Deck nach achtern ging. Amy spürte die nahende Veränderung wie ein Grollen in den Bergen über ihr. Sie würde sie wie eine Lawine erfassen, würde sie vernichten und neu formen. Sie stieg hinunter in die Eingeweide des Schiffs, in das Labyrinth der Korridore, zu den schiefen Strängen der Röhren. Ihre Füße schwappten durch stehendes Wasser, braun wie Rost. Regenbogenfarben schillerten auf seiner Oberfläche. Sie folgte ihrem Instinkt. Sie bewegte sich auf das Ziel zu. Sie war die Empfängerin des Leitstrahls, mit dem Carter sie unerbittlich immer tiefer hinabzog.

Der Pumpenraum.

Sie hingen überall und erfüllten den Raum mit ihrem schwellenden Leuchten. Sie hingen an der Decke, lagen zusammengerollt wie Kinder auf dem Boden. Hier war das Reservoir, der Bau. Das Nest Anthony Carters, wo seine schwermütigen Legionen hingen. *Wo bist du?*, dachte sie. Dabei zitterte sie, und auf das krampfartige Schütteln folgte eine heftige Anspannung in ihrem Leib, als habe eine Riesenfaust sie gepackt, aber diese Faust war sie selbst. Sie taumelte und hatte Mühe, sich aufrecht zu halten. Schwarze Flecken tanzten vor ihren Augen. Es geschah.

Ich bin hier.

– Wo? Wo bist du? Bitte … ich glaube, ich … sterbe.

Komm zu mir, Amy. Komm zu mir komm zu mir komm zu mir.

Eine Tür klaffte vor ihr. Hatte sie die geöffnet? Sie stolperte voran, durch den engen Korridor dahinter. Der Boden war glitschig vom Öl, vom Blut der Erde, dem Destillat der Zeit. Sie kam zu einer zweiten Luke. T1, stand darüber: Tank Nr. eins. Sie wusste, was dahinter war. Es war immer so gewesen. Mit aller Kraft packte sie den verrosteten Ring und drehte ihn. Der Raum dehnte sich weit um sie, als habe sie eine riesige Kathedrale betreten.

Und da war er. Anthony Carter, der Zwölfte der Zwölf. Runzlig und klein, ein schmächtiges Etwas, nicht größer als der Mann, der er gewesen und tief in seinem Herzen noch immer war. Die fleischgewordene Verweigerung. Er lag auf dem Boden in den Ausscheidungen der Welt, und nur langsam entfaltete er sich und stand auf, um sie zu empfangen. Carter der Traurige. Der, Der Nicht Konnte, eingesperrt in dem Kerker, den er sich selbst gemacht hatte.

»Hilf mir«, sagte Amy. Ein letztes großes Beben ging durch ihren Körper und überwältigte sie, und sie fiel ihm in die Arme.

Und dann war sie woanders.

Unter einer Highway-Überführung. Amy kannte die Stelle. So kam es ihr jedenfalls vor. Bilder, Geräusche und Gerüche waren schwer von Erinnerungen. Das donnernde Echo der Autos auf der Hochstraße, das Klick-Klick-Klick der Brückenglieder dort oben. Umherwehender Müll, Dreck und eine dicke, rauchige Luft. Amy stand am Straßenrand und hielt ein Pappschild vor sich: »HABE HUNGER, BITTE UM KLEINE SPENDE, GOTT SEGNE SIE.« Der Verkehr strömte vorbei, Autos, Trucks, aber niemand schaute sie an. Sie war in Lumpen gekleidet, und ihre Hände waren schwarz vor Dreck. Die eiskalte Leere in ihrem Magen war wie eine geballte Faust. Achtlos flogen die Autos vorüber. Warum hielt niemand an?

Dann aber doch. Ein großer SUV, dunkel und glänzend: Er fuhr langsamer und stoppte dann, schien zu landen, statt anzuhalten, wie ein großer schwarzer Vogel. Die getönten Fenster waren perfekte viereckige Spiegel, in denen sich die Welt verdoppelte. Mit einem leisen mechanischen Surren glitt das Beifahrerfenster herunter.

»Amy, hallo.«

Wolgast saß am Steuer. Er trug einen dunkelblauen Anzug und eine dunkle Krawatte, und sein Haar war aus der Stirn zurückgekämmt und glänzte matt, als wäre es noch feucht vom Duschen. »Du kommst gerade rechtzeitig.«

»Was machst du hier?«

Lächelnd lehnte er sich herüber und öffnete ihr die Tür. »Willst du nicht einsteigen?«

Amy legte ihr Schild auf den Boden und kletterte auf den Beifahrersitz. Die Luft im Wagen war kühl und roch nach Leder.

»Wie wunderschön, dich zu sehen«, sagte Wolgast. »Vergiss nicht, dich anzuschnallen.«

»Wo fahren wir hin?«

»Das wirst du schon sehen.«

Sie fuhren unter der Hochstraße hinaus in den Sommersonnenschein. Ringsumher flogen Läden und Häuser und Autos vorüber, eine Welt voll menschlicher Geschäftigkeit. Der Wagen unter ihnen schaukelte angenehm auf federweichen Stoßdämpfern.

»Wie weit ist es?«

Wolgast zuckte unbestimmt die Achseln. »Nicht sehr weit. Nur ein Stück die Straße hinunter.« Er warf ihr einen Seitenblick zu. »Ich muss sagen, du siehst sehr gut aus, Amy. So erwachsen.«

»Wo sind wir hier?«

»Na ja, in Texas.« Er verzog angewidert das Gesicht. »Das alles hier ist Houston, Texas.« Eine Erinnerung legte sich auf sein Gesicht. »Lila hatte es so satt, das immer wieder zu hören. Brad, es ist ein Staat wie jeder andere, sagte sie immer.«

»Aber wie sind wir hierhergekommen?«

»Wie, weiß ich nicht. Ich glaube, darauf gibt es keine Antwort. Was das Warum angeht ...« Wieder schaute er zu ihr herüber. »Ich bin einer der Seinen, verstehst du.«

»Carters.«

Wolgast nickte.

»Bist du auch auf dem Schiff?«

»Auf dem Schiff? Nein.«

»Wo dann?«

Er antwortete nicht gleich. »Ich glaube, es ist am besten, wenn er es dir erklärt.« Noch einmal huschte sein Blick zu ihr herüber. »Du siehst wirklich wunderbar aus, Amy. Ganz so, wie ich es mir immer vorgestellt habe. Ich weiß, er wird sich freuen, dich zu sehen.«

Sie waren jetzt in einer Gegend mit großen Häusern, üppigen Bäumen und weiten, gepflegten Rasenflächen. Wolgast bog in die Einfahrt eines Kolonialhauses mit weißer Backsteinfassade und hielt an.

»Wir sind da. Ich denke, jetzt lasse ich dich allein weitergehen.«

»Du kommst nicht mit?«

»Oh, ich fürchte, diesmal bin ich nur der Bote. Nicht mal das. Eher der Lieferant. Geh einfach nach hinten.«

»Aber ich will nicht ohne dich gehen.«

»Es ist schon gut, Schatz. Er wird dich nicht beißen.« Er nahm ihre Hand und drückte sie sanft. »Geh schon, er wartet. Wir sehen uns bald wieder. Es wird alles gut, das verspreche ich dir.«

Amy stieg aus. Grillen zirpten in den Bäumen, ein Geräusch, das die Stille irgendwie noch vertiefte. Die Luft war schwer von Feuchtigkeit und roch nach frisch gemähtem Gras. Amy drehte sich nach Wolgast um, der Wagen war jedoch nicht mehr da. Dieser Ort war anders, begriff sie; Dinge konnten hier einfach verschwinden.

Sie ging weiter durch die Zufahrt und durch ein Spaliertor voll blühender Ranken nach hinten in den Garten. Carter saß an einem Tisch auf der Terrasse. Er trug Jeans, ein schmutziges T-Shirt und schwere Stiefel mit offenen Schnürsenkeln. Er rieb sich mit einem Handtuch über Nacken und Haar. Sein Rasenmäher parkte in der Nähe und verströmte leisen Benzingeruch. Als Amy herankam, hob Carter den Kopf und lächelte.

»Ah, da sind Sie ja.« Er deutete auf zwei volle Gläser auf dem Tisch. »Ich bin hier gerade fertig. Kommen Sie und setzen Sie sich ein bisschen. Ich dachte mir, Sie möchten vielleicht einen Eistee.« Das Lächeln verbreitete sich zu einem breiten Grinsen mit weißen Zähnen. »Gibt nichts Besseres als ein Glas Eistee an einem heißen Junitag.«

Amy setzte sich ihm gegenüber auf den Stuhl. Er hatte ein kleines, glattes Gesicht und freundliche Augen, und sein kurzgeschnittenes Haar sah aus wie eine dunkle Wollmütze. Seine kakaofarbene Haut war mit schwarzen Punkten gesprenkelt, und auf Hemd und Armen klebten kurze Grashalme. Der Pool neben der Terrasse war kühl und einladend blau, und das Wasser leckte sanft an den gekachelten Rändern.

Erst jetzt erkannte Amy, dass es das Haus war, in dem sie und Greer die Nacht verbracht hatten.

»Dieses Haus«, sagte sie und hob das Gesicht zu den zirpenden Bäumen. Der goldene Sonnenschein wärmte ihre Haut. »Es ist so schön.«

»Das ist es wohl, Miss Amy.«

»Aber wir sind immer noch im Schiff, nicht wahr?«

»In gewisser Weise«, antwortete Carter. »In gewisser Weise.«

Schweigend saßen sie da und nippten an ihrem kalten Tee. Feuchte Perlen rollten an den Gläsern herunter. Alles wurde langsam klarer.

»Ich glaube, ich weiß, warum ich hier bin«, sagte Amy.

»Das habe ich erwartet.«

Die Luft war plötzlich kalt geworden. Amy schlang fröstelnd die Arme um sich. Trockenes Laub wehte über die Terrasse wie braune Papierfetzen, und das Licht hatte seine Farbe verloren.

»Ich habe an Sie gedacht, Miss Amy. Die ganze Zeit. Ich und Wolgast, wir haben uns unterhalten. Ein gutes Gespräch, so wie wir beide es jetzt führen.«

Was immer Carter ihr erzählen würde, sie wollte es plötzlich nicht hören. Das Laub brachte sie auf diesen Gedanken: Sie hatte Angst.

»Er sagt, er ist einer der Ihren. Er gehört Ihnen.«

Carter nickte auf seine milde Art. »Der Mann sagt, er schuldet mir was, und ich schätze, er hat recht. Ich halte übrigens große Stücke auf ihn. Er hat mir geholfen, der Sache auf den Grund zu kommen. Alle Zeit der Welt, Anthony, unendlich viel Zeit, das hat er gesagt. Anfangs hab ich mir einiges genommen, und das bestreite ich nicht. Es war der Hunger, der mich dazu gebracht hat. Aber ich hab mich nie dran gewöhnen können. Wolgast war der, der mir die Chance gegeben hat, alles in Ordnung zu bringen.«

»Er ist es, der Sie im Schiff eingeschlossen hat, nicht wahr?«

»Ja, Miss Amy. Hab ihn drum gebeten, als der Hunger zu schlimm wurde. Hätte sich selbst auch da eingeschlossen, wenn Sie nicht gewesen wären. Geh und kümmere dich um dein Mädchen, hab ich gesagt. Der Mann, er liebt Sie von ganzem Herzen.«

Amy bemerkte, dass da etwas im Pool war. Ein dunkler Umriss, der langsam heraufstieg und die Wasseroberfläche zerteilte, um seinen Platz zwischen den schwimmenden Herbstblättern einzunehmen.

»Sie ist immer da.« Carter schüttelte langsam und betrübt den Kopf. »Ist ein Jammer. Jeden Tag mähe ich den Rasen. Jeden Tag kommt sie herauf.«

Er verstummte, und Trauer verdunkelte sein freundliches Gesicht. Ein Augenblick verging; dann sammelte er sich und sah sie wieder an. »Ich weiß, es ist Ihnen gegenüber nicht fair. Die Dinge, denen Sie ins Auge sehen müssen. Wolgast weiß es auch. Aber das hier ist unsere Chance. Noch eine kommt nicht mehr.«

Jetzt wurde ihr Zweifel zur Gewissheit wie ein Saatkorn, das in ihr keimte. Sie fühlte es schon seit Tagen, Wochen, Monaten. Die Stimme Zeros, die sie rief. *Amy, geh zu ihnen. Geh zu ihnen, du unsere Schwester im Blut. Ich habe dich gekannt, dich gefühlt. Du bist das Omega zu meinem Alpha, diejenige, die sie bewachen und bewahren kann.*

»Bitte«, sagte sie mit zitternder Stimme. »Verlangen Sie das nicht von mir.«

»Ich habe nichts zu verlangen. Auch nichts zu sagen. Hier geht's nur um das, was *ist*.« Carter richtete sich auf seinem Stuhl auf, zog ein Taschentuch aus der hinteren Hosentasche und hielt es ihr entgegen. »Na los, weinen Sie, wenn Sie wollen, Miss Amy. Das ist das Mindeste, was Ihnen zusteht, schätze ich. Hab ja selbst ohne Ende geweint.«

Und sie tat es; sie weinte. Im Waisenhaus hatte sie vom Leben gekostet. Mit Caleb, den Schwestern, Peter und mit allen anderen. Sie war Teil von etwas geworden, Teil einer Familie. Sie hatte ein Zuhause in der Welt gefunden. Jetzt würde sie es wieder verlieren.

»Sie werden uns beide umbringen.«

»Ich schätze, sie werden es versuchen. Das wusste ich von Anfang an.« Er beugte sich über den Tisch und nahm ihre Hand. »Ich weiß, es ist nicht recht, aber das hier müssen wir gemeinsam durchstehen. Es ist unsere einzige Chance. Es gibt keine andere mehr.«

Sie konnte sich nicht weigern. Es war besiegelt. Das Licht verblasste, das Laub wehte herab. Im Pool setzte der Leichnam der Frau seine langsame Reise fort und trieb kreiselnd in der ewigen Strömung.

»Sagen Sie mir, was ich tun muss.«

Doch um nicht in seiner eigenen Umgebung. Es gibt keine jeden
...

Sie nannte den ... weil ... der ... die ...
... das Land ... weil ... die Wahl ... der Stadt und ihre
Frau erschien ... Hals ... auch ... so ... werden
nummer ...

... so muß ... für die Länder ...

VIII

Die Wandlung

Niemand bin ich! Und du?
Ein Niemand – noch dazu?
Dann sind wir zwei im Land!
Still! Gleich wird man bekannt!

Emily Dickinson

49

Der erste richtige Schnee des Winters kam anscheinend immer mitten in der Nacht. Sara schlief auf dem Sofa, als ein Klopfen sie weckte. Eine Zeitlang mischte sich das Geräusch in ihren Traum, in dem sie schwanger war und versuchte, es Hollis zu sagen. Die Umgebung in diesem Traum war ein rätselhaftes Gewirr von einander überlagernden Orten (die Veranda des Hauses in der Ersten Kolonie, in dem sie aufgewachsen war, die Biodiesel-Produktion mit den dröhnenden Mahlwerken, ein verfallenes Theater, das ihrer Fantasie entsprang, mit zerfetzten violetten Vorhängen über der Bühne), und obwohl andere Figuren an der Peripherie drifteten (Jackie, Michael, Karen Molyneau und ihre Töchter), hatte sie das Gefühl, mutterseelenallein zu sein: Da waren nur sie und Hollis. Das Baby klopfte in ihr – Sara begriff, dass es eine Art Morsecode war –, und wollte geboren werden. Jedes Mal, wenn sie versuchte, es Hollis zu erklären, kamen ganz andere Worte aus ihrem Mund: nicht »Ich bin schwanger«, sondern »Es regnet«, nicht »Ich bekomme ein Kind«, sondern »Heute ist Dienstag«, und Hollis schaute sie erst verwirrt, dann amüsiert an und lachte. »Das ist nicht lustig«, sagte Sara. Vor lauter Frust stiegen ihr Tränen in die Augen, während Hollis auf seine warme, volltönende Art weiter lachte. »Das ist nicht lustig, nicht lustig, nicht lustig …«, und immer so weiter. Dann löste sich der Traum mit einem Mal auf, und sie war wach.

Einen Moment lang blieb sie still liegen. Das Klopfen kam vom Fenster. Sie warf die Decke zur Seite, ging quer durch das Zimmer mit seinen klobigen Möbeln und prunkvollen Stoffen und zog den Vorhang beiseite. Das Gelände um die Kuppel wurde nachts beleuchtet, eine helle Insel in einem Meer von Dunkelheit, und durch die Lichtstrahlen wehte der Schnee herab und wirbelte im böigen Wind. Es sah aus wie Eiskristalle, nicht wie Schnee, aber während sie noch dastand, veränderte sich etwas. Die Kristalle wurden dicker und schwerer. Sie wurden zu Flocken und legten sich auf alles wie ein weißer Mantel. In den beiden anderen Zimmern des Apartments schliefen Lila und Saras Tochter in ihrem warmen kleinen Bett. Wie sehr sie sich danach sehnte, zu ihnen zu gehen, ihr Kind aufzunehmen und zu ihrem Sofa zu tragen, um es in den Armen zu halten. Um ihr Haar zu berühren, ihre Haut, ihren warmen Atem zu spüren. Aber das war ein Traum, der sich nicht erfüllen würde. Von Sehnsucht geschüttelt schaute Sara hinaus und beobachtete, wie der Schnee fiel; genoss es zu sehen, wie er die Welt langsam verschwinden ließ, auch wenn das, wie sie wusste, unten im Flachland etwas anderes bedeutete, nämlich erfrorene Finger, erfrorene Zehen, von Kälte geschüttelte Körper. Monate der Dunkelheit und des Elends. *So,* dachte Sara fröstelnd, *der Winter ist da. Und zum Glück bin ich im Warmen.*

Aber als sie am Morgen aufwachte, hatte sich schon wieder etwas verändert.

»Dani, sieh doch! Schnee!«

Glitzerndes Licht brandete ins Zimmer. Das kleine Mädchen war im Nachthemd auf einen Stuhl geklettert, hatte die Vorhänge aufgerissen und drückte die Nase an das überfrorene Fenster. Hastig sprang Sara vom Sofa und schloss den Vorhang wieder.

»Aber ich will es sehen!«

»Dani!«, kam es aus dem hinteren Zimmer. »Wo sind Sie? Ich brauche Sie!«

»Sofort!« Sara schaute dem Kind in die flehenden Augen. »Tut mir leid, Schatz. Du kennst die Regel.«

»Aber sie kann doch im Bett bleiben!«

»*Dani!*«

Sara seufzte tief. Morgens war Lila am schwierigsten, gepeinigt von gegenstandslosen Beklemmungen und namenlosen Ängsten. Mit jedem Tag, der seit ihrer letzten Fütterung verging, wurde es schlimmer. Die kräftigende Wirkung des Blutes machte sie fröhlich und liebevoll zu ihnen beiden, ja sogar ein bisschen aufgekratzt, auch wenn ihr Interesse an Kate eher abstrakt als persönlich erschien; anscheinend war sie sich über das Alter des Mädchens nicht ganz im Klaren, denn oft sprach sie mit ihr wie mit einem Baby. An diesen guten Tagen war sie offenbar fest davon überzeugt, in einer Gegend namens Cherry Creek zu wohnen und mit einem Mann namens David verheiratet zu sein – auch wenn sie manchmal von jemandem namens Brad redete: Die beiden waren austauschbar –, und sie hielt Sara dann für eine Haushälterin, die vom »Service« geschickt worden war, was immer das sein mochte. Doch wenn die Wirkung des Blutes nach vier oder fünf Tagen nachzulassen begann, wurde sie schroff und panisch, als sei es zunehmend schwierig, diese elaborierte Fantasie aufrechtzuerhalten.

»Lass mich zu ihr gehen und sie ins Bad bringen«, sagte sie leise zu Kate. »Danach werde ich sehen, ob ich mit dir zum Spielen hinausgehen kann. Abgemacht?«

Die Kleine nickte begeistert.

»Dann zieh dich jetzt an.«

Lila saß aufrecht im Bett und hatte die Falten ihres dünnen Nachthemds vor der Brust zusammengerafft. Wenn man Sara danach gefragt hätte, hätte sie das Alter der Frau auf ungefähr fünfzig geschätzt, aber morgen würde sie älter aussehen; die Falten in ihrem Gesicht wären dann tiefer, die Muskeln schlaffer und ihr Haar grauer und dünner. Manchmal ging die Veränderung so schnell vor sich, dass Sara dabei zusehen konnte. Dann brachte Guilder das Blut, Sara wurde mit Kate aus dem Zimmer verbannt, und wenn sie zurückkamen, war Lila wieder eine

Fünfundzwanzigjährige mit vollem Haar und glatter Haut, und der Zyklus begann von Neuem.

»Warum antworten Sie nicht? Ich habe mir schon Sorgen gemacht.«

»Verzeihung, ich habe verschlafen.«

»Wo ist Eva?«

Sara antwortete, das Mädchen ziehe sich an, und ging dann hinaus, um ein Bad einzulassen. Wie die Frisierkommode der Frau war auch das Bad ein Ort von totemhafter Bedeutung. In dem tiefen Kokon der Wanne mit den Löwenklauen konnte sie stundenlang im heißen Wasser liegen. Sara drehte den Hahn auf und stellte Lilas Seifen und Öle und die kleinen Cremetiegel neben zwei dicke, frisch gewaschene Handtücher. Lila badete gern bei Kerzenlicht. Sara nahm eine Schachtel Streichhölzer vom Toilettentisch und ging damit zum Kandelaber. Als Lila in der Tür erschien, war die Luft dampfgeschwängert. In ihrem schweren Dienstmädchengewand hatte Sara angefangen zu schwitzen. Lila schloss die Tür und wandte sich ab, um ihren Morgenmantel abzulegen und an einen Haken an der Tür zu hängen. Ihr Oberkörper war schmal, aber noch nicht so schmal, wie er am Ende des Zyklus werden würde; im Laufe der Tage wanderte die Körpermasse abwärts und verteilte sich auf Hüften und Oberschenkel. Sie drehte sich zu Sara um und betrachtete die Wanne mit Vorsicht im Blick.

»Dani, ich bin heute Morgen nicht ich selbst. Könnten Sie mir hineinhelfen?«

Sara nahm sie bei der Hand, und Lila stieg ängstlich über den Rand und ließ sich in das dampfende Wasser sinken. Als sie ganz eingetaucht war, wurde ihr Gesichtsausdruck weicher, und die Anspannung wich. Sie ließ sich bis ans Kinn hinuntergleiten, tat einen langen, zufriedenen Seufzer und bewegte das Wasser mit paddelnden Handbewegungen über ihrem Körper hin und her. Sie legte den Kopf zurück und machte ihr Haar nass, und dann rutschte sie wieder hoch und lehnte sich mit dem Rücken an die Wand der Badewanne. Von der Schwerkraft befreit schwebten ihre Brüste über dem Körper in einer Pantomime wiedergewonnener Jugendlichkeit.

»Ich liebe es, mich in die Badewanne zu legen«, murmelte sie.

Sara setzte sich auf den Schemel neben der Wanne. »Die Haare zuerst?«

»Mmmmm.« Lila schloss die Augen. »Bitte.«

Sara fing an. Wie bei allem verlangte Lila auch hier, dass alles exakt so gemacht wurde, wie sie es wünschte. Saras Hände massierten energisch zuerst die Wölbung der Schädeldecke und wanderten dann abwärts, um die langen Strähnen zwischen den Fingern zu glätten. Seife, Spülung – und dann das Gleiche noch einmal mit dem duftenden Öl. Manchmal musste Sara die Prozedur mehrmals wiederholen.

»Heute Nacht hat es geschneit«, sagte sie vorsichtig.

»Mmmmm.« Lilas Gesicht war entspannt, und ihre Augen waren immer noch geschlossen. »Tja, typisch Denver. Mein Vater hat immer gesagt, wenn dir das Wetter nicht gefällt, warte eine Minute, und es wird sich ändern.«

Die Aussprüche ihres Vaters, pflichtbewusst als solche gekennzeichnet, tauchten in jedem ihrer Gespräche auf. Mit einem Krug, den sie ins Badewasser tauchte, spülte Sara die Seife von Lilas Stirn und fing an, das Öl einzumassieren.

»Aber dann wird wohl alles geschlossen sein«, fuhr Lila fort. »Ich hatte eigentlich auf den Markt gehen wollen. Wir haben praktisch nichts mehr im Haus.« Soweit Sara wusste, hatte Lila noch nie einen Fuß vor die Tür des Apartments gesetzt, aber was machte das schon? »Wissen Sie, was mir gefallen würde, Dani? Ein langer, schöner Lunch. In einem außergewöhnlichen Lokal. Mit hübschen Tischdecken und Porzellan und Blumen.«

Sara hatte gelernt mitzuspielen. »Das hört sich gut an.«

Bei der Erinnerung daran tat Lila einen langen Seufzer und ließ sich tiefer ins Wasser sinken. »Ich kann Ihnen gar nicht sagen, wie lange es her ist, dass ich einen langen, schönen Lunch genossen habe.«

Ein paar Minuten vergingen, während Sara das Öl in Lilas Kopfhaut massierte. »Ich glaube, Eva würde gern ein bisschen nach draußen gehen.« Es kam ihr wie eine monströse Lüge vor, das Kind so zu nennen, aber manchmal war es nicht zu vermeiden.

»Ja, das würde sie wohl«, sagte Lila unverbindlich.

»Ich habe mich gefragt, gibt es eigentlich andere Kinder, mit denen sie spielen könnte?«

»Andere Kinder?«

»Ja, in ihrem Alter. Ich dachte mir, es wäre doch gut für sie, ein paar Freunde zu haben.«

Lila runzelte voller Unbehagen die Stirn, und Sara fragte sich, ob sie zu weit gegangen war. »Na ja«, sagte Lila wieder etwas nachgiebiger, »da wäre dieses Nachbarsmädchen, die kleine – wie heißt sie gleich? Mit den dunklen Haaren. Aber ich sehe sie kaum. Die meisten Familien hier bleiben für sich. Lauter Spießer, wenn Sie mich fragen.« Sie schwieg kurz. »Aber Sie sind ihr doch eine gute Freundin, oder etwa nicht, Dani?«

Eine Freundin. Was für eine schmerzhafte Ironie. »Ich bemühe mich.«

»Nein, es ist mehr als das.« Lila lächelte sie schläfrig an. »Sie haben da etwas anderes an sich. Das erkenne ich. Ich glaube, es ist wunderbar für Eva, eine Freundin wie Sie zu haben.«

»Dann darf ich mit ihr hinausgehen?«

»Gleich.« Lila schloss wieder die Augen. »Ich hatte gehofft, Sie könnten mir vorlesen. Ich lasse mir so gern im Bad vorlesen.«

Als sie endlich entkommen konnten, war es fast Mittag. Sara packte Eva in Mantel, Fausthandschuhe und Gummistiefel und zog ihr eine Wollmütze über die Ohren. Für sich selbst hatte sie nichts zum Drüberziehen, und an den Füßen trug sie nur schäbige Turnschuhe und Wollstrümpfe, aber das machte ihr nichts aus. Kalte Füße – na und? Sie gingen die Treppe zum Hof hinunter und traten hinaus in eine Welt, die so verändert war, dass sie sich ganz neu anfühlte. Die Luft war kalt und roch frisch, und der Schnee reflektierte die Sonne so intensiv, dass es in den Augen brannte. Nach so vielen Tagen im aufgezwungenen Zwielicht des Apartments musste Sara auf der Schwelle stehen bleiben, damit ihre Augen sich an die Helligkeit gewöhnen konnten. Kate hatte solche Schwierigkeiten nicht. Wie eine Rakete riss sie sich von Saras Hand los und flog zur Tür hinaus und quer über den Hof. Als Sara auf sie zugestapft kam – vielleicht hatte sie sich doch verschätzt, was ihre Füße anging: Sie waren jetzt schon eisig –, schaufelte sich das Kind den daunenweichen Schnee mit vollen Händen in den Mund.

»Er schmeckt ... kalt.« Sie strahlte. »Du musst es auch probieren.«

Sara gehorchte. »Mmm«, sagte sie.

Sie zeigte dem Kind, wie man einen Schneemann baute, und empfand dabei süße Nostalgie. Es war, als wäre sie wieder klein und spielte im Hof der Zuflucht. Aber hier war es doch anders. Sara war jetzt die Mutter. Die Zeit hatte ihren unaufhaltsamen Kreislauf vollbracht. Wie schön war es, die ansteckende Fröhlichkeit ihrer Tochter zu fühlen und das Staunen zu erleben, das wie ein elektrischer Strom zwischen ihnen hin und her ging. Für eine Weile war aller Schmerz aus ihrem Herzen verbannt. Sie hätten überall sein können. Nur sie beide.

Sara dachte auch an Amy, zum ersten Mal seit Jahren. Amy, die scheinbar nie ein kleines Mädchen gewesen war, aber irgendwie immer eins war. Amy, das Mädchen von Nirgendwo, in deren Person die Zeit kein Kreislauf war, sondern etwas, das angehalten worden war: ein Jahrhundert in der gewölbten Hand. Sara empfand plötzlich eine unerwartete Trauer um sie. Sie hatte sich gefragt, warum Amy die Ampullen mit dem Virus in jener Nacht auf der Farm ins Feuer geworfen und zerstört hatte. Sara waren sie verhasst gewesen – nicht nur das, was sie angerichtet hatten, sondern schon ihre bloße Existenz, und es war ein zutiefst persönlicher und instinktiver Hass. Aber sie hatte auch gewusst, dass die Ampullen noch etwas waren: die Hoffnung auf Erlösung, die einzige Waffe, die mächtig genug war, um gegen die Zwölf eingesetzt zu werden. (*Die Zwölf,* dachte sie. Wie lange war es her, dass ihr dieser Name in den Sinn gekommen war?) Sara hatte nie genau gewusst, was sie von Amys Entschluss halten sollte. Jetzt hatte sie die Antwort. Amy hatte gewusst, dass das Leben, das diese Ampullen ihr verwehrt hatten, die einzige wahre menschliche Realität war. In Saras Tochter, in dieser quicklebendigen kleinen Person, die Saras Körper geschaffen hatte, lag die Lösung für das größte Geheimnis von allen: das Geheimnis des Todes und dessen, was danach kam. Der Tod, erkannte Sara, war nichts, was man fürchten musste. Es gab keinen Tod. Allein durch die schlichte Tatsache ihrer Existenz verband das kleine Mädchen Sara mit etwas Ewigem. Ein Kind war das Geschenk wahrer Unsterblichkeit.

Wieso hatte der Schnee sie an Amy erinnert? Dann fiel es ihr ein.

»Lass uns Schnee-Engel machen«, sagte sie.

Das war etwas Neues für Kate. Sie legten sich nebeneinander auf den Rücken, von Weiß umhüllt, und ihre ausgestreckten Fingerspitzen berührten einander. Sie schwenkten die Arme auf und ab und standen dann auf, um ihre Abdrücke zu betrachten. Sara erklärte dem Mädchen, was Engel waren: Das sind wir.

»Das macht Spaß«, sagte Kate und lachte.

Jenny, die Serviererin, würde jetzt den Lunch bringen; ihre Zeit im Schnee war zu Ende. Sara sah den Rest des Tages vor sich: Lila, die in ihren Fantasien schwebte und sie beide in Ruhe ließ, nasse Kleider, die auf einem Gestell vor dem Feuer trockneten, sie und ihre Tochter, zusammengekuschelt auf dem Sofa. Die betörende Wärme, wo ihre Körper einander berührten, und die Geschichten, die sie stundenlang vorlesen würde – Peter Hase, Eichhörnchen Nusper und »James und der Riesenpfirsich«, Kates neuestes Lieblingsbuch –, bevor sie beide eindämmerten und ineinander verflochtene Träume träumten. Nie war sie so glücklich gewesen.

Sie gingen zurück zum Eingang, als Sara zum Fenster hinaufschaute und sah, dass die Vorhänge offen waren. Lila beobachtete sie; ihre Augen waren hinter dunklen Brillengläsern verborgen. Wie lange stand sie schon da?

Sara zauberte ein Lächeln auf ihr Gesicht. »Ich glaube, es hat ihr nur Freude gemacht, uns zuzusehen.« Aber ein Fünkchen Angst glühte in ihr auf.

»Warum muss ich sie Mummy nennen?«

Sara blieb wie angewurzelt stehen. »Wieso fragst du?«

Kate schwieg einen Moment lang. Schmelzender Schnee tropfte von den Ästen.

»Ich bin müde, Dani«, sagte die Kleine dann. »Nimmst du mich auf den Arm?«

Ein unerträgliches Glück. Das Kind wog nichts in ihren Armen. Es war ein fehlender Teil ihrer selbst, der zurückgekommen war. Lila schaute immer noch aus dem Fenster herunter, aber das kümmerte Sara nicht. Kate umschlang sie fest mit Armen und Beinen, und so trug Sara ihre Tochter aus dem Schnee zurück ins Apartment.

Mitteilungen hatte Sara bisher nicht bekommen. Jeden Tag hielt sie Ausschau nach dem umgedrehten Löffel und dem Zettel unter dem Teller, aber da war nichts. Jenny kam und ging, stellte ihr Tablett mit Brot und Maisgrieß und wässriger Suppe ab und huschte wortlos wieder hinaus. Sara hatte das Apartment nicht mehr verlassen, außer um mit Kate in den Hof hinunterzugehen, und so hatte sie Vale nur einmal kurz gesehen, als Lila sie beauftragt hatte, einen Hausmeister anzufordern, der den verstopften Abfluss der Badewanne reinigen sollte. Da war er durch den Korridor gegangen, begleitet von zwei anderen Kols. Der mit den Hängebacken, der an Saras erstem Tag vor dem Aufzug gestanden hatte, war auch dabei gewesen. Vale war einfach an ihr vorbeigegangen. Wie immer war seine Tarnung – die eigentlich nur in seiner Haltung bestand, in dem selbstbewusst schlendernden Gang seines Standes – makellos gewesen. Kein Zeichen des Wiedererkennens wurde zwischen ihnen gewechselt. Wenn Vale wusste, wer sie war, ließ er es sich nicht anmerken.

Sie selbst durfte nur im Notfall eine Nachricht senden, doch der fehlende Kontakt beunruhigte sie so sehr, dass sie schließlich beschloss, es zu riskieren. Loses Papier gab es im Apartment nicht, aber natürlich die Bücher. Eines Abends, als Lila zu Bett gegangen war, riss Sara eine weiße Seite aus dem hinteren Teil von »Pu der Bär«. Das größere Problem bestand darin, ein Schreibgerät zu finden. Füller oder Bleistifte gab es hier auch nicht. Aber in der untersten Schublade von Lilas Kommode fand sie ein Nähetui mit einem Nadelkissen. Sara nahm die Nadel, die am spitzesten aussah, stach sich damit in den Zeigefinger und drückte einen Tropfen Blut heraus. Mit der Nadel als Schreibfeder kritzelte sie ihre Botschaft auf das Papier.

Brauche Treffen. D.

Als Jenny am nächsten Tag kam, um das Lunchtablett abzuholen, wartete Sara schon. Statt dem Mädchen zu erlauben, es wie immer einfach wegzunehmen, nahm Sara es vom Tisch und hielt es ihr entgegen. Sie sah ihr in die Augen und schaute dann vielsagend nach unten.

»Danke, Jenny.«

Nach zwei Tagen kam die Antwort. Sara versteckte den Zettel in den Falten ihres Gewandes und wartete auf einen ungestörten Augenblick. Der fand sich aber erst später am Tag, als Lila ihr Nickerchen machte. Sie war jetzt dicht vor dem Ende ihres Zyklus, ausgetrocknet, gebrechlich und schlecht gelaunt; bald würde Guilder wieder mit dem Blut kommen. Im Badezimmer faltete Sara den Zettel auseinander. Darauf standen nur eine Zeit, ein Ort und ein einziger Satz mit einer Anweisung. Sara verließ der Mut; ihr war nicht klar gewesen, dass sie die Kuppel würde verlassen müssen. Dazu müsste sie sich unter einem glaubhaften Vorwand Lilas Erlaubnis verschaffen, und sie wusste nicht, was sie tun sollte, wenn sie sie nicht bekäme. Sara fragte sich, ob Lila in ihrem Zustand überhaupt verstehen würde, was sie wollte.

Sie brachte das Thema am nächsten Tag zur Sprache, als sie Lila das Haar wusch. Ein paar Stunden Urlaub, so drückte sie es aus. Ein Ausflug auf den Markt. Es wäre schön, ein paar neue Gesichter zu sehen, und wenn sie einmal da wäre, könnte sie sich nach neuen Ölen oder Seifen umsehen. Die Bitte versetzte Lila in greifbare Unruhe; sie war in den letzten Tagen sehr anhänglich geworden und ließ Sara kaum noch aus den Augen. Aber schließlich fügte sie sich der sanften Gewalt ihrer Argumente. *Bleiben Sie mir nur nicht zu lange,* sagte sie. *Ich weiß nie, was ich ohne Sie anfangen soll, Dani.*

Vale hatte ihr den Weg geebnet. Am Eingang reichte der Kol ihr den Pass mit der routinemäßigen Ermahnung, er sei nur für zwei Stunden gültig. Sara trat hinaus in den Wind und nahm Kurs auf den Markt. Hier durften nur Kols und Rotaugen Geschäfte machen. Das Geld bestand aus kleinen Plastikchips in drei Farben: Rot, Blau und Weiß. In der Tasche an Saras Gewand waren fünf Stück von jeder Sorte, ein Teil des Lohns, den Lila ihr alle sieben Tage auszahlte, um die Fiktion zu untermauern, Sara sei ihre bezahlte Angestellte. In der Gegend, die einmal das kleine Geschäftsviertel der Stadt gewesen war, drei Blocks mit Backsteingebäuden, die dicht an der Straße standen, hatte man den Schnee von den Gehwegen geräumt. Der größte Teil der Stadt war unbewohnt und leer und versank sanft in einem langsamen Verfall. Fast alle Rotaugen bis auf die aus der Führungsebene wohnten in einem Komplex von mittelgroßen Apartmenthäusern am Südrand der Innenstadt. Der Markt war das Herz der Stadt, mit Checkpoints an beiden Enden. An manchen Gebäuden fanden sich immer noch Schilder, die ihre ursprüngliche Funktion bezeichneten: Iowa State Bank, Fort Powell Army-Navy, Wimpy's Café, Prairie Books and Music. Es gab sogar ein kleines Kino mit einem Vordach über dem Eingang. Sara hatte gehört, dass die Kols manchmal dort hineingehen und sich die Handvoll Filme ansehen durften, die dort immer wieder gezeigt wurden.

Am Checkpoint zeigte sie ihren Pass vor. Die Straßen waren leer bis auf die Patrouillen und ein paar Rotaugen in ihren luxuriösen Mänteln, die mit Sonnenbrillen auf der Nase spazieren gingen. Von ihrem Schleier verhüllt bewegte Sara sich in einem Kokon der Anonymität, aber sie wusste, dass dieses Gefühl von Sicherheit eine gefährliche Illusion war. Sie ging weder schnell noch langsam und hielt den Kopf gesenkt, um sich vor den kalten Böen zu schützen, die durch die Straßen und um die Häuserecken fegten.

Sie kam zur Apotheke. Glocken klingelten, als sie eintrat. Drinnen war es warm und duftete nach Holzrauch und Kräutern. Fast alle Regale waren leer bis auf eins mit Seifen und Ölen. Für die meisten Arzneimittel, die man hier bekam, war kein Rezept nötig. Sie wurden von einer Frau mit groben grauen Haaren und einem runzligen, zahnlosen Mund ausgegeben, die hinter der Theke stand und sich in dem Moment, als Sara eintrat, über eine Waage beugte und winzige Mengen von einem hellgelben Pulver abmaß, die sie mit einem Trichter in kleine Glasfläschchen füllte. Rasch hob sie den Blick, schaute zu dem Kol hinüber, der vor dem Regal herumlungerte, und wieder zurück zu Sara. *Vorsicht. Ich weiß, wer du bist. Sag nichts, bis ich ihn los bin.* Dann fragte sie in lautem, hilfsbereitem Ton: »Sir, suchen Sie vielleicht etwas Spezielles?«

Der Kol schnupperte an einem Stück Seife. Er war Mitte dreißig und nicht hässlich, und er wirkte eitel. Er legte die Seife wieder an ihren Platz im Display. »Etwas gegen Kopfschmerzen.«

»Ah.« Ein beruhigendes Lächeln. »Einen Augenblick.«

Die alte Frau nahm ein Glas von der Wand hinter ihr herunter, löffelte getrocknete Kräuter in eine Papiertüte und reichte sie ihm über die Theke. »Lösen Sie das in warmem Wasser auf. Eine Prise sollte genügen.«

Er betrachtete das Päckchen voller Unbehagen. »Was ist da drin? Du versuchst doch nicht, mich umzubringen, alte Frau?«

»Das ist nur ganz normaler Wacholder. Ich nehme es selbst. Wenn Sie wollen, koste ich gern davon.«

»Schon gut.«

Er bezahlte mit einem einzelnen blauen Chip, und die Frau schaute ihm nach, als er unter dem Klingeln der Glöckchen verschwand.

»Komm mit«, sagte sie zu Sara.

Sie führte sie zu einem Lagerraum im hinteren Teil. Hier stand ein Tisch mit ein paar Stühlen, und eine Tür führte hinaus in den

Hof. Sie befahl Sara zu warten und kehrte nach vorn in den Laden zurück. Ein paar Minuten vergingen, dann öffnete sich die Tür: Nina – im Kittel einer Flachländerin mit einer dunklen Jacke. Ein langer Schal verhüllte die untere Hälfte ihres Gesichts.

»Das ist unglaublich dumm, Sara. Weißt du, wie gefährlich so etwas ist?«

Sara starrte in die stählernen Augen der Frau. Bis zu diesem Moment war ihr nicht klar gewesen, wie wütend sie war.

»Ihr habt gewusst, dass meine Tochter lebt, nicht wahr?«

Nina wickelte sich den Schal vom Kopf. »Natürlich haben wir das gewusst. Das gehört zu unserem *Job,* Sara: Wir wissen Dinge, und wir nutzen Informationen. Ich hätte gedacht, du freust dich.«

»Wie lange wisst ihr es schon?«

»Ist das wichtig?«

»Ja, verdammt, es ist wichtig.«

Nina sah sie durchdringend an. »Also schön, angenommen, wir haben es die ganze Zeit gewusst. Angenommen, wir hätten es dir gesagt. Was hättest du getan? Spar dir die Antwort. Du wärst unüberlegt losgezogen und hättest irgendetwas Dämliches getan. Du wärst keine zehn Schritte weit in die Kuppel hineingekommen, ohne deine Tarnung auffliegen zu lassen. Wenn es dich tröstet: Wir haben ausführlich darüber diskutiert. Jackie meinte, du solltest es wissen. Aber die überwiegende Meinung war, dass der Erfolg der Operation an erster Stelle steht.«

»Die überwiegende Meinung. Du meinst, deine.«

»Meine und die von Eustace.« Einen Moment lang wurde Ninas Gesicht sanfter. Aber nur einen Moment lang. »Nimm es nicht so schwer. Du hast doch, was du willst. Sei froh.«

»Ich will, dass sie da herauskommt.«

»Das haben wir uns gedacht, Sara. Und wir werden sie auch herausholen. Beizeiten.«

»Wann?«

»Ich denke, das liegt auf der Hand. Wenn unser Auftrag erledigt ist.«

»Wollt ihr mich *erpressen*?«

Nina tat den Vorwurf achselzuckend ab. »Versteh mich nicht falsch, das wäre nichts, womit ich große Probleme hätte. Aber in diesem Fall ist es gar nicht nötig.« Sie schaute Sara aufmerksam an. »Was, glaubst du, passiert mit diesen Mädchen?«

»Was heißt ›diese Mädchen‹? Meine Tochter ist die Einzige da.«

»Das ist sie *jetzt*. Aber sie ist nicht die Erste. Es gibt immer eine Eva. Ein Kind ist das Einzige, womit Guilder in der Lage ist, Lila ruhig zu halten. Aber wenn sie ein bestimmtes Alter erreichen, verliert die Frau das Interesse an ihnen, oder das Kind lehnt sie ab. Und dann besorgen sie ihr ein neues.«

Sara wurde schwindelig, und sie musste sich hinsetzen. »In welchem Alter?«

»Fünf oder sechs. Je nachdem. Aber es ist immer so, Sara. Das versuche ich dir zu sagen. Die Uhr tickt. Vielleicht nicht heute, nicht mal morgen, aber bald. Dann geht sie ab in den Keller.«

Sara zwang sich, die nächste Frage zu stellen. »Und was ist im Keller?«

»Da machen sie das Blut für die Rotaugen. Wir kennen nicht alle Einzelheiten. Der Prozess fängt mit Menschenblut an, aber dann passiert etwas damit. Sie verändern es irgendwie. Da unten ist ein Mann, eine Art Viral, so heißt es wenigstens. Sie nennen ihn ›die Quelle‹. Er trinkt ein Destillat aus menschlichem Blut, es verändert sich in seinem Körper, und etwas Neues kommt heraus. Hast du gesehen, was mit der Frau passiert?«

Sara nickte.

»Das passiert mit allen, aber bei Männern geht es langsamer. Das Blut der Quelle verjüngt sie. Es hält sie am Leben. Glaub mir, wenn deine Tochter einmal dort unten ist, kommt sie nicht mehr lebend heraus.«

Ein Sturm der Gefühle tobte plötzlich in ihr. Wut, Hilflosigkeit, das wilde Verlangen, ihre Tochter zu beschützen. Es war so intensiv, dass ihr beinahe übel wurde.

»Und was habe ich zu tun?«

»Wenn die Zeit gekommen ist, wirst du es wissen. Wir holen sie heraus. Du hast mein Wort.«

Sara begriff, was Nina da verlangte. Nicht verlangte: befahl. Sie hatten sie perfekt manipuliert. Kate war die Geisel, und das Lösegeld würde in Blut gezahlt werden.

»Du solltest die anderen dafür hassen, Sara. Konzentriere dich darauf. Denk an das, was sie tun. Der Augenblick kommt für uns alle, auch für mich, genau wie er für Jackie gekommen ist. Ich werde bereitwillig gehen, wenn man es mir sagt.«

»Wo ist es?« Sara brauchte die Frage nicht genauer zu formulieren; es war klar, was sie meinte.

»Besser, du erfährst es erst, wenn es so weit ist. Du bekommst eine Nachricht auf dem verabredeten Weg. Die ganze Operation steht und fällt mit dir, und das Timing ist wichtig.«

»Und wenn ich es nicht kann?«

»Dann stirbst du trotzdem. Und deine Tochter auch. Es kommt nur darauf an, wann. Das Wie habe ich dir schon beschrieben.« Sie schaute Sara tief in die Augen. In ihrem Blick lag kein Mitgefühl, sondern nur eisige Klarheit. »Wenn alles nach Plan läuft, wird es das Ende für die Rotaugen bedeuten. Für Guilder, für Lila, für sie alle. Verstehst du, was ich sage?«

Ihr Kopf fühlte sich taub an. Sie spürte, dass sie nickte und dann mit leiser Stimme sagte: »Ja.«

»Dann tu deine Pflicht. Tu es für deine Tochter. Kate heißt sie, nicht wahr?«

Sara war verwirrt. »Woher weißt du …?«

»Du hast es mir gesagt. Weißt du das nicht mehr? Du hast mir ihren Namen gesagt, als sie geboren wurde.«

Natürlich, dachte sie. Auf einmal ergab so vieles einen Sinn. Nina war die Frau von der Wöchnerinnenstation, die ihr eine Locke von Kates Haar gegeben hatte.

»Vielleicht glaubst du mir nicht, Sara, aber ich versuche, ein Unrecht aus der Welt zu schaffen.«

Sara hätte gern gelacht. Sie hätte es getan, wenn so etwas noch möglich gewesen wäre. »Du hast eine komische Art, das zu zeigen.«

»Kann sein. Aber so sind die Zeiten, in denen wir leben.« Sie schwieg noch einmal und sah Sara forschend an. »Du schaffst es. Ich weiß das, wenn ich es sehe.«

Wirklich? Aber die Frage war bedeutungslos. Irgendwo würde sie die Kraft eben finden müssen.

»Tu es für deine Tochter, Sara. Tu es für Kate. Sonst hat sie keine Chance.«

50

Was sie mit ihr taten, war erträglich. Nicht ohne Schmerz und die Cousine des Schmerzes, die Erwartung seines Kommens. Aber zu ertragen. Lange Zeit stellten sie ihr gar keine Fragen. Sie verlangten nichts von ihr. Es war einfach etwas, das sie gern taten, und sie würden es weiter tun und ihrem dunklen Vergnügen nachgehen, das Alicia ihnen nicht ohne Weiteres gönnte. Sie erstickte ihre Schreie, sie ertrug alles stoisch, und sie lachte, wann immer sie konnte, womit sie ihnen sagte: *Tut nur, was ihr könnt, meine Freunde. Ich bin hier diejenige, die in Ketten gelegt werden muss. Meint ihr, diese Tatsache an und für sich ist nicht schon ein Sieg?*

Das Wasser war das Schlimmste. Seltsam eigentlich, denn Alicia hatte Wasser immer gerngehabt. Als Kind war sie eine furchtlose Schwimmerin gewesen; in der Kolonie war sie tief in die Grotte hinuntergetaucht, hatte den Atem angehalten, so lange sie konnte, und mit einem Dröhnen in den Ohren den Boden berührt, während die Luftblasen ihres Atems aus der dunklen Tiefe ins Sonnenlicht über ihr aufstiegen. Manchmal gossen sie ihr durch einen Trichter Wasser in den Mund. Manchmal ließen sie sie, auf ein Brett geschnallt, von der Decke herunter und tauchten sie mit dem Kopf voran in einen Bottich mit Eiswasser. Jedes Mal dachte sie: *Los geht's,* und dann zählte sie die Sekunden, bis es vorbei war.

Ihre Kraft hatte im Laufe der Tage merklich nachgelassen. Sie gaben ihr etwas zu essen, eine teigige Grütze aus Soja oder Mais und übermäßig stark geräucherte Streifen Fleisch, hart wie Leder. Eins war klar: Sie wollten sie am Leben halten, damit sie so lange wie möglich ihren Spaß haben konnten. Alicia legte ein lautloses Gelübde ab: Wenn sie schließlich im eindeutig letzten Akt ihrer Verwandlung menschliches Blut schmeckte, dann würde es deren Blut sein und nicht ihr eigenes. Ihre Mitgliedschaft in der menschlichen Rasse aufzugeben war hart, aber in dem Gedanken lag ein kleiner Trost. Sie würde diese Schweine leertrinken.

Den Lauf der Tage zu messen war unmöglich. Wenn sie sich selbst überlassen war, kehrte sie als geistige Übung zu Ereignissen in ihrer Vergangenheit zurück und bewegte sich durch ihre Erinnerungen wie durch einen Korridor mit Gemälden, vor denen sie stehen blieb, um sie zu betrachten: Hier stand sie Wache in der Ersten Kolonie, da zog sie mit Peter, Amy und den anderen durch die Darklands nach Colorado, und dort war ihre seltsame, raue Kindheit mit dem Colonel. Sie hatte ihn immer »Sir« genannt, niemals »Daddy« oder gar »Niles«; von Anfang an war er ihr vorgesetzter Offizier gewesen, kein Vater und kein Freund. Seltsam, jetzt daran zu denken. Die Erinnerungen an ihr Leben enthielten ein ganzes Spektrum von Emotionen, Trauer, Glück, Begeisterung, Einsamkeit und bis zu einem gewissen Grad auch Liebe, aber ihnen allen gemeinsam war das Gefühl der Zugehörigkeit. Sie bestand aus ihren Erinnerungen, und ihre Erinnerungen bestanden aus ihr. Hoffentlich würde sie sie behalten dürfen, wenn alles gesagt und getan wäre.

Sie hatte schon angefangen, sich zu fragen, ob sie nichts anderes mit ihr vorhätten als die endlose Wiederholung ihrer schmerzhaften Anwendungen, als der Rhythmus ihrer Gefangenschaft durch die Ankunft eines Mannes unterbrochen wurde, dessen Auftreten den Anschein erweckte, er habe etwas zu sagen. Er stellte sich nicht vor, und mindestens eine Minute lang sprach er kein Wort, sondern stand nur vor ihr, während sie von der Decke hing. Er machte ein Gesicht, als lese er ein schwer verständliches Buch. Der

Mann trug einen dunklen Anzug und eine ebensolche Krawatte und darunter ein steifes weißes Hemd. Er sah nicht einen Tag älter als dreißig aus. Seine Haut war hell und zart, als gehe er niemals in die Sonne. Aber seine Augen verrieten die wahre Geschichte. Sollte sie überrascht sein?

»Du bist ... anders.« Er trat näher und atmete scharf durch die Nase, hob sie schnuppernd vor ihr in die Luft wie ein Hund.

»Ja, das höre ich oft.«

»Ich rieche es an dir.«

»Ich hatte kaum Gelegenheit, mich zu waschen.« Sie schenkte ihm ihr frechstes Grinsen. »Und Sie sind ...?«

»Ich stelle hier die Fragen.«

»Wissen Sie, Sie sollten nicht so viel im Dunkeln lesen. Das ist ganz schlecht für Ihre Augen.«

Er holte aus und schlug ihr mit der flachen Hand ins Gesicht.

»Wow.« Alicia wackelte mit dem Unterkiefer hin und her. »Autsch. Das tut irgendwie weh.«

Er trat wieder heran und verdrehte ihr heftig den erhobenen Arm. »Warum hast du keine Plakette?«

»Schicke Klamotten haben Sie da an«, sagte sie. »Da fühlt man sich als Mädel gleich ein bisschen *underdressed.*«

Der zweite Schlag ins Gesicht klang wie ein Peitschenknall. Alicia blinzelte, als ihre Augen anfingen zu tränen, und als sie mit der Zunge über ihre Zähne strich, schmeckte sie Blut. »Wissen Sie, ihr Jungs habt das jetzt schon oft getan. Es ist nicht sehr freundlich. Ich glaube, ich mag euch nicht besonders.«

Seine glühenden Augen wurden schmal vor Wut. Allmählich machte sie Fortschritte. »Erzähl mir von Bello.«

»Da klingelt nichts.«

Er schlug sie noch einmal. Kleine Lichter funkelten vor ihren Augen. Sie merkte, dass er seine Kraft bremste. Er würde sie Stück für Stück einsetzen, in einer langsamen Eskalation.

»Warum schneiden Sie mich hier nicht ab, damit wir uns richtig unterhalten können? Denn so kommen Sie offenbar nicht weiter.«

Diesmal benutzte er die Faust, und es war, als schlage er sie mit einem Brett. Alicia schüttelte sich und spuckte Blut. »Ich muss sagen, das war eindrucksvoll. Haben Sie trainiert?«

»*Sag es mir.*«

»Verpiss dich.«

Ein Hammerschlag in ihren Bauch. Der Atem gefror ihr in der Brust, und ihr Zwerchfell spannte sich wie eine Schraubzwinge. Sekunden ohne Luft vergingen, und als ihre Lunge sich endlich wieder dehnte, schlug er noch einmal zu.

»*Wer ... ist ... Bello?*«

Alicia hatte Mühe, scharf zu sehen. Scharf zu sehen und zu atmen und zu denken. Sie wartete auf den nächsten Schlag, aber er kam nicht, und dann wurde ihr bewusst, dass der Mann die Tür geöffnet hatte. Drei Gestalten kamen herein; zwei hatte sie schon gesehen, die dritte nicht. Sie trugen eine Art Bank, hüfthoch und mit einem breiten Rahmen an der Basis.

»Ich möchte Ihnen einen Freund vorstellen. Das ist Sod. Tatsächlich sind Sie einander schon begegnet.«

Alicia konnte allmählich wieder klarer sehen. Etwas stimmte nicht mit dem Gesicht dieses Mannes. Besser gesagt mit der einen Seite seines Gesichts, die aussah wie ein Stück planlos gebratenes Fleisch, roh in der Mitte, schwarz an den Rändern. Sein Haar war zur Hälfte weggebrannt und der größte Teil seiner Nase ebenfalls. Sein linkes Auge war geschmolzen und zu einem klebrigen Schleim geronnen.

»Örk«, brachte Alicia hervor.

»Sod war auf dem Sammelplatz, als ihr beschlossen habt, ihn in die Luft zu jagen. Er ist nicht sehr glücklich darüber.«

»Das kommt vor. Freut mich, dich kennenzulernen, Sod. Ein toller Name, ›Sod‹.«

»Sod ist ein Mann mit speziellen Vorlieben. Man könnte sagen, er hat sich den Namen verdient. Und er hat ein Hühnchen mit dir zu rupfen.« Er wandte sich an die beiden anderen Männer. »Bindet sie fest. Das heißt – nein, wartet noch einen Moment.«

Die Schläge prasselten auf sie nieder. Ins Gesicht. Auf den Körper. Als der Mann erschöpft war, fühlte Alicia kaum noch etwas. Der Schmerz hatte sich verändert – er war fern und unbestimmt. Ketten rasselten, der Druck an ihren Handgelenken ließ nach. Ihr Blick war zu Boden gerichtet; sie war über die Bank gebeugt, ihre Beine waren gespreizt, die Fußgelenke an den Rahmen gefesselt. Jemand riss ihr die Hose herunter.

»Lassen wir unseren Freund hier ein bisschen allein«, sagte der erste Mann. Alicia hörte, wie die Tür zugeschlagen wurde, und dann kam, ominös und endgültig, das Geräusch des Schlüssels im Schloss.

51

Jede Nacht träumte Amy von Wolgast, als sie und Greer nach
Norden ritten. Manchmal waren sie auf dem Karussell. Manchmal fuhren sie mit dem Auto; die Kleinstädte und die grüne Früh-
lingslandschaft flogen vorbei, und die Berge ragten in der Ferne
auf, die Felsflanken glänzend vom Eis. Heute Nacht waren sie in
Oregon, in dem Camp. Sie saßen auf dem Boden im Hauptzimmer
der Lodge. Zwischen ihnen lag das Monopoly-Brett mit den verblichenen farbigen Feldern und dem Geld in ordentlichen Stapeln
und Amys kleinem Hütchen und Wolgasts kleinem Auto, und Wolgast schüttelte die Würfel aus dem Becher und schob seine Figur
vorwärts nach St. Charles Place, wo eins von Amys sechs (sechs!)
Hotels stand. Im Zimmer war es warm vom Ofen, und vor den
Fenstern fiel der Schnee durch die samtweiche Dunkelheit und die
tiefe Winterkälte.

»Herr im Himmel«, stöhnte Wolgast.

Er zahlte seine Miete, und sein Ärger war gespielt; er wollte
verlieren. Wollte ihr sagen, dass sie Glück hatte, und seine Worte
bewirkten, dass es so war. Du hast Glück, Amy.

Immer im Kreis herum wanderten ihre Figuren. Noch mehr
Geld wechselte den Besitzer, Park Place, Illinois Avenue, Marvin
Gardens und der Bahnhof namens B&O. Amys Geldstapel wuchs,
während Wolgasts gegen null schrumpfte. Sie kaufte Bahnhöfe

und Elektrizitätswerke, sie hatte überall Häuser und Hotels, ein Spalier von Besitztümern. Genug, um noch mehr zu bauen und das ganze Spielfeld auszufüllen. Das Verständnis dieser Beschleunigungsmathematik war der Schlüssel zu diesem Spiel.

»Ich glaube, ich brauche einen Kredit«, gestand Wolgast.

»Versuch's bei der Bank.« Sie grinste siegesgewiss. Wenn er sich erst Geld geliehen hätte, würde das Ende schnell kommen, und er würde mit erhobenen Händen kapitulieren. Dann würden sie ihre gewohnten Plätze auf dem alten, durchgesessenen Sofa einnehmen, sich die Wolldecke bis an die Brust heraufziehen und einander abwechselnd vorlesen. Das Buch für heute Abend: H.G. Wells, »Die Zeitmaschine«.

Er ließ die Würfel auf das Spielbrett rollen. Eine Drei und eine Vier. Er schob sein Auto voran und landete auf dem Feld »Luxussteuer« mit dem kleinen Diamantring.

»Nicht schon wieder.« Er verdrehte die Augen und zahlte. »Es ist so wunderbar, hier mit dir zu sein.« Er schaute an ihr vorbei zum Fenster. »Es schneit aber ordentlich da draußen. Wie lange geht das schon?«

»Ich glaube, schon ziemlich lange.«

»Ich hatte es immer schon gern. Ich muss daran denken, wie ich ein kleiner Junge war. Es kommt mir immer vor wie Weihnachten, wenn es schneit.«

Das Holz im Ofen knackte. Überall im dichten Wald schneite und schneite es. Der Morgen würde mit weichem weißem Licht heraufdämmern, ganz still, aber natürlich würde es für sie da, wo sie waren, kein Morgen geben.

»Jedes Jahr sind meine Eltern mit mir ins Theater gegangen, ins ›Weihnachtsmärchen‹. Ganz gleich wo wir wohnten, sie haben immer ein Theater gefunden und sind mit mir hingegangen. Jacob Marley hat mir immer schreckliche Angst eingejagt. ›Er trug die Ketten, die er im Leben geschmiedet hatte.‹ Das war eine so traurige Geschichte. Aber auch schön. Viele Geschichten sind so.« Er dachte kurz nach. »Manchmal wünschte ich, ich könnte für immer mit dir hierbleiben. Albern von mir, ich weiß. Nichts dauert ewig.«

»Manches schon.«

»Was denn, zum Beispiel?«

»Das, woran wir uns gern erinnern. Die Liebe, die wir zu anderen Menschen empfinden.«

»Wie ich zu dir«, sagte Wolgast.

Amy nickte.

»Denn ich liebe dich, weißt du.« Er lächelte. »Habe ich dir das je gesagt?«

»Das brauchtest du nicht. Ich wusste es immer. Ich wusste es von Anfang an.«

»Nein, ich hätte es sagen sollen.« Er klang reumütig. »Es ist besser, wenn man es sagt.«

Stille senkte sich herab, tief wie der Wald, tief wie der Schnee, der draußen fiel.

»Etwas an dir ist anders, Amy.« Er betrachtete sie prüfend. »Etwas hat sich verändert.«

»Ja, das glaube ich auch.«

Eine weiche Dunkelheit schob sich von den Rändern herein. So ging es immer, wie auf einer Bühne, wo das Licht nach und nach erlosch, bis nur noch sie beide zu sehen waren.

»Na, was immer es ist«, sagte er und grinste, »es gefällt mir.« Ein Augenblick verging. »Hast du Carter gesagt, wie sehr es mir leidgetan hat?«

»Er weiß es.«

Wolgast schaute an ihr vorbei. »Das ist etwas, das ich mir nie verzeihen kann. Ich wusste es, als ich ihn nur anschaute. Er hat diese Frau von ganzem Herzen geliebt.« Sein Blick senkte sich auf das Monopoly-Brett. »Anscheinend sind wir hier fertig. Ich weiß nicht, wie du das immer schaffst. Aber nächstes Mal kriege ich dich.«

»Möchtest du lesen?«

Sie setzten sich auf das Sofa unter die Wolldecke. Becher mit heißem Kakao standen auf dem Tisch. Sie waren, wie alles hier, von selbst erschienen. Wolgast nahm das Buch und blätterte darin, bis er die richtige Seite gefunden hatte.

»›Die Zeitmaschine‹, siebtes Kapitel.« Er räusperte sich und wandte ihr das Gesicht zu. »Mein tapferes Mädchen. Meine tapfere Amy. Es stimmt wirklich, weißt du.«

»Ich liebe dich auch.« Sie schmiegte sich an ihn.

Und so verbrachten sie Stunden in endloser Zahl miteinander, die ihr wie ein kurzer Augenblick vorkamen, bis die Dunkelheit, selbst eine Decke, sich auf sie herabsenkte.

52

Sie folgten der östlichen Nachschublinie nordwärts nach Texarkana, versorgten sich mit Proviant und Treibstoff und schliefen in Hardboxen. Das Fahrzeug gehörte Tifty, ein kleiner Lastwagen, der zum Wohncontainer umgebaut worden war, und den würden sie bald brauchen: Nördlich von Little Rock würden sie im Freien übernachten müssen. Sprit sei kein Problem, erklärte Tifty. Der Laster konnte zusätzliche zweihundert Gallonen als Reserve transportieren, und als er fünfzehn Jahre zuvor mit Greer und Crukshank in den Norden gegangen war, hatten sie sämtliche Treibstoffquellen bis zur Grenze von Iowa ausgekundschaftet: Flugplätze, Heizölkraftwerke, große kommerzielle Depots mit ihren pilzförmigen Tanks. Der Truck war mit einem Filtersystem ausgerüstet, das alle Verunreinigungen eliminieren konnte. Es ging langsam voran, aber mit etwas Glück und gutem Wetter könnten sie bis Mitte Dezember in Iowa sein.

Die erste Nacht im Container verbrachten sie hundert Meilen weit südlich der Grenze nach Missouri. Als der Abend dämmerte, nahm Tifty einen großen Plastikkanister von der Ladefläche, drückte sich einen Lappen aufs Gesicht und vergoss eine klare Flüssigkeit in einer Linie rund um den Wagen.

»Was ist das für ein Zeug?«, fragte Lore. Der Gestank trieb ihnen die Tränen in die Augen.

»Ammoniak hauptsächlich. Die Dracs können es nicht ausstehen – plus es überdeckt unseren Geruch. Sie werden gar nicht wissen, dass wir da drin sind.«

Sie aßen Bohnen und Zwieback zum Abendessen und legten sich in die Kojen. Nicht lange, und Hollis fing an zu schnarchen. Hollis?, dachte Peter. Nein, Lore. Sie schlief so, wie sie alles tat: hemmungslos. Peter verstand, weshalb Michael sich zu ihr hingezogen fühlte, aber er verstand auch, warum sein Freund es nicht geradeheraus sagte. Wem wäre es nicht ein bisschen peinlich, wenn er so sehr begehrt wurde? In den Tagen des Wartens in der Raffinerie hatte Peter sich selbst mehr als einmal gefragt, ob Lore mit ihm flirtete. Sie hatte es getan, allerdings war ihm klar, dass es eine Taktik war. Sie wollte sich tiefer in Michaels Welt hineinziehen lassen. Wenn sie in deren Herz vorgedrungen wäre, gäbe es keine Rettung mehr für ihn. Dann würde Michael ihr gehören.

Peter wälzte sich in seiner Koje herum und versuchte, es sich bequem zu machen: Das Schlafen im Container fiel ihm immer schwer. Immer wenn er gerade eindöste, riss ihn ein Geräusch von draußen wieder aus dem Schlaf. Einmal, in der Nähe von Amarillo, hatten die Virals die ganze Nacht gegen die Wände gehämmert. Sie hatten sogar tatsächlich das ganze Ding gepackt und versucht, es umzuwerfen. Um auf andere Gedanken zu kommen, hatten die Männer von Peters Trupp stundenlang Poker gespielt und Witze erzählt, als wäre weiter nichts Wichtiges im Gange. *Ein verdammter Lärm da draußen,* sagte vielleicht einer, doch das war das höchste der Gefühle. *Wie soll ich mich dabei auf die Karten konzentrieren?* Peter würde dieses Leben vermissen; er war jetzt neun Tage unerlaubt abwesend und damit ein Outlaw wie Hollis oder Tifty. Ganz gleich was Gunnar zu Peters Verteidigung anführen konnte, seine Botschaft war klar und deutlich gewesen: Sie sind auf sich allein gestellt, und niemand wird sagen, dass er Sie kannte.

Das Nächste war, dass Hollis ihn wachrüttelte. Sie traten hinaus in die Kälte. So weit nördlich war der Wechsel der Jahreszeiten nicht zu übersehen. Schwere graue Wolken hingen am Himmel wie Formationen aus fliegendem Felsgestein.

»Seht ihr?«, sagte Tifty und deutete auf den Boden rund um den Truck. »Keine einzige Spur.«

Sie fuhren weiter. Dass weit und breit keine Virals waren, ließ Peter keine Ruhe. Selbst bei den Hardboxen waren keine Spuren, keine Exkremente. Eine willkommene Wendung, aber so unwahrscheinlich, dass sie schon wieder beunruhigend war – als hätten die Virals ganz spezielle Pläne für sie.

Sie kamen immer langsamer voran, denn die Straßen waren immer schwerer zu erkennen. Oft musste Tifty anhalten, um den Kurs neu zu berechnen; dazu benutzte er Kompass, Landkarten und manchmal einen Sextanten, ein Gerät, das Peter noch nie gesehen hatte. Michael zeigte ihm, wie es funktionierte: Indem man den Winkel zwischen Sonne und Horizont maß und Uhrzeit und Datum in die Rechnung einbezog, konnte man, ohne andere Bezugspunkte zu haben, seinen Standort bestimmen. Normalerweise, erläuterte Michael, benutzte man dieses Instrument auf Schiffen auf hoher See, wo der Horizont unverstellt sichtbar war, aber an Land konnte es auch funktionieren. Wieso kannst du solche Sachen?, fragte Peter, doch noch während er die Frage stellte, kannte er die Antwort. Michael hatte sich den Gebrauch des Sextanten beigebracht, damit er eines Tages hinaussegeln konnte, um den Sperrgürtel zu finden – oder auch nicht.

Die Tage der Reise vergingen, und noch immer trafen sie keine Virals. Inzwischen zerbrachen sie sich offen den Kopf darüber, auch wenn die Diskussion nie über die Feststellung hinausging, wie merkwürdig dies war. *Seltsam,* sagten sie. *Wahrscheinlich haben wir ein Riesenglück.* Was auch stimmte, aber das Glück hat die Gewohnheit, einen am Ende im Stich zu lassen. Nach elf Tagen verkündete Tifty, dass sie sich der Grenze zwischen Missouri und Iowa näherten. Sie waren schmutzig, erschöpft und reizbar. Volle zwei Tage lang waren sie von einem namenlosen Fluss aufgehalten worden. Meile um Meile hatten sie am Ufer entlangfahren müssen, bis sie eine Brücke gefunden hatten, die noch stand. Der Sprit wurde allmählich knapp. Die Landschaft hatte sich wieder verändert; sie war nicht ganz so flach wie in Texas, und hüfthohes Gras wuchs auf der sanft gewellten Ebene. Es war kurz vor Halbtag, als Hollis, der das Steuer übernommen hatte, den Truck anhalten ließ.

Peter hatte hinten gedöst und erwachte, als die Tür sich öffnete. Er richtete sich auf und sah, dass er allein im Container war. Warum hatten sie angehalten?

Er griff nach seinem Gewehr und kletterte hinaus. Alles war von einem feinen weißen Puder überzogen. Das Gras, die Bäume. Schnee? Ein bitterer Geruch lag in der Luft wie verbrannt. Das war kein Schnee. Das war Asche. Kleine weiße Wolken wirbelten unter seinen Stiefeln auf, als Peter zu den anderen ging, die auf einem Höhenkamm standen. Dort blieb er stehen, wie seine Gefährten stehen geblieben waren, gelähmt von dem, was sie da sahen.

»Allmächtiger«, sagte Michael leise. »Was zum Teufel ist denn das?«

53

Diese Frau: Wer war sie?

Eine Spionin. Eine Rebellin. Das war offensichtlich; ihr Versuch, die Gefangenen zu befreien, ließ keinen Zweifel, dass sie zu Bellos Leuten gehörte. Aber dass sie keine Plakette an ihrem Arm hatte, passte nicht ins Bild. Und der seltsame Geruch, den Guilder gewittert hatte – was hatte der zu bedeuten? Sie hatten ihre Waffe kassiert, ein halbautomatischer Browning mit zwei Patronen im Magazin. So eine hatte Guilder noch nie gesehen; sie stammte nicht von hier. Entweder besaßen die Rebellen ein Waffenlager aus einer Quelle, von der er nichts wusste, oder die Frau kam von ganz woanders her.

Guilder liebte keine Rätsel. Er liebte sie noch weniger als den Gedanken an Bello.

Die Frau war anscheinend nicht zu brechen. Sie hatte ihnen nicht mal ihren Namen verraten. Selbst Sod, dieser Psychopath, ein Mann mit notorisch ekelhaften Vorlieben, hatte es nicht geschafft, auch nur eine winzige brauchbare Information aus ihr herauszuholen. Die Entscheidung zum Einsatz der Dienste dieses Mannes war seltsam leichtgefallen. Leute auf den Fressplatz zu schicken war eine Sache. Die Virals machten barmherzig kurzen Prozess, und sie mussten ja ernährt werden. Hübsch war es nicht, doch es ging schnell. Eine Tracht Prügel in der Haft, vielleicht ein wenig vorsichtiges Waterboarding, tja, solche Maßnahmen waren manchmal leider nicht zu vermeiden. Wie hatte man es damals genannt? Verschärfte Vernehmung.

Aber eine Vergewaltigung? Das war neu und nur schwer begreifbar. So etwas passierte in kleinen, brutalen Ländern, wo Männer mit Macheten andere Leute in Stücke hackten, nur weil sie zufällig im falschen Dorf geboren waren oder etwas andere Ohren hatten oder lieber Schokoladen- als Vanilleeis aßen. Der Gedanke hätte ihn abstoßen müssen. Es hätte ... unter seiner Würde sein müssen. So weit also hatte Bello ihn gebracht. Seltsam, wie etwas völlig verrückt erscheinen und dann wieder ganz vernünftig sein konnte.

Solche Gedanken gingen Guilder durch den Kopf, als er am oberen Ende des Konferenztischs saß. Wenn ihm die Möglichkeit offengestanden hätte, wären diese wöchentlichen Meetings längst abgeschafft worden, denn sie verkamen unweigerlich zu verworrenen Verfahrensstreitigkeiten – ein klassisches Beispiel für einen Brei mit zu vielen Köchen. Guilder war ein entschlossener Anhänger einer klaren Befehlshierarchie. Wenn es nach ihm gegangen wäre, wären die Zuständigkeiten in Form einer Pyramide gegliedert worden, was zwar zu aufgeblähter Geschäftigkeit in den unteren Ebenen führte, aber immerhin war auf die Weise dafür gesorgt, dass jeder in seiner Ecke blieb. Wie dem auch sei, der Anschein einer gemeinsamen Führung musste gewahrt bleiben, jedenfalls vorläufig noch.

»Hat jemand etwas zu sagen?«

Anscheinend nicht. Nach einem unbehaglich langgezogenen Schweigen räusperte sich Propagandaminister Hoppel, der unmittelbar zur Linken Guilders saß, neben Suresh, dem Minister für Öffentliche Gesundheit, und Wilkes direkt gegenüber. »Ich glaube, die allgemeine Sorge ist – na ja, nicht Sorge, aber ein Anliegen, und ich glaube, da spreche ich für alle Anwesenden hier ...«

»Herrgott, spucken Sie es schon aus. Und nehmen Sie die Brille ab.«

»Oh. Richtig.« Hoppel nahm die getönte Brille von der Nase

und legte sie mit nervöser Behutsamkeit auf den Konferenztisch. »Wie gesagt«, fuhr er fort und räusperte sich dann noch einmal, »ist es vielleicht möglich, dass die Dinge hier, sagen wir, ein kleines bisschen außer Kontrolle geraten sind?«

»Da haben Sie verdammt recht, das sind sie. Der erste intelligente Satz, den ich heute von irgendjemandem gehört habe.«

»Ich will sagen, die Strategien, die wir angewendet haben, scheinen uns nicht dahin zu bringen, wo wir hinwollen.«

Guilder seufzte gereizt. »Was schlagen Sie vor?«

Hoppels Blick huschte unwillkürlich zu seinen Kollegen. *Ich rate euch, mich zu unterstützen. Ich hänge mich hier nicht ganz allein aus dem Fenster.*

»Vielleicht sollten wir deeskalieren. Für ein Weilchen.«

»Deeskalieren. Wir beziehen Prügel da draußen.«

»Ja, das ist es ja. Im Flachland wird eine Menge geredet, und zwar nicht in unserem Sinne. Vielleicht sollten wir versuchen, alles ein wenig herunterzufahren. Mal sehen, was es uns bringt.«

»Sind Sie verrückt geworden? Sind denn hier alle verrückt geworden? Fred, unterstützen Sie mich!«

Aber bevor Guilders Stabschef sich einschalten konnte, drängte Hoppel weiter. Offensichtlich hatten die anderen ihn zu ihrem Delegierten gemacht, damit er Guilder beschwichtigte. »Sie haben doch selbst gesagt, dass es eigentlich nicht so läuft, wie wir es gern hätten.«

»Das habe ich nicht gesagt. Das waren Sie.«

»Wie dem auch sei, ein paar von uns haben sich unterhalten …«

»Das ist das am schlechtesten gehütete Geheimnis in diesem Raum.«

»Ja. Also, okay. Die Idee, die uns dabei kam, war die, dass wir vielleicht in die entgegengesetzte Richtung gehen sollten. Eher so, dass wir Herzen und Köpfe ansprechen. Wenn Sie verstehen.«

Guilder holte Luft, um sich zu beruhigen. »Sie schlagen also vor – und entschuldigen Sie, wenn ich es knapp zusammenfasse –, wir sollen uns als Schlappschwänze darstellen?«

»Direktor Guilder, wenn Sie gestatten?«

Das war Suresh. »Das Muster einer erfolgreichen Rebellion ...«

»Sie bringen Leute um. Sie bringen *Flachländer* um. Was daran ist Ihnen nicht klar? Diese Leute sind Schlächter!«

»Niemand behauptet etwas anderes.« Suresh sprach mit sanftem Blick weiter. »Und eine Zeitlang hat sich das zu unseren Gunsten ausgewirkt. Aber die Massenverhaftungen haben keine brauchbaren Erkenntnisse erbracht. Wir wissen immer noch nicht, wer Bello ist oder wie er agiert. Niemand hat ausgepackt. Und mittlerweile sind die Vergeltungsmaßnahmen ein wirkungsvolles Rekrutierungsinstrument für die Rebellion.«

»Wissen Sie, wie Sie sich anhören? Ich sage Ihnen, wie Sie sich anhören: Als ob Sie das alles auswendig gelernt hätten.«

Suresh ignorierte die Spitze. »Ich möchte Ihnen etwas zeigen.«

Er nahm ein Blatt Papier aus einer Mappe auf dem Tisch und schob es zu Guilder hinüber. Es war eins ihrer eigenen Propaganda-Flugblätter, aber auf der Rückseite stand eine ganz andere Nachricht.

Flachländer, erhebt euch!
Die letzten Tage der Rotaugen sind nahe!
Schließt euch euren Brüdern in der Rebellion an!
Jeder Akt des Ungehorsams ist ein Schlag
gegen das Regime!

Und in diesem Ton ging es weiter. Guilder hob den Kopf und sah, dass alle ihn ängstlich anstarrten, als wäre er eine Bombe, die jeden Moment explodieren konnte.

»Und? Was soll das beweisen?«

»HR-Agenten haben bis jetzt sechsundfünfzig davon gefunden«, antwortete Suresh. »Ich gebe Ihnen ein Beispiel für das Problem, das es verursacht. Heute Morgen beim Appell hat eine ganze Baracke sich geweigert, die Hymne zu singen.«

»Hat man sie verprügelt?«

»Es waren mehr als dreihundert. Und wir können nur die Hälfte von ihnen inhaftieren. Wir haben einfach nicht mehr Platz.«

»Dann halbieren Sie ihnen die Rationen.«

»Die Flachländer werden bereits auf dem Existenzminimum ernährt. Reduzieren wir die Mengen weiter, können sie nicht mehr arbeiten.«

Es war ärgerlich. Jedes Argument, das Guilder vorbrachte, wurde auf der Stelle pariert. Die Kanone, die hier auf ihn gerichtet wurde, war nicht weniger als die organisierte Meuterei seines Führungsstabes.

»Raus mit Ihnen. Alle.«

»Ich finde«, beharrte Suresh, aufreizend gefasst, »wir sollten hier zu einem Konsens in der Frage der Strategie kommen.«

Heiß strömte das Blut in Guilders Gesicht. Die Adern an seinen Schläfen schwollen, und er stand kurz vor einem Schlaganfall. Er nahm das Flugblatt und wedelte damit hin und her. »Köpfe und Herzen. Hören Sie, was Sie da reden? Haben Sie das hier gelesen?«

»Direktor Guilder ...«

»Ich habe Ihnen nichts weiter zu sagen. Gehen Sie.«

Papiere wurden zusammengeschoben, Aktenkoffer zugeklappt, Blicke in der Runde gewechselt. Alle standen auf und gingen zur Tür. Guilder ließ den Kopf in die Hände sinken. Gott im Himmel, das hatte ihm wirklich gerade noch gefehlt. Etwas musste geschehen, und zwar schnell.

»Wilkes, warten Sie einen Moment.«

Der Mann drehte sich um und zog die Brauen hoch.

»Sie bleiben hier.«

Die anderen gingen, und sein Stabschef blieb an der Tür stehen.

»Setzen Sie sich hin.«

Wilkes kehrte zu seinem Stuhl zurück.

»Würden Sie mir bitte sagen, was zum Teufel das sollte? Ich habe Ihnen immer vertraut, Fred. Habe mich darauf verlassen, dass Sie alles in Gang halten. Jetzt erzählen Sie mir keinen Blödsinn.«

»Sie machen sich einfach Sorgen.«

»Sorgen sind eine Sache. Aber ich toleriere keine Spaltung unter den Leuten. Nicht wenn wir so nah davorstehen. Sie können jeden Tag hier sein.«

»Das ist allen klar. Sie wollen nur nicht ... na ja, dass die Lage außer Kontrolle gerät. Mich haben sie ja auch überrascht.«

Spar dir deine Ausreden, dachte Guilder. »Und was meinen Sie? *Ist* die Lage außer Kontrolle geraten?«

»Wollen Sie mir diese Frage wirklich stellen?« Als Guilder schwieg, zuckte Wilkes die Achseln. »Vielleicht ein bisschen.«

Guilder stand auf, nahm die dunkle Brille aus der Jackentasche und zog die Vorhänge auf. Diese trostlose Gegend. Dieses gottverdammte Kaff mitten im Nirgendwo. Plötzlich dachte er sehnsüchtig an die Vergangenheit, an die alte Welt mit Autos und Restaurants und Geschäften und chemischen Reinigungen und Steuererklärungen und Verkehrsstaus und Warteschlangen vor der Kinokasse. So deprimiert war er schon lange nicht mehr gewesen.

»Die Leute müssen mehr Kinder bekommen, Fred.«

»Sir?«

Er wandte dem Mann den Rücken zu und redete weiter. »Kinder, Fred.« Er schüttelte den Kopf über diese Ironie des Schicksals. »Komisch, mein Ding war das nie. Hatte nie das Bedürfnis. Sie hatten zwei, nicht wahr?«

Es war eine ungeschriebene Regel, niemals nach dem früheren Leben zu fragen. Guilder spürte das Zögern, mit dem Wilkes antwortete. »Die Missus und ich hatten drei. Zwei Jungen und ein Mädchen.«

»Denken Sie noch an sie?«

Guilder wandte sich vom Fenster ab. Auch Wilkes hatte seine dunkle Brille aufgesetzt.

»Nicht mehr.« Wilkes' Mundwinkel zuckte leicht. »Wollen Sie mich auf die Probe stellen, Horace?«

»Vielleicht ein bisschen.«

»Tun Sie es nicht.«

In diesem Satz lag mehr Kraft, als Guilder je bei dem Mann gehört hatte. Er wusste nicht, ob er das beruhigend fand oder nicht.

»Wir müssen alle auf Linie bringen, wissen Sie. Kann ich mich dabei auf Sie verlassen?«

»Warum müssen Sie mich das überhaupt fragen?«

»Tun Sie mir den Gefallen, Fred.«

Ein winziges Zögern, dann nickte Wilkes.

Es war die richtige Antwort, auch wenn ihn das Zögern störte. Aber warum *hatte* er überhaupt gefragt? Es war nicht nur der unreife Tenor des Meetings, was ihn beunruhigte. Damit hatte er schon öfter zu tun gehabt. Dauernd trat einer dem anderen auf die Füße. *Autsch! Das hat wehgetan! Unfair! Das wird gemeldet!* Etwas Tieferes, Besorgniserregendes braute sich da zusammen. Es war mehr als mangelnde Entschlossenheit; es fühlte sich an, als sei da ein Aufstand im Entstehen. Alle seine Instinkte sagten das Gleiche – als stehe er mit gespreizten Beinen über einem immer breiter werdenden Spalt.

Er schloss den Vorhang wieder und kehrte an den Tisch zurück.

»Wie ist die Lage am Fressplatz?«

Wilkes' Gesichtsmuskeln entspannten sich sichtlich. Jetzt bewegten sie sich wieder auf vertrautem Terrain. »Die Explosion hat die Anlage ziemlich gründlich zerstört. Es wird noch mindestens drei Tage dauern, um die Tore und die Beleuchtung zu reparieren.«

Zu lange, dachte Guilder. Sie würden unverdeckt arbeiten müssen. Vielleicht war es auch besser so. Er konnte zwei Fliegen mit einer Klappe schlagen. Ein bisschen Theater, um die Truppen auf Vordermann zu bringen.

Er schob seinen Notizblock zu seinem Stabschef hinüber.

»Schreiben Sie.«

54

»Es ist einfach … sonderbar.«

Lila kam eben von ihrer Fütterung und war wieder ganz aufgedreht. Vermutlich war es Guilder, der das Blut gebracht hatte, als Sara mit Kate im Hof gespielt hatte. Nachdem die Temperatur zwei Tage hintereinander über dem Gefrierpunkt gelegen hatte, war der Schnee zu einem klebrigen Matsch geworden, der sich perfekt für Schneebälle eignete. Stundenlang hatten sie einander damit beworfen.

Jetzt spielten sie eine Partie »Bohnen und Becher« auf dem Boden vor dem Kaminfeuer. Sara war dieses Spiel neu; Kate hatte es ihr beigebracht. Auch so ein Vergnügen: von der eigenen Tochter ein Spiel zu lernen. Sara bemühte sich, nicht daran zu denken, wie vergänglich das alles war. Jeden Tag konnte die Nachricht von Nina kommen.

»Ja, wie gesagt«, sagte Lila, als hätte sie mit Sara gesprochen, »ich werde dann bald ausgehen müssen.«

Sara hörte kaum zu. Lila schien wieder ganz in ihrer Fantasiewelt zu sein. Ausgehen wohin?

»David sagt, ich muss.« Lila saß vor dem Spiegel und machte das missbilligende Gesicht, das sie immer machte, wenn sie von David sprach. »Lila, es ist für einen guten Zweck. Ich weiß, du magst die Oper nicht, aber wir müssen auf jeden Fall hin. Lila, der Mann hier leitet ein großes Krankenhaus, alle Ehefrauen werden da sein, wie sehe ich aus, wenn ich allein komme?« Sie seufzte tief und resigniert, und die Bürste blieb auf dem Weg durch ihre üppige Mähne stecken. »Vielleicht könnte er nur ein einziges Mal daran denken, was *ich* gern möchte, wo *ich* gern hingehen würde. Brad dagegen, Brad war rücksichtsvoll. Brad war ein Mann, der zuhören konnte.« Sie schaute Sara im Spiegel an. »Sag mir, Dani, haben Sie eigentlich einen Freund? Einen besonderen Mann in Ihrem Leben? Wenn Sie mir die Frage erlauben. Meine Güte, hübsch genug sind Sie jedenfalls. Ich wette, sie rennen Ihnen zu Dutzenden die Tür ein.«

Sara war verwirrt. Lila stellte ihr selten oder nie eine persönliche Frage. »Nein, eigentlich nicht.«

Lila überlegte kurz. »Ja, das ist gescheit. Sie haben ja noch jede Menge Zeit. Schauen Sie sich um, legen Sie sich nicht fest. Wenn Sie dem richtigen Mann begegnen, werden Sie es schon wissen.« Sie setzte ihr gewissenhaftes Bürsten fort, und ihre Stimme klang plötzlich traurig. »Denken Sie daran, Dani. Da draußen wartet jemand auf Sie. Wenn Sie ihn gefunden haben, lassen Sie ihn nicht mehr los. Ich habe diesen Fehler begangen, und Sie sehen ja, in welcher Klemme ich jetzt sitze.«

Diese Bemerkung schien wie so viele andere im Äther zu schweben, ohne auf einer festen Fläche landen zu können. Aber je länger sie miteinander zusammengesperrt waren, desto deutlicher sah Sara ein sinnvolles Muster in diesen zusammenhanglosen Äußerungen. Sie waren der Schatten einer Realität, einer echten Vergangenheit mit Menschen, Orten, Ereignissen. Wenn es stimmte, was Nina über die Frau sagte – und Sara glaubte ihr –, dann war Lila Zoll für Zoll das gleiche Monstrum, wie es die Rotaugen waren. Wie viele Evas waren in den Keller geschickt worden, weil Lila … wie hatte Nina sich ausgedrückt? *Sie hatte das Interesse verloren.* Trotzdem konnte Sara nicht leugnen, dass die Frau etwas Bemitleidenswertes an sich hatte. Sie wirkte so verloren, so zerbrechlich, so reumütig. *Manchmal,* hatte Lila einmal aus heiterem Himmel und mit einem tiefen Seufzer gesagt, *manchmal weiß ich einfach nicht, wie es weitergehen soll.* Und eines Abends, als Sara ihr die Füße eingecremt hatte: *Dani, haben Sie je daran gedacht, einfach wegzulaufen? Ihr ganzes Leben hinter sich zu lassen und von vorn anzufangen?* Immer öfter überließ sie Sara und Kate sich selbst, als gebe sie ihre Rolle im Leben des kleinen Mädchens auf – als sei ihr auf irgendeiner Ebene die Wahrheit bekannt. *Ich sehe euch beide an und denke, wie perfekt ihr zusammenpasst. Dieses Kind betet Sie an. Dani, Sie sind das Puzzleteil, das noch gefehlt hat.*

»Und, was meinen Sie?«

Saras Aufmerksamkeit war wieder zu dem Spiel zurückgewandert. Sie hob den Kopf und sah, dass Lila sie ernsthaft anschaute.

»Dani, du bist an der Reihe«, sagte Kate.

»Moment, Schatz«, sagte sie und sah wieder Lila an. »Verzeihung – was meine ich wozu?«

Ein entspanntes Lächeln lag auf dem Gesicht. »Dass Sie mitkommen. Ich glaube, Sie wären mir eine große Hilfe. Jenny kann auf Eva aufpassen.«

»Wohin soll ich mitkommen?«

Sara sah es Lila am Gesicht an: Die Frau wollte um keinen Preis allein gehen. »Was macht es schon im Grunde?« Lila machte eine fahrige Handbewegung. »Eine von Davids … *Veranstaltungen.* Meistens sind sie einfach tödlich langweilig, um ehrlich zu sein. Ich könnte wirklich ein bisschen Gesellschaft gebrauchen.« Sie beugte sich auf ihrem Hocker nach unten und wandte sich an Kate. »Was meinst du, Eva? Möchtest du einen Abend mit Jenny verbringen, während Mummy ausgeht?«

Das Mädchen sah ihr nicht in die Augen. »Ich möchte bei Dani bleiben.«

»Natürlich, meine kleine Rübe. Wir alle haben Dani lieb. Es gibt keinen lieberen Menschen auf der Welt. Aber ab und zu müssen Erwachsene allein weggehen und erwachsene Dinge tun. So ist es einfach manchmal.«

»Dann geh du.«

»Eva, ich glaube, du hast mir nicht zugehört.«

Das Mädchen zupfte an Saras Ärmel. »Sag es ihr.«

Lila runzelte die Stirn. »Dani? Was soll das?«

»Ich ... ich weiß es nicht.« Sara sah Kate an, die auf dem Boden an sie herangerutscht war und sich schutzsuchend an sie drückte. In ihrem Gesicht spiegelte sich der Widerstreit ihrer Gefühle. Sara legte den Arm um sie. »Was ist denn, Schatz?«

»Eva!«, rief Lila. »Was soll Dani mir erzählen? Rede!«

»Ich mag dich nicht«, murmelte Kate in die Falten von Saras Gewand.

Lila fuhr zurück, und die Farbe wich aus ihrem Gesicht. »Was sagst du da?«

»Ich mag dich nicht! Ich mag *sie!*«

Lila war mehr als entsetzt. Ihr Gesicht war das Inbild der schmerzlich Zurückgewiesenen. Plötzlich wusste Sara, was mit den anderen Evas passiert war. *Dies hier* war passiert.

»Tja.« Lila räusperte sich. Ihr verwundeter Blick wanderte rastlos durch das Zimmer und suchte etwas, woran er sich festhalten konnte. »Ich verstehe.«

»Lila, das hat sie nicht so gemeint.« Kate hatte sich wieder in die Falten von Saras Gewand geflüchtet, doch sie beobachtete Lila wachsam aus den Augenwinkeln. »Sag's ihr doch, Schatz.«

»Das ist nicht nötig«, sagte Lila. »Sie hätte sich nicht klarer ausdrücken können.« Sie erhob sich unsicher von ihrem Hocker. Alles war jetzt anders; die Worte waren ausgesprochen. »Wenn Sie mich entschuldigen – ich glaube, ich werde mich ein bisschen hinlegen. David wird bald kommen.«

Eher stolpernd als gehend wandte sie sich zum Schlafzimmer. Ihr Rücken war gekrümmt, als habe sie ein körperlicher Schlag getroffen.

»Möchten Sie immer noch, dass ich mit Ihnen komme?«, fragte Sara behutsam.

Lila blieb stehen und klammerte sich am Türrahmen fest.

»Selbstverständlich, Dani. Warum denn nicht?«

Sie fuhren durch die Dunkelheit zum Stadion. Ein Konvoi von zehn Fahrzeugen: an der Spitze und hinten ein Pick-up mit bewaffneten Kols auf den Ladeflächen und dazwischen acht elegante SUVs für das Führungspersonal. Lila und Sara saßen auf dem Rücksitz des zweiten Wagens. Lila trug einen dunklen Mantel, dessen Kapuze um den Hals zusammengerafft war, und eine übergroße dunkle Sonnenbrille bedeckte die obere Hälfte ihres Gesichts wie ein Schild. Der Fahrer kam Sara bekannt vor, aber sie wusste nicht, woher, ein skelettdürrer Mann mit glatten braunen Haaren und hellen, unsteten Augen, die Sara im Rückspiegel anschauten, als sie von der Kuppel wegfuhren.

»Du. Wie heißt du?«

Er grinste sie im Spiegel an, und ein banger Schrecken durchzuckte Sara. Kannte er sie? War sein Blick durch den verhüllenden Vorhang ihres Schleiers gedrungen?

»Na, heute Abend wirst du was erleben, Dani.«

Anfangs hatte Guilder nicht gewollt, dass Sara mitkam, aber Lila war entschlossen geblieben. *David, was glaubst du, wie es mir gefällt, dauernd zu deinen albernen Partys mit all deinen albernen Freunden geschleppt zu werden? Ohne sie komme ich einfach nicht mit, ob es dir passt oder nicht.* So war es immer weitergegangen, bis Guilder mit einem entnervten Pusten aufgegeben hatte. Na schön, hatte er gesagt. Wie du willst, Lila. Vielleicht sollte eins deiner Dienstmädchen mal sehen, was du wirklich bist. Je mehr, desto besser, verdammt.

Sie fuhren jetzt am Flachland vorbei und folgten dem lautlosen Fluss, der still unter einer dünnen Decke aus winterlichem Eis lag. Etwas geschah mit Lila. Mit jeder Minute, die verging, während die Lichter der Kuppel hinter ihnen verblassten, verschwand ihre Persönlichkeit. Sie dehnte ihren Rücken wie eine Katze, aus ihrer Kehle kamen leise summende Geräusche, und sie berührte immer wieder ihr Gesicht und ihr Haar.

»Mmmmm.« Sie schnurrte mit einem beinahe sexuellen Behagen. »Kannst du sie fühlen?«

Sara wusste nicht, was sie antworten sollte.

»Es ist ... *wundervoll.*«

Sie fuhren durch das Tor, und vor ihnen sah Sara das Stadion. Von innen beleuchtet funkelte es in der Winternacht. Was sie empfand, war nicht so sehr Angst als vielmehr eine wachsende Dunkelheit in ihrem Innern. Die Karawane wurde langsamer, als sie die Rampe hinauf- und auf das strahlend beleuchtete, von Tribünen umringte Spielfeld hinausfuhr. Die Fahrzeuge hielten hinter einem silbernen Sattelschlepper, neben dem ein Dutzend Kols wartete. Sie spielten mit ihren Schlagstöcken und stampften in der Kälte mit den Füßen. Ein hoher Pfahl war mitten auf dem Platz in den Boden gerammt.

»Mmmm«, sagte Lila.

Türen flogen auf, und alle stiegen aus. Lila blieb neben dem Wagen stehen, hob Saras Schleier hoch und berührte zärtlich ihre Wange. »Meine Dani. Mein süßes Mädel. Ist es nicht wunderbar? Meine Babys, meine wunderbaren Babys.«

»Lila, was passiert denn hier?«

Lila wiegte den Kopf in sinnlichem Entzücken hin und her. Ihr Blick war sanft und abwesend. Die Lila, die Sara kannte, war nicht in diesen Augen. Die Frau wandte Sara das Gesicht zu und küsste sie überraschend auf den Mund.

»Ich bin so froh, dass du bei mir bist«, sagte sie.

Ein Kol nahm Sara beim Ellenbogen und führte sie zur Tribüne. Zwanzig Männer in dunklen Anzügen saßen dort in zwei Reihen; sie plauderten lebhaft miteinander und bliesen sich in die kalten Hände. »Das ist so cool«, hörte Sara einen sagen, als man sie auf ihren Platz in der vierten Reihe in einer Gruppe von Kols wies. »Ich kriege das sonst *nie* zu sehen.«

Unten stand Guilder vor der Gruppe und schaute herauf. Er trug einen schwarzen Mantel, und an seinem Hals sah man eine dunkle Krawatte. Er hielt etwas in der behandschuhten Hand: ein Funkgerät.

»Gentlemen des Führungsstabes, willkommen«, verkündete er mit überschwänglichem Grinsen. Die Wölkchen seines Atems vor seinem Gesicht unterstrichen seine Worte. »Ein kleines Geschenk für Sie alle heute Abend. Ein Beweis der Dankbarkeit für Ihre harte Arbeit, so kurz vor dem Höhepunkt unserer Mühen.«

»Bringt sie raus!«, johlte einer der Rotaugen, und die anderen jubelten und lachten.

»Aber, aber.« Guilder brachte sie mit einer wedelnden Handbewegung zur Ruhe. »Sie alle sind wohlvertraut mit dem Spektakel, das sich hier entfalten wird. Aber heute Abend haben wir etwas ganz Besonderes geplant. Minister Hoppel, würden Sie bitte vortreten?«

Ein Rotauge in der zweiten Reihe stand auf und kam zu Guilder nach vorn. Groß, mit kantigem Gesicht und einem Bürstenhaarschnitt. Er grinste verlegen. »Mann, Horace, ich habe doch nicht mal Geburtstag.«

»Vielleicht will er Sie ja absetzen!«, schrie jemand.

Neues Gelächter. Guilder wartete, bis es sich wieder gelegt hatte. »Mr Hoppel hier«, sagte er und legte dem Mann väterlich eine Hand auf die Schulter, »ist, wie jeder hier weiß, vom ersten Tag an bei uns gewesen. Als Minister für Propaganda hat er in entscheidender Weise zur Bewältigung unserer Arbeit beigetragen.« Plötzlich verhärtete sich sein Gesichtsausdruck. »Deshalb geschieht es mit dem größten Bedauern, dass ich mich genötigt sehe, Ihnen mitzuteilen, dass mir unumstößliches Beweismaterial zur Kenntnis gebracht worden ist, demzufolge Minister Hoppel mit der Rebellion im Bunde steht.« Seine Hand schoss zum Gesicht des Mannes, riss ihm die dunkle Brille herunter und warf sie weg. Hoppel stieß einen schrillen Schmerzensschrei aus und riss einen Arm vor das Gesicht. »Wache«, sagte Guilder, »führen Sie ihn ab.«

Zwei Kols packten Hoppel bei den Armen, und ein paar andere umzingelten ihn rasch mit gezogenen Waffen. Einen Moment lang herrschte Verwirrung, und Stimmengewirr erfüllte die Tribüne. *Was? Was hat er da gesagt? Hoppel? Kann das denn sein?*

»Ja, meine Freunde, Minister Hoppel ist ein Verräter. Er hat der Rebellion die entscheidenden Informationen gegeben, die zu dem

Bombenanschlag letzte Woche geführt haben, bei dem zwei unserer Kollegen getötet wurden.«

»Mein Gott, Horace.« Hoppel wurden die Knie weich, und er presste die Augen fest zusammen. Er versuchte, die Hände der Kols abzuschütteln, aber anscheinend verließen ihn seine Kräfte. »Sie kennen mich doch! Ihr alle kennt mich doch! Suresh, Wilkes – jemand muss es ihm sagen!«

»Tut mir leid, mein Freund, das haben Sie sich selbst zuzuschreiben. Bringt ihn auf das Feld!«

Hoppel wurde weggeschleift. Ein lähmendes Schweigen hatte die Zuschauer erfasst. In der Mitte des Spielfelds, wo der silberne Lastwagen parkte, wurde Hoppel mit einem dicken Seil an den Pfahl gebunden. Einer der Kols brachte einen Eimer und übergoss ihn mit dem dunkelrot funkelnden Inhalt. Kleider, Haare und Gesicht waren tropfnass davon. Er wand sich hilflos und schrie erbärmlich. *Tut das nicht. Bitte, ich schwöre, ich bin kein Verräter. Ihr Schweine, sagt doch etwas!*

Guilder wölbte die Hände um den Mund und rief über das Spielfeld: »Ist der Gefangene gesichert?«

»Jawohl!«

Er hob das Funkgerät. »Licht aus!«

Ein Schlüssel drehte sich im Schloss, die Tür öffnete sich quietschend.

Alicia hing an der Decke; ihre gefesselten Handgelenke waren über den Kopf gestreckt und trugen ächzend das Gewicht ihres langsam sich drehenden Körpers. Sie war müde, so müde. Rinnsale von getrocknetem Blut zogen sich klebrig an ihren nackten Beinen hinunter. In den Tagen, in denen der Mann namens Sod seinem dunklen Zeitvertreib nachgegangen war, hatte er keinen Teil ihres Körpers unberührt gelassen. Er hatte ihre Ohren und ihre Nase mit dem heißen Gestank seines grunzenden Ausatmens gefüllt. Er hatte sie gekratzt, geschlagen und gebissen. Gebissen wie ein Tier. Ihre Brüste, die zarte Haut an ihrem Hals, die Innenseiten ihrer Schenkel, alles trug die Spuren seiner Zähne. Die ganze Zeit über hatte sie nicht geweint. Geschrien, ja. Geheult. Aber die Genugtuung ihrer Tränen hatte sie ihm nicht gegeben. Und jetzt war er wieder da, ließ den Schlüsselbund träge klingelnd an seinem Finger baumeln, und der Blick seines gesunden Auges wanderte an ihrem Körper auf und ab, während sein halb verschmortes Gesicht in bestialischer Gier grinste.

»Ich dachte mir, wo alle zur großen Show ins Stadion gefahren sind, haben wir noch ein bisschen Zeit für uns allein.«

Was sollte sie sagen? Es gab nichts.

»Ich dachte mir, wir beide könnten mal was Neues probieren. Die Bank ist so … unpersönlich.«

Er fing an, sich auszuziehen, eine komplizierte Angelegenheit angesichts der vielen Schnallen. Er schleuderte seine Stiefel zur Seite, dann seine Hose und machte sich an die große Enthüllung. Alicia konnte nur mit stummem Ekel zuschauen. Es war, als habe sie zehn verschiedene Alicias in ihrem Kopf, und jede besaß eine winzige Information, die keinen Bezug zu den anderen hatte. Doch dann: *Zeit allein.* Das war neu, dachte sie. Das war eindeutig schlecht. Normalerweise waren es vier: einer, der die Winde bediente, zwei, die sie herunternahmen, plus Sod. Wo waren die anderen?

Zeit allein.

»Ich flehe dich an«, krächzte sie, »tu mir nicht weh. Ich mache alles, was du willst.«

»Das ist sehr anständig.«

»Lass mich runter, und ich zeige es dir.«

Er dachte darüber nach.

»Sag mir einfach, was du willst, und ich gebe es dir.«

»Du redest Scheiße.«

»Du kannst die Handfesseln dranlassen. Ich verspreche dir, ich wehre mich nicht.«

Sie sah, wie der Gedanke sich in seinem Gesicht ausbreitete. Sie war nackt, sie blutete. Was sollte eine Frau in diesem Zustand schon tun? Der Schlüssel hing an der Gürtelschnalle seiner Hose, die hinter ihm auf dem Boden lag. Alicia zwang sich, nicht hinzuschauen.

»Das hätte vielleicht was«, sagte Sod. »Pass auf.«

Die Kette, die durch einen Flaschenzug unter der Decke lief, wurde mit einem Hebel an der Wand gesteuert. Ohne Hose, mit geschwollenem Glied, ging Sod hinüber und löste die Sperre. Oben rasselte es, und Alicias Füße berührten den Boden.

»Lass locker«, sagte sie. »Ich muss mich bewegen können.«

Ein träges, geiles Grinsen. »Gefällt mir, wie du denkst.«

Die Spannung an ihren Handgelenken ließ nach. »Noch ein bisschen.«

Ihre Taktik war inzwischen offensichtlich, aber die freudige Erwartung des Mannes nahm ihm den letzten Rest seiner Urteilskraft. Alicias Arme sanken an der Seite herunter. Die Kette hatte jetzt fast zwei Meter Spiel.

»Aber keinen Blödsinn jetzt!«

Sie ließ sich einladend auf alle viere sinken. Sod näherte sich ihr von hinten.

»Ich mach's gut«, sagte sie. »Versprochen.«

Als er ihr die Hände auf die Hüften legen wollte, zog sie das Knie an die Brust und trat ihm ins Gesicht. Ein Krachen und ein Aufschrei – Alicia sprang hoch und fuhr herum. Er saß auf dem Boden und hielt sich die Nase, und dunkles Blut schoss zwischen seinen Fingern hindurch.

»Du dreckiges Miststück!«

Er wollte sich auf sie stürzen und sie bei der Kehle packen. Die Frage war, wer wen zuerst zu fassen bekam. Alicia trat zurück, hob die eine Hand, formte die Kette zu einem Lasso und warf es.

Die Schlinge legte sich um seinen Hals. Sie riss ihn heran und trat beiseite, sodass der Schwung ihn herumschleuderte. Jetzt hatte sie ihn von hinten. Mit der anderen Hand bildete sie eine zweite Schlinge mit der Kette und warf sie ihm über den Kopf. Ein kurzer Sprung, und ihre Beine umschlangen seine Taille. Er gab ein gurgelndes Geräusch von sich und ruderte mit beiden Armen durch die Luft. *Stirb, du Schwein,* dachte sie, *stirb doch einfach.* Mit aller Kraft warf sie ihr Gewicht nach hinten und riss an den Ketten wie an den Zügeln eines Pferdes. Sie kippten beide hintenüber, aber dann spannte sich die Kette mit einem harten Ruck, die Sperre am Flaschenzug über ihnen rastete ein, und Alicia hörte das Geräusch, das sie sich gewünscht hatte: das befriedigende Knacken des Wirbelknochens im Genick.

Aneinandergekettet hingen sie drei oder vier Handbreit über dem Boden. Zweihundert Pfund totes Gewicht lagen jetzt auf ihr. Sie zog die Knie unter sich, bog den Rücken durch und stieß sich ab. Sods Körper klappte nach vorne, und der Mann kippte mit dem Gesicht voran auf den Zementboden. Sie schlang die Kette von seinem Hals, raffte den Schlüssel an sich, schloss die Handfesseln auf und riss sie sich herunter.

Dann trat sie auf ihn ein, stampfte auf seinen Kopf und hämmerte sein Gesicht mit ihrem harten Fersenbein in den Zement. Ihr Verstand kollabierte in tosendem Hass. Sie packte ihn bei den Haaren, schleifte die leblose Gestalt quer durch die Zelle und schmetterte seinen Schädel an die Wand. »Wie gefällt dir das, du Stück Scheiße? Gefällt dir dein gebrochenes Genick? Gefällt es dir, wie ich dich umgebracht habe? Du krankes, totes Stück Dreck!«

Vielleicht war jemand draußen vor der Zelle, vielleicht auch nicht. Vielleicht würden gleich Männer hereingerannt kommen und sie wieder an die Decke hängen, und alles würde wieder von vorn anfangen. Aber das war nicht wichtig. Wichtig war nur Sods Schädel. Sie würde ihn zerschmettern, bis er das toteste Ding in der Geschichte der Welt wäre, der toteste Mann, der je gelebt hatte. »Verdammt!«, kreischte sie. »Zur Hölle mit dir!«

Dann war es vorbei. Alicia ließ ihn los. Die Leiche rutschte seitwärts zu Boden und schmierte einen glitzernden Streifen Hirn an die Wand. Alicia war auf die Knie gefallen und sog wild keuchend die Luft in die Lunge. Es war vorbei, aber es fühlte sich nicht so an. Es gab kein Vorbei. Jetzt nicht mehr.

Sie brauchte etwas zum Anziehen. Sie brauchte eine Waffe. An Sods Wade geschnallt fand sie ein Messer mit schwerem Griff. Es war schlecht ausbalanciert, aber es würde genügen. Sie zog seine Hose heran, knöpfte sein Hemd auf und zerrte es ihm von den Armen. Die Kleider dieses Mannes anzuziehen, die durchdringend nach ihm stanken, erfüllte sie mit Abscheu. Es kribbelte auf ihrer Haut, als ob er sie noch einmal anfasste. Sie krempelte Ärmel und Hosenbeine hoch und zog den Gürtel fest um die Taille. Seine Stiefel waren viel zu groß und würden sie nur behindern; sie musste barfuß losgehen. Sie schob die Leiche zur Seite und hämmerte mit dem Messergriff an die Stahltür.

»Hey!«, schrie sie und wölbte eine Hand vor dem Mund, damit ihre Stimme tiefer klang. »Hey, ich bin hier eingeschlossen!«

Sekunden vergingen, ohne dass sich etwas rührte. Vielleicht war draußen niemand. Was würde sie dann tun? Sie hämmerte an die Tür, lauter diesmal, und betete, dass jemand kommen möge.

Dann drehte sich der Schlüssel im Schloss. Alicia sprang hinter die Tür, als der Wärter hereinkam.

»Verdammt, Sod, du hast mir doch gesagt, ich hätte dreißig Minuten ...«

Aber diese Ausführungen wurden nicht mehr zu Ende gebracht. Alicia sprang hinter ihn, drückte ihm eine Hand auf den Mund und rammte ihm mit der anderen das Messer ins Kreuz, und sie drehte es um, während sie die Klinge nach oben drückte.

Sie ließ den Körper zu Boden gleiten. Blut lief heraus und bildete eine breite, dunkle Pfütze, und sein schwerer Duft stieg ihr in die Nase. Alicia dachte an ihr Gelübde. *Ich werde diese Schweine leertrinken. Ich werde mich taufen mit dem Blut meiner Feinde.* Dieser Gedanke hatte sie durch die Tage der Qualen getragen. Aber als sie die beiden Männer anschaute, erst den Wärter, dann Sod, dessen bleicher nackter Leib wie ein Fleck auf dem weißen Zement lag, da überlief sie ein Schauder des Ekels.

Nicht jetzt, dachte sie, *noch nicht,* und sie schlüpfte hinaus in den Korridor.

Das Spielfeld versank im Dunkeln. Einen Moment lang war es ganz still. Dann pulsierte aus großer Höhe ein kühles wasserblaues Licht über dem Stadion und badete es in künstlichem Mondschein.

Lila war am Heck des silbernen Lastwagens erschienen. Die Rotaugen steckten ihre Sonnenbrillen ein. Hoppel hatte sein Flehen aufgegeben und schluchzte nur noch. Ein Kastentransporter kam auf das Feld gefahren. Zwei Kols stiegen aus, trabten nach hinten und öffneten die Tür.

Elf Leute kamen heraus, sechs Männer und fünf Frauen. Sie waren an Hand- und Fußgelenken gefesselt und aneinandergekettet. Sie stolperten, weinten und baten um ihr Leben. Ihre Angst war so groß, dass sie keinen Widerstand leisteten. Eine kalte Gefühllosigkeit hatte Sara erfasst, und sie befürchtete, sie müsse sich gleich übergeben. Eine der Frauen sah aus wie Karen Molyneau, aber Sara war nicht sicher. Die Kols schleppten sie zu Hoppel und befahlen ihnen, sich hinzuknien.

»Das ist der Wahnsinn«, sagte jemand in der Nähe.

Die Kols trabten, alle bis auf einen, davon und blieben bei Lila am Heck des großen Sattelschleppers stehen. Sie wiegte sich hin und her und legte den Kopf auf die eine und dann auf die andere Seite, als treibe sie in einer unsichtbaren Strömung oder tanze zu einer unhörbaren Musik.

»Ich dachte, das sollten zehn sein«, sagte die Stimme von vorhin. Es war einer der Rotaugen, zwei Reihen unter Sara.

»Ja. Zehn.«

»Aber da sind elf.«

Sara zählte. Elf.

»Geh lieber runter und sag es Guilder.«

»Machst du Witze? Heutzutage weiß man doch gar nicht mehr, was ihm in den Sinn kommt.«

»So was solltest du dir verkneifen. Wenn er das hört, bist du der Nächste.«

»Er hat eine Schraube locker, das sage ich dir.« Eine kurze

Pause. »Aber dass mit Hoppel was nicht stimmte, habe ich immer schon gewusst.«

Die Worte drangen an Saras Ohr wie ein ferner Wind. Ihre ganze Aufmerksamkeit war auf das Spielfeld gerichtet. War das Karen? Die Frau sah älter aus und war zu groß. Die meisten Gefangenen hatten eine Abwehrhaltung eingenommen; sie knieten vornübergebeugt im verkrusteten Schnee und hielten die Hände über die Köpfe. Andere knieten aufrecht; das blaue Licht fiel auf ihre Gesichter, und sie hatten angefangen zu beten. Der letzte Kol schnallte sich die Schutzpolster an, stülpte den Helm auf den Kopf und winkte zur Tribüne hinauf. Jeder Muskel in Saras Körper spannte sich. Sie wollte wegschauen, aber sie konnte es nicht. Der Kol trat an die Tür des silberglänzenden Frachtcontainers und fummelte hörbar mit seinen Schlüsseln herum.

Die Tür schwang auf, und der Kol rannte davon. Eine Sekunde lang passierte gar nichts. Dann kamen die Virals zum Vorschein. Sie hüpften aus dem Lastwagen wie mannsgroße Insekten und landeten auf allen vieren im Schnee. Ihre geschmeidigen Gestalten, von Muskelsträngen gestreift, vibrierten von leuchtender Lebendigkeit. Acht, neun, zehn. Sie bewegten sich auf Lila zu, die mit ausgebreiteten Armen und aufwärtsgewandten Handflächen dastand. Eine Geste der Einladung, der Begrüßung.

Zu ihren Füßen verbeugten sie sich.

Lila berührte, streichelte sie, strich mit den Händen über ihre glatten Köpfe, umfasste ihr Kinn wie bei einem Kind und schaute ihnen liebevoll in die Augen. *Meine Hübschen,* hörte Sara sie sagen. *Meine wunderbaren Schönheiten.*

»Seht ihr das? *Fuck,* sie liebt sie!«

Von den Gefangenen hörte man nichts als ein leises Weinen. Das Ende war unausweichlich; sie konnten es nur noch akzeptieren. Oder war es diese seltsame Szene, was ihnen die Sprache verschlug?

Meine süßen Kleinen. Habt ihr Hunger? Momma gibt euch etwas zu essen. Momma sorgt für euch. Das tut Momma.

»Nein, ich bin sicher, es sollten zehn sein.«

Eine neue Stimme kam dazu, von rechts jetzt. »Hast du zehn gesagt? Das habe ich auch gehört.«

»Und wer ist dann die Nummer elf?«

Einer der Rotaugen sprang auf und deutete auf das Spielfeld. »Da ist einer zu viel!«

Alle Köpfe drehten sich zu ihm um, auch Guilders.

»Im Ernst! Da draußen sind elf Leute!«

Jetzt geht, meine Lieben.

Die Virals lösten sich von Lila. Im selben Moment sprang einer der Gefangenen auf, und man sah sein Gesicht. Es war Vale. Die Virals umzingelten die Gruppe, und alles schrie. Vale schlug seine Jacke auseinander und offenbarte eine Reihe von Metallrohren, die um seine Brust geschnallt waren. Er riss die Arme hoch, und sein Daumen legte sich auf den Zünder.

»Bello lebt!«

IX

Die Ankunft

*Und ich sah, und siehe, ein fahles
Pferd. Und der daraufsaß, des Name
hieß Tod, und die Hölle folgte ihm nach.*

Offenbarung 6:8

Die Ankunft

55

Lilas Frisiertisch zersplitterte krachend. Guilder riss Lila wieder auf die Füße und schlug ihr mit dem Handrücken ins Gesicht, sodass sie rückwärts auf das Sofa flog.

»Wie konntest du das zulassen?« Er kochte vor Wut. »Sag es mir!«

»Ich weiß es nicht, ich weiß es nicht!«

Diesmal packte er sie am Kragen ihres Bademantels und schleuderte sie erschreckend mühelos mit dem Gesicht voran gegen das Bücherregal. Der Aufprall klang dumpf, Dinge fielen zu Boden, Lila schrie. Sara kauerte auf dem Boden und hielt Kate fest umschlungen. Das kleine Mädchen war starr vor Angst.

»Du hättest sie zurückziehen können!«

»Es war nicht meine Schuld! Ich erinnere mich nicht! David, bitte!«

»Es gibt keinen David!«

Sara presste die Augen fest zusammen. Kate wimmerte leise in ihren Armen. Was würde passieren, wenn Guilder Lila umbrächte? Was würde dann aus ihnen beiden werden?

»Hör auf! David, ich flehe dich an!«

Lila lag auf dem Boden, das Gesicht nach oben gewandt. Guilder hockte rittlings auf ihr und hielt den Kopf am Kragen hoch. Er holte mit der Faust weit aus, bereit, sie noch einmal zu schlagen.

Lila hatte die Arme schützend über die Augen gelegt, aber das würde ihr nichts helfen: Die Faust würde ihr Gesicht zerschmettern wie ein Rammbock.

»Du widerst ... mich an!«

Er ließ sie los, stand auf und wischte sich die Hände an seinem Hemd ab. Lila schluchzte hemmungslos. Blut quoll aus einer Platzwunde auf ihrem Wangenknochen. Noch mehr davon klebte in ihren Haaren. Guilder warf einen kurzen Blick zu Sara hinüber und wandte sich geringschätzig ab. *Du bist nichts,* sagte der Blick. *Du bist eine Figur in einem Stück, das schon viel zu lange geht.*

Er stürmte aus dem Zimmer.

Sara ging zu Lila, die wimmernd auf dem Boden lag. Sie kniete neben ihr nieder und streckte die Hand aus, um die Platzwunde zu untersuchen. Ganz unerwartet loderte neue Energie in der Frau auf. Sie stieß Saras Hand weg und rutschte rückwärts über den Boden davon.

»Nicht anfassen!«

»Aber Sie sind verletzt ...«

Lilas Blick ging zu Kate und kehrte zurück zu Sara. Wilde Panik leuchtete in ihren Augen. Als Sara auf sie zukam, fuchtelte sie mit den Händen vor ihrem Gesicht.

»Weg! Berühren Sie mein Blut nicht!«

Sie sprang auf, rannte ins Schlafzimmer und schlug die Tür hinter sich zu.

6 Uhr 02.

Kurz vor dem Morgengrauen rollten die Fahrzeuge hinunter ins Flachland. Die Tore flogen vor ihnen auf. Der erste Wagen in der Kolonne, die Speerspitze, war der elegante schwarze SUV des Direktors, gefolgt von zwei offenen Lastern mit uniformierten Männern. Dröhnend preschten sie in das Labyrinth der Baracken, und ihre schlammverkrusteten Reifen schleuderten schmutzige Schneeklumpen hoch. Die Arbeiter, die aus den Gebäuden kamen und sich zum Morgenappell versammelten, sahen, wie sie vorbeifuhren; mit müden Gesichtern und müden Augen verfolgten sie die Wagen, die an ihnen vorüberflogen. Aber ihre Blicke waren kurz und verstohlen, denn es war besser, nicht hinzuschauen. *Etwas Offizielles; mit mir hat es nichts zu tun. Zumindest hoffe ich das.*

Guilder betrachtete die Flachländer verachtungsvoll durch das Beifahrerfenster. Wie sehr er sie verabscheute. Nicht nur die Rebellen, die sich ihm entgegenstellten – nein, sie alle. Sie stapften durch ihr Leben wie das dumme Vieh, das auch immer nur bis zur nächsten Furche schaute, die gepflügt werden musste. Wieder ein Tag in der Molkerei, auf dem Feld, in der Biodiesel-Fabrik. Wieder ein Tag in der Küche, in der Wäscherei, im Schweinestall.

Aber heute war nicht irgendein Tag.

Die Wagenkolonne hielt vor Baracke 16. Der Himmel im Osten hatte mittlerweile die gelblich graue Farbe von altem Plastik angenommen. Guilder sah Wilkes an. »Hier ist es?«

Der Mann neben ihm nickte mit schmalen Lippen.

Die Kols sprangen von den Wagen und gingen in Position. Guilder und Wilkes stiegen aus und traten vom Wagen weg. Vor ihnen, in fünfzehn gleichmäßig aufgestellten Reihen, standen dreihundert Flachländer fröstelnd in der Kälte. Zwei weitere Lastwagen rollten an und hielten am oberen Ende des Platzes. Ihre Ladeflächen waren mit schweren Planen verhängt.

»Wozu sind die da?«, fragte Wilkes.

»Als zusätzliche ... Überredung.«

Guilder trat auf den führenden HR-Officer zu und riss ihm das Megafon aus der Hand. Eine Rückkopplung kreischte, und dann dröhnte seine Stimme über den Platz.

»Wer kann mir etwas von Bello erzählen?«

Niemand antwortete.

»Ich warne euch nur einmal. Wer kann mir etwas von Bello erzählen?«

Wieder Schweigen.

Guilder wandte sich an eine Frau in der ersten Reihe. Sie war weder jung noch alt, und ihr Gesicht war so eigenschaftslos, als sei es aus Teig geknetet. Sie hatte einen schmutzigen Schal um den Kopf geschlungen, den sie am Hals zusammenhielt. Ihre Finger steckten in fingerlosen rußgeschwärzten Handschuhen.

»Du. Wie heißt du?«

Mit gesenktem Blick murmelte sie etwas in die Falten ihres Schals.

»Ich kann dich nicht hören. Sprich lauter.«

Sie räusperte sich und unterdrückte einen Hustenanfall. Ihre Stimme war ein schleimiges Rasseln. »Patricia.«

»Wo arbeitest du?«

»In der Weberei, Sir.«

»Hast du eine Familie? Kinder?«

Sie nickte matt.

»Und? Was heißt das?«

Ihre Knie zitterten, und alle Farbe war aus ihrem Gesicht gewichen. »Eine Tochter und zwei Söhne.«

»Und einen Mann?«

»Gestorben, Sir. Letzten Winter.«

»Mein Beileid. Tritt vor.«

»Ich habe die Hymne gestern gesungen. Das waren die anderen, ich schwöre.«

»Und ich glaube dir, Patricia. Trotzdem. Gentlemen, können Sie ihr bitte behilflich sein?«

Zwei Kols kamen heran und griffen der Frau unter die Arme. Sofort erschlaffte sie, als sei sie kurz davor, in Ohnmacht zu fallen. Halb trugen, halb schleiften sie sie heran und stießen sie auf die Knie. Sie gab keinen Laut von sich; ihre Unterwerfung war total.

»Wer sind deine Kinder? Zeig sie mir.«

»Bitte.« Sie weinte herzzerreißend. »Zwingen Sie mich nicht.«

Einer der Kols hob den Schlagstock. »Dieser Mann wird dir das Hirn aus dem Schädel prügeln«, sagte Guilder.

Sie schüttelte den gesenkten Kopf.

»Also gut«, sagte Guilder.

Der Schlagstock fuhr herab, und die Frau kippte vornüber in den Schlamm. Von links kam ein schriller Schrei.

»Holt sie.«

Ein halbwüchsiges Mädchen mit dem Gesicht ihrer Mutter. Sie fiel auf die Knie, weinend, zitternd, und der Rotz lief ihr aus der Nase. Guilder hob das Megafon.

»Hat irgendjemand etwas zu sagen?«

Schweigen. Guilder zog eine Pistole unter seinem Mantel hervor und schob den Schlitten zurück. »Minister Wilkes.« Er hielt ihm die Waffe entgegen. »Erweisen Sie mir bitte die Ehre?«

»Mein Gott, Horace.« Wilkes war fassungslos. »Was wollen Sie hier beweisen?«

»Ist das ein Problem?«

»Wir haben *Leute* für so etwas. Das war nicht abgemacht.«

»Was heißt abgemacht? Es gibt keine Abmachung. Abgemacht ist das, was ich sage.«

Wilkes erstarrte. »Das will ich nicht.«

»Sie wollen nicht, oder Sie können nicht?«

»Was ist der Unterschied?«

Guilder runzelte die Stirn. »Es gibt praktisch keinen, wenn ich es mir überlege.« Er trat hinter das Mädchen, drückte ihr die Pistole an den Hinterkopf und schoss.

»Guter Gott!«

»Wissen Sie, was das größte Problem ist, wenn man nie alt wird?«, fragte Guilder seinen Stabschef und wischte den blutbespritzten Lauf mit einem Taschentuch sauber. »Darüber habe ich oft nachgedacht.«

»*Fuck you*, Horace.«

Er richtete die Pistole auf Wilkes' farbloses Gesicht und zielte auf den Punkt zwischen seinen Augen. »Man vergisst, dass man sterben kann.«

Und Guilder erschoss ihn.

Eine Veränderung kam über die Menge. Ihre Angst verwandelte sich in etwas anderes. Ein Murmeln ging durch die Reihen, ein kalkulierendes Flüstern, die anschwellende Energie von Leuten, die wussten, dass sie nichts zu verlieren hatten. Die Sache war flotter gegangen, als Guilder es gern gehabt hätte – er hatte gehofft, er werde etwas Nützliches in Erfahrung bringen, ehe der Hammer fiele –, aber jetzt war der Würfel gefallen.

»Macht die Wagen auf.«

Die Planen wurden zurückgerissen. Ein vulkanisches Kreischen brach aus: Das Geheimnis war gelüftet. Guilder ging zügig zu seinem Wagen, stieg ein und befahl dem Fahrer loszufahren. Schlamm und schmutziger Schnee spritzten hinter ihnen auf, als das Orchester hinter ihnen seine tödliche Symphonie entfesselte – eine Melodie aus Schreien und Rufen, schrill und wild und voller Angst, durchbrochen vom synkopischen Rhythmus der Maschinengewehrsalven, der sich schließlich in vereinzeltem Knallen auflöste, als die Kols zwischen den gefallenen Gestalten umhergingen und die letzten zum Schweigen brachten.

56

Iowa. Die Asche der Knochen.

Ihr Tank war in der Nähe von Millersburg leer gewesen. Die Nacht hatten sie in einer Kirche ohne Dach zugebracht, und am nächsten Morgen waren sie zu Fuß weitergegangen. Noch siebzig Meilen, sagte Tifty, vielleicht ein bisschen mehr. Nach dem ersten hatten sie noch zwei weitere Knochenfelder gesehen, eine unvorstellbare Zahl von toten Virals. Tausende, vielleicht Millionen. Was hatte das zu bedeuten? Welcher Impuls hatte sie veranlasst, sich ins offene Gelände zu legen und darauf zu warten, dass die Sonne sie holte? Oder waren sie erst gestorben, und dann hatte das Morgenlicht ihre Leichen zu Asche werden lassen? Selbst Michael, der Mann der Theorien, wusste darauf keine Antwort.

Sie wanderten. Stapften durch den Schnee, der ihnen an manchen Stellen bis an die Knie reichte. Ihre Rationen waren dürftig, und sie sahen kein Wild. Sie verzehrten ihre letzten Vorräte – Streifen von Dörrfleisch mit Talg, die eine Fettschicht am Gaumen hinterließen. Der Boden war gefroren, die Luft erstarrt wie angehaltener Atem. Stundenlang spürten sie keinen Wind, und dann heulte er plötzlich los. Das Tageslicht verging im Handumdrehen. Sie trugen schwere Parkas mit pelzgefütterten Kapuzen, Wollmützen, die sie tief in die Stirn zogen, und Handschuhe mit abgeschnittenen Fingerspitzen für den Fall, dass sie ihre Waffen benutzen mussten, auch wenn Peter sich fragte, ob sie das wirklich schaffen würden. Noch nie war ihm so kalt gewesen. Er hatte nicht gewusst, dass solche Kälte existierte. Wie Tifty sich in dieser gottverlassenen Gegend orientieren konnte, wusste er nicht.

Die achtzehnte Nacht verbrachten sie in einer Reparaturwerkstatt für Autos, in der wundersamerweise ein dickbäuchiger gusseiserner Holzofen mit einer Specksteinplatte stand. Was konnten sie verbrennen? Als es dunkel wurde, kamen Michael und Hollis aus dem benachbarten Farmhaus zurück und brachten zwei Holzstühle und einen Armvoll Bücher mit. Die »Encyclopædia Britannica 1998«. Eine Schande, so etwas zu verbrennen. Es ging ihnen allen gegen den Strich, aber sie brauchten die Wärme: Zwei weitere Ausflüge nach nebenan, und sie waren für die Nacht versorgt.

Als sie erwachten, schien hell die Sonne – zum ersten Mal seit Tagen, doch die Temperatur war sogar noch weiter gesunken. Ein harter Nordwind rüttelte an den Ästen der Bäume. Sie gestatteten sich den Luxus, noch einmal ein Feuer anzuzünden, und dann kauerten sie sich um den Ofen und genossen den letzten Rest Wärme.

»Wie … eine Mauser.«

Das kam von Michael. Peter drehte sich zu seinem Freund um. »Was sagst du?«

Michael fixierte die Glastür des Ofens. »Wie viele, glaubst du, lagen da auf dem Feld?«

»Ich weiß es nicht.« Peter zuckte die Achseln. »Viele.«

»Und sie sind alle gleichzeitig gestorben. Nehmen wir mal an, dass das, was da passiert ist, passieren soll. Dass es zum Lebenszyklus der Virals gehört. Vögel tun so etwas, Insekten, Reptilien. Wenn ein Teil des Körpers abgenutzt ist, streifen sie ihn ab und lassen sich etwas Neues wachsen.«

»Aber wir reden doch hier von kompletten Virals«, wandte Lore ein.

»Das sieht wohl nur so *aus*. Was wir bislang über sie wissen, ist, dass sie als Gruppe funktionieren. Jeder Einzelne ist mit seinem

Schwarm verbunden, jeder Schwarm mit einem der Zwölf. Vergesst den Hokuspokus mit Seelen und all dem Zeug. Ich sage nicht, das gibt es nicht, aber das ist Amys Gebiet. Für mich sind die Virals eine Spezies wie jede andere. Lacey hat Babcock getötet, und alle seine Virals sind gestorben. Wie ein Bienenvolk – wisst ihr noch?«

»Ich erinnere mich«, sagte Hollis. »›Wenn die Königin stirbt, stirbt das Volk.‹ Das waren deine Worte.«

»Und was wir dort auf dem Berg gesehen haben, hat es bestätigt. Aber angenommen, jede dieser Viral-Familien ist in Wirklichkeit ein einziger Organismus. Jeder der Zwölf ist ein wichtiges Organ – das Herz, das Hirn. Die Kleineren sind wie das Gefieder an einem Vogel oder der Panzer eines Insekts. Wenn so etwas verschlissen ist, wirft der Organismus es ab und erneuert es.«

»Von einem weichen Gefieder kann bei denen aber nicht die Rede sein«, sagte Lore ätzend.

»Okay, nicht wie ein Gefieder, aber du verstehst, was gemeint ist. Etwas Äußerliches, Entbehrliches. Ich habe mich immer gefragt, was es ist, das so viele am Leben erhält. Was gibt es denn noch zu fressen? Wir wissen, dass sie lange Zeit ohne Nahrung existieren können, aber eben auch nicht ewig.«

»Ich weiß nicht, ob ich da mitkomme«, sagte Tifty. »Soll das heißen, sie sterben aus?«

»Offensichtlich ist etwas im Gange. Die Tatsache, dass es mit allen gleichzeitig passiert, deutet auf einen natürlichen Prozess hin, der im System verankert ist. Es ist ähnlich wie beim Menschen: Im Schockzustand zieht der Körper das Blut aus den Extremitäten ab und sammelt es in den wichtigen Organen. Das ist ein Schutzmechanismus: Beschütze, was wichtig ist, und vergiss den Rest. Jetzt stellt euch vor, jeder der Viral-Stämme ist ein Lebewesen, das durch Nahrungsmangel in einen Schockzustand versetzt wird. Die logische Reaktion wäre, die Zahl zu verringern, damit die Nahrungsversorgung wieder funktionieren kann.«

»Und dann?«, fragte Peter.

»Dann fängt der Zyklus wieder von vorn an.«

Einen Moment lang sagte niemand etwas.

»Wie auch immer«, fuhr Michael dann fort. »Das war nur so eine Idee. Könnte auch ein Haufen Scheiße sein.«

Peter wusste, dass es keiner war. »Warum passiert es ausgerechnet hier?«

»Das«, sagte Michael, »ist die Frage, die mich beunruhigt.«

Es wurde Zeit zum Aufbruch. Sie waren schon zu lange geblieben. Rasch packten sie ihre Sachen zusammen, hüllten sich in ihre Parkas und machten sich auf die eisige Luft gefasst, die ihnen entgegenschlagen würde, wenn sie durch die Tür träten.

»Noch sechs Tage, wenn das Wetter so bleibt«, sagte Tifty und hob seinen Rucksack auf den Rücken. »Sieben höchstens.«

»Warum wünschte ich, es wären mehr?«, fragte Lore.

Grey. Grey.

Seine Augen klappten auf.

Kannst du sie fühlen, Grey?

»Wer ist da? Guilder, sind Sie das?«

Es tut mir leid, dass ich weg war. Du bist mir immer noch der Liebste, Grey. Seit dem Tag, als wir uns kennenlernten. Weißt du das noch?

Sein Magen krampfte sich zusammen: Die Stimme gehörte Zero.

»Hör auf damit.« Reflexhaft rissen seine Handgelenke an den Ketten. Er lag in seinem eigenen Dreck, sein Körper stank, und in seinem Mund war ein hartnäckiger Blutgeschmack. »Geh weg. Lass mich in Ruhe.«

Du hast mir alles über dich erzählt. Du wusstest es nicht mal. Hast du mich schon damals in deinem Kopf gefühlt?

– Geh raus, dachte er. Geh raus raus raus. Wach auf, Grey.

Oh, aber du schläfst nicht. Ich war immer hier. Selbst als du hundert Jahre lang in Ketten gelegen hast, habe ich bei dir gelegen. Wie in der Geschichte von Hiob, der in der Asche lag und

*sein Schicksal verfluchte. Gott hat ihn auf die Probe gestellt, wie
ich dich auf die Probe gestellt habe.*

– Ich kenne dich nicht. Ich weiß nicht, was du bist.

*Das weißt du nicht, Grey? Wie kannst du es nicht wissen? Ich
bin der Gott, der bei dir bleibt. Der eine wahre Gott für Grey.
Fühlst du meine Liebe nicht? Fühlst du nicht die Schwingen meiner Liebe, die ich über dir ausbreite für immer und ewig?*

Er hatte angefangen zu weinen. – Lass mich sterben. Bitte. Ich
will nur sterben.

Du liebst sie, nicht wahr, Grey?

Er schluckte und schmeckte die Fäulnis in seinem Mund. Sein
Körper war eine Höhle voller Dreck und Verwesung. – Ja.

Die Frau. Lila. Sie bedeutet dir alles.

– Ja.

*Dein ist das Blut, das in ihren Adern fließt wie meins in dei-
nen. Siehst du? Verstehst du? Wir sind alle eins, Grey. Du liegst in
Ketten, aber du bist nicht allein. Der Gott Greys ist bei dir. Der
Gott all dessen, was ist und was noch kommen wird. Der Gott
der nächsten, neuen Welt. Es wird einen besonderen Platz für dich
geben in dieser Welt, Grey.*

– In der nächsten, neuen Welt.

Sie kommen, Grey.

– Wer? Wer kommt?

Aber noch während er die Frage stellte, wusste er es.

Unsere Brüder.

57

Und plötzlich war sie frei. Alicia Donadio, die Letzte der Ersten, das Neue Wesen, Captain der Expedition, sprang über den Drahtzaun hinweg in die Nacht und davon.

Sie rannte. Sie rannte und rannte immer weiter.

Unterwegs hatte sie ein paar Männer getötet. Auch ein paar Frauen. Alicia hatte noch nie zuvor eine Frau getötet, aber alles in allem fühlte es sich nicht so sehr anders an, denn am Ende verließ jeder sein Leben auf die gleiche Weise. Die gleiche Überraschung in den Augen, das gleiche zarte Betasten der Wunde mit den Fingerspitzen, der gleiche ätherische Blick, ins Jenseits gerichtet. Es hatte eine gewisse Anmut.

Vielleicht gefiel es Alicia deshalb so sehr.

Sie hatte ihre Sachen im Gebüsch gefunden, wo sie sie zurückgelassen hatte. Einen Spieß und eine Armbrust. Den Radiokompass. Den gekreuzten Gurt mit den Messern. Ein paar Kleidungsstücke, eine Decke, Schuhe. Hundert Schuss Munition, aber keine Waffe, um sie abzufeuern. Sods Messer hatte sie in der linken Niere eines Mannes zurückgelassen, der ihr befohlen hatte, stehen zu bleiben – als wäre das tatsächlich in Frage gekommen. Als sie aus dem Gefängnis geflohen war, hatte sie nicht einmal gewusst, ob es draußen Tag oder Nacht sein würde. Die Zeit war aufgehoben, und die Welt, die sie vorfand, hatte sich verändert. Nein, das stimmte nicht. Die Welt war noch dieselbe; sie war es, die sich verändert hatte. Sie fühlte sich abseits von allem anderen, spektral, fast körperlos. Über ihr funkelten die Wintersterne hell und rein, fast wie Eissplitter. Sie musste eine Unterkunft finden. Sie musste schlafen. Sie musste vergessen.

Sie flüchtete sich in einen Schuppen, der vielleicht einmal Hühner beherbergt hatte. Das halbe Dach war weg, und eigentlich waren nur noch die Umrisse erhalten: Eine Wand stand noch, die kleinen Käfige, verkrustet von fossilem Kot, und der Boden war aus hartem Lehm. Sie wickelte sich in ihre Decke, und ihr geschundener Körper zitterte vor Kälte. *Louise,* dachte sie, *war es so?* In ihrem Kopf überschlugen sich die Erinnerungen, hell aufstrahlende Qual, die ihre Gedanken spaltete wie Gewitterblitze. Wann würde das aufhören? Wann würde das aufhören?

Es war noch dunkel, als sie aufwachte und ihr Verstand langsam wieder aus diesem Zustand erwachte. Etwas Warmes streifte ihren Nacken. Sie drehte sich um, öffnete die Augen und sah eine riesige dunkle Gestalt, die über ihr aufragte.

Mein braver Junge, dachte sie, und dann sagte sie es laut: »Mein braver, braver Junge.« Soldier senkte das Gesicht auf sie, seine großen Nüstern blähten sich und badeten ihr Gesicht in seinem Atem. Er leckte mit seiner langen Zunge über ihre Augen und ihre Wangen. Es war ein Wunder. Ein anderes Wort gab es nicht. Jemand war gekommen. Es war wirklich jemand gekommen. Alicia hatte sich danach gesehnt, ohne es zu wissen: nach einer Seele, die ihr Trost spendete in dieser trostlosen Welt.

Und dann, unglaublich, kam eine zweite Gestalt aus der Dunkelheit heran, und eine Frauenstimme war zu hören, fremd und vertraut zugleich:

»Alicia. Hallo.«

Die Frau hockte sich vor sie und schlug die Kapuze ihres Mantels zurück. Lange schwarze Locken fielen herab.

»Es ist gut«, sagte sie leise. »Ich bin jetzt hier.«

Amy? Aber das war nicht die Amy, die sie kannte.

Diese Amy war eine Frau.

Eine kraftvolle, schöne Frau mit dichtem dunklem Haar und Augen wie Fenster, die von innen golden beleuchtet waren. Das gleiche Gesicht, aber doch anders, tiefgründiger; es strahlte so etwas wie Vollendung aus, innere Reife. Ein Gesicht voller Weisheit, dachte Alicia. Die Schönheit war nicht nur äußerlich, mehr als eine Ansammlung physischer Details: Sie kam aus dem Ganzen.

»Ich … verstehe nicht …«

»Sschh.« Sie nahm Alicias Hand. Ihre Berührung war fest und zärtlich zugleich wie die einer Mutter, die ihr Kind tröstet. »Dein Freund. Er hat uns gezeigt, wo du bist. Ein so schönes Pferd. Wie nennst du ihn?«

Ihr Kopf war schwer und wie betäubt. »Soldier.«

Amy umfasste Alicias Kinn und hob ihr Gesicht. »Du bist verletzt.«

Wie war das möglich? Wie war das alles möglich? Draußen vor dem Schuppen sah Alicia eine zweite Gestalt, die zwei Pferde am Zügel hielt. Vom Wind verwirbeltes weißes Haar und ein mächtiger heller Bart, der seine Züge verdeckte. Aber die Art, wie er dastand, seine soldatische Haltung, verriet Alicia, wer er war: Der Mann da draußen im Schnee war Lucius Greer.

»Was haben sie mit dir gemacht?«, flüsterte Amy. »Erzähl's mir.«

Mehr war nicht nötig. Ihre ganze Selbstbeherrschung war mit einem Mal dahin, eine Woge der Trauer brach ungedämmt über sie herein. Sie sprach das Wort nicht, sie zitterte es schaudernd hervor: »Alles.«

Und endlich, in Amys Armen, schüttelte sie ein machtvolles Schluchzen, ein Heulen von reinstem Schmerz und Leid klang himmelwärts zu den Wintersternen hinauf, und Alicia fing an zu weinen.

Guilder. Es ist Zeit.
Guilder. Steh auf.

Aber Guilder hörte diese Worte nicht. Direktor Horace Guilder schlief und träumte – einen schrecklichen, oft wiederholten Traum, in dem er im Pflegeheim war und seinen Vater mit einem Kissen erstickte. Anders als damals ging das nicht ohne einen Kampf ab. Sein Vater warf sich hin und her, schlug um sich und versuchte, sich zu befreien, und dabei schrie er mit erstickter Stimme um Gnade. Erst als der Widerstand aufhörte und Guilder das Kissen von seinem Gesicht nahm, erkannte er den Irrtum: Er hatte nicht seinen Vater getötet, sondern Shawna. O Gott, nein! Dann klappte Shawna die Augen auf und fing an zu lachen. Sie lachte so sehr, dass ihr die Tränen kamen. Hör auf zu lachen!, schrie er. Hör auf, mich auszulachen! Guilder, sagte sie, du bist so komisch. Du solltest dein Gesicht sehen. Du und dein beschissenes Armband. Deine Mutter war eine Hure. Eine Hure eine Hure eine Hure …

Bereite den Weg, Guilder. Steh auf und geh ihnen entgegen. Der Augenblick ist da.

Er schrak aus dem Schlaf.

Unser Augenblick, Guilder. Die Geburt der nächsten, der neuen Welt.

Diese Information traf sein Hirn wie ein Stromstoß. Er fuhr senkrecht hoch in seinem riesigen Bett, auf dieser absurden Ebene voller Kissen und Decken und Laken, und begriff mit leiser Verlegenheit, dass er in seinen Kleidern eingeschlafen war. Warum brauchte er ausgerechnet ein Himmelbett? Ein so riesiges Bett, dass er sich darin wie eine Puppe vorkam? Aber er schüttelte die Frage ab. Sie kamen! Sie waren hier! Er schwenkte die Füße auf den Boden und schob sie in die ledernen Schnürschuhe; offenbar hatte seine Energie noch gereicht, um sie auszuziehen, bevor er vor Erschöpfung umgefallen war. Er stopfte sich das Hemd in die Hose, stürzte zur Tür und lief den Gang hinunter.

»Suresh!«

Sein lautes Hämmern hallte durch den leeren Flur.

»Suresh, aufwachen!«

Die Tür zu Sureshs Quartier öffnete sich, und er sah das

schlaftrunkene kastanienbraune Gesicht seines neuen Stabschefs. Er trug einen flauschigen weißen Bademantel und Pantoffeln und blinzelte wie ein Bär, der aus seiner Höhle kam.

»Himmel, Horace, Sie brauchen doch nicht so zu schreien. Wie spät ist es?«

»Wen interessiert das? Sie sind *hier*!«

Suresh erschrak. »Jetzt, in diesem Moment, meinen Sie?«

Steh auf und geh ihnen entgegen, Guilder. Führe sie nach Hause.

»Stehen Sie nicht herum! Ziehen Sie sich an!«

»Ja, okay. Bin schon dabei.«

»Bewegung, verdammt!«

Guilder lief in sein Apartment zurück und ging ins Bad. Sollte er sich rasieren? Sich wenigstens das Gesicht waschen? Wieso kamen ihm jetzt solche Sachen in den Sinn? Er führte sich auf wie ein Junge vor dem Schulball. Er fuhr sich mit der feuchten Hand durch die Haare, putzte sich die Zähne und versuchte, sich zu beruhigen. Nannten sie so was hier Zahnpasta? Diese schrecklich schmeckende, sandige Schmiere? Herr im Himmel, wieso hatten sie in siebenundneunzig Jahren nicht mal eine anständige Zahnpasta zustande gebracht?

Er nahm einen frischen Anzug aus dem Schrank. Die blaue Krawatte, die rote, die grün-gelb gestreifte: Er wusste nicht, welche er nehmen sollte. Er war plötzlich so nervös, dass seine Finger kaum mit dem Knoten fertigwurden. Und hungrig. Kalte Leere saß in seinem Magen wie ein Stein. Ein Besuch bei seinem alten Freund Grey wäre genau das Richtige für seine Nerven, aber daran hätte er früher denken sollen.

Er stand vor dem Spiegel und atmete tief durch. Ruhig, Guilder, ganz ruhig. Du weißt, was du zu tun hast. Es ist doch nur ein neuer Tag im Büro. Kann auch nicht schlimmer werden als ein Meeting mit den Vereinigten Stabschefs, oder?

Konnte es doch, ehrlich gesagt. Aber es hatte keinen Sinn, sich weiter in die Sache hineinzusteigern.

Als er ins Foyer kam, wartete Suresh dort mit dem Fahrer. »Die Trucks sind unterwegs.« Guilder zog sich die Handschuhe an. »Wollen Sie eine volle Einheit als Eskorte?«

Guilder lehnte ab; er würde allein fahren. Bloß kein großes Aufheben machen. Die beiden Männer wechselten einen Händedruck.

»Viel Glück«, sagte Suresh.

Als der Wagen bergab rollte, ließ Guilders Beklommenheit allmählich nach. Am Fluss bogen sie nach Norden und fuhren in Richtung »Projekt«. Die dunkle Silhouette ragte wie ein Grabstein in den Himmel, ein noch schwärzeres Viereck vor dem nächtlichen Schwarz. Das Portal stand offen und erwartete ihn.

Sie hielten nicht an, sondern fuhren auf dem Wirtschaftsweg nach Osten. Früher hatte er dazu gedient, Material auf die Baustelle zu bringen: behauene Steinblöcke, die Betonmischer mit ihren kreisenden Ladungen, die Sattelschlepper mit den zusammengesuchten Stahlträgern. Jetzt würde hier etwas ganz anderes transportiert werden. Sie fuhren durch das Nebentor, und fünf Minuten später hielten sie neben den beiden Sattelschleppern, die auf einem gefrorenen Maisstoppelfeld warteten.

Guilder schickte den Fahrer weg. Die Kabinen der Sattelschlepper waren leer; auch ihre Fahrer hatten sich zurückgezogen. Guilder legte ein Ohr an die Wand des Containers und hörte gedämpftes Gemurmel und ab und zu das angstvolle Weinen einer Frau.

Die Stimme in seinem Kopf schwieg. Eine tiefe Stille umgab ihn wie die erwartungsvolle Ruhe vor einem Sturm. Sie würden von Westen kommen. Er wartete.

Dann:

Der Erste erschien, dann noch einer und noch einer, elf phosphoreszierende Punkte in gleichmäßigen Abständen am Horizont. Die Lücken zwischen ihnen wurden kleiner. Es sah aus wie die Lichter eines riesigen Flugzeugs, das sich im Anflug befindet.

Kommt zu mir, dachte Guilder. Kommt zu mir.

Details traten hervor – nein, sie wurden größer. Einer war

kleiner als der Rest: Carter natürlich, der undurchschaubare, anomale Anthony Carter. Aber bei den anderen verschlug es einem den Atem. Mit ihren kraftvollen Gestalten und anmutigen Bewegungen und der absoluten Herrschaft über sich selbst schienen sie den Raum um sich herum schrumpfen zu lassen, die Dimensionen zu verzerren und den Lauf der Zeit zu ändern. Sie flossen auf ihn zu wie ein leuchtender Fluss und badeten ihn im Licht ihres majestätischen Grauens.

Kommt zu mir, dachte er. *Kommt zu mir.*

Der Augenblick ihrer Ankunft war erfüllt von einem Gefühl der Ganzheit. Es war wie eine Taufe. Wie der geschlossene Deckel eines Buches. Ein Sprung aus großer Höhe in blaues Wasser und der Augenblick des Eintauchens, in dem die Welt verschwindet. Sie standen vor ihm, groß und schrecklich. Er trank die majestätischen, furchtbaren Bilder ihrer Erinnerungen, als versinke er in einem Becken voll des reinen Wahnsinns. Ein weinendes Mädchen auf einer Matratze. Ein Ladenbesitzer mit erhobenen Händen, der knöcherne Druck einer Pistolenmündung an der senkrechten Falte zwischen seinen Augenbrauen. Das Gefühl des Betrunkenseins, ein Junge auf dem Fahrrad, kurz durch die Frontscheibe gesehen, und der dumpfe Schlag des Aufpralls, gefolgt von einem harten Ruck, als die Räder über die kleine Gestalt hinwegrollen. Ein sexueller Rausch und die unglaublich weit aufgerissenen Augen einer Frau, um deren Hals sich die Schnur spannt. Ein Chor des Entsetzens, der Verkommenheit, der schwarzen Bösartigkeit.

Ich bin Morrison-Chavez-Baffes-Turrell-Winston-Sosa-Echols-Lambright-Martínez-Reinhardt-Carter.

Guilder entriegelte die Tür des Containers am ersten Laster. Natürlich versuchten die Gefangenen wegzulaufen. Guilder hatte verboten, sie zu fesseln; nichts sollte ihre Beweglichkeit einschränken. Die meisten schafften nur ein paar Schritte. Die wenigen, die weiter kamen, erlebten vielleicht eine flüchtige Hoffnung auf Rettung. Ihre sinnlose Flucht war Teil der Verzückung. Der Augenblick entfaltete sich in machtvoll spritzendem Blut, jäh abbrechenden Schreien und Gliedmaßen, die zerrissen wurden, und in der Stille, die folgte, trat Guilder an das Heck des zweiten Lastwagens und öffnete einladend die Tür.

»Willkommen, meine Freunde. Ihr seid endlich zu Hause. Wir werden gut für euch sorgen.«

X

Die Attentäterin

Ich geh, und 's ist getan;
die Glocke mahnt.

Shakespeare, *Macbeth*

58

Vale war nicht mehr da, und das konnte nur eins bedeuten: Sara würde als Nächste an der Reihe sein.

Jenny war ebenfalls verschwunden. Zwei Tage nach der Bombe bei der Fütterung hatte ein neues Mädchen ihre Stelle eingenommen. Gehörte sie zu ihnen? Nein, das hätte Sara gemerkt. Eine Nachricht unter dem Teller, ein bestätigender Blick. Irgendetwas. Aber das Mädchen – blass und nervös, Sara kannte ihren Namen nicht und würde ihn nie erfahren – kam und ging schweigend.

Lila hatte sich ins Bett gelegt. Den ganzen Tag und bis tief in die Nacht hinein warf sie sich rastlos hin und her und stand nur auf, um zu baden, aber als Sara ihr helfen wollte, scheuchte sie sie hinaus. Ihre Stimme klang ausgelaugt, und es kostete ihre ganze Kraft, nur zu sprechen. »Lass mich in Ruhe«, sagte sie.

Sara war allein, abgeschnitten von allem. Die Verbindung zu den anderen war abgebrochen.

Sie verbrachte die Tage mit Kate, aber die gemeinsame Zeit fühlte sich anders an: als ginge etwas zu Ende. Auch Kate spürte es, wie Kinder so etwas spüren konnten. Woher kam diese Wahrnehmungsfähigkeit? Alles war getrübt vom Gefühl der Sinnlosigkeit. Sie spielten die gewohnten Spiele, aber es kümmerte sie nicht, wer gewann. Sara las die gewohnten Geschichten vor, aber das Kind hörte nur halb zu. Nichts half. Die gemeinsame Zeit ging dem Ende zu. Die Tage waren lang und dann zu kurz. Nachts schliefen sie zusammen auf dem Sofa, ineinander verschmolzen. Die sanfte Wärme des kindlichen Körpers war eine Qual. Stundenlang lag Sara wach, lauschte den ruhigen Atemzügen, trank ihren Duft. Was träumst du?, fragte sie bei sich. Träumst du vom Abschied wie ich? Werden wir uns wiedersehen? Gibt es einen Ort dafür? Sie hielt Kate in den Armen und dachte an Ninas Worte: *Wir holen sie heraus. Sie hat sonst keine Chance.* Mein Kind, dachte Sara, ich werde tun, was ich tun muss, um dich zu retten. Ich werde gehen, wenn man es mir sagt. Etwas anderes bleibt mir nicht.

Am dritten Morgen ging sie mit Kate hinaus. Es war bitterkalt, doch das war ihr willkommen. Sie stieß Kate eine Zeitlang auf der Schaukel an, und dann gingen sie zur Wippe. Kate hatte kein Wort über Lila gesagt, seit Guilder die Frau an jenem Abend geschlagen hatte. Das Band zwischen ihnen war zerschnitten. Als es zu kalt wurde, gingen sie wieder hinein. Kurz vor der Tür blieb Kate stehen.

»Jemand hat mir das gegeben«, sagte sie und zeigte Sara ein rosafarbenes Plastikei.

»Wer?«

»Ich weiß es nicht. Sie war da drüben.«

Sara schaute quer durch den Hof, aber da war niemand. Kate zuckte die Achseln. »Vorhin war sie noch da.«

Sara hatte sie allein herumspazieren lassen, allerdings nur für kurze Zeit, höchstens für fünf Minuten.

»Sie hat gesagt, ich soll es dir geben.« Kate hielt ihr das Ei entgegen.

Die Frau war natürlich Nina gewesen. Sara steckte das Ei in die Tasche. Ihr Körper war wie taub. Als Jenny verschwunden war, hatte sie sich die zaghafte Hoffnung erlaubt, diese Bürde werde ihr erspart bleiben. Wie dumm sie gewesen war.

»Das bleibt unser Geheimnis. Ist das okay?«

»Das hat sie auch gesagt.« Kate strahlte. »Ist das eine geheime Botschaft?«

Sara lächelte, so gut sie konnte. »Genau das ist es.«

Sara öffnete das Ei nicht sofort. Sie wagte es nicht. Als sie in das dunkle Apartment zurückkamen, war Lila eben dabei, mit einem langen Streichholz die Kandelaber anzuzünden. Ihr Gesicht war farblos, ihr Haar spröde und zerzaust. Sie rief die beiden zum Sofa und hielt ihnen ein Buch entgegen.

»Würden Sie mir vorlesen?«

Das Buch hieß »Little Women«. Sara schlug es auf und blies eine Staubwolke von den vergilbten Seiten.

»Ich habe seit Ewigkeiten nichts mehr daraus gehört«, sagte Lila.

Sara musste stundenlang vorlesen. Sie fand die Geschichte zwar ganz interessant, bekam aber das meiste gar nicht mit. Die Sprache war schwierig, und oft verlor sie den Faden. Kates Aufmerksamkeit schwand dahin, und irgendwann sank ihr Kopf an Saras Brust, und sie schlief ein. Es war durchaus möglich, dass Lila in ihrem neuartigen Zustand darauf verfiel, Sara das ganze Buch auf einmal vorlesen zu lassen.

»Ich muss zur Toilette«, sagte Sara schließlich. »Ich komme gleich wieder.«

Bevor Lila etwas sagen konnte, verschwand sie rasch im Bad und verschloss die Tür. Sie zog das Gewand hoch, setzte sich auf die Toilette und nahm das Ei aus der Tasche. Ihr Herz klopfte wie wild. Sie zögerte kurz, aber dann öffnete sie das Ei, nahm das Papier heraus und faltete es auseinander.

Das Paket liegt in dem Gartenschuppen am Rand des Hofes. Schau unter die Bodendielen links neben der Tür. Ziel ist die Sitzung des Führungsstabs im Konferenzraum, morgen um 11 Uhr 30. Nimm den mittleren Aufzug in den dritten Stock und den ersten Gang rechts. Die letzte Tür links ist das Konferenzzimmer. Sag dem Wachmann, Guilder habe nach dir geschickt. Bello lebt.

Sie hatte das Papier gerade wieder in das Ei gelegt, als drängend an die Tür geklopft wurde. »Dani! Ich brauche Sie!«

»Einen Augenblick noch!«

Die Türklinke bewegte sich auf und ab. Hatte sie abgeschlossen? »Ich habe einen Schlüssel, Dani! Bitte machen Sie auf!«

Sara sprang von der Toilette auf, und das Ei rollte über den Boden. Scheiße! Der Schlüssel drehte sich im Schloss. Sie hatte gerade noch genug Zeit, um das Ei in die untere Schublade des Toilettentisches zu werfen, bevor Lila in der offenen Tür stand.

»Fertig«, sagte Sara und brachte ein Lächeln zustande. »Wozu brauchen Sie mich denn, Lila?«

Die Frau erbleichte verwirrt. »Ich weiß es nicht. Ich dachte, Sie wären weggegangen. Sie haben mir Angst gemacht.«

»Na, ich bin ja auch weggegangen. Ich war auf der Toilette.«

»Ich habe aber die Spülung nicht gehört.«

»Oh. Verzeihung.« Sara drehte sich um und zog an der Kette. »Das war ungehörig von mir.«

Einen Moment lang sagte Lila gar nichts. Sie schien jede Beziehung zur Realität verloren zu haben. Dann kam ihr eine Idee, und ihr Gesicht hellte sich auf.

»Könnten Sie etwas für mich tun? Eine Gefälligkeit?«

Sara nickte.

»Ich hätte gern ein bisschen ... Schokolade.«

»Schokolade.« Was war Schokolade? »Wo bekomme ich die?«

Lila starrte sie ungläubig an. »In der Küche natürlich.«

»Ja. Das hätte ich mir wohl denken können.« Vielleicht würde jemand in der Küche wissen, wovon Lila da redete. Es wäre sicher keine gute Idee, mit leeren Händen zurückzukommen. »Ich gehe sofort.«

Lilas Gesicht entspannte sich. »Mir wäre alles recht. Sogar eine Tasse Kakao.« Ihre Augen schauten ins Leere, und sie seufzte leise. »An Winternachmittagen habe ich immer gern eine Tasse Kakao getrunken.«

Sara verließ das Apartment. Wie viel hatte Lila gesehen? Und warum hatte sie nicht daran gedacht, die Wasserspülung zu betätigen? Hatte sie die Schublade geschlossen? Sie ließ die Situation vor ihrem geistigen Auge vorüberziehen: Ja, die Schublade war zu. Es gab keinen Grund, weshalb Lila hineinschauen sollte, aber sicherheitshalber würde Sara das Ei herausholen, bevor die Serviererin käme.

Die Küche lag auf der anderen Seite des Gebäudes. Sie würde die Rotunde durchqueren müssen, wo es immer von Kols wimmelte. Noch immer von einer Adrenalinwoge getragen blickte sie starr vor sich auf den Boden und ging den Korridor hinunter.

Als sie ins Foyer kam, empfing sie ein kleiner Aufruhr. Ein Dienstmädchen wurde von zwei Wärtern hinausgebracht, und die hallende Akustik der großen Halle verstärkte ihre kläglichen Rufe.

Bitte nicht, ich flehe euch an! Ich werde es besser machen! Bringt mich nicht in den Keller!

Die Frau war Karen Molyneau.

»Sara! Hilf mir!«

Sara blieb wie angewurzelt stehen. Wie hatte Karen sie erkennen können? Und dann begriff sie, dass sie den einen fatalen Fehler begangen, dass sie vergessen hatte, was sie niemals vergessen durfte: Sie hatte den Schleier nicht vor das Gesicht gezogen.

»Sara, bitte!«

»Halt!«

Der Befehl kam von einem dritten Mann. Als er auf sie zukam, erkannte Sara ihn sofort. Der runde Bauch, die getönte Brille auf der Nasenspitze, die flügelartig geschwungenen Augenbrauen. Der dritte Mann war Doktor Verlyn.

»Du.« Er schaute ihr eindringlich forschend ins Gesicht. »Wie heißt du?«

Sie hatte einen trockenen Mund. »Dani, Sir.«

»Sie hat dich Sara genannt.«

»Da muss sie sich geirrt haben.« Ihr Blick huschte reflexhaft zum Ausgang. »Ich heiße Dani.«

»Sara, warum tust du das?« Karen zappelte wie ein Fisch im Netz. »Hilf mir, um Gottes willen.«

Verlyns Blick verhärtete sich, und seine Mundwinkel hoben sich zu einem Lächeln. »Oh, ich erinnere mich an dich. Die Hübsche. Ich vergesse nie ein Gesicht, nicht ein Gesicht wie deins.«

Sara rannte zur Tür. Drei Schritte, und sie stürzte hinaus und die Treppe hinunter, hinaus in die Sonne und den Wind. Hinter ihr erhob sich Geschrei. »Haltet sie! Haltet die Frau auf!« Wohin konnte sie fliehen? Aber es gab nichts – Kols stürmten aus allen Richtungen auf sie zu und kesselten sie ein wie eine Schlinge, die sich zuzog. Saras Hand glitt in die Tasche und fand das kleine Folienpäckchen. Hier war es, das Ende. Sie war auf dem Weg stehen geblieben; es hatte keinen Zweck weiterzulaufen. Sie hatte nur noch eine oder zwei Sekunden. Sie öffnete den Umschlag und sah den tödlichen Inhalt. Sie fasste das Stückchen Löschpapier mit Daumen und Zeigefinger und hob es zum Mund. *Leb wohl, mein Kind, ich liebe dich, leb wohl.*

Aber es sollte nicht sein. Bevor das Löschpapier ihre Lippen erreichte, rammte sie jemand von hinten. Sie flog vorwärts, der Boden verschwand unter ihren Füßen, und ihr Schädel schlug auf das Pflaster. Und ihr wurde mit einem Mal schwarz vor Augen.

59

Sie lagen alle drei bäuchlings auf die Böschung des Grabens gedrückt, und Greer betrachtete die Szenerie mit dem Fernglas. Die Spätnachmittagssonne setzte die Wolken in Brand.

»Du bist *sicher,* dass es dort ist«, sagte Amy.

Alicia nickte. Sie lagen jetzt seit drei Stunden hier, und ihre Aufmerksamkeit galt einem großen Abflussrohr, das aus dem Fuß eines niedrigen Hügels ragte. Reifenspuren zogen sich vor der Mündung kreuz und quer durch den Schnee.

Minuten vergingen, und Alicia begann, an sich selbst zu zweifeln, als Greer eine Hand hob. »Moment. Es geht los.«

Alicia rollte sich zurück in Position. Eine Gestalt in einer dunklen Jacke war aus dem Rohr gekommen – ob Mann oder Frau, konnte Alicia nicht erkennen. Ein Schal bedeckte die untere Gesichtshälfte, und eine Wollmütze war bis zu den Augen herabgezogen. Die Gestalt blieb stehen, legte eine Hand über die Stirn und spähte nach Süden.

»Anscheinend wartet er auf jemanden«, meinte Greer.

»Woher wissen Sie, dass es ein Mann ist?«, fragte Alicia.

»Ich weiß es nicht.« Greer reichte Amy das Fernglas, und sie strich eine Haarsträhne zur Seite und drückte das Glas an die Augen. Es war erstaunlich, dachte Alicia. In jeder Hinsicht, selbst in der kleinsten Geste, war Amy das Mädchen, das sie immer gewesen war, und zugleich jemand Neues. Greer hatte erzählt, Amy sei als das eine in den Bauch des Schiffes, der *Chevron Mariner*, hinuntergestiegen und als etwas anderes wieder herausgekommen. Nicht einmal Amy wusste eine Erklärung dafür. Das Merkwürdigste in Alicias Augen war die Tatsache, dass es überhaupt nicht merkwürdig erschien.

»Ich kann es auch nicht erkennen. Aber wer immer sich da mit ihm treffen soll, hat Verspätung.« Amy ließ das Fernglas sinken. »Wenn wir Bello finden wollen, werden wir wohl keine bessere Gelegenheit bekommen.«

Alicia nickte. »Sehe ich auch so. Major?«

»Keine Einwände.«

Die einzige Deckung, in der sie sich voranbewegen konnten, bestand in einer Reihe von Büschen an der Ostseite der Röhre und ein paar kahlen Bäumen auf dem Hang darüber. Amy und Alicia ließen Greer als Wachtposten zurück und liefen in verschiedenen Richtungen geduckt durch den Graben. Amy würde ebenerdig die rechte Seite übernehmen, und Alicia würde sich von oben herunterfallen lassen. Wenn sie ihre Positionen eingenommen hätten, würde Greer pfeifen und den Mann damit ablenken, und dann würden sie zuschlagen.

Alles verlief nach Plan. Alicia rutschte auf dem Bauch bis zum oberen Rand des Rohrs. Die Mütze des Mannes war direkt unter ihr. Aus dieser Perspektive würde sie Amy nicht sehen können, aber Greer sah sie. Sie wartete auf sein Signal, und …

Wo war er denn?

Alicia erhob sich auf die Knie, gerade noch rechtzeitig, um sein volles Gewicht aufzufangen, als er sich auf sie warf. Nicht er. Sie. Fest umarmt flogen sie über die Kante, und die Frau krachte auf sie herab, als Alicia auf dem Rücken im Schnee landete.

»Wer zum Teufel bist du?« Die Frau presste Alicias Arme mit den Knien auf den Boden und hielt ihr ein Messer an die Gurgel. Die Klinge ritzte leicht die Haut. Alicia hatte keinen Zweifel daran, dass sie es benutzen würde.

»Ganz ruhig. Ich will nichts Böses von dir.«

»Beantworte meine Frage.«

»Amy? Könntest du mir ein bisschen helfen?«

Amy war von hinten herangekommen, absolut lautlos. Bevor die Frau reagieren konnte, packte Amy sie um die Taille und schleuderte sie zur Seite. Die Frau sprang auf und wollte sich mit dem Messer auf sie werfen. Doch Amy schlug es beiseite, sprang um sie herum und nahm sie in einen Halbnelson. Mit dem anderen Arm umschlang sie ihre Taille. Alicia dachte nur: *Gottverdammt …*

»Hör auf«, sagte Amy. »Wir wollen mit dir reden, weiter nichts.«

Die Frau sprach mit zusammengebissenen Zähnen. »Fahr zur Hölle.«

»Glaubst du nicht, dass ich dir den Hals brechen könnte, wenn ich wollte?«

»Von mir aus. Und Guilder kannst du ein herzliches *Fuck you* von mir ausrichten.«

Amy sah Alicia an. Die hatte das Messer der Frau aufgehoben und klopfte sich den Schnee von der Hose. Greer kam im Laufschritt heran. »Sagt dir der Name was?«, fragte Amy sie.

Alicia schüttelte den Kopf.

»Wer ist Guilder?«, fragte Amy die Frau.

»Was soll das heißen, wer ist Guilder?«

»Wie heißt du?«, fragte Amy. »Das kannst du mir ruhig sagen.«

Die Frau zögerte kurz. Dann sagte sie: »Nina, okay? Ich heiße Nina.«

»Ich werde dich jetzt loslassen, Nina«, sagte Amy. »Versprich mir, dass du dir anhörst, was wir zu sagen haben. Mehr will ich nicht.«

»Verpisst euch.«

Amy verschärfte ihren Griff, um ihren Worten Nachdruck zu verleihen. »Versprich. Es. Mir.«

Noch einmal sträubte sich die Frau und gab dann nach. »Okay, okay, versprochen.«

Amy ließ sie los. Die Frau stolperte ein paar Schritte vorwärts und fuhr herum. Ein junges Gesicht, nicht viel älter als zwanzig, aber ihre Augen sprachen eine andere Sprache; ihr Blick war hart, beinahe wild.

»Wer seid ihr?«

»Das war eine gute Aktion«, sagte Alicia zu Amy. Sie ließ das Messer um den Zeigefinger kreisen und reichte es ihr. »Wo hast du das gelernt?«

»Ich habe dir zugesehen.« Sie sah Greer an. Sein langer Bart war von Schnee verklumpt wie eine Hundeschnauze. »Lucius, könntest du wieder Wache halten? Und uns Bescheid sagen, wenn der Wagen kommt?«

»Mehr nicht? Nur euch Bescheid sagen?«

»Es wäre gut, wenn du ihn auch ein bisschen ... aufhalten könntest. Bis wir unser Gespräch beendet haben.«

Greer lief den Hang hinauf. Amy wandte sich wieder an die Frau und machte eine kleine, aber vielsagende Bewegung mit dem Messer. »Setz dich.«

Die Frau funkelte sie trotzig an. »Warum sollte ich?«

»Weil du es dann bequemer hast. Es wird ein Weilchen dauern.« Amy schob das Messer in den Gürtel. *Ich brauche es nicht mehr, wenn du dich benimmst.* »Wir sind nicht das, wofür du uns hältst. Jetzt setz dich hin.«

Widerstrebend ließ Nina sich in den Schnee sinken. »Ich werde euch nichts erzählen.«

»Das bezweifle ich sehr«, sagte Amy. »Ich glaube, du wirst mir alles erzählen, was ich wissen muss, wenn ich dir erklärt habe, was hier passieren wird.«

»Ich will mit Dani spielen!«

»Eva, Schätzchen ...«

Das Gesicht des kleinen Mädchens war rot vor Wut. Sie packte einen der Becher, die auf dem Boden standen, und warf ihn in Lilas Richtung, und sie verfehlte sie nur knapp.

»Jetzt gehst du ins Bett!«, schrie Lila. »Augenblicklich gehst du ins Bett!«

Die Kleine rührte sich nicht von der Stelle. Ihr Gesicht glühte vor Abscheu. »Du hast mir nichts zu sagen!«

»Ich bin deine Mutter! Du musst mir gehorchen!«

»Ich will Dani!«

Sie hatte eine Handvoll Bohnen genommen, und bevor Lila reagieren konnte, holte das kleine Mädchen aus und schleuderte ihr die Bohnen mit erstaunlicher, vom Hass befeuerter Kraft ins Gesicht. Weitere Bohnen prasselten wie ein Platzregen hinter ihr auf den Boden. Sie sprang auf und rannte durch das Apartment – riss Bücher aus den Regalen, fegte Dinge von den Tischen und ließ Kissen durch die Luft fliegen.

»Eva, hör sofort auf damit!«

Das Mädchen hob eine große Keramikvase auf.

»Eva, nein ...«

Die Kleine hob die Vase über den Kopf und ließ sie herunterfahren, wie jemand einen Kofferraum zuschlägt. Es war kein Klirren, sondern eine Explosion. Die Vase zersprang in tausend umherschwirrende Scherben.

»Ich hasse dich!«

Etwas passierte hier, etwas Endgültiges. Das wusste Lila, wie sie in einer tieferen Schicht ihres Gehirns auch wusste, dass das alles schon einmal passiert war. Aber diesen Gedanken konnte sie nicht zu Ende führen. Etwas Hartes, Kantiges traf sie am Kopf. Das Kind bewarf sie mit Büchern.

»Geh weg!«, kreischte die Kleine. »Ich-hasse-dich-ich-hasse-dich-ich-hasse-dich.«

Lila sah, wie der Mund des Kindes diese schrecklichen Worte formte, aber sie schienen woanders herzukommen. Sie kamen aus Lilas Kopf. Sie stürzte sich auf das kleine Mädchen, packte es um den Leib und hob es hoch. Das Kind strampelte, schrie, zappelte in ihrem Griff. Aber Lila wollte doch nur – was? Das Kind beruhigen? Die Situation unter Kontrolle bringen? Das Schreien beenden, das ihr das Gehirn zerriss? Doch jedes Quäntchen Gewalt, das Lila anwandte, zahlte das Kind mit gleicher Münze heim und schrie aus voller Lunge. Die Szene wurde immer grotesker, nahm Züge des Irrsinns an, bis schließlich Lila das Gleichgewicht verlor: Ihr gemeinsamer Schwerpunkt verlagerte sich nach hinten, und sie fielen mit lautem Krachen gegen die Frisierkommode.

»Eva!«

Das kleine Mädchen schlitterte gegen den Sockel des Sofas und funkelte sie wild an. Warum weinte sie nicht? War sie verletzt? Was hatte Lila da getan? Sie kroch auf Händen und Knien auf sie zu.

»Eva, es tut mir leid, ich wollte nicht …«

»Ich hoffe, du stirbst!«

»Sag das nicht. Bitte. Ich bitte dich, sag so etwas nicht.«

Und bei diesen Worten traten dem Mädchen endlich die Tränen in die Augen, aber es waren keine Tränen des Schmerzes, der Demütigung oder wenigstens der Angst. *Ich verabscheue dich in Ewigkeit. Du bist nicht meine Mutter, und du warst es nicht, und das weißt du genauso gut wie ich.*

»Bitte, Eva, ich hab dich doch lieb! Weißt du denn nicht, wie lieb ich dich habe?«

»Sag das nicht! Ich will Dani!« Die kleine Lunge brachte einen erstaunlichen Lärm zustande. »Ich-hasse-dich-ich-hasse-dich-ich-hasse-dich!«

Lila presste die Hände auf die Ohren, doch nichts konnte das Geschrei des Kindes abhalten.

»Aufhören! Bitte!«

»Ich-hoffe-du-stirbst-ich-hoffe-du-stirbst-ich-hoffe-du-stirbst!«

Lila rannte ins Bad und warf die Tür zu. Aber das half nichts. Das Schreien kam von überall und übertönte alles. Sie lag auf den Knien und schluchzte in ihre Hände. Was passierte mit ihr? Meine Eva, meine Eva. Was habe ich getan, dass du mich so sehr hasst? Sie zitterte vor Schmerz am ganzen Leib. Ihre Gedanken schwirrten umher; etwas brach plötzlich in ihr zusammen, und Lila Kyle lag zu einer Million Scherben zersplittert auf dem Badezimmerboden.

Denn das Mädchen war nicht Eva. Sosehr Lila sich auch wünschte, daran etwas zu ändern: Es gab keine Eva. Eva war fort für immer, ein Geist aus der Vergangenheit. Das wusste Lila jetzt. Das Wissen durchströmte sie wie eine Säure und brannte alle Lügen weg. *Geh zurück*, dachte Lila, *geh zurück*. Aber sie konnte nicht mehr in ihr altes Leben zurück. Nie mehr.

O Gott, was für schreckliche Dinge sie getan hatte! So schreckliche, unverzeihliche Dinge! Sie weinte und zitterte. Sie weinte bittere Tränen, wie ihr Vater immer gesagt hatte, während er Farbe auf seine kleinen Schiffe strich. Sie war ein grauenhafter Mensch. Sie war Teil des Bösen, beschmutzte das Angesicht der Erde. Alles wurde ihr offenbart. Die Zeit war stehen geblieben und erzählte ihre schändliche Geschichte.

Ich hoffe, du stirbst, hatte das Mädchen gesagt. Und Lila wollte es auch.

Dann geschah noch etwas anderes. Lila saß auf dem Rand der Badewanne. Sie war in einen Zustand jenseits des Wollens geraten; sie entschied nichts mehr, alles ging wie von selbst. Sie drehte den Hahn auf. Sie hielt die Hand in den Strahl und sah zu, wie das Wasser zwischen ihren Fingern hindurchfloss. Da war sie also, dachte sie. Die dunkle Lösung. Es war, als habe sie es immer gewusst. Als habe sie diesen letzten Akt in den tiefsten Nischen ihrer Seele schon hundert Jahre lang immer wieder vollzogen. Natürlich würde die Wanne das Mittel sein. Stundenlang hatte sie in ihrer Wärme gelegen, Jahrzehnte waren in ihrer tröstlichen Umhüllung vergangen, im köstlichen Vergessen der Welt, und immer hatte sie ihr zugeraunt: *Hier bin ich, Lila. Lass mich deine letzte Erlösung sein.* Der Dampf wirbelte herauf und vernebelte den Raum mit den Wolken seines feuchten Atems. Perfekte Ruhe umfasste sie. Sie zündete die Kerzen an, eine nach der anderen. Sie war Ärztin; sie wusste, was sie tat. *Soy médico.* Sie zog sich aus und betrachtete ihren nackten Körper im Spiegel. Seine Schönheit – denn er *war* schön – erfüllte sie mit Erinnerungen an ihre Jugend und daran, wie sie, selbst ein Kind, aus der Wanne gekommen war. Du bist meine Prinzessin, hatte ihr Vater sie geneckt. Er hatte ihr Haar trockengerieben und sie in die weiche Wärme eines frisch gewaschenen Badetuchs gehüllt. Du bist die Schönste im ganzen Land. Die Erinnerung floss wie Wasser durch ihren Körper. Sie war ein Kind, dann ein Teenager in ihrem blauen Taftkleid mit einem dicken Strauß an der Schulter – ein Schulball? Jedes Bild ging fließend in das nächste über, bis sie schließlich eine Frau von reifer, jugendlicher Kraft sah, die im Hochzeitskleid ihrer Mutter vor dem Spiegel stand. Das Mieder aus zarter Spitze, der fließende Rock aus schimmernder weißer Seide: Ihr Leben mit all seinen Verheißungen war in diesem Bild eingefangen. *Heute ist der Tag, an dem ich Brad heiraten werde.* Ihre Hand sank auf ihren Bauch; das Hochzeitskleid war verschwunden, und an seiner Stelle fühlte sie das hauchfeine Nachthemd. Die Morgensonne flutete durch das Fenster herein. Lila drehte sich ins Profil und umfasste die üppige Rundung ihres Bauches. *Du bist Eva. Ich werde dich Eva nennen.* Dampf stieg auf. Die Wanne war fast voll.

Brad, Eva, ich komme. Ich war schon viel zu lange weg. Ich komme, um bei euch zu sein.

Drei blaue Linien zeichneten sich an jedem Handgelenk ab. Die Kopfvene, die sich durch die Margo Radialis des Unterarms aufwärtsschlängelte, die Vena Basilica, die im Dorsalvenennetz begann und auf der posterioren Seite zur Vena Mediana Cubiti hinaufführte, und schließlich die akzessorische Kopfvene, die aus dem tributären Venenplexus kam und an der Ellenbogenrückseite in die Kopfvene mündete. Sie brauchte etwas Scharfes. Wo war die Schere? Mit der Dani und all die anderen, die vorher gekommen waren, ihr die Haare geschnitten hatten? Sie suchte in einer Schublade, dann in der nächsten, und als sie unten angekommen war, wartete die Schere, glänzend vor Schärfe.

Aber was war das?

Ein Ei. Ein Osterei aus Plastik, eins von der Sorte, die sie als kleines Mädchen im Gras gesucht hatte. Wie hatte sie dieses Ritual geliebt: den wilden Lauf hinaus auf die Wiese mit dem schaukelnden

Körbchen an der Hand, den Tau an ihren Füßen, das langsame Wachsen ihres Schatzes, während sie sich den großen weißen Hasen vorstellte, der diese Köstlichkeiten bei seinem nächtlichen Besuch hinterlassen hatte. Lila nahm das Ei in die Hand, und als sie es schüttelte, spürte sie, wie sich etwas darin sacht bewegte. Konnte es sein ...? War es möglich ...? Aber was sollte es sonst sein?

Es gab nur eine Antwort. Lila Kyle würde mit dem Geschmack von Schokolade auf der Zunge sterben.

60

Verrat. *Verrat.*

Wie hatte die Rebellion so nah herankommen können? Konnte ihm das bitte jemand erklären? Erst die Rothaarige, dann Vale und jetzt Lilas Dienstmädchen? Diese zitternde Maus? Diese anonyme Nullnummer, die immer zu Boden starrte, wenn jemand hereinkam? Wie tief reichte die Verschwörung in die Kuppel hinein?

Zu Guilders endlosem Ärger war die Rothaarige immer noch auf freiem Fuß. Sie hatte bei ihrer Flucht elf Leute umgebracht. Wie war das *möglich?* Nicht mal ihren Namen hatten sie herausbekommen. *Ihr könnt mich rufen, wie ihr wollt, nur nicht frühmorgens.* Witze. Witze von einer Frau, die tagelang geschlagen worden war. Was Sod anging, musste Guilder seinen Irrtum im Nachhinein eingestehen. Einen solchen Mann von der Leine zu lassen, das führte geradewegs in die Katastrophe.

Die Befragung des Dienstmädchens hatte Guilder selbst beaufsichtigt. Sie war aus weicherem Holz als die Rothaarige: Drei Tauchgänge im Bottich, und schon hatte sie geredet. Die Bombe im Gartenschuppen. Die Serviererin, Jenny, die seit drei Tagen niemand mehr gesehen hatte. Ein Versteck, dessen Lage sie nicht kannte, weil man sie betäubt hatte, was einleuchtete; so wäre Guilder selbst auch verfahren. Sie rückte mit anderen Namen heraus: einer Frau namens Nina – aber die einzige Nina in den Akten war vor vier Jahren gestorben – und einem Mann namens Eustace, über den es überhaupt keine Unterlagen gab. Alles hochinteressant, aber nichts, was wirklich brauchbar gewesen wäre.

Sollen wir sie härter anpacken?, fragte der Wärter. Wir könnten noch ein paar Runden so weitermachen, wissen Sie. Guilder schaute auf die Frau hinunter, die immer noch festgeschnallt auf dem Brett lag, das Haar nass vom eiskalten Wasser, und zitternd und keuchend nach Luft schnappte. Sara Fisher, Nr. 94801, wohnhaft in Baracke 31, Arbeiterin in der Biodiesel-Anlage 3. Doktor Verlyn hatte sie erkannt; sie hatte zu der Ladung gehört, die sie aus Roswell hergebracht hatten. Also gehörte sie zu diesen infernalischen Texanern. Jetzt, nachdem die Zwölf angekommen waren, musste er in Sachen Texas wirklich zu ernsthaften Maßnahmen greifen. Die Frau schien kaum der Typ zu sein, der Bomben zündete. Er musste sich wieder in Erinnerung rufen, dass sie tatsächlich vorgehabt hatte, ihn umzubringen. Aber natürlich gab es auch keinen bestimmten Typus; das hatte er in den letzten, gewalttätigen Monaten gelernt. Hinter der Rebellion steckte jeder und niemand.

Schon gut, sagte er zu dem Wärter. Hängt sie an den Schlauch. Ich glaube, Grey wird gefallen, was sie zu bieten hat. Er hatte schon immer eine Vorliebe für die Jungen.

Er nahm die Treppe aus dem Keller in sein Büro, setzte die dunkle Brille auf und öffnete die Vorhänge. Die Sonne war eben hinter dem Horizont verschwunden, und die Wolken waren von bunten Streifen durchschossen. Es war ein schöner Anblick irgendwie. Vermutlich, dachte Guilder, hätte ihm so etwas vor hundert Jahren Freude gemacht. Aber man konnte in seinem Leben nur eine begrenzte Anzahl von Sonnenuntergängen anschauen und eine Meinung dazu aufbringen. Das Problem des ewigen Lebens usw. usf.

Wilkes fehlte ihm. Der Mann war nicht immer besonders unterhaltsam gewesen – zu sehr darauf erpicht, ihm zu gefallen –, aber zumindest hatte man mit ihm reden können. Guilder hatte ihm vertraut, sich ihm anvertraut. Es gab nicht viel, was sie im

Laufe der Jahre nicht irgendwann gesagt hatten. Guilder hatte ihm sogar irgendwann von Shawna erzählt, auch wenn er die Geschichte in Ironie gekleidet hatte. *Eine Nutte, ist das zu glauben? Was für ein Volltrottel ich war!* Sie hatten ordentlich gelacht. Das Dumme war, genau jetzt war die ungezwungene, leicht beklommene Stunde, in der Guilder den Kopf zur Tür hinausgestreckt und seinen Freund unter irgendeinem Vorwand in sein Büro gerufen hätte.

Seinen Freund. Vermutlich war er das. Gewesen.

Es wurde dunkel. Guilders Blick wanderte hinunter zu dem »Projekt«. Vermutlich würde es jetzt einen neuen Namen brauchen. Hoppel wäre dafür genau der Richtige gewesen, ganz ohne Zweifel; mit Worten konnte er umgehen. In seinem früheren Leben hatte er in der Werbung gearbeitet, bei einer großen Agentur in Chicago, und seine dort erworbenen Erfahrungen hatte er nutzbringend verwenden können, indem er die Schlagworte und Slogans ausgebrütet hatte, mit denen die Truppen rhetorisch auf Vordermann gebracht wurden. Bis hin zum Text der Hymne: *Homeland, liebes Homeland, unser Leben gehört dir, wir schenken unsere Arbeit und brauchen kein Pläsier. Homeland, liebes Homeland, ein Staat wächst hier heran, in Hoffnung, Wohlstand, Sicherheit, so weit man schauen kann.* Furchtbar kitschig, und Guilder war nicht allzu begeistert von dem Wort »Pläsier« gewesen – es klang allzu gestelzt –, aber das Ding reimte sich tadellos und tat auch nicht allzu sehr in den Ohren weh.

Wie also sollte man den Bau nennen? »Bunker« klang zu martialisch. »Palast« ging in die richtige Richtung, aber das Gebäude hatte nichts von einem Palast. Es sah aus wie ein riesiger Betonkasten. Etwas Religiöses vielleicht? »Heiligtum«? Wer würde nicht bereitwillig in ein Heiligtum gehen?

Wie viele Flachländer würden hineingehen müssen und in welchen Abständen, das musste man noch sehen. Bis jetzt hatte Guilder von Zero noch keine konkreten Anweisungen zu diesem Punkt erhalten, und man nahm allgemein an, das werde sich schon ergeben.

Die Zwölf waren vielleicht keine gewöhnlichen Virals, aber sie waren, was sie waren: im Grunde Fressmaschinen, nichts weiter. Ganz gleich was für Direktiven da von oben kamen – wer hundert Jahre lang alles herunterschlang, was einen Puls hatte, hatte eine Gewohnheit, die nur schwer wieder abzulegen war. Aber im Wesentlichen würde ihre Ernährung aus gespendetem Menschenblut und zahmen Haustieren bestehen. Das richtige Verhältnis musste dabei penibel beachtet werden, damit die Bevölkerung des Homelands nicht abnahm. Generation für Generation arbeiteten Menschen und Virals Hand in Hand – kein schlechter Slogan, um die Sache zu verkaufen. Ein klassischer Hoppel. Wie nannte man so etwas? Rebranding? Das war es, was Guilder brauchte. Eine frische Perspektive, einen neuen Namen, eine neue Vision. Ein Rebranding der Viral-Wahrnehmung.

Vielleicht hatte er wirklich einen Nerv getroffen. Eine amtliche Religion mit allem Hokuspokus zu gründen, das wäre vielleicht genau das Schmiermittel, das das Getriebe der menschlichen Psychologie nötig hatte. Die Staatsverehrung war Peitsche ohne Zuckerbrot; im besten Fall brachte sie eine blutleere Autoritätshörigkeit hervor. Aber wenn man den Menschen Hoffnung gab, erreichte man viel mehr. Dann taten sie fast alles. Hoffnung nicht nur im Alltag – auf Nahrung und Kleidung, auf weniger Schmerzen, gute Vorortschulen, niedrige Anzahlungen mit günstiger Folgefinanzierung. Was die Menschen brauchten, war Hoffnung jenseits der sichtbaren Welt, der Welt des Körpers und der täglichen Strapazen, der endlosen, dumpfen Parade von *alltäglichen Verpflichtungen*. Die Hoffnung darauf, dass alles nicht so war, wie es den Anschein hatte.

Und da war er, der Name. Wie einfach, wie elegant. Kein Heiligtum: ein Tempel. Der Tempel des Immerwährenden Lebens. Und er, Horace Guilder, wäre der Hohepriester.

So war es nun doch kein nutzloser Tag gewesen. Komisch, wie sich manches einfach so ergeben konnte, dachte er lächelnd. Das erste Mal seit Wochen, dass er das getan hatte. Scheiß auf Hoppel mit seinen Liedchen. Und wenn er schon mal dabei war: Scheiß auf Wilkes, diesen Undankbaren. Guilder hatte alles in der Hand.

Erst die Injektion, dann die Benommenheit. Sara lag auf einem fahrbaren Bett und sah zu, wie die Decke vorüberglitt.

»Allez ... *hopp!*«

Jetzt war sie woanders. Es war halbdunkel im Zimmer. Hände hoben sie auf einen Tisch, schnallten Gurte um Arme, Beine und Stirn. Unter ihr war kalter Stahl. Irgendwann hatte man ihr das Gewand abgenommen und durch ein Baumwollhemd ersetzt. Ihre Gedanken bewegten sich mit animalischer Schwerfälligkeit durch diese Tatsachen und nahmen sie emotionslos zur Kenntnis. Es war schwer, sich für irgendetwas zu interessieren. Da war Doktor Verlyn, der auf seine großväterliche Art durch seine kleinen Brillengläser auf sie herabschaute. Seine Augenbrauen sahen außergewöhnlich aus. Er hielt eine silberne Zange in der Hand; ein mit brauner Flüssigkeit getränkter Wattetupfer klemmte dazwischen. Da er ein Doktor war, nahm sie an, tat er etwas Medizinisches mit ihr.

»Das fühlt sich jetzt vielleicht ein bisschen kalt an.«

Ja, kalt. Doktor Verlyn tupfte ihre Arme und Beine ab, und gleichzeitig positionierte jemand einen Plastikschlauch unter ihrer Nase.

»Katheter.«

Das war jetzt nicht mehr so nett. Nein, das war überhaupt nicht schön. Ein Stöhnen kam aus ihrer Kehle. Andere Dinge passierten, auf verschiedene Weise wurde gebohrt und in sie eingedrungen. Fremdartige Gegenstände schoben sich unter ihre Haut und riefen ein eigentümliches Gefühl hervor – an ihren Unterarmen und an den Innenseiten ihrer Schenkel. Sie hörte einen Pfeifton, das Zischen von Gas, und ein seltsamer Geruch stieg ihr in die Nase, auffallend süß. Diäthyläther. Er wurde in der Biodiesel-Fabrik hergestellt, aber Sara hatte nie gesehen, wie. Sie erinnerte sich nur an Tanks, auf denen in roter Schablonenschrift das

Wort ENTFLAMMBAR stand, und an das Klappern, wenn die klobigen Behälter auf Fahrgestellen zu einem wartenden Lastwagen gerollt wurden.

»Einfach atmen, bitte.«

Was für eine merkwürdige Aufforderung! Wie sollte sie denn das Atmen vergessen?

»So ist es gut.«

Auf einer unglaublich weichen Wolke schwebte sie in die Höhe.

61

Zwei Tage waren vergangen, seit sie Kontakt mit den Rebellen gefunden hatten. Anfangs hatte Nina ihnen nicht glauben wollen, aber das war zu erwarten gewesen. Die Geschichte war zu fantastisch, die historischen Zusammenhänge zu komplex. Alicia hatte schließlich eine Idee gehabt, wie sie ihre Behauptungen beweisen konnten. Sie hatte den Radiokompass aus ihrem Gepäck geholt, die Frau auf die Anhöhe geführt und das Gerät auf die Kuppel gerichtet. Greer hatte das Tal im Auge behalten. Alicia hatte befürchtet, auf diese Entfernung vielleicht kein Signal zu empfangen. Was würden sie dann tun, um die Frau zu überzeugen? Aber da war es, satt und klar, ein kontinuierlicher Puls. Alicia war erleichtert, doch zugleich verwirrt: Das Signal war sogar noch stärker geworden. Amy schwieg einen Moment und sagte dann: Wir müssen uns beeilen. Was du da hörst, bedeutet, dass die Zwölf bereits da sind. Sie zog das Messer aus ihrem Gürtel und gab es Nina, und dann forderte sie Alicia und Greer auf, ihre Waffen ebenfalls abzugeben. Wir ergeben uns dir, sagte sie. Der Rest liegt bei euch.

Der Truck kam mit zwei bewaffneten Männern. Alicia und die anderen erwarteten ihn mit erhobenen Armen. Man fesselte ihnen die Hände und stülpte ihnen schwarze Kapuzen über den Kopf. Die drei verbrachten einige Zeit frierend auf der holpernden Ladefläche. Dann hörten sie, wie ein Garagentor geöffnet wurde.

Man holte sie vom Wagen herunter und befahl ihnen zu warten. Die Luft war feucht und kalt und roch mineralisch. Ein paar Minuten vergingen; dann näherten sich Schritte.

»Nehmt ihnen die Dinger ab«, sagte eine Männerstimme.

Die Kapuzen wurden gelüftet, und sie sahen sich einem halben Dutzend Männern und Frauen gegenüber, die ihre Waffen auf sie gerichtet hielten. Alle bis auf einen.

»Eustace?«

»Major Greer.« Eustace wandte sein zerschlagenes Gesicht Alicia zu. »Und Donadio ist auch da.« Er schüttelte den Kopf. »Wieso bin ich überrascht?« Er drehte sich zu den anderen um und winkte ihnen, die Waffen sinken zu lassen. »Alles in Ordnung, Leute.«

»Du *kennst* sie?«, fragte Nina.

Eustace schaute sie alle an und bemerkte dann Amy. »Ich glaube, dich habe ich noch nicht gesehen.«

»Genau genommen«, sagte Amy, »stimmt das nicht ganz.«

Sie waren am Vorabend des Tages gekommen, an dem Eustaces Leute zuschlagen wollten. Jahre der sorgfältigen Infiltration hatten ihren Höhepunkt erreicht. Als Erstes käme die Enthauptung der Führung, gefolgt von gleichzeitigen Angriffen auf mehrere wichtige Ziele: HR-Stationen, industrielle Infrastruktur, Kraftwerk, Gefängnis und die Apartmentkomplexe am Rande der Innenstadt, in denen die meisten der Rotaugen wohnten. Waffen und Sprengsätze waren überall in der Stadt versteckt. Ihre Zahl war klein, aber sie waren davon überzeugt, dass mehr Menschen sich ihnen anschließen würden, wenn der Angriff erst im Gange wäre. Siebzigtausend Flachländer, ein schlafender Riese, würden erwachen und aufstehen. Wenn das geschähe, würde aus der Rebellion eine unaufhaltsame Lawine werden. Die Stadt würde ihnen gehören.

Aber etwas war schiefgegangen. Ihre Agentin in der Kuppel war aufgeflogen. Sie wussten, dass man sie lebendig gefasst hatte, allerdings nicht, wohin sie gebracht worden war – höchstwahrscheinlich in den Keller.

»Ich fürchte, es gibt da noch etwas, das ich euch sagen muss.« Und Eustace berichtete ihnen, wer diese Agentin war.

Sara war hier! Das war kaum zu glauben. Nein, es war absolut unglaublich. Und ihre Tochter ebenfalls. Saras Tochter, Hollis' Tochter. Auf irgendeine tiefgründige Weise war sie ihr aller Kind. Der Sinn ihrer Mission hatte sich verstärkt, zugleich war die Situation jedoch auch komplexer geworden. Sie würden die beiden herausholen müssen.

Amy erzählte, was sie schon Nina erzählt hatte. Es konnte keinen Zweifel daran geben, dass die zwölf ursprünglichen Virals irgendwo in der Stadt waren, und es war auch klar, was das bedeutete. Hier würden sie anfangen, ihre Legionen zu erneuern. Eustace hörte ihre Geschichte mit einiger Skepsis, aber dann klickte etwas.

»Guilder wird die Zwölf schützen wollen«, sagte Amy. »Gibt es einen ungewöhnlich stark befestigten Ort in der Stadt? Er müsste ziemlich groß sein.«

Eustace schickte einen Mann los, der die Pläne für das »Projekt« holen sollte. Drei Leute sind dafür gestorben, dass wir sie bekommen haben, sagte er, als er das Papier auf dem Tisch entrollte.

»Wir haben nie gewusst, wozu dieses Gebäude gut sein sollte. Es gab massenhaft Gerüchte, aber nichts, was Sinn gehabt hätte. Der Bau ist eine Festung. Die Rotaugen haben jahrelang daran gearbeitet.«

Amy studierte die Pläne. Sie schwieg und schien zu rechnen. Dann nickte sie. »Da werden wir sie finden.«

»Wieso bist du so sicher?«

»Zähl die Kammern.«

Eustace beugte sich über den Plan und folgte mit dem Zeigefinger jedem Korridor bis zu seinem Ende. Dann hob er den Kopf.

So kam es, dass sie beschlossen, gemeinsam vorzugehen. Das als »Projekt« bekannte Gebäude stand jetzt im Zentrum ihrer Aufmerksamkeit. Seine Anlage war vorteilhaft für sie: Wie die

Höhle in New Mexico war auch dieser Bunker mit seinen engen Korridoren geeignet, die Sprengkraft einer einzelnen, im Zentrum detonierenden Bombe zu verstärken. Aber konnten sie hineingelangen? Kaum – und selbst wenn: Sie würden geradewegs in die Höhle des Löwen marschieren. Sie würden schwere Verluste hinnehmen und zu viele Leute von anderen Zielen abziehen müssen.

»Also gehen wir nicht hinein, um sie zu kriegen«, sagte Amy. »Wir lassen sie zu uns herauskommen.«

»Wie denkst du dir das?«

Amy überlegte. »Was für ein Mann ist Guilder?«

Eustace zuckte die Achseln. »Er ist ein Monster. Grausam, obsessiv, hochgradig wahnsinnig. Er ist absolut fixiert auf Bello.«

»Was würde er tun, wenn er ihn in die Hände bekäme?«

»Wahrscheinlich wäre es der Festtag seines Lebens. Aber Bello existiert nicht. Es ist nur ein Name.«

»Aber wenn er existierte?«

Eustace rieb sich das Kinn. »Na ja, der Mann liebt die Show. Wahrscheinlich würde er eine öffentliche Hinrichtung inszenieren, ein Riesenspektakel.«

»Öffentlich. Also vor allen.«

»Das nehme ich an.« Eustace ging ein Licht auf. »Oh. Ich verstehe.«

»Wo würde er das tun?«

»Das Stadion ist der einzige Ort, der groß genug wäre. Da passen locker siebzigtausend Leute hinein. Und damit wäre ...«

»Damit wäre der Rest des Homelands ungeschützt. Die Mittel würden knapp, wichtige Ziele wären ungesichert.«

Eustace nickte jetzt. »Und wenn ihm wirklich daran gelegen wäre, eine Demonstration seiner Macht zu geben ...«

»Genau.«

Ratlose Blicke gingen am Tisch herum. »Könnte mich bitte jemand aufklären?«, sagte Nina.

Amy beugte sich vor. »Wir machen Folgendes.«

Die Vorbereitungen erforderten noch einmal vierundzwanzig Stunden. Nina kehrte in die Stadt zurück, um die einzelnen Zellen mit neuen Anweisungen zu versehen. Das Versteck der Rebellion wäre natürlich verloren. Sie verminten es mit Stolperdrähten und Sprengsätzen, Fässern mit Ammoniumnitratdünger und Diesel, die sie mit Schwefelzündern versahen. Nur ein Loch voll Asche würde übrig bleiben. Wenn sie Glück hätten, würde Guilder annehmen, alle, die darin gewesen waren, seien getötet worden. Ein Massenselbstmord, die letzte Ruhmesfackel der Rebellion.

Sie bereiteten die Fahrzeuge für die Abfahrt vor. Alicia würde Amy zum Wasserrohr fahren und sich dann mit Eustaces restlichen Leuten treffen, um zu ihrem Ausweichstandort zu fahren. Jetzt musste nur noch das Wetter mitspielen; sie brauchten Schnee, um ihre Reifenspuren zu verwischen. Er konnte morgen kommen, vielleicht in einer Woche, vielleicht nie. Am dritten Tag, eine Stunde vor Sonnenuntergang, setzte ein aufreizend zartes Schneegestöber ein. Es hörte auf, fing dann wieder an und wurde langsam kräftiger, als habe das Wetter sich geräuspert, bevor es sagte: *Geht jetzt.*

Sie fuhren los, eine Kolonne von neun klapprigen Lastwagen mit siebenundvierzig Männern und Frauen. Alicia löste sich aus dem Konvoi und lenkte ihren Wagen nach Norden. Der Schnee wirbelte jetzt in dichten Wolken im Scheinwerferlicht des Trucks. Neben ihr saß Amy im Gewand eines Dienstmädchens und schwieg. Alicia hatte ihr warnend beschrieben, was sie zu erwarten hatte; es gab keinen Grund, weiter darüber zu reden, schon gar nicht jetzt.

Dreißig Minuten später kamen sie an dem Abflussrohr an. Wider besseres Wissen sagte Alicia: »Du weißt, was sie mit dir machen werden.«

Amy nickte. Sie schwieg einen Moment, bevor sie sagte: »Alles hat seinen Sinn. Alles soll so sein. Glaubst du das auch?«

»Ich weiß es nicht.«

Amy nahm Alicias Hand vom Lenkrad und flocht ihre Finger ineinander. »Wir sind Schwestern, weißt du. Blutsschwestern. Ich weiß, was in dir vorgeht, Lish.«

Bei diesen Worten war es, als falle etwas in ihr zusammen.

»Kannst du es beherrschen?«

Alicia schluckte schwer. In den letzten zwei Tagen war das Verlangen intensiv geworden. Es packte ihr Inneres mit seiner dunklen Hand und drohte sie langsam zu überwältigen. Bald würde es ihren Willen zum Widerstand besiegen.

»Es wird ... schwerer.«

»Wenn es so weit ist ...«

»Das werde ich nicht zulassen.«

Um sie herum fiel der Schnee. Alicia wusste, wenn sie nicht bald losfuhr, würde sie vielleicht stecken bleiben. Aber etwas musste noch gesagt werden. Es erforderte ihren ganzen Mut, die Worte hervorzubringen.

»Pass auf Peter auf, ja? Er darf nicht wissen, was mit mir passiert ist. Versprich mir das.«

»Lish ...«

»Du kannst ihm erzählen, was du willst. Denk dir eine Geschichte aus. Mir ist alles recht. Aber du musst mir dein Wort geben.«

Tiefe Stille umfing sie beide. Alicia hatte zu lange allein mit diesem Wissen gelebt, jetzt hatte sie es jemandem anvertraut. Sie durchforschte ihre Gefühle. Trauer, Erleichterung – sie überschritt die Grenze in ein dunkles Land. Sie gab ihn auf.

»In gewisser Weise habe ich immer gewusst, dass es passieren würde. Ich wusste es, bevor ich dir begegnet bin.«

Amy antwortete nicht. Ihr Schweigen sagte Alicia alles, was sie wissen musste.

»Du solltest jetzt gehen«, sagte sie.

Amy schwieg immer noch. Sie sah unsicher aus. Und schließlich sagte sie:

»Es gibt etwas, das ich dir nicht erzählt habe, Lish.«

Grauer Tag folgte auf grauen Tag. Das riesige Binnenreich des Wetters auf diesem Kontinent. Würde es schneien? Würde je die

Sonne wieder scheinen? Würde der Wind ihnen in den Rücken oder in die erfrorenen Gesichter wehen? Sie gingen und gingen, gebeugt unter der Last ihrer Rucksäcke. Es gab keine Wegweiser, keine Landmarken. Straßen und Städte waren fort, verschwunden wie gesunkene Schiffe unter den Wellen der verschneiten Prärie. Tifty gestand, dass er nicht mehr genau wusste, wo sie waren. Inmitten von Iowa, östlich von Des Moines, aber genauer ...? Er bat nicht um Entschuldigung; die Situation war, wie sie war. Warum sind wir eigentlich nicht im Sommer losgezogen?, meinte er nur.

Sie hatten fast nichts mehr zu essen. Sie hatten ihre Rationen halbiert, aber die Hälfte von nichts wäre nichts. Sie kauerten zusammen in einem verfallenen Farmhaus, und Lore verteilte die kümmerlichen Scheiben auf der Klinge ihres Messers. Peter legte sein Stück auf die Zunge, um länger etwas davon zu haben. Langsam schmolz das harte Fett in der Wärme seines Mundes.

Sie zogen weiter.

Und dann, spät am Nachmittag des achtundzwanzigsten Tages, erschien ihnen eine Vision: Langsam löste sich ein hohes Schild aus dem farblosen Himmel und wiegte sich im Wind. Sie gingen darauf zu, und eine Gruppe von Gebäuden tauchte vor ihnen auf. Welche Stadt war das? Unwichtig. Das Bedürfnis nach einer Unterkunft war stärker als jede andere Sorge. Sie durchquerten das äußere Gewerbegebiet mit seinen ausgehöhlten Supermärkten und Kettenläden, deren Flachdächer unter dem Gewicht des Winterschnees längst eingestürzt waren, und erreichten die alte Stadt. Die üblichen Trümmer, der Schutt – aber in der Stadtmitte fanden sie zwei Blocks mit Backsteingebäuden, die intakt aussahen.

»Ich glaube nicht, dass wir da drin was zu essen finden«, sagte Michael.

Sie standen vor einer Ladenfassade, deren Schaufenster erstaunlicherweise nicht zerbrochen waren. Auf den Scheiben stand in verblichenen Lettern: »Fancy's Café«.

»Sieht aus, als hätten sie schon vor einer Weile geschlossen«, sagte Hollis.

Sie brachen die Tür auf. Ein langer, schmaler Raum: eine Reihe Tische und mit rissigem Vinyl bezogene Bänke und gegenüber eine Theke mit Hockern. Überall lag Staub. Der Boden war von verschimmeltem Papier übersät, aber alles war auffallend unberührt. Von Zeit zu Zeit fand man so einen Ort, ein Museum der Vergangenheit, an dem der Lauf der Jahrzehnte irgendwie vorbeigegangen war – gespenstischer als eine Ruine.

Michael nahm eine Speisekarte von dem Stapel auf der Theke und klappte sie auf. »Was ist Hackbraten? Braten kenne ich, aber wieso Hack?«

»Mein Gott, Michael«, sagte Lore. Sie zitterte vor Kälte und hatte blaue Lippen. »Mach es nicht noch schlimmer.«

Hollis und Peter erkundeten die hinteren Räume. Peter hatte die absurde Hoffnung gehabt, sie könnten etwas zu essen finden, vielleicht eine Speisekammer mit Konserven, deren Nähte nicht geplatzt waren, aber alle Regale waren leer. Hintertür und Fenster waren mit Sperrholz vernagelt. Hammer und Nägel lagen noch auf dem Boden.

»Ohne Essen werden wir nicht mehr sehr viel weiter kommen«, sagte Hollis ernst.

»Das brauchst du mir nicht zu sagen.«

Sie kehrten nach vorn ins Café zurück, wo die anderen sich auf dem Boden in ihre Decken rollten. Es wurde dunkel, und es war eiskalt in dem Raum, aber zumindest wehte hier kein Wind.

»Ich sehe mich ein bisschen um«, sagte Peter. »Vielleicht kann ich herausfinden, wo wir sind.«

Er stapfte quer über die Straße, ging bis zum Ende des Blocks und zurück und spähte in die Läden. Er rüttelte an ein paar Türen, aber alles war verschlossen. Na, sie könnten am Morgen noch einmal losziehen und sie aufbrechen, um zu sehen, was dahinter war.

Am Ende des nächsten Blocks drückte er noch einmal eine Klinke herunter – nur noch pro forma und ohne hinzuschauen – und war überrascht, als die Tür aufging. Er trat ein, schob seine Pistole in den Holster und nahm ein Streichholz aus der Schachtel in der Brusttasche seines Parkas. Er riss es an und wölbte die Hand um die Flamme, um sie vor dem Luftzug zu schützen, der durch die offene Tür hereinwehte.

Mich trifft der Schlag.

Peter erkannte ein Vorratslager, wenn er eins sah. Jutesäcke stapelten sich an einer Wand des ansonsten leeren Raums. Er sank auf die Knie und schlitzte den nächstbesten mit dem Messer auf. Getrocknete Bohnen. In einem anderen Sack fand er Kartoffeln, in einem dritten Äpfel. Er zündete das nächste Streichholz an und hielt es über den Boden. Überall im Staub waren Fußspuren. Wem gehörte das alles? Was hatte es zu bedeuten?

Ihre Lage war finster, aber verhungern würden sie nicht mehr. Mit einem vollen Magen konnte man besser darüber nachdenken, was man als Nächstes tun sollte. Er schlug die Zähne in einen Apfel. Er schmeckte nach nichts und war hart wie ein Eisklumpen, aber das war egal. Er schlang ihn gierig herunter, stopfte sich ein paar in die Taschen und sah sich nach etwas um, das er benutzen könnte, um den anderen darin etwas zu essen zu bringen. In der Ecke fand er einen Eimer aus Kupferdraht. Er kippte ihn aus, füllte ihn mit Äpfeln und Kartoffeln und ging auf die Straße hinaus.

Sofort fiel ihm auf, dass hier etwas merkwürdig war. Die Nacht schien heller zu sein. Der Mond vielleicht? Aber der Mond war nicht zu sehen. Ein alarmierendes Prickeln rieselte über seine Haut, als er das Geräusch hörte. Er drehte das Gesicht aus dem Wind und spitzte die Ohren. Ein fernes Brummen. Es kam näher und wurde mit jeder Sekunde klarer.

Motoren.

Er ließ den Eimer fallen und rannte die Straße hinauf zum Café. Eine Fahrzeugkolonne kam dröhnend auf ihn zu. Er hörte laute Stimmen, und dann knallte es ein paarmal. Schnee spritzte um ihn herum auf.

Jemand schoss auf ihn.

Er stürmte durch die Tür ins Café, als eine Salve von Gewehr-

schüssen die Fenster explodieren ließ. *Runter!*, schrie er. *Runter!* –
aber alle lagen schon auf dem Boden. Er hechtete über die Theke
und landete auf Lore, die beide Hände schützend über den Kopf
hielt. Grelles Scheinwerferlicht erfüllte den Raum. Ringsherum
splitterte und krachte es, während immer weiter hereingeschossen wurde.

»Michael! Wo bist du?«

Seine Stimme kam unter einer der Sitzbänke hervor. »Wer sind
die? Was wollen sie?«

Das war eine rhetorische Frage: Wer immer es war, sie wollten
sie umbringen.

»Tifty? Hollis?«

»Bei mir!« Das war noch einmal Michael. »Tifty hat einen
Streifschuss abgekriegt, aber es ist nicht schlimm!«

»Ich hab Lore hier!«

Eine kurze Feuerpause trat ein, doch dann ging das Schießen
von Neuem los.

»Kann jemand was sehen?«

»Drei Fahrzeuge unmittelbar vor der Tür!«, rief Hollis. »Weiter
unten sind noch mehr!«

»Vielleicht sollten wir uns ergeben!«, schrie Michael.

»Ich glaube, das sind keine Leute, denen man sich ergeben
kann!«

Unaufhörlich krachten die Schüsse herein. Peter hatte nur seine Pistole; das Gewehr hatte er an der Tür stehen lassen. Sie würden es niemals schaffen, in die hinteren Räume zu kommen, und
Fenster wie sämtliche Türen waren ohnehin vernagelt. Das Café
war eine Todesfalle.

»Was sollen wir machen?«, rief Hollis.

»Kann Tifty sich allein bewegen?«

»Kann ich!«

Flach auf den Boden gedrückt drehte Peter sich zu Lore um.
»Was hast du?«

Sie zeigte ihm ihr Messer. »Nur das.«

Peter rief über die Theke hinweg: »Bei drei gehen wir los! Jemand soll uns eine Waffe herüberwerfen!«

Eine Pistole kam aus Michaels Richtung geflogen; sie landete klappernd auf der Holztheke und rutschte zu ihnen herunter. Lore nahm sie und zog den Schlitten zurück. Das Schießen hatte wieder aufgehört. Die Leute draußen hatten es nicht eilig.

»Uns den Weg freizuschießen ist aber kein toller Plan«, bemerkte Lore.

»Ich würde gern einen besseren hören.«

Peter erhob sich auf die Knie, doch Lore hielt ihn fest. »Hör mal«, sagte sie.

Er hörte knirschende Schritte im Schnee und dann zersplitterndes Glas unter Stiefelsohlen. Er hob einen Finger an die Lippen. Wie viele waren es? Zwei? Eine Geisel, dachte er. Das war ihre einzige Chance. Sich mit den anderen zu verständigen war unmöglich; er würde allein zuschlagen müssen. Er deutete mit dem Finger auf Lore und winkte sie zum anderen Ende der Theke, nah bei der Tür. Mit dem Mund formte er die Worte: *Mach ein Geräusch.*

Lore robbte über den Boden. Peter schob die Pistole in den Holster und duckte sich angespannt zusammen. Als Lore in Position war, sah sie ihn mit entschlossenem Gesicht an und nickte.

»Helft mir«, stöhnte sie.

Peter sprang auf und rannte auf der Theke entlang. Der vordere Mann drehte sich um, und Peter riss die Pistole heraus und schoss auf die Gestalt im Gegenlicht. Dann flog er auf den zweiten Mann herunter, und sie landeten beide auf dem Boden. Peters Pistole rutschte davon. Es kam zu einem kurzen, wütenden Ringkampf, einem Gewirr von Armen, Beinen und Körpern. Der Mann war gut dreißig Pfund schwerer als Peter, aber Peter nutzte den Überraschungseffekt. Eine halbautomatische Pistole steckte in einem Holster am Oberschenkel des Mannes. Peter schlang ihm den Unterarm um den Hals, riss ihn nach hinten, zerrte die Pistole aus dem Holster und drückte ihm die Mündung an den Kieferknochen unter dem langen Silberhaar.

»Sag denen, die sollen das Feuer einstellen!«

Von seinem Platz auf dem Boden konnte er Michael sehen, der unter einem der Tische in Deckung gegangen war. Michael starrte mit weit aufgerissenen Augen herüber. »Peter ...«

»Ich mein's ernst«, sagte Peter zu dem Mann und drückte den Lauf fester an den Hals. »Schrei laut, damit dich alle hören!«

Der Mann hatte sich in seinen Armen entspannt. Peter fühlte, dass er bebte, aber nicht vor Schmerz. Der Mann lachte.

»Aufhören!«, rief eine neue Stimme – eine Frauenstimme. »Feuer einstellen!«

Der andere Mann war überhaupt kein Mann. Die Frau lag zwischen den Trümmern mit dem Rücken zur Theke. Ihr rechter Arm lag quer über der Brust, und sie hielt sich die verletzte Schulter.

»Verflixt, Peter.« Alicia nahm die blutige Hand weg und betrachtete sie verblüfft. Jetzt lachte sie auch. »Lucius, verdammt, ist das zu fassen? Er hat auf mich geschossen!«

62

Am Fuße der Leiter hielt Amy die Karte an die Fackel. Das Papier fing sofort Feuer und verglühte in einer auflodernden blauen Flamme. Sie löschte die Fackel in dem Wasserrinnsal zu ihren Füßen, kletterte die Leiter hinauf und schob den Kanaldeckel zur Seite.

Sie war im Hof hinter der Apotheke. Als sie den Deckel wieder an seinen Platz geschoben hatte, spähte sie um die Ecke des Gebäudes. Über dem Herzen der Stadt ragte herrisch die Kuppel auf, und ihre goldene Oberfläche glänzte im Licht. Amy zog den Schleier vor das Gesicht und ging zügig weiter. Männer mit Hunden bewegten sich an den Absperrungen entlang. Vor der Kuppel war ein Wärterhaus, wo zwei Männer sich in die kalten Hände bliesen. Sie zeigte ihren Pass vor.

»Das sieht merkwürdig aus.« Der Wachmann zeigte ihn seinem Kollegen. »Findest du, dass es richtig aussieht?«

Der Kol warf einen kurzen Blick auf den Pass und sah dann Amy an. »Heb deinen Schleier hoch.«

Sie gehorchte. »Stimmt etwas nicht?«

Er betrachtete ihr Gesicht einen Moment lang und reichte ihr dann den Pass zurück. »Schon gut. Alles in Ordnung.«

Amy schlängelte sich an ihnen vorbei und ging die Treppe hinauf. Keiner der anderen Männer achtete auf sie. Der Wachmann am Tor hatte sie registriert, wie es erforderlich war. Drinnen würdigte sie der Posten am Tisch kaum eines Blickes, als sie vorbeiging. Sie lief quer durch das Foyer zum Aufzug und fuhr hinauf in den fünften Stock. Aus dem Aufzug trat sie auf einen kreisförmigen Balkon, der sich um die Rotunde herumzog. Vier Korridore führten davon weg wie die Speichen eines Rades. Amy ging auf dem Balkon herum zum dritten Korridor und dort bis zur letzten Tür, wo der Wachmann, ein schwermütig aussehender Graukopf mit einer runden kahlen Stelle auf dem Schädel, auf einem metallenen Klappstuhl saß und in den spröden Seiten einer hundert Jahre alten Zeitschrift blätterte. Auf der Titelseite war das Bild einer Frau in einem orangefarbenen Bikini, die sich mit beiden Händen aufwärts durch das Haar fuhr.

»Der Direktor wollte mich sprechen«, sagte Amy und zog ihren Schleier hoch.

Sein Blick löste sich von der Seite, traf sich mit Amys, und mehr war nicht nötig. Sie ließ ihn zu Boden gleiten, lehnte ihn mit dem Rücken an die Wand und hakte den Schlüssel von seinem Gürtel. Sein Kinn war auf die Brust gesunken. Sie hielt den Mund dicht an sein Ohr.

»Ich werde jetzt hineingehen. Ich möchte, dass du bis sechzig zählst. Kannst du das?«

Seine Augen waren geschlossen, aber er nickte kaum merklich und murmelte zustimmend.

»Gut. Dann zähl jetzt bis sechzig, und wenn du fertig bist, gehst du nach vorn und springst vom Balkon.«

Sie schloss die Tür auf und trat ein. Der Raum hatte etwas täuschend Anheimelndes. Zwei Ohrensessel standen vor einem gewaltigen Schreibtisch, dessen polierte Platte matt glänzte. Auf dem Boden lag ein dicker Teppich, der jedes Geräusch mit Ausnahme von Amys Atem dämpfte. Eine Wand war von Büchern bedeckt, an einer zweiten hing ein von einem winzigen Scheinwerfer beleuchtetes großformatiges Gemälde mit drei Gestalten, die an einer langen Theke saßen, und einem vierten Mann mit einer weißen Mütze. Die Szene wurde von einer dunklen Straße aus durch ein

Schaufenster gesehen. Amy blieb stehen und las, was auf der kleinen Plakette unten am Rahmen stand: *Edward Hopper, »Nighthawks«, 1942.*

Rechts war eine Flügeltür mit bleiverglasten Fenstern. Amy drehte den Türknauf und schlüpfte hindurch.

Guilder lag auf dem Rücken auf der Bettdecke. Er trug nur Unterwäsche. Auf dem Meer von Bettzeug neben ihm schwamm ein Stapel Pappdeckelordner. Ein leises Schnarchen kam wie ein Wind aus seiner Nase. Wo sollte sie sich hinstellen? Sie entschied sich für das Fußende des Bettes.

»Direktor Guilder.«

Er fuhr heftig erschrocken hoch, und eine Hand schoss unter das Kopfkissen. Er rutschte am Kopfbrett herauf, weg von ihr, und mit beiden Händen richtete er die Pistole auf sie und spannte den Hahn. Er zitterte so stark, dass Amy befürchtete, er könnte sie aus Versehen erschießen.

»Wie bist du hier hereingekommen?«

Sie spürte seine Unsicherheit. Das Gewand eines Dienstmädchens, aber ein Gesicht, das er nicht kannte. »Der Wachmann war sehr entgegenkommend. Warum legen Sie die Pistole nicht hin?«

»Verdammt, *wer bist du?*«

Sie hörte Stimmen auf dem Gang, und Fäuste hämmerten an die Außentür.

»Ich bin Bello«, sagte sie. »Ich bin hier, um mich zu ergeben.«

XI

—

Die dunkelste Nacht des Jahres

21. Dezember 97 n. V.

Ich liege mit meiner Seele unter den Löwen;
die Menschenkinder sind Flammen,
ihre Zähne sind Spieße und Pfeile
und ihre Zungen scharfe Schwerter.

Psalm 57,4

GEFASST!
EINE BOTSCHAFT AUS DEM BÜRO
DES HOMELAND-DIREKTORS

Der unter dem Namen »Bello« bekannte
abscheuliche Mörder ist verhaftet!

Die Rebellion ist zerschlagen!

Der Frieden in unserem geliebten Homeland
ist wiederhergestellt!

VOLLSTRECKUNG DES URTEILS
DURCH ÖFFENTLICHE HINRICHTUNG
IM STADION

ALLE ARBEITER MELDEN SICH BEIM
HR-PERSONAL IN IHREN JEWEILIGEN BARACKEN
MORGEN ABEND UM 21.30 UHR

Steht zusammen, Bürger des Homelands!
Frohlockt an diesem glorreichen Tag der Gerechtigkeit!
Lasst alle Verräter wissen, dass sie das gleiche
Schicksal ereilen wird.

63

Es war so weitergegangen, wie Amy es vorausgesehen hatte. Zeit und Ort ihrer Hinrichtung waren festgelegt, nur die Methode war noch nicht bekannt gegeben worden – das letzte Detail, von dem ihr Plan abhing. Würde Guilder sie einfach erschießen? Sie hängen? Aber wenn er lediglich ein so kümmerliches Schauspiel im Sinn hatte, warum hatte er dann die gesamte Bevölkerung des Homelands, alle siebzigtausend Seelen, zum Zuschauen verdonnert? Amy hatte den Köder an den Haken gehängt; würde Guilder jetzt anbeißen?

Peter taumelte in den nächsten vier Tagen zwischen emotionalen Extremen hin und her und wechselte zwischen Sorge und Staunen, und beides war begleitet von einem machtvollen Déjà-vu-Gefühl. Alles erschien auffallend vertraut, als habe sich nichts geändert, seit sie Babcock auf dem Berg in Colorado gegenübergestanden hatten. Hier waren sie alle; das Schicksal hatte sie wieder zueinander geführt wie eine starke Gravitationskraft; als wären sie Figuren in einer Geschichte, die bereits geschrieben war, sodass sie nur noch die Handlung vollziehen mussten. Peter, Alicia, Michael, Hollis, Greer – auf verschiedenen Wegen und aus verschiedenen Gründen waren sie an diesem Ort zusammengekommen. Und wieder war es Amy gewesen, die sie geführt hatte.

Greer hatte ihnen von ihrer Verwandlung erzählt: Houston,

Carter, die *Chevron Mariner*, Amys Reise in den Bauch des Schiffes und ihre Rückkehr. Greer kannte nicht die ganze Geschichte dessen, was zwischen Amy und Carter vorgegangen war. Er wusste nur, dass Carter sie hierher geschickt hatte. Darüber hinaus hatte Amy nichts sagen wollen oder können. Hatte sie in der Nacht im Waisenhaus, als sie in der Tür gestanden und ihre Fingerspitzen sich berührt hatten – hatte sie da gewusst, was mit ihr vorging? Und er, hatte er es gewusst? Er hatte in ihrer Berührung den Druck von etwas Unausgesprochenem gefühlt. *Ich gehe fort. Das Mädchen, das du kennst, wird nicht mehr hier sein, wenn wir uns das nächste Mal begegnen.* Und das stimmte: Das Mädchen, das Amy gewesen war, war nicht mehr da. An ihrer Stelle war jetzt eine Frau.

Die Gruppe kleidete ihre Unruhe in die überflüssige Wiederholung diverser Vorbereitungen. Sie reinigten Waffen. Sie studierten Baupläne und Karten. Sie gingen Checklisten durch, und ein jeder prägte sich die Anweisungen ein, die er erhalten hatte. Hollis' und Michaels Gedanken hatten in den letzten Tagen nur darum gekreist, wie sie Sara und Kate retten könnten. Alicia ging mit ihrer bangen Unruhe so um wie mit allem: Sie zeigte sie nicht. Die Kugel aus Peters Pistole hatte keinen Knochen verletzt und war glatt wieder ausgetreten. Sie hatte Glück gehabt, trotzdem erinnerten der Verband und die Armschlinge Peter auf Schritt und Tritt daran, wie nah er daran gewesen war, sie umzubringen. Wenn sie keine Befehle verteilte, zog sie sich in undurchdringliches Schweigen zurück und ließ ihn, ohne es auszusprechen, wissen, dass sie sich im Kampfmodus befand. Greer ließ durchblicken, dass ihr in der Haftzelle etwas zugestoßen und dass sie furchtbar geschlagen worden war, aber jeder Versuch, sie danach zu fragen oder ihr Trost anzubieten, wurde streng zurückgewiesen. »Es geht mir gut«, sagte Alicia in einem schroffen Ton, der nur bedeuten konnte, dass es ihr nicht gut ging. »Macht euch keine Sorgen um mich. Ich kann selbst auf mich aufpassen.« Tatsächlich sah es aus, als gehe sie Peter bewusst aus dem Weg, und immer wieder verschwand sie für längere Zeit. Hätte er es nicht besser gewusst, hätte er vermutet, dass sie wütend auf ihn war. Wenn sie nach Stunden zurückkam, roch sie nach Pferdeschweiß, doch wenn Peter fragte, wo sie gewesen sei, antwortete sie nur, sie habe die Umgebung ausgekundschaftet. Er hatte keinen Grund, daran zu zweifeln, aber die Erklärung klang dürftig, als verstecke sich dahinter noch etwas, das sie ihm nicht sagte.

Auch Tifty hatte sich auf subtile, aber unbestreitbare Weise verändert. Das Wiedersehen mit Greer war ihm nähergegangen, als Peter erwartet hatte. Die beiden hatten früher zusammen als Expeditionäre gedient, und das verband sie zweifelsohne miteinander, aber dass ihre Freundschaft so tief reichte, hätte Peter nicht gedacht. Sie behandelten einander mit aufrichtiger Wärme. Anfangs wunderte Peter sich, aber der Grund war offensichtlich: Greer und Tifty waren schon einmal hier gewesen, zusammen mit Vorhees und Crukshank. Die Geschichte vom Massaker auf dem Feld, von Dee und den beiden kleinen Mädchen. Greer wusste besser als jeder andere, was in Tifty Lamont vorging.

So vergingen Stunden, dann Tage. Über allem schwebte die Frage: Würde der Plan funktionieren? Und wenn ja, würden sie rechtzeitig zu Amy durchkommen?

In der dritten Nacht, als Peter das Warten keine Sekunde länger aushielt, verließ er den Keller der Polizeiwache, wo alle schliefen, stieg die Treppe hinauf und trat ins Freie. Die Front des Gebäudes war durch ein breites Vordach geschützt, das den Boden schneefrei hielt. Alicia saß an der Wand und hatte die Knie an die Brust gezogen. Die Armschlinge hatte sie abgelegt. In der einen Hand hielt sie ein langes, blitzendes Messer, in der anderen einen Schleifstein. In langen, gleichmäßigen Zügen strich sie mit der Klinge am Stein entlang, erst mit der einen, dann mit der anderen Seite, und nach jedem Strich hielt sie inne und begutachtete ihr Werk. Sie schien Peter nicht gleich zu bemerken, so konzentriert war sie, aber dann spürte sie seine Anwesenheit und hob den Kopf. Es war an ihr, etwas zu sagen, doch sie tat es nicht. Ihr Gesicht sah ausdruckslos aus, allenfalls ein wenig verstört.

»Hast du was gegen ein bisschen Gesellschaft?«

»Setz dich, wenn du willst.«

Er setzte sich neben ihr auf den Boden. Jetzt konnte er es fühlen: Die Luft um sie herum knisterte von kaum gezügelter Wut, die sie ausstrahlte wie elektrischen Strom.

»Ein irres Messer. Woher hast du das?«

Sie hatte ihr geduldiges Schärfen wiederaufgenommen. »Von Eustace. Es heißt Bajonett.«

»Glaubst du nicht, dass es scharf genug ist?«

»Ich muss nur meine Hände beschäftigen.«

Er überlegte angestrengt, was er als Nächstes sagen sollte, aber ihm fiel nichts ein. Wo bist du gewesen, Lish?

»Ich sollte wütend auf dich sein«, sagte er schließlich. »Du hättest mir sagen können, was deine Befehle waren.«

»Und dann? Was hättest du dann getan? Wärst du mir gefolgt?«

»Ich habe mich so oder so unerlaubt von der Truppe entfernt. Ein paar Tage mehr hätten nichts ausgemacht.«

Sie blies auf die Messerspitze. »Das waren nicht deine Befehle, Peter. Versteh mich nicht falsch, ich freue mich, dich zu sehen. Ich bin nicht mal überrascht. Irgendwie wundert es mich nicht, dass du hier bist. Du bist ein guter Offizier, und wir werden dich brauchen. Aber jeder von uns beiden hat eine Aufgabe, auf die er sich konzentrieren muss.«

Er war verblüfft. Ein guter Offizier? Mehr war er nicht für sie? »Das klingt nicht nach dir.«

»Es ist egal, wie es klingt. Es ist einfach so. Vielleicht wird es Zeit, dass es mal jemand ausspricht.«

Er wusste nicht, was er darauf antworten sollte. Das war nicht die Alicia, die er kannte. Was immer in dieser Zelle mit ihr passiert war, es hatte sie so tief in sich selbst zurückgetrieben, dass es aussah, als sei sie überhaupt nicht mehr da.

»Ich mache mir Sorgen um dich.«

»Das brauchst du nicht.«

»Ich mein's ernst, Lish. Da stimmt doch etwas nicht. Du kannst es mir erzählen.«

»Es gibt nichts zu erzählen, Peter.« Sie seufzte tief und sah ihm in die Augen. »Vielleicht ... vielleicht wache ich nur gerade auf. Sehe der Realität ins Gesicht. Das solltest du auch tun. Das hier wird nicht einfach werden.«

Er war verletzt. Forschend sah er ihr ins Gesicht, suchte nach einem Hauch von Wärme und fand keinen. Er schaute als Erster wieder weg.

»Was glaubst du, was mit ihr passiert?« Er brauchte sich nicht genauer auszudrücken. Alicia wusste, wen er meinte.

»Ich versuche, nicht daran zu denken.«

»Warum hast du sie gehen lassen?«

»Ich habe sie nicht *gehen lassen*, Peter. Das war nicht meine Entscheidung.«

Kaltes Schweigen senkte sich herab.

»Ich könnte etwas zu trinken gebrauchen«, sagte Peter schließlich.

Sie lachte leise. »Also, das ist was Neues. Ich glaube, diese Worte habe ich von dir noch nie gehört.«

»Es gibt für alles ein erstes Mal.« Er fuhr fort: »Erinnerst du dich an den Bunker in Twentynine Palms, wo wir den Whiskey gefunden haben?«

Die Flasche war in einem Schreibtisch gewesen. Um die Reparatur der Humvees und ihre unmittelbar bevorstehende Abreise aus dem Bunker zu feiern, hatten sie sie im Kreis herumgereicht und auf das große Abenteuer getrunken, das sie auf ihrer Reise ostwärts nach Colorado erwartete.

Ein warmer Unterton schlich sich in ihre Stimme. »Gott, wir waren alle so betrunken. Michael war am schlimmsten. Schnaps hat er nie vertragen.«

»Nein, ich glaube, das war Hightop. Weißt du noch, wie er einen Lippenstift aufgemacht und sich das ganze Gesicht damit eingeschmiert hat? ›Seht mich an, seht mich an, ich bin ein Viral!‹ Der Junge war zum Totlachen.«

Sofort war klar, dass er einen Fehler begangen hatte. Noch nach fünf Jahren war der Tod des Jungen eine offene Wunde. In all der Zeit hatte Peter nie gehört, dass Alicia seinen Namen erwähnte.

»Entschuldige, ich wollte nicht ...«

Ein helles Flackern über dem Horizont. Ein Blitz? Im Winter? Einen Augenblick später hörten sie das Donnern, gedämpft, aber unverkennbar.

»Glaubst du ...?«

Eustace tauchte auf. »Ich hab's auch gehört. Aus welcher Richtung?«

Es war von Süden gekommen. Die Entfernung war schwer zu schätzen, aber es müssten ungefähr fünf Meilen sein.

»Tja«, sagte Eustace und nickte bei sich, »ich denke, morgen früh wissen wir mehr.«

Kurz nach dem Morgengrauen kam ein Bote von Nina. Die Sprengfallen in ihrem Versteck hatten ihre Wirkung getan; die List war erfolgreich gewesen. Minister Suresh, den Guilder beauftragt hatte, ihre Festnahme persönlich zu beaufsichtigen, war Gerüchten zufolge unter den Toten. Ein Vorgeschmack, so hofften alle, auf das, was kommen würde.

Aber der zweite Teil der Botschaft war noch verheißungsvoller. Ein Sattelschlepper parkte seit dem Abend zuvor vor dem »Projekt«. Er wurde von einer großen Security-Einheit bewacht, mindestens zwanzig Mann stark. Der letzte Mosaikstein lag an seinem Platz: Die Zwölf setzten sich in Bewegung. Guilder hatte seine Karten gezeigt. Alle wussten, was nun auf dem Spiel stand. Ihr Plan war zwar gut durchdacht, aber ob er hinhauen würde, konnte keiner sagen. Guilders Befehl, die Bevölkerung im Stadion zu versammeln, hatte zur Folge, dass der Rest der Stadt nur unzureichend geschützt sein würde, und wenn alles gut ginge, würde die Rebellion das Regime mit einem Schlag in fast jeder Hinsicht ausschalten. Alles hinge jedoch vom Timing ab: Da sie nicht mehr miteinander kommunizieren konnten, wenn die Dinge erst einmal im Gange wären, genügte die kleinste Kleinigkeit, um alles auseinanderfallen zu lassen. Jede Variable konnte die Operation ins Chaos stürzen.

Die größte Unwägbarkeit war Sara. Angenommen, sie war im Keller unter der Kuppel, dann wäre die Organisation eines Rettungseinsatzes strategisch mühselig. Und niemand wusste, wo ihre Tochter steckte. Sie konnte in der Kuppel sein, aber auch ganz woanders. Wenn das Gebäude gestürmt war und überall Schüsse fielen, würde es fast unmöglich sein, noch zwischen Freund und Feind zu unterscheiden. Sie entschieden, dass Michael und Hollis eine Vorauseinheit in den Keller führen sollten. Fünf Minuten, mehr Zeit würden sie nicht haben. Danach wäre das Gebäude mit allem, was darin war, nicht mehr zu halten.

Eustace würde den Einsatz gegen das Stadion an sich führen. Der Inhalt des Sprengsatzes, eine Form von Nitroglyzerin, war von der Baustelle des »Projekts« gestohlen und danach für ihre Zwecke modifiziert worden. Er war jetzt stärker, aber auch höchst instabil. Trotz der hohen Sprengkraft gab es nur eine Garantie für den Erfolg: Es musste, wie Eustace es formulierte, den Zwölfen »persönlich zugestellt werden, eine Bombe auf zwei Beinen«. Peter begriff es nicht gleich, aber dann ging ihm ein Licht auf: Die Beine würden Eustace gehören.

Ihre Teams würden an vier Stellen in die Stadt eindringen, die alle durch das Hauptabflussrohr zu erreichen waren. Eustaces Team, zu dem Peter, Alicia, Tifty, Lore und Greer gehörten, würde das Durcheinander im Stadion nutzen, um sich unter die Menge zu mischen. Unter Ninas Kommando würden dann bereits Anhänger der Rebellion auf den Tribünen in Position gegangen sein, um im richtigen Augenblick das Ruder in die Hand zu nehmen. In den Toiletten und unter den Treppen zu den oberen Rängen würden Waffen verborgen sein. Eustaces Erscheinen auf dem Spielfeld wäre das Signal zum Angriff.

Sowie es dunkel geworden war, brachen sie auf. Es hatte keinen Sinn, ihre Spuren zu verbergen; so oder so würden sie nicht zurückkommen. Es war eine klare Nacht mit einem weiten, sternenübersäten Himmel, der gewaltig und unbeteiligt auf sie herabschaute. Na ja, dachte Peter, vielleicht nicht restlos unbeteiligt. Er hoffte jedenfalls, dass da oben jemand war, den das alles kümmerte, wie Greer es gesagt hatte. Es war kaum zu glauben, dass seit ihrem Gespräch im Gefängnis nur wenige Wochen vergangen waren.

Sie erreichten die Rohrmündung und gingen zu Fuß weiter. In der Stille dachte Peter plötzlich nicht nur an Amy, sondern auch an Schwester Lacey. Amy war das eine, sie das andere. Die Frau hatte Babcock absolut furchtlos gegenübergestanden und sich bereitwillig ihrem Schicksal ergeben. Hoffentlich, dachte Peter, würde er sich genauso würdig erweisen, wenn der Augenblick käme.

Unter dem Kanalschacht, der dem Stadion am nächsten war, wechselte die Gruppe ein paar letzte Worte. Die anderen vier Teams, deren Ziele im ganzen Homeland verteilt waren, würden sich unter der Erde versteckt halten, bis sie die Explosion im Stadion hörten. Sie wäre das Startsignal für sie. Nur Hollis und Michael würden früher losgehen. Es war unmöglich, den richtigen Augenblick für sie vorauszusagen. Sie würden ihrem Instinkt folgen müssen.

»Viel Glück«, sagte Peter. Die drei wechselten einen Händedruck, doch das kam ihnen ungenügend vor; sie umarmten einander. Lore erhob sich auf die Zehenspitzen, um Hollis auf die bärtige Wange zu küssen.

»Denk an das, was ich dir gesagt habe«, ermahnte sie ihn. »Sie wartet auf dich. Und du wirst sie finden, das weiß ich.«

Hollis und Michael gingen durch den Tunnel davon. Sie wurden kleiner und verschwanden dann ganz. Mit allseitigem Händeschütteln und Glückwünschen zogen auch die anderen Teams ab. Peter und die Übrigen warteten. Die Kälte war betäubend. Alle hatten nasse Füße; das faulige Wasser hatte ihre Stiefel durchtränkt. Eustace trug eine olivfarbene Jacke, und sein tödliches Gepäck war darunter verborgen. Niemand redete, aber das Schweigen, das diesen Mann umgab, reichte tiefer. Eustace hatte Peter unter vier Augen versichert, es gebe keine andere Möglichkeit. Tatsächlich tue er es sogar gern. Viele Leute seien auf seinen Befehl in den Tod gegangen. Da sei es nur recht, wenn er auch an die Reihe komme.

Es war kurz nach 17.00 Uhr, als Tifty oben auf der Leiter sagte: »Es fängt an. Wir müssen los.«

Sie würden einzeln aussteigen, in Abständen von einer Minute. Die Schachtöffnung befand sich unter einem Pick-up, den Ninas Team an der Südseite des Stadions abgestellt hatte. Früher oder später würde man ihn bemerken – *was macht der Wagen hier?* –, aber bisher war niemand auf ihn aufmerksam geworden. Nach dem Aussteigen würde sich jeder in die Reihe der Leute einfädeln, die auf dem Weg ins Stadion waren. Ein heikler Augenblick, wenngleich nur der erste von vielen.

Eustace ging als Erster. Michael stand oben auf der Leiter und beobachtete ihn. »Okay«, sagte er, »ich glaube, er hat es geschafft.«

Lore und Greer gingen als Nächste. Im Innern des Stadions würden sie sich an einem verabredeten Ort wieder treffen. Alicia wäre die Vorletzte, und Tifty sollte die Nachhut bilden. Peter ging am Fuße der Leiter in Stellung. Alicia stand hinter ihm. Wie alle anderen trug sie den kratzigen Kittel und die Hose der Flachländer.

»Tut mir leid, das mit deinem Arm«, sagte er zum hundertsten Mal.

Alicia lächelte auf ihre wissende Art. Es war das erste Lächeln, das er seit Tagen bei ihr gesehen hatte. »Verdammt, es wurde wahrscheinlich Zeit, dass einer von uns den anderen erschießt. Praktisch alles andere haben wir doch schon getan. Ich bin bloß froh, dass du so schlecht schießen kannst.«

»Eine wirklich rührende Szene«, sagte Tifty trocken, »aber wir müssen wirklich *los.*«

Peter zögerte. Er wollte nicht, dass dies die letzten Worte waren, die sie einander sagten.

»Ich habe doch gesagt, du kriegst deine Chance, oder?« Alicia umarmte ihn rasch. »Du hast gehört, was der Mann sagt. Beweg dich. Wir sehen uns, wenn der Staub sich gelegt hat.«

Aber sie sah ihn bei diesen Worten nicht an, sondern wandte den Blick ab, und ihre Augen waren feucht.

Die Frage, vor der er stand, war diese: Was sollte er anziehen?

Die Ära von Anzug und Krawatte war zu Ende für Horace Guilder. Dieser Teil seines Lebens war vorbei. Ein Anzug war das Kostüm eines Regierungsbeamten, nicht das des Hohepriesters vom Tempel des Immerwährenden Lebens.

Das alles war einigermaßen nervenzerrüttend. Sein ganzes Berufsleben lang hatte Guilder sich für den Tag angekleidet, ohne einen einzigen Gedanken daran zu verschwenden. In die Kirche war er nicht oft gegangen, nicht mal als Kind. Ab und zu hatte seine Mutter ihn mitgenommen, aber sein Vater war nie gegangen. Trotzdem erinnerte er sich, dass eine Art Gewand üblich war. Etwas wie ein Kleid.

»Suresh!«

Der Mann kam ins Schlafzimmer gehumpelt. Wie sah er nur aus – fast so schlimm wie Sod. Sein Gesicht war geschwollen und rosarot. Brauen und Wimpern waren versengt, was den Augen einen verblüfften Ausdruck verlieh. Überall hatte er Schnitt- und Platzwunden, die runzlig und roh aussahen. In ein paar Tagen wäre alles wieder in Ordnung, aber einstweilen sah der Mann aus wie eine Kreuzung aus einem gekochten Schinken und dem Verlierer eines unausgeglichenen Boxkampfs.

»Besorgen Sie mir ein Dienstmädchengewand.«

»Wofür?«

Guilder winkte ihn zur Tür. »Machen Sie schon. Ein großes.«

Das Verlangte wurde gebracht. Suresh blieb stehen; offensichtlich hoffte er auf eine Erklärung für Guilders sonderbaren Wunsch, oder er freute sich darauf zu sehen, wie Guilder sich in dieses Gewand wickelte.

»Müssen Sie nicht irgendwo sein?«

»Ich dachte, Sie wollten, dass ich hierbleibe.«

»Mein Gott, seien Sie nicht so dämlich. Kümmern Sie sich um den Wagen.«

Suresh hinkte davon. Guilder baute sich vor dem mannshohen Spiegel auf und hielt das Gewand vor sich. Um des lieben Herrgotts willen, er würde aussehen wie ein Clown in dem Ding. Aber die Uhr tickte. Human Resources würden die Flachländer jetzt jeden Moment ins Stadion bugsieren. Eine kleine Verzögerung wäre nicht unbedingt schlecht; sie würde die Erwartungen in die Höhe schrauben, aber die Massen unter Kontrolle zu halten würde problematisch werden, wenn er zu lange trödelte. Am besten, er biss jetzt in den sauren Apfel: Entschlossen stülpte er sich das Gewand über den Kopf. Was er im Spiegel sah, war doch kein Clown, sondern eher die Braut bei einer Amish-Hochzeit. Das Teil war absolut formlos. Er nahm zwei Krawatten von der Stange in seinem Kleiderschrank, knotete sie zusammen und schlang sie um die Taille. Entschieden besser, aber etwas fehlte noch. Die Priester, an die er sich von seinen kindlichen Begegnungen mit der Religion erinnerte, hatten immer so etwas wie einen Schal getragen. Guilder ging zum Fenster. Die Vorhänge wurden von schweren goldenen Kordeln mit Troddeln an den Enden am Fensterrahmen zusammengerafft. Er legte sich eine um die Schultern. Die Troddeln schwangen vor seinen Hüften hin und her, als er zum Spiegel zurückging. Nicht schlecht für jemanden, der absolut keine Ahnung von Religion hatte – und von Mode übrigens auch nicht. Wie schockiert würden die Historiker der Zukunft sein, wenn sie erfuhren, dass Horace Guilder, der Hohepriester vom Tempel des Immerwährenden Lebens, der Wiedererbauer der Zivilisation, der Hirte des heraufdämmernden Zeitalters der Zusammenarbeit zwischen Mensch und Viral, sich mit einer Vorhangkordel weihevolle Würde verliehen hatte.

Als er die Tür öffnete, sah er, dass Suresh ihn erwartete. Die nackten Augen des Mannes weiteten sich.

»Sagen Sie kein Wort.«

»Hatte ich nicht vor.«

»Tun Sie's auch nicht.«

Sie fuhren mit dem Aufzug ins Foyer hinunter. Im Gebäude war es auffallend still. Guilder hatte den größten Teil seines persönlichen Gefolges schon ins Stadion geschickt. Die Personaldecke wurde dünn, aber wichtiger als alles andere war es, die Ordnung im Stadion aufrechtzuerhalten. Die Wagen warteten und bliesen ihre Abgaswolken in die kalte Luft: Guilders Wagen, der Sattelschlepper mit seiner prachtvollen Ladung, zwei Begleittrucks und ein Security-Van. Mit schnellen Schritten ging er auf das letzte Fahrzeug zu. Zwei Kols standen Wache an seinem Heck. Einen Nachteil hatte so ein Priestergewand: Es war nicht besonders warm an einem Winterabend. Er hätte einen Mantel mitnehmen sollen.

»Aufmachen.«

Es war schwer zu glauben, dass die Gestalt, die da vor ihm auf der Bank saß, für so viel Ärger verantwortlich sein sollte. Man hätte sie als hübsch bezeichnen können, wenn Guilders Gedanken in eine solche Richtung gegangen wären. Nicht dass sie zierlich wäre – das war sie nicht. Unter all den Schwellungen und Verfärbungen war sie offensichtlich ein robustes Exemplar. Tiefliegende Augen, kraftvolle Züge, eine straffe, muskulöse Gestalt, die trotzdem weiblich aussah. In Guilders Vorstellung war Bello immer ein Mann gewesen, und zwar kein x-beliebiger Mann; das Porträt, das er vor seinem geistigen Auge zusammengeschustert hatte, war eine Ché-Guevara-Imitation, ein Revolutionär aus einer Bananenrepublik mit stechenden Augen und einem struppigen Bart. Das hier war Jeanne d'Arc.

»Hast du etwas zu deinen Gunsten zu sagen?« Guilder war es völlig gleichgültig. Er stellte diese Frage nur zum Spaß.

Sie war an Händen und Füßen gefesselt. Ihre geschwollenen und aufgeplatzten Lippen ließen ihre Stimme belegt klingen, als habe sie eine schwere Erkältung. »Ich möchte sagen, dass es mir leidtut.«

Guilder lachte. Es tat Bello leid! »Sag mir, was tut dir leid?«

»Was mit dir passieren wird.«

Trotzig bis zum Schluss. Vermutlich gehört es zum Spiel, dachte Guilder, doch ärgerlich war es trotzdem. Er hatte gute Lust, sie noch ein bisschen herumzuschubsen.

»Deine letzte Chance«, sagte die Frau.

»Du hast interessante Ansichten«, sagte Guilder und trat von der offenen Tür zurück. »Zumachen!«

Lange Zeit saß Lila auf der Bettkante und betrachtete sie. Lichtstrahlen fielen vom Fenster schräg auf das schlafende Gesicht, und blonde Locken flossen über das Kissen. Tagelang war sie für keinen Trost erreichbar gewesen. Abwechselnd hatte sie sich stundenlang verstockt geweigert zu sprechen und dann in explosiven Wutanfällen mit Spielsachen um sich geworfen, aber im Schlaf zerfloss ihre Abwehr, und sie wurde wieder zum Kind: vertrauensvoll und friedlich

Wie heißt du?, dachte Lila. Von wem träumst du?

Sie streckte die Hand aus, um das Haar des Mädchens zu berühren, aber dann ließ sie es. Das Kind würde nicht aufwachen; das war nicht der Grund. Vielmehr war Lilas Hand unwürdig. So viele Evas im Laufe der Jahre. Und doch hatte es immer nur eine gegeben.

Es tut mir leid, kleines Mädchen. Du hast das nicht verdient. Keine von ihnen hatte es verdient. Ich bin die selbstsüchtigste Frau auf der ganzen Welt. Aber was ich getan habe, habe ich aus Liebe getan. Ich hoffe, du kannst mir verzeihen.

Das Kind bewegte sich, zog die Decke fester um sich und drehte Lila das Gesicht zu. Ihr Kiefermuskel spannte sich, und sie stöhnte leise. Würde sie aufwachen? Aber nein. Ihre Hand schob sich unter die Rundung der Wange, ein Traum ging in den nächsten über, und der Augenblick war vorbei.

Es ist besser so, dachte Lila. Besser, wenn ich einfach nicht mehr da bin. Behutsam erhob sie sich von der Bettkante. In der Tür drehte sie sich noch einmal um und warf einen letzten Blick zurück, erfüllt von Erinnerungen: an eine Zeit, da sie mit Brad in der Tür des Kinderzimmers in dem Haus stand, das sie mit ihrer Liebe zusammen gestaltet hatten. Wie sie zusammen ihr kleines Mädchen angeschaut hatten, dieses in Windeln gewickelte neugeborene Bündel, dieses Wunder auf Erden, das da in seinem Bettchen schlief. Wie sehr wünschte Lila sich, sie wäre selbst gestorben vor all den Jahren. Wenn der Himmel ein Ort der Träume war, dann war das der Traum, in dem sie gern die Ewigkeit verbringen würde.

Leb wohl du, dachte sie. Leb wohl, jemandes Kind.

Vor dem Stadion bot sich ein Bild des geordneten Chaos, einer menschlichen Masse im Fluss. Peter ließ sich in die Strömung gleiten. Niemand sah ihn an. Er war nur ein anonymes Gesicht von Tausenden, ein geschorener Schädel, eine schmutzige Gestalt in Lumpen.

»Weitergehen, weitergehen!«

In Viererreihen strömten sie eine Rampe hinauf und durch ein Eisentor ins Stadion. Links von Peter führten mehrere Betontreppen zu Eingängen, die mit Buchstaben gekennzeichnet waren, und vor ihm erhob sich eine längere Treppe zu den oberen Rängen. Die Menge wurde aufgeteilt: zwei Reihen zu den unteren Rängen, zwei die Treppe hinauf. Das Spielfeld war strahlend hell erleuchtet. Peter versuchte einen Blick auf Lore und Eustace zu erhaschen, aber die beiden waren zu weit vor ihm. Vielleicht hatten sie sich schon abgesetzt. Die Buchstaben über den Zugängen folgten in ansteigender Reihenfolge aufeinander: P, Q, R, dann S.

Peter sank auf ein Knie und tat, als müsse er sich den Schuh zubinden. Sein Hintermann rempelte ihn an und grunzte überrascht. Was immer man tat, man blieb nicht stehen.

»Entschuldige. Geh vorbei.«

Die Reihe stockte, als sie um ihn herumging. Zwischen schlurfenden Beinen konnte er den nächsten Wachmann sehen. Er schaute aus einer Distanz von knapp zehn Schritten in Peters Richtung; offenbar versuchte er den Grund der Störung zu erkennen. *Schau einfach nicht zu ihm hin*, sagte sich Peter. *Und verschwinde.*

Der Blick des Kols wanderte umher, und Peter drückte sich in den niedrigen Hohlraum unter der Treppe. Kein Geschrei erhob sich hinter ihm. Entweder hatte niemand etwas bemerkt, oder es interessierte die Leute in ihrer gewohnten Fügsamkeit nicht weiter. Der Eingang zur Männertoilette war drei Schritte weit entfernt am Fuße der Tribüne. Es gab keine Tür; nur eine Wand aus Zementblöcken sorgte für einen Blickschutz. Peter spähte um die Treppe herum. Die vorbeischlurfenden Flachländer gaben ihm Deckung.

Der Raum war überraschend groß. Auf der rechten Seite war eine lange Reihe von Urinalen und Kabinen. Mit schnellen Schritten ging er bis zur letzten Tür und stieß sie auf. Eine wild aussehende Frau mit kurzen Haaren saß auf dem Rand der Toilette und richtete einen Revolver mit schwerem Griff auf ihn.

»Bello lebt.«

Sie ließ die Waffe sinken. »Peter?«

Er nickte.

»Nina«, sagte sie. »Gehen wir.«

Sie führte ihn in eine winzige Kammer hinter dem Toilettenraum: ein Tisch, ein Stuhl, fahrbare Eimer mit Wischmopps, eine Reihe von Metallspinden. Aus einem davon nahm Nina zwei Schusswaffen, wie Peter sie noch nie gesehen hatte, eine Kreuzung zwischen einem Gewehr und einer großen Pistole mit einem extralangen Magazin und einem zweiten Griff unter dem Schaft.

»Kannst du damit umgehen?«, fragte sie.

Peter zog den Schlitten zurück, um zu zeigen, dass er es konnte.

»Nur kurze Feuerstöße und immer aus der Hüfte schießen. Du hast zwölf Schuss pro Sekunde. Wenn du den Abzug zu lange drückst, ist das Magazin schnell leer.«

Sie gab ihm drei Ersatzmagazine und öffnete dann eine Art Schublade in der Wand.

»Was ist das?«, fragte Peter.

»Der Müllschlucker.«

Peter stieg auf den Stuhl, zwängte sich hinein und ließ sich mit den Füßen voran hinunterfallen. Er geriet auf eine schräggeneigte Rutsche, die seinen Sturz ein wenig milderte, aber nicht genug. Er landete mit hartem Aufprall, und seine Füße knickten unter ihm weg.

»Wer zum Teufel bist denn *du*?«

Es waren zwei, und sie trugen Anzüge. Rotaugen. Peter konnte nichts tun; er lag hilflos auf dem Rücken. Die Waffe hielt er vor der Brust, aber Schüsse würde man hören. Als er seitwärts davonkriechen und sich gleichzeitig aufrappeln wollte, zogen beide Männer Pistolen aus dem Gürtel.

Tifty erschien hinter dem linken und schlug ihm den Gewehrkolben an den Schädel. Als der Zweite sich umdrehte, trat Tifty ihm die Beine weg, kniete sich rittlings über ihn, packte ihn bei den Haaren und riss seinen Kopf hoch. Er schlang ihm den freien Arm um den Hals und riss ihn ruckartig herum. Ein knirschendes Knacken, dann war alles still.

»Okay?« Tifty sah Peter an. Der Kopf des Toten lag noch auf seinem Unterarm und sank jetzt in einem unnatürlichen Winkel herunter. Peter warf einen Blick auf das andere Rotauge. Dunkles Blut floss aus seinem Kopf auf den Boden.

»Ja«, brachte er hervor.

Hinter ihm klapperte etwas, und Nina landete auf dem Boden wie eine Katze. In einer fließenden Bewegung hob sie die Waffe und schwenkte sie durch den Raum.

»Wie ich sehe, komme ich zu spät.« Sie richtete die Waffe zur Decke. »Du bist Tifty?«

Einen Moment lang sagte der Mann nichts, sondern schaute sie nur durchdringend an.

»Du kannst ihn loslassen, weißt du«, sagte sie. »Toter wird er nicht.«

Tifty riss seinen Blick von ihr los, ließ den Kopf des Toten fallen und stand auf. Er sah ein bisschen verdattert aus, und Peter fragte ihn, was ihn aus der Fassung gebracht hatte.

»Wir sollten die Leichen verstecken«, sagte Tifty. »Hat Eustace es geschafft?«

»Wenn nicht, hätten wir es gehört.«

Sie waren in einer Art Ladezone. Ein Tunnel, groß genug für einen größeren Lastwagen, führte nach links davon, wahrscheinlich ins Freie, und rechts begann ein kleinerer Korridor. Unter einem Pfeil an der Wand stand UMKLEIDERAUM FÜR GÄSTE.

Sie schleiften die Leichen hinter ein paar Kisten und gingen den Korridor hinunter. Sie befanden sich jetzt unter dem Spielfeld auf der Südseite. Der Gang endete an einer Treppe, die nach oben führte. Es war gerade so hell, dass man etwas sehen konnte. Über sich hörte Peter das Rumoren der Menge.

»Wir warten hier, bis es anfängt«, sagte Nina.

Hinten in dem Kastentransporter konnte Amy nichts sehen. Zwischen dem Laderaum und der Fahrerkabine war ein kleines Fenster, aber der Fahrer hielt es geschlossen. Ihr Körper fühlte sich an, als wäre sie von einem durchgehenden Pferd mitgeschleift worden, ihr Kopf jedoch war klar und auf den Augenblick konzentriert. Der Wagen fuhr den Berg hinunter und kam in ebenes Gelände. Schneematsch prasselte von den Reifen in die Radkästen.

»Hey, du dahinten.«

Das Fenster hatte sich geöffnet. Der Fahrer sah Amy im Rückspiegel an und grinste in bösartigem Entzücken.

»Wie fühlst du dich?«

Sein Beifahrer lachte. Amy schwieg.

»Ihr Dreckspack«, sagte der Fahrer, und seine Augen im Spiegel wurden schmal. »Weißt du, wie viele meiner Freunde ihr umgebracht habt?«

»So nennst du sie?«

»Im Ernst.« Er lachte düster. »Du solltest die Biester sehen. Die werden dich in Stücke reißen.«

Der Transporter holperte durch tiefe Schlaglöcher, und die Ketten zerrten an ihr. »Wie heißt du?«, fragte Amy.

Der Fahrer runzelte die Stirn. Das war keine Frage, wie er sie von einer Frau auf dem Weg zur Hinrichtung erwartete.

»Na los, sag's ihr schon«, forderte der andere ihn auf. Dann rutschte er auf dem Sitz herum und schob sein Gesicht an die Öffnung. »Er heißt Wiener.«

»Wiener?«, wiederholte Amy.

»Ja, so nennen ihn alle wegen seines kleinen Würstchens.«

»Haha«, sagte der Fahrer. »Hahahaha.«

Die Unterhaltung war anscheinend zu Ende. Aber dann richtete sich der Blick des Fahrers wieder in den Spiegel.

»Was du da zu Guilder gesagt hast ...« Amy hörte die Unsicherheit in seinem Ton. »Was ihm passieren würde. Ich meine ... das war Quatsch, oder?«

Amy hakte einen Fuß unter die Bank und schoss ihre Gedanken tief in seine Augen. Sofort trat der Fahrer auf die Bremse und ließ den Beifahrer mit dem Gesicht an die Windschutzscheibe fliegen. Mit lautem Krach wurde er wieder zurückgeschleudert, als der Wagen hinter ihnen gegen die Stoßstange prallte. Glas klirrte, Blech knirschte.

»Verdammt, was ist denn mit dir los?« Der Beifahrer drückte sich die Hand ins Gesicht. Blut tropfte zwischen seinen Fingern hindurch. »Du hast mir die Nase gebrochen, du Arschloch.«

Der Konvoi kam zum Stehen. Amy hörte, dass jemand ans Fahrerfenster klopfte.

»Was ist passiert? Warum hast du angehalten?«

Der Fahrer antwortete mit schwerer Zunge. »Weiß nicht. Mein Fuß ist eingeschlafen oder so was.«

»Mein Gott, sieh dir das an«, sagte der zweite Wachmann und hielt seine blutigen Hände hoch, damit der Mann am Fenster sie sehen konnte. »Was dieser Vollidiot gemacht hat.«

»Braucht ihr einen anderen Fahrer?«

Amy beobachtete das Gesicht des Mannes im Spiegel. Er schüttelte den Kopf mit einem befreienden Ruck. »Alles okay. Ich hatte nur ... Keine Ahnung. Es war komisch. Aber mir geht's gut.«

Der Mann am Fenster zögerte. »Pass auf, ja? Wir sind fast da. Reiß dich zusammen.«

Er ging davon, und der Transporter setzte sich wieder in Bewegung.

»Du bist ein unglaublicher Penner, weißt du das?«

Der Fahrer antwortete nicht. Seine Augen richteten sich auf Amy, und ihre Blicke prallten im Spiegel aufeinander. Es dauerte nur einen Sekundenbruchteil, aber Amy sah seine Angst. Dann schaute er wieder weg.

21 Uhr 40. Hollis und Michael kauerten in dem schmalen Hof hinter der Apotheke. Durch das Fernglas hatten sie beobachtet, wie Amy in den Transporter geladen wurde und wie die Kolonne sich dann auf den Weg zum Stadion machte. Der Sturmtrupp, der die Kuppel einnehmen sollte, ein Dutzend Männer und Frauen mit Schusswaffen und Rohrbomben, wartete noch versteckt in der Kanalisation, fünf Meter tief unter der Erde.

»Wie lange warten wir?«, fragte Michael.

Es war eine rhetorische Frage. Hollis zuckte nur die Achseln. Die Stadt wirkte zwar leer, aber der Eingang zur Kuppel wurde immer noch von einem Kontingent von mindestens zwanzig Mann bewacht, die sie von hier aus sehen konnten. Unausgesprochen blieb die Tatsache, dass sie nicht wissen konnten, ob Sara und Kate überhaupt in dem Gebäude waren oder wie sie sie finden sollten, wenn sie tatsächlich an der Wache vorbeikämen – eine ganze Kette von Unwägbarkeiten, die im Vorfeld überwindbar erschienen waren, jetzt aber mit unerbittlicher Härte vor ihnen aufragten.

»Mach dir keine Sorgen um Lore«, sagte Hollis. »Das Mädel kann auf sich aufpassen, glaub mir.«

»Habe ich gesagt, ich mache mir Sorgen?« Aber natürlich machte er sich welche. Er machte sich Sorgen um sie alle.

»Ich mag sie«, sagte Hollis. Er schaute immer noch durch sein Fernglas. »Sie wäre gut für dich. Besser als Lish.«

Michael war verblüfft. »Wovon redest du da?«

Hollis ließ das Glas sinken und sah ihm in die Augen. »Ich bitte dich, Akku – du warst nie ein guter Lügner. Weißt du noch, als wir Kids waren? Wie scharf ihr beide da aufeinander wart? Schon damals war das offensichtlich.«

»Wirklich?«

»Für mich jedenfalls. Alles. Du, sie.« Er hob die breiten Schultern und schaute wieder durch sein Fernglas. »Aber vor allem du. Lish fand ich immer ein bisschen undurchsichtig.«

Michael versuchte, ein Dementi auf die Beine zu stellen, aber es klappte nicht. So lange er sich erinnern konnte, hatte es in seinen Gedanken immer einen Platz für Lish gegeben. Er hatte alles darangesetzt, um diese Gefühle zu unterdrücken, denn dabei konnte nichts Gutes herauskommen, aber sie vollständig abzustellen, das hatte er nie geschafft. Nicht einmal annähernd. »Glaubst du, Peter weiß davon?«

»Ich würde sagen, Lore ist die, über die du dir den Kopf zerbrechen musst. Dem Mädel entgeht nicht viel. Aber ihn müsstest du selbst fragen. Ich würde sagen, ja. Man kann oft etwas wissen, ohne es zu wissen.« Hollis richtete sich auf. »Still.«

Ein Wagen näherte sich. Sie drückten sich in einen Hauseingang. Scheinwerferlicht strahlte zwischen den Häusern nach hinten. Michael hielt den Atem an. Fünf Sekunden, zehn … dann fuhr der Truck weiter.

»Hast du schon mal jemanden erschossen?«, fragte Hollis leise.

»Nur Virals.«

»Glaub mir, wenn es einmal losgeht, ist es nicht so schwer, wie du glaubst.«

Trotz der Kälte hatte Michael angefangen zu schwitzen, und er hatte immer noch Herzklopfen von all dem Adrenalin, das durch seine Adern rauschte.

»Was immer passiert, hol sie auf jeden Fall, okay?«, sagte er. »Hol sie beide.«

Hollis nickte.

»Ich mein's ernst. Ich gebe dir Deckung. Aber du musst durch diese Tür.«

»Wir gehen beide.«

»Wie es aussieht, nicht. Und dann musst du derjenige sein, Hollis. Verstanden? Bleib nicht stehen.«

Hollis sah ihn an.

»Nur damit das klar ist«, sagte Michael.

Wie die anderen waren auch Lore und Greer erfolgreich in der Menge untergetaucht. Wo die Reihen der Flachländer sich teilten, schoben sie sich in den Strom, der auf den zweiten Rang, dann auf den dritten und schließlich nach ganz oben auf die Tribüne geleitet wurde. Sie trafen sich unter der Treppe, die zur Steuerzentrale führte.

»Gut gemacht«, flüsterte Greer.

Sie nahmen ihre Waffen an sich: ein Paar alte Revolver, die sie nur im letzten Notfall benutzen würden, und zwei Klingen, achtzehn Zentimeter lang und mit gebogenen Stahlgriffen. Die letzten Leute wurden an ihre Plätze geführt. Greer staunte über die Ordnung, die dumpfe Unterwürfigkeit, mit der sie sich leiten ließen. Sie waren Sklaven und wussten es nicht, oder sie wussten es, hatten sich aber schon lange damit abgefunden. Alle? Vielleicht nicht alle. Die, die es nicht getan hatten, wären der entscheidende Faktor.

»Möchtest du mit mir beten?«, fragte Greer.

Lore sah ihn skeptisch an. »Ist 'ne Weile her. Ich weiß nicht, ob ich es noch kann.«

Sie knieten einander gegenüber. »Nimm meine Hände«, sagte Greer. »Und schließ die Augen.«

»Das ist alles?«

»Versuche, an nichts zu denken. Stell dir ein leeres Zimmer vor. Nicht mal ein Zimmer. Gar nichts.«

Mit leiser Verlegenheit nahm sie seine Hände. Ihre Handflächen waren schweißfeucht.

»Irgendwie hatte ich gedacht, du würdest jetzt was sagen, wie es die Schwestern tun. Heiliger dies, und Gott segne das.«

Er schüttelte den Kopf. »Diesmal nicht.«

Greer wartete, bis sie die Augen geschlossen hatte, und tat es dann auch. Der Augenblick des Eintauchens: Er fühlte, wie Wärme sich ausbreitete. Gleich darauf verstreute sein Geist sich in einer unermesslichen Energie jenseits allen Denkens. *O mein Gott,* betete er, *sei bei uns. Sei bei Amy.*

Aber etwas stimmte nicht. Greer empfand Schmerz. Furchtbaren Schmerz. Dann war der Schmerz fort, verschwunden in der Dunkelheit, die über sein Bewusstsein hinwegrollte wie ein Schatten über ein Feld. Eine Sonnenfinsternis des Todes, des Grauens, des dunklen Bösen.

Ich bin Morrison-Chavez-Baffes-Turrell-Winston-Sosa-Echols-Lambright-Martínez-Reinhardt …

Er schrak zurück. Der Bann war gebrochen, er war wieder in der Welt. Was hatte er gesehen? Die Zwölf, ja, aber wen noch? Wessen Schmerz hatte er gefühlt? Lore, die immer noch mit ausgestreckten Händen kniete, hatte es auch gespürt: Greer sah es ihrem schockierten Gesicht an.

»Wer ist Wolgast?«, fragte sie.

Lilas Füße schienen kaum den Boden zu berühren, als sie durch den Korridor zur Rotunde ging. Ihr Handeln war von einem Gefühl der Unbesiegbarkeit durchdrungen. Wenn gewisse Entscheidungen einmal gefallen waren, konnte man sie nicht mehr zurücknehmen. Die Treppe, zu der sie wollte, lag am Ende eines langen Korridors auf der anderen Seite des Gebäudes. Ein Schlüssel war nötig, aber Lila hatte schon einen Plan. Als sie um die Ecke gekommen war, fing sie an zu laufen, und sie rannte auf die Tür zu, als würde sie verfolgt. Der stämmige Wachmann erhob sich von seinem Stuhl und versperrte ihr den Weg.

»Niemand darf hier durch.«

»Bitte«, keuchte sie, »ich verhungere. Alle sind weg.«

»Du musst hier verschwinden.«

Lila hob den Schleier. »Wissen Sie, wer ich bin?«

Der Mann wurde blass. »Verzeihung, Ma'am«, stammelte er. »Selbstverständlich.«

Er nahm den Schlüssel, der an einem elastischen Band an seinem Gürtel hing, und schob ihn in das Schloss.

»Danke«, sagte Lila und tat höchst erleichtert. »Sie schickt mir der Himmel.«

Sie lief die Treppe hinunter. Unten blieb sie vor dem zweiten Wärter stehen, der die Stahltür vor der Blutverarbeitungsanlage bewachte. Sie war seit vielen Jahren nicht mehr hier unten gewesen, aber sie erinnerte sich noch genau an all das Grauen: die Körper auf den Tischen, die riesigen Kühlschränke, die Blutbeutel, der Geruch des Gases, mit dem man die Subjekte im ewigen Zwielicht hielt. Der Wärter beobachtete sie, und seine Hand lag auf dem Kolben seiner Pistole. Lila hatte noch nie im Leben geschossen. Hoffentlich war es nicht schwer.

Mit selbstbewussten Schritten kam sie auf ihn zu, und im letzten Moment hob sie den Kopf und sah ihm tief in die Augen.

»Du bist müde«, sagte sie.

Versteckt hinter der Spielerbank an der Nordseite des Stadions ließ Alicia das Magazin aus ihrer halbautomatischen Pistole fallen, untersuchte es grundlos, blies ein wenig imaginären Staub weg und schob es mit dem Handballen zurück in den Griff. Zehn Mal hatte sie das Magazin jetzt herausgenommen und wieder eingesetzt. Die Waffe war eine .45er ACP von Smith & Wesson mit einem schraffierten, blank verschlissenen Holzgriff, eine gut fünf Pfund schwere Kanone mit zwölf Patronen in jedem Magazin. Zwölf, dachte Alicia, und die Ironie daran entging ihr nicht. Seltsam, aber nicht unangenehm, wie das Universum manchmal funktionierte.

Ein Gemurmel ging durch die Menge. Alicia erhob sich auf die Knie und schaute auf das Spielfeld hinaus. Hatte es angefangen?

Ein eigenartiges Objekt wurde auf das Feld gezogen, ein Y-förmiges Stahlgerüst, ungefähr sechs Meter hoch und auf einem breiten Podest. Ketten schwangen oben von den Armen. Der Truck hielt mitten auf dem Spielfeld an, zwei Kols stiegen aus und liefen zurück zum Anhänger. Sie schoben Klötze unter die Räder, kurbelten die Vorderseite hoch, kuppelten den Anhänger ab und fuhren mit dem Truck vom Platz.

Alicia traf die letzten Vorbereitungen. Das Bajonett war mit einer groben Schnur an ihren Oberschenkel gebunden. Sie machte es ab und schob es in den Gürtel.

Amy, dachte sie, *Amy, meine Schwester im Blut. Ich bitte nur um eins.*

Lass mich es sein, die Martínez tötet.

Als die Fahrzeugkolonne vor der Haupteinfahrt zum Stadion stehen blieb, hatten sich Guilders Nerven immer noch nicht ganz beruhigt. Sie hatten Glück gehabt, dass bei dem Zusammenstoß mit dem Transporter nichts Schlimmeres passiert war.

Aber wenn er gedacht hatte, endlich aufatmen zu können, so belehrte ihn der Anblick des Stadions, das strahlend hell erleuchtet in der winterlichen Dunkelheit aufragte, schnell eines Besseren. Er stieg aus, und das Geräusch der Menge empfing ihn. Kein Jubel – dazu war das Publikum viel zu eingeschüchtert –, aber siebzigtausend Leute, die an einem Ort zusammengepfercht sind, machen ein ganz eigenes Geräusch. Siebzigtausend Paar Lungenflügel, die sich öffnen und schließen, siebzigtausend Paar Füße, die müßig wippen, siebzigtausend Hinterteile, die auf den Zementsitzen der Tribünen hin und her rutschen und eine bequeme Position suchen. Stimmen mischten sich auch darunter, Husten und schreiende Babys. Doch was Guilder vor allem hörte, war ein unterirdisches Rumoren wie die Nachwehen eines Erdbebens.

»Schafft das Mädchen an seinen Platz«, befahl er.

Die Wärter zerrten sie aus dem Transporter. Guilder hatte nicht das Bedürfnis, sie anzuschauen, als sie sie wegschleiften. Er gab

Suresh das Zeichen, dass der Sattelschlepper in Position gefahren werden solle. Der Laster fuhr an und rollte die Rampe hinauf und in Richtung Endzone.

Guilder hatte ausführlich über die Frage der Präsentation nachgedacht – ein bisschen spektakulär durfte es schon werden –, bis ihm etwas Passendes eingefallen war: der orchestrierte Einmarsch einer größeren Sportmannschaft auf das Spielfeld. Suresh würde als Stage Manager die diversen visuellen und akustischen Elemente koordinieren, mit denen sie die Aufführung dieses Abends zu einem wahren Spektakel machen würden. Zusammen gingen sie die Checkliste noch einmal durch: Ton, Licht, Choreografie. Am Nachmittag hatten sie einen Probelauf gemacht. Ein paar Probleme hatten sich ergeben, aber nichts, was nicht lösbar gewesen wäre, und Suresh hatte ihm versichert, dass alles reibungslos über die Bühne gehen würde.

Sie gingen die Rampe hinauf, und Suresh tat sein Bestes, um trotz seines Humpelns Schritt zu halten. HR-Einheiten standen zu beiden Seiten des Sattelschleppers, der im Leerlauf wartete, und der Stab saß bereits in den unteren Logen. Das Geräusch der Menge floss auf Guilder zu wie eine Welle, die ihn mit ihrer Energie überrollte. Die Schneepflüge hatten das Spielfeld freigelegt und eine Schlammlandschaft hinterlassen. In der Mitte stand das Podest mit dem Gerüst. Ein schickes Gerät: Es war Suresh gewesen, der die Idee dazu gehabt hatte. Die Rebellen hatten ihn fast in die Luft gesprengt. Wer wäre da nicht ein bisschen wütend geworden? Als Minister für Öffentliche Gesundheit kannte er äußerst interessante Methoden, wie man Leuten den Tod brachte. Wenn sie hoch in der Luft schwebte, würden alle sehen können, wie ihre Innereien herausgerissen wurden. Sie würde auf diese Weise mehr leiden, und sie würde länger leiden.

Während Guilder seine Notizen durchsah, steckte Suresh ihm das Mikrofon an und führte das Kabel über seinen Rücken hinunter zu dem Sender, den er an Guilders improvisierten Krawattengürtel hakte. »Drücken Sie hier«, sagte Suresh und machte ihn auf den Kippschalter aufmerksam, »und Sie sind auf Sendung.«

Suresh wich zurück. Er zog sich den Kopfhörer über die Ohren, rückte sein Mikrofon zurecht und begann mit dem Countdown.

»Tonsteuerung.«

(Okay.)

»Licht.«

(Okay.)

»Feuerteams.«

(Okay.)

Und so weiter. Guilder hörte nur mit halbem Ohr zu und schüttelte seine Arme in dem Gewand wie ein Boxer, der sich bereit macht, in den Ring zu steigen. Er hatte sich immer gefragt, was diese Geste sollte; sie war ihm wie leeres Showgehabe vorgekommen, aber jetzt verstand er ihren Sinn.

»Wir sind so weit, wenn Sie es auch sind«, sagte Suresh.

Der Augenblick war endlich da. Die Geburt der nächsten, neuen Welt stand unmittelbar bevor. Welch ein Schock, der den Leuten bevorstand! Guilder schob sich die Brille auf die Nase und atmete noch einmal lange und tief durch.

»Okay, Leute«, sagte er. »Bewegung. Das Spiel fängt an.«

Er trat vor ins Licht.

64

»Dani, wachen Sie auf.«

Die Stimme war vertraut. Sie gehörte jemandem, den sie kannte. Sie wehte aus großer Höhe zu ihr herab und rief sie bei diesem sonderbaren, halb erinnerten Namen.

»Dani, Sie müssen die Augen aufmachen. Versuchen Sie es für mich.«

Sara spürte, wie ihr Geist auftauchte und ihr Körper um sie herum wieder Gestalt annahm. Sie fror plötzlich. Ihre Kehle war eng und trocken, und sie hatte einen süßlichen Geschmack im Mund. Sie sollte die Augen aufmachen – das war es, was die Stimme ihr sagte –, aber ihre Lider waren tausend Pfund schwer. Jedes.

»Ich werde Ihnen etwas geben.«

War das Lila? Sara spürte einen Stich am Arm. Nichts – dann: Oh!

Sie schoss senkrecht hoch, krümmte sich heftig nach vorn zusammen, und ihr Herz hämmerte gegen die Rippen. Die Luft rauschte in ihre Lunge und wurde von einem trockenen Husten wieder herausgetrieben, der kreischend an den ausgedörrten Wänden ihrer Kehle scheuerte.

Lila drückte ihr einen Becher an die Lippen und legte ihr stützend die Hand an den Hinterkopf. »Trinken.«

Sara schmeckte Wasser, kaltes Wasser. Die Bilder um sie herum verfestigten sich allmählich. Ihr Herz raste immer noch wie das eines Vogels. Reste von Schmerz, real und aus der Erinnerung, stachen ihr in die Glieder. Ihr Kopf fühlte sich an, als sei er nur lose mit ihr verbunden.

»Es ist alles gut«, sagte Lila. »Keine Sorge. Ich bin Ärztin.«

Lila war Ärztin?

»Wir müssen uns beeilen. Ich weiß, es wird nicht leicht sein, aber können Sie aufstehen?«

Sara glaubte nicht, dass sie es konnte, doch Lila zwang sie, es zu versuchen. Sie schwang die Beine seitwärts über die Kante der Krankenliege, und Lila stützte ihren Ellenbogen. Unter dem Saum ihres Hemdes waren ihre Oberschenkel mit weißen Verbänden umwickelt. Auch ihre Unterarme waren verbunden. Und das alles war passiert, ohne dass sie es gemerkt hatte.

»Was haben sie mit mir gemacht?«

»Ihnen Knochenmark entnommen. Sie fangen an den Hüften an. Das ist der Schmerz, den Sie fühlen.«

Sara senkte die Füße auf den Boden, und erst jetzt wurde ihr bewusst, dass Lila sich anders verhielt als sonst. Sie war hier, um Sara zu befreien.

»Warum haben Sie eine Pistole, Lila?«

Lila hielt eine Waffe in der Hand. Verschwunden war die zerbrechliche, unsichere Frau, die Sara kennengelernt hatte. Ihr Blick war drängend. »Kommen Sie.«

Sara sah den ersten Toten, als sie in den Flur hinaustraten: Ein Mann im Laborkittel lag mit dem Gesicht nach unten auf dem Boden, Arme und Beine in der willkürlichen Haltung eines schnellen Todes ausgestreckt. Seine Schädeldecke war weggerissen, der Inhalt des Schädels an der Wand verspritzt. Zwei weitere lagen in der Nähe; der eine hatte einen Kopfschuss, dem anderen hatte eine Kugel die Kehle zerrissen, aber er war nicht tot. Er lehnte an der Wand, seine Hände umfassten seinen Hals, und seine Brust bewegte sich flach und ruckhaft. Es war Doktor Verlyn.

Sein keuchender Atem machte ein klickendes Geräusch in dem Loch in seiner Kehle. Seine Lippen arbeiteten stumm, und er sah Sara mit flehenden Augen an.

Lila zog sie am Arm weiter. »Wir müssen uns beeilen.«

Weitere Leichen, verspritztes Blut, seltsam verdrehte Körper, ein überraschter Ausdruck in den blicklosen Augen. Es war ein Massaker. War es möglich, dass Lila das getan hatte? Sie kamen ans Ende des Ganges. Die schwere Stahltür stand offen. Ein Kol lag daneben mit einer Kugel im Kopf.

»Schaffen Sie sie aus dem Gebäude«, befahl Lila. »Das ist das Letzte, was ich von Ihnen verlangen werde. Tun Sie, was Sie tun müssen.«

Sara begriff, dass sie von Kate redete. »Lila, was haben Sie vor?«

»Was schon längst hätte getan werden sollen.« Ein friedlicher Ausdruck hatte sich auf ihr Gesicht gelegt, und Wärme leuchtete in ihren Augen. »Bald ist alles vorüber, Dani.«

Sara zögerte. »Ich heiße nicht Dani.«

»Ich dachte mir schon, dass Sie vielleicht anders heißen. Sagen Sie mir, wie.«

»Sara.«

Lila nickte langsam, als finde sie, dass dies der richtige Name für sie sei. Sie nahm Saras Hand.

»Sie werden ihr eine gute Mutter sein, Sara.« Sie drückte die Hand. »Ich weiß es. Jetzt laufen Sie.«

Stille senkte sich über das Stadion, als Guilder auf das Spielfeld hinaustrat, und siebzigtausend Gesichter wandten sich ihm zu. Er blieb stehen und trank die Stille in sich hinein, und sein Blick wanderte über die Reihen. Bescheiden würde er auftreten, wie ein Priester. Die Zeit dehnte sich, als er über das Feld auf das Podest zuging. Wer hätte gedacht, dass es so lange dauern konnte, fünfzig Meter zurückzulegen? Die Stille ringsum schien mit jedem Schritt größer zu werden.

Dann hatte er sein Ziel erreicht. Er schaute hinaus in die Menge, erst zur einen, dann zur anderen Seite. Seine Hand wanderte zu seiner Taille und fand den Schalter.

»Erhebt euch zum Singen der Hymne.«

Nichts passierte. Hatte er den richtigen Schalter betätigt? Er warf einen Blick zu Suresh hinüber, der am Spielfeldrand stand und eine panische Drehbewegung mit der Hand machte.

»Ich *sagte,* bitte erhebt euch.«

Widerwillig kam die Menge auf die Beine. »Homeland, liebes Homeland«, begann Guilder zu singen, »unser Leben gehört dir …«

Wir schenken unsere Arbeit und brauchen kein Pläsier. Homeland, liebes Homeland, ein Staat wächst hier heran, in Hoffnung, Wohlstand, Sicherheit, so weit man schauen kann …

Es lief ihm kalt über den Rücken, als er merkte, dass fast niemand mitsang. Er hörte ein paar vereinzelte Stimmen hier und da – HR-Leute und natürlich der Stab, der den Text mannhaft an der Fünfzig-Yard-Linie mitkrächzte –, aber das verstärkte nur den Eindruck, dass die Masse praktisch streikte.

Homeland, liebes Homeland, so friedlich und so reich, das Licht der Sonne leuchtet auf deine Schönheit himmelsgleich. Ein Herz und eine Seele! Stets deiner Liebe treu! So schaffen wir mit Herz und Hand ein Homeland, stark und frei!

Das Lied ging nicht zu Ende, es tröpfelte langsam aus. Kein gutes Zeichen. Die erste von mehreren Schweißperlen rollte ungehindert aus seiner Achsel an seiner Seite herunter. Vielleicht hätte er jemanden auftreiben sollen, der wirklich singen konnte, um die Menge anzuheizen. Aber Guilder hatte noch ein paar Dinge in petto, mit denen er sie dazu bringen würde, sich vorbehaltlos an den Wandlungsfeierlichkeiten dieses Abends zu beteiligen. Er räusperte sich, warf wieder einen Blick zu Suresh und sah, dass der Mann beifällig nickte. Er begann.

»Ich stehe heute vor euch am Vorabend einer neuen Ära …«

»Mörder!«

Ein Murmeln vibrierte durch die Menge. Der Ruf war von hinten gekommen, von den oberen Rängen. Guilder fuhr herum und suchte das Gesichtermeer ab, ohne etwas zu erkennen.

»Killer!«

Das war eine Frauenstimme gewesen. Guilder sah sie am Geländer stehen. Sie wedelte wütend mit der Faust.

»Du Schlächter!«

»Jemand soll diese Frau verhaften!«, kläffte Guilder zu laut in sein Mikrofon.

Pfiffe und Buhrufe erhoben sich auf allen Seiten. Gegenstände flogen durch die Luft und landeten auf dem Spielfeld. Die Leute warfen das Einzige, was sie hatten. Die Leute warfen ihre Schuhe.

»Ungeheuer! Meuchelmörder! Folterer!«

Guilder war erstarrt. Das alles war nicht das, was er erwartet hatte.

»Dämon! Tyrann! Schwein!«

»Teufel! Satan! Schurke!«

Wenn er nicht schnell etwas unternähme, würde er vollständig die Kontrolle über die Menge verlieren. Er gab Suresh das Zeichen; der Schalter wurde umgelegt. In einer choreografierten Explosion von Rauch und buntem Licht holperte der Transporter mit der Frau auf das Spielfeld, und der Sattelschlepper kam schwerfällig hinterher. Gleichzeitig rannten die Feuerteams um das Spielfeld herum, zündeten Fässer mit ethanolgetränktem Holz an und ließen einen hellen Flammenring auflodern. Der Transporter hielt vor dem Podest an, und der Sattelschlepper wendete in weitem Bogen und setzte dann zurück. Die Wärter zerrten die Frau von der Ladefläche und warfen sie vor das Podest auf den schlammigen Boden.

»Aufstehen!«

Die Menge war in Aufruhr. Sie buhten und pfiffen und schleuderten ihre Schuhe auf den Platz.

»Ich habe gesagt, du sollst aufstehen.«

Guilder versetzte ihr einen harten Fußtritt in die Rippen. Als er keinen Aufschrei hörte, trat er sie noch einmal, riss sie dann auf die Beine und schob sein Gesicht so nah an ihres, dass ihre Nasenspitzen sich praktisch berührten.

»Du hast keine Ahnung, womit du es gleich zu tun haben wirst.«

»Tatsächlich könnte man sagen, dass wir uns schon sehr lange kennen.«

Er hatte keine Ahnung, was er mit dieser sonderbaren Behauptung anfangen sollte, aber das kümmerte ihn nicht. Er winkte den Wärtern, sie wegzubringen. Die Frau leistete keinen Widerstand, als sie sie zu dem Gerüst brachten und auf die Knie zwangen. Sie hatte Schlamm im Gesicht, auf dem Kittel, in den Haaren. Unter den gleißenden Lichtern sah sie mager, fast puppenhaft aus, und doch sah Guilder immer noch den Trotz in ihrem Gesicht, die absolute Weigerung, sich ducken zu lassen. Hoffentlich würden die Virals sich mit ihr Zeit lassen, sie vielleicht ein bisschen durch die Gegend werfen. Die Wärter schlossen ihre Fesseln auf und befestigten ihre Handgelenke dann an den Ketten, die von den Trägern des Gerüsts herabhingen.

Dann fingen sie an, sie mit einer Winde hochzuziehen.

Je höher sie stieg, desto lauter brüllte die Menge. War es Protest? Vorfreude? Der pure emotionale Kitzel beim Anblick eines Menschen, der zerrissen wurde? Sie hassten ihn, das war Guilder klar, aber sie waren jetzt Teil des Ganzen; ihre dunkle Energie hatte sich mit der transformativen Macht dieses Abends zusammengeschlossen.

Die Frau blieb hoch oben mit ausgestreckten Armen in der Schwebe und schwang hin und her.

»Letzte Worte?«

Sie überlegte kurz. »Leb wohl?«

Guilder lachte. »Das ist die richtige Einstellung.«

»Ich meine es andersherum.«

Guilder hatte genug gehört. Er wandte sich dem Heck des Sattelschleppers zu. Zwei Kols in schweren Schutzanzügen waren an der Tür in Position gegangen. Suresh beobachtete ihn eindringlich von der Seitenlinie aus. Guilder sah seinen Blick und nickte.

Hey, Lila, du wahnhafte Gestrige, jetzt sieh dir *das* an.

Und plötzlich war alles still. Mit einem kolossalen Erstarren jeder Bewegung versank das Stadion im Dunkeln.

Blaues Licht strahlte auf.

Der Augenblick war gekommen. Greer und Lore brachen aus ihrem Versteck hervor und stürmten die Treppe hinauf. Ein einzelner Kol stand Wache vor der Steuerzentrale. Greer war zuerst bei ihm.

»*Fuck*, was soll das?« Der Mann sah die Messer. »Moment«, sagte er.

Greer packte ihn bei den Ohren – sie standen in praktischer Übergröße wie zwei Griffe seitwärts von seinem Kopf ab – und schmetterte ihm seine Stirn ins Gesicht. Der Kol ging zu Boden wie ein gefällter Baum.

Sie brachen durch die Tür. Auch drinnen erwartete sie nur einer, ein Rotauge. Er saß mit klobigem Kopfhörer und einem Mikrofon vor einer Tafel mit Lampen und Schaltern. Durch eine Glaswand schaute man hinunter auf das in blaues Licht getauchte Spielfeld. Der Kopfhörer war ein Vorteil; der Mann hatte sie nicht gehört. Nach stillschweigendem Einverständnis zwischen Greer und Lore war jetzt sie an der Reihe.

Das Rotauge hob den Kopf, als sie herankamen, und sein Gesichtsausdruck verhärtete sich. »Hey, ihr dürft hier nicht sein.«

»Stimmt«, sagte Lore. Sie trat hinter ihn, legte die linke Hand auf seine Stirn und zog das Messer quer durch seine Kehle, als wäre sie aus Papier.

Die Tür des Containers schwang auf.

Prachtvoll kamen sie hervor wie Könige. Ihre Bewegungen waren majestätisch, bedächtig; sie zeigten keine Hast, nur die reine Selbstgewissheit ihrer Art. Niemand konnte sich darin täuschen, was sie waren. Sie ragten turmhoch auf. Sie erfüllten den Raum mit ihrer mächtigen Größe und Spannweite. Sie hatten sich vom Blut der Generationen genährt und sich so zu Kolossen aufgebläht. Bei ihrem ehrfurchterweckenden Anblick hielt die Menge geschlossen den Atem an. Schreie würden folgen, daran zweifelte Guilder nicht, aber jetzt, im Augenblick des Erscheinens der Zwölf, herrschte eine tiefe, erwartungsvolle Stille. Die mächtigen Wesen traten in einem herrlichen Schauspiel hervor, mit aufrechtem Rücken und Klauen, die ungeheure Werkzeuge des Schmerzes waren. Ihre Erscheinung war riesenhaft. Sie waren fleischgewordene Legenden, die mit ausgreifendem Schritt über die Erde zogen. Die Wärter rannten zum Spielfeldrand, um noch einen Tag länger zu leben, aber Guilder kümmerte das nicht. Sein Kopf war erfüllt von diesem Glanz.

Meine Brüder, dachte Guilder, *ich biete euch dieses Zeichen, diesen Vorgeschmack. Diesen zarten Bissen, diesen Anfang. Meine Brüder, kommt heran, und zusammen gestalten wir die Zukunft.*

Ninas Killerteam stürmte los. Auf Spielfeldhöhe kamen sie ins Freie, in einem Graben unter der Tribüne. Die Mitglieder des Führungsstabs saßen direkt über ihnen. Sie würden warten, bis Eustace losliefe, und dann auf das Spielfeld springen, sich zu ihren Feinden umdrehen und den Inhalt ihrer kurzläufigen Automatikwaffen auf sie abfeuern.

Aber jetzt, da sie die letzten Augenblicke geduckt in ihrem Versteck verbrachten, empfanden sie wie alle anderen im Stadion teils Entsetzen, teils Staunen und teils etwas, für das sich keine Worte finden ließen. Peter versuchte, drei miteinander konkurrierende visuelle Eindrücke zu verarbeiten. Die Zwölf waren vor ihm, nur wenige Schritte entfernt, Amy hing an Ketten und war der Köder, der sie hervorgerufen hatte, und Amy war nicht Amy, sondern eine erwachsene Frau. Greer und Alicia hatten versucht, ihn auf diese Veränderung vorzubereiten, dennoch haute es ihn um.

Wo war Eustace?

Dann sah Peter ihn. Er stand am Geländer bei der Endzone – einer von zahllosen Flachländern, die hier in die Rolle der Zeugen gepresst worden waren. Die Zwölf standen vor Guilder wie ein Trupp Soldaten, die auf ihre Befehle warteten. *Verflucht,* dachte Peter, *ihr steht zu weit auseinander. Ihr müsst dichter aufschließen, ihr Scheißkerle.*

Guilder hob die Arme.

Lila, allein. Die Kuppel war still wie ein großes Tier, das den Atem anhält. Dieses Gebäude, dachte sie, dieses Tabernakel des Schmerzes. Wie konnte es angehen, dass ein solches Gebäude auf Erden überhaupt existierte?

In der Pistole war keine Patrone mehr. Sie legte sie auf den Boden und lief zurück in den Korridor. Hinter jeder Tür lag ein Mensch auf dem Tisch, dessen Lebenskraft langsam versickerte. Sie zu retten war keine Zeit; das war das Einzige, was Lila bedauerte. Aber zumindest konnte sie sie von ihren Qualen erlösen.

Sie ging von einem Zimmer zum anderen und schloss die Türen mit den Schlüsseln auf, die sie dem Wachmann abgenommen hatte. Ein paar Segensworte für jede gefangene Seele, und dann öffnete sie die Ventile an den Äthertanks. Eine stickige Süße erfüllte die Luft. Auf dem Weg durch den Korridor ließ sie die Türen hinter sich offen. Die Warnschilder hingen in regelmäßigen Abständen an der Wand: ÄTHER IM EINSATZ! KEIN OFFENES FEUER!

Dann stand sie vor der letzten Tür. Sie versuchte es mit einem Schlüssel, dann mit einem anderen und mit noch einem. Ihre Finger bewegten sich schwerfällig und ungenau, denn das Gas war schon in ihrem Körper. Schließlich fand sie den, der passte.

Lilas Herz zersprang, als sie ihn erblickte. Sie hatten ihn am Boden festgekettet. In nackter Erniedrigung lag er da, für alle Zeit am Rand des Todes fixiert. Diese Ungeheuer! Wie hatte sie zulassen können, dass man diesen Mann so leiden ließ? Wie hatte sie hundert Jahre warten können, bis sie seine Qualen linderte?

»Lawrence, was haben sie mit Ihnen gemacht?«

Sie stürzte neben ihm auf die Knie. Seine Augen waren offen, aber sein Blick schien durch sie hindurchzugleiten, auf eine andere Welt gerichtet zu sein. Sie strich ihm über die runzligen Wangen, die zerfurchte Stirn. Sie ließ ihren Kopf auf seinen sinken, ihre Stirnen berührten einander, und sie streichelte sein Gesicht. »Lawrence«, flüsterte sie immer wieder, »mein Lawrence.«

Endlich bewegten sich seine Lippen. »Rette ... mich.«

»Natürlich rette ich dich, mein Liebling.« Die Tränen flossen ungehemmt. Aus der Tasche ihres Mantels nahm Lila eine Schachtel Streichhölzer. »Wir werden uns gegenseitig retten.«

Hoch über dem Spielfeld warteten auch Lore und Greer darauf, dass die Zwölf sich bewegten.

»Verdammt noch mal«, sagte Greer und schaute durch das Fernglas. »Warum tun sie nichts?«

Guilder stand immer noch mit erhobenen Händen da. Was ging da vor? Jetzt ließ er sie sinken, hob sie wieder und winkte erregt. Und noch immer keine Reaktion.

»Mother*fucker!*«

Lores Hand schwebte über dem Schalter. Panik lag in ihrer Stimme. »Was soll ich tun? Was soll ich tun?«

»Ich weiß es nicht!«

Dann sah Greer eine Bewegung auf dem Spielfeld. Jemand kam aus der Endzone herangelaufen: Eustace!

»Los! Schalte die Scheinwerfer ein!«

Aber es war schon zu spät.

Sara rannte. Sie flog durch die Rotunde – waren das Schüsse da draußen? – und durch den Flur zu Lilas Apartment.

»Kate!«

Das Kind lag im Bett und schlief. Sara raffte sie an sich, und ihre Augen öffneten sich flatternd. »Mummy?«

»Ich bin hier, mein Kind, ich bin hier.«

Jetzt war sie sicher: Draußen wurde geschossen. (Sie konnte

es nicht wissen, aber genau in diesem Moment traf ihren Bruder Michael, der die Treppe hinauflief, eine Kugel in den Oberschenkel, ein Schmerz, den er seltsam unwichtig fand, so berauscht war er vom puren Adrenalin. Hollis hatte die Wahrheit gesagt: Wenn die Dinge einmal in Gang waren, fiel es überhaupt nicht schwer, jemanden zu erschießen. Michael erledigte noch zwei Wachleute, bevor das Bein unter ihm einknickte und die Pistole seiner Hand entglitt – das Magazin war sowieso leer –, und dann leuchteten Sterne vor seinen Augen.) Sara rannte den Gang hinunter und hielt ihr Kind auf den Armen. *Mein Kind, mein Kind.* Sie würden leben, oder sie würden sterben, aber was es auch war, sie würden es zusammen tun, und sie würden nie wieder voneinander getrennt werden.

Sie erreichte die Rotunde in vollem Lauf, als ein Mann durch eine Tür brach. Sein Hemd war blutig, und er hatte eine Pistole in der Hand. In seinem bärtigen Gesicht glühte wilde Entschlossenheit. Sara blieb wie angewurzelt stehen.

Hollis?

In ihrer Position hoch über dem Boden konnte Amy die ganze Szene überblicken. Die vieltausendköpfige Menge in wildem Aufruhr. Guilder mit sinnlos erhobenen Armen. Ninas Team, das aus dem Graben auftauchte und seine Feuerkraft auf die Reihen der Anzugträger entfesselte, die schreiend Deckung suchten oder einfach gar nichts taten und in verständnisloser Unberührtheit sitzen blieben, während sie mit den roten Bögen des Todes bespritzt wurden. Alicia, die mit gezogener Waffe angriffsbereit auf dem Spielfeld erschien. Eustace, der von der Endzone gerannt kam, die Bombe um die Brust geschnallt, und hinter ihm der Kol, der sich auf ein Knie sinken ließ, sein Gewehr hob und ihn ins Visier nahm. Aufspritzendes Blut, als Eustace, um die eigene Achse wirbelnd, stolperte und die Bombe verlor. Alle diese Ereignisse bewegten sich um sie herum wie Planeten in ihrem Orbit, ein wirbelnder Kosmos der Aktivität, aber das alles berührte sie nur flüchtig, streifte ihre

Sinne wie ein Windhauch. Sie schwebte in der Mitte, vor ihren Verwandten, und dort, auf dieser Bühne, würde sich alles entscheiden.

– Meine Brüder, hallo. Es ist eine Weile her.

Wir sind Morrison-Chavez-Baffes-Turrell-Winston-Sosa-Echols-Lambright-Martínez-Reinhardt …

– Ich bin Amy, eure Schwester.

Und dann fühlte sie ihn. Inmitten des Bösen ein strahlendes Licht. Amys Blick suchte Carter. Er stand ein wenig abseits, hockte da in der Haltung seiner Art.

Es war nicht Carter.

– Vater.

Ja, Amy. Ich bin hier.

Liebe strömte in ihr Herz und ließ es schwellen. Tränen stiegen ihr in die Kehle.

– O Daddy, es tut mir leid. Schau weg. Schau weg.

Das Stadion erstrahlte im Licht, und Amy schloss die Augen. Es würde sein, wie wenn man eine Tür öffnete. So hatte sie es sich vorgestellt. Kein Akt des Aufbegehrens, sondern der Unterwerfung: Sie würde dieses Leben, diese Welt hingeben. Bilder zuckten an ihrem geistigen Auge vorbei, schneller als Gedanken: Ihre Mutter, wie sie vor ihr kniete und sie umarmte. Die strahlende Kraft ihrer Umarmung und dann ihr Rücken, als sie davonging. Wolgast, dessen große Hand auf ihrem Rücken lag, als sie zusammen Karussell fuhren, umgeben von Lichtern und Musik. Der sternklare Winterhimmel an dem Abend, als sie die Schnee-Engel gemacht hatten. Caleb, der sie mit seinen wissenden Augen beobachtete, als sie ihn zudeckte, und der sie fragte: »Hat dich auch jemand geliebt?« Peter in der Tür des Waisenhauses, und ihre Hände, die einander berührten und damit sagten, was Worte nicht sagen konnten. Die Tage flogen an ihr vorbei, einer nach dem anderen, und als sie vorüber waren, sandte Amy ihr Herz hinaus zu denen, die sie liebte, und sagte Lebewohl.

Sie öffnete die Tür.

Am Rand des Spielfelds ließen Peter und die anderen die Magazine, die sie in die unteren Reihen entleert hatten, zu Boden fallen und schoben neue in die Pistolen. Sie wussten noch nicht, dass Eustace niedergeschossen worden war, sie wussten nur, dass wie geplant die Scheinwerfer aufgeleuchtet hatten – das Signal, dass er loslaufen konnte. Jeden Augenblick musste die Bombe hinter ihnen explodieren.

Sie tat es nicht.

Peter drehte sich zu dem Podest um. Die Virals, überflutet vom Licht, hatten diverse Schutzhaltungen eingenommen. Ein paar taumelten rückwärts und hatten die Gesichter in den Armbeugen vergraben. Andere hatten sich zu Boden fallen lassen und rollten sich zusammen wie Babys in ihren Betten. Es war ein ungeheuerlicher Anblick, den Peter in seinem ganzen Leben nicht mehr vergessen sollte, aber er verblasste im Vergleich zu dem, was über dem Podest geschah.

Etwas passierte mit Amy. Sie stemmte sich gegen die Ketten, geschüttelt von so heftigen Krämpfen, dass es schien, als werde es sie zerreißen. Zuckung folgte auf Zuckung, und jede war heftiger als die vorige. Mit einem letzten knochenbrecherischen Ruck erschlaffte sie, und einen hoffnungsvollen Moment lang dachte Peter, es sei vorbei.

Aber es war nicht vorbei.

Mit einem tiefen animalischen Heulen warf Amy den Kopf zurück, und jetzt verstand Peter, was er sah. Etwas, das sonst Stunden dauerte, vollzog sich in Sekunden. Die Gesichtszüge zerschmolzen zu fötaler Unbestimmtheit. Das Rückgrat verlängerte sich, Finger und Zehen wuchsen zu Greifklauen. Haare fielen aus, neue Zähne stießen vorne durch, und die Haut verhärtete sich zu einem dicken, kristallinen Panzer. Ein Leuchten umgab ihre Gestalt, als glühe die Luft von der beschleunigten Kraft der Verwandlung. Mit einem wütenden Ruck riss Amy die Ketten vor die Brust und brach sie mühelos aus ihrer Verankerung. Als sie auf dem Boden landete und sich mit fließender Anmut zusammenduckte, um den Aufprall zu mildern, waren nicht elf Virals auf dem Spielfeld, sondern zwölf.

Es waren zwölf.

Sie richtete sich auf. Sie brüllte.

Im selben Augenblick reichten Lila Kyle und Lawrence Grey, von deren Schicksal man nie etwas erfahren würde, einander im Keller der Kuppel die Hand, zählten bis drei und rissen das Streichholz an. Alle Lichter gingen aus.

65

Die Explosion von dreitausendzweihundert Pfund hochkomprimiertem Diäthyläther-Inhalationsmittel setzte eine Energie frei, die ungefähr dem Absturz eines kleinen Passagierflugzeugs entsprach. Da jeder andere Weg versperrt war, schoss die Druckwelle aufwärts in jeden Kanal, der die rapide Ausdehnung des sauerstoffangereicherten Gemischs aufnehmen konnte – Treppenhäuser, Flure, Leitungsschächte –, bevor sie alles in die Luft sprengte. Fenster barsten. Möbel flogen durch die Luft. Wände waren plötzlich nicht mehr da. Die Explosion stieg in die Höhe, und dabei schleuderte sie eine spiralförmige Spur reinster Zerstörung von sich nach außen wie ein umgestülpter Tornado. Aus ihrem weißglühenden Herzen flogen die Trümmer aufwärts und davon, bis schließlich das Gerippe des Gebäudes in sich zusammenbrach, die Stahlträger und sorgsam gemeißelten Kalksteinblöcke, die das gewölbte Dach über die Prärie von Iowa erhoben hatten seit den Tagen der Pioniere. Alles wurde in Stücke gerissen.

Die Kuppel stürzte ein.

Drei Meilen weit entfernt erlebten die Zuschauer im Stadion die Zerstörung der Kuppel als eine Kette von sensorisch ganz unterschiedlich wahrgenommenen Ereignissen: Erst kam ein Blitz, dann ein Donner und schließlich ein dumpfes seismisches Rumpeln. Eine schwarze Faust legte sich auf die Stadt, als die Stromversorgung zusammenbrach. Alle erstarrten, doch schon im nächsten Augenblick veränderte sich etwas. Eine neue Kraft erwachte in ihnen zum Leben. Wer konnte sagen, wer sie geweckt hatte? Die auf den Tribünen verteilten Rebellen hatten den Angriff auf die Kols bereits begonnen, aber jetzt waren sie nicht mehr allein. Die Menge griff zur Gewalt und wurde zu einem rasenden Mob. So wild war ihre ungehemmte Wut, dass sie über ihre Bewacher herfielen, als hätte ihre Individualität sich in einem einzigen animalischen Kollektiv aufgelöst. Eine Stampede. Ein Schwarm. Sie hörten auf, Sklaven zu sein, und wurden so lebendig.

Auf dem Spielfeld war Guilder dabei ... sich aufzulösen.

Er spürte es zuerst in den Handrücken. Die Haut zog sich plötzlich zusammen, spannte sich wie Klarsichtfolie. Er hielt die Hände vor sein Gesicht, und in fühlloser Fassungslosigkeit – der Schmerz hatte noch nicht begonnen – sah er, wie die Haut auf seinen Händen in langen, unblutigen Nähten aufplatzte. Das Gefühl breitete sich am ganzen Körper aus. Seine Fingerspitzen tasteten nach seinem Gesicht. Es war, als berühre er einen Totenschädel. Die Haare fielen ihm aus, die Zähne. Sein Rücken krümmte sich, er stand vornübergebeugt da wie ein alter Mann. Guilder fiel im Schlamm auf die Knie und spürte, wie seine Knochen brachen und zu Staub zerbröselten.

»Grey, was hast du getan?«

Ein Schatten legte sich über ihn.

Guilder hob den Kopf. Die Virals verdunkelten sein schrumpfendes Gesichtsfeld, er bekam einen letzten Eindruck von ihrer Pracht. *Meine Brüder,* dachte er, *was passiert hier mit mir? Helft mir doch, meine Brüder, ich sterbe.* Aber er sah keine Verwandtschaft in ihren Augen.

Verräter.

Verräter.

Verräter Verräter Verräter ...

Noch anderes ereignete sich ringsum – Schüsse, Schreie, rennende Gestalten in der Dunkelheit. Doch Guilder bekam davon nichts mit. Er wusste, was mit ihm passieren würde. Gnadenlos und endgültig.

Shawna, dachte er, *Shawna, ich wollte doch nur ein bisschen Gesellschaft haben. Ich wollte nur nicht allein sterben.*

Dann stürzten sie sich auf ihn.

Das restliche Geschehen, das im Leben der Beteiligten nur siebenunddreißig Sekunden ausfüllte, wurde in überlappenden Einzelbildern wahrgenommen. Alles konzentrierte sich auf die Spielfeldmitte. Das phosphoreszierende Glühen der Virals und das Licht der Feuer – die Fässer am Rand brannten immer noch – verliehen der Szene einen Hauch von Hölle. Die Virals waren fertig mit Guilder; sein Körper lag in trockene Fetzen zerrissen weit verstreut auf dem Boden, eher Staub als Leichnam. Jetzt hatten sie sich zu einer lockeren Reihe formiert und musterten Amy zurückhaltend. Vielleicht wussten sie noch nicht, was mit ihr los war. Vielleicht hatten sie auch Angst vor ihr. Peter hatte seine Waffe wieder geladen und feuerte kurze Salven in ihre massigen Gestalten, doch ohne sichtbare Wirkung; die Kugeln prallten funkensprühend, aber folgenlos von ihren gepanzerten Körpern ab, und sie würdigten ihn nicht einmal eines Blickes. Von der anderen Seite des Spielfelds kam Alicia mit erhobener Pistole heran, und Nina und Tifty sprinteten längs über den Platz, um die Monster in die Zange zu nehmen. Ihr ganzer Plan war gegenstandslos geworden; es blieb ihnen nichts anderes übrig, als ihrem Instinkt zu vertrauen. Amy stand aufgerichtet auf dem Podest und breitete die Arme aus. An ihren Handgelenken baumelten die Ketten. Sie schwang sie in die Höhe und ließ sie in weitem Bogen und immer schneller um ihre Arme kreisen. Peter dachte an die Propeller auf dem Turbinenfeld der alten Kolonie, von denen sie sich ferngehalten hatten, und an Greer, der gesagt hatte: *Das Kreiseln macht sie meschugge.* Er begriff, dass Amy versuchte, die Virals zu verwirren. Schneller und schneller wirbelten die Ketten über ihrem Kopf in der Luft, eine hypnotisierende Kreiselbewegung. Die Zwölf erstarrten wie in Trance.

Mit einem vogelartigen Ruck legte Amy den Kopf zur Seite, und mit konzentriertem Blick berechnete sie den Angriffswinkel. Peter wusste, was passieren würde.

Amy Harper Bellafonte war zur Waffe geworden. Amy, das Mädchen von Nirgendwo, erhob sich in die Luft.

Als sie voranschoss, schnellte sie die Ketten von ihrem Körper weg wie zwei Peitschen. Gleichzeitig zog sie den Kopf an die Brust und richtete sich mitten im Flug so aus, dass sie mit den Füßen zuerst in Brusthöhe auf den Vordersten treffen würde, sodass ihre Gestalt sich im Augenblick des Aufpralls in einen Rammbock mit sechs Meter langen Eisenschwingen verwandelte. Sie hatte nur einen Bruchteil ihrer Größe, aber ihr Vorteil war der Schwung: Sie schleuderte den Ersten nach hinten, und als sie landeten, hatten die Ketten ihr Ziel gefunden und sich bei zwei anderen um den Hals gewickelt. Mit einem heftigen Ruck zog sie den linken Viral zu sich heran und bog seinen Kopf zurück, um seine Kehle zu entblößen. Sie vergrub das Gesicht unter seinem Kiefer und schüttelte ihn wie ein Hund, der einen Lumpen zwischen den Zähnen hat.

Der Viral heulte.

Blut sprühte hervor, Knochen krachten, und er starb.

Sie wickelte ihn mit einer schnappenden Handbewegung aus der Kette. Sein Körper drehte sich wie ein Kreisel von ihr weg. Ihre Aufmerksamkeit wandte sich dem Zweiten zu, aber das Gleichgewicht hatte sich verschoben: Das Überraschungsmoment war verbraucht, die hypnotische Wirkung der kreisenden Ketten war verflogen. Als sie den zweiten Viral zu sich heranriss, sprang die Bestie in die Höhe, und nach einem unkontrollierten Zusammenstoß rollten sie beide kopfüber von dem Podest. Amy riss die Kette herunter, aber sie schien nicht aufstehen zu können; auf Händen und Knien kauerte sie im Schlamm. Etwas wie eine Welle ging durch die Zwölf; ihr gemeinsames Bewusstsein fügte sich wieder zusammen und konzentrierte sich nun auf sie. Noch ein Augenzwinkern, und sie würden wie eine wütende Meute über sie herfallen.

Und sie hätten es getan, wenn der Kleine nicht gewesen wäre.

Peters Verstand hatte die Zwölf bisher immer nur als Kollektiv wahrgenommen; jetzt war er gezwungen, sie anders zu sehen. Einer war anders. In Masse und Statur wirkte er wie ein gewöhnlicher Viral. Doch in dem Augenblick, als die Zwölf sich auf Amy stürzen wollten, kam er ihnen zuvor: Ein kompakter Luftsprung brachte ihn zwischen sie und die anderen, er fuhr zu ihnen herum, hob die Klauen und starrte sie herausfordernd an. Seine Brust dehnte sich in einem mächtigen Atemzug, er stülpte die Lippen zurück und bleckte die Zähne.

Die schmetternde Fanfare, die jetzt ertönte, stand in keinem Verhältnis zur Größe des Körpers, der sie hervorbrachte. Es war ein Heulen von reinster Wut. Es war ein Brüllen, das einen Wald gefällt, einen Berg eingeebnet, einen Planeten aus seiner Rotationsachse gedrückt hätte. Peter wurde buchstäblich zurückgestoßen, und seine Trommelfelle knackten schmerzhaft. Der kleine Viral hatte Amy nur eine Sekunde Zeit verschafft, aber das war genug. Sie konnte aufspringen, noch bevor die anderen bei ihr waren.

Chaos.

Plötzlich war es unmöglich, noch zu erkennen, was sich abspielte oder wohin man schießen sollte. Die Bilder der Schlacht folgten so schnell aufeinander, dass das menschliche Auge ihnen nicht mehr folgen konnte. Peter begriff, dass er seine letzte Patrone verschossen hatte, aber dieser Umstand erschien unerheblich; die Waffe war ohnehin unnütz. Er sah, dass Alicia von der anderen Seite des Spielfelds vorrückte und immer noch schoss.

Wo waren Tifty und Nina?

Er spähte am Spielfeld entlang. Nina rannte auf das Podest zu und drückte die Bombe an die Brust. Tifty war hinter ihr. Sie schwenkte den freien Arm über dem Kopf hin und her und schrie aus voller Lunge: »Ihr Scheißer! Hier drüben! Hey!«

Einer der Virals nahm Notiz von ihr – erkannte er ihre Absichten? Wusste er, was sie da an sich drückte? Er ließ sich mit gespreizten Gliedmaßen auf sie herab wie eine Spinne auf einem

Stück Seide. Tifty sah es als Erster. Er hob seine Waffe und wollte Nina zur Seite stoßen, kam jedoch zu spät. Wie bei allen fallenden Dingen war die Gelassenheit, mit der der Viral herabkam, trügerisch: Krachend landete er auf beiden, und Tifty fing den größten Teil der Wucht auf. Peter rechnete damit, dass die Bombe hochgehen würde, aber das tat sie nicht. Der Viral packte Nina beim Arm und schleuderte sie weg. Dann wandte er sich Tifty zu. Als Tifty seine Pistole hob, umschlang ihn die Bestie.

Ein Schrei. Ein Schuss.

Es war keine Entscheidung, es gab kein Pro, kein Kontra. Peter ließ seine Waffe fallen und rannte auf die Bombe zu, die im Dreck lag. Er rannte, so schnell er konnte.

Die beiden Einzigen, die alles sahen, waren Lore und Greer. Und auch da war es nur Greer, der Mann des Glaubens, dessen Gebete ihm ein tieferes Verständnis der Szene verschafft hatten, der sich einen Reim auf alles machen konnte.

Aus der Steuerzentrale war die Schlacht auf dem Spielfeld leichter zu verfolgen gewesen. Am einen Ende lag Eustace, bewusstlos oder tot, und zwischen ihm und dem Podest Tifty Lamont. Nina war in die Dunkelheit geschleudert worden und verschwunden. Alicia befand sich auf der gegenüberliegenden Seite; sie war die Einzige, die immer noch feuerte. Amy, die sich aus dem Getümmel befreit hatte, war auf das Gerüst gesprungen. Ihr Kittel war zerfetzt und von ihrem Blut durchtränkt, und sie drückte sich eine Hand in die Seite, als wolle sie eine blutende Wunde verschließen. Selbst aus dieser Entfernung konnte Greer sehen, wie schwer und mühsam sie atmete. Im nächsten Augenblick würden ihre Angreifer mit überwältigender Macht zuschlagen, ihre Haltung ließ jedoch nicht erkennen, dass sie an Rückzug dachte. Unbesiegbar sah sie aus, beinahe königlich.

Dann entdeckte er Peter, der auf dem Spielfeld entlangrannte. Wo wollte er hin? Zum Sattelschlepper?

Nein.

Greer stürmte aus dem Raum und die Treppe hinunter. Er würde sich mit seinem Körper durch die Menge pflügen, mit seinen Fäusten, und wenn es sein musste, mit seinem Messer. *Amy, Amy, ich komme.*

Alicia ließ es sich nicht nehmen. Sie hatte diesem heiligen Versprechen ihr ganzes Dasein geweiht. Seit der Höhle spürte sie es: ein einzigartiges Verlangen, das sie vorwärtszog, als werde sie durch einen langen Tunnel gesogen. Als sie sich den Zwölfen näherte und auf sie schoss – sie wusste, dass ihre Kugeln keinen wirklichen Schaden anrichten würden, sie wollte nur, dass sie auf sie aufmerksam wurden, damit sie einen vom anderen unterscheiden könnte –, hatte sie nur einen einzigen Gedanken, eine Vision, ein Verlangen.

Louise, ich werde dich rächen. Du bist nicht vergessen. Auch du, Louise, bist meine Schwester im Blut.

»Zeig dich, du Scheißkerl!«

Ihre Kugeln schwirrten blitzend davon. Sie ließ das leere Magazin fallen, rammte ein neues in die Waffe und feuerte weiter. Mit zusammengebissenen Zähnen lief sie weiter und murmelte ein dunkles Gebet. Er würde sie erkennen, sie spüren; es konnte nicht anders sein. Es war vorherbestimmt, dass sie es sein sollte, die ihn tötete, die ihn vom Angesicht der Erde wegwischte. Er war Julio Martínez, der Zehnte der Zwölf. Er war Sod mit seinem grunzenden Atem. Er war jeder Mann, der eine Frau im Laufe der Geschichte auf diese Weise geschändet hatte, und sie würde den Pflock tief in sein Herz treiben und fühlen, wie er starb.

Einer der Virals drehte sich zu ihr um. Natürlich, dachte Alicia; sie hätte ihn überall erkannt. Körperlich sah er genauso aus wie die anderen, aber er hatte etwas Unverwechselbares an sich, einen Hauch von Hochmut, den nur sie erkennen konnte. Er musterte sie gelangweilt mit seelenlosen Augen unter trägen Lidern, und fast sah es aus, als lächle er. Alicia hatte im Gesicht eines Virals noch nie einen Ausdruck gesehen. Doch nun schien dieses leere, arrogante Gesicht zu sagen: *Ich kenne dich. Stimmt's? Sag's nicht, lass mich raten. Ich bin sicher, ich kenne dich irgendwoher.*

Da hast du verdammt recht. Du kennst mich, dachte sie und zog den angespitzten Pfahl aus ihrem Gürtel.

Sie sprangen gleichzeitig aufeinander zu – Alicia hielt den Pfahl über den Kopf, und Martínez streckte die mächtigen Klauen nach vorne, hielt sie vor sich wie einen von Messern starrenden Schiffsbug. Ihre Flugbahnen trafen sich, und sie prallten mit dem Kopf voran zusammen und versuchten, sich zu packen. Der weitaus schwerere Martínez bekam Bodenhaftung, während sie über seinen Kopf hinwegflog und sich überschlug. In diesem Augenblick des unkontrollierten Fluges nahm Alicia zwar kurz Notiz von den Risswunden an Armen und Gesicht, die seine Krallen in ihrem Fleisch hinterlassen hatten, aber sie fühlte sie nicht. Sie stürzte in den Schlamm, rollte ein, zwei, drei Mal um sich selbst. Jede Drehung bremste ihren Schwung, und sie sprang auf die Füße. Sie war atemlos und taumelte. Ihr Kopf dröhnte von dem Aufprall, und ihr Herz hämmerte wie wild, aber irgendwie hatte sie es geschafft, den Pfahl in der Hand zu behalten. Wenn er verloren gegangen wäre, hätte sie ihre Niederlage akzeptieren müssen – und das war undenkbar.

Martínez war fünf Meter weiter wie ein Frosch in der Hocke gelandet. Die gespreizten Hände drückten sich wie Paddel in den Schlamm. Sein Lächeln hatte sich in etwas anderes verwandelt, etwas Spielerisches, Genussvolles. Es sah aus, als wolle er gleich lachen. *Zum Teufel mit deiner grinsenden Fresse,* dachte Alicia und hob ihren Pfahl.

Eine Gestalt fiel auf sie herab.

Die Bombe, die Bombe, wo war die Bombe?

Dann sah Peter sie, nur ein paar Schritte weit von Tifty entfernt. Er schlitterte durch den Schlamm und raffte sie an sich. Der Zündknopf war noch intakt, die Drähte waren nicht abgerissen. Wie würde es sich anfühlen? Es wäre im Nu vorbei, dachte er. Ohne dass man etwas spürte.

Etwas fuhr ihm krachend ins Kreuz, hart wie eine Mauer. Einen Moment lang war alles weg: das Atmen, das Denken, die Schwerkraft. Die Bombe wirbelte durch die Luft davon. Der Boden glitt unter ihm weg, und ein schwarzer Blitz fuhr durch seinen Kopf. Dann lag er rücklings im Schlamm.

Der Viral ragte über ihm auf. Ihre Gesichter waren nur eine Handbreit voneinander entfernt. Es war ein Anblick, der die Drähte seiner Sinne kurzschloss – als schmecke er die Dämmerung, als höre er den Blitz. Als die Kreatur den Kopf schräg legte, tat Peter das Einzige, das Letzte, was ihm einfiel, und er war sicher, dass es die letzte Gebärde seines Lebens war: Er legte den Kopf genauso schräg, zwang seine Gedanken zu absoluter Konzentration und schaute dem Wesen direkt in die Augen.

Ich bin Wolgast.

Und Peter sah: Er hatte die Bombe.

Hilf mir.

Alicia, Schwester. Alicia, er gehört dir.

Martínez sah es nicht kommen. In dem Moment, als er seine mächtige Gestalt strecken und nach Alicia greifen wollte, landete Amy hinter ihm. Mit einer schnappenden Bewegung ihrer Handgelenke ließ sie die Ketten vorwärtsschnellen. Sie schlangen sich um ihn wie zwei Lassos und fesselten seine Arme an den Körper. Sein Lächeln zerschmolz zu einem überraschten Glotzen.

Jetzt, sagte Amy.

Mit einem kraftvollen Ruck bog sie sich zurück, zog Martínez aufrecht und wölbte seine breite, fleischige Brust. Martínez taumelte rückwärts, Alicia landete rittlings auf seinen Hüften und warf ihn zu Boden. Der Pfahl schwebte über ihrem Kopf, und sie umklammerte ihn mit beiden Fäusten. Aber sie ließ ihn noch nicht herunterfahren.

»Sag es!«, schrie sie durch das Tosen in ihren Ohren. »Sag ihren Namen!«

Seine Augen suchten nach einer Antwort. *Louise?*

Und mit diesen Worten und mit allem, was sie war, stieß sie den Pfahl hinunter und in ihn hinein und tötete ihn auf die uralte Weise.

Die letzten Sekunden der Schlacht auf dem Spielfeld waren für die Massen auf den Tribünen ein unscharfer, unverständlicher Wirbel. Aber nicht für Lucius Greer. Greer begriff, wie niemand sonst es konnte, was gleich geschehen würde. Die Ketten, die Amy benutzt hatte, um Martínez zu halten, banden sie jetzt an seinen Kadaver. Alicia bemühte sich, ihn zu drehen, um sie zu befreien. Sie waren ein leichtes Ziel, aber die restlichen Virals stürzten sich noch nicht auf sie. Vielleicht hatte Martínez' Tod ihre gemeinschaftliche Gedankenkette zerrissen. Vielleicht hatte der schockierende Anblick, wie einer der Ihren von Menschenhand vernichtet wurde, sie gelähmt. Vielleicht wollten sie nur den Augenblick des Sieges noch hinauszögern, um aus ihrem letzten Angriff ein Höchstmaß an Befriedigung zu ziehen. Und vielleicht war es noch etwas ganz anderes.

Es war etwas anderes.

Als Greer über das Spielfeld rannte, kam eine zweite Gestalt von rechts heran. Ein kurzer Blick genügte, um zu erkennen, was sein Verstand schon wusste. Es war Peter. Er schrie und winkte wie Nina. Aber etwas war anders. Die Virals spürten es auch. Sie richteten sich wachsam auf, reckten die Nasen in die Luft, witterten.

Peter war nackt bis zu den Hüften, und sein Oberkörper glänzte von Blut. Warm und frisch strömte es aus den langen, gebogenen Wunden von dem Messer, das er noch in der Hand hielt. Seine Absicht war klar: Er wollte die Virals von Amy und Alicia ablenken. Er war der Köder, aber was war die Falle?

Die Falle war Wolgast.

Und Greer hörte:

Ich bin Wolgast.

Ich bin Wolgast.

Ich bin Wolgast.

Greer rannte.

Alicia sah es auch.

Amy war immer noch an den toten Martínez gefesselt. Die Ketten hatten sich um sich selbst geschlungen, und mit jedem Zug spannten sie sich fester. Mit frustriertem Heulen hob Alicia den Kopf. Sie sah, wie Peter auf die Virals zugelaufen kam, sah, wie sie sich umdrehten und die Köpfe schräg legten. In ihren Augen glitzerte animalisches Interesse, die Lust am Töten.

Peter, nein, dachte sie. *Nicht du. Nach alldem nicht auch noch du.*

Wie Amy sich befreien konnte, erfuhr sie nie. Gerade war sie noch da, und im nächsten Augenblick war sie fort. Die leeren Handschellen würde man finden, wo sie sie zurückgelassen hatte, an den Ketten, die immer noch hoffnungslos an Martínez' Leiche verknotet waren. In den nächsten Tagen würden sie alle darüber nachdenken, was dieser Umstand zu bedeuten hatte, und die Meinungen würden auseinandergehen. Es war ein Rätsel, wie Amy ein Rätsel war, und wie jedes Rätsel sagte es über den Sehenden genauso viel wie über das Gesehene.

Aber das käme später. In dem Sekundenbruchteil, der noch blieb, wusste Alicia nur, dass Amy nicht mehr da war – dass sie davonflog. Ein leuchtender Streifen wie von einer Sternschnuppe, und dann fiel sie, fiel hinunter auf Peter.

»Amy ...«

Aber mehr sagte sie nicht.

Denn Wolgast liebte sie.

Denn Amy war wieder bei ihm.

Denn er konnte nicht zusehen, wie sie starb.

Und Peter Jaxon, Lieutenant der Expeditionsstreitkräfte, hörte und sah und fühlte das alles. Mit einem einzigen Blick hatte Wolgasts ganzes Leben sich in seines ergossen. Sein umfassendes Leid. Die bitteren Verluste, die schmerzhafte Reue. Die Liebe zu einem vergessenen Kind und die lange Reise durch die hundertjährige Nacht. Ein Baby in seinem Bettchen, eine Frau, die es aufhob und in die Arme nahm, und ein beinahe heiliges Licht, das die beiden überstrahlte. Er sah Amy, wie sie gewesen war, ein kleines Kind von seltsamer Intensität, allein auf der Welt. Die Lichter eines Karussells, die Sterne am Winterhimmel und die Umrisse von Engeln im Schnee. Es war, als wären diese Visionen immer ein Teil von ihm gewesen, wie ein oft wiederholter Traum, an den er sich erst in letzter Zeit erinnerte, und er war zutiefst dankbar, sie gesehen zu haben und von ihnen Zeugnis zu geben in den letzten Sekunden seines Lebens.

Komm zu mir, dachte er. Komm zu mir.

Er rannte schnurgeradeaus. Er gab sich in die Hände Gottes. Er fühlte, wie Greer auf ihn zuflog, sah ihn aber nicht, er fühlte Wolgast in vollem Lauf hinter sich, der die Bombe an sich presste und mit seinem Körper auf das Herz des Schwarms zielte. Und im letzten Moment hörte Peter die Worte:

Amy, lauf.

Und: *Vater …*

Und: *Ich liebe dich.*

Und als Wolgast sich in ihre Mitte stürzte und den einen krallenbewehrten Daumen auf den Zünder drückte und als Amy desgleichen auf Peter herabstieß, um ihn wegzuschleudern und die ganze Wucht der Zerstörung statt seiner auf sich nahm, und als die Zwölf sich in ihrer Wut auf Wolgast stürzten – auf Wolgast den Wahrhaftigen, den Vater von Allem, den Einen, der Liebte –, da öffnete sich ein Loch im Raum, wo er gestanden hatte, die dunkle Nacht erstrahlte zum helllichten Tag, und der Himmel zerriss mit Donnern.

66

In den Minuten, die folgten, war es, als sei das Stadion in zwei große Bereiche geteilt: Oben auf den Tribünen herrschte Chaos, während das Spielfeld eine Zone der Nachwehen war, der plötzlichen Stille. Ein Anfang und ein Ende, nebeneinander, aber getrennt. Bald würden die zwei miteinander verschmelzen, wenn die Wut des Aufstands in der Menge verraucht wäre, wenn die Leute die unglaubliche Tatsache ihrer Freiheit verstanden hätten und sich zerstreuten, wohin sie wollten, auch auf das Spielfeld. Einer nach dem anderen würden sie hinunterdriften, mit zögernden Schritten noch, während die Freiheit spürbar wurde. Aber zunächst blieben die Kombattanten auf dem Spielfeld sich selbst überlassen und betrachteten ein letztes Mal die Lebenden und die Verlorenen.

Als Peter wieder zu sich kam, war es Alicia, der er als Erste in die Augen blickte. Sie war rußgeschwärzt, zerschlagen, blutig. Ihr Haar war verbrannt, und immer noch kräuselte sich Rauch auf ihrem Kopf. Peter, sagte sie, und sie beugte sich über ihn. Tränen flossen über ihre Wangen. Peter.

Er versuchte zu sprechen. Seine Zunge war schwer in seinem Mund. – Amy?

Alicia schüttelte leise weinend den Kopf.

Greer hatte irgendwie überlebt. Die Explosion hatte ihn weit weggeschleudert. Er hätte tot sein müssen, aber als sie ihn fanden, lag er auf dem Rücken und starrte staunend zu den Sternen hinauf. Seine Kleider waren zerfetzt und versengt, aber ansonsten war er anscheinend unversehrt. Es war, als sei die Wucht der Druckwelle nicht durch ihn, sondern um ihn herum gegangen. Als habe eine unsichtbare Hand ihn beschützt. Eine ganze Weile sagte er nichts und rührte sich nicht. Dann hob er mit tastender Gebärde eine Hand auf die Brust und befühlte sie vorsichtig, bevor er mit den Fingerspitzen über Wangen, Stirn und Kinn strich.

»Na, da soll mich doch …«, sagte er schließlich. »Wie finde ich denn das?«

Auch Eustace würde am Leben bleiben. Zunächst hielten sie ihn für tot; sein Gesicht war blutüberströmt. Aber die Kugel war danebengegangen: Das Blut kam von da, wo sein linkes Ohr gewesen war. Das Ohr war fort, ausgerissen wie eine Pflanze, die man aus der Erde gezogen hatte, und an seiner Stelle war ein runzliges Loch. An die Explosion an sich hatte er keine Erinnerung, jedenfalls keine, die über ein paar vereinzelte Empfindungen hinausging: ein schädelspaltender Knall und eine Welle mit glutheißer Luft, etwas Nasses, das vom Himmel prasselte, der Geschmack von Rauch und Erde. Nach diesem Abend würde sein ohnehin von zahlreichen Narben gezeichnetes Gesicht nur diese eine zusätzliche Entstellung davontragen. Außerdem blieb ihm ein permanentes Pfeifen im Ohr, das nie mehr nachlassen sollte, sodass er fortan mit einer überlauten Stimme sprach und alle dachten, er sei wütend, auch wenn er es gar nicht war. Später, nach seiner Rückkehr nach Kerrville und dem Aufstieg in den Rang eines Colonels, würde er diesen Umstand dann weniger als Belastung empfinden, sondern eher als willkommene Verstärkung seiner Autorität, und er würde sich fragen, warum er nicht von allein darauf gekommen war.

Nina würde ganz unverletzt davonkommen. Der Viral, dem Tifty zum Opfer gefallen war, hatte sie weit weggeschleudert, und die Explosion hatte sie nicht mehr erreicht. Sie war am oberen Spielfeldrand gewesen, als die Bombe losging, und die Druckwelle hatte sie von den Beinen gerissen, aber einen Augenblick zuvor hatte sie als Einzige den Tod der Zwölf mit angesehen, hatte gesehen, wie ihre Körper zerfetzt und in einem Feuerball weit verstreut worden waren. Alles andere war verschwommen. Von Amy hatte sie nichts gesehen.

Überhaupt nichts.

Einer von ihnen war aber gefallen.

Als sie Tifty fanden, hatte er seine Pistole noch in der Hand. Er lag im Schlamm, zerschlagen, zerfetzt, mit Blut in den Augen. Sein rechter Arm war nicht mehr da, aber das war nicht das Schlimmste. Als sie sich um ihn herum versammelten, bemühte er sich stoßweise atmend, noch einmal zu sprechen. Endlich brachten seine Lippen die Worte hervor. »Wo ist sie?«

Nur Greer schien zu verstehen, was er wollte. Er drehte sich zu Nina um. »Er meint dich.«

Vielleicht begriff sie, worum es ging, vielleicht auch nicht; das konnte niemand erkennen. Aber sie ließ sich neben ihm auf den Boden sinken. Zitternd vor Anstrengung hob Tifty die Hand und berührte ihr Gesicht mit den Fingerspitzen in einer überaus zarten Gebärde.

»Nitia«, flüsterte er. »Meine Nitia.«

»Ich heiße Nina.«

»Nein. Du bist Nitia. Meine Nitia.« Er lächelte unter Tränen. »Und du hast so viel Ähnlichkeit ... mit ihr.«

»Mit wem?«

Das Leben versickerte aus seinen Augen. »Ich habe ihr versprochen ...« Sein Atem stockte. Er begann an dem Blut zu ersticken, das aus seinem Mund quoll. »Ich habe ihr versprochen ... dich zu beschützen.« Das Licht in seinen Augen erlosch, er war tot.

Niemand sagte etwas. Einer von ihnen war fort, in der Dunkelheit verschwunden.

»Das verstehe ich nicht«, sagte Alicia und sah die anderen an. »Warum hat er sie so genannt?«

Greer beantwortete diese Frage. »Weil sie so heißt.« Nina

schaute von dem Toten auf. »Das hast du nicht gewusst, nicht wahr?«, sagte er. »Das konntest du nicht wissen.«

Sie schüttelte den Kopf.

»Tifty war dein Vater.«

Beizeiten würde alles erzählt werden. Ein Pick-up würde ins Stadion gerast kommen, und sie würden drei Leute aussteigen sehen. Nein, vier: Michael, Hollis und Sara mit einem kleinen Mädchen auf dem Arm.

Aber jetzt standen sie schweigend vor ihrem Freund, und das größte Geheimnis seines Lebens war offenbart. Der große Gangster, Tifty Lamont, Captain der Expeditionsstreitkräfte. Sie würden ihn begraben, wo er gefallen war, auf dem Feld. Denn das verlässt du nie, erklärte Greer; das hatte Tifty immer gesagt. Du denkst vielleicht, das kannst du, aber du kannst es nicht. Wenn du einmal darauf gestanden hast, ist es für immer ein Teil von dir.

Niemand hat das Schlachtfeld je hinter sich gelassen.

XII

Der Kuss

Januar 98 n. V.

Am Tag des Sieges ist kein Mann müde.

Arabisches Sprichwort

67

Das Wetter spielte nicht mit. Januar in Iowa – was hatten sie erwartet? Tag um Tag froren sie bis auf die Knochen. Lebensmittel, Treibstoff, Wasser, Strom, das ganze komplexe Unternehmen, eine Stadt mit siebzigtausend Seelen in Gang zu halten – die Freude des Sieges war bald von profaneren Dingen überlagert worden. Vorläufig hatten die Rebellen die Kontrolle übernommen, auch wenn Eustace nach eigenem Eingeständnis kein besonderes Geschick für diese Aufgabe besaß. Die vielen kleinen Dinge, die es zu organisieren galt, überforderten ihn, und die hastig auf die Beine gestellte Übergangsregierung aus Delegierten der einzelnen Baracken tat wenig, um ihm die Last leichter zu machen. Das neugeschaffene Gremium war aufgebläht und unorganisiert, die eine Hälfte zankte sich ständig mit der anderen, bis Eustace die Hände in die Höhe warf und sämtliche Entscheidungen doch selbst traf. Die Bevölkerung hatte ein gewisses Maß an Fügsamkeit bewahrt, doch das würde nicht so bleiben. Auf dem Markt war es zu Plünderungen gekommen, bevor Eustace für die öffentliche Sicherheit hatte sorgen können, und jeden Tag gab es neue Berichte über Racheakte; viele der Kols hatten versucht, anonym in der Bevölkerung unterzutauchen, aber ihre Gesichter waren bekannt. Ohne ein Justizsystem, das denen, die sich ergaben oder von den Rebellen gefasst wurden, bevor der Mob sie in die Hände bekam, den Prozess machen konnte, war es schwer, etwas mit ihnen anzufangen. Das Gefängnis platzte aus allen Nähten. Eustace hatte die Möglichkeit angesprochen, das »Projekt« nachträglich umzubauen – es war jedenfalls sicher genug und hatte zusätzlich den Vorteil, etwas abseits zu stehen –, aber das würde Zeit brauchen, und außerdem war damit nicht das Problem gelöst, was man mit den Gefangenen tun sollte, wenn die Bewohner des Homelands Richtung Süden zogen.

Und alle froren. Na und?, dachte Peter. Was war schon ein bisschen Kälte?

Er hatte sich mit Eustace angefreundet. Teils, weil sie beide Offiziere der Expeditionsstreitkräfte waren, aber das war nicht der einzige Grund; im Laufe der Tage hatten sie festgestellt, dass sie einander auch im Temperament ergänzten. Sie entschieden, dass Peter den Voraustrupp führen sollte, der sich nach Süden durchschlagen würde, um Kerrville auf den Zustrom der Flüchtlinge vorzubereiten. Anfangs hatte Peter Einwände gehabt. Er fand es nicht richtig, unter den Ersten zu sein, die von hier weggingen. Aber er war der nächstliegende Kandidat, und am Ende beendete Alicia die Diskussion mit einem überzeugenden Argument. Caleb wartet auf dich, sagte sie. Geh zu deinem Jungen.

Mit dem eigentlichen Exodus würde man bis zum Frühjahr warten müssen. Vorausgesetzt, Kerrville könnte genug Fahrzeuge und Leute aufbringen, sollten nach Eustaces Plänen jeweils fünftausend Seelen auf den Weg gebracht werden, und die Zusammensetzung der einzelnen Gruppen sollte durch das Los bestimmt werden. Die Reise würde mühselig werden – alle bis auf die sehr Alten und die sehr Jungen würden zu Fuß gehen müssen –, aber mit etwas Glück wäre das Homeland innerhalb von zwei Jahren geräumt.

»Nicht alle werden gehen wollen, weißt du«, sagte Eustace.

Sie saßen in seinem Büro im Hinterzimmer der Apotheke und wärmten sich mit Kräutertee. Die meisten Häuser am Markt waren von der Übergangsregierung in Beschlag genommen worden und wurden für verschiedene Aufgaben benutzt. Das neueste

Projekt, mit dem sie sich beschäftigten, war eine Volkszählung. Die Unterlagen der Rotaugen waren mit der Kuppel vernichtet worden, und so hatten sie keine Ahnung, wer eigentlich wer war, oder auch nur, wie viele Seelen wirklich hier lebten. Von siebzigtausend war die Rede, aber genau konnte man es wirklich nur wissen, wenn man zählte.

»Weshalb nicht?«

Eustace zuckte die Achseln. Die linke Seite seines Kopfes war immer noch verbunden, was seinem Gesicht ein schiefes Aussehen verlieh. Bei Peter hatte Sara am Tag zuvor die letzten Fäden gezogen. Brust und Arme sahen jetzt aus wie eine Straßenkarte aus langen rosaroten Narben. Wenn Peter allein war, konnte er nicht aufhören, sie zu berühren; es erstaunte ihn nicht nur, dass er sich diese Wunden selbst beigebracht hatte, sondern auch, dass er im Eifer des Gefechts kaum etwas gespürt hatte.

»Das hier ist das, was sie kennen. Sie haben ihr ganzes Leben hier verbracht. Aber das ist nicht alles. Es ist zwar gut, dass die Dinge sich zum Besseren gewendet haben. Ich weiß allerdings nicht, wie viele das noch so sehen, wenn wir erst anfangen, die Leute in den Süden zu karren.«

»Wie soll das dort unten alles gehen?«

»So wie immer, nehme ich an. Wahlen abhalten und dann die Plackerei, die nötig ist, um sich ein neues Leben aufzubauen.« Er nahm einen Schluck Tee. »Es wird schwierig werden, aber wenigstens können die Leute dann über ihr Leben selbst bestimmen.«

Nina kam aus der Kälte herein und stampfte mit den Füßen. Waffeln aus Schnee fielen von ihren Sohlen. »Mann, es ist eiskalt da draußen«, sagte sie.

Eustace reichte ihr seinen Becher. »Hier, wärm dich auf.«

Sie nahm ihn und trank einen Schluck, und dann beugte sie sich herunter und küsste ihn schnell auf den Mund. »Danke, mein Gatte. Du musst dich wirklich mal rasieren.«

Dass die beiden ein Paar waren, war, wie Peter erfahren hatte, das am schlechtesten gehütete Geheimnis der Rebellion. Eine seiner ersten Amtshandlungen war es gewesen, dass Eustace den Flachländern gestattete zu heiraten. In vielen Fällen war das eine Formsache; die Leute waren schon seit Jahren oder gar Jahrzehnten zusammen. Aber für die Ehe hatte es nie eine offizielle Bestätigung gegeben. Die Liste der Paare, die sich jetzt trauen lassen wollten, ging in die Hunderte, und Eustace hatte zwei Friedensrichter in einem Ladenlokal weiter unten in der Straße untergebracht, die Tag und Nacht im Einsatz waren. Er und Nina hatten zu den Ersten gehört, genau wie Hollis und Sara.

»Gute Nachrichten«, sagte Nina. »Ich komme eben aus dem Hospital.«

»Und?«

»Heute Morgen wurden wieder zwei Babys geboren. Beide gesund. Den Müttern geht es gut.«

»Na, was sagt man dazu.« Eustace grinste Peter an. »Hab ich's nicht gesagt? Selbst in finsterster Nacht, mein Freund, geht das Leben weiter.«

Peter stapfte den Berg hinunter und zog im Wind die Schultern hoch. Als Mitglied des Führungsstabs stand ihm die Benutzung eines Wagens zu, aber er ging lieber zu Fuß. Im Krankenhaus ging er geradewegs zu Michael. Die Stromversorgung war erst teilweise wiederhergestellt, aber das Krankenhaus hatte zu den ersten Gebäuden gehört, in denen wieder Licht brannte. Michael war wach und saß aufrecht. Sein rechtes Bein, eingegipst vom Knöchel bis zur Hüfte, hing in einer Schlinge im Fünfundvierzig-Grad-Winkel über dem Bett. Eine Zeitlang hatte es auf Messers Schneide gestanden, und Sara hatte befürchtet, er werde das Bein verlieren. Doch Michael war eine Kämpfernatur, und jetzt, drei Wochen später, war er offiziell auf dem Wege der Besserung.

Lore saß neben dem Bett und klapperte mit zwei Stricknadeln. Eustace hatte ihr die Aufsicht über die Biodiesel-Fabrik übertragen, aber in jeder freien Minute saß sie im Krankenhaus an Michaels Bett.

»Was strickst du da?«, fragte Peter.

»Keine Ahnung, verdammt. Das sollte ein Pullover werden, aber jetzt sieht es mehr aus wie eine Socke.«

»Du solltest bei dem bleiben, was du wirklich kannst«, rief Michael.

»Warte bloß, bis du aus diesem Gips rauskommst, Freundchen. Dann wird Lore dir zeigen, was sie kann. So was verlernt man nicht.« Sie sah Peter an und lächelte verschlagen, um sicher zu sein, dass er den Witz auch mitbekommen hatte. »Oh, entschuldige, Peter. Hab mich ein bisschen hinreißen lassen. Hab wohl vergessen, dass du da bist.«

Er lachte. Wie lange hatte er nicht mehr gelacht? »Das ist schon okay.«

Sie wedelte mit einer ihrer Stricknadeln. »Nur für den Fall, dass es mit unserem Jungen hier wieder bergab geht, möchte ich anmerken, dass ich immer schon gefunden habe, du siehst blendend aus. Plus: Du bist ein Kriegsheld.«

»Ich werde darüber nachdenken.«

»Daran zweifle ich nicht.« Sie ließ ihr Strickzeug in den Schoß fallen. »Wie es der Zufall so will, fängt meine Schicht in einer halben Stunde an. Ich lasse euch beide jetzt allein, damit ihr über mich reden könnt.« Sie stand auf, packte ihre Sachen ein und tätschelte Michael den Arm. Dann überlegte sie es sich und drückte ihm einen Kuss auf den Scheitel. »Brauchst du noch was, bevor ich gehe?«

»Mir geht's prima.«

»Dir geht's nicht prima, Michael. Ganz im Gegenteil. Du hast mir eine verdammte Angst eingejagt.«

»Ich habe doch gesagt, es tut mir leid.«

»Sag's nur immer wieder, Kumpel. Eines Tages glaube ich dir vielleicht.« Sie küsste ihn noch einmal. »Gentlemen.«

Als Lore gegangen war, setzte Peter sich auf ihren Stuhl. »Entschuldige«, sagte Michael.

»Ich weiß nicht, wieso du dich dauernd für sie entschuldigst, Michael. Du bist der größte Glückspilz auf dem Planeten Erde, wenn du mich fragst.« Er deutete mit dem Kopf auf das Bett. »Wie geht's dem Bein wirklich?«

»Tut höllisch weh, wenn du die Wahrheit wissen willst. Nett von dir, dass du mich endlich mal besuchst.«

»Tut mir leid. Eustace lässt mir keine freie Minute.«

»Und wie viele habt ihr gefunden?«

Peter wusste, dass er die anderen aus der Ersten Kolonie meinte. »Die Rede ist von sechsundfünfzig. Aber wir versuchen immer noch, alle aufzustöbern. Gefunden haben wir bis jetzt Jimmys Töchter Alice und Avery. Constance Chou, Russ Curtis, Penny Darrell. Die Kinder zu finden wird eine Weile dauern. Die sind überall verstreut.«

»Eine gute Nachricht, nehme ich an.« Michael sprach den Rest nicht aus. So viele andere waren verschwunden.

»Hollis hat mir erzählt, was du getan hast«, sagte Peter.

Michaels Blick war ein Achselzucken. Er sah ein bisschen verlegen aus, aber auch stolz. »In dem Moment lag es einfach nahe.«

»Falls du je einen Job bei der Exped haben willst, sag's mir. Vorausgesetzt, dass die mich noch mal zurücknehmen. Wenn wir uns das nächste Mal unterhalten, sitze ich vielleicht im Bau.«

»Peter, rede keinen Unsinn. Wahrscheinlich machen sie dich zum General. Oder sie bitten dich, bei der Präsidentenwahl zu kandidieren.«

»Du kennst die Army nicht, wie ich sie kenne.« Trotzdem dachte er einen Augenblick lang: Wie wäre das wohl? »Wir reisen in ein paar Tagen ab, weißt du.«

»Dachte ich mir schon. Zieht euch warm an. Und grüß Kerrville von mir.«

»Wir holen dich mit der nächsten Gruppe, das verspreche ich dir.«

»Ich weiß nicht, *hombre*. Der Service hier ist ziemlich gut. Irgendwie gefällt's mir hier. Wer geht mit dir?«

»Sara, Hollis und Kate. Greer bleibt hier; er hilft bei der Evakuierung. Eustace stellt ein Team zusammen.«

»Und was ist mit Lish?«

»Ich würde sie fragen, wenn ich sie finden könnte. Ich sehe sie kaum noch. Sie reitet mit ihrem Pferd durch die Gegend. Soldier nennt sie es. Was sie macht – keine Ahnung.«

»Tut mir leid, dass du sie verpasst hast. Sie war heute Morgen hier.«

»Lish war hier?«

»Sie wollte Hallo sagen, sagte sie.« Michael schaute ihn an. »Warum? Ist das so merkwürdig?«

Peter runzelte die Stirn. »Wahrscheinlich nicht. Wie kam sie dir vor?«

»Wie wohl? Wie Lish.«

»Sie wirkte also nicht verändert?«

»Nicht dass es mir aufgefallen wäre. Sie war aber auch nicht sehr lange hier. Sie wollte Sara bei den Blutspenden helfen.«

Als Interimsbeauftragte für Öffentliche Gesundheit hatte Sara herausgefunden, dass das Gebäude, das als Krankenhaus diente, nur dem Namen nach ein Krankenhaus war. Geahnt hatte sie es schon lange. Es gab fast keine medizinischen Geräte und keinerlei Blutkonserven. Im Stadion hatte es viele Verletzte gegeben, Kinder wurden geboren und auch sonst Blut gebraucht. Also hatte sie aus der Lebensmittelverarbeitung einen Kühlschrank herbeischaffen lassen und ein Blutspendeprogramm organisiert.

»Lish als Krankenschwester.« Peter schüttelte den Kopf über diese ironische Fügung. »Das würde ich gern sehen.«

Was aus den Rotaugen geworden war, konnte man nie ganz klären. Diejenigen, die nicht im Stadion eliminiert worden waren, hatten im Grunde einfach aufgehört zu existieren. Aus alldem konnte man nur einen Schluss ziehen, der auch durch Saras Geschichte von Lila bestätigt wurde: Die Zerstörung der Kuppel und der Tod des Mannes, der »die Quelle« genannt worden war, hatten eine Kettenreaktion hervorgerufen, wie sie sie bei den Abkömmlingen Babcocks auf dem Berg in Colorado erlebt hatten. Augenzeugen beschrieben es als ein rapides Altern, als würden hundert Jahre eines geborgten Lebens innerhalb weniger Sekunden aufgegeben: Die Haut wurde runzlig, die Haare fielen büschelweise aus. Gesichter welkten auf dem Schädelknochen. Die Leichen, die sie gefunden hatten – immer noch in Anzug und Krawatte –, waren nichts als Haufen von braunen Knochen gewesen und hatten ausgesehen, als seien sie seit Jahrzehnten tot.

Als der Tag der Abreise heranrückte, arbeitete Sara buchstäblich rund um die Uhr. Im Flachland sprach sich herum, dass man jetzt richtige medizinische Versorgung bekommen konnte, und immer mehr Leute schauten herein. Ihre Beschwerden reichten von einer alltäglichen Erkältung über Ernährungsmängel bis zu den zahlreichen Gebrechen des Alters. Ein paar waren anscheinend auch nur neugierig, wie es wäre, einmal zum Arzt zu gehen. Sara behandelte, wen sie behandeln konnte. Wenn nichts mehr zu machen war, spendete sie Trost, und bald sah sie zwischen beidem kaum noch einen Unterschied.

Sie verließ das Krankenhaus nur noch zum Schlafen und manchmal zum Essen. Oft brachte Hollis ihr etwas, und immer kam er mit Kate im Schlepptau. Sie waren in ein Apartment am Rande des alten Marktes einquartiert worden – eine merkwürdige Behausung mit großen getönten Fenstern, die für ein permanentes Abendlicht sorgten. Es war ein unheimliches Gefühl, dass die früheren Bewohner Rotaugen gewesen waren, aber die Wohnung war komfortabel mit ihren großen, mit weichen Leintüchern bezogenen Betten, mit heißem Wasser und einem funktionierenden Herd, auf dem Hollis köstliche Suppen und Eintöpfe kochte aus Zutaten, von denen sie lieber nichts wissen wollte. Sie aßen zusammen im Dunkeln bei Kerzenschein und fielen dann ins Bett, wo sie miteinander schliefen, zärtlich und leise, um ihre Tochter nicht zu wecken.

An diesem Abend beschloss Sara, sich freizunehmen. Sie war todmüde, hatte einen Mordshunger, und sie sehnte sich nach ihrer Familie. Ihre Familie: Wie bemerkenswert waren diese beiden Wörter nach allem, was passiert war. Es waren die wunderbarsten

Wörter in der Geschichte der menschlichen Sprache. Als Hollis in die Kuppel gestürmt war, hatte ihr Herz sofort gewusst, was ihre Augen nicht glauben konnten. Natürlich war er gekommen, um sie zu holen. Hollis hatte Himmel und Hölle in Bewegung gesetzt, und hier war er. Wie hätte es auch anders sein sollen?

Sie stieg den Berg hinauf, vorbei an der Ruine der Kuppel – die verkohlten Balken hatten noch tagelang gequalmt – und durch die alte Innenstadt. Sich frei und ohne Angst zu bewegen kam ihr immer noch ein bisschen unwirklich vor. Sie dachte daran, bei der Apotheke vorbeizugehen und Eustace, und wer sonst noch da sein mochte, Hallo zu sagen, aber ihre Füße gehorchten ihr nicht. Die Vorfreude machte ihren Schritt leicht, und sie lief die sechs Treppen zum Apartment hinauf.

»Mummy!«

Hollis und Kate saßen auf dem Boden und spielten Bohnen und Becher. Bevor Sara sich den Schal vom Hals gewickelt hatte, war Kate aufgesprungen und flog ihr in die Arme. Sara hob sie auf die Hüften, um ihr in die Augen zu sehen. Sie hatte Kate nie aufgefordert, sie so anzureden. Sie wollte sie nicht mehr als unbedingt nötig verwirren. Aber darauf war es nicht angekommen; das Mädchen hatte es einfach getan. Einen Vater hatte Kate nie gehabt, und so hatte sie ein bisschen länger gebraucht, um sich an die Rolle zu gewöhnen, die Hollis in ihrem Leben spielte. Doch eines Tages, ungefähr eine Woche nach der Befreiung, hatte sie angefangen, ihn Daddy zu nennen.

»Na, da bist du ja«, sagte Sara glücklich. »Wie war's denn heute? Hast du Spaß gehabt mit Daddy?«

Die Kleine griff Sara ins Gesicht, schloss die Faust um ihre Nase und tat, als reiße sie sie ab. Sie stopfte sie in den Mund und drückte die Zunge innen gegen die Wange. »Ich hab meime Mawe«, sagte sie wie mit vollem Mund.

»Gib sie sofort wieder her!«

Kate strahlte begeistert, und das blonde Haar flog um ihr Gesicht, als sie mit gespieltem Trotz den Kopf schüttelte. »Neiiin. Ist meime.«

Dann kam das Kitzeln, das Lachen aller Beteiligten, der Diebstahl weiterer Körperteile und am Ende die Rückerstattung von Saras Nase. Ehe der Kampf vorbei war, hatte sich auch Hollis ins Getümmel gestürzt. Er legte die Hand um Kates Hinterkopf und küsste Sara schnell, und sein Bart – warm, vertraut, erfüllt von seinem Duft – lag wie Wolle an ihrer Wange.

»Hunger?«

Sie lächelte. »Ich könnte etwas essen.«

Hollis brachte ihr einen Teller. Er und Kate hatten schon gegessen. Er setzte sich mit ihr an den kleinen Tisch, und Sara langte zu. Das Fleisch, gestand er, schmeckte nicht besonders, aber die Möhren und Kartoffeln waren passabel. Sara kümmerte es kaum; noch nie hatte es ihr so gut geschmeckt wie in den letzten paar Wochen. Sie sprachen von ihren Patienten, von Peter und Michael und den anderen, von Kerrville und dem, was sie dort erwartete, und über den Treck nach Süden, der in wenigen Tagen beginnen würde. Hollis hatte zunächst vorgeschlagen, bis zum Frühjahr zu warten, wenn der Marsch weniger beschwerlich wäre, doch Sara hatte davon nichts hören wollen. Zu viel ist hier passiert, hatte sie gesagt. Ich habe keine Ahnung, wo ich hingehöre, aber wenn es einen Ort gibt, dann liegt er in Texas.

Sie spülten die Teller, stellten sie in den Ständer und machten Kate bettfertig. Es war schon nach neun. Als Sara ihrer Tochter das Nachthemd über den Kopf zog, war das Kind schon halb eingeschlafen. Sie deckten sie zu und zogen sich ins Wohnzimmer zurück.

»Musst du wirklich noch einmal ins Krankenhaus?«, fragte Hollis.

Sara nahm ihren Mantel vom Haken und schlängelte sich in die Ärmel. »Nur ein paar Stunden. Du brauchst nicht aufzubleiben.« Aber genau das würde er tun, und Sara hätte es auch getan.

»Komm her.«

Sie küsste ihn und ließ sich Zeit damit. »Wirklich. Geh schlafen.«

Aber als sie die Hand auf den Türknauf legte, hielt er sie fest. »Woher hast du es gewusst, Sara?«

Sie konnte sich denken, was er meinte. Plötzlich sah er unsicher aus.

»Woher habe ich was gewusst?«

»Dass sie es war. Dass es Kate war.«

Seltsam – Sara war nie auf die Idee gekommen, sich diese Frage zu stellen. Nina hatte Kates Identität bei dem Geheimtreffen im Hinterzimmer der Apotheke bestätigt, obgleich das nicht nötig gewesen wäre; für Sara hatte es nie einen Hauch von Zweifel gegeben. Es war mehr als die äußerliche Ähnlichkeit, die es ihr verraten hatte. Das Wissen hatte einen tieferen Ursprung gehabt. Sie hatte Kate angesehen und sofort gewusst, dass unter allen Kindern der Welt dieses hier ihre Tochter war.

»Nenn es Mutterinstinkt. Es war so, wie … wie ich mich selbst kenne.« Sie zuckte die Achseln. »Besser kann ich es nicht erklären.«

»Trotzdem, wir haben Glück gehabt.«

Sara hatte ihm nichts von dem Folienpäckchen erzählt, und sie würde es auch niemals tun. »Ich weiß nicht, ob man so etwas Glück nennen kann«, sagte sie. »Ich weiß nur, wir sind hier.«

Es war nach Mitternacht, als sie mit ihrem Rundgang fertig war. Sie gähnte in die Faust und war in Gedanken schon halb zu Hause, als sie in das letzte Untersuchungszimmer kam, wo eine junge Frau auf dem Tisch saß.

»Jenny?«

»Hallo, Dani.«

Sara musste lachen – nicht nur über den Namen, der sich anhörte wie aus einer anderen Welt, sondern weil dieses Mädchen hier war. Erst jetzt wurde ihr klar, dass sie angenommen hatte, Jenny sei tot.

»Was ist mit dir passiert?«

Jenny machte ein betretenes Gesicht. »Es tut mir leid, dass ich verschwunden bin. Nach dem, was bei der Fütterung passiert ist, bin ich einfach in Panik geraten. Einer der Küchenarbeiter hat mich in einer Mehltonne versteckt und mit einem der Lieferwagen hinausgebracht.«

Sara lächelte. »Na, ich bin jedenfalls froh, dich wiederzusehen. Was fehlt dir?«

Das Mädchen zögerte. »Ich glaube, ich bin vielleicht schwanger.«

Sara untersuchte sie. Wenn sie es war, war es noch zu früh, um es zu erkennen. Aber mit einer Schwangerschaft bekam man einen Platz im ersten Evakuierungstransport. Sie füllte das Formular aus und gab es Jenny.

»Geh damit zu den Leuten, die für die Volkszählung zuständig sind, und sag ihnen, ich hätte dich geschickt.«

»Wirklich?«

»Wirklich.«

Das Mädchen starrte auf den Zettel in ihrer Hand. »Kerrville. Ich kann es nicht fassen. Ich erinnere mich kaum daran.«

Sara hatte das Duplikat der Evakuierungsanweisung auf ihrem Clipboard ausgefüllt. Jetzt blieb ihr Stift in der Schwebe. »Was hast du gesagt?«

»Dass ich es nicht fassen kann.«

»Nein, das andere.« Sara schaute sie durchdringend an. »Das mit dem Erinnern.«

Das Mädchen zuckte die Achseln. »Ich bin da geboren. Glaube ich wenigstens. Ich war ziemlich klein, als sie mich geholt haben.«

»Jenny, warum hast du das niemandem gesagt?«

»Hab ich doch. Ich habe es dem Volkszähler gesagt.«

Verflixt, wie hatte ihnen das entgehen können?

»Na, ich bin froh, dass du es jetzt *mir* sagst. Kann sein, dass dich jemand sucht. Wie heißt du mit Nachnamen?«

»Ich weiß es nicht genau«, sagte Jenny. »Ich glaube, Apgar.«

68

Am Tag der Abreise brach die Dämmerung schnell an. Im Nu war es taghell. Der Voraustrupp sammelte sich im Stadion: dreißig Männer und Frauen, sechs Trucks und zwei Tankwagen. Eustace und Nina waren gekommen, um sie zu verabschieden, und Lore und Greer waren auch da.

Eine kleine Menschenmenge war zusammengekommen, Verwandte und Freunde der Abreisenden. Sara und die anderen hatten sich schon am Abend zuvor im Krankenhaus von Michael verabschiedet. Na los, hatte er mit verlegenem Gesicht gesagt, haut schon ab. Wie soll man hier seine Ruhe kriegen? Aber die Karte, die Kate für ihn gemacht hatte, brachte ihn vollends aus der Fassung. *Ich hab dich lib, onkel Michel. Werde gesunt.* Ach, verflixt, sagte er, komm her. Er drückte das kleine Mädchen fest an die Brust, und die Tränen rollten ihm über das Gesicht.

Die letzten Vorräte wurden auf die Trucks gepackt, und alle kletterten hinein. Peter würde mit Hollis im vorderen Pick-up sitzen, und Kate und Sara fuhren mit einem der großen LKWs weiter hinten. Als Peter den Motor anließ, trat Greer an sein Fenster. Der Major hatte sich bereitgefunden, Peters Stellung als Eustaces Vertreter zu übernehmen, und war jetzt verantwortlich für die Evakuierung.

»Ich weiß nicht, wo sie ist, Peter. Es tut mir leid.«

War er so leicht zu durchschauen? Wieder einmal hatte Lish ihn vor dem Altar stehen lassen. »Ich mache mir nur Sorgen um sie. Irgendetwas stimmt da nicht.«

»Sie hat in dieser Zelle eine Menge durchmachen müssen. Ich glaube, sie hat uns nicht mal die Hälfte von allem erzählt. Sie kommt schon wieder zu sich. Das tut sie immer.«

Mehr gab es zu diesem Thema nicht zu sagen. Auch nicht zu dem anderen, das in den Tagen seit dem Aufstand mit dem ganzen Gewicht der Trauer unausgesprochen über ihnen geschwebt hatte. Die logische Erklärung war, dass Amy bei der Explosion getötet worden war, verdampft mit den Zwölfen, aber ein Teil seiner selbst konnte das nicht akzeptieren. Sie war wie ein Phantomschmerz an einem unsichtbaren Körperteil.

Die beiden Männer schüttelten einander die Hand. »Sei vorsichtig, okay?«, sagte Greer. »Du auch, Hollis. Ich weiß, die Welt da draußen ist verändert, aber man kann nie wissen.«

Peter nickte. »Augen überall, Major.«

Greer gestattete sich sein seltenes Lächeln. »Ich muss gestehen, es gefällt mir, wie das klingt. Wer weiß? Vielleicht nehmen sie mich ja doch noch mal zurück.«

Der Augenblick des Abschieds war da. Peter legte knirschend den Gang ein, und unter dem Dröhnen schwerer Motoren rollte der Konvoi durch das Tor hinaus. Im Rückspiegel sah Peter, wie die Gebäude des Homelands langsam hinter ihnen verschwanden und sich im winterlichen Weiß auflösten.

»Ich bin sicher, sie ist irgendwo, Peter«, sagte Hollis.

Peter fragte sich, wen er meinte.

Aus ihrem Versteck im Graben sah Alicia zu, wie der Konvoi wegfuhr. Tagelang hatte sie diesen Augenblick im Voraus durchlebt und versucht, sich darauf vorzubereiten. Was für ein Gefühl würde es sein? Aber sie wusste es nicht einmal jetzt. Endgültig, das war alles. Endgültig fühlte es sich an. Die Kolonne der Trucks fuhr im weiten Bogen um die Umzäunung der Stadt und dann weiter

Richtung Süden. Lange schaute Alicia ihnen nach. Die Wagen wurden kleiner, und das Motorengeräusch verklang. Sie schaute immer noch, als sie schon verschwunden waren.

Jetzt blieb nur noch eins zu tun.

Sie hatte das Blut aus dem Krankenhaus mitgenommen, hatte den gluckernden Plastikbeutel unter dem Hemd versteckt, als Sara ihr den Rücken zuwandte. Schon da hatte es ihre ganze Entschlossenheit erfordert, nicht die Zähne hineinzuschlagen und Gesicht und Mund und Zunge in der süßen Flüssigkeit zu baden. Aber der Gedanke an Peter, Amy, Michael und die anderen hatte ihr die Kraft zum Warten gegeben.

Sie hatte den Beutel im Schnee vergraben und die Stelle mit einem Stein markiert. Jetzt grub sie ihn aus, einen Block aus rotem Eis, der schwer in ihrer Hand lag. Soldier beobachtete sie vom Rand des Grabens aus. Alicia hätte ihn weggeschickt, aber natürlich ging er nicht; sie gehörten zueinander bis zum Schluss. Sie zündete ein knisterndes Reisigfeuer an, schmolz etwas Schnee in einem Topf, wartete, bis die Blasen aufstiegen, und senkte den Beutel ins dampfende Wasser – fast so, als brühe sie Tee auf, dachte sie. Nach und nach wurde der Inhalt dickflüssig. Als das Blut ganz aufgetaut war, nahm Alicia den Beutel aus dem Wasser, legte sich in den Schnee und schmiegte ihn wie ein warmes Kissen an die Brust. In der Plastikhülle lag eine aufgeschobene Bestimmung. Seit jenem Tag vor fünf Jahren, als der Viral sie auf dem Berg gebissen hatte, lag das Wissen um ihr Schicksal in ihr, und jetzt würde sie ihm ins Gesicht sehen. Ihm ins Gesicht sehen und sterben.

Die Morgensonne stieg in den wolkenlosen Winterhimmel hinauf. Die Sonne. Alicia blinzelte im grellen Licht. *Die Sonne,* dachte sie. *Meine Freundin, meine Feindin, meine Erlösung.* Die Sonne würde sie fortschwemmen. Sie würde ihre Asche im Wind verstreuen. Tu es schnell, sagte Alicia zur Sonne, aber nicht zu schnell. Ich will fühlen, wie es aus mir herausfährt.

Sie hob den Beutel an die Lippen, riss den Verschluss ab und trank.

Als der Abend dämmerte, hatte der Konvoi sechzig Meilen zurückgelegt. Die Stadt hieß Grinnell. Sie sicherten den Umkreis und zogen sich in ein verlassenes Geschäft am Stadtrand zurück, in dem früher anscheinend Schuhe verkauft worden waren; zahllose Kartons standen in den Regalen. Es würde sich lohnen, hier eines Tages noch einmal vorbeizukommen. Jetzt aßen sie ihre Rationen, legten sich hin und schliefen.

Das heißt, sie versuchten es. Es lag nicht an der Kälte – daran war Peter gewöhnt, und außerdem sorgten dreißig dicht beieinanderliegende Körper für Wärme. Er war einfach zu aufgedreht. Was im Stadion vorgefallen war, war so gewaltig gewesen, dass es nicht auf einmal verarbeitet werden konnte; noch drei Wochen später war die Erregung nicht restlos vergangen, und die Bilder des Geschehens flackerten durch seinen rastlosen Geist.

Peter zog Parka und Stiefel an und ging hinaus. Sie hatten einen einzigen Wachtposten aufgestellt, der auf einem metallenen Klappstuhl saß, den sie aus dem Geschäft nach draußen gebracht hatten. Peter nahm dem Mann das Gewehr ab und schickte ihn ins Bett. Der Mond schien, und die Luft war wie Eis in seiner Lunge. Still stand er da und trank die harte Klarheit der Nacht in sich hinein. In den Tagen seit dem Aufstand hatte Peter sich immer wieder um ein Gefühl bemüht, das der Größe der Ereignisse entsprach – Glück, Triumph oder wenigstens Erleichterung –, aber er empfand nur Einsamkeit. Er dachte an Greers Abschiedsworte: *Die Welt da draußen ist verändert.* Das stimmte, das wusste Peter, aber es kam ihm nicht so vor. Allenfalls war die Welt mehr sie selbst. Hier waren die gefrorenen Felder, ein endloses, windstilles Meer. Da war der unermessliche Sternenhimmel. Dort war der Mond mit seinem gelben Auge unter dem schweren Lid. Alles war, wie es gewesen war und wie es weiterhin sein würde, wenn sie längst nicht mehr da wären, wenn ihre Namen und Erinnerungen und alles, was sie einmal gewesen waren, wie ihre Knochen zu Staub zerrieben und fortgeweht wären.

Er hörte ein Geräusch hinter sich. Sara trat aus der Tür. Sie trug

Kate auf der Hüfte. Das Kind schaute mit offenen Augen umher. Sara kam heran. Ihre Stiefel knirschten im Schnee.

»Kannst du nicht schlafen?«, fragte er.

Sie verzog entnervt das Gesicht. »Glaub mir, *ich* könnte. Es ist meine Schuld. Ich habe sie unterwegs zu lange schlafen lassen.«

»Hi, Peter«, sagte Kate.

»Hi, Süße. Gehörst du nicht ins Bett? Wir haben morgen wieder einen langen Tag, weißt du.«

Sie presste trotzig die Lippen zusammen. »M-mm.«

»Siehst du?«, sagte Sara.

»Soll ich sie dir eine Weile abnehmen? Das kann ich, weißt du.«

»Was, hier draußen, meinst du?«

Peter zuckte die Achseln. »Ein bisschen frische Luft, und sie ist bald müde. Ich könnte Gesellschaft gebrauchen.«

Als Sara nicht antwortete, fuhr Peter fort: »Keine Sorge, ich passe auf. Was meinst du dazu, Kate?«

»Bist du sicher?«, fragte Sara.

»Natürlich. Ich habe doch sonst nichts zu tun. Und sobald sie schläfrig wird, bringe ich sie hinein.« Er lehnte sein Gewehr an die Wand und streckte die Arme aus. »Komm, gib sie schon her. Ein Nein akzeptiere ich nicht.«

Sara gab nach und schob Kate von ihrer Hüfte zu Peter hinüber. Das kleine Mädchen schlang die Beine um ihn und packte den Kragen seines Parkas mit den Fäusten, um das Gleichgewicht zu halten.

Sara trat einen Schritt zurück und betrachtete die beiden. »Ich muss sagen, das ist eine Seite von dir, die ich noch nicht gesehen habe.«

Er merkte, dass er lächelte. »Fünf Jahre. Da kann sich vieles ändern.«

»Na, es steht dir.« Sie gähnte plötzlich. »Aber wenn sie dir lästig wird …«

»Wird sie nicht. Gehst du jetzt endlich? Schlaf ein bisschen.«

Sara verschwand. Peter ließ sich auf den Stuhl sinken, nahm

Kate auf den Schoß und drehte sie zum Winterhimmel um. »Worüber möchtest du dich unterhalten?«

»Weiß nicht.«

»Du bist überhaupt nicht müde?«

»Nein.«

»Wollen wir Sterne zählen?«

»Das ist langweilig.« Sie rückte sich bequem zurecht und befahl: »Erzähl mir eine Geschichte.«

»Eine Geschichte. Was für eine?«

»Eine Es-war-einmal-Geschichte.«

Er wusste nicht genau, wie er anfangen sollte, denn so etwas hatte er noch nie getan. Aber als er über die Bitte des Mädchens nachdachte, durchflutete ihn ein Strom von Erinnerungen an die Tage, als er zu den Kleinen in der Zuflucht gehört und mit den anderen Kindern im Indianersitz im Kreis gesessen hatte. Er sah die Lehrerin vor sich, mit ihrem blassen Mondgesicht und den Geschichten, die sie erzählt hatte: von sprechenden Tieren, die Westen und Röcke getragen hatten, von Königen in ihren Schlössern und von Schiffen, die auf der Suche nach Schätzen über das Meer gefahren waren. Er spürte wieder die einschläfernde Wirkung der Worte, die durch ihn hindurchgingen und ihn in ferne Welten und Zeiten trugen, als verlasse er seinen Körper. Es waren Erinnerungen an eine andere Zeit, ein anderes Leben, so fern, dass sie ihm uralt erschienen. Aber als er jetzt mit Saras Tochter auf dem Schoß in der Winterkälte saß, waren sie ein Teil von ihm. Er empfand leise Reue: Noch nie hatte er Caleb eine Geschichte erzählt.

»Also.« Er räusperte sich und versuchte, Zeit zu schinden, um seine Gedanken zu ordnen. Aber in Wahrheit fiel ihm nichts ein. Alle Geschichten aus seiner Kindheit waren plötzlich aus seinem Gedächtnis verschwunden. Er würde improvisieren müssen. »Mal sehen ...«

»Ein Mädchen muss darin vorkommen«, sagte Kate hilfsbereit.

»Kommt ja.« Er lächelte. »Ich wollte gerade anfangen. Also, es war einmal ein Mädchen ...«

»Wie sah sie aus?«

»Hmmm. Na ja, sie war sehr hübsch. Tatsächlich hatte sie viel Ähnlichkeit mit dir.«

»War sie eine Prinzessin?«

»Lässt du mich jetzt erzählen oder nicht? Aber jetzt, wo du es sagst – ja, sie war eine. Die schönste Prinzessin, die je gelebt hat. Die Sache ist die: Sie *wusste* nicht, dass sie eine Prinzessin war. Das ist das Interessante daran.«

Kate runzelte missbilligend die Stirn. »Warum wusste sie es denn nicht?«

Etwas machte *klick,* und die Umrisse einer Geschichte erschienen in seinem Kopf.

»Das ist eine ausgezeichnete Frage. Es kam so. Als sie sehr klein war, gerade erst ein Baby, nahmen ihre Eltern, der König und die Königin, sie mit in den königlichen Wald zu einem Picknick. Es war ein sonniger Tag, und die kleine Prinzessin, deren Name …«

»Elizabeth.«

» … deren Name Prinzessin Elizabeth war, sah einen Schmetterling. Einen *unglaublichen* Schmetterling. Ihre Eltern passten nicht auf, und sie folgte dem Schmetterling in den Wald hinein und wollte ihn fangen. Aber das Dumme ist, es war gar kein Schmetterling. Es war eine … Feenkönigin.«

»Wirklich?«

»Wirklich. Die Sache mit Feen ist nur: Sie trauen den Menschen nicht und bleiben meistens für sich. Aber mit der Feenkönigin war es anders. Sie hatte sich immer eine Tochter gewünscht. Feen haben nämlich keine eigenen Kinder. Sie war also sehr traurig, weil sie kein kleines Mädchen hatte, um das sie sich kümmern konnte, und als sie Prinzessin Elizabeth sah, war sie so angerührt von ihrer Schönheit, dass sie nicht anders konnte: Sie führte das Kind davon, immer tiefer in den Wald hinein. Bald hatte das Mädchen sich verlaufen und fing an zu weinen. Die Feenkönigin landete auf ihrer Nase, wischte ihr mit ihren zarten Flügeln die Tränen ab und sagte: ›Sei nicht traurig, ich werde für dich sorgen. Du bist jetzt mein kleines Mädchen.‹ Und sie nahm sie mit zu dem großen hohlen Baum, in dem sie mit allen ihren Feenuntertanen wohnte, und sie gab ihr zu essen und ließ sie an einem Tisch sitzen und in einem Bett schlafen, und es dauerte nicht lange, da hatte Prinzessin Elizabeth die Erinnerung an ihr voriges Leben verloren und kannte nur noch das Leben bei den Feen im Wald.«

Kate nickte. »Und dann?«

»Na ja, nichts weiter. Nicht sofort. Eine Zeitlang waren sie alle glücklich, besonders die Feenkönigin. Es war wunderschön für sie, ein eigenes kleines Mädchen zu haben. Aber als Elizabeth größer wurde, hatte sie das Gefühl, dass etwas nicht stimmte. Weißt du, was?«

»Sie war keine Fee?«

»Genau. Du hast es gleich gemerkt. Sie war keine Fee, sie war ein kleines Mädchen, und *so* klein war sie gar nicht mehr. Warum bin ich so anders?, fragte sie sich. Und je größer sie wurde, desto schwerer wurde es für die Feenkönigin, es zu verbergen. Warum hängen meine Füße aus dem Bett, fragte Elizabeth, und die Feenkönigin sagte, weil Betten kurz sind. So sind sie nun mal. Warum ist mein Tisch so winzig?, fragte Elizabeth, und die Feenkönigin sagte: Tut mir leid, der Tisch kann nichts dazu, du musst einfach aufhören zu wachsen. Doch das konnte sie natürlich nicht. Sie wuchs und wuchs, und bald passte sie kaum noch in den Baum. Alle anderen Feen beschwerten sich. Sie hatten Angst, die Prinzessin würde alles aufessen, sodass für sie nichts mehr übrig bliebe, und sie hatten Angst, Elizabeth könnte sie aus Versehen zerquetschen. Etwas musste geschehen, aber die Feenkönigin weigerte sich. Verstehst du?«

Kate nickte fasziniert.

»Der König und die Königin, Elizabeths Eltern, hatten indes nie aufgehört, sie zu suchen. Sie durchkämmten jeden Zollbreit des Waldes und das ganze Land im Königreich. Aber der Baum war gut versteckt, und sie fanden ihr Kind nicht. Eines Tages nun hörten sie ein Gerücht über ein kleines Mädchen, das im Wald bei den Feen lebte. Könnte das unsere Tochter sein?, dachten sie, und sie taten das Einzige, was ihnen einfiel: Sie befahlen den königlichen Holzfällern, alle Bäume zu fällen, bis sie den mit Elizabeth gefunden hätten.«

»*Alle* Bäume?«

Peter nickte. »Jeden einzelnen. Und das war keine gute Idee. In dem Wald wohnten ja nicht nur die Feen, sondern auch alle möglichen Tiere und Vögel. Doch Elizabeths Eltern waren so verzweifelt, dass sie alles getan hätten, um ihre Tochter zurückzubekommen. Also machten die Holzfäller sich an die Arbeit und hackten alle Bäume ab, und der König und die Königin ritten umher und riefen: ›Elizabeth, Elizabeth! Wo bist du?‹ Und weißt du, was passierte?«

»Sie hat sie gehört?«

»Ja. Aber der Name Elizabeth sagte ihr nichts mehr. Sie hatte jetzt einen Feennamen, und ihr altes Leben hatte sie ganz vergessen. Die Feenkönigin jedoch kannte den Namen, den sie da hörte, und sie bekam ein ganz schlechtes Gewissen. Wie konnte ich so etwas Schreckliches tun?, dachte sie. Wie konnte ich Elizabeth entführen? Aber sie brachte es immer noch nicht über sich, aus dem Baum hinauszufliegen und Elizabeths Eltern zu sagen, wo ihr Kind war. Sie liebte das Mädchen zu sehr, um sie gehen zu lassen, weißt du. Sei ganz still, sagte sie zu Elizabeth, und mach kein Geräusch. Die Holzfäller kamen immer näher, und überall fielen die Bäume um. Alle Feen bekamen Angst. Gib sie zurück, sagten sie zu der Feenkönigin, bitte gib sie zurück, bevor sie den ganzen Wald zerstören.«

»Wow.« Kate machte große Augen.

»Ja, man kann wirklich Angst kriegen. Soll ich lieber aufhören?«

»Nein, Peter, erzähl weiter!«

Er lachte. »Ist ja schon gut. Also, die Holzfäller kamen schließlich zu dem Baum, in dem Elizabeth und die Feen wohnten. Es war ein besonders prächtiger Baum, hoch und dick und mit einem breiten Blätterdach. Ein Feenbaum eben. Aber als der Holzfäller mit der Axt ausholte, überlegte der König es sich plötzlich anders. Der Baum, weißt du, war einfach zu schön, um ihn zu fällen. Bestimmt ist den Geschöpfen des Waldes dieser Baum genauso lieb wie mir meine Tochter, dachte er. Es wäre nicht recht, ihnen diesen Baum wegzunehmen, nur weil ich etwas verloren habe, das ich liebe. Legt eure Äxte hin und geht nach Hause und lasst mich und meine Frau um unsere Tochter trauern, die wir nie mehr wiedersehen werden. Es war sehr traurig. Alle waren in Tränen aufgelöst, Elizabeths Eltern, die Holzfäller und auch die Feenkönigin, die alles gehört hatte. Sie wusste ja, dass Elizabeth niemals ihre richtige Tochter sein könnte, sosehr sie es sich auch wünschte. Also nahm sie sie bei der Hand, führte sie aus dem Baum und sagte: ›Hoheit, bitte verzeiht mir. Ich war es, die Eure Tochter gestohlen hat. Ich habe mir so sehr ein eigenes Kind gewünscht, dass ich nicht anders konnte. Aber jetzt weiß ich, dass sie zu Euch gehört. Es tut mir sehr, sehr leid.‹ Und weißt du, was der König und die Königin sagten?«

»Runter mit ihrem Kopf!«

Peter lächelte. »Im Gegenteil. Trotz allem, was passiert war, waren sie so glücklich, ihre Tochter wiederzuhaben, und so gerührt von der Reue der Feenkönigin, dass sie beschlossen, sie zu belohnen. Sie erließen eine königliche Proklamation: Die Feen sollten in Ruhe gelassen werden, und jedes Kind des Reiches sollte eine eigene Feenfreundin haben. Daher kommt es, dass bis heute nur Kinder sie sehen können.«

Kate schwieg kurz. »Ist es zu Ende?«

»So ziemlich, ja.« Er war ein bisschen verlegen. »Ich habe so was noch nie gemacht. Wie war es denn?«

Kate überlegte kurz und nickte dann knapp. »Mir hat es gefallen. Es war eine gute Geschichte. Erzähl mir noch eine.«

»Ich weiß nicht, ob mir noch eine einfällt. Bist du noch nicht müde?«

»*Bitte,* Onkel Peter.«

Die Nacht war klar, die Sterne funkelten. Alles war still, nichts war zu hören oder zu sehen. Peter dachte an Caleb, und er erschrak, als ihm klar wurde, wie sehr er den Jungen vermisste und wie sehr er sich danach sehnte, ihn in den Armen zu halten. Alicia hatte recht und Tifty auch, aber vor allem Amy. *Er liebt dich, weißt du.* Diese Wahrheit erfüllte ihn wie die Luft des Winters. Er würde nach Hause gehen und lernen, ein Vater zu sein.

»Also gut ...«

Er redete und redete und erzählte ihr jede Geschichte, die er kannte. Als er fertig war, gähnte Kate, und sie wurde schlaff in seinen Armen. Er zog den Reißverschluss seines Parkas herunter, drehte sie auf dem Schoß um, zog sie an sich und legte den Parka um sie.

»Ist dir kalt, Schatz?«

Ihre Stimme war leise, und sie schlief halb. »M-m.«

Sie schmiegte sich an ihn. Nur noch eine Minute, dachte Peter und schloss die Augen. Nur noch eine Minute, dann bringe ich sie hinein. Er spürte Kates warmen Atem an seinem Hals, und ihre Brust hob und senkte sich an seiner eigenen wie die langen Wellen an einem Strand. Die Minute verging, dann noch eine und noch eine, und Peter ging nirgendwo mehr hin, denn er war fest eingeschlafen.

Im Badezimmer der Apotheke war Lucius Greer dabei, sich zu rasieren.

An diesem Tag und fast den ganzen Abend hatte ihn eine Lawine von Aufgaben unter sich begraben. Eine Sitzung des Rats der Baracken, in der Lucius und Eustace sich bemüht hatten, das Lotterieverfahren für die Evakuierung zunächst noch einmal zu erläutern und dann noch einmal zu rechtfertigen. Die Auswertung der Volkszählung, bei der sich ergeben hatte, dass zahlreiche Formulare doppelt vorhanden waren, teils, weil Leute sich vertan hatten, teils aber auch, weil sie absichtlich versucht hatten, ihre Auswahlchancen zu verdoppeln oder sogar zu verdreifachen. Eine

Prügelei vor dem Gefängnis, als drei halb verhungerte Kols, die sich wochenlang in einem leeren Lagerschuppen versteckt hatten, sich stellen wollten, dabei aber von einer kleinen Menschenmenge abgefangen wurden, die vor dem Gebäude Wache hielt. Neun Trauungen, bei denen er den Vorsitz hatte führen müssen, weil einer der Friedensrichter krank geworden war (Lucius brauchte nichts weiter zu tun, als vier Sätze von einer Karte abzulesen, aber er stellte überrascht fest, wie gewichtig sie sich anhörten, wenn man sie laut sprach). Die erste offizielle Versammlung der Evakuierungsunterstützungsteams und die Verteilung der jeweiligen Zuständigkeiten. Und so weiter. Eins war aufs andere gefolgt, und Greer wusste nicht mehr, wann er gegessen hatte – oder ob überhaupt. Er hatte sich kaum einmal hinsetzen können, und jetzt, lange nach Mitternacht, stand er hier vor dem Spiegel, starrte in sein grau behaartes Gesicht und hielt ein Rasiermesser in der einen Hand und eine Schere in der anderen.

Mit der Schere fing er an. Schnipp und schnapp, fielen die wilden Kaskaden seines Haars und seines Bartes herunter. Weiße Büschel sammelten sich auf dem Boden zu seinen Füßen wie federzarte Schneewehen. Als er damit fertig war, machte Greer einen Topf Wasser warm, tauchte einen Lappen hinein und wrang ihn aus. Dann legte er ihn auf sein Gesicht, um die übrig gebliebenen Stoppeln einzuweichen. Er schmierte sich mit einer scharfen, chemisch riechenden Seife ein und machte sich dann mit der Rasierklinge an die Arbeit: erst die Wangen, dann die lange Kurve des Halses und schließlich der Kopf, wo er sich mit kurzen, gemessenen Zügen von der Stirn über den Scheitel bis in den Nacken vorarbeitete. Als er sich das erste Mal auf diese Weise geschoren hatte – am Abend, bevor er den Eid der Expeditionsstreitkräfte abgelegt hatte –, hatte er sich ungefähr zwanzig Mal geschnitten. Es hieß, man brauche nicht die Uniform anzuschauen, um einen frischgebackenen Rekruten zu erkennen; ein Blick auf den Schädel genüge. Aber mit etwas Zeit hatte Greer wie alle seine Kameraden den Bogen herausbekommen, und erfreut stellte er jetzt fest, dass er es immer noch konnte. Er hätte es wenn nötig sogar mit verbundenen Augen im Dunkeln geschafft, und es war befriedigend, ein Ritual zu vollziehen, das nach so vielen Jahren immer noch die Kraft einer Taufe besaß. Strich für Strich entblößte er sein Gesicht, und als die Arbeit getan war, trat Greer zurück und betrachtete sich im Spiegel. Er fuhr mit der Hand über das kühle Rosarot der neu entdeckten Haut und nickte beifällig zu dem, was er sah.

Rasch trocknete er sich ab, spülte und wischte sein Rasiermesser sauber und räumte alles weg. Viele Tage waren vergangen, seit er richtig geschlafen hatte, und er war immer noch kein bisschen müde. Er zog Parka und Stiefel an, ging durch die Hintertür hinaus und zwischen den Gebäuden nach vorn. Es war lange nach Mitternacht, und keine Menschenseele war unterwegs – Eustace hatte eine Sperrstunde verfügt –, aber um sich herum spürte Greer so etwas wie eine molekulare Rastlosigkeit, das tiefe, mit dem bloßen Gehör fast nicht mehr wahrnehmbare Summen des Lebens. Er ging an der Ruine der Kuppel vorbei den Berg hinunter und durch das Flachland zum Stadion. Als er dort ankam, war der Mond untergegangen. Er ging nicht hinein, sondern blieb lieber draußen stehen und betrachtete den Bau in seiner Ganzheit, diesen dunklen Klotz vor dem Sternenhimmel. Ob die Geschichte sich an diesen Ort erinnern würde? Ob die Menschen der Zukunft, wer immer sie wären, ihm einen Namen geben würden, der der Ereignisse, die sich hier zugetragen hatten, würdig wäre? Ein hoffnungsvoller Gedanke, voreilig vielleicht, aber doch lohnend. Und Lucius Greer legte ein stummes Gelübde ab. Sollte eine solche Zukunft wirklich kommen, sollte die letzte Schlacht um die Herrschaft über die Welt siegreich geschlagen werden, dann würde er es sein, der zu Stift und Papier griff und die Geschichte in Worte fasste.

Er wusste nicht, wann diese Schlacht stattfinden würde. Amy hatte es ihm nicht gesagt. Nur dass sie kommen würde.

Jetzt begriff er, welche Macht ihn hergeführt hatte. Er suchte nach einem Zeichen. Welche Gestalt dieses Zeichen haben würde, wusste er nicht. Es konnte jetzt kommen, es konnte später oder auch gar nicht kommen. Das war die Bürde seines Glaubens. Er öffnete seinen Geist und wartete. Die Zeit verging. Die Nacht, die Sterne, die Menschen, die er kannte – alles zog durch ihn hindurch wie ein Segen.

Und dann:

Lucius. Mein Freund. Hallo.

Und in dieser Nacht der wundersamen Dinge erwachte Peter, der vor dem Schuhgeschäft saß, mit dem Gefühl, dass er in Wirklichkeit überhaupt nicht wach war – dass nur ein Traum in den nächsten geführt hatte wie eine Tür hinter einer Tür. Ein Traum, in dem er wieder mit Saras Tochter auf dem Schoß am Rand der verschneiten Felder saß. Alles war wie vorher – der tintenschwarze Himmel, die winterliche Kälte, die späte Stunde –, nur eines nicht: Sie waren nicht allein.

Aber es war kein Traum.

Sie stand vor ihm, geduckt nach Art der Ihren. Ihre körperliche Verwandlung war vollendet, aber als ihre Blicke sich trafen und festhielten, flackerte das Bild in seinem Kopf: Es war kein Viral, den er vor sich sah. Es war ein Mädchen und dann eine Frau und dann beides zugleich. Sie war Amy, das Mädchen von Nirgendwo. Sie war Amy von den Seelen, die Letzte der Zwölf. Sie war nur sie selbst. Sie streckte ihm eine Hand entgegen, die Handfläche aufwärts gewandt, und Peter tat es ihr nach. Pures Verlangen strömte machtvoll in sein Herz, als ihre Finger sich berührten. Es war so etwas wie ein Kuss.

Wie lange sie so blieben, wusste Peter nicht. Zwischen ihnen, im warmen Kokon seines Parkas, schlief Kate tief und fest und ahnungslos. Die Zeit hatte sich aus ihrer Verankerung gelöst. Peter und Amy trieben zusammen in der Strömung. Bald würde das Kind aufwachen, oder Sara oder Hollis würde kommen, und dann wäre Amy fort. In einem Streifen Sternenlicht würde sie sich in die Höhe schwingen. Peter würde das schlafende Kind in seine Decke hüllen, er würde sich selbst hinlegen und sogar versuchen zu schlafen. Und am nächsten Morgen, in der grauen Winterdämmerung, würden sie die steifen Glieder recken und ihre Ausrüstung in die Fahrzeuge packen und auf der langen Straße nach Süden weiterfahren. Der Augenblick wäre vorüber und wie alles andere nur noch eine Erinnerung.

Aber jetzt noch nicht.

Epilog

—

Die goldene Stunde

Ich könnte eher von mir selbst mich reißen
Als los von dir, da meine Seele ruht.
Dort ist der Liebe Heim!

Shakespeare, Sonett 109

69

Diesmal saß eine Frau am Steuer. Amy legte ihr Pappschild hin und stieg ein.

»Hallo, Amy.« Die Frau legte ihre Tasche zur Seite und streckte die Hand aus. »Ich bin Rachel Wood.«

Sie begrüßten einander. Einen Moment lang war Amy sprachlos und wie gebannt von der Schönheit der Frau: ein zartes, feinknochiges Gesicht, eine Haut, die von jugendlicher Gesundheit leuchtete, ein fester, kräftiger Körper und Arme mit schmalen, klar definierten Muskeln. Ihr Haar, das sie zu einem straffen Pferdeschwanz nach hinten gebunden hatte, war weder braun noch blond, sondern ein bisschen von beidem. Amy wusste, dass es Tenniskleidung war, was sie trug, aber dieses Wissen schien anderswoher zu kommen, denn mit dem Begriff Tennis verband sie rein gar nichts. Eine Sonnenbrille mit winzigen Edelsteinen in den Bügeln saß oben auf ihrem Kopf.

»Es tut mir leid, dass ich nicht hier war, um Sie abzuholen«, fuhr Rachel fort. »Anthony meinte, Sie würden beim ersten Mal gern ein vertrautes Gesicht sehen.«

»Es freut mich sehr, Sie kennenzulernen«, sagte Amy.

»Es ist nett, dass Sie das sagen.« Sie lächelte und zeigte dabei ihre Zähne, die klein und ebenmäßig und sehr weiß waren. »Schnallen Sie sich an.«

Sie glitten unter der Hochstraße hervor. Alles war wie beim letzten Mal – dieselben Häuser, Geschäfte, Parkplätze, dasselbe leuchtende Sommerlicht, dieselbe geschäftige Welt, die vorüberzog. Im tiefen Lederpolster ihres Sitzes fühlte Amy sich, als schwebe sie in einer Badewanne. Rachel wirkte ganz entspannt am Steuer dieses riesenhaften Wagens. Sie summte ein tonloses Liedchen vor sich hin, während sie sicher durch den Verkehr steuerte. Als ein großer Pick-up vor ihnen bremste und die Fahrspur blockierte, schaltete Rachel den Blinker ein und schwenkte geschickt an ihm vorbei.

»Meine Güte«, seufzte sie, »manche Leute. Ob sie jemals Autofahren lernen?« Sie warf einen schnellen Blick zu Amy herüber und schaute dann wieder auf die Straße. Einen Moment später sagte sie: »Wissen Sie, Sie sind nicht ganz das, was ich mir vorgestellt habe, das muss ich sagen.«

»Nicht?«

»Ich meine es nicht nachteilig«, sagte Rachel beruhigend. »So habe ich es überhaupt nicht gemeint. Ehrlich, Sie sind bildhübsch. Ich wünschte, ich hätte auch so eine Haut.«

»Inwiefern bin ich dann anders?«

Sie zögerte und wählte die Worte sorgfältig. »Ich dachte, Sie wären irgendwie … jünger.«

Sie fuhren weiter. Nach ihrer unvermittelten Ankunft hier war Amy ein bisschen desorientiert, und sie nahm alles nur gedämpft wahr. Doch nach und nach öffnete ihr Geist sich für die Umstände, und die Eindrücke und ihre Reaktionen darauf wurden klarer. Wie merkwürdig das alles war, dachte Amy. Wie überaus merkwürdig. Sie waren in dem Schiff, in der *Chevron Mariner,* aber sie war sich dessen physisch nicht bewusst. Wie vorher mit Wolgast erschien die Szene in allen Details absolut handfest und real. Vielleicht war sie ja real in einem anderen Sinne des Wortes. Was war schon »real«?

»Hier habe ich mit ihm angehalten – damals.« Rachel deutete aus dem Fenster auf einen Block mit Geschäften. »Irgendwie war ich auf den Gedanken verfallen, er könnte Doughnuts wollen. Doughnuts, können Sie sich das vorstellen?« Bevor Amy eine Antwort zusammenbekam, redete sie schon weiter. »Ach, was kurve ich hier überall mit Ihnen herum? Dabei wissen Sie sicher über alles Bescheid. Und Sie müssen auch müde sein nach einer so weiten Reise.«

»Das ist okay«, sagte Amy. »Es stört mich nicht.«

»Oh, ich werde nie vergessen, wie er dastand.« Rachel schüttelte betrübt den Kopf. »Der arme Mann. Mir ging einfach das Herz auf. Rachel, habe ich zu mir gesagt, du musst etwas tun. Einmal in deinem kleinen Leben musst du dich aufraffen. Aber natürlich dachte ich in Wirklichkeit nur an mich selbst wie immer. Und das ist der Punkt. Was ich in dieser Hinsicht zu bereuen habe, genügt für hundert Menschenleben. Ich hatte ihn nicht verdient. Kein Stück.«

»Ich glaube nicht, dass er das so sieht.«

Rachel fuhr langsamer und bog in eine Wohnstraße ein. »Es ist wirklich wunderbar, wissen Sie. Was Sie da tun. Er war so lange allein.«

Einen Augenblick später hielten sie vor dem Haus. »Tja, da sind wir«, verkündete sie in munterem Ton. Sie hatte den Schalthebel in Parkstellung gelegt, aber den Motor laufen lassen, genau wie Wolgast es getan hatte. »Es war mir eine Freude, Sie endlich kennenzulernen, Amy. Passen Sie auf beim Aussteigen.«

Amy zögerte. »Warum kommen Sie nicht mit? Ich weiß, er würde Sie gern sehen.«

»O nein«, sagte Rachel. »Es ist nett, dass Sie darum bitten, aber so läuft das nicht, fürchte ich. Es ist gegen die Regeln.«

»Gegen welche Regeln?«

»Na ja, die … Regeln eben.«

Amy wartete, aber es kam nichts mehr, und ihr blieb nichts anderes übrig, als auszusteigen. In der offenen Tür blieb sie stehen und sah Rachel an, die mit den Händen auf dem Lenkrad wartete. Die Luft war schwer und warm unter dem grünen Baldachin der Bäume. Insekten summten überall, und ihre helle, chaotische Musik klang wie ein Orchester beim Stimmen.

»Sagen Sie ihm, ich denke an ihn, ja? Sagen Sie ihm, Rachel schickt ihm liebe Grüße.«

»Ich verstehe immer noch nicht, warum Sie nicht mitkommen können.«

Rachel schaute an ihr vorbei und über das Armaturenbrett zum Haus. Es sah aus, als suche sie etwas, dachte Amy. Ihre von plötzlicher Trauer verschleierten Augen verweilten auf jedem der vielen Fenster. Tränen erschienen in den Augenwinkeln.

»Ich kann es nicht, wissen Sie, weil es keinen Sinn ergäbe.«

»Warum ergäbe es keinen Sinn?«

»Weil, Amy«, sagte sie, »weil ich schon da bin.«

Sie fand ihn bei den Blumenbeeten. Er kniete auf der Erde und arbeitete. Eine Schubkarre stand in der Nähe, und auf den Beeten waren dunkle Mulchhaufen, die einen schweren Erdgeruch verströmten. Als sie näher kam, stand er auf, nahm seinen breitrandigen Strohhut ab und zog die Handschuhe aus.

»Miss Amy, Sie kommen genau im richtigen Moment. Ich habe mir gerade überlegt, ob ich mit dem Rasen anfangen soll, aber ich schätze, der kann noch warten.« Er deutete mit seinem Hut zur Terrasse, wo die Eisteegläser schon warteten.

Sie setzten sich an den Tisch. Amy hob das Gesicht zu den Baumkronen und ließ sich von der Sonne wärmen. Der Duft von Gras und Blumen füllte ihre Sinne.

»Dachte mir, so fühlen Sie sich wohler«, sagte Carter. »Wir zwei können zusammenhocken, reden und so. Uns die Tage vertreiben.«

»Sie wussten, dass er da sein würde, nicht wahr?«

Carter wischte sich mit einem Lappen über die Stirn. »Geschickt habe ich ihn nicht, wenn Sie das meinen. Wolgast hatte seinen eigenen Kopf. Man konnte ihm nichts ausreden, was er sich einmal vorgenommen hatte.«

»Aber wieso wussten die anderen nicht, wer er war? Sie können es nicht gewusst haben. Sie hätten ihn getötet.«

Carter schüttelte den Kopf. »Ihre Sorte konnte nie was mit mir anfangen, weder so noch so. Man könnte sagen, wir hatten schon seit einer Weile keinen Kontakt mehr. Das Leben ist ein Geben und ein Nehmen, aber von mir haben sie von Anfang an nichts zurückbekommen. Habe meinen Geist vor ihnen allen verschlossen.« Carter richtete sich auf seinem Stuhl auf und stopfte den Lappen in die hintere Tasche. »Sie haben's richtig gemacht, Miss Amy. Wolgast auch. War schwer und schrecklich, das weiß ich.«

Sie hatte plötzlich Durst. Der Tee floss kühl und süß durch ihre Kehle und hinterließ einen hellen Zitronengeschmack auf ihrer Zunge. Carter beobachtete sie und wedelte sanft mit seinem Hut, um sich Kühlung zuzufächeln.

»Und Zero?«

»Ich schätze, wir haben noch Zeit. Aber er wird zu uns kommen. Das wird er sich nicht nehmen lassen. Er ist sicher der Schlimmste von ihnen. Nehmen Sie alle zusammen, und Sie haben immer noch keinen Zero. Aber kommt Zeit, kommt Rat.«

»Und bis dahin bleiben wir hier.«

Carter nickte auf seine geduldige Art. »Ja, Ma'am. Wir bleiben hier.«

Schweigend saßen sie da und dachten an das, was kommen würde.

»Ich habe noch nie einen Garten gepflegt«, sagte Amy. »Würden Sie es mir beibringen?«

Carter dachte darüber nach. »Ist immer massig zu tun. Könnte wohl ein bisschen Hilfe gebrauchen. Aber der Mäher ist heikel.«

»Ich bin sicher, ich könnte es lernen.«

»Das glaube ich auch«, sagte er lächelnd. »Ich schätze, das ist wohl so.«

Einen Moment lang sagten sie beide nichts. Dann fiel Amy ihr Versprechen ein. »Rachel lässt Ihnen liebe Grüße ausrichten.«

»Ach ja? Ich habe gerade an sie gedacht. Was fanden Sie, wie sah sie aus?«

»Wirklich schön. Ich konnte sie mir bislang eigentlich nie deutlich vorstellen. Schön, aber auch traurig. Sie hat zum Haus geschaut, als wäre da etwas, das sie wollte. Sie konnte jedoch nicht darüber sprechen.«

Carter schien überrascht zu sein. »Na, das sind ihre Kinder, Miss Amy. Ich dachte, das wüssten Sie.«

Amy schüttelte den Kopf.

»Haley und die Kleine. Da, wo sie ist, kann die Frau sie nicht sehen oder berühren. Es sind ihre Kleinen, von denen sie immer träumt. Das ist ein furchtbarer Schmerz für sie.«

Endlich verstand Amy. Rachel war ertrunken und hatte ihre Kinder zurückgelassen. »Wird sie sie je wiedersehen?«

»Ich nehm's an, wenn sie so weit ist. Sie muss sich selber verzeihen, dass sie sie verlassen hat.«

Seine Worte schienen in der Luft zu schweben, keine bloßen Laute, sondern Dinge mit Form und Substanz. Die Temperatur sank. Das Laub fing an zu fallen.

»Sie ist nicht die Einzige, Miss Amy. Manche Leute finden den Weg nicht allein. Bei manchen ist es ein schlechtes Gefühl im Kopf. Andere können einfach nicht loslassen. Das sind die, die zu sehr lieben.«

Im Pool hatte Rachel Woods Leichnam den langsamen Aufstieg beendet und trieb an der Oberfläche. Amy schaute auf den Tisch. Sie wusste, was Carter zu ihr sagte. *Jeden Tag mähe ich den Rasen. Jeden Tag kommt sie herauf.*

»Sie müssen zu ihm gehen«, sagte Carter. »Ihm den Weg zeigen.«

»Aber ich ...« Sie spürte seinen Blick auf ihrem Gesicht. »Ich weiß nicht, wie.«

Er langte über den Tisch, fasste ihr Kinn und hob ihren Kopf. »Ich kenne Sie, Miss Amy. Es ist, als wären Sie mein Leben lang in mir gewesen. Sie wurden dazu geschaffen, diese ganze Welt in

Ordnung zu bringen. Aber Wolgast ist nur ein Mensch. Es ist jetzt seine Zeit. Sie müssen ihn zurückgeben.«

Sie fühlte das Beben der Tränen in ihrer Kehle. »Aber was mache ich ohne ihn?«

»Was Sie immer gemacht haben«, sagte Anthony Carter und sah ihr lächelnd in die Augen. »Was Sie jetzt machen. Sie sind *Amy*.«

70

Er kam ein letztes Mal zu ihr. Oder war sie es, die zu ihm kam? Sie kamen zueinander und sagten ein letztes Mal Lebewohl.

Für Wolgast begann es mit dem Gefühl einer völlig losgelösten Bewegung. Er war in einem Nirgendwo, schwebte durch einen endlosen Raum ohne Dimensionen, aber Stück für Stück klärte sich die Szene, ihre räumlichen und zeitlichen Parameter verfestigten sich, und ihm wurde bewusst, dass er auf einem Fahrrad saß. Auf einem Fahrrad! Das war wirklich merkwürdig. Warum saß er auf einem Fahrrad? Seit Jahren war er nicht mehr Rad gefahren, aber als Junge hatte er es geliebt, das Gefühl purer Freiheit, die Energie seines Körpers, die durch diesen wunderbaren Mechanismus floss, der ihn mit dem Wind verband. Wolgast saß auf einem Fahrrad und fuhr eine staubige Landstraße entlang, und Amy war neben ihm auf einem eigenen Fahrrad. Dies überraschte ihn nicht mehr und nicht weniger als alles andere an dieser Szene. Es *war* einfach so, wie Amy ein kleines Mädchen und zugleich eine erwachsene Frau war. Eine Zeitlang fuhren sie einfach schweigend zusammen, obwohl die Vorstellung von Zeit an sich schon merkwürdig war. Was war Zeit? Wie lange fuhren sie schon so? Stunden vielleicht oder sogar Tage, und doch war das Licht immer das gleiche – ein permanentes, dämmriges Zwielicht, das die Farben ringsumher mit einem goldenen Glanz bereicherte:

die Felder und Bäume, den Staub, der von seinen Reifen aufwirbelte, die kleinen weißen Umrisse der Häuser in der Ferne. Alles kam ihm sehr nah vor, und alles war weit weg.

»Wo fahren wir hin?«, fragte Wolgast.

Amy lächelte. »Oh, es ist nicht mehr weit.«

»Was ... ist es denn?«

Sie antwortete nicht mehr. Immer weiter fuhren sie. Wolgasts Herz war erfüllt von warmer Zufriedenheit, als wäre er wieder ein Junge – ein Junge, der bei Sonnenuntergang mit dem Fahrrad fuhr und auf die Stimme wartete, die ihn nach Hause rief.

»Bist du müde?«, fragte Amy.

»Überhaupt nicht. Es ist wundervoll.«

»Wollen wir oben auf der nächsten Höhe nicht haltmachen?«

Sie ließen die Räder ausrollen. Ein grasbewachsenes Tal tat sich unter ihnen auf. In der Ferne, von Bäumen umhegt, stand ein Haus, klein und weiß wie die anderen, mit einer Veranda und schwarzen Fensterläden. Amy und Wolgast legten ihre Räder auf den Boden und blieben still nebeneinander stehen. Kein Lüftchen regte sich.

»Eine tolle Aussicht«, sagte Wolgast und dann: »Ich glaube, ich weiß, wo ich bin.«

Amy nickte.

»Seltsam.« Er atmete tief ein und langsam wieder aus. »Ich habe immer gedacht, die Müdigkeit würde größer sein. Ich erinnere mich eigentlich nicht mehr, wie es passiert ist, aber ich nehme an, das ist nur gut. Ist es immer so?«

»Ich weiß es nicht genau. Manchmal, vermute ich.«

»Ich weiß noch, dass ich dachte, ich müsste tapfer sein.«

»Das warst du. Der tapferste Mann, den ich je gesehen habe.«

Das ließ er sich durch den Kopf gehen. »Na, das ist gut. Es freut mich, das zu hören. Letzten Endes kann man mehr nicht verlangen.« Er ließ den Blick noch einmal über das Tal wandern. »Das Haus da. Ich soll dort hingehen, nicht wahr?«

»Ich glaube, ja.«

Er drehte sich um und sah sie an. Eine Sekunde – dann ging ihm ein Licht auf, und er lächelte.

»Moment mal. Du bist *verliebt*. Ich sehe es an deinem Gesicht.«

»Ich glaube, das stimmt.«

Wolgast schüttelte staunend den Kopf. »Da soll mich doch … Was sagt man dazu? Meine kleine Amy, erwachsen und verliebt. Und liebt er dich auch, dieser Geliebte?«

»Ich glaube, ja«, sagte sie.

»Sonst wäre er auch ein Idiot. Du kannst ihm sagen, dass ich das gesagt habe.«

Sie schwiegen beide. Amy wartete.

»Tja«, fing er dann wieder an, und seine Stimme klang gepresst vor lauter Bewegung. »Ich nehme an, das bedeutet, dass meine Arbeit hier getan ist. Ich habe wohl immer gewusst, dass dieser Tag kommen würde. Du wirst mir fehlen, Amy.«

»Du mir auch.«

»Das war immer das Schwerste – dass du mir so gefehlt hast. Ich glaube, deshalb habe ich es nie über mich gebracht zu gehen. Ich habe immer gedacht: Was wird Amy ohne mich anfangen? Komisch, dass es am Ende andersherum ist. Vermutlich empfinden das alle Eltern so. Aber es ist anders, wenn man selbst damit klarkommen muss.« Die Worte blieben ihm im Hals stecken. »Lass es uns schnell hinter uns bringen, okay?«

Sie umarmte ihn. Sie weinte auch, aber nicht weil sie traurig war. Oder doch, ein bisschen traurig vielleicht. »Es wird alles gut, das verspreche ich dir.«

»Woher weißt du das?«

Am anderen Ende des Tales, am Rand der dämmrigen Felder, hatte sich die Tür des Hauses geöffnet.

»Weil das der Himmel ist«, sagte Amy. »Die Tür eines Hauses öffnet sich im Dämmerlicht, und alle, die du liebst, sind da.« Sie drückte ihn fest an sich. »Es ist Zeit für dich, nach Hause zu gehen, Daddy. Ich habe dich behalten, so lange ich konnte, aber jetzt musst du gehen. Sie warten auf dich.«

»Wer wartet, Amy?«

Eine Frau war auf die Veranda gekommen. Sie trug ein Baby auf dem Arm. Amy drehte ihr Gesicht weg und legte die flache Hand an seine tränennasse Wange.

Und sagte: »Geh und sieh selbst.«

71

Sie erwachte, und da waren die Kälte und die Sterne. Sterne zu Hunderten, zu Tausenden, Millionen. Ein paar davon fielen herab. Alicia sah den Sternschnuppen zu und zählte die Sekunden: einundzwanzig, zweiundzwanzig, dreiundzwanzig. Sie maß die Dauer ihres freien Falls, als sie durch den Himmel stürzten, und dabei stieß sie auf die Erkenntnis, dass die Welt noch da war, wo sie sie verlassen hatte, und dass sie noch lebte.

Wie konnte sie noch leben?

Sie richtete sich auf. Wer konnte wissen, wie spät es war? Der Mond war untergegangen und hatte den Himmel schwarz gefärbt. Nichts hatte sich verändert; sie war noch dieselbe.

Und doch: ·

Alicia, komm zu mir.

Der Klang ihres Namens im Raunen des Windes.

Komm zu mir, Alicia. Die anderen sind fort, und du wirst die Meine sein. Komm zu mir komm zu mir komm zu mir ...

Sie wusste, wer die Stimme war.

Alicia kletterte aus dem Graben. Fünfzehn Schritte weiter graste Soldier im reifbedeckten Unkraut. Als er sie heraufkommen hörte, hob er den Kopf: Ah, da bist du ja. Ich habe mich schon gefragt. Seine großen Hufe schleuderten weiße Klumpen hoch, als er mit seinem männlichen Gang auf sie zukam.

– Mein braver Junge, sagte sie. Sie streichelte seine Nüstern, und sein Atem füllte ihre Hand mit dem Geruch von Erde. – Du prächtiger Junge. Wie gut du mich kennst. Ich schätze, wir sind doch noch nicht fertig.

Ihre Packtasche lag im Graben. Sie hatte keine Pistole, aber die Gurte waren da, und die Klingen steckten in ihren Scheiden. Sie legte die ledernen Streifen über die Brust, zog sie straff um ihre Gestalt und schnallte sie fest. Dann schwang sie sich auf Soldiers bloßen Rücken, schnalzte mit der Zunge und lenkte ihn ostwärts.

Komm zu mir, Alicia. Komm zu mir komm zu mir komm zu mir …

Worauf du dich verlassen kannst, dachte sie. Sie beugte sich vor, und Soldiers dichte Mähne füllte ihre Hände. Mit den Fersen trieb sie ihn zum Trab, zum Kanter und schließlich zum wilden Galopp durch den Schnee.

Du Scheißkerl. Ich komme schon.

Dramatis Personae

Die Zwölf

Tim Fanning alias »Zero«, Professor für Biochemie, Columbia University. Infiziert mit dem CV-0-Virus auf einer wissenschaftlichen Expedition nach Bolivien, 21. Februar 20XX

1. **Giles Babcock** (verstorben). Zum Tode verurteilt wegen Mordes, Nye County, Nevada, 2013.

2. **Joseph Morrison.** Zum Tode verurteilt wegen Mordes, Lewis County, Kentucky, 2013.

3. **Victor Chávez.** Zum Tode verurteilt wegen Mordes sowie wegen Vergewaltigung von Minderjährigen in drei Fällen, Elko County, Nevada, 2012.

4. **John Baffes.** Zum Tode verurteilt wegen Mordes sowie wegen Totschlags auf sittlich niedrigster Stufe, Pasco County, Florida, 2010.

5. **Thaddeus Turrell.** Zum Tode verurteilt wegen Mordes an einem Beamten des Heimatschutzministeriums, New Orleans, Federal Housing District, 2014.

6. **David Winston.** Zum Tode verurteilt wegen Mordes sowie Vergewaltigung in drei Fällen, Newcastle County, Delaware, 2014.

7. **Rupert Sosa.** Zum Tode verurteilt wegen fahrlässiger Tötung im Straßenverkehr auf sittlich niedrigster Stufe, Gary County, Indiana, 2009.

8. **Martin Echols.** Zum Tode verurteilt wegen Mordes und bewaffneten Raubes, Cameron Parish, Louisiana, 2012.

9. **Horace Lambright.** Zum Tode verurteilt wegen zweifachen Mordes und Vergewaltigung, Maricopa County, Arizona, 2014.

10. **Julio Martínez.** Zum Tode verurteilt wegen Mordes an einem Hilfspolizisten, Laramie County, Wyoming, 2011.

11. **William Reinhardt.** Zum Tode verurteilt wegen dreifachen Mordes und Vergewaltigung, Miami Dade County, Florida, 2012.

12. **Anthony Carter.** Zum Tode verurteilt wegen Mordes, Harris County, Texas, 2013.

Das Jahr Null

Bernard Kittridge alias »Last Stand in Denver«. Ein Überlebender.

April. Eine Überlebende.

Timothy. Aprils Bruder.

Danny Chayes. Ein Schulbusfahrer.

Lila Kyle. Eine Ärztin.

Lawrence Grey. Eine Reinigungskraft im Projekt NOAH.

Horace Guilder. Stellvertretender Direktor der Special-Weapons-Division (»das Warenhaus«).

Major Frances Porcheki. Offizier der Iowa National Guard.

Vera. Eine Rotkreuzschwester.

Ignacio. Eine Reinigungskraft im Projekt NOAH.

Nelson. Leitender technischer Angestellter, Special-Weapons-Division.

Shawna. Eine Prostituierte.

Rita Chernow. Eine Kriminalpolizistin.

Andere Überlebende

Pastor Don Wood

Delores

Jamal

Mrs Bellamy

Joe Robinson

Linda Robinson

Boy jr.

Das Feld, 97 n. V.

Curtis Vorhees. Vormann im North Agricultural Complex, Kerrville, Texas.

Delia »Dee« Vorhees. Curtis' Frau.

Boz Vorhees. Curtis' Bruder (verstorben).

Nitia und Siri Vorhees. Curtis und Delia Vorhees' Töchter.

Nathan Crukshank. Delia Vorhees' Bruder, ein Offizier der Domestic Security (DS).

Tifty Lamont. Ein Offizier der Domestic Security.

Andere Familien auf dem Feld

Familie Withers

Familie Dodd

Familie Apgar

Familie Cauley

Familie Francis

Familie Cuomo

Familie Martínez

Familie Wright

Familie Bodine

97 a. V.
Kerrville, Texas

Amy Harper Bellafonte. Das Mädchen von Nirgendwo.

Lieutenant Peter Jaxon. Offizier der Expeditionsstreitkräfte, Armee der Republik Texas.

Lieutenant Alicia Donadio. Offizier der Expeditionsstreitkräfte.

Colonel Gunnar Apgar. Offizier der Expeditionsstreitkräfte.

Major Alexander Henneman. Offizier der Expeditionsstreitkräfte.

Lieutenant Satch Dodd. Offizier der Expeditionsstreitkräfte.

Lucius Greer. Ein Häftling.

Hollis Wilson. Geschäftsführer in einer Bar.

Dunk Withers. Ein Gangster.

Abram Fleet. Ein General der Army.

Victoria Sanchez. Präsidentin der Republik Texas.

Schwester Peg. Eine Nonne, Leiterin des Waisenhauses.

Schwester Catherine. Eine Nonne.

Caleb Jaxon. Peter Jaxons Neffe, Theo Jaxons und Mausami Patals Sohn.

Freeport, Texas

Michael Fisher, Ölhand erster Klasse, Teamführer im Raffineriekomplex Freeport.

Lore DeVeer. Eine Ölhand.

Juan »Ceps« Sweeting: Eine Ölhand.

Ed Pope. Eine Ölhand.

Dan Karlovic. Leitender Ingenieur im Raffineriekomplex Freeport.

Im Homeland

Jackie. Eine Arbeiterin.

Eustace. Ein Rebell.

Nina. Eine Rebellin.

Vale. Ein Human-Resources-Offizier.

Whistler. Ein weiblicher Human-Resources-Offizier.

Sod. Ein Human-Resources-Offizier.

Dr. Verlyn. Ein Arzt.

Dani. Ein Dienstmädchen in der Kuppel.

Jenny. Ein Dienstmädchen in der Kuppel.

Fred Wilkes. Stabschef.

Vikram Suresh. Minister für Öffentliche Gesundheit.

Aidan Hoppel. Minister für Propaganda.

Danksagungen

Jedes Buch braucht Freunde, und dieses hier hat viele. Ein großes Dankeschön an: Ellen Levine bei der Trident Media Group, an Mark Tavani und Libby McGuire bei Ballantine Books, an Bill Massey bei Orion, an Gina Centrello, Vorsitzende der Random House Publishing Group, an Claire Roberts bei Trident Media, an die großartigen Herstellungs-, Presse-, Marketing- und Vertriebsteams bei Random House, Orion und meinen vielen Verlagen überall auf der Welt sowie an Jennifer (»Jenny«) Smith und das Englisch-Department an der Rice University. In militärischen Fragen bin ich Adrian Hoppel zu besonderem Dank verpflichtet. Dankbar bin ich auch Rudy Ramos, Scharfschütze und Zahnarzt, und Coert Voorhees. Mark und Bill: Gönnt euch ein Kühles, meine Brüder; ihr habt es verdient. Ellen: Eine treuere Freundin habe ich nicht.

Allen Mitgliedern des Teams Cronin, Groß und Klein, sage ich: Ohne euch läuft gar nichts. Danke für mein Leben.

Mein Dank gehört euch allen.

Es ist nicht vorbei …

Wenn Sie wissen wollen, wie die Geschichte weitergeht, finden Sie im Anhang eine Leseprobe aus dem großen Finale der
Passage-Trilogie von Justin Cronin:

Unsere Welt liegt in Ruinen –
doch was wird daraus auferstehen?

»Ein grandioses Finale!« Stephen King

Der Tag neigte sich dem Ende zu, als Peter zum Haus zurückkehrte. Über ihm dehnte sich der endlose Himmel Utahs, zerklüftet von langen Farbstreifen vor einem dunkler werdenden Blau. Ein Abend im Frühherbst – die Nächte waren kalt, die Tage immer noch schön. Er wanderte am Ufer des murmelnden Flusses entlang heimwärts, die Rute über die Schulter gelegt, und der Hund schlenderte neben ihm her. In seiner Tasche waren zwei fette Forellen, in goldene Blätter gewickelt.

Als er sich der Farm näherte, hörte er Musik, die aus dem Haus kam. Auf der Veranda streifte er die schlammverschmierten Stiefel ab, legte die Tasche hin und trat behutsam durch die Tür. Amy saß vor dem alten Klavier mit dem Rücken zur Tür. Leise trat er hinter sie. Sie war so konzentriert, dass sie ihn nicht bemerkte. Bewegungslos stand er da und hörte ihr zu, fast ohne zu atmen. Amys Körper wiegte sich leicht im Takt der Musik. Ihre Finger bewegten sich flink über die Tasten und riefen die Töne eher hervor, als dass sie sie spielten. Das Stück war die klangliche Verkörperung reiner Gefühle, und in den Tönen lag tiefes Herzweh, aber dieses Gefühl war mit solcher Zartheit ausgedrückt, dass es nicht traurig wirkte. Es erinnerte ihn daran, wie die Zeit sich anfühlte, wenn sie unausweichlich in der Vergangenheit versank und zur Erinnerung wurde.

»Du bist zu Hause.«

Das Stück war zu Ende gegangen, ohne dass er es bemerkt hatte. Als er ihr die Hände auf die Schultern legte, drehte sie sich auf der Bank um und hob das Gesicht.

»Komm her«, sagte sie.

Er beugte sich herunter und nahm ihren Kuss entgegen. Ihre Schönheit war erstaunlich, und jedes Mal, wenn er sie ansah, entdeckte er sie neu. Er deutete mit dem Kopf auf die Tasten. »Ich weiß immer noch nicht, wie du das machst«, sagte er.

»Hat es dir gefallen?« Sie lächelte. »Ich habe den ganzen Tag geübt.«

Ja, sagte er, es sei wunderschön. Es erinnere ihn an so vieles, sagte er. Aber es sei schwer in Worte zu fassen.

»Wie war's am Fluss? Du warst eine ganze Weile weg.«

»Wirklich?« Der Tag war wie so viele andere in einem Dunst der Zufriedenheit vergangen. »Es ist dort so schön um diese Jahreszeit. Ich glaube, ich habe einfach die Zeit vergessen.« Er küsste sie auf den Scheitel. Ihr Haar war frisch gewaschen und duftete nach den Kräutern, die sie benutzte, um die harte Lauge weicher zu machen. »Spiel doch weiter. Ich mache uns Abendessen.«

Er ging durch die Küche zur Hintertür und in den Garten hinaus. Der Garten welkte; bald würde er unter dem Schnee schlummern, und die letzten Reste seiner Fülle würden für den Winter eingelagert werden. Der Hund war allein losgezogen. Er bewegte sich in weitem Radius, aber Peter war nie beunruhigt, denn er fand immer nach Hause zurück, bevor es dunkel wurde. An der Pumpe ließ Peter den Bottich volllaufen, und dann zog er sich das Hemd aus, spritzte Wasser auf Gesicht und Brust und wusch sich. Die Berghänge warfen die letzten Sonnenstrahlen zurück, und lange Schatten streckten sich über den Boden. Diese Tageszeit war ihm die liebste, das Gefühl, dass die Dinge ineinander verschmolzen und alles in der Schwebe war. Als es dunkler wurde, tauchten die Sterne auf, erst einer, dann noch einer und noch einer. In dieser Stunde wohnte das gleiche Gefühl wie in Amys Musik: Erinnerung und Sehnsucht, Glück und Trauer, Anfang und Ende in einem.

Er machte Feuer, putzte seinen Fang und legte das weiche weiße Fleisch mit einem Klecks Fett in die Pfanne. Amy kam heraus und setzte sich zu ihm, und sie schauten zu, wie das Essen garte. Sie aßen bei Kerzenschein in der Küche: die Forellen, in Scheiben geschnittene Tomaten und eine in der Glut gebackene Kartoffel. Danach teilten sie sich einen Apfel. Sie zündeten im Wohnzimmer ein Feuer an und machten es sich unter einer Wolldecke auf der Couch bequem. Der Hund ließ sich auf seinem gewohnten Platz zu ihren Füßen nieder. Sie schauten in die Flammen, ohne zu reden.

Worte waren unnötig; alles zwischen ihnen war gesagt, sie hatten einander alles anvertraut und wussten es. Nach einiger Zeit stand Amy auf und streckte die Hand aus.

»Komm ins Bett.«

Mit Kerzen in den Händen gingen sie die Treppe hinauf. In der winzigen Schlafkammer unter dem Dach zogen sie sich aus, krochen unter die Steppdecken und rollten sich umeinander, um sich zu wärmen. Unten vor dem Fußende ließ der Hund sich mit einem Seufzen, das klang wie der Wind, zu Boden sinken. Ein guter alter Hund, loyal wie ein Löwe: Er würde bis zum Morgen dort bleiben und die beiden bewachen. Die Nähe ihrer warmen Körper, der gemeinsame Rhythmus ihres Atmens – es war nicht Glück, was Peter empfand, sondern etwas Tieferes, Volleres. Sein Leben lang hatte er sich gewünscht, von einem einzigen Menschen gekannt zu werden. Das war Liebe, entschied er. Wenn jemand dich kannte.

»Peter? Was ist?«

Einige Zeit war vergangen. Sein Geist, schwebend im unermesslichen Raum zwischen Schlafen und Wachen, war alten Erinnerungen nachgegangen.

»Ich dachte an Theo und Maus. An die Nacht in der Scheune, als der Viral angriff.« Ein Gedanke wehte vorbei, knapp außer Reichweite. »Mein Bruder hat nie herausbekommen, was den Viral getötet hat.«

Amy schwieg einen Moment lang. »Na, das warst du, Peter. Du warst es, der sie gerettet hat. Das habe ich dir gesagt – weißt du es nicht mehr?«

Hatte sie? Und was konnte sie damit meinen? Zum Zeitpunkt des Angriffs war er in Colorado gewesen, viele Meilen und Tage weit entfernt. Wie sollte er derjenige gewesen sein?

»Ich habe dir erklärt, wie es geht. Die Farm ist etwas Besonderes. Vergangenheit, Gegenwart und Zukunft sind dort eins. Du warst in der Scheune, eben weil du dort sein musstest.«

»Aber ich kann mich nicht daran erinnern.«

»Weil es noch nicht passiert ist. Nicht für dich. Aber die Zeit wird kommen, da es passiert. Du wirst dort sein, um sie zu retten. Um Caleb zu retten.«

Caleb, sein Junge. Jähe Trauer überwältigte ihn, eine intensive, sehnsuchtsvolle Liebe. Ein Kloß stieg ihm in die Kehle. So viele Jahre. So viele Jahre, die vergangen waren.

»Aber jetzt sind wir hier«, sagte er, »du und ich, in diesem Bett. Das ist real.«

»So real wie nichts anderes auf der Welt.« Sie schmiegte sich an ihn. »Wir wollen uns jetzt nicht den Kopf zerbrechen. Du bist müde, das merke ich.«

Das war er. So müde, sehr müde. Er fühlte die Jahre in den Knochen. Eine Erinnerung tauchte in seinem Kopf auf: Er sah sein Gesicht im Fluss. Wann war das gewesen? Heute? Gestern? Vor einer Woche, einem Monat, einem Jahr? Die Sonne stand hoch am Himmel und verwandelte die Wasserfläche in einen funkelnden Spiegel. Sein Bild bebte in der Strömung. Tiefe Falten und schlaffe Wangen, Hautsäcke unter den Augen, die mit der Zeit stumpf geworden waren, und das, was von seinem Haar noch übrig war, saß weiß wie eine Mütze aus Schnee auf seinem Kopf. Es war das Gesicht eines alten Mannes.

»War ich ... tot?«

Amy antwortete nicht. Und da verstand Peter, was sie ihm sagen wollte. Nicht nur dass er sterben würde, wie jedermann sterben musste, sondern dass der Tod nicht das Ende war. Er würde hierbleiben, ein wachsamer Geist, außerhalb der Mauern der Zeit. Das war der Schlüssel zu allem; er öffnete eine Tür, hinter der die Antwort auf alle Geheimnisse des Lebens wartete. Er dachte an den Tag, an dem er auf die Farm gekommen war, vor so langer Zeit. Alles war so unerklärlich unversehrt – die volle Speisekammer, die Gardinen an den Fenstern, das Geschirr auf dem Tisch, als habe es sie erwartet. Das war es. Sein einziges wahres Zuhause auf der Welt.

Als er so im Dunkeln lag, schwoll ihm die Brust vor lauter Zufriedenheit. Es gab Dinge, die er verloren hatte, Leute, die nicht mehr da waren. Alles musste vergehen. Sogar die Erde selbst, der Himmel und der Fluss und die Sterne, die er liebte, würden eines Tages das Ende ihres Daseins erreichen. Aber davor musste man sich nicht fürchten. Es war die bittersüße Schönheit des Lebens. Er malte sich den Augenblick seines Todes aus. So stark war die Vision, dass es war wie eine Erinnerung, nicht wie eine Vorstellung. Er würde hier in diesem Bett liegen, an einem Nachmittag im Sommer, und Amy würde ihn im Arm halten. Sie würde aussehen wie jetzt, stark und schön und voller Leben. Das Bett steht dem Fenster gegenüber, und die Gardinen leuchten in diffusem Licht. Da ist kein Schmerz, nur das Gefühl der Auflösung. *Es ist gut, Peter,* würde Amy sagen. *Es ist alles gut. Ich werde bald da sein.* Das Licht würde wachsen, immer größer werden, erst sein Gesichtsfeld, dann sein Bewusstsein ausfüllen, und so würde er fortgehen: auf Wellen von Licht.

»Ich liebe dich so sehr«, sagte er.

»Ich liebe dich auch.«

»Es war ein wunderbarer Tag, nicht wahr?«

Er spürte, wie sie nickte. »Und wir werden noch viele haben. Ein Meer von Tagen.«

Er zog sie fest an sich. Die Nacht draußen war kalt und still. »Das war ein schönes Lied«, sagte er. »Ich bin froh, dass wir das Klavier gefunden haben.«

Und damit, zusammengerollt in ihrem großen, weichen Bett unter dem Dach, schliefen sie beide ein.

Ich bin froh, dass wir das Klavier gefunden haben.

Das Klavier.

Das Klavier.

Das Klavier …

Peter kam zu sich und merkte, dass er nackt war, eingewickelt in schweißfeuchte Laken. Einen Moment lang blieb er bewegungslos liegen. Hatte er nicht eben noch …? Und war er nicht …? Er hatte einen Geschmack im Mund, als habe er Sand gegessen, und seine Blase war schwer wie ein Stein. Hinter den Augäpfeln machten sich die ersten Stiche eines Katers bemerkbar, der sich auf einen längeren Aufenthalt einstellte.

»Herzlichen Glückwunsch zum Geburtstag, Lieutenant.«

Lore lag neben ihm. Weniger *neben* ihm, als vielmehr um ihn herum, ihre Körper waren ineinander verknotet und glitschig von Schweiß, wo sie einander berührten. Die Hütte – zwei Zimmer mit einem Abort hinten im Freien – hatten sie schon öfter benutzt, aber wem sie gehörte, war ihm nicht klar. Das kleine Fenster vor dem Fußende des Bettes war ein graues Viereck im Licht des sommerlichen Morgengrauens.

»Du musst mich mit jemandem verwechseln.«

»Oh, glaub mir«, sagte sie und legte einen Finger mitten auf seine Brust, »dich kann man nicht verwechseln. Wie fühlt man sich mit dreißig?«

»Wie neunundzwanzig mit Kopfschmerzen.«

Sie lächelte verführerisch. »Na, ich hoffe, dein Geschenk hat dir gefallen. Tut mir leid, dass ich die Karte vergessen habe.«

Sie wand sich los, drehte sich zur Bettkante und angelte ihr Hemd vom Boden herauf. Ihr Haar war inzwischen so lang, dass sie es hinten zusammenbinden musste, und ihre Schultern waren breit und kräftig. Sie zwängte sich in eine schmutzige Hose, schob die Füße in ihre Stiefel und drehte ihren Oberkörper, um ihn anzusehen.

»Entschuldige die Eile, *mi amigo,* aber ich habe Tanker zu bewegen. Ich würde dir Frühstück machen, aber ich bezweifle ernsthaft, dass hier etwas im Haus ist.« Sie beugte sich herunter und küsste ihn. »Alles Liebe für Caleb, okay?«

Der Junge war über Nacht bei Sara und Hollis. Die beiden fragten Peter nie, wohin er ging, aber sie konnten sich sicher denken, worum es ging. »Ich werd's ihm ausrichten.«

»Und wenn ich das nächste Mal in der Stadt bin, sehen wir uns wieder?« Als Peter nicht antwortete, legte sie den Kopf schräg und sah ihn an. »Oder … vielleicht auch nicht.«

Er wusste im Grunde keine Antwort darauf. Was sie miteinander

verband, war nicht Liebe – dieses Thema war überhaupt nie angesprochen worden –, aber es war doch mehr als körperliches Verlangen. Es lag irgendwo in dem grauen Zwischenraum zwischen
beidem, war weder das eine noch das andere, und genau darin bestand das Problem. Mit Lore zusammen zu sein erinnerte ihn an
das, was er nicht haben konnte.

Sie machte ein langes Gesicht. »Na, Scheiße. Und dabei hatte
ich dich so verdammt *gern*, Lieutenant.«

»Ich weiß nicht, was ich sagen soll.«

Sie seufzte und schaute weg. »Es ist ja nicht so, als wäre es für
die Ewigkeit gewesen. Ich wünschte nur, ich hätte daran gedacht,
dich zuerst abzuservieren.«

»Es tut mir leid. Ich hätte es nicht so weit kommen lassen
dürfen.«

»Glaub mir, es geht vorbei.« Sie hob das Gesicht zur Decke, atmete tief durch und wischte sich eine Träne aus dem Augenwinkel.
»Scheiße, Peter. Siehst du, was du mit mir gemacht hast?«

Ihm war schrecklich zumute. Er hatte nichts von alldem geplant; noch vor einer Minute hatte er geglaubt, sie würden sich
von dem, was immer zwischen ihnen sein mochte, weitertreiben
lassen, bis sie das Interesse verloren oder neue Leute ins Spiel kamen.

»Es ist nicht wegen Michael, oder?«, fragte Lore. »Denn ich hab
dir gesagt, das ist vorbei.«

»Ich weiß nicht.« Er zögerte und zuckte die Achseln. »Okay, ein
bisschen vielleicht. Er wird es herausfinden, wenn wir so weitermachen.«

»Dann findet er es heraus. Na und?«

»Er ist mein Freund.«

Sie wischte sich über die Augen und lachte leise und verbittert.
»Deine Loyalität ist bewundernswert, aber glaub mir, ich bin das
Letzte, woran Michael denkt. Wahrscheinlich würde er dir sogar
dankbar sein, weil du ihn von mir befreist.«

»Das ist nicht wahr.«

Sie zuckte die Achseln. »Das sagst du nur, weil du nett bist. Vielleicht mag ich dich deshalb so sehr. Aber du brauchst nicht zu lügen. Wir wissen beide, was wir tun. Ich sage mir ständig, ich werde schon über ihn hinwegkommen, aber natürlich gelingt mir das nie. Und weißt du, was mich am meisten fertigmacht? Dass er mir nicht mal die Wahrheit sagen kann. Diese verdammte Rothaarige. Was ist mit der?«

Einen Moment lang war Peter ratlos. »Redest du von … Lish?«

Lore warf ihm einen scharfen Blick zu. »Peter, sei nicht so schwer von Begriff. Was glaubst du, was er da draußen macht in seinem blöden Boot? Drei Jahre, seit sie weg ist, und er kann sie immer noch nicht vergessen. Wenn sie noch da wäre, hätte ich vielleicht eine Chance. Aber mit einem Geist kann man nicht konkurrieren.«

Peter brauchte noch einmal einen Augenblick, um das zu verarbeiten. Noch vor einer knappen Minute hätte er behauptet, Michael könne Alicia nicht mal *leiden*. Die beiden waren gewesen wie Hund und Katze. Aber innerlich, das wusste Peter, waren sie einander nicht so unähnlich. Sie besaßen den gleichen harten Kern, die gleiche Entschlossenheit, die gleiche Sturheit, die sie kein Nein akzeptieren ließ, wenn sie sich in eine Idee verbissen hatten. Und da gab es natürlich eine lange gemeinsame Vergangenheit. Ging es darum bei Michaels Boot? War es seine Art, den Verlust zu betrauern? Sie alle hatten es getan, jeder auf seine Weise. Peter war eine Zeitlang wütend auf sie gewesen. Sie hatte sie verlassen, ohne eine Erklärung, ja sogar ohne ein Wort des Abschieds. Aber vieles hatte sich geändert. Die Welt hatte sich geändert. Was er jetzt hauptsächlich empfand, war der reine Schmerz der Einsamkeit. In seinem Herzen war eine kalte, leere Stelle, wo Alicia einst gewesen war.

»Was dich angeht«, sagte Lore und rieb sich die Augen mit dem Handrücken, »ich weiß nicht, wer sie ist, aber sie ist ein Glückspilz.«

Leugnen hatte keinen Sinn. »Es tut mir wirklich leid.«

»Hast du bereits gesagt.« Lore lächelte schmerzlich und schlug sich mit den flachen Händen auf die Knie. »Na, ich hab mein Öl. Was kann sich ein Mädel sonst noch wünschen? Tu mir nur einen Gefallen und fühl dich beschissen, okay? Du brauchst es nicht in die Länge zu ziehen. Eine oder zwei Wochen reichen.«

»Ich fühle mich jetzt schon beschissen.«

»Gut.« Sie beugte sich vor und gab ihm einen eindringlichen Kuss, der nach Tränen schmeckte, bevor sie abrupt zurückwich. »Noch einen für unterwegs. Man sieht sich, Lieutenant.«

Die Sonne ging auf, als Peter die Treppe auf den Damm hinaufstieg. Der Kater hatte sich festgesetzt und würde nicht besser werden, wenn er den Tag auf einem glühend heißen Dach verbrachte und den Hammer schwang. Er hätte noch ein Stündchen Schlaf gebrauchen können, aber nach dem Gespräch mit Lore wollte er einen klaren Kopf bekommen, bevor er sich zur Arbeit meldete.

Oben erwartete ihn der anbrechende Tag, gedämpft von einer tiefhängenden Wolkenschicht, die innerhalb der nächsten Stunde verdunsten würde. Seit Peter die Expeditionstruppe verlassen hatte, hatte der Damm in seinen Gedanken eine totemhafte Bedeutung angenommen. In den Tagen vor seiner schicksalhaften Abreise ins Homeland war er mit seinem Neffen hergekommen. Dabei hatte sich nichts besonders Bemerkenswertes ereignet. Sie hatten die Aussicht genossen und sich unterhalten, über Peters Reisen mit der Expeditionstruppe und über Calebs Eltern, Theo und Maus, und dann waren sie zum Staubecken hinuntergestiegen, um zu schwimmen, was Caleb noch nie zuvor getan hatte. Ein ganz gewöhnlicher Ausflug, aber am Ende dieses Tages war etwas verändert gewesen. In Peters Herzen hatte sich eine Tür geöffnet. Da hatte er es noch nicht begriffen, aber auf der anderen Seite dieser Tür lag ein neues Leben, in dem er die Verantwortung als Vater des Jungen übernehmen würde.

Das war das eine Leben, das Leben, von dem die Leute wussten. Peter Jaxon, Offizier der Expeditionsstreitmacht im Ruhestand und jetzt Zimmermann und Vater, Bürger von Kerrville, Texas. Es war ein Leben wie jedes andere, mit Erfolgserlebnissen, Mühsal, Höhen und Tiefen, tagein, tagaus, und er führte es gern. Caleb war gerade zehn geworden, und anders als Peter, der in diesem Alter schon als Läufer der Wache gedient hatte, erlebte der Junge eine Kindheit. Er ging zur Schule, er spielte mit seinen Freunden, er erledigte seine Aufgaben, ohne dass man ihn lange drängen musste und nur gelegentlich mit Gemecker, und jeden Abend, wenn Peter ihn zugedeckt hatte, träumte er in der wohligen Gewissheit, dass der nächste Tag genauso werden würde wie der vorige. Er war groß für sein Alter, wie ein Jaxon, und die weichen Züge des kleinen Jungen verschwanden allmählich aus seinem Gesicht. Jeden Tag bekam er ein bisschen mehr Ähnlichkeit mit seinem Vater, Theo. Aber über seine Eltern wurde nicht mehr gesprochen. Nicht dass Peter es vermied – der Junge fragte einfach nicht. Eines Abends, Peter und Caleb lebten seit sechs Monaten allein zusammen, saßen die beiden beim Schach, als der Junge, während er eine Figur für den nächsten Zug über dem Brett schweben ließ, ganz schlicht und so entspannt, als erkundige er sich nach dem Wetter, fragte: *Wäre es okay, wenn ich Dad zu dir sage?* Peter war verblüfft: Das hatte er nicht kommen sehen. *Möchtest du das denn?*, fragte er, und der Junge nickte. *M-hm. Ich glaube, das wäre gut.*

Was sein anderes Leben anging, so konnte Peter nicht genau sagen, wie es aussah – nur dass es existierte und dass es sich nachts abspielte. Seine Träume von der Farm umfassten eine Vielzahl von Tagen und Ereignissen, aber die Stimmung war immer die gleiche: Er fühlte sich zugehörig und daheim. So lebhaft waren diese Träume, dass es beim Aufwachen so war, als sei er tatsächlich in einer anderen Zeit und an einem anderen Ort gewesen, als seien die Stunden des Wachseins und die des Schlafens zwei verschiedene Seiten derselben Medaille, die eine nicht weniger real als die andere.

Was für Träume waren das? Woher kamen sie? Entstammten sie seinem eigenen Hirn, oder war es möglich, dass sie aus einer Quelle außerhalb von ihm kamen – vielleicht gar von Amy selbst? Peter hatte niemandem von der ersten Nacht der Evakuierung aus

Iowa erzählt, als Amy zu ihm gekommen war. Dafür gab es viele Gründe, aber vor allem konnte er nicht sicher sein, dass das Ganze wirklich passiert war. Er war in diesem Augenblick aus einem tiefen Schlaf erwacht. Saras und Hollis' Tochter hatte auf seinem Schoß geschlafen, mit ihm zusammen warm eingepackt zum Schutz vor der Kälte von Iowa unter einem Himmel, der so trunken war von Sternen, dass er das Gefühl hatte, zwischen ihnen zu schweben. Und da war sie gewesen. Sie hatten nicht gesprochen, aber das war auch nicht nötig gewesen. Die Berührung ihrer Hände hatte genügt. Der Augenblick hatte ewig gedauert und war blitzartig vorbei gewesen. Ehe Peter sichs versah, war Amy fort.

Hatte er auch das geträumt? Allem Anschein nach ja. Alle glaubten, Amy sei im Stadion gestorben, getötet von der Explosion, die für die Zwölf das Ende bedeutet hatte. Man hatte keine Spur von ihr gefunden. Dennoch, der Augenblick war so real gewesen. Manchmal war er überzeugt davon, dass Amy irgendwo da draußen war, aber dann beschlichen ihn Zweifel. Am Ende behielt er seine Fragen für sich.

Eine Zeitlang blieb er stehen und sah zu, wie die Sonne ihr Licht über die texanischen Hügel ausbreitete. Die Oberfläche des Staubeckens unter ihm war still und blank wie ein Spiegel. Er wäre gern ein bisschen geschwommen, um den Kater loszuwerden, aber er musste Caleb holen und in die Schule bringen, bevor er sich zur Arbeit meldete. Er war kein großer Zimmermann – eigentlich hatte er nur einen Beruf gelernt, nämlich den des Soldaten –, aber die Arbeit war regelmäßig und nicht weit weg von zu Hause, und da so viel gebaut werden musste, benötigte die Wohnungsbehörde jeden, den sie bekommen konnte.

Kerrville platzte aus den Nähten. Fünfzigtausend Seelen hatten die Reise von Iowa hierher gemacht, und in nur zwei Jahren war die Bevölkerung auf mehr als das Doppelte gewachsen. So viele aufzunehmen war nicht leicht gewesen, und es war noch immer nicht leicht. Kerrville existierte unter der Voraussetzung, dass das Bevölkerungswachstum bei null blieb. Ehepaare, die mehr als zwei

Kinder bekamen, mussten ein empfindliches Bußgeld zahlen; wenn ein Kind starb, durften sie ein drittes haben, aber nur wenn das verstorbene Kind noch keine zehn Jahre alt geworden war.

Dieses Konzept war nicht mehr zu halten gewesen, als die Menschen aus Iowa gekommen waren. Die Lebensmittel waren knapp geworden, es hatte einen Run auf Benzin und Medikamente und Probleme mit dem Abwasser gegeben – all die Probleme, die daher rührten, dass zu viele Menschen auf zu kleinem Raum zusammengepfercht waren, und Ressentiments gab es auf beiden Seiten mehr als genug. Eine hastig aufgebaute Zeltstadt hatte die ersten paar Wellen aufgenommen, aber als der Zustrom nicht aufhörte, war dieses provisorische Lager bald zu einem Elendsviertel verkommen. Zwar hatten sich viele der Iowaner nach lebenslanger Zwangsarbeit bemüht, sich in einem Dasein zurechtzufinden, in dem ihnen nicht jede Entscheidung abgenommen wurde – eine verbreitete Redewendung war »faul wie ein Homelander« –, aber andere hatten den entgegengesetzten Weg eingeschlagen: Sie verstießen gegen die Sperrstunde, frequentierten Dunks Bordelle und Spielcasinos, tranken, stahlen, prügelten sich und liefen in jeder Hinsicht Amok. Die Einzigen, die darüber glücklich zu sein schienen, waren die Händler, die das Geld nur so scheffelten: Auf dem Schwarzmarkt bekam man alles, von Lebensmitteln über Verbandmaterial bis zu Hämmern.

Die Leute sprachen inzwischen offen darüber, sich außerhalb der Mauer anzusiedeln. Peter nahm an, es war nur noch eine Frage der Zeit. Seit drei Jahren war kein einziger Viral mehr gesichtet worden, weder Drac noch Dopey, und die Zivilverwaltung stand unter einem wachsenden Druck, das Tor zu öffnen. Die Ereignisse im Stadion waren unter den Einwohnern zu eintausend verschiedenen Legenden geworden, von denen nicht zwei genau gleich waren. Aber selbst die hartgesottensten Zweifler freundeten sich allmählich mit dem Gedanken an, dass die Gefahr wirklich vorbei war. Peter sollte eigentlich von allen der Erste sein, der hier zustimmte.

Er drehte sich um und schaute über die Stadt. Fast hunderttausend Seelen. Es hatte eine Zeit gegeben, da hätte ihn diese Zahl umgeworfen. Er war in einer Stadt – einer Welt – mit weniger als hundert Menschen aufgewachsen. Am Tor sammelten sich die Transporter, die die Arbeiter in den landwirtschaftlichen Komplex bringen würden, und pufften Dieselqualm in die Morgenluft. Von überall her kamen die Geräusche und Gerüche des Lebens, während die Stadt sich erhob und ihre Glieder streckte. Die Probleme waren real, aber klein, wenn man sie mit den Verheißungen dieser Szene verglich. Das Zeitalter der Virals war vorbei, und mit der Menschheit ging es endlich wieder bergauf. Da war ein Kontinent, den man nur zu nehmen brauchte, und Kerrville war der Ort, an dem das Neue Zeitalter seinen Anfang nehmen würde. Warum also kam es ihm so dürftig vor, so schwächlich? Warum bebte er hier auf dem Damm an einem so vielversprechenden Morgen innerlich von dunklen Vorahnungen?

Na, dachte Peter, von mir aus. Wenn man als Vater etwas lernte, dann dies: Man kann sich Sorgen machen, so lange man will, es wird nichts ändern. Er musste einen Lunch einpacken und sagen: »Sei brav«, und dann musste er einen Tag voll einfacher, ehrlicher Arbeit zu Boden ringen, und in vierundzwanzig Stunden von jetzt an würde alles wieder von vorn anfangen. *Dreißig*, dachte er nachdenklich, *heute werde ich dreißig Jahre alt*. Wenn jemand ihm vor zehn Jahren gesagt hätte, dass er diesen Tag erleben oder gar einen Sohn großziehen würde, hätte er ihn für verrückt erklärt. Vielleicht also war das wirklich alles, was zählte. Einfach am Leben zu sein, zu lieben und wiedergeliebt zu werden – vielleicht war das genug.

Er hatte Sara gesagt, er wolle keine Party, aber natürlich würde die Frau irgendetwas veranstalten. *Nach allem, was wir durchgemacht haben, bedeutet die Dreißig etwas. Komm nach der Arbeit bei uns vorbei. Außer uns fünfen wird niemand da sein. Ich verspreche dir, es wird keine große Sache.* Er holte Caleb von der Schule ab und ging nach Hause, um sich zu waschen, und kurz nach 18:00 Uhr erreichten sie Saras und Hollis' Apartment und traten durch die Tür und waren auf der Party, die Peter nicht hatte haben wollen. Dutzende von Leuten drängten sich in den beiden kleinen, luftlosen Zimmern – Nachbarn und Kollegen, die Eltern von Calebs Freunden, Männer, mit denen er bei der Armee gedient hatte, sogar Schwester Peg, die trotz ihrer strengen grauen Kutte lachte und plauderte wie alle anderen. Sara umarmte ihn in der Tür und gratulierte ihm zum Geburtstag, und Hollis drückte ihm ein Glas in die Hand und klopfte ihm auf den Rücken. Caleb und Kate kicherten so sehr, dass sie sich kaum noch halten konnten. Peter sah Caleb an. »Hast du davon gewusst? Und du, Kate?«

»Natürlich haben wir es gewusst!«, schrie der Junge. »Du solltest dein Gesicht sehen, Dad!«

»Na, das gibt noch großen Ärger«, sagte Peter im Ton eines erbosten Vaters, aber auch er musste lachen.

Es gab zu essen und zu trinken, Kuchen, sogar Geschenke, Dinge, die man selbst machen oder irgendwo abstauben konnte, und manches war als Scherz gedacht: Socken, Seife, ein Taschenmesser, ein Kartenspiel, ein großer Strohhut, den Peter aufsetzte, damit alle etwas zu lachen hatten. Von Sara und Hollis bekam er einen Taschenkompass als Erinnerung an ihre gemeinsamen Reisen, aber Hollis drückte ihm auch eine kleine Stahlflasche in die Hand. »Dunks Neuester. Was Spezielles«, sagte er augenzwinkernd. »Und frag mich nicht, woher ich das habe. Ich habe immer noch Freunde in der Unterwelt.«

Als das letzte Geschenk ausgepackt war, überreichte Schwester Peg ihm einen großen Bogen Papier, zu einem Rohr zusammengerollt. *Herzlichen Glückwunsch unserem Helden,* stand darauf, als er ihn auseinanderrollte, und darunter drängten sich, teils lesbar, teils nicht, die Unterschriften aller Kinder aus dem Waisenhaus. Ein Kloß stieg ihm in die Kehle, und er umarmte die alte Frau, worüber sie beide überrascht waren. »Ich danke euch allen«, sagte er dann. »Allen, die ihr da seid.«

Es war kurz vor Mitternacht, als die Party zu Ende ging. Caleb und Kate waren auf Saras und Hollis' Bett eingeschlafen, kreuzweise übereinander wie zwei junge Hunde. Peter und Sara setzten sich an den Tisch, während Hollis aufräumte.

»Was von Michael gehört?«, fragte Peter sie.

»Keinen Piep.«

»Machst du dir Sorgen?«

Sie runzelte jäh die Stirn und zuckte dann die Schultern. »Michael ist Michael. Die Sache mit dem Boot verstehe ich nicht, aber er wird tun, was er will. Irgendwie dachte ich, Lore würde ihn bändigen, aber damit ist es wohl aus.«

Peter hatte Gewissensbisse. Noch vor zwölf Stunden war er mit der Frau im Bett gewesen.

»Wie geht's im Krankenhaus?«, fragte er, um das Thema zu wechseln.

»Das ist ein Irrenhaus. Sie lassen mich Babys entbinden. Jede Menge Babys. Jenny ist meine Assistentin.«

Sara sprach von Gunnar Apgars Schwester, die sie im Homeland gefunden hatten. Mit dem ersten Evakuierungstransport war Jenny schwanger nach Kerrville gekommen und gerade rechtzeitig zur Entbindung eingetroffen. Vor einem Jahr hatte sie einen anderen Iowaner geheiratet, aber Peter wusste nicht, ob der Mann auch der Kindsvater war. Nicht selten wurde improvisiert.

»Es tut ihr leid, dass sie nicht kommen konnte«, sagte Sara. »Du bist irgendwie wichtig für sie.«

»Wirklich?«

»Für viele Leute, offen gestanden. Ich kann dir gar nicht sagen, wie oft man mich fragt, ob ich dich kenne.«

»Du machst Witze.«

»Entschuldige, aber hast du das Plakat nicht gelesen?«

Er zuckte verlegen die Achseln, aber insgeheim freute er sich. »Ich bin nur ein Zimmermann. Nicht mal ein besonders guter, wenn du die Wahrheit wissen willst.«

Sara lachte. »Wie du meinst.«

Die Sperrstunde war längst vorbei, aber Peter wusste, wie man der Streife aus dem Weg ging. Caleb öffnete kaum die Augen, als er ihn auf den Rücken nahm und sich auf den Heimweg machte. Er hatte den Jungen gerade ins Bett gebracht, als es an der Tür klopfte.

»Peter Jaxon?«

Der Mann, der vor der Tür stand, war ein Offizier mit den Epauletten der Expeditionstruppe.

»Es ist spät. Mein Sohn schläft. Was kann ich für Sie tun, Captain?«

Der Mann reichte ihm ein versiegeltes Blatt Papier. »Eine gute Nacht, Mr Jaxon.«

Peter schloss leise die Tür, schnitt das Wachssiegel mit seinem neuen Taschenmesser auf und faltete das Blatt auseinander.

Mr Jaxon,
darf ich Sie bitten, mich am Mittwoch um 08:00 Uhr in meinem Büro aufzusuchen? Mit Ihrem Vorarbeiter wurde vereinbart, dass Sie mit Verspätung an Ihrem Arbeitsplatz erscheinen werden.

Hochachtungsvoll,
Victoria Sanchez
Präsidentin, Republik Texas

»Dad, was wollte der Soldat an der Tür?«

Caleb war ins Zimmer gekommen und rieb sich die Augen mit den Fäusten. Peter las den Brief noch einmal. Was konnte Sanchez von ihm wollen?

»Nichts weiter«, sagte er.

»Bist du wieder in der Army?«

Er sah den Jungen an. Zehn Jahre alt. Er wuchs so schnell.

»Natürlich nicht.« Er legte den Brief zur Seite. »Und jetzt bringen wir dich wieder ins Bett.«

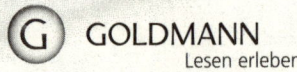